MW01234803

EL CIELO Y LA TIERRA

Le Ly Hayslip

y

James Hayslip

EDICIONES B
GRUPO ZETA

Títulos originales:
When Heaven and Earth Changed Places (libro primero)
Child of War, Woman of Peace (libro segundo)

Traducción:
Camila Batlles

1.ª edición: enero 1994

© 1989 by Le Ly Hayslip and Charles Jay Wurts,
   para el libro primero
© 1993 by Le Ly Hayslip and Charles Jay Wurts,
   para el libro segundo
© Ediciones B, S.A., 1993
   Bailén, 84 - 08009 Barcelona (España)
   Reservados todos los derechos

Publicado originalmente por Doubleday, Inc.
Publicado por acuerdo con Sandra Dijkstra Literary Agency

Printed in Spain
ISBN: 84-406-3971-6
Depósito legal: B. 37.560-1993

Impreso por Talleres Gráficos «Dúplex, S.A.»
Ciudad de Asunción, 26-D
08030 Barcelona

Realización de cubierta:
Estudio EDICIONES B

Fotografía de cubierta cedida por gentileza de
Warner Española, S.A.

EL CIELO Y LA TIERRA

LIBRO PRIMERO

CUANDO EL CIELO Y LA TIERRA CAMBIARON DE LUGAR

AGRADECIMIENTOS

Este libro, como mi vida y la East Meets West Foundation (Fundación Encuentro entre Oriente y Occidente), lo debe todo a las personas que figuran en él y a las que conocí a medida que este proyecto iba madurando. Deseo expresar mi agradecimiento a todas las personas —buenas, malas, o mediocres; muertas o vivas— que aparecen en este libro. Os aprecio y os honro, porque sin vosotros no habría conseguido hallarme a mí misma ni encontrar mi misión en la vida.

En primer lugar deseo citar a mis allegados —padre, madre, hermanos, hermanas, sobrinas, sobrinos y demás parientes— con quienes he compartido muchas lágrimas de dolor y alegría. Deseo honrar también a todos los vietnamitas y a toda la gente que llora a sus seres queridos y confía en reunirse un día con sus familias, así como a las personas de todas las razas que han trabajado y siguen trabajando incansablemente para restituir la confianza y la compasión entre las gentes de mi país nativo, mi país de adopción y todas las naciones del mundo.

A mis tres maravillosos hijos: James, que fue el primero en poner mis palabras sobre papel; Thomas, que me sirvió muchos cuencos de arroz, té y pañuelos de papel mientras escribía este libro, y Alan, que me dio su cariño y su calor cuando lo único que podía ofrecerle a cambio eran mis lágrimas. A los tres les ofrezco mi amor de madre y mi gratitud. No hubiera podido completar este libro sin su ayuda. A mis difuntos maridos, Edward, que nos trajo a mí y a mis hijos Thomas y James a Estados Unidos, y Denis, que posteriormente se hizo cargo de nosotros, deseo decirles: vuestras almas me han dado la fuerza de escribir. Os doy las más humildes gracias y confío en que esta obra os honre.

Deseo también expresar mi agradecimiento a mi coautor, Jay Wurts, que contribuyó a que mis memorias caminaran y respiraran de nuevo, y a su esposa, Peggy, por su valioso apoyo moral; a Sandra Dijkstra y Casey Fuetsch, que compartieron nuestra visión; a Milton y Len Low, por sus esfuerzos destinados a que la fundación se convirtiera en realidad; al rotario Bill Chaffin, que fue el primero en ayudarme a compartir mi historia con otros; a Peter C. Dirkx, comandante retirado de la Marina estadounidense, por su amabilidad y consejos; a David Huete, por su ayuda técnica, y al señor Herbert Pass, veterano de otra espantosa guerra, cuya amabilidad, compasión y generosa entrega hicieron posible buena parte de los logros de la fundación.

También deseo expresar mi gratitud a los doctores Nguyen Thi Ngoc Phuong (del hospital Tu Du, Ho Chi Minh City), Ly C. Dai y Hoang Quynh (del Ministerio de Sanidad), Huynh Que Phuong (director del departamento de investigación científica del hospital Viet Duc), Nguyen Chi Linh (del Ministerio de Educación), Nguyen Manh Hai (del Ministerio de Cultura), Binh Thanh y Pham N. Quang (de la misión de la ONU), y Hoang Lien (de la Cruz Roja, Quang Nam), de la República Socialista de Vietnam, por contribuir a que la fundación East Meets West estableciera un programa médico en ese país. Doy también las gracias al doctor John S. Romine y a Diana Tracey, de la Clínica y Fundación de Investigación Scripps, La Jolla, California, y a John Downs, por su valiosa ayuda; a Stephen Graw, coordinador del programa de ayuda entre Estados Unidos y Vietnam; a Jim Watson y Jim Robinson por su ayuda; a Phuong Vi, Kathy Greenwood, el señor y señora Lu Van Moc, y a todos mis hijos adoptivos e hijastros por brindarme su ayuda cuando más la necesitaba.

Por último, deseo expresar mi agradecimiento a Jerry Stadtmiller y a su esposa Pat, gracias a los cuales he conocido a numerosos veteranos norteamericanos de la guerra de Vietnam que intentan curar sus heridas de guerra a través de la labor de nuestra fundación; y a todos cuantos han colaborado o han brindado su apoyo a la fundación en calidad de directores, donantes, consejeros y voluntarios —desde los médicos de Vietnam hasta nuestros impresores en América—, por su trabajo y dedicación a fin de ofrecer a nuestros beneficiarios el producto de nuestros sueños y esfuerzos.

L. L. H.

PRÓLOGO

DEDICATORIA A LA PAZ

Durante los primeros doce años de mi vida fui una campesina en Ky La, actualmente Xa Hoa Qui, una pequeña aldea cerca de Danang, en la región central de Vietnam. Mi padre me enseñó a amar a dios, a mi familia, nuestras tradiciones y a las personas que no podíamos ver: nuestros antepasados. Me enseñó que el hecho de sacrificarse en aras de la libertad —como nuestros antiguos reyes, que habían luchado valerosamente contra los invasores, o como nuestras mujeres guerreras, incluyendo a la señorita Trung Nhi Trung Trac, que prefirió ahogarse antes que capitular ante los conquistadores extranjeros— era un altísimo honor. Me dijo que jamás debía renunciar a mi amor hacia mis antepasados y a mi tierra natal.

De mi madre aprendí a ser humilde y la fuerza de la virtud. Me enseñó que no era una vergüenza trabajar como una bestia en los campos, siempre y cuando no me quejara. «Toma ejemplo de nuestro búfalo —me dijo—, que trabaja para alimentarnos sin quejarse.» También me enseñó, cuando empecé a fijarme en los chicos de la aldea, que no existe amor más allá del amor fiel, y que debía amar siempre a mi futuro esposo, a mis antepasados y a mi tierra natal. A lo largo de los tres siguientes años, amé, trabajé y luché incansablemente en favor del Vietcong contra los soldados norteamericanos y survietnamitas.

Todo cuanto sabía sobre la guerra lo aprendí en mi adolescencia de nuestros instructores norvietnamitas, quienes nos aleccionaban en las ciénagas situadas en las afueras de Ky La. Durante las sesiones de medianoche, los campesinos dábamos por descontado que lo que nos decían era cierto porque todo cuanto afirmaba el Vietcong coincidía con nuestras creencias.

La primera lección que aprendimos sobre la nueva guerra «norteamericana» era por qué se había formado el Vietcong y por qué debíamos apoyarlo. Dado que ello sucedió poco después de nuestra guerra contra los franceses (que comenzó en 1946 y duró, intermitentemente, a lo largo de ocho años), lo que nuestros instructores nos decían nos parecía evidente.

En primer lugar, nos dijeron que Vietnam era una *con rong chau tien*, una nación soberana que había permanecido bajo el yugo de los imperialistas occidentales por espacio de más de un siglo. Otro hecho incuestionable era que todas las naciones tenían derecho a decidir su propio destino, y que nosotros, los agricultores, subsistíamos gracias a nuestro trabajo y no le debíamos nada a nadie excepto a dios y a nuestros antepasados. Incluso los chinos, que habían intentado dominar Vietnam, habían aprendido una dolorosa lección al constatar el afán de nuestro pueblo por conquistar su independencia.

«Vietnam —según rezaba el refrán que resumía su experiencia— no es el perrito faldero de nadie.»

En segundo lugar, nuestros instructores nos explicaron que la división de Vietnam entre el Norte y el Sur en 1954 había sido tan sólo una maniobra de los franceses, que habían sido derrotados, y de sus aliados occidentales, principalmente Estados Unidos, para defender su influencia en nuestro país.

«*Chia doi dat nuoc?* —nos preguntaban los jefes del Vietcong—. ¿Por qué unos extranjeros tienen que dividir el país y decirles a unos que se vayan al Norte y a otros al Sur? Si Vietnam pertenecía a los vietnamitas, ¿acaso no éramos nosotros quienes debíamos elegir la clase de gobierno que deseaba nuestro pueblo? Una nación no puede tener dos gobiernos —decían—, como una familia no puede tener dos padres.»

Puesto que los que apoyaban a Norteamérica no tardaron en ocupar los puestos de poder que anteriormente habían ocupado los franceses, y que el Norte continuó siendo bastante independiente, a nuestros ojos no cabía duda de qué bando representaba la independencia. Tras esas sesiones de adoctrinamiento, el Vietcong nos obligaba a entonar una canción que exacerbaba nuestros peores temores:

> *Los norteamericanos han venido a matar a nuestras gentes.*
> *Si seguís a Norteamérica, mataréis a vuestros familiares.*
> *Un ave precavida remonta el vuelo antes de ser capturada.*
> *La persona precavida regresa a casa antes del Tet.*
> *Si nos seguís a nosotros, siempre tendréis una familia.*
> *Si seguís a Norteamérica, estaréis siempre solos.*

Después de esas primeras «lecciones», los instructores nos hablaron de los dos líderes vietnamitas que personificaban unos puntos de vista distintos, los polos opuestos de nuestro pequeño universo. En el polo sur estaba el presidente Ngo Dinh Diem, el aliado de Norteamérica, que era católico como los franceses. Aunque venerado por muchos que lo tenían por hombre bondadoso y gran patriota, su religión bastaba para hacerlo sospechoso a los ojos de los budistas de la costa central. Por consiguiente, la lealtad que le demostrábamos era más un deber hacia nuestro jefe que amor hacia un padre fundador de la patria. Ésta es una canción que nos enseñaron los maestros republicanos para ensalzar al presidente del sur:

El barco de Vietnam se balancea en aguas turbulentas.
Pero debemos seguir remando, capitaneados por nuestro presidente.
El barco del Estado navega por mares embravecidos
sin perder el rumbo de la democracia.
Nuestro presidente es loado desde Europa hasta Asia
porque es la imagen de la filantropía y el amor.
Lucha por liberar al pueblo de Vietnam.
Todo el mundo le venera, y marcharemos tras él
por la senda de la libertad, bordeada de flores,
mientras la bandera de la libertad ondea sobre nuestras cabezas.

En el Norte, en el polo opuesto, se hallaba Ho Chi Minh, a quien llamábamos *Bac Ho* (Tío Ho), como si se tratara de un amigo de la familia. No sabíamos nada sobre él salvo su compasión y su amor hacia nuestro atribulado país, cuya independencia, según nos dijeron, constituía la misión de su vida.

Dado el abismo que separaba a ambos líderes, también resultaba obvia la decisión de a cuál de ellos debíamos apoyar. Los instructores fomentaban nuestros prejuicios naturales (el temor a los extranjeros y el amor a nuestros antepasados) mediante emotivas canciones y conmovedoras historias sobre Tío Ho, en las cuales el líder comunista y nuestros viejos héroes habitaban en un mundo alegre y feliz. Como un hilo ininterrumpido, el camino que arrancaba de nuestros antepasados y leyendas conducía inevitablemente al líder del norte, y hacia un futuro de armonía y paz.

Pero para alcanzar esa independencia, según decía Ho, debíamos luchar denodadamente contra nuestros enemigos. Sus oficiales declaraban: «Debemos permanecer unidos y oponernos al imperio americano. No hay nada más valioso que la libertad, la independencia y la dicha.»

Esos conceptos nos parecían tan obvios como todo cuanto nos decían. La libertad significaba un Vietnam libre del dominio colonial.

La independencia, un pueblo vietnamita —no dos países, el Norte y el Sur— capaz de elegir su destino. La dicha, comida abundante y el fin de la guerra, la facultad, según creíamos, de vivir conforme a nuestras viejas tradiciones. ¿Por qué se oponen los del Sur a esas cosas tan maravillosas?, nos preguntábamos. La respuesta, según el Vietcong, era que los republicanos concedían mayor importancia a los dólares de los yanquis que a la sangre de sus hermanos. No se nos ocurría cuestionar en el fondo de nuestro corazón lo que nuestra mente daba por cierto.

Aunque la mayoría de nosotros creíamos saber a lo que se refería el Vietcong al hablar de libertad, independencia y dicha, algunos nos atrevimos a preguntar qué vida nos prometían los del norte cuando acabara la guerra. La respuesta era invariablemente la misma: «Tío Ho ha prometido que, tras nuestra victoria, el Estado comunista se ocupará de vuestros derechos e intereses. Vuestro principal interés debe ser, por supuesto, la independencia de nuestra patria y la libertad de nuestro pueblo. Nuestro principal derecho es la facultad de decidir nuestro futuro como Estado.» Eso suscitaba siempre una sonora salva de aplausos, pues la mayoría de los aldeanos recordaban cómo habían vivido bajo la ocupación francesa.

No obstante, pese a demostrarle nuestro apoyo, el Vietcong desconfiaba de nuestra lealtad. Nos recompensaban o reñían severamente, según exigiera la situación, mientras que los republicanos suponían que éramos leales porque vivíamos al sur de una línea que unos diplomáticos habían trazado en un mapa. Incluso cuando la situación se agravó —cuando las fuerzas aliadas devastaron los campos y los del Vietcong recurrieron al terror para obligarnos a actuar como ellos querían—, los aldeanos se aferraron a la imagen que los comunistas nos habían inculcado. Cuando los republicanos nos encarcelaron, nuestra concepto de la «libertad comunista» —la libertad de la guerra— nos ayudó a sobrellevarlo. Cuando el Vietcong ejecutaba a un familiar nuestro, estábamos convencidos de que era necesario para que la «dicha comunista» —la paz en la aldea— se hiciera realidad. Dado que el Vietcong nos animaba a que expresáramos nuestros sentimientos humanos básicos a través de canciones patrióticas, el angustioso silencio que guardábamos ante los republicanos nos llevó a odiar aún más al Gobierno. Incluso en las ocasiones en que los republicanos trataban de ayudarnos, considerábamos sus favores una maniobra o una señal de debilidad. Así, aunque aceptáramos la benevolencia de los republicanos, los despreciábamos.

A medida que la guerra se fue intensificando, durante los años sesenta, los aldeanos comprobaron que su pequeño mundo se había ampliado, generalmente en sentido negativo. El continuo desfile de tropas a través de Ky La aumentaba la posibilidad de que cayéramos víctimas de los extranjeros. Los republicanos católicos despreciaban y maltrataban a los budistas por adorar a sus antepasados. Los jóvenes de las ciudades se burlaban y vituperaban a los «patanes del campo», mientras que los soldados vietnamitas de otras provincias se mofaban de nuestras costumbres y nuestro extraño acento. Cuando ambos bandos endurecieron sus tácticas hasta el punto de que todo el mundo corría peligro, independientemente del lado que favoreciera, nuestras hermanas huyeron a las ciudades, donde descubrieron el alcohol, las drogas, el adulterio y el materialismo, y aprendieron a despreciar a nuestros antepasados. Muchos padres observaron con tristeza que la hija que ellos había criado regresaba a la aldea convertida en «una extranjera de Saigón».

Los del Vietcong eran, en su mayoría, nuestros vecinos. Aunque nuestros instructores se habían formado en Hanoi, todos habían nacido en la costa central. No se burlaban de nuestros modales y forma de hablar porque se habían criado como nosotros. A diferencia de los republicanos, que llegaban a nuestra aldea cargados con material norteamericano destinado a una guerra distinta, el Vietcong utilizaba el material de que disponía y no desperdiciaba su arma más eficaz, la buena voluntad de la gente. Los instructores nos hacían notar que mientras los republicanos lucían medallas, los soldados del Vietcong llevaban harapos y jamás se rendían. «Mientras los republicanos se dedican a saquear y violar —decían—, nosotros defendemos vuestras casas, vuestras cosechas y vuestras familias.» Sabían que sólo gracias a esos recursos —se alimentaban de nuestra comida, se ocultaban en nuestras casas y reclutaban a nuestros hijos y hermanos— eran capaces de seguir luchando

Por supuesto, los líderes del Vietcong, al igual que los republicanos, no querían (ni podían) explicarnos la realidad de la situación. Para ellos, el único motivo que impulsaba a los norteamericanos a intervenir en la guerra era su afán imperialista. Como no sabíamos nada sobre Estados Unidos, no se nos ocurrió que era absurdo que una nación tan grande y próspera ambicionara nuestro pequeño país por sus arrozales, ciénagas y pagodas. Dado que nuestros únicos conocimientos sobre política los habíamos adquirido a través del Gobierno colonial francés (y, tiempo atrás, a través del mandato de los reyes vietnamitas), desconocíamos el concepto de la democracia. Para nosotros, «la cultura occidental» significaba bares, burdeles, mercados negros y *xa hoi van minh* (extraños aparatos), en su mayoría destructivos. Estábamos convencidos de que la vida en el mundo capitalista era espantosa y terrible. Puesto que para nosotros, los campesinos, la «política» era algo que practicaban otras personas en otros lugares, no tenía el menor sentido en nuestra vida cotidiana, excepto que nos causaba infinitos problemas. Por consiguiente, no éramos conscientes del poder que teníamos en nuestras manos: el de conseguir prácticamente lo que quisiéramos siempre y cuando actuáramos unidos. El Vietcong y el Norte, sin embargo, siempre reconocieron y respetaron ese poder.

Los niños sabíamos también que los espíritus de nuestros antepasados nos exigían resistirnos a los extranjeros. Nuestros padres nos habían relatado las penalidades que habían padecido a manos de los invasores japoneses (nuestros vecinos lo llamaban la «pequeña muerte») durante la Segunda Guerra Mundial, y a manos de los franceses, los cuales regresaron en 1946. Los soldados franceses habían destruido nuestras cosechas, habían matado nuestro ganado, habían quemado nuestras casas, habían violado a nuestras mujeres y habían torturado y asesinado a cuantos se oponían a ellos, y a muchos que no se atrevieron a hacerlo. Ahora, las almas de esas personas que habían sido vilmente asesinadas habían regresado a Ky La para exigir que nos vengáramos de los invasores. Los niños estábamos convencidos de ello. Al fin y al cabo, nos habían enseñado desde pequeños que los fantasmas no eran más que unas personas que no alcanzábamos a ver.

Sólo había un medio para acabar con esa pesadilla. Tío Ho había pedido a los pobres que empuñaran las armas para que todos pudiéramos poseer una pequeña parcela en la que cultivar arroz. Puesto que prácticamente todos los habitantes de la región central de Vietnam eran agricultores, y puesto que los agricultores debían poseer unas tierras, casi todos fueron a la guerra: empuñando un rifle o una hoz; atentos a dar la voz de alarma; ofreciendo comida y refugio a nuestros soldados; o, en el caso de los niños, flores y canciones para infundirles ánimos. Todo cuanto sabíamos nos conminaba a participar en la guerra. Nuestros antepasados nos instaban a luchar. Nuestros mitos y leyendas nos instaban a luchar. Las enseñanzas de nuestros padres nos instaban a luchar. Los cuadros de mando de Tío Ho nos instaban a luchar. Incluso el presidente Diem nos instaba a luchar por lo que nosotros creíamos que él había traicionado, un Vietnam independiente. ¿Cómo iba un niño a ser menos que un buey y negarse a cumplir con su obligación?

Al fin estalló la guerra, la cual se convirtió en un insaciable dragón que irrumpió en Ky La. Cuando cumplí los trece años, el dragón me había devorado.

En 1986, después de haber vivido dieciséis años en Norteamérica y haberme convertido en ciudadana estadounidense, regresé a Vietnam, para comprobar lo que le había sucedido a mi familia, a mi aldea, a mis gentes y al hombre que había amado y que era el padre de mi primer hijo. Regresé cargada de recuerdos y preguntas. Este libro es la historia de lo que recuerdo y lo que hallé.

Está dedicado a todos aquellos que han luchado por su país, sea el que sea. También está dedicado a los que no lucharon pero que sufrieron, lloraron y murieron. Todos hicimos lo que debíamos hacer. Al mezclarse nuestra sangre y nuestras lágrimas con la tierra, Dios nos ha convertido en hermanos y hermanas.

Si eres un soldado norteamericano, te ruego que leas este libro y trates de profundizar en el corazón de una persona a la que considerabas tu enemiga. Conozco tus sufrimientos. Trataré de explicarte quién era tu enemigo y por qué inspirabas antipatía, temor y recelo a la inmensa mayoría de los habitantes del país al que intentaste ayudar. No fue culpa tuya. No podía ser de otro modo. Mucho antes de que llegaras, mi país había cedido a la terrible lógica de la guerra. Lo que para ti era normal —una vida de paz y abundancia—, para nosotros era un vago sueño sólo presente en nuestras leyendas. Puesto que de día debíamos tratar de aplacar a las fuerzas aliadas y por las noches nos aterrorizaba el Vietcong, dormíamos tan poco como tú. Obedecíamos a ambos lados y al final no conseguimos complacer a ninguno. Nos hallábamos en medio de ambos bandos. La guerra había estallado por nosotros.

Tu historia, sin embargo, es distinta. Llegaste a Vietnam, voluntariamente o no, porque tu país te lo exigía. La mayoría de vosotros no sabíais, o no comprendíais, las distintas guerras que libraba mi pueblo cuando llegasteis. Para vosotros se trataba de algo muy sencillo: la democracia contra el comunismo. Para nosotros, ésa no era nuestra lucha. ¿Cómo iba a serlo? Apenas sabíamos nada sobre la democracia y menos aún sobre el comunismo. Para la mayoría de nosotros se trataba de una lucha por la independencia, como la revolución norteamericana. Muchos de nosotros luchábamos también por nuestros ideales religiosos, como los budistas lucharon contra los católicos. Tras la guerra religiosa se ocultaba una batalla entre las gentes de la ciudad y los campesinos —los ricos contra los pobres—, una guerra entre quienes deseaban cambiar Vietnam y quienes pretendían que todo permaneciera igual a como había sido durante mil años. Y por debajo de ello se ocultaban también unas venganzas: entre los vietnamitas nativos y los inmigrantes (en su mayoría chinos y jemeres) que habían luchado durante siglos por dominar el país. Muchas de esas guerras todavía continúan. ¿Cómo podíais acabar con ellas librando una batalla tan distinta de la nuestra?

Lo menos que hicisteis, lo menos que hicimos todos, fue cumplir con nuestro deber. Debemos sentirnos orgullosos de ello. Lo más que hicimos, o vimos, fue la otra cara del destino, de la suerte o de Dios. Los niños y los soldados siempre han sabido que era espantosa. Si aún no habéis hallado la paz al final de vuestra guerra, confío en que la halléis aquí. Tenemos que desempeñar nuevos e importantes papeles.

En la guerra muchos norteamericanos —y muchos vietnamitas— perdieron un brazo, una pierna o a sus seres queridos, y la pequeña luz que observamos en los ojos de los niños constituye nuestra esperanza en el futuro. No desesperes. Mientras estés vivo, esa luz seguirá ardiendo en tu interior. Si perdiste a un ser querido, su luz seguirá ardiendo dentro de ti mientras lo recuerdes. Procura ser feliz cada día de tu vida.

Si eres una persona que sólo ha conocido la guerra de Vietnam, o cualquier otra guerra, a través de documentos y fotografías, este libro te lo dedico también a ti. La cara del destino, de la suerte o de Dios que nos da la guerra también nos da otras clases de dolor: la pérdida de la salud y la juventud; la pérdida de seres queridos o de un amor; el temor de acabar solos. Algunas personas sufren en tiempos de paz de la misma forma que otros sufren durante la guerra. El gran don de ese sufrimiento, según he podido comprobar, es que nos enseña a ser fuertes cuando somos débiles, a ser valientes cuando tenemos miedo, a ser prudentes en medio de la confusión, y a renunciar a lo que no podemos retener. Así, la ira nos enseña a perdonar, el odio nos enseña a amar, y la guerra nos enseña lo que significa la paz.

PHUNG THI LE LY HAYSLIP
San Diego, California
Octubre de 1988

1

EL REGRESO

—Ahógala —le dijo la comadrona a mi madre cuando nací.

Pesaba apenas un kilo y tenía un aspecto horrible, como un *meo con*, un gatito. Mi madre había cumplido cuarenta y un años cuando quedó nuevamente encinta, y temía no ser capaz de dar a luz un niño sano y sobrevivir al parto. Durante los meses de gestación cantaba canciones heroicas mientras observaba su abultado vientre, comía poco y trabajaba duramente para que ambas conserváramos nuestras fuerzas. Cuando rompió aguas, se hallaba trabajando en los campos bajo una fuerte tormenta invernal. Echó a correr hacia nuestra casa, mientras el cálido líquido se deslizaba por sus piernas, agarrándose el vientre y gritando a mi padre:

—¡Ve a buscar a la comadrona, Trong!

Mi padre sabía perfectamente lo que debía hacer, puesto que había tenido dos hijos y tres hijas.

Nací pequeña pero muy robusta, y mi madre le contestó a la comadrona:

—La enterraré cuando deje de respirar. Ahora, vete de aquí.

Mi madre nació en 1908 en la aldea de Man Quang, junto al río Thu Bon. Era muy alta por ser una vietnamita, pues medía casi un metro y cincuenta y dos centímetros. Tenía un hermoso cabello, largo y negro, y cuando se lo cortaba, una vez al año, las campesinas le ofrecían dinero por su *cai chang*, el cabello que se había cortado, para venderlo a los fabricantes de pelucas de la ciudad. Las campesinas solían cortarse el pelo para ganar un dinero extra, y mi madre siempre obtenía un buen precio por su larga y lustrosa cabellera. Algunas veces regalaba el cabello cortado a sus parientes, para que la familia conservara el producto de su cuerpo. Yo solía coger unos mechones, no para venderlos, sino porque me gustaban mucho. No era frecuente ver a mi madre con el pelo suelto, pues el trabajo en el campo le exigía llevarlo siempre recogido.

Mi madre poseía otros dos rasgos de belleza. Uno eran sus «orejas budistas», cuyos largos lóbulos indicaban que viviría una larga y fructífera vida. La segunda era su dentadura ennegrecida mediante un proceso de tres días denominado *nhom rang*, y muy fuerte porque masticaba semillas de nuez de betel. Puesto que el jugo de esas semillas es un estimulante e impide que se le seque a uno la boca mientras trabaja bajo el sol, sólo las mujeres activas y de recio temperamento practicaban esa costumbre. Ello demostraba a nuestros vecinos que mi madre era una mujer independiente y saludable, perfectamente capaz de cuidar de su familia.

Como los campesinos suelen rechazar todo lo que se les antoja extraño, cuando yo era pequeña mis hermanos me rehuían y la única que me cogía en brazos y me atendía era mi madre. Más tarde se justificaron diciendo que no querían encariñarse con una criatura que parecía tener escasas probabilidades de permanecer en este mundo, pero creo que en el fondo deseaban que yo muriera para que mi madre se ocupara de nuevo de ellos. ¿Quién puede reprochárselo? A fin de cuentas, yo era la menor, tenía un aspecto enfermizo y era niña. Todo el mundo desea tener hijos y hermanos, no hijas y hermanas. Era otra boca que alimentar. Al cabo de tres meses, tras no pocos esfuerzos, mi madre consiguió que alcanzara el tamaño de un bebé normal.

Debido a mi voraz apetito y a la edad de mi madre, ésta no tardó en quedarse sin leche. Trató de conseguir que otras mujeres me amamantaran, pero a las campesinas les disgustaba contemplar un bebé tan escuchimizado. Se negaban alegando diversos pretextos, algunos de los cuales creo que eran ciertos, como el hecho de que la comida escaseaba y apenas podían amamantar a sus propios hijos. Por otra parte, estaban celosas de mi madre, quien, pese a haber rebasado los cuarenta años, era todavía una mujer hermosa y fértil. Así pues, mi madre tuvo que ordeñar a nuestra búfala, que acababa de parir, y darme unas gotas de su leche con el dedo. Era una señal de desesperación, pues todo el mundo sabe que los bebés no suelen alimentarse con leche de búfalo. Por consiguiente, cuando me negué a morir, la gente me impuso el apodo de *con troi nuoi*, la niña alimentada por dios, quien, al parecer, era un excelente proveedor.

Pese a mi esmirriado aspecto, mi madre decía que era una niña muy despierta. Me hablaba constantemente y me explicaba todo lo que hacía. Creo que es por eso que guardo unos recuerdos tan vivos de ella y que no culpo a mi familia ni a los campesinos por desear mi muerte. ¿Cómo puedo culparles por desear que muriera y dejara de sufrir? En cualquier caso, cuando fui lo bastante grande para convencer a la gente de que me proponía seguir en este mundo, mis hermanos me tomaron un gran cariño.

Cuando empecé a caminar, mi hermana Lan (ocho años mayor que yo) me llevaba a jugar con otros niños. En cierta ocasión, mientras jugábamos en una polvorienta calle, la gente se puso a gritar y, a pesar de que hacía un día muy soleado, empezó a tronar. La tierra temblaba como si se hubiera producido un terremoto, y unas gigantescas serpientes de múltiples cabezas comenzaron a toser. Aunque no las veía, no dudaba de que eran serpientes, porque los campesinos gritaban que los «demonios» habían regresado. Yo sabía que tenían múltiples cabezas porque tosían sin cesar, y que eran gigantescas porque metían mucho ruido. La saliva de las serpientes invadió la aldea y cubrió a la gente de sangre. Cuando finalmente aparecieron los monstruos, Lan me cogió por las axilas y me ocultó en una de las trincheras que había junto a la carretera. Mientras permanecíamos agazapadas como unos animales en su madriguera, mi hermana me cantó al oído:

¡Que vienen los franceses, que vienen los franceses!
Las balas de cañón caen por doquier, ¡corre a ocultarte!
Las balas de cañón cantan
una interminable canción.

Pese al espantoso fragor y a que los terraplenes se derrumbaban a nuestro alrededor, mi hermana siguió cantando alegremente hasta que al fin consiguió tranquilizarme. Yo sabía que estaría a salvo mientras permaneciera junto a ella.

Cuando la situación volvió a normalizarse, salimos sigilosamente como ratones asustados. A veces, después de otras visitas, veíamos a los cuidadores de las serpientes en la aldea. Eran unos hombres gigantescos que apestaban porque eran muy altos y sudaban y tenían que arrastrarse a través de montones de estiércol. A veces me cogían en brazos, jugaban conmigo y me daban unas galletas y un brebaje oscuro y dulzón. Algunos eran negros, pero la mayoría tenían el rostro blanco y unas manchas como las que suelen tener los negros en las mejillas. Debido a esas horribles manchas, los llamábamos *ma duong rach mac*, o «caras cortadas».

Tenían la nariz larga, los ojos redondos, y llevaban unos sombreros muy curiosos. Portaban mochilas a la espalda, y de sus cinturones colgaban tantos cacharros, cuchillos y frutas de metal que parecían vendedores ambulantes. Caminaban balanceándose de un lado al otro y no se movían como los campesinos, que caminaban como personas normales. Se parecían a los demonios de las historias que nos habían contado. Tenían los dientes largos, unos cuernos que les salían de la cabeza, unos rostros como caballos o jabalíes y escupían fuego como los dragones. Incluso los más amables nos aterrorizaban.

Cuando nos alertaban que la monstruosa serpiente iba a regresar, mi madre me metía en una cestita de bambú (descubrí que cabía en un sinfín de pequeños escondrijos, lo cual resultaba muy práctico) y huía con sus hijos: mi hermana Hai, la mayor, que estaba prometida; mi hermana Ba Xuan, que tenía cuatro años menos que Hai; mi hermano Bon Nghe, el favorito de mi madre; mi hermana Lan, que con frecuencia me lavaba y me daba de comer, y mi hermano Sau Ban, que tenía pocos años más que yo. A mí me llamaban «Bay» Ly porque era la sexta, pues Bay significa «seis». Dada la limitada cantidad de nombres propios que existen, los nombres con números resultan unos apodos muy útiles.

A veces huíamos a Danang, generalmente con lo puesto, y nos alojábamos en casa de mi tío Nhu. Durante el viaje nos refugiábamos en unos viejos búnkeres y a veces no teníamos nada que comer. Entonces, mi madre nos abrazaba y nos cantaba esta canción:

> En nuestra aldea
> se ha librado una gran batalla.
> Los franceses matan y arrestan a la gente;
> los campos y las aldeas arden,
> las gentes huyen
> hacia el norte y hacia el sur,
> a Xam Ho, a Ky La.
> Mientras corren, se giran
> y contemplan sus casas en llamas.
> ¡Dios mío!, exclaman,
> nos hemos quedado sin hogar.
> ¿Dónde nos refugiaremos?
> En nuestra aldea
> se ha librado una gran batalla.
> Muchos ancianos y niños
> han perecido.
> Nuestros ojos se llenan de lágrimas
> al contemplar la escena, y le preguntamos a dios:
> ¿por qué es tan cruel el enemigo?

Al regresar comprobábamos, tal como decía la canción, que la monstruosa serpiente había escupido fuego sobre numerosas casas, reduciéndolas a cenizas. Un día, también ardió nuestra casa.

Oímos la alarma y huimos en plena noche, sin darnos tiempo a coger nada. Yo estaba muy asustada porque mi padre desapareció súbitamente y no volví a verlo hasta que regresamos al cabo de una semana. Nuestra casa era un montón de escombros. Cuando mi madre me sacó de la cesta en la que me había ocultado, aún podía oír a la monstruosa serpiente rugiendo a lo lejos. Al contemplar nuestro hogar reducido a cenizas, rompimos a llorar amargamente. Mis padres se acercaron a inspeccionar las zanjas que delimitaban nuestras tierras. Por fortuna, la tierra no había sufrido graves daños. De pronto, como por arte de magia, mi padre sacó del bosque algunas de nuestras pertenencias: un altar ancestral, algunos muebles y sus útiles de trabajo. Se había quedado para tratar de salvar lo que fuera posible del ataque de aquellos demonios. Inmediatamente, sin detenerse a descansar, mis padres empezaron a reconstruir nuestra casa.

Poco a poco me olvidé de la monstruosa serpiente y de su aliento de fuego. Mi madre me llevaba a los campos, o bien me quedaba en casa con mi hermana Lan. Aunque la tierra todavía era fértil, los aldeanos se veían obligados a interrumpir a menudo las labores del campo y padecíamos mucha hambre. A veces nos alimentábamos de pieles de plátano, de naranja o lo que podíamos hallar. De vez en cuando, mi padre y mis hermanos pescaban algunos peces, pero a los agricultores no se les da bien el arte de la pesca. Otras veces conseguían atrapar un ratón de bosque (que es más grande y más sano que el ratón de ciudad), y mi madre lo freía como si fuera un conejo. Pero eso no sucedía con frecuencia. Eran mejores pescadores que cazadores.

Un día en que la situación se hizo desesperada, mi padre trajo a casa unas batatas. Sabíamos que las había robado, pues habíamos perdido nuestra cosecha y mi padre no tenía dinero para comprarlas. Esa noche, mis hermanos y yo nos llenamos la tripa, mientras nuestros padres comían salvado y brotes de bambú. A mi padre no le gustaba robar, pero tampoco le gustaba ver a sus hijos muertos de hambre. Años más tarde comprendí lo mucho que habían sufrido mis padres durante esa época, y juré solemnemente que a partir de entonces sería una hija buena y obediente. Decidí que, de mayor, permanecería junto a ellos para atenderlos cuando fueran viejos. Nada ni nadie me impediría devolverles el cariño y los cuidados que me habían prodigado.

Mi hermana Lan también hizo ese juramento y durante un tiempo se convirtió en mi ángel de la guarda. Procuraba que yo anduviera siempre limpia y aseada, mientras que los otros niños iban sucios. Cosía mis viejos vestidos y me cepillaba el pelo; mis amiguitos, en cambio, iban cubiertos de harapos. Debido a sus cuidados, los *ma duong rach mac* jugaban conmigo cuando venían a la aldea y me trataban más amablemente que a los otros niños. Yo soportaba sus caricias tratando de disimular el terror que me inspiraban.

Dos veces al año, en mayo y octubre, los aldeanos preparaban la tierra para sembrarla. Puesto que esos meses seguían a los monzones de invierno y verano, padecíamos varios desastres naturales (aparte de los causados por la guerra), desde inundaciones y fuertes vientos hasta plagas de saltamontes y el lógico deterioro del suelo.

Aunque en Ky La cultivábamos batatas, cacahuetes, canela y taro, lo más importante era el arroz. Sin embargo, pese a ser el alimento principal de nuestro país, el arroz es un producto difícil de cultivar. En primer lugar, la tierra en la que se siembra tiene que ser la idónea para que broten las semillas. Por otra parte, es preciso protegerlo de las aves y los animales, los cuales tenían que comer al igual que nosotros. De pequeña, cuando jugaba con los otros niños de Ky La, solía fingir que era un espantapájaros humano, para impedir que los *se-se*, unas aves parecidas a los cuervos, devoraran nuestra comida.

Según decía la leyenda, dios no pretendía que trabajárabamos tan duramente para cultivar arroz. Mi padre me había relatado la historia de *ong trang bu hung*, el espíritu mensajero al que dios había encargado llevar el arroz —el alimento sagrado— a la Tierra para que los seres humanos se alimentaran de él. Dios entregó al mensajero dos sacos mágicos, diciéndole: «Las semillas que contiene el primer saco crecerán en cuanto toquen el suelo y darán una cosecha abundante. Las semillas que contiene el segundo saco, en cambio, requieren más cuidados, pero proporcionarán a la Tierra una gran belleza.»

Naturalmente, dios pretendía que las primeras semillas se convirtieran en arroz, que alimentaría a millones de personas sin que éstas tuvieran que esforzarse en cultivarlo; y las segundas semillas se transformarían en hierba, que los seres humanos no podían comer, pero tapizaría y embellecería el suelo. Desgraciadamente, el mensajero divino confundió los sacos y los seres humanos pagamos su torpeza: el arroz era difícil de cultivar, mientras que la hierba crecía por doquier, incluso donde resultaba un estorbo.

Cuando dios se enteró de su error, expulsó al mensajero del Cielo y lo envió a la Tierra en forma de cucaracha, para que se arrastrara eternamente por entre la hierba procurando que las personas a las que había perjudicado tan gravemente no la pisaran y aplastaran. Este duro karma, sin embargo, no hizo que la vida de los agricultores resultara más fácil.

Cuando las semillas se transformaban en cañas, las arrancábamos —*nho ma*— y las plantábamos de nuevo en los arrozales, hasta el momento de la cosecha.

Después de retirar la capa exterior y partir los trozos apelotonados con un martillo, mojábamos el arroz con agua que transportábamos de una charca o un río cercano. Tras inundar los campos, dejábamos el arroz en remojo durante varios días. Finalmente, los arados tirados por búfalos completaban la tarea. Para plantar el arroz, sin embargo, la tierra tenía que ser *bua ruong*, incluso más blanda que la tierra en la que cultivábamos las hortalizas. Para comprobar si la textura era correcta, cogíamos un puñado de tierra húmeda, y ésta debía deslizarse entre nuestros dedos como si fuera sopa.

La tarea de trasplantar las cañas de arroz a los arrozales solían realizarla las mujeres. Aunque procurábamos trabajar deprisa, dicha labor suponía permanecer con la espalda doblada, sumergidas en barro hasta las rodillas por espacio de varias horas. Pese a nuestra habilidad, acabábamos agotadas. Pero no existía otro medio de trasplantar las cañas, y el contacto sensual entre nuestras manos, nuestros pies, el arroz y la tierra anegada en agua contribuía a preservar e intensificar nuestros vínculos con la tierra. A veces, mientras trabajábamos, cantábamos para animarnos y así romper la monotonía. Una de las canciones que me enseñó mi madre decía:

Nos gustan las palabras hoa binh;
Hoa binh significa paz; primero hoa, *y luego* binh.
Hoa significa «juntos», y binh *significa «iguales».*
Si permanecemos juntos, no tendremos que separarnos de nuestros seres queridos.
Si todos somos iguales, no nos pelearemos entre nosotros.
La paz significa el fin de los sufrimientos,
Hoa binh significa el fin de la guerra.

Una vez plantado el arroz, regábamos la tierra cada dos días y, puesto que las parcelas habían alimentado a nuestra aldea durante siglos, también teníamos que abonarlas. Salvo que una familia fuera muy rica no podía permitirse el lujo de comprar productos químicos, de modo que cogíamos el estiércol de los corrales y lo transportábamos en cestos hasta los arrozales, donde lo distribuíamos de forma regular sobre las plantas. Cuando los animales empezaron a escasear, poco antes de terminar la guerra, añadíamos excrementos humanos que recogíamos de las letrinas situadas en las afueras de la aldea. Como es sabido, en la tierra húmeda y fértil crecen hierbajos, que las mujeres y los niños nos encargábamos de arrancar. La primera escarda se denominaba *lam co lua di*, seguida un mes más tarde por una segunda, llamada *lam co lua lai*. El agua empantanada albergaba también mosquitos, sanguijuelas, serpientes y cangrejos de agua dulce, y uno nunca sabía lo que se encontraría oculto entre los hierbajos. Era una labor ingrata y extenuante que realizábamos durante catorce horas diarias a lo largo de muchos días.

Una vez plantado el arroz, podíamos dedicarnos a otras tareas, como confeccionar vestidos, reparar las herramientas, buscar esposo o esposa a los hijos casaderos y honrar a nuestros antepasados mediante una serie de ritos.

El decimocuarto día de cada mes (según nuestro calendario lunar), y el treinta, y treinta y uno (*ram mung mot*, cuando es luna llena) quemábamos frutas, harina y objetos de papel, como dinero, muebles en miniatura y ropa —todos ellos confeccionados con fines religiosos— sobre nuestro altar familiar. Mi padre se inclinaba ante él e imploraba a dios que protegiera nuestros bienes y nuestras vidas. Su principal preocupación era nuestra salud, a la cual aludía explícitamente cuando uno de nosotros estaba enfermo, y nunca concluía su oración sin suplicar que terminara la guerra.

El cultivo del arroz constituía sólo una parte de nuestra vida cotidiana. Al igual que la luz del día y la oscuridad, la vigilia y el sueño, los trabajos y los ritos de la recolección definían la otra mitad de nuestra existencia.

Según la leyenda, los problemas de los seres humanos con el arroz no finalizaron con la torpe cucaracha. Cuando dios comprobó los trastornos que la confusión entre los sacos mágicos había provocado en la Tierra, ordenó al arroz que formara una bola y fuera rodando de casa en casa «para ser cocido». El arroz le obedeció y se presentó en la primera casa. Pero el ama de casa, al ver la gigantesca bola, se asustó y le propinó un escobazo, partiéndola en mil pedazos. El arroz, enfurecido, gritó: «Jamás volveré. De ahora en adelante tendrás que ir a los campos y cogerme con tus propias manos si quieres comerme.»

Fue la primera y única ocasión en que un vietnamita casi consiguió comer un cuenco de arroz sin que le costara ningún esfuerzo.

A comienzos de marzo, y de nuevo en agosto, recolectábamos el arroz y lo preparábamos para utilizarlo durante el resto del año. En marzo, cuando la tierra estaba seca, cortábamos las cañas a la altura del suelo —*cat lua*— para mantener la planta viva. En agosto, cuando la tierra estaba mojada, cortábamos la planta a mitad de la caña —*cat gat*—, lo cual resultaba más sencillo.

La tarea de separar el arroz de la caña se realizaba fuera, en una explanada junto a nuestra casa. Puesto que el arroz estaba recién cortado, teníamos que dejarlo secar al sol durante varios días. El arroz, en esa fase, se llamaba *phoi lua*, casi arroz. Dicha labor la realizaba nuestro búfalo, que caminaba describiendo círculos sobre el montón de cañas hasta que el arroz se desprendía de ellas. Luego formábamos haces con las cañas y las utilizábamos para reparar el tejado o alimentar el fuego. Después de separar el arroz bueno, de color claro, llamado *lua chet*, del arroz malo y oscuro, que llamábamos *lua lep*, lo transportábamos a casa para prepararlo. El mejor arroz, por supuesto, lo devolvíamos a la Madre Tierra. Esas semillas de arroz se llaman *lua giong*. Las colocábamos en unos grandes tarros llenos de agua que sepultábamos debajo de un montón de heno para que las semillas de arroz no se enfriaran. Los nutrientes, la humedad y el calor contribuían a que éstas se desarrollaran. Al cabo de tres días (durante los cuales regábamos y abonábamos el plantío como si fuera un jardín), arrojábamos las fértiles semillas, llamadas *geo ma*, sobre la parcela de tierra que habíamos preparado a tal efecto. Pero ese arroz lo reservábamos para más adelante. Nuestra principal tarea era preparar el arroz que íbamos a consumir de inmediato.

Una vez preparado el *lua chet*, almacenábamos una parte del arroz en la zona principal de la casa, llamada *nha tren*, que significa casa superior, porque mi padre dormía allí y albergaba nuestro altar familiar. Lo metíamos en unas latas que colocábamos detrás de una cortina de bambú, que servía también para ocultar objetos valiosos, como armas, provisiones y niños pequeños como yo, cuando llegaban los soldados a la aldea.

Junto a la parte posterior de la casa, llamada *nha duoi*, o casa inferior (donde dormíamos mi madre, mis hermanos y yo), se extendía una explanada en la que completábamos nuestra tarea. Después de extraer los granos de las cáscaras, los agitábamos en unas grandes cestas para que el viento se llevara los residuos. A continuación, trasladábamos el arroz al interior de la casa, donde se convertía en «arroz del suelo». Luego, golpeábamos el arroz en un cuenco para partir la cubierta de salvado que contenían los dulces granos blancos. Lo agitábamos en un colador, por cuyos orificios caía el salvado que utilizábamos para alimentar a los cerdos. El arroz que contenían los granos aprovechables se llamaba *tam*, y aunque era comestible, no era muy bueno; se lo dábamos a las gallinas (cuando habíamos tenido una buena cosecha), o bien lo compartíamos con los mendigos cuando la cosecha era mala.

Siempre nos culpábamos a nosotros mismos por la pérdida de una cosecha, convencidos de que no habíamos trabajado con suficiente ahínco o, si no había otra explicación, que no habíamos honrado debidamente a nuestros antepasados. Nuestra solución consistía en rezar con mayor fervor y sacrificarnos, y al final las cosas siempre se arreglaban. Las cosechas que destrozaban los soldados, sin embargo, eran otra cuestión. Sabíamos que las oraciones eran inútiles porque los soldados también eran seres humanos, y el dios de la naturaleza había previsto que ellos resolvieran su karma al igual que teníamos que hacer nosotros.

En cualquier caso, la transformación de las semillas en arroz era un proceso largo y complicado, y como cada grano era el símbolo de la vida, jamás desperdiciábamos ni uno solo. El buen arroz constituía la piedra preciosa de dios —*hot ngoc troi*—, y era preciso respetarlo para no sufrir el castigo divino. Aún hoy, cuando estalla una tormenta con fuertes relámpagos, los campesinos se ocultan debajo la mesa y buscan algún grano de arroz en el suelo para protegerse de los rayos. Asimismo, los padres jamás deben pegar a sus hijos —por muy mal que se porten— mientras éstos comen arroz, ya que ello interrumpiría la sagrada comunicación entre el que lo come y el creador del arroz. Al igual que mis hermanos, aprendí muy joven las ventajas de masticar lentamente la comida.

Cuando tuve edad suficiente para ayudar a mi familia a cultivar el arroz, iba todos los días a los campos con mi madre. Mientras trabajábamos, me enseñaba todo cuanto debía saber sobre la vida. En Occidente, por ejemplo, la gente cree que debe «perseguir la dicha» como si se tratara de un ave huidiza difícil de atrapar. En Oriente, por el contrario, creemos que nacemos con la dicha, y, según me enseñó mi madre, una de las tareas más importantes de la vida es defenderla. Por consiguiente, a mí me chocaba que los maestros católicos nos dijeran que los niños «nacen en el pecado» y deben esforzarse toda su vida por superarlo. ¿Cómo puede ser uno más feliz que un bebé? Nace sin nada y, sin embargo, es feliz. ¿Cuántos años debe de vivir un hombre rico y piadoso para ser más feliz que un bebé?

Entre otras muchas cosas, mi madre me dijo que debía ser una esposa virtuosa y una nuera obediente, que debía conservar mi virginidad para ofrecérsela a mi marido y ocuparme de mis hijos. Recuerdo que en cierta ocasión, cuando los soldados habían llegado a Ky La, mi madre y mi hermana se mancharon los pantalones con un tinte vegetal rojo mezclado con agua, para que los soldados creyeran que tenían la menstruación y no intentaran violarlas. Desgraciadamente, a algunos soldados no les importaba que las mujeres llevaran los pantalones manchados, pero ése era un riesgo que corrían todas las mujeres en Ky La. Mi madre me dijo también que, independientemente de que hubiera o no soldados en la aldea, las mujeres que parían o tenían la menstruación no eran tan limpias como los hombres o las ancianas. Teníamos que utilizar las puertas laterales de los templos y las iglesias y lavar nuestra ropa interior manchada de sangre antes de que saliera el sol —cuya faz mostraba la imagen de nuestro dios masculino—, para que éste no se ofendiera al ver nuestra *mau co toi*, la sangre del pecado. No es de extrañar que lo llamaran «la maldición de las mujeres».

También aprendí de mi madre que una buena esposa no debía preocuparse por la riqueza de su marido, pero sí intentar defenderla. Aunque no teníamos que pagar ninguna hipoteca ni facturas de gas, electricidad o agua corriente, el conseguir dinero para cubrir nuestras necesidades más elementales (como comprar tejido para la ropa e incienso para adorar a nuestros antepasados), o algunos lujos (como cerveza para mi padre) era tarea de la esposa. Mi madre cultivaba diversos productos en el huerto y vendía nuestros patos más gordos en el mercado. Cuando le sobraba algún dinero para comprar un poco de oro o una joya, lo enterraba inmediatamente en el jardín. Puesto que todo lo que no podía confeccionar ella misma tenía que comprarlo, se convirtió en una mujer muy habilidosa y ahorradora. Conservaba todo cuanto adquiría, y sus ahorros nos salvaron la vida en más de una ocasión.

Como yo era la menor de sus hijos, me habló sobre su vida como la hija más joven de su familia. Su nombre de soltera era Tran Thi Huyen, al cual se negó a renunciar al casarse. Su padre murió cuando ella tenía cinco años y su madre, que no podía atender a cuatro niños, trabajar todo el día en los campos y ocuparse de sus suegros, falleció un año después que su marido.

Al oírla hablar empecé a inquietarme por mis padres, y un día en que estábamos arrancando los hierbajos, le pregunté de qué había muerto mi abuelo. No dudaba de que me tranquilizaría saberlo porque mi padre era un hombre fuerte y los abuelos siempre son viejos y están enfermos. ¿Qué mal podía sucederle a un hombre joven?

—Lo mataron en la guerra —respondió mi madre.

—¿Así que te crió la tía Thu?

—Sí, pero sólo hasta que contrajo matrimonio. Cuando se marchó de casa, mi hermano pequeño, Jan, se echó a llorar desconsoladamente. Creía que iban a meter a nuestra hermana en una cesta y llevársela como habían hecho con nuestra madre.

La ingenuidad del niño me hizo sonreír. Afortunadamente, mi madre y sus hermanas habían asistido a la escuela, aunque la mayoría de las niñas solía quedarse en casa. Su educación les había resultado muy útil. Le pedí que me contara más cosas sobre su hermano mayor, que se había educado en la ciudad.

—Nhu fue el primero de nosotros que asistió a la escuela —respondió mi madre—, aunque el pobre solía acudir a clase con el estómago vacío. Ninguno de nosotros probaba bocado hasta la noche, cuando la tía Thu, después de trabajar todo el día en los campos, nos daba la comida que había preparado en su casa. Yo la esperaba en el jardín, junto con Nhu, sosteniendo a Jan en brazos. Debíamos ofrecer un cuadro lamentable, tres niños delgaduchos y famélicos esperando ansiosos ver lo que íbamos a comer.

—Debía ser muy duro para la tía Thu tener que ocuparse de dos familias —observé.

El que alguien te diera la comida hecha, aunque fuera lo único que probaras en todo el día, se me antojaba el mayor de los lujos. Dado que era la más joven, siempre tenía que ayudar a mi madre a preparar la comida mientras mis hermanos jugaban, lo cual me parecía de lo más injusto.

Mi madre sonrió y dijo:

—Thu era muy buena con nosotros, pero cuando nos daba la comida ya había terminado sus tareas. Yo, en cambio, tenía que llevar la comida a casa, preparar la cena, dar de comer a mis hermanos y limpiar la casa. Además tenía que atender al pequeño Jan y a Nhu, lo que significaba lavarlos, vestirlos, darles cariño y escuchar sus quejas, aunque estuviera rendida. Por otra parte, mi sentido del deber me exigía corresponder a los favores de la tía Thu ayudándola en los campos.

—¿Cuánto tiempo tuviste que hacerlo? —pregunté, imitando la postura de mi madre, que se plantaba en el barro con los pies separados, como una guerrera. Tenía un cuerpo ágil y flexible, y movía los brazos como una incansable máquina. Echábamos los hierbajos en unos cestos como si arrojáramos cadáveres de soldados a una pira funeraria. Cuando estaban secos, los quemábamos en el hogar.

—Durante mucho tiempo. Nunca teníamos bastante que comer e íbamos vestidos con harapos, de modo que dependíamos totalmente de la tía Thu. Al cabo de unos años, tu tío Nhu se trasladó a Danang, donde asistió a la escuela superior. Más tarde consiguió un buen trabajo y se casó. Tus seis primos nacieron en Danang. Yo todavía tenía que ocuparme de Jan, aunque ya era un muchachito y muy travieso. De vez en cuando iba al cementerio a visitar la tumba de mis padres y pedirles consejo.

—¿Y te contestaban? —le pregunté, apoyándome en la cesta. Ser una guerrera era mucho más cansador de lo que había supuesto.

—La mayoría de las veces. Vamos, Bay Ly, *mau len lam co di*. ¿Crees que la mala hierba desaparecerá por sí sola? —replicó mi madre, dándome un golpecito en el brazo—. Mis padres me recordaban lo importante que es que una joven tenga una madre que le enseñe a ser una señorita bien educada. ¿Quién va a enseñarle a hacer las tareas? Cuando te cases, tu suegra se convertirá en tu segunda madre, en tu jefa. Si logras satisfacerla como sirvienta, pensará que eres una mujer adecuada para su hijo. Ten presente que tu marido es lo más importante; en primer lugar debes servirle la comida a él, luego a los niños y por último servirte tú. Debes aprender a servir el té a tu suegra con las dos manos, como es debido. Debes invitar a su familia y a la tuya a comer, y no sólo decirles que se sienten a la mesa. Debes inclinar la cabeza ante ellos en señal de respeto y atenderlos solícitamente. Nunca debes interrumpir a tu marido cuando hable, aunque se equivoque. Una vez que hayas pasado el examen, gozarás de mayores privilegios y respeto. ¿Crees que esas cosas son gratuitas? Luego, tu suegra vendrá a visitarme y les dirá a todos que Le Ly tiene una buena madre. Puesto que la madre de tu padre no pudo felicitar a su consuegra, porque ya había muerto, yo tuve que transmitir sus felicitaciones a mi madre en su sepultura.

—¿Cómo conociste a papá?

Mi madre se inclinó para arrancar unos hierbajos con sus fuertes manos y contestó:

—Nos conocimos en los campos. Había varios jóvenes interesados en mí.

Por primera vez, mi madre hizo una pausa. Sonrió, aunque yo no había dicho nada gracioso, y prosiguió:

—En realidad, nos conocimos por casualidad. El tío Jan se había marchado de casa y yo disponía de más tiempo. Incluso había pensado en hacer un viaje. Pero un día vi a tu padre trabajando en un arrozal junto al mío, y él también se fijó en mí. Como su madre no podía hablar con mis padres, puesto que habían fallecido, me las ingenié para que supiera que no estaba comprometida con nadie. Me enteré de que se llamaba Phung Trong. Era el penúltimo hijo. Su padre era un hombre rico, pues poseía varias parcelas de tierra. No obstante, todos decían que Phung Trong no era un muchacho consentido, sino bueno y cariñoso, aparte de guapo. Tuve mucha suerte al casarme con él.

—¿Fue una boda suntuosa?

—No. Como yo no tenía a nadie que me llevara al altar, hubiera sido absurdo.

Mi madre me contó que se fue a vivir con la familia de mi padre, en cuya casa permaneció tres años mientras aprendía a ser una buena esposa. Lo primero que aprendió fue que la perfección es imposible de alcanzar. Aunque estaba convencida de ser una inútil, su suegra parecía satisfecha de sus aptitudes y no solía quejarse. Por desgracia, su madre nunca se enteró de su silenciosa aprobación, ya que había fallecido. Mi madre procuró hacerle la vida más cómoda y agradable a su suegra. Su nuevo marido, mi padre, también se mostraba satisfecho. Puesto que se tenían el uno al otro y no se habían casado debido a los deseos de unos padres ambiciosos, mi padre y mi madre confiaban en el profundo amor que les unía, lo cual no era frecuente ni imprescindible. No obstante, mi madre se esforzó en complacer a todo el mundo. A fin de cuentas, no tenía una familia a la que recurrir si las cosas iban mal.

—Y tuviste hijos... —dije—. ¿De dónde vinieron tus hijos? ¿De dónde vengo yo?

Mi madre siguió arrancando hierbajos sin detenerse.

—Del mismo lugar del que proceden tus hermanos y tus hermanas: del ombligo de tu madre. Aún conservo tu cordón umbilical en una caja.

Me palpé debajo de la camisa el misterioso orificio que tenía en el vientre, preguntándome cuándo empezarían a salir de él unos bebés. Mi madre me observó por el rabillo del ojo y dijo:

—No te preocupes. Dios crea a los bebés y los mete en tu vientre. Ya te darás cuenta cuando llegue el momento.

—Pero papá dice que soy su hija...

—Los hombres siempre quieren atribuirse las buenas obras de dios —me interrumpió mi madre—. Y también las obras de las mujeres. Por eso os advierto siempre a ti y a tus hermanas *dung gan dan ong*, manteneos alejadas de los hombres. Sobre todo cuando estéis acostadas. Si un hombre se acerca a vosotras, significa que dios va a crear un niño. Por eso, desde hace un tiempo, tu padre y yo dormimos en alcobas separadas. Los hombres deben dormir en la habitación delantera, para custodiar el altar de nuestros antepasados. Además —añadió mi madre, haciéndome cosquillas en el ombligo—, ¿dónde iba a dormir mi Bay Ly sino con su pobre madre y sus hermanas?

Unos años más tarde, en 1963 —el año en que el Vietcong llegó a mi aldea—, unos aviones de combate norteamericanos bombardearon Man Quang. Fue por la tarde, cuando los niños salían de la escuela. Cuando sonó la alarma, mi tía Thu y su nuera, que estaba encinta, se hallaban preparando la comida para su marido y sus cuatro nietos. Todos se apresuraron a ocultarse debajo de la mesa, protegiendo con sus cuerpos a la mujer encinta. Súbitamente cayó una bomba en el jardín de la tía Thu, en el lugar donde mi madre y sus hermanos solían aguardar a que ésta les entregara la comida. Todos, excepto la mujer encinta, resultaron heridos a causa de la explosión. Mi tía Thu y uno de sus nietos murieron en el acto. Un fragmento de metralla penetró en su pecho y le atravesó su generoso corazón.

Durante el funeral intenté consolar a mi madre, que lloraba amargamente. El marido de la tía Thu estaba en el hospital, con ambas piernas rotas, y dos de sus cuatro hijos se hallaban ausentes porque habían muerto en la guerra, al igual que los hijos del tío Jan. Ninguno de los hijos del tío Nhu pudo asistir porque trabajaban para el Gobierno en Danang, y aunque nos hubiéramos alegrado de verlos, los otros habitantes de la aldea —que eran leales al Vietcong— no les hubieran acogido con simpatía.

Regresamos a casa junto con los miembros de la familia de la tía Thu que habían sobrevivido a la explosión y la enterramos en el jardín. Debido al avanzado estado de su nuera, ésta no podía hacerse cargo de sus hijos, y mi madre me obligó a ir a vivir con ellos durante una semana. En otras circunstancias no me habría importado, aunque no me apetecía hacer el papel de nuera en casa de la mujer encinta ni hacer de «madre», como había hecho la mía, de tres niños que no eran hijos míos. Pero la razón principal por la que no quería ir era por temor al espíritu de la tía Thu, que yacía mutilada en una sepultura a pocos metros de la puerta y que acaso quisiera vengarse de los vivos, *ma di Thu doui ma hien ve*. Temía que el círculo de su trágica vida me atrapara, por ser sobrina suya, y me convirtiera en víctima de los sufrimientos que ella había padecido. Me sentía al mismo tiempo asustada y enfurecida por la forma como el destino se había comportado con ella. ¿Cómo podían sucederle esas cosas a una persona tan bondadosa como ella? Yo quería ser buena, pero también quería vivir.

Poco antes de que terminara la guerra con Francia, descubrí quién era el enemigo. Comprendí que no eran unos demonios mágicos, sino unos hombres de otra raza. Sin embargo, ello no me tranquilizó, pues significaba que eran los seres humanos, y no unos monstruos, quienes provocaban las guerras. De golpe comprendí que la tristeza que reinaba en Ky La no era natural, ni formaba parte del orden del universo.

Esa sensación de melancolía impregnaba el ambiente como el polvo, haciendo que la gente suspirara y llorara constantemente. Aunque yo ignoraba todos los aspectos de nuestra religión budista, sabía más o menos qué significaba cada ceremonia. La gente lloraba frente a los altares o quemaba incienso en memoria de los muertos. Los campos y los caminos estaban sembrados de toscos altares erigidos en honor de los seres queridos que habían perecido en la guerra. El mensaje de dolor aparecía grabado en cada rostro y en las afligidas voces. Pese a mi corta edad, yo también me sentía triste y angustiada.

Algunas de las personas que habían muerto, en su mayoría ancianas, habían tenido la fortuna de morir casi de forma natural: de hambre, ahogadas en el río al tratar de huir de los disparos, por dormir a la intemperie, de un ataque de corazón o de agotamiento. Pero la mayoría había sucumbido a las armas que esgrimían los franceses y sus aliados vietnamitas. Esas víctimas, en su mayoría, eran niños de mi misma edad. Empecé a preguntarme por qué me había salvado cuando tantos amigos míos, vecinos y parientes habían muerto. Por más vueltas que le daba, no me consideraba tan especial como para merecer ese tratamiento. Tan sólo me sentía afortunada. Por otra parte, el hecho de depender de un protector tan poco fiable como la suerte no hacía sino aumentar mi angustia.

Mi familia y yo rezábamos con frecuencia, con el fin de aplacar a los enfurecidos espíritus de los muertos que nos rodeaban, como el fantasma de una mujer de veinticinco años, preñada, que había sido asesinada por los franceses y cantaba canciones de cuna a su bebé en el cementerio; o un amigo mío que había muerto a causa de una explosión, cuyo espíritu suplicaba a la providencia que enviara a otra víctima que lo sustituyera para que él pudiera regresar a casa. Los espíritus de los soldados muertos también vagaban por el cementerio, pero cuando mis hermanos y yo nos acercábamos, se evaporaban en la niebla.

Por las noches, mi familia y yo nos sentábamos junto al fuego y contábamos historias de fantasmas, referentes a remotos antepasados nuestros y personas que habían muerto recientemente. Todas las historias tenían un patrón común, como los diferentes actos de una obra o las estrofas de un poema. El narrador debía especificar cómo había muerto la víctima, de ser posible con todo lujo de detalles. Había fantasmas de agua —*ma nuoc*—, es decir, personas que habían muerto ahogadas; fantasmas que vagaban sin rumbo —*ma le*—, que se dedicaban a asustar a la gente porque no tenían a dónde ir ni una importante misión que cumplir; estaban también los fantasmas llamados *ma troi*, que volaban por los aires (no todos ellos son capaces de volar, como sí lo son los fantasmas occidentales); y otros llamados *mai da*, unos fantasmas tan estúpidos después de muertos como lo habían sido en vida. Una vez definidos estos antecedentes, el narrador debía explicarnos cómo era esa persona antes de morir, aunque no la conociera perfectamente. Esas historias me ponían los pelos de punta, hasta que comprendí que eran más importantes las cualidades del espíritu del difunto que los siniestros datos de su muerte. Dado que la forma de morir de cada persona influye en la vida que tendrá entre los espíritus, el narrador no podía omitir ningún detalle, sobre todo si la muerte había sido súbita y violenta. Por consiguiente, empecé a considerar todo lo relacionado con lo sobrenatural —el universo de los espíritus y los hábitos de los fantasmas— como quien imagina una ciudad lejana o un país exótico. Más tarde comprobé que no era la única que pensaba de ese modo.

En una ocasión, mi madre me habló sobre nuestros vecinos.

—Si son vecinos nuestros, ¿por qué no puedo verlos? —le pregunté.

—Jamás los verás si los buscas como a seres humanos —contestó mi madre con un tono que me hizo sentir como una estúpida que busca peces en el cielo o pájaros en el agua—. Tienes que buscar sus espíritus. Y para hallar a un espíritu, debes conocer algunos datos sobre cómo era esa persona y cómo murió.

Yo le pedí que me enseñara a hallar a los espíritus.

—Un día, cuando los legionarios franceses llegaron a la aldea, todos salimos huyendo, como de costumbre. Los franceses, por su parte, creyeron que la aldea estaba llena de soldados del Vietminh, y comenzaron a buscarlos. Ese día, las únicas dos personas que no oyeron la alarma fueron nuestros vecinos. El marido se hallaba en el bosque talando árboles y su esposa estaba en casa, ocupada en sus quehaceres. Eran muy jóvenes, hacía poco que se habían casado y tenían muchas ilusiones. Unos soldados marroquíes entraron en la casa y sorprendieron a la mujer. Furiosos por no haber dado con el enemigo, los soldados se alegraron de hallar una víctima para descargar su ira. Le arrancaron la ropa y la arrojaron al suelo. La mujer gritó y trató de defenderse de sus agresores, pero fue inútil. El marido, al regresar del bosque, oyó sus gritos y echó a correr hacia la casa. Entró por la puerta trasera, sosteniendo el hacha, y vio que los soldados estaban violando a su mujer. Pero no pudo hacer nada por salvarla. Unos soldados le arrebataron el hacha, mientras se mofaban de él. Luego lo llevaron al jardín y lo tumbaron en el suelo, sujetándolo por las manos y los pies, como un cerdo a punto de ser sacrificado, y le arrancaron las piernas y los brazos con su propia hacha. Después, entraron de nuevo en la casa y esperaron su turno para violar a la esposa. Cuando terminaron, un soldado le apuntó con el fusil y le preguntó si quería morir de un balazo o prefería reunirse con su marido. Como es lógico, la mujer contestó que deseaba reunirse con su marido. La sacaron afuera e hicieron con ella lo mismo que habían hecho con su marido. Afortunadamente, tras arrancarle las piernas y los brazos a la altura de las rodillas y los codos, apareció un oficial y los soldados se marcharon. Por fortuna, era una mujer muy fuerte. Cuando regresamos, aún le quedaban fuerzas para contarnos lo ocurrido antes de que su espíritu fuera a reunirse con sus antepasados. La enterramos como es debido, aunque apresuradamente, por temor a que los soldados regresaran.

—Pero ¿cómo reconoces a sus espíritus? —pregunté, aunque temía la respuesta. No podía comprender que alguien tuviera el valor de contemplar a unos fantasmas desmembrados, aunque se tratara de nuestros vecinos.

Mi madre sonrió con tristeza, como si leyera mis pensamientos, y contestó:

—Los ves vagando por la casa, generalmente de noche, suplicando comida y un poco de agua. Pero no te preocupes, están enteros. La mujer tiene el cabello largo y enmarañado, y su rostro, aunque triste, refleja una gran fortaleza. El marido, sin embargo, parece desesperado, por no haber conseguido defender a su esposa y a su casa. Siempre anda con la cabeza gacha, como si se sintiera avergonzado.

—¿Por qué suplican que les den de comer? ¿No eran agricultores como nosotros?

—Murieron sin dejar unos hijos que les llevaran tortas y dinero y quemaran incienso para honrarlos. ¿Acaso crees que hacemos esas cosas porque sí?

Los legionarios con la «cara cortada», según comprobé más tarde, no eran los únicos que traían la muerte a nuestra aldea.

Los Vietminh, los «jóvenes soldados» *bo doi*, que eran partidarios del presidente Ho Chi Minh que gobernaba el norte de Vietnam, habían luchado contra los franceses para conquistar la independencia de los vietnamitas. Dado que Ky La se hallaba situado entre el Norte y el Sur, los aldeanos poseíamos las características de ambas regiones. Éramos más serios que muchos de los habitantes de las zonas más cálidas del Sur, pero no tan severos como la gente del Norte. Por consiguiente, muchos aldeanos apoyaban al Vietminh, aunque tenían parientes en el Sur que apoyaban a los franceses, y los del Vietminh nos hablaban como unos padres que no estaban seguros de cómo se comportarían sus hijos cuando ellos se marcharan. Nos recordaban nuestra obligación de repeler a los invasores. Nos explicaban que todo el que muriera por defender la justicia no caería en una fosa sin nombre.

Al principio, los del Vietminh se esforzaron en comportarse como aldeanos en lugar de soldados. No robaban ni saqueaban como los marroquíes mercenarios. No mataban a las personas al azar ni las torturaban para divertirse, aunque castigaban duramente a todos los sospechosos de colaborar con el enemigo. En más de una ocasión, los que apoyaban a los franceses eran hallados maniatados y degollados en sus casas. A veces eran ejecutados públicamente. «¿Cómo es posible que esos vietnamitas apoyen a los franceses y traicionen a su raza?», nos preguntaban los soldados del Vietminh. Como no podíamos responder a esa pregunta, nos limitábamos a alabar a Tío Ho. Aunque lucháramos contra el Gobierno colonial, estábamos convencidos de no ser unos traidores. A fin de cuentas, los partidarios de la Francia Libre habían resistido a los alemanes y a los colaboradores de los nazis durante la Segunda Guerra Mundial. Nuestra situación era parecida. En todo caso, eran los franceses quienes debían sentirse avergonzados por tratar de someter a un país que no les pertenecía.

Aunque yo era muy joven para hacer nada contra los franceses, recuerdo que mis hermanas se preparaban —lavándose, cepillándose el pelo y practicando todas las noches— para cantar y bailar ante los soldados del Vietminh que vivían cerca de nuestra aldea. Pese a las conmovedoras palabras, siempre me quedaba dormida mientras escuchaba las canciones.

Recuerda: muchos jóvenes adolescentes
han visto padecer a su patria.
Por ello, debo ser valiente.
Conduciré a los aguerridos soldados
desde Chu Lai hasta Vinh Dien y la montaña Trang Son,
y me tumbaré a la orilla del mar
para dejar que mi coraje se seque al sol de la victoria.
Llevaré nuestra bandera al rey Nghia Hoi,
que ha construido nuestro campamento en Can Vuong.

Acudiremos cantando al campo de batalla.
Los ciudadanos de la zona central,
que nos oponemos a los franceses,
destruiremos al enemigo con nuestras manos.

Mis hermanas preparaban también pelotas de arroz, vendas y otros objetos para los soldados. Cada noche, un representante del Vietminh venía a recoger nuestros presentes para llevárselos a los soldados que luchaban en el campo de batalla. Nunca nos pagaban por las provisiones, pero tampoco pagaban a los del Vietminh para luchar en favor nuestro. El dinero convertía a los soldados en mercenarios, y, si los aldeanos patriotas hubieran recibido dinero por esas provisiones, se hubieran convertido en unos vulgares oportunistas. Los campesinos de Ky La todavía no habían aprendido a considerar la guerra como un negocio.

Mi madre era más que patriota. Había cavado un túnel secreto debajo de su cama y de vez en cuando la veía a ella o a mi padre almacenar provisiones en él. Jamás averigüé si el túnel terminaba debajo de la casa o si conducía a otro lugar. Sabía que los soldados del Vietminh pasaban casi todo el tiempo ocultos bajo tierra, por lo que era muy difícil dar con ellos, aunque fueras amigo suyo. Los aldeanos les guardaban comida y ropas, porque, si hubiesen salido de su escondite durante el día, los franceses los habrían aniquilado como si fueran ratas. Aunque se comportaban de forma muy misteriosa, no me inspiraban tanto temor como los legionarios. Permanecían invisibles para protegernos, al igual que nuestros antepasados.

Al menos, eso pensaba yo.

Mi hermana mayor, Hai (le habían puesto ese nombre por ser la primogénita, aunque se llamaba Ngai), nació en 1931, y poco antes de terminar la guerra se casó y tuvo una hija. Cuando su hija, la pequeña Tinh, tenía tres días, el marido de Hai, Ba Lac, fue arrestado por los franceses al sorprenderlo transportando unas cañas de arroz por la carretera. Los soldados nunca avisaban a los parientes cuando detenían a alguien, sobre todo si se trataba de un sospechoso de pertenecer al Vietminh. Por consiguiente, no nos dimos cuenta de que le había sucedido algo malo hasta el anochecer, cuando no apareció a la hora de cenar.

En tales circunstancias, lo normal era que la familia se presentara en la cárcel local, Don Pho Xanh, para mirar a través de la alambrada y comprobar si su pariente desaparecido se hallaba entre los presos. Por fortuna, el marido de Hai estaba vivo, aunque mostraba señales de haber recibido una soberana paliza. Cuando tratamos de comunicarnos con él a través de la alambrada, los guardias marroquíes nos obligaron a marcharnos.

El domingo siguiente, que era el día en que los familiares podían visitar a los presos, Hai cogió a la pequeña Tinh en brazos y mi madre me cogió a mí, y fuimos a llevar comida al marido de Hai. Cuando llegamos a la cárcel, nos unimos a la larga fila de gente que había ido a llevar comida casera a los prisioneros, los únicos alimentos realmente comestibles que éstos solían obtener durante su cautiverio, que a veces se prolongaba durante varios meses.

Cuando llegamos frente a la alambrada, Hai llamó a su marido y sostuvo a Tinh en alto para que él pudiera ver a su hijita. Ba Lac se acercó cojeando y cogió el saco que le entregó mi hermana, el cual contenía comida y una muda. Aunque Ba Lac deseaba hablar con su mujer, un guardia marroquí lo empujó con el cañón de su fusil y lo obligó a alejarse. Nos sentamos en el suelo y permanecimos un rato observando al marido de Hai, hasta que los prisioneros regresaron a sus celdas. Después, volvimos a casa.

Al día siguiente, mi hermana estaba tan disgustada que no quería hablar con nadie. Trató de mostrarse valiente, pero la perspectiva de criar a su hija sola la trastornaba. Sólo era capaz de llorar y maldecir a los franceses a través de sus lágrimas.

Unos meses más tarde nos enteramos de que los franceses iban a liberar a algunos prisioneros para congraciarse con los campesinos. Naturalmente, todos confiábamos en que dejarían libre al marido de Hai. A fin de cuentas, no había cometido ningún delito y, aunque detestaba a los franceses, no había luchado contra ellos.

El día en que iban a liberar a los prisioneros, Hai cogió comida y ropas, mi madre nos metió a Tinh y a mí en unas cestas de bambú que colgaban de un balancín, se lo colocó sobre los hombros y nos dirigimos a la cárcel de Don Pho Xanh. Al llegar vimos un enorme gentío congregado frente a la alambrada y tuvimos que aguardar varias horas bajo el intenso sol.

Al fin apareció un convoy de camiones militares. Los prisioneros fueron conducidos como reses desde sus celdas hasta los camiones, que partieron de inmediato. Indignada, la gente empezó a gritar y a apretujarse contra la alambrada para ver por última vez a su hijo, padre o hermano, mientras arrojaban las provisiones en la parte trasera de los camiones. Cuando el camión en el que iba mi cuñado pasó frente a nosotras, Hai levantó a Tinh, agitándola como si fuera una bandera, mientras mi madre entregaba el saco de comida y ropas al desventurado Ba Lac.

Cuando partieron los camiones, nos quedamos tristes y silenciosas. Poco a poco la muchedumbre empezó a dispersarse. Tinh y yo rompimos a llorar y emprendimos el regreso hacia Ky La, deteniéndonos de vez en cuando para observar la carretera por la que se habían alejado los camiones.

Pasaron varias semanas sin que supiéramos a dónde se habían dirigido los camiones ni la suerte de los prisioneros. Al cabo de unos meses, Hai reanudó su vida cotidiana, ocupándose de la casa que había compartido con su marido y trabajando en los campos, mientras mi madre y mis hermanas nos atendían a mí y a la pequeña Tinh. Cuando un marido partía con las fuerzas del Ejército o el Vietminh, o se iba a la ciudad en busca de trabajo, o bien, como el marido de Hai, era trasladado a una cárcel militar, durante años su mujer continuaba ocupándose sola de la casa y de sus hijos. Aunque sus familiares trataban de ayudarla, sus padres y hermanos mayores tenían sus propios problemas y no podían atenderla debidamente.

No obstante, Hai y Tinh tuvieron suerte. Los niños que se quedaban huérfanos se iban a vivir con sus parientes más cercanos y acababan formando parte de esa familia, hasta el punto de adoptar un nuevo nombre para indicar el lugar que ocupaban en ella. Cuando una mujer moría antes que su esposo, por lo general éste volvía a casarse al poco tiempo para procurar una madre a sus hijos. Los hombres no podían ganarse la vida y ocuparse de sus hijos al mismo tiempo, aunque, como comprobó mi hermana, las mujeres que se hallaban en esa situación sí debían hacerlo. En cierta ocasión, mi madre le dijo, refiriéndose a un hombre que llevaba ya mucho tiempo buscando una segunda esposa: «¡Hum! ¡Gum trong nuoi con!» (Ese gallo se cree capaz de incubar a sus polluelos.)

Esos segundos matrimonios solían crear muchos problemas, porque pocas mujeres aceptaban a sus hijastros como hijos suyos, y el hombre, si tenía hijos de su primera esposa, solía favorecer a éstos con respecto a los de su segundo matrimonio. Por consiguiente, en su mayoría, los niños huérfanos acababan viviendo con sus abuelos o sus tíos. Ésa era una de las razones por las cuales varias generaciones de una familia —y todos los hermanos y hermanas— solían habitar en un mismo lugar. Cuantos más familiares vivieran a tu alrededor, más probabilidades tenías de capear los temporales, sobre todo en el caso de un niño de corta edad.

Cuando un niño cumplía dieciocho años ya podía independizarse, aunque pocos se marchaban de casa. Nuestro lema era: «Hay que regar el árbol joven para que más tarde nos dé sombra.» Ello significaba que todo cuanto hacíamos por nuestros hijos estaba destinado a prepararlos para que nos cuidaran cuando fuéramos viejos. Como desde niños sabíamos que podríamos contar con nuestros hijos para que se ocuparan de nosotros en nuestra vejez, nunca nos rebelábamos contra a esa onerosa carga. Ningún arma o método de tortura aterraba más a los campesinos que la perspectiva de perder a sus hijos.

Tradicionalmente, las madres campesinas adquirían oro y joyas para sus hijos a fin de que las niñas dispusieran de una pequeña dote y los chicos pudieran comprar los instrumentos y los animales que necesitaran para alimentar a sus propias familias. Los matrimonios eran concertados por los padres, quienes tenían en cuenta el carácter del futuro esposo o esposa, la seguridad económica y la posición de la familia en la comunidad. Elegir uno mismo a su cónyuge y casarse por amor era considerado una locura, como jugarse el patrimonio a los naipes o prender fuego a la casa. Ello hacía que la relación entre el marido y la esposa fuera más bien una cuestión de negocios, lo cual contribuía a preservar el bienestar de la familia y los vínculos con nuestros antepasados. Por consiguiente, el respeto entre ambos cónyuges era más importante que el amor, aunque, en el caso de las parejas más estables, el respeto que se profesaban solía convertirse en un profundo afecto.

El hecho de conceder mayor importancia al deber que a los sentimientos con frecuencia llevaba a los campesinos a maltratar a sus mujeres. El hecho de que un marido pegara a su mujer era una costumbre muy común y aceptada, que permitía al hombre desahogar sus frustraciones y, paradójicamente, contribuía a mantener a la familia unida. Estábamos convencidos de que el principal motivo de que un hombre abandonara a su familia era un mal karma: había perdido toda esperanza de ser dichoso. Al igual que comprendíamos los extremos a los que llegaba una mujer que había perdido a su marido para sacar adelante a sus hijos, aceptábamos que un marido maltratara a su mujer como una parte inevitable, aunque lamentable, de la vida, igual que el trabajo y la enfermedad. Por consiguiente, las mujeres rara vez abandonaban voluntariamente a un marido sano, dado que el bienestar de la familia dependía de que todos sus miembros cumplieran el papel que se les había asignado. Cuando una mujer casada se sentía infeliz, sólo tenía que fijarse en una prima soltera o una hermana viuda para comprender lo que significaba vivir sin un hombre. Según decía un refrán: «Es mejor vender algo a bajo precio que no venderlo.» Si mis padres, por ejemplo, hubieran deseado que yo me casara con un hombre de mal carácter, no hubiera tenido más remedio que acatar su decisión. Si éste me hubiese llegado a pegar, nadie, ni siquiera mis padres, habría protestado. Todo el mundo creería que yo tenía la culpa, puesto que mi obligación era complacer a mi marido en todo. Fugarse de casa o solicitar el divorcio hubiera sido algo impensable, una traición no sólo a la lealtad que le debía a mi marido, sino también a mis padres. Las personas capaces de violar nuestras costumbres más arraigadas y volverle la espalda a su familia no merecían otra cosa que ser repudiadas. Dado el afán de seguridad y de defender las tradiciones que imperaba en nuestra sociedad campesina, tales normas nos parecían perfectamente lógicas, aunque a los extraños pudieran parecerles absurdas. Desde que nacíamos, los vietnamitas aprendíamos a respetar todas las formas de autoridad: familiar, religiosa y gubernamental. A fin de encajar en nuestra sociedad, debíamos respetar los derechos de los demás. Nuestros padres, los sacerdotes y las autoridades nos inculcaban la necesidad de observar esos deberes, y nuestra obligación era obedecerlos. Como tenían que alimentar a su familia y luchar en la guerra, a los hombres se les perdonaban muchos errores. Las mujeres, sin embargo, dado que nos beneficiábamos del trabajo y el sacrificio de los hombres, no podíamos cometer el menor error. Fuera justo o no, ese era el contrato básico que cohesionaba a nuestra aldea, y que, hasta que llegaron los americanos, funcionó perfectamente.

Así pues, mi hermana Hai trató de salir adelante como pudo. En 1954, cuando se firmó el tratado de paz con los franceses, supimos que su marido, al salir de la cárcel, había sido enviado a Hanoi, donde muchos simpatizantes del Vietminh se encargaban de causar problemas en el Sur. Poco después, mi hermana se enteró de que su marido se había unido a otra mujer, con la que había tenido varios hijos. Mi madre trató de convencer a Hai de que volviera a casarse, para no tener que criar sola a Tinh y para que su marido la protegiera de los soldados, que no hacían más que acosar a las mujeres, pero Hai se negó tajantemente. Las mujeres vietnamitas estaban acostumbradas a esperar pacientemente a que creciera el arroz, a que cayeran las montañas y a que un marido descarriado regresara al hogar.

Hai aguardó siete años a que su marido regresara. Al fin, en 1963, decidió trasladarse con su hija Tinh a Saigón para rehacer su vida.

Mi hermano mayor, Bon Nghe (llamado «Bon» porque era el tercer hijo), era incluso más patriota que mi madre. Cuando terminó la guerra del Vietminh, en 1954, el país y muchas familias como la nuestra se hallaban divididas. Bon comunicó a mis padres que debía trasladarse a Hanoi, junto con el marido de mi hermana Ba y muchos otros jóvenes campesinos, donde permanecería por espacio de dos años. Según dijo, se habían presentado en la aldea unos hombres del norte con instrucciones de Ho Chi Minh, quien deseaba que los jóvenes aldeanos fueran a la capital para recibir lo que él llamaba la «enseñanza de la lengua nacional». Mi padre lo aceptó, pero mi madre se mostró dolida y recelosa. Creo que en aquellos momentos se debatió entre su patriotismo y el deseo natural de conservar a sus hijos junto a ella.

Mi madre se hallaba trabajando en los campos cuando Bon le comunicó la noticia. Sin decir palabra, aunque era muy temprano, fue a casa a preparar la comida. Cuando nos sentamos a la mesa, nos sorprendió comprobar que había preparado arroz dulce, un plato especial que sólo comíamos los días festivos. Después de comer reanudamos nuestras labores, mientras mi madre preparaba la maleta de Bon. Más tarde apareció el marido de Ba para despedirse de nosotros. Todos los aldeanos salieron a la calle para decir adiós a los jóvenes que partían aquella noche, y el tufo político del viaje se desvaneció entre los gratos aromas de los festejos de despedida.

Después de que mi hermano partiera para Hanoi, yo preguntaba a mis padres con frecuencia si habían recibido noticias suyas: «¿Cuándo volverá? ¿Qué va a hacer?» Mis padres respondían escuetamente que se había marchado para asistir a la escuela, pero los dos años que debía permanecer en el norte se convirtieron en tres, en cuatro y en cinco. De vez en cuando les sorprendía hablando de Bon, al que se referían como *con tap ket ra bac* (nuestro hijo de Hanoi), y yo me refería a él como «mi hermano de Hanoi».

Una noche, varios años más tarde, después de estallar la guerra del Vietcong, oí a mis padres contar a un vecino que Bon había terminado sus estudios y que se había convertido en un líder del equipo de reconocimiento del Ejército norvietnamita. Les tranquilizaba saber que no participaba en los combates, sino que servía a su país espiando al enemigo. Sus únicas armas eran el secreto y el sigilo. Para realizar su trabajo, era preciso que siguiera vivo. No obstante, durante la guerra se vio obligado a luchar en el campo de batalla, y comprendimos que todo lo que tenía que ver con el norte estaba estrechamente ligado al dolor y a la muerte. Todo el mundo ansiaba la paz, pero Ho Chi Minh se negaba a rendirse.

Aunque no lo decíamos, todos estábamos convencidos de que no volveríamos a ver a Bon.

Mañana del 30 de marzo de 1986.
Puerta de salida del vuelo de las Líneas Aéreas Coreanas.
Aeropuerto Internacional de Los Ángeles

He prometido a mis hijos que regresaré, pero ¿quién puede asegurarlo con certeza? Mi hijo mayor, Jimmy, un muchacho fuerte y saludable, hijo de un padre vietnamita al que no conoce, trata de contener las lágrimas. Mi hijo menor, Alan, llora desconsoladamente, como lloró el primer día que lo llevé al colegio en San Diego, temeroso de que su madre lo abandone para siempre. Mi otro hijo, Tommy, nacido en Vietnam pero que se ha convertido en un adolescente típicamente americano, ha pretextado que no podía faltar a la escuela para ir a despedir a su madre al aeropuerto, pero sé que es demasiado orgulloso para dejar que su madre lo vea llorar. Como todos los hombres de mi vida, son más sensibles de lo que aparentan.

Sin embargo, sé lo mucho que sufren. Yo también deseo ver de nuevo a mi madre. El deber de una hija vietnamita es ocuparse de sus padres, acudir junto a ellos cuando la necesitan. No he visto ni he hablado con mi madre desde hace casi una generación. Un océano y una guerra se han interpuesto entre nosotras. «¿Acaso no haríais vosotros lo mismo por mí?», pregunto a mis hijos. Son buenos hijos y me responden que sí, aunque sus compungidos rostros demuestran que preferirían que yo, como hija, tuviera un sentido del deber menos acusado que mis padres.

—¿Y si los comunistas no te dejan salir del país? —me pregunta Jimmy. Conoce todo lo referente a mi vida antes de que me trasladara a América. Sabe que el hombre vietnamita que lo engendró hace veinte años me espera en Saigón, que actualmente se llama Ho Chi Min City. Sabe que abandoné Vietnam con una sentencia de muerte del Vietcong pendiendo sobre mi cabeza—. ¿Y si te meten en la cárcel?

—No te preocupes, lo resistiré —respondo, acariciándole el pelo, aunque sé que detesta que lo haga. Lo he dicho porque es cierto. Así es como he vivido siempre, procurando sobrevivir a todas las calamidades que me han sucedido. Por tanto, me asombra que mis hijos norteamericanos crean que les digo eso con el propósito de animarlos. No puedo confesarles lo que temo realmente: que me detengan y me metan en la cárcel en cuanto desembarque del avión y que no vuelva a ver nunca más a mi madre y a mis hijos. Ya lloraré cuando esté sentada junto a la ventanilla del gigantesco reactor. Así pues, les repito lo que dije al pequeño Alan cuando lo dejé en el helado patio de la escuela norteamericana: *«Me di nghe con.»* (Tu madre te quiere pero tiene que dejarte.)

Al igual que mi viaje a Norteamérica hace dieciséis años, mi regreso a Vietnam resulta bastante accidentado. Los otros pasajeros hojean distraídamente un libro o tratan de dormir con la cabeza apoyada en una pequeña almohada y cubiertos con una manta. Se han aflojado las ropas, que están arrugadas y parecen los harapos de unos refugiados. Tratan de mantener la calma a pesar de las sacudidas del avión. La voz del piloto suena a través de los altavoces para recordarnos que, al atravesar la línea de cambio de fecha internacional, hemos sacrificado un día al milagro de los viajes en reactor, aunque lo recuperaremos a nuestro regreso. El regreso siempre pone las cosas en su sitio.

La delegación en la ONU de la República Socialista de Vietnam me ha facilitado una breve lista de los objetos que puedo transportar conmigo. Más que un folleto turístico, parece una lista de compras en Sears: una bicicleta, dos radios, una máquina de coser, cien metros de tela y cinco cartones de cigarrillos. También puedo llevar una cámara y un carrete, medicinas y tantos dólares estadounidenses como desee. La joven república de Tío Ho, durante mucho tiempo enemigo implacable del Tío Sam, está ávida de dólares. No es de extrañar. Vietnam es un nuevo Estado, y el dinero norteamericano constituye la leche materna de las naciones. Los vietnamitas parecen incluso dispuestos a perdonar a la hija pródiga —que ha abandonado a sus padres y a su pueblo— con tal de conseguir más dólares. O quizá me tengan reservada una sorpresa.

No podemos entrar en Vietnam directamente desde Estados Unidos. Como unos vecinos demasiado orgullosos para renunciar a su disputa, ambas naciones dependen de países como Tailandia para que se reconcilien sus pueblos. Así pues, la última etapa de mi viaje de regreso a Vietnam —a mi aldea, a casa de mi madre, a mi pasado— se iniciará en Bangkok. Allí, los viajeros procedentes de Occidente con destino a Vietnam harán una pausa para recoger unos documentos, comprar unos regalos y reflexionar antes de proseguir su viaje. Me parece una buena idea. Viajo sola. No tengo aliados que me ayuden en caso de verme en un apuro. No soy un político. Ni siquiera estoy segura del recibimiento que me dispensará el hombre que me espera, Anh, el padre de Jimmy.

Al mirar por la ventanilla y distinguir entre las nubes el resplandeciente mar, recuerdo el hermoso rostro y el cuerpo fuerte y bien formado de Anh. Naturalmente, es la imagen del primer amor de una jovencita. Los veinte años que nos separan han cambiado el mundo, y supongo que él también debe de estar muy cambiado.

Mientras contemplo el océano me pregunto cómo le habrán ido las cosas desde que los comunistas asumieron el poder. Las escuetas cartas que he recibido de él con motivo de mi viaje eran huecas, carentes de vida, meras palabras dirigidas al censor, no a mí. Hablaban de horarios, visados y documentos, no de amor, ni siquiera hacia el hijo que no conoce. En cualquier caso, evidenciaban cautela y temor.

2

PADRES E HIJAS

Cuando mi hermano Bon se fue al Norte, empecé a prestar más atención a mi padre.

Para ser vietnamita, era un hombre de complexión robusta, lo que significaba que debía tener unos antepasados nobles y bien alimentados. La gente decía que tenía el cuerpo de un luchador nato. Era un año menor que mi madre, y dos centímetros más bajo que ella. Tenía la cara redonda, como un jemer o un thai, y la piel tostada como la soja por trabajar todo el día bajo el sol. Tenía un temperamento pausado y casi nunca perdía los nervios. Asimismo, rara vez se negaba a hacerle un favor a alguien, ya se tratara de sus hijos o de sus vecinos. Aunque tenía un carácter tranquilo, era muy trabajador. Incluso en días festivos, siempre estaba reparando algo u ocupándose de las casa y de los animales. En todo momento estaba dispuesto a echarle una mano a alguien que se hallara en apuros. Solía decir lo que pensaba, aunque, como la mayoría de las personas sinceras, también sabía guardar silencio. Debido a su bondad, su honradez y su humanidad, comprendía perfectamente la vida. Quizás era por eso que se tomaba todo con calma. Sólo un mecánico poco preparado cree que hay que arreglarlo todo de inmediato. Era muy aficionado a fumar cigarros y cultivaba tabaco en una pequeña parcela del jardín. Mi madre insistía en que lo vendiera, pero el cultivo no daba suficiente tabaco como para venderlo en el mercado. Creo que para ella era una cuestión de principios, pues opinaba que fumar cigarros era como quemar dinero. Naturalmente, conocía una canción referente a esos pequeños vicios, incluyendo su costumbre de masticar semillas de betel:

Vende tu tabaco
y conseguirás un búfalo.

Vende tus semillas de betel
y tendrás más arrozales.

Pese a sus buenos consejos, mi madre nunca se abstenía de masticar semillas de betel, ni mi padre de fumar cigarros. Eran unos de los pocos lujos que la vida y la guerra les permitían.

A mi padre le gustaba también el vino de arroz, que nosotros mismos elaborábamos; y de vez en cuando se tomaba una cerveza, que compraba cuando le sobraba un poco de dinero. Después de unos cuantos tragos, solía contarnos divertidas historias. Como yo era su hija menor, me sentaba sobre sus rodillas, el lugar de honor. A veces nos cantaba canciones sobre las cosas que amenazaban a la aldea, lo cual nos tranquilizaba. Por ejemplo, cuando los soldados franceses o marroquíes se hallaban por los alrededores, mi padre cantaba:

> *Existen muchas clases de verduras,*
> *¿por qué comes espinacas?*
> *Existen muchas clases de riqueza,*
> *¿por qué utilizas dinero minh?*
> *Existen muchas clases de gente,*
> *¿por qué amas a los terroristas?*

Nosotros nos reíamos, porque ésas eran las cosas que nos contaban los franceses sobre los soldados del Vietminh, a quienes apoyábamos en la guerra. Años más tarde, cuando los soldados del Vietcong se hallaban por los alrededores, mi padre solía cantar:

> *Existen muchas clases de verduras,*
> *¿por qué comes espinacas?*
> *Existen muchas clases de dinero,*
> *¿por qué utilizas dólares yanquis?*
> *Existen muchas clases de gente,*
> *¿por qué desobedeces a tus antepasados?*

Repetía las palabras de los discursos que pronunciaban los instructores norvietnamitas para hacernos sentir avergonzados por apoyar a la República. Mi padre conocía también una canción dedicada al Vietminh, en la que preguntaba «¿por qué utilizas francos?» y «¿por qué amas a los traidores franceses?». Las cantaba con tono cómico, y mi madre se disgustaba. No comprendía lo absurdo de la situación con tanta claridad como nosotros. Para ella, la guerra y la vida real eran dos cosas distintas. Para nosotros, eran lo mismo.

Mi padre era más tolerante que mi madre y, a veces, cuando mi madre se enfadaba con nosotros, acudíamos a él para que nos protegiera. La mayoría de las veces, sin embargo, no conseguía librarnos de una paliza. Según decía un refrán: «Un niño desobediente aprende más de un palo que de un caramelo.» Nosotros no estábamos muy convencidos de eso, pero sí de que un palo era un maestro muy elocuente. Cuando mi padre se veía obligado a castigarnos, no perdía el tiempo. Sin pronunciar palabra, cogía una vara larga y flexible de bambú y nos azotaba en la parte trasera de los muslos. Aunque no nos pegaba muy fuerte, nos dolía. Creo que nos dolía más ver la contrariedad reflejada en su rostro que los golpes que recibíamos. Por consiguiente, procurábamos no hacer nada que obligase a nuestro padre a azotarnos. Era el peor castigo que podíamos recibir. Mi padre detestaba todo tipo de violencia. Acaso por eso envejeció prematuramente.

Una de las pocas veces que vi a mi padre pegar a mi madre fue durante una de las inundaciones que se producían anualmente, cuando la gente que habitaba en las tierras bajas solía refugiarse en nuestra aldea. Muchos se alojaban en nuestra casa, que consistía en una barraca con dos habitaciones y el suelo cubierto por unas toscas esteras. Un día en que estaba lloviendo, llegué a casa y vi a unos refugiados y unos soldados republicanos congregados frente a ella. Como no sabían que vivía allí, tuve que abrirme paso a codazos. Era casi la hora de cenar y sabía que mi madre estaría preparando comida también para ellos.

Hallé a mi madre llorando en la cocina. Al parecer, ella y mi padre habían discutido hacía unos minutos. Mi padre había asegurado a los refugiados que les darían de comer, y mi madre insistía en que no sería suficiente la comida para sus hijos si tenía que compartirla con esos forasteros. Mi padre le ordenó en voz alta que les diera inmediatamente de comer, creyendo que con ello pondría fin a la discusión. Pero como mi madre insistía en llevarle la contraria, mi padre le dio un bofetón.

Aunque esa exhibición de poder masculino —nosotros lo llamábamos *do danh vo*— era corriente entre los hombres vietnamitas, mi padre no solía comportarse de ese modo. No se oponía a que mi madre nos castigara severamente, pero su paciencia tenía un límite. Al ver una señal roja en la mejilla de mi madre, le pregunté si lloraba porque le dolía. Ella contestó negativamente. Dijo que lloraba porque con su conducta había puesto a mi padre en ridículo ante unos extraños. Juró que si alguna vez yo le hacía eso a mi marido, llevaría ambas mejillas marcadas: una por el bofetón que me propinaría mi marido y la otra, por el que me daría ella.

En cierta ocasión, siendo yo una niña, mi madre fue a Danang a visitar al tío Nhu, dejándome al cuidado de mi padre. Cuando me desperté de la siesta y comprobé que me hallaba sola en casa, comencé a llorar y a llamar a mi madre. Mi padre, que estaba en el jardín, acudió rápidamente e intentó tranquilizarme, pero fue inútil. Al fin, me dio una torta de arroz para que me callara, una técnica que mi madre no empleaba jamás.

La tarde siguiente, cuando me desperté, rompí a llorar de nuevo para que mi padre me diera otra torta de arroz.

—¿Qué sucede? —preguntó mi padre con aire preocupado—. ¿La pequeña Bay Ly no quiere una torta de arroz?

Yo me sentía confundida.

—Mira debajo de la almohada —me dijo sonriendo.

Yo le obedecí y comprobé que, mientras dormía, mi padre había colocado una torta de arroz debajo de la almohada. Ambos nos echamos a reír, y mi padre me cogió en brazos como si fuera un saco de arroz y me llevó al jardín.

Nos sentamos debajo de un árbol y, mientras yo me comía la torta de arroz, me contó unos cuentos. Luego cogió unos trozos de madera y me enseñó a hacer un patito y también un escalón para que mi madre lo colocara frente a la puerta. No era corriente que un padre jugara de ese modo con su hija. A diferencia de mi madre, que se dedicaba a enseñarme a cocinar y a limpiar y ser una buena esposa, mi padre me enseñó el misterio de un martillo y me explicó las costumbres de nuestro pueblo.

Sus conocimientos sobre los vietnamitas se remontaban a las antiguas guerras con China. Me contó que uno de mis antepasados, una mujer llamada Phung Thi Chinh, había conducido a unos soldados vietnamitas contra el Han. Durante una batalla, mientras se hallaba rodeada de chinos, dio a luz un niño, se lo ató en la espalda y se abrió paso entre las filas enemigas esgrimiendo una espada en cada mano. Su valor me dejó impresionada, aparte del hecho de ser descendiente suya. También me impresionó el orgullo de mi padre al relatarme esa hazaña (a fin de cuentas, se trataba de una hembra), y su convencimiento de que yo era merecedora de tal ejemplo. *Con phai theo got chan co ta* (debes seguir sus pasos), me dijo. Años más tarde comprendí lo que había tratado de explicarme.

Tras ese episodio, ya no volví a llorar cuando me despertaba de la siesta. Las mujeres Phung Thi eran fuertes. Yo era hija de mi padre y teníamos que hacer muchas cosas juntos.

El día antes de que regresara mi madre, mi padre preparó un festín a base de pato asado. Cuando nos sentamos a la mesa, mi padre, al observar mi afligida expresión, me preguntó qué me sucedía.

—Has matado a uno de los patos que nuestra madre vende en el mercado —contesté—. Dice que con el dinero que le dan compra oro para sus hijas. Si no hay oro para mi dote —*con o gia*—, me convertiré en una solterona.

Mi padre me miró preocupado, pero luego sonrió y dijo:

—No te preocupes, Bay Ly, si no te casas te quedarás a vivir conmigo.

La idea me gustó tanto, que me puse a aplaudir de alegría.

Mientras trinchaba el jugoso pato, mi padre dijo:

—No obstante, es mejor que no le digamos a tu madre que he matado a uno de sus patos, ¿de acuerdo?

Yo sonreí y juré guardar el secreto.

Al día siguiente le llevé agua a mi padre, que estaba trabajando en los campos. Mi madre estaba a punto de regresar y yo salía a cada momento para escudriñar la carretera. Después de beber un trago de agua, mi padre me cogió de la mano y me llevó a una colina. Desde la cima contemplamos la aldea y las tierras que se extendían casi hasta el mar. Supuse que mi padre me había llevado allí para esperar a mi madre, pero lo había hecho con otra intención.

—¿Ves todo esto, Bay Ly? —me preguntó mi padre—. Éste es el Vietnam del que siempre hablamos. Un país es mucho más que una serie de tierras, ríos y bosques, ¿comprendes?

—Sí —contesté. Después de todo, en la escuela nos habían enseñado que nuestra patria era tan sagrada como la sepultura de nuestro padre.

—Pues bien, algunas de esas tierras se han convertido en los campos de batalla donde luchan tus hermanos y tus primos. Quizá no regresen jamás. Incluso tus hermanas se han marchado de casa en busca de una vida más cómoda. Eres la única hija que nos queda. Cuando regrese el enemigo, debes comportarte como una hija y como un hijo. Como sabes, antiguamente los chinos gobernaban nuestro país. Las gentes de esta aldea arriesgaron su vida en numerosas ocasiones, buceando en el mar en busca de perlas para adornar los ropajes del emperador chino y enfrentándose a tigres y serpientes en la selva para llevarle las hierbas que le apetecían. Le Loi, Gia Long, las hermanas Trung y Phung Thi Chinh lucharon para expulsar a los chinos. Cuando llegaron los franceses, la historia volvió a repetirse. A tu madre y a mí nos llevaron a Danang para que colaboráramos en la construcción de una pista de aterrizaje. Trabajábamos de sol a sol. Cuando hacíamos una pausa para descansar o fumarnos un cigarro, se acercaba un marroquí y nos azotaba. Nuestra recompensa era un cuenco de arroz y otro día de vida. La libertad nunca es gratuita, Bay Ly. Debes ganártela. ¿Comprendes lo que te digo?

Yo contesté afirmativamente.

—Bien —dijo mi padre. Luego señaló las zanjas de color pardo, el agua plateada y las cañas de arroz que se extendían hasta nuestra casa, situada a la entrada de la aldea—. Esas tierras me pertenecen. ¿Sabes cómo las conseguí?

Tras reflexionar unos instantes, tratando de recordar lo que me había contado mi madre, contesté sinceramente:

—No.

Mi padre me abrazó y dijo:

—Me las dio tu madre.

—¡Eso es imposible! —exclamé. Todos sabíamos que mi madre era pobre y que la familia de mi padre era rica. Mis abuelos maternos habían fallecido y mi madre había tenido que esforzarse para conquistar la aprobación de su suegra. Las mujeres como ella no poseían tierras.

—Es cierto —insistió mi padre—. Cuando yo era joven, mis padres necesitaban que alguien se ocupara de sus tierras. Debían elegir con gran esmero a las esposas de sus tres hijos. En la aldea, tu madre tenía fama de ser muy trabajadora. Había criado sola a sus hermanos. Un día, me fijé en una hermosa mujer que trabajaba en un arrozal. Cuando mi madre me dijo que hablaría con los padres de una joven que tenía fama de ser honesta y trabajadora, el corazón me dio un vuelco. Me sentía muy atraído hacia la mujer alta y misteriosa que había visto en los arrozales. Puedes imaginar mi sorpresa cuando descubrí que la joven de la que había oído hablar mi madre y la mujer que yo admiraba eran la misma persona.

»Cuando nos casamos, mi madre sometió a tu madre a una severa prueba. No sólo tenía que saber cocinar, limpiar y cuidar de sus hijos, sino que debía ser capaz de administrar las tierras y llevar los productos al mercado. Por supuesto, mi madre también puso a prueba a sus otras nueras. Poco antes de morir, mis padres repartieron sus tierras entre sus hijos, pero nos dieron a tu madre y a mí la parcela más grande porque sabían que le sacaríamos el máximo provecho. Por eso digo que fue tu madre quien me dio esas tierras.

En aquel momento sentí que echaba de menos a mi madre y miré hacia la carretera, confiando en verla aparecer. Al observar mi tristeza, mi padre me preguntó:

—¿Tienes hambre?

—No. Quiero aprender a administrar las tierras. ¿Qué sucederá si regresan los soldados? ¿Qué hicisteis tú y mamá cuando llegaron los soldados?

Mi padre se sentó y se limpió el sudor de la frente.

—Lo primero que hice fue decirme que tenía el deber de sobrevivir para ocuparme de mi familia y de mis tierras. No resulta fácil en tiempos de guerra. Es tan difícil como ser soldado. Los marroquíes eran unos salvajes. Un día empezó a circular el rumor de que iban a destruir la aldea. ¿Recuerdas la noche en que te envié a ti y a tus hermanos con vuestra madre a Danang?

—No nos acompañaste —contesté, recordando la angustia que sentí al pensar que había perdido a mi padre.

—Es cierto. Permanecí cerca de la aldea, sobre esta colina, para vigilar al enemigo y nuestra casa. Quería salvar nuestras pertenencias en caso de que los soldados decidieran destruir la aldea. El problema era ocultarlas y evitar que me descubrieran. Las patrullas estaban por todas partes. Me metí en el bosque y de pronto temí haberme perdido, pero no tuve más que fijarme en el humo que salía de las casas que habían quemado para hallar el camino de regreso.

»En cierta ocasión, me quedé atrapado entre dos patrullas que habían acampado a ambos lados del río. Tuve que permanecer dos días sumergido en el agua. Tenía la piel arrugada como un viejo melón, y estaba tan aterido de frío que apenas podía moverme. Tenía el cuerpo cubierto de garrapatas de la cintura para abajo. Pero mereció la pena. Cuando tu madre regresó, todavía disponíamos de algunos muebles e instrumentos de labranza. Muchos campesinos lo perdieron todo. Sí, tuvimos mucha suerte.

Mi padre me abrazó de nuevo y prosiguió:

—Mi hermano Huong tenía tres hijos y cuatro hijas, de las cuales sólo una está viva. Dos de sus hijos partieron al norte, a Hanoi, y el otro a Saigón. La casa de Huong se ha quedado vacía. Mi otro hermano, tu tío Luc, tenía dos hijos. Uno se fue a Hanoi y el otro cayó muerto en el campo de batalla. Su hija es sordomuda. No me extraña que mi hermano se haya convertido en un alcohólico. No tiene a nadie que cante en su casa ni que se ocupe del altar cuando él haya desaparecido. Mi hermana Lien tiene tres hijas y cuatro hijos. Tres de sus hijos se fueron a Hanoi y el cuarto partió hacia Saigón para hacer fortuna. Las hijas se ocupan de sus suegras y lloran la muerte de sus maridos. ¿Quién se ocupará de Lien cuando sea vieja? Mi hermana pequeña, Nhien, perdió a su marido a causa de un bombardeo. De sus dos hijos, uno se marchó a Hanoi y el otro se unió a las fuerzas de la República, luego desertó y fue asesinado en su casa. Nadie sabe qué bando lo mató. En realidad, no tiene importancia.

Mi padre me miró fijamente y preguntó:

—¿Has comprendido cuál es tu deber, Bay Ly?

—Sí, vengar a mi familia —le contesté—. Defender nuestras tierras y matar al enemigo. Quiero ser una guerrera como Phung Thi Chinh.

Mi padre soltó una carcajada y dijo:

—No, florecita mía. Tu deber es procurar sobrevivir y mantenerte alerta para proteger nuestra aldea. Hallar un marido, tener hijos y contarles lo que has vivido. Por encima de todo, tu deber es vivir en paz y cuidar del altar de nuestros antepasados. Si haces eso, Bay Ly, serás más útil que un soldado que empuña una espada.

Antes de cumplir los doce años, solía jugar a la guerra con los niños de la aldea. Nos habían contado que el legendario rey Dinh Bo Linh había conquistado su corona porque siempre ganaba, y nosotros, como todos los niños, imitábamos a los personajes que admirábamos. Algunos simulábamos ser soldados de la República (que se comportaban como policías), y otros desempeñaban el papel de soldados del Vietcong, que eran unos delincuentes. Cuando un bando superaba en número al adversario algunos niños cambiaban de bando, pero otros se negaban a hacerlo a menos que otro determinado niño fuera «el enemigo» o bien perteneciera a «su bando». La vieja guerra entre el Vietminh y los franceses quedaba muy lejos (habían pasado muchos años y la nueva República había impuesto a la aldea de Ky La el nombre de «Binh Ky», para romper definitivamente con el pasado), y los ejércitos de esta nueva guerra, el Vietcong y el de la República, estaban totalmente integrados por vietnamitas. «¿Creéis que es una guerra cruel? —nos preguntábamos los unos a los otros cuando hacíamos una pausa entre batalla y batalla—. ¿No será como una disputa familiar? ¿Una pelea entre hermanos?» Habíamos presenciado muchas peleas en nuestras familias, y no podíamos imaginar que esa guerra fuera real.

De todos modos, esos juegos no me divertían. Cuando simulaba ser un soldado de la República, imaginaba que el sonriente rostro al que apuntaba con mi fusil pertenecía a mi hermano Bon Nghe, que había partido a Hanoi y que quizá regresaría un día para luchar en Ky La. Cuando hacía el papel de un soldado del Vietcong, pensaba en mi hermana Ba, que estaba en Danang, y que, como se había casado con un policía, por las noches, cerraba la puerta de su casa por temor a «los terroristas» que hacían volar las plantas energéticas y los automóviles y que atacaban a los funcionarios para los cuales trabajaba su marido. Yo no podía aceptar la idea de que mi hermano o mi hermana fueran el enemigo.

En la escuela reinaba un ambiente muy politizado. Nuestro maestro, un aldeano llamado Manh, cuyo sueldo pagaba el Gobierno, solía preguntarnos: «¿Qué haríais si vierais a un soldado del Vietcong u os enterarais de que alguien les está ayudando?» Nosotros respondíamos a coro: «Entregarlo a los soldados.» Manh nos felicitaba por nuestra respuesta y nos decía que los republicanos darían a nuestros padres una fuerte recompensa por cada soldado del Vietcong que les ayudáramos a capturar. No obstante, cuando jugábamos entre nosotros, nunca escaseaban los soldados del Vietcong, y los niños que fingían ser republicanos lo hacían porque no tenían otro remedio.

En 1960, madame Ngo Dinh Nhu, cuñada de Ngo Dinh Diem y primera dama de nuestro país, visitó una aldea vecina con el fin de organizar unas brigadas de defensa republicanas integradas por los niños de la localidad y por jóvenes aldeanas, las *Phu Nu Cong Hoa*, «mujeres guerreras» que repelerían a los terroristas del Vietcong. Junto con mi hermano Sau Ban, seguí un cursillo de adiestramiento con mis compañeros de escuela. Sau Ban, que me enseñó a manejar las armas, procuraba que no participara en ningún ejercicio que pudiera resultar peligroso. Nos enseñaron nuevas canciones patrióticas que proclamaban nuestro amor a la República y aprendimos a disparar con unos rifles que nos confiscaban tan pronto como terminábamos los ejercicios. Nos daban conferencias sobre cómo mantenernos a salvo del Vietcong. Luego demostrábamos a nuestros instructores lo que habíamos aprendido escenificando unas obras en las que el enemigo siempre era derrotado y el presidente Diem y madame Nhu (representados por unos carteles sujetos a unos palos) se paseaban entre nosotros regalándonos caramelos y felicitándonos calurosamente.

Por esa época, mi madre empezó a preocuparse por Bon Nghe, mi «hermano de Hanoi». Hizo varios viajes a Danang, para visitar a mi tío y escuchar las noticias de la guerra por la radio. Regresaba con un montón de periódicos que yo o Sau Ban leíamos a mi padre, puesto que éramos los únicos que sabíamos hacerlo. Las noticias no eran tranquilizadoras. Los soldados del Vietcong eran arrestados en todo el país y muchos morían a consecuencia de los bombardeos o los ataques perpetrados por los soldados republicanos. Mi padre se mostraba tan desalentado por esas noticias, que a veces me arrepentía de saber leer. ¿De qué sirve poseer ciertos conocimientos si no te permiten cultivar arroz ni hacer felices a tus seres queridos?

Para colmo, los soldados republicanos aparecían con frecuencia por nuestra aldea. A diferencia de los franceses, procuraban mostrarse amables y a veces nos ayudaban en el campo. Aunque sólo tenía doce años y era lisa como una tabla, me halagaba la forma en que los jóvenes soldados me miraban, me gastaban bromas y compartían conmigo sus raciones de arroz. Mi madre me aconsejó que me mantuviera alejada de ellos, advirtiéndome que si hablaba demasiado podía poner en peligro la seguridad de la familia. «¿Qué les importa quién está casado con quién, o dónde y para quién trabajan nuestros parientes?» Yo no sabía entonces que en la guerra que estaba a punto de estallar moriría mucha gente tan sólo por estar emparentada o casada con un enemigo de la persona que sostenía el rifle.

Debido a las advertencias de mi madre, llegué a considerar a los apuestos soldados republicanos como unos criminales que un día podían asesinar a mi hermano Bon Nghe. A partir de entonces, cada vez que acudían a la aldea me ocultaba en los campos o en casa. Algunos a los que había conocido en ocasiones anteriores se detenían frente a mi casa y me llamaban, pero yo me negaba a salir. Cuando mi madre les abría la puerta, los soldados le preguntaban por sus hijos y ella respondía con tristeza: «Sí, tengo una hija, pero se ha marchado a trabajar», o bien «sí, tengo un hijo, pero se ha unido a los militares». Cuando los soldados insistían en saber más detalles, mi madre recurría a la mejor defensa de los campesinos: la ignorancia y el fatalismo. «No, no sé en qué cuerpo sirve»; o «sí, a veces viene a visitarnos, pero no sabemos cuándo volverá por aquí». El hecho de que esas visitas sólo ocurriesen en su mente durante las oscuras y angustiosas noches, tampoco incumbía a los soldados.

La primera vez que vi de cerca a un soldado del Vietcong ya había anochecido y me hallaba en la cocina, recogiendo los platos. Miré por la ventana hacia la casa de nuestros vecinos, en la cual (aunque pertenecía a Manh, mi maestro) solían organizarse partidas clandestinas de naipes. De pronto irrumpió media docena de soldados en la casa: «¡Que no se mueva nadie!», gritaron. La lámpara de aceite que había frente a la ventana se apagó y todo el mundo empezó a correr de un lado al otro. Al principio pensé que se trataba de soldados republicanos que habían ido a detener a los jugadores, como en otras ocasiones, pero no tardé en comprender que estaba equivocada.

Manh fue el último en salir, con las manos en alto y conducido por un soldado que le apuntaba con su fusil. Le oí discutir con los soldados y protestar: «No sé de qué me hablan», y «¿quién les ha dicho eso?». Al acercarme a la ventana vi a un soldado apostado junto a la fachada de mi casa. Iba vestido de negro, como los otros, y llevaba un sombrero cónico para protegerse del sol, aunque era de noche. Calzaba unas toscas sandalias y sostenía un fusil cuyo cargador, curvado como un plátano, tenía una forma muy extraña. Permanecía inmóvil, vigilando la polvorienta carretera frente a la casa de Manh, y estaba tan cerca que no me atreví a dar un paso ni agacharme por temor a que me viera.

De pronto, uno de los soldados dio una orden con tono brusco y un curioso acento (más tarde comprobé que todo el mundo en el norte hablaba así). Dos de sus camaradas condujeron a Manh hacia el borde de la carretera. Manh seguía suplicando que no lo mataran cuando, de improviso, cayó abatido por dos disparos. Los soldados izaron una bandera del Vietcong en el palo que había frente a nuestra escuela y se marcharon apresuradamente. Antes de alejarse, el líder se volvió y gritó: «¡El que toque esa bandera acabará como ese traidor!»

El guardia que se hallaba junto a mi ventana se giró y me guiñó el ojo, para demostrar que había advertido mi presencia y que estaba satisfecho de que hubiera aprendido la lección que él pretendía darme. Su hermoso e impertinente rostro me recordaba a mi hermano Bon Nghe, aunque suscitaba en mí unos sentimientos que no eran precisamente filiales.

Los aldeanos salieron precipitadamente a la calle, mirando atónitos a su alrededor. La esposa de Manh corrió hacia la carretera, acompañada de sus familiares, para recoger el cadáver de su marido, mientras sus seis hijos —dos de los cuales eran amigos míos— permanecían en casa, tan estupefactos que ni siquiera eran capaces de llorar. Al cabo de unos instantes, el hijo menor gritó el nombre de su padre y salió corriendo. En aquel instante noté la mano de mi padre sobre mi hombro.

—Bay Ly —dijo suavemente—, ¿te das cuenta de lo que acabas de presenciar?

—Mi maestro... —respondí sollozando—. Lo han matado. Lo han asesinado los soldados del Vietcong. Era muy bueno. Nunca hizo daño a nadie.

—Era católico —dijo mi padre, expresándose como si fuera un maestro de escuela—. Y apoyaba al presidente Diem. Siempre se quejaba de que los budistas gobernasen el país.

—Pero nosotros somos budistas y nunca le oí decir nada contra nosotros —protesté yo.

—Es cierto —contestó mi padre, acariciándome la cabeza—. Pero hablaba demasiado... Muchas personas murieron por imprudencia. Lo lamento por Manh y su familia, pero él mismo se lo ha buscado. Lo enterraremos como es debido, pero no olvides nunca lo que has visto, sobre todo cuando hables con los soldados.

Al día siguiente apareció en Ky La un nutrido contingente de republicanos a bordo de unos camiones cargados con barras de acero, cemento y alambre de espino. Después de retirar la bandera del Vietcong, ordenaron a los campesinos que erigieran defensas alrededor de la aldea. Arreglaron las zanjas que quedaban de la ocupación francesa, que estaban cubiertas de maleza, y talaron los árboles de bambú para construir unas alambradas y unas torres vigías. Durante las semanas que duraron las obras, los soldados nos ordenaron que permaneciéramos en casa y que de noche no encendiéramos las luces. Tan pronto como oscurecía, los republicanos se apostaban alrededor de la aldea con sus perros, lo que indicaba que los intrusos se hallaban cerca.

Pero no sucedió nada anormal. Al cabo de un tiempo, las tropas republicanas se marcharon y nos dejaron en manos de la «Fuerza Popular» —el *Dan De*—, unos aldeanos de la localidad a quienes entregaron unas armas de pequeño calibre que apenas sabían utilizar. Dado que la guerra parecía haberse evaporado junto con los soldados, los oficiales de la FP declararon la paz y los habitantes de Ky La, pese a las siniestras alambradas y torres vigías, trataron de convencerse de que era cierto.

Por desgracia, la paz no duró mucho. Unos días más tarde, mi padre me despertó en plena noche y nos llevó a un lugar donde los republicanos habían dejado buena parte de su equipo, incluyendo unas largas barras de metal. A los pocos minutos, nuestros vecinos se reunieron con nosotros.

—Ocultad esas barras para que los republicanos no puedan hallarlas —nos ordenó un oficial de la FP—. Nuestros soldados las necesitan para defenderse de los tanques enemigos.

Mi familia y yo obedecimos sin rechistar. Cargamos con tantas barras como podíamos y las enterramos frente a nuestra casa.

—A propósito —añadió el oficial de la FP—, si tenéis un perro guardián, dádselo a algún pariente que viva fuera de aquí o coméoslo en la cena. No conviene que los perros se pongan a ladrar la próxima vez que nuestros combatientes de la liberación aparezcan por la aldea.

Aunque ardía en deseos de preguntar a mi padre qué sucedía, me limité a ayudarle a transportar unas veinte barras de metal hasta nuestra casa. Cuando las hubimos enterrado, encendimos una enorme hoguera en un claro detrás de nuestra casa, en torno a la cual se congregaron todos los aldeanos. De pronto, a la luz de las llamas, reconocí al apuesto soldado del Vietcong que me había guiñado el ojo la noche en que mataron a Manh. Se paseaba tranquilamente, sosteniendo un fusil y exhibiendo la socarrona sonrisa que suelen mostrar los jóvenes cuando observan a las muchachas en el mercado. Los soldados del Vietcong, y muchos aldeanos, se apresuraron a arrojar a la hoguera todo cuanto les habían dado los republicanos para defender la aldea: los palos de bambú, los postes de las alambradas y la paja que cubría las torres vigías. Lo único que no quemaron fueron los materiales de nuestra escuela, que estaba a medio construir.

—¡Salvad la escuela! —gritó un oficial, con su curioso acento norteño—. Vuestros hijos deben estudiar, pero nosotros les enseñaremos lo que tienen que saber. Lo primero que deben aprender es que esta noche Ky La se ha salvado. —Luego señaló a las tropas uniformadas de negro que se hallaban apostadas alrededor de la hoguera y prosiguió—: Somos los soldados de la liberación. Así es como debéis llamarnos. Estamos aquí para luchar por nuestra tierra, por nuestro país. Ayudadnos a detener a los agresores extranjeros y tendréis paz. Ayudadnos a ganar y conservaréis vuestros bienes y todo cuanto amáis. Ky La es ahora nuestra aldea... y la vuestra. Os la devolvemos.

Mientras hablaba, un soldado izó una bandera del Vietcong en el palo que había frente a la escuela.

—Localizad vuestros búnkeres, camaradas, y ocupadlos. La batalla no tardará en comenzar.

Los soldados del Vietcong, que hasta ese momento se habían dedicado a demoler las defensas construidas por los republicanos y a conducir a los aldeanos al lugar donde se celebraba la reunión, se colocaron en fila detrás de su líder. Antes de dirigirse al bosque, el oficial nos advirtió:

—En la carretera hallaréis los cadáveres de dos traidores. Confío en que sean los últimos que descubramos en Ky La. Ahora debemos marcharnos, pero no tardaremos en regresar.

Todos nos miramos extrañados, preguntándonos quiénes serían los dos traidores. Cuando los soldados del Vietcong se hubieron marchado, unos aldeanos apagaron la hoguera, temerosos de que el fuego se extendiera hasta las viviendas, mientras los demás regresaban a sus casas. Unos minutos más tarde, oímos unos disparos en la carretera de Danang. Mi padre y otros hombres fueron a recoger los cadáveres. Tal como suponíamos, uno era el hermano menor de Manh, a quien habían matado simplemente por ser pariente del maestro de escuela. El otro era un informador, un veterano del Vietminh que había pasado varios meses en la cárcel y solía preguntar a mi madre si había recibido noticias de mi hermano Bon, lo que hizo que mi madre —y todas las madres cuyos hijos habían partido al Norte— comenzaran a inquietarse por su suerte. El informador había sido traicionado por uno de sus colaboradores. Pese a mi corta edad pensé que, al igual que Manh, se lo tenía merecido. Era la primera vez que presenciaba un acto de venganza, y comprobé que ésta, como la sangre que a veces manaba de mi nariz cuando jugaba a la guerra con mis amigos, tenía un sabor más dulce de lo que había imaginado. Hacía que hasta una pequeña campesina como yo se sintiera importante.

A la mañana siguiente, mientras sepultábamos a las víctimas, las tropas republicanas aparecieron de nuevo. Registraron las casas en busca de pruebas que demostraran que apoyábamos al enemigo y ordenaron a un grupo de campesinos que limpiara los restos de la hoguera que había dejado el Vietcong. Luego interrogaron a todos los aldeanos, juntos o por separado, con el fin de averiguar lo que había sucedido y, sobre todo, lo que iba a suceder. Arrestaron a uno de los oficiales de la FP —que no sabía nada—, y se lo llevaron en un jeep. Yo, siguiendo el ejemplo de los demás, no dije una palabra. Jamás volvimos a ver al oficial de la FP en Ky La.

Cuando al fin nos permitieron reanudar nuestras tareas, las patrullas republicanas nos acompañaron a los arrozales y al anochecer nos

escoltaron de regreso a casa. Aunque algunos de los soldados que pasaron la noche en la aldea se mostraron dispuestos a pagarnos por la comida que les dimos, la mayoría se marchó sin darnos siquiera las gracias. En una sola noche, los soldados acabaron con nuestras raciones
de comida de todo un mes. No obstante, mi padre me recordó que
podían haber cometido peores atrocidades.

Esa noche dormí con mi madre, y mi padre y mi hermano Sau Ban,
junto con varios soldados republicanos, se acostaron junto a la puerta.
Recuerdo que tuve una espantosa pesadilla: unos fantasmas se deslizaban a través de la aldea, penetraban en nuestra casa y se introducían
en mi boca y mi nariz, impidiéndome respirar. Me desperté angustiada
y sentí la mano de mi padre sobre mi rostro, mientras me susurraba
al oído que no me moviera. Me sostuvo durante varios minutos en sus
brazos, hasta que volví a quedarme dormida. Por la mañana, los soldados se habían marchado y la gente decía que media docena de republicanos habían sido degollados mientras dormían. «¿Dónde están los perros?», oí preguntar a un oficial republicano. No se explicaba dónde
se habían metido los perros guardianes de Ky La.

La infiltración y los asesinatos ocurridos durante la noche alarma-
ron a los republicanos, quienes decidieron permanecer en la aldea sólo
durante el día. Al anochecer, cuando se marcharon, regresaron los soldados del Vietcong y nos ordenaron con megáfonos que saliéramos de
nuestras casas para asistir a una reunión. Al principio nos acercamos
con cautela, sin saber qué iba a suceder, pero enseguida nos pusieron
al corriente de sus propósitos. Organizaron unos comités integrados
por niños encargados de vigilar a presuntos informadores y de transmitir mensajes entre los aldeanos y los soldados del Vietcong que se hallaban en el campo de batalla. Algunos de los aldeanos más jóvenes y
sanos fueron dispensados de unirse a las milicias guerrilleras a cambio
de que cavaran unos túneles que permitieran a los del Vietcong entrar
y salir de la aldea sin ser descubiertos. Ordenaron a todas las familias
que construyeran búnkeres para poder refugiarse y féretros para enterrar a las víctimas del Vietcong que cayeran en el campo de batalla.

Aunque la reunión no finalizó hasta el amanecer, tan pronto como
regresamos a casa celebramos un cónclave familiar. Decidimos que mi
madre iría a Danang para comprar polvo para fabricar cemento y mi
padre y mi hermano empezarían a cavar un búnker junto a nuestra
casa. Decidimos construirlo junto a la puerta, para refugiarnos en él
en cuanto empezaran a llover los proyectiles, aunque fuera de noche.
No ocultamos nuestro proyecto y construimos el búnker con ayuda de
nuestros vecinos, incluso en presencia de los soldados republicanos. Cavamos un hoyo de un metro de profundidad, seguido de otro de unos
sesenta centímetros de largo, y de un tercero, más hondo que el ante-

rior, conectado a éste. Nuestro plan era que el hoyo tuviera la forma de la letra Z, de forma que la metralla y los proyectiles no nos alcanzaran. Cuando mi madre regresó de Danang, fabricamos unas planchas de cemento y las colocamos a lo largo de los muros del búnker, sujetas por las barras de metal que habíamos sustraído al Gobierno.

Después de tres días de trabajo, cubrimos el techo de nuestro búnker con paja y arena e instalamos en él una lámpara de aceite, un cubo de agua, otro que servía de retrete, un paquete de arroz seco, unas almohadas y unas mantas. Dado que nuestra casa estaba ubicada a la entrada de la aldea, y era el primer lugar al que se dirigirían los campesinos que se hallaran trabajando en los campos al estallar la lucha, mi padre insistió en que el búnker tuviera suficiente capacidad como para albergar a varias personas. Debido a ello, y al esmero que ponía mi padre en todo cuanto hacía, construimos un búnker modélico, considerado el más seguro de la aldea.

Mientras lo preparábamos, los soldados del Vietcong nos obligaron a que les ayudáramos en otras tareas. Como los niños éramos más pequeños y más ágiles que las personas adultas, con frecuencia nos ordenaban que les ayudáramos a instalar las trampas y los cepos. Solíamos trabajar a la luz de una lámpara de aceite, o bien las noches en que había luna llena, atentos al sonido de los helicópteros o al «clic» de los lanzadores de cohetes. También construimos trincheras junto a los caminos de acceso a Ky La con la arena que había en las afueras de la aldea. En los senderos que solían utilizar los republicanos, los soldados del Vietcong instalaron unas trampas de cartuchos (unas balas dispuestas sobre un clavo que las accionaba cuando alguien las pisaba), unos pozos *punji* (consistentes en unas tablas con clavos enterradas a unos veinte centímetros de profundidad y recubiertas con hojas y ramas; al pisarlas, se partían en dos y los clavos envenenados se clavaban en la pierna del desventurado soldado), y unas trampas confeccionadas con granadas y alambre. Algunos soldados incluso llenaban cocos con pólvora y les añadían una mecha, pero resultaba muy arriesgado preparar esas mortíferas bombas. Curiosamente, aunque sabíamos lo peligrosas que eran esas trampas, ni yo ni los demás niños de la aldea tuvimos el menor reparo en ayudar a los soldados del Vietcong a fabricarlas e instalarlas. Para nosotros, la guerra era un juego, y nuestro «enemigo», según nos aseguraron, no merecía sino morir.

Sin embargo, cuando los republicanos regresaron, nada de lo que habíamos planeado funcionó. Dado que algunos aldeanos seguían siendo fieles al Sur, muchos de nuestros combatientes clandestinos fueron identificados y enviados a la cárcel. Los que no fueron capturados se vieron obligados a ayudar a los soldados a ampliar los búnkeres familiares para que las tropas republicanas pudieran ocuparlos. Tras echar por tierra nuestra labor para el Vietcong, izaron la bandera republicana y uno de los oficiales pronunció un discurso acerca de cómo nos habían salvado del enemigo. Pese a que nuestra tarea había sido en vano, nos sentimos aliviados de que no hubiera estallado la lucha. Desgraciadamente, nuestra dicha duró poco.

Como los republicanos recelaban de nosotros, decidieron construir un campamento fortificado en Ky La antes de adentrarse en el bosque en busca del enemigo. Muchos soldados republicanos morían durante esas redadas por el pesado equipo que transportaban —sacos de dormir, herramientas para construir trincheras y raciones de comida—, que les obligaba a avanzar lentamente. Preferían los terrenos lisos, secos y elevados, aunque ello les convertía en unos blancos ideales.

Los soldados del Vietcong, por otra parte, eran de baja estatura y ágiles, y sólo transportaban un arma, unas municiones y un poco de arroz seco. Eso les protegía durante los enfrentamientos, pero cuando resultaban heridos sólo disponían de hierbas medicinales para curarse. Si morían, sus cadáveres no podían ser enterrados debidamente, como los de los republicanos. Por lo general, los envolvíamos en unas mantas y los sepultábamos de prisa antes de que las autoridades los descubrieran. Cuando los republicanos nos sorprendían junto al cadáver de un soldado del Vietcong, fingíamos no saber de quién se trataba. Les decíamos que ignorábamos su identidad, aunque sus familiares se hallaran presentes, tratando de contener las lágrimas. O bien alegábamos que se trataba de un vagabundo o de un forastero de otra aldea. «¿Quieren llevárselo?», preguntábamos a los soldados, que se negaban en redondo. Así pues, los enterrábamos nosotros mismos mientras sus parientes les lloraban en secreto. A diferencia de los republicanos, los soldados del Vietcong no recibían una paga ni sus familias una pensión cuando éstos morían. Las esposas perdían a sus maridos, los padres a sus hijos, los niños a sus padres, y todos tenían que disimular su rabia y su dolor. El Gobierno perseguía a los soldados del Vietcong con barcos, aviones, tanques, camiones, artillería, lanzallamas y veneno, y éstos combatían sirviéndose principalmente de la astucia, el valor, la prudencia y la paciencia de las piedras.

Cuando los soldados del Vietcong se ocultaban —en unas cuevas subterráneas cuya entrada disimulaban con hornos, arbustos y falsos suelos, o bien bajo las aguas del río— y los republicanos no conseguían dar con ellos, éstos descargaban su furia sobre nosotros, arrestando a algunos campesinos, torturándolos, ejecutándolos o bien encarcelando a cualquier sospechoso. A medida que esas acciones impulsaban a más campesinos a apoyar al Vietcong, tuvimos que modificar y ampliar nuestras casas para ocultar en ellas a sus combatientes. Cuando los instructores nos dijeron que cada familia debía disponer de un lugar donde pudieran ocultarse las tropas de liberación, mi padre construyó, debajo de nuestra cocina, un túnel subterráneo que podía albergar a media docena de soldados. Mientras mi padre y otros aldeanos construían los túneles, los niños éramos conducidos a un claro junto al cementerio de la aldea, al borde de la ciénaga, donde los instructores nos enseñaban canciones revolucionarias. Una de las primeras que aprendimos fue una canción de alabanza a Tío Ho, quien, según nos dijeron, como un afectuoso abuelo, esperaba recibir noticias de nuestras heroicas hazañas:

La luna llena brilla sobre nuestra tierra
para que podamos cantar y bailar
y alabar a Tío Ho.
Te deseamos larga vida, Tío Ho.
Deseamos acariciar tu larga barba
mientras nos sostienes en tus brazos
y nos repites lo mucho que amas a nuestro pueblo.

También nos enseñaron qué debíamos hacer por nuestra aldea, nuestra familia y la revolución. Si moríamos, pasaríamos a formar parte de la Historia. Nos dijeron que, al igual que los franceses, unos hombres de otra raza llamados americanos pretendían esclavizarnos. «¡Sus aliados son los traidores republicanos de Ngo Dinh Diem!», gritaban nuestros instructores. «Al igual que nuestros padres lucharon contra los franceses y sus administradores coloniales, nosotros debemos luchar contra esos nuevos invasores y sus secuaces.» Nos aseguraron que no era un delito engañar, estafar o mentir a los soldados republicanos, y que, si no lo hacíamos cuando lo requería la situación, traicionaríamos a nuestra patria. A las niñas nos mostraron una bandera del Vietcong —medio azul (por el Norte, el rumbo de la paz), y medio roja (por el sangriento Sur), con una estrella amarilla en medio (por la unión de los pueblos de tez amarilla)—, y nos ordenaron confeccionar tantas banderas como pudiéramos para exhibirlas en las manifestaciones o para regalárselas a los soldados. Nos dijeron que aunque se hallaran en nuestra aldea los odiados republicanos y no pudiéramos exhibir nuestra bandera, ésta debía ondear en nuestros orgullosos corazones. Por último entonamos unas canciones en honor de nuestros hermanos y padres que habían partido hacia Hanoi en 1954. Yo canté con todas mis fuerzas, pensando en Bon Nghe y sabiendo que así se sentiría satisfecho de mí.

Casi había amanecido cuando regresé a casa después de esa primera reunión, pero mis padres todavía estaban despiertos. Cuando me preguntaron qué había hecho, les comuniqué con orgullo que había pasado a formar parte de la «facción política» del Vietcong, aunque no tenía la menor idea de qué significaba eso. Les dije que debíamos vigilar a nuestros vecinos, y si veíamos a alguien hablando con los detestados republicanos, debíamos comunicárselo de inmediato a los líderes de la liberación. Le dije a mi madre que no se preocupara, pues cuando su hijo —mi querido hermano Bon— regresara de Hanoi sería un dirigente en el sur, lo mismo que nuestros líderes, que se habían formado en Hanoi, ayudaban ahora a nuestra aldea a derrotar a los invasores.

Aunque mi madre no estaba convencida de que fuera una buena idea que yo formara parte de la facción política del Vietcong, se alegraba de que gracias a ellos Bon regresaría pronto a casa. Mi padre, por el contrario, me miró con una expresión que jamás había observado en él y guardó silencio. Aunque todavía no había estallado la primera gran batalla en Ky La, era como si mi padre hubiera contemplado, en mi encendida mirada y en la firme expresión de mi rostro, a la primera víctima de nuestra nueva guerra.

Una calurosa tarde me hallaba trabajando en los campos, azuzando a nuestro búfalo con una vara de bambú y sumida en mis pensamientos, cuando oí de pronto el ruido de un motor. En Ky La estábamos tan habituados a oír a los camiones y los jeeps, sobre todo durante el día, que no hacíamos caso y nos limitábamos a seguir con nuestras tareas.

Pero ese sonido era distinto, como el rugido de un tigre en una cueva, y fue aumentando hasta hacerse ensordecedor. Espantado, nuestro búfalo echó a correr hacia los árboles. Alcé la vista: dos helicópteros, agitando sus alas como pájaros enfurecidos, descendían del cielo. El viento agitaba mi ropa y me arrancó el sombrero de la cabeza. Incluso el agua que me llegaba hasta las rodillas retrocedió ante el fragor de esas gigantescas aves. ¿Qué podía hacer una niña como yo sino caer de rodillas sobre la Madre Tierra?

Al cabo de unos instantes comprobé asombrada que no había muerto. Casi tan súbitamente como se había producido, el estruendo empezó a disminuir y el viento y las aguas se calmaron. Luego se abrió la puerta verde de uno de los helicópteros y apareció el hombre más extraordinario que había visto en mi vida.

Era un gigante, más alto que los marroquíes que todavía se me aparecían en sueños, pero llevaba un uniforme limpio y almidonado, una bufanda amarilla alrededor del cuello y una placa dorada en el hombro. Sus botas negras relucían como el caparazón de una cucaracha.

Sin reparar en mi presencia, el soldado cogió con sus manos fuertes y cubiertas de vello rubio los prismáticos que colgaban de su cuello y, mordiéndose el labio superior, se puso a escudriñar los árboles que rodeaban Ky La. Con voz ronca dijo algo en una extraña lengua a otro soldado de tez blanca que aguardaba junto a la puerta del helicóptero. Luego dejó caer los prismáticos y se montó de nuevo en el aparato.

Enseguida, el ruido de la hélice y el aullido de la sirena se intensificaron, provocando un nuevo tifón. El inmenso aparato comenzó a ascender, como si la mano de Dios tirara de él hacia el cielo, seguido por el segundo helicóptero. Al cabo de unos segundos, el sonido se desvaneció. Oí la voz de mi padre.

—¿Estás bien, Bay Ly?

Levanté la vista hacia él. Mi rostro sin duda revelaba la impresión que me había causado aquel espectáculo. Mi padre mi miró con una mezcla de alivio y enojo.

—¡Son maravillosos! —exclamé entusiasmada—. ¡Parecen unas *may bay chuong-chuong*! (libélulas).

Mi padre me apartó un mechón húmedo de la frente.

—¿Te parecen maravillosos? Eran soldados norteamericanos. Debiste alejarte inmediatamente. ¡Hasta nuestro búfalo tiene más sentido común que tú! —respondió mi padre. Luego me ayudó a levantarme, pues las piernas todavía me temblaban de la emoción.

—¿Los has visto, papá?

—Sí. Como todo el mundo. También los ha visto el Vietcong. Ve a buscar el búfalo y llévalo a casa. Es casi hora de comer.

Recogí mi sombrero y el palo de bambú y eché a correr por el campo en dirección al bosque, mientras los aldeanos me observaban atónitos.

Aquella noche, mientras cenábamos, a mi padre no sólo se le había pasado el enfado, sino que hasta parecía satisfecho.

—¿Por qué sonríes de esa forma? —le preguntó mi madre con tono de reproche—. Los norteamericanos han estado a punto de matar a tu hija. Las hélices de los helicópteros podrían haberla triturado y arrojado sus restos a los cuatro vientos. ¿Qué te pasa?

Mi padre dejó el cuenco de arroz en la mesa. Observé que tenía unos granos de arroz pegados a la barbilla.

—Sonrío porque me han dicho que tenemos a una valerosa guerrera en casa —respondió, acariciándome la cabeza—. Aunque debes ser más prudente si pretendes celebrar el Año Nuevo.

—¿De qué estás hablando? —preguntó mi madre.

—¿No te has enterado de la noticia? Todo el mundo en Ky La comenta con admiración cómo la pequeña May Ly se enfrentó al *may bay chuong-chuong cua My huy* del enemigo sin siquiera pestañear.

—¿Eso dicen nuestros vecinos? —preguntó mi madre. No podía creer que su perezosa y distraída hija fuera capaz de semejante hazaña.

Yo no me atreví a decirles que había sido el miedo, no el coraje, lo que me había obligado a permanecer clavada en el suelo cuando aterrizaron los norteamericanos. Más adelante, todos comprendimos que, ante los norteamericanos, era más prudente permanecer inmóvil, como uno permanece inmóvil frente a un perro furioso. Todo vietnamita que echaba a correr frente a los tanques norteamericanos era tomado por uno del Vietcong, y abatido por el simple delito de estar asustado.

Aunque ya habíamos visto muchas veces a los norteamericanos, que acudían con mayor frecuencia a Ky La, los niños nunca conseguimos acostumbrarnos a su presencia. Como tenían los ojos azules y siempre llevaban gafas de sol, solíamos creer que estaban ciegos. Los llamábamos *mat meo*, ojos de gato, y «narices largas», y no nos cansábamos de repetir las fantásticas leyendas que nos habían relatado sobre ellos. Los soldados del Vietcong, cuando lograban capturarlos, siempre les quitaban las botas para evitar que huyeran, pues imaginaban que tenían los pies demasiado blandos para caminar descalzos. Estábamos convencidos de que podíamos inmovilizar a los norteamericanos robándoles sus gafas de sol y sus zapatos. ¿Cómo iba a luchar un soldado que está ciego y cojo?

No obstante, la presencia de grandes contingentes de tropas norteamericanas significaba que la guerra se había recrudecido. Aunque en aquellos momentos no podíamos imaginarlo, estábamos a punto de vivir unos tiempos muy duros y difíciles.

Los del Vietcong presentían que las cosas iban a ponerse feas e intensificaron sus actividades. Durante nuestras reuniones de medianoche, que cada vez se celebraban con mayor frecuencia, nos explicaron qué debíamos hacer cuando aparecieran los norteamericanos y sus «perros falderos», los republicanos.

—¿Qué haréis cuando el enemigo duerma en vuestras casas? —nos preguntaba nuestro instructor.

—Robarle sus armas —respondíamos a coro—. Robarle las medicinas y la comida.

—¿Y qué haréis con todo ello?

—Entregároslo a vosotros.

Los niños de la aldea se reían alegremente y aplaudían nuestras respuestas. Cada vez que entregábamos algo al Vietcong —aunque se tratara de una simple navaja—, nos recompensaban como si fuéramos héroes. Nos prendían unas medallas hechas a mano en el pecho y anotaban nuestros nombres en la Lista de Honor.

Los republicanos que se alojaban en nuestra casa eran un tanto distraídos, y mi nombre no tardó en figurar a la cabeza de la lista. Como nuestra casa estaba situada sobre un promontorio cercano a los campos y las ciénagas, desde la que se divisaba toda la aldea, los soldados solían bajar la guardia. De vez en cuando les robábamos sus rifles automáticos y sus pistolas, aunque el Vietcong no solía utilizarlos, porque la munición era distinta de la que les enviaban del Norte. Lo que querían eran granadas de mano y botiquines de primeros auxilios, unos objetos que utilizaban todos los soldados y que escaseaban. En cierta ocasión robé una granada de mano y la oculté en un cuenco de arroz que también contenía *man cau*, una fruta parecida a la piña. Mi padre la halló por casualidad y, al cogerla, se quedó asombrado de lo que pesaba esa «fruta». La enterró en un lugar secreto y me reprendió severamente por mi imprudencia, pero yo no le hice caso y tan pronto como se presentó la ocasión, robé otra. Los niños nos reíamos a carcajadas cuando un republicano era amonestado por su superior por perder una pieza del equipo. No se nos ocurría que esos objetos podían provocar la muerte de muchas personas, incluyendo a mujeres y niños de nuestra aldea. Para nosotros, esta nueva guerra constituía un juego, por el cual ganábamos medallas y un puesto de honor en unas listas, conceptos que nos habían enseñado a respetar desde que empezamos a asistir a la escuela gubernamental.

Como es lógico, a veces los soldados nos sorprendían robando. Cuando se trataba de comida o una prenda, se limitaban a darnos un cachete. Pero cuando se trataba de un arma o de un objeto más costoso y sofisticado, arrestaban al niño que lo había robado y lo torturaban para que revelara lo que sabía del Vietcong. Yo tenía una amiga llamada Thi, dos años mayor que yo y muy inteligente, cuyos padres se aliaron con el Norte cuando estalló la guerra. Como vivía sola con su abuela, los republicanos utilizaban su casa como base y no se molestaban en vigilar su equipo. Una tarde, mi amiga les robó varias granadas de mano y una ametralladora. Por desgracia, los soldados la sorprendieron mientras trataba de transportar una pesada caja de municiones y se la llevaron en un jeep. Los republicanos nunca hacían públicos esos arrestos, porque les avergonzaba reconocer que muchos campesinos de nuestra aldea estaban contra ellos. Resultaba más sencillo hacer que el sospechoso «desapareciera», como los objetos robados.

Nuestros instructores nos explicaban con toda claridad qué debíamos hacer ante el peligro de ser capturados. Como sabíamos dónde se hallaban muchos túneles secretos, nos dijeron que debíamos ocultarnos en ellos hasta que los soldados del Vietcong acudieran a rescatarnos. En caso de que no pudieran salvarnos, debíamos suicidarnos, utilizando el arma o el explosivo que habíamos robado. Decían que nuestra muerte carecería de valor si se producía después de habernos torturado; sólo si caíamos en el campo de batalla o nos suicidábamos conseguiríamos convertirnos en héroes y alcanzar la inmortalidad. Era una idea que nos había sido inculcada desde pequeños por el Vietcong y con nuestras viejas y heroicas leyendas, de modo que no se nos ocurría ponerla en duda. Ignorábamos que a los soldados del Vietcong les preocupaba más el hecho de que un niño revelara sus secretos que garantizar nuestro lugar en la historia. Les preocupaba más la lealtad que las batallas y las bombas norteamericanas. Un día comprendí que esa obsesión les convertía en unos seres sumamente peligrosos.

Muchos niños de mi edad fueron a luchar para el Vietcong. Como es lógico, sus padres no lo aprobaban, ni siquiera los que odiaban profundamente a los republicanos y a los norteamericanos. Casi todos los padres, incluyendo a los míos, suplicaron a los del Vietcong que no enviaran a sus hijos al campo de batalla. Por fortuna, como yo era la única hija que les quedaba a mis padres (mi hermano Sau Ban estaba en Saigón trabajando con la brigada de construcción juvenil), y como mi padre había construido en nuestra aldea muchos búnkeres y túneles para el Vietcong, y como mi hermano mayor Bon Nghe estaba en Hanoi, y como yo les había demostrado mi lealtad en varias ocasiones —por ejemplo, cuando aterrizaron los helicópteros norteamericanos—, me permitieron permanecer en casa y realizar otras tareas. Durante una solemne ceremonia, me nombraron miembro de las fuerzas secretas de autodefensa y me encomendaron la misión de comunicar al Vietcong los movimientos del enemigo en nuestra aldea. Después de un combate, debía ayudar a las enfermeras a atender a los heridos e informar sobre las bajas que se habían producido en las filas enemigas. Aunque yo hubiera preferido reunirme con mis amigos en el campo de batalla, me sentía orgullosa de que me hubieran encomendado una tarea similar a la que realizaba mi hermano Bon Nghe.

Mi misión principal era vigilar el bosque que se extendía entre Ky La y la aldea vecina. Como de costumbre, mi padre se encargó de velar para que nada malo me sucediera. Solía apostarse en la cima de la colina que había detrás de nuestra casa —el lugar donde me había explicado mi deber hacia Vietnam— para transmitir mis señales a los centinelas del Vietcong que se hallaban situados en las lindes del bosque. Si los republicanos o los norteamericanos se hallaban en la aldea, mi padre se quitaba el sombrero y se abanicaba tres veces con él. Si el enemigo estaba cerca de la aldea, se abanicaba dos veces. Si no había moros en la costa ni tropas enemigas por lo alrededores, se abanicaba una sola vez. Este sistema, según me dijo mi padre, había sido utilizado por el Vietminh y resultaba muy eficaz. De este modo, yo permanecía a salvo en la aldea, mientras mi padre asumía el riesgo de transmitir mis señales. Mi padre me aseguró que, si ese sistema fallaba y morían unos soldados del Vietcong, sería su cadáver, no el mío, el que hallarían en la carretera de Danang. Por otra parte, si los republicanos interceptaban los mensajes también lo matarían, pero sólo después de haberlo torturado para arrancarle información. Aunque yo estaba todavía deslumbrada por mi ingenua visión de la gloria, empecé a comprender que la guerra había colocado a mi padre en una situación muy peligrosa. Tanto para mí como para la mayoría de los niños de nuestra aldea, esta nueva guerra era simplemente un juego emocionante. Para mi padre, en cambio, representaba un grave riesgo al que se exponía todos los días.

A medida que la guerra continuaba en las inmediaciones de Ky La, los soldados del Vietcong fueron encomendando a los aldeanos unas tareas periódicas. Una semana, mi familia se ocupaba de prepararles las raciones de comida, aunque los combatientes nunca pedían nada especial y rechazaban la comida si ello suponía que nosotros nos quedáramos sin comer. A la semana siguiente, teníamos que remendar sus uniformes o confeccionarles unos nuevos, a veces con la seda de los paracaídas que lograban capturar al enemigo. Las muchachas jóvenes debíamos congraciarnos con los republicanos y procurar robarles la pasta dentífrica, los cigarrillos y demás objetos útiles. Para evitar que esas ficticias amistades se convirtieran en una relación más seria, nos recordaban las diferencias que existían entre nuestros combatientes de la liberación y los republicanos y los norteamericanos que luchaban contra ellos.

—Los imperialistas y sus secuaces —decía nuestro instructor, sacudiendo el puño y cubriendo de saliva a la persona que estaba junto a él—, poseen aviones, bombas, armas de largo alcance y diez hombres por cada uno de los nuestros. Nosotros sólo disponemos de unos harapos y unos rifles y las provisiones que transportamos en la mochila. Cuando los republicanos y los norteamericanos vienen a vuestra aldea, pisotean vuestras cosechas, queman vuestras casas y matan a vuestros parientes por el mero hecho de interponerse en su camino. Nosotros respetamos vuestras casas y los altares de vuestros antepasados y sólo ejecutamos a los traidores a nuestra causa. El presidente Diem os envía invasores extranjeros, mientras que Ho Chi Minh os ha prometido un Vietnam libre. Los republicanos luchan por dinero, como mercenarios, pero nosotros luchamos por nuestra independencia.

Aunque odiábamos los peligros que representaba la guerra, no podíamos oponer ningún reparo a lo que decía nuestro instructor. Por cada norteamericano que nos cedía el paso en la carretera, muchos más nos trataban como si fuéramos ganado. Por cada republicano cuya amabilidad nos recordaba a nuestros hijos y hermanos, otros se comportaban como piratas. Siempre que se presentaba la ocasión, organizábamos manifestaciones y nos trasladábamos de aldea en aldea, agitando la bandera del Vietcong y gritando consignas. Maldecíamos a los «perros falderos republicanos» y ordenábamos a los invisibles soldados norteamericanos que abandonaran nuestro país. Nos animaba una sensación de rabia e impotencia, pero hacía que nos sintiéramos mejor y creíamos que con ello contribuíamos a equilibrar la situación. Un día, sin embargo, comprendí la terrible realidad de la guerra.

Una noche de sofocante calor, durante una de esas manifestaciones, un soldado del Vietcong nos comunicó que los republicanos se disponían a bombardear la zona. Todos corrimos hacia las trincheras que había junto al camino, mientras los soldados del Vietcong se ocultaban en el bosque.

Al principio, los proyectiles caían a lo lejos, pero súbitamente se produjo una serie de explosiones consecutivas. Las bengalas caían sujetas a unos paracaídas, iluminando el cielo y arrojando siniestras sombras sobre la trinchera en la que me hallaba oculta. El bombardeo se prolongó durante varias horas, y mientras yacía a solas en mi escondrijo, aterrada, empecé a pensar en mi familia. Vi cómo una bomba caía sobre mi casa, destruyéndola por completo, y a mis padres que ascendían sobre una bola de fuego. Sentí deseos de echar a correr hacia mi casa, pero conseguí dominarme, pues comprendí que sería un suicidio abandonar la trinchera antes de que cesara el ataque.

Cuando cesaron las explosiones, asomé la cabeza por la trinchera. El aire nocturno olía que apestaba —como a caucho quemado—, y la carretera estaba sembrada de árboles y pedruscos. Un nutrido contingente de soldados republicanos avanzaba por la carretera desde Ky La, capturando a los civiles que estaban ocultos en las trincheras. Teníamos prohibido salir de nuestras casas por la noche, incluso dentro de la aldea, y si encima te capturaban lejos de la zona donde vívías, era como confesar que pertenecías al Vietcong.

Así pues, permanecí oculta en mi madriguera, sin saber qué hacer. No hacía más que pensar en nuestras vecinas, unas hermanas llamadas Tram y Phat, dos de cuyos hermanos habían ido a Hanoi, mientras que el tercero se había quedado en Ky La. Éste había sido arrestado y torturado por los republicanos debido a sus vínculos con el Norte. Cuando lo soltaron, lo primero que hizo fue darles un beso a sus hermanas; luego se cortó las venas. A partir de entonces, sus hermanas se convirtieron en acérrrimas defensoras del Vietcong. Cuando los republicanos regresaron para detenerlas, las hermanas se ocultaron en el búnker de su familia, fingiendo que temían salir y enfrentarse a ellos. Los soldados, como es lógico, fueron por ellas. Cuando penetraron en el búnker, se encontraron a ambas hermanas sentadas tranquilamente, sosteniendo en sus diminutas manos unas granadas a las que les habían quitado la espoleta y dispuestas a lanzarlas en cuanto los soldados hicieran el menor movimiento. Los soldados, temerosos de disparar contra ellas y provocar una explosión, salieron precipitadamente. Pero las hermanas arrojaron las granadas y perecieron junto a tres de sus enemigos. Al día siguiente, su madre enterró los restos de sus hijas junto a su hijo varón y luego se fue a trabajar a los campos. Los republicanos la siguieron, pero temiendo aproximarse al último miembro de esa temeraria y peligrosa familia, le dispararon por la espalda desde una zanja.

Yo no tenía un arma, pero no me hubiese resultado difícil hacer que los soldados dispararan contra mí, o agarrar el cañón de uno de sus rifles y apuntarlo contra mi pecho. No obstante, no deseaba que mi madre muriera a causa de mi heroísmo y mi mala fortuna. Recordé los consejos que me había dado en caso de hallarme en una situación como ésta: «Si eres demasiado lista o demasiado estúpida, morirás, de modo que hazte la tonta. Si has sido tan estúpida que has dejado que te atrapen, no creo que te cueste mucho hacerte la tonta. Haz ver que no sabes nada porque eres joven y estúpida. Sean quienes sean los que te interroguen, debes hacerte la tonta.»

Cuando los soldados me sacaron de la trinchera, murmurando palabras incoherentes y cubierta de barro, debieron de creer que era una retrasada mental o que las explosiones me habían producido una fuerte conmoción. En lugar de interrogarme, azotarme o matarme, como habían hecho con otros, me ataron las manos a la espalda, me metieron en un camión con otros detenidos y me condujeron a la cárcel más cercana.

Cuando bajamos del camión nos llevaron a una sala desprovista de muebles y nos ordenaron que aguardáramos en silencio. Luego, de uno en uno, nos condujeron a otra habitación para interrogarnos. Yo fui la quinta o la sexta, y hasta el momento de mi interrogatorio no había regresado ninguno de los otros detenidos. Como no oí ningún disparo, supuse ingenuamente que los habían liberado.

Cuando me tocó el turno, los guardias me condujeron por un pasillo hasta una celda sin ventanas, iluminada por una bombilla que pendía del techo. Un joven soldado vietnamita, con el pecho lleno de medallas y condecoraciones, me obligó a sentarme en el suelo y empezó a preguntarme cómo me llamaba, dónde vivía, quiénes eran mis padres y qué hacía lejos de mi casa en plena noche. Yo contesté a sus preguntas temblando de miedo y haciéndome la tonta, lo cual, tal como me había asegurado mi madre, no me costó ningún esfuerzo. Le dije que salí de casa atraída por las voces de unos aldeanos que participaban en un desfile, quienes me habían dicho que iban a asistir a una obra de teatro. Confesé que siempre andaba metida en algún lío, y le rogué que no se lo contara a mis padres, porque mi padre me pegaría y mi madre...

El soldado interrumpió mi relato con una bofetada que casi me hizo perder el conocimiento. Luego me agarró por el pelo y me obligó a alzar la cabeza. Mi interrogador me preguntó repetidas veces, con gesto brusco, qué hacía lejos de la aldea. Sollozando y cegada por la luz de la bombilla, insistí en que al oír las voces de unos aldeanos que participaban en un desfile decidí seguirlos. No pretendía hacer daño a nadie. Sólo quería ver la obra de teatro y divertirme...

El guardia que había detrás mío me agarró por el pelo y me obligó a levantarme. Lancé un grito de dolor, y él me propinó varias patadas en la espalda con su pesada bota. Entonces me puse a chillar con todas mis fuerzas —esta vez no fingía—, pero él siguió sujetándome por el pelo y dándome puntapiés, hasta que creí que iba a arrancarme el cuero cabelludo y a partirme la espalda. Cada vez que trataba de incorporarme, el soldado me lo impedía. Al fin dejé de forcejear y el guardia me arrojó al suelo. Mi interrogador repitió las preguntas que me había hecho anteriormente, pero yo lloraba como una histérica. Luego me golpeó de nuevo, me levantó del suelo y me ató las manos. El guardia me condujo por el pasillo hasta una amplia habitación dividida por unas cañas de bambú en media docena de pequeñas jaulas. Me metieron en una de ellas —el espacio era tan reducido que no podía sostenerme en pie ni tumbarme— y cerraron la puerta con llave.

Durante un rato permanecí tendida en el suelo, llorando desconsoladamente. Las lágrimas se deslizaban sobre las heridas de mi rostro, y sentía un punzante dolor en la espalda. Tras grandes esfuerzos, dado que tenía las manos atadas a la espalda, logré incorporarme contra los barrotes. La habitación olía como una cloaca, y en el centro del suelo vi un orificio que supuse que debía de ser el retrete. Las jaulas que me rodeaban estaban ocupadas por personas que habían participado en la manifestación, aunque ninguna de ellas era de mi aldea. Todos, sin embargo, presentábamos las mismas huellas tras el interrogatorio: los ojos amoratados, contusiones en la frente, la boca y la nariz ensangrentadas, algún diente partido y la mandíbula desencajada. Al igual que la celda donde me habían interrogado, la habitación en la que me encontraba ahora estaba iluminada por una sola bombilla cuya luz hería mis ojos.

Sentía un dolor insoportable en los riñones y en la vejiga. Temiendo orinarme encima, me bajé los pantalones y lo hice en el suelo. Al ver el líquido teñido de rojo que se deslizaba por el desagüe, casi me desmayé. Nunca había observado sangre en mi orina. Supuse que iba a morir. Me senté en el suelo y rompí a llorar amargamente, sin importarme que los otros me vieran orinar, deseando hallarme junto a mi madre, en mi cama, y que esta espantosa pesadilla terminara de una vez.

Al cabo de un rato, me quedé dormida. Me desperté al oír que la puerta de la jaula se abría de golpe. Un guardia me sacó al pasillo arrastrándome por los tobillos y luego me condujo hacia la celda del interrogatorio. Al detenerme frente a la puerta, sentí deseos de vomitar. Al final del pasillo distinguí una débil luz. Había amanecido.

Dentro de la celda, sin embargo, todo estaba oscuro, a excepción de la implacable luz que arrojaba la bombilla. Esta vez me encontré con otro soldado, mayor que el anterior quien, para mi asombro, ordenó al guardia que me desatara. Al estirar los brazos y frotarme las llagas de las muñecas, sentí crujir las articulaciones.

—Con an com chua? (¿has comido?) —me preguntó el soldado amablemente.

Yo no sabía qué responder. La pregunta podía ser lo que aparentaba, pero también constituía el saludo formal entre los campesinos desde tiempos inmemoriales en una tierra donde siempre escaseaba la comida. Así pues, elegí la respuesta más tradicional y educada:

—Da con an com roi (ya he comido, gracias) —contesté, clavando los ojos en el mugriento suelo. El soldado parecía satisfecho de mi respuesta, y no volvió a hacer ninguna alusión a mi desayuno.

—El sargento Hoa me ha informado que anoche te negaste a colaborar —dijo, paseándose lentamente a mi alrededor e inspeccionando mis heridas, tal vez para comprobar qué llaga o magulladura me podría doler más y arrancarme antes la confesión. Luego se detuvo, como esperando que yo desmintiera al sargento Hoa, y prosiguió—: De todos modos, no importa. Lo otros detenidos nos han contado cuanto deseábamos saber sobre lo sucedido anoche. Sólo tienes que confirmar algunos detalles, y después podrás lavarte y regresar a tu casa a la hora de comer. ¿Te gustaría volver con tu familia, Le Ly?

El corazón me dio un vuelco al oír mi nombre en labios de este amable desconocido y ante la perspectiva de reunirme de nuevo con mi familia. Al alzar la cabeza vi que estaba leyendo un papel, probablemente el informe del sargento Hoa sobre el interrogatorio al que me había sometido anoche. Quizá contenía más datos de lo que yo imaginaba.

—Sí, me gustaría regresar a casa —respondí humildemente.

—Bien. Pero antes hablaremos sobre los lugares donde se ocultan los soldados del Vietcong en Binh Ky. Hemos localizado los túneles debajo de los pajares y las habitaciones detrás del refugio de la artillería situado en el sur de la aldea... —El soldado hizo una pausa, confiando en que yo añadiera más escondrijos a su lista—. A propósito, ¿qué hacías anoche en las trincheras?

—Me oculté en ellas para huir de las explosiones.

—¿Por qué habías salido?

—Me desperté y vi a unos aldeanos desfilando frente a mi casa. Salí sigilosamente, sin despertar a mis padres, y me dijeron que iban a asistir a una obra de teatro. Casi habíamos llegado al teatro cuando comenzaron las explosiones. Me asusté y me oculté en una trinchera. Temía regresar a casa porque supuse que mis padres me pegarían.

—Ya. ¿De qué trataba la obra de teatro?

Yo guardé silencio durante unos instantes y luego contesté:

—No lo sé. No llegué a verla.

—¿Y no sabes quién actuaba en ella?

—No.

—¿Conoces esta canción, Le Ly?

> *Estamos tan contentos y felices,*
> *que sentimos deseos de cantar y bailar.*
> *El escenario del Vietnam está bañado en luz,*
> *porque Tío Ho nos llena de alegría.*

—Sí —respondí—, pero la letra es distinta. Dice así:

> *Estamos tan contentos y felices,*
> *que sentimos deseos de cantar y bailar.*
> *El escenario del Vietnam está bañado en luz,*
> *porque Ngo Dinh Diem nos llena de alegría.*

Mi débil vocecita, sofocada por el terror que experimentaba, debía sonar tan rara, que los soldados rompieron a reír. Puede que yo fuera la primera muchacha campesina que interrogaban cuyo padre conocía dos versiones de las canciones políticas.

—¿Acuden con frecuencia los soldados del Vietcong a tu aldea, Le Ly?

—Sí.

—¿Qué aspecto tienen?

—Se parecen a ustedes, pero llevan uniforme negro.

El soldado encendió un cigarrillo y guardó silencio durante varios minutos. Yo temí que fuera a golpearme, pero al cabo de un rato dijo:

—Seguiremos hablando más tarde, Le Ly.

Hizo una señal al guardia y éste me condujo de nuevo a mi jaula.

Permanecí encerrada en la jaula durante otros dos días. Cada mañana, un empleado de la prisión arrojaba un cubo de agua sobre el fétido suelo; por las noches, nos daban un cuenco de arroz con unas verduras o un poco de tocino para alimentarnos. También nos daban tres vasos de agua al día, y por las tardes nos dejaban salir un rato al patio. No podíamos hablar entre nosotros, ni siquiera cuando estábamos en nuestras jaulas, porque los soldados temían que coordináramos nuestros relatos o urdiéramos un plan para escapar. Teniendo en cuenta nuestro lamentable estado y la cantidad de soldados y rifles que nos rodeaban, me parecía increíble que les infundiéramos temor. Sin embargo, el Vietcong tenía fama de convertir las situaciones más inofensivas en un peligro para sus enemigos. Dada nuestra reputación y las contramedidas que exigía, ni los carceleros ni los presos bajábamos un instante la guardia.

Cada noche me conducían ante el sargento Hoa para ser interrogada. Éste me hacía cada vez menos preguntas y me golpeaba con más furia. Por las mañanas me llevaban a la celda, donde el otro soldado —que me trataba siempre con gran amabilidad y afecto— se mostraba horrorizado al contemplar mis heridas y me formulaba numerosas preguntas sobre el Vietcong y la vida en Ky La. Comparado con el sargento Hoa y las interminables horas que pasaba encerrada en la asquerosa jaula de bambú, esas sesiones casi resultaban agradables. No obstante, cada vez me resultaba más difícil hacerme la tonta y no hablarle sobre mi familia, a la que añoraba mucho.

El tercer día, después de recibir una salvaje paliza la noche anterior, me sacaron de la jaula. Supuse que iban a interrogarme, como de costumbre, pero al final del pasillo me encontré a mi madre y a Chin, el marido de mi hermana Ba, que trabajaba para la policía gubernamental en Danang. Pese a la dureza que había tratado de cultivar en la cárcel, me arrojé llorando en brazos de mi madre, mientras Chin hablaba con el soldado sobre mi liberación. Mi pobre madre, que parecía haber envejecido diez años desde mi detención, contempló horrorizada mis heridas, como si yo fuera un melón en mal estado. Aunque parecía tan angustiada como yo, no dijo nada, sino que se limitó a observar severamente a los soldados. Si yo había conseguido engañar a mis carceleros, haciéndoles creer que era una niña rebelde y traviesa, la dura expresión de mi madre debió convencerlos de que las palizas que me habían propinado en la cárcel no eran nada comparado con el castigo que me aguardaba en casa.

Una vez fuera, Chin me miró enojado y se alejó en su bicicleta. Nosotras cogimos un autobús para regresar a la aldea y después de recorrer dos kilómetros, mi madre, sin poder contenerse más, rompió a llorar tan amargamente como había hecho yo la primera noche que permanecí encerrada en la celda. Me dijo que Chin estaba muy disgustado por haberse visto obligado a ayudar a sus suegros. Temía que a partir de ahora, debido a sus sospechosos parientes, pondrían en duda su lealtad y vigilarían todos sus movimientos. Aunque sentí lástima por él, estaba tan contenta de haber recuperado la libertad, que los problemas de mi cuñado —e incluso los míos— no me preocupaban lo más mínimo.

A última hora de la mañana del 1 de abril de 1986.
Embajada de la República Socialista
de Vietnam, Bangkok

Estoy sentada en un banco en la calle, a una manzana de la Embajada vietnamita. Por encima del periódico, a través de las gafas de sol, observo la entrada del edificio —un elevado muro que rodea una casa de madera azul y un jardín lleno de plantas tropicales—, una modesta fachada para este nuevo y resplandeciente país. Pese a ser una ciudad de gran densidad demográfica, el tráfico es escaso; sólo circulan algunos coches y los rickshaws motorizados llamados *tuktuks*. En los portales están sentados unos vendedores ambulantes y unas madres con sus hijos, respirando un aire dulzón y pegajoso impregnado de jengibre y del humo de los vehículos. Trato de conservar la calma y decidir qué debo hacer.

Ayer por la manaña, tras mi llegada a Bangkok, atravesé la decorativa verja de hierro y penetré en la Embajada, pero no les mostré mi pasaporte ni las cartas que me había dado la misión vietnamita en Nueva York. Ni siquiera les revelé mi nombre. Me mostré amable, educada y poco comunicativa. Dije que había salido de compras y deseaba que me facilitaran unos folletos turísticos. Me expresé en inglés, para que no descubrieran de dónde procedía. Quizá pensaron que era una aburrida y rica ama de casa thai, malasia o filipina, que no sabía cómo gastarse sus dólares yanquis. Me atendieron amablemente.

Mientras aguardaba frente al mostrador de recepción, escuché a los empleados hablando en vietnamita entre sí. En aquellos momentos sentí una gran añoranza de mi tierra. Eran compatriotas míos. Quizás habían estado en Vietnam la semana pasada. Sentí deseos de preguntarles cómo iban las cosas en Danang, si las cosechas en la costa central habían sido buenas, si conocían a fulano de tal, que vivía en la calle Tu Do en Saigón... Pero todavía no había llegado la hora de conversar. Cuando abandoné mi aldea en 1965, mi nombre figuraba en la lista de sentenciados a muerte por el Vietcong. Cuando salí de Saigón en 1970, a los veinte años, muchos creían que estaba metida en el mercado negro. Cualquiera de esos delitos habría bastado para llevarme ante un Tribunal Revolucionario. Si había algo que los oficiales del Vietcong detestaban más que a los traidores, eran los especuladores. El hecho de que yo no fuera ni lo uno ni lo otro carecía de importancia. La sospecha bastaba para condenarme.

La conversación de los empleados de la Embajada era rutinaria. Les preocupaba más dónde iban a almorzar que interrogar a una estúpida turista. Curiosamente, su burocrática indiferencia me pareció una señal muy saludable. Al cabo de unos minutos me entregaron varios folletos turísticos y unos formularios. El recepcionista sonrió como un agente de viajes. Salí apresuradamente del edificio, por temor a traicionarme.

Luego me dirigí a la Embajada norteamericana. La diferencia entre ambos edificios era notable. La Embajada vietnamita parecía la vivienda de una familia thai de clase media. El vestíbulo estaba amueblado con un raído sofá y dos sillas de madera. Los pálidos muros estaban decorados con retratos de Ho Chi Minh y fotografías de unos sonrientes campesinos montados en bicicleta, cargados con sacos de arroz y trabajando en una fundición de acero. Tan sólo la bandera comunista y la placa de metal en la puerta indicaban que se trataba de un edificio gubernamental en lugar de las oficinas de una compañía de seguros asiática de segunda categoría.

La Embajada norteamericana, por el contrario, era majestuosa e imponente. Las banderas que pendían sobre la fachada estaban presididas por la efigie de un águila con las alas extendidas y el pico abierto. Estaba ubicada en un elegante barrio residencial, alejada de la calle. Una verja de hierro forjado, unas vallas de hormigón para detener a los terroristas y unos jóvenes marines impecablemente vestidos custodiaban la entrada. En el interior, suntuosamente enmoquetado, los empleados llevaban traje oscuro y te recibían con la austera dignidad de unos banqueros. Frente a mí, una joven pareja —un soldado americano y una mujer thai— hablaban nerviosamente con el recepcionista, él de regreso a su antigua vida en Estados Unidos, ella de camino a una vida nueva como esposa suya. Me recordó a Saigón en 1970. ¿Estarían todavía casados dentro de un año? Era difícil predecirlo. Una de las cualidades de Norteamérica, entre muchas otras, es que nadie hace preguntas indiscretas.

El agregado político conversó conmigo durante media hora en su despacho. Era un hombre joven —demasiado joven para haber luchado en la guerra—, y me pregunté si sabía realmente lo que había sucedido. No obstante, expresó su opinión acerca de mi viaje con meridiana claridad. No debía ir. El Ejército vietnamita todavía luchaba en Camboya y contra los chinos en el norte. Los turistas que regresaban de Vietnam comentaban la miseria que imperaba en el campo y los disturbios que empezaban a estallar en las ciudades. El Gobierno comunista, tan hábil durante la guerra, no había sabido administrar la economía en tiempos de paz. En 1975, después de la liberación, al igual que la revolución cultural de Mao en China, habían encarcelado a un sinfín de personas inocentes. Las fábricas estaban dirigidas por simples operarios. Unos jóvenes contables administraban el Banco Central. La lealtad al partido y la pureza ideológica eran más importantes que los conocimientos técnicos y las aptitudes. Los burócratas del Norte habían desplazado a los líderes locales del PRG (los antiguos civiles del Viet-cong), y eran quienes tomaban las decisiones en el Sur.

El agregado me hizo comprender que la situación era poco halagüe-ña. Sólo unos norteamericanos en viaje de negocios habían visitado re-cientemente el país, y ninguno de ellos era vietnamita. Sería una locura que yo fuera.

Le di las gracias por su amabilidad y regresé al hotel. La cabeza me daba vueltas. Me encontraba de nuevo atrapada en el limbo —en-tre el cielo y el infierno—, sin saber qué hacer. Aunque algunos amigos y periodistas de San Diego conocían mi itinerario y fecha de regreso, los días anteriores a mi partida se habían mostrado seriamente preocu-pados. Aunque había escrito a Anh, el padre de Jimmy, que se hallaba en Saigón, sus lacónicas respuestas a mis preguntas podían interpretar-se de numerosas formas. Quizá creía que mi carta era una trampa, un intento del Gobierno de acusarlo de colaborar con el enemigo. La mi-sión vietnamita en Nueva York me había facilitado una lista de contac-tos oficiales y normas referentes a mi viaje, pero supuse que no se ha-bían molestado en investigar mis antecedentes. Eso sucedería una vez que mi solicitud de visado y mi pasaporte se hallaran en manos de su delegación en un puerto de entrada regional. Dada la situación, no te-nía motivos para sentirme animada, sino todo lo contrario. Sólo tenía dos caminos: marcharme o tener paciencia, renunciar o seguir adelan-te, confiando en que la suerte o el destino me ayudarían.

Así pues, permanezco sentada en el banco contemplando la Emba-jada vietnamita.

La vocecita que me ha guiado con razonable éxito hasta ahora me advierte que debo proceder con cautela; pero no me indica qué direc-ción debo tomar. Espero una señal que confirme o disipe mis temores. Sé por experiencia que este tipo de señales puede adoptar numerosas formas. A veces se trata tan sólo de un presentimiento, el resultado de emociones anteriores. Otras, de algo más tangible: conozco a una persona, escucho una conversación o veo algo extraño que me llama la atención, y de pronto todas las piezas del rompecabezas parecen en-cajar. Debo permanecer alerta para reconocer esos signos, pero al mis-mo tiempo no debo obsesionarme. Debo ser valiente pero no temera-ria. Debo dejar que la suerte o la providencia me guíen, como los padres guían a sus hijos, pero yo soy quien debe decidir a dónde quiero diri-girme, como una niña en el zoológico que tira de su madre hacia la jaula de los leones.

Al levantar los ojos y contemplar la Embajada por enésima vez, veo a una mujer caucásica, bien vestida, penetrar en el edificio llevan-do de la mano a una niña. Ha llegado el momento. Sin dudarlo, dejo el periódico y atravieso apresuradamente la calle. Los transeúntes me miran con indiferencia. Quizá no sea la primera vietnamita superviviente que ha observado su suerte desde ese banco.

Una vez dentro, me coloco detrás de la mujer y la niña, que debe de tener unos ocho años. Aguardan su turno detrás de un europeo alto y distinguido que ha entrado unos minutos antes que ellas. Aliviada, observo que ninguno de los empleados del día anterior están de servicio. Al menos, si decido seguir adelante y solicitar un visado, no me mirarán con recelo.

Mientras aguardamos, busco un pretexto para entablar conversación con la mujer. La niña se muestra inquieta, y su madre le dice que se siente en el sofá y mire una revista. Se expresa en perfecto inglés, por lo que deduzco que es inglesa. Yo sonrío a la niña y luego a su madre. Es una buena excusa para entablar conversación con ella.

—Tiene una hija muy guapa —le digo.

La mujer me mira complacida.

—Sí, pero es muy traviesa. ¿Va a solicitar un visado?

Es australiana, lo cual me tranquiliza. No obstante, no debo bajar la guardia. Sin dejar de sonreír, contesto:

—¿Se refiere a un visado para Vietnam? Bueno, me han entregado unos formularios...

Saco de mi bolso los documentos que me facilitaron ayer. La mujer me toca el brazo como una hermana y dice:

—Guárdeselos, querida. Mi marido y yo acabamos de regresar de Hanoi y le aseguro que disponen de un funcionario por cada documento que entregan a los turistas. Le aconsejo que haga ver que no entiende nada y deje que el recepcionista se encargue de los trámites.

—¿Ha estado en Hanoi? —le pregunto. Quizás ha visitado también el sur.

—Sí. Vivimos allí tres años. Mi marido vende piezas de maquinaria, ya sabe, tornos y taladros...

El hombre de aspecto distinguido que está junto al mostrador de recepción se acerca a nosotras, tratando disimuladamente de escuchar nuestra conversación. Aunque lleva un traje caro, no parece americano ni australiano. Quizá también habla inglés.

—Disculpe, ¿ese señor es su marido? —le pregunto a la mujer.

—¿Qué? —La mujer se gira sorprendida. Luego me mira ruborizada, jugueteando nerviosamente con su collar de perlas, y contesta—: No, Dick se ha quedado en Vietnam, ultimando la venta del negocio. Vendrá a finales de semana. Yo he venido para tramitar su viaje. A decir verdad, creo que no desea abandonar el país. Siente nostalgia.

—¿Era un soldado australiano?

—Sí. Es ingeniero industrial. Viajó dos veces a Vietnam. En 1969 y en 1970. Habla la lengua como un nativo. Se enamoró del país. Es una lástima lo que le sucedió a esa gente durante la guerra. Hanoi y Haiphong están en ruinas. ¿Es usted del Norte...?

Es una pregunta inocente, una invitación a que participe en la conversación. Si yo fuera una turista corriente, no me importaría responder. Estoy convencida de que esa mujer es quien afirma ser, pero mi corazón late aceleradamente. El hombre junto al mostrador intenta por todos lo medios oír lo que decimos, lo cual me inquieta.

—No, no —respondo apresuradamente, esbozando una tímida sonrisa—. No soy del Norte. —Eso no es una revelación. En cuanto me pusiera a hablar en vietnamita, cualquier nativo lo descubriría—. ¿Su marido no tuvo problemas para viajar por Vietnam, tratándose de un soldado aliado? —pregunto, para cambiar de tema—. ¿No les vigilaron ni les interrogaron?

—¡Qué va! —contesta la mujer, despachando mi pregunta como si yo fuera su hija y me quejara de una pesadilla—. Hanoi es una ciudad tan segura como Sydney. O quizá más. Al menos, no hay tantos borrachos y carteristas por las calles. Nos trataron divinamente. Les atrae mucho todo lo occidental, aunque esté lleno de soviéticos. No tendría ningún reparo en regresar mañana.

El empleado que estaba sellando unos documentos en el mostrador entra en un despacho y el hombre de aire distinguido se gira súbitamente y nos coge a ambas del brazo. Pero lo hace de forma caballerosa, no como un policía, lo cual me tranquiliza. Nos conduce hacia el sofá donde está sentada la niña, bostezando y hojeando una revista sobre agricultura.

—Disculpen, señoras —dice con un suave acento europeo. Luego se presenta educadamente. Se llama Per, es noruego, y forma parte de la misión de formación tecnológica de la ONU en Vietnam—. No he podido evitar oír lo que decían. Les recomiendo que bajen la voz.

La australiana lo mira ofendida.

—Lo siento. No sabía que molestáramos...

El hombre se encoge de hombros y responde amablemente:

—No me molestan en absoluto. Al contrario. Si lo desean, pueden seguir conversando en el vestíbulo. ¿O prefieren hacerlo fuera? Hace un día espléndido.

De pronto comprendo lo que ese caballero intenta darnos a entender, y me siento profundamente agradecida.

—Gracias —le digo—. Las mujeres que viajamos solas siempre agradecemos un buen consejo.

—¿Viaja sola a Vietnam? —pregunta Per—. ¿A Hanoi?

—No. A Saigón.

—Querrá decir ciudad Ho Chi Minh —me corrige Per, sonriendo—. Debe procurar no equivocarse de nombre. Nuestros amigos del mostrador son muy susceptibles en esas cosas.

—Supongo que necesito un guía —digo, dirigiéndome a la mujer australiana, que ahora parece totalmente cautivada por Per—. Es una lástima que usted y su hija no regresen a Vietnam. Podríamos viajar juntas.

—Estoy segura de que el caballero será un excelente guía. ¿Quiere que le ceda mi lugar en la cola? Hildy y yo disponemos de toda la tarde. Ha sido un placer conocerlos. —La mujer se despide de nosotros estrechándonos la mano—. Les deseo buena suerte.

Luego se sienta en el sofá junto a su hija y saca del bolso una novela de espías norteamericana. Esas historias son muy interesantes, pero sólo en los libros. Tengo la sensación de que Per y yo la hemos puesto nerviosa.

—¿Conoce Vietnam? —pregunto a Per.

—He estado en el sudeste asiático muchas veces, pero nunca he ido a Vietnam. Es mi primer viaje —contesta sonriendo—. La ONU ha instalado varias escuelas técnicas en ciudad Ho Chi Minh. Desde hace un año disponemos de una plantilla bastante nutrida en el Sur, y me han enviado para comprobar qué tal les va.

En aquel momento, el empleado regresa con los documentos de Per.

—Mire —me dice Per en voz baja—, no sé quién es usted ni lo que se propone, pero, si quiere, puedo contarle lo que me han comentado sobre la situación en el país. A decir verdad, tenía ganas de encontrarme con alguien que conociera las costumbres y el idioma. Un vietnamita que hubiera decidido regresar a su tierra... —Me mira fijamente, pero no contesto—. De todos modos, me marcho pasado mañana. Podemos almorzar en mi hotel. Está muy cerca de aquí.

Aunque estoy tan cansada que apenas me sostengo en pie, este caballero tan amable, de aire paternal, me parece un regalo del cielo. Acepto encantada su invitación. Per recoge sus documentos y nos marchamos.

Una vez sentados en el restaurante de su hotel, le pregunto más datos sobre el organismo para el que trabaja. Per me da su tarjeta y me explica que la tarea de la misión de la ONU consiste en formar a hombres y mujeres jóvenes que desean convertirse en técnicos especializados. Lo que me cuenta sobre Vietnam es información de segunda mano —rumores que ha oído durante las reuniones oficiales—, pero concuerda con lo que me ha dicho la australiana. Aunque no sé si lo que dice es cierto, el tono de su voz me convence de su sinceridad. Yo procuro mostrarme amable y disimular el temor que refleja mi voz, pero Per nota que evito responder a sus preguntas. Al fin, llega el momento de la verdad.

—Es usted del Sur —dice Per. Es al mismo tiempo una pregunta y una afirmación—. Vamos —prosigue sonriendo—, no es la primera expatriada vietnamita que conozco. Todos ustedes tienen el mismo aire de cachorrillo perdido. Anhelan regresar a su tierra, pero temen lo que puedan encontrarse. No tiene por qué avergonzarse de ello.

Su amabilidad ha conseguido que baje la guardia y le sonrío tímidamente.

—Soy de una pequeña aldea cerca de Danang. Seguramente no ha oído hablar de ella. Durante la época de los franceses se llamaba Ky La, pero la antigua República le impuso el nombre de Binh Ky.

Per reconoce que no ha oído hablar de ella. Luego me cuenta qué otras cosas ha adivinado sobre mí. Su descripción es tan acertada, que durante unos instantes tengo la sensación de que ha hablado con alguien de Estados Unidos que me conoce. Me parece estúpido seguir fingiendo. Le relato mi historia brevemente, pero sus preguntas hacen que permanezcamos sentados a la mesa durante otras dos horas. Es evidente que no tiene un pelo de tonto. Opina que me estoy exponiendo mucho. Sólo mi buen juicio o mi buena estrella me ha impedido revelar prematuramente mi identidad a los funcionarios de la Embajada.

Aunque la charla con Per me ha tranquilizado, después de comer, en lugar de regresar a la Embajada vietnamita, nos dirigimos a la Embajada estadounidense. Per se ofrece a acompañarme para contrastar la versión de los funcionarios norteamericanos sobre Vietnam con los rumores que él ha oído, y luego me dará su opinión. Me parece un plan lógico y sensato.

Cuando finaliza la reunión, me siento turbada pero resuelta a seguir adelante. El agregado se ha mostrado preocupado por mi seguridad. Per dice que es lógico que el Gobierno de mi país muestre esa actitud. Al fin y al cabo, su labor consiste en velar por la seguridad de los norteamericanos en un país extranjero. Si consiguen convencerme de que anule mi viaje, no correré el menor peligro, de modo que procuran desanimarme. El ministerio de Estado está al frente de un inmenso y complejo aparato. ¿Qué les importa que yo desee reunirme con mi familia y averiguar qué ha sucedido en mi aldea, en mi país? Les tiene sin cuidado que en la actualidad la suerte de unos campesinos vietnamitas todavía le preocupe a alguien. No existe aún una versión oficial de la guerra y sus consecuencias; en cambio, sí mantienen una relación política con la república socialista. ¿Y quién puede reprochárselo?

No obstante, Per me recomienda que tome precauciones. Relleno un largo formulario del ministerio de Estado sobre mi itinerario, mis contactos en Vietnam y la fecha de mi regreso. Luego me facilitan una lista de nombres de personas con las que debo ponerme en contacto en caso de hallarme en un apuro. Es una lista muy extensa, pero me parece un trámite meramente burocrático. Durante la guerra, el Vietcong y los norvietnamitas consiguieron capturar a todas aquellas personas que les parecían sospechosas. Por consiguiente, ahora que gobiernan el país no tengo motivos para creer que sean menos eficaces.

Antes de marcharnos, el agregado me pregunta —a título de curiosidad, por supuesto— si existe alguna razón para que quieran apresarme.

—Una razón de mucho peso. He prometido al espíritu de mi padre relatar cuanto sé a mi familia, a mi pueblo y al mundo.

—¿Piensa escribir un libro? —me pregunta sorprendido el agregado.

—Sí.

El funcionario sacude la cabeza con tristeza y me desea suerte.

Per me acompaña al hotel Royal en un coche alquilado. De camino, me siento aliviada y agradecida. Per me confiesa que no suele inmiscuirse en las conversaciones ni en los asuntos de los demás. Me dice que el nuevo Gobierno vietnamita parecer recelar de su organización. Los motivos humanitarios no les interesan.

—Para ellos, el humanitarismo no es ni «dialéctico» ni «materialista» —dice riendo.

Aunque no entiendo lo que quiere decir, el trato poco amable de los funcionarios y los recelos que el Gobierno vietnamita muestra a los que vienen de afuera encaja con lo que me han contado de ellos. Per reconoce también que tiene la sensación de que le están poniendo a prueba —siguiéndole y controlando sus llamadas telefónicas, sus conversaciones y su correspondencia—, para comprobar si es realmente quien dice ser. Les parece inconcebible que un occidental esté interesado en ayudar al pueblo vietnamita con un Gobierno comunista en el poder.

Cuando me deja en el hotel, le doy las gracias por su amabilidad y le beso en la mejilla como una hija afectuosa. Una vez en mi habitación, me doy un baño para relajarme. No sé lo que me espera en Sai... —me corrijo al instante y digo «Ciudad Ho Chi Minh, CHCM, CHCM»—, pero estoy segura de que no gozaré de lujos como éstos.

Me seco con una esponjosa toalla y me pongo el pijama. Luego me acuesto en la enorme cama de matrimonio, demasiado cansada para deshacer el equipaje, y apago la luz.

Al cerrar los ojos, me siento más animada. Per y yo hemos acordado regresar mañana a la Embajada vietnamita para entregarles las fotos para nuestros visados. Yo confío en que, no bien les facilite los documentos que me dieron en Nueva York, no tardarán en concederme el mío. No tengo motivos para preocuparme hasta que aterrice en Vietnam; además, viajaré en compañía de un amigo que pertenece a una reputada organización humanitaria, y que sin duda me ayudará a salvar cualquier escollo.

Sin embargo, aun contando con la ayuda de la suerte y la providencia, hay algo que me inquieta. Quizás el destino haya puesto en mi camino a ese amable extraño dispuesto a ser mi salvador, pero los gobiernos también emplean esos métodos para asegurarse de que la gente actúe como ellos desean.

Súbitamente, abro los ojos. Mi fatigado cerebro —esa vocecita que se niega a permanecer en silencio— ha vuelto a ponerse en marcha. ¿Qué sé realmente sobre Per, excepto lo que él mismo me ha contado? ¿Por qué debo creer ciegamente en sus palabras cuando mi intuición me dice que pertenece a la misma especie que los hábiles funcionarios del ministerio de Estado, las impertinentes madres australianas y los torpes funcionarios de la Embajada vietnamita?

«¡Bay Ly, Bay Ly! —La voz de mi padre, de más de mil años y muy distante, resuena en mi mente—. Florecita mía, ¿en qué lío te has metido?»

La voz de su espíritu lanza una afectuosa carcajada. Cierro los ojos de nuevo y, en la profunda oscuridad, sonrío a mi padre y me quedo dormida como una niña en sus brazos.

3

HERIDAS ABIERTAS

Media mañana del 3 de abril de 1986.
Aeropuerto internacional de Bangkok

El avión que nos lleva a Ciudad Ho Chi Minh es un frío cilindro, una caja larga —como un féretro—, a punto de despegar. Por más que lo intento, no me siento afortunada. Per está sentado junto a mí, sereno, vestido con un traje oscuro, con la barba bien recortada y oliendo a colonia. No obstante, estoy nerviosa. Esta mañana me puse el *ao dai* (el vestido tradicional vietnamita, de cuello alto y largos pliegues) como si fuera un sacramento, hice la maleta, desayuné apresuradamente en compañía de Per y nos dirigimos en su coche al aeropuerto, sin apenas darme cuenta de lo que hacía. Ahora, su viril y paternal presencia, que antes me tranquilizaba, sólo me recuerda que el mundo pertenece a los hombres y que a los hombres les gusta la guerra. Las dos cosas me han causado muchos problemas en la vida.

El reactor de Air France avanza por la pista, con los motores rugiendo. Yo aprieto la mano de Per.

—Tranquilízate, Le Ly —me dice. No puedo ver su sonrisa, porque tengo los ojos cerrados. Él me acaricia la mano—. No te preocupes. Regresas a casa.

¡A casa! La casa es un lugar en tu corazón, no en el mapa. Nos enseñan de pequeños que nuestra patria es nuestra casa, pero eso no siempre es así. Ha pasado mucho tiempo, soy otra persona, y regreso a un lugar donde la gente también ha cambiado. Los veteranos que regresaron de la guerra de Vietnam también experimentaron ese ingrato sentimiento.

Todos los vietnamitas y la mayoría de los norteamericanos han oído hablar de Saigón. Los franceses la llamaban el París de Oriente, y al igual que su homónima europea, era sensual y caprichosa, espectacular y ruidosa, el yin y el yang que provocaron todo aquello en lo que se convirtió la guerra para ambos bandos. Para el Norte, era el símbolo de la decadencia occidental: una ciudad de putas, políticos corruptos y ambiciosos ciudadanos que se medían más por su semejanza con sus amos extranjeros que por su lealtad a sus antepasados. Para el Sur, era un resplandeciente oasis en un desierto de temor y pobreza. Para muchos campesinos del Sur, «ir a Saigón» constituía un pasaporte a un mundo de inimaginables aventuras y riqueza.

Hace veintiún años, una joven campesina, esquelética, descalza, vestida con un pijama negro, una camisa y un viejo sombrero, abandonó el infierno de su aldea para abordar un avión de hélice en Danang y desembarcar posteriormente en el aeropuerto Tan Son Nhut de Saigón, la mayor base aérea norteamericana durante la guerra. Después de la vida en blanco y negro del campo, era como verse transportada al País de Oz, inmersa en un caleidoscopio de vivos colores y sonidos. Había renunciado a la fresca brisa marina de su aldea por un viento cálido que olía a gasolina, perfume, hamburguesas, fideos y gases lacrimógenos. Mi pequeño mundo poblado de campesinos y soldados fue sustituido por un inmenso universo de ciudadanos vestidos con extrañas ropas, montados en ruidosas motocicletas, y un millón de voces que se expresaban en un centenar de dialectos. Era como si todo el planeta se hubiera congregado en Saigón para participar en el juego de la guerra; algunos como espectadores, otros como protagonistas, pero todos con dinero en los bolsillos y apestando a alcohol, seguidos de cerca por los pasos de la muerte.

Del mismo modo que el estruendo de la música y el tráfico en Saigón sofocaba los gritos de la guerra en el campo, también ocultaba el zumbido de los insectos al atardecer y la risa de los niños al regresar a su hogar, a los brazos de sus padres. Saigón, para mí, era al mismo tiempo una madre tierna y afectuosa y una hermana pintarrajeada y celosa. En estos momentos, no sé cuál de ellas me recibirá cuando desembarque del avión.

Mientras Per me sostiene la mano y procura tranquilizarme, recuerdo la época en que la guerra con Norteamérica, y el mismo nombre de Norteamérica, constituían unos oscuros nubarrones que se cernían sobre el horizonte de Ky La.

Cuando regresé a Ky La después de mi primer arresto, los soldados republicanos y norteamericanos estaban por todas partes. Aunque se habían celebrado algunos funerales después del bombardeo, la advertencia del Vietcong había salvado numerosas vidas y las tropas del Gobierno se sentían desalentadas y furiosas por su incapacidad de localizar al enemigo.

Cuando cesaba el combate, los republicanos y los norteamericanos se esforzaban en «apaciguar» nuestra aldea, distribuyendo comida y cigarrillos y transportando a los civiles heridos a los hospitales militares. No obstante, los soldados del Gobierno que se aventuraban demasiado lejos eran hallados al poco tiempo degollados o con una bala en la frente. Cada vez que oían disparos o hallaban nuevas víctimas, las fuerzas republicanas y norteamericanas sembraban la zona de proyectiles y metralla. Dado que el Vietcong siempre andaba escaso de municiones y tenía que aprovechar cada bala, no solían atacar a menos que estuvieran seguros de la victoria. Por el contrario, como a los soldados republicanos les sobraban las municiones, no se preocupaban en dosificar sus ataques. Este tira y afloja no tardó en convertirse en una rutina: un ataque del Vietcong, un contraataque de las tropas del Gobierno, un periodo de calma, un nuevo ataque del Vietcong y otro combate.

Por desgracia, esta situación terminó unos seis meses después de mi regreso de la cárcel del distrito, poco antes de las fiestas de Año Nuevo. Convencido por las torpes tácticas del enemigo de que los aliados estaban a punto de ser derrotados, el Vietcong decidió lanzar una dura ofensiva contra Ky La, un ataque contra las fuerzas del Gobierno emprendido por niños y milicianos y que se dejaría sentir en todo Vietnam.

En primer lugar, como en Año Nuevo, nuestra fiesta principal del Tet, todo el mundo visitaba a sus parientes, el Vietcong aprovechó esa semana de mayor movimiento para trasladar armas y tropas a la zona. Algunos soldados iban metidos en féretros en unos funerales ficticios, o junto al cadáver si se trataba de un funeral auténtico. Otros se vistieron con las ropas de quienes portaban el ataúd y penetraron en la aldea sin ser detectados por los guardias republicanos. Muchos, fingiendo estar borrachos y gritando y cantando por las calles, se pasaban mensajes en clave. Ordenaron a las jóvenes campesinas que prepararan más raciones de comida y más vendas porque la batalla duraría tres días y se producirían numerosas víctimas. Los ancianos y las ancianas rezaban más oraciones, mientras que los pocos hombres jóvenes que quedaban en la aldea se dedicaban a fabricar más ataúdes o corrían a unirse al Vietcong para participar en la victoria.

Dos amigas mías, que se habían incorporado a principios de año a las filas del Vietcong, regresaron para participar en la batalla. Cuando me encontré con ellas, poco antes de producirse el ataque, apenas podía dar crédito a lo que veía. Habían seguido un curso de adiestramiento en Hanoi y estaban curtidas como unas viejas botas militares. Impartían órdenes con tono autoritario y exhibían sus armas como las chicas de Saigón lucían sus joyas. Nos aseguraron que el ataque había sido planificado hasta el último detalle y ensayaban en el bosque utilizando unas maquetas de la aldea. El código de la batalla, como de costumbre, era muy sencillo: «Cuando el enemigo ataque, retrocederemos. Cuando se detenga, nosotros avanzaremos. Cuando el enemigo esté agotado y desorganizado, atacaremos. Cuando retroceda, le perseguiremos.» Traté de hablar con ellas sobre temas cotidianos —los chicos que nos gustaban, los chismes que circulaban por la aldea—, pero no les interesaba. La guerra, para ellas, era algo más que un nombre en una pizarra o una medalla de latón por haberle robado el reloj a un soldado.

Por fin, la noche en que la guarnición republicana y sus aliados norteamericanos se disponían a marcharse —para ser sustituidos por otra unidad—, nos enteramos de que el ataque estaba a punto de producirse. Mi padre dio la señal de alarma desde nuestra casa —un golpe en el tejado con la escoba—, la cual pasó inadvertida a los centinelas republicanos, que siempre estaban vigilando. La señal se difundió de casa en casa hasta que todo el mundo consiguió ponerse a salvo. Para nosotros, lo difícil era meternos en nuestro búnker familiar sin ser vistos por los soldados. Puesto que no siempre era posible, sabíamos que quizá nos veríamos obligados a pasar la noche en el túnel situado debajo de la cocina, como habíamos hecho en otras ocasiones, rezando aterrados, mientras la batalla se libraba en el exterior.

Cuando comenzaron los disparos, yo me hallaba en casa de una vecina, a la que había ido a entregar unos botiquines de primeros auxilios ocultos en una cesta. Iban destinados a los soldados del Vietcong que nuestra vecina, una viuda, dejaba que se ocultaran en un túnel debajo de su lecho. La primera explosión nos derribó al suelo. Cuando traté de incorporarme, la cama cayó sobre mí, mientras tres soldados del Vietcong salían apresuradamente de su escondite. En la calle, los republicanos y los norteamericanos corrieron a ocultarse y empezaron a disparar a ciegas, sin saber dónde se hallaba el enemigo ni de dónde procedían los disparos.

Los soldados del Vietcong que estaban en la habitación comenzaron a disparar. El ruido era tan ensordecedor, que me mareé. Disparaban contra todo lo que se movía, al igual que sus aterrados adversarios desde la calle. Nunca sabremos cuántos aliados mataron a otros aliados y cuántos soldados del Vietcong mataron a compañeros suyos, pero el caos era increíble, un tumulto de disparos y gritos. Las balas de las ametralladoras penetraban en casa de la viuda, pero por fortuna no nos hirieron. El suelo vibraba con el ritmo de la batalla, mientras a nuestro alrededor llovían cartuchos y fragmentos de platos y jarrones. Me tapé los oídos y permanecí hecha un ovillo, demasiado aterrada para moverme o para ponerme a salvo en el agujero donde se habían ocultado los soldados del Vietcong. Estaba tan asustada que ni siquiera

era capaz de rezar, sino tan sólo de cubrirme la cabeza, aplastada contra el suelo como un insecto, y esperar a que todo terminara.

De pronto, se hizo el silencio. Cuando alcé la cabeza, vi que los soldados del Vietcong se habían marchado. La puerta de la casa estaba abierta, y por la calle se extendía, como una oruga, una humareda negra y grasienta. La viuda, que estaba tumbada junto a mí, levantó también la cabeza, pero estaba demasiado impresionada para moverse. Yo me deslicé hacia la puerta y me asomé. Al otro lado de la calle, un camión militar yacía de costado contra una vivienda en llamas. En el suelo, junto a varios cadáveres, había un sinfín de mochilas, herramientas, cajas con raciones de comida y fragmentos de material. A lo lejos todavía se oían disparos y el sonido de los morteros; pero aquí, en Ky La, la batalla había concluido.

Como un gatito negro, me puse en pie de un salto, cogí un botiquín de primeros auxilios y salí. Me senté unos instante sobre la cálida tierra, para asegurarme de que nadie me veía, y luego eché a correr hacia mi casa. Lo único que deseaba era reunirme con mis padres y refugiarme en nuestro búnker.

Antes de alcanzar mi casa, me tropecé con media docena de cuerpos tendidos en el suelo, junto al camión en llamas. Todos eran campesinos o soldados del Vietcong, y uno todavía gemía. No vi ningún cadáver republicano o norteamericano —aunque debía de haber muchos—, pero tenían la costumbre de llevarse a sus muertos y heridos lo antes posible, incluso en plena batalla.

Según pude observar, el soldado superviviente tenía dos heridas: una producida por un trozo de metralla en el hombro, y un agujero de bala en el pecho. Le apliqué una compresa en el hombro, tal como me habían enseñado a hacer, y limpié con un poco de desinfectante la herida del pecho. De todos modos, comprendí que el pobre hombre no viviría lo suficiente para ser atendido por un médico. Traté de taponar el agujero de bala con una venda, pero el soldado empezó a gritar y a escupir sangre, y retrocedí asustada. Lo observé durante unos minutos, sin saber qué hacer, y luego cerré el botiquín, me arrodillé junto a él, recé una breve oración budista y dejé que sus antepasados se hicieran cargo de su espíritu.

Cerca de nuestra casa, a la entrada de la aldea, la lucha todavía proseguía. Los norteamericanos y republicanos estaban enzarzados en una enconada batalla en los arrozales. Las bengalas caían por doquier, iluminando los campos con una siniestra luz azulada, mientras los cañones de los rifles brillaban como luciérnagas entre la oscuridad de los árboles. En lo alto, unos helicópteros y unos cazas sobrevolaban la zona, seguidos de una estela de humo y el ruido ensordecedor de los motores. Las explosiones de las bombas y los cohetes resonaban en todo el bosque. Al cabo de unos minutos, los campos quedaron envueltos en una espesa y acre humareda.

Hallé a mis padres enterrando apresuradamente a dos soldados del Vietcong. Mientras ayudaba a mi madre a envolver uno de los mutilados cadáveres en una alfombra, observé su rostro y comprobé que se trataba del apuesto soldado del Vietcong que me había guiñado un ojo la noche en que vinieron los del Vietcong a Ky La. Sentí que el corazón me daba un vuelco y me quedé inmóvil.

—¿Qué te pasa, Bay Ly? —preguntó mi madre—. ¿Acaso quieres que nos atrapen? ¡Apresúrate!

Tratando de ocultar mis sentimientos, como había visto hacer a otra mujeres, le tapé el rostro suavemente y le alcé la cabeza mientras mi madre lo cogía por los pies. Luego lo depositamos en el hoyo que había cavado mi padre y lo cubrimos con tierra.

La lucha prosiguió durante toda la noche. Aunque los soldados del Vietcong no llegaron a controlar la aldea, más tarde afirmaron haber matado a más de cincuenta soldados enemigos, mientras que ellos sólo habían perdido ocho. Por la mañana, mis padres y yo salimos del búnker para contemplar el amanecer sobre nuestra casa, llena de agujeros de balas. Teníamos la boca seca, pero estábamos demasiado agotados para beber e incluso para dormir. A partir de ahora, nuestra tarea, como de costumbre, era limpiar las ruinas y reconstruir nuestras vidas con lo poco que nos quedaba.

Durante los días siguientes, los bosques alrededor de Ky La estuvieron invadidos de tropas republicanas y norteamericanas que disparaban sin cesar, como un elefante enfurecido dispuesto a aplastar a unas hormigas ocultas en su madriguera. El Vietcong había previsto que la batalla duraría tres días, pero no habían tenido en cuenta el enorme número de hombres y municiones que el enemigo estaba dispuesto a sacrificar con tal de impedir que Ky La cayera en sus manos. Los soldados registraron todas las casas en busca de los túneles y habitaciones subterráneas donde se ocultaba el Vietcong. Cuando encontraban algo que les parecía sospechoso, quemaban la casa y se llevaban a sus ocupantes para interrogarlos. Dos tercios de mi aldea desaparecieron en los primeros días que siguieron a la batalla. Quedaba tan poco, que hasta los soldados del Vietcong dejaron de interesarse por Ky La como objetivo militar y se dedicaron a los único que podían hacer: someter a los supervivientes por medio del terror.

Pese a la sangrienta batalla —o tal vez a causa de ella—, los instructores del Vietcong decidieron aplicar unas medidas aún más duras para controlarnos. Empezaron por matar a todos los sospechosos de espiar para el enemigo, llevándoselos de sus casas en plena noche y asesinándolos de un tiro. Más tarde, cuando se marcharon las fuerzas del Gobierno, los del Vietcong obligaron a los aldeanos a asistir a unos juicios especiales —*moi chi di hop*—, durante los cuales los acusados eran procesados y ejecutados. Todos sabíamos que no se trataba de unos juicios auténticos, sino de una advertencia para obligarnos a obedecerles. A nuestros ojos, esos juicios no eran sino un pretexto utilizado por el Vietcong para asesinar a más campesinos, acusándolos de absurdos delitos.

Naturalmente, esos juicios hicieron que nos mantuviéramos alerta, procurando no hablar con ninguna persona sospechosa ni acudir a ningún lugar donde no debíamos ir. Al cabo de un tiempo, el temor que nos inspiraba el Vietcong —de ser acusados falsamente por vecinos envidiosos o niños incautos— era casi tan intenso como el terror que nos inspiraban los republicanos. Si los republicanos eran como unos elefantes que pisoteaban nuestra aldea, el Vietcong era como una serpiente que se deslizaba sigilosamente en nuestras casas de noche. A un elefante, al menos, uno lo veía venir y podía huir.

Una de las consecuencias de las matanzas perpetradas por ambos bandos fue la cantidad de niños huérfanos. Muchos de ellos fueron acogidos por sus parientes, en Ky La u otros lugares más alejados, pero muchos otros se vieron obligados a subsistir de lo que hallaban en el campo o entre los montones de basura, a pedir limosna o a robar. Vagaban por la aldea, solos o junto con otros huérfanos, ofreciendo un aspecto lamentable. A veces jugaban con otros niños, hasta que recordaban su situación y se alejaban como pequeños fantasmas. Generalmente se limitaban a esperar, como los viejos, a que sucediera algo, a que alguien les diera un poco de comida o afecto, o morir de una muerte súbita que los liberara de sus sufrimientos.

El primogénito de cada familia se hacía responsable de sus hermanos cuando sus padres morían. En ocasiones, esa responsabilidad incluía vengar la muerte del padre. Creo que muchas de las matanzas que se perpetraron durante la guerra, en todo Vietnam, fueron provocadas por ese afán de venganza. Pocos de nosotros éramos capaces de olvidar nuestro dolor y buscar la vida en lugar de la muerte. Muchos estábamos dispuestos a morir, y muy pocos a vivir, costara lo que costara. Al fin comprendí que eso era lo que había querido decir mi padre cuando, años atrás, dijo que yo era una «guerrera». Una mujer puede hacer muchas cosas, pero su misión principal es dar vida, alimentarla y defenderla con el ímpetu de un guerrero. Mi misión, según empezaba a comprender, consistía en buscar la vida en medio de la muerte y alimentarla como a una flor, una solitaria flor que crecía en el cementerio en el que se había convertido mi país.

En ocasiones, esas matanzas eran tantas —por una venganza contra un informador, una lucha entre viejos enemigos o a manos de los soldados que nos vigilaban—, que cualquiera que se hallara por los alrededores, incluyendo a los niños y los ancianos, debía ayudar a sepultar al muerto. Más de una vez, mientras me hallaba trabajando en los campos, oí unos disparos y me arrojé al suelo. Cuando alcé la cabeza, vi a la gente corriendo hacia una zanja o un arrozal donde yacía un campesino. Todos interrumpíamos nuestra labor para arrastrar el cadáver hasta un lugar seco, donde cavábamos una fosa. Incluso habíamos dejado de preguntarnos qué bando lo había asesinado. A veces, alguien decía *my ban* —ha sido asesinado por los norteamericanos—, o simplemente *dich ban* —lo ha matado el enemigo—, sin molestarse en especificar a qué enemigo se refería. A medida que pasaban los meses, el «juego» de la liberación dejó de divertirnos. Al fin y al cabo, no éramos más que unos niños. Estábamos hartos de permanecer en vela por las noches, de ocultarnos en unos búnkeres cuyo aire era irrespirable, de someternos continuamente a las salvajes palizas que nos propinaban los soldados y de estar aterrados ante la amenaza de ser juzgados por el Vietcong. Lo único que deseábamos era que todo volviera a ser como antes de estallar la guerra. Lógicamente, un niño tiene que crecer, no puede seguir siendo siempre una criatura; al igual que la guerra, una vez que comienza, el niño se desarrolla rápidamente y asume una vida propia, tan intensamente que incluso sus padres dejan de reclamarla como suya.

A medida que se enfriaba nuestro entusiasmo por ese juego, el Vietcong intensificaba la dureza de sus métodos. Al segundo año de esta nueva guerra, no podíamos trasladarnos a otra población ni hablar con nadie fuera de nuestra zona sin pedir permiso a nuestros jefes. Cuando un extraño llegaba a la aldea —aunque se tratara de un pariente o de un huérfano que residía en otro distrito—, todos le preguntaban quién era y cuánto tiempo iba a permanecer. La vida en Ky La había dejado de basarse en el afecto y la confianza en nuestros vecinos, para asentarse en el terror y la desconfianza hacia todo el mundo, incluyendo nuestros vecinos. Nadie nos impedía visitar a nuestros amigos y parientes, pero si permanecíamos demasiado tiempo, nuestros jefes nos preguntaban el motivo. Si nos deteníamos en casa de un vecino a beber un poco de agua, nos preguntaban por qué habíamos elegido precisamente aquella casa. Los soldados interrogaban a los niños continuamente, y hasta el gesto más inocente parecía una amenaza. Los niños, por su parte, deseosos de seguir el ejemplo de los niños mayores, como yo, estaban dispuestos a lo que fuera con tal de convertirse en héroes. Querían que sus nombres figuraran en la Lista de Honor, aunque ello supusiera sacrificar la vida de un vecino, de una tía o de una hermana.

A diferencia de las sospechas, la comida y el dinero escaseaban. Las muchachas tenían que coger frutos silvestres y leña para venderlos en el mercado, y entregar el dinero a los soldados del Vietcong para que compraran ropas, medicinas, cigarrillos y cuanto necesitaran. Asimismo, el Vietcong nos obligaba a llevar la cuenta de todos los animales que sacrificábamos con el fin de controlar nuestras raciones de comida. Eso nos causaba muchos problemas durante las fiestas que celebrábamos en honor de nuestros antepasados. Necesitábamos la autorización de nuestros jefes para consumir cualquier cosa que se saliera de lo común, autorización que no siempre nos concedían. Al fin, mis padres decidieron que era más sencillo que nos sentáramos a comer fuera de casa para que los vecinos pudieran contabilizar lo que consumíamos y asegurar al Vietcong que no estábamos celebrando un banquete secreto. Estábamos de acuerdo en que no debíamos desperdiciar comida ni ropa, ni permitirnos ciertos lujos mientras nuestros compatriotas arriesgaban su vida para librarnos de los invasores. Pero también sabíamos que la razón de su lucha, al menos supuestamente, era la de defender nuestros antiguos derechos y nuestra independencia. Cuando el Vietcong nos reprochó que pretendiéramos defender nuestros derechos y nuestras costumbres, empezamos a sospechar —al menos en nuestro corazón— que la nueva guerra que habíamos emprendido con tantas esperanzas había terminado, y que había comenzado otra.

Una mañana de febrero de 1964, poco después de que me hubieran liberado de la cárcel del distrito a raíz de mi primer arresto, me enviaron a montar guardia desde la colina. Hacía mucho frío y una espesa niebla cubría los valles que rodeaban la aldea. Mi turno había comenzado al amanecer —hacía aproximadamente una hora—, y me esperaba una larga jornada. Sau, la mujer que debía montar guardia conmigo, no se había presentado. El Vietcong elegía con gran cuidado los equipos de centinelas, de los que dependían sus vidas. Por lo general, cada equipo consistía en una mujer adulta y una joven, o dos mujeres, pero nunca dos jóvenes, para evitar que se distrajeran charlando y que, en caso de algún imprevisto, no supieran reaccionar a tiempo. De vez en cuando, si la zona parecía segura, los inspectores del Vietcong acudían a controlar lo que hacíamos. Yo mantenía una relación bastante amistosa con dos de ellos, Loi y Mau; pero en esos días, hasta los pájaros permanecían temblando de frío en sus nidos.

La niebla hacía que todo estuviera húmedo y que el mundo se hundiera bajo mis pies. Para empeorar las cosas, el aire absorbía todos los sonidos procedentes de la aldea. Al llegar percibí unos débiles ruidos y un sonido que no pude identificar, que mis predecesoras (las centinelas que habían montado guardia desde el anochecer hasta el amanecer) atribuyeron a los espíritus de las montañas.

Así pues, dejé mi cubo (siempre llevábamos un cubo o una cesta para no levantar sospechas) debajo del vetusto árbol que era nuestro puesto de observación, y me atrincheré contra los fantasmas colocándome en cuclillas, con los brazos apoyados en las rodillas, observando el paisaje, envuelto en la densa capa de niebla, por debajo del ala de mi viejo sombrero.

Al cabo de varias horas, la niebla empezó a disiparse y pude distinguir las zanjas que rodeaban los campos y los árboles que se erguían junto a la carretera que conducía a Phe Binh. De pronto vi a centenares de soldados republicanos apostados en la carretera. Eran ellos quienes hacían ruido, y el sonido que no había logrado identificar era el crujido de sus pesadas botas avanzando por la pedregosa carretera.

Aterrada, me levanté de un salto, pero no tenía donde refugiarme. Las tropas se hallaban casi a las puertas de la aldea. Si echaba a correr hacia Ky La o hacia el lugar donde se hallaban ocultos los soldados del Vietcong, me detendrían. Si permanecía inmóvil o intentaba ocultarme entre las rocas, no sólo haría que los soldados del Vietcong cayeran en una trampa, sino que quedaría atrapada en el fuego cruzado. Súbitamente comprendí que mi situación era tan desesperada, que sólo un gesto desesperado podía salvarme. Pese al terror que me atenazaba, eché a caminar hacia la carretera, por la que avanzaban los republicanos. De vez en cuando, me detenía a coger unas batatas o unas bayas que arrojaba en el cubo. Cuando estaba lo bastante cerca para ver por el rabillo del ojo que los soldados me observaban con curiosidad, empecé a cantar una canción y a detenerme con más frecuencia. Sin duda, los soldados debían de pensar que no existía un republicano más leal que esa pequeña campesina que había salido a coger unas bayas para llevárselas a su familia.

No sé si fue gracias a mi rapidez de reflejos o a la suerte, pero lo cierto es que nadie me importunó. Apenas dejé atrás a los soldados y estuve a un tiro de piedra de la ciénaga (junto a la cual solían esconderse los soldados del Vietcong), dejé el cubo en el suelo y me quité dos de las tres camisas que llevaba. La camisa superior —la que solía lucir todo el día si no sucedía ningún imprevisto— era marrón. Al verla, los soldados del Vietcong sabrían que todo estaba en orden. La segunda era blanca e indicaba que había advertido algo sospechoso, como un helicóptero sobrevolando la zona o un equipo de reconocimiento. La última camisa, la que lucía en estos momentos, era negra y significaba que había advertido un serio peligro, como una patrulla armada o un convoy de tropas que se dirigían hacia mí.

De pronto vi a una mujer, una mensajera del Vietcong, que avanzaba por la carretera de Bai Gian transportando sobre sus hombros un balancín del que pendían dos cubos. Su presencia significaba que los soldados del Vietcong habían salido de su escondite y se hallaban cerca. La mujer miró hacia la colina y, y al localizarme, se detuvo. Luego se giró y miró a su alrededor, hasta que al fin me vio luciendo la camisa negra y cogiendo unas bayas junto al camino. Rápidamente, se quitó el balancín de los hombros, fingió que examinaba una de las cuerdas que sujetaban los cubos, y echó a andar apresuradamente en dirección opuesta.

Yo di un suspiro de alivio. Gracias a que había conseguido transmitir la señal de alarma a tiempo, había evitado que los soldados del Vietcong cayeran en una emboscada. Pero todavía había centenares de tropas enemigas frente a mí, y no tenía más remedio que seguir fingiendo que era una inocente jovencita.

Cuando vi que el cubo contenía una respetable cantidad de batatas y bayas, emprendí el regreso hacia Ky La. En aquellos momentos, los republicanos avanzaban a través de los campos y los quinientos metros de carretera que me separaban del pueblo estaban prácticamente despejados. Al llegar a mi casa mi padre me acogió con visibles muestras de alivio. Cuando se levantó la niebla, se había dirigido a la colina y al no encontrarme allí, había comenzado a inquietarse. Le dije que había visto a unos soldados y que me había topado con la espía del Vietcong. Mi padre me ordenó que me quitara la camisa inmediatamente para que, en caso de que hubiera problemas, los soldados no me identificaran con la muchacha que habían visto junto a la carretera.

Luego cogimos nuestros útiles y salimos a echar una ojeada. Los soldados republicanos y norteamericanos regresaron al cabo de pocas horas, furiosos porque su misión había fracasado. Enviaron a unos escuadrones en busca de una muchacha que coincidiera con mi descripción. La mayoría de las jóvenes salieron huyendo, pero yo permanecí junto a mi padre, confiando en que mi nueva camisa y mis muestras de lealtad me sacarían del apuro. Por desgracia, las cosas no resultaron como había previsto. Los soldados no tardaron en detenerme, junto con otras tres jóvenes. Después de vendarme los ojos y atarme las manos a la espalda, me subieron a un camión, mientras mi padre trataba de convencer al sargento al mando del escuadrón que yo había salido tan sólo a coger unas bayas. Los soldados lo apartaron bruscamente y le amenazaron con arrestarlo también si seguía molestándolos.

El trayecto hasta la cárcel de Don Thi Tran me resultaba desagradablemente familiar. Recé para que mis antiguos carceleros se hallaran aquel día de permiso, sobre todo el sargento Hoa. Confiaba en que me retuvieran en la habitación junto a la entrada en lugar de encerrarme en una fétida jaula, y que el marido policía de mi hermana Ba llegara de Danang antes de que comenzaran a interrogarme. Afortunadamente, todos mis deseos se cumplieron.

La habitación a la que nos condujeron estaba llena de prisioneros —en su mayoría muchachas— y, puesto que no me habían acusado de ningún delito concreto, fui una de las últimas en ser interrogadas. Además, según había podido comprobar, las preguntas y respuestas eran siempre las mismas. «¿Por qué te han arrestado?» «No lo sé.» «¿Cuántos años tienes?» «Quince.» «¿Has visto a algún soldado del Vietcong?» «Sí.» «¿Qué aspecto tienen?» «Se parecen a ustedes, pero llevan un uniforme negro», etcétera. El caso es que uno podía responder a la mayoría de las preguntas con sinceridad, aunque perteneciera al cuadro de instructores, sin meterse en algún problema. Para la mayoría de nosotros, incluyendo a la policía del distrito que posteriormente se hacía cargo de los presos, los arrestos en masa tras una redada eran poco más que un juego. Lo peor era cuando nos retenían en el transcurso de una redada. A veces, las tropas nos obligaban a permanecer sin agua bajo el ardiente sol, durante casi todo el día y sin poder ir al retrete. Con frecuencia, nos preguntábamos por qué unos soldados perfectamente armados se preocupaban tanto de las mujeres y los niños, pero la experiencia les había demostrado que no debían volverle jamás la espalda a un campesino, aunque se tratara de una joven esquelética con aire inocente.

A última hora de la mañana siguiente llegó Chin, el marido de Ba, montado en su bicicleta, y ordenó al comandante que me liberara. Cuando salí de la celda, tanto el comandante como mi cuñado me miraron enojados.

—Según el registro de la cárcel, ya has estado aquí con anterioridad, Phung Thi Le Ly —dijo el comandante—. Tu cuñado responde por ti, pero si vuelven a arrestarte, os aseguro que ni siquiera una recomendación del mismo presidente conseguirá sacarte de la cárcel. ¡Fuera de aquí! *Di ve!* (los dos).

Chin parecía más disgustado por la amonestación del comandante que por los problemas que yo le había causado. Una vez fuera, me agarró por los hombros y gritó:

—¡Estoy harto de ti y de tu familia! Me tiene sin cuidado que estemos emparentados y que Ba Xuan se lamente sobre su pobre hermanita. Diles a tus padres de mi parte que no estoy dispuesto a seguir arriesgándome por ti. Un día, los soldados te pillarán haciendo algo serio y nos meterán a todos en la cárcel, por más que les muestre mi placa de policía. ¿Me has comprendido?

Yo asentí. Chin se montó en la bicicleta y se alejó, haciendo sonar el timbre insistentemente para que la gente se apartara de su camino.

Tras una hora de caminata llegué a casa. Los soldados se habían marchado y todo el mundo comentaba mi proeza.

—¡Te has convertido en una heroína, Bay Ly! —exclamó mi madre—. El Vietcong va a convocar esta noche una reunión en tu honor.

En efecto, poco después de anochecer salimos sigilosamente de nuestras casas y nos dirigimos a la ciénaga, donde nos aguardaban los soldados del Vietcong junto a una hoguera. La mujer con la que me había topado en la carretera afirmó que había arriesgado mi vida al atravesar las filas enemigas para poder transmitir la señal de alarma. A continuación, el instructor declaró que su pequeño grupo de soldados probablemente habrían sido aniquilados por las fuerzas republicanas, lo que significaba que gracias a mí había conseguido salvar la vida.

—Para recompensarte, Le Ly —dijo el instructor, sonriendo amablemente—, no sólo anotaremos tu nombre en la lista, sino que enseñaremos a todos los niños de la aldea a cantar una canción titulada «Hermana Ly».

La susodicha «Hermana Ly» era una guerrera del Vietcong que había matado a muchos enemigos y se había hecho famosa, aunque al cabo de un tiempo la arrestaron y nadie volvió a saber nada de ella. El Vietcong tenía por costumbre dedicar una canción patriótica a una persona que había llevado a cabo una importante hazaña y se llamaba como un héroe, pero era la primera vez que sucedía en Ky La, y para mí, una joven campesina, representaba un honor sin precedentes. Los instructores nos entregaron unos papeles en los que estaba escrita esta canción:

> *Canción dedicada a la hermana Ly:*
> *la hermana Ly, nacida en Go Noi,*
> *donde las aguas del Thu Bon lamen los árboles,*
> *ha derrotado al enemigo con cara de caballo.*
> *Mientras comía su ración diaria de arroz,*
> *escuchaba los lamentos de los prisioneros.*
> *Aunque la luna esté cubierta de nubes,*
> *su gloria brillará eternamente.*
> *Un día supimos que la hermana Ly*
> *estaba en la cárcel, atada de pies y manos.*
> *Aunque la torturaban de día y de noche,*
> *no cesaba de cantar: «Madre, no llores por mí.»*
> *Mientras viva, seguiré luchando.*
> *No lloréis, camaradas,*
> *la hermana Ly todavía está viva,*
> *Y su lucha durará siempre.*

El instructor dejó que los niños entonaran las primeras estrofas de la canción, y luego prosiguió:

—A partir de ahora, la señorita Le Ly se encargará de la honrosa tarea de enseñar a los niños cómo servir a los soldados que los defienden. Les enseñará a resistirse a sus carceleros en caso de ser capturados —como ella misma ha hecho—, para que sigan su glorioso ejemplo.

Los aldeanos aplaudieron y los niños, a quienes entusiasmaban estas reuniones, me vitorearon. Mi madre sonrió con orgullo y, aunque mi padre también sonrió, me miró con expresión preocupada, como si temiera que mi notoriedad representara un mayor peligro para mí.

Durante los días siguientes, llevé a todas partes la hoja con mi canción, aunque me había aprendido la letra de memoria. Enseñé a los hijos de nuestros vecinos todas las canciones del Vietcong que conocía, pero les advertí que no las cantaran en casa, pues podían oírles los republicanos. En los campos jugábamos al «juego del Vietcong»: los niños corrían a ocultarse y yo felicitaba a los que me resultaba más difícil hallar y recomendaba a los otros que siguieran ejercitándose. Era como los viejos juegos de guerra que practicábamos en la escuela, salvo que ahora todos estábamos en el mismo lado.

Una tarde en que me hallaba descansando en una hamaca debajo del cobertizo de nuestro búfalo, y canturreando la canción de la «Hermana Ly», apareció de pronto una patrulla republicana. Llevaban uniformes de camuflaje, unas bufandas rojas y los rostros pintados, lo cual indicaba que no eran unos soldados corrientes y normales, sino *linh biet dong quan*, un comando survietnamita. No era frecuente ver a esas fuerzas especiales en la aldea, y su presencia no presagiaba nada bueno. Eran soldados hábiles e intrépidos que no vacilaban en aventurarse en aquellos lugares donde las tropas regulares republicanas no se atrevían a poner los pies. Cada vez que los veía, recordaba la imagen de los *ma duong rach mac*, los temibles legionarios con la «carta cortada» que había conocido en mi infancia. Ahora, inesperadamente, esos fantasmas del pasado se habían materializado y me apuntaban con sus armas.

Me levanté apresuradamente de la hamaca y miré hacia la colina, extrañada de que nadie hubiera dado la señal de alarma, pero era demasiado tarde para huir. Un soldado me agarró bruscamente por el cuello de la camisa y la hoja con la canción del Vietcong cayó al suelo.

—¿Cómo te llamas? —me preguntó el soldado.

Yo callé, rezando para que no viera el papel.

—Mira —dijo otro soldado—, se le ha caído algo.

El primer soldado recogió el papel, lo examinó unos instantes y luego me miró fijamente.

—¿De dónde has sacado eso? —me preguntó.

—Yo... me lo encontré.

—¿Dónde?

Me volví y señalé la ciénaga.

—¿Estás segura de que no te lo ha dado nadie?

—No. Lo encontré por casualidad. Había muchos en la ciénaga. Si no me cree, pregúnteselo a los otros niños. Todos tienen uno.

Los otros soldados se acercaron para contemplar el papel y temí que me golpearan con sus puños y sus rifles. Me mordí los labios, tratando de mostrar un aire inocente y sintiendo deseos de llorar.

El primer soldado agitó furioso el papel y me preguntó:

—¿Sabes lo que hacemos con esa basura?

Yo le miré aterrada y sacudí la cabeza.

—La quemamos —contestó el soldado, sacando su encendedor y prendiendo fuego al papel—. Átale las manos —le ordenó a un subalterno—, la llevaremos a la aldea.

Me ataron las manos a la espalda y me condujeron de regreso a Ky La. Mientras avanzábamos por la carretera salieron otros soldados de entre los arbustos y detrás de los árboles y las zanjas. De pronto sonaron unos disparos. No creí que hubiera estallado una batalla hasta que llegamos a un claro situado detrás de nuestra casa. Allí me retuvieron junto con el resto de los aldeanos, mientras los helicópteros republicanos volaban sobre nuestras cabezas. Al cabo de una hora, el bosque aparecía cubierto por una densa humareda.

—Bai Gian... —murmuraron los aldeanos—. Los soldados han atacado Bai Gian.

Bai Gian era una pequeña y pacífica aldea situada entre cocoteros, naranjos y manglares. Contaba con unos estanques de agua dulce y unas cascadas que constituían un paraíso para los animales y las aves, y también para la gente que acudía a contemplar el hermoso panorama. Era una aldea muy próspera, con grandes casas, cuyos habitantes ostentaban el honroso apellido de *Cuu*, que significa «anciano campesino». Puesto que estaba ubicada en un lugar remoto, de difícil acceso, los soldados del Vietcong solían ir con frecuencia a Bai Gian a descansar, por lo que los republicanos lo evitaban como si fuera la peste. Sin embargo, al cabo de un tiempo, no sólo Bai Gian, sino también sus míseros suburbios y una aldea vecina llamada Tung Lam quedarían reducidos a cenizas.

Poco antes del anochecer regresaron las tropas, y aunque la batalla no había finalizado, nos permitieron volver a nuestras casas. Mis padres y yo corrimos a refugiarnos en nuestro búnker, donde subsistimos a base de un poco de arroz durante dos días, mientras las tropas, los tanques y los aviones ampliaban el campo de batalla alrededor de Bai Gian.

Al tercer día salimos del búnker. Aunque el aire estaba impregnado de polvo y humo, el sol resplandecía y nos alegramos de poder abandonar nuestro búnker, que apestaba a sudor y residuos. Corría el rumor de que los comandos survietamitas habían atrapado a unos soldados del Vietcong cerca de sus refugios, pero las tropas regulares que habían acudido de refuerzo habían sufrido numerosas bajas. Por consiguiente, los soldados encargados de recoger los cadáveres de sus compañeros tras la estrepitosa derrota estaban furiosos y ansiosos de vengarse.

Mientras las otras tropas se retiraban, los soldados permanecieron para interrogarnos y averiguar dónde estaban localizados los refugios del enemigo. Puesto que el campamento provisional que habían instalado junto a mi escuela estaba atestado de prisioneros, decidieron montar unos puestos de interrogación en la calle, donde azotaban a los aldeanos que se negaban a responder a sus preguntas. Ello indicaba que a los soldados ya no les preocupaba la opinión que pudiéramos tener de ellos, lo que nos alarmó. Se referían a nosotros como si fuéramos unos animales a punto de ser sacrificados.

Poco antes del anochecer, casi todas las tropas republicanas se habían retirado y sólo quedaba un reducido contingente de soldados, que comenzaron a disparar al azar, hiriendo a las personas y a los animales que se hallaban todavía en la calle. Otros se dedicaron a saquear las casas situadas en el centro de la aldea y prenderles fuego con gasolina. Cuando terminaron, el fuego se había extendido a las casas vecinas y más de la mitad de Ky La estaba en llamas.

Mi padre y los otros aldeanos pasaron toda la noche tratando de sofocar el fuego. Mi madre fue de casa en casa con comida para los supervivientes y para consolar a las mujeres que habían sido violadas y maltratadas por las tropas. Yo me quedé en casa atendiendo a los niños que habían perdido a sus padres. Les curé las heridas y las quemaduras y les apliqué unas vendas. Sus aterrados ojos me miraban a la luz de las llamas que devoraban sus hogares como si confiaran en que la heroica Le Ly les curara el dolor que sentían en su corazón del mismo modo que había curado sus llagas. Por más que lo intentaba, no se me ocurría nada que pudiera mitigar su sufrimiento.

Al observar mi tristeza, un niño con graves quemaduras en los brazos, comenzó a cantar la canción de la «Hermana Ly». Me arrodillé junto a él y, por no hacerle daño en los brazos, estreché su cabeza con tal fuerza que su voz se quebró y estalló en sollozos. Al cabo de unos instantes, todos los niños de Ky La rompieron a llorar amargamente, mientras su aldea y su infantil inocencia se desmoronaban a su alrededor. Yo podía silenciar la canción de la señorita Ly —que en esos momentos me parecía casi obscena—, pero no era capaz de silenciar el dolor de esos niños. Su sufrimiento era como una voz que se elevaba sobre Ky La como un coro de fúnebre incienso.

Durante las semanas siguientes, después de la batalla que había durado tres días, los republicanos bombardearon la zona en torno a la aldea, tratando de conseguir con sus aviones y artillería lo que la infantería no había logrado: obligar a los soldados del Vietcong a marcharse o asesinarlos en sus escondites. Aunque los ataques aéreos no se producían todos los días, siempre ocurrían de forma inesperada, por lo que temíamos ir a los campos. En definitiva, no valía la pena exponer nuestras vidas para lo que íbamos a encontrar en ellos. Los arrozales estaban sembrados de desperdicios, de árboles derribados, pedruscos y cráteres abiertos por las bombas. Las cosechas que no estaban pulverizadas se habían abrasado al sol y pendían de los tallos como embriones separados del útero materno. Los cadáveres de los animales yacían pudriéndose bajo el sol: búfalos con los miembros rígidos y el cuerpo hinchado como un globo; cerdos desmembrados y restos de animales del bosque que habían salido de sus madrigueras para huir de los disparos y habían caído víctimas de las bombas. De vez en cuando nos topábamos con el cadáver de una persona, quemado como una muñeca de madera, con los brazos ennegrecidos y doblados, como si se deseara fundirse en un eterno abrazo con sus antepasados.

Por lo general, los soldados no se molestaban en retirar los cadáveres de los civiles y los animales, y teníamos que enterrarlos o quemarlos para impedir que se extendiera una plaga. Con frecuencia, después de limpiar los campos de desperdicios y sepultar a las víctimas, se producía un nuevo ataque aéreo, o ya anochecía y teníamos que regresar a casa. Tanto si nos gustaba como si no, lo cierto es que formábamos parte de una implacable máquina de terror, muerte y regeneración.

Una tarde, durante esa prolongada campaña, llegaron a Ky La algunas familias de Bai Gian. Lo que quedaba de esta hermosa aldea se había convertido en un «punto estratégico», lo cual exigía que la mitad de los habitantes fuera trasladada a un lugar más seguro. Como los bombardeos y las periódicas redadas llevados a cabo por los soldados republicanos y norteamericanos habían obligado al Vietcong a suspender sus actividades en nuestra zona, Ky La era considerada una aldea «pacífica», aunque las tropas del Gobierno no solían pasar la noche en Ky La y, cuando lo hacían, siempre estaban armados.

Entre los refugiados que habían acudido a nuestra aldea se hallaba la familia de Cuu Loi, el segundo hombre más rico de Bai Gian y viejo amigo de mi padre. Thien, la hija número ocho de Cuu Loi, tenía dos años más que yo y era algo más baja, con una tez oscura, típica de las gentes de esa zona. Era una muchacha discreta y callada con la que me llevaba muy bien, pues me encantaba hablar. Después de tantos años de guerra, apenas quedaban interlocutores en la aldea, ya que los jóvenes se habían marchado para unirse al Vietcong o a los republicanos o estaban enterrados. Thien también era partidaria del Vietcong, pero había sido arrestada más veces, y aunque no le gustaba hablar de ello, la habían torturado más salvajemente que a mí. Cuando volví a verla después de la destrucción de Bai Gian, tenía la mirada vacía y apagada de una joven que ha experimentado y presenciado demasiado sufrimiento. Yo le transmitía una sensación de seguridad y ella me ofrecía compañía, aunque yo no podía garantizar su seguridad ni ella ocupar el vacío dejado por mis hermanos y hermanas. En cualquier caso, estábamos unidas por una profunda amistad.

Cuu Loi restauró una casa abandonada junto a la del tío Huong, que vivía a la entrada de la aldea. Durante varias semanas todo fue bien. La madre de Thien se ocupaba de su huerto y de unas gallinas que le habíamos regalado. Su padre trabajaba en unos campos junto a los nuestros y Thien y yo pasábamos muchas horas charlando y ayudándonos en nuestras respectivas labores. Una noche, sin embargo, Cuu Loi salió al anochecer para orinar y fue hallado muerto de un tiro frente a la puerta de su casa. Para colmo, nadie pudo reclamar o examinar el cadáver hasta el amanecer, por temor a ser sorprendido por el «gato» del Gobierno mientras los «ratones» del Vietcong merodeaban en torno a la aldea.

Cuando fui a casa de Thien a la mañana siguiente, estaba rodeada por las tropas del Gobierno. Después de interrogar durante unos minutos a Thien sobre su padre, la arrestaron y se la llevaron en un camión. Cuando regresó, dos días más tarde, la habían azotado salvajemente y apenas podía moverse o hablar. La llevé a mi casa para cuidar de ella, porque era mi amiga y porque su madre, desde que se había quedado viuda, tenía que ir a trabajar a los campos. A lo largo de las próximas seis semanas, Thien fue arrestada en varias ocasiones. Cada vez regresaba a la aldea en peor estado; apenas despegaba los labios. Incluso mi madre —que nunca había sentido simpatía por su familia, porque eran más ricos y de una posición más elevada que nosotros— empezó a sentir lástima de ella. Qué poco se imaginaba mi madre lo que nos iba a suceder a Thien y a mí.

Una tarde durante la cual se había producido un intenso bombardeo, Thien y yo fuimos arrestadas por unos soldados. Al salir de la trinchera donde nos habíamos ocultado para escapar del fuego, comprendimos que íbamos a tener problemas. El soldado que iluminaba mi rostro con una linterna era nada menos que el republicano que había quemado mi canción.

—¿No te arrestamos hace unas semanas? —me preguntó—. Pues claro, eres la chica que tenía una asquerosa canción del Vietcong.

—No, yo no... —protesté.

El soldado iluminó el rostro de la pobre Thien, que todavía presentaba las huellas de la paliza que le había administrado hacía unas semanas la QC (Quan Canh, la policía militar republicana).

—Entonces quizás eras tú la que ...

—¡No, ella tampoco! —le interrumpí—. Es de Bai Gian. Hace pocos días que vino a la aldea.

—¡Bai Gian! —exclamó el soldado con desprecio—. Ese agujero está lleno de soldados del Vietcong. —Luego se giró y ordenó a un cabo—: *Bat no Di!* (arréstalas a las dos). Las llevaremos a My Thi.

Dos soldados nos obligaron a tumbarnos en el suelo y nos registraron para comprobar si íbamos armadas. Al oír las palabras My Thi sentí un escalofrío. El campamento de tortura de My Thi —una cárcel de máxima seguridad en las afueras de Danang— era regentado por el Ejército, no por la policía del distrito. Era un lugar al que incluso los soldados del Vietcong más duros y temerarios se referían con pavor. Mientras nos conducían de regreso a la aldea, junto con el resto de los detenidos que habían apresado aquel día, Thien y yo estábamos tan aterradas que ni siquiera nos atrevíamos a abrir la boca.

El trayecto a lo largo de la oscura y accidentada carretera duró unos veinte minutos. Thien y yo viajábamos en compañía de media docena de detenidos, en su mayoría adultos, a quienes no conocíamos. Al salir nos hallamos en un patio amurallado, pero reconocí inmediatamente los sonidos y los olores de China Beach. My Thi era un inmenso campamento de presos que contenía numerosos cobertizos construidos por los norteamericanos, algunos destinados a los prisioneros y otros a los guardias, cuyos fines ni siquiera podía imaginar. Tan pronto como nos apeamos del camión, los policías militares se abalanzaron sobre nosotros como buitres y nos condujeron a diversas zonas. A mí me encerraron en una pequeña celda desnuda, donde pasé la noche a solas escuchando a los guardias caminando arriba y abajo por el pasillo y, cuando se alejaban, el sonido del mar más allá del iluminado campamento.

Por la mañana me desperté al oír unos gritos. Me levanté de la tabla de madera en la que me había acostado y me coloqué de cuclillas, tapándome los oídos para sofocar los desgarrados gritos. Estaba tan trastornada tras pasar una noche en My Thi, que supuse que si adoptaba un aire inocente y desvalido los guardias me dejarían en paz.

Al cabo de una hora aparecieron dos guardias y me sacaron de la celda. Mientras me conducían por el pasillo me propinaron varios puñetazos, al tiempo que me amenazaban y me cubrían de insultos. Al llegar a la sala de interrogatorios, que estaba al final del largo edificio donde se encontraba mi celda, me mostraron varios instrumentos dispuestos sobre una mesa. Había unos cables eléctricos conectados a un generador accionado manualmente, unas tijeras, unas hojas de afeitar y unos cuchillos de diversos tamaños (como los que utilizan los cirujanos), además de unos cubos de agua jabonosa que yo sabía que no utilizaban para lavar los utensilios.

Antes de formularme una sola pregunta, mi interrogador me ordenó:

—Coloca las manos sobre la mesa.

Obedecí. Los guardias me ataron las muñecas con unas correas y el interrogador me aplicó un cable en cada pulgar. Luego hizo girar la manivela y accionó un interruptor como si encendiera la radio. La violenta sacudida producida por la descarga eléctrica me derribó al suelo. Unos segundos más tarde recuperé el conocimiento y traté de incorporarme. Sentía un temblor en los labios y mis dedos se movían espasmódicamente.

—Como verás, no estamos de broma —dijo el interrogador, inclinándose sobre la mesa—. ¡Responde! ¿Qué hacíais tú y la otra chica ocultas en la trinchera?

—Nos metimos en ella para huir de las explosiones...

—¡Mentirosa! —gritó el interrogador, dando un puñetazo en la mesa—. Eres una *phu nu can bo*, una chica del Vietcong. Portabais municiones. ¿Dónde las ocultasteis?

—No sé nada sobre municiones.

—Entonces, ¿que hacías en el campo de batalla? ¿En cuántos combates has participado? ¿Quién es vuestro jefe?

—¡Se lo ruego! No soy más que una niña, no he hecho nada malo.

El soldado alargó la mano hacia la palanca y yo intenté retroceder. Pero en lugar de accionar el interruptor, cogió un cuchillo con la hoja corta.

—¿Sabes para qué sirven estos cuchillos? —me preguntó.

—Sí.

—¿Los han utilizado alguna vez contigo?

Dudé unos instantes antes de responder.

—No.

—Bien. —El soldado dejó el cuchillo y se incorporó—. Soltadla.

Ante mi asombro, los guardias me quitaron las correas. Yo me alejé de la mesa apresuradamente y me froté las muñecas.

—Regresa a tu celda. Piensa en las cosas que puedo hacerte. Podría cortarte los pezones, o arrancarte una tira de piel del culo para hacerme unas sandalias, o cortarte unos cuantos dedos y arrojárselos a los perros de los guardias. Recapacita, señorita heroína del Vietcong, y cuando vuelva a llamarte, espero que estés preparada para contármelo todo.

Los guardias me condujeron de nuevo a mi celda. Yo sabía que era inútil preocuparme por las torturas que había descrito el soldado o devanarme los sesos pensando en cómo engañarle. Si quería sobrevivir, debía jugar de acuerdo con mis reglas, no las suyas. La experiencia me había enseñado que, si insistes en responder de una determinada forma, acaban cansándose. Al fin y al cabo, para la mayoría de ellos se trata simplemente de un trabajo (al igual que mi papel, en estos momentos, era el de ser una prisionera). Ningún trabajador quiere trabajar más de lo necesario, y menos cuando no van a darle ninguna recompensa. Incluso el interrogador más sádico tiene otras cosas que hacer aparte de aterrorizar a una niña cuando comprende que no va a sacarle ninguna información. Tranquilizada por ese lógico razonamiento, me tumbé sobre la pequeña tabla y me puse a pensar en Thien, preguntándome dónde estaría, qué le habrían hecho y qué quedaría de ella cuando la liberaran. La pobre debía sentirse muy angustiada en un lugar como éste, sin un padre que intentara sacarla o acogerla en sus brazos cuando regresara a casa.

A la mañana siguiente acudieron los mismos guardias a sacarme de la celda, pero en lugar de llevarme a la sala de interrogatorios, me condujeron junto con otras dos jóvenes, que no conocía, a un callejón situado entre ambos edificios, en el que había un poste clavado en el suelo. Nos obligaron a colocarnos junto al poste, cada una mirando en dirección opuesta. Uno de los guardias nos ató con unas cuerdas. Yo no tenía ni idea de lo que se proponían hacernos. Estábamos demasiado cerca de los edificios para que nos prendieran fuego; si lo que pretendían era violarnos, lo lógico es que nos hubieran desnudado e inmovilizado las piernas. Así pues, deduje que, puesto que no había ningún interrogador presente, se proponían castigarnos dejándonos bajo el ardiente sol, sin agua y sin poder ir al retrete en toda la tarde. Comparado con los cuchillos y las tijeras, era de las mejores formas de pasar la tarde. Por otra parte, me tranquilizaba sentir los hombros de la otra chica contra los míos; ambas nos agarramos fuertemente de la mano. Por desgracia, el poste ofrecía otros tormentos, aparte del de abrasarnos bajo el sol.

Una vez atadas al poste, uno de los guardias cogió un cubo y empezó a aplicarnos una sustancia pegajosa en los pies. Cuando miré hacia abajo, vi que toda la zona entre los edificios estaba atestada de hormigas, unas hormigas pequeñas y negras cuyos mordiscos eran más dolorosos que el aguijón de las abejas.

Al cabo de unos minutos, nuestros pegajosos pies habían atraído a docenas de hormigas. Mis compañeras empezaron a gritar para ahuyentarlas, pero las cuerdas nos impedían levantar los pies. Curiosamente, sólo yo tuve la presencia de ánimo para permanecer inmóvil. «Lo que quieren las hormigas es chupar la miel, no devorarme a mí —pensé—, de modo que es preferible que no me mueva.» Cuanto más se retorcían y gritaban las otras dos chicas, más salvajemente las atacaban las hormigas. Yo sentí centenares de hormigas trepando por todo mi cuerpo, haciéndome cosquillas y deslizándose sobre las ingles y las nalgas, pero apenas me mordieron. Para colmo, los guardias se habían marchado y no había nadie a quien mis compañeras pudieran pedir socorro ni yo impresionar con mi autocontrol. Así permanecimos varias horas, mis compañeras chillando y tratando inútilmente de librarse de las hormigas y yo inmóvil como una estatua, mientras la sombra del poste se hacía cada vez más alargada.

Al cabo de unas horas, nuestro sudor había eliminado buena parte de la miel con la que nos habían untado y las hormigas nos dejaron en paz. Cuando regresaron los guardias y observaron nuestras hinchadas y enrojecidas piernas, sonrieron despectivamente.

—¿Han conseguido nuestras patrióticas hormigas hacerte entrar en razón? —me preguntó uno de los guardias—. ¿Estás dispuesta a responder a las preguntas del interrogador?

—Estoy dispuesta a marcharme a casa —contesté.

El soldado soltó una carcajada y se alejó. Al cabo de unos minutos regresó con un cubo de agua, se arremangó, metió la mano en él y sacó una reluciente serpiente de agua casi tan larga como su brazo. Después de introducirla dentro de mi camisa sacó otras dos serpientes del cubo, destinadas a mis compañeras. Yo comprendí por el aspecto de los pequeños reptiles que no eran venenosos, pero su mordisco era muy doloroso y el repugnante tacto de su piel —en mi cintura, mis pechos, mis axilas y mi cuello— era peor que las hormigas. Mi paciencia y autocontrol se habían agotado y empecé a gritar con todas mis fuerzas, hasta que el cielo azul se oscureció y mis gritos quedaron reducidos a unos débiles gemidos.

Al anochecer, los guardias nos desataron y nos arrojaron unos cubos de agua para eliminar los restos de miel y de hormigas y recuperar a las serpientes. Me condujeron de nuevo a la habitación del interrogatorio, donde se repitió la escena anterior. Esta vez, el interrogador intentó hacerme caer en una trampa, formulándome las mismas preguntas de distinta forma, golpeando violentamente la mesa cuando no contestaba correctamente. «¿Dónde se ocultan los soldados del Vietcong?», me preguntó. «No lo sé», respondí. «De acuerdo, si no sabes dónde se ocultan, dime de dónde proceden.» Luego dijo, «si no sabes de dónde proceden, sabrás al menos a dónde se dirigen». A continuación me preguntó si había robado alguna vez armas y municiones, además de otros objetos como botiquines de primeros auxilios, ropa y raciones de comida. Mi única defensa era contestar «no lo sé» o «no le comprendo» a la mayoría de sus preguntas y sortear hábilmente las más comprometidas para no aumentar sus sospechas y evitar que me torturara con los mortíferos instrumentos que reservaba para el asalto final. Al cabo de un rato, mi interrogador levantó las manos en un gesto de desesperación y ordenó a los guardias que me encerraran de nuevo.

Cuando cerraron la puerta de mi celda, quedé sumida en la oscuridad, angustiada y con un terrible picor en todo el cuerpo. Me tendí en mi duro lecho y traté de razonar. Estaba convencida de que el interrogador había llegado a la conclusión de que yo no tenía nada que ocultar, aunque ello no garantizaba que fueran a liberarme inmediatamente. El Ejército disponía de numerosos interrogadores y, en todo caso, preferían retener en la cárcel a un sospechoso de pertenecer al Vietcong que dejar que andara suelto por el bosque. Varios de los detenidos que había visto en el campamento eran personas de mi aldea, gente que había desaparecido hacía años y que probablemente permanecerían en My Thi hasta que acabara la guerra, se murieran o fueran liberados.

A la mañana siguiente, sin embargo, en lugar de conducirme a la sala del interrogatorio o al poste de tortura, me condujeron hasta la verja y me escoltaron a través de numerosas vallas y alambre de espino, hasta llegar a un arenoso promontorio, donde me ordenaron que regresara a casa.

Asombrada, permanecí inmóvil durante unos instantes, preguntándome a qué se debía mi milagrosa liberación. Luego pensé que quizás habían liberado también a Thien y eché a correr por la carretera de Danang hacia la casa de mi hermana Ba, donde podría lavarme y comer algo antes de reunirme con mis padres.

Al llegar a casa de Ba, me sorprendió hallar a mi madre aguardándome.

—¿Cómo sabías que iban a liberarme? —le pregunté—. Nadie consigue salir de My Thi a los tres días.

—Tú sí, señorita heroína, aunque no tienes ni idea de lo que me ha costado —contestó mi madre con expresión enojada y aliviada al mismo tiempo, mientras observaba detenidamente mi cuerpo para comprobar si me habían maltratado.

—¿Me ha sacado Chin? —pregunté. No podía imaginar que mi cuñado policía hubiera tenido el valor ni las ganas de gestionar mi liberación.

—¿Chin? ¡No digas tonterías! No tiene ninguna influencia en un campamento militar. No se hubiera atrevido siquiera a tratar de sobornarles. Recurrí a mi sobrino, el hijo del tío Nhu, que es un teniente republicano. No podía intervenir directamente, pero conoce a una persona muy influyente. Me ha costado la mitad de tu dote, pero supongo que ha valido la pena —dijo mi madre, agarrándome por la oreja y haciendo que me girara para examinar mi trasero—. Bien, ahora ve a lavarte y te llevaré a casa antes de que te metas en más líos.

Lo cierto es que no podíamos haber regresado a un lugar más peligroso que Ky La. En cuanto llegamos a la aldea, observé que las cosas habían cambiado. La gente —incluso nuestros vecinos— evitaban mirarme de frente. Aquella noche, el Vietcong convocó una reunión, pero el mensajero no fue a nuestra casa.

—Es mejor que esta noche te quedes en casa —me aconsejó mi padre con aire preocupado—. Supongo que todavía no han decidido qué hacer contigo.

—¿Acaso están enfadados? —pregunté sorprendida.

—Sospechan de ti porque nadie sale de My Thi tan rápidamente, ni siquiera mediante un soborno.

—¿Por qué no les dices que me sacó el hijo del tío Nhu? —pregunté ingenuamente.

—Eso sería peor —contestó mi padre—. Sabrían que somos parientes de un republicano. Lo mejor es que no salgas de casa durante un tiempo, hasta que las aguas vuelvan a su cauce.

Pero las aguas no volvieron a su cauce, sino que la situación fue de mal en peor. Dado que el Vietcong (y los aldeanos) no se fiaban de nosotros, dejaron de alertarnos sobre los ataques republicanos y los contrataques del Vietcong. Cuando aparecían las tropas norteamericanas y republicanas en nuestra aldea, nuestra única defensa era permanecer de brazos cruzados y someternos a sus interrogatorios, lo cual exacerbó las sospechas del Vietcong. Para colmo, nuestro distanciamiento del resto de los aldeanos aumentó nuestra credibilidad a los ojos de los republicanos, quienes solían respetar nuestra casa durante sus redadas. Mi padre, al intentar protegerme, acabó colocándose en una arriesgada situación. Estaba convencido de que yo no resistiría otro arresto (Thien aún no había regresado), y me prohibió que fuera a los arrozales. Hacía todas mis tareas, incluso las que yo solía hacer para el Vietcong, como llevarles las raciones de comida y preparar los botiquines de primeros auxilios. Mi ausencia, sin embargo, sólo sirvió para convencerlos de que estaba colaborando con los republicanos. Mi padre, cuando los republicanos o los soldados del Vietcong le preguntaban por mí, alegaba que estaba enferma, pero era evidente que no le creían. La expresión de su rostro denotaba que estaba seriamente preocupado no sólo por mi suerte, sino también por la suya, y decidí que no permitiría que nada malo le sucediera por culpa mía.

Una mañana, cogí el azadón y salí de casa antes de que se despertaran mis padres, resuelta a reanudar mi trabajo en los campos. De camino hacia ellos, me tropecé con seis soldados republicanos, los cuales me saludaron amistosamente. Yo no les hice caso y seguí adelante. Al cabo de unos minutos noté que me seguían.

Apreté el paso, tratando de dominar mis nervios, pero sabía que me iban pisando los talones. De pronto oí unos gritos, seguidos de unos disparos, y me arrojé al suelo. Pero los soldados no disparaban contra mí, sino hacia los árboles que había junto a la carretera. Al cabo de unos segundos oí a uno gritar que habían abatido a dos soldados del Vietcong. Al parecer, los soldados del Vietcong se disponían a tenderles una emboscada y, temerosos de que los republicanos les hubieran visto, habían tratado de huir. La mayoría consiguió salvarse, pero uno de ellos resultó herido y el otro murió a consecuencia del ataque de los republicanos.

Los republicanos se mostraban muy satisfechos de sus trofeos, pero temían que yo fuera una espía del Vietcong a la que habían enviado para hacerles caer en una emboscada. Uno de ellos se dirigió hacia mí pero súbitamente se detuvo, se dio media vuelta y regresó junto a sus compañeros. Luego cogieron a su prisionero y echaron a andar apresuradamente por la carretera, temerosos de que entre los árboles se ocultara un mayor contingente de fuerzas del Vietcong.

En aquellos momentos no me cabía la menor duda de que mis días como colaboradora del Vietcong habían concluido. No sólo había escapado misteriosamente de la célebre cárcel de My Thi, sino que me habían visto conduciendo a un escuadrón de republicanos hacia un puesto del Vietcong. Nadie escucharía mi versión de lo sucedido. Nadie se esforzaría en averiguar la verdad. Todos habían presenciado los «hechos» y la verdad, en esta guerra, dependía de la interpretación de cada cual. Por si fuera poco, había desobedecido a mi padre. Había deshonrado a mi familia y les había colocado en una comprometida situación. No merecía vivir.

Llorando desconsoladamente, eché a correr hacia los arrozales y comencé a trabajar como un autómata. Para castigarme por mis faltas, decidí exponerme a los disparos de ambos bandos. *Giet toi di*, ¡adelante! Mi corazón gritaba en silencio: «¡Matadme! No deseo seguir viviendo. Ya no tengo nada que perder.»

Pero nadie me atacó aquella mañana en los campos, ni tampoco por la tarde. Mi padre fue a trabajar a otro arrozal y los aldeanos me ignoraron, como de costumbre. Poco antes del atardecer regresé a casa. Soplaba un frío aire invernal, y ni siquiera los últimos rayos de sol y el canto de los pájaros conseguían reconfortarme. Los trabajadores se apresuraron a recoger las últimas cañas de arroz antes de que anocheciera; los niños, los patos y las gallinas se congregaron alrededor de las casas, esperando que les dieran de comer. Los cerdos chillaban y los perros ladraban excitadamente, pero esos sonidos tan familiares no me consolaban. Cuando llegué a casa, mi madre me preguntó dónde había estado.

—Trabajando —contesté bruscamente. Luego me puse a barrer la casa mientras ella preparaba la cena.

—Tu padre quiere hablar contigo —dijo mi madre. Era evidente que también estaba enojada conmigo. Yo no le conté lo de mi aventura en la carretera.

Al abrir la puerta para arrojar los escombros, me topé con dos inesperados visitantes. Eran Loi y Mau, los dos soldados del Vietcong que solían ir a la colina para controlar la situación cuando me hallaba montando guardia. En otras circunstancias me habría alegrados de verlos, pero la severa expresión de sus rostros hizo que me quedara helada.

—Señorita Ly —dijo Loi con voz grave—. *Moi chi di hop* (debes acudir a una reunión).

Mi primera reacción fue de gratitud porque mis camaradas me aceptaran de nuevo, o, al menos, que me dieran la oportunidad de contarles mi versión de los hechos.

—¿Quién es? —preguntó mi madre.

—Loi y Mau —contesté—. Han venido a decirme que tengo que acudir a una reunión.

Mi madre se acercó y los miró aterrada. Luego dijo:

—Espera un minuto. Iré contigo.

—No —replicó Loi, levantando el rifle—. La señorita Ly debe acudir sola.

Yo miré angustiada a mi madre, pero no era cosa de ponerse a discutir ante un rifle.

—Se lo diré a tu padre —dijo mi madre, despidiéndose de mí con un fuerte abrazo.

Mientras caminábamos por la oscura calle, Loi frente a mí y Mau a mis espaldas —como si escoltaran a una criminal en lugar de una heroína—, los vecinos se asomaron a las ventanas de sus casas y me miraron con odio. «Ahora recibirás lo que te mereces —parecían decir—. ¡Maldita espía! Ahora comprobarás lo que hacemos con los traidores.»

—¿A dónde vamos? —pregunté a Loi, tratando de disimular mi terror.

—*Chi im di!* (cállate) —contestó—. La prisionera no debe hacer preguntas.

¡La prisionera! *Mo toa oan nhan dan*, ¡iban a juzgarme! Yo sabía que el «tribunal popular» del Vietcong sólo se atenía a un guión y que los procesos siempre concluían del mismo modo. Mientras nos alejábamos de la zona residencial y nos dirigíamos hacia el bosque, traté desesperadamente de hallar una respuesta que los convenciera de mi inocencia. Curiosamente, hasta la fría máquina de tortura de la prisión de My Thi me parecía más justa que esto. Al menos, el Gobierno te mantenía vivo para inflingirte dolor, y mientras hay vida, según había podido comprobar, hay esperanza.

Al cabo de un rato comprendí que nos dirigíamos a una casita cerca de Phe Binh, donde solían adoctrinar a los niños de la aldea. Mi vieja amiga Jinh vivía allí. Estaba enamorada de mi hermano Sau Ban y había acudido con frecuencia a nuestra casa antes de que éste se fuera a Hanoi. Ahora, al ver de nuevo la casita, me acordé de Kinh y de mi hermano Ban. Cuando llegamos al claro donde estaba situada, tenía los ojos tan llenos de lágrimas que apenas pude distinguir la puerta.

Dentro de la casita había unas veinte personas sentadas en círculo en el suelo. Una de las instructoras, una mujer llamada Tram, estaba pronunciando un discurso. Loi me detuvo mientras Mai me ataba las manos a la espalda. Entre los asistentes reconocí a un viejo amigo de la familia —un hombre muy respetado en la aldea—, quien se levantó y abandonó la reunión. Al pasar junto a mí nuestras miradas se cruzaron. En sus ojos no advertí una expresión de reproche ni el temor que obligaría a un amigo leal a abandonarme en estos momentos. Por el contrario, me miró con simpatía —casi divertido—, como si esto fuera una broma. Yo estaba tan impresionada por los acontecimientos de aquella jornada, que no se me ocurrió pedirle ayuda. Por tanto, la única persona que podía salvarme en aquel juicio se alejó sin decir una palabra.

Sintiéndome más desvalida que nunca, me giré y miré a Tram. Sus encendidas mejillas y su voz ronca me hicieron comprender que esto no iba a ser un juicio, sino una denuncia.

—... Por consiguiente —siguió diciendo Tram—, ¿qué creéis que debemos hacer con una mujer que ha traicionado a nuestra revolución, que se dedica a espiar para el enemigo y que traiciona a sus camaradas que luchan en el campo de batalla? ¿Qué le hemos hecho para merecer esto?

—¡Ejecutarla! ¡Matarla! —exclamaron algunas voces—. ¡Darle una lección para que aprendan los traidores que no pueden jugar con nosotros!

Súbitamente ocurrieron dos cosas muy curiosas. En primer lugar, se me ocurrió que Tram no había mencionado mi nombre, sino que se había referido únicamente a «una mujer» que les había traicionado. Segundo, aunque tenía las manos atadas a la espalda y mis escoltas me habían dado a entender que estaba detenida, no me habían conducido al centro de la habitación, donde solían situar a los reos durante los juicios del Vietcong. ¿Sabían las personas que escuchaban a Tram que era Phung Thi Le Ly a quien ésta estaba denunciando? ¿O se trataba de otra reunión a la que me habían obligado a asistir como advertencia? También cabía la posibilidad —lo que todavía era peor—, de que Tram, Loi y Mau hubieran decidido tomarse la justicia por su cuenta.

—¿Has oído eso, señorita Ly? —me susurró Loi al oído—. La traición se paga con la muerte.

Tram guardó silencio y me miró con expresión severa. De improviso, mis escoltas me sacaron de la casa y me condujeron por un estrecho sendero hacia Rung Phe Binh, la ciénaga que se hallaba al borde a la aldea. Loi y Mau caminaban apresuradamente, como si temieran ser seguidos o no poder cumplir a tiempo con su misión. Eso también me chocó. Todas las ejecuciones se llevaban a cabo públicamente. ¿A quién serviría mi muerte de lección si un día descubrían mi cuerpo en la ciénaga? Eso era más propio de unos delincuentes, no del Ejército de Liberación. Me sentía demasiado confusa y aterrada para pensar en lo que iba a sucederme, pero el tiempo apremiaba y era preciso reaccionar.

Sentí el fango hundiéndose bajo mis pies y los mosquitos y las ramas rozándome la cara en la oscuridad. Al fin llegamos a una lengua de tierra que conducía a una isla situada en una parte del río cuyas aguas habían sido embalsadas. Siempre había sido un lugar muy agradable, lleno de aves, peces y ranas, al que solía acudir con mi hermano Sau Ban y mis amigos de la escuela. Ahora, los arbustos y los árboles se agitaban como espectros en el viento y las tenebrosas aguas estaban silenciosas.

Avanzamos por la ciénaga y a través de los arbustos hacia un claro entre los árboles. En medio del claro había un hoyo —una fosa— y dos palas clavadas en la tierra. Yo estaba tan aterrorizada que sólo pensaba en mis padres. ¿Habría ido alguien de la reunión a explicarles lo sucedido? Quizás en estos momentos se dirigían hacia aquí para salvarme. ¿Cómo reaccionarían ante la noticia de mi muerte? Yo era la última hija que les quedaba, ya que mis hermanos se habían marchado a la ciudad o a la guerra. Sabía que mi padre no podía vivir sin sus hijos. La bala que acabara con mi vida acabaría también con la suya. «Así es como le pagaré por cuanto ha hecho por mí —pensé—, como una mujer Phung Thi, una guerrera, yaciendo muerta en una pantanosa sepultura.»

Loi me agarró violentamente por las manos, haciendo que cayera de rodillas junto a la fosa.

—Bien, señorita Ly, ya sabes por qué estamos aquí —dijo, como si nos dispusiéramos a pescar o a coger unas bayas.

Le oí cargar el rifle y traté de pensar en algo para retrasar el momento de mi ejecución. Al mismo tiempo, me preguntaba qué aspecto tendría mi *ma ruoc hon*, el espíritu ancestral que me acompañaría al infierno. ¿Sería hermoso y evanescente como los ángeles de la muerte cristianos que había visto en los libros católicos? ¿O estaría pintarrajeado como los budas que custodiaban la Montaña de Mármol? Los seres vivos respiran; mientras pudiera sentir mi aliento sabía que estaba viva. Así pues, cerré los ojos, respiré hondo y...

Loi me propinó una patada y caí de costado.

Aunque el aire era fresco, la arena bajo mi mejilla conservaba todavía el calor del sol. Permanecí tendida, escuchando el sonido del viento, el croar de las ranas y —a lo lejos— los ladridos de un perro y a un niño llorando. Abrí los ojos y vi a través de los arbustos el resplandor de las lámparas de aceite que ardían en la aldea: *ngon den treo truoc gio*, pensé, «la lámpara que arde antes de la tormenta», como la luz de la vida, tan difícil de prender y tan fácil de apagar. Si había una luz encendida en casa de mis padres, ello significaba que mi padre estaba allí, golpeándose la cabeza contra las paredes desesperado por no poder salvar a su hija. Mi madre le gritaría: «¿Qué haces? ¡Haz algo útil!» Mi padre respondería con tono afligido: *Dap dau vao tuong chet* (no puedo, es preferible que me suicide).

A mi alrededor, los seres que habitaban en la ciénaga cumplían sus ritos nocturnos, tejiendo telas de araña, instalando trampas y persiguiendo a sus presas. Comprendí que yo era una de las muchas criaturas que había en esta isla que no contemplaría el amanecer. Permanecería aquí para siempre. Mis frágiles huesos formarían parte de esta diminuta isla para siempre, mientras mi espíritu no cesaba de lamentarse. Tenía los ojos, la boca y el pelo llenos de fango, y pensé que ya había empezado a formar parte de la Madre Tierra.

Loi me obligó a incorporarme y a contemplar la fosa.

—¿Ves eso? —me preguntó.

—Sí —respondí con un hilo de voz.

—¿Qué es?

—Un hoyo...

Loi me agarró del pelo y exclamó:

—¡Estúpida! Es tu sepultura.

—Es mi sepultura —repetí.

—¿Sabes que en estos momentos el enemigo está con tus padres?

—No.

—¿Quieres a tus padres?

—Sí.

—De acuerdo. Si respondes sinceramente a mis preguntas, quizá te perdone la vida. ¿Por qué condujiste esta mañana a los soldados hasta el escondite de nuestros camaradas?

—Yo no les conduje. Me dirigía a los arrozales y me siguieron. ¿Por qué no quieres creerme?

—¿Qué clase de trato hiciste con ellos para que te liberaran de la cárcel de My Thi? ¿Acaso les prometiste entregarles las orejas de unos soldados del Vietcong para que se las colgaran del cinto?

—No sé de qué me hablas. Mi madre sobornó a un oficial...

—¿Por qué condujiste al enemigo a la emboscada que les habíamos preparado?

Loi insistía en sus preguntas como si yo no le respondiera. Yo repetía mis respuestas como si no me importara lo que pudiera sucederme. No tenía sentido prolongar esta situación, y estaba dispuesta a morir.

—¡Bah! —Loi me golpeó en la cabeza y caí al suelo. Cerré los ojos y me puse a rezar.

—¿Cómo? ¿Nuestra heroína, la señorita Ly, teme morir? — exclamó Loi sarcásticamente, apoyando el rifle en mi sien.

Mi corazón gritó en silencio: «¿Por qué no lo haces de una vez? ¿A qué esperas?» Esperaba oír la detonación que devolvería mi espíritu al pozo de las almas, para regresar posteriormente a otro lugar y a una vida mejor.

De pronto, Loi apartó el rifle de mi sien y se volvió hacia Mau. Le oí murmurar algo y luego su sombra cayó de nuevo sobre mí.

—¿Quieres vivir, heroína?

Sentí que mi corazón, que casi había dejado de palpitar —no era más que la savia de los árboles cuyas raíces pronto rodearían mi cadáver—, me golpeaba en el pecho. Abrí los ojos y, durante un segundo, casi me arrepentí de mis deseos de vivir cuando mi alma ya se había resignado a la eternidad. Pero sólo era una niña y la carne venció al espíritu. Recé para hallar las palabras adecuadas.

—Mi vida está en tus manos...

—¿Qué demonios significa eso?

Antes de contestar, di gracias a dios por la oportunidad que me ofrecía. Ante todo, sabía que debía intentar calmar a Loi, impedir que apretara el gatillo. Suavemente, dije:

—Quiero decir que jamás volveré a hablar con el enemigo. Estoy avergonzada de lo que he hecho.

—¿Has oído eso, Mau? —preguntó Loi a su compañero.

Mau se echó a reír como un fantasma. Loi me agarró por los tobillos, me dio la vuelta, y luego me cogió por el cuello y me levantó como a un muñeco. Se quitó el sombrero de campesino y lo arrojó al suelo. En lugar del rifle, vi que en sus manos sostenía un cuchillo. Me miró de arriba a bajo como un carnicero examinando un pedazo de carne.

«Ahora me matará —pensé—. Va a asesinarme con el cuchillo. No quiere desperdiciar una bala.» La voz de mi espíritu gritó pidiendo auxilio a mi madre y a mi padre, sofocando todos los sonidos dentro de mi cabeza excepto los furiosos latidos de mi corazón. Tenía la frente empapada en sudor. El viento agitaba las hojas de los árboles y observé que Mau había desaparecido. «¿Qué sucede? ¿Qué se proponen?»

Lori me tumbó de espaldas. Cuando abrí los ojos, su rostro, a escasos centímetros del mío, grotesco y distorsionado, casi inhumano, ocultaban las estrellas. Giré la cabeza para no verle la cara ni oler su fétido aliento.

—Está bien, asquerosa traidora —dijo, arrancándome los pantalones. Luego se incorporó y empezó a desabrocharse los suyos—. Si se lo cuentas a alguien, te mataré.

El terror me impedía articular palabra. Traté de deslizarme hacia el hoyo que había de ser mi sepultura, pero como tenía las manos atadas a la espalda y los pies enredados en los pantalones apenas podía moverme.

—¡Dios mío! —grité—. ¡Mamá! ¡Papá! ¡No me mates! ¡Te lo ruego!

Loi me tapó la boca y dijo:

—¡Cállate, perra!

Luego me agarró por el cuello y sentí que me metía algo, como un pulgar grueso y duro, entre las piernas. Al cabo de unos segundos experimenté un intenso dolor, como si me hubiera clavado el cuchillo en la vagina. Loi empezó a moverse sobre mí mientras sus dedos me oprimían la garganta, asfixiándome hasta que casi perdí el conocimiento. Recé para que cuando todo hubiera terminado se apiadara de mí y me matara. ¿Qué otra cosa podía hacer? A los ojos del Vietcong, me había convertido en un criminal. Pedí a dios que mi padre hallara mi tumba. Sabía que mi atormentado espíritu le guiaría hasta ella y que depositaría mis restos en un ataúd y celebraría un funeral como me merecía. Pero esto no. ¡Esto no!

De pronto, los dedos de Loi se aflojaron y sentí que recuperaba el aliento. Luego se levantó y se abrochó los pantalones. Su rostro, aunque apenas podía distinguirlo a la luz de la luna, era repugnante. Me miró fijamente y me escupió en la cara. Yo me giré, temblando, y me encogí como un ovillo. Traté de pensar, pero mi cerebro estaba tan insensible como mi cuerpo.

«Me han violado», me dije. Había experimentado el horror que todas las mujeres temen. Lo que había conservado para ofrecérselo a mi marido me había sido arrebatado en pocos minutos. Lo más horrible era que el acto que creaba la vida había hecho que me sintiera muerta. La fuerza del perverso espíritu de Loi me había penetrado y me había matado como si me hubiera clavado su cuchillo. Aunque me disparara ahora un tiro, ni siquiera lo sentiría.

Mau se acercó a mí y me desató.

—Le Ly —susurró, como si temiera que le oyeran—, escúchame. Si vives, debes prometerme que jamás contarás a nadie lo que ha sucedido.

Me puse los pantalones y respondí con amargura:

—Yo no merecía esto, Mau.

El joven soldado guardó silencio. Loi se había alejado unos pasos y estaba orinando entre los arbustos.

—¿Crees que se lo contará a sus padres? —preguntó a su compañero.

—No —contestó Mau—. Se siente avergonzada, ¿no es cierto, Le Ly?

Yo no contesté. Al cabo de unos minutos Loi regresó y recogió su rifle.

—Pudimos haberte matado por habernos traicionado, pero no lo hicimos —dijo—. Has tenido suerte. Lo que suceda a partir de ahora depende de ti. Si cuentas a alguien lo que ha pasado, te mataré a ti y a toda tu familia. ¿Has comprendido?

Yo asentí.

—De acuerdo. Ahora, lárgate de aquí.

Traté de levantarme, pero Mau me detuvo.

—Espera —dijo—. No puede regresar a su casa esta noche. Aunque no diga nada, Tram nos matará por haberla dejado escapar.

—Tienes razón —dijo Loi. Luego se giró hacia mí y me preguntó—: ¿No tienes una tía que vive cerca de aquí?

Se refería a mi prima Thum, la hija del tío Huong. Los dos hermanos de Thum estaban en Hanoi y el Vietcong solía utilizar su casa para ocultar sus provisiones.

—Sí —respondí, bajando la cabeza. No soportaba mirar a Loi—. Vive en Tung Lam.

—Bien. Te llevaremos allí. Pero si dices una palabra a alguien, quemaremos su casa y os mataremos a las dos. ¡Andando!

Con grandes esfuerzos, como si hubiera permanecido tendida en la arena durante mil años, me levanté y me alisé la ropa. Contemplé la fosa junto a mí; ya no representaba ningún peligro. Lo que Loi había asesinado dentro de mí no podía ser enterrado; sin embargo, sentía su peso —como un pesado fardo o un tumor— sobre mi espíritu. Me dolía todo el cuerpo y al echar a andar sentí mi sangre virginal y el semen de Loi deslizándose por entre mis piernas. Mientras nos dirigíamos hacia la vieja embarcación que los niños solíamos utilizar para trasladarnos a la otra orilla, me sentí sucia y tan sólo deseaba lavarme en el río y rezar en la pagoda en ruinas que se erguía sobre los árboles en las afueras de Tung Lam.

Pero ya tendría tiempo más adelante. En estos momentos, sentía el peso insoportable del tiempo: el tiempo que no pasaría con un marido a quien no tenía nada que ofrecer; el tiempo que no dedicaría a unos hijos que jamás tendría. Curiosamente, a pesar del terror que había experimentado hacía unos momentos, deseaba que Loi acabara conmigo de un balazo.

Nos montamos en una de las canoas que estaban atracadas en la orilla y atravesamos el río. A través de los árboles vi las luces de Tung Lam, y detrás nuestro, hacia el este, las luces de Ky La, rodeada de bengalas y aviones.

—Los norteamericanos han regresado —murmuró Mau, señalando las luces.

Loi no respondió. Sin duda, después de la escaramuza que se había producido por la mañana, los aliados regresarían para atacar al Vietcong y Loi y Mau participarían en la batalla. Una hora antes habría sentido lástima de ellos. Pero ahora deseaba su muerte.

Descendimos de la canoa y anduvimos sigilosamente entre los árboles. Ningún lugar era seguro, ni siquiera para el Vietcong. Al llegar a casa de mi prima llamé a la puerta y nos abrió Thum, sosteniendo a un niño en brazos. Loi la apartó bruscamente y entró. No había nadie en la casa excepto Thum y sus tres hijos.

—¡Bay Ly! —exclamó Thum, asombrada—. ¿Qué haces a aquí a estas horas de la noche?

—No se meta en lo que no le importa —contestó Loi, apuntándole con el rifle—. Entre.

Loi y Mau hablaron unos minutos con Thum mientras yo permanecía tiritando en el porche.

—Recuerde lo que le he dicho —dijo Loi a Tum—. Alójela esta noche en su casa y no se meta en lo que no le importa. Mañana por la mañana vendremos a buscar a su prima.

Thum me miró de arriba abajo, como si adivinara por mi expresión y el lamentable estado que ofrecía que algo terrible me había sucedido.

—Ven, Bay Ly —dijo suavemente—, siéntate junto al fuego. ¿Has comido algo? —Luego se dirigió a Loi y añadió—: No se preocupe, cuidaré de ella.

Thum me dio un cubo de agua para que me lavara. Aunque no lo dijo, era evidente que creía que los soldados me habían golpeado y abusado de mí.

—¡Malditos republicanos! —exclamó cuando éstos se hubieron marchado, confirmando lo que yo sospechaba que le había contado Loi—. ¡Ojalá se vayan al infierno!

Yo estaba demasiado agotada, avergonzada y asustada por la amenaza de Loi como para llevarle la contraria. Lo único que deseaba era dormir. Me envolví en una manta y permanecí tendida en la cama, mientras los hijos de Thum hacían los deberes junto al fuego. Era una escena cálida y apacible, y sentí que mis párpados empezaban a cerrarse. De pronto, cuando estaba a punto de caer dormida, sonaron unos golpes en la puerta.

Al cabo de unos instantes oí una voz masculina. Abrí los ojos y vi a Thum que me estaba mirando con aire preocupado. De pronto apareció Mau y me ordenó:

—Acompáñame, señorita Ly.

Me levanté de la cama y lo seguí como un zombi. Una vez fuera, le pregunté:

—¿Dónde está Loi? ¿A dónde me llevas? ¿Qué sucede?

Mau me miró fijamente y contestó:

—No te detengas. Debo decirte algo.

Yo suspiré resignada, pero confiaba en Mau. Sabía que lamentaba lo que Loi me había hecho. Quizá quería disculparse por lo sucedido.

Quizás había denunciado Loi a Tram, su enérgica comandante, y ya lo habían detenido. Quizá no podía soportar la idea de que su camarada hubiera violado a una heroína de la liberación, una joven de su aldea, y, después de matarlo, había venido a decirme que ya no tenía nada que temer.

Cuando nos hubimos alejado unos metros de casa de Thum, Mau se giró y me tiró al suelo de un empujón. Yo grité y me tapé la cara, temiendo que fuera a pegarme, pero se sentó sobre mi vientre y me apuntó con el rifle.

—Lo lamento, señorita Ly —dijo con voz temblorosa—, pero no tengo más remedio que hacerlo...

«¡Dios mío! —pensé—. ¡Va a matarme!» Tragué saliva, cerré los ojos y alcé la cabeza para que no errara el tiro. Deseaba que todo terminara cuanto antes. Dios se había apiadado de mí y ya no sufriría más.

Pero en lugar de disparar, Mau se abalanzó sobre mí y me rasgó los pantalones. Al abrir los ojos, vi que trataba de quitarse el cinturón mientras sostenía el rifle con una mano. Me habría resultado fácil desarmarlo, propinarle un rodillazo en los testículos y correr a casa de Thum. Pero ¿qué adelantaría con ello? Podía matarlo de un balazo, pero eso no me salvaría de la venganza del Vietcong. Aunque persiguiera a Loi y lo matara, no conseguiría recuperar mi virginidad. Aunque denunciara a los dos soldados del Vietcong por haberme violado, no lograría que los otros creyeran en mi inocencia.

Ofuscada por el odio y el terror que sentía, permanecí tendida, sin resistirme, y dejé que Mau hiciera lo que quisiera conmigo. A diferencia de Loi, cuando terminó no me escupió en la cara ni me maldijo. Parecía un muchacho compungido que, inseguro acerca de su masculinidad, había decidido imitar a su compañero. El hecho de que me hubiera elegido a mí para llevar a cabo su abominable delito carecía de importancia; yo no era mejor que la tierra sobre la que yacíamos. La guerra —esos hombres— me había convertido en un sucio pedazo de tierra. Vejado y deshonrado, mi pequeño y frágil cuerpo se había convertido en su propia sepultura.

Al cabo de un rato, Mau se levantó, se abrochó los pantalones y me tendió la mano para ayudarme a incorporarme. Lentamente, como si me hallara sumida en una pesadilla, me puse los pantalones y me levanté sin ayuda. Mau me llevó de nuevo a casa de mi prima y, cuando Thum abrió la puerta, echó a correr.

—¿Qué ha sucedido? —me preguntó Thum, observando mi enmarañado cabello y mi rostro manchado de tierra.

—Nada —respondí, sin molestarme en idear una mentira más plausible—. Mau quería decirme algo.

Me acosté y Thum apagó la lámpara. Los niños dormían junto a mí como unos cachorrillos. Mientras esperaba que me venciera el sueño, traté de pensar en lo que haría al día siguiente, pero todo parecía inútil y absurdo. Loi y Mau se presentarían por la mañana, tal como habían dicho, o quizá no. Quizá volverían a violarme, o quizá no. Puede que el Vietcong me arrestara de nuevo, o puede que me arrestaran los republicanos, pero ¿qué más daba? Las balas que emplearan unos para matarme harían que los otros se las ahorraran. Ya no sentía deseos de venganza. Ambos bandos en esta espantosa y estúpida guerra habían dado con el enemigo ideal: una joven campesina aterrorizada que consentiría en ser siempre su víctima, como todos los campesinos vietnamitas habían consentido en ser víctimas, desde los tiempos de la creación hasta el fin del mundo. Me juré a mí misma que a partir de ahora dejaría que me arrastrara la corriente más impetuosa y el viento más fuerte, sin resistir. Para resistir, uno tenía que creer en algo.

A última hora de la mañana del 3 de abril de 1986.
Volando hacia el oeste sobre Campuchea.
Frontera de Vietnam

Per, que se ha levantado para ir al lavabo, regresa y se disculpa por haberse ausentado tanto rato. Me explica que se detuvo para charlar unos minutos con un colega suyo que está sentado en la parte posterior del avión. Le digo que no debe preocuparse por mí; soy una mujer hecha y derecha y sé cuidar de mí misma. De todos modos, le agradezco su amabilidad y le aseguro que me siento satisfecha de regresar. He decidido dejar de preocuparme por cosas absurdas y ponerme en manos de dios, quien hasta ahora se ha mostrado muy benévolo conmigo. ¿Por qué no había de confiar en él durante otro par de semanas?

—Bien —dice Per, anotando unos números en el dorso de su tarjeta de visita—. Me alegro de que te sientas fuerte y animada, porque mi colega acaba de comunicarme algo que debes saber. Al parecer, otra vietnamita, una refugiada del Sur que había regresado para visitar su tierra, fue encarcelada durante seis semanas por los comunistas. Por lo visto, debía al Gobierno tres mil dólares desde la guerra. Aunque firmó un pagaré, antes de liberarla la sometieron a un interrogatorio. Deduzco que no fue una experiencia agradable.

Per me entrega su tarjeta, pero mi corazón late tan aceleradamente que apenas veo lo que está escrito en ella.

—Aquí tienes el número de teléfono de algunas personas con las que puedes ponerte en contacto si te ves en un apuro —dice—. Olvídate de la lista que te dio la Embajada. Estas personas te serán más útiles. Conocen el sistema, la policía y *bo doi*. Te ayudarán.

Al advertir que me he puesto pálida, Per me coge la mano para tranquilizarme.

—No te preocupes. Todo irá bien.

El comandante anuncia en francés que dentro de unos minutos aterrizaremos en Ciudad Ho Chi Minh y nos da las gracias por haber volado con su línea aérea, Air France, abanderada del país al que nuestros anfitriones se tomaron tantas molestias en expulsar cuando yo era pequeña. Norteamérica, en estos momentos, nunca me había parecido tan lejana.

Debajo de nosotros, las nubes dejan entrever la espesa selva, algunos tejados y arrozales y los tributarios del Mekong. Al cabo de un rato, distingo los altos edificios y los bloques de apartamentos situados en las afueras de Ciudad Ho Chi Minh.

Per examina unos papeles que lleva en la cartera, absorto en sus asuntos. Yo saco un cepillo del bolso y me cepillo el pelo. El vuelo ha sido muy corto y no estoy despeinada, pero ese gesto me recuerda a mi madre y me tranquiliza. Aún siento el nerviosismo que experimenté cuando llegué a Saigón, hace dos décadas, pero por otros motivos. Mi juvenil entusiasmo está mitigado por la prudencia propia de una mujer adulta. Mi optimista visión de un alegre regreso está teñida por recuerdos tristes y desagradables. «Por supuesto —había dicho el empleado del ministerio de Estado—, comprobará que las cosas han cambiado mucho.»

Ante nosotros se extiende ahora el nuevo Saigón. El reactor aterriza en la soleada pista. El feroz monzón invernal que estalló hace unas semanas ha dado paso a unos vientos secos y cálidos que presagian el verano. Me acerco a la ventanilla, tratando de distinguir la silueta de la vieja base norteamericana. Mi alegría y felicidad, sin embargo, no tardan en disiparse.

Los motores del reactor levantan una nube de polvo sobre los antiguamente bien cuidados céspedes de Tan Son Nhut. Los edificios, junto con los fortines y las torres anteriormente ocupados por policías militares, muestran un aspecto abandonado, como los huérfanos de unos invasores extranjeros. En lugar de las colas de soldados aguardando inquietos la llegada de los camiones que los trasladarán al frente, o metidos en unas bolsas verdes o unos ataúdes de aluminio para ser transportados a casa, veo a unos obreros tumbados al sol. A lo largo de la pista de aterrizaje hay unos aviones de combate norteamericanos —originalmente alineados como águilas para ser inspeccionados— destartalados y abandonados, como si a sus nuevos dueños no les interesara repararlos.

Al contemplar esas terribles aves de rapiña —*may bay sau rom*, unos cazas bombarderos rodeados de bombas oxidadas que parecen unos huevos rotos—, siento una gran tristeza. Para mí, es peor que si el tiempo se hubiera detenido; es como si el tiempo hubiera avanzado dejando a la guerra atrás, encerrada en una especie de campana de cristal. No me importa el despilfarro de dinero norteamericano que representan esos viejos instrumentos, pues ninguna madre se preocupa por la espada rota que ya no puede matar a sus hijos. No, de pronto comprendo lo que esos inútiles trastos —esas costras que cubren las heridas de la guerra— deben significar para las personas que carecen de arados y tractores para cultivar sus tierras. ¡Qué victoria! Capturar unos cargamentos de bombas y municiones cuando lo que necesitan son autobuses para transportar a los obreros y camiones para llevar sus mercancías al mercado. Cuando calculo el despilfarro que representan esos ruinosos aparatos —no sólo por lo que son, sino por lo que podrían ser— siento deseos de llorar. El espíritu de la guerra que anteriormente los animaba se ha desvanecido a través de los árboles y la hierba y los edificios del aeropuerto, de lo cual me alegro. ¿Pero se trata de la paz o simplemente de una guerra distinta?

—¿Estás bien, Le Ly? —me pregunta Per.

Noto que las lágrimas se deslizan por mis mejillas, pero no puedo evitarlo. Me parece como si la ingenua campesina que era yo, la joven urbana, curtida y endurecida, en la que me convertí, mi padre, la tía Thun, mi hermano Ban y un millar de espíritus de la guerra ocuparan mi lugar en el avión. Asiento para tranquilizar a Per. Temo contestarle con palabras porque ignoro qué espíritu —enojado, amable, comprensivo, tolerante o vengativo— responderá. Per no se merece eso. Nadie se merece lo que pasó.

El aparato se detiene y los pasajeros empiezan a recoger sus cosas. Yo me enjugo las lágrimas y trato de que la alegre campesina ocupe el lugar de Le Ly Hayslip. Mientras avanzamos por el pasillo del avión, éste ya no me parece un ataúd, sino el útero de una madre que me proporciona una nueva vida en *noi chon nhau cat ruon*, la tierra donde enterramos nuestro cordón umbilical. Atravieso la puerta de metal y la joven campesina aspira el aire cálido y húmedo de Saigón —sí, Saigón, no Ciudad Ho Chi Minh—, mientras una sonrisa se dibuja en su rostro.

Siento la mano de Per sosteniéndome del brazo. Bajamos la escalerilla y nos montamos en el autobús que nos conducirá hasta la destartalada terminal. Observo con alivio que la mitad de los pasajeros son extranjeros, pues no es probable que los funcionarios gubernamentales se metan conmigo delante de tantos testigos.

El interior de la espaciosa terminal parece una casa encantada. Todos los viejos mostradores de billetes, las ventanillas y los concesionarios están cerrados. Aunque parece increíble, somos las únicas personas que hay dentro del edificio. El empleado nos conduce como si fuéramos una hilera de hormigas, cargados con bolsas y paquetes, hasta la aduana situada al fondo de la terminal. Allí nos topamos con los primeros *can bo*, las autoridades vietnamitas, y siento que los músculos de mi cuerpo se tensan.

Nos colocamos en fila ante las ventanillas del control de pasaportes. Me tranquiliza comprobar la cantidad de pasaportes estadounidenses que salen de las carteras, billeteros y bolsillos de los pasajeros. Mientras nos acercamos a las ventanillas, observo los impasibles rostros de un funcionario vietnamita y su joven ayudante, quienes examinan detenidamente cada pasaporte, y comprendo que, por muy mal que estés, siempre hay alguien peor que tú. ¿Cuánto darían ese anciano y su joven ayudante para cambiar de lugar conmigo, pese a los temores que me asaltan, y gozar de la vida y la libertad, siquiera por un día, en Norteamérica? Cuanto más pienso en ello, menos temibles me parecen esos burócratas.

Per y su colega de la ONU se dirigen hacia la zona de recogida de equipajes. Yo me acerco al viejo funcionario y le entrego mis documentos. Éste me mira de arriba abajo, como extrañado de verme vestida con mi *ao dai*, y luego examina mi visado sellado por la misión gubernamental de la ONU en Nueva York y firmado por la Embajada vietnamita en Bangkok.

—Otro vietnamita nacionalizado americano. Al menos usted no ha olvidado sus orígenes —dice, esbozando una débil sonrisa. Pero al ver mi nombre y fotografía, se detiene. Me mira de nuevo y dice algo en voz baja a su ayudante, que se aleja apresuradamente. Al cabo de unos minutos el joven regresa acompañado de otro funcionario vietnamita vestido con un raído uniforme. El anciano coge mis maletas y bolsas y las aparta a un lado.

—¿No va a examinar mi equipaje? —le pregunto, aterrada. La mayoría de los pasajeros han abandonado la zona de control de pasaportes y están rellenando unos formularios o negociando el precio con los taxistas que los trasladarán a la ciudad. Entre los que han completado los trámites y yo, sólo veo al joven y al uniformado funcionario avanzando con paso decidido hacia nosotros.

Cuando se acercan, el viejo funcionario entrega mi pasaporte a su compañero, un individuo alto y fuerte con cara de pocos amigos.

—¿Es usted la señorita Phung Thi Le Ly Hai-sall-ipp? —pregunta, tratando de pronunciar correctamente mi apellido.

—Sí —contesto, sonriendo con nostalgia. ¿Y por qué no? En aquellos momentos es como si contemplara mi vida discurrir ante mis ojos.

El hombre se mete la mano en el bolsillo y dice:

—Esto es para usted.

Me devuelve el pasaporte junto con un papel. Se trata de una nota escrita a máquina —sellada, fechada, firmada y rubricada—, indicándome que a mi llegada debo presentarme en una oficina gubernamental. Aunque no indica los motivos, mis temores me procuran la respuesta.

—Comprendo —digo, aunque en realidad no es así. No sé qué decir. Miro al hombre y añado—: No indica el motivo.

—*Moi chi di hop* (debe acudir a una reunión) —responde secamente el funcionario.

Siento que se me encoge el corazón al recordar el día en que me condujeron ante el tribunal popular de justicia revolucionaria. Ahora, al cabo de veinte años, no sé qué me aterra más, si oír de nuevo la orden o la larga memoria del partido.

—Iré a buscar el coche —dice el hombre. El joven ayudante del funcionario permanece junto a mí, vigilándome.

Per termina de rellenar los formularios y, al girarse, observa que me han retenido. Se acerca y me pregunta:

—¿Qué sucede, Le Ly? ¿Por qué te detienen?

Durante unos instantes, me siento incapaz de responder. Per coge la nota de mis temblorosas manos y la examina mientras pienso aterrada: «Jamás volveré a ver a mis tres hijos...»

—Está escrito en vietnamita —dice Per—. ¿Acaso el Gobierno pretende que les des dinero?

Quieren que les entregue mi vida. ¡No puedo creer que me esté sucediendo esto!

—*Dem thit nop mieng hum* —respondo al fin, demasiado aturdida para dilucidar la confusión de imágenes e idiomas que se agolpa en mi mente.

—No comprendo... —dice Per—. ¿Qué significa?

—*Dem thit nop mieng hum* —repito, cogiendo la nota—. Es un viejo refrán que significa: «Han llevado al tigre su ración de carne.»

4

EXTRAVIAR EL CAMINO

Mediodía del 3 de abril de 1986.
Aeropuerto de Tan Son Nhut,
Ciudad Ho Chi Minh, Vietnam

Me limpio las lágrimas y guardo la temible nota en mi bolso. No voy a llorar más. Debo tratar de razonar. Tengo que tomar contacto con mi yo superior, la voz interior que no suele expresarse con palabras. Me riño a mí misma por haber cedido a la autocompasión en una situación peligrosa. Incluso Le Ly, la ingenua campesina, no hubiera sido tan estúpida. La falta de vigilancia conduce a la sorpresa, y la sorpresa al pánico. Y el pánico es el enemigo de la supervivencia. Las guerras, cuando menos, te hacen comprender qué es lo importante.

Las voces a mi alrededor se desvanecen. Trato de recordar todos los detalles del episodio con el funcionario, buscando alguna clave en su tono de voz, en sus palabras y en la nota cruel y amenazadora que me ha entregado.

Abro la maleta y saco un montón de papeles: cartas, normas y reglas referentes a mi viaje que me ha enviado la misión vietnamita en Nueva York. Rebusco entre los formularios algún dato que pueda salvarme.

—Aquí está —digo, examinando el papel que sostengo en mis temblorosas manos.

Entre la letra menuda sobre normas y procedimientos, leo una nota que casi había olvidado: «A su llegada, los visitantes que reciban una autorización de entrada de la misión de la ONU serán informados por el Comité Nacional Vietnamita sobre las cuestiones pertinentes a su viaje. Asimismo, serán trasladados a la ciudad desde el aeropuerto u otro puerto de entrada.»

Siento que la sangre fluye de nuevo por los dedos de mis manos y mis pies y me echo a reír.

—¡Por supuesto! —exclama Per, casi tan aliviado como yo—. Solicitaste el visado a través de Nueva York. La nota que te entregó ese hombre es una invitación para que acudas a la reunión del comité, donde te informarán debidamente.

Con paso vacilante, me dirijo a un banco y me siento. Leo de nuevo el papel de la ONU y lo comparo con la nota que me ha entregado el funcionario. Está escrita en un dialecto vietnamita y me cuesta comprender las palabras, pero no importa. ¡Es increíble! ¿Acaso pensaba que este viaje iba a ser como unas vacaciones? ¿Es mi mala conciencia lo que me ha provocado ese ataque de pánico, la convicción de que le debo mi vida al Vietcong y debo pagar·por un delito que no he cometido? ¿O acaso estoy demasiado nerviosa ante la perspectiva de ver de nuevo a Anh, demasiado obsesionada por los recuerdos del primer amor de una jovencita para ocuparme de los detalles que, en un lugar como éste, representan la diferencia entre la seguridad y el peligro?

Per me mira con curiosidad. Debe pensar que soy una histérica incapaz de valerse por sí misma. Observo que sin la barba, con unos ojos pertenecientes a otra raza y otra época, su expresión se asemeja a la de Anh. Fue así como me miró Anh el día en que entré a servir en su casa, y más tarde, cuando decidí compartir su espíritu y su vida.

Cuando cumplí trece años y tuve mi primera menstruación, mis padres acordaron mi compromiso matrimonial con Tung, un chico de dieciséis años que vivía en una aldea vecina llamada Tung Lam. Mi padre anunció complacido dicho contrato, el cual se consumaría en el plazo de tres años mediante los debidos ritos, con grandes festejos y con la asistencia de todos nuestros parientes. Para él, significaba un paso más para alcanzar mi destino como Phung Thi Chin, una mujer y una guerrera que, a través de su útero y su espíritu, vincularía a sus antepasados con las sucesivas generaciones. Mi madre no estaba muy convencida. Tenía otras hijas casadas, y puesto que yo era la pequeña y un tanto mimada, dudaba de que fuera capaz de conquistar la aprobación de mi futura suegra.

—¿Qué sabe una niña como para criar a otros niños? —murmuraba mi madre—. ¿Cómo va Bay Ly a ocuparse de un marido cuando ni siquiera es capaz de ocuparse de sí misma?

En cuanto a mí, el destino y mis futuras responsabilidades no me preocupaban lo más mínimo. Tan sólo deseaba volver a ver a ese chico que iba a ser mi marido, para comprobar si era tan apuesto como el hombre con el que había soñado y tan bondadoso y sabio como mi padre. Tung tenía tres años más que yo y se había graduado en la escuela básica local, lo que significaba que estaba cualificado para ejercer de maestro. La primera vez que lo vi fue la noche en que mataron a Manh, cuando Tung y su padre, temiendo que los republicanos quisieran matarlos, se refugiaron en nuestra casa. A partir de entonces, sólo nos veíamos de lejos, aunque a veces, de camino hacia la escuela, donde impartía clases a los alumnos de primero y segundo curso, Tung se detenía frente a nuestra casa y se quedaba contemplando la ventana de mi habitación. En ocasiones, yo miraba hacia la otra orilla del río, tratando de distinguir la casa de Tung, imaginando nuestra vida de casados, pero no eran unos sueños cargados de romanticismo. En nuestra sociedad, los matrimonios eran concertados como si se tratara de un negocio, y yo estaba obligada a aceptar al marido que habían elegido mis padres. Por consiguiente, consideraba a Tung más bien como un primo lejano con el que un día compartiría mi hogar, que como el príncipe de los sueños de una jovencita. Afortunadamente, ese distanciamiento y esa frialdad me ahorraron muchas lágrimas.

Poco antes de mi decimocuarto cumpleaños, en 1963, Tung se unió a las fuerzas del Vietcong y, al cabo de un tiempo, fue dado por desaparecido. Era típico de la guerra: nadie sabía nada con certeza, y ni siquiera nuestros parientes que vivían en Tung Lam pudieron verificar su muerte. Como que los soldados del Vietcong eran enterrados apresuradamente después de los combates, y puesto que los cuadros de mando no solían comunicar el número de bajas, era posible que no consiguiéramos averiguar nunca qué le había ocurrido a Tung.

Así pues, durante nuestra larga y fría caminata de noche para coger un autobús hacia Danang —al principio de mi exilio de Ky La para huir de las iras del Vietcong—, pregunté a mi madre qué pasaría si Tung regresara sano y salvo de la guerra. Después de pasar la noche en casa de Thum, yo había vuelto a casa y relatado a mi madre que me habían sometido a juicio y me había salvado de milagro de morir ejecutada; no le conté que los soldados me habían violado. Lo hice principalmente para proteger la vida de mis padres (sabía que Loi era perfectamente capaz de cumplir su amenaza), pero también por vergüenza. Por una parte, deseaba convencerme de que no había sucedido nada; por otra, seguía imaginando qué es lo que, en realidad, había ocurrido. Desde esta perspectiva, era preferible tener un novio muerto, aunque no cesaban de perseguirme los *son trong mong ao*, unos sueños en los que se me aparecía el atribulado espíritu de Tung. No obstante, pese a que ignoraba todo lo sucedido, mi madre me dijo que me callara. Estaba tan amargada por la guerra y sus consecuencias como yo me sentía confundida y aturdida por lo que me había sucedido.

—No te tortures soñando cosas imposibles —me dijo, arrastrándome de la mano por la carretera—. Eres una exiliada. Toda la aldea se ha vuelto contra ti. Nunca podrás tener una vida normal. Ni sobrevivirás a la guerra. La guerra durará siempre. La aldea —el país entero— debe de haber hecho algo terrible para que el destino la castigue tan duramente. Pero ése es nuestro karma. Con suerte, regresarás junto a tus antepasados antes de padecer mayores sufrimientos. Es cuanto podemos esperar, un final rápido y tener más suerte en la próxima vida.

Al llegar a Danang, comprobamos que mi cuñado Chin, el hermano de mi hermana Ba, no quería saber nada de nosotras. Mi última aventura con la policía provincial casi le había costado su cargo, y mi madre se vio obligada a prometerle que no le pediríamos más favores. Era todo lo que podía hacer para convencerlo de que nos permitiera quedarnos en casa de mi hermana una semana, hasta hallar otro alojamiento.

Por fortuna, a los pocos días, Ba me halló un empleo en casa de una familia que residía en las afueras de Danang. A cambio del alojamiento y la comida, yo cuidaría de los niños mientras el marido (un oficial del distrito) trabajaba en los campos y la esposa atendía un comercio instalado frente a la casa. Tenían cinco hijos de corta edad. Como la madre trabajaba cerca y los abuelos vivían en una casa contigua, podía recurrir a ellos en caso de verme en un apuro.

Por las noches iba a lavar los platos fuera de casa, junto con la hermana de mi jefa, que también vivía en la casa de al lado. Tenía aproximadamente mi edad y, al cabo de unas semanas, nos hicimos muy amigas. Los viernes, después de lavar los platos, nos dirigíamos a la iglesia católica para mirar la lista semanal de bajas que el sacerdote clavaba en la puerta. Eran las únicas noticias que recibíamos del campo, pues nadie nos contaba nunca nada. Yo le daba gracias a dios cuando la lista no contenía el nombre de ninguna persona conocida. Cada semana la lista se hacía más larga, debido a que había estallado una segunda guerra civil entre los católicos y los budistas. Empecé a inquietarme por mis padres. Me sentía culpable por la relativa seguridad de la que gozaba en Danang, aunque no sabía cuánto tiempo duraría.

Mi jefe era un individuo gordo y torpe que, aunque sólo tenía cuarenta años, parecía más viejo que mi padre. Por regla general, cuando su mujer y sus hijos estaban presentes apenas reparaba en mí, pero cuando se ausentaban me miraba descaradamente y hacía unos comentarios que sólo cabía interpretar de una forma.

Una calurosa tarde, cuando los niños dormían, regresó a almorzar y me ordenó que fuera a comprobar si su esposa aún estaba en la tienda.

—¿Quiere que la avise para que venga a almorzar? —pregunté inocentemente.

—No, no le digas nada —contestó mi jefe bruscamente—. Sólo quiero saber si está ocupada.

Cuando regresé, mi jefe llevaba puesto sólo la camisa y los calzoncillos y se estaba bebiendo una cerveza. Le dije que la tienda estaba todavía abierta y llena de clientes. Tan pronto como se lo dije, comprendí que había cometido un error. Hacía tiempo que mi jefe deseaba encontrarse a solas conmigo, y por la expresión de su rostro comprendí que ésta era la oportunidad que había estado aguardando. Se sentó en un taburete y me indicó que me acercara. Yo le obedecí, aunque a regañadientes.

—Acércate, Le Ly —me dijo con su aceitosa voz—. ¿Has probado alguna vez la cerveza?

Respondí negativamente, y él insistió en que tomara un trago de cerveza. Tenía un sabor horrible y escupí el helado líquido sobre su pecho y el bulto que asomaba debajo sus calzoncillos. Su ardor se disipó al instante. Oí que uno de los niños lloraba y corrí a tranquilizarlo. Cuando regresé con el niño en brazos, mi jefe y sus ropas habían desaparecido.

Aquella noche, mi amiga y yo fuimos, como de costumbre, a comprobar la lista de bajas. Al regresar a casa me despedí de ella y me dirigí a la tienda para ver si mi ama necesitaba algo. Frente a la tienda se había formado una larga cola de gente. La población se había apresurado a hacer acopio de provisiones debido a las revueltas religiosas, y mi ama me dijo que comunicara a su marido que no cerraría la tienda hasta dentro de una hora. Al oír eso, me eché a temblar ante la idea de volver a casa.

Aunque la tienda disponía de luz eléctrica (estaba junto a la calle y se abastecía de los servicios urbanos), estaba separada de la casa por un terreno oscuro lleno de árboles. Aunque los niños solían jugar allí durante el día, por la noche era un lugar siniestro y yo temía atravesarlo sola. En esta ocasión, mis temores estaban más que justificados. Al pasar frente a una morera, sentí de pronto que un brazo me agarraba por el cuello. Los platos que llevaba en la cesta cayeron al suelo y se hicieron añicos. Traté de gritar, pero una mano me tapó la boca y caí al suelo. Al instante, un hombre corpulento se abalanzó sobre mí, y, mientras me cubría la boca con una mano, trataba de arrancarme la camisa con la otra. Una voz pastosa dijo:

—¡Vamos, Le Ly, no te resistas! No me obligues a ser rudo. Estáte quieta.

Era mi asqueroso jefe, que se había emborrachado y había decidido asaltarme cuando me dirigía a casa. «¡Dios mío, no dejes que vuelva a sucederme!», pensé. Aunque mi intuición me decía que mi vida no corría peligro —al menos de momento—, reaccioné como si me hallara en el campo de batalla. Le hundí los dedos en el cuello, y al notar que empezaba a jadear, le propiné un rodillazo en la ingle con todas mis fuerzas. Cuando al fin me soltó, me levanté de un salto y eché a correr hacia la casa.

Cuando al cabo de unos minutos apareció mi jefe, cojeando y con aspecto maltrecho, me halló rodeada de sus hijos. Lo miré con desprecio; él me maldijo e hizo un gesto obsceno antes de ir a acostarse. Cuando regresó su mujer, me regañó por haberle destrozado la vajilla y me dijo que tenía que comprarle otra. No le conté lo ocurrido, ya que no podía marcharme sin permiso de mi madre y no quería empeorar la situación. Al fin y al cabo, el tener un lugar donde alojarme —aunque mi jefe fuera un tipo repugnante— era mejor que no tener donde caerme muerta.

No obstante, a la mañana siguiente envié una nota a Ba diciéndole que me encontraba en «una situación que iba de mal en peor» y rogándole que avisara a mi madre inmediatamente. Desde el momento en que mi jefe me atacó hasta que llegó mi madre, permanecí todo el tiempo pegada a mi amiga o rodeada de los niños. Dado que era difícil tratar de protegerme y cumplir al mismo tiempo mis tareas, la esposa se quejó a mi madre de que me había convertido en una gandula. Sin embargo, conocía a su marido lo suficiente como para dejarme marchar sin obligarme a comprarle una vajilla nueva.

Cuando nos marchamos, le conté a mi madre lo sucedido y ella me ordenó que no volviera a hablar de ello.

—¿Quieres que la gente piense que te dedicas a seducir a los maridos? —me preguntó, mirándome como si yo tuviera la culpa—. No debes contrariar jamás a las personas que te dan de comer. Iremos a ver al tío Nhu. Quizá consiga controlarte.

Una vez en casa del tío Nhu, las cosas mejoraron. Aunque a los pocos días me coloqué en casa de una familia honesta y trabajadora, su felicidad hacía que añorara a mis padres y mi hogar. Me costaba conciliar el sueño y padecía frecuentes dolores de barriga, aunque comía bien. Cada vez que se presentaba la ocasión me dirigía al mercado para ver si encontraba a alguien de Ky La que me diera noticias de mi familia. Por desgracia, casi todos los aldeanos que conocía sabían que había sido condenada por el Vietcong y se negaban a hablar conmigo, incluso en la ciudad. Por regla general, me volvían la espalda y me ignoraban cuando me acercaba a ellos.

Un día vi en el mercado a un niño de nueve años, al que a veces había cuidado, acompañado de sus padres. Como sabía que éstos no me negarían el saludo, les seguí disimuladamente hasta que pude hacerle una indicación al niño. Éste sonrió al verme y corrió hacia mí con los brazos extendidos. Aunque su madre no me vio, oí que lo llamaba, pero el padre dijo:

—Deja que el niño se entretenga. Ya aparecerá cuando llegue el momento de regresar a casa.

Después de abrazarnos, lo cogí de la mano y quise ir a sentarnos bajo un árbol para que me contara noticias de Ky La, pero el niño me miró con cara preocupada y dijo:

—Vuelve a casa, Le Ly. A tu familia le ha sucedido algo terrible.

Antes de que pudiera averiguar más detalles, el niño corrió a reunirse con sus padres, temeroso, como los otros, de que le vieran hablando con la «traidora señorita Ly».

Regresé a la casa donde trabajaba y me pasé el resto del día llorando. Pensé que quizás el niño había sido enviado por el Vietcong para obligarme a volver a la aldea. Quizá mis padres habían muerto. Tenía que averiguar qué había sucedido. Pero si regresaba, existía el peligro de que mataran a mis padres. Decidí pedir consejo al tío Nhu.

—No vayas —dijo mi tío, sacudiendo la cabeza—. Ya tienes suficientes problemas. Además, el Gobierno ha instalado unos puestos de control en todas las carreteras y el Vietcong controla el campo. No empeores la situación. Espera a que tus padres vengan a visitarte.

Pero las mujeres Phung Thi no se resignaban a esperar. Mi tío Nhu se había vuelto blando y débil por vivir en la ciudad— aunque fuera una ciudad tan pobre como Danang—, y razonaba como un viejo. Le pedí que me diera un poco de comida para llevársela a mis padres y comuniqué a mis patronos que había decidido marcharme. Al día siguiente, por la tarde, me puse en camino hacia Ky La.

Los inviernos son fríos y húmedos en la costa central, y aquella mañana había estallado una tormenta. No era el momento oportuno para estar a la intemperie, ni siquiera para el Vietcong, de modo que era el momento ideal para que regresara a Ky La. Por desgracia, debido al mal tiempo y a la necesidad de dar un rodeo, tardé más de medio día en llegar a Ky La. Aunque había recorrido varias veces el camino entre Ky La y Danang —de niña, al huir de los franceses, y cuando organizábamos unas marchas para apoyar al Vietcong—, esa noche, al atravesar sola el bosque, las colinas y las ciénagas, me sentí aterrada. Perdí mis sandalias en el barro y tenía las plantas de los pies llagadas. En las marismas, la afilada hierba me hería las manos, mientras los cangrejos me mordían los pies y las sanguijuelas se introducían por mi camisa y me chupaban la sangre. Llovía a cántaros y el viento soplaba con tal fuerza que tuve que detenerme varias veces. Cuando llegué a Ky La, había amanecido. No sólo había perdido la comida que me había dado mi tío, sino buena parte de mis ropas. Tenía las manos y los pies despellejados.

Como una miserable oruga, me arrastré sobre mi vientre por las zanjas hasta alcanzar unas cañas que crecían cerca de donde se hallaba mi padre trabajando en los campos.

—Cau! (padre) —exclamé.

—*Ai do?* (quién anda ahí) —contestó mi padre, blandiendo su aza- dón como si quisiera protegerse de los lanzallamas y los bazokas. Si yo hubiese sido el enemigo, teniendo en cuenta la cantidad de armas almacenadas en Ky La, la tierra bajo sus pies ya habría estallado. A veces me asombraban las ocurrencias de mi padre.

—¡Soy yo, Bay Ly! —murmuré con una voz apenas audible, como una niña asustada.

Por fortuna, mi padre era un hombre muy inteligente. En cuanto vio mi patético semblante, asomándose entre las cañas, se giró y reanu- dó su trabajo, temeroso de que alguien nos viera.

—¿Qué haces aquí? —preguntó, sin volverse.

—He venido a verte a ti y a mamá —respondí. En aquellos mo- mentos, mi idea de salvarlos me parecía absolutamente descabellada. Lo único que deseaba era hallarme a salvo en mi casa y que mi madre me diera de comer.

Mi padre sonrió, como solía sonreír cuando yo era pequeña y come- tía alguna estupidez.

—Ya me has visto —dijo, con tono serio—; podrás ver a tu madre cuando vaya a visitarte en Danang.

—Pero el hijo de nuestros vecinos, al que a veces cuidaba cuando no estaban sus padres, me dijo que os había sucedido algo terrible. Pensé que nuestra casa había sido destruida — contesté, dando un sus- piro de alivio al observar que nuestra casa seguía en pie.

—Pues estás equivocada —replicó mi padre—. No ha pasado nada, Bay Ly. A la hora de almorzar, cuando todos regresen de los campos, quiero que vayas a casa. Tu madre te dará algo de comer. No puedes quedarte en Ky La. Al anochecer, regresarás a Danang.

Aquella tarde, mi madre me recibió con abrazos y besos y luego me dio un bofetón por haber regresado. Mientras yo permanecía senta- da junto al fuego, secándome el pelo y curándome las llagas, me prepa- ró la comida y me contó sus problemas.

—El Vietcong cree que estás hospitalizada en Danang —dijo, mien- tras cortaba unas cebollas—. Están furiosos con los guardias por ha- berse compadecido de ti y dejar que te escaparas. En compensación, me obligaron a sustituirte como centinela. Me dijeron que tenía que vigilar el bosque y alertarlos si se acercaba el enemigo.

Mi madre se detuvo un instante, como si de pronto hubiera perdi- do el hilo, y luego prosiguió:

—Hace una semana, dos soldados del Vietcong fueron asesinados por una patrulla republicana que había penetrado en la aldea. Nadie sabe cómo llegaron aquí, quizás a través de uno de los viejos túneles. El caso es que nos echaron la culpa a los centinelas, y estoy bajo arres- to domiciliario.

Cuando me disponía a preguntarle qué significaba eso, mi madre colocó un plato de comida frente a mí y dijo:

—Ahora ya lo sabes todo. Anda, come.

Pero sus ojos enrojecidos y el pesar que reflejaba su rostro demostraban que no me lo había contado todo. Más tarde, cuando fue a dar de comer a las gallinas, pregunté a mi padre qué había sucedido. Mi padre sacudió la cabeza con tristeza y contestó:

—¿No te lo ha contado tu madre? No me extraña. No quiere hablar de ello con nadie, ni siquiera conmigo. —Mi padre hizo una pausa mientras se hurgaba los dientes con un palito de bambú y continuó—: Al parecer, cuando tu madre regresó de los campos se encontró a unos soldados republicanos en nuestra casa. Como sabían que la habían nombrado centinela, la obligaron a situarse ante la ventana, frente a la ciénaga. Luego le ordenaron que diera la señal de que todo estaba en orden para atraer a los soldados del Vietcong hacia la aldea. Por supuesto, tu madre no dio la señal, sino que se limitó a esperar, confiando en que no sucedería nada.

Mi padre dirigió la vista hacia la ventana para asegurarse de que mi madre seguía ocupada con las gallinas.

—Al anochecer —prosiguió—, dos soldados del Vietcong salieron del bosque. Se había puesto a llover y soplaba el viento, de modo que caminaban con la cabeza agachada. Al llegar a la puerta de nuestra casa, tu madre les dio la voz de alarma, pero era demasiado tarde. Los republicanos salieron precipitadamente para capturarlos; los dos soldados se resistieron y los mataron. Creo que los conocías. Uno era Loi, un soldado regular, un tipo muy alto... El otro... no recuerdo su nombre... era compañero suyo. Creo que se llamaba Mau.

¡Dios mío! ¡Eran los guardias del Vietcong que me habían violado! No podía decírselo a mi padre, ni siquiera mi madre conocía lo sucedido. Aunque me sentí aliviada por la noticia, temía que mi amarga satisfacción se reflejara en mi rostro y me tapé las mejillas con las manos fingiendo ocultar mi pesar.

—Lamento que fueran amigos tuyos, Bay Ly. Al menos, no fueron torturados —dijo mi padre, acariciándome el cabello. Luego prosiguió—: Un par de noches más tarde, regresó un pelotón de soldados del Vietcong y arrestaron a todos los centinelas. Se pasearon por la aldea gritando: «¡Debéis acudir a una reunión!», y condujeron a tu madre y a otras cuatro mujeres, con las manos atadas a la espalda, hasta un claro en las afueras de Bai Gian. A mí también me ataron las manos, para impedir que interviniera, y ordenaron a tu tío Luc que fuera en calidad de testigo. Cuando llegamos al claro, el líder acusó a todas las mujeres de colaborar con el enemigo. Tu madre replicó que había alertado a los soldados, pero que no consiguieron huir. El líder le pegó una bofetada y dijo que estaba obligada a sacrificar incluso su vida para salvar a los soldados.

»El jefe del pelotón las declaró a todas culpables y las obligó a arrodillarse frente a los presentes. Luego se acercó a cada una de las mujeres y les disparó un tiro en la sien. Tu madre era la última. Cuando se acercó a ella y apoyó el cañón de la pistola en su sien, cerré los ojos y me puse a rezar. Pero tu tío Luc dio un paso al frente y dijo al oficial que se detuviera. Le preguntó cómo era posible que una mujer que había enviado a su primogénito a Hanoi pudiera ser capaz de traicionar a su país. Dijo: "Huyen tiene seis sobrinos y dos cuñados que en estos momentos están luchando contra el enemigo, ¿cómo te atreves a acusarla de traición?" Tu tío Luc, Bay Ly, es bien conocido por los oficiales. Los apoyó durante muchos años y ayudó a sus saboteadores en Danang. Su protesta hizo que el oficial se diera cuenta de lo que estaba haciendo. Había matado a cuatro de las cinco madres que había arrestado y el hecho de asesinarlas, sin mostrar la menor misericordia, podía enfurecer al resto de los aldeanos. Así pues, dijo a tu madre que se levantara. Le dijo que la revolución se mostraría benévola con ella, pero no podía alejarse a más de cien pasos de nuestra casa y no podía tener tratos con nuestros vecinos.

Mi padre suspiró y continuó:

—Cuando concluyó la reunión, las otras familias enterraron a las mujeres ejecutadas, y Luc y yo llevamos a tu madre a casa, donde permanece desde ese día. Como verás, en casa estarás a salvo. Nadie viene a visitarnos. Pero el oficial expresó al tío Luc su deseo de que regreses cuando se hayan curado tus heridas. Dijo que te habían conmutado tu sentencia de muerte a trabajos forzados por la causa de la liberación.

—¿Le crees?

—Sí, creo que desea que regreses. Lo que suceda después, nadie puede saberlo.

Nuestra vida en Ky La se hizo intolerable. Durante esos instantes en que mi madre permaneció arrodillada —junto a los cadáveres de las cuatro mujeres, sintiendo el cañón de la pistola en su sien, mirando de frente a la eternidad—, sintió que su mundo se había trastocado. Ya no comprendía qué significaba la guerra, la verdad o la justicia. Ni siquiera podía gozar de las escasas alegrías reservadas a las campesinas que dedicaban toda su vida a trabajar duramente. Se convirtió en una proscrita, rechazada por sus vecinos y confinada en su casa, en su jardín, sin poder dar más de cien pasos ni acercarse al pozo o dar un corto paseo por la polvorienta carretera. Solía caminar hasta los límites de su prisión como un perro sujeto a una correa, anhelando librarse de sus invisibles ataduras. Creo que en el fondo confiaba en que un día la vieran traspasar la línea invisible y disparan contra ella, liberando a su espíritu del infierno de Ky La para que pudiera reunirse con sus antepasados. Yo también había sentido deseos de morir después de ser condenada por el tribunal popular y ser violada por los soldados. Todos creían que debíamos alegrarnos de haber escapado a la justicia del Vietcong; pero uno no puede ser feliz cuando su propia vida deja de pertenecerle. Yo tenía la sensación de habitar en un mundo sin sentido, trastocado, que no alcanzaba a comprender.

Durante esas semanas vagué entre Ky La y Danang como una húerfana. A veces me alojaba en casa de mi hermana Ba, otras con el tío Nhu; a veces me colocaba de ama de llaves en casa de un matrimonio con muchos niños, donde la comida sobraba. Pero me sentía inquieta y padecía constantes dolores de barriga. Cuando me parecía prudente (y también cuando no), iba a Kay La a visitar a mis padres. Cada vez que los veía me parecía que se hallaban más cerca de la tumba.

Al fin, mi padre no pudo resistir esa vida en el limbo. Fue a ver al tío Luc, que era nuestro guardián, y le pidió que suplicara al Vietcong que nos liberara —que nos perdonara— a cambio de exiliarnos en otro lugar. Nunca me contó cómo consiguió hacer ese trato, pero una noche nos despertó y nos dijo que nos vistiéramos. Mi madre y yo partiríamos a Danang y de allí nos trasladaríamos en avión a Saigón, donde mi hermana Hai y unos amigos nos ayudarían a encontrar un lugar donde vivir y el medio de ganarnos la vida. Mi padre había hecho un trato para salvarnos la vida, pero ello significaba que mi madre y yo debíamos marcharnos y no regresar jamás, al menos hasta que terminara la guerra. Él tenía que permanecer para ocuparse de nuestras tierras y adorar a los antepasados que las protegían. Esas cosas —las cosechas, el bosque, el ganado, el incienso de nuestro altar— serían su único consuelo. Yo comprendí, por la expresión de su rostro, que la carga de nuestro exilio le pesaría tanto como a nosotras.

Hicimos lo que nos ordenaba mi padre; mi madre, de mala gana, porque abandonaba el lugar donde había criado a sus hijos y donde había vivido buena parte de su vida; yo, con alivio y satisfacción. Estaba cansada del terror y las privaciones de la guerra y odiaba al Vietcong y al Gobierno por lo que me habían hecho a mí y a mi familia. Por otra parte, sabía que todas las jóvenes campesinas soñaban con ir a Saigón.

Aunque mi hermana Hai había vivido varios años en Saigón, fue Bich, una guapa muchacha algo mayor que yo, cuyo padre había ido a Hanoi con mi hermano Bon, quien me contó unas historias maravillosas sobre esa ciudad. Como Bich era leal al Vietcong, éste la había ayudado a trasladarse a Saigón, donde trabajó primero de ama de llaves y posteriormente de camarera en un bar para espiar a los republicanos. Cuando regresó a Ky La, en 1962, para visitar a su madre, era como si hubiera regresado de otro planeta.

Llevaba su largo y hermoso cabello rubio recogido sobre la cabeza, cubierto de laca y semejante a un nido de pájaros. Mientras charlábamos una noche, sentadas a la orilla del río, me habló de tales maravillas: retretes con agua corriente y unas calles tan largas que había que coger un autobús para recorrerlas de un extremo al otro. Me dijo que las mujeres iban maquilladas y que llevaban sujetadores y zapatos de tacón alto para parecer más atractivas y hacer que los hombres se fijaran en ellas. Había aprendido inglés («todo el mundo habla inglés en Saigón») y, gracias a su experiencia como camarera en un bar había aprendido a preparar cuarenta bebidas diferentes. Solía llevar unos vestidos que le dejaban los hombros, los brazos, los muslos y buena parte del pecho al descubierto, lo que me escandalizó, porque siempre había sido una chica muy recatada y discreta. En Ky La, las chicas ocultábamos a los hombres nuestros cuerpos y nuestros sentimientos. No hacíamos nada para parecer más guapas, ya que ello, en tiempos de guerra, constituía un peligro, aunque algunas jóvenes sacaban dinero de ello. Más tarde me enteré de la diferencia entre las verdaderas prostitutas y las mujeres que simplemente parecían prostitutas para complacer a los hombres. Ello me tranquilizó, porque las cosas que me había contado Bich me parecían de lo más emocionante y, aunque deseaba pintarme y lucir vestidos bonitos, no quería convertirme en una prostituta y ser objeto del desprecio de mis conciudadanos. Además, me parecía injusto que esas chicas se comportaran de esa forma con sus clientes. ¿Por qué iba un hombre a pagar a una mujer para hacer lo que suele hacerse para tener un niño y acabar haciéndose cargo de un hijo?, pensaba yo. Quizá lo hacían porque eran estúpidos. Bich me habló también de drogas y sobre hombres y mujeres que engañaban a las jóvenes campesinas que llegaban a Saigón y acababan convirtiéndolas en esclavas. No obstante, Saigón me seguía pareciendo un paraíso, sobre todo cuando Bich me dijo que la guerra todavía no había llegado a allí.

Mi madre y yo abandonamos Ky La una noche, sin mirar hacia atrás y resueltas a emprender una nueva vida. Fuimos en autobús a Danang, donde mi hermana Lan nos compró los pasajes de avión con el dinero que mi madre había ahorrado para mi dote. Eso no me dolió, porque estaba convencida de que jamás me casaría.

El avión en el que nos trasladamos a Saigón estaba lleno de campesinos. (Los funcionarios, los norteamericanos y los vietnamitas ricos solían viajar en aviones militares o en modernos reactores que surcaban el cielo a todas horas del día y de la noche.) Yo iba descalza y llevaba un pijama negro de campesina, una camisa que me había dado mi hermana y un sombrero para protegerme del sol, mi único recuerdo de Ky La.

El viaje en aquel destartalado avión de hélice era, naturalmente, lo más emocionante que me había sucedido hasta entonces. Mi madre, que había visto numerosos aviones cuando ella y mi padre habían participado en la construcción de la pista de aterrizaje de Danang, durante la ocupación francesa, exhibió durante todo el viaje una expresión de terror. Cuando despegamos y sobrevolamos el mar, me pareció contemplar mi tierra por primera vez —observándola desde lo alto, como si fuera dios—, y experimenté, por primera vez en mucho tiempo, una maravillosa sensación de paz. El pálido cielo se extendía hasta el infinito y yo ascendía hacia él como un espíritu celestial. El resplandeciente mar azul, los arrozales, los polvorientos caminos y las verdes colinas se iban haciendo más pequeños ante mis ojos, como se encoge una madre ante los ojos de su hija a medida que ésta va creciendo. En aquellos instantes olvidé todas las tragedias que había vivido. Más tarde, en numerosas ocasiones, experimenté de nuevo esa maravillosa sensación de dejar atrás todas las cosas desagradables que me habían sucedido, y aprendí a permanecer atenta para descifrar sus secretos. Aunque en aquellos momentos no me di cuenta, viajar a bordo de aquel avión y esa sensación de paz y libertad me aportaron algo que jamás había experimentado en Ky La, algo que ni siquiera mis padres —que conocían perfectamente la vida y el significado del deber— podían transmitirme: un sentimiento de esperanza.

Lamentablemente, esos sentimientos surgen como la neblina de la madrugada y se evaporan rápidamente. Al cabo de un rato, el avión empezó a descender para tomar tierra en Tan Son Nhut. Entonces contemplamos la inmensa y abrumadora ciudad de Saigón, que se extendía bajo nosotros como una alfombra gris-verde.

Una vez en tierra, el avión avanzó por la pista —con el morro en alto como un altivo pájaro y agitando la cola—, frente a los aviones de combate pintados de verde y marrón, cargados con bombas y cohetes y ocupados por soldados en camiseta o con el torso desnudo. Cuando nos detuvimos, la puerta plateada de la soberbia ave acuática se abrió. Salimos de su vientre como unos atemorizados peces, tropezando y abriéndonos paso a codazos para recoger nuestro equipaje, ir al retrete y abordar los autobuses que nos conducirían a la ciudad.

Como llevábamos la ropa en las maletas, mi madre me arrastró de la mano por entre la muchedumbre y consiguió comprar unos billetes para el autobús de la Air Vietnam antes que el resto de los pasajeros, pese a que su estúpida hija no cesaba de detenerse a contemplar boquiabierta las tiendas y los restaurantes de la terminal, los apuestos y elegantes hombres de diversas razas, y las hermosas mujeres que, ataviadas con airosos *ao dai*, se deslizaban entre ellos como nenúfares.

Durante el trayecto a bordo del autobús que nos condujo a Saigón (mucho más cómodo que el desvencijado cacharro que cubría el trayecto de Ky La a Danang), contemplamos las viejas plantaciones francesas con sus imponentes mansiones coloniales, sus cuidados céspedes y eucaliptos y plátanos; los inmensos templos budistas, limpios y decorados con estandartes (a diferencia de los templos rurales, que habían sido bombardeados y abandonados durante la guerra); y, en el centro de la ciudad, el intenso tráfico de coches, camiones, autobuses, convoyes, taxis, jeeps, motocicletas, *siclos* (taxis-triciclos) y bicicletas que circulaban delante y detrás del autobús, sobre las aceras, por los callejones y que incluso se introducían en los edificios debajo de las gigantescas puertas de los garajes. Para una joven y sencilla campesina, resultaba un espectáculo abrumador. Cuando nos detuvimos en una calle próxima a donde vivían nuestros amigos, me sentí aturdida. La cabeza me dolía tanto como el trasero.

Nos apeamos del autobús en la calle Ham Nghi y cogimos un *siclo* para dirigirnos a un bloque de viejos apartamentos, que me parecieron los edificios más imponentes que jamás había visto. La gente que nos recibió se había trasladado de Ky La a Saigón hacía muchos años, cuando yo aún era una niña. Aunque mi madre los saludó a todos como si fueran parientes nuestros, tuve la sensación de hallarme en casa de extraños. El minúsculo apartamento estaba atestado de muebles y objetos decorativos. Su altar familiar, en el que había unas velas y unos potes de incienso destinados a cada pariente difunto, tenía un aspecto bastante abandonado, lo que evidenciaba escaso respeto hacia los antepasados. Sus hijos —entre ellos, un niño que tenía aproximadamente mi edad— estaban muy mal educados. No se inclinaban ante sus padres y los interrumpían sin cesar. Asombrada ante tantas novedades, los extraños olores y el espectacular panorama que se divisaba desde la ventana, apenas presté atención a los motivos que adujo mi madre respecto a nuestra repentina llegada y sus intentos de desmentir los malévolos rumores que nos habían precedido. «Sí, Trong está bien. No, no fuimos aniquilados por el Vietcong. ¿Quién os ha contado eso? Es mentira. Nos quedaremos poco tiempo en Saigón. ¿Podrías buscarnos alojamiento? Bay Ly es una excelente ama de llaves. Sí, trabajó para un acaudalado funcionario en Danang, que quedó muy complacido de sus servicios. Su esposa, sin embargo, era muy exigente. ¿Que tienen diez niños? No importa. Bay Ly no tardará en conquistarlos. ¿Podría alojarme yo también en casa de esa familia?»

Aunque trataba de disimularlo, mi madre suplicaba a esas gentes de la ciudad que nos ayudaran. Tuve el presentimiento de que las cosas no iban a salir bien. Me dolía la cabeza y la barriga y no hacía más que pensar en mi padre. En Ky La, para bien o para mal, todo el mundo nos conocía. Poseíamos unas tierras y unas raíces y estábamos ligados a nuestros antepasados y a las gentes que nos rodeaban. Aquí, éramos como el viento, unas mendigas, unos fantasmas que, a diferencia de las personas reales, no tenían donde dormir ni medios para ganarse la vida. Al mismo tiempo, observé que el chico que tenía mi edad me miraba fijamente, fumaba cigarrillos como su padre, se quejaba de todo y se reía descaradamente del tosco acento de su madre. No obstante, formaba parte de Saigón y yo me sentía poderosamente atraída por el encanto de esa ciudad.

Mi madre y yo pasamos la primera noche acostadas en el suelo de la cocina de nuestros amigos, como si fuéramos unos perros. Al día siguiente fuimos a visitar a todas las personas que conocíamos o de las que nos habían hablado en la aldea. Todos llevaban un estilo de vida distinto al de Ky La, pero idéntico al de sus vecinos. Los maridos estaban siempre demasiado ocupados. Aunque en su mayoría eran unos simples empleados no tenían tiempo para dedicar a sus familias. Preferían jugar a las cartas o tomarse unas copas con sus amigos y los soldados. Las mujeres, atareadas en la casa, chismorreando o yendo de compras, también estaban demasiado ocupadas, para hacerse cargo de sus hijos (que eran unos malcriados) y de sus maridos, que les pegaban como tiranos o las ignoraban por completo. Los niños eran unos angelitos vestidos con el uniforme de la escuela católica o unos vándalos. Algunos de los niños mayores, según nos contaron sus madres, estudiaban o trabajaban para el Gobierno o en una empresa local; y todas las familias, por supuesto, tenían un hijo, un primo o un tío que lucía el uniforme republicano, según atestiguaban las fotografías enmarcadas (a veces decoradas con un lazo negro) de unos jóvenes imberbes tocados con sus gorras de soldados colocadas en las estanterías, si estaban vivos; o junto a los altares familiares, si habían muerto.

En una de esas visitas conocimos a una mujer que creía saber dónde trabajaba mi hermana Hai, que estaba empleada de cocinera en casa de una acaudalada familia. Por desgracia, la mujer no sabía cómo dar con ella, pero prometió intentarlo.

Por la tarde regresamos a «casa» y mi madre preparó la cena, mientras yo hacía otras faenas para pagar a nuestros amigos el favor de alojarnos en su casa. Más tarde, mientras las mujeres charlaban, la amiga de mi madre sugirió a Thai, el chico adolescente que no cesaba de mirarme con ojos de cordero degollado, que me llevara a dar un paseo en su motocicleta para enseñarme la ciudad. Aunque no tenía ganas de separarme de mi madre, me atraía la idea de dar una vuelta por las calles de Saigón. La hermana de Thai me prestó unas ropas limpias y me cepillé el pelo. Thai llevaba una camisa blanca de manga corta (cuyo bolsillo contenía el inevitable paquete de cigarrillos), unos elegantes pantalones y unos zapatos lustrosos. Con su cabello peinado hacia atrás, casi parecía un hombre hecho y derecho, y yo me sentí muy importante cuando me despedí de mi madre y salimos de la casa.

Mientras recorríamos las concurridas e iluminadas calles, Thai me contó que ganaba mucho dinero en el mercado negro, y yo le creí. Aparte de la motocicleta, poseía muchas cosas caras, incluyendo un reloj y una cámara, y tenía una forma de caminar y expresarse que yo solía asociar con personas que sostenían un rifle en las manos.

Al cabo de un rato, Thai me propuso ir al cine. Yo contesté que no tenía idea de lo que era eso, y él, sacudiendo la cabeza ante mi ignorancia, me explicó que un cine era un lugar parecido a un gran almacén, donde la gente se sentaba en la oscuridad para contemplar unos fotogramas que se movían. Aunque seguía sin entender a qué se refería (y no me apetecía mucho sentarme en un lugar oscuro con Thai), la perspectiva de ver el interior de uno de los grandes edificios de la ciudad y presenciar el milagro de unos fotogramas que se movían era irresistible.

Una vez dentro, Thai compró unas palomitas de maíz y nos sentamos en unos asientos plegables. Cuando se apagaron las luces, aparecieron en la pantalla unas manchitas blancas y unas personas empezaron a moverse y a hablar a través de unos altavoces. Thai me puso el brazo alrededor de los hombros, y cuando intenté apartarme me dijo que todas las parejas que acudían al cine se besaban y acariciaban, que era una especie de tradición. Al principio, las gigantescas imágenes me parecían mágicas, pero al cabo de un rato el ruido de los altavoces, la mezcla de olores y las rancias palomitas de maíz que Thai me obligó a comer hicieron que me sintiera mareada. Al intentar levantarme, Thai me lo impidió y trató de acariciarme los pechos. Desgraciadamente, yo sabía por experiencia que todos los hombres que se acercaban a mí, a excepción de mi padre y de mi hermano Sau Ban, lo hacían con intención de violarme o abusar de mí. Al ver que no cejaba en sus intentos, pese a mis enérgicas protestas, me defendí de la única forma que sabía, tal como me habían enseñado a hacerlo mis instructores en Ky La y como había conseguido defenderme de mi repugnante patrón en Danang. El sonido de la cabeza de Thai al chocar con el respaldo del asiento delantero me demostró que no sólo había conseguido herir su orgullo masculino. Salí corriendo del cine —disculpándome ante los espectadores sentados en nuestra fila por haberles pisado— y regresé a casa. Todos, excepto la madre de Thai, se sorprendieron al verme regresar tan pronto. Por supuesto, no dije nada sobre la reprobable conducta de Thai. Cuando éste regresó más tarde, yo ya estaba acostada, pero le oí decir a sus padres que la «espía del Vietcong» había venido a la ciudad para llevar a cabo una misión terrorista y que tenían que echarnos a mi madre y a mí antes de que la policía los arrestara a todos.

A la mañana siguiente, la amiga de mi madre nos dijo que iban a ir a visitarlos unos parientes y que necesitaba disponer de nuestra habitación. Por fortuna, aquella misma tarde nos enteramos de que mi hermana Hai había sido localizada, pues de otro modo habríamos tenido que pasar la noche en la calle.

Hai había ido a vivir a Saigón en 1963, a los treinta y un años, tras abandonar toda esperanza de volver a ver a su «marido de Hanoi». Sus jefes eran católicos, del norte de Vietnam, y al finalizar la guerra con los franceses se habían trasladado a Saigón. Personas trabajadoras e inteligentes, típicas del Norte, sus patrones habían amasado una considerable fortuna con una empresa funeraria, a lo que sin duda habían contribuido la expansión de la guerra y los sofisticados y costosos ritos de las ceremonias católicas y budistas. Pero la vida de Hai como cocinera era bastante dura, y no gozaba de ningún privilegio especial. Su mundo se limitaba a la cocina y a su habitación, y, de vez en cuando, al mercado. No obstante, Hai había aprovechado la hora de la siesta, mientras sus patronos dormían, para escaparse e ir a vernos. Como no queríamos que nadie se enterara de nuestra visita, nos encontramos con ella en la esquina de la calle, junto al apartamento de nuestros anfitriones. El frío y anónimo ambiente de la calle, sin embargo, no fue nada comparado con la frialdad con que nos acogió Hai.

—¿Son ciertos los rumores que circulan? —nos preguntó mi hermana de sopetón, sin siquiera abrazarnos. Hacía dos años que no la veíamos, y se había convertido en una mujer de aspecto endurecido.

—¿Qué rumores? —replicó mi madre, tratando de restar importancia a las declaraciones del Vietcong para que no enturbiaran nuestro encuentro—. No hagas caso. Bay Ly ha tenido problemas con Tío Ho, eso es todo. Yo también. Pero se trata de un error. No te preocupes. Necesitamos hallar alojamiento. Bay Ly, aunque esté tan delgada, es fuerte y trabajadora.

Mi madre me cogió de las manos y, aunque me dolía la barriga (acabábamos de comer), me obligó a enderezarme para demostrar que era alta y fuerte.

—¿Un error? —repitió mi hermana, que no parecía convencida de la respuesta de mi madre—. Tengo que andarme con cuidado. Si alguien me ve hablando con vosotras, podría tener problemas. Me han contado unas historias...

—¿Quién te las ha contado? ¿Ba? No puedes dar crédito a nada de lo que diga esa chica. No es que mienta, pero sólo escucha con un oído. Siempre ha sido igual. De todos modos, no hemos venido aquí para hablar de Ba. No sé si lo merecemos o no, pero el hecho es que dios nos está castigando duramente, y a tu padre también.

—¿Cómo está papá? —preguntó Hai.

—Tu padre está perfectamente —respondió mi madre con firmeza—. Por supuesto, se quedó muy triste cuando nos marchamos. No es lógico que toda la familia de un hombre se vea obligada a abandonar sus raíces. Tenía seis hijos y una esposa que cuidaban de él, y ahora se ha quedado solo. Dios sabe cómo se las arreglará... —Los ojos de mi madre se llenaron de lágrimas, pero prosiguió tratando de dominarse—: Bay Ly necesita ayuda y tú eres su hermana. ¿Podrás ayudarla?

Hai soltó una amarga carcajada y contestó:

—Mamá *Du*, no soy más que una cocinera, una sirvienta. Ni siquiera puedo entrar en las habitaciones de mis patronos. No puedo proporcionarle trabajo.

—Al menos llévate unos días a Bay Ly contigo —le suplicó mi madre—. No tiene donde alojarse. Yo recurriré a nuestros amigos, pero tu hermana necesita descansar. Le duele la barriga y no quiero que caiga enferma.

Dejé a mi madre en la calle, mirándonos con tristeza, y seguí a Hai hasta la casa de sus patronos, situada en un distinguido barrio residencial. Cuando llegamos, la barriga me dolía tanto que apenas podía sostenerme en pie. Hai me acostó en su cama y por la noche, cuando terminó sus quehaceres, colocó una estera en el suelo y durmió sobre ella.

Al cabo de un par de días me sentí mejor y pude ayudar a Hai en sus tareas, pero a su patrona no le gustaba que su sirvienta tuviera una invitada, aunque yo participaba en las labores caseras. Me ordenó que me fuera al día siguiente. Afortunadamente, Hai se enteró de que en una casa cercana necesitaban una sirvienta que ocupara temporalmente el puesto de la doncella, que se había marchado a visitar a su familia. Por desgracia, sólo permanecí un día. Como era que era una simple campesina y no entendía nada de grifos, agua corriente ni detergentes en botellas de plástico, mi patrona se pasó todo el día enmendando mis errores y gritándome. Mi dolor de barriga se había hecho insoportable. Lo único que deseaba era reunirme con mi madre y regresar a Ky La.

Cuando me encontré de nuevo con mi madre, le conté que la abuela Phung se me había aparecido en sueños y me había dicho que debía regresar a Ky La. Fue una de las pocas veces en mi vida que le mentí a mi madre, pero estaba tan desesperada, que hubiera hecho cualquier cosa con tal de regresar. A espaldas de mi madre, pedí a los amigos en cuya casa nos alojábamos que me prestaran dinero para el viaje, pero sonrieron amablemente y se negaron. Incluso pensé en regresar caminando, pero no sabía cómo salir de Saigón y mucho menos de la provincia de Quang Nam.

Al cabo de unos días, en vista de que apenas podía comer nada y padecía frecuentes diarreas, mi madre pidió a Hai que me llevara al médico. Fuimos a Binh Dan —uno de los numerosos hospitales públicos y gratuitos que había en la ciudad—, donde me hicieron ingerir un líquido pastoso y me hicieron una fotografía con un extraño y frío aparato. El médico nos dijo que yo tenía una pequeña llaga en el estómago —una úlcera—, un agujero que devoraba mi pequeño cuerpo debido a la añoranza que sentía por mi aldea, la rabia y la desesperación.

Después de instalarme en una habitación con otras refugiadas, Hai se fue a trabajar. Mi madre solía traerme arroz dulce (el cual, según decían, curaba los trastornos intestinales), y dormía en una estera junto a mi lecho. No se apartaba de mi lado en ningún momento, y la enfermera que me atendía, al observar su diligencia y eficacia, le ofreció un empleo como ama de llaves en casa de sus padres. Eso evitó que durmiéramos en la calle cuando me dieron el alta.

Mi madre también estaba cansada de nuestra solitaria y dura vida en Saigón, y decidió regresar a Danang para tratar de convencer a mi padre de que nos trasladáramos definitivamente a la ciudad. Cuando regresó al cabo de unos días, me dijo que mi padre se había negado a acompañarla. Luego me entregó una carta que mi padre había dictado a uno de los niños de la aldea. Decía lo siguiente:

«De Phung Trong a su hija número seis. Saludos. Tu madre me ha contado tus sufrimientos y que has estado enferma en Saigón. Sé que me echas de menos y que deseas verme, al igual que yo te echo de menos y deseo verte. Me siento muy solo sin mi esposa y mis hijos. Nuestros vecinos no me dirigen la palabra debido a los problemas que hemos tenido, y no tengo a nadie con quien charlar y compartir un asado de pato. No obstante, debo permanecer aquí para cultivar nuestras tierras, porque si me marcho éstas irán a parar a manos de otra persona. Además, aquí es donde están enterrados nuestros antepasados. No puedo abandonar sus tumbas. Sé que te disgustará saber que no puedo ir a vivir con vosotras, pero confío en que lo comprendas. Eres una valerosa mujer Phung Thi y, pase lo que pase, debes seguir adelante.»

De alguna forma, la carta de mi padre contribuyó más a que me recuperara de mis dolencias que las medicinas que me habían recetado los médicos. Al mismo tiempo, comprendí que debía cambiar el rumbo de mi vida. Mi cuerpo dejó de librar una guerra civil contra sí mismo y, al poco tiempo, casi estaba restablecida del todo.

Poco después de regresar mi madre de Ky La, la enfermera que habíamos conocido en el hospital nos ayudó a colocarnos de sirvientas en casa de un acaudalado matrimonio que se estaba construyendo una nueva residencia. El marido, que se llamaba Anh, poseía varias fábricas textiles, y su esposa, Lien, pertenecía a una familia noble emparentada con los reyes camboyanos. Habían decidido compartir su espléndida mansión con los padres de él, quienes ocuparían un ala; y yo me ocuparía de sus dos hijos de corta edad. Puesto que los abuelos de los niños necesitaban también una sirvienta, la enfermera pensó que mi madre podía emplearse en su casa, lo que le permitiría controlar a su joven hija soltera.

Antes de acudir a la entrevista, la enfermera nos lavó a las dos y Hai me compró un vestido nuevo. Aunque yo quería llevar un *ao dai*, un peinado como el de Bich y zapatos de tacón alto, la enfermera me convenció de que era mejor que me presentara vestida sencillamente.

—Es preferible que parezcas una campesina joven y lozana —dijo, quitándome la barra de labios de las manos—. Más adelante me darás las gracias.

Finalmente nos dirigimos a la mansión de cinco pisos, pintada de verde, donde habitaba Anh y su familia. Después de comprobar que no teníamos piojos, el mayordomo nos condujo en presencia de sus patronos, que se hallaban comiendo ante una enorme mesa tallada.

Lien, la esposa, era una mujer frágil y menuda, de mirada inteligente, con los párpados pintados de azul y el cabello corto y teñido del mismo color. Llevaba los labios pintados de un rojo encendido y un poco de colorete en las mejillas, que la hacía parecer un ángel de la muerte sobre un elegante pedestal. Aunque no era guapa, tenía un porte majestuoso. Nos sonrió amablemente cuando nos inclinamos ante ella.

Al incorporarme, observé que su marido me miraba fijamente. Pero no era una mirada lasciva como la de mi jefe en Danang, ni como la de Thai, sino una mirada curiosa, directa y ligeramente burlona. Tenía los pómulos muy marcados, el cabello corto, la barbilla tan estrecha y delicada como la de su mujer y unos ojos profundos. Su intensa mirada me turbó y sentí unas gotas de sudor en la frente. Me enjugué torpemente, con la manga del vestido. Estaba tan nerviosa, que recé para que apartara la mirada antes de que me desvaneciera.

Lien interrogó a mi madre brevemente sobre nuestros antecedentes y ésta se limitó a responder que éramos de Ky La y a ensalzar mis aptitudes como niñera. Al cabo de unos minutos, Lien dijo, con una voz un tanto desagradable y chillona: «Está bien.» Convencida de que yo era capaz de alzar diez automóviles y controlar a veinte niños a la vez, me dijo que cuidaría a sus dos hijos, unos niños bien educados y de modales aristocráticos que no me causarían ningún problema. Afortunadamente, contrató también a mi madre en calidad de segunda ama de llaves en casa de sus padres.

Tal como me había asegurado Lien, los niños no me causaban problemas. Pasaban la mayor parte del día en la escuela o en compañía de sus tutores y amiguitos hasta la hora de cenar. En cambio, me costó acostumbrarme a los nuevos baños europeos, a cocinar en una cocina moderna (dotada de gas y electricidad) y a utilizar agua corriente para lavar la ropa. Disponía de tiempo suficiente para ir a visitar a mi madre y ayudarle en sus labores, las cuales, dado que era la segunda ama de llaves, eran tan livianas como las mías. En la casa había una chica que se encargaba de limpiar las habitaciones, una cocinera, una doncella, un mayordomo y dos chóferes: uno que conducía la limusina del señor y otro el Mercedes de la señora, los cuales permanecían aparcados en un garaje debajo de la casa. Según la costumbre, todos los sirvientes se alojaban en la planta superior. Compartí una pequeña habitación con mi madre hasta que me trasladé a un cubículo contiguo a la suite de los niños. El amo me proporcionó ropas nuevas, dos abundantes comidas diarias y un pequeño estipendio mensual, que mi madre ahorraba para enviar a mi padre en Ky La.

Durante tres meses todo fue perfectamente y yo me sentía muy satisfecha. Anh se marchaba a la oficina al amanecer y yo arreglaba a los niños para llevarlos a la escuela. Más tarde, acompañaba al ama de compras o a visitar a alguna amiga en el lujoso Mercedes, para llevar los paquetes o atenderla mientras tomaba el té con las elegantes damas de Saigón. Al mediodía, la familia hacía una siesta de dos horas, durante las cuales comían los sirvientes, generalmente las sobras del almuerzo de los amos. Anh regresaba del trabajo hacia el atardecer y, tras conversar un rato con su esposa e hijos, se retiraba a su estudio. Como la familia comía en la cocina grande antes que nosotros, yo tenía que inventarme alguna excusa para ver a ese hombre maravilloso que nos había proporcionado trabajo y alojamiento. A veces lo veía desde la cima de la escalera, pero cuando me miraba, yo apartaba la vista. Otras, hallaba algún pretexto —una pelea entre los niños o un mensaje de su tutor— para hablar con mi ama en presencia de su marido, pero cuando nuestras miradas se cruzaban sentía que me temblaban las rodillas y, avergonzada, salía apresuradamente.

Una noche en que Anh aún no había vuelto de la oficina y todos los demás —incluyendo a Lien— se habían retirado, el mayordomo me ordenó (puesto que yo era la única sirviente que dormía en la planta baja) que abriera la puerta del garaje cuando el amo regresara a casa. Permanecí sentada en una silla en la cocina durante una hora, dispuesta a correr a abrirle en cuanto le oyera llegar. Para entretenerme imaginé que era la dueña de la casa, impartiendo órdenes al servicio, vestida elegantemente y casada con aquel hombre tan apuesto ...

Debí quedarme dormida, pues de pronto abrí los ojos y vi a mi patrón observándome y sonriendo socarronamente. Llevaba la chaqueta colgada del hombro y se había aflojado la corbata. El mayordomo estaba junto a él, ayudándole a ponerse la bata y mirándome enfurecido.

—Tu negligencia te costará cara, Le Ly —me espetó—. El amo ha tenido que abrir él mismo la puerta del garaje...

Yo estaba demasiado aturdida para reaccionar. Abrí la boca para disculparme, pero no pude articular palabra.

—No seas tan duro con Le Ly —dijo Anh, acariciándome el cabello. Yo sentí que me derretía—. Es muy tarde. Vete a acostar y no hablemos más del asunto.

—¿No has oído al amo? —me preguntó el mayordomo, dándome un golpecito en las costillas. Con los ojos llenos de lágrimas, salí corriendo de la cocina y me dirigí a mi habitación.

Durante las próximas semanas, Anh se quedó varias noches trabajando hasta muy tarde en la oficina. Por más que rogué al mayordomo que me permitiera enmendar mi error, éste se negó tajantemente. Al fin, una noche en que el mayordomo se hallaba ausente, convencí a la primera ama de llaves de que me dejara esperar al amo para abrirle la puerta. Cada vez que sentía que me vencía el sueño, me levantaba y empezaba a pasearme arriba y abajo para despabilarme.

Hacia la medianoche oí el automóvil de Anh detenerse en la entrada. Me acerqué a la ventana y le vi mirar hacia la casa para comprobar si alguien le había oído llegar. Parecía muy cansado. Bajé corriendo la escalera y abrí las puertas de par en par. Quizá fuera mi imaginación, pero al verme me pareció que el rostro de Anh se iluminaba. Luego aparcó el coche y se apeó.

—¡Le Ly! —exclamó sonriendo. Yo bajé la cabeza para que me la acariciara, pero Anh pasó junto a mí sin tocarme. Sin embargo, el leve aroma de su cuerpo era tan excitante que casi me hizo perder el sentido.

Anh entró en la casa y luego se giró y me miró fijamente. Yo subí los escalones, cerré la puerta sigilosamente y eché el cerrojo. Sin decir palabra, Anh extendió la mano. Yo no sabía qué significaba —ni qué se proponía—, pero deseaba cogerle la mano, besarla y estrecharla contra mi corazón. Di unos pasos hacia él y bajé la vista. Anh me acarició el cabello y me puso la mano sobre los hombros.

De pronto me atrajo hacia él y me estrechó entre sus brazos. Yo, sin saber cómo reaccionar, le abracé tímidamente, sintiendo su musculosa espalda a través de la camisa. Debimos permanecer así durante varios minutos. Yo le abracé como hubiera deseado abrazar a Tung o al desventurado soldado del Vietcong que había muerto en combate; y Anh me estrechó entre sus brazos como supuse que debía abrazar a su esposa, mientras me acariciaba la cabeza y el rostro. Al cabo de unos instantes me alzó la barbilla y sus cálidos labios se posaron sobre los míos. Fue un beso largo, triste —no solemne, sino lleno de ternura—, y luego nos abrazamos con fuerza, como dos criaturas que se sienten perdidas.

Súbitamente, Anh se apartó y dijo:

—Buenas noches, Le Ly. Discúlpame.

Yo me dirigí a mi habitación. Aunque estaba muy cansada, no logré conciliar el sueño. Me abracé a la almohada imaginando que era Anh, mientras trataba de descifrar mis sentimientos. Aunque a los quince años me habían amenazado de muerte, me habían encarcelado, azotado y violado, jamás me había besado un hombre como si yo fuera su esposa. Anh me excitaba, pero al mismo tiempo le temía. Ignoraba qué significaban los confusos sentimientos que experimentaba hacia él. Deseaba preguntárselo a mi madre, pero sabía que me prohibiría volver a encontrarme con Anh a solas, y su prohibición me mataría igual que una bala del Vietcong. Para ella, era una cuestión de supervivencia: había que permanecer en esta maravillosa mansión. Para mí también era una cuestión de supervivencia, pero de otro tipo. De algún modo, sabía que lo más importante en aquellos momentos era mantener vivos esos extraños sentimientos que se agitaban en mi interior. Si a bordo del avión de Danang había descubierto la esperanza, ahora creía estar a punto de descubrir lo que ésta significaba, como si se tratara de un misterio del que dependiese mi propia vida.

A primera hora de la tarde del 3 de abril de 1986.
En la aduana.
Aeropuerto de Tan Son Nhut, Ciudad Ho Chi Minh

Una vez firmados y sellados los impresos por las autoridades, cogemos nuestras maletas para dirigirnos a la ciudad. El hosco funcionario nos espera junto a su coche —una furgoneta norteamericana— y me abre la puerta como si fuera una reina mientras el chófer coloca mi equipaje en el maletero.

Antes de montarme en el coche, me acerco a Per y le estrecho la mano en un gesto fraternal. (Deseo abrazarlo, pero eso estaría mal visto en Vietnam.) Per se dirige a otra zona de la ciudad, a un destino distinto del que hemos compartido brevemente. Lamento separarme de él, y siento un vacío en mi corazón.

El corto trayecto hasta Saigón resulta deprimente. El mensajero del comité me indica los lugares de mayor interés —calles desiertas bordeadas de destartalados edificios semiocultos por eucaliptos, palmeras y arbustos—, pero apenas reparo en ellos. Estoy atrapada por mis sentimientos. Cuando salimos de la terminal, la acera estaba atestada de gentes pobremente vestidas y con aspecto hambriento. En su mayoría eran mujeres y adolescentes, probablemente contrabandistas. Por supuesto, los contrabandistas no son una novedad en Vietnam. Es una profesión que elevamos a la categoría de arte durante la guerra contra Norteamérica. Pero ahora ha adquirido unos tintes más siniestros. Las mujeres y los niños que nos acosan —arrojándose como mendigos sobre el coche— nos preguntan nuestros nombres y aseguran conocer a nuestros parientes. Prometen conducirnos hasta ellos a cambio de un puñado de dólares americanos. Nos preguntan qué llevamos en la maleta y prometen pagarnos el precio más alto en *dong* por cualquier objeto fabricado en Occidente. Algunos se muestran dispuestos a comprar o vender oro, antigüedades chinas y todo tipo de drogas. Subimos las ventanillas para sofocar el vocerío, prefiriendo abrasarnos de calor antes que escuchar esos alaridos humanos. De pronto me acuerdo de mi amiga Bich —de cómo trató de explicar los prodigios de Saigón a una simple campesina de Ky La—, y me pregunto cómo podría describir a esa gente, o a mi familia, la red de autopistas, los centros comerciales y los ordenadores. Es como si hubiera estado dormida, gozando de un maravilloso sueño durante dieciséis años, mientras esas gentes vivían una pesadilla. Las cosas han cambiado, sí, pero no como yo había imaginado. En menos de una década, Saigón ha pasado de ser una enjoyada matrona a una miserable pordiosera. Los angustiados rostros me miran suplicando que me apiade de ellos. Pero, al igual que cuando abandoné Vietnam en 1970, aparto los ojos, decidida a preocuparme únicamente de mí misma. ¿Acaso no es lo que debemos hacer todos para sobrevivir?

Al cabo de un rato me pongo a charlar con el chófer, para averiguar cómo vive la gente en la ciudad.

—En primer lugar —responde—, le recomiendo que se quite las joyas. Todavía hay muchos delincuentes en Saigón. Son capaces no sólo de robarle los anillos, sino de arrancarle los dedos. Guarde las joyas en la maleta y olvídese de que las ha traído.

Me choca que el funcionario se refiera aún a Saigón como Saigón, y me alegro de no haberme acostumbrado a decir Ciudad Ho Chi Minh, tal como me aconsejó Per.

Nos detenemos frente al viejo hotel Continental, actualmente llamado Jach San Huu Nghi, y sigo al funcionario como una tímida hermana hacia el mostrador de recepción. Todos los precios están indicados en dólares norteamericanos y *dong*, lo cual no me sorprende. ¿Por qué iban a estar menos ávidos los vendedores oficiales de la leche materna de las naciones que los no oficiales que pululan por las calles? Aunque comparado con los precios del mercado negro el cambio oficial del dólar es casi un robo legalizado, compro cinco mil *dong* vietnamitas con un billete de diez dólares. El recepcionista sonríe pero examina detenidamente el billete para comprobar que no es falso. Debajo de la atenta mirada de sus camaradas, anota el número de serie en un libro y llama a un botones para que suba mi equipaje.

Dos jóvenes de aspecto agradable me conducen a mi habitación. Me hacen numerosas preguntas sobre Norteamérica, que yo procuro contestar, pero tengo la impresión de que mis palabras deben sonarles más a un cuento de hadas que a un folleto turístico. No obstante, me escuchan atentamente, absorbiendo mis palabras como una esponja. Entrego a cada uno de ellos un paquete de cigarrillos, que para ellos tiene más valor que la moneda vietnamita. El recepcionista me recomendó que «la diera a los nativos».

Al cerrar la puerta de la habitación percibo un extraño olor, como a gasolina. Me tumbo en la estrecha cama y observo mi nuevo alojamiento. Sobre el colchón de gomaespuma yace una manta militar que no necesitaré utilizar, ni siquiera en las noches más frías de Saigón. En el suelo embaldosado, junto al lecho, observo un par de sandalias del hotel —restos de una época más grata—, y al otro extremo un armario. Junto a la ventana hay un pequeño escritorio para escribir postales (primera etapa del viaje emprendido hace tres semanas desde Estados Unidos) y debajo de éste un radiador de vapor, que tampoco utilizaré. Al otro lado hay una desvencijada mesa de café y dos sillas. Sobre la mesa veo un ejemplar de *Nhan Dan*, el periódico del partido comunista, y un cenicero con el emblema del viejo Continental, pero no está destinado a colocar en él la ceniza, sino que está lleno de insecticida contra los mosquitos. Eso explica el hedor que invade la habitación. Preferiría estar rodeada de chinches.

Me dirijo al moderno cuarto de baño, arrojo el insecticida por el retrete y me lavo la cara con una pequeña pastilla de jabón. Me complace comprobar que el grifo del agua caliente funciona.

Después de descansar un rato, me cambio y voy a cenar a un restaurante situado al otro lado de la calle. («No es bueno, pero es el mejor que hay por aquí», se disculpa el conserje.) El antipático propietario toma nota de lo que le pido y al cabo de un rato me trae una sopa de arroz. Debido a la escasez de ingredientes —sobre todo cerdo—, el caldo apenas sabe a nada. No obstante, me gusta. Es la comida con la que me crié. No me importa estar sentada en ese mísero restaurante, que al fin y al cabo es una víctima más de la guerra. Soy una campesina vestida con ropas norteamericanas que se siente satisfecha de poder saciar su apetito. De pronto me siento casi como en casa.

Después de tomarme la insípida sopa de arroz, cojo un *siclo* —uno de los taxis triciclos que prácticamente han sustituido a todos los taxis convencionales de Saigón—, decidida a visitar la ciudad antes de reunirme con Anh. El conductor es un individuo esquelético, como el funcionario del aeropuerto, cubierto de grasa y sudor. Al sonreír muestra unos dientes ennegrecidos y, al igual que el chófer que me condujo al hotel, se refiere a las calles por sus nombres antiguos y nuevos. Parece saberlo todo sobre la vieja ciudad y, a juzgar por su aspecto, deduzco que presenció los acontecimientos de la guerra. Le pregunto su edad y me responde que tiene «veintitrés» años, prácticamente la edad de Jimmy, mi hijo mayor. Debía ser un niño cuando yo abandoné Saigón y poco más que un adolescente cuando se produjo la liberación; sin embargo, parece mi abuelo. Lamento poder ofrecerle sólo un paquete de cigarrillos en lugar de vitaminas. Me pregunto si ese chico, limpio y bien alimentado, se podría parecer a mi hijo pedaleando en su bicicleta por el campus de la universidad.

Nos dirigimos hacia la calle Truong Minh Gian, que, según creo recordar, era muy frecuentada por los soldados que iban en busca de alcohol, chicas y drogas. La última vez que la vi estaba iluminada como Las Vegas, atestada de gente, automóviles y luces de neón. Ahora, las únicas luces proceden de las escasas lámparas de aceite que arden en los escaparates; y las únicas personas son vendedores y familias que regresan a sus casas.

Le digo al conductor del *siclo* que se detenga frente a una tienda que está a punto de cerrar, y le invito a una taza de *nuoc mia* —un zumo de azúcar de caña que constituye el típico refresco vietnamita—, procurando no exhibir el dinero que llevo encima. Mientras nos tomamos los refrescos, el conductor me habla sobre la policía (que se dedica a vigilar a los «republicanos impenitentes» en lugar de a los carteristas y ladrones), los informadores del barrio, la escasez de comida y electricidad y la necesidad de tener dos trabajos o recurrir al mercado negro para subsistir.

—Aunque han pasado once años desde que terminó la guerra, el mayor patrón sigue siendo el Ejército —se lamenta—. ¿Cree usted que algún día alcanzaremos la paz con los chinos y los camboyanos? ¿Qué hacen con todos esos soldados?

De pronto me doy cuenta de que ha oscurecido y que debo reunirme con Anh en las señas que me ha facilitado. El conductor me asegura que no hay ningún problema y se echa a pedalear a través de las oscuras calles de Saigón. Debido a la escasez de corriente eléctrica, la ciudad sufre constantes apagones e incluso las calles más concurridas están en tinieblas. No obstante, el cálido aire de la noche y el rítmico pedalear del conductor me reconforta. Me pongo a pensar en Anh y recuerdo una noche muy parecida a ésta hace casi veinte años...

Al fin me quedé dormida, abrazada a la almohada que imaginaba que era Anh. De pronto me despertaron unos golpes en la puerta.

Al principio supuse que era alguien que venía a buscarme, como una noche en que nos despertaron a mi madre y a mí cuando nos alojábamos en casa de nuestros amigos. Nos dijeron que nos vistiéramos y, junto con otras personas, nos llevaron a un apartamento donde se celebraba una reunión comunista. El Vietcong pretendía reclutar a sirvientes para que espiaran a los funcionarios gubernamentales, a los industriales y fabricantes de acero, y, en caso necesario, que colocaran unos explosivos en varios puntos estratégicos de la ciudad. Como no estábamos seguras de que conocieran nuestro pasado, mi madre y yo nos hicimos las tontas. Les dijimos que la ciudad nos intimidaba, pues era preferible hacernos pasar por unas torpes campesinas que hacer el papel de heroínas de la liberación. No obstante, tras la añoranza que había sentido por mi aldea y los días que había pasado en el hospital, comprendía perfectamente que muchos refugiados acudieran a esas reuniones. Se sentían solos, atemorizados y echaban de menos a sus familias, por lo que anhelaban la sensación de compañerismo que les ofrecían sus «camaradas» y estaban más que dispuestos a serles útiles.

Así pues, al abrir la puerta me sorprendió comprobar que no se trataba de un oficial del Vietcong, sino de Anh.

—Lamento despertarte, Le Ly —dijo suavemente—. No podía conciliar el sueño.

—Yo tampoco.

—¿Puedo pasar?

Yo asentí y Anh, vestido con una bata, penetró en mi habitación. Nos sentamos en el borde de la cama —el único lugar donde podíamos sentarnos—, y Anh me cogió las manos.

—No quiero que me interpretes mal —dijo—. Quiero a mi esposa. Quiero a mis hijos, pero... vivimos unos tiempos muy duros. La guerra... —Anh se detuvo, sonriendo y acariciándome el cabello—. ¿Pero qué va a saber una joven como tú sobre la guerra?

Yo bajé la vista. El corazón me latía aceleradamente y no era capaz de responder.

Al cabo de unos minutos, Anh me estrechó entre sus brazos. Sentí de nuevo su musculosa espalda a través de la bata y deseé abrazarlo con fuerza, como jamás había abrazado a ningún hombre. Pero eso ocurriría más tarde, no esa noche.

Anh me besó suavemente en los labios y en las yemas de los dedos y se disculpó por haberme molestado. Luego salió y cerró la puerta. Yo permanecí sentada en la cama, asombrada de que un hombre tan rico y apuesto como él —un verdadero príncipe— se hubiera fijado en una pobre campesina. Le oí dirigirse sigilosamente por el pasillo hacia la habitación que compartía con su mujer.

Anh empezó a pasar más tiempo en casa, aunque ignoro si era debido a mí, a su trabajo, a los peligros de la ciudad o por exigencias de su esposa. Ésta, según me contó el mayordomo, padecía del corazón. Sólo sé que me sentía radiante, como una flor que se había abierto bajo el calor que emanaba Anh. A medida que pasaban los días, fui adquiriendo mayor coraje y seguridad en mí misma.

Mi madre, por supuesto, no estaba ciega a los cambios que se habían operado en su hija. Solía hablarme con frecuencia de la delicada salud de nuestra patrona, comentando que sería una lástima que ésta sorprendiera a su marido con otra mujer y la tristeza que ello causaría a sus hijos. En más de una ocasión me habló sobre los sagrados votos del matrimonio, aunque yo sabía que jamás me casaría con Anh. Mi madre no comprendía la angustia que me producía el dilema en el que me hallaba: aceptar el amor de Anh, traicionar a otra mujer y poner en peligro a su familia; o rechazarlo para no arriesgarme a perder mi trabajo y renunciar a la escasa felicidad que al fin había hallado. ¿Qué podía hacer?

Al fin, una calurosa noche, unas semanas más tarde, Anh regresó a mi habitación. Al oírle llamar suavemente a la puerta, comprendí de inmediato que era él. Cuando le abrí, entró sin decir palabra y me besó. Luego me desnudó lentamente y me tendió sobre el pequeño lecho, cubriéndome con su cuerpo como si fuera una musculosa y olorosa manta. Sus cálidas manos empezaron a acariciarme con pasión. Aunque me habían poseído dos hombres, en realidad no sabía nada sobre el amor entre un hombre y una mujer. Di gracias a la providencia, a la suerte o a dios por enviarme un maestro tan dulce y por la alegría que hallé entre sus brazos. Cuando Anh me penetró, el sentimiento que temía desde aquella espantosa noche en la ciénaga se desvaneció, dando paso a una curiosa sensación de serenidad. Con ese maravilloso príncipe entre mis brazos, no había lugar para el odio. Lo acaricié y lo besé y lo estreché contra mí como si fuera mi marido.

No sé si Anh creyó que yo era virgen cuando me hizo el amor, pero mis lágrimas de alivio y agradecimiento seguramente le convencieron de que lo era. Permaneció tumbado junto a mí, acariciándome el pelo hasta que me quedé dormida. Al cabo de un rato me desperté y alcé la cabeza, pero ya se había marchado. Sabía que había regresado junto a su esposa, pero no me importaba. Coloqué la mano sobre mi vientre y sostuve su semilla como un tesoro durante toda la noche, soñando con tener hijos y vivir con Anh en un lugar donde no existiera la guerra. Nuestras almas se habían unido al igual que nuestros cuerpos, y al cabo de unos meses nacería el fruto de aquellos maravillosos instantes.

A última hora de la tarde del 3 de abril de 1986.
En un lugar de Saigón

El *siclo* circula a través de unos distritos bien iluminados cuando, inesperadamente, penetramos en un mísero barrio en el que no me habría aventurado siquiera de día.

Desde luego, no era el lugar donde esperaba encontrar a Anh y a su distinguida familia.

—¿Está seguro de que es aquí? —le pregunto inquieta al conductor.

—No se preocupe —contesta, respirando trabajosamente debido al esfuerzo de pedalear.

Damos varias vueltas, adentrándonos en unas zonas cada vez más siniestras y tenebrosas.

Estrecho el bolso contra mi pecho, y, para mayor seguridad, lo oculto entre mis piernas.

—Creo que nos hemos equivocado —insisto, girándome en el asiento—. Será mejor que me lleve al hotel. Mañana, de día, trataré de encontrar la dirección.

—No, no —protesta el conductor—. No se preocupe.

—Puede venir a recogerme mañana —le digo para tranquilizarlo, pensando que quizá tema que yo coja otro *siclo*. Trato de mostrarme optimista, como si formáramos un equipo cuyos miembros deben protegerse y ayudarse—. ¿Le parece bien a las ocho de la mañana?

—No, no, señorita. No se mueva —responde con el conductor, jadeando y pedaleando más deprisa.

De pronto siento la intensa tentación de saltar del *siclo*, pero éste se mueve tan rápidamente que temo hacerme daño. Además, ¿a dónde iba a ir?

Si el conductor es un hombre honesto, sería una imprudencia. No, debemos continuar adelante, él y yo, pase lo que pase. Lo único que sé con certeza es que soy una pasajera —o una víctima— a la que ese conductor no olvidará jamás.

Los edificios nos rodean como los árboles en una selva o las elevadas rocas de un cañón. Aunque hay poca gente circulando por las calles, tengo la sensación de que los espíritus del barrio —los habitantes y las víctimas de la guerra— se agolpan en torno a mí, reprimidos, desesperados y hostiles.

El chirrido de los pedales me irrita y siento que el corazón me late aceleradamente. No obstante, supongo que si el conductor pretendiera asaltarme, ya lo habría hecho. A menos, claro está, que esté buscando un lugar adecuado para ocultar mi cuerpo. O quizá le esperen sus compinches en un callejón oscuro. Quizá no pretenda sólo robarme o asesinarme...

«¡Basta! —me digo—. Estás perdiendo la cabeza, lo mismo que en el aeropuerto. Te comportas como una neurótica. Es este lugar, tus recuerdos, los fantasmas del pasado, lo que te aterra.»

Mientras trato de dominarme y borrar de mi mente esos absurdos pensamientos, el *siclo* dobla una esquina y se detiene bruscamente en un callejón sin salida.

5

PERDER EL AMOR

La noche del 3 de abril de 1986.
En un lugar de Saigón

El conductor desmonta de su bicicleta y se queda asombrado al verme de pie en la acera, con los pies firmemente plantados en el suelo y las manos apoyadas en las caderas, dispuesta a defenderme ante cualquier ataque.

—Estoy perdido —dice, alzando las manos. Las marcas de sudor y grasa en su rostro hacen que parezca una calavera—. Quédese en el taxi, señorita, y no se mueva. No quiero que nadie me robe el *siclo*. Procuraré averiguar dónde nos hallamos.

Afortunadamente, la oscuridad le impide ver lo aliviada y estúpida que me siento. Casi siento deseos de besar su bondadoso rostro. Pero me contengo.

—De acuerdo —contesto—. Deje el taxi aparcado aquí, pero yo voy con usted.

A media manzana vemos una tienda de hierbas medicinales. Sin duda, su propietario conocerá perfectamente el barrio. Cuando nos disponemos a llamar a la puerta, ésta se abre de golpe y aparece un chico sosteniendo una bolsa de hielo. El conductor del *siclo* lo detiene y le pregunta si conoce las señas que andamos buscando.

El chico nos mira nervioso. Es casi un adolescente, con un rostro tan delicado como el de una muchacha. Nos mira con recelo, sin soltar la bolsa, y contesta:

—Sí. ¿Por qué me lo pregunta?

—¡No seas impertinente! —le espeta el conductor, alzando la mano como si se dispusiera a pegarle—. ¡Esos chicos de Saigón son unos descarados! Hablan como si fueran funcionarios del Gobierno.

—Escucha, muchacho —digo, apoyando la mano en su hombro—, sólo quiero visitar a unas personas que viven allí. Soy una amiga suya y he viajado desde muy lejos para reunirme con ellos. —El chico me mira fijamente. A la luz de la luna, sus ojos de mirada ingenua me parecen familiares y siento una extraña sensación—. ¿Por qué no quieres decirme dónde está la casa que ando buscando?

—Porque vivo allí —responde.

—¡Dios mío! ¿Cómo se llama tu padre?

—Anh. Mi madre se llama Yen. ¿Los conoce?

Emocionada, abrazo al muchacho como si fuera un sobrino al que no veo desde hace tiempo. Debe de pensar que estoy loca.

—Por favor, llévanos hasta allí —le ruego—. Te seguiremos en el *siclo*.

El chico duda unos instante; luego monta apresuradamente en su bicicleta. Al cabo de un rato se gira para comprobar si lo seguimos. Creo que en el fondo se alegra de no tener que regresar solo a casa en la oscuridad.

El conductor pedalea con energía, girando a diestro y siniestro mientras el chico nos precede a través de una maraña de calles que desembocan en una zona residencial de viejas y destartaladas casas. Al observar su cabello negro recuerdo los relucientes ojos y la puntiaguda barbilla de Anh, que Jimmy ha heredado. Confío en que mi impulsivo abrazo no le haya disgustado. No quiero que piense que soy una entrometida y una maleducada. Supongo que debe creer que si esa loca es tía suya, no tendrá más remedio que soportarla.

Me reclino en el asiento y reflexiono. «Debes ser fuerte y tratar de soportarlo.» Si tuviera que aplicar un epitafio a los últimos meses que pasé en casa de Anh en 1966 —y una bendición a lo que el destino me tenía reservado— serían esas palabras.

El día siguiente a nuestra noche de amor amaneció soleado, pero Anh hacía caso omiso de mis lánguidas miradas y tímidas sonrisas. Era obvio que se sentía culpable, de modo que me dediqué a mis tareas y procuré no incomodarlo. Eso no me importaba durante el día, pues Lien estaba siempre presente y Anh tenía que desempeñar el papel de marido atento y devoto. Además, siempre estaba ocupada con los niños o ayudando a mi madre. Pero por las noches me sentía muy sola. Solía lavarme, cepillarme el cabello y masticar unas hojas de menta para perfumarme el aliento, confiando en que Anh acudiría a mi habitación. Pero no vino, ni aquella noche ni la siguiente ni la otra. Anh se ausentó durante dos semanas («ha ido a visitar unas fábricas», me informó el mayordomo), y a su regreso solía quedarse hasta muy tarde en la oficina. Dado que empezaba a sentirme muy fatigada (y estaba sorprendida y dolida de que Anh no intentara siquiera hablar conmigo), no pedí al mayordomo que me permitiera esperarlo por las noches ni traté de hablar con él en las escasas ocasiones en que nos encontrábamos a solas.

Durante ese periodo empecé a desempeñar el papel de acompañante de madame Lien, además de cumplir mis funciones de niñera. Puesto que estaba delicada del corazón (el precio de pertenecer a la aristocracia, según habrían dicho los del Vietcong), su médico le recomendó que no durmiera con su esposo, con el fin de evitar que volviera a quedarse embarazada. Por las noches me pedía que le diera masajes y le cantara canciones del campo para tranquilizarla. Incluso le lavaba la ropa interior, hecho que, para los vietnamitas, constituye una tarea muy íntima y personal; a veces, cuando estaba muy cansada, le lavaba también el pelo. Aunque al principio lo hacía porque me remordía la conciencia y deseaba devolverle la amabilidad con la que siempre me había tratado, más tarde lo hice porque sentía lástima de ella y deseaba ayudar a esa desdichada mujer que, pese a su fortuna y su posición, padecía constantes dolores.

Una mañana, unas seis semanas después de haber hecho el amor con Anh, me levanté temprano para despertar a los niños. De pronto me sentí tan mal que no tuve tiempo de llegar al baño, sino que me puse a vomitar sobre las elegantes baldosas. Al oír los gritos de los niños, el ama de llaves principal acudió corriendo y me llevó a mi habitación. Después de acostarme sobre mi lecho de madera, llamó a mi madre.

Aunque en la aldea había siempre vivido rodeada de mujeres encinta, no solía prestar atención a las cosas que decían sobre el embarazo y el parto. No me apetecía oír hablar de dolores y sufrimientos cuando existían otras cosas mucho más divertidas y agradables, como los chicos, los combates y ciudades maravillosas como Saigón.

Tras apretarme las costillas (no era la úlcera), olerme el aliento (no era veneno) y preguntarme si me había venido la regla (todavía no), mi madre comprendió de inmediato lo que me sucedía.

—¿Te das cuenta de lo que has hecho, Bay Ly? —me preguntó cuando el ama de llaves salió de la habitación—. ¿Acaso no estabas satisfecha con vivir en esta maravillosa casa? No, claro tuviste que seducir al marido y apartarlo de su esposa. ¡En buen lío te has metido!

—No es lo que imaginas —protesté—. Anh me quiere. Me quiere de verdad.

No obstante, en el fondo sabía que el comportamiento de Anh durante las últimas semanas no había sido el de un enamorado. De golpe, las fantasías e ilusiones que había alimentado en mi corazón se desvanecieron ante la dura e implacable lógica de mi madre.

—¿De veras crees que te quiere? ¡No es más que un canalla que debido a su fortuna se cree con derecho a hacer lo que le apetezca! No significas nada para él. ¡Y encima te has quedado embarazada! —exclamó mi madre, arropándome con la manta y casi asfixiándome—. Mañana mismo irás a ver al herbolario. Yo te diré lo que debes pedirle.

Al día siguiente me sentí mejor y fui a ver al herbolario. Como no podía confesarle que estaba encinta, le dije que se me había retrasado la regla y le pedí que me diera algo para hacer que me viniera. El herbolario me examinó la palma de la mano, según la costumbre, y me dio unas *thuoc pha thai*, unas hierbas chinas que curaban los trastornos femeninos. Todas las mañanas, durante una semana, me tomé la medicina, que sabía a rayos, pero no alivió las náuseas que sentía. Incluso traté de bajar las escaleras saltando con fuerza de un escalón al otro, para que el feto se soltara, pero sólo conseguí hacerme daño en los pies y una reprimenda del ama de llaves por organizar tamaño escándalo.

Al final del tercer mes mi estado empezó a notarse. Como la criatura que llevaba en mi vientre parecía empeñada en vivir, empecé a sentirme como una miserable por tratar de matarla. Al final del cuarto mes, decidí no someterme a un aborto. De algún modo, creía que mi amor por Anh y la amabilidad que le había demostrado a mi ama la obligarían aceptar la situación y ayudarme como yo la había ayudado a ella. Tan sólo tenía que hacer las paces con dios y rogarle que me perdonara por haber intentado abortar. Así pues, una tarde entré sigilosamente en el salón, me arrodillé ante los retratos de los antepasados de Anh y les supliqué que me perdonaran. Por desgracia, Lien me sorprendió mientras rezaba.

—¿Qué haces, Le Ly? —me preguntó, observando mi abultado vientre. Aunque no había motivos para seguir ocultando mi estado, no deseaba perjudicar a Anh.

—Voy a tener un niño —respondí tímidamente.

—Lo sé. Nos lo dijo el herbolario.

Yo miré a Lien, sorprendida y perpleja.

—No pongas esa cara, Le Ly. El herbolario te reconoció y se lo contó a nuestra vecina, que se apresuró a contárselo a nuestro mayordomo. ¿Acaso creías que ibas engañar al viejo herbolario con tu absurda historia? Al comprender tus motivos, te dio *thuoc bac*, una medicina para reforzar las defensas del niño y protegerlo en caso de que te tomaras algún brebaje para abortar. Lo único que deseo saber es quién es el padre.

Yo bajé la vista y contesté:

—Un chico que conocí en el parque. No lo conoce.

—¿Por qué estás quemando incienso?

—Al principio no quería tener el niño y traté de matarlo. Ahora lo acepto; rezaba para que dios me perdonara.

—¿Ante los retratos de los antepasados de mi marido?

Su pregunta me confundió.

—No sabía qué hacer, madame Lien. El chico es católico, como usted. Yo soy budista.

—Comprendo —dijo Lien. Observé que sostenía su brazo izquierdo con la mano derecha, como solía hacer cuando sentía dolores en el pecho. Quizá trataba de dominarse. Su voz sonaba más aguda de lo habitual—. Sin embargo, Le Ly, estoy convencida de que el padre de tu hijo es mi marido.

—¡No, no, madame Lien! Anh... quiero decir el amo... jamás...

—Silencio —me ordenó Lien, alzando la mano que sostenía con la otra. Temí que fuera a pegarme, pero me cogió la barbilla y me obligó a levantar la cabeza. Tenía los ojos llenos de lágrimas, pero se contuvo. Creo que en aquellos momentos trataba de imaginar a Anh y a mí juntos—. Sí —dijo al cabo de unos minutos—, supongo que eso es lo que le atrae de ti.

Yo no sabía a lo que se refería, pero sentí la larga uña de Lien sobre mi mejilla.

—Como sabes, mi salud es delicada —prosiguió Lien—, pero le he dado a mi marido unos hijos maravillosos. No creas... —De pronto se interrumpió, como si temiera excitarse, y luego continuó—: No creas que no vas a pagar por lo que has hecho, Le Ly. Acompáñame. Mi marido no tardará en regresar. Le esperaremos en el saloncito. Llama a tu madre. Quiero hablar con ella.

Mi madre se quedó de una pieza cuando Lien la acusó de encubrirme; no sólo parecía humillada, sino dolida de que yo hubiera traicionado a otra mujer.

—Por supuesto —dijo Lien, tras escuchar las disculpas de mi madre—, tú y tu hija debéis abandonar inmediatamente esta casa.

Más que furiosa, Lien mostraba una actitud fría y cruel, como un veneno oculto en una taza de té. Al oír esto, mi madre protestó:

—¿Que debemos marcharnos? ¿Por qué? Nadie está enterado de lo sucedido excepto usted. Pensarán que el padre de la criatura es un mozo de reparto, o un soldado. Los soldados siempre andan acosando a Bay Ly en el mercado.

—Pero yo sé quién es el padre del niño. Además, ya conoces a los hombres. Son como los perros: después de orinar en un árbol siempre regresan a él, como si fuera de su propiedad. Me consta que Anh volvería a acostarse con tu hija.

—Pero Bay Ly no representa una amenaza para usted. No tiene nada que ofrecer a un hombre como su marido —insistió mi madre, desesperada. Se expresaba como si yo no estuviera presente, como si yo fuera un gato callejero que había destruido los elegantes muebles de su ama, lo cual me dolió más que todos los brebajes del herbolario y las palizas de la policía—. Es una campesina, una joven ignorante y estúpida —continuó mi madre—. No puede reclamarle nada a su marido. No es más que una niñera, una sirvienta que no se casará jamás. No se preocupe. No les causará ningún problema.

—No puede ser —dijo Lien con firmeza—. No quiero que permanezca en mi casa. Ni como niñera, ni como ama de llaves...

—¿Y como la esposa número dos? —dijo mi madre tímidamente.

—¿Cómo? ¿Te has vuelto loca?

—Podría ser la concubina de su marido, su esclava, madame Lien. Puede hacer lo que quiera con ella, utilizarla para calentar el lecho de su marido cuando usted esté ocupada o no se encuentre bien. ¿Por qué ha de malgastar su salud con un hombre cuando puede utilizar a una joven para que satisfaga sus apetitos carnales? Bay Ly es una muchacha muy bonita, y su marido se siente atraído por ella. Según la costumbre, usted seguiría siendo la esposa número uno. La ley está de su parte...

Desesperada, me arrodillé junto a la silla de mi madre, la agarré por las piernas y le supliqué:

—Te lo ruego, mamá *Du*...

Mi madre me dio un bofetón, pero a través de las lágrimas vi que estaba tan angustiada como yo.

—Ponte de pie, Bay Ly —me ordenó mi madre, deslizándose de la silla. Luego me agarró por los hombros y me sacudió con fuerza, hasta que ambas acabamos arrodilladas en el suelo, sollozando desconsoladamente.

En aquel momento oímos abrirse la puerta del garaje y el coche de Anh se detuvo en la entrada. Mi madre y yo nos sentamos, tratando de recuperar la compostura. Cuando Anh entró en la habitación bajé la vista, avergonzada, pero imaginaba la expresión de su rostro.

—Quiero hablar contigo —dijo Lien fríamente.

Anh asintió, salió de la habitación y regresó al cabo de unos instantes, sin la chaqueta y una copa en la mano. Se detuvo junto a la ventana y sorbió lentamente el whisky mientras escuchaba a Lien.

—... Por consiguiente —dijo ésta—, Le Ly y su madre deben marcharse. Hoy mismo. Antes de cenar.

Tras unos minutos, Anh se giró hacia nosotras y me miró como me había mirado la primera vez que nos vimos. En aquellos momentos sentí deseos de romper a llorar de nuevo.

—Sí —dijo—, el niño probablemente es mío. ¿Has intentado desembarazarte de él?

—¡Por supuesto! —terció mi madre—. Pero según parece, su semilla es muy fuerte y resistente, amo, y Bay Ly no consiguió abortar. Ha hecho las paces con dios y con sus antepasados y está decidida a tener el niño. Lo único que le pedimos, amo Anh, es que usted y madame Lien se apiaden de nosotras. Deje que nos quedemos al menos hasta que nazca el niño. Ayúdenos, se lo suplico.

Anh tomó otro trago y contestó:

—Está bien, no os arrojaré a la calle. Pero no puedo pedir a mi esposa que comparta el mismo techo con vosotras. Os alojaréis en un apartamento hasta que Le Ly haya dado a luz. Luego, ya veremos...

—No quiero que se queden en Saigón —dijo Lien.

—¿A dónde quieres que las envíe? —le preguntó Anh.

Lien le miró fijamente y respondió:

—No lo sé. Lo más lejos posible.

Anh apuró su copa y dijo:

—De acuerdo, las enviaré a Danang.

Mi madre empezó a protestar, pero Anh alzó la mano y continuó:

—Os daré suficiente dinero para vivir hasta que haya nacido el niño. Os enviaré un cheque todos los meses...

—A un banco, a la casa de un pariente —terció Lien—. No quiero que conozcas sus señas. Es la única condición que te impongo.

—Dispondréis de suficiente dinero para vivir —repitió Anh—. El mayordomo os buscará alojamiento.

Mi madre no podía rechazar esas condiciones sin revelar por qué temíamos regresar a Danang, de modo que se vio obligada a aceptar la solución propuesta por Anh.

—Como es lógico, Bay Ly regresará a Saigón cuando haya dado a luz —dijo mi madre a Anh cuando Lien hubo abandonado la habitación. Se expresaba con el tono de voz que solía emplear cuando se dirigía a sus yernos—. Cuando haya nacido el niño, mi hija volverá. No se olvide de ella. Sería una excelente segunda esposa. Es una joven fuerte y bonita. Prométame que no se olvidará de ella.

Tras esa escena, no volví a ver a Anh. Los niños me dijeron que había partido de viaje, pero el ama de llaves me reveló que había decidido alquilar un apartamento cerca de su oficina hasta que las aguas se hubieran calmado. El mayordomo nos dio dinero y nos dijo que debíamos marcharnos al cabo de unos días, pero el ambiente de la casa era tan frío y hostil —no sólo por parte de Lien, sino también del resto de la servidumbre—, que mi madre y yo nos marchamos a la mañana siguiente antes de desayunar. Cogimos un *siclo* y nos dirigimos a casa de la familia que nos había ofrecido alojamiento a nuestra llegada.

Mientras circulábamos por última vez por el distinguido barrio donde vivía Anh, mi madre no dejaba de lamentarse amargamente:

—Lo has estropeado todo. ¿Qué dirá tu padre? Trong te ha mimado demasiado. ¡En menudo lío nos has metido! *Do con hu! Do con dai!* ¡Eres una niña estúpida y caprichosa! Además de tener una hija con la que nadie querrá casarse, tendré un nieto bastardo. Y, por supuesto, todo el mundo me echará la culpa y me acusará de no haberte protegido como es debido. Dile a la gente que tu marido se ha alistado, que es un soldado de Saigón, de una excelente familia. Que tuviste una boda maravillosa. Sí, eso es lo que debes decir a todo el mundo.

Por primera vez en mi vida, deseé que mi madre estuviera en otra parte, o incluso muerta. Era horrible, pero no podía evitar pensarlo. Es cierto que de pequeña me había cuidado como a un animalito que nadie quería, pero eso no era suficiente. Yo misma iba a ser madre y comprendía que, en realidad, ése era el deber de cualquier mujer. Deseaba llorar, pero había derramado tantas lágrimas por Anh que éstas se habían secado. Deseaba descargar mi furia sobre alguien, pero el odio que me inspiraban la guerra y los soldados que me habían violado habían consumido toda mi rabia. Deseaba perdonar, pero no sabía cómo. El futuro me aterraba. Mientras mi madre seguía lanzando sus invectivas contra el mundo entero, empecé a tatarear una canción al espíritu que llevaba dentro de mi vientre, al igual que había hecho mi madre conmigo, para hacerme más fuerte y valerosa, y juré a Dios que no permitiría que mi hijo sufriera como había sufrido yo.

La noche del 3 de abril de 1986.
En casa de Anh, Ciudad Ho Chi Minh

El amable muchacho aparca la bicicleta junto a un edificio de una sola planta rodeado de un elevado muro, coge la bolsa de hielo y atraviesa la verja gritando:

—¡Padre! ¡Padre! ¡Tienes visita! ¡Ha venido una señora a verte!

Yo me apeo del taxi y me vuelvo hacia el conductor, quien acaba de encender un cigarrillo.

—Ya lo sé —dice—, quiere que la espere. De acuerdo, no hay problema.

Tras atravesar el muro me encuentro en un patio lo suficientemente amplio como para albergar un coche, aunque en estos momentos está atestado de objetos de una familia pobre de clase media: una rueda de bicicleta, una escalera de madera, unos tiestos y unos muebles que necesitan ser reparados. Afortunadamente, la luz del porche está encendida y veo a un hombre atravesar la puerta, protegida por una barra de hierro, y dirigirse hacia mí. Camina encorvado y arrastrando los pies. Lleva una camiseta y unos pantalones cortos, sobre los cuales asoman unos «michelines», y unas sandalias. Sus ojos resplandecen como la luna que brilla en el cielo.

—¿Quién es? —pregunta con voz vacilante.

—*Anh Hai* —respondo, tratando de disimular mi nerviosismo—. Hola, hermano Anh. Soy Bay Ly, tu pequeña hermana. —Sé que puede verme con claridad, porque la luz del porche ilumina mi rostro, aunque él permanece en sombras. Ambos avanzamos unos pasos y luego nos detenemos. Al contemplar su rostro a la luz de la luna, compruebo que se trata realmente de Anh, aunque los marcados rasgos del hombre que conocía se han suavizado con el paso del tiempo. Observo sus profundas ojeras y su doble mentón.

Anh me mira asombrado y murmura, como si no diera crédito a sus ojos:

—¿Pero eres tú, Bay Ly? Supuse que me enviarías un telegrama antes de llegar.

—No he venido con un grupo —contesto, sonriendo como una colegiala—. He venido sola. Ya me conoces.

En efecto, su cálida sonrisa me confirma que me ha reconocido. Pese a los años que hace que no nos vemos, ha reconocido a la madre de su hijo americano.

—Pero no te quedes ahí, pasa —me dice, cogiéndome del brazo y conduciéndome hacia la puerta—. Espera, pagaré al conductor del taxi y le diré que se vaya.

—No, le he pedido que me espere. Es muy tarde, no quiero importunar a tu familia. Sólo quería verte y que supieras que he llegado. Es mejor que regrese al hotel...

—No, no. Yo mismo te acompañaré dentro de un rato. Soy un hombre rico —responde Anh, sonriendo irónicamente—. Tengo una Vespa, con dos asientos. Son difíciles de encontrar en Saigón en estos tiempos. Te llevaré al hotel, pero antes quiero charlar contigo. Mira —dice, señalando al muchacho que me ha conducido hasta aquí—, incluso disponemos de hielo para enfriar las bebidas. Anda, pasa.

Ruego a Anh que espere unos minutos y regreso junto al *siclo*. Al verme, el conductor da una última calada a su cigarrillo y lo arroja al suelo. Después de pisar la colilla, la mete en el bolsillo.

—No es necesario que me espere —le digo.

—¿Está segura, señorita? —me pregunta el conductor, mirando con recelo en torno a él.

—No se preocupe. Mis amigos me acompañarán al hotel. Le agradezco su amabilidad —le digo, entregándole tres mil dong, mucho más de lo que suele ganar en una noche, y un paquete de Marlboro. El conductor guarda su botín en el bolsillo, se inclina cortésmente y se marcha.

Mientras pago al conductor, Anh se pone unos pantalones largos, se peina y avisa a su familia que ha llegado una visita. Su pequeña casa es confortable, pero está llena de viejos recuerdos de la época anterior a la liberación: unas fotografías de la antigua mansión de Anh, unos retratos de unos parientes y unos carteles pegados en la pared. Mientras llena dos vasos con *sim fruit*, un refrescante zumo color violeta, me explica lo que le ha sucedido desde que terminó la guerra.

—Al divorciarnos, Lien se quedó con casi todos nuestros bienes —dice Anh—. Tuve que vender la casa, los coches y muchas otras cosas.

—¿Cómo está Lien? —le pregunto. Me da la impresión de que Anh todavía siente lástima por la mujer que le ha dado hijos.

—Está perfectamente. Tiene un amigo y vive en un bonito estudio al otro lado de la ciudad. Sigue tomando las medicinas para el corazón, pero está bien. Te está muy agradecida por lo bien que te portaste con sus hijos cuando fueron a Norteamérica después de la liberación.

—Son unos buenos chicos —contesto—. Me alegro de que sobrevivieran a la terrible travesía.

Trato de no cebarme en la desgracia de Lien, aunque sé que la pérdida de su fortuna y prestigio le duele más que a Anh. El destino y su delicada salud le han causado mucho sufrimiento. Aparte de su enfermedad crónica, su karma la obligó a luchar para conservar a su marido y su mansión, hasta que al final lo perdió todo frente a Yen, una rival más joven, y la revolución comunista. Cuando me expulsó de su casa, en 1966, mi vida tomó un rumbo distinto, que me llevó a Estados Unidos, por lo cual le estaré eternamente agradecida. Sin duda se sorprendió al saber que ayudé a sus hijos cuando llegaron a Estados Unidos en 1981, huyendo de los campos de reeducación comunista y las privaciones, tras soportar una travesía infernal y varios ataques piratas en el mar de China del Sur. Es posible que las dos hayamos aprendido algo nuevo: nuestras vidas siguen, de algún modo, ligadas. Lo que importa es la compasión que uno demuestra en el momento y no las intenciones.

Anh sigue relatándome la historia reciente de mi país:

—Después de la liberación me vi forzado a ceder mi empresa al Gobierno, como todo el mundo, pero al menos conservé mi empleo y no tuve que ir a un campo de reeducación. En 1978 me trasladé aquí, a la casa de Yen, y desde entonces vivo como un humilde obrero. Es curioso, ¿verdad? —dice, echando más hielo en mi bebida—. Nuestra situación es totalmente diferente. Tú eres una rica norteamericana y...

—No soy rica —contesto riendo—, aunque no me puedo quejar. Poseo un restaurante y varias casas en California. Pero no tengo una limusina ni sirvientes... —De pronto me siento cohibida por presentar un aspecto bien vestido y bien alimentado y me detengo, pues no deseo herir los sentimientos de Anh fingiendo que soy pobre.

—¿Cómo está nuestro hijo, Bay Ly? —me pregunta Anh.

Contemplo su rostro, al mismo tiempo extraño y familiar, todavía hermoso pero ajado, como la propia Saigón, y contesto:

—Jimmy está muy bien. Es un joven sano y fuerte, guapo y bondadoso como su padre. Y muy inteligente. Estudia informática en la Universidad de California, en San Diego. Es un buen hijo. Y es norteamericano. Te he traído unas fotografías suyas.

En ese momento aparece Yen, acompañada de sus hijos. Éstos tienen una expresión levemente melancólica, como todas las personas que he visto en Saigón. Aunque no van bien vestidos, son muy guapos y educados, tal como imagino que era Anh a esa edad. Sé que Anh debe de sentirse muy afortunado de tener esta maravillosa familia. Yen es una mujer un tanto gruesa, con una boca amplia y sensual y los hombros anchos. Al entrar en la habitación, me saluda amablemente.

Charlamos un rato y Anh me cuenta más detalles sobre su situación y me previene contra los inconvenientes con los que puedo tropezar durante mi estancia. Le cuesta creer que el Gobierno estadounidense me haya permitido viajar a Vietnam; curiosamente, sus recelos son similares a mis temores respecto a los comunistas. Según dice, todo el mundo comenta la invasión vietnamita de Camboya, una guerra para mantener a raya al infame Jemer Rojo e impedir que penetre en las provincias meridionales de Vietnam. Pero después de las primeras victorias, en 1979, la guerra ha quedado reducida a una interminable lucha contra las guerrillas en la selva camboyana. «El Vietnam de Vietnam», dice Anh con tristeza. Duda de que el Gobierno pueda cumplir su promesa de hacer que los soldados regresen a casa en 1990.

—La guerra camboyana ha destrozado nuestra economía —dice Anh—. El Norte sabe luchar en la guerra, pero no sabe desenvolverse en tiempos de paz. A nadie le sorprende que la invasión haya durado tanto. De todos modos, hace que la gente no piense en los problemas domésticos. Ahora, los soldados de la guerra con Norteamérica —la guerra sucia— han empezado a retirarse. Hanoi necesita una nueva generación de jóvenes para que se incorporen al Ejército. Incluso mi hijo mediano puede ser reclutado —dice Anh, con los ojos llenos de lágrimas—. ¿Es que no están cansados de tanta lucha? ¿Acaso es lo que único para lo que servimos los vietnamitas? ¡No puedo creerlo!

Confieso a Anh que no sé nada de política. Le digo que no pretendo criticar a nadie. Sólo deseo ver a mi familia y tratar de comprender lo sucedido. No quiero que mi visita disguste a nadie, y menos aún a él. Sonrío y digo que se hace tarde, pero no hace falta que se lo recuerde. Ha sido una jornada muy larga —una de las más largas de mi vida— desde que desayuné con Per en Bangkok. Empiezo a sentirme cansada y decaída.

Me despido de Yen y de sus hermosos hijos y les doy unos chicles y unos bombones, que ellos reciben como si se tratara de unos juguetes navideños. Siento deseos de enseñar a Yen las fotos de Jimmy —para demostrarle que yo también tengo un hermoso hijo de Anh—, pero sé que no sería correcto. Al fin y al cabo, aunque se refiere a sí misma como la «tercera esposa» de Anh por deferencia a mí, lo cierto es que ha apoyado a este hombre durante su divorcio y su pérdida de riqueza y poder, que ha sufrido con él las consecuencias de la guerra y la revolución, mientras yo vivía confortablemente en Norteamérica. Me basta haber hallado la paz y la felicidad en la vida y no deseo cebarme en su desgracia. A veces, lo más piadoso es no hacer nada.

Al salir, Anh se monta en una destartalada Vespa gris que está aparcada junto al porche y gira varias veces la llave en el contacto hasta conseguir ponerla en marcha. En manos de un conductor que conoce perfectamente el camino, nuestro regreso al hotel resulta mucho más corto que el recorrido en el *siclo*. Sentada en el asiento posterior, abrazada a la cintura de Anh, imagino los sufrimientos y las alegrías que ha vivido desde la primera noche en que hicimos el amor. Apoyo la cabeza en su espalda y observo a Saigón desfilar borrosamente ante mis ojos.

Al llegar al Continental, nos sentamos un rato en el vestíbulo y enseño a Anh las fotografías de Jimmy. Se las muestro en orden cronológico, para que pueda observar su desarrollo desde niño hasta convertirse en un apuesto muchacho. Mientras le enseño las fotos, tengo la impresión de mostrarle también mi vida. Cuando observo la alegría que refleja su rostro al contemplar las fotos de su hijo, me doy cuenta de que Anh se ha convertido realmente en mi hermano —no es mi marido ni mi amante—, y que ha llegado a formar parte de la seguridad y estabilidad que siempre he perseguido en la vida. Recuerdo la primera vez que comprendí que esa relación especial, ese amor limpio y puro, era posible entre un hombre y una mujer —entre una hermana y un hermano—, entre yo misma y el hermano que me había precedido inmediatamente en este mundo y que, por obra de la providencia, la suerte o dios, ha sido el primer miembro de mi familia que me ha precedido en el otro.

Mi hermano Sau Ban (cuyo apodo Sau significa «quinto hijo») nació en 1944 y tenía cinco años cuando nací yo. Por edad, me sentía más unida a él que a mis otros hermanos, y creo que fue eso lo que hizo que nuestra relación fuera especial desde el principio. Fue Sau Ban, al igual que mi padre, quien me enseñó cómo hablar con los hombres y considerarlos personas en lugar de unos chicos estúpidos o unos maridos. Aunque mi hermano mayor Bon Nghe nació en 1937, yo lo consideraba un hombre hecho y derecho. Cuando partió hacia Hanoi en 1954, fue como perder a un padre, tanto más cuanto que mi madre, como la mayoría de las mujeres vietnamitas, adoraba a su primogénito. Mi relación con Sau Ban fue muy distinta.

Cuando yo era pequeña, y mis hermanas Hai o Lan se ausentaban, San Ban se ocupaba de mí. Como yo prefería jugar con los chicos de la aldea antes que hacer las faenas caseras, Sau Ban me enseñó a jugar a balonvolea para que pudiera competir con los chicos de la escuela, aunque éstos se mofaban de él por la amabilidad que demostraba hacia su hermana menor. Lo llamaban *Buon Ut*, un término despectivo que significa algo parecido a «calzonazos». Cuando disputábamos una carrera, siempre me dejaba ganar. Cuando jugábamos en el lago con unos barquitos hechos con la corteza de cocos, procuraba que el mío no quedara atrapado entre las cañas. En verano, cuando se agravó la guerra con los franceses, mi hermano iba a la ciénaga a cazar lagartos, que a veces era lo único que probábamos en todo el día, y nunca empezaba a comer antes de que yo hubiera saciado mi apetito.

Pero su amabilidad hacia los demás no comenzaba y terminaba con su familia. Cada año, Sau Ban ayudaba a los aldeanos a rescatar a las víctimas de las inundaciones. Los traía a nuestra casa para que les diéramos comida y alojamiento hasta que las aguas hubiesen retrocedido. También solía trepar a los árboles para coger frutos y dárselos a las personas mayores, o bien hacía recados a los granjeros que habían olvidado sus aperos o querían enviar un mensaje a casa. Lo hacía con alegría, sin esperar una recompensa, al igual que hacía sus otros trabajos, con diligencia y puntualmente. En eso se parecía mucho a mi padre, aunque físicamente era más parecido a mi madre: alto y robusto.

Sau Ban tenía un gran talento artístico. Si su espíritu hubiera venido a cualquier otro lugar de la Tierra, sin duda hubiera sido pintor. Con un carbón o un poco de pintura que había sobrado de un proyecto del Gobierno, creaba unas hermosas imágenes de la aldea, las colinas y los ríos que la circundaban, así como retratos de las personas —especialmente los niños— que vivían en Ky La. Utilizaba como lienzo un trapo viejo, un pedazo de madera o de papel o cualquier otro objeto inservible que caía en sus manos. La belleza que Sau Ban otorgaba a esos objetos comunes y corrientes los convertía, a mis ojos, en algo extremadamente valioso.

Pasabámos muchos ratos juntos. Con carácter alegre y generoso, Ban me mimaba mucho. Cuando estaba cansada, pedía a mi hermano que me ayudara con los quehaceres de la casa, a lo que jamás se negaba. También me ayudaba a hacer los deberes de la escuela del Gobierno, a la que asistíamos ambos desde las ocho hasta las doce del mediodía y de dos a cinco de la tarde. Ban se despertaba siempre antes que yo para hacer los deberes y preparar el desayuno de mis padres antes de que se dirigieran a los campos. También me preparaba el almuerzo que me llevaba la escuela —por lo general unas pelotas de arroz envueltas en hojas de plátano—; incluso cuando él se marchaba más temprano de casa para acudir a la escuela de segunda enseñanza en Jai Tay, yo siempre encontraba el almuerzo preparado.

Cuando no me apetecía ir a la escuela (lo cual sucedía con bastante frecuencia), iba a jugar a uno de mis escondrijos favoritos en las afueras de la aldea. Como que mi madre andaba siempre demasiado atareada para salir a buscarme, dicha faena recaía generalmente en Sau Ban. Por supuesto, como mi hermano conocía todos mis escondites, no tardaba en dar conmigo, pero nunca me reñía. Sólo me obligaba a ir a la escuela cuando teníamos un examen o iba a visitarnos un funcionario del Gobierno u organizaban una celebración. Cuando cumplí once años y los chicos mayores empezaron a fijarse en mí, Sau Ban me acompañaba siempre de la escuela a casa. El hecho de que los chicos me persiguieran era uno de los motivos por los que solía hacer novillos, pero nunca se lo confesé a Sau Ban por miedo a que se peleara con mis compañeros de escuela.

Los años que viví con mis hermanas y Sau Ban fueron muy felices. En aquel entonces —entre las guerras contra los franceses y contra los norteamericanos—, Ky La era un paraíso para los niños, lleno de aves tropicales y búfalos; perros, gallinas y cerdos, que eran nuestros compañeros de juegos; caudalosos ríos en los cuales nos bañábamos; y grandes campos en los que corríamos y jugábamos. Disponíamos de la lluvia para refrescarnos y del sol para secarnos; en suma, teníamos todo cuanto necesitan los niños para crecer felices, fuertes y llenos de amor.

Incluso los aldeanos tenían grandes esperanzas de que se alcanzara definitivamente la paz. En 1955, el primer ministro Ngo Dinh Diem ganó un referéndum nacional en el sur. Mientras organizaba el nuevo Gobierno que iba a presidir, negoció con Ho Chi Minh los términos de unas elecciones nacionales. Aunque los campesinos suponíamos que el vencedor sería coronado rey (no concebíamos ningún otro tipo de Gobierno), estábamos convencidos de que Vietnam aceptaría a cualquiera de los dos líderes, siempre y cuando ello significara un país libre e independiente. Por desgracia, ese sueño no se cumplió.

Cuando el presidente Diem cayó asesinado en una conspiración, el nuevo Gobierno redobló sus esfuerzos por conseguir que los jóvenes apoyaran la causa republicana. Como Sau Ban era un albañil —el mejor de Ky La—, le obligaron a incorporarse a las brigadas juveniles para colaborar en la construcción de lo que el Gobierno denominaba «aldeas de doble estrategia» (aldeas con un doble sistema defensivo) y unas aldeas llamadas de «nueva vida», a las que enviaban a los campesinos cuando los comunistas ocupaban sus antiguas aldeas.

Mientras Sau Ban se ausentaba cada vez con mayor frecuencia de casa, mis padres empezaron a discutir acerca de mis hermanas y yo y el futuro de la familia.

—Hoy he visto a los republicanos —dijo mi padre una noche, mientras cenábamos—. Me preguntaron por qué Bay Ly no estaba trabajando con las brigadas juveniles encargadas de defender la aldea. Les dije que es la única hija que nos queda y que la necesitamos para que se ocupe de los animales y los campos.

—¡Hum! —exclamó mi madre, mirándome de reojo—. Perezosa como es, y no nos sirve de mucha ayuda. Quizá deberíamos enviarla con Sau Ban. Así aprenderá a esmerarse en el trabajo.

—No digas tonterías —dijo mi padre.

—¿Tonterías? —replicó mi madre, dejando el cuenco de arroz sobre la mesa—. Bay Ly tiene que hacer las tareas que le corresponden, como todo el mundo. Se cree una princesa o algo por el estilo, le parece indigno ocuparse de las faenas de la casa, prefiere coquetear con los chicos...

—¡Eso no es cierto, mamá *Du*! —protesté—. Ahora que Sau Ban se ha ido, los chicos mayores me persiguen todo el rato. Yo sólo...

—¡Cállate! —me ordenó mi madre, dándome un pequeño cachete.

Mi padre saltó de la silla y agarró a mi madre de la muñeca, gritando:

—¡No vuelvas a pegarle! No estarás satisfecha hasta que todos nuestros hijos se hayan marchado a Hanoi, a Danang, a Saigón o dios sabe donde. Hace ocho años que Bon Nghe se fue de casa. Lan se marchó hace dos años, y Hai uno, aunque parece que haga veinte años que se marcharon. Ahora, el Gobierno me ha arrebatado a Sau Ban, mi hijo menor. ¿De veras quieres que Bay Ly se reúna con él? ¿Tantas ganas tienes de librarte de tus hijos? Creía que deseabas que volvieran. Durante estos últimos años no has hecho más que llorar la ausencia de Bon Nghe, francamente, no te entiendo...

—Claro que quiero que vuelvan mis hijos —exclamó mi madre sollozando.

—¿Acaso prefieres vivir como vivías cuando te conocí? —le espetó mi padre. Jamás le había visto tan furioso—. Estabas sola, sin nadie que te cuidara ni se ocupara de ti. ¿Es eso lo que quieres? Puede que también estés cansada de tu marido. Quizá debería marcharme con el Ejército.

Mi madre salió corriendo de casa y yo la seguí. Fue a casa del tío Jan, pero yo me dirigí a uno de los lugares donde solía jugar con Sau Ban. Deseaba con todo mi corazón que mi hermano regresara, para que las cosas se arreglaran. Cuando regresé a casa al cabo de un rato, mis padres habían hecho las paces y estaban preocupados por mí. Mi padre nos abrazó a mi madre y a mí y dijo llorando:

—Lo único que deseo es ver a mis hijos. Si no puedo tenerlos a mi alrededor, no merece la pena seguir viviendo.

A la mañana siguiente, mi madre me dijo:

—Temo que tu padre caiga enfermo si no ve a tus hermanos. Debemos conseguir que Sau Ban regrese a casa, y que Lan y Hai vengan a visitarnos.

Al cabo de unos días, mi madre fue a Danang e hizo que el tío Nhu enviara un telegrama a todos mis hermanos, rogándoles: «Regresa inmediatamente a casa, tu padre te necesita.»

Una semana más tarde, al volver del pozo, vi a Sau Ban que se acercaba por la carretera montado en una bicicleta. Al verlo, solté el cubo y corrí a su encuentro. Mi hermano se apeó y me abrazó sonriendo. La bicicleta estaba cargada de regalos que había comprado en Saigón, donde estaba trabajando cuando recibió el telegrama del tío Nhu. Mientras nos dirigíamos a casa, me contó lo sucedido.

—Hai y Lan recibieron el telegrama el mismo día que yo —dijo—. Creímos que le había sucedido algo malo a papá, que había muerto...

—No le ocurre nada, pero está triste —dije, feliz de ver a mi hermano—. Os echa mucho de menos. Se pondrá mejor en cuanto te vea.

—Les dije a tus hermanas que iría a casa para averiguar qué había sucedido. No quería que se arriesgaran inútilmente, pues estos días es muy peligroso viajar por el campo.

Naturalmente, mi padre se alegró mucho de ver a Sau Ban, pero su salud estaba muy quebrantada. El hecho de ver a Sau Ban le hacía añorar aún más a sus otros hijos. A los pocos días de regresar Sau Ban cayó enfermo, y al día siguiente enfermó mi madre. Mi hermano y yo tuvimos que ocuparnos de los campos, de los animales, de preparar la comida, de limpiar la casa y de atender a nuestros padres. (Sau Ban es el único hombre que he conocido, aparte de mi padre, que no tenía reparos en realizar las tareas típicamente femeninas, y las hacía mejor que muchas esposas.) Como de costumbre, trabajaba el doble que yo para que no me cansara y tuviera tiempo de hacer los deberes. Yo hacía lo que solía hacer mi madre, desde lavar la ropa en el río hasta llevar la comida que nos sobraba a unos vecinos que estaban enfermos. Por las noches, Sau Ban y yo nos arrodillábamos junto a las esteras de bambú sobre las que yacían nuestros padres y rezábamos para que se recuperen pronto. Después, nos sentábamos fuera, bajo las estrellas, y Ban me contaba sus aventuras en el campo y en la ciudad. Estaba muy satisfecho de participar en la construcción de cosas útiles como edificios y carreteras, y yo le escuchaba embelesada.

Cuando mis padres se recuperaron, mi madre dio a Sau Ban unas cosas para que se las llevara a mis hermanas. Luego, Ban se montó en la bicicleta y se marchó, sonriendo y agitando la mano, como si el viaje a Saigón fuera una simple excursión. Su marcha nos causó una profunda tristeza. Aquella noche, mis padres y yo cenamos en silencio, pues no teníamos ganas de hablar. Más tarde, mi padre salió a fumarse uno de los cigarros que le había traído Sau Ban, llorando amargamente.

Durante los meses siguientes, todo continuó como de costumbre. Los republicanos habían empezado a reconstruir la provincia de Quang Nam, por lo que veíamos a los soldados con más frecuencia en Ky La. De vez en cuando recibíamos carta de Hai, de Lan o de Sau Ban, contándonos lo que hacían, o un amigo o pariente nos decía que los había visto, asegurándonos que estaban perfectamente. Sin embargo, el día en que Sau Ban cumplió dieciocho años, la situación cambió bruscamente.

Hasta entonces, su juventud había impedido que Sau Ban fuera llamado a filas, aunque algunas personas, debido a su altura y a su corpulencia, creían que tenía más años y lo acusaban de negarse a servir a la patria. Al cumplir los dieciocho años, sin embargo, tuvo que hacer el servicio militar. Como supuso que le resultaría más fácil evitar ser reclutado si permanecía en Ky La, dejó su trabajo y regresó a la aldea.

Desgraciadamente, los soldados republicanos habían llegado a Ky La dos días antes de que mi hermano regresara a casa. La policía militar republicana examinó sus papeles y le ordenaron que se presentara en Danang para someterse a un examen físico y responder a unas preguntas sobre su pasado. En cualquier caso, mi hermano sabía que terminaría vistiendo el uniforme militar o el de un preso.

La noticia nos disgustó mucho. No podíamos imaginar que Sau Ban tuviera que luchar contra su hermano o sus amigos que se habían unido al Vietcong. Ni siquiera podíamos imaginar que Ban fuera capaz de matar a nadie, independientemente del lado en el que se hallara. Mi madre propuso una solución:

—Debes ir a Hanoi —dijo a mi hermano—. Quizá la guerra termine mientras cumples el periodo de instrucción. Si no es así, al menos no tendrás que colaborar con los invasores que pretenden someter a tu pueblo.

Aunque Sau Ban y mi padre aceptaron de mala gana dicho plan, no resultó tan fácil como suponíamos. Cuando mi hermano mayor, Bon Nghe, se fue al norte, los franceses ya habían sido derrotados. Miles de personas se dirigieron al norte y al sur en virtud de un acuerdo firmado en la posguerra. Ahora, todas las rutas al norte de Hue habían sido cortadas por el Gobierno. La única forma de unirse a las fuerzas de liberación desde el sur era formar parte de esas fuerzas, para acceder a sus rutas secretas y gozar de la protección de los soldados. Ello significaba que Sau Ban tendría que ponerse en contacto con el Vietcong local y partir hacia el norte siguiendo la difícil y peligrosa ruta de Ho Chi Minh.

Con el fin de poner en práctica nuestro plan y salvar a Sau Ban, mi madre fue a Danang y compró tela negra, unas sandalias de goma y un sombrero cónico —el uniforme del Vietcong—, elementos que mi padre se apresuró a enterrar en el jardín en cuanto regresó mi madre.

Luego, mi madre preparó un poco de comida —arroz dulce y judías negras—, y la conservó en sal hasta el momento en que Sau Ban tuviera que partir. Mi misión consistía en asegurarme de que nada despertaba las sospechas de los soldados, ocuparme de las gallinas y conducir el búfalo a los arrozales («no deben verlo en casa durante el día —dijo mi padre—, pues pensarían que hay algo anormal»). Yo tenía que cantar y comportarme con toda normalidad, aunque me aterraba pensar que podía perder a Sau Ban como había perdido a mi otro hermano.

Al día siguiente, Sau Ban, mis padres, el tío Luc y yo nos dirigimos a los campos a trabajar. Íbamos cargados con herramientas para disimular las provisiones que llevaba Sau Ban. Al llegar cerca de la ciénaga, mi madre, mi padre y mi tío registraron minuciosamente todos los lugares donde podía haber alguien observando. Tras cerciorarse de que no había moros en la costa, Sau Ban dejó sus instrumentos, me abrazó y dijo:

—No temas, regresaré cuando finalice el periodo de instrucción. Sé buena chica y cuida de nuestros padres.

Luego se adentró en la ciénaga. Lo más duro era tener que seguir trabajando como si nada hubiera sucedido, aunque yo sabía que quizás era la última vez que veía a Sau Ban. Al mirar a mis padres, vi que unas gruesas lágrimas se deslizaban por sus mejillas, pero continuaron trabajando sin decir palabra.

Aquella noche, ni mis padres ni yo teníamos ganas de cenar y nos acostamos temprano. Hacia la medianoche, nos despertamos al oír un ruido en la casa.

—¡Sau Ban! —grité al ver a mi hermano.

Sau Ban me sonrió como si nada hubiera sucedido y me abrazó. Mis padres, sin embargo, se mostraron más preocupados que contentos de verlo.

—No pude atravesar la ciénaga —dijo Sau Ban—. Había demasiados soldados. Sólo los pájaros y los topos pueden salir de Ky La. Lamento haber fracasado.

—No —dijo mi madre—. Si un topo puede escapar, te convertiremos en un topo. El tío Luc tiene contactos con el Vietcong. Les pediremos que te envíen una escolta. Disponen de muchos túneles secretos. Llevará más tiempo, pero merece la pena. Ellos conseguirán sacarte de aquí.

Nunca había visto a mi madre tan decidida. Más tarde comprendí lo mal que lo había pasado. No podía contar con el apoyo de mi padre, que quería que Sau Ban se salvara pero no que luchara en ningún bando. Lo único que deseaba era tener a sus hijos junto a él. Sau Ban deseaba complacer a mis padres, pero no le gustaba la idea de convertirse en un soldado. Así pues, mi madre tuvo que tragarse las lágrimas y tomar todas las decisiones.

El tío Luc envió un mensaje al Vietcong y al cabo de unos días recibió la respuesta, una serie de horarios y señales que utilizarían en caso de poder enviar una escolta. Durante esos días, mi padre volvió a enterrar el uniforme de Sau Ban y le ordenó que se ocultara en casa y no saliera bajo ningún pretexto, lo que me alegró mucho.

Al fin, nos informaron que iban a venir unos soldados del Vietcong a recoger a Sau Ban y que éste debía estar listo para partir con ellos. Pasamos toda la noche sentados junto a la puerta, observando y esperando, pero no sucedió nada. Poco antes del amanecer apareció el tío Luc, sudoroso, cubierto de polvo y jadeando.

—Es inútil —dijo, tratando de recuperar el resuello—. La escolta no ha conseguido llegar hasta aquí. Fueron capturados en las afueras de la aldea. Yo me he escapado por los pelos. La policía y los soldados no tardarán en presentarse para averiguar lo sucedido. Rezad para que los soldados no revelen nuestro plan cuando los torturen. En caso contrario, estamos perdidos.

Dada la situación, mi madre comprendió que era muy arriesgado que Sau Ban tratara de escapar de Ky La. Así pues, decidimos mantenernos alertas y que Sau Ban permaneciera escondido unos días más. Afortunadamente, no aparecieron soldados para interrogarnos ni detenernos. Aunque no supimos qué les sucedió a los dos soldados del Vietcong, lo más probable es que murieran al ser torturados. Resulta difícil creer que unos extraños estuvieran dispuestos a morir en una misión para salvar la vida de mi hermano —un hombre al que no conocían—, pero lo cierto es que durante esa época el Vietcong estaba dispuesto a todo con tal de reclutar soldados que apoyaran su causa.

En cualquier caso, ese hecho nos afectó a todos. A medida que mi madre se resignaba a la idea de que Sau Ban podía ser llamado a filas («Siempre puedo desertar —le dijo a mi madre, sonriendo como de costumbre—. Muchos soldados se pierden y cambian de bando todos los días»), mi padre parecía haber recuperado las ganas de vivir. Aconsejó a Ban que pensara en la vida, no en la muerte, y que procurara divertirse antes de que fuera demasiado tarde. Le convenció de que se casara y que dejara preñada a su mujer para que su semilla —la semilla de los hombres Phung— continuara viva en caso de que Sau Ban muriera. (Aún no habíamos recibido noticias de Bon Nghe desde Hanoi. Ignorábamos si estaba vivo o muerto, casado o soltero, o si tenía hijos. Al volver la vista atrás, comprendo lo importante que era para mi padre que un hijo suyo viviera lo suficiente para asegurar la descendencia.)

La tarea de hallar esposa (incluso en tiempos de guerra) correspondía a la madre, no al padre, y mi madre no tenía ganas de ponerse a buscar una esposa para Sau Ban. Comunicó a sus parientes en Man Quang que su hijo menor iba a incorporarse al Ejército y necesitaba encontrar cuanto antes una esposa buena y honesta. Man Quang, la aldea donde había nacido mi madre, era mayor que Ky La y una excelente cantera de parejas para ambos sexos. Aún quedaban suficientes jóvenes en edad casadera (dieciséis o diecisiete años para los chicos, y catorce o quince para las chicas), dispuestos a contraer matrimonio y tener hijos. Al cabo de una semana, una hermana de mi madre le escribió para informarle que había una candidata —una muchacha húerfana de madre llamada Nham, que había sido educada por su padre y sus tías— digna de que mi madre fuera a conocerla personalmente.

En el campo, las futuras esposas son examinadas tan minuciosamente como un nuevo búfalo, un cerdo o una bicicleta. A fin de cuentas, una boda une a dos familias, aparte de que una pierde a un hijo y la otra a una hija. En primer lugar, mi madre y su hermana que vivía en Man Quang fueron a visitar a la familia de la joven. Mientras charlaban de cosas intrascendentes, tuvieron ocasión de observar el estado de la casa (sobre todo la cocina), para comprobar si la joven había sido educada para dar importancia a la higiene y a las responsabilidades domésticas. Al mismo tiempo, hallaron un pretexto para inspeccionar el barril del agua, pues, según la costumbre, era la hija quien debía ocuparse de mantenerlo siempre lleno. Un barril lleno por la mitad o lleno de agua estancada demostraría, pese a las elogiosas palabras de su padre, que la joven no se tomaba sus deberes seriamente.

Si la familia salía airosa de la prueba, el siguiente paso consistía en observar a la muchacha para comprobar si coqueteaba con los chicos de la aldea, si desobedecía a sus padres o si no mostraba el debido respeto hacia las personas mayores. Si la joven resultaba ser casta, obediente y respetuosa con las tradiciones, era preciso obtener su fecha de nacimiento y consultar al chamán de la aldea para comprobar si su carta astrológica y sus características personales coincidían con su futuro marido. Una vez completados esos trámites, mi madre planteó la cuestión del matrimonio y solicitó mantener una entrevista con la joven. Es posible que los padres de Tung hicieran también todo eso para evaluarme como futura esposa de su hijo, pero no lo recuerdo. Esos temas eran discutidos en familia sólo cuando concernían a un hijo. En cualquier caso, el compromiso matrimonial de Sau Ban era más importante que el mío.

Mi madre regresó de su aldea natal muy satisfecha con los resultados. Nham parecía una joven bien educada, diligente en sus deberes y deseosa de complacer a mi madre, lo cual, después del matrimonio, sería su principal obligación. (Los nuevos maridos son los menos indicados para evaluar a una esposa, según me dijo mi madre. Al igual que los perros jóvenes, están tan embelesados con el rabo de la perrita que no se fijan si lleva las patas sucias, lo cual hace que la esposa se convierta en una gandula; o bien la montan o la golpean con tanta frecuencia, que llegan a despreciar a todas las mujeres, lo cual hace que su esposa se convierta en una amargada. Sólo una suegra, debido a su imparcialidad y su comprensión, consigue convertir a una joven en una buena esposa.) Dado que mi madre no había podido hacer eso para su primogénito, estaba resuelta a hacerlo para su segundo hijo. Así pues, basándose en sus recomendaciones, mi padre y mi hermano solicitaron a las autoridades una *di coi mat*, una autorización para ir a Man Quang y concertar el matrimonio.

Tras la breve visita, mi hermano me contó lo sucedido. En primer lugar, los familiares de Nham sólo habían comunicado a ésta que pensaban casarla, sin añadir que debido al matrimonio tendría que abandonar su aldea. Cuando Sau Ban la conoció, comprobó que era más bien bajita (formaban una curiosa pareja, pues Sau Ban era muy alto), pero era bonita, tenía la piel clara y parecía muy bondadosa, decidida y lo bastante robusta como para darle unos hijos sanos y fuertes. Por otra parte, a Nham y a su familia les preocupaba que la boda se celebrara tan pronto —dentro de unos meses en lugar de tres años, que era lo tradicional—, pero se tranquilizaron al saber que nuestro padre poseía varios arrozales, lo cual demostraba de que éramos ricos. (El padre de Nham no poseía tierras, sino que trabajaba en las de un pariente a cambio de una parte de la cosecha, como muchos campesinos durante y después de la ocupación francesa.) Por consiguiente, consideraron que Sau Ban era un buen partido. Mi padre les regaló una *cau trau* —una areca envuelta en una hoja de betel— y la propuesta de matrimonio fue aceptada.

El problema estribaba en si la boda podría celebrarse antes de que Sau Ban tuviera que marcharse para cumplir su servicio militar. Mi madre empezó a preparar el traje de novia rojo —el regalo tradicional que hacía la suegra a la novia (por el que ésta le pagaría trabajando duramente para ella)— y mi padre se encargó de organizar la ceremonia y el banquete.

Durante las semanas que precedieron a la boda, mi madre informó a mi hermano sobre todo lo que un futuro esposo debe saber: «No debes acostarte con Nham cuando tenga la regla, aunque lo desees. Y debes decirme si era virgen, pues es un detalle muy importante. Si lo es, te costará penetrarla y hallarás unas gotitas de sangre en el lecho, aunque no llore ni grite. Algunas jóvenes simulan ser vírgenes y es preciso que sepamos si podemos fiarnos de su familia. También debes decirme si tu mujer se comporta de una forma que te resulte chocante. Una joven honesta debe permanecer inmóvil y dejar que su marido le haga cuanto le plazca, sin dar muestras de gozar.»

Asimismo, mi madre me preparó para mi papel como *em chong*, la cuñada que ayuda a su madre a controlar la buena marcha del matrimonio durante los primeros años. (Normalmente, esa tarea era asignada a la hermana mayor, pero como yo era la única hija que quedaba en casa, tuve que cumplirla yo.) Yo debía hacerme amiga de la joven esposa e informar a mi madre de lo que hacía cuando su suegra no estaba presente. «Quiero saber si cumple sus obligaciones de buen grado o se queja, si se esfuerza en complacer a sus suegros o si es perezosa. Es muy importante que lo sepa, Bay Ly. Yo no puedo estar en todas partes al mismo tiempo y no puedo fiarme de Sau Ban, pues está demasiado enamorado para fijarse en esas cosas.» Mi hermano y yo asentíamos a cuanto decía nuestra madre, según exigía la tradición, aunque no estuviéramos de acuerdo con ella.

La boda se celebró en octubre de 1962, un día lluvioso (en Oriente se considera de buen augurio), y asistieron treinta personas, un número considerable si se tiene en cuenta que estábamos en guerra. Esa noche, Sau Ban y Nham durmieron en la casa inferior, o *nha duoi*, y mi madre y yo compartimos un lecho situado al otro lado de una delgada mampara. Durante buena parte de la noche les oímos hablar en voz baja y reírse. Extrañada, pregunté a mi madre si bastaba hablar de ello para fabricar un niño. Mi madre se limitó a sonreír y me abrazó como si fuera una criatura. Supongo que estaba tan ansiosa de tener un nieto que no quería precipitar las cosas.

Durante los meses siguientes, mi relación con Nham, lejos de encasillarnos en el papel de presa e informadora, nos convirtió en amigas íntimas. En parte ello se debía a mi natural reticencia a «traicionar» a una muchacha prácticamente de mi misma edad que hacía lo que suelen hacer todas las jóvenes (quejarse del excesivo trabajo y desear que nuestra vida fuera más romántica), y en parte porque había prometido a mi hermano apoyar a Nham en el momento en que mi madre la acusara injustamente a fin de poner a prueba su fortaleza de carácter.

En diciembre, mis hermanas Hai y Lan regresaron a casa para celebrar el Año Nuevo con nosotros. Mi padre se sentía el hombre más feliz de Ky La al tener junto a él a casi todos sus hijos. Desgraciadamente, su dicha no duró mucho.

En febrero llegó la orden de reclutamiento para Sau Ban. Éste decidió regresar con Hai a la ciudad, alegando que sería más sencillo (y más seguro para nuestra familia) si partía de Ky La en compañía de un pariente que si trataba de nuevo de escaparse solo. Cuando las autoridades se dieran cuenta de su marcha, se hallaría ya lejos y, quizás, en un lugar donde podría ponerse en contacto más fácilmente con el Vietcong. Aunque su plan no nos convencía, al menos nos permitiría despedirnos de él como es debido. Sin embargo, según comprobamos más tarde, el lujo de esos ritos formales —despedirse de un ser querido, de celebrar una boda o un funeral— fue una de las primeras cosas a las que hubimos de renunciar cuando la guerra se recrudeció.

Seis meses más tarde, mi madre entró precipitadamente en casa sosteniendo una carta que acababa de recibir de Hai. Estaba muy excitada, porque las cartas de Hai no eran frecuentes. Estaba segura de que ésta contenía buenas noticias sobre Sau Ban, de quien apenas habíamos tenido noticias (salvo algunas cartas de amor dirigidas a Nham). Ello alegraría a su nuera, que seguía viviendo con nosotros y echaba de menos a su marido. Por desgracia, como yo era la única que sabía leer, me tocó la ingrata misión de destruir las esperanzas de mi madre.

En cuanto abrí la carta comprendí que las noticias era malas. Mi hermana Hai tenía una letra francamente mala pero esta vez era casi ilegible, lo que significaba que había escrito la carta apresuradamente o en un momento de profunda tensión. Lo único que decía era que Sau Ban había vivido con ella por espacio de unos meses y que luego «se había marchado para trabajar con el tío». Aunque no especificaba a qué tío se refería, supusimos que se trataba de «Tío Ho», Ho Chi Minh, y el Ejército de Liberación. Dado que en aquellos días la correspondencia solía ser censurada, mi hermana no se atrevía a darnos más pistas. ¿Se había unido Sau Ban al Vietcong local, o se hallaba de camino a Hanoi? ¿Tendría que luchar en el frente o formaría parte de un equipo de reconocimiento como Bon Nghe? Quizá, debido a sus conocimientos, permanecería a salvo tras las líneas enemigas construyendo búnkeres, puestos de mando y enfermerías para nuestras tropas. En el fondo, confiábamos en que tuviera la misma suerte que Bon Nghe. Acaso nunca llegaríamos a saber dónde se hallaba exactamente, ni si estaba bien, y tendríamos que resignarnos a mantener su recuerdo vivo en nuestros corazones y a rezar hasta que la guerra hubiera terminado.

Mi madre acogió la noticia con alivio. Al menos, sus hijos no tendrían que luchar el uno contra el otro en una guerra que cada día se volvía más violenta y devastadora. Mi padre, sin embargo, se comportó como si la carta nos anunciara la muerte de Sau Ban. Se sumió en una profunda tristeza, quemaba incienso ante nuestro altar familiar y se negó a probar bocado durante varios días. A Nham no le dijimos nada sobre la carta, porque no estábamos seguros si su familia apoyaba al Vietcong. Nham creía que Sau Ban, como en otras ocasiones, se hallaba de viaje, por motivos de trabajo. Cuando mi madre le contó al fin lo que había sucedido, la joven reaccionó con indiferencia, seguramente porque los habitantes de Man Quang estaban ya acostumbrados a perder a sus seres queridos.

En cuanto a mí, la ausencia de mi hermano me causó una gran tristeza. Por las noches, cuando me sentaba en el porche, veía su rostro iluminado por la luna y escuchaba su voz entre los árboles. En los arrozales, notaba su mano sobre el azadón y oía su risa en las voces de los pájaros. Cuando me acostaba y cerraba los ojos, sentía un inmenso vacío en mi corazón.

Pasó el Año Nuevo de 1963 y aún no habíamos recibido noticias de Sau Ban. Mi madre fue a ver al chamán con los cordones umbilicales de sus hijos —que conservaba en una caja desde su nacimiento—, para que le dijera qué había sido de ellos. (Los campesinos creíamos que el cordón umbilical todavía ligaba al niño a la madre, aunque estuvieran separados por una gran distancia.) El anciano respondió a mi madre que su hijo mayor (Bon Nghe «Hanoi») estaba perfectamente, pero que el menor se hallaba en un lugar demasiado gris para permitirle ver con claridad su situación. Cuando mi madre insistió en que le dijera qué significaba eso, el chamán contestó que tales presentimientos solían significar que la persona en cuestión estaba muerta, aunque tenía por costumbre no pronunciarse tajantemente sobre las cosas que estaban en manos de Dios.

Mi madre regresó apresuradamente a casa y relató a mi padre lo que le había dicho el chamán. Mi padre, llorando desconsoladamente, se puso a celebrar los ritos funerarios ante el altar familiar, quemando incienso y orando ante algunas pertenencias de Ban —un par de dibujos y unas monedas— y un puñado de arroz dulce. Pero mi madre apagó las velas bruscamente, vació los potes de incienso y retiró los recuerdos de Sau Ban del altar.

—*Ba lam gi vay?* (¿qué haces?) —le preguntó mi padre horrorizado—. ¡Estás deshonrando a nuestro hijo!

—¡No! —gritó mi madre—. ¡Eres tú quien lo deshonras! Sau Ban está vivo. Lo sé. Estoy convencida de ello. Dios no nos haría semejante cosa sin un motivo, y no hemos ofendido a nadie. Levántate y vete a trabajar —le ordenó, golpeándole hasta que mi padre se puso en pie. Luego se giró hacia mí y dijo—: ¡Tú también, Bay Ly!

Yo salí corriendo detrás de mi padre, llorando y confundida. Una vez fuera, mi padre me abrazó y dijo:

—Es mejor que obedezcamos a tu madre, Bay Ly. No tenemos por qué creer lo que dice el chamán.

Pero las lágrimas seguían deslizándose por nuestras mejillas. Cuando llegamos a los arrozales no nos sentíamos con fuerza para trabajar.

Aquella noche, ya acostada, hubiera jurado que oí la voz de mi hermano aullando en medio de una fuerte tormenta. Tenía frío y quería entrar. Me dirigí a la habitación de mi padre, y lo hallé despierto.

—Lo sé, Bay Ly —dijo—. Yo también lo he oído.

Al día siguiente, mientras mi madre estaba trabajando en los campos, mi padre apareció acompañado del chamán. Al entrar en casa, el anciano le preguntó por qué lo había traído aquí.

—¡Quiero saber la verdad! —contestó mi padre.

El chamán se paseó por la casa y de pronto se detuvo ante el altar familiar.

—¿Habéis oído unos ruidos extraños? —preguntó, como si ya conociera la respuesta—. ¿Unas voces que gemían anoche?

Asombrados, mi padre y yo asentimos.

—La casa de los espíritus es demasiado pequeña. Un pariente vuestro desea que le deis cobijo, eso es todo. Debéis construir un pequeño altar en el exterior, y todo se solucionará.

Cuando el chamán se marchó, mi padre sacó sus herramientas y construyó un pequeño altar junto a nuestra casa, en el lado norte. No volvimos a hablar de la visita del chamán, ni a oír la voz de Sau Ban en la lluvia, ni entre los árboles ni entre las voces de las aves del bosque. Tampoco volvimos a llorar, hasta que al cabo de unos meses se presentó el tío Luc para comunicarnos que Sau Ban había muerto al tropezar con una mina estadounidense mientras se dirigía a casa para celebrar el Año Nuevo.

Cuando Nham conoció la noticia de la muerte de Sau Ban, los tenues lazos que la unían a nuestra familia se rompieron definitivamente. Como no tenía hijos, no había motivo para que siguiera viviendo con nosotros y regresó a casa de su familia en Man Quang, quizá para hallar un nuevo marido. Pero la guerra se había cobrado la vida de muchos hombres jóvenes. Al fallecer su padre, Nham se fue a vivir sola. De vez en cuando oíamos rumores sobre ella, pero no volvió a casarse. Como el rocío en una fría mañana de invierno, un buen día Nham desapareció y creo que nadie, excepto yo, la echó de menos.

Pasada la medianoche del 4 de abril de 1986.
Vestíbulo del hotel Continental, Ciudad Ho Chi Minh

Después de contemplar las fotos de su hijo, Anh se reclina en el sillón en el vestíbulo del «nuevo» Continental, y nos miramos a los ojos. Aunque estoy rendida, no quiero despedirme y poner fin a nuestro encuentro. Escruto su rostro del mismo modo que él el mío, como unos inquilinos que contemplan una vieja casa en la que solían residir. Han pasado veinte años —veinte monzones invernales— desde que nos vimos por última vez. Debemos redescubrirnos, como cuando uno sube despacio, agarrándose al pasamanos, por una vieja escalera. Veo la compasión reflejada en su rostro, aunque mantiene una actitud cauta. Quizá le pone nervioso el recepcionista del hotel administrado por el Estado. O puede que sea yo.

—Me alegro de ver que las cosas te van bien, hermano Anh —digo, sonriendo. Él protesta, pero yo continúo—: Lo digo en serio. Gozabas de una buena situación con el antiguo régimen, pero también has sabido adaptarte al nuevo. No todo el mundo puede decir eso. No tienes nada de que avergonzarte. Alégrate, como hago yo, de que la providencia, la suerte o dios te haya protegido.

Anh me mira fijamente y de pronto sentimos una especie de chispazo —¿quieres subir a mi habitación?—, pero éste desaparece rápidamente, sofocado por los dos.

Anh se ha convertido en mi hermano —en mi hermano del alma— y yo soy su hermana. Me ha dado un hijo e hizo que me vida cambiara de rumbo, llevándome a Norteamérica, por lo que le estaré eternamente agradecida.

—Es muy tarde... —digo, levantándome.

Anh se levanta también y mira su reloj.

—No, sólo está a punto de amanecer.

Los dos nos reímos y nos cogemos de la mano. Anh dice que el próximo avión para Danang parte el lunes, el 7 de abril, y que reservará un pasaje para ambos por la mañana. Dice que tiene que hacer unas gestiones y me pregunta si me gustaría acompañarlo para ver la nueva Saigón. Le respondo que me encantaría, después de que él me haya acompañado a «mi reunión» con los funcionarios del *Ban Vietkieu*. Ninguno de los dos podemos permitirnos el lujo de rechazar esas amables invitaciones. Nos abrazamos afectuosamente (no podemos darnos un beso de despedida, ni siquiera un beso inocente, ante los pudibundos funcionarios del partido). Luego, Anh se monta en su Vespa y se marcha.

Me despierto al oír sonar el teléfono junto a mi cama. Es Anh, que me espera en el vestíbulo. Le digo que se vaya a desayunar, las mujeres norteamericanas necesitamos un poco de tiempo por las mañanas para arreglarnos. Hace fresco. Unas oscuras nubes juegan al escondite con el sol, impidiendo que haga demasiado calor mientras circulamos en la Vespa de Anh por las calles de la ciudad. Nos detenemos en la oficina de las líneas aéreas estatales, donde Anh recoge nuestros billetes para Danang. Me asombra la forma en que la vieja Saigón ha adoptado los aires de una ciudad comunista. Es un día laborable, pero hay mucho menos movimiento de lo que solía haber en la vieja capital; parece más bien una aldea mexicana que el París de Oriente. Aparte de preguntarme cortésmente dónde reside mi familia, a nadie parece importarle lo que hago en la ciudad ni por qué he venido. No quieren saberlo. Por lo visto, en la nueva Saigón, es preferible no hacer demasiadas preguntas.

A las dos, Anh me acompaña a mi reunión con el Comité Nacional Vietnamita en una zona residencial de la ciudad. Las oficinas se hallan situadas en un viejo edificio de estilo francés, con un cuidado césped y un amplio porche, en el que hay varias mesas pequeñas dispuestas como en un restaurante. Anh se acerca a un grupo de vietnamitas que están tomando té y dice que me esperará hasta que haya terminado la reunión. No sé si lo hace por educación o si tiene algún motivo para rehuir a los funcionarios del partido, pero tampoco intento averiguarlo. Los vietnamitas hemos aprendido a no forzar las cosas.

En el interior, lo que solía ser el salón contiene tres mesas ocupadas por unos funcionarios. En la primera está sentado el funcionario que me recogió en el aeropuerto, cuya hosca presencia me tranquiliza. Le sonrío y me dirijo a él por su nombre.

—Hola, hermano Quang. Me alegro de verlo.

El funcionario me saluda cortésmente, coge mi invitación (supongo que más tarde la sellará), y me indica un grupo de personas que aguardan en lo que solía ser el comedor. Unos quince expatriados vietnamitas —Vietkieu— se hallan sentados en unas sillas frente a una larga mesa de madera. Parecen tan confundidos como yo. (El calor, que empieza a afectarme, no contribuye a aplacar nuestros nervios.) Todos guardan el más absoluto silencio, mientras sostienen en sus manos unos pasaportes, unas revistas y unas novelas de lugares tan diversos como Canadá, Francia, Australia y Estados Unidos. Las estanterías están repletas de costosos objetos decorativos de porcelana, marfil, carey y laca, dispuestos como en una tienda de regalos para turistas. En la pared, detrás del estrado del conferenciante, cuelga el inevitable retrato de Tío Ho, con la cabeza iluminada por unos haces de luz que le hacen parecer Jesús o Buda. Aunque la fotografía pretende transmitir la espiritualidad de Ho, suscita en mí unos recuerdos muy penosos. Su aura religiosa me recuerda el terrible poder del Estado en comparación con simples e insignificantes personas como yo. Todos los presentes se muestran tan incómodos como yo, con la vista baja, moviendo las manos nerviosamente o jadeando como perros, con los ojos cerrados, bajo el sofocante calor. Somos unas víctimas que hemos aprendido a desempeñar el papel que nos corresponde.

En Ky La, como en el resto de Vietnam, la mayoría de la gente era católica o budista. Como el presidente Diem y madame Nhu admiraban todo lo francés y les preocupaba la opinión de Norteamérica (temían que una nación cristiana podría negarse a defender un Estado budista), se esforzaron en conseguir que Vietnam adoptara, o al menos reflejara, las costumbres cristianas. Thuc, el hermano de Diem, era arzobispo de Saigón, e incluso en Quang Nam los funcionarios provinciales solían ser católicos. Esta discriminación contra los budistas, que eran muy numerosos y estaban más ligados que los católicos a la cultura tradicional vietnamita, confundía a muchos campesinos y les hacía recelar de todas las iniciativas que emprendía el Gobierno. A su vez, ello hacía que los republicanos desconfiaran de los campesinos y convertía una simple disputa política en una guerra religiosa.

Por ejemplo, en el referéndum presidencial celebrado en 1955, se ordenó a los aldeanos que votaran, para ejercer sus derechos y responsabilidades como ciudadanos. Eso parecía una buena idea, de modo que muchos budistas acudieron a las urnas a fin de manifestar su rechazo a la política de Diem. Sin embargo, el Gobierno aprovechó también las elecciones para entregar unas tarjetas de identidad a todos los ciudadanos, una vez que habían votado y demostrado su participación. Eso tampoco era una mala idea, salvo que en las tarjetas figuraba una pequeña cruz, que es el símbolo católico.

Naturalmente, los budistas de Ky La, incluyendo a mis padres, no deseaban portar el símbolo cristiano, de modo que arrojaron sus tarjetas, lo cual les causaba numerosos problemas cuando las autoridades les detenían y les pedían que les mostraran sus tarjeta de identidad.

—¿Por qué no la llevas encima? —preguntaba la policía—. ¿Acaso no has votado en las elecciones?

Era una pregunta a la que los budistas no podían responder sin salir perjudicados. Si decían que sí, eran acusados de mentir, porque todas las personas que habían votado habían recibido una tarjeta. Si respondían que habían votado pero que habían tirado la tarjeta, eran acusados de apoyar al Vietcong, pues sólo los enemigos del Estado temían participar en el sistema de identificación personal.

Por consiguiente, las semanas que sucedieron a las elecciones fueron una pesadilla en Ky La. La policía y los soldados perseguían a todos los que no llevaban la tarjeta, especialmente a los budistas. Una vez que habían identificado a las familias disidentes, unos energúmenos civiles (muchos eran católicos, pero otros eran agentes del Gobierno que trataban de erradicar al Vietcong) se presentaban en sus casas y destrozaban los altares familiares y golpeaban y torturaban a la gente. Algunas personas, los budistas más devotos y los que se resistían por la fuerza, fueron asesinadas y sus cuerpos arrojados al río en unos sacos de arroz. Incluso oí decir que habían sepultado vivo a un sacerdote budista, pero los ánimos estaban tan exaltados que uno no podía creer todas las historias que te contaban.

Durante un tiempo, apenas existía diferencia entre la guerra religiosa y la guerra política. Unos budistas organizaron unas manifestaciones contra esas tácticas de terror, pero fueron arrestados y acusados de ser elementos subversivos. Tan sólo en Danang y en las grandes ciudades estaban los budistas lo suficientemente bien organizados como para resistir. Pero por lo general esas manifestaciones (algunas de las cuales finalizaban con la inmolación de sacerdotes budistas) eran poco más que unos gestos inútiles. En el campo, teníamos que ocultar nuestros orígenes budistas y simular que aceptábamos las normas. Algunos de nuestros vecinos se convirtieron a la fe católica para sustraerse a las iras del Gobierno. En la intimidad, sin embargo, seguíamos practicando nuestras costumbres y tradiciones y compusimos unas canciones para demostrar nuestro desprecio hacia los opresores. En una de ellas protestábamos por haberse prohibido celebrar el tradicional día doble que establece cada cuatro meses el calendario budista:

> ¡La, la, la, la, la, atrapad a Diem
> como a una cigarra!
> Cuando desaparezca Diem
> podremos ir al templo.
> Cuando Diem está presente,
> reina el caos.
> La pagoda ha sido destruida y
> los monjes arrestados.
> Tras detener a las personas, tienen orden de matarlas.
> Han pasado cuatro meses sin un día doble
> porque Diem es un estúpido,
> Nhu es una imbécil,
> Can está loco,
> y Thuc está como un cencerro.

Por esa época, a finales de los cincuenta, la policía empezó a arrestar a las personas cuyos parientes se habían «ido al norte» tras la guerra contra los franceses. Las conducían a unos campos de concentración para interrogarlas. En su mayoría eran liberadas al cabo de unos días, pero algunas eran torturadas y enviadas a prisiones militares en la selva. Allí las obligaban a trabajar en los proyectos de recuperación de tierras y a asistir a las conferencias de los republicanos. En esos temibles campos de trabajos forzados (los llamábamos *di dan*, «donde no vive nadie»), las aguas putrefactas y los grandes insectos causaban numerosas muertes, y muchas de las personas que lograban sobrevivir a las enfermedades solían «desaparecer» en la selva si se resistían a ser adoctrinadas. Mi hermana Ba Xuan, cuyo marido se había marchado a Hanoi y la había abandonado, fue sometida a una estrecha vigilancia por ese motivo. Todo comenzó cuando el marido de una prima suya empezó a asediarla y a seguirla a todas partes, por más que mi hermana le dijo que no quería saber nada de él. Solía esperarla frente a la casa de sus suegros (donde vivía mi hermana) o la nuestra (cuando venía a visitarnos), hasta que mi padre salía blandiendo el azadón y exigiéndole que dejara en paz a mi hermana.

Durante los disturbios religiosos, nuestro primo (Chin, quien más tarde me ayudó a salir de la cárcel) se alistó en la guardia común, el cuerpo de policía local encargado de ayudar al Ejército a mantener la paz en las aldeas (aunque los guardias a menudo provocaban más problemas de los que resolvían). Ahora que lucía una placa de policía, Chin se hizo más insistente, deteniendo a Ba en la calle y obligándola a hablar con él durante horas, según él para «interrogarla». Cuando mi hermana decidió permanecer en casa para no encontrarse con él, empezó a enviarle notas de amor y, al ver que éstas no surtían efecto, unas cartas amenazándola con hacer que investigaran a su familia con el pretexto de que su hermano y su marido estaban en Hanoi. Dado que muchas personas habían sido trasladadas a los campos de trabajos forzados, mis padres se tomaron muy en serio sus amenazas.

Al fin, Ba decidió resolver el asunto. Envió una nota a Chin pidiéndole que se reuniera con ella en un lugar apartado al anochecer. Nadie sabe exactamente qué sucedió, pero el caso es que a partir de entonces Ba empezó a aparecer con frecuencia en compañía de Chin. Un día en que mi padre los vio juntos, se acercó a Chin y le espetó:

—¿Cómo te atreves a hacerle eso a una mujer casada que encima es prima de tu mujer?

Como el resto de su pelotón no estaba presente para apoyarlo, Chin, acobardado ante el aire amenazador de mi padre, guardó silencio.

—Y en cuanto a ti —prosiguió mi padre, dirigiéndose a Ba—, si sigues viendo a ese hombre, te ataré a un palo y te azotaré.

Mi padre se llevó a Ba a casa y durante un par de días no volvimos a ver a Chin, por lo que dedujimos que el asunto había quedado zanjado. Por desgracia, estábamos equivocados.

Al tercer día, al anochecer, se presentaron en casa unos guardias con orden de arrestar a mi padre. Al salir, éste vio que también habían detenido a Ba.

Los guardias los trasladaron a un campo de concentración provisional instalado junto a mi escuela para interrogarlos. Aunque mi madre estaba muy disgustada, estaba convencida de que los liberarían en cuanto mi padre aclarara la situación al superior de Chin. No obstante, decidí intentar averiguar qué sucedía.

Al día siguiente, a la salida de la escuela, me acerqué con una amiga a la valla que rodeaba el campo. Como el campo estaba vigilado por unos funcionarios locales, éstos no sólo no impedían que la gente se acercara a ver a los presos, sino que estaban encantados de que sus parientes les llevaran comida porque así el Gobierno se ahorraba el tener que alimentarlos.

Como había oscurecido y no pudimos ver a mi padre ni a mi hermana, nos metimos en un edificio situado junto al campo, nos encaramamos sobre unas cajas y miramos a través de una ventana que estaba entreabierta. Dentro, vimos a una mujer desnuda colgando por los pies de una cuerda y una polea. Tenía las manos atadas a la espalda y la cabeza suspendida sobre un cubo lleno de agua jabonosa. Su empapado cabello colgaba como una bayeta y el suelo estaba encharcado.

De pronto, el soldado que sujetaba la cuerda la hizo descender hasta que la cabeza de la mujer quedó sumergida en el cubo. Durante unos instantes, su pálido cuerpo se agitó como un pez en un anzuelo, luego se quedó inmóvil y el soldado la alzó de nuevo. La mujer empezó a escupir agua por la boca y la nariz, empapando a los soldados que se hallaban junto a ella. Aunque respiraba con dificultad, no gritó, seguramente para no desperdiciar el aire. Los soldados no le hicieron más preguntas, sino que se limitaron a sumergirla varias veces en el cubo de agua, para castigarla o simplemente para divertirse.

—¿Es tu hermana? —me preguntó mi amiga.

—No —respondí—. Ba tiene el pelo corto.

A decir verdad, nunca había visto a mi hermana desnuda, y el rostro de aquella mujer estaba tan hinchado y entumecido que resultaba irreconocible.

Mi amiga y yo nos acercamos sigilosamente a otra ventana, la cual no estaba abierta, pero afortunadamente había un boquete en el muro junto a ella.

En esa habitación había un hombre con el torso desnudo y atado a una silla de forma que sus hombros y su cabeza pendían sobre su regazo. Aunque había muchos soldados presentes, sólo me fijé en el que le estaba interrogando. Sostenía un pequeño látigo en la mano y, cada vez que azotaba al prisionero, parecía que le arrancara la piel a tiras. Al cabo de unos minutos, se acercó otro soldado y le aplicó unos polvos en las heridas. Por la forma en que la víctima se retorcía y gritaba, supuse que debía tratarse de sal o de cal viva, como la que arrojábamos en las fosas que no contenían ningún féretro. Aunque aquel espantoso espectáculo me provocaba náuseas, me quedé contemplándolo hasta que mi amiga me tiró de la camisa para poder mirar a través del boquete.

—¡Dios mío! —exclamó horrorizada—. ¿Es tu padre?

Como no pude distinguir el rostro del prisionero, sino tan sólo el látigo, las ronchas en su espalda y los polvos blancos que le habían aplicado, no estaba segura.

—No lo creo —contesté, confiando en que no fuera mi padre.

—¡Eh, vosotras! —gritó de pronto una voz al otro lado del edificio—. ¿Qué estáis haciendo? ¡Bajad de ahí!

Mi amiga y yo descendimos precipitadamente, derribando las cajas sobre las que nos habíamos encaramado, y echamos a correr hacia los árboles que había detrás de la escuela. Por fortuna, los centinelas no intentaron perseguirnos.

—¡Malditos chicos! ¡Nos van a robar el material! —oí gritar a un centinela.

Al día siguiente vi que habían retirado las cajas y colocado unos tablones sobre las ventanas pintadas en el muro.

Cuando llegué a casa le conté a mi madre que había ido al campo de concentración pero que no había visto a mi padre ni a mi hermana.

—Claro que no los has visto —replicó mi madre—. Los han soltado esta tarde.

—¿Quieres decir que han liberado a papá y a Ba?

—No exactamente —contestó mi madre—. El guardia dijo que si Ba renunciaba a sus votos de matrimonio con el traidor de Hanoi y se casaba con Chin, la dejarían libre. Si se negaba, los entregarían a los dos al Ejército por ser unos espías del Vietcong.

—¡Oh, mamá *Du*...!

—Afortunadamente, Chin dijo que le habían ofrecido un puesto en la policía de seguridad de Danang y que tu hermana viviría mejor con él que como una viuda de guerra en la aldea. Al menos, si se casa con Ba, ya no tendremos que avergonzarnos.

—Si Ba se casa con Chin, ¿no volveré a verla? —dije angustiada.

—Claro que volverás a verla. La verás mañana, lo mismo que a tu padre. Han ido a casa de Ba para decidir lo que ésta debe hacer. De todos modos, no te preocupes. Debería azotarte por haber ido al campo de concentración. Es un lugar muy peligroso, Bay Ly. No quiero que te acerques nunca más por allí, aunque hayan arrestado a alguien que conozcas u oigas ruidos extraños desde el patio de la escuela. Cuentan historias terribles sobre ese lugar. No vuelvas nunca más, y reza para que la policía no venga a arrestarte.

Al cabo de unos días, Ba vino a comunicarnos que había decidido casarse con Chin y trasladarse a Danang. Mi madre preparó una cena de despedida, pero estábamos tan tristes que nos pasamos todo el rato llorando.

A finales de año nos enteramos de que Ba estaba encinta, pero la noticia de que iba a ser abuelo, en lugar de alegrar a mi padre, lo entristeció aún más. Me dijo que aunque Ba había vivido poco tiempo con su marido antes de que éste se marchara a Hanoi, lo amaba mucho, al igual que nosotros amábamos y echábamos de menos a mi hermano Bon Nghe. Yo contesté que mi nuevo cuñado era un hombre perverso y que lo odiaría siempre por lo que le había hecho a Ba.

—No debes odiar a Chin, ni a Ba por haberse casado con él —dijo mi padre con tristeza—, sino a la guerra por lo que les ha hecho a los dos.

6

UNA CUESTIÓN DE FE

A primera hora de la tarde del 4 de abril de 1986.
En la sala de conferencias
del Comité Nacional Vietnamita, Saigón

Casi todos los expatriados *Vietkieu* llevamos ya bastante rato esperando, cuando de improviso entran unos rezagados en el comedor de la vieja casa colonial y ocupan unas sillas alrededor de la mesa. A las dos en punto aparece el hermano Quang, se coloca detrás del podio y abre una carpeta que contiene sus notas. Sus movimientos son pausados y precisos, como los de un sacerdote, como un acólito perfecto de Tío Ho que, semejante a un Cristo, nos contempla desde un retrato colgado en la pared a sus espaldas: un fornido campesino, curtido por la guerra, al cual se le ha asignado en la victoria la tarea de ayudar a las ovejas descarriadas a regresar al redil según las normas. Todo los que nos hallamos sentados a la mesa le miramos inquietos, como unos niños el primer día que asisten a la escuela.

—La República Socialista de Vietnam os da la bienvenida —dice con un tono que casi parece sincero—. El propósito de esta reunión es *pho bien* —difundir información— para que conozcáis las normas relativas a vuestra visita. Lo que debéis y no debéis hacer para gozar de una agradable estancia. En primer lugar, si deseáis viajar fuera de Ciudad Ho Chi Minh, debéis solicitar autorización a esta oficina. Os entregaremos una tarjeta de viaje especial que os dará prioridad de paso en el trayecto hacia vuestro destino. Si decidís desviaros del itinerario aprobado, debéis informar a esta oficina para evitar innecesarios contratiempos. Si deseáis visitar a unos amigos o parientes, éstos pueden acudir a veros a vuestro hotel, pero no podéis compartir alojamiento con ellos sin una autorización de esta oficina. En resumen, si nos mantenéis informados sobre vuestras actividades y lo que deseáis hacer, os garantizo una agradable estancia.

Quang desciende del podio y se acerca a los objetos dispuestos sobre las estanterías. Como si fuera un profesor, nos indica las cosas que podemos llevarnos y las que no podemos llevarnos de Vietnam.

—No podéis adquirir ningún objeto que no figure en esta lista —dice—, sin una autorización expresa de esta oficina. Asimismo, cambiar dinero en lugares no autorizados o regalar divisas extranjeras sin declararlo constituye un grave delito que puede hacer que vuestro visado turístico sea revocado de inmediato.

Este último comentario suscita unas toses nerviosas entre los presentes. Los dólares estadounidenses constituyen la base principal de la economía sumergida, y la mayoría de los *Vietkieu* procuran dar la máxima cantidad de dólares a sus parientes para ayudarlos. Aunque cada expatriado suele traer más diez mil dólares, yo había decidido evitar todo trato con el nuevo mercado negro de Vietnam, incluyendo a los cambistas apostados en las esquinas y a los funcionarios corruptos. Una vez que abordas el tema de los sobornos, estás a su merced. Si les ofreces poco dinero, te arrestan por tratar de corromper a un funcionario. Si les ofreces demasiado, te dejan sin dinero. Por otra parte, sé por experiencia que existe una especie de «mercado negro del espíritu», que hace que uno acabe optando por ese tráfico ilícito. Yo deseo ayudar a mi familia, como todo el mundo, pero sé que existen mejores medios de hacerlo que participar en el viejo juego que contribuyó a derrocar al viejo régimen.

Después de su alocución, Quang responde a nuestras preguntas: ¿Qué sucede si deseamos permanecer más tiempo aquí? (La verdadera pregunta es: ¿Qué sucede si comprobamos que nuestros parientes se hallan en una situación peor de la que habíamos imaginado y necesitan nuestra ayuda?) ¿Qué sucede si perdemos nuestra tarjeta de viaje? (La verdadera pregunta es: ¿Qué castigo sufriremos por venderla en el mercado negro?) La respuesta oficial es siempre la misma: mantenednos informados. No hagáis nada sin nuestra autorización y no sufriréis ningún contratiempo. (La verdadera respuesta es: No seréis castigados si no habéis cometido ningún delito. Los visitantes obedientes y respetuosos con las leyes, al igual que los buenos ciudadanos, no hacen demasiadas preguntas.)

La reunión concluye y la gente abandona la habitación como si se hubiera declarado un incendio. Antes de marcharnos, sin embargo, Quang nos indica una lista de nombres junto a la puerta.

—Nuestra república socialista no es un país rico —nos recuerda—. El Comité Nacional depende de vuestras contribuciones para poder mantener abierta esta oficina, para ayudar a los turistas y a los *Vietkieu* a que puedan reunirse con sus familias y no tengan problemas. Los nombres que veis en esa lista pertenecen a personas que han hecho unas donaciones al comité. Vuestros dólares ayudarán a otros visitantes. Al salir, contemplo la «lista de honor». Observo que Quang, al solicitar nuestra ayuda, ha dicho dólares, no *dong*, de modo que dejo unos cuantos billetes en una caja dispuesta a tal efecto. Para nosotros, es como un simple seguro contra posibles contratiempos.

Durante los próximos días, me dedico a recorrer Saigón como cualquier turista. Anh me muestra la ciudad, pero yo sólo pienso en Ky La y en mi madre y en Tinh, la sobrina con la que me crié, y en mis hermanas Hai y Ba, y si la providencia, la suerte o dios lo permite, en volver a ver a mi hermano Bon Nghe, que trabaja para el Gobierno comunista en Danang.

El siete de abril, el día de nuestra partida hacia Danang, me levanto a las cinco de la mañana para hacer el equipaje, me pongo mi *ao dai* azul, que me trae suerte, y me maquillo como una turista occidental. Una vez lista, contemplo a la extraña mujer reflejada en el espejo —medio vietnamita, medio norteamericana y totalmente confusa—, y me pregunto si tendré fuerzas para bajar al vestíbulo y dirigirme al aeropuerto. Han sido unas jornadas agotadoras y siento que me flaquean las fuerzas justamente cuando necesito hacer acopio de toda mi energía, de mi conciencia superior.

Anh me espera en el vestíbulo y coloca mis maletas, las cajas de regalos y su bolsa de viaje en un taxi. La empresa estatal para la que trabaja tiene una fábrica en Danang y, dado que suele visitarla varias veces al año, estará ocupado en ello mientras yo me reúna con mi familia. Durante el trayecto al aeropuerto apenas despliego los labios. Los recuerdos se agolpan en mi mente y me abruman. Cuando llegamos a Tan Son Nhut, mi tarjeta de viaje *Ban Vietkieu* nos permite pasar rápidamente el control de pasaportes y nos subimos en el sucio y destartalado avión de dos hélices pocos minutos antes de que despegue.

Como sólo hay un vuelo semanal a Danang, el avión está atestado y Anh y yo nos vemos obligados a ocupar asientos separados. La azafata —cuyo talante y uniforme son típicamente proletarios (lleva unos pantalones negros de campesina y una sencilla camisa blanca)— nos recuerda que debimos haber solicitado a la oficina del Comité Nacional que nos reservaran asientos contiguos y que, por tanto, ése no es su problema. La experiencia con la antipática azafata confirma la lección que he aprendido en mis recorridos por este nuevo Vietnam: como nadie es especial, a nadie le importa qué te ocurre, si te atienden correctamente o si los objetos que adquieres funcionan como es debido. Me pregunto cómo conseguirá la joven república de Tío Ho los yens japoneses y los dólares estadounidenses que necesita para levantarse.

Pero soy una turista, no un político. Sólo puedo votar con mi dinero, de modo que decido recompensar generosamente a todo aquel que me brinde un buen servicio.

Después de un incómodo vuelo, el avión atraviesa la costa y empieza a descender. Se me ocurre que quizá consiga ver Ky La —o Binh Ky, como la llamaban los norteamericanos durante la guerra— a través de la ventanilla. Tras desabrocharme el cinturón de seguridad, me inclino sobre el pasajero que está sentado a mi lado, confiando en que mis disculpas —el deseo de contemplar mi vieja aldea— justifiquen mis malos modales, pero sólo distingo una maraña de estrechas carreteras, colinas, montañas y unos techados de paja entre los bosques y los arrozales. De pronto aparece la azafata y nos ordena que mantengamos abrochados los cinturones de seguridad. Se detiene junto a mí, como si me considerara una oveja descarriada que necesita de una buena reprimenda, hasta que vuelvo a abrocharme el cinturón. Así pues, Ky La, si todavía existe, pasa de largo sin que yo haya podido contemplarla.

El vuelo a Danang, tras mi expulsión de casa de Anh y Lien, fue muy distinto al que nos había llevado a mi madre y a mí a Saigón un año antes. En aquellos momentos, mi esperanza compensaba mi falta de fe. Ahora, mis escasas esperanzas se habían visto destruidas por la criatura que llevaba en mi vientre. Los peligros que ofrecía la provincia de Quang Nam eran de sobra conocidos. Lo único que podíamos hacer era tatar de sobrevivir. Estaba resuelta a mantenerme al margen de la República y sus corruptelas, del mismo modo que debía eludir al Vietcong si quería que mi hijo naciera y tuviera una madre que cuidara de él. En cuanto a mi madre, seguía tan disgustada conmigo que no me dirigió la palabra en todo el vuelo, dedicándose a charlar con la distinguida y amable señora que estaba sentada junto a ella.

Al parecer, la mujer tenía un marido rico y una confortable casa con una habitación para dos refugiadas de Saigón. Al llegar a Danang, la acompañamos a la elegante zona residencial en la que estaba situada su casa. Mi madre le explicó que yo era la esposa de un soldado republicano que había partido para incorporarse a su unidad y necesitaba «un lugar tranquilo» donde dar a luz. Mi boda había sido fastuosa (por supuesto), y cuando mi madre empezó a abundar en las virtudes de mi inexistente marido y acaudalados suegros —el tipo de vida que ella ansiaba para mí—, me sentí tan triste que me disculpé y fui a dar una vuelta por el barrio.

Mientras caminaba, pensé en las cosas que mi madre le había relatado a su vecina de asiento en el avión. Según parece, mi padre se pasaba todo el día sentado a la puerta de nuestra casa, recordando a su familia y llorando. Cada vez que veía acercarse a un forastero por la carretera de Ky La —aunque se tratara de un vagabundo o un huérfano—, se levantaba de un salto y gritaba mi nombre, el de Bon Nghe o incluso el de Sau Bau, aunque sabía que no podía responderle. Nuestros vecinos murmuraban que se emborrachaba con whisky de Danang y la cerveza que les sobraba a los soldados. A menudo sufría alucinaciones y veía a parientes muertos, como la tía Thu y Sau Ban, a mi madre y a mí, e incluso a antepasados de la familia Phung que habían muerto hacía mil años. Como los aldeanos no sabían cómo tratar a una persona que sufría ese problema, se reían de él cuando lo veían pasar, borracho y deprimido, y lo acusaban de ser cobarde por haber enviado a su mujer y a su hija a Saigón en lugar de protegerlas. Debido a la falta de compasión de sus amigos, mi padre se replegó todavía más en sí mismo, encerrándose en su infierno particular. Al fin, incapaz de sobrellevar su soledad, fue a Danang para visitar a mi hermana Lan, que tenía ya más de veinte años y había vivido muchas experiencias.

Lan había ido a Saigón en 1960 y se había trasladado de nuevo a Danang en 1964, cuando los norteamericanos reconstruyeron la ciudad. Era más fácil hallar trabajo allí. Había alquilado un pequeño apartamento que pagaba con el sueldo que percibía como camarera en un bar de Danang. Su trabajo consistía en hacer que los clientes —en su mayoría soldados norteamericanos— la invitaran a unas copas. Aunque dichas «copas» consistían en té helado (de ahí el nombre de su profesión: chica de té de Saigón), el propietario cobraba a los soldados como si fuera whisky y se repartía los beneficios con las camareras. Aunque puede decirse que vivían de los hombres, no solían ser prostitutas. Si un soldado pretendía llevarse a una chica a casa, ésta siempre podía negarse. Sin embargo, muchas de ellas, al igual que mi hermana Lan, tenían un novio norteamericano con el que salían después del trabajo.

Cuando mi padre se apeó del autobús y se dirigió al apartamento de Lan, le abrió la puerta un joven y corpulento norteamericano cubierto únicamente por una toalla. Éste le dijo que Lan estaba trabajando y no regresaría hasta al cabo de varias horas, pero mi padre decidió esperarla. Enfurecido, el soldado le gritó unas pocas frases que había aprendido en vietnamita, *«papá san, di di mau*!» (¡viejo y estúpido aldeano, vete de aquí inmediatamente!), y condujo a mi padre a empellones hasta la escalera. Dado que en esa zona estaban situados los retretes y las duchas que utilizaban los inquilinos de los seis apartamentos que había en cada rellano, mi padre se pasó la tarde charlando con unos extraños mientras éstos orinaban, se duchaban o limpiaban pescado en el grifo comunal.

Poco después de las cinco, mi padre oyó a Lan regresar a casa y entró en el apartamento por la puerta de la cocina. En lugar de alegrarse de verlo, mi hermana se mostró muy disgustada y nerviosa ante el dilema de respetar a su padre, tal como le habían enseñado a hacer, o complacer a «su hombre», como pretendía el norteamericano. Al fin, le dijo a mi padre que aguardara, se llevó al soldado al dormitorio —consistente en un pequeño espacio cubierto por una cortina— e hizo lo que debía hacer para complacerlo. Según mi madre, mi padre permaneció sentado en el sillón llorando amargamente.

Al cabo de una hora, al ver que mi hermana no salía del dormitorio, mi padre regresó a Ky La, donde halló a unos aldeanos esperándole ante nuestra casa. Éstos lo acusaron de ir a Danang para negociar con los norteamericanos y lo increparon duramente. Se mofaron de él por tener una «hija norteamericana» y lo criticaron por no haberles traído el whisky, los cigarrillos y las medicinas que le habían pedido. Durante varios días, mi padre estaba tan aterrado que no se atrevía a salir de casa excepto para ir en busca de comida y agua. Al cabo de un tiempo cayó enfermo. Cuando los soldados republicanos se presentaron en la aldea lo hallaron medio muerto y lo evuacuaron junto con los soldados heridos al hospital de Giai Phau en Danang.

Por fortuna, Lan se enteró de ello y, tras librarse de su novio norteamericano, fue a visitarlo inmediatamente, aunque era de noche y tuvo que saltar la verja de seguridad para entrar en el hospital. Se disculpó ante mi padre por haberlo tratado bruscamente, pero le dijo que existían demasiadas diferencias entre las costumbres de la ciudad y su mentalidad de viejo campesino.

Al oír eso, mi padre comprendió que no merecía la pena vivir sin su familia. Cuando le dieron el alta, compró una caja de raticida en Danang y, tras regresar a casa, se lo tomó después de cenar. Por fortuna, su robusta constitución «de guerrero» era más fuerte que su espíritu y sólo cayó enfermo. Pasó los siguientes días en cama, doblado por los dolores, vomitando y aquejado de una fuerte diarrea. Al parecer, esa lección le demostró que era inútil tratar de destruirse. Mi madre fue a visitarlo al cabo de unos días y regresó con la carta que me curó de la úlcera y de mi autoconmiseración. Además consiguió convencer a Hai de que nuestro padre moriría si alguien no se ocupaba de él, de modo que Hai dejó su trabajo en Saigón y regresó con Tinh a Ky La para atenderlo.

Mientras pensaba en todo ello, empezó a oscurecer. Al mirar a mi alrededor, comprobé que me hallaba en una zona residencial de grandes edificios rodeados por elevados muros. Por encima de éstos veía las ramas de los árboles y las luces encendidas en los pisos superiores. De pronto me acordé de Anh y rompí a llorar, no sólo por mi padre y Lan, sino por mi madre —sumida también en un mundo irreal—, por mí misma y por mi hijo, cuyo futuro no parecía muy halagüeño.

Al cabo de unos minutos me detuve para enjugarme las lágrimas. Oí unos pasos. Al girarme, vi a tres hombres —no eran soldados, pues eran demasiado jóvenes— que me seguían. Al principio no me alarmé, pues tenían aspecto de ser bien educados. Pero no dejaban de mirarme fijamente, sonriendo, y apreté el paso.

—Hola, guapa, ¿a qué viene tanta prisa? —gritó uno.

Yo eché a correr, buscando un callejón o un edificio donde refugiarme, pero estaba rodeada por unos impenetrables muros y unas verjas de hierro destinadas a impedir la entrada a los intrusos. Antes de llegar a un cruce, una vigorosa mano me agarró del codo y me obligó a girar bruscamente. Mi cabeza chocó contra un muro y vi ante mí los rostros de los tres jóvenes, que me miraban riendo.

—Qué chica tan poco amable —dijo el del centro. Su aliento apestaba a ajo y cerveza.

—¡Por favor, soltadme! —les rogué, aterrada. Traté de protegerme el vientre, pero uno de los chicos me apartó la mano de un manotazo.

—Veamos qué trata de ocultar —dijo otro.

Mientras uno de los chicos me arremangaba la camisa, otro me bajó los pantalones. Yo empecé a gritar como una desesperada, tratando de cubrirme y proteger a mi bebé. Pero fue en vano, nadie parecía oír mis gritos de socorro. De pronto, noté que el muro vibraba y percibí un extraño sonido. Una luz fría y blanca, resplandeciente como el fuego de los ángeles, cayó sobre nosotros. Al cabo de unos segundos, una tormenta de polvo y hojas barrió la calle.

Los tres gamberros echaron a correr. La luz siguió iluminándome mientras me subía los pantalones y me abrochaba la camisa; luego giró hacia el otro extremo de la calle, por donde habían desaparecido los tres jóvenes que me habían asaltado. Al cabo de unos instantes el aire se calmó y el helicóptero de la policía, o del Ejército, se alejó.

Cuando regresé, mi madre, al observar mi lamentable estado, me propinó un bofetón. Yo no dije nada —¿de qué sirve maldecir las rocas que te magullan cuando te arrastra la corriente?— y me fui a acostar. Mientras permanecía con los ojos abiertos, esperando que el sueño me venciera, lamenté no haber podido darles las gracias a los tripulantes del helicóptero. Se me antojaba una curiosa paradoja que un mismo aparato —unos mismos hombres— pudieran ser a la vez verdugos y salvadores. Pensé que todo lo que había contemplado hasta entonces desde un sólo lado podía ofrecer distintas perspectivas. Lo único que sabía con certeza era que nunca volvería a considerar un helicóptero como lo había hecho hasta entonces.

A la mañana siguiente fuimos a visitar a mi tío Nhu, el hermano mayor de mi madre, que vivía en Danang. Se mostró muy sorprendido de vernos, más aún al observar mi abultado vientre.

—¿Por qué no nos invitasteis a la boda? —inquirió, recordando que hacía unos meses habíamos ido a Saigón—. ¿Por qué regresasteis tan repentinamente a Quang Nam?

Mi madre le contó la acostumbrada letanía de mentiras, agregando que mi abuela paterna se le había aparecido, envuelta en un brillante resplandor y agitando los brazos, para comunicarle que debíamos partir inmediatamente hacia el Norte. Dijo también que había recibido carta de Lan informándole de que mi padre estaba muy enfermo y que necesitaba ayuda, y que por eso habíamos venido aquí.

—Lo cierto —añadió, casi de pasada— es que Bay Ly no debe exponerse a sufrir un percance en Ky La. ¿Podría alojarse en tu casa y trabajar para ti hasta que dé a luz?

Por degracia, el tío Nhu se negó. Dijo que su familia estaba muy vinculada a los republicanos y no podían arriesgarse a que hallaran a una «simpatizante del Vietcong» en su casa. Así pues, después de dirigirnos al mercado para entregar a los vecinos de Ky La un mensaje para mi padre, comunicándole que íbamos a regresar, fuimos al apartamento de Lan.

—¿Queréis alojaros aquí? —preguntó mi hermana, mientras se lavaba los dientes antes de dirigirse al bar donde trabajaba—. ¿Pero dónde vais a dormir? Apenas hay sitio para una cama.

Mi madre examinó el pequeño apartamento. En un rincón, junto a la ventana, había una mesa y cuatro sillas, y en el otro un armario ropero que contenía los vestidos más elegantes que yo había visto jamás. Cuando mi madre apartó la cortina que ocultaba el lecho retrocedí apresuradamente, temiendo toparme con un soldado norteamericano cubierto con un taparrabos y sosteniendo una cartuchera en una mano y una cerveza en la otra. Luego, Lan nos mostró la diminuta cocina, situada en la parte posterior del apartamento. Entre el fogón y un pozo del que extraía agua, había un minúsculo espacio.

—Supongo que Bay Ly puede dormir ahí —dijo, abrochándose el vestido de raso. Llevaba el pelo ondulado y unos zapatos de tacón alto, como las chicas orientales que había visto bebiendo Coca-cola o tomando fotos con una cámara Kodak en los carteles de Saigón. Apenas podía creer que tuviera una hermana tan hermosa y atractiva—. Pero tendrá que trabajar para ganarse el sustento —continuó Lan—. No puedo permitirme el lujo de tener a una sirvienta y al mismo tiempo alimentar a mi hermana encinta.

—Por supuesto —contestó mi madre, alegrándose de no tener que discutir con mi obcecada hermana—. No te causará ningún trastorno y hará todas las faenas de la casa.

Cuando mi madre regresó a casa del tío Nhu, le conté a Lan la verdad acerca de mi estado, en parte porque estaba cansada de oír mentiras y, por otra, porque creí que a Lan le impresionaría que un hombre rico apuesto se hubiera enamorado de mí. En cierto sentido, hacía que me pareciera a ella, y supuse que esa semejanza la complacería. Estaba equivocada.

—¿Cómo? —exclamó Lan—. ¿Has seducido al marido de tu patrona y encima tienes el valor de confersármelo? ¡Eres una zorra! Debiste seguir los consejos de mamá Du y mantener la boca cerrada. Tengo un novio —en realidad tengo muchos novios— y no estoy dispuesta a que me lo robes. Ocúpate de tus asuntos y haz lo que te ordeno o te echaré a la calle, aunque seas mi hermana y vayas a tener un hijo. ¿Has comprendido?

Yo asentí. Lan se puso unas gafas de sol —aunque ya casi había anochecido— y salió. De todos modos, me parecía una reina y lamentaba haberla disgustado. Me prometí ser una buena hermana y una buena ama de llaves, sin saber lo difícil que me resultaría cumplir esas promesas.

Al principio, mis tareas consistieron únicamente en traer agua del pozo para cocinar y lavar, limpiar el apartamento e ir al mercado. Al cabo de unas semanas, sin embargo, Lan insistió en que me ocupara de otros quehaceres, como vaciar la palangana después de que se hubiera higienizado y lavar su ropa interior. Acabé sirviendo la comida y las bebidas durante las fiestas que organizaba prácticamente todos los fines de semana, haciendo el papel de sirvienta ante sus convidados.

De todas las ingratas tareas que me encomendaba mi hermana, la peor era hacer de camarera cuando daba una fiesta. Generalmente, invitaba a dos o tres soldados norteamericanos y algunas amigas suyas. Eran unas chicas sin clase, muy distintas de Lan, que no cesaban de soltar palabrotas, fumar y beber whisky. Cuando llegaban sus invitados, Lan encendía la radio y me ordenaba que preparara unos emparedados. Los servía en una bandeja junto con las bebidas, y luego me retiraba a la cocina hasta que me llamaba mi hermana para que le alcanzase algo o limpiara el suelo cuando uno de sus amigos derramaba la bebida o vomitaba. Las chicas y los soldados solían mofarse de mi voluminoso vientre y me pellizcaban cuando pasaba junto a ellos. Al cabo de un rato, las chicas se quitaban la blusa y se ponían a bailar o se sentaban en las rodillas de los soldados, mientras yo me ocultaba en el baño hasta que hubiera concluido el espectáculo.

Pero aunque odiaba esas fiestas, no me aterraban tanto como cuando se presentaban solos los amigos de Lan, especialmente cuando ésta no estaba en casa. Yo no hablaba inglés y las pocas palabras en vietnamita que ellos conocían se reducían a «deténte», «fuera de aquí» o «suelta el arma». Los hombres mayores (en su mayoría civiles, calvos y muy ricos), los marineros y los soldados limpios y aseados no me infundían temor; pero los marines, que a veces venían de regreso del campo de batalla, sucios, apestando como los búfalos, sin afeitar, armados y con el reflejo de la muerte en sus ojos, me parecían tan temibles como los marroquíes de «cara cortada» que había visto hacía trece años.

Un día lluvioso en el que Lan estaba en la peluquería apareció uno de esos repugnantes gigantes en el apartamento. Con un poncho sobre su uniforme de combate, parecía inmenso como un tanque. Cuando le abrí la puerta, me hizo una pregunta que no comprendí. Supuse que me preguntaba dónde estaba Lan, porque, al no responderle, el marine entró y echó un vistazo alrededor del apartamento. Al comprobar que mi hermana no estaba en casa, se tumbó en el sofá, sin quitarse la mochila, resuelto a esperarla. Los vecinos me habían dicho que habían impuesto un toque de queda militar y que los soldados norteamericanos que lo violaran serían arrestados por su policía militar. Puede que ése fuera el motivo de que el soldado protestara cuando hice ademán de retirarme y de que me ordenara que cerrara la puerta. Tras obedecerle, me hizo otra pregunta en inglés, y, al ver que no entendía, me indicó con un gesto que deseaba beber algo. Sin duda quería un whisky, no una cerveza, pero yo no quería estar a solas en casa de Lan con un marine borracho que pretendía acostarse a toda costa con una mujer. Fui a la cocina, pero en lugar de servirle un whisky, salí al rellano y me oculté en las duchas hasta que el soldado se fue.

Al cabo de un rato, entré de nuevo en el apartamento y observé que el soldado había dejado sobre la mesa un paquete, que debía llevar oculto bajo el poncho. Por la etiqueta, parecía contener un aparato fabricado en Estados Unidos, probablemente un ventilador (muy útiles para los norteamericanos, que no estaban acostumbrados al calor en Vietnam) adquirido en la cantina militar.

Cuando Lan regresó a casa, le conté lo sucedido.

—Toma —dije—, el soldado dejó este paquete para ti.

—¿Se ha ido sin dejarme un mensaje? —preguntó Lan enojada.

—No sé inglés —contesté.

—¿Le serviste una copa?

—No, estaba muy asustada. Tenía un aspecto horrible, era enorme y llevaba un rifle...

Lan me dio una bofetada y exclamó:

—¡Estúpida! ¿Te das cuenta de lo que has hecho? ¡No, claro! ¡Eres tan imbécil que hasta has permitido que un tipo te dejara preñada! No debí dejar que mamá me convenciera de darte alojamiento. Las mujeres encinta traen mala suerte, y me has causado muchos problemas. La casa está hecha un asco y la comida que preparas sabe peor que el arroz *tam*, ¡no se la comerían ni los pordioseros!

—¡Eso no es justo! —protesté—. No me das dinero suficiente para comprar comida. ¿Cómo quieres comer bien a base de verduras y pescado podrido?

—¡Basta! —me interrumpió Lan, propinándome otro bofetón—. ¡Márchate ahora mismo! ¡Vete! ¿Qué esperas?

Al cabo de unos momentos me encontré en la acera frente al edificio, empapada y agarrándome el vientre. Aunque estaba furiosa con Lan, al mismo tiempo lamentaba haberla defraudado. Sabía que mi madre se llevaría un gran disgusto al saber que me había vuelto a quedar en la calle. Eché a andar, mientras las lágrimas se mezclaban con la cálida lluvia sobre mis mejillas. A la media hora, la lluvia cesó y la gente empezó a salir de sus casas. Me encaminé hacia la calle Phan Dinh Phung, en dirección al río y el nuevo puente norteamericano, a donde solía dirigirme cuando estaba cansada de los amigos de Lan.

Al fin, me senté sobre un estribo del puente y empecé a cantar una canción a mi hijo. De pronto noté la presencia de otra persona junto a mí.

—¿Qué te sucede, pequeña? —Era una mujer, también encinta, aunque bastante mayor que yo. Supongo que debió extrañarle verme en ese estado, con las ropas empapadas y cara de tristeza.

Le respondí que acababan de echarme de mi apartamento y no tenía dinero, ni marido, ni trabajo ni lugar donde vivir. La mujer se palpó el vientre y dijo:

—Las mujeres que esperamos un niño debemos apoyarnos.

Luego me cogió la mano y me condujo hasta una casa con una lavandería instalada en la parte delantera.

—Puedes alojarte aquí mientras buscas otro lugar —dijo la mujer—. No te ofrezco caridad, trabajarás en mi lavandería a cambio del alojamiento y la comida. Pareces una chica sana y fuerte, de modo que tendrás que trabajar duro para ganarte el sustento.

Como es lógico, me sentía muy agradecida de que esa bondadosa mujer quisiera ayudarme. Su pequeña casa estaba limpia y llena de parientes y empleados (en total eran diez, la mitad hombres y la otra mujeres), algunos de los cuales vivían también allí. Después de cenar, me acosté sobre una estera en un rincón, dispuesta a levantarme al día siguiente antes del amanecer para ponerme a trabajar.

Desde las cinco hasta las ocho, me dediqué a transportar agua del pozo hasta una pila grande, donde las mujeres lavaban la ropa. Luego acompañé a mi benefactora al mercado y la ayudé a hacer la compra. A continuación limpié la casa y vigilé a sus hijos mientras ella supervisaba el planchado de la ropa (una tarea estrictamente masculina) o iba a hacer algún recado. Por último me puse a preparar la cena, que compartían todos los empleados de la lavandería.

Al cabo de tres días de ese trajín tan agotador, que nunca variaba y debía cumplir como si me hallara en un campamento militar, decidí lavar mi ropa. Pedí permiso para regresar a mi antiguo apartamento, con el fin de convencer a Lan de que me devolviera mis pertenencias o, en caso de que estuviera ausente, cogerlas yo misma.

Cuando llegué a su casa, Lan me abrió la puerta. Supuse que iba a reñirme, pero se mostró muy amable conmigo. Según parece, nuestro padre se había enterado de mi regreso y había ido a casa del tío Nhu para hablar con mi madre. Al contarle ésta que yo estaba encinta (lo cual mi padre ignoraba), se mostró muy sorprendido cuando Lan apareció en casa del tío Nhu para ver si yo estaba allí.

—Le dije que no sabía por qué te habías marchado —dijo Lan—. No hablaba en serio cuando te arrojé de casa; sólo estaba molesta por la forma en que te habías comportado con mi amigo.

Al parecer, a mi padre no le convenció su explicación y arremetió contra ella y contra mi madre; contra mi madre por haber permitido que me quedara encinta y contra Lan por haberme arrojado de su casa.

—¿Quién te crees que eres? —preguntó a Lan—. ¿El Gobierno? ¿Cómo te atreves a arrojar a tu hermana de tu casa? ¡En mi familia no nos comportamos de ese modo! En mi familia, las hojas sanas cubren las malas.

Según Lan, nuestro padre estaba fuera de sí. Luego descargó su furia sobre mí, aunque yo no estaba presente.

—Ve en busca de tu hermana —le dijo a Lan—, y cuando la encuentres, quiero que la lleves de nuevo a tu casa y le pidas perdón por haberla maltratado. No la atosigues, deja que viva su vida hasta que haya nacido el niño. En cuanto a Bay Ly, dile que no quiero volver a verla jamás. Es una *chua hoan*, una madre soltera. Nos ha deshonrado a mí y a mi familia y no quiero volver a ver su rostro.

Dicho esto, mi padre se marchó de casa del tío Nhu y regresó a la aldea, llorando y despotricando contra todos.

Al terminar su relato, Lan y yo rompimos también a llorar y nos abrazamos. Por la tarde regresé a la lavandería y le dije a mi benefactora que dejaba el trabajo.

Durante los siguientes días, las cosas fueron bastante bien. Reanudé mis quehaceres y Lan me dio un poco de dinero para comprar comida en el mercado, aunque la mayor parte de sus ganancias iban a parar a una caja fuerte que guardaba en su armario o la gastaba en ropa y licor para sus amigos. Puesto que ya no tenía que servir a sus invitados cuando daba una fiesta, Lan me permitía ir a dar un paseo hasta que sus amigos se habían marchado, lo cual no era nunca antes del amanecer. En algunas ocasiones, cuando un novio suyo estaba de permiso, se quedaba en casa varios días, aunque Lan seguía trabajando en el bar. Me ponía nerviosa quedarme a solas con ellos, pues lo único que les interesaba era el sexo y eran incapaces siquiera de prepararse la comida. Las mujeres vietnamitas comentábamos a menudo la obsesión de los norteamericanos con el sexo, y nos preguntábamos qué clase de vida llevarían sus esposas en Estados Unidos.

En esas ocasiones, cogía mi manta y me instalaba en la calle hasta que su novio se hubiera marchado. Dado que las calles estaban llenas de gente sin hogar, nunca me faltaba compañía; y aunque lloviera no me importaba permanecer a la intemperie, pues me sentía a salvo de los violadores y los pegajosos soldados.

Sin embargo, al cabo de unos meses empecé a notar molestias y comprendí que mi hijo estaba a punto de nacer, por lo que tuve que permanecer en casa y soportar la presencia de los amigos de Lan. Por desgracia, su amigo norteamericano preferido —el que había arrojado a mi padre del apartamento— regresó de permiso y se quedó a vivir con nosotras una semana. Aunque era un individuo corpulento (medía más de un metro ochenta) y tenía un temperamento muy agresivo cuando se emborrachaba —que era casi siempre—, servía en la Marina estadounidense, lo cual significaba que era de fiar. Tenía la cara tostada y redonda, casi oriental (otro de los motivos por los que me inspiraba una relativa confianza), el pelo negro cortado a cepillo y una perpetua sonrisa que, sin embargo, no siempre indicaba que estuviera de buen humor.

Una noche, cuando él y Lan se hallaban en el dormitorio, ocultos tras la cortina, bebiendo y riendo, oí de pronto gritar a mi hermana. Sin pensarlo dos veces, entré apresuradamente y los encontré a ambos revolcándose en el suelo. El soldado estaba en calzoncillos y no dejaba de golpear a mi hermana. Yo traté de separarlos, pero el soldado me apartó de un manotazo. Entonces salí corriendo a través de la cocina y me dirigí hacia la escalera (siempre había alguien en los retretes), para pedir a un vecino que avisara a la policía militar. Súbitamente apareció el soldado y me agarró por el cuello. Estaba tan borracho que apenas se sostenía de pie, y temí que fuera a caerse encima mío y me aplastara. Sin tener en cuenta mi estado, me pegó un par de bofetadas y me derribó al suelo. Luego trató de abalanzarse sobre mí, pero yo eché a correr escaleras abajo, gritando: «¡Socorro! ¡Avisen a la policía militar!» Luego me dirigí a la calle Phan Thanh Gian, que estaba siempre muy concurrida, para pedir ayuda.

Afortunadamente, a pesar de estar borracho, el soldado no se atrevió a seguirme, sino que cogió sus ropas y salió por la puerta lateral del edificio. Cuando regresé al apartamento, Lan estaba poniendo en orden la habitación. Temí que se enojara conmigo por organizar aquel escándalo, pero me abrazó, temblando como una hoja, y me preguntó si estaba herida.

Al cabo de unos días, el soldado regresó para disculparse y nos dio unos regalos. A partir de entonces solía visitarnos con frecuencia, pero aunque yo me mostraba cortés, procuraba mantener las distancias. Poco antes de que el norteamericano regresara a su país, Lan le entregó unos regalos como recuerdo de su relación, y éste hizo a Lan un regalo que ella no descubriría hasta al cabo de unas semanas: un hijo, que nacería en primavera.

Mi madre, que seguía viviendo en casa del tío Nhu, venía de vez en cuando para ver cómo estaba. Cuando le pregunté si había recibido el dinero que Anh debía enviarnos mensualmente para nuestra manutención, respondió que, aunque el mayordomo le había dicho que fuera a recogerlo a casa de la hermana de Anh, ésta le daba siempre alguna excusa para no entregárselo. Al principio le dijo que no sabía nada del acuerdo; luego dijo que aún no había recibido el dinero. Pero las semanas pasaban. Llegó el momento de pensar en cómo pagaríamos la habitación del hospital en el que daría a luz, y comprendimos que no podíamos esperar a que los remordimientos o la caridad de Anh resolvieran el problema. A regañadientes, Lan accedió a sufragar los gastos, en parte porque me estaba agradecida por haberle salvado la vida, y en parte porque sabía que yo estaba al corriente del dinero que guardaba en la caja fuerte y no podía hacerse la pobre.

Pocos días después de la última visita de mi madre, cuando Lan se había ido a trabajar y yo estaba almorzando, se presentó mi hermana Ba (que había tenido un hijo hacía poco) para comunicarme que mi padre estaba a punto de llegar. Yo le ofrecí un plato de sopa y le pregunté qué debía hacer cuando apareciera.

—No hables con él —respondió Ba—. Mamá dice que todavía está furioso y que ha perdido la razón. Es capaz de cualquier cosa. Te aconsejo que...

En aquel momento oímos unos golpes en la puerta y supusimos que se trataba de nuestro padre.

—Escóndete en el retrete —dijo Ba.

Yo obedecí, pero Ba dejó la puerta trasera entreabierta para que yo pudiera escuchar la conversación.

—¿Dónde está tu hermana? —le preguntó mi padre.

Al oír su profunda y maravillosa voz, que hacía casi un año que no escuchaba, me sentí muy conmovida.

—Lan se ha ido a trabajar —contestó Ba—. Se marchó hace una hora y yo me disponía a salir en estos momentos.

Oí a mi padre pasearse por el apartamento, arrastrando los pies como un anciano, y me acerqué a la puerta para verlo antes de que se fuera.

—No me importa lo que haga Lan —replicó mi padre enojado—. He venido a ver a Bay Ly. ¿Por qué hay dos platos de sopa en la mesa?

—He almorzado con la sirvienta de Lan antes de que ésta se marchara —respondió Ba—. Es una chica muy amable. Lan le da de comer aparte de pagarle un sueldo.

Mi padre soltó un gruñido y siguió registrando el pequeño apartamento, como si sospechara que yo estaba oculta en el armario o detrás de la cortina del dormitorio.

—Cuando veas a Bay Ly —dijo mi padre al cabo de unos minutos—, dile que he venido a verla. Dile que la echo mucho de menos y que no voy a castigarla por su error. ¿Se lo dirás?

—Descuida —respondió Ba.

Luego les oí despedirse afectuosamente. Deseaba hallarme en el lugar de Ba y poder abrazar a mi padre, pero me sentía demasiado avergonzada para enfrentarme con él. Al fin, decidí que era preferible que no me viera hasta que hubiera dado a luz y hubiera recuperado mi aspecto habitual.

Después de lavar los platos, Ba y mi padre se dirigieron a la puerta. Cuando éste preguntó a mi hermana por qué había dejado abierta la puerta de la cocina y si no temía que se colara algún ladrón, Ba se echó a reír y dijo que Lan quería que el apartamento estuviera bien ventilado, aunque la cocina daba a los retretes y a los lavaderos y apestaba a pescado.

Cuando se marcharon, aguardé unos minutos antes de seguir a mi padre. Supuse que tomaría el transbordador del río Son Hang, luego el autobús que lo llevaría a casa de Ba y por último se dirigiría a la Montaña de Mármol. Cuando llegué al embarcadero, vi a un nutrido grupo de pasajeros que aguardaban coger el transbordador y me metí en el portal de un comercio (tratando de ocultar mi voluminoso vientre como si fuera algo vergonzoso) para ver a mi padre.

Al fin, llegó el transbordador. Vi a mi padre atravesar la pasarela, con aspecto cansado y triste, rodeado de madres, niños, funcionarios gubernamentales y jóvenes soldados que regresaban a casa de permiso. Cuando el barco se alejó, noté de pronto una mano sobre mi brazo. Era el dueño de la tienda en la que me había ocultado para ver a mi padre.

—¿Está usted bien, señorita? —me preguntó amablemente—. Disculpe —añadió al observar mi enorme barriga—. No llore, no tardará en llegar otro transbordador.

—Estoy bien, gracias —respondí avergonzada, enjugándome las lágrimas con la manga de la camisa.

Regresé a casa de Lan y me acosté, pero la cocina estaba aún impregnada del aroma de mi padre. Me sentí muy triste. Lamentaba no haber tenido el valor de enfrentarme a él y abrazarlo. Salí a dar una vuelta por el barrio, sin rumbo fijo, y al cabo de un rato me encontré en otra zona de la ciudad. Había anochecido, el aire olía a lluvia y estaba demasiado cansada para regresar a casa. El vientre me dolía, y como estaba cerca de donde vivía mi primo Nu, hijo del tío Nhu, decidí rogarle que me dejara pasar la noche en su casa. Al llegar me encontré con mi madre, que había ido a visitar a Nu y a su familia, quienes me acogieron afectuosamente. Después de cenar hablamos sobre mi padre y resolví ir a visitarlo en la aldea, sin importarme el riesgo al que me exponía. Cuando se puso a llover, mi madre y yo nos acostamos en el lecho de invitados y me quedé dormida entre sus brazos, sintiéndome al fin cómoda y segura.

Hacia las cuatro de la mañana me levanté para ir al lavabo, como solía hacer últimamente, y observé que mis pantalones y la cama estaban empapados. Temiendo haberme orinado mientras dormía, desperté a mi madre para que me ayudara a cambiar las sábanas.

—¡Dios mío, Bay Ly —exclamó mi madre mirándome horrorizada—, es *loi oi*! ¡Has roto aguas!

Nos vestimos apresuradamente y comunicamos a Nu lo que había sucedido. Luego salimos —cubriéndonos la cabeza con una manta— y echamos a correr bajo la lluvia hacia la clínica, que estaba a pocas manzanas de distancia. No comprendía por qué inquietaba a mi madre que yo hubiera roto aguas; no sentía ninguna molestia, y todavía no había empezado a notar los dolores que preceden al parto. Tan sólo me sentía confusa —feliz y preocupada al mismo tiempo—, al pensar que no tardaría en dar a luz.

En realidad, la clínica era una casa con una sola habitación, rodeada por unas paredes grises y mugrientas, en la que habían cinco lechos con unas tablas de madera en lugar de colchones. Despertamos a la comadrona que estaba de guardia y le dijimos que aún no había empezado a sentir los dolores del parto. Ésta me ayudó a tumbarme en el lecho de madera y me administró una inyección para acelerar el parto. Al cabo de unos momentos mi inmensa barriga se puso dura como una pelota de baloncesto y noté que la comadrona me colocaba los pies en unos estribos situados en el extremo de la tabla. Empecé a apretarme el vientre. De pronto sentí un dolor en el ombligo que me recorrió la espalda como una descarga eléctrica y me dejó sin aliento. La comadrona me puso otra inyección y las contracciones comenzaron de nuevo. A través de la nube de medicamentos, temor y nerviosismo, oí a mi madre y a la comadrona gritar: «¡Puja, puja!», «¡no pujes!», pero yo me sentía como una máquina de carne y sangre a merced de una fuerza que no podía controlar. Tras la décima contracción, sentí una diminuta cabeza, unos codos, unas caderas y unas rodillas deslizándose a través de mi vagina. La sensación de hinchazón e incomodidad que había experimentado durante los nueves meses de mi embarazo dio paso a una sensación de calma que se desvaneció bruscamente cuando la comadrona depositó al niño sobre mi vientre. Al alzar la cabeza, le vi cortar con unas tijeras el cordón umbilical que me unía a mi hijo.

—¡Gracias a Dios que es un varón! —exclamó mi madre, como si no existiera la guerra, y yo me sentí también muy feliz.

Antes de que pudiera acariciar a mi hijo, la comadrona me lo arrebató, suspendiéndolo por los pies y dándole unos golpecitos en la espalda, y el último espíritu Phung penetró en el mundo con un sonoro alarido. Mientras mi madre limpiaba a mi hijo, la comadrona me ayudó a expulsar la placenta.

—Dale de mamar inmediatamente —me ordenó, añadiendo—: Tienes una hemorragia.

Mi madre me desabrochó la blusa y colocó al niño sobre mi pecho. Súbitamente, las contracciones comenzaron de nuevo, aunque con menor intensidad, pero la comadrona me aseguró que los espasmos frenarían la sangre que manaba de mi dolorido trasero.

—No te preocupes —me dijo—, el médico no tardará en venir y te dará unos puntos.

Pero pasaron dos horas y el médico no apareció. Yo permanecí tendida sobre la tabla, sin poderme levantar, mientras mi madre ahuyentaba a las moscas para que no me picaran. Pese a las molestias que sufría, me entretuve dando de mamar a mi pequeño y reflexionando acerca del futuro. La hospitalidad de Lan —su promesa de ayudarme— finalizaría cuando diese a luz, pues no desearía tener que ocuparse de una hermana soltera con un hijo pequeño.

Al fin, el médico apareció y se dispuso a «reparar», según dijo, mis destrozados tejidos. Supongo que creyó que mi marido le estaría agradecido. Yo me sentía tan triste que no era siquiera capaz de responder a sus sencillas preguntas. De pronto rompí a sollozar y me negué incluso a comerme el arroz y las vísceras de vaca que me había traído mi madre de casa de Nu. Ni siquiera mi hijo conseguía consolarme, y seguí sumida en una profunda melancolía, típica de las mujeres que acaban de dar a luz, hasta el mediodía del día siguiente.

Durante los veintiún días siguientes, apenas me moví del duro lecho de tablas. Mi madre solía dormir en una cama junto a la mía, cuando quedaba una vacante; o en el banco donde se sentaban las visitas, cuando estaba vacío; o en el suelo, cuando la clínica estaba llena. Me lavaba la ropa, me traía la comida y nos atendía a mí y a mi hijo, aunque a veces perdía los nervios por el cansancio y me reñía como si fuera una niña. Yo me sentía muy débil y sólo era capaz de levantarme para ir al lavabo. Durante esos días, pensé mucho en el futuro de mi hijito —al que llamamos Hung—, en que asistiría a la escuela o trabajaría con su abuelo en los arrozales o conduciría al búfalo a los campos, aunque los soldados habían matado a nuestro animal y la mitad de nuestras tierras habían quedado destruidas. Sin embargo, todo el odio que me inspiraba la guerra, el Vietcong, el Gobierno y los invasores norteamericanos se había desvanecido. Me resultaba imposible alimentar un sentimiento de odio con mi hijo entre los brazos. Sabía que Anh llegaría a querer a nuestro hijo —con la carita enrojecida y tan ruidoso como una sirena antiárea— del mismo modo que quería a los hijos que había tenido con Lien. Asimismo, sabía que mi padre quedaría prendado de su nieto en cuanto lo viera, al igual que mi madre, aunque ésta me aconsejó que no fuera a visitarlo hasta que hubiera recuperado el control sobre sí mismo.

Al cabo de tres semanas abandoné la clínica y fui con mi madre a casa de mi hermana Ba. Ésta siempre había sido más amable y comprensiva conmigo que Lan, pero su marido policía, Chin, seguía sin dirigirme la palabra. Sospecho que mi madre tuvo que prometerle algo a cambio de que nos permitiera a mí y a mi hijo alojarnos en su casa durante un mes.

Un par de días después de nuestra llegada, mi padre se presentó en casa de Ba cargado de arroz, el regalo tradicional que los vietnamitas solemos hacer a los recién nacidos para desearles salud y buena fortuna. Dado la cantidad de arroz que trajo, deduzco que debió pasar varios días limpiándolo, lo cual demostraba su generosidad y su voluntad de perdonarme. No obstante, mi madre y Ba me prohibieron verlo, y tuve que permanecer de nuevo en otra habitación mientras escuchaba su triste y fatigada voz, aunque se animó apenas vio a su hermoso nieto.

Un día después, mi hermana Hai vino a visitar al niño. Según la tradición, las mujeres que acaban de dar a luz se aíslan de todo el mundo —excepto de sus parientes más cercanos— durante el *buon de*, un periodo de renovación espiritual y rejuvenecimiento físico. (Mi madre me dijo que antes de tener un niño el marido no te quita la vista de encima, pero después de tener dos, cierra los ojos cuando pasa junto a ti. Los rituales *buon*, según me explicó, estaban destinados a hacer que nuestro marido siguiera contemplándonos embelesado incluso después de haber tenido varios hijos.) Así pues, Hai, como las otras personas que acudían a verme, decidió no interrumpir mi aislamiento, y charlamos a través de una puerta entreabierta. Sin embargo, los consejos que me dio sobre lo que debía hacer resultaban bastante chocantes por tratarse de mi hermana.

—Corta a tu hijo en tres pedazos —me dijo—. Debes cometer *chat lam ba*, como dicen nuestros mayores.

Significaba envolver la cabeza, el estómago y las piernas del niño en una manta y arrojar cada pedazo al río para lavar mi pecado. Aunque sabía que no lo decía en serio, la idea de abandonar a mi hijo en un orfanato o al cuidado de unos extraños me parecía un crimen. Durante unos instantes pensé que mi madre le había inducido a decirme esas cosas, pero en el fondo sabía que no era cierto. El cariño que mi madre nos había prodigado a mí y a mi hijo durante tantos días y noches pasadas en vela, confirmaba que su nieto significaba tanto para ella como para mí.

Al cabo de un mes, cuando concluyó el periodo de *buon de*, regresé con mi hijo a casa de mi primo Nu y pagué por mi alojamiento y comida atendiendo a sus once hijos. Su esposa vendía souvenirs a los norteamericanos. Solía acompañarla a los mercadillos, donde mi prima adquiría unos objetos de artesanía para que nos dejaran entrar en la base norteamericana. El método que empleaba para hacer negocios era simple pero ingenioso, y junto a ella aprendí a sobrevivir sin una caña de pescar, un azadón ni un hombre que me mantuviera.

Una vez que conseguíamos entrar en la base, vendíamos nuestros souvenirs (trajes típicos o bisutería de madera jaspeada) y entregábamos el dinero a los soldados que estaban dispuestos a comprar para nosotras cigarrillos, licor, jabón o chicle, los cuatro artículos más buscados en el mercado negro. Cuando abandonábamos la base, vendíamos dichos artículos a personas de tipo survietnamita, que nos daban a cambio mucho dinero, en *piasters* republicanos, en la moneda del Ejército rojo e incluso en dólares norteamericanos. Ese dinero, a su vez, nos permitía comprar más mercancías a los artesanos y venderlas a buen precio.

Finalmente pedí a mi madre que cuidara a Hung y a los otros niños durante unas horas cada día para poder dedicarme a hacer negocios por mi propia cuenta. Aunque ya había aprendido suficiente inglés para preguntar «¿quiere comprar cigarrillos?», «¿quiere whisky?» y «¿cuánto me dará por ello?», no conocía el idioma lo bastante bien como para diferenciar los productos. En cierta ocasión, un vecino republicano me encargó detergente para lavar la ropa y pregunté a un soldado (una vez que logré entrar en la base con mi cubo lleno de brazaletes) si quería comprarme jabón, y éste regresó con una pastilla de jabón de tocador.

Al cabo de unas semanas, empecé a fijarme en media docena de chicas vietnamitas —unas jóvenes de aspecto duro y curtido— que se dedicaban también a este negocio. Solíamos acudir a los mercadillos a la misma hora y luego nos encontrábamos ante la misma cantina, tratando de vender nuestras mercancías a los soldados. Aunque al principio nos observábamos con recelo, al poco tiempo comprendimos que lo que perdiéramos con una venta podíamos compensarlo llevando un cliente a una chica que tenía lo que éste deseaba y repartiéndonos con ella los beneficios. Esas chicas me enseñaron numerosos trucos del comercio de souvenirs/mercado negro. En lugar de adquirir objetos norteamericanos y venderlos únicamente a los vietnamitas, me enseñaron que podía ganar más dinero llevando los artículos norteamericanos que compraba en la cantina a los soldados que no podían desplazarse hasta allí. Los soldados que aguardaban en un convoy, por ejemplo, estaban dispuestos a pagarnos mucho dinero por un refresco, unas gafas de sol, unos periódicos o unas revistas con fotos eróticas, de modo que transportábamos nuestras mercancías en unos cubos y recorríamos toda la ciudad en busca de unos soldados que estuvieran demasiado ocupados o no pudieran desplazarse hasta la cantina para comprar ellos mismos esos artículos.

Al cabo de un mes, yo misma les enseñé un truco a mis colegas. Puesto que casi todas mis nuevas amistades eran chicas de la ciudad y se sentían un tanto desplazadas lejos de Danang, se quedaron asombradas cuando les dije que podía ganar más dinero vendiendo mis mercancías en las bases de operaciones instaladas en el campo. A los soldados que llevaban varios días o semanas «en la selva» les encantaba examinar los objetos que transportaba en el cubo. Así compraban regalos para sus esposas o novias, a las que añoraban y temían no volver a ver. A veces me compraban algo simplemente por que estaban aburridos, aunque no lo necesitaran ni supieran qué hacer con ello.

Cada mañana, una amiga y yo (a veces iba yo sola) cogíamos un autobús que circulaba por la carretera 101, nos apeábamos en una pequeña aldea y nos dirigíamos hacia un lugar donde estuvieran operando los norteamericanos. Mis amigas, como es lógico, temían seguirme hasta allí, pero como yo conocía las señales de la guerra —las situaciones verdaderamente peligrosas y las que parecían peor de lo que eran—, siempre conseguía vender buena parte de mis mercancías y regresar a casa por la noche con un buen fajo de billetes oculto debajo de mi camisa. El mayor problema no era evitar caer en una zona de combate o en una trampa, sino convencer a los soldados de que esta joven vietnamita que aparecía misteriosamente junto a sus búnkeres —en unos lugares a los que sólo podían enviarles provisiones por medio de helicópteros— no pertenecía al Vietcong ni era una prostituta. Otro problema era que, por lo general, los soldados preferían coquetear conmigo que comprarme algo, lo cual no me interesaba en absoluto. No obstante, después de pasar medio día montada en un autobús, de caminar a través de los campos o de trepar hasta un fuerte situado sobre una colina, disfrutaba conversando unos minutos con estos desdichados jóvenes, muertos de calor y de miedo, que añoraban su hogar tanto como yo.

Una de mis colegas entabló relación con un indio americano durante una de nuestras visitas, con quien solía hacer el amor en un búnker, aunque más que una cuestión de amor lo que le interesaba era tener un hijo suyo. Su marido era estéril y mi amiga confiaba en que el indio, que tenía un aspecto un tanto oriental, le daría el hijo que tanto anhelaba. Era un plan que hace pocos meses me habría escandalizado profundamente, pero la guerra y el hecho de haber tenido yo misma un hijo me hacían ver las cosas de forma distinta.

Al cabo de unos meses de dedicarme a ese negocio conseguí ahorrar dinero suficiente como para pedir a mi primo Nu que nos buscara una casa para mi madre, mi hijo y yo. Al día siguiente me informó que uno de sus amigos republicanos —el mismo que regentaba el comedor de la Marina estadounidense situado cerca de la base— poseía una pequeña casa que los soldados habían construido para él. Al parecer, no deseaba vivir en esa casa, puesto que ya tenía otra, y estaba dispuesto a vendérsela a alguien que se llevara bien con sus patronos. Tras las oportunas negociaciones, de las cuales se encargó Nu, mi madre y yo cogimos a Hung, unos cuantos utensilios, unas sábanas y unas mantas y nos trasladamos a nuestro nuevo hogar. Era la primera noche que pasábamos, desde que habíamos abandonado Ky La, en una casa que no pertenecía a otra persona. Temí que mi madre me preguntara de dónde había sacado el dinero o qué hacía cuando me ausentaba todo el día de casa, pero no lo hizo, quizá porque estaba satisfecha de haberse librado de nuestros parientes republicanos, que nunca le habían caído bien, o quizá creía que mis amigas y yo nos dedicábamos a comprar y vender souvenirs como hacía la esposa de Nu. No obstante, habría sido preferible que se interesase más por la nueva carrera que había emprendido su hija.

Un día en que me sentía muy satisfecha por haberle vendido varios artículos a un burócrata republicano en Danang, una amiga me dijo:

—Deja de preocuparte por los detergentes y los chicles. ¡Fíjate en esto!

Me mostró una bolsa de plástico llena de unas hojas verdes que parecían especias. Le pregunté inocentemente:

—¿Qué es?

—¡Qué ingenua eres! —contestó—. Es *ma tuy*, marihuana, hierba, *Mary Jane*, como lo llaman los soldados.

—¿Y qué hacen con ella? —inquirí, oliéndola y arrugando la nariz.

—La enrollan en un pedazo de papel y se la fuman como un cigarrillo —respondió mi amiga—, aunque algunos la fuman en una pipa o la añaden a la comida. De todos modos, da lo mismo. El caso es que pagan más por ella que por el whisky.

—¿La has probado? —pregunté.

—¿Bromeas? —contestó, llevándose la mano al pecho como si le hubiera dado un infarto—. Por supuesto que no, y te aconsejo que no se te ocurra probarla. Nunca sabes si el traficante te ha dado mierda adulterada, la que puede llegar a matarte. Deja que los asquerosos invasores arriesguen su vida; a fin de cuentas ¿a quién le importa que mueran unos cuantos? Te recomiendo que te largues del campamento en cuanto te hayas desembarazado de ella. Si está adulterada, los soldados te perseguirán con un cuchillo, sobre todo los negros. No sería la primera vez que ocurre.

Aunque no me apetecía correr el riesgo que me había descrito mi amiga, la idea de llevar unas pocas bolsitas de marihuana a la selva y regresar con suficiente dinero para comprar una caja de whisky resultaba muy atrayente.

—De acuerdo —dije, envolviendo la bolsa de plástico en una revista—. ¡Andando!

El viaje hasta la base de operaciones en la selva fue arduo y cansado. Aunque no vendí toda la mercancía que transportaba, gané bastante dinero. De regreso, el autobús se detuvo en un puesto de control y, como de costumbre, los soldados republicanos nos ordenaron que nos apeáramos y colocáramos nuestras pertenencias en el suelo. Tras examinar detenidamente a todos los pasajeros, con condujeron a unos cuantos al despacho, un pequeño cobertizo instalado junto a la carretera. Eso no representaba ninguna novedad, pues era precisamente ahí donde empezaban a girar las ruedas de la corrupción en Vietnam —donde el Ejército se topaba con el pueblo—, y proseguía a través de los engranajes de la autoridad, desde los sargentos y los oficiales, pasando por los funcionarios provinciales, hasta los burócratas que ocupaban importantes cargos en el Gobierno. Por otra parte, yo ya conocía sus métodos. Dentro del cobertizo, el funcionario se apoderaba de cualquier artículo que pudiera vender de nuevo. Si el ciudadano protestaba contra ese robo legalizado, el funcionario lo arrestaba, acusándolo de contrabandista, y confiscaba sus mercancías, alegando que eran las pruebas. Por supuesto, las pruebas desaparecían antes de que el acusado hubiera pasado la noche en la cárcel; cuando al fin era liberado, se sentía agradecido de que el funcionario «hubiera decidido no presentar cargos contra él».

De pronto, un soldado observó que llevaba unos artículos en el cubo (me hallaba en una situación muy comprometida, pues mi amiga me había entregado su mercancía antes de apearse en la parada anterior), y me condujo al cobertizo.

—¿Qué lleva ahí, señorita? —me preguntó el funcionario, colocando mis cosas sobre la mesa.

—Nada importante —contesté, adoptando un aire inocente, aunque sabía que no lograría engañarlo—. He comprado unas cosas para unas amigas.

El funcionario me miró y ambos sonreímos, pero mi sonrisa se desvaneció cuando éste descubrió una bolsita de marihuana dentro de una revista.

—¿Y esto qué es? —preguntó, sonriendo satisfecho. No sólo había hallado una de las mercancías más lucrativas, sino que él mismo podía convertirse en un «traficante de drogas» y ganar unos puntos a los ojos de su superior.

—No lo sé —contesté—. La revista pertenece a una amiga mía.

—Pues a partir de ahora le pertenece al fiscal. Lleváosla.

Los guardias me esposaron y me condujeron a la cárcel; pero en vez de conducirme a la celda, donde los «sospechosos» solían pasar la noche charlando, fumando y durmiendo en el suelo, hasta que eran automáticamente liberados, me encerraron en una celda destinada a los delincuentes peligrosos. Eso me dejó perpleja y me pregunté si el hecho de vender *Mary Jane* era algo más serio de lo que me había dado a entender mi amiga.

Al cabo de un rato se abrió la puerta de la celda y entró otro «delincuente», un hombre de la edad de mi padre, de mirada huidiza y el rostro surcado por unas venas rojas. Supuse que el hecho de meterlo en una celda con una joven indefensa debía de ser una broma de los guardias. Al principio, el recién llegado se mostró muy amable, aunque mantenía las distancias, y me preguntó por qué me habían detenido. Al suponer que yo debía de ser una prostituta, se acercó y dijo: «No perdamos el tiempo.» Me prometió que, después de hacer lo que deseaba —lo cual me provocó náuseas—, me pagaría en cuanto nos liberaran. Por más que traté de convencerlo de que no era una prostituta, el hombre me agarró la cabeza y la acercó a su bragueta, pero conseguí zafarme y me puse a gritar. Al cabo de un rato, el hombre se cansó de perseguirme alrededor de la celda y se sentó en un rincón. Yo me senté en el rincón opuesto y ambos permanecimos unos minutos observándonos fijamente, como unos luchadores. Al fin, el guardia regresó, abrió la puerta y me ordenó que saliera. Como es lógico, me alegré de salir de allí, aunque ignoraba lo que me aguardaba. Mientras caminábamos por el pasillo, me mantuve alerta tratando de percibir los sofocados gritos de los presos, el ruido de las porras de goma y el característico zumbido de los generadores eléctricos, pero no oí nada. El guardia me condujo hasta el mostrador donde habían tomado mis datos y me dijo que me fuera a casa.

—No hay cargos contra usted, señorita —dijo, devolviéndome el cubo. Las revistas y los chicles seguían dentro del cubo, pero el dinero, el licor y la marihuana habían desaparecido—. Entre nosotros —añadió, bajando la voz—, le recomiendo que sea más prudente.

—¿Qué quiere decir? —pregunté, suponiendo que se refería a que en lo sucesivo debía apearme en la parada del autobús anterior al puesto de control, como había hecho mi amiga.

—Hemos probado la marihuana, no es auténtica. Por eso dejamos que se vaya. Ha tenido suerte de que lo descubriéramos nosotros en lugar de sus estúpidos clientes norteamericanos. Márchese, y si vuelve a aparecer por aquí con una bolsa de mierda adulterada, no saldrá tan rápidamente. Si embargo, si nos da algo a cambio de nuestras molestias, nos llevaremos muy bien.

Cogí un autobús frente a la cárcel, pero no tenía suficiente dinero para pagar el billete. Cuando llegamos a Danang, «coloqué» la mercancía en una esquina para pagar al conductor y me dirigí a casa. Después de mi liberación, me sentía más sucia que antes. El guardia me había hablado como si yo fuera una de ellos —un funcionario corrupto, un perrito faldero—, las mismas personas contra las cuales el Vietcong me había enseñado a combatir, los traidores a nuestro pueblo. Ni siquiera era una delincuente decente, sino una estúpida campesina que aún no había aprendido los buenos métodos. Poco a poco comprendí que en lugar de adorar a mis antepasados ante el altar familiar, como era mi deber, había acabado reverenciando a los listos, a los duros y a los codiciosos. Me había convertido en mi propia enemiga.

Mi detención me ayudó también a comprender otras muchas cosas. Con frecuencia, algunos de los amables soldados a los que pedíamos que nos compraran algo en la cantina se largaban con nuestro dinero. No podíamos denunciarlos a la policía militar por dos razones. En primer lugar, los soldados sólo estaban autorizados a comprar artículos para su propio uso. Acusarlos habría equivalido a reconocer que nosotras mismas habíamos infringido la ley. En segundo lugar, no podíamos identificar a los soldados, porque todos nos parecían iguales y éramos incapaces de recordar sus extraños nombres. Sin embargo, después de dejar que me estafaran en varias ocasiones, comprendí que era tan importante observar atentamente los rostros de otra raza como los de la mía. Al principio, solía fijarme en un par de rasgos de los rostros de mis contactos norteamericanos y les imponía unos motes: un tipo delgado con un bigotito era «la pequeña oruga»; un soldado ancho de espaldas y muy peludo era «el búfalo», etcétera. Uno de ellos, con el que hacía frecuentes negocios, era un individuo bajo y grueso que llevaba gafas y al que puse el apodo de «cuatro ojos», porque así era como lo llamaban sus amigos. Uno de los motivos por los que me gustaba trabajar con él era que las otras chicas vietnamitas lo evitaban como la peste. Nosotros tenemos un proverbio, *tranh nha nguoi le dung get nha nguoi lun*, que significa: no firmes un contrato con un bizco ni te dejes estafar por un hombre bajo. Como traía mala suerte a todo el mundo, me estaba muy agradecido por ser amable con él.

Había otros norteamericanos a los que rehuía, pero por otros motivos. Con los oficiales y civiles bien vestidos procuraba no tener tratos, porque solían mostrarse bruscos con nosotras y existía el riesgo de que nos delataran. Asimismo, como los soldados negros eran de poco fiar y muy peligrosos cuando creían que les habíamos estafado, las otras chicas se negaban a tener tratos con ellos; no obstante, yo escrutaba sus rostros tratando de comprobar si debajo de éstos se ocultaba algún sentimiento de caridad, honestidad y buena fe. Algunos de esos soldados se convirtieron, aparte de clientes, en buenos amigos míos, y algunos de mis protectores eran norteamericanos, como un «oficial» que dirigía un convoy y en una ocasión impidió que me violaran dentro de un tanque. Por otro lado, algunos de mis peores enemigos eran vietnamitas, tanto los burócratas como los soldados. La línea divisoria entre amigos y enemigos —mis compatriotas con que tenía una afinidad espiritual y los bárbaros invasores— se fue difuminando poco a poco.

Al poco tiempo de instalarnos en nuestra nueva casa, Lan vino a visitarnos, lo cual me alegró mucho. Estaba embarazada de dos meses, del hijo del soldado norteamericano. Trató de convencerme de que me buscara también un novio norteamericano, para que nos hiciera regalos a mí y a nuestro hijo, pero le dije que no me interesaba. Por primera vez en mi vida no dependía de nadie —ni del Vietcong, ni de la aldea, ni del Gobierno, ni de mis padres—, lo cual me producía una gran satisfacción. ¿Por qué iba a sacrificar mi libertad y dejar que un hombre me tiranizara? Medio en broma, dije a Lan que sólo me casaría con un forastero si éste fuera el hombre más guapo, más rico y de más prestigio. Ella respondió que estaba loca si pensaba que un hombre de esas características iba a estar dispuesto a casarse con una ignorante campesina que tenía un hijo bastardo. En ese caso, contesté, prefería trabajar duro y ser desgraciada antes que venderme para ser feliz. Por primera vez, Lan me miró como si hubiera sido yo quien le había dado una bofetada. Luego cambiamos de tema y, al poco rato, Lan se marchó. Aunque no habíamos llegado a discutir, Lan no volvió a sacar el tema y tardó bastante tiempo en visitarnos de nuevo. Supongo que le costaba acostumbrarse al cambio que se había operado en su hermana menor.

A media mañana del 7 de abril de 1986.
Danang, República Socialista de Vietnam

El avión aterriza con suavidad en el inmenso aeropuerto de Danang, pero la calma que reina en la cabina contradice la ansiedad que siento en mi corazón. Me pregunto qué clase de recibimiento me dispensará Bon Nghe, mi hermano de Hanoi, si me recordará con cariño o me mirará severamente, como un funcionario del partido a un héroe caído. Sobre mi hermano se yergue la figura de mi madre, que tiene casi ochenta años. ¿Me acogerá como su adorada hija, la niña que tuvo pasados los cuarenta y a la que alimentó con leche de búfalo y canciones? ¿O dejará que el tiempo, el océano y los hechos que me impidieron cumplir mis deberes de hija se interpongan entre nosotras? Quizá me considere una especie de fantasma occidentalizado con unos ojos «demasiado redondos» para distinguir a los espíritus del pasado que todavía habitan en Ky La.

Cuando bajamos del avión y nos dirigimos hacia las escaleras mecánicas, el húmedo aire de la costa central me envuelve como una vieja manta. Siento la misma alegría que experimenté hace unos días en Saigón. Pero esta vez me hallo realmente en «casa», pues Ky La dista pocas horas a pie y a una media hora en coche. Los cocoteros y las palmeras se agitan en el viento y el dulce aroma de la tierra fértil —esa delicada mezcla de vegetación putrefacta y nuevos brotes típica de la selva, del mismo modo que el aire salado caracteriza a China Beach— me abraza como una mujer que se ha perfumado. El mayor cambio lo observo en la pista del aeropuerto: casi no hay aviones, y el único reactor que hay en la base es el nuestro. Tiempo atrás, cuando los bombarderos norteamericanos atacaban los blancos del norte y el sur, prácticamente a lo largo de las veinticuatro horas del día, Danang era uno de los aeropuertos más concurridos del mundo.

Mientras esperamos que nos entreguen nuestro equipaje, noto que uno de los numerosos *bo doi* —los soldados uniformados— que se pasean por el edificio me observa fijamente. Nuestras miradas se cruzan, le sonrío amablemente y él se acerca.

—¿Es usted *Vietkieu*? —me pregunta, observando mi peinado y mi maquillaje occidental.

Yo asiento y le sonrío de nuevo.

—*Cho toi coi thong hanh* (enséñeme su pasaporte) —me ordena bruscamente.

Le entrego mi tarjeta de viaje, confiando en que sea suficiente, pero el funcionario insiste en examinar mi pasaporte. ¡Viva el hermano Quang y su Comité Nacional! Saco mi pasaporte del bolso y se lo entrego.

—Por favor, colóquese ahí —me dice el soldado, alejándose del grupo de pasajeros. Miro a Anh preocupada, pero éste me indica que siga al funcionario.

—¿Es usted de Quang Nam? —me pregunta el funcionario. Por su acento, deduzco que procede también de la costa central.

—Sí, nací en Ky La, que durante la guerra se llamaba Binh Ky —contesto amablemente, confiando en que no desee incomodar a su hermana provincial. Ante mi sorpresa, el soldado sonríe y me devuelve el pasaporte.

—En 1963 participé allí en una importante batalla —me confía con orgullo—. Por supuesto, esa aldea, al igual que las otras, adquirió otro nombre después de la guerra. Ahora se llama Xa Hoa Qui.

—¿De veras? —contesto, guardando de nuevo mi pasaporte en el bolso. Me siento tentada de revelarle mi breve carrera con el Vietcong, pero decido no hacerlo. Es probable que ese hombre y yo nos cruzáramos en alguna ocasión, y temo que recuerde que la «señorita Ly» acabó deshonrada. Por fortuna, sólo me hace unas preguntas sobre Estados Unidos. Como a la mayoría de vietnamitas que he conocido durante el viaje, su antiguo enemigo le inspira más interés que odio.

Después de recoger mi equipaje compro una cesta de mangos para ofrecérselos al espíritu de mi padre ante el altar familiar. Luego me dirijo al lavabo de señoras, me meto en uno de los cubículos —que están desprovistos de puerta—, saco del bolso un *dong* de medio millón —unos quinientos dólares— y lo oculto debajo del papel con el que está forrada la cesta. Como todo el mundo me ha dicho que las provincias son más peligrosas que la capital, imagino que una cesta de frutas será un blanco menos apetecible para los ladrones que mi bolso.

Afuera, los conductores de los taxis-triciclo nos acosan como peces hambrientos. Aunque sobran pasajeros, todos se pelean para atraer nuestra atención. Al ver a los conductores más jóvenes empujando a los ancianos me escandaliza comprobar el poco respeto que siente este nuevo Vietnam hacia sus mayores, hasta que recuerdo lo que ha padecido. Por el aspecto de los conductores, pienso que la mitad de éstos deberían estar en casa (o en el hospital), atendidos por sus hijos, y los otros en la escuela. Pero la débil economía de la costa central no puede permitirse el lujo de ofrecer una pacífica jubilación a los ancianos y una educación secundaria. La población ha aumentado notablemente desde que terminó la guerra y todo el mundo tiene que trabajar para ganarse el sustento, de sol a sol y desde la cuna hasta la sepultura.

En vista de la situación, Anh y yo pasamos como podemos a través de la muchedumbre y cogemos dos *siclos*, uno conducido por un anciano y el otro por un muchacho —probablemente su sobrino o su nieto—, para que nos lleven a mi hotel. Anh se monta en el taxi del anciano y yo, con mis cajas y mis mangos, en el del joven.

El trayecto a través de las polvorientas calles de Danang, bordeadas de árboles y atestadas de peatones, ciclistas y trabajadores que empujan unas carretas cargadas con madera, resulta bastante desagradable. Pasamos frente a unos apartamentos de tres y cuatro pisos de altura, a poca distancia del apartamento donde vivía mi hermana Lan, y recuerdo las muchas noches que pasé en la calle, renunciando a todos mis sueños de adolescente mientras esperaba que naciera el hijo de Anh.

Cuando llegamos al hotel Pacific (curiosamente su nombre no ha cambiado desde los gloriosos días de la guerra norteamericana) me hallo de nuevo suspendida entre dos mundos y agradezco la amable bienvenida que nos dispensan. Si bien no es un hotel tan lujoso como el nuevo Continental de Saigón, ofrece un encantador aire rústico, como un primo recién llegado del campo. Aunque los recepcionistas parecen haber contraído la «enfermedad de Saigón» y se muestran menos deseosos de atendernos, su talante, más relajado que el de los rígidos funcionarios del otro hotel regentado por el Estado, resulta reconfortante. Después de inscribirnos, subo a mi habitación, situada en el segundo piso (el ascensor no funciona desde hace tiempo), y compruebo que, aunque el baño carece de agua caliente (y el grifo del agua fría no cesa de gotear), la cama está protegida por una tela contra los mosquitos en lugar de un nauseabundo insecticida. Al menos podré aspirar el dulce aroma del mar.

Mientras me lavo y deshago la maleta, Anh va a comunicar a Tinh, mi sobrina —la hija de Hai, que está casada y con hijos y vive en China Beach—, que he llegado. Al principio trato de hacer acopio de energías y mostrarme optimista. Estoy en casa. Pronto veré a Tinh y a mi madre y a Hai y quizás a Bon Nghe y a todos los que hayan conseguido sobrevivir a estos espantosos años. Imagino su expresión de alegría cuando me vean y mis lágrimas de felicidad cuando los abrace y se desvanezcan todos los años y sinsabores que nos han mantenido separados.

Pero el tiempo transcurre y al ver que Anh no regresa empiezo a alarmarme.

Me tiendo en el estrecho lecho y pienso seriamente en lo cambiada que encontraré a mi familia. Había imaginado que mi «salud y riqueza» de norteamericana impresionaría a mis parientes, pero quizá me equivoque. Cuanto más tiempo permanezco en Vietnam, menos importantes me parecen esas cosas. Sin embargo, nunca he visto un lugar —ni siquiera durante la guerra— más necesitado de las cosas que pueden comprarse con dinero: comida, medicinas, ropas, un techo, etcétera. ¿Qué motivos tengo para suponer que mi hermana y mi sobrina, y menos aún mi hermano comunista Bon Nghe, se alegrarán tanto como yo de que tenga unos hijos norteamericanos fuertes, bien alimentados y saludables? ¿Acaso merezco que me envidien por llevar las uñas pintadas, gozar de una dentadura sana y de una casa de cuatro habitaciones en California, o más vale que me compadezcan por las cosas espirituales —una vida con mi familia en la tierra de mis antepasados— a las que he tenido que renunciar para alcanzar todo eso? ¿Y si mi pobre madre hubiera fallecido desde la última vez que Anh recibió noticias de Tinh? O peor aún, ¿y si muere a consecuencia de la impresión de verme?

No debo permitir que mi imaginación se desborde, me digo. Creí haber superado eso en Saigón, pero por lo visto estaba equivocada.

Me quito los zapatos y trato de relajarme. El húmedo aire costero penetra por la ventana y agita la tela contra los mosquitos. Cierro los ojos. Han pasado varias horas desde que la telefonista del hotel de Saigón me despertó. Quizá me conviene descansar un rato y borrar de mi mente esos absurdos temores.

«Bay Ly, Bay Ly —murmura otra voz, más profunda, acariciándome ligeramente las mejillas—. Mi pequeña florecita, ¿no sabes que la providencia, la suerte y dios tienen sus propios métodos y no revelan sus secretos hasta que lo estiman oportuno? ¿Te parece prudente volver la espalda a la vida? No te desanimes, Bay Ly. Enfréntate a esos oscuros y angustiosos temores y aprende la lección que han venido a enseñarte...»

7

UNA VISIÓN DISTINTA

Mi negocio de souvenirs durante la guerra duró casi dos años. En ese tiempo, mi madre trató de ocuparse de Hung y de sus otras hijas que vivían en Danang, de nuestros numerosos tíos y tías que vivían cerca de allí y, cuando era posible, de mi padre, que vivía en Ky La. Como yo estaba muy ocupada con mi trabajo —ganar dinero para sufragar nuestros gastos y ahorrar un poco para el futuro—, pasaba muy poco tiempo en casa. Debido a nuestro abandono, el pequeño Hung tenía el mismo aspecto que los niños que se crían en las calles de Danang. Sufría continuos ataques de urticaria y tenía el vientre hinchado como un globo de tanto comer arena para consolarse. Yo lamentaba no poder atender a mi hijo debidamente, pero no sabía cómo remediarlo. Si me quedaba en casa, acabaríamos sin hogar y nos veríamos obligados a vivir de nuevo en la calle o de la caridad de los demás. Por otra parte, mi madre había criado a seis hijos sanos y robustos. Si ella no podía conseguir que Hung fuera también un niño sano y robusto, ¿cómo iba a conseguirlo yo?

Al parecer no existía solución, hasta que un día una amiga me comunicó que habían instalado una nueva base de operaciones en las afueras de Ky La. Como los soldados norteamericanos ya no me intimidaban, me pareció el momento ideal para regresar a la aldea, visitar a mi padre y comprobar si era posible que Hung viviera en la casa donde yo me había criado. En cualquier caso, siempre yo podría vender algunas mercancías.

Dejé a mi madre al amanecer, rezando para que no me sucediera nada malo. Tanto ella como Ba habían tratado de disuadirme de que fuera a la aldea, alegando que habían oído decir que a mi padre le habían dado una paliza y que estar allí era muy peligroso. Ignoraban los riesgos a los que ya me había expuesto y no sabían que los norteamericanos eran menos salvajes y más de fiar que las fuerzas vietnamitas y del Vietcong. Para evitar tropezarme con los combatientes de uno u otro bando, seguí la ruta que había emprendido casi tres años antes, bajo una fuerte tormenta, a través de las ciéngas, la selva, las colinas y los campos desde Danang hasta Ky La. Esta vez hacía un día espléndido y tuve tiempo de reflexionar sobre mi padre y lo que haría cuando llegara a casa. Cuando llegué, sin embargo, la aldea que yo recordaba no existía.

La mitad de Ky La había sido arrasada para que los norteamericanos dispusieran de una mejor zona de combate a la hora de defender la aldea. Su campamento —varios búnkeres y trincheras con techos de hojalata, sacos de arena, antenas de radio y tiendas de campaña— se erguía sobre la aldea desde la cima de una colina situada en las afueras de Ky La. En torno a sus laderas, los campesinos indigentes y los niños hurgaban en los montones de basura de los norteamericanos, confiando hallar un poco de comida o algo que vender. A lo lejos, al mirar a través de unos marchitos árboles que habían sido despojados de sus hojas por los productos químicos y las bombas, vi que Bai Gian no había sido reconstruida, y que los escasos templos, pagodas y altares que quedaban —incluyendo mi vieja escuela y la temible prisión de los guardias— habían sido destruidos por la guerra. Los hermosos bosques tropicales se habían convertido en desiertos. Era como si el gigante norteamericano, cansado de soportar las molestias que le producían las hormigas Vietcong, hubiera decidido aplastarlas, arrojar al sonriente Buda de su casa y sustituirlo por el resplandeciente Dios de Abraham, vestido de caqui.

Entristecida y temerosa de haberme convertido en una forastera en mi tierra, crucé los últimos metros que me separaban de mi casa. Las casas podían ser reconstruidas y las zanjas reparadas, pero la pérdida de nuestros templos y altares significaba la muerte de nuestra cultura. Significaba que una generación de niños crecería sin unos padres que les hablaran de sus antepasados o les enseñaran los ritos religiosos. Las familias perderían la historia de su linaje y el cordón umbilical que los ligaba a nuestra sociedad, no sólo a los viejos edificios y libros, sino a las personas que habían vivido y amado como ellos. Los vínculos con nuestros antepasados habían sido cortados, obligándonos a flotar a la deriva en un mar de materialismo occidental, desprecio hacia nuestros mayores y egoísmo, que antes nos era totalmente ajeno. La guerra ya no era una lucha para ver quién era capaz de resistir más, sino una lucha para ver hasta qué punto el Vietnam de mis antepasados podía llegar a transformarse. De pronto tuve la sensación de hallarme junto a la cuna de un hijo moribundo, especulando con sus tíos y tías sobre el aspecto que éste hubiera tenido de haber llegado a adulto. Sus padre y su madre, al tirar brutalmente del niño, lo habían matado. Lo que es peor, la guerra había atacado a la Madre Tierra, la cual nos alimentaba a todos. Eso, para mí, era el peor crimen que podía cometerse, el desesperado suicidio de unos caníbales. ¿Cómo llorar un planeta muerto?

El pulcro y aseado hogar de mi infancia se había convertido en una mísera barraca. Los pocos muebles y herramientas que habían quedado después de las batallas habían sido robados o utilizados para encender fuego. Nuestro altar ancestral, el orgullo de mi familia, estaba hecho pedazos. Al girarme vi a mi padre tendido en su camastro, un mero saco de huesos. Nuestras miradas se cruzaron brevemente, pero no dio muestras de haberme reconocido.

—¿Dónde está tu hijo? —me preguntó de pronto.

Atravesé la habitación y me arrodillé junto a él. Temía tocarlo por temor a herirlo o atormentar su angustiado espíritu. Al acercarme, observé que se palpaba el costado como si le doliera y que tenía el rostro hinchado y tumefacto.

—He venido sola —respondí, tratando de reprimir mis lágrimas—. ¿Quién te ha hecho eso?

—*Dich* (el enemigo). —Era la respuesta que solían dar todos los campesinos.

Entré en la cocina y preparé un poco de té con unas hojas secas. Era como si mi padre supiera que se moría y no quisiera que la casa ni sus leyendas le sobrevivieran. Si uno debe morir solo, debe hacerlo en una casa vacía, sin dejar nada.

Cuando regresé junto a él, se había girado y estaba tumbado de espaldas. Me arrodillé de nuevo y sostuve su cabeza cubierta de llagas, mientras le ayudaba a beber unos sorbos de té. Estaba muy deshidratado, pues no podía sacar agua del pozo ni levantarse a beber, aunque los vecinos solían llevarle agua.

—¿A dónde te llevaron? ¿De qué te acusaron? —le pregunté.

—No tiene importancia —contestó mi padre. Después de beber, agua, se recostó de nuevo—. Los norteamericanos vinieron a examinar nuestro búnker. Como era muy grande, sospechaban que hubiera unos soldados del Vietcong ocultos en él y me ordenaron que entrara a investigar. Al salir les dije que estaba vacío, pero no me creyeron y arrojaron unas granadas dentro del búnker. Una tardó unos minutos en explotar, matando a dos soldados que penetraron en el búnker. Eran unos niños... —De pronto se interrumpió y empezó a escupir sangre—. No les culpo por ponerse furiosos. Fue mala suerte. Un mal karma.

—¿De modo que te golpearon?

—Me pegaron un papel en la espalda que decía «VC» y me llevaron a Hoa Cam para interrogarme. No es necesario que te explique lo que sucedió. Tengo suerte de estar vivo.

Yo sentía una mezcla de pena e indignación por lo que le había pasado a mi padre. El trágico error de un soldado no justificaba en modo alguno que lo hubieran golpeado hasta casi matarlo.

Después de ayudarlo a colocarse más cómodamente, cogí el cubo con mis mercancías y me dirigí hacia la fortaleza norteamericana situada sobre la colina, resuelta a llevar a cabo una venta muy distinta.

—¿Oficial? —pregunté al primer soldado con el que me topé. No entendí su respuesta, pero al fin conseguí convencerlo de que era totalmente inofensiva—. ¿Quiere comprar alguna cosa? Son muy bonitas. No son falsas. Quiero ver al capitán. ¿Dónde está el oficial?

Al fin logré acercarme a un oficial, quien examinó el contenido del cubo para comprobar si llevaba explosivos. Al comprender que sólo me interesaba hablar sobre el precio de los brazaletes, llamó al traductor vietnamita del campamento.

—¡Gracias a Dios! —exclamé, inclinándome cortésmente ante el hosco soldado republicano, que evidentemente no procedía de la costa central. Luego le expliqué brevemente la situación en vietnamita. Le dije que se había producido un lamentable error y que mi padre yacía malherido en nuestra casa. Le dije que quería que los norteamericanos lo trasladaran al hospital, donde le curarían las heridas, y que cuando saliera le ayudaran a reparar nuestra casa. Por último le dije que sabía que los norteamericanos estaban obligados, según sus propios estatutos, a hacer esas cosas.

El traductor republicano soltó una carcajada y contestó:

—Mire, señorita, los norteamericanos hacen lo que les da la gana. No admiten órdenes de nadie, y menos aún de una joven que pertenece al Vietcong. Siga mi consejo y márchese con su padre de aquí.

—Al menos tradúzcale al capitán lo que le he dicho —protesté—. Quiero oír la respuesta de sus propios labios.

—Mire —contestó enojado el traductor—, será mejor que se vaya de aquí o la acusaré de ser una espía del Vietcong. Si desea presentar una queja, diríjase al cuartel general como todo el mundo. Ahora, márchese antes de que me enfurezca.

Cogí el cubo y regresé a casa. Mientras descendía por la colina, algunos soldados me saludaron y sonrieron, pero yo estaba demasiado disgustada para intentar venderles mis mercancías. Lo único que deseaba era ayudar a mi padre e impedir que la situación empeorara.

Puesto que los norteamericanos dominaban la zona, me sentía relativamente a salvo en mi casa, atendiendo a mi padre. A diferencia de los republicanos, que requisaban las casas de los civiles para su propio uso, los norteamericanos guardaban las distancias a fin de no tener problemas con los campesinos. Yo renuncié a vender mis mercancías (los aldeanos odiaban a cualquiera que tuviera tratos con los invasores), y, cuando las tropas norteamericanas me detenían para interrogarme, fingía no hablar inglés. En ocasiones, algún soldado mataba por error a una persona que había ido a hacer sus necesidades o a coger leña al bosque, pero en general vivíamos en un clima de calma. Habían pasado varios meses desde que se había producido el último ataque importante del Vietcong, y una nueva, aunque más reducida generación de niños jugaba tranquilamente en las calles de Ky La. Mucho más peligrosos eran los coreanos que patrullaban por el sector norteamericano. Desde que un niño de nuestra aldea había entrado un día en su campamento y había hecho estallar una bomba del Vietcong que llevaba sujeta a su cuerpo, los coreanos solían aprovechar cualquier oportunidad para tomar represalias contra los niños (a quienes consideraban pequeños soldados del Vietcong). A raíz de ese incidente, unos soldados coreanos fueron a una escuela, cogieron a varios niños, los arrojaron a un pozo y después lanzaron una granada dentro para que sirviera de ejemplo a los otros niños. A los ojos de los campesinos, los coreanos eran como los marroquíes, más duros y perversos que los soldados blancos a los que apoyaban. Al igual que los japoneses de la Segunda Guerra Mundial, parecía que no tuvieran conciencia, y cumplían su deber como unas terribles máquinas mortíferas. No es de extrañar que consideraran mi país el lugar ideal para poner en práctica sus siniestros propósitos.

Comprobé que, en su mayoría, los niños con los que había crecido (los que no habían muerto en la guerra) estaban casados o se habían afincado en otro lugar. Las jóvenes de mi edad, si aún no habían contraído matrimonio, eran consideradas una carga para sus familias, unas solteronas que costaban dinero y no producían hijos. Al mismo tiempo, atraían la atención de los soldados, lo cual siempre provocaba conflictos. Uno de los motivos por los que muchas jóvenes se trasladaban a las ciudades era la escasez de hombres solteros. Al menos, una hija respetuosa y obediente podía trabajar como ama de llaves, niñera, camarera o prostituta, y enviar dinero a la familia que la había repudiado. Por otra parte, muchas familias se habían visto desarraigadas, como los refugiados de Bai Gain o las personas que habían sido obligadas a abandonar sus hogares para que éstos fueran demolidos y los norteamericanos dispusieran de una mejor zona de combate. Por cada soldado que iba a la guerra, decenas de civiles tenían que mudarse —para quitarse de enmedio—, siguiéndole como hojas arrastradas por un ciclón, confiando en subsistir gracias a la basura que éste dejaba a su paso, su dinero o, en último término, su misericordia.

Ello no quiere decir que los únicos productos generados por la guerra fueran ruinas y refugiados. Cientos de miles de toneladas de arroz e incontables motocicletas, automóviles de lujo, televisores, aparatos estereofónicos, frigoríficos, acondicionadores de aire y cajas de cigarrillos, licor y cosméticos eran importados para la elite vietnamita y los norteamericanos que la apoyaban. Ello generó una nueva clase de privilegiados —jóvenes y ricos oficiales, funcionarios y especuladores—, que vinieron a sustituir a los ancianos como objeto de veneración. Por consiguiente, los campesinos y campesinas que se habían visto obligados a abandonar su hogar —ancianos y jóvenes por igual— se convirtieron en sus criados, trabajando como doncellas para las señoras de alto copete o limpiabotas para los soldados. Era frecuente ver a un anciano postrado ante uno de esos jóvenes semidioses, exclamando *lay ong!* —¡te lo ruego, señor!—, cuando, tiempo atrás, los ancianos sólo rendían tributo a sus antepasados. Era como si el mundo se hubiera vuelto del revés.

De los aldeanos que aún vivían en Ky La, muchos habían quedado desfigurados por la guerra, o les faltaba una pierna o un brazo, o bien las enfermedades generadas por la desnutrición habían devorado su cuerpo, que ya no estaba habitado por un espíritu humano alegre y feliz.

Quizás el caso más triste era el de Ong Xa Quang, un hombre de fortuna que se había comportado como un segundo padre conmigo. Era un hombre apuesto y bondadoso que había enviado a dos hijos al norte en 1954. De los dos hijos que aún vivían en casa, uno fue reclutado por el Ejército republicano y el otro, años más tarde, se unió al Vietcong. Sus dos hijas se habían casado con unos hombres que también se fueron al norte, y se habían quedado viudas. Cuando fui a visitar a Quang, su casa y su vida estaban en ruinas. Había perdido ambas piernas al estallar una mina norteamericana, y sus hijos habían muerto en la guerra. Su esposa, cansada de cuidar de él, lo había abandonado. Tenía un aspecto enfermo y desnutrido. No obstante, se consideraba afortunado. La providencia le había permitido seguir vivo. Sus sufrimientos formaban parte de las enseñanzas de la vida, aunque reconoció que no alcanzaba a comprender su significado. Sin embargo, me recomendó que no olvidara lo que él me había contado ni los detalles de las tragedias que yo misma había presenciado y presenciaría. Al despedirme lo abracé como una hija, llorando y sabiendo que no volvería a verlo.

Me dirigí a la colina que había detrás de nuestra casa, donde mi padre me había llevado de niña para hablarme sobre mi destino y mis deberes como mujer Phung Thi. Contemplé las destrozadas zanjas, los arrozales, los corrales vacíos de una aldea que en otros tiempos había sido próspera. Vi los fantasmas de mis amigos y parientes realizando sus tareas y una generación de niños que no nacerían jugando en los campos enfangados y en las polvorientas calles. Pensé en los mártires y héroes de nuestras viejas leyendas. ¿Acaso no estaban aquí para expulsar a los invasores y castigar a los vietnamitas de ambos bandos por convertir a nuestro país en un cementerio, un pozo de corrupción y una cárcel en la que reinaba el terror? ¿Podía existir un dios, capaz de crear a los santos y a las personas comunes y corrientes, que no se apiadara de nuestros sufrimientos? ¿De qué servía dios cuando eran los seres humanos, no las deidades, quienes nos causaban problemas en la Tierra?

Cerré los ojos y rogué a mi sentido espiritual que me contestara, pero no escuché ninguna respuesta. Era como si el ciclo de la vida ya no consistiera en nacimiento, desarrollo y muerte, sino en una interminable sucesión de muertes provocadas por la guerra. Comprendí que, junto con muchos de mis compatriotas, yo había nacido en una guerra y mi alma no conocía otra cosa. Traté de imaginar a unas personas, en algún lugar del mundo, que sólo conociesen la paz, el paraíso. ¿Cuántas almas, en ese mundo, gozaban del simple placer de poder despedirse de sus seres queridos antes de que murieran? ¿Y cuántos de esos seres queridos morían con una sonrisa en los labios, sabiendo que su existencia había sido algo más que otro ladrillo humano en un gigantesco muro formado por cadáveres? Quizás ese lugar era Norteamérica, aunque las esposas y madres norteamericanas perdían también a sus maridos y sus hijos todos los días en el siniestro torbellino entre el cielo y el infierno en el que se había convertido mi país.

Permanecí sentada sobre la colina un buen rato, como un cuenco aguardando a que lo colmara la lluvia —unas gotas de sabiduría que cayesen del cielo—, pero el sol seguía brillando en el oeste, los insectos revoloteaban, los techos de hojalata del campamento norteamericano relucían bajo el sol y mi aldea y la guerra pesaban —inamovibles, como unas opresivas lápidas— sobre mi tierra y mi corazón. Me levanté y sacudí el polvo de mis pantalones. Era hora de dar de comer a mi padre.

Cuando regresé, conté a mi padre que había ido a «nuestra colina». Le dije que me arrepentía de haberme marchado de Ky La. Quizás hubiera sido preferible permanecer y luchar, contra los norteamericanos al lado del Vietcong o contra el Vietcong junto con los republicanos o yo sola contra los dos o con cualquiera que quisiera unirse a mí.

Mi padre dejó de comer y me miró fijamente.

—Bay Ly, has nacido para ser una esposa y una madre, no una asesina. Ése es tu deber. Ten siempre presente esto. Tú y yo no somos capaces de crearnos enemigos. No conviertas la venganza en tu dios, porque a esos dioses sólo les satisface el sacrificio humano.

—Pero ha habido tanto sufrimiento, tanta destrucción... —contesté, con los ojos llenos de lágrimas—. Me parece justo que alguien pague por ello.

—¿Te crees tan inteligente como para saber quién es el culpable? Si se lo preguntas a los soldados del Vietcong, te dirán que los culpables son los norteamericanos. Si se lo preguntas a éstos, le echarán la culpa al norte. Si preguntas a los del norte, culparán a los del sur. Si se lo preguntas a los del sur, culparán al Vietcong. Si se lo preguntas a los monjes, les echarán la culpa a los católicos, o te dirán que nuestros antepasados cometieron una terrible falta por la que debemos ser castigados. Así pues, ¿a quién castigarías? ¿Al soldado raso de uno y otro bando que se limita a cumplir con su deber? ¿Pedirías a los franceses o a los norteamericanos que nos pagaran la deuda que nos deben?

—Pero los generales y los políticos dan las órdenes de matar y destruir. Y nuestros conciudadanos se roban y se pelean entre sí. Yo misma lo he comprobado. Y nadie tiene el derecho de destruir a la Madre Tierra.

—¿Y qué pretendes, Bay Ly? ¿Hacer lo mismo que ellos? ¿Matar a los que matan y robar a los que roban? No creo que eso detenga la guerra. Quizá sea ése nuestro problema, el que no hay suficientes especuladores y soldados.

Pese a los argumentos de mi padre, me sentía ofuscada por la ira y la confusión que experimentaba, y en vez de responderle, rompí a llorar. Mi padre me abrazó y dijo suavemente:

—No llores, cariño. Cuando veas a esos jóvenes norteamericanos que mueren o caen heridos en la guerra —una guerra que la providencia, la suerte o dios nos ha ordenado librar para redimirnos y educarnos—, debes darles las gracias, al menos en tu corazón, por ayudarnos. No te preocupes acerca de lo que es justo o injusto. Son unas armas tan peligrosas como las bombas y los proyectiles. Lo justo es la bondad que llevas en tu corazón, el amor por tus antepasados, tu hijo, tu familia y todos los seres vivos. Lo injusto es todo aquello que se interpone entre ti y ese amor. Regresa junto a tu hijito. Edúcalo de la mejor forma que puedas. Ésa es la batalla que debes librar. Ésa es la victoria que debes ganar.

Cuando regresé a Danang, mi hermana Hai había ido a vender unos caracoles en el mercado. Decidí ir a visitar a mi madre. Por primera vez hablamos como dos mujeres adultas, pues yo ya había dejado de ser una tímida adolescente y me había convertido en una mujer independiente, perfectamente capaz de tomar mis propias decisiones. Conversamos largo rato sobre las personas que conocíamos y lo que les había sucedido. Le hablé sobre Cuu Loi, nuestro vecino refugiado de Bai Gian, y ella me dijo que la señora Loi había sido asesinada, que Thien había sido liberada de My Thi, medio muerta y con sus facultades mentales perturbadas, y que vivía en otra aldea. Mi madre, al oír nuestra conversación, observó con tono de amargura:

—Fueron ricos durante mucho tiempo. Quizá merecían lo que les sucedió.

Hai y yo guardamos silencio, mirándonos y sintiendo lástima de nuestra pobre madre, cuya reacción probablemente se debía a los muchos años de privaciones y a la propaganda del Vietcong. Formaba parte de un creciente número de vietnamitas que sólo hallaban consuelo culpando a las propias víctimas de sus absurdas muertes.

Durante las semanas siguientes, visité varias veces a mi padre. La relativa paz que reinaba en Ky La, debida a la fuerte presencia norteamericana, había permitido a la aldea recuperar una cierta normalidad. Al no verse obligados a patrullar diariamente y no temiendo un inminente ataque, los soldados habían empezado a hacer amistades entre los aldeanos —su natural deseo de paz, su rechazo a la guerra y la añoranza que sentían por su familia y su tierra hizo que hallaran muchos aliados espirituales y emocionales entre la gente—, y, especialmente, entre los niños. Empezamos a notar la presencia de muchos niños amerasiáticos —hijos de madres vietnamitas y padres norteamericanos— en Ky La y en otras aldeas. Aunque en su mayoría eran considerados el producto de unas relaciones antinaturales y funestas, a mi hermana y a mí nos inspiraban más bien lástima que desprecio. De la guerra había brotado nueva vida, y aunque muchos no la aceptaran, me parecía infinitamente mejor fabricar niños que matarlos, aunque tuvieran los ojos redondos y la nariz más larga que la de nuestros vecinos.

Mi padre se recuperó de sus heridas y comenzó a visitarnos con frecuencia en nuestra casa en Danang. Aunque Hai llevaba algunas veces a Hung a ver a su abuelo en Ky La, a mi padre le disgustaba, pues temía que sus visitas perturbaran la frágil paz de la que gozaba. Cuando estaban juntos, mi padre cantaba canciones a mi hijo —algunas de las cuales me las había enseñado de niña—, o se lo llevaba a pescar o a jugar con los cerdos en la calle.

Durante su última visita, cuando mi madre y Hung fueron al mercado, mi padre me dijo que, puesto que nos veíamos con frecuencia y los norteamericanos habían acabado aceptándome, el Vietcong (mi padre se refería a ellos como a «ésos») le había entregado una nota dirigida a mí.

—¿Qué dice? —le pregunté, temerosa de que aparecieran de nuevo mis antiguos instructores, como una enfermedad crónica, y perturbaran la paz interior que mi padre había hallado al fin.

—Los detalles carecen de importancia —contestó mi padre—. Puedes imaginar la clase de misión que quieren asignarte. Quieren que coloques unos explosivos en la base, para matar a los soldados. Sólo quería que supieras lo que pretenden, para que, en caso de que me suceda algo, lo comprendas.

—¿A qué te refieres? —pregunté, alarmada.

—No importa. No te preocupes. Estoy harto.

Observé que empezaba a sumergirse de nuevo en la depresión que casi le había costado la vida cuando fui a Saigón. Temía que pensara de nuevo en suicidarse, y no quería que se sintiera solo y desamparado. Tal vez imprudentemente, abrí una botella de whisky adquirida en el mercado negro y le serví una copa, para que se relajara y se sincerara conmigo. Pero después de tomar un trago, mi padre me transmitió otro mensaje.

—Después de Año Nuevo acudí al chamán para que me leyera el porvenir. Ya sabes a quién me refiero, a ese individuo que vino a nuestra casa cuando Sau Ban desapareció. Pues bien, me preguntó si pensaba seguir viviendo en Ky La. «Por supuesto —le respondí—, éste es mi hogar. Aquí tengo mis tierras. Aquí es donde están enterrados mis antepasados.» «En tal caso —contestó—, no tengo nada que decirte.» Es decir, que yo no tenía futuro.

—No creo que se refiriera a eso.

—Está más claro que el agua. Por lo visto, si me quedo en la aldea, moriré. Pero ya conoces a esos charlatanes. Detestan darte una buena noticia.

—Son imaginaciones tuyas. No tienes nada de qué preocuparte...

—No estoy preocupado. ¿Qué tiene de malo vivir junto a tus antepasados? Lo único que me preocupa eres tú, Bay Ly, el pequeño Hung, tus hermanas y tu madre... y mi querido hijo Bon Nghe, si aún está vivo.

Al cabo de un rato regresaron mi madre y Hung y almorzamos, aunque el ambiente era muy tenso. Cuando mi padre se disponía a marcharse, le di unas latas de comida, una caja de galletas, la botella de whisky y un pijama blanco, que es el atuendo formal de los campesinos. Mi padre se despidió, recomendándome que no olvidara lo que me había dicho, y se dirigió a la parada del autobús, cantando como solía hacer Sau Ban cuando emprendía una de sus aventuras.

Cuando se hubo ido, confesé a mi madre que estaba preocupada.

—Papá se comporta de un modo muy extraño —dije—. No le importa lo que pueda sucederle. Se expresa como si estuviera furioso y amargado.

—No te preocupes por *Ong* (el jefe) —contestó mi madre—. Ha sufrido mucho. Es un hombre fuerte, más de lo que imaginas. A diferencia de nosotras, su fuerza proviene de otro mundo. Es más fuerte que el Vietcong, que los norteamericanos y que esta maldita guerra.

Era la primera vez que oía a mi madre expresarse en esos términos. Quizás el hecho de vivir en Danang le hacía ver las cosas bajo otro prisma. No obstante, tuve la sensación de que no volvería a ver a mi padre en mucho tiempo.

Tres días más tarde, cuando fui a ver a Lan, apareció de pronto Chin, el marido policía de Ba, montado en su bicicleta. Aunque jadeaba y tenía el uniforme empapado en sudor, como si hubiera realizado un gran esfuerzo, estaba pálido como la cera. Durante unos instantes permaneció inmóvil ante nosotras, como si no se atreviera a darnos el terrible mensaje que le había traído hasta allí. Al fin, dijo:

—*Cau chet roi* (nuestro padre ha muerto). Lo hallaron esta mañana en el jardín. Se suicidó ingiriendo ácido. Los vecinos avisaron a los médicos militares, que lo trasladaron al hospital Giai Phau en Danang, pero era demasiado tarde. Cuando llegué allí, ya había fallecido.

El policía —este hombre había asediado a la pobre Ba hasta obligarla a romper sus votos matrimoniales y casarse con él, al que mi padre había amenazado una vez con un azadón y que se había negado a ayudarme cuando mi vida corría peligro en My Thi, este hombre que cuyo repugnante uniforme simbolizaba todo cuanto odiábamos de la guerra— rompió a llorar, abrazándose a mi hermana y a mí. Los tres nos sentíamos como unas criaturas que de pronto se habían quedado solas en el mundo. Tan sólo el pequeño Hung, que era demasiado joven para darse cuenta de lo sucedido, permaneció tan imperturbable como el alegre futuro por el que mi padre había sacrificado su vida.

A primera hora de la tarde del 7 de abril de 1986.
El hotel Pacific, en Danang

De pronto me despierto sobresaltada. El sol brilla sobre mi rostro y el aire del mar está en calma. Me siento empapada en sudor, pero es debido a la pesadilla que he tenido, no al calor. Me levanto y me lavo la cara, confiando en que se borre de mi mente la imagen de mi padre moribundo, de la moribunda aldea y de las moribundas tierras que la rodean.

Miro el reloj que está sobre la mesita. Aunque he dormido poco, la pesadilla me ha dejado agotada. La pequeña habitación me agobia y decido ir a dar una vuelta. Quizás Anh ha dejado un mensaje para mí en recepción.

Desde lo alto de la escalera veo a una mujer vestida de negro que entrega una nota al conserje. Éste alza la vista y me señala. La mujer me mira. Es mi sobrina Tinh, la hija de Hai.

—*Di Bay!* (¡tía Bay Ly!) —exclama, corriendo hacia mí.

Ambas nos abrazamos. Luego nos apartamos y observamos, a través de nuestras lágrimas, que el tiempo nos ha convertido de unas jo-

vencitas en mujeres hechas y derechas. Veo en mi sobrina a mi hermana mayor, y a través de ese rostro, a mi madre. La abrazo de nuevo,
pero Tinh ha visto en mi rostro a una norteamericana, y su abrazo
es menos caluroso. Unos vietnamitas que están en el vestíbulo sacuden
la cabeza ante nuestras efusivas demostraciones de afecto (incluso unas
hermanas que hace tiempo que no se ven deben contenerse), y luego
siguen hojeando el periódico y charlando.

—¿Dónde está tu madre y tu abuela? —le pregunto.

—Mi segundo hijo, Cu, ha ido a recogerlas —contesta mi guapa
sobrina.

La pequeña Tinh ya es madre, me digo asombrada. Sabía que tenía
hijos por las cartas que me había escrito en 1982, pero las cartas no
son lo mismo que las personas que pueden reír contigo y compartir
tus lágrimas. Al parecer, ella también siente lo mismo, pese a mi aspecto norteamericano, y me agarra fuertemente del brazo.

—¡Dios mío, Bay Ly, no puedo creer que estés aquí! —dice emocionada.

Nos abrazamos por tercera vez y, al notar que los otros huéspedes
siguen mirándonos con aire de reproche, pregunto al conserje si podemos salir del hotel.

—Desde luego —responde—, pero debe dejarme su pasaporte.

Yo le obedezco, tratando de disimular mi enojo. En los viejos tiempos no podíamos salir sin nuestra tarjeta de identidad o un pase sin
arriesgarnos a ser detenidos.

—No se preocupe —dice el conserje, como si me leyera el pensamiento—, puede conservar su tarjeta de viaje *Ban Vietkieu*. Ésta indica
a los funcionarios dónde se hallan sus documentos. Es un método mucho más seguro. Le sorprendería comprobar cuánta gente intenta robar
un pasaporte norteamericano.

Aunque su explicación parece lógica, no me tranquiliza. Sin embargo, le agradezco que se haya molestado en explicarme lo que debo hacer. Las normas son las normas. Mientras subo a recoger los mangos,
Tinh sale en busca de un *siclo* para dirigirnos a su casa, situada cerca
de China Beach.

Una vez lejos de ojos y oídos intrusos, Tinh me cuenta lo que le
ha sucedido a la gente que conocíamos desde que los comunistas asumieron el poder en 1975, y la clase de recibimiento que cree que me
dispensará mi familia. Después de la guerra, Chin fue enviado a un
campo de reeducación comunista y ahora trabaja en el campo, satisfecho de que sus vecinos le dejen en paz. Me dice que mi hermana Ba
se quedó con la mayoría de los regalos que envié a mi familia, en un
principio porque temía que la sorprendieran con artículos norteamericanos, pero más tarde porque creyó tener derecho a conservarlos en

compensación por lo mucho que había sufrido. Afortunadamente, algunos de los regalos —en su mayoría ropa norteamericana y vitaminas— llegaron a manos de Tinh y ésta pudo venderlos para realizar unas mejoras en su casa; pero eso no consiguió rehabilitar a Ba ante los ojos de la familia. Cuando Anh les escribió contándoles que iba a ir a visitarlos, decidieron mantener a Ba al margen —no puedo verla sin la autorización del resto de la familia—, como castigo por su egoísmo, al quedarse con el dinero y los regalos que trajera para ella. Aunque Tinh me explicó esas cosas con calma, me sentí muy apenada ante ese tipo de justicia campesina, ante lo codiciosa y vengativa que parecía haberse vuelto mi familia desde la liberación. Durante la guerra, todos tratamos de ayudarnos. Aunque no congeniáramos, al menos cumplimos con nuestro deber. Ahora, al cabo de más de una década de gobierno comunista —de guerra durante la paz—, parece que nos hemos convertido justamente en lo que la guerra pretendía evitar: una nación que concede más valor a los objetos que a las personas, a la venganza que al amor, a la codicia que a dios. No sé si ello obedece a un decreto gubernamental, a las necesidades de la posguerra o al karma de mi familia. Sólo confío en que, antes de que transcurra una semana, consiga averiguarlo.

Las calles que nos rodean no contribuyen a restituir mi buen humor tras la deprimente historia que me ha relatado Tinh. Las interminables manzanas grises están sucias y en ruinas, las viviendas «urbanas» son poco más que unas barracas con unos corrales y unos cobertizos poblados de niños medio desnudos, madres que amamantan a sus pequeños y jóvenes demacrados y sin empleo. Aunque el tráfico es más denso, no circula un solo automóvil ni autobús, sino miles de bicicletas y una legión de peatones, algunos de los cuales empujan unas carretillas o conducen a los animales por las calles. Subimos por la carretera hasta el puente Da Lach, construido por los norteamericanos en 1966 sobre el río Danang. El nuevo puente ha venido a sustituir al viejo viaducto construido por los franceses, el cual todavía simboliza la lejana pero no olvidada época imperial. Al contemplar el sólido puente norteamericano —un regalo de buena voluntad de mi nuevo país a mi tierra natal—, sobre el que ahora circulan camiones cargados con productos y alimentos en lugar de tanques y cañones, siento una gran alegría.

Al cabo de unos minutos llegamos a casa de Tinh. Allí me encuentro de nuevo con Bien, el marido de mi sobrina, un hombre de mediana edad al que conocí poco antes de partir a Estados Unidos en 1970. Me entristece verlo envejecido por la falta de alimento y su dura vida como barbero, aunque en su rostro se refleja el optimismo de Tinh. La barbería, amueblada con un sillón de madera para los clientes y una vieja mesa de metal para sus utensilios, da a la calle. La fachada de la casa (como todas las casas de la manzana) se parece más a un almacén que a una vivienda, dotada de unos postigos grises que se abren como las puertas de los corrales. Pero en el interior de la casa no hay cerdos ni gallinas, sino los cinco hijos de Tinh y un montón de niños del vecindario.

Tinh me conduce al comedor, consistente en un par de viejos bancos de madera frente a una mesa y la puerta de hierro forjado que señala la entrada a la casa. El único objeto decorativo sobre la pared encalada es un mapa de Vietnam que no indica el norte ni el sur, sino una serie de provincias, un Estado para una nación, una patria para las gentes. Aunque probablemente mi sobrina y su marido no han reparado en ese significativo detalle, al observarlo, me choca profundamente. Ese mapa representa la guerra, nuestras décadas de sufrimiento: un pueblo; una familia. Pese a la humilde casa de Tinh (que también me ha causado una profunda impresión), siento un reconfortante calor, no sólo debido al té, sino a la sensación de haber regresado a mi hogar. Cuanto más pienso en ello, más me cuesta concentrarme en el segundo brindis que propone Bien: por nuestro reencuentro. Siento la mano de Tinh sobre mi hombro e imagino que debe extrañarle el que su estúpida tía norteamericana no cese de llorar.

Después de tomar el té, Bien me hace varias preguntas sobre Norteamérica, pero mis respuestas siempre concluyen con otras preguntas sobre mi madre, mis hermanas y mi hermano. Para anunciar mi llegada a mi madre y a Hai, según me cuenta Bien, Anh envió a su hijo de ocho años a Ky La (que dista unos cinco kilómetros). Pero ellas aún no han llegado, y Tinh empieza a preocuparse.

—No deberías haberlo enviado —le dice a su marido—. Debiste enviar a Bien, que tiene diez años y es más juicioso.

—No te inquietes —contesta Bien, tratando de tranquilizarla—. Ha ido a Ky La una docena de veces. Además, Bien tenía que ir a recoger la sopa. ¿Qué clase de visita sería ni no pudiéramos ofrecer a Bay Ly un plato de *mi quang*?

Bien tenía razón. Al igual que las patatas de Idaho, la sopa de fideos de la costa central era famosa en todo el país, no sólo por lo rica que es, sino porque los fideos están hechos en casa. En este momento aparece el hijo mayor con una humeante sopera y Tinh nos sirve el caldo de fideos. Aunque temen que me desagrade ese rústico plato después de haber pasado dieciséis años comiendo hamburguesas, chocolate y Coca-Cola, me como ávidamente la sopa y les permito que me sirvan una segunda y una tercera vez. Normalmente la gente no suele comer tanto —resultaría muy caro—, ni siquiera cuando se trata de agasajar a una convidada especial como yo, pero Bien sonríe complacido y me sirve otra cucharada de sopa. Aunque los cuencos son diminutos, aprecio su generosidad y no la rechazo. Por otra parte, los regalos que están en la habitación de mi hotel —telas, vitaminas y demás— les compensarán sobradamente por el gasto.

Después de comer, me tumbo en una estera de bambú mientras Tinh trajina en la cocina y aguardamos a que lleguen mi madre y mi hermana Hai. Bien se sitúa junto a la puerta, pero sé que no lo hace para comprobar si entran clientes en la barbería. Le preocupa que algún chismoso vea a su invitada norteamericana y se enteren sus vecinos. Al igual que durante la guerra, las atenciones especiales provocan conflictos.

Le pido a Tinh que me cuente más cosas sobre mis dos hermanos, Sau Ban y Bon Nghe. Por supuesto, todos sabemos que Sau Ban murió en 1963, pero una hermana nunca abandona las esperanzas. Quizá se trate de un error. Quizá lo hayan hallado entre los heridos y los locos en un hospital militar, pero Tinh se niega a alimentar mis esperanzas.

—Sau Ban murió hace tiempo —dice—. El Gobierno paga a la abuela Phung una pensión de setecientos *dong* al mes, y no se la darían si sospecharan que Ban está vivo.

Setecientos *dong* equivalen a unos treinta peniques norteamericanos al mes, una miseria por la pérdida de un espíritu humano tan maravilloso.

—El tío Bon Nghe es otra cuestión —continúa Tinh—. Cada vez que recibía carta tuya, me la enseñaba y aseguraba que algún día vendrías a visitarnos. Él se reía y decía que era una soñadora, que las autoridades de tu país jamás te dejarían salir y que las nuestras no te permitirían entrar. Si pudiera verte ahora, sentada aquí, creo que se desmayaría.

Son más de las tres de la tarde y el hijo menor de Tinh todavía no ha regresado. Bien achaca su demora a que se habrá entretenido por el camino, pero envía a su hijo mayor a buscarlo. Entretanto, Tinh me invita a que la acompañe al mercado de Cho An Thuong, cerca de China Beach —no lejos del mercado al que acudían los aldeanos de Ky La— para comprar la cena de esta noche.

—Por supuesto —añade—, tendrás que quitarte el *ao dai* y ponerte unos pantalones de campesina. No conviene que parezcas una turista norteamericana. Danang todavía no está preparada para esas cosas.

Obedezco sin protestar, satisfecha de hacer algo que me mantenga ocupada y me impida pensar en mis problemas. Para evitar que mi maquillaje occidental revele que soy una forastera, me pongo un sombrero de Tinh y camino arrastrando los pies, como las agotadas y desnutridas mujeres orientales.

El barrio donde reside Tinh, China Beach —donde antiguamente habitaba una nutrida población militar—, no muestra indicios de que los norteamericanos vivieran aquí, salvo unos pocos edificios permanentes, unos postes de energía eléctrica dotados de escasos alambres, unos podios en los cruces desde los cuales antes los guardias dirigían el tráfico, y unos cobertizos hechos con materiales de guerra. El mercado sigue siendo igual a como yo lo recuerdo, una larga hilera de campesinos sentados junto a unas cestas que contienen todo tipo de productos, desde mangos, naranjas y plátanos, hasta guisantes, patatas, pollos en unas jaulas de alambre y pescado fresco, con las escamas plateadas, rodeados de moscas y del hedor del mercado. Mientras los compradores se pasean de un lado al otro, los vendedores permanecen en cuclillas, protegiéndose la cabeza con un sombrero a guisa de parasol. Las gentes que regatean, aunque no tienen aspecto de estar bien alimentadas, tampoco parecen morirse de hambre y muchas van vestidas al estilo occidental. Lo que más me choca es la agresividad con que regatean, no como compradores y vendedores, sino como depredadores y víctimas. Parece como si ahora que la guerra ha terminado el mercado se hubiera convertido en su campo de batalla particular, y el hecho de perder unos *dong* les produjera tanto dolor como un balazo en el estómago. Observo a Tinh pelearse con una vendedora que conoce de toda la vida, discutiendo sobre los precios y la calidad de las frutas y verduras, como unos francotiradores intercambiando disparos en la selva, y me pregunto si la escasez de alimentos conseguiría también derribarme de mi altivo caballo norteamericano. Supongo que era por ese motivo que mi madre comparaba a las personas mezquinas con los «vendedores de pescado en el mercado».

No obstante, a medida que observo a los compradores y vendedores me doy cuenta de algo que había olvidado en los supermercados norteamericanos: el poder de la comunidad. En Estados Unidos, la gente sólo regatea cuando adquiere un artículo de lujo, como un coche o una casa. Aquí, mientras regatean por todo, el cliente y el vendedor se observan atentamente, sin perder detalle. El pacto que alcanzan —el «precio» de un mango o un higo— constituye en realidad una confirmación de la necesidad que tienen el uno del otro; un voto de confianza pese a los recelos; una lección de cómo sobrevivir en tanto que comunidad cuando ese sentimiento comunitario ha desaparecido.

La muerte de mi padre nos causó grandes problemas a mí, a mi madre y a mis hermanas. Nos habíamos quedado solas, sin poder recurrir a un miembro masculino de la familia para que nos aconsejara. A pesar de las dificultades que ello suponía, deseábamos celebrar un funeral tradicional.

En primer lugar, tuvimos que pedir autorización a los funcionarios republicanos del distrito, pues regulaban las actividades en la aldea. Luego, tuvimos que obtener la autorización de los norteamericanos, quienes controlaban todas las idas y venidas en la zona. Por último, tuvimos que presentar nuestra solicitud a través del tío Luc al Vietcong, que se consideraba el gobierno campesino legítimo y que podía suspender la ceremonia y provocar graves conflictos. Asimismo, necesitábamos su autorización para que mi madre y yo pudiéramos regresar a Ky La sin temor a sufrir ninguna represalia.

Una hora después de que viniera Chin para comunicarnos que mi padre había fallecido, fui a recoger el cadáver de mi padre en el depósito de Nha Xac. Era un edificio bajo y alargado, de hormigón, en el que reinaba un ambiente tan frío y tétrico, que hasta los árboles que crecían junto a él habían languidecido. En el interior, los cadáveres estaban dispuestos sobre camillas y cubiertos con sábanas, sobre las que revoloteaban multitud de moscas, lo cual otorgaba a aquel lugar un hedor de carne putrefacta que casi hizo que me desvaneciera.

Haciendo acopio de todas mis fuerzas, eché a caminar por entre las hileras de cadáveres. Retiraban las sábanas y descubría cuerpos de ancianas, muchachas, chicos y campesinos, a quienes les faltaban la cabeza, los miembros o los órganos vitales. Los restos habían sido arrojados junto al cadáver para que, en la medida de lo posible, las víctimas fueran enterradas en su integridad. Tras examinar unos veinte cadáveres, al fin hallé a mi padre.

El tostado rostro de mi padre estaba blanco como la sábana que lo cubría, y sus labios violáceos se hallaban contraídos en una mueca que revelaba sus encías desprovistas de dientes. Tenía los ojos tan hinchados de llorar, que apenas pude distinguir sus pupilas, como si su alma hubiera quedado atrapada en su interior y suplicara ser liberada. Besé su pálida mejilla y repetí su nombre, diciéndole: «No temas; te llevaré a casa.»

Puesto que había presenciado muchas muertes, la de mi padre —su transformación de hombre en cadáver— no me afectó tanto como su inaccesibilidad. Se hallaba ahora en un lugar que yo no podía alcanzar y del que él no podía regresar para visitarme, excepto a través de los extraños y tortuosos caminos de los espíritus. En aquellos momentos lamenté profundamente no conocer la forma de llegar hasta ellos y decidí hacer cuanto fuera necesario para averiguarlo.

Dado que mi familia opinaba que yo era la que más entendía de números, me encomendaron la tarea de elegir el ataúd. Sin embargo, yo no tenía ganas de regatear y compré el mejor ataúd que encontré sin preguntar siquiera el precio. A continuación, tuve que sobornar al policía local, a quien a veces dábamos una «propina» para que nos protegiera, para que me llevara, junto con las ropas fúnebres y el ataúd, al depósito de cadáveres, de modo que mi padre no tuviera que yacer desnudo sobre una camilla.

Al día siguiente, Nu, el hijo del tío Nhu, el oficial republicano que me había ayudado cuando nació Hung, pidió prestado un camión para trasladarnos a mi padre y a nosotros desde Danang hasta la aldea. El ataúd de mi padre reposaba sobre una peana de madera, situado entre su esposa, sus hijas y diversos tíos y tías.

Comparado con nuestra sigilosa forma de entrar y salir de Ky La, el viaje por la polvorienta carretera parecía casi el regreso triunfal de unos personajes de la realeza. El aire primaveral olía a flores. Cuando llegamos y transportamos el ataúd hasta nuestra casa, observamos que se había congregado frente a ésta una nutrida muchedumbre. Al igual que en la mayoría de los funerales que se celebraban durante la guerra, no habíamos tenido tiempo de consultar al chamán para que nos recomendara el momento astrológico más indicado para introducir el cuerpo de mi padre en el ataúd o para sepultarlo. Sólo sabíamos que no debíamos enterrarlo bajo su signo astrológico ni el de su hijo mayor (Bon Nghe), ya que ello acarrearía la destrucción de nuestra familia al cabo de tres años o de tres generaciones. Como es lógico, no queríamos atraer sobre nosotros las iras divinas.

Las personas que transportaban el ataúd lo introdujeron, con los pies por delante, a través de la puerta del medio (que sólo utilizábamos para los festejos o funerales), y lo depositaron sobre su cama, que estaba cubierta con una tela blanca. Cada una de las cuatro patas había sido colocada sobre unos platos de loza llenos de agua y queroseno para impedir que se acercaran las chinches. Entre la cama y la pared colocamos todas sus pertenencias materiales que pudimos hallar. Mi madre introdujo entre los dientes de mi padre la tradicional pelota de arroz dulce (mezclada con tres monedas y un huevo duro, pues nadie desea que el espíritu de un ser querido abandone este mundo pobre y hambriento), así como un poco de madera de sándalo para evitar que el cadáver apestara. Luego, con ayuda de mis tíos, lo envolvió en el manto rojo y blanco de monje que lo adornaría durante toda la eternidad. También envolvieron sus manos y pies en unos trapos, a fin de impedir que sus huesos se desplazaran de sitio en caso de que sus restos fueran trasladados a otro cementerio. Una vez cumplidos esos ritos, su cadáver permaneció en nuestra casa durante dos días y una noche, para que sus parientes y amigos pudieran asistir al funeral.

El siete de abril, Hai, Ba, Lan y yo nos vestimos de blanco, sin joyas, colocamos tres palitos de incienso y dos velas blancas sobre la cabeza de mi padre, y entonamos unos sutras con el sacerdote budista que iba a oficiar la ceremonia. De acuerdo con nuestras costumbres, mi madre, mis hermanas y yo nos sentamos en el suelo mientras nuestros parientes masculinos permanecían de pie. En primer lugar pronunciamos unas oraciones de alabanza a Buda y luego otras por el alma de mi padre, a fin de que no llorara por nosotros ni por haber abandonado sus bienes materiales. Como no habíamos dispuesto de un *Ca Vong* (un pedazo de seda) para atrapar a su espíritu en el momento en que mi padre había agonizado, pasamos directamente a la ceremonia *Cao To*, que informa al alma de que el cuerpo será debidamente sepultado y que, por lo tanto, no debe preocuparse. Ello significaba escribir el nombre de mi padre en un pergamino junto con el de nuestros antepasados y parientes difuntos, entre los cuales se hallaba mi hermano Sau Ban.

Después, transportamos el ataúd hasta el cementerio. La comitiva estaba encabezada por los hijos más jóvenes de la familia, quienes portaban el pergamino, seguidos por los parientes que arrojaban *giay tien dang bac* —dinero en billetes— a un lado y al otro para pagar a los viejos espíritus que cuidarían del último miembro que iba a incorporarse a ellos. Luego desfilaban mis tías, que portaban arroz dulce, cerdo y té. A continuación iba un grupo de aldeanos que llevaban el altar y tocaban el tambor, seguidos por el catafalco que transportaba a mi padre, con los pies por delante, hacia su sepultura. La comitiva la cerraban las mujeres —mi madre, mis hermanas y yo—, caminando con la cabeza inclinada, arrastrando los pies y llorando.

Al llegar al cementerio, nuestro dolor se volvió más formal. A partir de ese instante, nuestro luto serviría únicamente para demostrar *song goi thac ve*, que aceptábamos la nueva vida del espíritu de Phung Trong, marido y padre, tal y como vendría a ocupar nuestra casa. Mis hermanas y yo nos arrodillamos en el suelo para acercar nuestro dolor a la tierra que contenía sus huesos, pues sabíamos que a su espíritu le complacería esa señal de amor y respeto por los pormenores ceremoniales. Según la costumbre, todos los invitados unieron sus manos como los chinos e hicieron tres reverencias.

Durante los cien días siguientes, mientras mi padre era juzgado en el mundo de los espíritus por haberse suicidado, nosotros cumplimos las normas del luto público. Tres días después del funeral, celebramos la ceremonia de «la sepultura abierta» (aunque la sepultura permanece cerrada): todos los miembros de la familia trajeron incienso y flores para decorar su tumba. Durante los cuarenta y nueve días siguientes, colocamos otro plato en nuestra mesa. Cada séptima noche orábamos con los sacerdotes budistas para que el alma de mi padre hallara el templo más próximo.

El centésimo día celebramos la ceremonia del «cese de las lágrimas», a la que siguió, en el primer aniversario de la muerte de mi padre, un servicio religioso en el que quemamos un lecho de papel, ropas de papel y un dinero impreso expresamente para tal fin. Los miembros más allegados de la familia de mi padre llevábamos un *ao tang* de lino: un traje con tres flecos en la espalda y un emblema que mostraba el lugar que ocupábamos en la familia —en mi caso, la divisa de una sexta hija que no había contraído matrimonio y era madre soltera. Mi madre, al igual que yo, llevaba constantemente un chal de lino en la cabeza. Pronto tuve que prescindir de él para no incomodar a mis clientes. La vida continúa, y yo sabía que al espíritu de mi padre no le gustaría que mi hijo y mi madre pasaran hambre porque un cliente se negaba a tener tratos con una hija que lloraba a su padre. No obstante, al margen de cómo manifestáramos nuestro dolor, cada acto caritativo lo hacíamos en nombre de Phung Trong, para acelerar su paso del infierno al cielo.

Durante esos días, mi deber era dirigir a mi madre y a mis hermanas. Cuando mi padre vivía, mi madre, Ba, Hai y Lan dejaban que fuera él quien se ocupara de esos rituales. Cuando Bon Nghe partió al Norte, mi padre instruyó a Sau Ban, el único hijo varón que le quedaba, en las cuestiones espirituales, a fin de que los ritos de adoración a nuestros antepasados y las ceremonias de la vida cotidiana continuaran en caso de que a él le sucediera algo. No obstante, temiendo que, llegada la hora de su muerte, no recibiría un funeral como es debido, puesto que sus hijos varones se habían ido de casa, mi padre dio también las pertinentes instrucciones a Hai, su hija mayor. Cuando mi hermana Hai se fue a Saigón y nos enteramos de la muerte de Sau Ban, tales deberes recayeron en mí, la sexta hija. Lo cierto es que, contra lo que todo el mundo suponía, resulté ser una alumna muy aplicada.

Al finalizar los cien días, cinco monjes budistas oficiaron una misa que duró tres días para celebrar el hecho de que mi padre se hubiera liberado del temor y las necesidades materiales, y para atraer su alma a nuestra casa mediante continuos cánticos. (Mi padre me había dicho que, cuando una persona moría lejos de su casa, su espíritu vagaba por el campo hasta que las oraciones le indicaban el camino de regreso.) La segunda noche, una vecina (la viuda de Manh, mi antiguo maestro) nos informó que el espíritu de mi padre había entrado en su casa para decirle que había enterrado dinero y oro en nuestras tierras. Al oír la buena noticia, que confirmaba la eficacia de nuestras oraciones, nos pusimos a cantar más fuerte. A la tercera mañana, los monjes nos aseguraron que el espíritu de mi padre había hallado el camino de regreso.

Más tarde, un hechicero de otra aldea llamado Thay Dong se ofreció como vehículo para el espíritu de mi padre, pues éste había fallecido sin dejar testamento y únicamente un extraño podía actuar como médium para la distribución de sus bienes.

A fin de que el hechicero dispusiera del necesario recogimiento que exigía dicho proceso, lo metimos en una jaula de bambú, cubierta con una manta. Al cabo de un rato, para comprobar si su trance había tenido éxito, nos acercamos a él y le pedimos que nos identificara correctamente. Superada esa prueba, que indicaba que sus ojos espirituales funcionaban como era debido, dejamos que la ceremonia siguiera adelante. Sacamos al hechicero de la jaula y lo seguimos hasta los arrozales y los campos de batatas y canela. Utilizando un palo largo, el hechicero señaló en el suelo unas secciones de aproximadamente el mismo tamaño destinadas a cada pariente vivo de mi padre. Después habló en el lenguaje de los espíritus sobre los lugares en los que mi padre había ocultado el oro y el dinero, pero como nadie era capaz de traducir sus palabras al vietnamita, la mayor parte de sus ahorros, lo poco que quedaba, nunca fueron hallados.

Por último, el hechicero nos condujo hasta la sepultura de mi padre (lo cual me impresionó, ya que ignoraba dónde estaba enterrado) y nos habló a cada uno de nosotros. Dado que Hai era la hija mayor, mi padre (a través de la voz del medium) le ordenó que se instalara en nuestra casa para cuidar del altar y de que adoráramos a nuestros antepasados tal como exigía la tradición. Aunque Hai sabía que no podía negarse a este último deseo de mi padre, le rogó que la perdonara porque no podía identificar todas las tumbas de la familia ni recordar todos los ritos. Mi padre, a través de Thay, le dijo que no se preocupara y le aconsejó que, en caso necesario, recurriera a mí. «En cualquier caso —dijo el hechicero—, esos deberes pasarán a vuestro hermano Bon Nghe cuando regrese de la guerra. Hasta entonces, haced lo que podáis.»

El médium parecía agotado y comprendimos que el trance estaba a punto de concluir. A continuación, el extraño abrazó emocionado a todos los presentes, dándoles las gracias por haber asistido a su funeral, y se inclinó cortésmente ante los monjes. Cuando se incorporó de nuevo, el espíritu de mi padre había ido a reunirse con sus antepasados en el altar familiar.

Hai regresó a nuestra casa y se puso a trabajar la tierra en lugar de mi padre. Al cabo de una semana, un vecino le preguntó si podía venderle uno de nuestros árboles frutales. Hai respondió afirmativamente y le vendió el árbol por una pequeña cantidad de dinero. La necesitaba para reparar la casa. Al día siguiente, sin embargo, el vecino regresó y le dijo que cada vez que se había encaramado al árbol para coger fruta se había caído. Preguntó a Hai si había *xin keo* (si había consultado a mi padre sobre el asunto) y ella contestó que no podía hacerlo porque estaba muerto. El hombre se echó a reír y le enseñó cómo formular preguntas a los muertos mediante dos monedas con una cara pintada de blanco. Si una de las monedas caía mostrando el lado blanco, la respuesta era «sí». Si ambas monedas caían mostrando la misma cara, la respuesta era «no». Cuando las monedas indicaron que nuestro padre estaba a favor de la venta, el hombre se marchó satisfecho. Llenó su cesta de frutas sin sufrir ningún percance y Hai prosiguió con sus tareas. A partir de entonces, Hai solía consultar a nuestro padre todos los asuntos relacionados con nuestro bienestar, pues —muerto o vivo, y mientras ella viviera o hasta que Bon Nghe regresara— mi padre seguía siendo el jefe de la familia.

Una vez que mi padre fue enterrado como correspondía y se hallaba cómodamente instalado en nuestra casa de los espíritus, comprobé que muchas cosas habían quedado enterradas con él. Ya no me sentía confusa acerca de mis deberes. ¿Hacia el Vietcong? ¿Hacia el Gobierno legal y sus aliados? ¿Hacia los campesinos de la aldea? No, mi deber consistía en cuidar de mi hijo y defender la vida, eso es todo. Mi padre me lo había dicho años antes en la cima de la colina, cuando empezaban a cernirse los nubarrones de la guerra, pero hasta ahora no lo había comprendido con tanta claridad. Ya no tenía que esforzarme para cumplir con mis obligaciones cotidianas. Sólo tenía que vivir, amar y obrar en consonancia con esos sentimientos. Mi padre me había demostrado ese principio en numerosas ocasiones a lo largo de mi vida, sobre todo al perdonarme por mi pecado de *chua hoam* (por haberme convertido en una madre soltera) y aceptar a mi hijo con los brazos abiertos. No estaba disgustado conmigo por haber tenido un hijo, sino por haber privado a ese hijo de un padre. A fin de cuentas, ¿qué hubiera sido de mí, cuánto tiempo hubiera sobrevivido a una guerra que se había cobrado tantas vidas, sin Phung Trong para guiarme? Gracias a él comprendí que, aunque el amor no basta por sí solo para eliminar todos los obstáculos, al menos allana el camino hacia la paz: entre los soldados y los civiles y entre una mujer y ella misma. Comprendí que el deseo de vivir, independiente de todo lo demás, es más poderoso que el deseo de morir. Al igual que los cristianos creen que Jesús sacrificó su vida para que vivan eternamente, yo creía que la muerte de mi padre era su forma de darme la paz eterna, no en el más allá, sino en cada instante de cada día que vivía. En Vietnam había mucha gente dispuesta a morir por sus creencias. Lo importante era que los hombres y mujeres —hermanos y hermanas— se negaran a aceptar la muerte y la guerra como la solución a sus problemas. Si uno siente compasión en su corazón, jamás ansía la muerte. Nuestro enemigo es la muerte y el dolor, no las personas; y todo ser vivo es nuestro aliado. Fue como si, al comprenderlo, me hubiera librado de la inmensa carga que pesaba sobre mis frágiles hombros. Al fin, a través de la muerte de mi padre, había aprendido a vivir.

8

HERMANAS Y HERMANOS

A última hora de la tarde del 7 de abril de 1986.
En el mercado cerca de China Beach, Danang

Después de comprar el pescado y las verduras, Tinh se dirige a un vendedor de leña para preparar la cena de esta noche. Aunque no he recorrido todo el mercado, lo que he visto ha evocado en mí viejos recuerdos. Sigo a Tinh cuando de pronto aparece su hijo de ocho años, Cu —a quien Bien envió para recoger a mi madre y a mi hermana Hai en Ky La—, y agarra a su madre del brazo. Tinh me señala y Cu corre a estrecharme la mano como un hombrecito.

—Me alegro de conocerte, Cu —digo, mirando a mi alrededor en busca de mi madre—. ¿Dónde está tu bisabuela?

—No ha podido venir —responde el niño—. Tenía que quedarse en casa.

—¿Por qué? ¿Está enferma?

—No. Dijo que no podía venir porque estaba muy ocupada, que intentaría avisar a la abuela Hai y que me fuera a casa.

Súbitamente me siento alarmada.

—¿Qué dijo cuando le contaste que yo había llegado? ¿Se puso contenta?

Pero el niño está distraído observando a los vendedores.

—Tía Ly —me dice—, ¿quieres ver a la abuela Hai?

—Naturalmente. ¿Está en tu casa?

—No —contesta el niño, cogiéndome la mano y tirando de ella—. Está aquí, al otro lado del mercado.

La emoción y el temor hacen presa en mí. ¿Hai, mi hermana mayor, está aquí? ¿Ahora? De pronto me doy cuenta de que aún no estoy preparada para encontrarme con ella ni con nadie de mi familia.

Quiero presentar buen aspecto, lucir un bonito vestido norteamericano o un *ao dai*, maquillarme y cepillarme el pelo. Me detengo y le pregunto a Cu:

—¿Dónde está?

—Allí —responde el niño, sintiéndose importante—. Es esa que vende caracoles. ¡Vamos!

Mientras pasamos a través de la multitud, veo a una anciana inclinada sobre dos cestas de caracoles marinos. Alrededor de ella se ha congregado un numeroso grupo de clientes. Observo que una de las cestas contiene *oc buu*, unos caracoles de gran tamaño, y la otra *oca*, unos caracoles pequeños pero muy sabrosos y más baratos. Deduzco que habrá pasado todo el día buscando caracoles en las ciénagas, arrancándose una sanguijuela por cada caracol que arrojaba en la cesta. Quizá sea ése el motivo de que mi madre no haya llegado aún; habrá ido en busca de Hai para contarle la noticia. Siento remordimientos al pensar que quizá la esté buscando todavía en las ciénagas, en medio de los mosquitos y la sanguijuelas que se la comen viva.

—¿No quieres saludarla? —me pregunta Cu.

Durante unos instantes me quedo inmóvil, contemplando a mi hermana. Temo incluso acercarme para verla más de cera. Sus manos parecen las garras de un ave, con las uñas sucias y largas. Los pies desnudos y deformes están cubiertos de barro. Su pijama negro de campesina debe de tener la edad de Tinh y su rostro, asomando bajo el viejo sombrero, está arrugado y cuarteado como la tierra reseca.

El niño vuelve a tirar de mi mano. Me acerco a Hai y me pongo de cuclillas a su lado, pero su envejecido semblante está absorto en los clientes que la rodean y no repara en mí.

—*Chi Hai* (hermana Hai) —digo suavemente, rodeando sus hombros con un brazo.

Mi hermana se gira, enojada por sentirse interrumpida, y observo el terror en sus ojos.

Yo me incorporo, tratando de ocultar mi disgusto. Hai me mira como si no me hubiera reconocido y reanuda sus tareas. Cuando la mayoría de los compradores se aleja, me dice sin volverse:

—¡Por favor, vete a casa!

—¡No puedo! —contesto, sintiendo que las lágrimas se deslizan por mis mejillas.

—¿Dónde te alojas? —me pregunta bruscamente.

—En casa de Tinh...

—Regresa a casa de Tinh y aguarda allí. Pero ahora márchate, te lo suplico. Deja que vivamos unos años más.

Me alejo apresuradamente, enjugándome las lágrimas. Justo cuando creía que había aprendido a dominarme, a conquistar mis absurdos temores, esas pobres gentes confirman mis peores sospechas. Para ellos, la guerra no ha terminado.

De pronto, el mercado se convierte en un lugar siniestro. Unos reflejos que han permanecido adormecidos durante dieciséis años se ponen nuevamente en marcha. Escruto la multitud que me rodea, temiendo que bajo una chaqueta se oculte un rifle o unas granadas; que ese hombre que me mira con recelo sea un policía; y me alejo buscando un callejón o un portal donde refugiarme de los balazos o de la metralla.

Agarro a Cu del brazo y me dirijo hacia Tinh. El niño me sigue a regañadientes hasta que, tras haber dejado atrás el centro del mercado —la zona de combate—, lo suelto y se arroja en brazos de su madre, perplejo y sollozando.

Mientras caminamos hacia casa de Tinh me siento triste y confusa. Los comercios empiezan a cerrar y las familias regresan a sus míseras casas. De vez en cuando, Tinh se gira para ver si la sigo, pero no dice nada. Jamás me había sentido tan incómoda y fuera de lugar. Debido a mi egoísta deseo de ver a mi madre y a mis hermanos, he caído sobre ellos como un cometa, como un meteoro norteamericano que ha penetrado en sus casas, aplastando sus vidas, alterando su plácida rutina y dando rienda suelta a una legión de zombis —viejos recuerdos y angustiosos temores— que les aterran. Pero algunos de esos zombis no están muertos; todavía muestran los hoscos rostros de los instructores del Vietcong y pueden ordenar a sus conciudadanos que asistan a una reunión.

«Dios mío —pienso—, al venir aquí he puesto en peligro sus vidas. Temen a los informadores comunistas, a los de los vecinos y a los del Gobierno. Al presentarme aquí inesperadamente, Hai y mi familia corren el peligro de ser relacionados de nuevo con el *De Quoc My*, el odiado enemigo.»

Cuando llegamos a casa, me siento tan ofuscada que apenas puedo razonar. Bien cierra las puertas y los postigos de las ventanas, haciendo que me sienta tan malvada como un contrabandista o un espía o una vieja arpía que vende la peor clase de propaganda norteamericana: la liberación de la pobreza y los problemas.

Por fortuna, Anh ha llegado mientras estábamos en el mercado y corro a refugiarme en sus brazos, llorando, mientras él trata de consolarme como un marido. Por encima de su hombro, observo que Tinh y Bien se miran, como pensando: «Pobre Bay Ly, por fin ha comprendido la situación. Le costará adaptarse. Menos mal que ha venido Anh y cuidará de ella.»

Al cabo de unos minutos me aparto y Anh me mira como si se compadeciera de mí.

—He... he visto a Hai —digo, sin dejar de sollozar.

—Lo sé. No te preocupes —responde suavemente—. Las cosas han cambiado. Tu hermana necesita tiempo para hacerse a la idea, como todo el mundo.

—Sí, cuanto más cambian las cosas, más inalterables permanecen —contesto, enjugándome las lágrimas y tratando de sonreír.

El cambio consiste en que el aparato de control que existía durante la guerra se ha vuelto contra los comunistas. El temor y la violencia que había engendrado han pasado a ser propiedad del pueblo; y por más que el Gobierno pretenda cambiar la situación, ésta se halla demasiado arraigada. En cierto aspecto, parece una broma macabra. Para crear esa cárcel perfecta, los comunistas han convertido a los prisioneros en guardianes, y éstos llevan los látigos y las cadenas en sus corazones.

Me siento en una cama de bambú en la cocina y observo cómo Tinh prepara la cena, mientras los hombres charlan en la otra habitación. Los niños corretean por la casa, gritando y jugando, haciendo caso omiso de las advertencias de su madre, pero yo le pido que no les riña. Sus risas me reconfortan.

De pronto, cuando nos disponemos a cenar, se abre la puerta y aparece una campesina vestida con un pijama negro sosteniendo dos cestas. Cuando se quita el sombrero y observo su rostro —el pelo recogido en un moño y sus largas orejas «budistas»— la confundo con mi madre, pero enseguida me doy cuenta de mi error. Pese a su envejecido aspecto, la mujer que está frente a mí no tiene más de cincuenta y cinco años (la edad que tenía mi madre cuando murió Ban, en 1963), y no es la madre que Dios ha preservado durante setenta y ocho años. Al mirarla, me parece un fantasma que surge del pasado.

Me levanto y me aliso el vestido. Ahora comprobaré si los temores y recelos de Hai se deben al Gobierno y a los vecinos o a mí.

Hai se inclina ante Anh, a quienes todos consideran un yerno, lo mismo que a mí me consideran su segunda esposa. Anh la conduce a la cocina. Al verme, los ojos de Hai parecen iluminarse.

—¡Bay Ly! —exclama, extendiendo los brazos y corriendo hacia mí.

La miro sonriendo y nos abrazamos. Noto que huele mal —peor que el corral del búfalo (donde probablemente ha hallado unos caracoles)—, pero nada de eso importa. Nos contemplamos durante unos minutos. A la luz de la lámpara, menos dura que la luz del sol en el mercado, siento la suavidad femenina bajo su curtido rostro de campesina

—A propósito —digo al recordar los mangos y el dinero que he ocultado en el aeropuerto—, te he traído algo... para que lo coloques sobre el altar de nuestro padre.

Voy en busca de la cesta de fruta y se la entrego.

—Mira debajo del papel, hay algo para ti y mamá Du.

Hai me da las gracias y Bien quema un poco de incienso en honor de nuestra reunión. Entretanto, Hai abre la despensa de Tinh y llena un plato con las galletas de Año Nuevo que han sobrado del Tet.

—Nuestra madre hizo esas galletas en honor de nuestro padre —dice Hai, depositando las galletas en el plato como si fueran monedas—. Me ha pedido que se las dé a todos nuestros parientes. Éstas son para ti, Bay Ly.

—¿No me has guardado unos caracoles? —le pregunto en broma.

Pero a Hai me mira compungida y contesta:

—No pensé que querrías comerte esos repugnantes caracoles, de modo que los arrojé a un estanque. No quería que los vieras.

La abrazo de nuevo y le digo que, a excepción de los fideos *mi quang*, los caracoles son lo que más me gusta.

Luego nos sentamos a la mesa y Hai me pregunta por Hung.

—Ahora lo llamamos Jimmy —respondo.

Sin embargo, ese nombre me suena raro después de haber pasado una semana en Vietnam. Anh le muestra las fotografías de nuestro hijo como un padre orgulloso y Hai se ríe al ver a ese guapo mocetón montado en su bicicleta, rodeado de unos amigos en el campus de la universidad, que a ella debe parecerle como una ciudad de otro planeta.

—Recuerdo haber llevado al pequeño Hung sobre mis hombros a Ky La —dice Hai—. Siempre ha sido un niño muy inquieto y travieso. Cuando jugaba con él, nuestro padre parecía también un niño, ¿te acuerdas Bay Ly?

Sí, contesto, lo recuerdo perfectamente.

—Recuerdo —prosigue Hai— que nuestro padre solía decirle a Hung: «Si alguien te pregunta dónde está tu madre, debes responder que se dedica a vender sopa de fideos. Y si alguien te pregunta dónde está tu padre, le dices que también vende sopa de fideos. Así, no volverán a preguntarte por tus padres.»

Hai mira a Anh y luego a mí, como si temiera haber dicho algo inoportuno.

—¡Oh, Bay Ly! —exclama, con los ojos humedecidos—. ¡Bay Ly! ¡Anh Hai! ¡Es maravilloso veros juntos!

Creo que Anh lamenta no haber sido un buen padre para Hung, pero todos cometemos errores. Lo importante es poder sobrevivir para comprenderlos y tratar de corregirlos.

Durante los primeros meses después del funeral de mi padre, procuraba hacer mis ventas cerca de casa. Quería pasar más tiempo con Hung, que cada día mostraba más curiosidad acerca del mundo que lo rodeaba, y con mi madre, que echaba tanto de menos a mi padre que incluso me permitía que la estrechara entre mis brazos para consolarla, cosa que no solía hacer antes. Creo que envidiaba mi paz interior; a fin de cuentas, mi padre siempre estaba conmigo, mientras que ella se sentía sola y abandonada. Para ella, mi padre estaba tan lejos como Sau Ban o el abuelo Phung o nuestros antepasados. Estaba en un limbo entre este mundo, del cual desconfiaba, y el próximo, que no comprendía. Yo traté de rodearla de amor, pero hasta la tierra más fértil necesita semillas para que las plantas germinen, y era demasiado temprano para que ella comprendiera y aceptara lo que había sucedido.

Puesto que ahora trataba con muchos soldados y funcionarios locales, me estafaban con más frecuencia; pero, curiosamente, eso ya no me disgustaba. ¿Por qué iba a disgustarme? Para empezar, todo lo que había en la cantina pertenecía a los norteamericanos. Las otras chicas me decían que era una estúpida, que debía contratar a un matón para vengarme de ellos. Pero me parecía una solución absurda. ¿De qué serviría? «Recuerda, pequeña flor —me había dicho mi padre—, que la venganza es un dios que exige sacrificios humanos.» ¿Acaso conseguiría hacer que el mundo fuera mejor ensuciando mi alma para vengarme? Mis amigas no opinaban como yo, pero creo que en el fondo les tenía sin cuidado lo que yo pensara.

Había llegado a conocer a muchos vietnamitas de nuestro barrio, en su mayoría refugiados que habían venido a Danang y trabajaban en la base. Se mantenían a sí mismos y a sus familias trabajando como, conductores de camiones o albañiles en los numerosos proyectos de obras que había por doquier. Aunque dependían de los invasores para subsistir, en sus corazones seguían siendo fieles a Ho Chi Minh, y casi todos ellos ayudaban al Vietcong a transportar armas y provisiones de un lugar a otro. Prácticamente todos los camiones cargados de basura o materiales de construcción ocultaban material del Ejército de Liberación. Eso era muy importante para la estrategia del Vietcong, pues les resultaba más fácil situar a sus soldados una vez que el equipo se hallaba en el lugar previsto, tal como quedó demostrado en la terrible ofensiva del Tet de 1968. Era aquí donde la cultura de la corrupción se volvía contra los republicanos. Con frecuencia, cuando uno de esos partisanos era detenido en un puesto de control y un soldado del Gobierno se disponía a registrar su cargamento, el conductor sobornaba al funcionario local con dinero, whisky o artículos de la cantina, y éste lo dejaba pasar, convencido de que los cubos de basura o sacos de arroz o madera contenían contrabando en vez de armas. Hacía tiempo que esos corruptos funcionarios habían dejado de luchar por una causa y sólo se preocupaban de sí mismos. De hecho, era como si el Ejército republicano, que todavía contenía muchos leales patriotas, hubiera quedado dividido por la mitad. Así pues, no es de extrañar que los norteamericanos se sintieran cada vez más aislados en nuestra guerra. A medida que aumentaba su poder, una gran mayoría de vietnamitas se contentaban con dejar que ellos cargaran con todo el peso del conflicto. A esos corruptos vietnamitas sólo les interesaba su propio bienestar, eludir sus responsabilidades y el peligro, y aprovecharse cada vez que se les presentaba la ocasión. A finales de los años sesenta, los norteamericanos se habían convertido (al menos a los ojos de los campesinos) en los franceses, pero sin el aparato colonial francés ni los cien años de familiaridad con nuestro pueblo. Dado el fuerte rechazo a la guerra que existía en Estados Unidos y entre muchos soldados norteamericanos, muchos vietnamitas llegaron a la conclusión de que el esfuerzo norteamericano estaba condenado al fracaso, pese a sus éxitos en el campo de batalla. Yo recordaba que mi padre solía decir que las criaturas de Dios tenían dos formas básicas de sobrevivir: mediante una gran velocidad o poder, como los antílopes o los tigres; o mediante la fuerza de los números, como los insectos. Tenemos un refrán que dice: *Con kien cong con vua*, si permanecen unidas, las pequeñas hormigas pueden transportar a un elefante. En 1968, el elefante norteamericano había sembrado el caos sobre el hormiguero vietnamita, pero el tiempo y el peso de los números garantizaba que al final serían las hormigas, no el elefante, quienes bailarían sobre los huesos de la víctima.

El ejemplo más espectacular que yo conocía sobre la habilidad del Vietcong para penetrar las defensas de Danang fue la infiltración de dos agentes norvietnamitas expertos en aviones. Según un amigo nuestro, que ayudó a los agentes a penetrar en la zona, esos hombres tenían la piel clara, eran disciplinados, eficaces y un tanto arrogantes, al igual que los pilotos survietnamitas del Ejército del aire por los que se hacían pasar. Entrar en la ciudad y en la base no representó ningún problema, ya que funcionarios que habían sido pagados para «agilizar los trámites burocráticos» no se molestaron en verificar sus documentos falsos, sus uniformes robados ni sus placas de seguridad. Durante varias semanas residieron en la zona, dentro y fuera de la base, gozando de la vida elitista de los pilotos, mientras buscaban los lugares más idóneos para instalar los explosivos. Cuando llegó la hora de transportar los explosivos a la base, unos amigos míos que apoyaban al Vietcong me pidieron que los ayudara, puesto que, gracias a los sobornos, yo entraba en ella sin que los funcionarios me registraran. Me negué, diciéndoles que por lo que a mí se refería, mi padre era, o debería ser, la última víctima de la guerra. No volvieron a proponérmelo, en parte porque creían que yo no era de fiar, pero sobre todo porque no alcanzaban a comprender mi actitud. Nunca supe qué les sucedió a los agentes —algunas de las bombas fueron halladas y otras estallaron según lo previsto—, pero no eran más que dos de las decenas de personas que entraban y salían tranquilamente de la base norteamericana.

Por esa época empezó a prosperar una nueva industria, el tráfico de esclavas vietnamitas. Esas chicas no eran prostitutas sino simples jóvenes —algunas no habían alcanzado siquiera la pubertad— que se habían trasladado a la ciudad para huir de la guerra en el campo. Al igual que yo, eran unas ignorantes campesinas que no habían salido nunca de su aldea, y que habían sido enviadas por sus parientes para que hallaran una vida más cómoda y segura en la ciudad. Cuando llegaba un autobús de refugiados, una mujer mayor (acompañada por un par de apuestos jóvenes) les preguntaba si deseaban colocarse de ama de llaves o niñera. Puesto que eran los únicos trabajos para los que estaban capacitadas, y dado que los apuestos jóvenes las colmaban de atenciones, las ingenuas muchachas caían en la trampa. La mujer les prometía un puesto como sirvientas en casas de familias acomodadas a cambio de un buen salario, y luego se las llevaba a su casa, donde permanecían un tiempo «para demostrar si eran honestas y trabajadoras». Los apuestos jóvenes las acompañaban a todas partes, «para protegeros de los canallas», según decía la mujer, pero al mismo tiempo coqueteaban con las muchachas para que éstas se quedaran voluntariamente, sin necesidad de ser coaccionadas. Entretanto, la mujer visitaba a sus contactos y les describía la nueva «mercancía», mostrándoles unas fotos polaroid que había tomado de las chicas, por supuesto una vez limpias y aseadas. Sus clientes solían ser funcionarios corruptos y hombres acaudalados con exóticos gustos en materia sexual, aunque algunos exportaban a las chicas a otros clientes de otros países, como Tailandia, Singapur e incluso Europa y Estados Unidos. Las vírgenes se cotizaban más, pero todas las chicas tenían un alto precio debido a su juventud.

Cuando una de las chicas era vendida, la mujer y uno de los jóvenes la llevaban a casa del cliente, donde la muchacha quedaba impresionada por la fortuna de su nuevo «patrón» y convencida de que había tenido mucha suerte. Al poco tiempo, sin embargo, comprendía en qué consistían sus nuevas obligaciones. Por extraño que parezca, esas chicas pobres e ignorantes no solían oponer resistencia a ser violadas y maltratadas por sus amos, pues estaban acostumbradas a obedecer las órdenes de sus mayores y creían que eso era lo que debía soportar un ama de llaves o una niñera para ganarse la vida. Cuando sus parientes empezaban a sospechar, su patrón o la mujer que la había vendido obligaba a la chica a escribir una carta para tranquilizarlos, asegurándoles que estaba perfectamente. Para esas chicas, la inocencia no era una virtud, sino una cárcel.

Algunas de ellas, sin embargo, se rebelaban y huían. En ese caso, el cliente ejercía sus «derechos» y la chica era sustituida por otra o capturada por los guardias de la mujer. Después de ser azotadas y torturadas por esos energúmenos (unos expertos interrogadores, instruidos por el Ejército) las chicas eran devueltas a su amo o vendidas a otro cliente. Aunque no se escaparan, algunos clientes las devolvían después de un par de días, de una semana o de un mes, y la mujer las vendía a otro. Al cabo de un tiempo, tras pasar por varias manos, las chicas ofrecían un aspecto lamentable y los clientes más exquisitos las rechazaban. La mujer las vendía entonces a un forastero, y cuando las quejas de esos clientes de segundo orden se hacían demasiado numerosas, las chicas simplemente desaparecían, víctimas del «enemigo» que todos los días se cobraba multitud de vidas.

En comparación con esas chicas, las prostitutas llevaban una vida mucho menos dura. Los burdeles más sórdidos, siempre ubicados cerca de las instalaciones militares, no eran más que unos cobertizos, cuyos propietarios alquilaban una habitación (o una cama dispuesta en una hilera junto a otras, como en los hospitales, separada por una cortina) a las chicas locales, que se vendían a los soldados. Muchas de ellas eran viudas de guerra o habían sido violadas como yo y sabían que nunca se casarían. Atraían a los soldados cerca de las bases y se acostaban con ellos entre los arbustos, en los camiones, en los tanques o en un callejón, aunque el cliente estuviera sudado y apestara. Algunas tenía un novio o un pariente que se vestía de policía y las acompañaba a la base utilizando tarjetas de identidad robadas o fingiendo que habían sido arrestadas. Una vez dentro de la base, el falso funcionario pactaba el precio con los soldados y protegía a la chica en caso de que algún cliente intentara maltratarla. En cierta ocasión en que me hallaba en el puesto militar de Bong Son, en las afueras de Danang, vi una hilera de soldados junto a una trinchera. Cuando me acerqué a ellos para venderles mis mercancías, miré hacia abajo y vi a una chica desnuda acostándose con los soldados que aguardaban su turno. Su marido, vestido de policía «secreto» republicano (cuyo uniforme consistía en una camisa blanca y unos pantalones negros) estaba de pie en el otro extremo de la trinchera, cobrando a los soldados a medida que éstos salían. Incluso me contaron que había prostitutas que mantenían relaciones sexuales con perros para divertir a los soldados, pero jamás presencié un caso semejante.

Las prostitutas de más categoría tenían una madame (una mujer mayor, a menudo casada con un funcionario corrupto) que organizaba a las chicas, se preocupaba de su salud y regentaba el burdel donde trabajaban. En ocasiones, ésta empleaba a hombres jóvenes que se apostaban en la puerta y, a medida que los soldados pasaban frente al burdel, atraían a los clientes, diciendo «¡eh, Joe!, ¿quieres *bum-bum*?». Otras contrataban a unos hombres y muchachos llamados *dan My*, que se paseaban por los bares, los cafés y las esquinas en busca de clientes para llevarlos al establecimiento. Los *dan anh* eran unos chulos que protegían su territorio de sus rivales, y a sus chicas de la policía. Los más bajos en esa escala de personajes siniestros eran los *so janh*, que prometían a los clientes cualquier cosa a cambio de un pago por adelantado, y luego huían con el dinero; y los *di duc*, los chicos que se vendían a los homosexuales.

Si la propietaria del prostíbulo o su marido gozaban de una elevada posición, disponían de unos policías auténticos (denominados *dan anh*) que los protegían. Esas chicas cobraban más por sus servicios, pero tanto la dueña del burdel como el policía se llevaban una parte de los beneficios. Muchas utilizaban varios sistemas para robarle el dinero a sus clientes. Si tenían un hermano o un novio, el joven se ocultaba debajo de la cama o tras una cortina mientras la pareja hacía el amor, cogía la cartera del soldado, le quitaba unos cuantos billetes y volvía a meterla en el bolsillo de sus pantalones. Robarle todo el dinero o la cartera era demasiado arriesgado, pues el soldado habría organizado un escándalo, y nadie —y menos aún la prostituta— deseaba que eso ocurriera. En tales circunstancias, los policías se encargaban de hacer cumplir las normas impuestas por la dueña del burdel.

En todo momento, las chicas se exponían al riesgo de contraer una enfermedad venérea o sufrir malos tratos a manos de los soldados, que solían comportarse como energúmenos. Conocí a una chica, devorada por una infección venérea, que no soportaba el dolor que le producía mantener relaciones sexuales, y menos aún las acrobacias a las que eran aficionados los soldados norteamericanos. (Un día me confió que le asombraba que los pequeños lechos de bambú, concebidos para parejas asiáticas de complexión más frágil, no sucumbieran bajo esos violentos ejercicios.) No obstante, tenía que alimentar a sus hijos, de modo que se convirtió en una experta en sexo oral, hasta que la enfermedad venérea que padecía le dejó el rostro tan desfigurado, que ningún cliente quiso acostarse más con ella.

Un día, cuando regresaba del campo tras vender mis mercancías, el autobús en el que viajaba se topó con un camión militar que se había detenido para arrojar unos sacos y unas cajas de basura. Como de costumbre, el conductor de detuvo para permitir a los pasajeros hurgar en la basura y rescatar cualquier cosa comestible. Al abrir una caja, retrocedimos espantados. En su interior había una joven, desnuda y mutilada, pero a causa de la guerra. Por su aspecto (el maquillaje se había corrido y llevaba una ceñida minifalda arremangada alrededor de la cintura), supusimos que se trataba de una prostituta que había sido violada y torturada por unos soldados. Tras asegurarnos de que la caja contenía todas las partes de su cuerpo, la cerramos, pusimos una marca para alertar a las autoridades, y nos montamos de nuevo en el autobús. No era mucho, pero era cuanto podíamos hacer. Estoy segura de que el espíritu de la desgraciada joven nos los agradeció.

A mí me tenía sin cuidado que unas mujeres se ganaran la vida como prostitutas siempre y cuando fueran mayores de edad, que lo hicieran voluntariamente y que conocieran los riesgos a los que se exponían. Como es lógico, no culpaba a los soldados por comportarse como cualquier hombre, sobre todo teniendo en cuenta que se enfrentaban todos los días a la muerte y se hallaban a cinco mil kilómetros de su hogar. Lo que me repugnaba —aparte del comercio de esclavas y los asesinos que serían considerados unos criminales en cualquier sociedad, al margen de que hubiera una guerra— eran las dueñas de los prostíbulos, que se lucraban de los cuerpos de otras mujeres y los corruptos policías, que utilizaban sus placas para intimidar a los clientes. También me repugnaban las dueñas de los burdeles que eran esposas de funcionarios u oficiales de alta graduación y que utilizaban sus influencias para alejar del barrio a la competencia, las pobres chicas de la calle que eran demasiado ignorantes para ganarse la vida de otra forma. ¿Acaso esas señoras lo hacían porque les preocupaba que su fuente de ingresos —los soldados ávidos de sexo— se agotara? En absoluto. Se trataba simplemente de utilizar su poder para perjudicar a las personas a las que hubieran debido ayudar.

También me repugnaban los jóvenes, los hermanos o los novios de las chicas, que hacían de chulos. Los lazos de sangre y el deber de proteger a nuestros seres queridos son sagrados. Prostituirse uno mismo es una cosa, pero dejar que se prostituya una hermana, una novia o una esposa es muy distinto. Para mí, era tan grave como vender a nuestros antepasados. Si los lazos de sangre no significan nada, ¿por qué nos matábamos todos por el país de nuestra sangre?

Otra lacra generada por la guerra eran los gigolós, que perseguían a las mujeres casadas cuyos maridos estaban ausentes o habían marchado al frente. Algunas eran viudas o herederas ricas, o mujeres cuyos maridos poseían prósperos negocios e inversiones. Por otra parte, debido a la guerra, la proporción de mujeres era muy superior a la de los hombres. Incluso las jóvenes de buena familia tenían problemas para encontrar compañero; las otras —las menos atractivas o las maltratadas por el destino, como yo— no tenían la menor posibilidad de casarse. Por ese motivo, las mujeres vietnamitas estaban obsesionadas con conservar o encontrar un compañero, y las desventuradas mujeres ricas caían fácilmente en las redes de esos turbios individuos.

También estaban quienes cometían delitos a cuenta de las grandes instituciones, por simples ganas de hacerlo o para redondear sus ingresos. Algunos de los artículos ofrecidos en el mercado negro acababan en las arcas de la Iglesia católica (que gozaba de la protección del Gobierno), o eran vendidos por los mismos católicos, que donaban el dinero que percibían. Pero, en realidad, esto no perjudicaba a nadie. Como la Iglesia ayudaba a mi pueblo y no perseguía a los budistas, no lo consideraba un delito. Otra cosa eran los oficiales que modificaban las listas de bajas para que los soldados muertos no desaparecieran de la nómina. Incluso se decía que algunos juristas vietnamitas fomentaban esas prácticas para impedir que los parientes de esos soldados cobraran las pensiones que les correspondían (en algunos casos, pagadas por Estados Unidos) y, de paso, llenarse los bolsillos. Ese tipo de corrupción me enfurecía, porque era robarles la comida a los pobres, que habían sacrificado a sus hijos y a sus padres —su única seguridad— en aras de la guerra.

No obstante, había muchas otras personas, a las que admiraba y procuraba imitar, que no se desalentaban y luchaban denodadamente por ellas mismas y sus seres queridos. Comprendí que uno sólo se convierte en víctima cuando está convencida de serlo: cuando te derriban y ni siquiera tratas de levantarte. Las verdaderas víctimas eran las mujeres que se dedicaban a la prostitución en lugar de ganarse la vida de otro modo, los hombres que percibían un buen sueldo como funcionarios y sin embargo robaban, y los soldados que se odiaban a sí mismos por haber respondido a la llamada de su patria. En un mundo en el que las personas en su mayoría eran víctimas, todos teníamos algo en común, incluido el poder de liberarnos. Cuando uno está rodeado de víctimas, es más fácil perdonar y compadecerse de la gente.

La tarde del 7 de abril de 1986.
En casa de Tinh, en Danang

Tinh nos sirve el pescado *ca thu* y los langostinos que ha comprado en el mercado, seguido de cerdo salado *mon man* y un plato de *xoa*, o verduras *chow mein*.

Mientras cenamos, confío en enterarme de qué sucederá cuando me encuentre con mi hermano Bon Nghe. Desgraciadamente, mis cuatro compañeros de mesa parecen albergar serias dudas de que se celebre dicho encuentro.

—Bon Nghe se desmayará cuando vea a Bay Ly —dice Tinh a su madre, Hai (que se opuso a ello desde un principio)—. Nunca pensó que le permitirían regresar a casa. Me dijo que yo era una soñadora por sugerirlo. Ahora podrá comprobar por sí mismo que es cierto.

—Es capaz de creer que Bay Ly es una espía o una saboteadora —dice Hai, palideciendo—. O una agente del partido encargada de atrapar a los desertores.

—A Bon Nghe le parece increíble que Bay Ly deseara volver —dice Anh—. ¿Por qué iba a querer una norteamericana regresar a Vietnam? La gente paga a los piratas y a los contrabandistas para que los saquen del país, y la lista de espera es muy larga. No le parece lógico.

A mí, sin embargo, me parece muy lógico. No he visto a mi hermano mayor —guardián del nombre de mi padre y mi familia— desde hace más de treinta y dos años. Cuando partió, yo tenía cinco años y lo adoraba. En aquella época, Bon Nghe representaba para mí un padre más que un hermano. Si Sau Ban había heredado el temperamento tranquilo de mi padre, Bon Nghe era más parecido a mi madre: serio, responsable, menos aficionado al mundo espiritual que al mundo del día y la noche, un joven valeroso e independiente. Por lo poco que sé de los comunistas, estoy segura de que debe de ser un buen comunista, probablemente mejor que la mayoría, pues me niego a creer que el abuso de poder haya alterado su naturaleza Phung.

Hai me mira mientras como la ensalada de menta que Tinh nos ofrece de postre.

—Además —me dice—, Bon Nghe ya no es el joven del que te despediste en 1954. Se ha convertido en un destacado miembro del partido. Estudió contabilidad en Hanoi. Durante muchos años, el Gobierno de Tío Ho le confió la misión de pagar las nóminas en el Sur, y, como sabes, no suelen confiar en los sureños. Si deseas verlo, debes estar dispuesta a sufrir una decepción.

—Descuida, esa posibilidad no me asusta —contesto—. Bon Nghe no es el único que ha cambiado. Confío en que ambos estemos satisfechos de nuestro encuentro.

Bien se dirige a casa de Bon en la motocicleta de Anh y yo ayudo a Tinh a fregar los platos. Pasa más de una hora; al ver que Bien no regresa, empiezo a alarmarme. Quizá Bon esté fuera de la ciudad y yo no llegue a verlo. O quizás esté en casa pero no quiera verme, pese a los ruegos de Bien. Anh y Hai se sientan junto a mí, como si quisieran consolarme. Yo me río y les cojo las manos.

Hacia las ocho oímos el motor de la Honda y unas voces masculinas, pero no alcanzo a entender lo que dicen. ¿La otra voz es de Bon Nghe? Si es así, ¿estará contento, triste o disgustado?

—¡Ya era hora! —exclama Tinh, y todos nos levantamos.

Nuestros ojos están fijos en el espacio de la puerta por la que aparecerá el rostro de Bon Nghe. Al cabo de unos instantes, un hombre joven, idéntico al de la vieja fotografía que llevo en el bolso, entra en la estancia. El tostado rostro de Bon ha sido menos castigado por el paso del tiempo que el de Hai, aunque tiene arrugas alrededor de la boca y los ojos y el pelo canoso. Después de estrechar afectuosamente la mano de Anh, inclinándose ligeramente como si saludara a un pariente, se gira hacia mí. Al igual que Hai, su expresión inicial es de asombro, no de placer.

—Co Bay! (la «mujer» número seis) —exclama.

Utiliza la forma ceremonial de saludo reservada a los parientes lejanos en lugar del familiar *em bay* para designar a su hermana número seis, lo cual me entristece. Antes de su frío saludo, sentí deseos de arrojarme en sus brazos. Pero ahora sé que, aunque el abismo que nos separa se ha reducido, estos últimos metros serán los más difíciles de salvar.

—¿Cómo has llegado hasta aquí? —me pregunta con una voz apenas audible.

Al parecer, imagina que aterricé con la CIA en un paracaídas o que soborné a los guardias vietnamitas para que me dejaran pasar. En esos momentos me siento más norteamericana que si llevara unos vaqueros, unos zapatos de tacón alto y una camiseta de Disneylandia.

—Como cualquier turista —respondo sonriendo, con ganas de abrazarlo—. En un avión que cogí en el aeropuerto. Tienes un aspecto estupendo, Bon Nghe.

—¿Aeropuerto? ¿Te refieres a Ton San Nhut, en Ciudad Ho Chi Minh? ¿O Hanoi?

Son preguntas más propias de un policía que de un hermano. Los ojos se me vuelven a llenar de lágrimas, pero Bien, al notar la tensión, se acerca a Bon, quizá para contenerlo si se enfurece. Hago un esfuerzo por conservar mi compostura. Oriente se encuentra con Occidente. Pese a mis sentimientos, una época de guerra y política se ha interpuesto entre nosotros. Debo jugar a este juego según las normas de Bon, hasta que él mismo decida jugar según las mías.

—Ton Son Nhut —contesto—, con muchos otros pasajeros, unos empleados de la ONU y varios franceses y rusos. ¿Por qué has tardado tanto en venir? Espero que mi visita no te haya incomodado.

Bon Nghe se relaja y Bien dice riendo:

—En realidad, Bon Nghe no estaba en casa cuando llegué. Envié a su hijo mayor a buscarlo con un mensaje, en el que le pedía que acudiera enseguida a casa de Tinh, y él creyó que le había sucedido algo a su madre. Cuando llegó a su casa y supo que eras tú quien querías verlo, se quedó de una pieza. ¡Deberías haber visto la cara que puso!

Bon avanza unos pasos hacia mí, pero sin bajar la guardia.

—De modo que has venido con un pasaporte norteamericano y no ha pasado nada...

Todavía le preocupaba que me hubiera colado clandestinamente en el país. ¿Qué puedo hacer para convencerte, hermano Bon?

—Sí —contesto, echándome a reír—. ¡Todo está perfectamente! Mi pasaporte está en el hotel. Pero tengo una tarjeta de viaje Ban Vietkieu y una carta de la misión vietnamita en la ONU, por si quieres verlas...

Abro el bolso, pero Bon Nghe, sintiéndose quizás un poco ridículo por haber dudado de mí, me detiene. Al notar su mano sobre mi brazo me siento conmovida, pero me contengo.

—No es necesario —dice, retirando la mano apresuradamente—. ¿Qué tal te van las cosas en Estados Unidos? —me pregunta, tratando de sonreír—. ¿Cómo están tus hijos? ¿Ganas lo suficiente para darles de comer?

—Estoy bien —contesto—. Todos estamos perfectamente. ¿Y tu familia? ¿Cómo te van a ti las cosas?

Intuyo que Bon desea que le pregunte sobre política, si es comunista o no. Quizá tema que le pida un favor, como suele hacer la gente, especialmente sus familiares. Yo sabía que la mayoría de los funcionarios vietnamitas está siempre a la defensiva acerca de su mísero país. Hablamos de nuestros hijos, y percibo en su voz un sincero deseo de dejar de lado el tema de la política. El problema —al cabo de tantos años de disciplina y adoctrinamiento— es que no sabe cómo hacerlo.

Tinh nos invita a tomar una taza de té y comer lo que queda de las galletas de Año Nuevo. Anh, Hai y Bien tratan de romper la tensión haciendo varios comentarios y preguntas: «¡Qué calor ha hecho hoy! ¿Estás satisfecho con el nuevo contable que tienes en la oficina, Bon Nghe? ¿Crees que dejarán de racionarnos pronto el arroz? ¡Hoy ha vendido dos cestas de caracoles!» Pero Bon Nghe y yo seguimos mirándonos, sin despegar los labios. Cuando los demás acaban el té y las galletas, Anh y Bien salen un rato y Tinh y Hai se meten en la cocina para dejarme a solas con mi hermano.

—Sabes, Bon Nghe —empiezo a decir—, temía que fueras a despreciarme.

—No, no —responde amablemente.

—Como sabes, me casé con uno de tus enemigos, un civil norteamericano, y me fui de aquí cuando tú todavía luchabas. ¿No te importa?

—Han pasado muchos años... —contesta Bon, cambiando apresuradamente de tema—. No puedo creer que estés aquí. ¿No tuviste ningún problema para que te concedieran el visado?

—No —contesto sonriendo—, aunque tuve que escribir algunas cartas. Lo consulté con mucha gente; algunos me aconsejaban que viniera y otros que me quedara, pero al fin hice lo que deseaba hacer. Si los regalos que os envié habían llegado hasta aquí, ¿por qué no iba a llegar yo?

—No sé nada de esos regalos —responde Bon—, ni siquiera llegué a verlos. Aunque te agradezco que te acordaras de mí, Co Bay, pero no hubiera podido aceptarlos. Soy un miembro del partido. Pero Tinh y Ba y los demás podían conservarlos. Necesitan toda la ayuda que puedas prestarles. Lo han pasado muy mal.

—¿Y tú?

Bon esboza su sonrisa de viejo soldado, como todos los veteranos.

—He luchado en la guerra. Para nosotros, era un trabajo de siete días a la semana, veinticuatro horas al día. Utilizábamos nuestros excrementos para cultivar verduras. El arroz era un lujo. Me harté de comer *cu san cu mi* (batatas). Apenas dormíamos. La mitad de mi vida, durante esos años, la pasé bajo tierra; pasearme en un día soleado era como unas vacaciones. En una ocasión, me hirió un fragmento de metralla. Me desperté en un ataúd y tuve que golpear la tapa para impedir que me enterraran. Nuestra vida era tan dura, Co Bay, que sólo podíamos confiar en el futuro. Y como sabíamos que ese futuro no llegaría a menos que ganáramos, seguíamos luchando denodadamente. No porque fuéramos valientes, sino porque no teníamos otra opción.

—¿Como los norteamericanos?

—Sí. Si la situación hubiera sido distinta, hubiera abandonado, como supongo que hubieras hecho tú, Bay Ly.

Ese nombre en labios de mi hermano me suena a música celestial. Acerco mi silla a la suya y digo, tocándole el brazo:

—Estabas completamente desconectado de nosotros. No te enteraste de la muerte de papá y de Sau Ban, ni de que Lan y yo nos fuimos a Norteamérica, hasta que terminó la guerra.

—No tenía noticias de nadie. En 1971 quedé atrapado en la ladera de una montaña por el bombardeo enemigo. En la trinchera junto a mí había otro soldado, pero de otra unidad. Nos pusimos a charlar y observé que tenía un acento de la costa central. Le pregunté de qué aldea procedía y me dijo que de Ky La. ¡No podía creerlo! Luego le pregunté el nombre de su padre y resulta que era el hijo de la tía Lien. ¡Era mi primo! A partir de entonces, permanecimos juntos. No sabía nada de la aldea, excepto que estaba medio destruida. Yo no tuve noticias tuyas y de Lan hasta mucho más tarde. El año 1975 fue un mal año para nosotros, pese a la liberación. En ciertos aspectos, para los que luchábamos en el norte, fue peor que la guerra. Cuando fuimos al Sur para reunirnos con nuestras familias o para trabajar para el nuevo Gobierno, comprobamos que todo era distinto de lo que nos habían contado. Sabíamos que el Sur era pobre, pero me quedé impresionado al contemplar la riqueza de Saigón. Creímos que los del Sur nos recibirían como a los liberadores, pero todo el mundo recelaba de nosotros. Nuestra madre ni siquiera me dijo que tú y Lan habíais partido a Norteamérica hasta que estuvo segura de que no sufriría ninguna represalia. Me dijo que temía que os hubiera ocurrido algo en la ciudad. Así pues, durante un par de años, supuse que la mitad de mi familia había muerto. Pedí a nuestra madre que me diera una fotografía tuya reciente, pero se negó, pues temía que me encontrara con alguien que te conociese y me contara la verdad. Cuando empezó a recibir tus cartas y tus regalos, no pudo seguir negando que estabas en Norteamérica.

—¿Qué efecto te produjo la noticia?

Bon Nghe se echó a reír y contestó:

—No podía creerlo. Al principio me sentí ofendido de que unos parientes míos se hubieran ido a vivir con el enemigo. Luego ya no me importó y me alegré de que mis hermanas estuvieran vivas. *Cuc mau cat lam doi*, ¿cómo puedes separar un charco de sangre? Había supuesto que estabais en la cárcel o en un campo de reeducación. No podía creer que unas vietnamitas pudieran trasladarse a Estados Unidos e iniciar una nueva vida.

—¿Te alegraste de recibir mis cartas?

Bon Nghe bajó la vista.

—No me parecía oportuno leerlas. Seguíamos siendo hermanos, teníamos la misma madre, pero tenemos una mentalidad distinta. Te respeto por haber regresado, Bay Ly, por haberte expuesto a sufrir algún inconveniente. Pero quiero pedirte algo.

—¿Qué?

—Deja a mamá *Du* en paz. No vayas a la aldea. Si quiere venir a visitarte, me parece muy bien, pero deja que haga las cosas a su modo.

Durante un instante temo que Bon Nghe quiera darme a entender que mi madre ya no me quiere y noto que los ojos se me llenan de lágrimas. Pudo haber venido a verme esta tarde, pero le dijo a Cu que tenía que quedarse a dar de comer a las gallinas.

—No lo comprendo.

—La guerra todavía continúa para nosotros, Bay Ly. No es fácil volver a confiar...

—Sólo he venido para veros y abrazaros —digo sollozando—. No pretendo perjudicar a nadie. No quiero abrir viejas heridas. Durante todos estos años que he vivido en Norteamérica no hice sino pensar en reunirme con mi familia. He regresado para verte a ti y a mamá y a todos los demás, para comprobar si todavía tenía una familia.

—Entonces, no estropees las cosas. Si los funcionarios sospechan que mamá recibe dinero de los capitalistas, es posible que le retiren la pensión. Además, todavía hay algunos aldeanos —ya sabes a quiénes me refiero— que no han olvidado la guerra ni las acusaciones contra nuestra madre. Se debe andar con mucho cuidado, y tú también.

Saco un pañuelo del bolso para sonarme la nariz. En aquel momento aparecen de nuevo Tinh y Hai. Cuando vuelvo a guardar el pañuelo en el bolso, veo que aún me quedan unas chocolatinas norteamericanas de las que me dieron en el avión. No tengo otra cosa que ofrecerle y no sé si volveré a ver a Bon Nghe; se las doy.

—*Moi Anh an?* (¿quieres un poco de chocolate?) —le pregunto sonriendo a través de las lágrimas como cuando, a los cinco años, le ofrecí a mi hermano arroz dulce, el día que partió hacia Hanoi—. Es muy bueno.

Bon Nghe lo rechaza.

—No, gracias —responde.

—Anda, cógelo. ¿Cuándo fue la última vez que comiste chocolate?

—No puedo aceptarlo. Buena parte de la comida norteamericana quedó confiscada después de la liberación. Ni siquiera los comerciantes sabían que existía. No me parece bien...

Creo que mi hermano sospecha que quiero envenenarlo. Entristecida, me dirijo a Tinh y pregunto:

—¿Puedo darle unas chocolatinas a tu hijo?

Su hijo mayor aún está despierto, haciendo los deberes en la otra habitación.

Tinh asiente y, antes de que pueda pronunciar su nombre, el niño acude corriendo. Retira el papel del chocolate con tanto mimo como un esposo le quitaría el velo a su mujer, se lo mete en la boca y empieza a chuparlo lentamente, como si quisiera que le durara toda la noche.

—Arroja el papel al fuego inmediatamente —le ordena su madre.

También Tinh debe de tener cuidado de que una cosa tan peligrosa como que el envoltorio de un chocolate capitalista no comprometa a su familia. Hay que comerse todas las pruebas o quemarlas. La larga jornada, el peso de la guerra y los años que han pasado me abruman tanto como el propio planeta.

—Se hace tarde —dice Bon Nghe, observando mi expresión de cansancio. Luego saca del bolsillo un papel y un lápiz y me los entrega—. Quiero que conozcas a mi familia, Bay Ly, y no quiero mentirles a mis superiores. Escribe lo que te dicte, ¿de acuerdo? «Yo, Phung Thi Le Ly Hayslip, solicito permiso para que mi hermano, Phung Nghe, junto con su esposa e hijo, acudan a visitarme el nueve de abril, a las dos, en...» ¿Dónde te alojas?

—En el viejo hotel Pacific.

—Es un hotel muy elegante, reservado para personajes importantes. «... En el hotel Pacific, en Danang.» Ahora firma. Lo llevaré a la oficina. Prefiero que esta primera visita quede entre nosotros, ¿de acuerdo? Fingiremos que no nos hemos visto antes del miércoles. Espero que no te importe.

Le contesto que no me importa en absoluto, que sólo deseo volver a verlo y conocer a su mujer y a su hijo. Siento de nuevo la tentación de abrazarlo y besarlo, pero temo que crea que llevo un lápiz de labios envenenado que me ha dado la CIA.

Me despido de Tinh y de su hijo, y cuando Bien acompaña a Bon Nghe a su casa, Anh me lleva al hotel en su Honda. Pese a las barreras que se erigen entre nosotros, jamás había sentido tanto cariño por mi hermano mayor como esta noche. Por muchos hombres que una ame, hombres que te amen, no existe vínculo más fuerte que la sangre que fluye a través del cordón umbilical y pasa a los hermanos y hermanas —*Mau dam hon nuoc la*, la sangre es más espesa que el agua—, y Bon y yo, a través de nuestra anciana madre, jamás podremos perder ese vínculo.

Me apeo delante de la puerta del hotel y antes de marcharse a casa de su hermana —la residencia de Anh en Danang—, éste me dice:

—No te preocupes, Bay Ly. Bon Nghe sabe por qué has vuelto. Te admira mucho, aunque le cueste expresarlo. También sabe que estás escribiendo un libro. Me dijo que cuando se retire también quiere escribir un libro. ¡Es cierto! Se siente muy orgulloso de ti por haber decidido relatar la historia de tu familia a los norteamericanos.

—Creo que nuestros parientes también deberían leerlo —respondo, dando a Anh una palmadita en el hombro—. Puede que así consiguiesen olvidarse de la guerra.

—No confíes mucho en ello —contesta Anh sonriendo. Luego me saluda con la mano y se aleja.

Al llegar a mi habitación tomo una ducha de agua tibia (el grifo del agua caliente no da para más) y pienso en lo benévola que ha sido conmigo la vida. Aunque mi visita concluyera ahora mismo, al menos he tenido la satisfacción de ver a mi hermana Hai y a mi hermano Bon Nghe, que es ahora el jefe de la familia de mi padre. Mientras me aclaro el pelo, noto como si los hilos de mi vida formaran un círculo ante mis ojos, de unos colores vivos y ricas texturas como jamás había imaginado.

Me acuesto y escucho el rumor del mar. Mañana, si la providencia, la suerte o Dios lo permiten, podré ver a mi madre y aspirar el aroma de su curtida piel y su reseco cabello. Cuando me rodee con sus brazos me sentiré tan dichosa, al menos durante unos instantes, como la criatura que sostenía entre ellos hace años.

Pero la providencia suele ser caprichosa; la suerte, en ocasiones, nos juega malas pasadas; y a veces dios nos vuelve la espalda. ¿Y si mi madre se negara a verme o falleciese esta noche? Aunque he cometido muchos errores por los que debo pagar, me parecería injusto haber venido hasta aquí para asistir al funeral de mi madre.

«Bay Ly, Bay Ly —susurran las olas—. Mi pequeña florecita...»

9

HIJAS E HIJOS

Tras morir mi padre y haber quedado destruida Ky La y las aldeas vecinas, lo único que podíamos hacer era cuidar de nosotros y protegernos.

La esposa del tío Luc (la llamábamos *Bac Luc*, «la tía Lucy») era una mujer bondadosa. Siempre me trataba con mucho cariño cuando iba a verla en su hermosa casa de Bai Gian. Era locuaz y afectuosa, muy aficionada a las bromas y a los cotilleos, y como deseaba que mi madre fuera como ella —más cariñosa y menos seria—, a veces imaginaba que era hija de Bac Luc.

Un día, hallándose en los arrozales con su segundo hijo, los perros de la aldea empezaron a ladrar para indicar la presencia de intrusos. Al cabo de un momento oyeron el sonido de las palas y el motor de un helicóptero. Súbitamente aparecieron unos helicópteros de combate norteamericanos sobre la copas de los árboles.

Pese a saber que cometía una imprudencia y a los gritos de su madre, el hijo de Bac Luc echó a correr. Aunque no era un soldado (ni miembro de las fuerzas secretas de autodefensa, como había sido yo), apoyaba al Vietcong y estaba convencido de su victoria.

Quizá fuera por ello que temía tanto a los norteamericanos. Sin cambiar de rumbo, el helicóptero que iba a la cabeza disparó una breve ráfaga y el hijo de Bac Luc cayó al suelo entre las cañas de arroz.

Horrorizada, Bac Luc soltó el azadón y corrió hacia él, tratando de salvarle la vida o al menos de protegerlo con su cuerpo. Al cabo de unos segundos, sin embargo, ella también fue abatida automáticamente por los norteamericanos, como si éstos y sus aparatos se dedicaran simplemente a suprimir los arbustos secos que había junto a los arrozales. Cuando los helicópteros se alejaron, Bac Luc se arrastró por el barro hasta alcanzar el cuerpo de su hijo. Al comprobar que había muerto al instante, lanzó un grito que todos sus vecinos oyeron. Cuando llegaron junto a ella, se había desvanecido.

Cuando recobró el conocimiento, yacía en la cama de un buque hospital administrado por los alemanes occidentales en el puerto de Danang. Había perdido la vista en un ojo, apenas podía mover los brazos y se había quedado paralítica de los hombros para abajo.

Cuando el tío Luc la llevó a casa, le dijo que el resto de sus hijos y sus nietos, excepto uno —un niño de doce años cuyo padre había partido a Hanoi en 1954—, había huido a las ciénagas. Aparte de él mismo y de ese niño (que vivía en su casa), nadie podía hacerse cargo de ella. Para colmo, el tío Luc solía ausentarse con frecuencia, pues él y otros aldeanos estaban construyendo unas defensas en la zona por orden del Vietcong.

Al principio, Bac Luc y su nieto se las arreglaban bastante bien. El chico se ocupaba de la casa, atendía a su abuela y, después de preparar la cena, llevaba comida a sus parientes en la selva.

Un día se fue a pescar a las ciénagas con su primo. Éste era más joven que él y, como no tenía un padre que le enseñara cosas, su primo lo transportó sobre sus hombros —como solía hacer Sau Ban conmigo— y le contó historias y le enseñó unas canciones mientras disponían las cañas y las redes alrededor de la charca. Tras haber capturado una buena ración de peces, cogió a su primo y regresaron al campamento donde vivían sus parientes. Por desgracia, cayeron en una emboscada que los norteamericanos habían preparado hacía pocas horas. Cuando lo vieron aparecer con su pijama negro, sosteniendo la caña y con su primo montado sobre sus hombros, abrieron fuego y ambos niños murieron al instante. Aquella tarde, sus cuerpos aparecieron en la base norteamericana situada en las afueras de Ky La, junto con el resto de las víctimas que habían caído aquel día, con un papel sobre el pecho en el que figuraban las letras «VT». Los vecinos dijeron que Bac Luc estaba tan trastornada que no hacía más que repetir: *Chau toi. My ban chet roi* (los norteamericanos han matado a mis nietos).

Cuando me enteré de la noticia, fui a visitar a Bac Luc tan pronto como pude. Esta mujer, que siempre había sido tan buena conmigo, lo había perdido todo debido a la guerra. Vivía en una hermosa casa en Bai Gian, rodeada de sus seres queridos, y su casa había quedado reducida a un montón de cenizas, el bosque que la circundaba estaba despoblado y su nueva casa era una barraca con el suelo de arena, unos delgados muros de bambú, el techado formado de *ra* (cañas) y un jergón de paja. Cuando iba a visitarla le llevaba comida y me sentaba junto a ella, le contaba lo que había sucedido en la aldea y en Danang (no podía salir de su casa sin que alguien la transportara en brazos), le cepillaba el pelo, la acompañaba al lavabo y hacía cuanto podía para que su vida fuera más soportable. En suma, traté de ser la hija buena y solícita que la providencia o dios le habían negado.

Un día, tras varias semanas de no poder ir a verla debido a mis ocupaciones, regresé a su cabaña. Al llegar observé que la puerta estaba abierta y la lluvia había penetrado en el interior, empapándolo todo. Sobre las estanterías y en el suelo había unas aves silvestres comiéndose las migajas que habían dejado los perros salvajes, los lagartos y los insectos, y la casa apestaba como una letrina. Bac Luc estaba tumbada boca abajo. Cuando la giré, una nube de moscas salió de su boca, que estaba cubierta de excrementos humanos.

—¿Eres tú, Bay Ly? —preguntó débilmente, mirándome con el ojo que le quedaba y tratando de identificar a la persona que la sostenía entre sus brazos—. Tengo frío y estoy hambrienta.

—Sí, soy yo. Iré en busca de un poco de agua para lavarte —contesté, tratando de ahuyentar a las moscas—. ¿Quién te ha hecho esto?

—Nadie. Todo el mundo.

—No lo comprendo —dije, mientras le lavaba la cara y le daba un poco de agua.

—Luc lleva ausente varias semanas. Una de mis nietas vino a verme y a recoger unas cosas, pero no tenía tiempo de prepararme la comida. Hace unos días me quedé sin agua. Como estaba demasiado débil para ir al lavabo y pedir ayuda, me hice mis necesidades encima. Tenía tanta sed y tanta hambre, que... —Bac Luc rompió a llorar. Eran unos sollozos secos, sin lágrimas.

Terminé de lavarla, cambié las ropas del lecho, la vestí, fui a casa y le llevé comida. Se había quedado casi totalmente ciega y sólo podía mover un brazo. No podía sostener una cuchara y tenía que comer con los dedos, como los monos. En el espacio de unos meses, había pasado de ser una mujer fuerte y robusta de cincuenta y cinco años a una mísera anciana, con el cabello encanecido, que parecía tener más de cien años. Yo traté de animarla, cantándole canciones y contándole los últimos cotilleos que circulaban por la aldea —como solía hacer ella cuando yo era una niña—, pero en el fondo sabía que deseaba morir, para ahorrarse ella misma y a los demás la angustia de ver cómo se iba deteriorando. Cuando murió, seguí su ataúd como hubiera hecho una hija suya.

Poco a poco, Ky La se convirtió en una aldea llena de fantasmas, vivos y muertos. Cuando los encargados de confeccionar el censo vinieron a la aldea y comprobaron el aumento del número de húerfanos, pordioseros, niños amerasiáticos bastardos y fosas que se había producido desde su última visita, comprendieron que la aldea —y sus habitantes— estaba agonizando. En cierto modo, Ky La había creado su propia «generación perdida»: hermanos y hermanas que no sabían qué era el amor, ni los ritos familiares, ni la paz, sino tan sólo el terror, el hambre y la guerra. Me preguntaba cuántos serían capaces de sobrevivir cuando terminara el conflicto armado.

Cuanto más rezábamos para que llegara la paz, más violenta y devastadora se hacía la guerra. Como muchas personas del Sur, estaba convencida de que el Norte ganaría y que el pasado de nuestro país, como la causa republicana, desaparecería para siempre.

Pero con un hijo de dos años, una madre deprimida que no cesaba de llorar y el convencimiento de que una mujer Phung jamás perdía la esperanza, decidí que no había tiempo para lamentaciones. Si quería que el pequeño Hung y el espíritu de mi padre sobrevivieran a la extinción de Vietnam, tendríamos que volver los ojos hacia Occidente, hacia el amanecer, no hacia el ocaso; y rezar para que un día el sol resplandeciera de nuevo sobre nuestro país.

La mañana del 8 de abril de 1986.
El hotel Pacific, en Danang

Hace una mañana espléndida y calurosa. Conecto el *punkah* (el ventilador del techo), me doy una ducha y me pongo el vestido que me ha prestado Tinh. Mi encuentro con Hai en el mercado me ha demostrado que, en este nuevo Vietnam, es preferible pasar inadvertida que llamar la atención.

Después de desayunar con Anh, quien me asegura que mi madre todavía me quiere y probablemente tuvo que quedarse anoche para vigilar que sus vecinos no le robaran las gallinas, nos dirigimos a la oficina local del *Ban Vietkieu* para confirmar mi itinerario durante el resto de mi estancia. Tras pasar otro día en las inmediaciones de China Beach, haré una gira por el campo patrocinada por el Gobierno. Pero no puedo visitar «Xa Hoa Qui», es decir Ky La. Pregunto al funcionario (utilizando el persuasivo tono de una hermana de la costa central) si eso se debe a que la aldea ha quedado destruida y no quieren que la vean los turistas. Pero el funcionario se limita a sonreír, sin responderme.

—No se preocupe por sus parientes —me dice, encendiendo otro cigarrillo vietnamita que apesta—. Preocúpese por usted, no por ellos. Ya conoce a los campesinos. En ocasiones, resulta difícil hacer cumplir la ley. La presencia de una forastera en una aldea es como una gota de miel sobre un hormiguero. Y algunas de esas hormigas tienen unas pinzas muy afiladas, sobre todo los viejos canallas republicanos que roban y aterrorizan a los aldeanos.

—Ya conozco lo de las hormigas y los hormigueros.

—En tal caso comprenderá que nuestras normas están destinadas a protegerla.

Estoy convencida de que esas normas están destinadas a proteger algo, pero prefiero callarme. Después de revisar el resto de mi itinerario —esta noche, una cena con Anh y unos funcionarios del partido; mañana un almuerzo, con los obreros de la fábrica de Anh y la excursión campestre; y un día más en compañía de Tinh antes de partir el viernes para Saigón—, el funcionario me asegura que todo está en regla. Antes de marcharme, saco del bolso el obligado paquete de Marlboro.

—Espero que acepte este pequeño regalo como recompensa a su amabilidad —le digo. El funcionario coge el paquete, me mira complacido y se inclina.

—Para eso estamos —responde, extendiendo la mano—, para hacer que su estancia sea lo más agradable posible.

Le estrecho la mano y digo sonriendo:

—Quisiera pedirle un favor, un pequeño favor que significa mucho para mí. Deseo ver a mi madre antes de marcharme. Ya que no puedo visitarla en Xa Hoa Qui, ¿puedo invitarla a que pase la noche conmigo en mi hotel?

De pronto noto que el apretón de manos del funcionario es menos caluroso, pero me niego a soltársela.

—Es una petición un tanto extraña —dice, sin saber cómo salir del atolladero—. Las normas son muy estrictas...

—Lo comprendo —respondo, sin dejar de sonreír—, pero mi madre es muy mayor. ¿Quién sabe cuándo volveré a tener la oportunidad de hacer algo por ella?

Le suelto la mano y el funcionario guarda el paquete de Marlboro en el bolsillo.

—Ya veremos —dice—. Quizá pueda arreglarlo. Lo cierto es que se ha mostrado usted muy cooperadora. Hablaré con el *can bo* de su hotel. Quizá pueda conseguirle un pase dentro de un par de días.

—¡Sería maravilloso! —le digo, inclinándome de nuevo ante él, pero más profundamente, para demostrarle mi gratitud.

Al salir a la calle, Anh me coge del brazo y dice:

—Debes ser más cauta, Bay Ly. Al solicitar un pase para tu madre, el funcionario podría creer que ha sido ella quien desea ir a verte al hotel.

—¿Y qué? ¿Qué tiene de malo que quiera ver a su hija?

—Algunos podrían interpretarlo equivocadamente. Aunque no crean que eres una espía, os acusarán a las dos de querer montar vuestro mercado negro particular. Los funcionarios temen a los turistas occidentales. Si se trata simplemente de enviar a la familia pasta dentífrica y vestidos, no les importa. Pero dirán que una *Vietkieu* le ha enviado dinero y armas para organizar una insurrección.

—¡Tonterías! No soy una contrarrevolucionaria.

—Lo sé. Y tampoco tu familia. Pero creo que debes dejar que lo decida tu madre. Cuando fui a visitarla en 1982, después de recibir tu carta en la que me dabas las señas de Ba, comprendí que tu madre había sufrido mucho. Ella y Hai tenían buen aspecto, pero iban cubiertas de harapos y les habían robado los utensilios de labranza. La casa estaba en ruinas y la mayor parte de los animales había sido vendida o sacrificada. Sus vecinos no se ocupaban de ellas y apenas tenían para comer. Ahora, si haces que la aldea se vuelva contra ellas... En fin, creo que comprendes lo que quiero decir.

—Pues no, no lo comprendo. ¿Cómo puedo demostrar a la gente que sólo pretendo ver a mi madre si no puedo ir a Ky La y ella no puede venir a Danang? De todos modos, tú eras un hombre acaudalado, ¿no temía verte?

Anh se echa a reír y contesta:

—No. Es más, me trató como a un invitado muy especial, como a un hijo. Me rogó que le llevara un poco de arroz a mi familia. Debió de pensar que los comunistas me habían arruinado. Aunque yo tenía prisa por regresar a la fábrica, Hai insistió en matar el último pollo que les quedaba y me lo dio. Tu madre incluso me dio los regalos que les habías enviado. Me dijo que si no los aceptaba, tendría que enterrarlos. Lo único que le preocupaba eras tú, Lan y tus hijos. Me preguntó si estabais bien, si teníais suficiente que comer. Temía que hubieras olvidado lo que tu padre te había enseñado y que te hubieras convertido en una capitalista.

—Mi padre me enseñó que las cosas materiales sólo eran un vehículo que me ayudaría a seguir adelante. Muchos norteamericanos piensan lo mismo, ¿por qué había mi madre de preocuparse por eso?

Anh se ríe y me monto en su Honda.

—Todos sabemos la pasión que sentís los norteamericanos por los vehículos. No te extrañe si tu madre tarda unos días en decidirse. Cuando esté dispuesta a verte, te lo comunicaré.

Anh aparca frente a la casa de Tinh. Bien, que está cortando el pelo a un cliente entrado en años, agita las tijeras a modo de saludo. Aunque su gesto es afectuoso, sé que le preocupa que sus vecinos me vean allí, de modo que entro apresuradamente, bajando la cabeza para que mi maquillaje occidental no me delate.

Tras pasar frente a la barbería, me quito el pañuelo de la cabeza procurando que el viento no me despeine (y ocultando el rostro de las miradas curiosas) y me dirijo a la cocina. Tinh está sentada a la mesa, con su hijo y una señora, tal vez la esposa del cliente de Bien. Temo haberme presentado en un momento inoportuno, pero Tinh me dijo que fuera a la hora de comer. Al verme entrar en el comedor, Tinh me mira sobresaltada.

—¡Bay Ly! —exclama.

—Me dijiste que viniera hacia el mediodía —contesto, desconcertada porque le sorprenda mi presencia.

—Entonces, ¿la has visto...?

—¿A quién?

Tinh señala con la cuchara hacia la anciana que está sentada a la mesa, con la cabeza cubierta por un pañuelo negro.

—Es la abuela Phung, tu madre.

La frágil figurilla —como un pequeño cojín azul y negro— se levanta apresuradamente. Incluso de pie, apenas es más alta que cuando estaba sentada. Lleva un jersey azul sobre una camisa de campesina azul turquesa. Los faldones de la camisa cuelgan sobre los holgados pantalones, bajo los cuales asoman unos pies del color de la canela. Al igual que Hai, tiene las manos muy delgadas. Cuando se quita el pañuelo observo sus ojos, negros como el carbón, que me miran fijamente con expresión de disgusto, hambre y temor. Si esa persona es realmente mi madre, no parece reconocerme ni hace el menor ademán de saludarme.

—Madre... —digo, avanzando unos pasos—. Mamá *Du*...

La llamo «madre de mi corazón» para que sepa que esta extraña es su hija. A medida que la distancia entre nosotras se acorta, los años parecen desvanecerse. Al acercarme observo que su enjuto rostro se parece al de Hai; luego al de la madre que vi por última vez; y luego —especialmente los lóbulos de las orejas, los ojos y la barbilla— al rostro de la madre que solía inclinarse sobre mi cuna.

—¡Mamá *Du*! —exclamo, pero la anciana retrocede y se sitúa detrás del hijo de Tinh (que está comiéndose una naranja) como si se tratara de un chaleco antibalas.

Yo me detengo y digo extrañada:

—Mamá *Du*...

Tinh coge a su hijo y se lo lleva a la cocina, dejando a mi madre sola y desprotegida. Yo permanezco inmóvil para no asustarla. Entretanto, noto que sus astutos ojos me examinan de pies a cabeza —como los de una madre y los de un soldado—, para comprobar qué aspecto tengo.

—Bay Ly —dice con voz ronca. Más que un saludo, es una afirmación. Quizá necesita convencerse de que ambas estamos allí. Doy un paso adelante, anhelando abrazarla, pero me contengo—. Tienes buen aspecto —prosigue—. ¿Cómo están el pequeño Hung y tu hermana Lan?

Yo suelto un suspiro de alivio. Lentamente, temerosa de asustar a esta tímida anciana, me dirijo hacia una de las sillas y me siento.

—Están muy bien —respondo, sonriendo—. Hung está hecho un mozo. Te enseñaré su fotografía. Asiste a la universidad.

El curtido rostro de mi madre se suaviza y vuelve a sentarse en la silla, como una frágil hoja posándose sobre un estanque.

—De modo que es un chico inteligente, ¿eh? —pregunta mi madre, riendo—. Igual que su tío Bon Nghe.

Al oírla reír, me siento aliviada.

—Anoche vi a Bon Nghe, mamá *Du*. Trabaja como contable para el Gobierno.

—Sí... Bon Nghe asistió a la escuela en Hanoi. Fue allí donde adquirió tantos conocimientos. De niño odiaba ir a la escuela. Tenía que transportarlo sobre mis hombros. Ahora es un funcionario del Gobierno. Un día le pregunté cómo había conseguido aprender tantas cosas. ¿Sabes qué me respondió?

Sacudo la cabeza porque tengo un nudo en la garganta que me impide hablar.

—Me dijo: «Puesto que ya no me llevas a hombros a la escuela, he tenido que espabilarme solo.» —Mi madre se ríe de nuevo, agita débilmente la mano y contempla el mapa que cuelga en la pared—. De todos modos, Hanoi es un lugar extraño. Bon Nghe me dijo que lo único que hacía allí era trabajar y estudiar. Era el encargado de llevar la nómina de los soldados que se desplazaban desde Hanoi al Sur por el camino de Ho Chi Minh. Llevaba los billetes cosidos en el interior de la camisa. Según me dijo, eso le salvó la vida en más de una ocasión. Jamás se quedó con un solo billete.

Mi madre se detiene, como si se hubiera quedado sin aliento, y me mira fijamente. Yo me inclino hacia delante, deseando acariciar sus manos, abrazarla, pero ella se aparta y continúa:

—Un día, en 1975, cuando nos enteramos de que la guerra había terminado, solté la cesta de arroz que llevaba —el fruto de dos jornadas de trabajo— y corrí a casa gritando: «*Con toi ve!*» [¡mi hijo ha regresado a casa!]. Era como el día que se habían rendido los franceses, en 1954, pero aún más extraordinario. Sin embargo, Bon no estaba aquí. «¿Qué esperabas? —me preguntó Hai—. De todos modos, ni tú ni yo lo reconoceríamos.» Así pues, confiamos en que Bon recordara el camino de regreso a la aldea. Al fin, recibimos un mensaje de un vecino que decía así: «Bon Nghe estará frente al viejo edificio del distrito en la calle Bach Dang, al mediodía de tal día. Si alguien de su familia está vivo, le ruega que se reúna con él.» Hai fue a buscarlo y se encontró con un apuesto joven que llevaba una gorra de soldado; apenas pudo reconocerlo. Por supuesto, esos días Danang estaba llena de forasteros que trataban de localizar a sus familias. Bon le pidió dinero para ir a la aldea y Hai le dio todo lo que tenía. No volvimos a verlo, ni a él ni al dinero. Luego, Bon Nghe nos envió otro recado, diciendo: «Lamento haberme retrasado. Venid a recogerme tal día en la calle Danang, junto al puente Da Lach.» Esta vez fue Bon Nghe quien reconoció a Hai, puesto que se parece mucho a mí. Luego, regresó a casa, pero no a Ky La. Era demasiado peligroso, pues la aldea estaba llena de partisanos republicanos y contrarrevolucionarios. Nos reunimos aquí, en casa de Tinh, en esta misma habitación.

Mi madre tiene los ojos humedecidos, al igual que yo. Sin embargo, todavía no me ha concedido permiso para abrazarla y dar rienda suelta a todas las lágrimas que se han ido acumulando durante estos años.

—Es hora de comer —dice Tinh, apareciendo con la sopera y seguida de su hijo mediano, que lleva unos cuencos de cerámica. Empezamos a soplar sobre la humeante sopa y mi madre da al niño un cachete en la mano por hurgarse la nariz. Durante unos instantes, me parece ser de nuevo una niña en casa de mi madre.

—Bon Nghe me contó que está casado y que tiene un hijo — digo.

—Sí —responde mi madre—. Su esposa se llama Nhi. La conoció en Hanoi, cuando estaba estudiando.

Por su tono, deduzco que su nuera no le cae simpática. En el Sur, las gentes del Norte tienen tan mala fama como la que tenían los especuladores norteños en Estados Unidos después de la guerra civil. Tienen una gran facilidad de palabra, los dedos ágiles y los pies veloces. Casarse con alguien así es como casarse con un oriental extranjero —un camboyano o un chino—, y uno se expone a que su familia lo repudie. Sin embargo, ignoro si los reparos de mi madre se deben a la persona de Nhi o al hecho de ser la «otra mujer» en la vida de mi hermano. En cualquier caso, observo que mi madre arruga el ceño cuando se refiere a Nhi y su voz adquiere un tono seco. «Lo que no cambia la educación siempre acaba por salir», solía decirme mi madre.

—¿Qué clase de mujer es? —pregunto—. Mañana voy a conocer a la familia de Bon Nghe.

—Supongo que es una buena esposa —contesta mi madre, haciendo un esfuerzo por mostrarse caritativa. Quizá sentiría más afecto por esa intrusa si yo misma la hubiera instruido en sus deberes de esposa—. Es como todas las mujeres del norte, testaruda, se cree muy inteligente y, aunque siempre anda muy ocupada, el tiempo no le cunde. Por otra parte, su hijo, Nam, es un hijo perfecto. *Chau noi cua me* (el hijo de mi primogénito). ¿Cómo no iba a ser perfecto? Muy educado y listo. Bon Nghe insiste en que en su casa se observen todas las viejas tradiciones. Es un padre excelente. Pero todavía no me has hablado de Lan —dice mi madre, cambiando de conversación—. ¿Cómo están sus hijos? Tienen unos nombres norteamericanos muy extraños. Espero que llegue a verlos antes de ir a reunirme con tu padre.

Me duele que mi madre no me haya preguntado todavía cómo estoy, qué tal me van las cosas, cómo conseguí llegar hasta aquí o qué planes tengo. Quizá quiera hablar sobre sus hijos siguiendo el protocolo, desde el primogénito hasta la hija menor. En tal caso, no me importa. Tendré que esperar a que me toque el turno, pero me gusta oír a mi madre hablar sobre nuestra familia. A fin de cuentas, los hijos de los hijos varones son más importantes para las abuelas vietnamitas que los hijos de sus hijas. Si tienen un nieto hijo de un hijo varón que comparte con éste la «casa superior», saben que una persona instruida en los ritos religiosos se ocupará de enterrarlas debidamente y caminará *cha don me dua*, como una segunda generación, ante su ataúd. Para mi vieja madre, esas cuestiones son muy importantes.

—Eddie y Robert están muy bien. Viven en el sur de California. Sin embargo, Lan no siente mucha simpatía por los norteamericanos. Prefiere frecuentar a sus amigos vietnamitas, al contrario de lo que solía hacer cuando vivía en Danang. Tiene dinero, pero no puede decirse que sea rica.

—¡Hum! —exclama mi madre—. Eso es muy típico de Lan. Antes de la liberación, decidió enviarme su dinero para que se lo guardara. Pero no eran simples billetes rojos y verdes, sino que me envió casi dos docenas de monedas de oro de veinticuatro quilates y algunas joyas. Aunque le dije que no podía hacerme cargo de ello, Lan insistió en que se lo guardara. Al fin, decidí devolvérselo. Metí las monedas en el viejo cinturón donde solía guardar el dinero, oculté las joyas en las sisas de las mangas y en el cuello, y fui en avión a Nha Trang, donde vivía Lan con un norteamericano llamado Bill. Pero Lan y su marido estaban demasiado ocupados para preocuparse por mis problemas. Me quedé varios días, y aunque dije a Lan que temía morirme y que nadie se ocupara de su fortuna, no logré convencerla.

—¿Y qué fue de las monedas de oro y las joyas? —pregunto.

Mi madre se encoge de hombros y responde:

—No quería quedarme con ello. Era *lam cuc kho*, traía mala suerte, porque lo había ganado otra persona con el sudor de su frente. Di la mayoría de esa fortuna al hijo del tío Nhu, quien la dilapidó jugándosela a los naipes. El resto lo sepulté en el jardín, para que dios se encargara de protegerlo. Que yo sepa, todavía sigue allí. Haré que Hai lo desentierre para que te lo lleves a Norteamérica.

¿Sacar dinero de Vietnam? ¿Transportar oro a Estados Unidos? No puedo creer lo que oigo. *Dem vang ve my*, es como llevar madera al bosque. Me parece increíble que mi madre tenga enterradas en el jardín unas joyas y unas monedas de oro por valor de varios miles de dólares mientras todo el mundo se muere de hambre.

Trato de disimular mi asombro. Tinh me mira y sonríe. Las historias de mi madre no le causan la menor impresión. Quizá ni siquiera exista ese dinero. O quizá sea su forma de justificar la decepción que le inspira su hija número cuatro. A fin de cuentas, una hija «descarriada» es como un tesoro enterrado. Sabes que, en el fondo, sigue teniendo un corazón de oro.

—Todos me aconsejan que no vea a Ba —digo, confiando en que la reconfortante sopa y la historia de Lan hayan suavizado la actitud de mi madre.

Tras sorber una cucharada de sopa, mi madre responde:

—No sé qué decirte sobre Ba. ¿Sabes que su primer marido, Moi, regresó a Quang Nam después de que te marchaste? ¡Imagínate! Ba y Chin ya estaban casados y tenían unos hijos preciosos. Creo que fue allá por 1972. Sí, estoy segura que fue en esa fecha. Moi se disfrazó para que Ba no lo reconociera. Cuando se enteró de que Ba había vuelto a casarse, se mostró muy dolido, pero trató de no demostrarlo. Le dijo que su recuerdo le había ayudado a sobrevivir durante la guerra. Por supuesto, cuando la situación cambió en 1975, Moi regresó a Danang convertido en un funcionario del partido y Chin pasó cinco años en un campo de reeducación, una condena muy larga por tratarse de un simple policía. El caso es que Moi regresó a Hanoi y Ba no volvió a saber de él. Según parece, no ha vuelto a casarse.

—¿Qué tal le fueron las cosas a Chin en el campo de reeducación?

Mi madre hace una mueca y sacude la cabeza.

—Mal. Estaba delicado y esa experiencia lo hundió. Por supuesto, tras haber servido a la vieja república, cuando fue liberado no consiguió encontrar un trabajo decente. Él y Ba viven de lo que cultivan, lo cual apenas les da para comer. Pero Chin es un buen hombre. Es muy trabajador y se preocupa de su familia.

—Quizá fue por eso que Ba creyó tener derecho a quedarse con las cosas que os envié —digo, para disculpar la conducta de mi hermana—. Cuando se marcharon los norteamericanos, mucha gente no sabía cómo ganarse la vida...

—¡No! —protesta mi madre—. Lo que nos enviaste era para la familia. Al quedarse con esas cosas fue como si Ba nos hubiera quitado la comida de la boca. Todos lo pasamos mal después de la liberación, no sólo los antiguos republicanos. *Troi dat doi thay*, el cielo y la tierra cambiaron de lugar. Yo misma estuve a punto de morir en dos ocasiones. Una vez fue por haberme mordido un perro. Sí, tal como lo oyes. En aquellos días, la aldea estaba llena de perros vagabundos. No podías salir de casa. Y Hai y yo nos esforzábamos en salir adelante como podíamos. Todos sufrimos, no sólo Ba. El hecho de quedarse con lo que nos pertenecía no tiene disculpa. Hasta que no cambie y se disculpe, no queremos saber nada de ella. Tu padre hubiera actuado del mismo modo. Y Bon Nghe está de acuerdo conmigo.

Seguimos comiendo en silencio. Más tarde ayudo a Tinh a fregar los platos, mientras mi madre permanece sentada en la silla, como un viejo trapo abandonado.

—No te inquietes por la abuela —me dice Tinh—. Acabará entrando en razón. Son viejas disputas familiares, y la familia es lo único que le queda. Un día irá a ver a la tía Ba para hablar con ella. Y Ba volverá a ser aceptada por la familia. Estoy convencida de ello.

Espero que Tinh tenga razón, pero sólo me queda una semana para presenciar ese milagro. De pronto oigo unos pasos a mi espalda y, al girarme, mi madre me agarra por el brazo y dice, señalando la estera que está colocada junto a la pared:

—Sentémonos a charlar un rato. *Doan tu gia dinh*, como en los viejos tiempos.

Acaricio su huesuda mano y la miro afectuosamente. Tiene un aspecto tan frágil, que no la imagino arrancando hierbajos, cogiendo batatas, transportando cubos de agua ni caminando desde la aldea hasta la parada del autobús que va a Danang. Pero la vida en Vietnam consiste en trabajar y caminar. Uno se jubila cuando el corazón deja de latir; entonces tiene toda la eternidad para descansar.

Ayudo a mi madre a instalarse en la estera y me siento a su lado, con las piernas extendidas frente a mí, como cuando era una niña. Cojo su mano ente las mías y mi madre no se opone. Ahora comprendo que, al igual que anoche me llevó un tiempo transformarme de una capitalista forastera en la hermana menor de Bon Nghe, me costará cierto esfuerzo dejar de ser la oveja negra de la familia para convertirme de nuevo en la amada hija de mi madre. Al menos, mi viaje ha logrado acortar las distancias y lo único que nos separa ahora es la mano de esta anciana.

—Hai me trajo anoche los mangos que le diste —dice mi madre—. Los colocamos sobre el altar y encendimos unas velas. Desgraciadamente, nos hemos quedado sin incienso. El Gobierno desaprueba esas prácticas. Quizá puedas comprar un poco en la ciudad.

—Descuida, te compraré incienso ante de irme —respondo, acariciándole el brazo—. Lamento no poder ver a Ba, aunque me consuela saber que está viva y que su familia está bien. ¡Ojalá estuviera aquí Sau Ban!

—Está más cerca de lo que imaginas.

No esperaba oír ese comentario de labios de mi madre. No sólo le disgusta hablar sobre la muerte de Sau Ban, sino que nunca sintió una gran afinidad con el mundo de los espíritus. Sin duda fue por eso que le costó tanto aceptar la muerte de mi padre y la de Sau Ban.

—¿Qué quieres decir? —pregunto.

—Hace años, cuando Hai y yo reparamos la casa, tuvimos que colocar el altar familiar en el jardín. Luego, cuando lo trasladamos de nuevo a su sitio, una enorme serpiente negra se coló dentro de la casa.

—Debisteis llevaros un buen susto. ¿La matasteis?

—Hai empezó a golpearla con una escoba, pero yo la detuve. «¿No observas nada extraño en esa serpiente?», le pregunté. «No —respondió ella—, sólo sé que es una serpiente y que debemos matarla.» «Fíjate bien. ¿Ves lo larga que es? Debe de medir más de dos metros, la altura que medía tu hermano Sau Ban. Esta serpiente está enferma.» «¿Y qué? —contestó Hai, alzando la escoba para golpearla de nuevo—. Ten cuidado, puede morderte como aquel perro rabioso. *Cho dien can!* ¡No querrás que vuelva a sucederte!» «Quizá me pasó porque no hice caso de lo que trataba de decirme el perro —respondí—. ¿No has pensado en eso?» Hai se bajó de la silla en la que se había subido y observamos detenidamente a la serpiente. Tenía la mirada triste y la piel se le caía a pedazos. Afuera hacía mucho frío y no era habitual encontrarse una serpiente fuera de su madriguera.

—¿Y qué hicisteis?

—Me acerqué a la serpiente y dije: «¡Hola, serpiente! Si eres quien creo que eres, sígueme.» Luego salí de la habitación y la serpiente me siguió. Pedí a Hai que cogiera una hoz y una pala y eché a andar lentamente, para que la serpiente pudiera seguirme. «¡Vamos! —le dije—. Enseguida llegaremos. No te preocupes, tendrás un bonito hogar.» Cuando llegamos al lugar donde está enterrada la familia Phung, ordené a Hai que talara un árbol hueco de bambú para que la serpiente se instalara en él. «Ahora cavaremos un hoyo junto a tu padre.» Hai contestó que estaba loca, pero me obedeció. Al cabo de una hora cavamos una fosa tan larga como el tronco. De pronto, Hai miró a su alrededor y dijo: «La serpiente ha desaparecido.» Me acerqué al lugar donde yacía el tronco y vi que la serpiente se había ocultado en su interior. Ésta me miró con sus ojillo negros y dijo «gracias, madre», en el lenguaje de las serpientes, y Hai se quedó convencida de que era Sau Ban. Luego colocamos el tronco en el hoyo y lo cubrimos con tierra. Más tarde, fui a ver al chamán de la aldea y le conté lo sucedido. «Sin duda, la serpiente contenía el espíritu de Sau Ban —me dijo—. Tu hijo debe de estar enterrado en una ciénaga y tiene frío, de modo que su espíritu decidió regresar a casa encarnado en la serpiente. Habéis hecho lo correcto.» Por eso te he dicho que tu hermano está más cerca de lo que supones, Bay Ly. Aquella tarde de invierno enterramos a Sau Ban como es debido. No te preocupes más por tu hermano. Su espíritu descansa en paz junto a tu padre.

Puse el brazo alrededor de los hombros de mi madre y la estreché contra mí. Tanto si era cierto que la serpiente había traído al espíritu de Sau a Ban a casa como si no, al menos había hecho que mi madre se acercara a mí.

En aquel momento se abre la puerta que da a la barbería de Bien y entra apresuradamente uno de los hijos de Tinh, gritando:

—¡Ha venido el tío Bon! ¡Ha venido a vernos Bon Nghe!

La noticia me sorprende y temo que haya ocurrido algo malo. Nuestro encuentro «oficial» no iba a producirse hasta mañana y no creo que mi hermano se arriesgue a contrariar a sus superiores. En lugar de ponerme de pie para saludarlo, decido que es preferible que me encuentre sentada junto a nuestra madre, sosteniéndole la mano, para que vea que hemos hecho las paces.

Bon Nghe aparece vestido con una gabardina y una gorra, aunque afuera hace sol. Le dice algo a Bien que no alcanzo a comprender y éste regresa a atender a sus clientes. Luego entra en la cocina, se quita la gorra y sonríe. Yo suelto la mano de mi madre y me levanto. Bon se acerca, me coge cariñosamente por la cintura y me levanta en el aire. Cuando vuelve a depositarme en el suelo, nos giramos hacia nuestra madre, que nos mira sonriendo y con los ojos llenos de lágrimas.

Bon Nghe y yo la ayudamos a incorporarse y mi madre planta sus tostados pies, cuyas uñas se curvan sobre los dedos como garras, firmemente sobre el suelo, tratando de no perder el equilibrio.

—Acercaos a la mesa —dice Tinh—. Tenemos que celebrar esta maravillosa reunión. Cierra la barbería, Bien. ¡Niños, venid a la mesa!

Mientras ayudamos a nuestra madre a acercarse a la mesa, le digo a mi hermano:

—Estoy muy feliz de que hayas venido, pero no te esperaba. Creí que no nos veríamos hasta mañana.

—Cuando Hai vino a decirme que mamá *Du* había ido esta mañana a la ciudad, no pude resistir la tentación de venir a veros.

—Espero que no tengas problemas con tus superiores.

—Bon es un buen chico —tercia mi madre, dándole una palmadita en el pecho—, y muy trabajador. Nunca tiene problemas con nadie.

—Les dije que mi madre me necesitaba —dice Bon Nghe—, y que debía ausentarme de la oficina durante unas horas. En realidad, no he mentido —añade, echándose a reír.

Yo también me río, pero la forma en que va disfrazado demuestra que a Bon le preocupa, y mucho, la opinión de los demás.

He traído unos chicles —esos detestables globos hinchables que tanto gustan a los chicos norteamericanos—, y entrego un paquete a cada uno de los hijos de Tinh. Los ojos casi se les saltan de las órbitas, pero Tinh se apresura a confiscarles la fruta prohibida.

—Un chicle para cada uno y basta —dice—. Y quedaos aquí. No

quiero que vayáis a la barbería y os vean mascando chicles norteamericanos. Lo siento, Bay Ly, espero que lo comprendas.

—Desde luego.

Los niños se meten los chicles en la boca y permanecen sentados a la mesa como unos angelitos, agitando las piernas de alegría, moviéndose continuamente y haciendo estallar la goma de mascar. Supongo que cuando hayan absorbido todo el sabor o estén cansados de masticarlos, escupirán los chicles en la mano de Tinh, quien los arrojará a la basura. Jamás había presenciado un banquete a base de chicles, pero deduzco que no será el último.

Luego distribuyo los regalos que iba a entregarles antes de marcharme. Mi madre coge una chocolatina y se la mete en la boca. Tinh sigue su ejemplo, dándome las gracias y saboreándola lentamente. Yo sonrío y ofrezco una chocolatina a Bon Nghe, pero la rechaza de nuevo.

—¿Qué te pasa, Bon Nghe? —le pregunta mi madre, dándole un codazo—. Bay Ly ha sido muy amable. Tú también deberías mostrarte amable con ella y aceptar la chocolatina que te ofrece.

—Lo siento, madre, no puedo.

—¿Cómo? ¡Jamás oí semejante tontería! —exclama mi madre, hurgándose la boca para eliminar los trocitos de chocolate que se le han pegado a las encías—. No seas un aguafiestas. Por fin tengo a mi primogénito y a mi hija menor junto a mí —dice, extendiendo los brazos como un Buda—, a mis dos mitades.

Bon se pone serio y responde:

—Puede que seamos tus dos mitades, madre, pero procedemos de mundos distintos. No olvides que Bay Ly es una capitalista; yo soy comunista.

—Sin embargo, habéis hallado un terreno en común frente a esta mesa, ¿no? —insiste mi madre—. A cada lado de vuestra anciana madre, en el lugar donde nacisteis. ¡Anda, cómete una chocolatina!

—Tenemos la misma madre, es cierto —contesta Bon Nghe—, pero, tal como dije ayer a Bay Ly, nuestras mentalidades son muy distintas. La quiero porque es mi hermana —no me importa cómo consiguió llegar hasta aquí ni lo que se propone hacer—, pero no puedo aceptar sus regalos. No me pidas algo que no puedo hacer. ¿Crees que papá hubiera tratado de obligarme?

—Tu padre hubiera querido que te comportaras como es debido con tu hermana —responde mi madre—. Estoy convencida de que no ha venido para envenenarnos ni para hacer propaganda a favor de Norteamérica. Ha venido a Vietnam central —la tierra *Trung*—, la tierra situada en el centro en busca de amor y comprensión. Por tanto, haz lo que querría tu padre que hicieras y coge una chocolatina...

—No. Soy el primogénito y el jefe de la familia. No puedo ceder.

Eso es lo que papá hubiera querido que hiciera. Así ha sido siempre.

—Pero quizá puedas ceder un poco cuando se trata de comerte una golosina. Decídete de una vez, antes de que nos las comamos todas.

—Adelante —contesta Bon Nghe, sonriendo—. Agradezco a Bay Ly que os las haya traído, de veras. Me alegra veros felices.

—Eres tan testarudo como tu padre —replica nuestra madre, pasando a Tinh las chocolatinas que quedan, como si de pronto hubiera perdido el apetito—. De acuerdo, haz lo que quieras. Bay Ly, tómate otra taza de té y háblanos sobre Estados Unidos.

¿Qué puedo decir? Después de haber imaginado este momento durante tantos años, soñando con poder reunirme con mi madre y mi hermano y contarles las maravillas de Norteamérica, no puedo articular palabra. ¿Qué puedo decirles que no suene a propaganda? ¿Qué historias puedo contarles que no les suenen a ciencia ficción? Lo único que deseo en estos momentos es llevarme a mi madre a San Diego, comprarle bonitos vestidos, llevarla a la peluquería para que le arreglen el pelo, le den un masaje de crema en las manos y le limpien los dientes para que se parezca a una elegante abuela californiana. Mi madre ni siquiera puede imaginar las maravillas que yo, como norteamericana, acepto sin darles la menor importancia: diez clases distintas de mantequilla de cacahuetes, energía eléctrica, televisores, aparatos estereofónicos y teléfonos para hablar con las personas a las que echamos de menos, en cualquier momento, para decirles lo mucho que las queremos antes de que sea demasiado tarde. Quizás el ignorar que existen esas cosas es lo que impide que la gente que vive en un mundo de privaciones y miseria conserve el juicio. En tal caso, desearía alejar a mi madre —y al resto de mi familia— de ese mundo; a menos que Vietnam consiga convertirse de nuevo en el maravilloso lugar que era antes.

Mi madre y mi hermano me observan con curiosidad, esperando mi respuesta, pero lo único que soy capaz de hacer —esta embajadora de Estados Unidos— es romper a llorar.

—¿Así que quieres escribir un libro? —pregunto a mi hermano Bon, mientras observamos a mi madre jugar con su nieto, el hijo menor de Tinh. Estamos sentados sobre la estera de la cocina.

—¿Quién te lo ha dicho? —contesta Bon Nghe, sonriendo.

—Anh. Dice que vas a escribir un libro cuando te jubiles para relatar lo que has aprendido en la guerra. Entretanto, te ocupas de mamá y de Hai, vas a visitarlas cada semana y les llevas lo que necesitan de la ciudad.

—Es muy duro para dos ancianas vivir en el campo. Les he pedido muchas veces que vendan la casa y se vengan a vivir conmigo a Danang, pero se niegan rotundamente. No sólo son demasiado viejas para trabajar en los arrozales, sino que las tierras ya no les pertenecen. Mamá las cedió al Estado después de la liberación, como hizo todo el mundo en aquella época, incluso Anh. No sé si te habrá contado que el Gobierno le expropió sus cinco fábricas, incluyendo la de Danang. De modo que prefirió donar su fortuna personal, todo lo que le quedaba después de su divorcio, antes de verse en una situación comprometida. Mamá pensó varias veces en ponerse en contacto con él, pero no quería importunarlo. Supongo que todavía temía a Lien. Sí, me contó lo que sucedió entre tú y Anh. Lo único que mamá tenía era su pensión, la *liet* que le concedió el Gobierno cuando Sau Ban desapareció durante la guerra.

—¿Crees que Sau Ban está muerto? —le pregunto.

Bon Nghe se encoge de hombros y responde:

—Tanto si lo está como si no, es absurdo confiar en que regrese un día. Creo que sus restos descansan en algún lugar. Si lo mataron en el campo de batalla, puedes estar segura de que su unidad o los campesinos lo enterraron. ¿Te ha contado mamá la historia de la serpiente?

—Sí.

—Al menos, ahora está convencida de que Sau Ban ha recibido sepultura, y si ella es feliz, nosotros debemos aceptarlo. Es lo que papá hubiera querido.

—¿Qué opinas sobre la forma en que murió papá? Prefirió suicidarse antes de que yo volviera a verme mezclada con el Vietcong.

Bon Nghe suspira y, por primera vez, parece cansado y envejecido.

—Supongo que es por eso que quiero escribir un libro —como tú—, para relatar la historia de nuestra familia. Quiero averiguar lo que pensaba papá sobre la guerra, lo que le impulsó a suicidarse. Yo recibí otras enseñanzas en Hanoi. Respeto sus convicciones, pero no las comparto. ¿Cómo es posible que se esforzara en sobrevivir —para ocuparse de su familia— y luego lo tirara todo por la borda y dejara a su mujer y a sus hijos solos cuando más lo necesitaban? Al fin y al cabo, cuando estás muerto, estás muerto, ¿no es así?

—No te tortures —contesto, colocando la mano sobre su hombro—. Quieres aprender para enseñar a los demás. Eso es bueno. Si has comprendido eso, ya debes de saber cómo era nuestro padre.

Al cabo de una hora, Bon Nghe dice que debe regresar a la oficina. Me abraza a mí y a nuestra madre, que le ofrece de nuevo una chocolatina que él rechaza por enésima vez, y se marcha con la gorra calada hasta las orejas. Bien abre de nuevo la barbería y mi madre y yo nos sentamos sobre la estera en la cocina.

—Bon es un hombre maravilloso —digo—. Debes sentirte muy orgullosa de él.

Mi madre sonríe satisfecha y responde:

—Bon temía que te convirtieras en una «chica de té» capitalista. Ahora ha comprobado que no es así. Tiene que adaptarse, y eso lleva cierto tiempo, sobre todo tratándose de alguien como Bon Nghe. Pero es un buen chico. Siempre ha creído en sí mismo y en sus principios, como Sau Ban, aunque son muy distintos.

—Lamento que no llegara a conocer profundamente a su hermano menor.

—Ése era el karma de Bon Nghe, y el de Sau Ban.

Noto que los ojos se me llenan de lágrimas, pero mi madre los tiene secos.

—Lo siento. No puedo hablar de Sau Ban sin ponerme a llorar. Lo echo mucho de menos, sobre todo hoy.

Mi madre agita débilmente la mano y dice:

—Ésa es una de las ventajas de llegar a vieja, Bay Ly. A medida que pasan los años, las lágrimas se van agotando. Nacemos felices y el mundo trata de arrebatarnos esa felicidad. Las lágrimas son la forma que tiene dios de compensarnos por lo que nos ha arrebatado. Uno se encuentra mejor después de haber llorado, ¿no es así? Llora, a mí ya no me quedan lágrimas. Las he agotado en los cuatro puntos cardinales: en el norte por Bon Nghe; en el sur por Sau Ban; en el este por tu padre, y en el oeste por ti y por Lan, mis hijas norteamericanas.

Estrecho a mi madre entre mis brazos y, por primera vez desde nuestro encuentro, ella también me abraza. Siento su cálida y convulsa respiración sobre mi cuello, pero no sé si está llorando. No tiene importancia. Soy joven. Aún me quedan suficientes lágrimas para llorar por ambas.

10

EL PODER EN LA TIERRA

No recuerdo el momento preciso en que decidí abandonar Vietnam. Pero un día comprendí que todo cuanto había hecho durante los últimos meses había sido una especie de preparativo de mi marcha, hechos en sí mismos insignificantes pero que, tomados en conjunto, formaban un ritual semejante al que había llevado a cabo mi padre poco antes de morir. Pasaba más tiempo con mi familia (sobre todo con Lan, que acababa de dar a luz a su primer hijo norteamericano, Eddie) y apenas me ocupaba de mi negocio en el mercado negro. Acudía menos a la base a vender mis mercancías, en parte porque una voz interior me advertía que no debía correr riesgos, y en parte porque deseaba permanecer junto a mi madre y mi hijo. Los soldados y los funcionarios republicanos me estafaban con mayor frecuencia, pero casi me alegraba por ello, pues era como devolver las mercancías conseguidas y el sucio dinero al nefasto sistema que los generaba, purificándome para la nueva vida que me aguardaba.

Una vez que fui consciente de esa idea y mis actos asumieron la forma de un minucioso plan, me resultó mucho más fácil enfrentarme a la realidad. Aunque estaba dispuesta a marcharme a cualquier sitio con tal de huir de aquel infierno, las opciones eran bastante limitadas. Para una joven vietnamita, éstas consistían en una educación en el extranjero (si tenías una familia rica); un marido extranjero (si poseías la belleza y la habilidad de atrapar a un candidato adecuado, especialmente un norteamericano); o un «exportador», una persona que pudiera sacarte del país legalmente (por lo general, pagando a un extranjero para que se casara contigo) o ilegalmente (por medio de una red de contactos militares, delincuentes comunes y funcionarios sobornables). Cualquiera de esas opciones conllevaba un elevado grado de *hy sinh* —sacrificio personal—, independientemente de los beneficios que una esperara alcanzar. Lo que sacrificabas era la conciencia, el honor y el dinero, ¿pero qué otra cosa podías hacer?

Aunque la seguridad y el futuro de mi hijo eran, lógicamente, lo más importante para mí, también me preocupaba el bienestar de mi madre. No obstante, me tranquilizaba saber que tenía otras hijas que podían cuidar de ella en su vejez, aunque no sabía cómo encajaría mi «deserción» al país de los invasores. Asimismo, sabía que para salir del país necesitaría un dinero del que no disponía, sobre todo tras ser estafada reiteradamente por mis desalmados clientes. Cuanto más disminuían mis ingresos, más me urgía marcharme. Esa sensación de necesidad me impulsaba a cometer una imprudencia tras otra, las cuales, sin embargo, iban a cambiar mi vida por completo.

Cuando nació el hijo de Lan y ésta tuvo que dejar de trabajar durante el período de *buon de*, yo solía repartir mi tiempo equitativamente entre mi casa, la suya y mi negocio de souvenirs. A primeras horas de la mañana iba a casa de Lan para ver si podía ayudarla en algo, como ir al mercado o limpiarle la casa; luego, después de vender mis mercancías, me dirigía de nuevo a su casa para prepararle la cena. Tras haber atendido a mi hermana y a su hijo, regresaba a casa, donde me esperaban las mismas tareas, y entregaba a mi madre lo que me sobraba de mis exiguas ganancias. Debido al gasto que representaba mantener dos casas y el poco dinero que percibía de las ventas, temía que un día nos viéramos otra vez en la calle. Sin embargo, estaba dispuesta a todo con tal de no volver a sufrir las vicisitudes que habíamos padecido en Saigón.

Un día, mientras me hallaba junto a la cantina esperando a que apareciera un soldado al que le interesara comprarme mis mercancías, se acercó un policía militar norteamericano al que llamaban Big Mike. En otras circunstancias, me habría alejado apresuradamente, pero el sargento, que acudía periódicamente para controlar a los centinelas, era un viejo amigo mío. Los dos pasábamos por alto las reglas cuando yo necesitaba vender o compar algo o él necesitaba obtener algo especial —como marihuana de buena calidad o jade chino— a través de mis contactos.

—¡Eh, Le Ly! —me llamó incorrectamente, aunque yo nunca le había enseñado la forma de dirigirse como es debido a una mujer vietnamita soltera—. Esos tipos —dijo, señalando a dos jóvenes marines vestidos con unos monos limpios que se hallaban junto al cobertizo de los guardias— están a punto de regresar a casa.

—¿Quieren unos souvenirs? —pregunté sonriendo—. Puedo venderles lo que quieran. A los amigos de Big Mike siempre les hago un precio especial.

Big Mike se echó a reír y dijo:

—Claro que quieren unos souvenirs. Quieren *bum-bum* antes de regresar a casa.

Eso me sorprendió. Big Mike sabía que no tenían más que traspasar la verja para hallar un sinfín de prostitutas, unas chicas llamadas *Hoa Phat* o *Nui Phuoc Tuong*, que eran las mejores que había por los alrededores. Decirme que querían *bum-bum* era como pedir porros en un puesto de cigarrillos. Yo sabía a qué se refería, pero no era lo que vendía.

—Allí hay muchas con las que pueden *bum-bum* —contesté, indicando la hilera de casas junto a la base.

—También hay muchas enfermedades venéreas —respondió Big Mike—. Mira, Le Ly, esos chicos van a coger un avión dentro de media hora y todavía no han tenido oportunidad de follar en Vietnam, ¿comprendes?

—Que vayan a ver a una chica *siclo* —contesté, preguntándome por qué Big Mike me planteaba ese problema—. Adiós, tengo que trabajar.

Big Mike me agarró por el brazo y detuvo.

—Creo que no me has comprendido. Esos chicos están limpios. Han permanecido en la selva desde que llegaron. No han tocado a una mujer. Uno de ellos regresa junto a su esposa. No querrás que se acueste con la primera prostituta que vea y le pegue la sífilis. Quieren a una mujer limpia, como ellos. Y están dispuestos a pagar veinte dólares.

—¡Le Ly es una chica decente! —protesté, tratando de liberarme.

—Es mucho dinero, pequeña. Esas putas lo hacen por cinco pavos. Yo te ofrezco veinte.

—Pues que se vayan a follar con una puta. Suéltame, Big Mike.

Big Mike sacó del bolsillo de la camisa cinco «banderas norteamericanas» —billetes de veinte dólares—, no dinero rojo militar, que valía la mitad, sino auténticos dólares norteamericanos, y dijo:

—Esto es por acostarte con uno de ellos. Te daré otros veinte por el otro. Les dije que una chica limpia es cara. Incluso me han pagado por adelantado.

Yo no podía apartar los ojos de los billetes, grandes como coliflores. Con cien dólares norteamericanos podía alimentar a mi familia durante dos meses, incluso teniendo en cuenta los precios de Danang. Con doscientos dólares, bien administrados, podíamos vivir seis meses, lo que me permitiría ahorrar el dinero que ganara con la venta de mis mercancías para huir del país. No obstante, ello representaba vender mi cuerpo. Yo no sabía cuánto valía una mujer Phung Thi, pero seguramente más que esa cantidad.

—No hay trato, Big Mike. No *choi boi*. Le Ly no es esa clase de chica —dije, dándome media vuelta.

—¡Caray, eres dura de pelar! —exclamó Big Mike, conduciéndome hacia el cobertizo de los guardias—. Toma —dijo, sacando otro fajo de billetes del bolsillo—. Cuatrocientos dólares. Y ni uno más. Es cuanto me han dado.

Contemplé el dinero como un preso sediento contempla un vaso de agua. Con cuatrocientos dólares podía mantener a mi madre, a Hung y a mí misma durante más de un año, mientras me dedicaba a buscar un trabajo mejor y a ponerme en contacto con gente que me facilitara la huida. Y podía ganarlos sin gran esfuerzo y sin arriesgarme a ir a la cárcel o a morir en una emboscada. Tan sólo tenía que tumbarme y dejar que esos dos chicos norteamericanos se comportaran como hombres. ¿Qué podían hacerme que no me hubieran hecho ya? Quizás había llegado el momento de que unos hombres me compensaran por lo que otros me habían hecho...

—Decídete de una vez. No me hagas perder todo el día —dijo Big Mike—. Esos chicos regresan al mundo civilizado dentro de media hora. Toma el dinero para que puedan contar sus hazañas con una joven vietnamita. No me digas que eres tímida.

—Le Ly no es tímida —contesté, sin apartar los ojos del dinero—. Pero no soy una puta.

—De acuerdo. Hazlo por la paz. Hazlo para que mejoren las relaciones entre Estados Unidos y Vietnam —dijo Big Mike, entregándome el dinero. Corría un gran riesgo, pues yo podía haber atravesado la verja en unos segundos y perderme en la maraña de callejones y cuestas de los barrios míseros. Fue un gesto impulsivo de frustración y confianza que me convenció de que todo lo que me había dicho era cierto: que esos soldados estaban limpios, que se iban a casa, y que era todo el dinero que podía darme.

Me giré y observé a los dos marines. Uno tenía las manos apoyadas en las caderas, con la gorra echada hacia atrás, y sonreía como suele sonreír un padre al ver jugar a su hija. El otro, más bajo que su compañero, llevaba unas gafas con la montura negra y sostenía la gorra entre las manos. Tenía el aspecto apocado de un adolescente, como si me temiera más que la guerra a la que había entregado doce meses de su vida.

—Anda —me dijo Big Mike—. Ve con ellos y haz que regresen a casa con una sonrisa.

Sin pensarlo, guardé el dinero en el cubo que contenía mis mercancías. Los pocos pasos que me separaban de los soldados me parecieron eternos, y mientras me dirigía hacia ellos traté de olvidar todo cuanto me habían enseñado mis padres sobre el honor, el respeto de sí mismo, las enfermedades venéreas, el embarazo, las violaciones, hacer el amor por amor e incluso el riesgo de que me arrebataran el dinero en cuanto los soldados hubieran terminado. En tal caso, sería culpa de mi karma, del mismo modo que el karma, una intensa sensación de *hy sinh*, parecía obligarme a avanzar.

Me acerqué a los gigantescos soldados y alcé la cabeza para mirarlos a la cara.

—Confío en que seáis buenos chicos —dije con tono severo, como si les estuviera entrevistando para darles trabajo, una actitud muy poco sexy por tratarse de alguien que se hacía pasar por una prostituta.

El más alto sonrió pícaramente y contestó:

—Desde luego, señora. No encontrará mejores chicos que nosotros.

Luego me volví hacia el segundo, cuya gorra le temblaba entre las manos, y dije:

—De acuerdo. Primero el bajito.

El soldado más alto soltó una carcajada mientras yo conducía a su compañero por la muñeca hacia el único lugar privado que había en la zona: un búnker que utilizaba la policía militar cuando la base era atacada. En su interior, pese a unos pocos orificios de ventilación, el aire era casi irrespirable; pero al menos había un camastro con unas mantas y no tendría que mancillar a la Madre Tierra acostándome desnuda sobre ella mientras recibía la semilla de los invasores.

Me tumbé en el camastro y me bajé los pantalones hasta los tobillos. Durante unos instantes permanecí tendida, contemplando el techo metálico, con las piernas abiertas como una mujer encinta a punto de dar a luz. El soldado se acercó a mí y empezó a desabrocharse los pantalones. Al cabo de un minuto, lo miré extrañada.

—Lo siento, señorita —dijo—, pero tendrá que quitarse los pantalones por completo.

Me quité apresuradamente los pantalones y apoyó los pies en el borde del camastro. Con cuidado, como si temiera que la cama fuera a partirse bajo su peso, el soldado se echó sobre mí. En aquel momento sentí deseos de gritar. Al notar el peso de su cuerpo y su miembro penetrándome, unido a la falta de aire en el diminuto búnker, creí que me ahogaba. El camastro empezó a crujir rítmicamente, y el aliento del soldado sobre mi cuello era como unas paladas de tierra sobre mi rostro, sobre el cadáver de la hija de mi padre.

Al cabo de unos minutos, cuando hubo terminado, el soldado se levantó, con el rostro congestionado y empapado en sudor, y se subió los pantalones. Curiosamente, permanecí tendida, sin molestarme en ponerme los pantalones, en parte porque sabía que había otro «cliente» aguardando, y en parte porque no podía apartar la vista del rostro de ese joven, ese invasor norteamericano, esa bestia rosada que había venido con una hambrienta jauría a devorar a mi país; ese pobre chico que añoraba a su familia tanto como yo añoraba a la mía y que se alegraba de estar vivo y haber dejado su semilla en una última explosión no mortífera, un regalo a una joven vietnamita de aproximadamente su edad como recuerdo de que sus caminos se habían cruzado brevemente y les había cambiado para siempre.

—Gracias —dijo, sonriendo tímidamente mientras se metía los faldones de la camisa dentro de los pantalones. Luego se puso la gorra y se marchó.

Cuando salió oí unas voces masculinas, pero no comprendí lo que decían. Me quedé tumbada sobre el camastro durante unos minutos, con las rodillas levantadas, los brazos extendidos como si abrazara a un fantasma, como una máquina, un receptáculo, una caja fuerte que aguardaba el siguiente depósito. De pronto vi el rostro de Big Mike asomándose por la puerta.

—Está bien, guapa —dijo—, ya puedes largarte.

Asombrada, me levanté y me puse los pantalones. Cogí el cubo de mercancías y salí corriendo. Al salir, vi que ambos marines habían desaparecido.

—¿Qué le ha pasado al soldado alto? —pregunté.

—Has tenido suerte —respondió Big Mike, encendiendo un cigarrillo—. Acaban de partir en el autobús hacia el campo de aviación. Supongo que ese imbécil tenía más prisa por llegar a casa que por follar contigo.

—Pero me pagó dinero —dije, temiendo que me lo arrebatara.

—Quédatelo —dijo Big Mike—. Te lo has ganado. Ese tipo no volverá por aquí. Ahora eres dueña del coño más caro de Danang. Deberías hacerte profesional. Nos forraríamos.

—¡No, no! —contesté, hurgando en el cubo para asegurarme de que el dinero seguía allí—. No más *bum-bum*. Dejo el negocio de los souvenirs. Eres un buen tipo, Big Mike —añadí, guardando los billetes en el cinturón de mis pantalones y entregándole el cubo—. Toma, dales esos regalos a tus compañeros. Diles que Le Ly se ha marchado a casa.

Big Mike soltó una carcajada y se colocó uno de los brazaletes en la muñeca.

—De acuerdo, Le Ly. Eres una buena chica. Vete a casa. Pero me apuesto una botella de whisky a que la semana que viene volverás a aparecer por aquí. Papá-san se beberá el whisky a tu salud.

Luego me dio un pellizco en el trasero y se dirigió a su jeep. Me alejé apresuradamente antes de que alguien me arrebatara los cuatrocientos dólares que me había dado.

Cuando llegué a casa, tuve que enfrentar el problema de cómo explicarle a mi madre dónde había obtenido aquella fortuna. Contarle lo sucedido era impensable. Aparte de que me sentía avergonzada, el hecho de que su hija menor se hubiera vendido como prostituta la hubiera matado, o al menos hubiera matado el cariño que sentía por mí. El cariño, como el dinero, escaseaba demasiado para arriesgarse a perderlo.

Así pues, cambié un billete de cien dólares (una cantidad considerable) por *piasters* vietnamitas y dije a mi madre que había conseguido vender todas mis mercancías. Así como ella ocultaba el dinero en diversos lugares de la casa, mofándose de los crédulos y acaudalados norteamericanos, yo enterré el resto de los billetes en el jardín, confiando en que la fértil tierra hiciera que se multiplicaran y me permitieran irme con mi hijo a un lugar donde los vietnamitas y los norteamericanos pudieran mirarse sin odio frente a algo más civilizado que un rifle o el camastro de una puta.

Luego me di una ducha y empecé a contar los días que me faltaban para la regla, la cual, gracias a la providencia o la suerte o a dios, se presentó puntualmente. Al cabo de unos días, tras comprobar que no me habían salido pupas, llagas ni padecía ningún tipo de infección, di también gracias a dios por los pocos hombres honestos que aún existían. Para justificar las cantidades de dinero que le entregaba pese a que trabajaba menos horas, dije a mi madre que Lan había decidido pagarme por ayudarla en casa. Así, poco a poco, mi madre fue ocultando el resto del dinero en diversos escondrijos. A veces me parecía un juego estúpido, pero si ello me permitía gozar de una vida mejor sin perturbar la tranquilidad de mi madre, merecía la pena.

Cuando Lan se recuperó del parto y reanudó su trabajo en el bar, de nuevo empezó a llevar hombres a casa. Ahora, sin embargo, yo no era una ingenua y tímida adolescente, sino una mujer hecha y derecha. Hablaba inglés bastante bien, aunque lo comprendía mejor de lo que lo hablaba. Siempre he tenido facilidad para aprender idiomas y, cuanto más trataba con norteamericanos, más iba asimilando su mentalidad y sus costumbres. Por consiguiente, me entendía bien con muchos de los amigos de Lan, aunque sólo podía expresar una mínima parte de lo que pensaba. No sentía el menor deseo de trabajar de camarera en un bar, pero sabía que debía tratar de relacionarme con personas influyentes —incluyendo norteamericanas— para poder salir de Vietnam. Así pues, dije a Lan que estaba dispuesta a ayudarla a entretener a sus amigos militares y civiles. Al cabo de un tiempo, éstos empezaron a presentarme a otros amigos suyos, con los cuales salía frecuentemente. Aunque siempre me negaba a acostarme con ellos, el temor que me infundían los norteamericanos —especialmente los soldados vestidos con monos— se había desvanecido tras mi breve encuentro con el soldado en el búnker.

Puesto que me mostraba amable con ellos, hablaba inglés y siempre me comportaba como una señora, los amigos de Lan me respetaban. Al cabo de unos meses, uno de ellos me presentó a un simpático soldado norteamericano llamado Steve, que tenía ojos azules y una hermosa nariz. Era evidente que Steve estaba interesado en mí, y aunque dejé que me besara (lo cual no me supuso ningún sacrificio), le dije que sólo me acostaría con mi marido. Él aceptó esa imposición de buen grado, pero como no volví a verlo durante algunas semanas, supuse que había conocido a otra chica vietnamita dispuesta a acostarse con él. Un día, sin embargo, Steve se presentó inopinadamente y, en lugar de tratar de convencerme de nuevo de que me que me acostara con él, me ofreció un trabajo muy bien remunerado como ayudante de enfermera en el hospital Nha Thuong de Danang.

Al atardecer del 8 de abril de 1986.
El hotel Pacific, en Danang

Como mi madre quería regresar a Ky La antes de que anocheciera, nuestra reunión finalizó una hora después de que se hubiera marchado Bon. Aparte de haberme encontrado con mi madre inesperadamente, la alegría de verla a ella y a Bon había hecho que la reunión resultara más dulce que las golosinas que había rechazado mi hermano. Aunque mi viaje hubiera concluido en aquellos momentos, hubiera dado mi visita por bien empleada, aunque me disgustaba no haber visto a Ba y no tener más tiempo para estar con mi madre, para descubrir a mi padre a través e Bon Nghe y para contemplar mi futuro a través de los ojos del pasado de mi familia.

No obstante, mientras me cambio en la habitación del hotel y me pongo el *ao dai* azul que me trae suerte, no puedo evitar pensar que todavía me quedan algunas sorpresas por descubrir. En efecto, la primera se produce cuando suena el teléfono y Anh me comunica desde el vestíbulo que nuestros convidados han llegado.

Ayer, habría temido esta conferencia con unos «funcionarios del partido» (Anh los llama *can bo*) que Anh dijo que quería presentarme cuando llegáramos a Danang. Al principio, su deseo me extrañó. Si bien es cierto que Anh depende de los funcionarios y no puede hacer caso omiso de lo que piensan sobre sus actividades con visitantes extranjeros, por la forma en que me habló tuve la impresión de que la cena era algo más que un pretexto para comer bien a expensas del Gobierno. Quizás esos hombres sean amigos suyos y busquen la forma de sanar las heridas económicas de su país mientras comparten una cena. Por otro lado, acaso sólo sean unos burócratas recelosos a los que Anh desea tranquilizar presentándoles a la indeseable forastera. En cualquier caso, espero que Anh no pretenda de mí más de lo que puedo conseguir mediante mis poderes de persuasión.

Mientras me cambio, suena el teléfono. Anh me dice que nuestros convidados han llegado y que me esperan en el restaurante (también llamado Pacific) junto al hotel. Termino de maquillarme (el nuevo Vietnam desaprueba todo signo de vanidad personal —las mujeres decentes no se molestan en arreglarse el pelo ni en vestirse elegantemente antes de salir— pero es una costumbre a la que me cuesta renunciar), y bajo las escaleras.

El restaurante tiene aspecto limpio y está lleno de apetitosos aromas. Aunque sólo están ocupadas un par de mesas, los camareros se afanan de un lado para el otro, quizá porque saben que han venido unos funcionarios del partido y quieren producirles buena impresión. El establecimiento, con sus manteles blancos, botellas de soja, madera lacada y los muros decorados con objetos de madreperla, se parece a los múltiples restaurantes vietnamitas que existen en el mundo.

Anh me hace una señal y me dirijo a la mesa. Los tres hombres se ponen de pie, abandonando por unos instantes sus cervezas. Los dos funcionarios tienen aproximadamente la edad de Anh y están muy bien vestidos. Tienen un aspecto saludable, no sólo debido a la placentera vida que suelen llevar los funcionarios, sino a una vida entera dedicada al trabajo en los campos, lo cual se revela en su erguida postura, su mirada franca y su cálido apretón de manos.

Anh me presenta al primero, que se llama Long, y deduzco que es el de mayor rango. Long es un hombre alto y da la impresión de haber tenido una vida dura, lo cual, tratándose de un vietnamita de su edad, significa haber combatido en el frente durante la guerra. Su compañero, llamado Xa, es algo más bajo, pero tiene un «esqueleto de guerrero», como mi padre, aunque está muy delgado. Su rostro también denota que ha sufrido lo suyo, aunque tiene más aspecto de un afectuoso tío que de un militar. Aunque ninguno de ellos puntualiza a qué se dedica, su talante sugiere que han trabajado en una fábrica o tal vez en un taller de maquinaria, y, dado el negocio al que se dedica Anh, deduzco que actualmente están empleados en el Ministerio de Industria.

En cuanto nos sentamos, sin embargo, ambos se ponen en guardia. Xa, sentado frente a mí, deja de sonreír y cruza las manos como un juez. Long, que está sentado a mi lado, aparta su vaso de cerveza, como para no tener la tentación de beber demasiado durante el «interrogatorio». Enciende un cigarrillo y durante unos minutos permanecemos en silencio, hasta que aparece el camarero.

—Bienvenida al restaurante Pacific, señorita —dice, inclinándose cortésmente—. ¿Desea beber algo?

—Tráigame un refresco de naranja —contesto sonriendo.

El «juez» Xa me mira sorprendido.

—¿Sólo le apetece un refresco? —me pregunta—. Todos los norteamericanos que conozco prefieren el whisky.

—¿De veras? —respondo amablemente—. La mayoría de mis amigos norteamericanos no prueban el alcohol, salvo alguna cerveza o un poco de vino. Tampoco fumo...

El señor Long se apresura a apagar su cigarrillo, que, como observo, está fabricado en Occidente. Me pregunto si ello significa que es partidario de una reconciliación o que simplemente le gustan los artículos de calidad. En cualquier caso, me propongo averiguarlo más tarde.

—Pero no me importa que fume —le digo—, de modo que no deje de hacerlo por mi culpa.

—¡Caramba —exclama Xa, adoptando un aire más relajado—, una *Vietkieu* que ha vivido durante muchos años en Estados Unidos y no fuma mi bebe y se comporta como una señora! Esto es una novedad. No se parece usted a los norteamericanos que conozco.

—Bueno, algunas flores crecen en el barro y no por ello se ensucian —contesto sonriendo—. No olvide que yo también soy vietnamita, y profeso la religión budista. Mi padre me enseñó a vivir en el mundo, pero a no dejar que éste me devorara. De todos modos, existen tantos tipos de norteamericanos como de vietnamitas. Tal vez más, puesto que los norteamericanos no tienen inconveniente en abrir sus fronteras a los extranjeros.

—Incluyendo a muchos vietnamitas —dice Xa, observándome fijamente—. ¿Vive usted en el gueto vietnamita, señorita Ly?

—No. Vivo en un suburbio de clase media en las afueras de San Diego, en una bonita casa de cuatro habitaciones. Si algunos vietnamitas viven juntos, es porque quieren. Nadie les obliga. Por otra parte, no existen guetos ni campos administrados por el Gobierno, al menos que yo sepa. Por supuesto, no me entretengo en escuchar las quejas y lamentaciones de la gente. Sólo me interesan mis propias opiniones, y no tengo ningún inconveniente en exponerlas.

Es evidente que al señor Xa le preocupan los ex republicanos que residen en Estados Unidos, sobre todo los que piensan en una infiltración, una invasión o una contrarrevolución. Al parecer, desea que yo le informe, pero me temo que en ese aspecto voy a defraudarle.

El señor Long enciende otro cigarrillo, pero se gira educadamente para expulsar el humo.

—Basándose en su experiencia, ¿qué cree que piensan sus amigos vietnamitas que viven en Estados Unidos sobre nuestra república socialista?

—En su mayoría todavía se sienten dolidos e indignados —respondo francamente—. *Ho jong chap nhan che do cong san*, no pueden aceptar que su país esté bajo un régimen comunista. No todos los que sirvieron en el Ejército o el Gobierno o trabajaban para los norteamericanos eran corruptos. Muchos eran y siguen siendo unos patriotas intachables que siempre amarán a su país. La mayoría tiene parientes en Vietnam y se preocupa por ellos. En 1975, como sin duda recordará, incluso las personas honradas lo perdieron todo. Debido a ello, no sonríen con frecuencia. Es muy duro para ellos empezar una nueva vida y adaptarse a las costumbres norteamericanas. Aunque ha pasado mucho tiempo, todavía se refieren a la liberación, a lo que ustedes denominan *chao mung*, como *mat nuoc* (el día en que perdimos nuestro país), un día de luto y resentimiento. Así es como se comportan muchos de ellos, como niños que aún lloran la muerte de sus padres.

—Por supuesto —dice Xa—, comprendemos que se sientan amargados. La amargura es consecuencia de la derrota. Pero, al darse cuenta de lo inevitable, podían haber cambiado de bando o bien tratado de negociar la paz.

—Es posible —contesto—, pero el temor y la lealtad impidieron a muchos actuar hasta el último minuto. Además, muchas de las personas que conozco no quieren abrir de nuevo las viejas heridas. Los *Vietkieu* que residen en Estados Unidos —al menos, buena parte de ellos— han conseguido salir adelante. Han aprendido las costumbres norteamericanas y se ganan la vida sin caer en la corrupción ni el delito ni perjudicar a los demás. Tan sólo desean que sus compatriotas consigan salir también adelante en Vietnam. Por lo que he visto aquí, el Gobierno vietnamita teme conceder al pueblo esa oportunidad.

Noto que las mejillas me arden y miro a Anh para disculparme en silencio por haber soltado ese discurso propagandístico. Pero Anh me mira sonriendo. Curiosamente, Xa y Long también sonríen.

—Lo lamento —digo—. No he debido soltar ese discurso. Me he excedido. Les pido disculpas.

—Al contrario —responde Xa—, estamos encantados de oír su opinión. Por eso hemos venido.

El camarero regresa con varios platos típicamente vietnamitas: langostinos, arroz, *xao*, *mi quang* y, por supuesto, cangrejos y langosta. Quienquiera que haya encargado la cena no ha reparado en gastos y me siento impresionada, aunque al mismo tiempo un poco nerviosa. Este fastuoso banquete me hace sospechar que se trata del equivalente vietnamita a un almuerzo de negocios, ¿pero con qué fin?

—Por favor... —continué—, he hablado demasiado. Me gustaría conocer sus opiniones sobre Estados Unidos y cómo contemplan las futuras relaciones entre ambos países.

Xa responde en primer lugar:

—Coincido con usted en una cosa, señorita Ly. Buena parte de lo que nuestros dos pueblos conocen uno del otro procede de la guerra, lo cual es muy triste. Me disgustaría que los norteamericanos pensaran que nuestro país está lleno de policías secretos, campos de exterminio y campesinos muertos de hambre.

—Efectivamente, eso es lo que cree la mayoría de norteamericanos y *Vietkieu* —contesto, mirándole a los ojos—. Es difícil dudar de esas terribles historias cuando uno ve el temor que siente la gente hacia el Gobierno.

Xa parece más dolido que enojado por mi respuesta.

—Lamento que diga eso. Por supuesto, han habido excesos en nuestros esfuerzos de reconstrucción, pero le aseguro que nuestra política no se basa en el exceso. Hemos cometido errores y lo lamentamos sinceramente. Pero debe tener presente, señorita Ly, que nuestro Gobierno se formó durante una época terrible, durante la guerra...

—Lo sé. Mi familia luchó en favor de Tío Ho. Ahora he regresado y he visto lo que los comunistas han hecho con su victoria, y no estoy segura por qué causa luchaban. Los estandartes que he visto en la calles dicen «Victoria y libertad», pero no he observado esas cosas en el rostro de la gente y ni lo he oído en sus voces.

—Comprendo sus sentimientos, señorita Ly —dice Xa, sin inmutarse—, pero trate de ver las cosas a través de sus ojos de vietnamita. Para nosotros, fue una guerra para defender nuestra supervivencia. A diferencia de los norteamericanos, no podíamos simplemente declarar la victoria y marcharnos a casa. Piense en esos hombres que tuvieron que aprender a gobernar durante los veinte años que duró la guerra, una terrible guerra civil, aparte de una guerra contra los invasores, y de pronto se encuentran a cargo de un país que ha alcanzado la paz pero todavía conserva viejos recuerdos de odio y sospechas, ¿cómo cree que reaccionarán?

—No lo sé...

—Yo se lo diré. Algunos tratarán de dirigir las cosas como hacían antes de la guerra, porque ésa es la idea que tienen de la paz; otros tratarán de dirigir las cosas como si la guerra todavía continuara. Ven enemigos en todas partes y no se atreven a correr ningún riesgo por temor a perder lo que han alcanzado. Por supuesto, eso tampoco funciona. Poco a poco, hemos comprobado que es preciso plantearnos las cosas de otra forma para hacer que el socialismo funcione en Vietnam. No olvide que nos enfrentamos a unos problemas tremendos después de la liberación. Tuvimos que restaurar los bosques y los cultivos que habían quedado destruidos y detectar y desactivar las bombas y minas que yacían en el suelo. ¿Sabe usted que una décima parte de las bombas utilizadas en la guerra no explotaron por contacto? Buena parte de ellas todavía siguen allí. Además, tuvimos que atender a las víctimas de ambos bandos, aparte de las víctimas civiles. Tuvimos que buscar tierras y viviendas y trabajo para una legión de refugiados. Lo sorprendente no es que cometiéramos errores, sino que no cometiéramos más. Mucha gente quería prolongar la guerra, vengarse incluso después de que se fueran los norteamericanos. Pero ése no era nuestro objetivo. Nuestro objetivo era convertir a Vietnam en una nación soberana y hacer que fuera mejor que antes. Lo primero ya lo hemos conseguido. Nuestra tarea ahora consiste en alcanzar lo segundo. Para ello, necesitamos la ayuda de cada vietnamita, esté donde esté. Y también la ayuda de los norteamericanos.

Miro fijamente a Xa. Esto es nuevo. Esto era algo que ni siquiera he oído comentar a los *Vietkieu*.

—Verá, señorita Ly —dice Long, retomando el hilo del discurso de su compañero—, nuestra tarea consiste ahora en garantizar la seguridad de nuestra nación y reconstruir nuestra sociedad para que sea mejor de lo que era bajo los norteamericanos y los franceses. La guerra y el odio no son la solución. Nuestra acción en Campuchea —que ustedes llaman Camboya— es estrictamente defensiva y necesaria para defender nuestras fronteras meridionales. Finalizará en 1990. Nuestras escaramuzas con China también cesarán. Los pueblos socialistas deben marchar juntos, hombro con hombro, no enfrentados entre sí como los reyes feudales. A la larga, esas cosas sólo sirven para poner en peligro nuestra independencia.

—No pretendo ser grosera —contesto—, pero algunos *Vietkieu* —y muchos norteamericanos— afirman que ustedes han vendido el país a los rusos. Hay una canción —como saben, el Vietcong nos enseñaba unas canciones que solíamos cantar cuando teníamos problemas— que dice así:

Sentado en el portal,
bajo la fresca brisa,
busco a mi familia
en una casa triste y vacía.
Lloro por mi padre,
odio al Vietcong
que trajo al elefante a casa
para que pisotee nuestras tumbas.
Nos habéis arrebatado nuestro país
y se lo habéis vendido a los soviéticos.

»Las personas que cantan esta canción se preguntan si lucharon tantos años y tan denodadamente contra los franceses y los norteamericanos para que luego los rusos se queden con todo.

Curiosamente, en lugar de sentirse ofendidos por mi observación, Xa y Long —e incluso Anh— sonríen más ampliamente.

—Dígame, señorita Ly —dice Xa—, ¿cuántos rusos ha visto desde que ha llegado aquí?

—No lo sé —respondo, tratando de recordar—. Quizás un par en el avión en el que fui a Saigón, quiero decir Ciudad Ho Chi Minh.

Los funcionarios se echan a reír.

—No se preocupe —dice Xa—. Yo también me equivoco de nombre, como todo el mundo. Tenemos cosas más importantes que hacer que castigar a la gente por negarse a renunciar a sus viejas costumbres.

Ésta es una actitud muy distinta de la que me dijo Per que debía esperar de los funcionarios comunistas. Quizá Per también ocultaba unos absurdos temores en su maleta.

—Pero volviendo a su pregunta sobre los rusos —continúa Xa—, lo cierto es que están presentes porque fueron la única nación que nos apoyó durante la guerra y sigue ayudándonos a reconstruir el país. Estamos convencidos de que cuando el presidente Nixon visitó Pekín, prometió al presidente Mao que si China ayudaba a Estados Unidos a retirarse de la guerra, Estados Unidos no se opondrían a ellos si invadían Vietnam para instalar un gobierno títere. Naturalmente, tuvimos que recurrir a los rivales de China, a los rusos, para proteger nuestra independencia. No obstante, los soviéticos saben perfectamente que Vietnam no es el perrito faldero de nadie. Nuestra gran tarea común es la de crear una vida mejor para nuestros pueblos.

—Además —añade Long—, nadie escucha música rusa por la radio ni compra ropa rusa en los mercadillos. Cuando la gente piensa en una vida mejor, piensa en Norteamérica, Japón y Europa, no en la Unión Soviética. Deseamos mantener relaciones comerciales y diplomáticas con muchas naciones, lo mismo que los rusos. ¿No es eso lo que deben hacer los estados independientes?

—Por supuesto —contesto—, pero los países que aman la independencia deben respetar la independencia de los otros, ¿no es cierto? Ustedes lucharon contra Norteamérica porque invadió nuestro país; sin embargo, han invadido Camboya porque, según afirman, es necesario para su seguridad. ¿No es justamente eso lo que les dijeron los norteamericanos?

—Pero señorita Ly —protesta Xa—, Vietnam no representaba una amenaza para la soberanía norteamericana. Si Canadá hubiera amenazado las fronteras de Estados Unidos, ¿acaso los norteamericanos no se hubieran sentido justificados en invadirlo para defender su nación? ¿No es eso lo que hicieron con México, su vecino del sur, no en una, sino en dos ocasiones a lo largo de su historia?

Xa saca una pluma y dibuja un mapa de Indochina en el mantel.

—Mire... el Jemer Rojo, el agresivo Gobierno que se ha instalado en Campuchea, está apoyado por China. Si consigue hacerse lo suficientemente fuerte, tendríamos dos fuerzas hostiles en dos de nuestros tres costados, el tercero de los cuales, que da al mar, está controlado por el aliado de China, la Marina estadounidense. Como verá, sería sencillísimo para nuestro enemigo chino dividir de nuevo a nuestro país, apoderándose del norte mientras defendemos el sur, o dejando que el Jemer invada el sur mientras luchamos contra China en el norte. Y si somos derrotados, no habrá ningún «programa de salida ordenado» ni refugiados que huyan en barcos. Se produciría una matanza que no tendría comparación ni con el holocausto nazi ni con las masacres perpetradas por los jemeres.

Xa guarda la pluma en el bolsillo y sacude la cabeza con tristeza.

—No, señorita Ly, nuestra tarea en Campuchea no nos complace. Nadie anhela la paz como nuestros soldados; nuestros ejércitos han permanecido en el campo de batalla desde 1946. Pero nuestra paz debe ser la paz de una nación fuerte e independiente, no la paz de un campo de esclavos o un cementerio.

Mis anfitriones siguen hablando sobre la gran necesidad que tiene Vietnam de sentirse seguro. Cuando terminan, aparto el plato y digo:

—Cuando se sientan lo suficientemente seguros para abrirse al mundo exterior, ¿qué es lo primero que solicitarán?

Long se ríe y contesta:

—La lista es muy larga, y casi hemos terminado de cenar. Nuestros primeros objetivos son humanitarios. Hay muchas personas ancianas o enfermas y falta personal sanitario y hospitales para atenderlos. Asimismo, tenemos muchos huérfanos y niños que nacieron aquejados de diversas enfermedades causadas por la guerra, defectos de nacimiento producidos por el Agente Naranja y niños que padecen enfermedades venéreas y drogodependencia transmitidas por sus madres. Necesitamos suficientes miembros artificiales como para equipar a un ejército. También necesitamos alimentos y ropa y piezas de maquinaria para nuestros camiones y fábricas para que nuestra economía sea autosuficiente. Pero sobre todo, necesitamos que nos acepten de nuevo en la comunidad de naciones, contar con socios comerciales y turistas que nos proporcionen las divisas que necesitamos para adquirir las cosas que no podemos fabricar nosotros mismos. Ello significa que todos los países del mundo deben comprender que la guerra de Vietnam ha terminado definitivamente.

—No puedo pronunciarme en nombre de todo el mundo —digo—, pero sí sé lo que piensan algunos norteamericanos. Muchos soldados y sus familias, así como algunos políticos, afirman que la guerra no habrá terminado hasta que se sepa qué fue de los norteamericanos desaparecidos durante la guerra. Creen que su Gobierno los tiene presos, o que se niega a facilitar información sobre ellos, como presión para obtener la ayuda que Estados Unidos les prometió en virtud del tratado de paz. Yo no entiendo de esas cosas, pero comprendo sus sentimientos. Mi propia familia no sabe lo que ha sido de mi hermano, Sau Ban.

Xa suspira y se reclina en la silla.

—No puedo asegurarle lo que sucedió en el pasado; sólo puedo explicarle cómo están las cosas actualmente. Si el Gobierno pudiera dar con el paradero de todos los soldados norteamericanos desaparecidos, o sus placas de identificación, documentos de entierro o sus restos, y colocarlos en los escalones de la Casa Blanca mañana, lo haría. El problema es que no puede hacer nada. Cuando el Gobierno agotó los canales oficiales de investigación, recurrió a las personas. Les prometimos una recompensa por los uniformes, las tarjetas de identidad, las fotografías, los esqueletos o lo que fuera que nos entregaran para poder satisfacer a los norteamericanos. ¿Sabe qué conseguimos? Huesos de perros y viejas insignias y fotografías de soldados norteamericanos que habían mantenido relaciones con chicas vietnamitas y habían regresado a Estados Unidos, amén de un montón de historias fantásticas.

»En mi opinión —prosigue Xa—, muchos norteamericanos desaparecidos jamás serán hallados. Lamentablemente, algunos vietnamitas, cuyo odio hacia los norteamericanos es superior al odio que los norteamericanos sienten hacia ellos, preferirían morir antes que revelar lo que saben. Quieren seguir castigando a Estados Unidos, y eso es justamente lo que están haciendo. Hasta que las personas que más han sufrido a causa de la guerra en ambos países no consigan olvidar su dolor, la guerra continuará. Sin duda, sería preferible que las autoridades de ambos países trataran de consolar a esos desgraciados diciéndoles la verdad: la guerra ha terminado, deja de sufrir y disfruta lo que te queda de vida. Tu hijo, marido o hermano no ha desaparecido en el vacío. Su espíritu permanece vivo, para construir un puente entre nuestros pueblos. Lo que la guerra te ha arrebatado, sólo puede restituirlo la paz. Tu hijo, marido o hermano luchó para defender tu felicidad. No permitas que su sacrificio sea en vano.

Mientras tomamos el postre, Xa y Long me llenan la cabeza de estadísticas. En Vietnam, sólo una persona de cada diez tiene un trabajo que le permite vivir. Algunos están enfermos, incapacitados o son demasiado viejos; otros son incapaces de trabajar debido a su falta de aptitudes o formación. Otros no pueden trabajar debido a la escasez de materias primas tales como piezas de recambio, instrumentos, instalaciones y material. Long me habla también sobre los vietnamitas que han sido declarados oficialmente «incapaces» de trabajar debido a los errores ideológicos que cometieron en el pasado, ya sea porque habían ocupado destacados cargos en el Ejército republicano o en el Gobierno, o bien se lucraban sirviendo a los norteamericanos. Desde la óptica de mi anfitrión, sería imperdonable proporcionar trabajo a esas personas mientras «ciudadanos honrados» —el Vietcong, los veteranos del Ejército norvietnamita, sus partidarios y familiares— aún no han encontrado trabajo. Lamentablemente, debido a sus vínculos con Occidente, buena parte del personal sanitario, técnicos y empresarios —las personas que contribuyeron a que la vieja república funcionara como una sociedad moderna— huyeron del país o acabaron en los campos de reeducación. Pero mis anfitriones no ven esa paradoja. Tal como dijo Xa, es difícil erradicar los viejos prejuicios, y el pueblo paga las consecuencias.

A las ocho, Anh y yo nos despedimos. Prometo a Xa y a Long lo único que puedo prometerles: que relataré a mis amigos norteamericanos lo que he visto y oído en Vietnam y les pediré que ellos mismos investiguen los hechos para comprobar que no miento, para comprobar que tengo razón, para poner fin a la guerra que todavía arde en su corazón.

Por su parte, Xa y Long me dan las gracias por haberles expuesto francamente mi opinión sobre su país, por haberles relatado mis experiencias en Norteamérica y por estar dispuesta a dejar a un lado el odio y la venganza. Todo ello, según dicen, constará en el informe que deben presentar a sus superiores después de entrevistarse con un extranjero. Luego se montan en unas flamantes motocicletas (un signo de su estatus, según me dice Anh) y desaparecen envueltos en una nube de humo azul.

Como hace una noche espléndida y me siento pletórica de energía, le digo a Anh que me gustaría caminar un poco antes de regresar al hotel.

—Te propongo que demos el paseo en mi motocicleta —responde sonriendo.

Me monto en la Honda de Anh y nos dirigimos hacia el puerto de Son Han. Al cabo de unos minutos, Anh aparca la moto en la calle Bach Den, en una zona conocida como el malecón del Elefante Blanco. Durante la guerra, era un bonito barrio, bordeado de árboles, donde los soldados norteamericanos y los marinos mercantes solían ir de pícnic con familias vietnamitas de clase media que trabajaban en la ciudad. En la calle situada detrás había unos elegantes edificios: un club para militares norteamericanos, varias sucursales bancarias y joyerías. Ahora, el club de oficiales ha sido sustituido por un museo de guerra y una *cong ty du lich*, una destartalada oficina para atender a los visitantes extranjeros. A nuestro alrededor, por la acera y por la cuesta cubierta de hierba que desciende hacia el río, vemos a unas jóvenes parejas paseando y contemplando las estrellas. Es uno de los pocos lugares aceptables a los que pueden acudir sin llevar tras de sí un montón de inoportunas carabinas.

Anh paga a un guardia para que vigile la moto durante una hora y nos sentamos en un banco de piedra. El aire es fresco y las luces de la ciudad se reflejan sobre el río. Me quito los zapatos y hundo los pies en la húmeda hierba; más que un diplomático internacional, parezco una campesina. Anh sonríe y observa la luna.

—Apenas has desplegado los labios esta noche —le digo sonriendo—. Espero no haber metido la pata.

—Al contrario —contesta, echándose a reír—, he disfrutado mucho Eres una persona muy singular. Para empezar, no eres rencorosa. Tampoco eres una funcionaria, de modo que Xa y Long se sentían relajados en tu presencia. Eres una de nosotros; sin embargo eres norteamericana. Además, es la primera vez que te he visto exponer tus opiniones y escuchar las de los otros. Fue por eso que organicé la entrevista. Xa y Long desean ayudar a nuestro pueblo. No quieren que su sacrificio sea en vano. Por eso quise que te conocieran.

—¿Por qué? Sólo soy una turista, y para colmo una turista capitalista. ¿Qué puedo hacer por ellos? ¿Qué puedo hacer por Vietnam? Además, ya tienes suficientes problemas.

—No estoy seguro —responde Anh poniéndose serio, como si estuviera hablando de negocios en una de sus fábricas—. Empiezo a verte a una luz distinta de los primeros días que pasamos en Saigón. Antes, eras efectivamente una turista, un querido fantasma de mi pasado al que había hecho mucho daño. Ahora, después de verte con el *Ban Vietkieu*, con tu familia y con esos funcionarios, he cambiado de opinión. Tienes la habilidad de hacer que la gente se olvide durante unos momentos de su dolor y busque en su corazón las cosas que son realmente importantes.

—Me alegra oírte decir eso. Sólo deseo que mi familia sea feliz. Pero ¿qué tiene eso que ver con el señor Xa y el señor Long?

Anh se encoge de hombros y contesta:

—Puede que nada. Los tres queréis mejorar las cosas, pero el sistema os lo impide. Las personas que marcan la política y toman decisiones en realidad sólo saben seguir órdenes, no se atreven a correr riesgos para mejorar las cosas. Puesto que todos tememos decir «sí», nos hemos acostumbrado a decir «no». Es por ese motivo que Xa y Long son tan importantes. Están dispuestos a arriesgarse, a poner en práctica nuevas ideas. Afortunadamente, cada año hay más personas como ellos que ocupan cargos de responsabilidad. En diciembre se celebrará el sexto congreso del partido. Creo que presenciaremos algunos cambios, o al menos el comienzo de un cambio hacia un mayor contacto con Occidente y un mayor debate público sobre nuestros problemas. Lo cierto es que esa gente necesita aliados, en Saigón, en Danang, en Hanoi, en las aldeas y en Estados Unidos.

—Pero yo no soy un político ni un banquero. Sólo soy lo que he sido siempre: una persona que trata de sobrevivir. Estaba dispuesta a hablar con Xa y con Long sobre nuestros respectivos países, sí, pero como hermanos. No quiero que alguien llame a la puerta de mi habitación a las dos de la mañana y me ordene asistir a una reunión. No sé nada sobre esos hombres. En realidad, ¿qué es lo que sabes tú, Anh Hai, sobre ellos? Quizá sean unos policías secretos. Quizá pertenezcan a la CIA. ¿Cómo puedes estar seguro de ellos?

Anh sonríe de nuevo y me da una palmadita en el hombro.

—¡Bay Ly, Bay Ly! No cabe duda de que sigues siendo de los nuestros. Está bien, así debe ser. No cambies nunca. No olvides lo que se siente al oír que llaman inesperadamente a tu puerta ni de preocuparte por lo que puedan comentar los vecinos. Recuerda siempre que todo riesgo implica sufrimiento. Vietnam necesita muchas cosas, dinero, maquinaria, medicinas, técnicos, etc. Estoy convencido de que lo conseguiremos, pero sólo cuando algunas personas a ambos lados del océano estén dispuestas a correr ciertos riesgos, incluyendo el más importante.

Tengo la sensación de que mi querido Anh está a punto de proponerme algo grande y espectacular, pero no soy más que una campesina de Ky La. Regento un pequeño restaurante en el sur de California. No soy una contrabandista ni una agitadora ni un político ni nada por el estilo. Casi temo preguntarle a qué se refiere.

—No comprendo a qué te refieres —digo.

Anh se ríe de nuevo, se levanta y se sacude la parte posterior de los pantalones. Luego me ofrece la mano y me pongo de pie.

—Es muy sencillo —contesta—. Me refiero a aprender a superar el dolor causado por la guerra, a confiar en los demás cuando tenemos miedo, a respetar el pasado pero al mismo tiempo a olvidarnos de él. ¿No es eso lo que has venido a aprender en Vietnam, Bay Ly? Quizá seas tú quien debe enseñarnos esas cosas.

11

CASI EN EL PARAÍSO

El día en que empecé a trabajar en el hospital de Danang me pareció hallarme en el paraíso. Me presenté ante mi superiora, una amable enfermera vietnamita, quien, a lo largo de la jornada, me presentó al resto del personal. A diferencia de la gentuza con la que había tratado en el mercado negro, eran unas personas educadas, que habían consagrado su vida a ayudar a los demás, no a explotarlos. A diferencia de los patrones para los que había trabajado como ama de llaves, eran amables y comprensivos. Además, me pagaban un buen sueldo. Aunque algunos de los pacientes que acudían estaban muy malheridos —civiles que habían pisado una mina o había quedado atrapados en un fuego cruzado entre las tropas—, gracias a la limpieza del hospital, los calmantes, las medicinas y los médicos, la mayoría de ellos conseguía salvarse. No ocurría lo mismo con los desventurados soldados que resultaban heridos en el campo de batalla y eran atendidos por enfermeros que carecían de esas herramientas básicas. Aparte de que ese trabajo me permitía ganarme la vida honradamente y mantener a mi madre y a mi hijo, me satisfacía poder ayudar de algún modo a los demás.

Al cabo de unos días, sin embargo, uno de los administradores del hospital, un obeso sargento vietnamita de unos cincuenta años, me dio a entender que le gustaba. Al principio solía pasar muchos ratos en la zona donde yo trabajaba, bebiendo café y observándome mientras charlaba con las enfermeras. Más adelante, siempre encontraba algún pretexto para hablar conmigo, ordenándome que fuera a su despacho a recoger unos papeles. Cuando me los entregaba, si no había nadie presente, procuraba tocarme las manos o el cuerpo. También tenía la costumbre de contarme detalles íntimos sobre su vida amorosa y chistes verdes para ver cómo reaccionaba. Al fin, en lugar de dejarme atender a los pacientes, que era lo que me gustaba, cada vez me obligaba a pasar más tiempo con él, aprovechando la menor ocasión para acariciarme o darme algún pellizco. No obstante, aunque no era la primera vez que me encontraba en semejante situación, el temor a que me echaran me impedía quejarme a mis superiores.

Por fortuna, un técnico sanitario de la Marina norteamericana, pelirrojo y lleno de pecas, llamado Greg (aunque todos lo llamaban «Red»), con el cual solía charlar durante las pausas en el trabajo, se dio cuenta de la situación. De vez en cuando entraba en el despacho del sargento para entregarle el historial de un paciente y, al verme, siempre me sonreía. En cierta ocasión, me invitó a tomar un café y me preguntó qué tal se portaba conmigo el «sargento pulpo».

Al principio no estaba segura de a qué se refería y respondí:

—Es muy amable conmigo.

—¿Todavía no ha intentado hacerte una exploración ginecológica?

—No comprendo...

Red se echó a reír y contestó:

—No te preocupes. No eres la primera chica a la que persigue. Tiene muy mala fama entre las enfermeras. Le gustan las mujeres jóvenes, especialmente las campesinas ignorantes. Si te crea problemas, comunícamelo y haré que te trasladen a otro departamento.

«Esto es el paraíso —pensé—. Unas personas que ni siquiera te conocen tratan de resolverte los problemas antes de que se lo pidas.»

Le expliqué la situación y, a la mañana siguiente, el «sargento pulpo» me informó secamente que me habían trasladado al laboratorio de radiología. Curiosamente, era el departamento en el que trabajaba Red.

Aunque la tarea de ayudar a los técnicos encargados de los rayos X y de recogerlo todo después de haber atendido a un paciente no me gustaba tanto como trabajar con las enfermeras, al menos nadie me molestó. El primer día, cuando terminé de trabajar, Red se ofreció acompañarme a casa.

Aunque Red había sido muy amable conmigo, no me atraía. Parecía un chico solitario y, debido a sus numerosas pecas y a sus dientes salidos que le daban aspecto de conejo, los marineros siempre se mofaban de él. Además, tenía otros motivos para rechazar su ofrecimiento. Vivía en un destartalado edificio situado en una mísera zona de la ciudad, y estaba convencida de que ningún norteamericano (ni un vietnamita bien educado) se interesaría en mí cuando viera dónde residía. La zona estaba plagada de prostitutas, y si nuestros vecinos me veían acompañada de un forastero —para colmo norteamericano—, empezarían a murmurar y mi madre se sentiría avergonzada.

No obstante, estaba en deuda con Red y no quería herir sus sentimientos ni poner en peligro mi nuevo trabajo, de modo que acabé aceptando su invitación.

Aguardé unos treinta minutos frente a la clínica, hasta que apareció Red montado en un jeep norteamericano. Más tarde me enteré de que vivía junto al hospital y que había pedido prestado el jeep para «nuestra cita». Me llevó a casa, que estaba cerca. Cuando me disponía a apearme, me cogió la mano y dijo:

—Me gustas mucho, Le Ly. Eres distinta de las otras chicas. Quisiera volver a verte, después del trabajo. ¿Quieres que salgamos mañana por la noche?

—Lo lamento —respondí en mi deficiente inglés, retirando la mano suavemente—. Tengo un hijo pequeño y mi madre vive con nosotros.

—Pero... pensé que podríamos divertirnos.

—Quizás otro día, ¿de acuerdo? Eres un buen chico, Red. Me gustas. Hasta mañana.

Red me miró compungido, pero al final sonrió. Luego agitó la mano y puso el motor en marcha.

—De acuerdo —dijo—, saldremos otro día. ¡Es una promesa!

Durante los siguientes días, en contra de lo que había supuesto, Red siguió comportándose como un caballero. Hasta ese momento, los hombres que había conocido habían utilizado siempre su poder para conseguir lo que querían, pero Red, entre otras muchas virtudes, era paciente y considerado, y empecé a sentirme atraída por él. Aunque solía invitarme a tomar café y almorzábamos juntos varias veces a la semana, no volvió a referirse a nuestra futura cita. Hablamos sobre todo tipo de cosas, sobre mi vida en el campo (aunque nunca mencioné al Vietcong) y su vida en Estados Unidos. Poco a poco, a medida que mi inglés mejoraba, comencé a sentir admiración por Norteamérica y por los hombres norteamericanos. Un día me propuso acompañarme a casa y acepté. Al despedirse, me cogió la mano y no me resistí. Luego me besó suavemente en los labios, lo cual, a pesar de las nefastas experiencias que había padecido, no sólo no me molestó, sino que sentí que me estremecía.

—¿Estás dispuesta a cumplir tu promesa? —me preguntó Red sonriendo.

—¿Qué promesa? —contesté, temiendo que se tratara de una broma o de una propuesta que no podía aceptar.

—Me refiero a nuestra cita. ¿Te apetece que vayamos a cenar o al cine? ¿O a tomarnos unas cervezas para charlar un rato?

—¡De acuerdo! —exclamé aliviada. Me apeé del jeep y me despedí de él sonriendo.

—Muy bien, saldremos la semana que viene —dijo Red antes de marcharse.

Cuando entré en casa mi madre me miró fríamente y preguntó:

—¿Quién era ése?

El pequeño Hung —que en realidad ya estaba bastante crecido— estaba sentado en sus rodillas comiéndose una torta de arroz.

—Se llama Red. Es un compañero del hospital. Se ofreció acompañarme a casa y acepté. De ese modo me he ahorrado coger el autobús. Es un chico muy amable.

—¡Es un norteamericano! —me espetó mi madre.

—Mamá *Du*, trabajo con norteamericanos. Lo mismo que Lan...

—Lan es una mujer madura. Tú eres todavía muy joven.

—Ya no soy una niña, mamá *Du*. Tengo un hijo y hace un año y medio que os mantengo a él y a ti.

Entré en la cocina a comer algo. De pronto pensé que acababa de tratar a mi madre del mismo modo que según mi padre lo habían tratado sus hijas poco antes de morir. Regresé junto a ella, que tenía los ojos llenos de lágrimas, y la abracé.

—Lo siento, mamá *Du*. Te pido disculpas. No tenía derecho de hablarte de esa forma tan brusca. Tienes razón, es la influencia de los norteamericanos. Pero no voy a convertirme en una occidental. Mis ojos no se han vuelto redondos.

—¡Bum! —gritó súbitamente el pequeño Hung, riendo y apuntándome con el dedo—. Ratatatatá.

Al día siguiente me sentí como si flotara en una nube. Mi hermana Lan sólo trataba con soldados norteamericanos sucios, libertinos y peligrosos, mientras que yo había tenido la suerte de conocer a un hombre bueno y decente, del que incluso un padre vietnamita se habría sentido orgulloso de ser su suegro. A pesar del ajetreo en el hospital, pasé todo el día soñando con nuestra cita e imaginando las miradas envidiosas que me dirigirían las prostitutas vietnamitas cuando me vieran pasar del brazo de un caballero.

Era tan feliz, que decidí ser yo quien diera el primer paso. A fin de cuentas, ya había hecho sufrir bastante a Red haciéndome la tímida. Aunque hasta ese momento había temido que un hombre me tocara y sentía rencor y vergüenza porque me había abandonado Anh y por haber tenido que vender mi cuerpo para disponer de unos ahorros, lo cierto es que los hombres —ni siquiera los norteamericanos— ya no me producían repugnancia. Al fin y al cabo, el sexo era una parte tan importante de la vida como nacer o morir. Quizá la providencia o la suerte o dios había puesto en mi camino a este hombre bueno y sincero para despertar en mí el sentimiento de amor entre un hombre y una mujer. ¿Quién era yo para negarme a acatar la voluntad divina?

Aquella misma tarde comprendí que había tomado una decisión acertada. Mi jefa me preguntó si quería trabajar unas horas extras cuando acabara mi turno. Sin pensarlo dos veces, acepté. Envié un recado a mi madre diciendo que trabajaría hasta tarde y que pasaría la noche en casa de Lan, puesto que su apartamento estaba más cerca del hospital que nuestra casa. Mi plan consistía en presentarme de improviso en casa de Red y confesarle el afecto que sentía —quizás incluso amor— por él. Luego, simplemente dejaría que la naturaleza siguiera su curso. Imaginaba una maravillosa noche de amor entre sus brazos, sintiéndome protegida como ni siquiera mi padre había conseguido hacerme sentir; amada como jamás me amaría el padre de mi hijo. A partir de ahí, mi imaginación me condujo a una rápida boda y, cuando Red tuviera que regresar a casa, a Norteamérica como la esposa de un marino.

Temiendo que Lan fuera a buscarme al hospital, le envié una nota diciendo que, aunque había pensado en ir a verla, probablemente pasaría la noche en casa.

Cuando terminé de trabajar, pedí prestado un poco de perfume a una compañera y me arreglé en el lavabo antes de salir. Había anochecido y olía a lluvia, pero me sentía alegre y optimista. Crucé apresuradamente la calle y me dirigí hacia unas viviendas provisionales ocupadas por militares norteamericanos. Frente a ellas habían aparcados varios jeeps y motocicletas y un par de automóviles de fabricación francesa. En el aire sonaban las notas de una música rock, que fueron adquiriendo mayor volumen mientras subía la escalera del edificio. Al llegar frente al apartamento de Red, me detuve, respiré hondo y llamé a la puerta.

Red, en calzoncillos y sosteniendo una cerveza en la mano, me abrió la puerta. Al verme, me miró boquiabierto.

—¡Le Ly! —exclamó—. ¿Qué haces aquí?

Asomé la cabeza y vi a media docena de soldados, vestidos con unos monos o en ropa interior, sentados en el suelo y sobre la cama, junto a varias chicas vietnamitas medio desnudas. La habitación apestaba a cerveza, whisky y marihuana.

—Lamento molestarte —dije tímidamente—. Sólo quería... preguntarte algo.

—¿Qué quieres decir? —balbuceó.

Tenía los ojos nublados debido al alcohol y a la marihuana y apenas podía expresarse con claridad.

—¡Eh, Red, haz pasar a tu novia! —gritó uno de los soldados—. Hay espacio suficiente para todos.

—Claro —contestó Red—. Entra, cariño. —Al darse cuenta que iba en calzoncillos, se ocultó detrás de la puerta y añadió—: Me pondré unos pantalones y saldremos. Iremos a dar un paseo.

—No, no —dije, tratando de sonreír para ocultar mi disgusto—. No quiero molestarte. Nos veremos mañana. Buenas noches.

Bajé precipitadamente la escalera y al salir a la calle comprobé que había empezado a llover.

—Espera —gritó Red—. ¡No te vayas, Le Ly!

Dolida e indignada, corrí hacia el hospital, resbalando sobre el asfalto y sin hacer caso de los coches ni de los bocinazos. Pero cuando traté de entrar en el laboratorio, comprobé que la puerta estaba cerrada con llave.

Me había metido en un buen lío. Había dicho a mi madre que dormiría en casa de Lan y a ésta que pasaría la noche en casa de mi madre y no podía ir a ninguno de los dos sitios sin levantar sospechas. Para colmo, el hospital estaba cerrado y, aunque la sala de emergencias estaba abierta, se hallaba junto al despacho del «sargento pulpo» y prefería dormir en la calle que pasar la noche allí.

Al fin recordé que había un edificio que no cerraba nunca: el depósito de cadáveres. Agarré el bolso con fuerza y eché a correr. En efecto, el depósito, regentado por un matrimonio que ocupaba unas habitaciones en la parte posterior del edificio, estaba abierto. Aunque no los conocía, al verme entrar, empapada y tiritando, me sonrieron amablemente. Ambos tenían el rostro deforme y cubierto de cicatrices, como si hubieran sufrido heridas o quemaduras en la guerra, aunque tenían una hijita perfectamente sana y normal.

—Disculpen —dije, dejándoles el suelo encharcado—. Trabajo en el hospital Nha Thuong...

—Lo sé —respondió la mujer amablemente—. La he visto varias veces. ¿En qué podemos ayudarla?

Les dije que no podía regresar a casa debido a problemas familiares y les rogué que me dejaran pasar la noche allí, añadiendo que estaba dispuesta a dormir en cualquier sitio, aunque fuera en un camastro junto a las bolsas que contenían los cadáveres o sobre el suelo.

—No se preocupe, querida —respondió la mujer, sonriendo afectuosamente.

Al acercarse, vi que una de las cicatrices que tenía en la cara exhudaba un líquido espeso y blancuzco.

—¿Le apetece una taza de té? —me preguntó—. No solemos recibir muchas visitas, sólo algunos policías y los desgraciados que nos traen de la calle. Quizá sea por eso que dios nos ha proporcionado este trabajo. ¿Quién iba a acoger a unos leprosos como nosotros?

Pasé una noche muy agitada. Extrañaba la cama y no conseguía pegar ojo. Aunque me habían dicho que la lepra era menos contagiosa de lo que creíamos, era una de las pocas enfermedades que los campesinos temíamos. Por otro lado, todavía estaba conmocionada por mi experiencia con Red, por haber conquistado y luego perdido a ese príncipe azul norteamericano que creí que iba a rescatarnos a mí y a mi hijo.

A la mañana siguiente regresé al hospital, me lavé la cara en el lavabo donde me había arreglado antes de mi cita con Red y me incorporé a mis tareas. Red llegó tarde y, aunque intentó hablar conmigo durante toda la mañana, yo le rehuía. Al fin, cuando hicimos una pausa para almorzar, me llevó a un rincón y se disculpó.

—Fue idea de mi compañero de apartamento, Le Ly, debes creerme. Esas zorras no significan nada para mí. ¡Nada en absoluto! Eres la única chica que me interesa.

—¿De veras? —contesté, tratando de reprimir las lágrimas—. Quizá te he hecho esperar demasiado tiempo...

—No, cariño —dijo, estrechándome entre sus brazos—. No me importaría esperar siempre, te lo aseguro. Durante toda la guerra si fuera necesario.

Me besó suavemente y volvió a abrazarme como había imaginado que haría la noche anterior, como años atrás confié en que me abrazaría Anh. Pero este hombre que me abrazaba no estaba casado, tenía mi edad y, aparte de la barrera de la raza, que cada día tenía menos importancia, no existía nada que nos impidiera ser felices. Así pues, lo perdoné y acepté continuar nuestra relación como si nada hubiera sucedido.

Durante la primera semana, todo fue perfectamente. No volví a ver a sus amigos y por las tardes nos íbamos a un café o a dar una vuelta por el puerto de Danang. La tercera noche, regresamos a casa de Red e hicimos el amor. Fue entonces cuando comprendí que, pese a mis anteriores experiencias, estaba muy poco preparada para ser una esposa. Había llegado al sexo sintiéndome una víctima, por lo que reaccioné como una niña en lugar de una mujer. Red me enseñó a besarlo como es debido y a utilizar las manos para excitarlo. Por otra parte, en la cama Red era como todos los norteamericanos sobre los que me habían hablado mis amigas. A diferencia de los hombres vietnamitas, a quienes les gustaba que una mujer se mostrara pasiva, los norteamericanos exigían que ésta realizara auténticas acrobacias. Era como si esos hombres, por la forma como utilizaban a sus mujeres, trataran de hallar en el acto sexual algo que no conseguían alcanzar en la vida. En cualquier caso, nuestro encuentro estuvo más dominado por la pasión que el amor, y por más que me esforcé, no conseguí complacerlo plenamente.

Un día, después de hacer el amor en su habitación, pregunté a Red por qué no salíamos nunca con sus amigos.

—¿No lo imaginas? —respondió secamente.

—Pues no, por eso te lo pregunto.

—Fíjate en el aspecto que tienes —dijo, haciendo un gesto con la mano como si señalara un montón de estiércol o un cobertizo que necesitaba una mano de pintura—. Parece que acabes de llegar del campo.

—Es natural, soy una campesina. Creí que te gustaba.

—Eres bonita, Le Ly, pero da la impresión que acabas de dejar el azadón. Pareces... una del Vietcong.

Me abroché la blusa y me puse los pantalones negros que solía llevar en el hospital. Aunque eran baratos, estaban casi nuevos y eran mucho más bonitos que la ropa que llevaba en Ky La. No creía que tuviera un aspecto distinto al de las otras enfermeras que trabajaban en la clínica. Al parecer, ése era el problema. Por lo visto, a los hombres norteamericanos les gustaba que sus amantes destacaran, que fueran distintas de las otras mujeres.

Esa noche fui a casa de Lan y me pinté las uñas como solía hacer ella. También gasté parte de mi salario, que había pensado entregar a mi madre, en ir a la peluquería para que me peinaran como las chicas de los bares que tanto atraían a Red. Luego pedí a una compañera del hospital que me prestara su sombra de ojos y me puse unas pestañas postizas que había comprado en una tienda para hacer que mis estrechos ojos vietnamitas parecieran más grandes y más redondos, como los de los norteamericanos.

Cuando llegué a casa de Red, pintada, peinada con un moño y vestida con un *ao dai* rojo, deduje, por la cara que puso al verme, que mi nuevo aspecto le complacía.

—¡Estás estupenda! Pasa, cariño. ¡Eh, Miller! —dijo a un soldado que estaba sentado en una silla bebiendo una cerveza y fumando un cigarrillo—. ¡Fíjate lo guapa que es mi novia!

—¡Caramba! —contestó el soldado—. Qué calladito te lo tenías. Es imponente.

Aunque tenía la sensación de que iba maquillada y vestida de una forma un tanto exagerada, estaba tan contenta de gustarle a mi hombre que olvidé los esfuerzos y el dinero que me había costado conseguirlo y las miradas de reproche que me dirigía mi madre las pocas noches que me quedaba en casa para atender a mi hijo. Al fin y al cabo, era *hy sin*, el sacrificio que una debía hacer para complacer al hombre que amaba.

Red me dio dinero para que buscara un apartamento donde pudiéramos vernos lejos de sus compañeros y del ruido y el tráfico. Como que nunca me había visto en el compromiso de elegir un apartamento para un norteamericano, no sabía por dónde empezar. Todos me parecían demasiado caros o sucios o bien estaban ubicados en una zona peligrosa. Al fin, elegí un apartamento en la calle Gia Long, situado frente a una comisaría republicana, pensando que allí nos sentiríamos seguros.

Desgraciadamente, me equivoqué. Los policías no veían con buenos ojos que las chicas vietnamitas frecuentaran a hombres de otra raza.

No les importaba que salieran con coreanos, japoneses o tailandeses, pues al menos eran orientales, pero a los norteamericanos no los tragaban. Nos hacían la vida imposible, deteniéndonos continuamente para interrogarnos o para ponernos una multa. Por eso, muchas veces, en lugar de ir al apartamento, preferíamos ir a un club o a un restaurante situado en otra zona.

Red se sentía orgulloso de mi nuevo aspecto y empezó a llevarme a unos clubes nocturnos donde al parecer todo el mundo le conocía y él conocía a todo el mundo. Me acostumbré a tomar bebidas alcohólicas —aunque me sentaban muy mal— y aprendí a bailar los ritmos trepidantes, y también los lentos, que tanto gustaban a los norteamericanos. Algunos de esos sitios eran tugurios, donde las mujeres bailaban con el pecho desnudo y los hombres se peleaban a la menor provocación. Un día, a la hora del almuerzo, Red me llevó a uno de esos bares y me presentó al propietario, que era coreano.

—Lee, quiero presentarte a la chica de la que te he hablado —dijo Red, colocando el brazo alrededor de mis hombros.

El coreano sonrió y me estrechó la mano.

—¡Excelente! —dijo, mirándome de arriba abajo—. Por favor, diríjase hacia el bar. —Yo obedecí y el coreano repitió—: ¡Excelente! Ahora, si no lo importa, dése la vuelta. Eso es, despacito.

Yo me sentía ridícula, como un pollo en un mercado en lugar de la novia de Red.

—¿Sabe bailar? —preguntó Lee.

—¿Qué? —contesté, perpleja—. No, no me apetece bailar, gracias. —Ni siquiera sonaba la música.

—¡Es encantadora! —exclamó Lee entusiasmado.

—Baila divinamente —dijo Red, dando una palmadita en el hombro al coreano.

Yo los miré estupefacta.

—Red —dije, cogiéndole del brazo—, no comprendo...

Lee se apresuró a aclarar las cosas. Dijo que me pagaría lo que ganaba a la semana en el hospital por trabajar una noche como una go-gó en su club, el cual, según me aseguró, era muy distinguido y estaba siempre lleno de norteamericanos que acostumbraban a dar buenas propinas a las chicas. No recuerdo haber aceptado, pero la cantidad de dinero que me ofrecía —el sueldo de un mes por hacer durante una semana lo que solía hacer con Red— me impidió rechazar su oferta.

Cuando regresamos al hospital en el jeep, Red dijo:

—Has hecho bien en aceptar, Le Ly. ¿No te dije que iba a ayudarte? Ganarás más dinero del que puede gastar tu mamá-san y aún te sobrará para comprarte ropa, joyas y lo que quieras.

—No estoy segura —contesté—. Prometí a mi madre y a mi padre que nunca trabajaría en un bar. Yo...

—¡No irás a defraudarme! —exclamó Red enfadado—. He dicho a todo el mundo que mi novia baila en el Dai Hang. Quieren ir a verte.

—¿No te avergüenza que tus amigos me vean bailar en un club?

—Al contrario, me siento orgulloso de ti. Cuando regresemos al laboratorio, quiero que vayas a la administración y les comuniques que te marchas y que busquen a otra para limpiar los orinales. De ahora en adelante vivirás como una reina. ¿Qué te parece, cariño?

Siguiendo el consejo de Red, fui a hablar con el director de la clínica, que me había proporcionado el trabajo, y le comuniqué que me marchaba. Luego, Red y yo fuimos al apartamento e hicimos el amor apasionadamente. Al cabo de un rato, Red volvió al hospital y yo me quedé sola, preocupada y confundida, hasta que regresó.

Después de hacer nuevamente el amor, nos vestimos y fuimos al club de Lee. Estaba atestado de soldados y había un par de chicas bailando, las cuales, según comprobé horrorizada, iban con el pecho desnudo.

—¡No! —protesté enérgicamente—. ¡Me niego a hacer eso!

—Cariño —dijo Red afectuosamente, acercando su silla a la mía—, no te pongas así. Tengo ganas de verte bailar allí en el escenario. Esos tipos —añadió, bajando la voz— creen que soy un imbécil, un desgraciado que no sirve para nada. Pero cuando te vean bailar, se darán cuenta de que están muy equivocados. Me respetarán, y a ti también. Anda, cariño, dile a Lee que aceptas el trabajo y ya está.

Pero en vez de hablar con el señor Lee, cogí el bolso y me dirigí hacia la puerta mientras la música retumbaba en mis oídos como la primera vez que me presenté en casa de Red.

—¡Vuelve inmediatamente! —gritó Red—. ¿Dónde vas? ¡Maldita seas! ¡No eres la única chica que existe en el mundo! ¿Me oyes?

Soplaba un aire fresco, pero al menos había dejado atrás aquel ambiente cargado de humo y el ruido de la música. Aspiré el aroma de comida que emanaba de los apartamentos sobre las tiendas y escuché el sonido familiar de las motocicletas y las voces de los vendedores ambulantes.

Unos niños pasaron corriendo junto a mí. Me solté el pelo y sacudí la cabeza para despejarme. Tardaría bastante en llegar a casa andando, y, maquillada y pintada como iba, tendría que soportar las groserías de los soldados con los que me cruzara, pero no me arrepentía de mi decisión. Al fin estaba de nuevo en un mundo que comprendía y en el que me sentía a gusto.

A última hora de la mañana del 9 de abril de 1986.
En la carretera comarcal 1, en las afueras de Danang

Nos dirigimos a una de las fábricas textiles de Anh, a unos cuatro kilómetros de la ciudad, para asistir a un almuerzo que ha organizado éste. No sé si se trata de otra de sus curiosas pruebas, para comprobar si les caigo bien a los nuevos soñadores de Vietnam, o simplemente quiere ofrecer a los obreros de su fábrica la oportunidad de contemplar a una exótica visitante norteamericana, un ave más rara que la gasolina barata y la buena cerveza.

Mientras circulamos por la accidentada carretera contemplo, por primera vez desde mi llegada, el campo. Veo agricultores golpeando las cañas de arroz con unos mayales de madera; niños montados en unos búfalos acuáticos (como hacíamos nosotros cuando éramos niños); viejos conduciendo a unos patos a lo largo de unas estrechas zanjas; ancianas transportando unos cubos de piedrecitas suspendidos de unos balancines sobre sus hombros como si fueran bueyes; peones camineros con aspecto desnutrido trabajando en la carretera; y varios campesinos conduciendo unas bicicletas por el manillar, con los asientos cargados de sacos de arroz, carbón y plátanos.

Al poco tiempo llegamos a un camino de tierra que conduce a la entrada de la fábrica. Es casi hora de almorzar y los campesinos se congregan alrededor de los numerosos braseros de carbón situados debajo de los árboles a lo largo de la carretera. Mientras las madres y las abuelas preparan la comida, los padres, los peones camineros y los niños acuden apresuradamente para ingerir su primera —y quizás única— comida caliente del día.

Anh aparca la moto junto a un cobertizo, mientras yo trato en vano de quitarme la tierra roja de mis pantalones negros y blusa blanca, pero es tan pegajosa como los soldados del Vietcong que años atrás se ocultaban en los túneles cavados en ella. Por fortuna, he hallado la forma de vestirme al estilo norteamericano —con ropas elegantes—, pero en las tonalidades que suelen utilizar las mujeres vietnamitas para no chocar con mis anfitriones. Los empleados de Anh, de los cuales depende para subsistir, son como familiares suyos. Comer con ellos será una experiencia distinta de la cena con los funcionarios, pues están menos informados, viven menos cómodamente y, quizá, son más tolerantes con los visitantes que proceden del país que les ha causado tanto sufrimiento.

Dentro de la fábrica, rodeados por el ruido de las máquinas, Anh me presenta como su «segunda esposa» al director general, Ho Van Thuong, y a su ayudante, una mujer de mediana edad llamada Tam, que lleva un traje gris y me sonríe amablemente. Nos saludamos educadamente y comentamos lo mucho que nos complace asistir a esta «reunión» entre nuestros respectivos países. Thuong me enseña la fábrica y observo que en ella trabajan tantas mujeres como hombres. La pobreza lo iguala todo. Me pregunto cuánto tiempo duraría el igualitarismo comunista, primo carnal de la vida comunal en el campo, si de pronto les entrara a todos el afán de convertirse en capitalistas.

Cuando nos disponemos a marcharnos, observo a una joven que me mira fijamente. Trabaja ante un telar con gran eficacia y precisión, como si su brazo fuera una extensión de la palanca que manipula. Me acerco a ella para saludarla.

—¿Cómo está usted?

La joven me sonríe. Al igual que la vieja maquinaria de la fábrica, parece mayor de que lo es, aunque sus asombrados y curiosos ojos no deben de haber contemplado más de veinte veranos.

—¿Me permite hacerle una pregunta? —inquiere, mientras sigue trabajando.

—Por supuesto.

—Su rostro... —dice, tratando de hallar las palabras adecuadas, como si se dirigiera al comandante de una nave espacial—, tiene un aspecto resplandeciente.

Yo me echo a reír, sabiendo que se refiere a la ligera sombra de ojos, al colorete y al lápiz de labios que llevo. Probablemente, esa joven —nacida en el campo y criada en una época de austeridad de posguerra— jamás ha visto a una mujer maquillada. Como una madre que enseña a su hija el bebé que lleva en su abultado vientre, cojo la mano de la joven y la apoyo en mi mejilla. Ella la retira rápidamente y contempla asombrada el leve tinte rosado en las yemas de sus dedos.

—No tiene ningún secreto —le digo—, es un poco de maquillaje.

—¿Todas las mujeres norteamericanas son tan guapas como usted? —me pregunta con tono reverente.

Yo me río de nuevo y contesto:

—Comparada con algunas, soy fea; comparada con otras, soy guapa, lo mismo que en Vietnam.

—¿Cree que conseguiré alguna vez ir a Estados Unidos y parecerme a usted?

De pronto me doy cuenta de que el director general me mira fijamente. Parece simpático, y conociendo como conozco a Anh, seguramente lo es; pero no sé si mi conversación con la operaria le divierte o le disgusta. Alzando un poco la voz, contesto:

—No es necesario que vaya a Estados Unidos. Con un poquito de esfuerzo, puede llegar a ser tan guapa como cualquier otra mujer.

La muchacha sonríe, me da las gracias y reanuda su trabajo, mientras rebusco en mi bolso hasta encontrar la barra de labios. Está casi vacía, pero cuando la deposito en la mesa junto a ella, la joven la mira como si fuera un lingote de oro.

—Tenga —digo—, creo que le durará hasta que sea lo suficientemente rica para comprarse uno.

En el interior del edificio que alberga las oficinas, veo a varias secretarias anotando las partidas de mercancía con plumas estilográficas. Si existe una máquina de escribir en la fábrica, lo más seguro es que sea tan vieja que ya no sirva. Los papeles sobre sus mesas parecen toallas de papel del lavabo de una gasolinera, toscos, de color pardo y arrugados de tanto reciclaje. Al verme entrar, las chicas me miran con una mezcla de frialdad y sonrisa forzada.

Pasamos a una amplia sala de conferencias, que ha sido transformada en un comedor que acoge a catorce comensales, exactamente el número de supervisores de la fábrica. Aparte de mí, de Tam y de un par de camareras, no hay ninguna mujer presente. Deduzco que aquí, donde se toman las decisiones importantes, finaliza la igualdad de los sexos, como suele suceder en Estados Unidos. El hecho de que haya tantos hombres y tan pocas mujeres que ocupan cargos administrativos contradice la legendaria escasez de hombres en Vietnam. No obstante, todos me saludan cordialmente y me siento en el lugar de honor, con Anh a mi derecha y Tam a mi izquierda. Mientras el resto de los comensales ocupa sus asientos y las camareras empiezan a servirnos la comida, me pongo a charlar con mi anfitriona.

—Debe sentirse muy afortunada —le digo, tratando de averiguar su opinión sobre el tema—, de trabajar rodeada de tantos hombres.

Tam sonríe tímidamente y responde:

—Lo cierto es que me siento un poco aislada. Pero vivimos una época difícil. Es inútil lamentarse. Como habrá podido comprobar, nuestro país es muy pobre. La economía está hundida, porque nuestros jóvenes fueron a Hanoi para convertirse en soldados y políticos en lugar de administradores y técnicos. Incluso ahora, al cabo de once años de la liberación, todavía existe una gran escasez de productos. La mayor parte de nuestros ingenieros y profesionales —gentes del sur, como nosotros— abandonó el país en 1975. Los que se quedaron no son estúpidos, pero no han recibido una formación profesional. Hemos tenido que aprenderlo todo por nosotros mismos, y, créame, todavía cometemos muchos errores.

—Ojalá pudiéramos ayudarles —contesto con cierta amargura—. Poseemos todo cuanto ustedes necesitan, y sin embargo no vacilamos en despilfarrar papel, materiales e incluso jóvenes e inteligentes universitarios. De veras, me gustaría hacer algo por ustedes.

Tam se encoge de hombros filosóficamente y toma una cucharada de sopa.

—En el mundo siempre existe un profundo desequilibrio —dice—. Desgraciadamente, son los jóvenes, como esa muchacha con la que ha estado hablando, quienes más sufren. No tuvieron nada que ver con la guerra, pero todavía pagan las consecuencias.

A continuación, mi anfitriona me pregunta sobre mi vida en Estados Unidos y qué opino de mi nuevo país. Después de ofrecerle mi respuesta estándar («¿qué puedo decirle?»), hago algunos comentarios como «California tiene unas playas muy bonitas, como Quang Nam», o «sí, la comida es bastante barata y abundante, pero sobran marcas y la mayoría de los productos está llena de productos químicos», etcétera. No me parece oportuno contarle que muchos norteamericanos gastan más dinero en comida del que ella gana en un año o, por el contrario, para eliminar los kilos que han adquirido hinchándose a comer cosas que no les gustan.

Cuando terminamos de comer, Thuong pronuncia un breve discurso expresando el deseo de todos de que mejoren las relaciones con Estados Unidos. Luego, unos obreros se ponen de pie y cantan unas canciones folclóricas, a lo que yo correspondo cantándoles una canción que me enseñó mi padre, de la época de la ocupación francesa, titulada *Vietnam utiliza ambos extremos de los palillos para comer*, un velado reproche a los colonialistas que se «engordaron» apoderándose de los recursos que necesitaba el pueblo de Vietnam para alimentarse.

Cuando termino de cantar, todos se echan a reír cuando digo:

—Observo que ninguno de ustedes ha utilizado el otro extremo de los palillos.

Después del almuerzo, Anh y yo regresamos a la oficina del *Ban Vietkieu* en Danang, donde emprendemos la gira por el campo, comenzando por la Montaña de Mármol. El coche «oficial» es un viejo Mercedes de 1950, cubierto con numerosas capas de pintura gris que el aire salado se ha ido comiendo. Sintiéndome como una reina, me reclino en el asiento junto a Anh, mi consorte, para quien el hecho de viajar en un coche con chófer no representa ninguna novedad. Pero para mí constituye un cambio enorme desde la última vez que recorrí esta carretera con mi hijo a bordo de un destartalado autobús.

Nuestro chófer se llama Tuan, un ex soldado del Vietcong, simpático y locuaz, que ya me ha contado la aventura de su vida y comienza a relatármela de nuevo, con ciertos aditamentos, como un músico que repite su canción favorita. El asiento junto al conductor está ocupado por el guía del *Ban Vietkieu*, que está más preocupado en seguir rigurosamente el itinerario e impedir que infrinjamos las normas (tales como tomar fotografías en lugares vedados y mezclarnos con la gente) que en mostrarnos los lugares de interés, que probablemente conozco mejor que él.

Tras visitar China Beach y el hotel administrado por el Estado (construido con el sudor de los campesinos vietnamitas), el cual, según nos asegura el guía, pronto estará lleno de turistas, enfilamos la carretera 538, que discurre junto al mar. Dejamos a nuestras espaldas la Montaña de los Monos, mientras frente a nosotros se yerguen los picos de la Montaña de Mármol, cuadrada y con las laderas lisas como una hilera de castillos de arena. El chófer nos recuerda la pintoresca e irónica historia de la provincia.

—Aquí, en la Montaña de Mármol, se resume toda la historia de la guerra, señorita —dice Tuan, girándose y perdiendo momentáneamente el control del coche—. Todo el mundo ha oído hablar de los marmolistas que viven junto a la montaña. Todos los marines de China Beach acudían a comprar souvenirs. Los soldados incluso disponían de una torre vigía en la cima, para vigilarnos. Pero no sospechaban que poseíamos el mayor hospital Vietcong en la provincia, ante sus propias narices, en unas cuevas dentro de la montaña.

Era cierto. Durante muchos años, los norteamericanos apostados en China Beach —un regimiento de marines que disponía de un hospital y un aeropuerto— vivían sobre unos refugios subterráneos ocupados por el Vietcong. Puesto que la base de la montaña estaba llena de cuevas, muchas de ellas transformadas en santuarios budistas, los norteamericanos no se acercaban a ellas, no sólo por los peligros que entrañaban, sino por el loable esfuerzo de respetar nuestra religión budista. El hecho de que el Vietcong se apresurara a aprovecharse de la buena fe de los norteamericanos es sintomático de una guerra en la que los soldados de ambos bandos solían patrullar, dormir, fornicar y soñar a pocos pasos del enemigo sin saberlo.

Tuan aparca el coche junto a un autobús ruso y subimos la escalera de un templo. Los artesanos y los marmolistas todavía están aquí, pero los pequeños budas de mármol están dispuestos junto a pequeños bustos de Ho Chi Minh. Hay niños por doquier, vociferando para atraer nuestra atención: para que les tomemos fotografías, para vendernos algo o para tocar nuestras ropas. Observo que muchos adolescentes tienen los ojos redondos y la nariz larga, otro legado de los norteamericanos de China Beach. Si yo fuera caucásica, estoy segura de que tendría los bolsillos repletos de cartas dirigidas a unos anónimos destinatarios, solicitando información sobre sus padres que viven en Estados Unidos. Sus esperanzas de hallarlos son mínimas, pero más vale confiar que desesperar.

Detrás de la primera pagoda hay un pequeño hueco que conduce al principal refugio subterráneo. La luz se filtra a través de la abertura que hay en el techo de la caverna, iluminando los enormes budas tallados en la roca junto a sus sagrados compañeros soldados: unas estatuas pintadas de vivos colores que, gracias a haber permanecido al abrigo del sol, presentan un colorido tan intenso como cuando fueron creadas. Sin detenerse apenas ante esas maravillosas reliquias, el guía nos conduce hasta una pequeña placa conmemorativa colocada en la pared que relata la historia del Hospital de Campaña de la Montaña de Mármol.

—Ahora —dice sonriendo el guía—, pueden tomar todas las fotografías que deseen.

Regresamos al coche y, tras no pocos esfuerzos, Tuan consigue ponerlo en marcha. Enfilamos por el camino que se dirige hacia el sur. Al cabo de un par de kilómetros, la carretera gira hacia el interior y siento de pronto un nudo en la garganta. Estamos tan cerca de Ky La —o Xa Hoa Qui, según se llama actualmente—, que casi puedo aspirar el olor de las flores de la selva, el aroma de la comida, el aire húmedo de los arrozales y mi sudor mientras hundo el azadón en la tierra. Bajo la ventanilla y dejo que el aire me refresque la cara, feliz como un cachorro aspirando el viento que sopla sobre una autopista californiana.

—¿No podríamos detenernos unos instantes? —pregunto a nuestro guía.

Éste me mira sorprendido y responde:

—¿Por qué? ¿No se encuentra bien? ¿Acaso está mareada?

—Sí —contesto, pensando que es mejor decir ahora una pequeña mentira que otra mayor para que me permitan regresar aquí una vez que haya concluido la excursión.

—Está bien, puedes detenerte —dice el guía al chófer—. Pero apresúrese.

Miro a Anh, que me observa fijamente. Después de llevarme a todas partes en su motocicleta sabe perfectamente que no es probable que me haya mareado a bordo de un Mercedes. A medida que el chófer reduce la velocidad, siento que mi corazón late aceleradamente.

Nos detenemos en el arcén y me apeo apresuradamente. Mientras aspiro el aire, siento ganas de echarme a reír como una colegiala. El guía del *Ban Vietkieu* se apea también y me observa por encima del techo del coche, convencido de que voy a vomitar. Anh se acerca y me pregunta:

—¿Te encuentras bien? ¿Necesitas algo?

—Sí —respondo—, unas alas. Ky La está a menos de dos kilómetros de distancia, siguiendo ese pequeño sendero. Aquí es donde solíamos coger al autobús de Danang.

Señalo Quang Cai, la pequeña aldea situada a la derecha de la carretera, donde arranca un camino de tierra —tan estrecho, que sólo puede circular un vehículo por él— que atraviesa los campos y se extiende hacia una hilera de árboles que se van haciendo más tupidos hasta perderse a lo lejos. Ahí era donde el Vietcong tendía emboscadas a las fuerzas norteamericanas y republicanas —la proverbial ruta hacia el valle de la muerte—, por el que ahora circulan unos pacíficos búfalos y unas ancianas que transportan sus mercancías al mercado. A la derecha hay un lago formado por el río Vinn Dien, y más allá, la ciénaga y la pequeña isla que contenía mi sepultura. Si lograra persuadir a Tuan para que tomara ese camino, al cabo de cinco minutos llegaría a la aldea donde nací, y un minuto más tarde abrazaría a mi madre en la casa que construyó mi padre.

—Ni se te ocurra, Bay Ly —me susurra Anh en el oído.

—Pero está tan cerca... —contesto con los ojos llenos de lágrimas.

—Lo sé. Pero piensa en tu madre y en Hai. Si quisieran que fueras a verlas, ya te lo habrían dicho. Es demasiado peligroso, para ti y para ellas.

—¿Está usted bien, señorita Ly? —pregunta el guía, golpeando nerviosamente el techo del coche con los nudillos.

Me vuelvo hacia él, suponiendo que la palidez de mi rostro y mi compungida expresión bastarán para convencerlo de que me encuentro mal. En cualquier caso, el dolor que siento en mi corazón es auténtico.

—Sí, ha sido un malestar pasajero —respondo, enjugándome las lágrimas con la mano—. Necesitaba respirar un poco de aire fresco. Estoy bien. Ya podemos marcharnos.

—¿Está segura?

—La señorita Ly se encuentra perfectamente —dice Anh, acompañándome hacia el coche. Tras montarnos en él, la puerta se cierra como la de una prisión.

El chófer arranca y proseguimos nuestro viaje por la carretera. Tengo la cabeza llena de imágenes, de los diez mil soldados que ocupaban este lugar durante la guerra y los miles de fantasmas que dejaron tras de sí, cuando un bocinazo me devuelve de golpe a la realidad.

—¡Malditos campesinos! —grita Tuan.

Frente a nosotros vemos a un anciano conduciendo a un búfalo con un palo. Cuando el animal, que está cubierto de barro, se gira al fin para dirigirse hacia los campos, observamos que tiene los ojos rosas y que es totalmente blanco. Es un albino, una especie muy rara.

—¡Un búfalo blanco! —exclama Tuan—. Su padre debe de ser norteamericano.

Todos se ríen, pero no creo que a los niños amerasiáticos que hemos visto en la Montaña de Mármol les hubiera parecido ocurrente.

—Estamos de suerte —dice el guía, pese a que la política oficial de su partido desaprueba las supersticiones—. ¿Han formulado un deseo?

Miro por la ventanilla, mientras el chófer acelera y observo el paisaje desfilar ante mis ojos como las páginas de un álbum familiar. Veo a un vendedor ambulante junto a una carretilla, vendiendo cigarrillos vietnamitas, paquetes de té verde y unos refrescos. Un poco más lejos distingo las lápidas de un cementerio dedicado a las víctimas de la guerra, en el cual yacen los restos de soldados republicanos, partidarios del Vietcong y campesinos. De algún modo, ello confirma que fue una guerra por distintos modelos de un mismo país. Más allá de las diferencias ideológicas, religiosas y sociales, la belleza física y las hazañas —incluso la raza— se han convertido en polvo como las propias víctimas. Una de las cosas que generó la guerra fue unos hermosos cementerios; y en éstos, por lo menos, no hay enemigos. Puede que un día, en un futuro lejano, un niño preguntará a su madre quiénes eran esas personas, por qué murieron y por qué las enterraron juntas. Confío sinceramente que la madre, que tan sólo habrá conocido la guerra a través de remotas leyendas, sea capaz de responderle. Ese día, el espíritu de la guerra dejará de cernirse sobre mi aldea.

—Sí —contesto sonriendo—. Ya he formulado un deseo.

12

HALLAR UNA FAMILIA

La tarde del 9 de abril de 1986.
En la carretera 540
al atravesar el río Cau Do

La excursión continúa, mientras el polvoriento sedán gris se dirige al norte por la serpenteante carretera. Cruza el puente que atraviesa el río Cau Do, cerca de la confluencia del Tuy Loan. El chófer reduce la marcha y nos dirigimos a una casita situada junto al río. En ella vivía Nguyen Van Troi, un héroe del Vietcong célebre por haber volado varios puentes republicanos y haber saltado él mismo en pedazos, poéticamente, junto con el último que destruyó. Su casa es ahora un santuario visitado por los turistas, donde éstos pueden evocar las aventuras del héroe a la sombra de la estructura que le hizo famoso. Puesto que libramos una encarnizada batalla los unos contra los otros, Vietnam está lleno de esos irónicos lugares.

No obstante, el país ofrece poco que ver excepto los vestigios de la guerra: cementerios (militares) bien cuidados y otros (civiles) repletos de hierbajos, monasterios, orfanatos y el pequeño sanatorio Tram Y Te —un edificio medio derruido sin una plantilla permanente— destinado a los tullidos y a los enfermos crónicos. En cada tumba de un soldado del Vietcong y norvietmanita están grabadas las palabras *Ghi on Liet Si* (en memoria de un héroe), no porque todos ellos fueran héroes, sino porque Tío Ho prometió a los muertos que su sacrificio les convertiría en tales. Incluso en Nga Ba Cai Lan, en las afueras de Danang, hay una estatua erigida en honor de una madre vietnamita que ocultó a siete soldados del Vietcong en su casa. Cuando los republicanos le preguntaron dónde estaba el enemigo, la mujer se apresuró a señalar a las mismas tropas republicanas. Ese gesto hizo que sus hijos se quedaran huérfanos. El monumento, hecho con balas de cañón estadounidenses recuperadas después de la guerra, la muestra señalando su noble destino. Al contemplar el monumento, siento un escalofrío de horror. El primer deber de una madre es proteger a sus hijos, no sacrificarlos a las armas de la guerra. Ese tipo de monumentos parecen más destinados a reclutar nuevas víctimas que a honrar a los muertos.

Nuestro guía interpreta mi horrorizada expresión por una expresión de fervor patriótico.

—La comprendo —dice con orgullo—, yo también lloro cada vez que lo contemplo.

Cuando regresamos al coche, el chófer, Tuan, me dice de pronto en voz baja:

—No se disguste, señorita. Esos monumentos son para los visitantes, no para los campesinos. No crea que nos complace recordar la guerra, pero no queremos que los forasteros la olviden. —Después de decir eso, Tuan ya no me parece un arrogante veterano, sino un anciano destruido por la guerra.

El viejo Mercedes se detiene frente a un comercio situado a poca distancia de la casa de Troi, y decido dar a mis acompañantes una sorpresa y hacer una parada que sea memorable.

Tuan apaga el motor y todos nos apeamos. Bajo el toldo de la tienda cuelga un pedazo de carne cubierto de moscas. Pero no es una carne cualquiera, sino *bo thui va mam cai* (carne asada de la costa central), un tesoro tan raro para mí como los fideos *mi quang*.

El propietario, un hombre calvo y sonriente que lleva un delantal de carnicero, sale a saludarnos como si fuéramos parientes suyos. Su rechoncha mujer nos enseña el contenido de un viejo frigorífico, desconectado, pero en vez de elegir una Coca-Cola indonesia o cerveza vietnamita, pregunto:

—¿Puede venderme ese pedazo de *bo thui*?

—Por supuesto —responde el propietario—. ¿Quiere llevárselo?

—No. Quiero que prepare una suculenta comida para mis acompañantes a base de carne con salsa, arroz y *Rau Hung*. Y sírvales también unas cervezas importadas. No locales. Antes, meta la mitad de la carne en una bolsa. Se la llevaré a mi familia. La otra mitad puede quedársela usted.

Por unos cuantos *dong*, el propietario y su esposa preparan un magnífico festín para mis acompañantes, quienes, tras la sorpresa inicial y después de insistirles para que acepten mi invitación, se sientan a comer ávidamente. Incluso Anh, que ha comido en la fábrica, ataca el asado como un famélico obrero. Riegan la comida abundantemente con cerveza de Singapur, que consigue poner de buen humor incluso a nuestro severo guía.

Mientras comen, Tuan se olvida de sus aventuras durante la guerra («son para los turistas rusos», dice) y se pone a relatar historias de su tierra, de sus parientes y de la dura vida que todavía padecen después de la costosa victoria.

—Es como si todo el mundo hubiera olvidado qué es vivir una vida normal —dice—. Al menos, la guerra te hace imaginar con ilusión el día en que ésta termine. Ahora, a nadie le importa lo que suceda en el futuro, pues sabemos que será igual que el presente.

Súbitamente, el guía interrumpe a su compañero:

—No te quejes —dice, relamiéndose los labios manchados de salsa—. En la oficina nos quedamos sin corriente eléctrica dos veces al día, a la misma hora. Al menos tú vives al aire libre, conduces a personajes importantes a sus citas. Es más fácil para ti conseguir lo que necesitas, algo extra por tus cupones de racionamiento. Yo he tenido que buscarme un segundo trabajo de oficinista en el Departamento industrial para alimentar a mi familia.

Al comienzo de la excursión, mis acompañantes y yo formábamos un grupo de lo más singular: un antiguo millonario, una campesina convertida en turista norteamericana, un arrogante veterano y un rígido burócrata. Ahora, tras compartir una buena comida e intercambiar algunos comentarios, casi parecemos una familia.

Después de quedarme sin trabajo, sin mercancías y sin un novio, mi situación era mucho más grave de lo que había creído cuando dejé a Red en el club del coreano. Me había liberado de una pesada carga y aún me quedaba mucho dinero de mi encuentro con Big Mike, pero era un dinero que reservaba para mi huida y no quería emplearlo en gastos cotidianos. Tenía que encontrar inmediatamente un nuevo trabajo, una forma de ganarme la vida.

No obstante, mi experiencia con Red me había proporcionado una imagen más presentable, al menos a los ojos de los occidentales. Antes era una simple campesina que vivía en la ciudad. Aunque mis modales habían mejorado y mi trabajo en el hospital me había hecho comprender la importancia de la higiene, todavía parecía una campesina de Ky La. Después de conocer a Red, había aprendido a arreglarme y a comportarme como les gustaba a los norteamericanos. Ahora me sentía capaz de encontrar un trabajo bien remunerado que me permitiera conocer a personas que pudieran ayudarme.

Creí haber hallado esa oportunidad en uno de los clubes que Red y yo solíamos frecuentar, un lugar llamado Kim Chee House, en la calle Phan Dinh Phung. Según el cartel que colgaba en la entrada, era un «casino», pero en realidad se trataba de un enorme remolque con un bar, unas mesas de juego y unas máquinas tragaperras. El propietario del club era un coreano, quien me dijo francamente que, aunque alquilaba el espacio que había debajo del remolque (unas pequeñas habitaciones construidas sobre el asfalto) a unas prostitutas que le ayudaban a redondear sus ingresos, no exigía a ninguna de sus «chicas» que se acostaran con los ROC, soldados de la República de Corea, aliados de los norteamericanos.

Puesto que el coreano se ganaba la vida con el juego, no con la venta de bebidas alcohólicas ni la prostitución, lo único que le preocupaba era que las máquinas tragaperras y las mesas de juego funcionaran. Como camarera, yo tenía que procurar que los clientes jugaran continuamente. Ello me ahorraba su tediosa conversación y las proposiciones que Lan y otras camareras tenían que soportar en los bares frecuentados por soldados. Asimismo, podía vestirme y maquillarme normalmente. Mi sueldo era casi tan elevado como el que me había prometido el amigo de Red por bailar semidesnuda, y el horario era menos duro. El único problema era mi madre.

Al principio se mostró recelosa al verme salir por las mañanas vestida elegantemente. Para ella, todas las mujeres que no parecían campesinas eran prostitutas, y el hecho de que le entregara periódicamente unas elevadas cantidades de dinero no contribuyó a disipar sus sospechas. No obstante, al fin conseguí convencerla de que no hacía nada que deshonrara el nombre de nuestra familia y se alegró de que mi nuevo trabajo me permitiera pasar más tiempo con Hung.

Sin embargo, las cosas no resultaron como yo había imaginado. Durante las primeras semanas, la mitad de los clientes del bar eran norteamericanos, a quienes complacía mi aspecto poco sofisticado, mi pasable inglés y mi amabilidad. Pero durante el segundo mes empezaron a acudir más soldados coreanos, lo cual hizo que muchos norteamericanos dejaran de frecuentar el club. Dado que yo no sabía hablar el coreano y su inglés era peor que el mío, no podía comunicarme con los nuevos clientes, que solían tomarme por una prostituta. Algunos no estaban acostumbrados a que una mujer les rechazara, y mucho menos al hallarse en un país «ocupado», y se ponían furiosos cuando intentaba pararles los pies. Puesto que mi jefe solía ausentarse con frecuencia y sus empleados coreanos se negaban a intervenir, la situación fue de mal en peor.

El domingo, cuando me dirigía al club, oí gritar de pronto una voz con marcado acento vietnamita: *Chao Mung Nam Moi!* (¡feliz Año Nuevo!). Como estaba acostumbrada a los silbidos y groserías que me lanzaban los soldados al verme pasar vestida con mi «uniforme» del casino, no hice caso y seguí adelante.

—¡Por favor, señorita! Sólo quiero preguntarle algo —insistió la voz. Me giré y vi a un apuesto joven vestido de paisano montado en una motocicleta. No era vietnamita, pero tampoco tenía aspecto de ser norteamericano. Llevaba gafas de sol, tenía la piel oscura, la frente amplia y unos rasgos vagamente asiáticos.

—¿Qué desea? —le pregunté, tratando de fingir indiferencia.

El joven se acercó y me dijo que se llamaba Jim. Dijo que era un mecánico civil que acababa de llegar a la ciudad, que no conocía a nadie y que buscaba a una simpática chica vietnamita para que le enseñara la ciudad.

Le contesté que cualquier camarera de bar estaría más que dispuesta a complacerle y que los conductores de *siclos* conocían todos los burdeles de la ciudad.

—No me necesita a mí —dije con arrogancia—. Además, llego tarde al trabajo.

—Entonces, muéstreme donde trabaja —dijo el joven, sonriendo y poniendo en marcha la moto.

Había algo en él, no sólo su presencia, sino su oscura piel y sus rasgos casi orientales, que me atraía.

—De acuerdo —dije—. Trabajo en el casino de Kim Chee. Está cerca de aquí. ¿Lo conoce?

—No. ¿Por qué no me deja que la acompañe? Ande, móntese.

Aunque reconozco que fue una imprudencia, yo era todavía muy joven y me halagaba que un apuesto joven se fijara en mí. Así pues, me monté en la motocicleta y rodeé su musculoso cuerpo con mis brazos. El joven hizo sonar el timbre de la moto y salimos zumbando.

Llegamos al casino unos minutos antes de que tuviera que empezar a trabajar, de modo que mi nuevo amigo y yo tuvimos tiempo de charlar un rato. Me dijo que era amerasiático (hijo de madre china y padre irlandés), y que trabajaba como mecánico civil de helicópteros bajo contrato con el Ejército estadounidense. Hacía mucho tiempo que estaba en Vietnam —casi diez años—, pero era la primera vez que lo destinaban a Quang Nam. No le gustaba frecuentar a las prostitutas que pululaban por las ciudades, sino que prefería la compañía de muchachas locales simpáticas y atractivas. Yo respondí que no sabía si era simpática y atractiva, pero desde luego conocía bien la ciudad. Jim me hizo varias preguntas y acabé hablándole sobre mis padres y mi vida en Danang. Le dije que prefería llevar una «vida decorosa», aunque resultara poco rentable.

Durante el resto de la tarde, Jim se dedicó a observarme mientras servía a los clientes coreanos y yo me sentaba a su mesa cada vez que disponía de unos minutos. Como apenas bebía y no le gustaba jugar, mi jefe me ordenó que hiciera que «ese cretino se gastara el dinero en las mesas de juego» o se marchara. Le contesté que Jim era un joven agradable que acababa de llegar a Danang, pero mi jefe se puso furioso y me dijo que atendiera a mis novios en mi tiempo libre. Al fin, Jim se levantó, me cogió del brazo y me sacó a la calle.

—¿Qué haces? —le pregunté indignada—. Trabajo aquí. Conseguirás que me despidan.

Había anochecido y unas prostitutas que trabajaban debajo del casino subían la escalera y miraban provocativamente a Jim.

—De acuerdo —dijo Jim. Estaba un poco piripi, pero su voz era firme y clara—. No quiero andarme con rodeos, Le Ly. Voy a permanecer bastante tiempo en Danang y quiero que una mujer se ocupe de mí.

—Pues te aconsejo que te pongas a buscarla enseguida —repliqué, tratando de soltarme.

—¿No lo entiendes? Esa mujer eres tú.

Yo me eché a reír ante semejante ocurrencia.

—¡Pero si acabas de conocerme! —contesté.

—De acuerdo —dijo Jim, soltándome—. Si quieres pasar el resto de tu vida sirviendo a una pandilla de soldados coreanos que te tratan como si fueras un perro, adelante. Pero si vienes a vivir conmigo, tendrás una bonita casa y dinero para darle a tu familia. No tendrás que volver a trabajar en un tugurio como éste. Sólo te pido que seas mi mujer mientras permanezca aquí. Si no te gusta, podrás marcharte cuando quieras.

Aunque me sentía halagada por el interés que me demostraba el norteamericano, al mismo tiempo estaba preocupada. Los acontecimientos suelen precipitarse en tiempos de guerra, pero ese joven me hablaba como si fuera mi marido o mi novio, no un simple amigo o un soldado que quería acostarse conmigo. Además, todavía estaba traumatizada por mi experiencia con Red. ¿Y si todos los norteamericanos resultaban ser como él? ¿Y si me iba a vivir con ese apuesto norteamericano y no conseguía complacerle en la cama ni ser la mujer que él ansiaba que fuera? Por otro lado, la situación en el casino se había hecho insostenible. ¿Acaso podía permitirme el lujo de desaprovechar esta oportunidad?

—Pero no sé nada sobre ti —protesté.

—¿Qué más quieres saber? —respondió, sonriendo como un lobo en el bosque.

—Vamos, Joe —dijo una prostituta, pellizcando el trasero de Jim—. Estoy cachonda. Anda, ven a divertirte un rato.

—¿Lo ves? —dijo Jim, riendo—. ¿Qué respondes?

Yo también me eché a reír.

—Está bien —contesté—. Pero no quiero que nos precipitemos...

—De acuerdo.

—Y no quiero que me dejes en la estacada.

—No te preocupes. Toma —dijo Jim, entregándome doscientos dólares—. Busca un apartamento, un lugar soleado donde te encuentres a gusto. ¿De acuerdo? ¿Me crees ahora?

Al día siguiente alquilé un casa de dos habitaciones a una manzana de distancia de mi viejo apartamento, en la calle Gia Long. Nuestro casero era un profesor universitario que vivía cerca, y tanto él como su esposa nos acogieron calurosamente. Nuestra primera noche juntos fue como la luna de miel que había soñado pasar con Red, no una competición atlética, sino una noche de pasión, caricias y suspiros. Comprendí que, más que sexo, lo que quería Jim era una compañera dulce y cariñosa que cuidara de él. En Jim había hallado al fin a un hombre que se contentaba con abrazar a una mujer y hacerle el amor.

Al cabo de un par de días, Jim me dijo que quería conocer a mi madre y a mi hijo. Como es lógico, me alegró que se interesara por mi hijo, pero dada la actitud de mi madre hacia los invasores, nunca pensé que llegaría a presentarle a un norteamericano. Sin embargo, Jim se comportaba de un modo distinto a la mayoría de los soldados norteamericanos. Como era medio chino, tenía un aspecto semejante al nuestro. Sabía que ello tranquilizaría a mi madre. Puesto que había sido educado por una madre asiática, sabía comportarse tímida y modestamente cuando la ocasión lo exigía y mostrarse en todo momento respetuoso. Así pues, una tarde que pasamos con mi familia en el muelle del Elefante Blanco, almorzando con otras parejas sobre el césped, mi madre no sólo pareció tolerar a mi apuesto norteamericano, sino que no le importó que otros vietnamitas la vieran en nuestra compañía. Ello me produjo una inmensa satisfacción y un sentimiento de gratitud que no podía expresarle, aunque estoy segura de que ella lo comprendió.

Durante las semanas siguientes, Jim me ayudó a comprar unos objetos para la casa de mi madre y contrató a un ama de llaves para que sólo tuviera que atender a mi hijo, al cual Jim trataba tan afectuosamente como si fuera suyo. Incluso me regaló una Honda de 50 centímetros cúbicos y me enseñó a conducirla. A cambio, yo me ocupaba de él como si fuera su esposa.

Yo llevaba con frecuencia al pequeño Hung a nuestra casa para que pasara un día, una noche o incluso el fin de semana con nosotros. Jim mandó que le hicieran un retrato, jugaba con él, le compraba ropas de niño en la cantina, lo transportaba sobre sus hombros, le enseñó algunas palabras en inglés y en chino, y por las noches le contaba historias de vaqueros y pieles rojas.

Puesto que «Phung Quoc Hung» era difícil de pronunciar, empezamos a llamar a mi hijo «Jimmy». Era un buen nombre americano, tomado en préstamo de un bondadoso norteamericano.

Durante unos meses, mi vida con Jim fue idílica, o tan idílica como podía serlo en una nación que empezaba a deslizarse por el largo abismo de una guerra que los suyos estaban a punto de perder. De pronto se me apareció en un sueño, que se repitió varias noches, y a veces de día, una señal de que nuestra vida —así como la del mundo que nos rodeaba— iba a cambiar a peor:

«Soy una niña que se ha perdido en una concurrida calle de una ciudad sin nombre. Hay coches, autobuses y bicicletas por doquier, y las personas —la muchedumbre— van y vienen pero no tienen rostro. Camino a paso rápido, pero sin apresurarme, por la acera. Me detengo a mirar un escaparate. En la tienda hay muchas mercancías, objetos eléctricos y metálicos que emiten un zumbido y unas luces que parpadean. Retrocedo unos pasos para comprobar si me he equivocado de calle, y de pronto, al dirigir la vista de nuevo hacia el escaparate, veo reflejada la imagen de Lan. Sé que todavía soy Le Ly, pero soy idéntica a Lan, con su sofisticado peinado, sus gafas oscuras y sus labios pintados de rojo. Echo a andar rápidamente y de pronto noto que la muchedumbre me arrastra. Todos parecen muy nerviosos, gritando y llorando, pero ignoro el motivo. Sus rostros sin rasgos ocultan sus emociones. Avanzan apresuradamente —como un río— y temo ahogarme. Súbitamente, cuando nos acercamos a un peligroso cruce y temo caer bajo las ruedas de los vehículos que circulan, una mano firme me agarra del brazo. Es una mano grande, no color chocolate como la de mi padre, sino rosada y vieja con pelos blancos en el dorso. Me siento aliviada de que esa persona, quienquiera que sea, me haya salvado la vida, pero aún estoy asustada. Como soy una niña, sólo alcanzo al cinturón de mi benefactor. Levanto la cabeza, pero no consigo ver su rostro. El hombre señala con la otra mano un quiosco de periódicos en la esquina y dice con voz profunda:

—Ahí lo tienes, Bay Ly. Ése es el motivo de que todo el mundo esté gritando.

Yo trato de leer los titulares. Están en vietnamita, pero las palabras cambian continuamente mientras intento leerlas, desvaneciéndose como las imágenes en la televisión, diciendo cosas distintas. Cuanto más me esfuerzo por leerlas, más difícil me resulta. El hombre me sacude el brazo y dice con tono severo:

—Vamos, Bay Ly, haz un esfuerzo.

Aunque no puedo leer las palabras impresas, empiezo a comprender su significado. ¡La guerra ha terminado! ¡La lucha ha cesado!

«¡Es maravilloso!», digo. Al levantar los ojos, veo el rostro de mi benefactor. No es un anciano, sino mi hermano Sau Ban. Parece feliz y relajado, aunque se ha quedado sin resuello. Me mira sonriendo y dice:

—Vamos, Bay Ly, debemos marcharnos.

La muchedumbre corre precipitadamente. Algunos tropiezan y se caen, pero no sé si ríen de alegría o si lloran de dolor. Mi hermano me coloca sobre sus hombros y echa a andar rápidamente, dejando atrás a la muchedumbre. Al cabo de unos momentos oigo un avión, seguido de un helicóptero y el rugido de los coches que circulan velozmente. De pronto me encuentro sentada en un jeep militar que se dirige por un camino de tierra hacia Ky La. Miro a Sau, que está sentado junto a mí, pero no es Ban, sino Jim, quien sostiene el volante con sus enormes manos. Frente a nosotros, junto a las casas de la aldea, veo a mi hermano Bon Nghe, que es idéntico a mi padre; y de nuevo a Sau Ban, saludándonos con la mano y sonriendo. Mi madre y mis hermanas también están ahí, contemplándonos y aplaudiendo, como si disputáramos una carrera y estuviéramos a punto de alcanzar la meta. «¡Fijaos! —exclamo, poniéndome de pie y sujetándome al parabrisas del coche—. ¡He traído un padre para Jimmy!» Le pido a Jim que se detenga, pero no me hace caso y pasamos de largo.

En aquel momento me despierto temblando, empapada en sudor, con los puños crispados y rechinando los dientes.

Al observar la mano que me sujetaba el brazo, vi que no era blanca ni vieja, sino joven y fuerte.

Jim se incorporó junto a mí, medio adormilado. Afuera, el cielo matutino —naranja, amarillo y azul— lanzó un grito como un ave tropical; son las bocinas de los camiones de reparto, los motores de los convoyes y las sirenas de las barcazas en el río. Faltaba media hora para que sonara el despertador.

—¿Qué sucede? —me preguntó Jim—. ¿Has vuelto a tener ese estúpido sueño?

—Sí —contesté avergonzada.

—Me gustaría saber quién es ese tipo con el que sueñas. Parece que te gusta más que yo.

Jim saltó de la cama y empezó a vestirse para ir a trabajar. Era el mes de marzo de 1968. Acababa de transcurrir el Año Nuevo —la fiesta del Tet— y los norteamericanos en Danang todavía celebraban la derrota de la terrible ofensiva del Vietcong. Como muchos de los norteamericanos que estaban en Vietnam, Jim se había convertido en un bebedor, y los ataques por sorpresa que se habían producido en el país aquel invierno le había dado mayores motivos para ahogar sus penas en alcohol. Con frecuencia, Jim regresaba a casa tan borracho que apenas podía caminar. En tales ocasiones yo recordaba que mi madre solía decirme: «No trates de razonar con un borracho, es como intentar hablar con un muro.» Se enfurecía por todo, hasta por las cosas más insignificantes, y cuando le rogaba que dejara de beber, no me respondía o bien me acusaba de acostarme con otros hombres. Naturalmente, yo estaba convencida de que era la culpable de que bebiera. Una esposa vietnamita, aunque no esté casada, siempre es culpable de que su hombre se sienta desgraciado.

En cierta ocasión, con motivo de una pelea porque yo había perdido la llave del apartamento, Jim me acusó de habérsela dado a uno de mis novios. Luego sacó una pistola automática y disparó un par de tiros contra el techo. Nuestro casero, que solía visitarnos con frecuencia, acudió apresuradamente, pero al ver el estado en que se encontraba Jim, decidió que era más prudente no decir nada. Al día siguiente, cuando Jim se fue a trabajar, el casero regresó y me dijo que debíamos marcharnos, que los irlandeses norteamericanos tenían fama de borrachos y violentos. Le contesté que quería a Jim y que podía controlarlo, pero creo que el hombre se lo contó a la policía, porque a partir de entonces veía con frecuencia a unas patrullas por las inmediaciones de nuestra casa.

Una noche, a finales de marzo, Jim regresó a casa borracho, como de costumbre. Me desperté al oírle abrir la puerta y reconocí sus pisadas, pero estaba muy cansada y volví a dormirme.

De pronto, noté que Jim me había agarrado por el cuello y me estaba asfixiando.

Luché con todas mis fuerzas para liberarme, pero fue inútil. Traté de apartarlo propinándole una patada en el pecho y en los testículos, pero no conseguí quitármelo de encima. En aquel momento pensé en mi hermana Lan, que había estado a punto de perecer a manos del soldado norteamericano. Oí a Jim gritar enfurecido, acusándome de haberle traicionado. No sé si fue porque aún estaba medio dormida o porque había soñado de nuevo con la guerra y la resurreción de mi hermano Sau Ban, pero lo cierto es que mientras Jim trataba de extrangularme creí morir. Su desencajado rostro desapareció por un largo y oscuro túnel y sus gritos fueron apagándose, hasta convertirse en el monótono murmullo de un mantra budista. Vi mi alma deslizarse por el túnel hacia una luz parpadeante que se hacía más intensa a medida que me acercaba a ella. De pronto me detuve y sentí que me precipitaba en el vacío. El calor del blanco resplandor dio paso a una intensa sensación de frío, mientras mi alma y mi cuerpo yacían sobre un lecho cubierto por una sábana. Cuando recuperé el conocimiento vi a Jim inclinado sobre mí, aplicándome agua en el rostro para reanimarme.

—¡Gracias a Dios! —exclamó—. ¡Creí que te había matado!

Me acarició la cara y me estrechó entre sus brazos. Luego me hizo el amor apasionadamente, mientras yo permanecía tendida, inerme, incapaz de reaccionar, hasta que se quedó dormido.

A la mañana siguiente, en cuanto Jim se marchó, salí a la calle y detuve al primer Jeep de la policía militar que vi. Después de contarles lo sucedido me llevaron a una comisaría, donde un médico norteamericano me examinó y un abogado me hizo varias preguntas. Aunque apenas despegó los labios, tomó muchas notas. Cuando terminó de interrogarme, me estrechó la mano y me dijo que no me preocupara. Aunque los civiles norteamericanos no estaban bajo la jurisdicción de la policía militar, me dijo que, tras la ofensiva del Tet, habían cambiado muchas normas y que la policía militar se ocuparía de todo.

Aquella noche, mientras preparaba la cena, Jim regresó del trabajo. Cuando se disponía a entrar en casa, dos policías militares lo detuvieron. Yo salí apresuradamente, gritando:

—¡No se lo lleven! ¡Se lo ruego!

Aunque traté de explicarles que el abogado me había asegurado que no me sucedería nada malo, los policías se limitaron a responder que cumplían órdenes. Jim no se resistió ni dijo una palabra, mientras yo trataba de convencerles de que lo soltaran.

Al día siguiente me dirigí a la comisaría de la policía militar en mi moto y les pedí que me dejaran ver a mi «marido», aunque no tenía ningún documento que confirmara que Jim y yo estábamos casados. Pero sólo confirmaron que habían detenido a mi hombre, y me dijeron que, si quería más información, tenía que regresar más tarde, cuando estuviera presente el jefe de la policía militar.

Cuando regresé por la tarde, el oficial me recibió educadamente y me informó que Jim iba a ser deportado a Estados Unidos.

—No es la primera queja que hemos recibido de él en este país —dijo el oficial—. Ni la primera presentada por una mujer vietnamita. Ha sido examinado por el psicólogo militar. Me temo que es una de esas personas que cuando se hallan en una zona de guerra pierden el control. Lo lamento.

—¿Puede darme sus nuevas señas? —pregunté—. ¿A dónde van a enviarlo?

—Lo siento, señora. Sólo puedo facilitar información a una persona emparentada con él. ¿Tiene usted algún documento que acredite que es su esposa?

Regresé a casa y traté de poner en orden mis pensamientos. Mientras me hallaba ausente, los policías militares habían venido y se habían llevado las pertenencias de Jim. La habitación me parecía más vacía y triste que nunca. El casero me dijo que podía quedarme hasta que encontrara un nuevo inquilino, pero los recuerdos me atormentaban. Recogí mis cosas, regresé a casa de mi madre y despedí a la sirvienta que había contratado Jim, puesto que no podía pagarle el sueldo. Al cabo de una semana me instalé en mi antiguo apartamento, pagando un alquiler más elevado que antes.

En otras ocasiones, el regresar junto a mi familia después de una mala experiencia siempre había sido un consuelo, pero esta vez no lograba animarme. No sé si realmente amaba a Jim (al menos de la forma en que creía haber amado a Anh), pero me gustaba cómo me trataba cuando no estaba borracho: como a una esposa, con respeto y afecto hacia mí y mi familia. Decidí no volver a unirme a ningún hombre, ni norteamericano, ni vietnamita ni de otra raza, a menos que éste me propusiera matrimonio. Esas nefastas relaciones me habían hecho mucho daño. Me estaba convirtiendo en una amargada. Dada la escasez de hombres solteros —sobre todo que estuviesen dispuestos a querer a un hijo sin padre—, renuncié a hallar a un compañero. El matrimonio, para mí, era una de las muchas cosas que nunca alcanzaría. Por otra parte, tras perder a Jim tenía otras cosas más serias en qué pensar, como hallar un trabajo y mantener a mi familia.

A media tarde del 9 de abril de 1986.
El hotel Pacific, en Danang

Son casi las tres —hace cuarenta y cinco minutos que debía reunirme con mi hermano Bon Nghe y su esposa— cuando regreso al hotel. Pese a las buenas vibraciones tras nuestro alegre festín, el viejo Mercedes se negó a arrancar y Tuan, el campesino convertido en soldado y en mecánico, se vio obligado a levantar el capó para reparar la avería. Tuan culpaba a la corrosión y el guía del *Ban Vietkieu* culpaba a Tuan, pero creo que era un ejemplo más de la indiferencia que el mundo material mostraba hacia la planificada sociedad de Tío Ho.

Al llegar frente al hotel, Anh y yo nos apeamos, mientras Tuan permanece sentado al volante para evitar que el motor vuelva a pararse. Después de despedirme de nuestro guía, me asomo por la ventanilla y digo sonriendo:

—Adiós, hermano Tuan. Estoy convencida de que algún día conducirás un coche nuevo y habrá una larga hilera de turistas yanquis ansiosos de que les cuentes tus historias.

—Eso espero, señorita Ly —responde el chófer, estrechándome la mano—. Éste es un lugar muy bonito, un país maravilloso. Quizás es por eso que los norteamericanos no quieren marcharse. Cuando regrese, dígales que somos mejores anfitriones que enemigos, que todo el mundo puede soñar en Vietnam. Sobre todo, dígales que cuando vengan pregunten por Tuan.

Yo le aprieto la mano y le entrego un paquete de cigarrillos norteamericanos.

Una vez dentro del hotel, Anh permanece aguardando en el vestíbulo, mientras yo me dirijo a una sala de conferencias, donde va a celebrarse nuestra «reunión». Al entrar me quedo impresionada. En la habitación hay una mesa dispuesta como si fuera a celebrarse una conferencia de prensa, cubierta con un mantel blanco y varias sillas colocadas a un lado de la misma. La silla que ocupa la cabeza de la mesa está vacía (probablemente se trata del lugar de honor que me han reservado), junto a la cual está sentado Bon Nghe con la barbilla apoyada en las manos. A su lado está sentada una mujer con cara larga; deduzco que se trata de Nhi, su esposa, pero ignoro si su malhumorada expresión es habitual o bien se debe a mi tardanza. Junto a ella hay un hombre de unos veinte años con unos rasgos marcadamente familiares, y a su lado una mujer más joven. En la habitación hay también varios camareros y unos hombres vestidos de traje, que permanecen junto a la puerta conversando en voz baja entre sí, fingiendo no estar interesados en esta curiosa «reunión familiar». Al verme entrar, Bon se levanta, al igual que el resto de los presentes. Yo sonrío para disimular mi sorpresa y confusión.

—¡Lo lamento, hermano Bon! El coche se averió en el puente de Cau Do —digo, observando de reojo a los hombres del partido que han acudido para vigilar nuestra reunión.

Luego me dirijo rápidamente hacia la mesa, pero de pronto recuerdo —pese a la emoción que debo manifestar ante este encuentro familiar— que se trata de una reunión entre vietnamitas, no entre norteamericanos. Así pues, contengo mis deseos de abrazar a mi hermano y me detengo frente a él.

—Soy tu hermana menor, Le Ly, aunque ya no soy una niña —digo, tendiéndole la mano.

Bon Nghe observa complacido las sonrisas de los hombres que están a mis espaldas y me estrecha la mano como si fuera un vendedor.

—Tienes un aspecto magnífico, Bay Ly. Me alegra verte después de tantos años. Permíteme que te presente a mi esposa Nhi.

Ésta me sonríe. Compruebo que su severo semblante más que mal humor expresa timidez. Hace buena pareja con Bon Nghe, pues es más alta que yo. Lleva el pelo recogido en un moño, aparenta unos cuarenta años y está muy delgada. Va vestida con una elegante camisa color púrpura y unos pantalones negros, lo que demuestra que ésta es una ocasión muy especial.

—Me alegro de conocerte —le digo sinceramente, estrechándole la mano. ¿Le habrá contado Bon Nghe nuestros anteriores encuentros? Supongo que sí, pues sus ojos y su mano revelan una simpatía que su rostro y su voz están empeñados en disimular.

—Es una ocasión muy feliz —contesta diplomáticamente—. Tenemos pocos visitantes de Occidente. Permíteme que te presente a mi hijo, Nam, y a su esposa.

Nam es idéntico a mi padre cuando tenía veinte años, con un rostro juvenil, masculino, que, aunque jamás vi, estoy segura de que debe conmover profundamente a mi anciana madre. No me extraña que esté embelesada con su nieto. Tal como mi madre me había asegurado, el joven que me estrecha la mano con firmeza ya no es un niño. Nam me dice que se ha graduado recientemente en la universidad y que hace poco que se ha casado con la muchacha que está junto a él, una joven de aspecto apocado, vestida con una blusa blanca, que se inclina respetuosamente. Antes de comenzar a charlar, mi hermano nos interrumpe.

—Por favor, siéntate, Bay Ly —dice Bon, indicando la silla situada a la cabeza de la mesa.

Nos sentamos y contemplo los ansiosos rostros que me observan con curiosidad. Durante unos instantes, tengo la impresión de presidir una reunión de negocios familiar para hablar de la mala cosecha que hemos tenido ese año.

—Os he traído un regalo —digo, depositando la bolsa de carne sobre la mesa—. Es auténtica carne *bo thui*. La he comprado esta tarde. Supuse que os gustaría.

—Es muy amable de tu parte —responde Bon Nghe, mirando nervioso la bolsa, como un niño que ha cometido una travesura—, pero no podemos aceptarla. Puedes dársela a tu sobrina Tinh.

Se me ocurre preguntarle si prefiere una chocolatina, pero sería una broma de mal gusto. Por la expresión de los otros, sin embargo, deduzco que Nam y su esposa no tienen tantos escrúpulos y decido regalarles unas chocolatinas antes de marcharme.

—Estoy deseando que me hables de ti, hermano Bon —digo alegremente—. La última vez que nos vimos, yo era muy pequeña y tú ya eras un muchacho. Nuestra madre derramó tantas lágrimas durante los años en que estuviste ausente que podría haber llenado el océano Pacífico.

—Lo sé. Fue un gran alivio encontrarme con ella después de la liberación. ¿Te ha contado la historia de nuestro encuentro? Es muy divertida...

Mientras mi hermano y yo seguimos conversando como si no nos hubiéramos visto desde hace muchos años, los funcionarios dejan de prestarnos atención y se dedican a vigilar a los camareros que nos sirven unos refrescos. Quizás estén grabando el encuentro, para revisar más tarde nuestra conversación. En cualquier caso, la habitación está dividida en dos campos: el grupo de «escoltas» que están sentados junto a la puerta, bromeando, lamentándose y hablando de sus cosas; y esta nueva familia que, pese a la distancia impuesta por la mesa que nos separa, se siente cada vez más unida.

—¿Cómo es que no habéis tenido más hijos? —pregunto a Bon y

a Nhi—. Nam es un joven muy guapo y educado, pero es una lástima que sea hijo único. ¿Acaso es una costumbre del nuevo Vietnam tener pocos hijos?

—Los hijos cuestan mucho dinero —responde Bon—. Y el Gobierno desaprueba las familias numerosas. Tenemos más bocas de las que podemos alimentar. Cuando nuestro país se recupere, la gente podrá tener más hijos. Hasta entonces, debemos arreglarnos con lo que tenemos. Además, estamos muy satisfechos con Nam. Puedes sentirte orgullosa de tu sobrino.

Miro a Nam y digo:

—Eres igual que tu abuelo. ¿No te lo ha dicho nadie?

—Sí, la abuela Phung —contesta Nam, sonriendo.

Sospecho que mi madre se lo recuerda cada vez que lo ve.

—Me gustaría conocerte bien —digo—. Hay un montón de historias de la familia que quisiera contarte. Quizás un día puedas llevarme a visitar la tumba de tu abuelo.

—Sí, quizá pueda llevarte un día —tercia Bon—. En estos momentos, Nam está muy ocupado ayudando a las personas que resultaron heridas en la guerra, en educar a los campesinos y en conseguir que los enfermos reciban tratamiento médico.

—¿De veras? Es una tarea muy importante. He pensado mucho en ello durante los últimos años.

—¿Puedo hacerte una pregunta, tía Ly? —pregunta Nam.

Bon le mira preocupado, pero no dice nada. Esto no parece formar parte de un guión que han ensayado, y me satisface que Nam sea lo bastante hombre como para expresar abiertamente sus opiniones.

—Desde luego —contesto.

—Todos nos llevamos una sorpresa al saber que habías llegado. Quiero decir que todos sabemos que vives muy bien en Norteamérica y Vietnam apenas tiene nada que ofrecer a los visitantes extranjeros. ¿Por qué una rica *Vietkieu* como tú quiso regresar?

Su pregunta no me asombra, y aunque se me ocurren mil respuestas, de pronto me quedo muda. ¿Acaso Vietnam ha alcanzado tal grado de materialismo —precisamente contra lo que Bon Nghe y todo el mundo lucharon durante veinte años— que el imán del amor familiar ha perdido su capacidad de atraer incluso a unos parientes que viven en polos opuestos? Me niego a creer que sea así. Lo cierto es que fue la falta de ese vínculo familiar en Estados Unidos, pese a mis tres hijos, lo que me impulsó a abordar el avión en Los Angeles. Jimmy y Tommy y Alan son norteamericanos —gracias a Dios—, pero yo soy otra cosa: no soy totalmente vietnamita, pero tampoco soy norteamericana como ellos. ¿Cómo puedo explicarle a este joven educado en la universidad, producto del nuevo Vietnam y heredero del apellido Phung, que mi espíritu habita también en su interior, y en las rocas, en los árboles, en los arrozales y en la lluvia estival? Su pregunta no debió ser «¿por qué has regresado?», sino «¿por qué has tardado tanto en volver?».

—Mi familia está aquí —respondo, sintiendo que se me quiebra la voz—. Vivo en Estados Unidos, un lugar maravilloso, pero aunque viviera en la luna, habría sentido deseos de regresar a la tierra de mi padre. No soy una espía ni un político, Chau Nam. Ni siquiera soy una auténtica turista. En todo caso, soy una peregrina. Al igual que todo el mundo, debo regresar para comenzar de nuevo. ¿Lo comprendes?

Observo que las mujeres sentadas en torno a la mesa tienen los ojos empañados. Bon Nghe aparta el rostro para ocultar su emoción. Sólo Nam mantiene la compostura, quizá porque está absorto tratando de descifrar el enigma que presenta esta forastera chiflada.

—*Om bung ma joc* —dice Nhi, sonriendo con labios temblorosos. «Agárrate el vientre y aprieta los dientes», así es como las mujeres vietnamitas han resuelto siempre esos problemas.

Ahora comprendo por qué mi hermano se enamoró de esta admirable mujer y por qué mi madre la considera una amenaza respecto a su privilegiada posición en relación con Bon Nghe. Aunque Nhi sea del norte, es una auténtica vietnamita. Quizás exista otro motivo oculto para esta curiosa reunión. Quizá la familia, que ha nacido hoy, acabará más unida de lo que todos sospechamos.

Por fortuna, Jim me había hablado de la oficina de empleo en Danang, a través de la cual muchos militares y decenas de empleados civiles habían conseguido unos excelentes puestos. Aunque muy pocos vietnamitas podían acceder a esos puestos, incluso los trabajos más modestos eran seguros, respetables y bien remunerados. Así pues, en cuanto pude, concerté una cita con un empleado de la oficina, utilizando el nombre de Jim como referencia.

La mañana de mi entrevista, me puse mi mejor vestido y me presenté una hora antes de lo acordado. El empleado de la oficina era un joven norteamericano, prematuramente calvo, que lucía unas gafas con montura negra y un bigotito, como si con su severa apariencia quisiera recuperar el aire de autoridad que su juventud le negaba. Estaba muy ocupado. Me entregó unos formularios para que los rellenase, diciéndome que regresara al mediodía, ya que entonces dispondría de más tiempo para atenderme. Eso me chocó, pues al mediodía todos los norteamericanos iban a almorzar y a veces no regresaban al trabajo hasta pasadas las tres de la tarde.

No obstante, rellené los formularios como pude (apenas sabía leer el inglés, sólo los carteles de las calles y las anotaciones en los vehículos y los edificios, por lo que pedí a una amiga que me ayudara) y regresé a la hora acordada. Cuando llegué, la mayoría de los empleados estaba ausente, excepto un par de individuos que jugaban a las cartas en un rincón. Al entrar me miraron con curiosidad y me indicaron que me dirigiera directamente al despacho del asesor. Una vez allí, éste se comportó de manera totalmente distinta. Me saludó amablemente, reteniendo mi mano entre las suyas, me indicó que me sentara en el sofá (en lugar de la silla metálica que había frente a su mesa), cerró la puerta de cristal esmerilado y se sentó junto a mí.

—Tiene usted mucha suerte de haber acudido a esta oficina —dijo, quitándose las gafas y metiéndolas en el bolsillo de la camisa. La piel alrededor de sus ojillos tenía un aspecto fofo y macilento—. Y sobre todo ha tenido mucha suerte de haber dado conmigo.

—Sí, eso creo —respondí, tratando de mostrarme alegre y confiada pese al sospechoso cariz que estaban tomando las cosas.

—Es usted una joven muy bonita. No creo que me resulte difícil hallarle un empleo. Siempre y cuando esté dispuesta a jugar a la pelota. ¿Conoce usted esa expresión que utilizamos los norteamericanos?

—Oh, sí —contesté sonriendo—. Como cuando los soldados juegan al baloncesto. No, no sé jugar, pero estoy dispuesta a aprender.

El empleado me miró un tanto enojado y dijo:

—No me refiero al baloncesto. Me refiero a... —de pronto miró mi nombre en los impresos y añadió—: Le Ly, qué nombre tan bonito. Me refiero, Le Ly, a que me rasque la espalda y yo le rascaré la suya. No es usted una niña. Creo que me comprende perfectamente.

—No, no le comprendo —repliqué secamente—. Si desea que le rasquen la espalda, hay muchas chicas *siclo* dispuestas a hacerlo. He venido en busca de un trabajo. Soy una persona seria y responsable y, como usted mismo ha observado, tengo buen aspecto. Puedo trabajar para cualquiera.

—En ese caso, Le Ly —insistió el empleado de la oficina, mirando su reloj—, puede empezar haciéndome un trabajito a mí. —Luego se desabrochó los pantalones y añadió—: Lo haremos como usted quiera. Haga lo que pueda y yo también me esforzaré en complacerla.

Me levanté precipitadamente del sofá y me dirigí a la puerta. Al menos, afuera había otras personas y estaría a salvo. Pero no pude abrirla.

Me giré, tratando de disimular mi turbación, y dije:

—De acuerdo, señor como se llame. Abra la puerta inmediatamente. Si no lo hace, me pondré a gritar y usted también tendrá que buscarse otro trabajo.

El empleado se echó a reír y contestó:

—No tengo la llave. Alguien ha debido encerrarnos. Adelante, grite cuanto quiera. Quizás acudan a rescatarnos.

De modo que la puerta estaba cerrada desde fuera. Los tipos que había visto jugando a las cartas estaban compinchados con este granuja para ayudarlo a que una estúpida campesina satisficiera sus deseos. Fue por eso que me había pedido que regresara cuando todos hubieran salido a almorzar. Probablemente había hecho una apuesta con sus compañeros sobre lo rápidamente que conseguiría colarse debajo de mi falda.

—Vamos, Le Ly —dijo el empleado, poniéndose de pie con el pene asomando a través de la bragueta como el morro de un puerco a través de la puerta de la pocilga—. No te pongas así. Sólo quiero que me la chupes un poco. ¿A quién carajo le importa que...?

Cogí la silla metálica y apunté las cuatro patas hacia él, como una batería de cañones.

—¿Qué demonios vas a hacer?

En lugar de aplastarle los sesos con la silla, como deseaba hacer, la arrojé contra la puerta, rompiendo el cristal en añicos. Luego la arrojé contra él, pillándole desprevenido. Mientras el empleado se apartaba de un salto para ocultarse detrás de la mesa, abrí la puerta desde fuera y eché a correr por el pasillo. Al llegar al vestíbulo, me encontré a sus compinches de pie, pálidos como la cera, con las cartas desparramadas sobre el suelo. En aquel momento se abrió la puerta de entrada y aparecieron algunos de los empleados —entre ellos varias mujeres— que habían ido a almorzar.

—¡No se muevan! —grité a los jugadores de naipes. Luego me dirigí a una de las mujeres y le dije—: Avise inmediatamente a la policía militar. Ese hombre ha tratado de violarme —añadí, señalando el despacho del asesor, el cual se hallaba de pie en la puerta con los pantalones desabrochados.

La mujer dio media vuelta y salió corriendo. Los otros empleados —todos ellos norteamericanos— preguntaron a mi agresor qué había sucedido. Al cabo de unos minutos se presentaron dos policías militares, uno republicano y el jefe de la oficina. Al verlos, mi furia dio paso al terror y a la desesperación. ¿Qué posibilidad tenía ahora de conseguir un trabajo con los norteamericanos? ¿A quién iban a creer las autoridades, a un respetable funcionario norteamericano o a una joven «prostituta», que había destrozado la puerta del despacho, había arrojado una silla contra el funcionario y probablemente pertenecía al Vietcong?

Temblando, me senté en una silla y empecé a sollozar. Algunas mujeres trataron de consolarme, sin duda pensando que debía ser muy delicada por tomarme lo sucedido tan a pecho cuando tantas otras jóvenes morían a cada instante de una forma atroz en los alrededores de la ciudad. Sin embargo, al ver a aquel canalla acercarse a mí con la bragueta desabrochada perdí el control. No podía permitir que él —ni ninguno de ellos— se saliera con la suya. No volvería a ser su víctima, ni dejaría que otras chicas inocentes lo fueran. Muchas respetables mujeres vietnamitas trataban de hallar un trabajo para mantener a sus hijos mientras sus maridos luchaban en el campo de batalla. Muchas de ellas habían caído víctimas de tipos como éste.

Ante mi asombro, los policías militares, en lugar de desestimar mi queja o de detenerme en lugar del funcionario, tomaron nota de mi nombre y mi dirección y se llevaron a mi agresor esposado. Jamás olvidaré la expresión de aquel repugnante canalla cuando pasó frente a sus colegas, esposado como un delincuente. Luego, el jefe de la oficina se disculpó personalmente y me prometió encargarse de buscarme un trabajo. Al cabo de una hora regresé a mi apartamento, asombrada de mi victoria. El hecho de que unos norteamericanos hubieran creído en la palabra de una pobre joven vietnamita contra la de uno de los suyos hacía que esa extraña nación de bárbaros-santos me pareciera aún más asombrosa. Quizás en algún lugar de este cruel y peligroso mundo la justicia era la norma, no la excepción.

Al atardecer del 9 de abril de 1986.
De camino a China Beach

Mi «reunión» con Bon Nghe se ha alargado, como la excursión, y vamos a llegar tarde a cenar en casa de Tinh. Anh consigue arrancar unas cuantas más revoluciones a su moto y atravesamos velozmente las oscuras calles.

Al despedirme, ofrecí a Nhi un bonito pedazo de tela para que se hiciera un vestido. Ella lo rechazó cortésmente, siguiendo el ejemplo de su marido, y me dijo que se lo diera a Tinh, puesto que tenía hijos pequeños y lo necesitaba más que ella. Me dijo, antes de que Bon Nghe le hablara sobre sus rebeldes hermanas norteamericanas, que le asombraban los costosos regalos que su suegra hacía a su hijo, ropas y artículos escolares fabricados en Estados Unidos. Suponía que su suegra se había gastado mucho dinero en el mercado negro para adquirir esas cosas, pero ahora conocía su procedencia.

—En cierta medida —dijo suavemente—, tú eres responsable de la excelente educación que ha recibido Nam.

Me despedí de ella estrechándole calurosamente la mano, aunque deseaba abrazarla y decirle que me alegraba que formara parte de nuestra familia. Pensé en lo orgulloso que mi padre se habría sentido de ella.

Cuando me despedí de Bon, le pregunté si volvería a verlo antes de marcharme. Mi hermano miró a los funcionarios que habían abandonado sus puestos junto a la puerta y contestó sonriendo:

—¿Quién sabe? Danang no es una ciudad muy grande. La gente se tropieza continuamente con amigos y parientes.

—Muy bien —dije—. En todo caso, nos veremos cuando regrese de nuevo a Vietnam, sólo que espero que entonces me acompañe un montón de norteamericanos.

—¿Unos veteranos convertidos en turistas?

—Algunos. Otros vendrán para comprobar la situación por ellos mismos. Son personas que desean poner fin a la guerra y empezar de nuevo, que quieren que las cosas sean mejor que antes. Norteamérica puede hacer mucho para ayudar a Vietnam. Entre doscientos cincuenta millones de habitantes, no creo que nos resulte muy difícil hallar a gente que desee encender de nuevo la llama de la amistad. Quizá construyamos una clínica para los pobres de Danang. ¿Sabías que yo solía trabajar en un hospital? Un hospital sería un buen comienzo. Por supuesto, necesitaremos unos terrenos...

—Si consigues traer a los norteamericanos —dijo Bon Nghe—, te garantizo que hallaremos unos terrenos donde construir la clínica.

—¿Y unos obreros para edificarla?

—Mira a tu alrededor, tía Ly —terció Nam—. Si de algo anda sobrado Vietnam, es de personas en busca de trabajo.

—Y un buen sueldo —añadí sonriendo—. No olvides que nosotros, los capitalistas, tenemos la costumbre de pagar por lo que obtenemos. Un buen sueldo a cambio de un buen trabajo...

Era una conversación muy directa y valiente y yo estaba segura de que iba a suceder. Por supuesto, hablar de forma positiva de esas cosas es el primer paso para convertirlas en realidad. Todavía recuerdo el día en que supe con certeza que me iba a Estados Unidos; y el día que dije a mis hijos que iba a regresar a Vietnam. Nada sucede que no hayamos imaginado con anterioridad.

Después de despedirnos, subí a mi cuarto para cambiarme y en estos momentos me encuentro circulando de nuevo por las calles sentada en la moto de Anh, sintiendo la brisa marina sobre mi rostro como una gaviota que regresa del nido. Nos detenemos frente a la casa de Tinh, que me resulta tan familiar que me parece mi propia casa. Sus hijos entran gritando en la cocina:

—¡Ha llegado Bay Ly! ¡Y Anh Hai! ¡Han regresado!

Decididamente, es un recibimiento más caluroso que el que me dispensaron la primera vez. Quizá los vecinos ya no sospechan de mí o, quizás, hemos terminado convenciéndonos de que no tenemos nada que ocultar.

Al entrar, mi madre y Hai nos saludan y nos sentamos a cenar. Tinh nos sirve *mi quang*, chop suey, sopa de arroz, carne con salsa, pollo deshuesado y lonchas de cerdo. Hemos hablado durante media hora sobre nuestra excursión por el campo (no les cuento lo de mi «mareo», que casi me convirtió en una fugitiva escapada a Ky La) y mi encuentro con la familia de Bon. De pronto, Anh saca del bolsillo un pedazo de papel y dice:

—Casi lo he olvidado, Bay Ly. Un mensajero del *Ban Vietkieu* trajo esto al hotel mientras estabas reunida con tu hermano y su familia. No quise que te importunara, pero creo que debes examinarlo.

Pese a experimentar cierto sobresalto —un viejo reflejo que debo tratar de desterrar— cojo el papel y lo desdoblo. Aunque sea una orden de «acudir a una reunión», ahora sé que tengo a muchos aliados de mi parte.

«Por la presente —dice el papel— autorizamos a la señorita Phung Thi Le Ly Hayslip a reunirse con su madre, Tran Thi Huyen, en su habitación en el hotel Pacific, en Danang, la noche del 9 de abril de 1986.» Está firmado y sellado por las autoridades e indica que debemos presentar este papel en recepción cuando mi madre y yo lleguemos al hotel.

—Mira, mamá *Du* —digo a mi madre, enseñándole la nota con manos temblorosas mientras las lágrimas se deslizan por mis mejillas—. Espero que hayas traído el cepillo de dientes.

Sus labios violáceos esbozan una sonrisa y todos nos echamos a reír y nos abrazamos de alegría y emoción.

Abro la puerta de mi habitación de hotel y penetramos en una especie de Disneylandia.

Mi madre, fatigada del trayecto en la bicicleta de Binh, del complicado papeleo en recepción y de subir las escaleras hasta mi habitación, penetra en la primera habitación decorada al estilo occidental que ha visto desde que Lien nos arrojó de casa de Anh hace unos veinte años.

—Es muy bonita —observa—. Al parecer, los forasteros siguen gozando de mayores privilegios que nosotros en Vietnam.

—Mira —le digo, mostrándole los regalos que he dispuesto junto a la pared—. Son para ti, para que los distribuyas como quieras.

Nos ponemos de cuclillas para examinar los regalos, excitadas como unas niñas en Navidad.

—¡Café! Anda, huélelo —digo, rompiendo el sello mientras el delicioso aroma invade la habitación como un perfume. Imagino que mañana la doncella avisará a las otras sirvientas del hotel para que vengan a aspirar el exquisito aroma.

Luego le enseño el resto de los regalos, que he transportado a través de la terminal en Los Angeles, la aduana en Bangkok y dos destartalados aeropuertos en Vietnam. Al igual que nosotras, han recorrido un largo trayecto hasta llegar aquí. Telas de distintos tejidos y estampados; objetos prácticos como clavos y tijeras; vitaminas, aspirinas, una barra de labios y perfume. Salvo una máquina de coser portátil, son unos objetos pequeños, nada espectaculares, el tipo de cosas que los norteamericanos utilizamos normalmente y que aquí, en Vietnam, constituyen una rareza.

—Es demasiado —protesta mi madre—. Dáselo a Anh. Tiene mucho más que nosotros y, por tanto, mayores responsabilidades. Lo merece más que nosotros.

Miro a mi madre fijamente.

—Quieres mucho a Anh, ¿verdad mamá *Du*? —le pregunto.

—Lo arriesgó todo para dar conmigo en 1982 —contesta, acariciando las telas—. Cuando vino a vernos a Hai y a mí no hizo más que hablar de ti. Sí, de ti y de su hijo en Norteamérica. No nos contó sus problemas bajo el nuevo régimen ni los sufrimientos que había padecido durante la guerra ni su divorcio ni lo que sucedió después de la liberación. Sólo pensaba en su esposa número dos. Es él quien te llama así, no yo. ¿Recuerdas que la gente me aconsejaba que presentara una demanda contra él por haber dejado encinta a una menor? Me decían que fuera a ver a un abogado en Danang para reclamar nuestros derechos, que Anh estaría dispuesto a pagar el doble con tal de impedir que su nombre apareciera en los periódicos, que hasta te aceptaría como su esposa número dos, pese a las protestas de Lien, para cerrarme la boca. Pero yo me dije: «Ésta no es la forma de resolver los problemas de Bay Ly. Para empezar, tratar de vengarnos de Anh sería una imprudencia. Por otro lado, si perdono a Anh y trato de solucionar las cosas del mejor modo posible, Bay Ly y su hijo aprenderán qué es la caridad y el perdón.» Y eso es lo que hice.

En estos momentos casi me parece escuchar la voz de mi padre a través de los labios de mi madre, cuyas dulces palabras son muy similares a las últimas frases que pronunció mi padre antes de morir.

—Recuerda, Bay Ly —prosigue mi madre—, es fácil mostrarse caritativo cuando eres rico y poderoso, pero no tanto cuando eres débil y tienes hambre. Por eso tiene más valor. Así que, en vez de sembrar amargura, que es lo que recogeríamos hoy, decidí sembrar compasión, y nos ha dado buen resultado. Como dicen, *Mot cau mhin, chin cau lanh* (con una palabra de perdón consigues nueve favores). Puesto que le perdonamos su error, Anh no dudó en ayudarnos cuando le necesitamos. Es el marido vietnamita que nunca tuviste. Es el yerno que siempre deseé. No tenemos nada de qué arrepentirnos.

De pronto, mi madre pierde el equilibrio y cae contra la pared.

—¿Estás bien, mamá *Du*?

—¿Por ser una vieja de setenta y ocho años? ¡Desde luego! —Estira sus delgadas y tostadas piernas ante sí y añade—: No, Bay Ly, no quiero mentirte. El verte me ha rejuvenecido, pero sé que no me queda mucho tiempo. El color de mi piel ha cambiado. Empezó a cambiar el año pasado. Lo he observado en otros. Mira...

Se inclina hacia delante y se arremanga la camisa, mostrándome la espalda. La última vez que contemplé la espalda de mi madre fue para rascársela, cuando, siendo yo una niña, solíamos reírnos y hacernos cosquillas al regresar de trabajar en los campos. Ahora su piel es casi transparente y posee la textura del yeso reseco; sus fuertes músculos se han atrofiado y tiene la espalda encorvada. Debajo de sus ropas, su depauperado cuerpo muestra las señales inequívocas de la muerte.

—*Phong thap* —afirma como si fuera un médico—. Es reumatismo.

Se cubre de nuevo y yo le acaricio la mano.

—Tienes que conservar la salud hasta que yo regrese —le digo—. ¡Hay tantas cosas que quiero hacer! ¡Y tantas cosas que quiero mostrarte...!

Me aprieta la mano, sonriendo, y contesta:

—Has regresado, Bay Ly, y eso es lo importante. Has completado tu círculo de crecimiento, el karma que te trajo al mundo. Si regresas de nuevo, será parte de un ciclo nuevo, no del viejo. Tu pasado ha concluido. La guerra ha terminado para ti. Has cumplido tu destino como tu madre. *Nuoc rong* a *nuoc lon* (de la marea baja a la marea alta). De pobre a rica, de desgraciada a feliz, de mendiga a dama, has cerrado el círculo de tu vida. Puede que regreses mil veces y realices mil tareas, pero será para cumplir un destino diferente. En cuanto a mí, pronto me llegará la hora de descansar. ¿Me preguntas qué quiero que me traigas cuando regreses? Trae cemento para depositarlo en mi ataúd y seda para mi mortaja, para que no tenga frío cuando yazga junto a tu padre. Me contento con eso. Tengo cuanto necesito. —Mi madre sonríe de nuevo y continúa—: ¿Quién iba a decirme que hace sesenta años conocería a tu padre en los campos y me pondría a coquetear con él?

—Ven —le digo, ayudándole a incorporarse—. Acuéstate en la cama. Para eso está. Has pasado muchos años acostada en el suelo. Quiero que me hables sobre tu vida y nuestra familia y mi infancia.

Ayudo a mi madre a acostarse en la cama y apago las luces. Luego me tiendo junto a ella y observamos la brisa que penetra por la ventana. Saco el pequeño magnetófono portátil que he utilizado para grabar unas notas durante el viaje, cambio la casete y lo pongo en marcha.

—¿Qué es eso? —pregunta mi madre, mirando con recelo el curioso aparato.

—Es un magnetófono, mamá *Du*. Es como escribir sin papel. No quiero olvidar nada de lo que digas.

Mi madre se recuesta de nuevo y guarda silencio. Al cabo de un rato, le pregunto:

—¿Te encuentras bien? ¿No deseas hablar?

—He vivido casi ochenta años sin necesidad de apuntar nada, Bay Ly, y no voy a empezar a hacerlo ahora, ni siquiera con ayuda de ese extraño artilugio. *Xa hoi van minh*, eso es lo que es. ¡Un aparato diabólico! Si quieres recordar algo, utiliza los ojos, los oídos y la nariz. ¡Para eso te los ha dado dios!

—Está bien, mamá *Du*. Como quieras —contesto, desconectando el diabólico aparato.

Al cabo de unos momentos, mi madre empieza a hablar y las imágenes de unos soleados arrozales, de una niña persiguiendo a los patos con un palo, y de su alegre y artístico hermano, transportándola sobre sus hombros, invaden la habitación. Los viejos espíritus, entumecidos de yacer en sus tumbas, se estiran y sonríen y se deslizan por la habitación. La voz de mi madre se vuelve más cálida y suave, como mi almohada, y las olas parecen murmurar: «Bay Ly, Bay Ly, mi pequeña florecita, ¿dónde has estado durante tanto tiempo?»

13

ALCANZAR LA PAZ

A primera hora de la mañana del 10 de abril de 1986.
El hotel Pacific, en Danang

Me despierto sintiendo frío. Me he quedado dormida sobre el cubrecama, vestida, y el resplandor del sol, que se refleja sobre los edificios que hay frente al hotel, me deslumbra.

Me giro hacia el espacio vacío que ocupaba mi madre mientras me relataba historias de mi infancia, me levanto y me dirijo a la ventana para cerrarla.

Mi madre. *Du oi du dau?* (¿Dónde está mamá *Du?*)

Corro hacia el baño pero no está en el retrete ni en la ducha. El pánico hace presa en mí. ¿Se habrá ido andando a casa? ¿La habrán asaltado unos delincuentes, la habrá detenido la policía o habrá sufrido un ataque cardíaco y ahora yace muerta en una zanja o junto a la carretera?

Me pongo los zapatos y me dirijo apresuradamente a la puerta, tropezando con el cuerpo que está tendido junto a la cama.

—¡Mamá *Du!* —exclamo, inclinándome sobre ella para despertarla—. ¿Qué haces acostada en el suelo? ¿Te encuentras bien?

Sus viejos ojos parpadean y sus ennegrecidos labios se mueven ligeramente. Tras grandes esfuerzos, consigue incorporarse y apoyarse contra la cama.

—¿Ya ha amanecido? —me pregunta, bostezando y desperezándose como un gato—. Hace poco que me he quedado dormida.

—¿Has pasado toda la noche acostada en el suelo?

—¡Claro que no! —contesta enérgicamente—. Sólo me acosté en el suelo para dormir. Esa cama occidental es muy incómoda. No entiendo cómo puedes dormir en ella.

Le ayudo a levantarse y observo que, pese a sus austeras costumbres, ha utilizado un pedazo de tela a guisa de almohada. Mientras le acompaño al baño, veo que también ha abierto las otras cajas, probablemente para admirar, acariciar y oler su contenido. «Si quieres recordar algo, utiliza tus ojos, tus oídos y tu nariz, que para eso te los ha dado dios.»

Después de lavarse un poco y sentarse precariamente en el retrete occidental para hacer pipí, está dispuesta para desayunar. Entretanto, me doy una ducha, elijo la ropa que voy a ponerme, me cepillo los dientes, me peino y me maquillo bajo su divertida y atenta mirada. Termino en quince minutos —un nuevo récord—, pero mi madre sacude la cabeza como pensando en la cantidad de batatas que podría haber cogido en ese tiempo. Por su expresión, es evidente que algunos hábitos occidentales le parecerán siempre inescrutables.

Después de desayunar, cojo los regalos y mis dos maletas y bajamos al vestíbulo. Tras ayudar a mi madre a instalarse en un *siclo* y colocar los bultos junto a ella, doy al conductor las señas de la casa de Tinh.

—De acuerdo —digo, frotando las manos de mi madre para ayudarle a entrar en calor—, nos veremos a la hora de cenar. Anh desea presentarme a unos amigos suyos y no puedo negarme. Mañana regresamos a Saigón.

—Así pues, será una cena de despedida —dice mi madre.

Tras unos instantes, contesto:

—Sí, supongo que sí. Me gustaría volver a ver a Bon Nghe, reunirme de nuevo con toda mi familia antes de marcharme.

—Intentaré arreglarlo —dice mi madre, como si fuera un funcionario del *Ban Vietkieu.*

Cuando el *siclo* se aleja regreso a mi cuarto. Por primera vez desde que llegué, empiezo a sentir la angustia de tener que separarme de mi familia, mucho más intensa que los temores que sentí al llegar. Como toda cima de placer, es una sensación que sólo puede gozarse brevemente. Es muy bonito contemplar una puesta de sol, pero al final acaba anocheciendo. Un amanecer es muy hermoso, pero da paso a la mañana. La providencia o la suerte o dios me han permitido visitar a mi familia, cerrando el primer gran círculo de mi vida. Experimento una inmensa montaña de paz en mi interior. Pero para alzarse sobre la superficie de mi vida, esa montaña de paz debe desprenderse del suelo. La dicha que nos proporciona reunirnos con nuestros seres queridos siempre va acompañada del dolor de la separación —del renacer—, para que podamos comenzar otro ciclo de crecimiento. Sólo dios sabe a dónde me conducirá ese nuevo ciclo.

Por supuesto, incluso los placeres más sublimes son imperfectos. No había visto a mi hermana Ba, por haberse enemistado con mi madre y con la familia de la que ella había cuidado, y que a su vez había cuidado de ella, durante la guerra. Pese a la nueva serenidad que experimento, lamento abandonar un campo de batalla, en el cual las viejas heridas han generado otras nuevas. En un campo de flores, siempre hay unos capullos que todavía no se han abierto.

Al cabo de una hora llega Anh y nos dirigimos a la oficina del *Ban Vietkieu* para confirmar el vuelo de mañana a Saigón. A diferencia del espléndido sol que ha lucido durante los últimos días, el cielo está cubierto de unos nubarrones que presagian lluvia. Quizá la costa central se propone despedirme llorando.

Después de realizar varias gestiones en la ciudad, vamos a almorzar con un matrimonio amigo de Anh. Viven en una amplia casa situada en una zona de Danang donde, en 1966, fui asaltada y casi violada por unos gamberros. Lo que en aquellos tiempos era un elegante barrio residencial (llamado *bai bien thanh binh* «playa pacífica»), habitado por destacados personajes republicanos y civiles norteamericanos, es ahora un yermo cubierto de hierbajos. Nuestros anfitriones también muestran evidentes signos de decadencia. Según me informa Anh, vivían de las rentas que les proporcionaban sus lujosas viviendas, que alquilaban a los prósperos norteamericanos, aprovechándose del aparato de la guerra. A partir de 1975, cuando el Gobierno comunista confiscó todos sus bienes, se vieron obligados a ponerse a trabajar. A diferencia de Anh, están tan llenos de amargura, dolor y odio, que tras conversar con ellos unos minutos siento que la cabeza me estalla. Durante la guerra, en Vietnam, dominado por los especuladores y el torpe, aunque bienintencionado gigante norteamericano, esas personas eran los amos. Se aprovechaban de las esperanzas y los temores de los menos afortunados, menos astutos y codiciosos, lo que contribuyó a precipitar al país en la miseria y la desesperación. Cuando se cerró el círculo de esa vida y comenzó uno nuevo bajo los comunistas, no fueron capaces de enfrentarse a la nueva situación. Los fantasmas que habían creado durante la guerra regresaron para atormentarlos y aprisionarlos en su propio y nefasto karma. Lo que sembraron durante aquellos años se pega ahora a su paladar como una fruta amarga. Aunque era la primera vez que los veía, tuve la sensación de que conocía perfectamente a esas personas.

Dos días después del lamentable episodio con el asesor de la oficina de empleo, me entrevisté con el jefe de la misma, quien me dijo que, para conseguir un trabajo con los norteamericanos, debía presentar un certificado de nacimiento. Tras explicarme pacientemente de qué se trataba, fui a casa y pedí a mi madre que me facilitara una copia de dicho documento.

—¿Necesitas un papel que demuestre que has nacido? —contestó mi madre incrédula—. ¡Qué ridiculez! No tienen más que mirarte para comprobar que estás viva.

—No, mamá *Du* —insistí—, no lo comprendes. Quieren que les presente un papel que certifique que soy una buena ciudadana y que no pertenezco al Vietcong. Los ciudadanos honrados poseen unos documentos que indican cuándo y dónde nacieron, y quiénes eran sus padres. Si no les presento un certificado de nacimiento no conseguiré un trabajo con los norteamericanos.

Como es lógico, mi madre no estaba de acuerdo con ese proyecto. Para conseguir mis propósitos, necesitaba la ayuda de alguien que conociera los entresijos de la burocracia gubernamental. La única persona que podía ayudarme era nuestra casera, una mujer vietnamita llamada Hoa, que gozaba de una saneada posición económica y me había explicado los legalismos de la vida cotidiana cuando firmé el alquiler del apartamento que había compartido con Red.

Cuando fui a ver a la «hermana Hoa» (que era como le gustaba que la llamara), tuve la sensación de solicitar la ayuda de una emperatriz viuda o de la reina de las brujas. Tenía una espléndida casa llena de sirvientes y costosos objetos norteamericanos. Lucía elegantes ropas y toneladas de maquillaje que, más que embellecerla, le daban el aspecto de una momia embalsamada. Al exponerle mi problema, sacudió la cabeza y afirmó que no podía hacer nada. Me dijo que necesitaba la ayuda de personas influyentes, aunque me advirtió que ello me costaría mucho dinero. Hasta los trámites burocráticos más simples se habían convertido en una cuestión complicada y costosa, y si lo que requería era algo especial —algo conseguido a través de la «puerta trasera», como un documento que nunca había existido— el precio podía ser astronómico.

No obstante, comprendí que ese pedazo de papel era mi única salvación. Así pues, le dije que pagaría el precio que fuera con tal de conseguir el certificado. En el mejor de los casos, me comprometí a entregarle todos mis ahorros. Muchos campesinos tenían oro enterrado en el campo y los ricos intermediarios de la ciudad estaban más que dispuestos a apoderarse de él. En el peor de los casos, confiaba en que Hoa, que también comerciaba en el mercado negro, me haría un descuento. El caso es que Hoa me dijo que reuniera cierta suma de dinero y esperara a que ella se pusiera en contacto conmigo.

Al cabo de unos días se presentó en casa un policía vestido de paisano y con un ojo cubierto por un parche negro de pirata. Dada mi costumbre de asignar unos apodos a las personas que acababa de conocer para recordarlas, su aspecto evocó de inmediato en mi mente la imagen de un «Elefante solitario». (En Vietnam, un hombre tuerto es comparado a un elefante con un solo colmillo; tras haber perdido el otro de forma violenta, suele ser muy malvado.) Como el policía era también extraordinariamente obeso, tenía dos motivos para recelar de él. Por otra parte, no era el policía al que pagábamos para que nos protegiera, lo cual aumentó mi desconfianza. Quizá nuestro policía había sido asesinado o trasladado a otro lugar y éste lo había sustituido. Quizá nuestra casera me había denunciado o había transmitido mi petición a gentes de poco fiar. En cualquier caso, pese al desprecio que me inspiraban los policías corruptos, comprendí que debía obrar con mucha cautela.

—¿Es usted Phung Thi Le Ly? —preguntó el policía.

—Sí, soy yo —contesté sonriendo.

—Acompáñeme —me ordenó, dirigiéndose hacia la puerta. Observé que tenía una moto aparcada frente al edificio.

—Espere —protesté—. ¿Qué sucede? ¿De qué se me acusa?

El policía se detuvo y respondió:

—Necesita unos documentos, ¿no es así?

Yo no sabía qué historia le había contado mi casera, de modo que contesté:

—Sí, ¿por qué me lo pregunta?

—Tiene que acompañarme al cuartel de la policía para que le tomen las huellas digitales y le hagan unas fotos. Vamos, señorita. No puedo perder el tiempo. A propósito, me han dicho que tiene el dinero preparado en billetes pequeños.

—¡Desde luego! —contesté, calzándome apresuradamente y cogiendo una bolsa llena de *piasters*.

Mientras nos dirigíamos en su moto a Hoi An, donde estaba situado el cuartel de la policía, me informó que era un sargento y que, dada su posición, solía hacer favores a personas importantes y a otras menos importantes a cambio de una elevada suma de dinero. Odiaba a los comunistas, y me dijo que, desde que la guerra había llegado a Quang Nam, había capturado, torturado y asesinado a numerosos soldados del Vietcong. También había trabajado en el campo de prisioneros de My Thi, y me contó que su última víctima, una mujer aproximadamente de mi edad, había preferido colgarse del cordón de los pantalones antes que someterse a otro interrogatorio.

—Si no me faltara un ojo —dijo—, trabajaría para el servicio de inteligencia del Ejército.

En aquellos momentos, lo único que me preocupaba era que ese hombre no descubriera mis antiguos vínculos con el Vietcong ni me reconociera como una de las chicas que había atado a un poste rodeado de hormigas en My Thi.

Al llegar al cuartel de la policía me hicieron unas fotografías, tomaron mis huellas digitales y me entregaron unos impresos para que los rellenara.

—Parece un poco nerviosa —observó el viejo policía—. No se preocupe. Se encuentra en el edificio más seguro de esta provincia. El maldito Vietcong no puede entrar aquí. Quién sabe, quizá le gustaría trabajar para nosotros. En ese caso, yo mismo podría recomendarla.

—No, gracias —contesté sonriendo, ansiosa de salir de aquel lugar—. Las pistolas me ponen nerviosa.

Anoté mi fecha de nacimiento, el 19 de diciembre de 1949, en el último impreso y se lo entregué junto con los otros. Temía que me propusiera acostarme con él o que me llevara a una celda para abusar de mí, pero se limitó a meter los impresos en un sobre y me acompañó de nuevo a casa.

Durante los días siguientes apenas pude probar bocado ni pegar ojo debido al temor de que el funcionario encargado de tramitar mi solicitud reconociera mi nombre o mi fotografía o se enterara de que había sido arrestada en otras ocasiones. Pero, afortunadamente, no sucedió. Y aunque hubiera sucedido, el dinero que había entregado era más que suficiente para sobornar a un funcionario y agilizar los trámites. Tres días después de haber ido a Hoi An, el policía se presentó de nuevo.

—Feliz cumpleaños —dijo, sonriendo debajo del parche que le cubría el ojo tuerto. En la mano sostenía un certificado que demostraba que yo había nacido el 10 de mayo de 1950, en la provincia de Quang Nam. Me reí interiormente ante la incompetencia de los burócratas y les di las gracias por concederme unos cuantos meses de juventud. Luego entregué al policía el último pago (el cual supuse que se repartiría con la hermana Hoa), junto con unas botellas de whisky y unos cartones de cigarrillos norteamericanos. Estoy segura de que, si en aquel momento el pequeño Hung no hubiera entrado corriendo en la habitación, el viejo sargento hubiera intentado propasarse.

Con mi nueva identidad y mi nueva imagen, conseguí un puesto de camarera en el club de oficiales del Ejército norteamericano, cerca del campo de My Thi. Sin embargo, debido a la ubicación del club, acudían pocos clientes, pues la mayoría de los oficiales prefería el club situado en Danang. Por otra parte, los escasos clientes que lo frecuentaban eran pilotos de helicópteros y médicos a quienes una camarera campesina no les merecía el menor respeto. Cuando comprendí que allí no tenía ningún futuro, ni por trabar amistad con personas influyentes ni por las propinas, pedí al jefe de personal que me trasladara al club de miembros de la fuerzas armadas de la Marina, más grande y concurrido que el otro.

Dado que se hallaba ubicado en una zona segura, todas las chicas que trabajaban en el club eran trasladadas a él en un camión por las tardes y regresaban a sus casas por el mismo medio una vez terminado el trabajo. Aunque el club estaba siempre lleno de simpáticos marineros que nos daban generosas propinas, estaba situado junto al hospital de My Thi, y cuando hacíamos una pausa salíamos fuera para contemplar los helicópteros que transportaban a los heridos del frente. Para colmo, los cuerpos de algunas víctimas que no habían logrado sobrevivir (junto con los miembros amputados de los que seguían vivos) eran incinerados a cualquier hora del día o de la noche, y el espantoso humo negro que a veces descendía sobre el club hacía que los clientes se marcharan apresuradamente. No obstante, me pagaban un buen sueldo. Hacía tiempo que había comprendido que la muerte —bajo todas sus formas— estaría siempre presente en Vietnam.

Un día, mientras esperaba que me recogiera el camión de la Marina, me senté en la terraza de un bar, cerca de mi apartamento, para tomar un café, una costumbre que había adquirido de los norteamericanos, aunque mi madre y mi hermana Ba seguían prefiriendo el té. De pronto pasó un jeep, que frenó bruscamente y retrocedió hasta detenerse frente a la mesa donde me hallaba sentada. Tras aparcar el vehículo ilegalmente en la concurrida calle, el conductor se apeó y me sonrió.

Era un oficial de las fuerzas aéreas estadounidenses, un hombre bajo, un tanto grueso, pero muy atractivo. Al hablar noté que tenía un marcado acento tejano y un simpático tono musical que nunca había oído en un norteamericano. Me preguntó qué hacía una chica tan bonita como yo sola en un café. Me pidió permiso para sentarse a mi mesa y no pude negarme.

Conversamos un rato y me dijo que se llamaba Paul, que era un subteniente, que ésta era su primera visita a Vietnam y que ocupaba un cómodo cargo en Danang. Yo le dije que trabajaba en el club y que me gustaría seguir charlando con él, pero que el camión de la Marina acababa de llegar y debía irme. El oficial me preguntó a qué hora terminaba de trabajar y prometió venir a recogerme, para evitarme tener que viajar en ese «camión de ganado» junto con las otras chicas. Yo me sentí muy halagada y sorprendida de que un oficial norteamericano (aunque fuera un subteniente) se interesara en una ignorante campesina como yo.

A lo largo de los próximos meses, Paul y yo nos vimos con frecuencia, generalmente después del trabajo o las tardes en que ambos estábamos libres. Debido a mis experiencias con Red y con Jim, sin embargo, traté de guardar las distancias, en parte para evitar que se aprovechara de mí, pero al mismo tiempo por temor a perderlo. Cuando al fin decidí hacer el amor con él, me sorprendió su ternura y el hecho de que me aceptara tal cual era. Quizás ello se debía a haberse criado en un rancho lleno de animales, con grandes espacios abiertos y un clima que recordaba a los hombres quiénes eran realmente en comparación con las fuerzas de la naturaleza. En cierta ocasión, tras recibir una carta de sus padres informándole que su caballo favorito se había herido y habían tenido que sacrificarlo, lloró como había llorado yo el día en que nuestro búfalo resultó herido y también tuvimos que sacrificarlo. Aunque no me dijo si su familia se había comido al caballo, supuse que sí, pues, aunque vivieran en Estados Unidos, no me parecía lógico que desperdiciaran tal cantidad de carne. Quizá fue la muerte de su querido caballo, junto con la pérdida de numerosos amigos suyos, lo que le impulsó un día a proponerme que nos fuéramos a vivir juntos. Evidentemente, no se trataba de una propumigo de matrimonio, pero yo había renunciado a la esperanza de hallar un marido. De todos modos, la perspectiva de compartir mi vida con un hombre —aunque no estuviera dispuesto a casarse conmigo al menos me permitiría comportarme como su esposa— resultaba muy atrayente.

Por aquel entonces, mi madre también había llegado a aceptar el hecho de que yo, al igual que Lan, saliese con norteamericanos. No se opuso a mi decisión de llevar a Paul a mi apartamento de la calle Gia Long. Le aseguré que seguiría pagando el alquiler de su casa y su manutención, y que iría a visitarla a ella y a mi hijo todos los días antes de entrar a trabajar.

Durante varias semanas me sentí muy feliz, aunque me extrañaba la cantidad de tiempo que Paul pasaba trabajando y viajando por el país, también por razones de trabajo. Tenía muy pocas cosas suyas en mi apartamento (que sólo disponía de agua fría y de un retrete exterior), y prefería ducharse y vestirse y conservar la mayor parte de sus pertenencias en la base donde trabajaba. No obstante, pasábamos casi todas las noches juntos y por las mañanas se iba a trabajar como cualquier marido. Aunque siempre me trataba con gran respeto y cariño, nuestros vecinos vietnamitas me miraban con desprecio. Sin duda, el hecho de haber instalado en mi casa a otro norteamericano tras mi ruptura con Jim, les hacía considerarme poco menos que una zorra y se negaban a dirigirme la palabra.

No obstante, me sentía como una reina, una mujer importante que merecía el respeto de su consorte; una mujer que podía despertarse por las mañanas sin sentir ningún temor y sabiendo que, por la noche, se acostaría junto a un hombre bueno y afectuoso.

Al cabo de un tiempo, sin embargo, Paul empezó a quejarse de mi trabajo. No le gustaba que tratara con otros norteamericanos, pues me consideraba de su propiedad, y se enfurecía cada vez que un marinero me acompañaba a casa por las noches, aunque lo hiciera para protegerme. Cuando confesé mi preocupación a una chica que trabajaba también en el club, ésta comprendió de inmediato el problema.

—Ése está a punto de regresar a casa y no sabe qué hacer contigo.

—¿Qué quieres decir? ¿Crees que quiere casarse conmigo y llevarme con él a Estados Unidos?

—Quizás. O puede que no sepa cómo romper contigo sin quedar como un cerdo. Al fin y al cabo, para la mayoría de los norteamericanos no somos más que unas *thay ao*, unas camisas que se cambian cuando les conviene.

—Pero Paul ha sido muy bueno conmigo —protesté—. Estoy convencida de que me quiere.

—Pues peor que peor —dijo mi amiga—. A los buenos siempre les cuesta más romper. Si fuera un canalla, al menos sabrías de qué pie cojea y podrías tomar tus medidas.

Aquella noche pregunté a Paul cuándo finalizaba su contrato de trabajo.

—¿Qué clase de pregunta es ésa? —replicó, dolido—. ¿Acaso te has cansado de mí?

—No, por supuesto que no. Pero últimamente te comportas de una forma un tanto extraña y me han dicho que quizá se deba a que van a repatriarte.

—¿Quién te lo ha dicho?

—Nguyen, la chica que trabaja en el club.

—Pues dile a Nguyen que se equivoca. Es más, hoy me han prorrogado el contrato otros seis meses, de modo que no voy a moverme de aquí hasta Año Nuevo. ¿Qué te parece, cariño?

Yo le abracé y le dije que era el hombre más maravilloso que había conocido, aunque fuera un invasor norteamericano.

Todo discurrió normalmente hasta una mañana, a los pocos días de haber mantenido esa conversación, cuando me disponía a prepararle el café a Paul, como hacía siempre. Ese día, Paul se había levantado temprano, se había puesto su uniforme azul —que no solía llevar habitualmente—, y me dijo que no tenía tiempo de desayunar. Entró en la cocina, me besó, me estrechó entre sus brazos durante unos minutos y se marchó sin decir palabra.

Aunque aquella noche no regresó a casa, no me inquieté. En ocasiones se desplazaba a otra población y, si se hacía tarde o había demasiado tráfico en las carreteras, se quedaba a dormir en una de las bases norteamericanas y al día siguiente regresaba en helicóptero. Sin embargo, pasados dos días sin saber nada de él, empecé a preocuparme seriamente.

Fui a la base donde trabajaba Paul para averiguar lo ocurrido y pedí hablar con su jefe, un capitán norteamericano, pero estaba ausente. Al fin conseguí hablar con un soldado que se ocupaba de las nóminas.

—¿El teniente Rogers? Creo que se ha marchado, pero lo comprobaré —dijo, examinando unos archivos—. En efecto, ha sido repatriado. El martes fue el último día que se presentó en la base. ¡Qué suerte ha tenido ese cabrón! ¡Ojalá estuviera en su lugar! ¿Por qué me lo pregunta?

Aturdida, me dirigí hacia la parada del autobús. Tenía ganas de llorar, pero no podía. En primer lugar, hubiera dado un espectáculo; me habrían tomado por una refugiada o, peor aún, por una chica a la que había plantado su novio. En segundo lugar, después de mis experiencias con Red y con Jim, había decidido no volver a compadecerme de mí misma mientras conservara la salud, y menos aún llorar por un hombre. Había cometido la imprudencia de enamorarme de Paul y había confiado en su lealtad. ¿A quién podía culpar de mi fracaso? Ciertamente, no era la primera chica vietnamita que era abandonada por su novio norteamericano, ni tampoco sería la última. En cierto modo, esa idea me consoló. A través del amor, aunque brevemente, había hallado la forma de superar la miseria que me rodeaba. Si había podido perdonar a Anh por haberme abandonado con un hijo, a Red por pretender transformarme en la mujer que él quería y a Jim por tratar de estrangularme, ¿cómo iba a ser menos caritativa con Paul, del que sólo guardaba buenos recuerdos? Quizá tenía una esposa y unos hijos en casa. ¿Cómo podía reprocharle que deseara regresar junto a su familia? Y aunque había dejado que yo hiciera el papel de esposa suya, ¿cómo podía culparlo por tratar de hallar un poco de paz y consuelo en medio de la guerra? ¡No, claro que no podía! Decidí que debía sacar fuerzas de la compasión, no la debilidad que engendra la amargura. Esta nueva lección era válida como todas las lecciones que había aprendido de los norteamericanos que la providencia o la suerte o dios me habían enviado para ser mis maestros. Todos ellos me habían dado algo que, en el momento de conocerlos, me faltaba. Debía aceptar mis decisiones y las consecuencias de las mismas. Yo era tan culpable como ellos de lo que había sucedido. Para una mujer vietnamita, comprender eso equivalía a la emancipación de una esclava. Odiar a los hombres que me habían hecho daño sólo servía para retenerme en su poder. Perdonarlos y agradecerles las lecciones que me habían enseñado me permitía liberarme y seguir mi camino.

A lo largo de los siguientes meses trabé amistad con otros soldados y civiles norteamericanos. Aunque muchos me propusieron salir con ellos, yo me negué, pues prefería alimentar mi espíritu junto a mi madre y a mi hijo y disfrutar de la vida familiar con mis hermanas, Ba y Lan, y también Hai, cuando acudía a visitarnos.

Por supuesto, Lan insistía en que me buscara otro novio norteamericano.

—¿No recuerdas lo feliz que eras con Paul? —me preguntaba—.
¿Y las cosas agradables que solías hacer con Jim? Una buena mujer necesita a un buen hombre, y, en estos tiempos, los mejores son los norteamericanos.

Aunque mi madre estaba de acuerdo con la primera parte de su
argumento (quería que buscara un padrastro vietnamita para mi hijo),
yo sólo estaba de acuerdo con la última parte del mismo. Las únicas
mujeres vietnamitas que abandonaban el país lo hacían en compañía
de protectores norteamericanos, y mi política de mantener a los invasores a distancia (al menos emocionalmente) me impedía alcanzar mis
objetivos de hallar la paz y la seguridad. Sin embargo, no deseaba arries-
gar de nuevo mis sentimientos, ni siquiera para conquistar a alguien
que pudiera acelerar mi huida. Era un problema aparentemente sin solución, de modo que decidí apartarlo de mi mente.

Un domingo de abril de 1969, cuando regresaba en mi Honda por
la calle Doc Lap después de desayunar, una camarera que trabajaba
en un bar y a la que había conocido en casa de Lan me hizo señas
para que me detuviera. Era bastante mayor que yo y estaba cargada
de hijos, incluyendo al que llevaba ahora en el vientre. Cuando me
detuve, vi que iba acompañada de un norteamericano de unos cincuenta o sesenta años vestido con una camisa blanca y unos pantalones caros. Se acercaron a mí y ella me presentó a su acompañante como Ed,
un civil que trabajaba para el Ejército estadounidense y que estaba de
vacaciones tras pasar cinco meses en Vietnam. Era un hombre alto,
apuesto, con el pelo canoso y las manos llenas de callos.

—Es un supervisor en la RMK —me dijo la mujer en vietnamita—,
ya sabes, la constructora norteamericana. Gana un montón de dinero
y no sabe cómo gastarlo. Sus compañeros le dijeron que fuera a la calle
Hoang Dieu y buscara a una chica local con la que acostarse, pero esa
zona está llena de delincuentes y le habrían atracado. En realidad, es
un anciano muy amable. No sabía qué hacer con él cuando de pronto
te vi pasar.

—¿Qué quieres decir?

—Quiere conocer a una chica vietnamita simpática y agradable y
yo, en mi estado, no puedo llevarlo a casa. Además, no quiero liarme
con otro tipo. ¿Por qué no sales con él? Me ha dado dinero para que
te lo presente. No puedo devolvérselo. Por favor, ayúdame, hermana Ly.

Yo miré a Ed. A diferencia de otros norteamericanos más jóvenes,
que se hubieran impacientado ante nuestra incomprensible cháchara, Ed
se limitó a encender un cigarrillo, dispuesto a esperar a que termináramos-
mos de conversar. Tenía la mirada bondadosa —como los viejos de
las aldeas— y una voz suave y profunda como la música que suena
en las iglesias cristianas. No obstante, podía ser mi padre.

—No —contesté—. Ya no me dedico a esas cosas. Tengo muy mala suerte con los hombres. Un mal karma.

—Te lo ruego, Le Ly. No puedo devolverle el dinero que me ha dado para que le presente a una chica. Tengo nueve hijos. ¡Necesito ese dinero!

—Lo siento —contesté, sonriendo a Ed y poniendo en marcha la moto.

—Espera —insistió la mujer—. Deja que le diga que estás de acuerdo en salir con él, ¿de acuerdo? Así me dará el resto del dinero que me ha prometido y luego *thoi minh di* (nos largaremos). Es demasiado viejo para perseguirnos a las dos. Está sordo de un oído y fuma como una chimenea. Al llegar al final de la manzana se quedará sin resuello. ¿Qué dices?

Yo no quería estafar a ese agradable anciano, aunque fuera un extraño, pero sentía lástima de la amiga de Lan. Tenía nueve hijos que alimentar y ya no era una jovencita. Con su ajado aspecto y su delicada salud, no le quedaba mucho tiempo para seguir ganándose la vida como camarera en un bar.

—De acuerdo —dije—. Dile que saldré con él y prepárate para echarte a correr.

La mujer sonrió satisfecha, murmuró algo al oído de Ed y éste le entregó unos billetes. Pero cuando éste me miró, sentí compasión de él. Su mirada, lejos de expresar una incontenible lujuria, reflejaba una profunda soledad y el deseo de hallar a alguien que le ofreciera compañía, comprensión, paz y todo cuanto yo había anhelado cuando Paul me abandonó. Cuando la mujer guardó el dinero en el bolso, temí no ser capaz de dejarlo allí plantado.

—Está bien —dijo la mujer, cerrando el bolso—. Vámonos.

Tras estas palabras, echó a correr calle abajo. Ed la miró perplejo y la llamó con su profunda y melódica voz. Yo no quería abandonarlo, pero al ver que Ed cerraba los puños en un gesto amenazador, me largué a toda velocidad.

Aunque no me atreví a girarme, le oí gritar, más dolido que enfadado, y echar a correr por la acera. Había decidido perseguirme a mí, quizá porque la otra mujer ya había doblado la esquina, o quizá porque yo era la mercancía que había adquirido.

Mientras sorteaba hábilmente los vehículos, los transeúntes y los animales, noté que todo el mundo me miraba. Temí que los gritos de Ed alertaran a la policía y decidí que no era prudente seguir circulando por una calle tan concurrida, aunque el pobre viejo se quedara sin resuello. Por otro lado, no podía regresar a mi apartamento, pues no quería que mi perseguidor averiguara dónde vivía. Así pues, doblé una esquina, aparqué la moto y me metí en el café donde había conocido a Paul.

Al cabo de unos minutos, mientras fingía beberme un café sentada en una mesa que una pareja acababa de desocupar, pasó frente a mí un *siclo* en el que iba montado el anciano norteamericano. ¡El viejo había cogido un taxi triciclo para perseguirme! Eso complicaba la situación. Los conductores de *siclos* conocían todos los barrios y a la mayoría de la gente que vivía en ellos. Si Ed me describía al conductor, quizás éste le llevara a mi apartamento. En cualquier caso, con dinero y armado de paciencia, el viejo podía seguir dando vueltas hasta lograr dar conmigo. Por fortuna, yo conocía a la propietaria del café.

—¿Tiene una puerta trasera? —le pregunté—. Ese norteamericano me ha estado siguiendo durante toda la mañana. Estoy asustada.

—¿Quiere que avise a la policía?

—No. No me ha molestado, pero estoy preocupada. Quiero ir a casa sin que me vea.

La mujer me indicó la puerta de la cocina, que daba a un callejón. Tras pasar entre pestilentes cubos de basura, ratas y cucarachas, salí al callejón y regresé a casa. Cuando llegué, vi el *siclo* aparcado frente al edificio. Asombrada, me detuve, comprendiendo que era inútil tratar de eludir al insistente norteamericano. Además, me remordía la conciencia. Al otro lado de la calle había una comisaría, de modo que, si el anciano se ponía agresivo, no tenía más que gritar. Los policías estarían encantados de tener un pretexto para zurrar a alguno de mis amigos norteamericanos. Por otro lado, si trataba de denunciarme, ¿de qué podía acusarme? No me había dado ningún dinero; era la otra mujer quien lo había estafado, no yo. En cualquier caso, yo no tenía escapatoria. No podía conducirlo a casa de mi madre para que me avergonzara ante mi familia. No, lo más prudente era enfrentarme a él y pedirle disculpas.

Ante mi sorpresa, Ed sonrió como un padre satisfecho de ver que su hija regresaba a casa.

—De modo que me has encontrado —dije, tratando de quitarle importancia al asunto—. Me alegro.

Ed pagó al conductor del *siclo* y me siguió hasta el portal del edificio.

—Lamento haberte gastado esa broma. Le dije a mi amiga que yo no era la chica indicada para ti, pero ella insistió. Temía que la obligaras a devolverte el dinero que le habías dado. Ha sido un error. Lo siento.

Ed permaneció inmóvil mientras yo abría la puerta con la llave. Como no estaba dispuesta a invitarlo a entrar, me giré y le pregunté:

—¿Deseas algo más?

—Claro. Por eso estoy aquí —respondió suavemente.

Yo le miré perpleja. Su voz no expresaba la lógica indignación de un hombre al que una chica acaba de estafar.

—Mira, no me interesa ser tu novia, ni durante un día, ni una semana ni siquiera una hora. Si quieres acostarte con una chica, hay muchas prostitutas, así que no me molestes, ¿de acuerdo?

Ed se echó a reír y contestó:

—Soy demasiado viejo para buscar una prostituta. Sólo quería conocerte, charlar contigo. El dinero no me preocupa. Tu amiga nos ha presentado, que era lo que yo pretendía. No me ha estafado. Ahora, puesto que me ha costado tanto dar contigo, ¿me permites pasar un rato?

No me apetecía nada pasar mi día libre soportando a ese pesado, pero, después de haberme mofado de él, lo menos que podía hacer era mostrarme amable.

—Está bien, pero sólo un minuto. Dejaré la puerta abierta, y al menor gesto sospechoso me pondré a gritar. Al otro lado de la calle hay una comisaría. Además, soy una chica decente.

—Lo sé —respondió Ed—, y muy guapa.

El apartamento que había alquilado a Hoa era un pequeño estudio. Ni siquiera disponía de un baño propio, y tenía que lavarme bajo el agua fría de la cocina. A Paul nunca le había gustado, y supuse que, en cuanto el anciano norteamericano viera este cuchitril, se marcharía apresuradamente. Me senté en el borde de la cama e indiqué a Ed que tomara asiento en la única silla de mimbre que había en la habitación. Después de sentarnos, nos observamos detenidamente durante unos cinco minutos. No le ofrecí nada de beber, ni siquiera un té. Al cabo de un rato, dije:

—Gracias por la visita. Tengo que ir a ver a mi hermana. Adiós, y espero que te diviertas en Danang.

—No te preocupes, me siento muy a gusto aquí. Esperaré hasta que vuelvas.

—Pero es que no regresaré hasta dentro de varias horas...

—No importa. No tengo nada que hacer. Además, le he dado casi todo el dinero que llevaba a tu amiga. Ni siquiera puedo coger un taxi. Podría ir al banco a buscar dinero, pero, francamente, estoy un poco cansado.

Aunque me daba lástima, no quería que se hiciera ilusiones.

—De acuerdo. Puedes descansar aquí un rato, pero luego tienes que marcharte. Cierra la puerta cuando te vayas.

—¿Quieres que cenemos juntos?

—No. Siempre ceno con mi hermana. Regresaré muy tarde.

—No importa...

—No puedo, de veras —contesté, levantándome—. No olvides cerrar la puerta al salir. Me alegro de haberte conocido. Adiós.

Me dirigí directamente a casa de Ba y luego fui a ver a Jimmy y a mi madre. Cuando regresé a casa eran alrededor de las ocho. Al ver que la puerta estaba cerrada, di un suspiro de alivio.

Entré en el apartamento y empecé a desnudarme. Me lavé la cara con agua fría en el fregadero y, al encender la luz, vi a un hombre en mi cama.

—Hola —dijo Ed, incorporándose. Parecía un oso que había estado hibernando—. Espero que no te importe que me haya acostado un rato. Esa silla es bastante incómoda.

—¿Como? —exclamé atónita—. ¿Todavía estás aquí?

—Bueno, me dijiste que podía quedarme a descansar un rato. Me gustaría llevarte a cenar, para agradecerte tu hospitalidad —contestó Ed, levantándose de la pequeña cama de bambú y haciendo que ésta crujiera bajo su enorme peso.

—Me temo que no lo comprendes. No quiero ir a cenar. Ya he cenado con mi familia.

—En ese caso, podemos ir a tomar una copa. O a dar un paseo, lo que prefieras.

—Quiero que te marches. Eres muy agradable, Ed, pero no puedo ser tu novia. No quiero otro novio...

—¿Tienes novios?

—No. Tuve un novio norteamericano y no quiero tener otro.

—Lamento que esa relación te hiciera daño.

Ed se puso en pie y se alisó los pantalones. Supuse que, si hubiera tenido intención de abalanzarse sobre mí, ya lo habría hecho; además, sus viejos huesos crujían casi tanto como la cama. De golpe recordé que estaba medio desnuda. Me puse la blusa rápidamente y me recogí el pelo. Era tarde, estaba cansada y no me apetecía mostrarme sexy, ni siquiera ser amable con él. ¿Qué diablos quería ese viejo?

—Tienes razón —contesté. Luego regresé a la cocina y seguí lavándome.

—¿Cómo has dicho? —preguntó Ed.

—Que tienes razón. Mi novio norteamericano me hizo mucho daño. Pero también me hizo feliz, de modo que no puedo quejarme. ¿Quieres que te preste un poco de dinero para coger un taxi?

—No, gracias. Me siento muy cómodo aquí.

—Eso parece. Pero ésta es mi casa. Si quieres acostarte esta noche con una mujer, haré que el conductor de un *siclo* te lleve al lugar adecuado.

—Ya te he dicho que no me interesan las prostitutas. Me interesas tú.

Suspiré y me sequé la cara. ¿Qué iba a hacer con ese tipo tan extraño?

—¿Es tu hermano pequeño? —me preguntó Ed.

—¿Qué? —Al entrar en la habitación, vi que Ed estaba contemplando una foto de Jimmy tomada por un fotógrafo ambulante un día en que habíamos ido de pícnic con Jim.

—Te he preguntado si este niño tan guapo es tu hermano.

—Es mi hijo.

—Ah —El rostro de Ed se iluminó como si contemplara la foto de su nieto—. Por supuesto, se parece mucho a ti. Tiene tus mismos ojos. Espero que..., quiero decir... —añadió con aire preocupado.

—No te preocupes, está perfectamente. Vive con su abuela. Como te he dicho, yo trabajo. No puedo quedarme en casa para atenderlo.

—Me gustaría conocerlo.

Ed depositó la fotografía suavemente sobre la mesa, como si fuera un tesoro. Yo no tenía ni idea de lo que ese anciano tan extraño, triste y amable pretendía de mí, pero empezaba a comprender que era distinto de los jóvenes norteamericanos que había conocido. De pronto recordé un viejo refrán vietnamita que mi madre solía repetir cada vez que una muchacha de la aldea, generalmente una viuda, se liaba con un viejo: *Chong gia vo tre la tien ba doi* (cuando un viejo se casa con una joven, tiene a un ángel que le calienta la cama), lo que significa que sus hijos estarán bendecidos por el cielo a lo largo de tres generaciones.

—Ed... te llamas así, ¿no es cierto? —le pregunté, secándome las manos y acercándome a él. Sus tristes ojos me miraron como un mastín medio dormido—. Lo siento. No he sido una buena anfitriona. ¿Te apetece un poco de té?

Durante el resto de la velada charlamos sobre mi familia, su trabajo en Vietnam y las relaciones entre los norteamericanos y los vietnamitas. Al cabo de un rato noté que todo empezaba a hacerse borroso, mis esperanzas de huir y las cosas que había hecho para conseguirlo, algunas de las cuales me avergonzaban, junto con mi confusión y mis reticencias a confiar de nuevo en un norteamericano. En la penumbra de mi pequeña habitación, ese hombre alto y fortachón se erguía como una montaña cubierta de nieve, mientras su risa sonaba como el viento en una cueva y sus brazos se agitaban como las ramas de un vetusto árbol. Me parecía estar atrapada en un alud, arrastrada por una corriente que no podía dominar. Le dije que estaba cansada y que deseaba acostarme, pero me apresuré a añadir que, si quería, podía quedarse a dormir en mi apartamento. Ed se levantó como un caballero y miró a su alrededor, buscando un lugar donde tumbarse.

—Puedo dormir en el suelo —dijo, y creo que lo decía sinceramente.

—No seas tonto —contesté tímidamente—. No puedo permitirlo. Puedes compartir la cama conmigo, como suelen hacer las familias en Vietnam. Hay espacio de sobra para los dos.

Aquella noche hice el amor con Ed, pero no impulsada por la pasión ni por la lástima que me inspiraba. Una serie de extrañas circunstancias habían hecho que nos conociéramos, y sentí que no debía oponerme a la providencia ni resistirme a las fuerzas que nos habían unido. A la mañana siguiente me vestí rápidamente, preparé café y le desperté. Ed apenas dijo nada —a los viejos osos les cuesta mucho despabilarse por las mañanas—, se bebió el café y luego cada uno siguió su camino. Supuse que, tras conseguir lo que perseguía, no volvería a verme. Aunque no lo amaba, ni tampoco sentía un gran afecto por él, la perspectiva de no volver a verlo me entristeció. Así pues, me llevé una agradable sorpresa cuando, el domingo siguiente, se presentó cargado con unas bolsas.

—¡Ed! —exclamé—. ¡Qué sorpresa! ¿Qué es eso?

—Unas cosas para ti y para tu familia —respondió—. Celebraremos de nuevo la Navidad y el Año Nuevo.

Había comprado varios botes de comida y juguetes en la cantina, pero yo no estaba preparada para lanzarme a una nueva aventura. Para una mujer vietnamita, el tener un novio norteamericano es como tomarse unas vacaciones, pero todas las vacaciones llegan un día a su fin. Así pues, le agarré del brazo y dije con firmeza:

—No, Ed. No debes hacer eso. No puedes...

Ed sonrió y contestó:

—Claro que puedo. Mira, Le Ly, no sé expresarme muy bien. Aunque hablara tu lengua, no creo que podría expresarte lo que siento. Sólo busco un poco de paz y felicidad. Deseo estar contigo y hacer lo que pueda por ti, por tu madre y por tu hijo. ¿Qué tiene eso de malo?

—Lo siento, Ed —contesté, lamentando también no saber expresarme mejor en su idioma—. No quiero herir tus sentimientos, pero no quiero ser tu novia. En realidad, no quiero ser la novia de nadie. Te agradezco esos regalos, pero no puedo aceptarlos. Te lo dije la otra noche, tengo muy mala suerte con los hombres, es un mal karma, ¿comprendes?

Ed soltó una carcajada.

—¿Un mal karma? ¿Qué calamidades puede haber sufrido una muchacha tan bonita como tú?

—No me lo preguntes —contesté, tratando de librarme de él. No quería que las cosas fueran más lejos—. Adiós, Ed. Eres muy bueno. Mereces una chica mejor que yo.

—Espera —dijo Ed, girándose y mirándome fijamente—. Escucha, sé muy bien lo que es un karma. El mío me ha llevado alrededor del mundo durante buena parte de mi vida. Es por esto que ahora estoy aquí, Le Ly. Quiero poner un poco de orden en mi vida. Tengo un hijo mayor que tú, un marino, que en estos momentos está destinado en el delta del Mekong. ¿Qué quieres? ¿Que compita con él en el número de conquistas para luego relatar mis hazañas a mis nietos? No viviré eternamente, Le Ly. Dentro de un año finaliza mi contrato y regresaré a San Diego para siempre. Tengo una bonita casa y he decidido compartirla con una esposa, con una esposa oriental dulce y honrada que cuide de mí. Quiero que regreses conmigo a Estados Unidos. Quiero casarme contigo, Le Ly.

Al atardecer del 10 de abril de 1986.
En casa de Tinh, en China Beach

Mientras Tinh y yo preparamos mi cena de despedida, Bien, Anh y Bon Nghe —que también ha acudido— charlan en el cuarto de estar. Mi hermana Hai ha enviado un recado: lo lamenta, pero que no puede dejar la casa abandonada (como había pretextado mi madre la primera vez), y prefiere sacrificarse para que mi madre pueda pasar esta última noche conmigo. Mi madre, que ha estado jugando con los hijos de Tinh, ha salido unos instantes con mi sobrino mayor. Aunque lamento reconocerlo, me alegra que haya salido un rato.

La visita a los amigos terratenientes de Anh me ha puesto muy nerviosa. Es como si todo lo que había conseguido durante estos últimos días —dominar mis absurdos temores— se hubiera venido de pronto abajo. Durante varias horas, esas gentes cínicas y amargadas no cesaron de lamentarse de sus desgracias, hablando con envidia de sus parientes que viven en Norteamérica, reprochándose por sus viejos pecados y expresando su odio hacia el Gobierno revolucionario que les ha arrebatado sus bienes y les obliga vivir en la miseria. Para colmo, Anh los escuchaba pacientemente, como si no tuviera prisa por marcharse, permitiendo que la bilis que destilaban se introdujera en mis viejas heridas. Era como si creyera que esa angustiosa e interminable visita debía formar parte de mi aprendizaje sobre el nuevo Vietnam y forzarme a abandonar mis falsas esperanzas, contemplando los gusanos que se arrastran en las mismas bases de esta nueva nación. «Algunas personas son unas víctimas voluntarias —parecía decirme—, y gozan con su desgracia. No lo olvides, Le Ly, y no debes censurarlas.» Yo estaba tan disgustada, que, cuando al fin nos marchamos, ni siquiera le dirigí la palabra. No obstante, cuando llegamos a casa de Tinh y vi a mi madre y a mi hermano Bon Nghe, empecé a sentirme más animada.

Mi madre parece preocupada. Aunque esta noche, a excepción de Ba (y de Lan, que vive en Estados Unidos), está rodeada de todos sus parientes, parece nerviosa. Durante unos instantes pienso que probablemente se debe a mi marcha, pero en el fondo no creo que sea ése el motivo. No es la primera vez que tiene que separarse de un ser querido y siempre ha mostrado una gran entereza. Quizá necesitemos las dos un poco de aire, un poco de espacio.

Mientras procuro animarme, sigo ayudando a Tinh en la cocina, lavando la ensalada y preparando las verduras.

—A los niños les han encantado los regalos —dice Tinh, para levantarme los ánimos—. Has sido muy generosa.

—Puedes darle las gracias a mi madre —respondo—. Le pedí que los distribuyera a su gusto. Quería que tú y Anh os los quedarais, ya que Bon Nghe tiene un buen trabajo y ella y Hai apenas necesitan nada. Lamento no haber podido traeros más cosas.

Observo que Tinh está preparando un auténtico banquete de despedida. Después de remover la humeante sopa de pescado salado y *mi quang* llamada *ca jo*, se pone a calentar en una olla *bun bo* y *pho* unos fideos planos y cerdo salado, lo mejor que ofrece Danang fuera del mercado negro, preparado al estilo de Hanoi en honor de mi hermano.

—Ya puedes avisar a los hombres —dice Tinh—. La cena estará lista dentro de cinco minutos. Y ve a buscar a tu madre. Es mejor que ella y los niños entren, parece que va a llover.

Los hombres se han tomado unas cervezas y están de un humor excelente. Les digo que se sienten a la mesa. Después de atravesar la oscura barbería de Bien, abro la puerta que da a la calle. Una ráfaga de viento barre la acera y el aire está impregnado de humedad. Un par de farolas, tan débiles como los habitantes de esta ciudad debido a la escasez de energía, arroja una mortecina luz sobre las casas. La calle está prácticamente desierta, a excepción de un ciclista y un grupo de gente formado por tres niños, dos personas adultas y una anciana. Uno de los niños echa a correr hacia mí. Es el hijo mayor de Tinh.

—¡Tía Ly! —grita—. ¡Mira! ¡La abuela ha traído a la tía a cenar!

En efecto, a medida que el grupo se acerca, veo a la luz de las farolas a una mujer de unos cincuenta años, con una delicada barbilla y unas largas orejas budistas, caminando junto a un hombre mayor, delgado como un palo, y mi madre. Los dos hijos de Ba, que ya son unos adolescentes, caminan educamente detrás de los demás.

—¡Bay Ly! —exclama una voz femenina que me resulta familiar, corriendo hacia mí con los brazos abiertos. Al cabo de un momento, mi hermana Ba y yo nos abrazamos.

—¡Chi Ba Xuan!

Contemplo frente a mí un rostro que, al igual que el de Hai, es idéntico al de mi madre. Sólo que, en su caso, los estragos causados por el tiempo son más evidentes. Las comisuras de sus labios se inclinan hacia abajo, la frente está surcada por unas profundas arrugas y sus ojos expresan una infinita tristeza. Si el sol y las labores del campo han hecho que Hai acabe pareciéndose a la tierra que la ha alimentado, la desgracia y el sufrimiento parecen haber dejado una huella indeleble en el rostro de la pobre Ba, poniendo de relieve su frustración, su ira y su resignación, como una piedra desgastada por la lluvia y el viento.

—Qué guapa estás —dice Ba—. Tú y Lan siempre fuisteis las más bonitas.

—No es cierto —protesto, girándome para saludar a su marido—. Me alegro de verte, hermano Chin.

El viejo policía me estrecha débilmente la mano. «Dios mío —pienso—, parece un fantasma. No me extraña que los comunistas lo dejaran en paz. Está hecho un saco de huesos.»

—Bay Ly —responde Chin sonriendo cortésmente, aunque sus ojos me rehúyen—. Han pasado muchos años.

Lo dice como si el hecho de recordarlo fuera ya una proeza.

—La vida de granjero te sienta bien —digo, pues no se me ocurre otra cosa.

Mi hermana Ba me presenta a sus dos hijos menores, que son casi unos hombres hechos y derechos. Al igual que Nam, el hijo de Bon Nghe —aunque no están tan bien educados ni van tan bien vestidos—, tienen el aspecto robusto y saludable de la generación de la posguerra y posliberación. Están mejor alimentados y parecen más despiertos que los niños de la guerra, desprovistos de las cicatrices que muestran sus padres. Tienen el aire enérgico y vivaz de los caballos salvajes, los cuales, afortunadamente, aún no han sido domados ni sometidos por los hombres.

—Entrad en casa —digo, feliz ante la sorpresa de encontrarme con mi hermana—. Llegáis justo a tiempo. La cena está lista.

Al entrar, Anh, Bien, Tinh y Bon Nghe saludan a Ba y a su familia afectuosamente. Como Tinh es vecina de Ba y la conoce bien, sé que opina que la disputa familiar es una tontería, lo mismo que Anh. Mi hermano Bon, lógicamente, sigue el ejemplo de mi madre y tiene sus propios motivos para mantener las distancias con Ba y su marido republicano. Es una reunión un tanto tensa, organizada exclusivamente en honor mío, pero al menos estamos todos juntos. Al fin se ha instaurado una tregua, si no una paz en toda regla, entre los miembros enemistados de mi familia. Si mi viaje ha servido de catalizador para que eso suceda, me doy por satisfecha.

Cuando entra mi madre, me acerco a ella y la abrazo.

—Qué sorpresa tan maravillosa, mamá *Du* —le murmuro al oído—. Gracias. Ahora mi visita, el círculo vital del que me hablaste, se ha cumplido plenamente. No podías haberme hecho un regalo más bonito.

Mi madre se encoge de hombros y contesta:

—Hice lo que debía hacer, Bay Ly. Anoche me puse a reflexionar y me dije: «¿De qué me sirve hablarle a Bay Ly sobre la caridad y el perdón si yo misma he olvidado qué significan? Me he convertido en una vieja arpía que se pelea con su hija número dos mientras mi vida se va agotando como el agua que se desliza a través de un jarrón agujereado. ¿Y qué voy a enseñar a Ba? ¿A sentir rencor? No.» De modo que aquí estamos. Toda la familia se halla reunida de nuevo, excepto Hai y Lan, pero colocaremos un plato para cada una, y también para tu padre y Sau Ban. Eso es lo que tú me has enseñado, Bay Ly, que nunca se es demasiado viejo para perdonar, que nunca es demasiado tarde para reparar el dique y salvar lo que la vida te ha regalado. Vamos —dice, cogiéndome el brazo y tirando de mí como si fuera una niña—, tu familia te espera.

14

OLVIDAR LA AMARGURA

La tarde del 10 de abril de 1986.
En casa de Tinh, en China Beach

Al fin, después de recorrer varios miles de kilómetros para gozar de este momento, tengo a mi familia reunida, probablemente por última vez, a mi alrededor.

Tinh ha preparado una cena típicamente vietnamita. Ba se sienta a mi derecha (mi madre a mi izquierda) y ambas nos ponemos a chismorrear como unas adolescentes. Empezamos con temas sencillos: mi excursión al campo, mis hijos y lo que ha sido de fulano de tal (procurando no mencionar a nadie que haya sido víctima de un campo de reeducación como el que ha destruido a Chin). Mientras Ba sigue charlando, tratando de reunir el suficiente valor para expresar lo que realmente piensa, yo me dedico a observar a los hombres. Anh, tan afable como de costumbre, reparte su conversación entre Bon Nghe, el comunista, y Chin, el antiguo enemigo de los comunistas. A Bon Nghe no le importa que le vean en su compañía, quizá porque todo el mundo está convencido de que Chin ha cambiado mucho desde su detención. O puede que la compasión de Bon haya conseguido superar el estigma que suele aplicarse a los viejos republicanos.

Ba, sin embargo, es otra cuestión. Su espíritu está intacto. A medida que Chin fue volviéndose más débil tras su liberación, ella se hizo más fuerte. Mientras la escucho, tengo la impresión de que sus diferencias con nuestra madre y con Bon Nghe no se deben únicamente a los regalos que les envié de Norteamérica.

—De modo que —dice Ba—, desde 1975, todos estamos padeciendo las consecuencias. Y no me refiero únicamente a personas como mamá *Du* o Hai, o Chin y yo. Todos hemos salido perjudicados, incluso Bon Nghe, y si no le importa que hable en su nombre...

Ba se interrumpe y mira a su hermano menor. Es un triple juego de palabras basado en la singular situación de nuestra familia: el que una hermana pueda hablar en nombre de su hermano, que es ahora el jefe de la familia; el que una ciudadana común pueda hablar en nombre de un funcionario del partido, y que el díscolo miembro de nuestra familia se haya atrevido a romper el hielo. Bon Nghe guarda silencio.

—Por supuesto —prosigue Ba, alzando la voz—, los regalos que tú y Lan nos enviasteis fueron muy útiles. Chin todavía estaba detenido y, como estaba casada con un republicano, el Estado no me concedió ninguna ayuda. Así pues, supuse que a nadie le importaría que me quedara con ellos.

—No creo que debamos estropear la última noche de Bay Ly en Danang ventilando nuestras diferencias, Ba Xuan —dice Bon Nghe con una tensa sonrisa—. Olvidémoslas y tengamos la fiesta en paz.

—Sólo quiero que Bay Ly sepa lo que opino —replica Ba—. No he tenido tanto tiempo como vosotros para hablar con ella y contarle lo que ha sucedido. Hace sólo una hora que me enteré de que estaba invitada a cenar aquí. Quiero que nuestra hermana Ly sepa lo mucho que le agradecemos sus regalos.

—Está bien —dice Bon, mientras unos granos de arroz se escurren entre sus labios, como solía ocurrirle a mi padre cuando hablaba precipitadamente—. Zanjemos ese tema de una vez por todas. Creo que debió ser mamá *Du* quien distribuyera los regalos como creyera más oportuno.

—En circunstancias normales, sí. Pero no vivíamos en circunstancias normales, hermano Bon —contesta Ba, negándose a dar su brazo a torcer—. ¿Cómo podíamos estar seguros de obtener lo que realmente merecíamos? No pretendo criticar a mamá *Du* ni a Hai, por supuesto. La situación era caótica. Mientras Chin estaba preso, caí gravemente enferma. Los niños hicieron lo que pudieron para ayudarme, pero eran muy pequeños. Francamente, Bon Nghe, me sorprende que no te ocuparas de tu familia. Al fin y al cabo, eras un hombre del partido, tu misión era ayudar a los trabajadores...

—No puedes ayudar a la gente si no dispones de medios, Ba Xuan —replica Bon Nghe.

—¡Ja, ja! —se ríe Chin, como un niño que ha permanecido distraído y no se ha enterado de lo que han dicho los otros. Quizá cree que Bon acaba de decir algo divertido.

—A eso me refiero —insiste Ba—. ¿Acaso no tiene un Gobierno la obligación de velar por el bienestar de los ciudadanos? Y si no puede hacerlo, al menos que los deje en paz.

—No es tan sencillo —responde Bon—. En primer lugar, tienes que...

—¡Basta! —tercia mi madre, agitando los palillos sobre el cuenco de arroz comunal como un director de orquesta harto de que los músicos desafinen—. Todos cometemos errores, ¿no es cierto? No merece la pena seguir hablando de nuestras viejas rencillas. Comamos y olvidémonos del tema.

—Ba Xuan cometió su primer error al olvidar sus deberes —dice Bon Nghe, refiriéndose al divorcio de Ba de su primer marido, que partió hacia el norte. Es un comentario cruel, pero las personas despechadas suelen ser crueles. Por otra parte, tiene razón. Si Ba no hubiera cedido a los deseos de Chin y hubiera seguido casada con Moi, un hombre que estaba en el bando de los vencedores —el bando que apoyaban sus padres y toda la aldea—, se habría ahorrado muchos problemas. Quizá lo habría hecho si su familia la hubiera respaldado y hubiera tenido el valor de hacer frente a las amenazas de Chin. Pero más que la grosería de Bon por sacar el tema en presencia de Chin, me duele pensar que yo también debí haber ayudado a mi hermana moralmente.

—No me parece correcto que hables de esa forma, como si Chin no estuviera presente —dice Ba, más indignada que dolida—. Podrías ser un poco más considerado.

—Mis más sinceras disculpas, hermano Chin —dice Bon Nghe, inclinando ligeramente la cabeza. No da muestras de haber notado que la misma Ba se ha referido a su marido sólo por su nombre de pila, en lugar de por un nombre honorífico o un nombre numerario, como Cau Chin. Quizá desee poner fin a la disputa, tal como les ha pedido mi madre.

—No tiene importancia —contesta Chin amablemente. Parece estar disfrutando del banquete en mi honor, aunque la conversación me ha puesto muy nerviosa. Quizás hubiera sido más prudente evitar que se encontraran Ba y Bon Nghe. Quizás he sido demasiado egoísta al pretenderlo, y mi madre demasiado indulgente por haber organizado el encuentro a sabiendas de lo que podía suceder. Lamento haber provocado esa confrontación entre mis hermanos.

—Por favor —digo jovialmente—, no nos peleemos...

—¿Quién se pelea? —responde Ba sonriendo—. Bon Nghe y yo siempre andamos discutiendo. No te preocupes.

—Discutíais incluso de niños —dice mi madre.

—No discutiríamos tanto si el Gobierno contara con una mayor colaboración y menos críticas por parte del pueblo —dice Bon—. No me opongo a las críticas constructivas, pero me molesta que todo el mundo diga que las cosas funcionaban antes mucho mejor. No es cierto. Creo que incluso el hermano Chin estará de acuerdo conmigo. Construir una nueva nación es una tarea muy dura, más dura que ganar una guerra.

—Pues yo creo —dice Ba clavando la mirada en el plato— que construir una nación después de la guerra es como... no sé... como tener un hijo después de ser violada.

—¡Tía Ba! —protesta Tinh, señalando a los niños.

—Bueno, ya sabes a qué me refiero —contesta Ba.

—¿Por qué no preguntamos a Bay Ly qué opina? —tercia inopinadamente Anh, como si la conversación le pareciera de lo más divertida.

Yo le miro enojada.

—Sí, me gustaría conocer tu opinión, Bay Ly —dice Bon Nghe—. Después de oír a ambas partes, ¿cuál de nosotros crees que tiene razón?

—Francamente —contesto, limpiándome los labios con la servilleta, sin saber realmente qué decir—, creo que ninguno de vosotros sabe de qué estáis hablando. Ni siquiera los norteamericanos saben realmente qué significa la libertad, aunque viven en un país libre. Tú, Bon Nghe, y tú, Ba Xuan, os queréis profundamente, pero os expresáis como si no supierais lo que significa el cariño. Cuando emprendí este viaje, ni yo misma sabía qué iba a encontrar; sólo sabía que debía hacerlo. Las personas somos muy estúpidas. Nos arriesgamos por motivos que ni siquiera comprendemos. Incluso mamá *Du*... —añado, acariciando el brazo de mi madre—. ¿Sabéis lo me aconsejó que hiciera al regresar a Estados Unidos?

—¿Que comas más y engordes? —le contesta Bon Nghe en tono chistoso.

—No. Me aconsejó que cuidara de mis hijos, que los educara. ¿Y sabéis cómo? ¿Enseñándoles a ser unos buenos soldados, políticos o granjeros? No. Enseñándoles a perdonar, sencillamente. ¿Creéis que mamá *Du* conocía el significado del perdón cuando me dijo eso? ¡Ni mucho menos! Todavía estaba furiosa con Ba —digo, girándome hacia mi hermana—. ¿Crees que le resultó fácil pedirte que vinieras esta noche a verme?

Ba se encoge de hombres.

—Sé que debió costarle mucho. Creo que estamos demasiado acostumbrados a poner etiquetas a las cosas que no conocemos. Comunistas, capitalistas, ¿qué significan esos términos? ¿Son personas? Sí. ¿Son enemigos? Sí y no. Tú eres comunista, Bon Nghe, pero no eres mi enemigo. Puedes llamarme capitalista, pero eso no me convierte en tu enemiga. Creo que hay mucha gente en Vietnam y en Estados Unidos que tiene la manía de catalogar cosas que desconocen. Si mezclamos un refresco fabricado en Estados Unidos con uno fabricado en Vietnam, ambos líquidos se combinarán perfectamente. El alma humana es el alma humana, independientemente de la etiqueta que le pongamos a su cuerpo.

—Pero no puedes negar que los vietnamitas vivimos bajo un sistema comunista —dice Bon Nghe—, y que los norteamericanos viven bajo un sistema capitalista. Son etiquetas importantes para ambas naciones.

—Discúlpame, hermano Bon, pero no estoy de acuerdo contigo —contesto—. Son etiquetas que hemos puesto a los tejados bajo los cuales viven esos pueblos. Una casa no es como la persona que habita en ella. Una persona puede abandonar una casa e irse a vivir a otra sin maldecir a la antigua ni a la nueva. La diferencia, según mi opinión, es que en Vietnam la gente no puede elegir la casa en la que desea vivir. Aunque quieran reparar el tejado, no pueden hacerlo, de modo que se pelean entre sí para ocupar un lugar de la casa que no tenga goteras. ¿Acaso podemos culpar a Ba Xuan por coger el cubo y colocarlo debajo de la gotera? No lo creo.

—De acuerdo —dice Bon Nghe—. Me has dicho que quieres construir un hospital en Quang Nam, para ayudar a los pobres y a las víctimas de la guerra. Me parece una idea muy loable. Pero ¿cómo esperas que los vietnamitas que viven en Estados Unidos o los propios norteamericanos te ayuden cuando nos catalogan a todos los que vivimos en Vietnam de comunistas por vivir bajo un techo comunista?

—Simplemente, les pediré que me ayuden. Allí, Bon Nghe, la gente puede elegir libremente. Aquí, no. Les diré que nuestros hermanos que viven bajo un tejado comunista viven en las tinieblas y necesitan un poco de luz. Los norteamericanos podemos proporcionarles la luz que necesitan, al menos en cierta medida. ¿Por qué crees que la estatua de la Libertad sostiene una antorcha en lugar de una bolsa de dinero o una pistola? Les diré que no tienen que reconciliarse con el mundo si no lo desean, sólo con ellos mismos; luego podrán decidir lo que quieran.

—En tal caso no tienes ninguna garantía de que las cosas resulten como tú deseas —dice Bon Nghe, golpeando la mesa.

—¿Y qué garantías tienes tú? —le pregunto—. ¿Crees que tu hijo Nam vivirá como tú deseas, aunque le hayas educado de la mejor forma posible? No, por supuesto que no; ni tampoco mis hijos. En el fondo, los vietnamitas que residen en Estados Unidos tienen una cosa muy clara. Aunque algunos sigan combatiendo el régimen comunista y estén empeñados en derrocarlo, ¿acaso tienen alguna garantía de que las cosas serán mejores si lo consiguen? Piensa en todos los vietnamitas que han sacrificado sus vidas para establecer un nuevo Vietnam. ¿Crees que el país en el que vives actualmente es el país al que ellos aspiraban?

Al cabo de unos momentos, Bon Nghe contesta:

—Si las personas no creyeran en algo, no estarían dispuestas a sacrificar el presente por un mundo mejor.

—Pero ¿y si eso no sucede? Si se producen más revoluciones y contrarrevoluciones y gulags y cámaras de gas, ¿acaso viviremos en un mundo mejor?

—Permíteme que te haga una pregunta, Bay Ly —dice Bon Nghe, inclinándose sobre la mesa—. Si ni el comunismo ni el capitalismo ni ningún otro tipo de tejado puede proteger a nuestro pueblo, si ambos sistemas poseen cosas buenas y malas, ¿qué podemos hacer? ¿Cómo podemos elegir?

—Es muy sencillo: debemos elegir lo que nos parezca en cada momento más conveniente, con prudencia, como hacían nuestros antepasados que vivían en los campos. Elegimos un poco de esto y un poco de lo otro, sin precipitarnos, sabiendo que, si tratamos de convertir cada día en un festín, acabaremos muriéndonos de hambre. Debemos tratar de alcanzar un equilibrio, como la naturaleza que nos rodea, elegir determinadas libertades para hacer que las cosas sean más justas, mostrarnos severos respecto a ciertas cosas y tolerantes con otras. Pero, sobre todo, debemos despojarnos de las etiquetas, que nos han causado tantos sufrimientos.

—Supongo que tienes razón, Bay Ly —dice Bon Nghe suspirando—, pero resulta difícil imaginar que una nación esté dispuesta a sacrificar su riqueza y sus gentes para conseguir eso.

—Lo sé —contesto, sonriendo a mi hermano mayor—, pero eso es lo bonito, ¿no crees?

Después de que Ed me propusiera matrimonio, apenas conseguía concentrarme en mi trabajo. Me dijo que a cambio de casarme con él y regresar juntos a Estados Unidos para cuidar de él como su esposa, jamás tendría que volver a trabajar; que mi hijo Jimmy se criaría en un bonito barrio y asistiría a una escuela norteamericana; y que ninguno de nosotros volvería a padecer los estragos de una guerra. Era el sueño de la mayoría de las mujeres vietnamitas y la respuesta a mis oraciones, sin embargo...

Yo era todavía joven. El momento de atender a un marido anciano es al final de un matrimonio largo y dichoso, no al principio. Sabía que atraía a los hombres jóvenes y deseaba casarme con un hombre de mi edad, como habían hecho mi madre, Ba Xuan y Hai. Por otro lado, no quería terminar como mi hermana Lan, que tenía muchos amantes, tanto vietnamitas como norteamericanos (y un hijo de uno de ellos), sin la menor posibilidad de contraer matrimonio y mejorar su situación. Las amigas a las que había confesado mi problema no podían ayudarme. Algunas me envidiaban por tener la posibilidad de huir de la guerra o, al menos, de vivir cómodamente como un ama de casa norteamericana. Otras se reían de mí por pensar siquiera en casarme con un hombre que podía ser mi padre. Al parecer, era un problema sin solución.

Como es lógico, Ed se mostraba tan persistente como comprensivo y amable. Para no herir sus sentimientos, siempre le respondía que el proyecto estaba «demasiado lejos», dándole a entender que era una idea tan remota que ni siquiera podía pensar en ella. Por su parte, él creía que me refería a que Estados Unidos estaba demasiado lejos y redoblaba sus esfuerzos para convencerme de que me encantaría vivir allí. En el fondo, el problema estribaba en la distinción vietnamita entre *duyen* y *no*, los elementos de un matrimonio que todos los jóvenes en edad casadera aprenden a conocer. *Duyen no* significa el karma de una pareja, el destino que comparten y lo que cada uno debe hacer para alcanzarlo. *Duyen* significa amor, atracción física y afecto; *no* significa «deuda», el deber que conlleva ser un marido o una esposa. En un matrimonio que carece de *no*, la llama de los sentimientos arde con fuerza y la pareja corre el riesgo de consumirse en su pasión o desespero. En un matrimonio sin *duyen*, como hubiera sido mi unión con Ed, la pasión no existe —tan sólo el afecto y el respeto—, y nuestra vida se reduciría a cumplir rigurosamente las cláusulas de un frío contrato. Lo que es peor, los matrimonios en los que sólo existe *no* —muy habituales en Vietnam—, suelen conducir a malos tratos, golpes, insultos, aventuras extraconyugales y muchas otras perversiones que suelen idear las personas que se sienten traicionadas.

Me llevó varios meses resolver ese problema. Los hombres jóvenes, pensé, eran para las mujeres jóvenes, no para una madre soltera que había comerciado en el mercado negro y que era una fugitiva del Vietcong. Al tratar de cumplir con mi deber hacia todo el mundo —mis padres, los instructores comunistas, mis ricos patrones y los corruptos funcionarios— había fracasado en mi deber conmigo misma y mi hijo, quien dependía de mí. Tras meditar detenidamente sobre la situación, comprendí que los hombres jóvenes me apreciaban como compañera, como objeto decorativo y como un juguete, pero no como futura esposa. ¿Por qué habían de hacerlo? Cualquier norteamericano que deseara casarse conmigo tenía que estar poco menos que desesperado por encontrar no una chica con la que acostarse, una muleta en la que apoyarse o alguien que le convenciera de que vivíamos en una época normal (aunque no tuviera nada de normal), sino una compañera que le ayudara completar el círculo de su vida. Para que yo confiara de nuevo en un norteamericano, ese hombre debía ser una persona extraordinaria. Es posible que en Ed Munro, que era totalmente diferente de los otros hombres que había conocido a lo largo de mi vida, hubiera hallado por fin a ese hombre.

En agosto de 1969, un año antes de que finalizara el contrato de

Ed en Vietnam, accedí a ser su esposa. Fue una decisión que me acarreó un sinfín de problemas que no había previsto.

Por ejemplo, mis amigas, en lugar de alegrarse de mis buenas noticias, me advirtieron sobre los numerosos obstáculos legales y prácticos con que se tropezaba una chica vietnamita que deseaba casarse con un norteamericano y emigrar a Estados Unidos. Para colmo, las minuciosas investigaciones que conllevaba la solicitud de un visado hacían casi inevitable que descubrieran mis anteriores arrestos (por ayudar al Vietcong y vender drogas), lo cual haría que las autoridades me catalogaran como «forastera indeseable». Como es lógico, temía la reacción de Ed al enterarse de esas revelaciones.

Por fortuna, Ed no sólo era un hombre de palabra sino un hombre de mundo. No me interrogó sobre mi pasado y dijo que, por lo que se refería a él, nuestra nueva vida había comenzado el día en que nos conocimos y nada de mi pasado se interpondría entre nosotros y nuestra felicidad. Dijo que estaba dispuesto a pagar lo que fuera con tal de obtener los documentos que precisábamos. Como nunca había tenido que enfrentarse al corrupto aparato republicano, no tenía idea de la cantidad de dinero que eso podía costarle, y yo, que jamás había intentado nada semejante, tampoco lo sabía.

El primer paso consistió en ir a ver a mi casera —la «dama dragón», la hermana Hoa—, la cual me había ayudado en anteriores ocasiones. Nuestra primera entrevista fue poco fructífera, pues Hoa sólo deseaba hablar sobre las maravillas del matrimonio y lo cómodamente que viviría yo en Estados Unidos. Se explayó sobre lo feliz que se sentía de que hubiera conocido a un bondadoso y maduro norteamericano y la suerte que tendría al establecerme en el sur de California. Cuando al fin entramos en materia, comprobé que la cuestión era mucho más compleja de lo que había imaginado.

—Lo que pretendes te costará mucho dinero —me advirtió, como si le disgustara cobrar los beneficios que ello iba a reportarle—. Necesitarás una autorización de los distintos organismos gubernamentales nacionales, de la ciudad, del distrito y de la provincia. Necesitarás un certificado de matrimonio y unos informes favorables de los asesores vietnamitas y norteamericanos con los que te entrevistes. ¿Piensas llevarte a Jimmy?

—Por supuesto. Es mi hijo.

—Eso complica las cosas —dijo, sonriendo amablemente—. Necesitarás un certificado de nacimiento en el que conste que es un *con hoan* —un niño sin padre—, y tendremos que conseguir otro visado para él. Es mejor que me digas cuánto dinero estáis dispuestos a pagar tu novio y tú, y entonces trataré de gestionar todos los trámites y sacaré mi comisión del dinero que quede. De esa forma sabrás que no intento estafarte.

—¿Cuánto cree que costará? —le pregunté.

—Es difícil de precisar sin conocer todos los problemas con los que me tropezaré. Cuando la guerra va bien, todo resulta más barato. Cuando llegan malas noticias del frente, todo el mundo se preocupa y quiere más dinero. Digamos que, en total, puede costaros unos ciento cincuenta mil *dong*...

—¡En ese caso iré a Estados Unidos en un ataúd! —exclamé, levantándome. Eso era el doble de lo que Ed y yo habíamos previsto. Incluso utilizando mis ahorros, era imposible pagar ese precio.

—Espera, no te exaltes —dijo Hoa, sujetándome del brazo—. Ésa es la cantidad que normalmente tendríais que pagar, pero quizá no os cueste tanto. Recuerda que soy tu consejera. Ahora siéntate y hablemos de negocios. ¿Te apetece una taza de té?

Al final de nuestra entrevista, acordamos una cantidad entre treinta y cincuenta mil *dong*, pero eso sólo cubría las «garantías» y no incluia los honorarios de los funcionarios ni las propinas (como whisky y cigarrillos) que deberíamos darles. Pese a lo que había dicho antes, me alegraba no tener que salir ilegalmente del país, como habían hecho algunos vietnamitas, metida en el ataúd vacío de un soldado norteamericano con destino a Guam, a las Filipinas o a Honolulú. Incluso para un norteamericano, era una solución excesivamente costosa y arriesgada.

Mientras la hermana Hoa se encargaba de gestionar los trámites, me fui a vivir con Ed, para acostumbrarme a ser la esposa que él deseaba que fuera. Al principio, debido a nuestras respectivas ocupaciones, pasábamos mucho tiempo separados. Mi trabajo en el club de los marines finalizaba hacia las once, que era cuando comenzaba el turno de noche de Ed en los campamentos situados en las afueras de la ciudad. Aunque eso no me importaba (todavía no me había acostumbrado a la idea de cuidar de un hombre anciano como si fuera mi marido), a Ed sí le molestaba. Poco después de empezar a vivir juntos me pidió que dejara mi trabajo. El concepto que él tenía de una esposa no era el de una mujer que trabajara con su marido «en los campos», como solían hacer las mujeres vietnamitas, sino el de una reina sobre un pedestal que se dedica a ir de compras, acudir a los salones de belleza y supervisar a la sirvienta contratada por él para que yo no me estropease la manicura con las tareas domésticas. Era un extraño papel para una descendiente de las mujeres Phung Thi, las cuales, desde hacía mil años, no habían dejado de trabajar un solo día. Aunque traté de complacerle y desempeñar el papel que él deseaba que desempeñara (el hecho de permanecer ociosa me producía la sensación de que cada día era Año Nuevo), en el fondo me sentía incómoda. Era como si me hubiera convertido en Lien, una altiva princesa que no tenía nada mejor que hacer que leer revistas y vigilar a los sirvientes. No obstante, ello me permitía ocuparme más de mi hijo, y Jimmy empezó a redescubrir a su madre del mismo modo que yo empecé a descubrir lo que significaba llevar una vida familiar. Poco después de aceptar casarme con Ed, el médico me comunicó que estaba embarazada.

Un domingo, cuando ya empezaba a notarse mi estado, la hermana Hoa se presentó con el policía tuerto, un montón de papeles —incluyendo un certificado de matrimonio y una partida de nacimiento para Jimmy— y un juez, en la bonita casa que Ed había alquilado. Mientras rellenábamos los papeles, Ed avisó a sus amigos, que habían accedido a ser nuestros testigos de boda, y dijo a la sirvienta que preparara una pequeña fiesta para celebrar nuestro matrimonio. Lan me había prestado un vestido suyo. Con unos cuantos alfileres y un velo corto que saqué de un sombrero, lo convertí en un improvisado vestido de novia al estilo occidental.

Al cabo de una hora, Ed y yo contrajimos matrimonio en una ceremonia civil. Yo había invitado a mis hermanas Ba y Lan a que asistieran, pero ambas se negaron; de modo que Hoa ocupó el lugar de mis parientes ausentes y lloró durante toda la ceremonia. Aunque los reparos de Lan a mi matrimonio obedecían más bien a la envidia que a sus principios (su novio norteamericano, Robert, era amigo de Ed y creo que le molestaba que yo me casara antes que ella), las objeciones de Ba eran más tradicionales. La costumbre exigía que la novia aguardara tres años después de la muerte de su padre antes de entregarse a un hombre, y mucha gente opinaba que me había precipitado.

—*Phan boi* —me espetó un día Ba Xuan tras una acalorada discusión—. ¡Has traicionado a nuestros antepasados!

Luego me deleitó con una canción que había cantado yo una vez con otras chicas, mofándonos de una mujer que había abandonado la aldea para casarse con un hombre que vivía en la ciudad:

> *Los pájaros Da Da que anidan en los árboles*
> *Da Da cantan:*
> *¿Por qué te casas y te vas tan lejos,*
> *en lugar de enamorarte de un vecino?*
> *Tu padre está muy débil;*
> *tu madre es una anciana;*
> *¿quién les llevará un cuenco de arroz*
> *y les servirá el té?*

—¿Te das cuenta de lo que haces? —me preguntó Ba, temiendo que me condenara—. Los norteamericanos son *thu vo thuy vo chung*, no tienen principio ni fin. No les importan sus antepasados. Como no saben qué es la reencarnación, se creen con derecho de hacer lo que les venga en gana, aunque con ello perjudiquen a los demás.

—¿Acaso no puedo casarme con Ed sin convertirme en una norteamericana? —contesté—. ¿Acaso no puedo tener un altar en mi casa y rezar a nuestro padre, a Sau Ban y a la abuela y al abuelo Phung, aunque Ed no crea en esas cosas?

—Por supuesto que puedes —replicó Ba enojada—. Pero en el fondo se reirá de ti y acabará despreciándote. Soy mayor que tú, Bay Ly. He estado casada muchos años y conozco bien a los hombres. ¿Por qué crees que nuestras gentes desprecian a esos pequeños bastardos amerasiáticos? No porque no sean guapos y simpáticos y creamos que no necesitan nuestra ayuda, sino porque llevan el karma del invasor. No hace falta pertenecer al Vietcong para comprender eso y odiarlos. ¿Quieres que tu futuro hijo sea uno de ésos? Sinceramente, Bay Ly, a veces no te comprendo. ¿Qué dirá nuestra madre?

Por supuesto, eso era lo que más me dolía, el perder el cariño de mi madre. Aunque no tuve el valor de contarle mis planes, supuse que el mero hecho de casarme con un hombre que no era de mi raza, y que para colmo era un invasor norteamericano, la llevaría a repudiarme.

—Dice que eres una *du con hu* —me contó Lan poco antes de mi boda—. Una niña mimada y caprichosa. Dice que te has comportado como una desagradecida con tus padres y que has manchado el nombre de la familia. Dice que, aunque nuestro padre haya muerto, le has causado una gran tristeza con tu decisión. Recapacita, todavía estás a tiempo de suspender la boda.

Aunque podía haberle echado en cara a Lan el escaso respeto que había demostrado ella hacia nuestras costumbres y sus numerosos amantes norteamericanos, sabía que era inútil. Nuestra madre siempre la apoyaba porque no tenía dinero, era una mujer madura y no era «el bebé de la familia», que es como siempre me consideraría a mí, hiciera lo que hiciera. Aunque los vietnamitas aprenden desde muy temprana edad a respetar a sus antepasados y a amar a su nación, no vacilan en entablar una guerra civil. El triángulo formado por la lamentable situación de nuestra familia —la pugna entre Lan y yo para conquistar el cariño de nuestra madre, nuestra lucha contra los profundos cambios que se habían operado en la sociedad y nuestros distintos criterios sobre los norteamericanos—, parecía una versión en miniatura de la propia guerra del Vietcong. Si yo no era capaz de resolver mis diferencias con mi familia, ¿cómo podían los soldados de ambos bandos resolver las suyas?

Tras la breve ceremonia, Ed estrechó la manos (bien untadas) de los funcionarios y les felicitó por su admirable sentido del deber al haber accedido a casarnos en domingo. Su actitud, según dijo, reflejaba la voluntad de colaboración que debía imperar entre nuestros pueblos.

Luego celebramos una fiesta con los amigos de Ed, pero éstos también se marcharon apresuradamente, como si desaprobaran la decisión de su amigo de casarse con una joven vietnamita. Tinh, la hija de Hai, acudió a desearme suerte y me trajo un poco de arroz dulce. Nos abrazamos y lloramos y le dije que nunca la olvidaría.

Por desgracia, nuestros deseos de casarnos y vivir felices no tardaron en verse entorpecidos por los obstáculos impuestos por la providencia, la suerte o el Gobierno.

En primer lugar tuvimos que acudir a unos asesores matrimoniales, un requisito impuesto por el consulado norteamericano en Danang. Ahora que esperaba un hijo, Ed dijo que quería adoptar a Jimmy, a lo cual los norteamericanos no se oponían; pero la consejera vietnamita —una mujer baja, gruesa y de mirada codiciosa, que debía de tener aproximadamente la misma edad de Ed—, nos recitó una larga lista de objeciones. Mientras Ed se hallaba trabajando, yo acudía a las sesiones dirigidas por esa mujer y negociaba con ella un precio por cada una de sus objeciones. Lamentablemente, cuanto más dinero le pagaba, más aumentaba el precio, y cada dispensa me costaba una fortuna. Después de varias «conferencias», me quedé prácticamente sin fondos. (Ed me daba doscientos dólares al mes para los gastos de la casa, cincuenta de los cuales iban destinados a pagar el alquiler. El resto era para comprar comida y tramitar nuestras gestiones ante el Gobierno.) Puesto que Ed no quería que yo trabajara, no tuve más remedio que echar mano de mis ahorros, buena parte de los cuales había entregado a mi madre. Durante varias semanas, los funcionarios de la sede central del distrito comieron opíparamente mientras mi madre, Jimmy y yo casi nos moríamos de hambre. No obstante, procuré que mi marido no sospechara nuestra situación. Su plato estaba siempre lleno y en el frigorífico siempre había varias botellas de cerveza, pues no quería que mi salvador norteamericano llegara a descubrir el grado de corrupción en el que se había hundido mi país.

Al fin, cuando la consejera matrimonial se disponía a firmar los papeles de autorización, me dijo un día de sopetón:

—No hemos acordado mi comisión...

—¿Su comisión? —pregunté asombrada—. Le he entregado todo el dinero de que disponía, incluyendo el dinero que me entrega mi marido para llevar la casa. ¿Qué más quiere?

—No es para mí —respondió, como si me pidiera un donativo para la Iglesia—. Es para el «fondo destinado a nuestros colaboradores». Disponemos de muchos voluntarios que nos ayudan en la oficina. Como no podemos pagarles un sueldo, les ofrecemos café, té o una comida cuando se quedan trabajando hasta tarde para resolver casos como el suyo, el cual, como sabe, ha resultado muy complicado.

No podía creer lo que estaba oyendo.

—¿Y a cuánto asciende esa comisión? —pregunté.

—Bueno, a decir verdad —contestó la mujer, mirando por la ventana y mordisqueando el extremo de un lápiz—, el dinero se devalúa muy rápidamente en estos tiempos. Incluso los dólares norteamericanos. Me refería más bien a algo de valor, como brillantes...

—¿Brillantes?

—No se exalte —dijo, abriendo un cajón de su mesa y sacando una página arrancada de un catálogo de Sears—. No me refiero a piedras preciosas ni nada por el estilo, sino a algo que tenga más valor que el dinero. Como este reloj de brillantes, por ejemplo, o esta sortija.

Mientras la mujer examinaba los costosos artículos anunciados en el catálogo, me pregunté cuántas personas en mi situación habían pasado la vida tratando de reunir unos ahorros para terminar amueblando la casa, la oficina o llenando el joyero de esa bruja. Al fin decidimos que le regalaría un collar de perlas auténticas para que pudiera invitar a desayunar a sus colaboradores voluntarios, y recurrí a mis colegas del mercado negro para que me lo vendieran a mitad de precio. Tras haber agotado por completo mis reservas monetarias, recé para que no se produjeran nuevos gastos imprevistos. En el transcurso de la breve ceremonia de adopción, entregué a la mujer un estuche de terciopelo negro con el collar, ella me entregó a cambio los documentos de Jimmy y salí precipitadamente de su oficina antes de que aumentara el precio.

Por desgracia, como un rana que trata de saltar de una mesa ejecutando un breve saltito todos los días, no conseguía alcanzar la meta deseada. Cuando le llevé a Hoa los papeles firmados, me informó que había surgido otro problema.

—Por supuesto —dijo, tratando de restar importancia al asunto—, necesitamos la firma de tu madre. Eres menor de edad y, aunque estés casada, necesitas la autorización de tus padres para abandonar el país.

Hasta entonces, había conseguido eludir el problema de mi madre. Por lo que ella sabía, Ed era simplemente otro de mis novios norteamericanos (a sus ojos, un matrimonio con un forastero era inaceptable) y mi vida y mi futuro —junto con la vida y el futuro de mi hijo— estarían siempre en Vietnam. Aunque sabía que al final mi madre no tendría más remedio que enterarse de la situación, no quería ser yo quien se lo comunicara, ni que se enterara antes de que yo me hubiera marchado. Para salirme del lío en el que me encontraba, o bien tenía que comportarme como una hija extraordinariamente valerosa y honesta, o como una consumada mentirosa. Al final, como suelen hacer las jóvenes de mi edad, opté por lo último.

—Tienes que firmar este papel, mamá *Du* —le dije un día después de almorzar, entregándole el documento y una pluma.

—¿De qué se trata? —inquirió mi madre. Aunque no sabía leer ni escribir, como muchos campesinos, sabía hacer una cruz en un documento legal.

—Es una solicitud para abrir una cuenta bancaria. Supongo que te habrás preguntado dónde han ido a parar nuestros ahorros. Pues bien, los he depositado en un lugar seguro. Si se quemase la casa, perderíamos todo nuestro dinero... Ahora que espero otro hijo, debo ser más prudente.

Mi madre contempló el misterioso papel y, durante unos instantes, temí que hubiera aprendido a leer y descubriera que le había mentido. Pese a haberme convertido en una mujer independiente, sabía que era incapaz de enfrentarme con mi madre. Si se trataba de elegir entre abandonar el país o destruir el cariño que mi madre sentía por mí, sabía que no tenía opción, aunque ello significara criar a un niño amerasiático como un proscrito entre nuestras gentes. Afortunadamente, conocía bien las costumbres de los campesinos.

—De acuerdo —dijo mi madre, haciendo una cruz y devolviéndome el documento—. Sin embargo, yo no confiaría mi dinero a unos extraños. ¿Por qué no se lo das al hijo del tío Nhu? Nunca se ha negado a ayudarnos...

—Gracias, mamá *Du* —dije, abrazándola y dándole un beso en la frente—. No te arrepentirás de haberlo hecho.

El 11 de febrero de 1970 nació mi segundo hijo en un limpio e impecable hospital dirigido por los norteamericanos para familiares de ciudanos estadounidenses. Aunque Ed tenía dos hijos mayores, acogió la llegada de este nuevo espíritu como un padre primerizo. Distribuyó unos puros entre sus amigos y les dijo que se sentía muy orgulloso de «Thomas», un buen nombre cristiano para un niño robusto y de temperamento vivaz.

A solas en la habitación del hospital, canté una canción para dar la bienvenida al pequeño «Chau» —el destinado a vagar— mientras le daba el pecho.

Sal todos los días y aprenderás muchas cosas.
Con cada paso que des, adquirirás más sabiduría.
Ve aquí, allá, a todas partes:
¿cómo vas a aprender algo si te quedas en casa?
Hallarás en el mundo muchas naciones y muchas personas;
atravesarás profundos océanos y elevadas montañas,
y caminos que discurren a través de la arena.
Conocerás a gentes de cuatro razas:

amarillos, blancos, rojos y negros;
te deslizarás a través del cielo en cuatro direcciones:
hacia el este, el oeste, el norte y el sur;
pero jamás llegarás a conocer esas cosas
si no sales de casa.

Cuando abandoné el hospital, mi madre vino a vivir con nosotros, en casa de Ed, para ayudarme durante el periodo de *buon de*. Aunque Ed se esforzaba en ser amable con ella, mi madre se limitaba a comportarse como una sirvienta en su presencia, sin apenas despegar los labios y mostrándose indiferente a su amabilidad. Le preocupaba qué sería del pequeño Tommy (mi madre siempre le llamaba Chau) cuando terminara la guerra. Si vencían los comunistas, temía que su sangre de invasor —con lai— nos pusiera a todos en peligro. Si ganaban los republicanos, sabía que su sangre extrajera —su tez pálida y sus rasgos occidentales— haría que la gente le volviera la espalda en cuanto se retiraran los norteamericanos. Por consiguiente, se dedicaba a apretarle la nariz para que adquiriera una forma más aplastada, como los vietnamitas. Le daba de beber un zumo negro, se lo frotaba por todo el cuerpo, y pasaba horas sentada con él al sol, para que su piel se hiciera oscura como la nuestra. No sé si esos métodos eran eficaces, pero la evidente desesperación de mi madre me impedía contarle la verdad: que Ed y yo y mis dos hijos partiríamos un día y, probablemente, no volvería a vernos.

Unos meses después de nacer Tommy, el contrato de Ed expiró y llegó la hora de su regreso a Estados Unidos. El plan era que Ed partiera antes que nosotros hacia San Diego para disponer la casa y preparar a sus parientes para nuestra llegada. Después de despedirle en el aeropuerto, trasladé mis cosas al apartamento de Lan, donde permanecería hasta el momento de partir, dentro de una semana.

Durante las últimas semanas que permanecí en Danang, cuando los vecinos se enteraron de mi matrimonio y empezaron a dirigirse a mí como la «señora de Ed Munro» en lugar de Phung Thi Le Ly, el mundo se me vino encima. Yo era la misma de siempre, por supuesto, pero la gente me veía de forma distinta. Ya no era una auténtica vietnamita, ni tampoco una norteamericana. Al parecer, era algo mucho peor. Incluso las personas que supuse que aceptarían mi decisión me miraban con desprecio y me insultaban abiertamente: *Di lay My! Theo de quoc Ve My! Gai choi boi!* ¡Zorra!, ¡traidora!, ¡puta americana! Durante las largas horas que pasaba haciendo cola en las salas de espera o frente a los despachos de pequeños funcionarios, notaba las furibundas miradas de los oficinistas, las secretarias, los botones y los conserjes. Todo ciudadano de Danang, por pobre y humilde que fuera, se sentía superior a Le Ly Munro, quien había traicionado a su país. Los jóvenes y los pocos soldados republicanos que vivían en nuestro barrio me cubrían de improperios y cantaban injuriosas canciones cuando pasaba. En dos ocasiones, incluso llegaron a arrojarme piedras. Un día irrumpieron unos vándalos en nuestra casa, la desvalijaron (lo cual era comprensible) y lo destrozaron todo (lo cual era menos comprensible).

Incluso la gente que perdonaba mi nuevo apellido norteamericano no aceptaba que me hubiera casado con un hombre mayor. En más de una ocasión, para demostrarnos el desprecio que sentían hacia nosotros, nos cobraban el doble de lo que costaba un determinado artículo en el mercado negro. Cuanto más agachábamos la cabeza y nos tragábamos la rabia, más desprecio les inspirábamos. Cuando conversábamos con nuestros amigos, éstos no desaprovechaban la ocasión para hacerme notar amablemente (y a veces no tanto) que en Estados Unidos detestaban a todas las personas —incluso a otros norteamericanos— que procedían de Vietnam, y repetían los eslóganes contrarios a la guerra. Era una colección de rostros hoscos y amargados que se me aparecían con frecuencia en sueños, víctimas del Estado vietnamita que, como un buque, estaba a punto de naufragar, y que me observaban con envidia mientras abordaba la lancha salvavidas que me conduciría a Estados Unidos. Según comprobé, no sólo me hacían padecer lo que habían padecido de parte de los extranjeros durante muchas generaciones, sino que me obligaban a pagar el precio de mi independencia. Comparado con las exigencias de la hermana Hoa, era un precio excesivo.

En cualquier caso, después de sobornar a varios otros funcionarios para que me concedieran un pasaporte, por fin estaba dispuesta a partir hacia Saigón, donde recogería mi visado en la Embajada norteamericana, el último obstáculo que mis hijos y yo debíamos salvar antes de volar a Estados Unidos y emprender una nueva vida.

El 20 de marzo de 1970, Jimmy, Tommy, nuestra sirvienta y yo cogimos el puente aéreo hacia Tan Son Nhut. Durante el vuelo, no dejé de pensar en mi madre y en cómo reaccionaría cuando la sirvienta (puesto que todas mis hermanas se habían negado a hacerlo) regresara a Danang y le contara que nos habíamos marchado. Por una parte, quería creer que mi madre ya conocía la verdad, por habérsela revelado un vecino, por intuición o porque las madres siempre conocen los secretos de sus hijas. La última vez que nos habíamos visto sus ojos me habían bendecido en silencio y deseado suerte. Por supuesto, era algo que jamás averiguaría, salvo si un día podía regresar a Vietnam.

Durante los dos últimos meses antes de partir a Estados Unidos, no me costó ningún esfuerzo despedirme de Saigón. Como capital del país y ciudad natal de Anh, simbolizaba todo cuanto deseaba dejar atrás, para olvidar mi amargura y las desgracias que había padecido. Durante los tres años que había vivido aquí, Saigón se había vuelto más grande, más ruidosa, más sucia, más próspera y más cosmopolita. Lejos de ser menos vietnamita, como solía decir el Vietcong, Saigón reflejaba todo aquello en lo que se habían convertido los propios vietnamitas: viciosos, ambiciosos, alejados de sus costumbres, desesperados y peligrosos, sobre todo consigo mismos. No obstante, todavía tenía un asunto pendiente antes de poder romper definitivamente las cadenas.

La Embajada estadounidense estaba tan concurrida como un mercado, llena de empleados y visitantes. Tras aguardar largo rato, un joven empleado me informó que los ciudadanos vietnamitas que deseaban solicitar un visado debían dirigirse a otro edificio, donde el departamento vietnamita de Inmigración y Naturalización se encargaba de dichos trámites. Eso me disgustó profundamente, pues tratar con los burócratas vietnamitas siempre significaba mayores gastos y quebraderos de cabeza.

La oficina de emigración estaba ubicada en uno de los apartamentos de un edificio blanco de dos pisos, cerca de la oficina central de correos y la iglesia católica de Nha Tho Duc Ba. Al penetrar en él, todavía me sentí más desanimada. En lugar de una oficina burocrática, el apartamento era la residencia de una acaudalada mujer republicana que había conseguido perfeccionar el arte de extorsionar a los ciudadanos hasta convertirlo en una ciencia.

—¿Hasta qué punto desea ir a Estados Unidos? —me preguntó sin rodeos—. Necesita unos documentos expedidos por la Embajada vietnamita en Washington. Le costará mucho dinero. ¿De cuánto dispone?

Quizá lo había expresado de esa forma para que, en caso de que alguien la acusara de estafa, ella pudiera alegar que simplemente se limitaba a separar los casos de caridad de los que podían satisfacer el dinero exigido por el Gobierno.

Yo respondí que disponía de una determinada cantidad, tirando por lo bajo.

—No es suficiente —contestó secamente—. Pase al salón. Debemos discutir detenidamente su caso.

Tras unas breves negociaciones, durante las cuales le expliqué que mi marido ya había partido y que, por consiguiente, sólo podía conseguir más dinero vendiendo mi pasaje aéreo, acordamos un precio.

—De acuerdo —dijo, conduciéndome de nuevo al vestíbulo—. Aguarde aquí mientras preparo su carta de solicitud. Mi casa no es una parada de autobuses. A propósito, le cobraré una pequeña cantidad adicional destinada a nuestros colaboradores voluntarios...

Mientras aguardaba, confié en no tener que regalarle también un collar de perlas. Al cabo de varias horas, sin embargo, regresé a casa con la carta.

El 27 de mayo de 1970, mis hijos y yo aguardábamos en el aeropuerto de Tan Son Nhut, dispuestos a abordar el enorme reactor norteamericano que nos trasladaría a Honolulú. Los pasajeros avanzaban hacia la puerta de salida, cargados con bolsas de viaje, y mostraban sus billetes a los últimos funcionarios republicanos. Los norteamericanos pasaban rápidamente. Los vietnamitas, en cambio, tenían que detenerse para buscar algún papel o documento en sus bolsos y bolsillos. Cuando me tocó el turno, el funcionario no me pidió nuestros pasaportes, nuestros visados ni ningún tipo de certificado. Simplemente me formuló una pregunta, la última que escucharía en mi lengua natal y en la tierra donde estaban sepultados los restos de mi padre:

—¿Lleva usted dinero vietnamita? En tal caso, le ruego que lo deposite en ese cesto antes de partir.

A última hora de la tarde del 10 de abril de 1986.
En casa de Tinh, en China Beach

Terminamos de cenar en un ambiente apacible, muy distinto del que reinaba al principio. La tensión entre Bon Nghe y mi hermana Ba se ha suavizado y, tras haber expresado ambos sus opiniones, parecen haberse reconciliado. Incluso el hermano Chin se muestra más animado y participa en la conversación. Quizá su apocado carácter era su modo de defenderse contra la locura que lo rodeaba, tanto fuera como dentro de la prisión. Nunca me dio la impresión de ser una persona fuerte, y los débiles suelen acobardarse frente a sus protectores. Como todo ser humano, florecen cuando no están tratando de esquivar una patada.

Tinh, mi madre y Ba recogen la mesa y Anh anuncia que debe marcharse, pues le espera su hermana en Danang. Bon Nghe también coge su sombrero y su gabardina (esta vez los va a necesitar, pues hace una hora que ha comenzado a llover). Después de marcharse Anh, Bon entra en la cocina para despedirse de las mujeres, estrecha la mano de Bien y de Chin y finalmente se vuelve hacia mí.

—Nhi me está esperando y hace un tiempo espantoso —dice, cogiéndome la mano—. Saluda a tus hijos de mi parte. Diles que me gustaría conocerlos algún día. Dales también mis saludos a Lan y sus hijos.

—Ha sido maravilloso verte, hermano Bon —digo, mientras las lágrimas se deslizan por mis mejillas—. Te quiero... No quiero volver a perderte.

Bon me abraza y le acompaño a la puerta.

—Manténme informado sobre el proyecto de la clínica —me dice—. Cuando llegue el momento, estoy seguro de que podré ayudarte.

Deseo contemplarlo detenidamente, para que su imagen quede grabada en mi mente, pero él rehúye mi mirada. Tras ponerse el sombrero, mi amado hermano Bon regresa a las sombras de las que ha surgido.

—Te deseo un feliz viaje de regreso a casa —dice, recordándome que, pese a mis sentimientos, mi casa ya no es Vietnam.

Al abrir la puerta percibimos el olor de la tierra húmeda y el sonido de la lluvia sobre los tejados. Bon Nghe se monta en su bicicleta, que estaba aparcada en el porche, y se aleja pedaleando apresuradamente. Cuando entro de nuevo en la casa, todos se congregan a mi alrededor.

—¿A qué vienen esas caras tan largas? —pregunto, enjugándome una lágrima—. La fiesta todavía no ha terminado. ¿Por qué no tomamos un poco de té?

—No —contesta mi madre—. Tengo un mal presentimiento. La noche está muy oscura y hace un tiempo de perros.

—Sólo llueve un poco, mamá *Du* —le digo para tranquilizarla.

—No se trata sólo de la lluvia. La policía siempre nos advierte que permanezcamos en casa cuando hace mal tiempo, porque las calles están llenas de delincuentes. Creo que es mejor que regreses al hotel.

—Pero si es muy temprano —protesto, sintiendo deseos de echarme a llorar—. Deja que me quede un rato más, mamá *Du*, ¡te lo ruego! ¡Quién sabe cuándo volveré a veros!

—Puede que Bay Ly tenga razón, abuela Phung —dice Tinh—. Quizá debería pasar la noche en casa.

—No —contesta mi madre—, los vecinos murmurarían. Creo que debe irse inmediatamente. Y tú también, Ba Xuan. Llévate a Chin a casa. Ocúpate de tus hijos. ¡Anda!

—De acuerdo, mamá *Du* —responde Ba obedientemente.

Mientras sus hijos cogen sus cosas, Chin me estrecha la mano con fuerza. Después de abrazarnos mi hermana y yo y de acariciarnos el rostro para recordarlo en nuestras manos, ella y su familia se marchan.

Al cabo de unos instantes noto la mano de Bien sobre mi hombro.

—No llores, Bay Ly. Todos lo hemos pasado muy bien. Coge tus cosas. Te acompañaré en la moto antes de que el tiempo empeore.

—¡No! —contesto, mirando a mi madre, aunque apenas puedo distinguirla a través de las lágrimas—. ¡No quiero marcharme! ¡Es demasiado temprano!

«Pobre Bay Ly —me parece oírles decir—. Siempre ha sido una niña mimada y caprichosa. Y ahora insiste también en salirse con la suya. ¿Quién se ha creído que es?»

—Vamos, Bay Ly —dice mi madre—. Procura comportarte como una dama. Es mejor que te marches.

—¡De acuerdo! —grito, dirigiéndome precipitadamente a la cocina para recoger mi chaqueta—. ¡Me marcho!

Al entrar en la cocina, saco un pañuelo del bolsillo de la chaqueta y me enjugo los ojos. En aquel momento aparece Tinh.

—¿Te encuentras bien, Bay Ly?

—¡Sí! —contesto, sonándome la nariz—. No. No lo sé. Es que...

Tinh se acerca y me abraza.

—Lo sé —dice, acariciándome el pelo—, vas a echarlos mucho de menos.

—No es eso. Es que me recuerda a cuando era una niña, en Año Nuevo, cuando todos regresabais a casa para celebrar el Tet, Sau Ban, Lan, Ba Xuan, tú y Hai. Éramos muy felices, hasta que llegaba el momento de las despedidas. Cuando he visto marcharse a Bon Nghe, he recordado el día en que Sau Ban se fue de casa. ¡Pero jamás regresó! —exclamo, rompiendo de nuevo a llorar—. No quiero perder a Bon Nghe. No quiero perder a mi madre. No quiero perderos a ninguno de vosotros.

Al cabo de unos minutos consigo dominarme y sonrío tímidamente.

—Gracias —le digo a Tinh—. Debes pensar que soy una tonta. Una estúpida señora norteamericana que cree tener respuesta para todo.

—Lo que no tienes es un sombrero para protegerte de la lluvia —responde Tinh—. Te prestaré el mío. La abuela ha traído dos maletas tuyas por error. Tendrás que llevártelas...

—No ha sido un error —contesto, poniéndome la chaqueta—. Quédate con ellas. Espero que puedas utilizar mi ropa. Tenemos aproximadamente la misma talla.

Nos abrazamos de nuevo y regresamos con los demás. Mi pobre madre se pasea por la habitación con cara preocupada.

—No te inquietes, mamá *Du* —le digo sonriendo—. Tienes razón. Es mejor que me marche.

Me duele que me mi mire con expresión de alivio, pero sé que lo hace por mi bien. Me despido de Hai, de Tinh y de sus hijos, mientras Bien se pone la chaqueta y saca su bicicleta. El pequeño asiento trasero parece menos cómodo que el de la moto de Anh, pero es una limusina comparado con los medios de transporte que utiliza la mayoría de la gente que vive aquí. Hay un viejo refrán budista que dice «agradece lo que te den, sea lo que sea», y me alegro haberlo recordado.

—Te acompaño —dice mi madre, cogiéndome la mano. Mientras Bien prepara la bicicleta, nos detenemos en el porche.

—¿Cuándo regresas a Estados Unidos? —me pregunta mi madre.

—Dentro de una semana —contesto, secándome los ojos, aunque me siento más aliviada después de haber llorado—. La hermana de Anh me ha invitado a permanecer con ella unos días en Saigón; luego quiero ir a visitar a Lien. Me gustaría llevarme un recuerdo de ella más agradable que la última vez que nos vimos.

—Ojalá sea así —dice mi madre. Tras unos instantes, añade—: Me siento muy orgullosa de ti, Bay Ly. Eres capaz de ver el lado de las cosas que a la mayoría de la gente se le oculta.

—Tú me lo enseñaste, mamá *Du*.

—No. Te lo enseñó tu padre. Yo todavía estoy aprendiendo. Esta noche, por ejemplo, de no haber sido por ti, Ba Xuan y yo todavía nos estaríamos peleando, y el muro que se ha alzado entre ella y su hermano sería más alto que nunca. Quién sabe, quizá la próxima vez que vengas no me importe que pases la noche con nosotros en casa de Tinh. Pero, en estos momentos, es pedirle demasiado a este viejo y cansado corazón. He vivido muchos años, Bay Ly, pero esta noche la vida me parece demasiado corta. De pequeños, nuestros padres nos enseñan lo que debemos hacer y, de pronto, tenemos que desenvolvernos solos. ¿Recuerdas cuando eras una niña y hacías los deberes? Cada etapa de la vida te enseña una lección: la aprendes o haces novillos...

—Yo hacía muchos novillos, mamá *Du*, ¿recuerdas?

—Sí, pero tú no me preocupabas. Ahora sé que mi confianza en ti estaba justificada. Has hecho los deberes, Bay Ly. El resto de nosotros vivimos en un mundo que se vuelto cabeza abajo porque no aprendimos la lección. Eso nos ha causado muchos problemas. Tenemos que escuchar a nuestro yo superior, Bay Ly, como haces tú, en vez de escuchar lo que dicen los otros.

—Papá me habla muchas veces.

Mi madre suspira y dice:

—Sí, también solía hablarme a mí. Pero me costaba entender lo que decía. Por eso, de vez en cuando, necesito escuchar a unos maestros como tú y Anh.

—No tengo nada que enseñarte, mamá *Du*. Y no tienes nada de que avergonzarte.

—Te equivocas. ¿Recuerdas lo que dijisteis tú y Bon Nghe esta noche? ¿Sobre lo estúpido que era renunciar a las cosas importantes de la vida porque alguien nos promete un futuro mejor? Pues bien, debo confesarte algo. Mientras hablabais, recordé que había sido yo quien impidió a la esposa de Sau Ban acompañarlo al sur. Si hubiera ido con él, quizás en estos momentos yo tendría dos *chau noi* —dos nietos de mis hijos varones— junto a mí, en lugar de uno. Pero temí que, si su mujer iba con él, Sau Ban no se uniría al Vietcong. Renuncié a un nieto para ganar un soldado, y los he perdido a los dos. Tu padre quería que su esposa lo acompañara, para que al menos tu pobre hermano gozara de la vida de casado. Pero yo se lo impedí en aras de la guerra. En aquel momento, creí que obraba bien. Estaba convencida de ello. Ahora, sin embargo, comprendo que estaba equivocada.

—Fue Sau Ban quien lo decidió, mamá *Du* —le digo para consolarla.

—No, él se comportó como un buen hijo. Y ése fue su error. De haber podido hacerlo, te hubiera impedido marcharte a Norteamérica. Hiciste bien en no revelarme tus planes. ¿Quién sabe qué hubiera sido de ti y de tus hijos si os hubierais quedado en Vietnam? En fin, eso pertenece al pasado. Como verás, al igual que todo el mundo, tengo la manía de desenterrar viejos recuerdos en lugar de plantar nuevas semillas. Ésa es tu misión: trabajar para ti misma, para Anh, para Bon Nghe, para Nam y todos los demás. Pero recuerda que todos los vínculos en tu vida, con los vivos y con los muertos, son como el tejado al que os referíais. Al principio, un tejado de paja es verde, luego muere y se vuelve marrón, pero eso no significa que no haya estado vivo y que no pueda darte cobijo en tu vejez. Sin él, serías como las piedras, estarías a merced de la lluvia.

En aquel momento, Bien hace sonar el timbre de la bicicleta y grita:

—¡Andando! ¡El tren está a punto de partir!

—Adiós, mamá *Du* —le digo, abrazándola por última vez.

—Adiós —murmura mi madre—. Siempre serás mi hijita.

Es la mañana del 11 de abril de 1986, el día que parto de Danang. Anh y Bien llegan al hotel después de desayunar y nos dirigimos hacia la parada del autobús que nos llevará al aeropuerto. Anh y yo nos subimos a él y Bien nos sigue en su bicicleta, transportando una bolsa mía y la maleta de Anh. Cuando el autobús parte, Bien se despide de nosotros agitando la mano, mientras circulamos por la calle Thong Nhat —la calle de la independencia— de camino al aeropuerto. Bien nos acompaña durante un trecho, como si le costara tanto despedirse de mí como a mí de mi familia. Al menos, todos sabemos ahora que contamos con amigos a ambos lados del océano.

Al llegar al aeropuerto de Danang, Anh y yo nos apeamos del autobús y nos colocamos en la fila de los pasajeros que se dirigen a Saigón. Aunque llevo poco equipaje, me siento abrumada, como si cargara con un peso insoportable.

Anoche, el regreso al hotel desde casa de Tinh fue tan deprimente como el tiempo. En cuanto nos marchamos, mi madre y Tinh entraron de nuevo en la casa y se apresuraron a cerrar la puerta y las ventanas, aislándome definitivamente de ellas.

—Anoche estaba preocupado por ti —dice Anh—. Estabas muy disgustada por la pelea entre tu hermano y Ba.

—Eso no fue nada —contesto sonriendo—. Deberías haberme visto cuando me despedí de ellos. Me comporté como una niña malcriada.

—No te preocupes. Todo salió perfectamente, mucho mejor de lo que suponía. ¿Has dormido bien?

—No, hacía mucho calor y la habitación estaba llena de chinches.

—Lo lamento.

—No, fue muy divertido. No quiero marcharme. Es demasiado pronto. Quiero ir a arrancar hierbajos en los arrozales, descansar en mi vieja hamaca y ayudar a mi madre en la cocina.

—No creo que las autoridades te permitan alargar tu estancia. Es mejor que no te indispongas contra el *Ban Vietkieu*. Creo que te marchas en el momento preciso. Has conseguido casi todo lo que te habías propuesto. Si te quedas más tiempo, es posible que tengas problemas. Además, puedes emplear los días que permanezcas en Saigón para estudiar más detenidamente el proyecto de la clínica del que has hablado con Bon Nghe. Puedes empezar a hacer algunos contactos y averiguar qué tipo de documentos necesitas para ponerlo en marcha. Sí, creo que todo ha salido perfectamente, Bay Ly —dice, dándome unas palmaditas en la mano.

Subimos al destartalado avión, sucio y atestado como el que nos trajo al Norte hace cinco días, y ocupamos nuestros asientos. Al cabo de unos minutos empieza a avanzar por la pista y despega. Mientras nos alejamos de tierra firme, tengo la sensación de dejar atrás definitivamente a mi familia, aunque no el cariño que siento hacia mis antepasados, mis padres y mis hermanos. Es como si las manos que me criaron y me alimentaron me impulsaran ahora hacia arriba, hacia otro mundo, otra existencia, otro círculo vital. En lugar de sentirme triste y deprimida, me siento feliz, como la primera vez, hace muchos años, que subí a un avión en este mismo aeropuerto.

Frente a la ventanilla desfilan unas pequeñas nubes, unas gotas de lluvia que no llegan a tocar el suelo. En abril de 1949, un alma incorpórea atravesó el universo montada en unos rayos desconocidos para hallar un vehículo en la tierra. Nueve meses más tarde, tras grandes sufrimientos, nació una entidad llamada Le Ly, hija de Huyen y Phung Trong. Las primeras palabras que escuchó fueron las de la comadrona, que gritaba «¡ahógala!», pero Huyen se negó. En el este, recorrió los caminos que conducen al interior del alma del ser humano y descubrió qué se oculta en el corazón y el espíritu. En el oeste, descubrió qué se oculta en el corazón y en la mente y recorrió los caminos que conducen a las estrellas.

Al regresar al lugar donde había nacido, completó el primer círculo de su vida. Al encontrarse de nuevo con sus compañeros de viaje, les relató las lecciones que había aprendido, y fue juzgada por la ley universal —ese vínculo más que físico que liga a los seres humanos en todas partes y en todos los tiempos—, y se le reveló el propósito de su vida.

Miro a Anh, que está absorto en su periódico, y siento una infinita alegría. Su energía vital resplandece y me envuelve con una fuerza y una belleza sobrecogedoras. Tenemos mucho que hacer durante los próximos días. Hablaremos sobre hospitales y colaboradores y sobre la forma de captar la atención y llegar al corazón de personas mucho más importantes que yo, políticos, filántropos y otras gentes que han compartido nuestro viaje en todo el mundo. Miro sobre los respaldos de los asientos y observo el brillante aura de la humanidad que me rodea —orientales y occidentales entremezclados e indistinguibles entre sí— y que arroja un dorado resplandor sobre las paredes del aparato.

Miro por la ventanilla para refrescar mis ojos con las nubes y el lujuriante verdor de la Madre Tierra. Mientras nos dirigimos hacia el sur, sobrevolando el arenoso litoral, veo los picos de la Montaña de Mármol y los recodos del delta del Song Han. Como suspendida en el tiempo, sabiendo que los motores me transportarán momentáneamente por encima de las nubes, distingo una parcela de tierra con unas casas con tejados de paja que se alzan entre los arrozales como las rodillas de una madre. A ambos lados hay unos despoblados bosques que luchan, con su savia y sus flores, para convertirse de nuevo, tras una década de fuego y veneno, en un exuberante paraíso. Al norte hay una ciénaga cubierta por unos matorrales, unos maltrechos árboles y una arena que oculta mil secretos. Hacia el este se alza una pequeña colina, pelada, donde una entidad más vieja y más sabia —que casi ha alcanzado la perfección— reveló a un espíritu más joven el objeto de su viaje.

Durante unos maravillosos instantes, Ky La baila ante mis ojos, y luego se desvanece en el recuerdo.

EPÍLOGO

UNA CANCIÓN DE ESPERANZA

Hace mucho tiempo, en una lucha librada en nombre de la justicia —una lucha para defender el concepto de lo que es justo e injusto—, un orgulloso muchacho cortó el brazo a otro con la espada de su familia. El vencedor, convencido de que la batalla había terminado, dio las gracias, enfundó su espada y se fue a casa.

El chico vivía con su abuela, que le enseñó a ser bueno y honrado; y con una joven huérfana, a la que la abuela educó para que fuera una buena esposa para su nieto.

Poco después de la lucha, se presentó en casa del chico un mensajero del rey y le dijo que había estallado una guerra que pondría a prueba el poder del bien contra el mal. Como es lógico, el chico no sabía qué hacer. Creía en la bondad y la virtud, desde luego, y lo había demostrado al luchar contra el obstinado muchacho al que había cortado un brazo. Pero estaba a punto de casarse con su novia y deseaba fundar una familia.

Para resolver su dilema, el chico consultó con su sabia abuela (que le había enseñado todo respecto al pasado), y con su novia (que compartía sus sueños sobre el futuro), y les preguntó qué debía hacer. Puesto que la abuela amaba la virtud y la justicia sobre todas las cosas, le dijo que debía ir a la guerra. Como la joven amaba al chico y al mismo tiempo respetaba las opiniones de la abuela, también le dijo que fuera y le prometió esperarle hasta que la guerra terminara.

Así pues, el chico partió con el mensajero y permaneció ausente muchos meses, durante los cuales se distinguió en numerosas batallas. Cuando regresó, sin embargo, comprobó que su hogar había sido destruido. Las cosechas se habían echado a perder, los animales habían huido y la casa estaba en ruinas. Al abrir la puerta, salió a recibirlo su novia, que parecía tan vieja como la abuela.

—¿Qué ha pasado? —preguntó el chico asombrado—. ¿Por qué está la casa en ruinas? ¿Dónde está la abuela? ¿Qué te ha sucedido?

—Ha sido horrible —contestó llorando su novia, arrojándose a sus brazos—. Cuando te marchaste, el muchacho al que habías cortado un brazo regresó para vengarse de nosotras. Mató a tu abuela, la despedazó, me violó, saqueó nuestra casa y quemó nuestras tierras.

Furioso, el joven soldado desenfundó su espada y exclamó:

—¡Me vengaré de esta atrocidad! ¡Haré que prevalezcan la justicia y la virtud!

De camino hacia la casa de su enemigo, se detuvo junto a la tumba de su abuela y rezó para que ésta le infundiera la fuerza y el valor necesarios para vengar su muerte. Mientras rezaba, su viejo enemigo apareció de pronto. Pero en lugar de atacarlo por la espalda o enfrentarse a él, cayó de rodillas y rogó al soldado que le cortara la cabeza por el daño que había cometido.

El soldado, creyendo que su oración había sido respondida, sacó su espada, dispuesto a abatir a su enemigo cuando, de pronto, sonó una campana en un templo cercano. El soldado se detuvo, mientras las notas de una canción, entonada por un coro de espectrales voces —pertenecientes a su abuela, a las víctimas que él y sus antepasados habían matado en la guerra y a sus futuros hijos—, flotaban en el aire.

Al atardecer
escucha la campana,
la campana que despierta
a mi alma.

Debemos apresurarnos a aprender.
Debemos arrodillarnos bajo el árbol de Buda.
Contemplamos el rostro de dios y
olvidamos el pasado.

Perdonar a nuestro hermano es perdonarnos a nosotros mismos.
Renunciemos a la venganza;
hemos padecido mucho.
Estamos fatigados y desalentados.

Si me vengo, será la causa;
el efecto me seguirá en la otra vida.
Mírate en el espejo, contempla la compasión que anida en tu corazón.
Evita todo resentimiento y odio hacia la humanidad...

El soldado, sosegado al escuchar la campana y la canción, que había despertado su espíritu, enfundó de nuevo su espada y ayudó a su enemigo a incorporarse.

—Vete —dijo—. Te he arrebatado un brazo, y no puedo restituírtelo; pero podría haberte matado, y te devuelvo la vida.

—Vete en paz —contestó su enemigo—. Yo maté a tu abuela y violé a tu novia, y no puedo deshacer el mal que cometí; pero también te he devuelto la vida, pues mis hermanos me habrían vengado.

Los dos jóvenes se separaron y comenzaron una nueva vida. Para conmemorar la rotura del círculo de venganza, la campana del templo tañe dos veces al día para recordar a las personas que deben contener su furia y reflexionar; y tras haber reflexionado, escuchar la canción de la esperanza.

En la primavera de 1970, mis hijos y yo nos reunimos con Ed, nuestro salvador norteamericano, en San Diego, California. En el invierno de 1973, mi marido falleció a causa de un enfisema y me quedé viuda, una forastera en un país extranjero. No obstante, estaba resuelta a construir una vida mejor para mis hijos y para mí. Pero ésa es otra historia; otro círculo vital.

En este libro, he tratado de describir la forma en que los campesinos conseguimos sobrevivir, en tanto que causantes y víctimas de nuestra guerra. Os he relatado la faz de la batalla, la sombra del terror, los matices del amor y los colores de la alegría, tal como yo los he contemplado.

Hoy en día, me siento honrada de vivir en Estados Unidos y orgullosa de ser una ciudadana estadounidense. Respeto profundamente la bandera norteamericana, que no sólo he visto izarse contra mí, sino ondear sobre las escuelas donde mis maravillosos hijos han aprendido a ser norteamericanos.

La mayoría de vosotros que leáis este libro, no habrá vivido las experiencias que he vivido yo. Por un designio de la providencia, la suerte o dios, no sabéis lo duro que es intentar sobrevivir, aunque quizás ahora tengáis una cierta idea. No os compadezcáis de mí; he sobrevivido y soy feliz. Sin embargo, en estos momentos existen millones de personas desgraciadas en el mundo —muchachas, chicos, hombres y mujeres— que viven como yo tuve que hacerlo para sobrevivir. Al igual que yo, no son culpables de las guerras que los han devorado. Tan sólo anhelan la paz, la libertad para amar y vivir dignamente. Sólo os pido que les abráis vuestros corazones y vuestras mentes, como me los habéis abierto a mí al leer este relato, y que no penséis que nuestra historia ha terminado.

En una gran mayoría, vosotros aprendisteis qué es la vida en la escuela, a través de vuestros amigos y familiares, vuestro trabajo, los libros y la televisión. Aunque yo aprendí casi todo lo que sé a través de la propia vida, creo que todos estaremos de acuerdo en un extremo: que nadie posee una visión perfecta de todas las cosas. Nuestra misión es compartir lo que sabemos, de forma que nuestra sabiduría —nuestro concepto de la verdad— sea patrimonio común del universo.

La guerra de Vietnam no terminará hasta que haya concluido para todo el mundo. Más de cuatrocientos mil veteranos norteamericanos todavía tratan de recuperarse de las heridas que sufrieron en su cuerpo y en su espíritu. Sesenta y tres millones de almas habitan en los cuerpos de unos niños que nacieron con malformaciones físicas debido al Agente Naranja. Otros están condenados a morir de cáncer y otras enfermedades provocadas por sustancias químicas utilizadas durante la guerra, que en numerosos lugares han contaminado el agua. Sesenta mil han perdido un miembro y más de trescientos mil no pueden trabajar debido a las heridas que recibieron durante la guerra. Según las estadísticas, veinticinco mil niños amerasáticos —fruto de la unión de muchos norteamericanos de piel blanca o negra y mujeres vietnamitas de piel oscura y cabello negro— confían hallar un futuro en casa de unas familias que no conocen. Algunos observadores calculan que entre seis y siete millones de vietnamitas, hombres, mujeres y niños, mueren de hambre, a causa de la desnutrición o de enfermedades provocadas por la escasez de alimentos y otros productos que no pueden ser fabricados ni importados en cantidades suficientes de los países occidentales, algunos de los cuales, como Estados Unidos, continúan aplicando un embargo de guerra. El círculo de la venganza persiste.

Sólo puedo afirmar lo que yo misma he aprendido: el propósito de la vida es crecer. Tenemos tiempo de sobra —una eternidad— para repetir nuestros errores. Sin embargo, sólo tenemos que rectificarlos una sola vez —para aprender la lección y escuchar la canción de la esperanza— para romper definitivamente la cadena de la venganza. Si conseguimos hacer esto de manera personal, independientemente de que otros imiten nuestro ejemplo, hallaremos la paz en nuestros corazones.

En nombre de mi padre y de todas las víctimas de la guerra, en 1987 fundé una organización para ayudar a mis hermanos y mis hermanas en Vietnam, al mismo tiempo que ayudaba a mis hermanos y hermanas en Estados Unidos a superar la experiencia de la guerra. La fundación East Meets West necesita el apoyo del Gobierno estadounidense, el Gobierno vietnamita, los pueblos norteamericano y vietnamita, corporaciones, grupos benéficos, organizaciones religiosas y benefactores individuales de todas las naciones para curar las heridas de la guerra y romper el círculo de la venganza que perpetúa el sufrimiento en aras de la justicia en el mundo. Mientras escribo estas líneas, en Xa Hoa Qui han comenzado las obras de un centro para las víctimas de la guerra, destinado a los campesinos pobres y sin hogar. Esas clínicas, construidas en colaboración con grupos de veteranos vietnamitas residentes en Norteamérica, estarán dotadas de médicos voluntarios, dentistas y demás profesionales sanitarios estadounidenses y de otros países que participaron en la guerra norteamericana más larga y más costosa para Vietnam. Nuestro propósito es «reclutar» médicos militares, enfermeras y asistentes sanitarios que hayan servido en esta y en otras zonas de combate. Si eres un veterano de guerra, te pedimos que te alistes de nuevo para servir a la humanidad y a ti mismo, con el fin de curar las heridas que quizá persistan en tu espíritu y ayudar al pueblo vietnamita. Éste, como todas las víctimas de la guerra, constituye el compañero espiritual de tu viaje.

Si este libro ha representado la campana que ha terminado con el esquema de los sentimientos de odio que alimentabas, utiliza la serenidad que has adquirido en tu corazón para escuchar la canción de la esperanza. Es la canción que tu espíritu ha venido entonando desde el momento en que naciste.

Si deseas colaborar con nosotros, escribe o ponte en contacto telefónico con:

Asia Resource Center
P.O. Box 15275
Washington, DC, 20003
(202) 547-1114

East Meets West Foundation
12540 Oaks North Drive Suite 4
San Diego, CA 92128
(619) 673-3734

U.S. - Vietnam Friendship and Aid Association
P.O. Box 453

LIBRO SEGUNDO

HIJA DE LA GUERRA, MUJER DE LA PAZ

A nuestros antepasados

AGRADECIMIENTOS

Este libro trata de las numerosas deudas que contraemos a lo largo de nuestra vida: con el dios cósmico por habernos creado; con nuestra madre por traernos al mundo; y las deudas del alma que acumulamos y vamos saldando según la forma en que nos comportemos. Estamos también en deuda con las personas que nos guían y nos ayudan. Aunque no siempre podemos pagarlas, podemos al menos reconocer que han contribuido a que nuestro peregrinaje por la vida sea más rico y menos arduo.

Deseo dar las gracias a todas aquellas personas que nos han ayudado a mis hijos y a mí desde que pisamos por primera vez la «costa dorada» de Estados Unidos. Muchas veces ni siquiera conocíamos vuestro nombre y no pudimos expresaros nuestro agradecimiento. Ahora deseo hacerlo. Si en otra encarnación os convertís en emigrantes —perdidos y solos en un país extraño—, comprenderéis lo que trato de deciros. Espero ser esa dependienta, secretaria, maestra o vecina que os echa una mano con una sonrisa y os da ánimos cuando más lo necesitáis.

De modo especial, deseo dar las gracias a las familias Munro y Hayslip, a los que todavía viven y a los que han ido a reunirse con sus antepasados. Mis maridos y sus familiares me enseñaron a ser norteamericana. Asimismo, deseo expresar mi más humilde agradecimiento a mi hermana Lan, que me siguió hasta esta tierra. Gracias a todos vosotros, he comprobado que las flores pueden florecer en cualquier lugar. A pesar de que la vida en ocasiones nos golpeó duramente a mis hijos y a mí, ahora comprendo por qué sucedieron esas cosas. El camino hacia el nirvana siempre es largo y tortuoso, y quienes sólo escalan una montaña en un día soleado jamás conocerán la belleza del arco iris.

Asimismo, deseo expresar mi agradecimiento a todos aquellos que leyeron *Cuando el cielo y la tierra cambiaron de lugar* y contribuyeron a que dicha obra asumiera vida propia como creación independiente, como otro hijo que viene al mundo. De no ser por la fe que los directivos de la editorial Doubleday depositaron en mí y en la historia de mi vida —sobre todo nuestro editor, Casey Fuetsch, y muchos otros— quizá no habría conseguido cumplir mi misión. En estos momentos, mi «hija», la fundación East Meets West (una organización cuyo fin es propagar la paz y la ayuda humanitaria en el mundo) ha construido, o ha participado en la construcción, de dos clínicas en una zona rural de Vietnam y se dispone a completar una Aldea de Paz regional en China Beach, el mismo lugar donde, hace un cuarto de siglo, unos marines norteamericanos desembarcaron por primera vez para iniciar la larga marcha emprendida por nuestros dos países. ¿Cómo puede uno pagar semejante deuda?

Este hijo literario ha a dado a luz otros hijos, y sus comadronas merecen también mi gratitud. Deseo expresar mi más profundo agradecimiento a Rachel Klayman, nuestra editora de libros de bolsillo en Plume Books; a Michael Viner y Nancy Kwan, de Dove Studio; y a los editores y traductores de las ediciones en lengua extranjera de otros diez países, por contribuir a difundir mi mensaje de paz y perdón a quienes, aunque sólo hayan presenciado la guerra de Vietnam de lejos, hayan sufrido sus propias guerras. Asimismo, mis más sincero agradecimiento a Oliver Stone, Lynwood Spinks, Kathryn Sommer, Mario Kassar, Christina Rodgers, Robert Kline y otros que se han esforzado en plasmar mi historia en una película, llevando su mensaje a millones de personas en todo el mundo por medio de la magia de las imágenes y el sonido.

Deseo también dar las gracias a todos los periodistas de prensa y televisión, y a los numerosos institutos, universidades, escuelas de segunda enseñanza y organizaciones benéficas que me ayudaron a alzar mi pequeña voz en el inmenso coro del discurso humano, en Estados Unidos y en el resto del mundo. Gracias a vosotros, muchas personas han tenido la posibilidad de detenerse y escuchar la campana del templo. Según los miles de cartas que he recibido, sé que muchos han cantado la canción de la esperanza.

Para unir a Oriente y Occidente muchas veces hay que mover montañas. Deseo dar las gracias a Steven Pinter, Michael Marine y a Jeff Braunger, del Departamento del Tesoro, y a Marc Kron, del Ministerio de Comercio, así como a muchas personas del Departamento de Estado, por habernos concedido las autorizaciones necesarias para poner en pie nuestra labor en Vietnam. Deseo agradecer también a los embajadores Trinh Xuan Lang y Nguyen Can, de la misión vietnamita en la ONU, al embajador Empassi en Bangkok, y a los señores Nguyen Co Thach y Dang Nghiem Bai, y a todo el personal de la oficina de Asuntos Exteriores en Hanoi, su apoyo y su ayuda. Asimismo, deseo dar las gracias al vicepresidente del comité popular, el señor Nguyen Dinh An, al señor Ngo Van Tran y a todo el personal de la oficina de relaciones económicas extranjeras; al doctor Dinh The Ban, vicedirector, y al doctor Ly del Departamento de Sanidad; así como al personal de la Cruz Roja, a los funcionarios locales de las aldeas de Hoa Hai y Hoa Qui (Ky La), y a toda la gente de la provincia de Quang Nam Da Nang que nos ha ayudado a mi familia, a mí y a la fundación a construir las clínicas que tanto necesitaban los ciudadanos de Vietnam central. Gracias a vuestros esfuerzos, el círculo de venganza que todavía atenaza a algunas personas en nuestros dos países se ha reducido notablemente.

Quiero también dar las gracias a todas las personas que nos han acompañado en nuestras misiones de ayuda humanitaria y descubrimiento. Gracias por soportar estoicamente todas las molestias que os habríais podido ahorrar de haberos quedado cómodamente en vuestras casas. Gracias por arremangaros y entregar vuestro sudor y vuestro amor a un pueblo y un país abandonados por Norteamérica durante muchos años. Aunque todavía queda mucho por hacer, gracias a vosotros esas montañas están un poco más cerca.

Deseo agradecer de corazón a mi hermano y a mi hermana *vietkieu* por arriesgarse a revisitar y ayudar a sanar a «la tierra donde están enterrados nuestros cordones umbilicales». En cierto aspecto, este libro fue escrito para vosotros. En tanto que miembros de una gran familia, lo que nos sucede a uno de nosotros repercute en todos los demás. *La se rung ve coi, nuoc se chay ve nguon. Lay thu lam ban, an oan xoa ngay. Nguoi con nuoc Viet Ta thuong nhan cung.*

A veces estamos también en deuda con quienes menos oyen nuestras palabras de gratitud: las personas más allegadas a nosotros. A mi hijo mayor, Jim, mi nuevo coautor y un muchacho del que cualquier madre se sentiría orgullosa, le doy las gracias por ayudarme a evocar unos recuerdos de nuestra turbulenta vida en Norteamérica que no siempre eran agradables. Junto con tus hermanos, Tom y Alan, quienes ocupan un lugar preponderante en nuestra historia, el tiempo y las ideas que me habéis ofrecido —cuando otras voces os reclamaban insistentemente— me han conmovido más de lo que podéis imaginar. Hemos plantado y abonado nuestro árbol *sau dau* en la fértil tierra de Norteamérica. Pero no debemos olvidar a las personas que han trabajado con nosotros en nuestro jardín: Jay Wurts, que añadió su voz literaria a la nuestra; y Sandy Dijkstra, Kathy Goodwin y Mary Ann Grode, que nos abrieron nuevas puertas y nos ayudaron a recoger el fruto de nuestra labor.

Deseo expresar mi más humilde agradecimiento a los numerosos vietnamitas y norteamericanos que han formado parte del consejo de administración, de la junta honoraria y del consejo de asesores de la fundación East Meets West, así como a todos los voluntarios, por vuestra inestimable colaboración y sacrificio.

Mi más profunda gratitud, también, a los numerosos médicos de todos los rincones de Estados Unidos y otros países que se han encargado de reunir el material, las medicinas y el dinero necesarios para nuestras clínicas en Vietnam. Teniendo en cuenta la fortuna que todavía se destina a sostener el aparato de la guerra, vuestra generosidad en nuestra cruzada para la paz resulta aún más conmovedora.

Por último, deseo dar la gracias a mis parientes en Vietnam: a mi madre, a mi hermano Bon Nghe, a mis hermanas Ba Xuan (y su marido Chin) y Hai, junto con mi sobrina Tinh, y sus respectivas familias, por haberme ayudado y soportado durante mis numerosos viajes a Vietnam a lo largo de estos últimos años. Tenemos la fortuna de gozar de buena salud y de poder reunirnos con frecuencia. Sigamos pagando nuestra gran deuda con obras que honren a nuestros antepasados y a todos los soldados *am binh*. Dado que forman parte de mi «familia espiritual», quiero dar también las gracias al venerable Thich Giac Ngoi, Thich Giac Nhien, Thich Tri Chon, Thich Man Giac, Thich Phap Chan y Phuoc Thuan. De no ser por vuestro apoyo, no habría llegado tan cerca de mi destino.

Quisiera dar a conocer los nombres de todas las personas que han ayudado a la fundación East Meets West por medio de donaciones o que nos han apoyado con sus oraciones y palabras de aliento, pero lamentablemente no dispongo de suficiente espacio. Así pues, me limitaré a consignar los nombres de aquellos que me han ayudado de mil maneras siempre que se lo he pedido. A los amigos cuyos nombres haya omitido involuntariamente, deseo pedirles perdón y asegurarles que no he olvidado mi deuda con ellos ni el afecto que me inspiran. A los amigos que todavía no conozco, pero en quienes mi relato haya despertado el deseo de participar en una labor humanitaria, les invito a que llamen o escriban a:

East Meets West Foundation
11956 Bernardo Plaza Drive 310
Rancho Bernardo, CA 92128
(619) 747-6017

En un mundo que se dirige hacia la luz, dejando atrás las sombras de su tenebroso pasado, no debemos olvidar a la gente que ha quedado rezagada. Todavía quedan muchas lecciones que enseñar y aprender. Todavía queda mucho por hacer.

PHUNG THI LE LY HAYSLIP
San Diego, California
Marzo de 1992

Tony Abat
Dee Aker
American Legion Post 33
  (Kasson Legion)
El señor y la señora de Doan C. An
Bill Backner
Dean Barad
Thomas Bass
Patrice Basse
Lowell Blankfort
Louis Block
Vickie Block
Jeff Brown
El doctor Richard Buchta
Le y Lan Bui
David Bushnell
Fredy y Sherry Champagne
Steve Chang
James Champman
Joan Chen
Geoffrey Clifford
Luc Do
Chanh Doan
David Donnan
Robert Donnan
Robert y Judy Dunn
George Elson
Mary Emeny
Michael Feldstein
First Unitarian Church
Dave Gallo
Loraine Gardner
Louis Gotlib
Dee Gove
Steve Graw
Kathy Greenwood
Ailill Halsema
Lambert Halsema
Doan Thi Nam Hau
H. M. & T. Cohn Foundation
A. Kitman Ho
Doan Thi Nam Hoa
Doan Thi Nam Hue

Marie Huhtala
Le Van Hung
Laurens J. Jansen
Chuck Jones
Russell Jones
Don y Carol Kenyon
Victor Kempster
Ron Kovic
La doctora Judy Ladinsky
Jeanne Lang
Andrew Le
El doctor William Lenon
Jean Lovejoy
Milton Low
Don Luce
Marvin May
Barry McMahon
Medic of Illinois
Nguyen Tang Mien
Jim Miller
El señor y la señora Lu Van Moch
Hiep Nguyen
Tanya Nguyen
Northwest Airlines
Vu Thi Van Nuong
Bernard O'Gara
Pacific Unitarian Church
Richard Pardo
Herbert Paas
Peace Development Fund
Val Petersen
John Pritchard
June Pulcini
Binit Rama
Morria Rathcliff
El doctor R. C. Reznichek
Michael y Monica Rhodes
Jim Robinson
Timothy Rogers
El doctor John Romine
Roger Rumpf
Steve Russel y la Landmark
  Theater Corporation

San Diego Foundation
Nguyen Thi Sanh
Dolie Schien
El doctor Edward Sherwood
Michael Singer
El doctor Peter Singer
Bob Sioss
Mike Snelling
Kathy Sommer
Perry Steinberg
Oliver Stone
Rose Stone
Shirley Sun
Mai Phuoc Thien
Nguyen Thuan
Clayton Townsend
Tom Tran

Universidad de California,
  San Diego Medical Center
U.S. Committee for Scientific
  Cooperation with Viet Nam
U.S./Viet Nam Friendship Aid
  Association
Nick Ut
Nam C. Van
Linda Vo
Jennifer Wall
VVAF/Washington, D.C.
James Watson
Putney Westerfield
The Wonderful Foundation
Janet Young
John Sacret Young
Azita Zendel

PRÓLOGO

LA CANCIÓN DEL ÁRBOL SAU DAU

Hace mucho tiempo, antes de que el mundo se trastocara, un joven se fue a la guerra. Al igual que sus hermanos, recorrió todos los puntos cardinales, participó en numerosas batallas y presenció muchas cosas terribles y prodigiosas, pero nada tan terrible como cuando, veinticinco años más tarde, regresó a su aldea y la halló abandonada.

Las calles barridas por el viento estaban llenas de hierbajos y los fértiles campos estaban asolados. El cielo estaba cubierto de un polvo rojo y el río —antes lleno de peces— era un mero riacho enfangado. Los cocoteros parecían astas de bandera rotas, con sus frondas diseminadas por el monzón estival; las casas de los campesinos estaban derruidas y vacías. Sólo un árbol sau dau, cuyas vetustas ramas estaban todavía verdes y llenas de pimientos, se alzaba a orillas del río para recordar al joven el mundo que había conocido.

El soldado se tumbó debajo del árbol y volvió el rostro hacia las desiertas calles. En sus telas, las arañas se convirtieron en viejas que charlaban a la sombra; los lagartos, en niños que perseguían a los patos; las aves, en ágiles muchachas que transportaban agua y dirigían lánguidas miradas a los jóvenes aldeanos que partían leña y reparaban sus carretas. Una nube de polvo que se alzaba en un jardín se convirtió en el humo que emanaba del guiso de su madre. En su ensoñación, el soldado vio también a una anciana vestida de negro y delgada como la muerte que salía de un cobertizo.

El soldado se levantó de un salto. Temeroso de que la figura fuera un espíritu guardián del cementerio de la aldea, quiso ayudar a la anciana a recoger pimientos, cuando, de golpe, comprobó que era real.

—Yo vivía en esta aldea —dijo el soldado, satisfecho de poder ayudar a la anciana en lugar de matar a un enemigo—. Mi familia vivía allí, donde la barca atravesaba el río. Cuando hacía calor, bebía leche de coco y me deleitaba oyendo cantar a la muchacha de la barca.

A la anciana no le interesaban sus historias y continuó con sus tareas.

—Tu vieja casa está en ruinas —le dijo—, y la barca embarrancó cuando los ejércitos embalsaron las aguas del río. La muchacha fue violada y huyó a la ciudad con su hijo bastardo, y hace mucho que no canta. Los árboles fueron destruidos y los cocoteros han dejado de crecer. Todo está seco y marchito como yo. Te recomiendo que huyas antes de que se ponga el sol. Este lugar es muy peligroso de noche, está lleno de fantasmas. ¡Hay demasiados fantasmas!

Con infinita tristeza, el soldado se quedó mirando cómo la anciana se alejaba, de regreso a su casa. El sol comenzó a ocultarse y la sombra del árbol sau dau se extendió sobre las ruinas de su casa. De pronto, con voz firme y llena de compasión, fruto de los triunfos de un soldado pero atemperada por los sufrimientos de un rey, el joven cantó:

El árbol sau dau se alza al atardecer,
con sus hojas desparramadas por el suelo como la arena de un río.
He permanecido mucho tiempo la nuoc la cai,
perdido y solo en un país extraño.
Tu ha sido mi sombra,
Dao ha sido mi sol.
¿Qué temor puede infundirme una oscura casa que antes era la mía?

La anciana regresó y vio al joven bañado en una radiante luz, mientras las ramas del árbol sau dao, resplandecientes de vida, se inclinaban sobre él formando una corona. Los pimientos que llevaba en la cesta recuperaron su sabor, las cicatrices de los años desaparecieron de su cuerpo y las aves se convirtieron en ágiles muchachas, los lagartos en niños, el agua del río volvió a fluir, y la chica de la barca apareció y cantó la canción del árbol sau dau.

Hoy en día, cuando los exiliados llevan mucho tiempo lejos de su hogar, con los ojos resecos y la boca llena de polvo, sólo tienen que contemplar el ocaso y entonar la canción del árbol del sau dau para que los fantasmas que les persiguen huyan precipitadamente, las cicatrices de los años se desvanezcan y la tierra que pisan, donde quiera que estén, se convierta en la tierra de su hogar. Lo dividido vuelve a unirse; ya no tienen que temer la oscura casa donde vivían antes.

En mayo de 1970, descendí del avión de la Pan American que me había transportado del infierno en el que se había convertido mi país al paraíso que yo creía que era Norteamérica. Tenía veinte años y dos hijos, nacidos de padres distintos, apenas hablaba inglés y mis rústicos modales eran más adecuados a las calles de Saigón que a un suburbio de San Diego. En esta ciudad, sin embargo, iba a establecerme, un lugar tan desconocido para una campesina vietnamita como el lado oscuro de la luna.

Mis orígenes eran muy distintos de los de mis vecinos norteamericanos. A los doce años, la guerra me había arrebatado a dos hermanos y varios tíos y primos. A los quince había luchado, había sido capturada y torturada por los republicanos survietnamitas y condenada a muerte y violada por el Vietcong. A los dieciséis era una madre soltera que traficaba en el mercado negro de Danang para alimentar a su familia. Cuando cumplí los diecinueve, mi padre se suicidó para impedir que el Vietcong volviera a perseguirme, y contraje matrimonio con el *de quoc My*, «el enemigo», un ingeniero civil norteamericano de mediana edad llamado Ed Munro, confiando en que nos salvaría a mis hijos y a mí de la guerra.

Cuando llegué a Estados Unidos, no tardé en comprobar que las argucias que había aprendido para sobrevivir en la selva y en los corruptos callejones de mi país natal no servían de nada en los supermercados, los grandes almacenes y las oficinas de empleo norteamericanos. Las «señales de tráfico» que obedecía no estaban colocadas en los cruces ni en las autopistas, sino grabadas en mi corazón como *Dao lam nguoi*, la ley natural, la ley universal, la ley del karma y de la vida y la muerte. De pronto tuve que enfrentarme con un mundo sin antepasados —sin causa y efecto—, que no tenía un ayer ni un mañana. Me encontraba *dat jach que nguoi*, perdida y sola en un país extraño y hostil. La propaganda de las reuniones nocturnas del Vietcong en las ciénagas, en las afueras de mi aldea, estaba todavía viva en mi memoria. *De quoc thuc dan*, nos decían: liberad a Vietnam del «imperio colonial capitalista». Ahora, la tierra de ese «malvado imperio» se había convertido en mi hogar. Estaba condenada a vivir *song tren dat dich*, en el país del enemigo.

Este libro es la historia de mi vida en el país del «enemigo», de una mujer vietnamita que luchó por sobrevivir entre los occidentales, esos seres con «ojos de gato» a los que me habían enseñado a odiar de pequeña. Pero hay algo más: también trata sobre cómo descubrir un tesoro cuando menos lo esperas, y cómo buscar las dos mitades que forman un total perfecto. Trata sobre *say me joai lac*, ver similitudes en cosas diversas, y deleitarse —descubrir lo único y precioso— con las cosas comunes. Trata sobre hallar y perder el amor, superar el dolor y seguir adelante. Pero por encima de todo, este libro trata de reconciliarse con el pasado y buscar un futuro mejor. Me han dicho que es la historia de Norteamérica escrita con una pluma de bambú. Es la historia de cualquier persona —oriental, europea, africana, australiana, de Oriente Próximo, americana— que alguna vez se haya visto desposeída de todo, abandonada y devorada por el mundo, para convertirse más tarde en una forastera en un país extraño.

Os invito a compartir en estas páginas un viaje que me llevó veinte años completar. Viviremos muchas cosas terribles y prodigiosas. La más terrible sería que mi historia pueda despertar temor en vosotros, pero la más prodigiosa, que es la paz, seguro la hallaréis al final, pues he llegado a contemplar el árbol sau dau y he cantado su canción.

PRIMERA PARTE

VIVIR CON EL ENEMIGO
(1970-1982)

1
EL DESEO DE SER LIBRE

La cálida brisa de Honolulú me acarició como las manos de una madre. Una bonita hawaiana me colocó una guirlanda de flores alrededor del cuello para darme la bienvenida. Por primera vez en mi vida aspiré el aire de un mundo en paz.

El 20 de mayo de 1970, el día que aterricé en el aeropuerto internacional de Honohulú tras huir de Vietnam, marcó el comienzo de mi nueva vida en Estados Unidos. Puede que fuera mi imaginación, pero las azafatas del reactor norteamericano procedente de Saigón nos trataron con exquisita amabilidad a mí y a mis dos hijos, Jimmy, de tres años (cuyo padre era un acaudalado comerciante de Saigón al que no conocía) y Tommy, de tres meses, hijo de mi nuevo marido norteamericano, Ed Munro, con el que íbamos a reunirnos. La libertad y la buena voluntad, como la corrupción y la crueldad, parecen ir de la mano.

No obstante, Hawai se parecía tanto a Vietnam que no tuve la impresión de hallarme en Estados Unidos. En primer lugar, es una isla tropical —llena de palmeras y arena— y Honolulú, pese a sus modernos hoteles, tiendas y restaurantes, era igual que Saigón: llena de asiáticos y soldados norteamericanos, sórdidos bares, taxis y gente de paso, *jong hieu qua ju*, sin un pasado ni un futuro, como yo. La emoción de pisar el continente norteamericano se produciría más tarde.

Lo cierto es que San Diego era como Honolulú, pero escrito en una página más grande. Nuestro avión aterrizó pasada la medianoche, que no es el momento más idóneo para visitar la ciudad, especialmente si se trata de unos tímidos emigrantes como nosotros. En Vietnam, el Vietcong temía la luz, por lo cual las zonas «amistosas» —ciudades, poblaciones, bases aéreas y campamentos— estaban iluminadas como árboles navideños norteamericanos. Quizá San Diego dejaba encendidas sus luces de noche para demostrar a los soldados que regresaban de la guerra que ése era un lugar seguro.

Ed nos recibió en la puerta de llegada, tal como había prometido. Se había alojado en casa de su hermana, Erma, en un suburbio de El Cajón. Aunque estaba tostado y tenía buen aspecto, al verlo el corazón me dio un vuelco. Nacido en 1915 (siete años después de nacer mi madre) en Mount Vernon, Washington, era suficientemente mayor como para ser mi padre, no el marido con el que sueña un chica de veinte años. Sin embargo, puesto que tenía dos hermanos y tres hermanas, era un experto en materia de familias numerosas. Aparte de su edad, ése era uno de los motivos por el que me comprendía perfectamente. Su madre había trabajado de camarera en un cine al aire libre y su padre, como el mío, había muerto. Ambos habían sido hombres honestos, amantes de la familia, de esos que trabajaban con sus manos. Mi padre era agricultor y rara vez se alejaba más allá de las inmediaciones de nuestra aldea. El padre de Ed había sido carpintero y cazador y había ido a Alaska, un extraordinario lugar donde, según me contó Ed, el hielo caía cantando del cielo. En resumen, la familia de Ed eran unas personas honradas de clase media. Como mi familia campesina, todos ellos se profesaban un gran cariño, amaban a su país y vivían de acuerdo con sus principios.

Ed había estado casado en dos ocasiones. Sabía, al igual que yo, lo doloroso que era perder en el juego del amor. Su primera esposa le había dado dos hijos, Ron y Ed Jr. (ambos alistados en la Marina y a los que visitamos en Vietnam), luego se había divorciado de él y se había trasladado a Nevada. Su segunda esposa le había sido infiel y, cuando Ed lo descubrió, no le pegó, como hubiera hecho un marido vietnamita, sino que le envió una docena de rosas y le deseó suerte con su nuevo compañero. Así era Ed. Concedía más importancia al bienestar de las personas que quería que a su propia felicidad. Ese constante sacrificio, sin embargo, acabó amargándole; le costó lo que más valoraba. En eso, según comprobé, no era el único norteamericano.

El largo trayecto desde el aeropuerto Lindbergh de San Diego hasta El Cajón me recordó los suburbios de Saigón, salvo que había más coches y menos motos en las seis amplias vías de la autopista. Al abandonarla, pasamos frente a varios bloques de casitas iluminadas únicamente por las farolas, que se alzaban como cestas de baloncesto en la penumbra. Aparcamos en el camino frente a una casa pintada de amarillo pálido, de estilo «rancho», según me dijo Ed, aunque no percibí el olor de animales. Nos dirigimos a la puerta de entrada. Antes de que Ed pudiera tocar el timbre, vimos una sombra que se movía tras las cortinas. Al cabo de unos segundos se abrió la puerta y apareció una mujer corpulenta, con el pelo lleno de rulos y vestida con un camisón del tamaño de una sábana.

Asombrada, me incliné ante ella en señal de cortesía y también para recuperarme de la impresión.

—¡Ohhh! —exclamó Erma, la hermana de Ed, estrechándome entre sus robustos brazos—. Qué guapa es, como una muñequita de porcelana.

Me abrazó con tal fuerza —cosa que ningún vietnamita se atrevería a hacer al ser presentado a una persona— que casi me asfixió. Me asombraba lo rápido que los norteamericanos demostraban su afecto a los extraños, incluso a sus supuestos «enemigos».

—¿Y los niños? —preguntó Erma, mirando por encima de mi enmarañado cabello. Ed le había enseñado fotografías de mis dos hijos.

—Están en el coche —respondió Ed.

—¡Qué ganas tengo de conocerlos! —dijo Erma, dirigiéndose apresuradamente hacia el coche—. ¡Me los comeré vivos!

«¡Dios mío —pensé—, quiere comérselos vivos!» Por supuesto, era sólo una expresión norteamericana. Empezaba a descubrir que el inglés estaba tan lleno de trampas como la selva en las afueras de Ky La.

En cualquier caso, para bien o para mal, la nueva familia de Ed pareció impresionar a Erma. Jimmy estaba cansado y de mal humor, porque apenas había pegado ojo durante el vuelo, y como sólo hablaba el vietnamita, rompió a llorar cuando esa gigantesca mujer de pelo castaño trató de abrazarlo. Tommy, por el contrario, había dormido catorce horas en el avión y, al verla, se puso a dar unos gritos de alegría. Erma comprendió de inmediato cuál de los dos niños era hijo del inteligente y honrado ciudadano norteamericano y cuál era un desdichado refugiado del Tercer Mundo. La primera impresión es la que cuenta. Creo que ese primer encuentro la inclinó definitivamente en favor de Tommy, aunque jamás me atreví a comentarlo.

Después de descargar el equipaje, acostamos a los niños y me quedé con ellos hasta que se durmieron. En la planta inferior de esta casa norteamericana, llena de extraños olores y rodeada de gruesos muros, oí a Ed y a Erma conversando en inglés mientras tomaban café. Todavía no me había acostumbrado a mi nuevo entorno: las cocinas norteamericanas olían a desinfectante, como los hospitales, no a *Ong Tao*, la saludable comida que preparábamos en las nuestras. La oscuridad que envolvía a la casa resultaba tan aterradora como una reunión de soldados del Vietcong. Deseaba reunirme con Ed y con Erma para charlar y reír con ellos, pero apenas comprendía lo que decían y, en ciertos momentos, bajaban la voz, lo cual para mí representaba peligro, no buena educación. Por fortuna, sentada junto a los niños, me quedé dormida, recordándome a mí misma que debía prestar mucha atención a cualquier espíritu que se me apareciera en mis primeros sueños norteamericanos.

Mi primera jornada como ama de casa norteamericana no fue muy brillante. Apenas logré pegar ojo en casa de Erma, en la cual sentía que me asfixiaba, y me levanté varias veces con hambre y deseos de orinar. Nadie me había explicado los efectos de la diferencia horaria y creí que el hecho de sentir sueño durante el día y despertarme a las cuatro de la mañana demostraba lo fuera de lugar que se sentían los orientales en Estados Unidos. Confiaba en que el problema se resolvería, como la gripe, sin tener que acudir al chamán local.

El primer día, el sonido del despertador fue como un ligero cachete en el trasero.

—Levántate, perezosa —dijo Ed, con una sonrisa tan luminosa como los rayos de sol que penetraban por la ventana. Parecía tan feliz de estar de nuevo junto a su mujer y sus hijos que creí que iba a estallar de satisfacción. Como las lombrices en el jardín de mi madre, me deslicé hacia el baño para darme una ducha y despabilarme.

Luego me vestí y me maquillé con gran esmero, en parte, por mi nuevo entorno (a diferencia de las casas de los campesinos vietnamitas, en los hogares norteamericanos se observa claramente la impronta de sus propietarios: cada ama de casa coloca la papelera y las servilletas de papel en un sitio diferente), y en parte, porque quería ofrecer un aspecto atractivo. La luz del día y las suegras son unos críticos implacables.

—Apresúrate y viste a los niños —me ordenó Ed—. Después de desayunar, quiero que conozcas a mi madre.

En Vietnam, la primera entrevista con los suegros es siempre una cuestión de negocios, sobre todo cuando el matrimonio no ha sido concertado por una casamentera y los miembros de la pareja son de edades o razas distintas. *Quen nha ma, la nha chong,* en casa de mi madre me siento como en mi hogar, pero en la de mis suegros me siento como una extraña. La perspectiva de dirigirme sola a la casa de al lado para conocer a la madre de Ed, tal como pretendía éste, me apetecía tanto como toparme con un tanque norteamericano.

Una vez vestido Jimmy y dado de desayunar (Tommy todavía dormía y no tuvimos el valor de despertarlo), Ed nos acompañó hasta la puerta y nos indicó la casa verde de al lado.

—Anda, ve a conocer a mi madre —dijo Ed, riendo—. No te preocupes, no te morderá.

Confiaba en que así sería. Ed no conocía realmente a una suegra vietnamita. En Danang, mi madre se había negado a aceptar nuestro matrimonio y, por tanto, no trataba a Ed como a un yerno. Nerviosa, agarré a Jimmy de la mano y atravesé el césped como un cordero que se dirige al matadero.

Al llegar a la puerta principal, pulsé el timbre. Al cabo de unos instantes oí unos ladridos y observé tras los visillos la silueta de una mujer tan corpulenta como Erma, pero la voz que regañaba a los perros era la de una anciana.

De haberse tratado de una casa vietnamita, habría sabido qué hacer. Tras inclinarme profundamente, habría pronunciado el saludo ritual ante la reina maga, asegurándole que a lo largo de los próximos años me transformaría en una digna esposa para su hijo. Luego me habría dirigido a la cocina para preparar el té. Luego, lo habría servido con las dos manos, al estilo tradicional, y me habría sentado en silencio para aguardar a que mi suegra me diera las oportunas instrucciones.

Pero éste era un hogar norteamericano, un enorme castillo de arena que constituía una trampa para una forastera vietnamita. En Vietnam, la casamentera habría preparado el camino, habría convencido a mi suegra sobre mis virginales cualidades. Ahora era yo quien debía convencerla, pese a haber tenido un hijo de soltera y a haber perdido mi virginidad no una sino tres veces: corporalmente, sometida por los soldados del Vietcong que me habían violado tras haber sido condenada a muerte; espiritualmente, merced a Anh, el padre de Jimmy, del que me había enamorado como una adolescente; y moralmente, gracias al soldado norteamericano que en Danang había evitado que mi familia y yo nos quedáramos en la calle al pagarme cuatrocientos dólares estadounidenses por unos breves instantes de felicidad. Me sentía indigna de pisar la casa de esa honrada mujer, y más aún de aspirar a los honores y deberes de una nuera. Era tan sólo mi constante y nefasto karma el que había impedido que la tierra me tragara.

Pese a mis temores, la puerta se abrió y vi ante mí el rostro más angelical que jamás había contemplado.

Leatha (a la que siempre llamé «mamá Munro» y nunca por su nombre de pila, pues habría sido una descortesía) tenía setenta y cinco años y un cabello rubio plateado que enmarcaba su aniñado rostro, como si fueran volutas de humo alrededor de una casita de cuento de hadas. En Vietnam, ese tipo de mujeres envejecían rápidamente. Aunque el ritual *buon de* al que las mujeres nos sometíamos tras haber dado a luz, al igual que nuestro trabajo cotidiano en los campos, hacía que nuestros cuerpos se conservaran ágiles y fuertes, no teníamos tiempo ni dinero para emplearlo en tratamientos de belleza. En una cultura en la que alcanzar la vejez constituía una proeza, reverenciábamos a nuestros ancianos por hallarse más cerca de los antepasados a los que adorábamos. A veces, las mujeres y los hombres ancianos se confundían entre sí, lo cual no era motivo de vergüenza. En cierto sentido, esa similitud entre los sexos, junto con la liberación de las cargas propias de la juventud —esforzarse en presentar una hermosa apariencia y atrapar a un compañero— era una de las grandes ventajas de la vejez.

Pero no para Leatha.

Aunque Ed y Erma me aseguraron más tarde que era «una abuela común y corriente», sus angélicos rizos, su alegre semblante, sus brazos gordezuelos, su respetable volumen y su maquillaje de estrella de cine la hacían más espectacular que los budas pintarrajeados que había en el santuario de la Montaña de Mármol, cerca de mi aldea. Puesto que en Vietnam no había visto a ninguna norteamericana de más de cincuenta años, su aspecto me resultaba aún más chocante. (La mayoría de los extranjeros eran hombres —soldados o civiles como Ed, que trabajaban para el Ejército estadounidense—, o bien jóvenes enfermeras.) Aunque su afectuoso abrazo me hizo sentir mejor, no podía quitarle los ojos de encima. Cuando traté de imaginar el rostro de mi madre bajo esa corona de rizos plateados, sentí envidia y tristeza. Hasta que no comprobé más tarde cómo la mayoría de los norteamericanos trataba a sus ancianos padres, la idea de convertirme en una abuela guapa y gordita en Norteamérica me pareció otra de las ventajas de vivir libre y en paz en ese país.

Por supuesto, Leatha me reconoció inmediatamente y nos invitó a pasar. Charlamos unos minutos hasta que nuestras educadas sonrisas empezaron a parecer algo forzadas y nuestra intrascendente conversación se agotó. Me ofrecí para preparar el té, pero ella insistió en que era un deber de la anfitriona. Por desgracia, me sentía tan desalentada, que incluso su amabilidad me pareció una bofetada, recordándome mi incapacidad y que era una forastera en un país extraño. ¡Qué mala debe de ser una nuera, pensé, para no merecer siquiera una severa lección sobre las normas familiares!

Al cabo de un rato llegaron Ed y Erma con Tommy y me sentí menos violenta. De acuerdo con la tradición, debí haber cantado la canción de la «nueva esposa» en presencia de mi marido y de su madre, una especie de aceptación ceremonial de mis deberes como esposa y nuera.

La luna debe brillar sonriente,
excepto a través de las nubes, cuando arroja un débil resplandor.
He venido joven e inocente para ser tu esposa.
Háblale bien a tu madre de mí.
La gente planta árboles para que sean grandes y fuertes.
La gente tiene hijos para que prosperen y los protejan.

Cruzo mis brazos e inclino la cabeza
para complacer a mi marido y a su madre.
Si cometo un error, mostradme en qué me he equivocado.
No me azotéis ni regañéis en público,
pues algunos se reirán y otros dirán
que el que manda es mi marido
y no soy capaz de obedecerle.

Ed pasó un brazo alrededor de los hombros de su madre y le habló sobre Vietnam, omitiendo todos los detalles importantes de mi negro y funesto pasado, la mayoría de los cuales ni siquiera conocía. Luego me habló sobre las maravillosas tortas que preparaba su madre, por lo cual había obtenido varios premios en la feria campestre de Sagit Valley. Entretanto, yo asentía con entusiasmo, aunque no tenía la menor idea de lo que era una feria campestre. Después de morir el padre de Ed, Leatha se había trasladado a California, instalándose en una casa junto a la de Erma, que ésta compartía con su marido, Larry, y un hijo, Larry Jr., que pocas veces iba a visitarla.

Yo veía con frecuencia a su hija Kathy, una mujer de aproximadamente mi edad que vivía con su marido en una población vecina llamada Santee. Me extrañaba que mi suegra no se hubiera ido a vivir con su hija, que tenía una casa muy amplia y podía compartir con ella las tareas domésticas, al estilo vietnamita. Supuse que los norteamericanos estaban tan apegados a sus bienes materiales que incluso una anciana como ella valoraba su televisor, su cocina, su baño y el garaje —para un coche que no podía conducir— mucho más que vivir los últimos años de su vida en compañía de una hija.

De todos modos, la expresión en los ojos de Leatha me dio a entender que probablemente hubiera renunciado a todos sus bienes a cambio de una pequeña habitación en casa de su hija. Actualmente, sus «hijos» eran seis perritos que no cesaban de correr y brincar, que se ponían a ladrar frente al televisor y reclamaban tu atención cada vez que te sentabas. Incluso los alimentaba con comida enlatada, lo cual me parecía el colmo de la decadencia.

En Vietnam, un perro era en primer lugar un guardián, luego una mascota y, en caso necesario, acababa con los restos del puchero. No se alimentaba a expensas de la familia, sino que él mismo se encargaba de buscarse la comida. Achaqué la conducta de Leatha a la ignorancia de los norteamericanos, lo cual hacía que me sintiera menos campesina en sus espléndidas mansiones. Al fin y al cabo, de haber sabido que el alma de un perro era en realidad un espíritu itinerante, generalmente de una persona codiciosa que tenía que ganarse un nuevo cuerpo humano padeciendo la vida de un perro, no se habrían apresurado a colocarlos sobre un pedestal, negándoles esa penitencia. Me estremecía al pensar en cómo debían mofarse los seis «hijos» de Leatha de su extravagante ama norteamericana.

Ed y Leatha se pasaron toda la mañana charlando hasta que apareció Larry, el hijo de Erma. Yo me sentía como una muñequita de porcelana, tal como me habría descrito Erma, colocada sobre una estantería y a la que contemplaban de vez en cuando, pero que no participaba en la conversación. El cansancio del viaje hacía que me sintiera deprimida y, al cabo de un rato, me incliné y me disculpé en vietnamita y fui a echarme, dejando que Ed se ocupara de los niños. Me quedé dormida pensando que la madre y la hermana de Ed no tardarían en quejarse de la «nueva y perezosa esposa» que había traído a California.

Al despertarme, comprobé que casi todas nuestras cosas habían sido trasladadas de casa de Erma a la de Leatha. Ed prefería la compañía de su anciana madre a la de su enérgica hermana, y yo también. Si bien Leatha me consideraba como uno de sus cachorros, Erma me miraba con aire de superioridad. Su actitud me chocó, pues una cuñada debía ser la aliada de la joven esposa, alguien que la consolase cuando los rigores de sus deberes de casada se volviesen insoportables. Al parecer, en Norteamérica era más importante quién era uno que el papel que le asignaba la sociedad. A pesar de ser la esposa de Ed, a sus ojos yo no contaba gran cosa.

Aquella noche, Erma y Larry vinieron a cenar y yo traté de ayudar a las mujeres a preparar la comida. Por desgracia, entre mi ignorancia sobre la cocina norteamericana y mi afán de no parecer una estúpida, no fui de mucha ayuda.

Lo primero que me chocó fue el frigorífico —un monstruo de dos puertas que no tenía nada que ver con nuestros minúsculos modelos vietnamitas—, totalmente atestado de comida. Supuse que por este motivo los norteamericanos eran tan altos y corpulentos. Di las gracias a la providencia o a la suerte o a dios de que Jimmy llegara a ser más alto que Anh, su próspero padre vietnamita. Durante unos segundos imaginé una reunión en la que estuviese presente yo, más rica y hermosa que Lien (la esposa de Anh, quien me había arrojado de su mansión al quedarme encinta), mi madre, gruesa y dicharachera como Leatha, y Jimmy —llamado Phung Quoc Hung en vietnamita—, alto y poderoso como un marine norteamericano, inclinándose ante su padre para estrecharle la mano. Era una escena que jamás se produciría, por más que, según decía todo el mundo, todo era posible en América.

Erma sacó una caja helada con la efigie de un gigante verde (sin duda, un personaje de una fábula norteamericana que devoraba a los niños que no se comían las verduras) y un pedazo de carne congelada en una bandeja de plástico.

—¿Cómo vamos a comernos eso? —pregunté, observando los guisantes, duros como canicas, que se agitaban en una cacerola. No estaba preparada para vivir en un país donde chuparan las verduras y la carne como si fuesen cubitos de hielo.

—Los guisantes estarán listos enseguida —respondió Erma, añadiendo un poco de agua y alzando la llama de su mágica cocina—. El bistec nos lo comeremos mañana. Lo dejaré en el frigorífico para que se descongele.

¿No hubiera sido más práctico ir al mercado y comprar lo que uno necesitaba antes de comer? Quizás era por eso que los norteamericanos habían inventado la comida congelada, para poder guardarla en sus costosos frigoríficos. Poco a poco, empezaba a comprender qué era el capitalismo.

Cuando nos sentamos a la mesa esperé tímidamente para ver qué hacían los demás. Sabía que algunos norteamericanos pronunciaban una oración antes de comer, quizás en honor del animal que se disponían a devorar, aunque me parecía una costumbre bastante absurda. Había un momento para rezar y otro para comer. ¿Acaso rezaban también cuando hacían el amor, cuando iban de compras o al baño? No comprendía esa mentalidad, sobre todo porque los norteamericanos no me parecían excesivamente espirituales. Sus casas carecían de altares para adorar a los antepasados. De todos modos, me alegró ver que los Munro comenzaron a comer tan pronto como nos sentamos, como una familia oriental.

Mi siguiente problema fue aprender a utilizar los complicados utensilios. En Vietnam utilizábamos siempre unos palitos o nos servíamos directamente de un cuenco dispuesto en medio de la mesa. Aquí, los norteamericanos empleaban tantos cubiertos como la cocinera que había preparado la comida. Estaba convencida de que jamás llegaría a dominarlos, especialmente el tenedor, que todos usaban como si fuera un lápiz, dejándolo luego reposar en el plato mientras cortaban la carne con el cuchillo. ¿Por qué no se encargaba la cocinera de cortar la comida en unos pedacitos pequeños como hacíamos en Oriente? Yo hice lo que pude, sosteniendo el tenedor como un palo y chasqueando la lengua para demostrar a Erma y a Leatha lo mucho que me gustaba la comida, a pesar de la espesa y empalagosa salsa. Por fortuna, al cabo de unos minutos, todos dejaron de mirarnos a Jimmy y a mí y terminé de comer en paz.

Después de cenar, para demostrar a ni suegra que era una buena ama de casa, me ofrecí a lavar los platos. Al principio, me chocó la cantidad de comida que había sobrado. En Vietnam, creíamos que, cuanta más comida despilfarráramos en esta vida, más hambre pasaríamos en la próxima. Luego recordé que el frigorífico estaba lleno y supuse que, si la gente hubiera racionado la comida como hacíamos en Vietnam, el negocio de los frigoríficos y de los congelados se habría hundido. Mientras arrojaba las sobras a la basura, apareció Ed y se echó a reír.

—No eches las sobras a la basura, sino en el fregadero —dijo.

—Pero de ese modo se atascará —contesté. Puede que fuera una forastera, pero no había nacido ayer.

—No te preocupes. Arrójalas al fregadero. Te enseñaré algo mágico.

Yo le obedecí. «De acuerdo, don sabelotodo, si quieres hacer de fontanero después de cenar, adelante.»

Después de echar las sobras en el fregadero, abrí al grifo y esperé a ver qué sucedía. Cuando el nivel del agua comenzó a elevarse, Ed giró un botón y el montón de sobras se convirtió en un volcán que, milagrosamente, desapareció por el fregadero. Luego, Ed hizo girar de nuevo el botón y el agua se deslizó por el desagüe.

Pálida y humillada, bajé los ojos mientras las lágrimas se deslizaban por mis mejillas.

—No te pongas así —dijo Ed—. No pretendía asustarte. No tiene nada de particular. Debajo del fregadero hay un motor que tritura las sobras.

Cogí el envoltorio de los guisantes y empecé a introducirlo en la garganta del monstruo.

—No, no —dijo Ed.

Me detuve y me aparté un mechón de la frente.

—No debes arrojar papel en el fregadero —me advirtió Ed—, ni huesos, ni plástico ni nada por el estilo.

—Pero si me has dicho que lo echara todo en el fregadero —dije. Ese milagro norteamericano ya no me parecía tan prodigioso.

—Sólo alimentos blandos.

Le obedecí de nuevo, sintiendo la crítica mirada de Erma en mi espalda. Tras vaciar el fregadero, me dispuse a lavar los platos, algo que incluso una ignorante campesina vietnamita sabe hacer.

—No, no —dijo Ed al verme apilar los platos en el fregadero—. Cárgalos en el lavavajillas. —Su amable sonrisa me hacía sentir como una estúpida.

—¿De qué me hablas? —pregunté, arrojando los cubiertos en el fregadero. Empezaba a sentirme cansada e irritada. Me giré y vi a Erma y a Leatha sentadas en el comedor, simulando estar enfrascadas en el café y en su conversación.

—Colócalos ahí —dijo Ed, abriendo una enorme puerta junto al fregadero, en cuyo interior había una curiosa cesta metálica.

—¿Pero cómo van a quedar limpios? —pregunté. Me parecía una pregunta lógica, pero Ed se echó a reír de nuevo. Bajo su atenta mirada, cargué todos los platos en la estúpida máquina, preguntándome cómo conseguían los eficientes norteamericanos lavar los grasientos platos y sus absurdos tenedores sin utilizar un trapo y las manos. Cuando terminé, Ed echó unos polvos en una cajita situada sobre la puerta y la cerró. Después de accionar unos botones, giró un dial y la máquina se puso en marcha. Durante unos instantes pensé que los platos iban a quedar hechos papilla, pero el ruido era menos estridente que el del aparato para triturar las sobras.

—¿Lo ves? —dijo Ed sonriendo—. Es muy sencillo.

—¿Cuánto tiempo debo esperar para secarlos? —pregunté, cogiendo un trapo de cocina.

—No tienes que esperar —respondió Ed—. Después de limpiar la encimera te vas a ver la televisión.

«De acuerdo», pensé. Mi primer día en Norteamérica llegaba a su fin y estaba dispuesta a creer todo lo que me dijeran. Tanto es así, que ni siquiera pregunté a Ed si existía un aparato que se encargara de recoger los platos.

Al final de la semana Ed buscó un trabajo que nos permitiera instalarnos en otra población. Yo demostré mi gratitud a Leatha ocupándome de todas las tareas domésticas y Ed le construyó un nuevo corral. También pagaba el alquiler de su madre, aunque no conocía exactamente la cantidad. Eso me sorprendió, pues en Vietnam los hijos adultos suelen vivir con sus padres para cuidar de ellos cuando llegan a viejos. El cobrar incluso una renta modesta a un miembro de tu familia me parecía mezquino y ridículo. Al fin y al cabo, si el propósito de la libertad americana era perseguir la felicidad, ¿qué podía proporcionar más alegría a una madre que rodearse de sus hijos? Si uno no es capaz de ser generoso con su familia, ¿cómo va a serlo con los demás?

Ésa no fue la última contradicción que descubrí mientras vivíamos con Leatha. Por primera vez desde que nos habíamos casado, Ed y yo disponíamos de nuestra propia habitación y Tommy y Jimmy compartían otra. En Vietnam, los hijos duermen con sus padres hasta que se casan, pues ¿quién va a protegerlos de los espíritus malignos que rondan por las noches? Cuando duermen solos, les damos un cuchillo o un palo con el que defenderse, o bien colocamos la calavera o la dentadura de un perro guardián junto a su lecho. Algunos norteamericanos creen que los muñecos de peluche —como los osos y los gatos— poseen los mismos poderes, pero, tras haber visto de niña a los espantosos fantasmas de la guerra, me fío más de la eficacia de un palo.

El año que vivimos en Vietnam, Ed y yo dormíamos separados de los niños por una cortina. Yo llevaba un pijama negro, pues los campesinos siempre dormíamos vestidos, dispuestos a saltar de la cama a la primera señal de alarma. Incluso cuando Ed reclamaba sus derechos conyugales, jamás me desnudaba del todo. La primera lección que aprendí al criarme en una zona de guerra fue la de estar siempre preparada para huir improvisadamente, sin mirar atrás. Incluso en el silencio suburbano, no podía evitar permanecer vestida y con la mente alerta. Cuando en algún rincón de tu interior temes oír la explosión de unas bombas, es difícil concentrarte en lo que estás haciendo, aunque estés haciendo el amor.

Hacer el amor con Ed —o, mejor dicho, dejar que me hiciera el amor— era complicado para mí. El problema no sólo estribaba en nuestra diferencia de edad, sino en la naturaleza misma de nuestro matrimonio, que para mí había nacido de la necesidad de supervivencia y no de la atracción mutua. (Uno puede honrar y servir a su salvador, pero la pasión requiere algo más.) También me sentía incómoda por la forma en que me habían educado, y por todo lo que me había sucedido en la vida.

Para nosotros, la claustrofóbica vida de la aldea —donde todo se hacía en grupo y nadie gozaba de la menor intimidad— nos llevaba a reprimir las necesidades que los norteamericanos expresaban sin el menor reparo. En los arrozales, cuando un joven y una muchacha se enamoran, uno de ellos canta una canción y el otro responde con otra. Uno no se apoya en el azadón y se pone a coquetear tranquilamente. Si la muchacha quiere impresionar favorablemente al joven, se esfuerza en trabajar duramente para demostrarle que es una persona seria y dedicada a su familia. Si el joven desea cortejar a la muchacha, se une al grupo de campesinos que trabaja junto a ella, se sienta a su lado en los festejos de la aldea (donde los jóvenes relatan historias de fantasmas o cantan canciones para los adultos), o simplemente la acompaña a los arrozales y de regreso a casa como un fiel cachorrito.

En cualquier caso, en Vietnam jamás se revelaban los sentimientos, pues ello hubiera conducido al desastre. El sexo era un tema tabú del que sólo hablaban las madres preocupadas por sus hijas y los viejos verdes. A las jóvenes aldeanas se les enseñaba que sólo debían someterse a su marido con el propósito de tener hijos, un deber que nos tomábamos muy en serio. Cuando una esposa resultaba ser estéril, ella misma buscaba una segunda o una tercera esposa en la que su marido pudiera depositar su semilla. Según reza un viejo refrán: «Un hombre puede tener tres esposas y siete amantes; una mujer sólo puede tener un marido.»

Asimismo, existían otras razones de carácter práctico que nos impedían gozar del acto sexual. Las campesinas dormíamos con las mismas ropas que utilizábamos en los campos. Al regresar a casa después de trabajar, nos lavábamos las manos y los pies para no ensuciar nuestra casa y nuestra comida, pero pocas veces nos bañábamos en el río, pues era muy peligroso. Las mujeres no llevábamos ropa interior ni tampones ni compresas higiénicas, de modo que, cuando teníamos la menstruación, nos manchábamos la ropa. Además, tras una larga jornada en los campos (que en verano duraba hasta las dos o las tres de la mañana, puesto que durante el día hace demasiado calor para trabajar), a nadie le apetecía el sexo, ni para procrear ni por ningún otro motivo. Incluso nuestras ropas contribuían a fomentar nuestros hábitos puritanos. Llevábamos pantalones de tejido ligero sostenidos mediante una cuerda atada a la cintura, lo cual constituía un serio obstáculo a la hora de hacer el amor e incluso de orinar en los campos. (Generalmente, nos arremangábamos una pernera en lugar de perder el tiempo tratando de deshacer el nudo.) De hecho, descubrí esta simbólica diferencia entre el Este y Occidente cuando mis novios norteamericanos —y posteriormente Ed— me regalaron unas braguitas con cintura elástica. En Norteamérica, las prendas interiores indicaban «vía libre»; en Vietnam indicaban «prohibido el paso».

Así pues, Ed padeció todos los recelos y el disgusto que me inspiraba el sexo. De niña, jamás presencié ningún contacto sexual hasta que fui violada por dos soldados del Vietcong. Ni siquiera de jovencitas abrazábamos o besábamos a nuestros novios. Cuando mis parientes femeninas se enteraron de que iba a casarme con un norteamericano mucho mayor que yo, su desaprobación se vio mitigada por el alivio de que no tendría que practicar el sexo. «*Chong gia vo tre*», decían guiñándome el ojo, «marido anciano, esposa joven», evocando el título de un cuento folclórico que versaba sobre ese tema. Suponíamos que a los hombres ancianos les interesaba menos el placer físico; y todas las muchachas conocíamos perfectamente la diferencia entre el cariño paternal y el amor conyugal.

En realidad, el ardor sexual de Ed era más fuerte de lo que había imaginado, semejante al de los jóvenes norteamericanos que había conocido en Danang. En la cama, dejaba que Ed se montara encima de mí y me hiciera el amor (con frecuencia dos veces al día), tratando de terminar cuanto antes. Por supuesto, había tenido otros amantes más jóvenes y conocía las técnicas necesarias para proporcionar placer a un hombre, pero eran unos gestos meramente mecánicos. Aunque conocía la secreta atracción que siente toda mujer por la fruta prohibida, el exquisito cosquilleo que se experimenta al mirar furtivamente a un hombre o rozar su mano, ni sentía ni esperaba sentir placer durante el acto sexual, pues me habían enseñado que eso no era un privilegio de las mujeres. El romanticismo y la pasión estaban en mi corazón y en mi mente, no en mi cuerpo. Uno no anhela algo que desconoce, ni siquiera en el ámbito del amor.

En cualquier caso, mis pantalones anudados en la cintura y la rígida educación que había recibido constituían unas barreras que también me impedían gozar de otras cosas, no sólo del sexo. El único vestido que poseía al llegar a Estados Unidos era un *ao dai*, la túnica tradicional que llevan las mujeres vietnamitas desde tiempos remotos. El primer sábado (el día en que la gente va de compras en Norteamérica) comprobé que el hecho de vestirme como lo hubiera hecho en mi antiguo país en Estados Unidos era un error.

En Vietnam, solíamos vestirnos de dos formas para ir de compras: *dao pho mua sam*, que significa «vestirse elegantemente para ir a la ciudad», y *di cho*, que significa ir a comprar comida al mercado. Así pues, cuando Ed me dijo que me vistiera para ir a comprar algo para comer, deduje que quería decir que íbamos al mercado local.

—Ya estoy vestida —respondí, señalando el pijama negro que solía ponerme para ir al mercado de la aldea.

—¡No puedes ponerte eso! —protestó Ed—. La gente creerá que eres una descuidada o que estás enferma. Ponte unos pantalones o un vestido.

Su brusco tono me dejó perpleja y me dolió. Aunque era joven, no era estúpida ni carecía de experiencia. Sabía que mi *ao dai* resultaba excesivo para ir a comprar pescado, pero así y todo decidí ponérmelo.

Mientras yo iba vestida y perfumada como para ir a cenar a un elegante restaurante, las demás mujeres iban vestidas como si se dispusieran a ir a la playa o hacer el amor.

—Fíjate en esa chica —dije a Ed cuando nos acercamos al supermercado local. Sus inmensos pechos rebotaban dentro de una ceñida camiseta. Ed ya se había fijado. Detrás de ella había otra mujer vestida con unos pantalones cortos mostrando lo que a su propio médico le daría vergüenza contemplar. Me sentía escandalizada y aliviada de haber dejado a mis inocentes hijos en casa con Leatha y Erma. Esas amas de casa y jóvenes adolescentes eran más provocativas que las chicas que había visto frente a los clubes nocturnos de Danang. En mi país, las mujeres honradas ocultaban su cuerpo por cortesía hacia los demás (¿cómo podían trabajar los hombres viendo a unas mujeres vestidas de esa manera?), y por respeto hacia ellas mismas. Si nos vestíamos como prostitutas, no debía extrañarnos que los hombres se comportaran como unos sinvergüenzas. En una zona de guerra, la tentación equivalía a la provocación.

—De modo que no te gusta mi pijama, ¿eh? —dije a Ed, dándole un codazo en las costillas—. Puede que la próxima vez vaya de compras en ropa interior. —Los espíritus que custodiaban el supermercado, evidentemente satisfechos de mi casto atuendo, nos abrieron las puertas como por arte de magia.

Fue en ese momento cuando me di cuenta de que los supermercados norteamericanos no huelen como los mercados. Todo está enlatado, envasado, envuelto en celofán y oculto en cajas; en lugar de ver u oler la fruta, las verduras o la carne, uno contempla la apetitosa imagen de lo que se supone que es el producto. El caso es que uno paga un montón de dinero por una bonita imagen. Todo lo que había en el supermercado olía a desinfectante o detergente o a cartón. ¿Cómo iba a saber si la carne y las patatas que compraba mi marido —ocultas debajo de un plástico y una capa de hielo en el congelador— eran comestibles? Los puestos de productos frescos también me desconcertaron. Todo estaba rodeado de aire acondicionado o hielo picado. Me parecía estar en un «hotel de frutas» en lugar de un mercado. Todo era tan extraño, que de pronto empezó a dolerme la barriga, y Ed interpretó mi dolorida expresión como una expresión de asombro.

—¿Qué te parecen nuestros supermercados? —me preguntó con orgullo, mientras empujaba el enorme carrito por un pasillo—. Son impresionantes, ¿verdad?

—Hay tantas cosas que es difícil elegir —contesté, tratando de mostrarme amable—. Y los carritos son muy grandes y prácticos. —Lo cual era cierto, pues estaba acostumbrada a hacer la compra todos los días, no para una semana.

Ed se detuvo frente a una estantería llena de paquetes.

—Siempre te quejas de que no comemos suficiente arroz —dijo, ajustándose las gafas como un profesor—. ¿Qué te parece eso?

Por los dibujos de las etiquetas, todas las cajas contenían arroz, aunque yo no sabía distinguir los distintos tipos. Por supuesto, me había quejado (aunque suavemente) de que echaba de menos mi ración diaria de arroz. Los Munro eran aficionados a la carne y a las patatas, y preferían comerse un enorme sandwich de carne que una sopa de verduras y fideos, que era lo que solían comer incluso los orientales ricos.

En la aldea aplicábamos una docena de nombres al arroz, según su fase de preparación. Por lo general, existían tres tipos de arroz listo para comer: el aroz tam, o arroz integral, que dábamos a los animales y a los mendigos; el arroz de color pardo (o *gao mua*), que solíamos comer todos los días, y el arroz dulce, denominado *xoi*, que era blanco y lo comíamos los días de fiesta, en las ceremonias, o bien lo sacrificábamos a nuestros antepasados. Aquí, los norteamericanos comían arroz español, arroz frito, arroz precocinado, arroz vaporizado, arroz salvaje, paella, arroz pilaf, risotto italiano y una docena de nombres de arroz que ni sabía pronunciar. Ed debió de pensar que yo era una pésima agricultora, puesto que no sabía distinguir las distintas clases de arroz. Al fin, cogí una bonita caja de la estantería.

—¿Qué clase de arroz has elegido? —me preguntó Ed.

Tímidamente, le mostré la caja.

—¿Uncle Ben's? ¿Por qué?

—Por la etiqueta —respondí, demostrando mis conocimientos—. Quiero el mejor arroz para mi familia. Esa marca, Uncle Ben's, quiere decir tío Ben. Los vietnamitas llamamos a nuestros amigos de confianza tío, como el Tío Ho. De modo que el tío Ben debe de ser un arroz muy bueno y de toda confianza.

Ed soltó una carcajada y sacudió la cabeza. Yo empecé a llenar el carro con paquetes de arroz Uncle Ben's, pero Ed me detuvo.

—¡Espera una momento! —exclamó—. No vamos a dar de comer a todo el vecindario.

Yo trataba todavía de dominar mis antiguos reflejos, es decir, llevarme todos los productos para revenderlos en el mercado negro. Nuestro credo consistía en comprar, almacenar y subsistir. Por otra parte, en Oriente teníamos la costumbre de comprar el arroz en bolsas de cien kilos, no en unas cajitas decoradas con bonitas etiquetas. El caso es que no era el tipo de arroz que yo creía, y Leatha dejó que estropeara la mitad de la caja antes de enseñarme cómo preparar un arroz precocinado. Supongo que también debió pensar que era una pésima campesina, aparte de una inutilidad como esposa. ¡Imagínense! Una mujer asiática que no sabe preparar el arroz.

Cuando nos dirigimos a la caja para pagar, el cajero, al observar mi *ao dai*, me miró con rencor. Era una expresión que había visto en otras ocasiones, principalmente en los vietnamitas de Danang, que me censuraban por salir con norteamericanos. Sin embargo, en este caso reflejaba algo más. El cajero era demasiado joven para haber luchado en la guerra, pero su expresión mostraba el odio y temor de los guerreros. Quizá tenía un hermano o un padre que había muerto en mi país. O quizás era uno de los muchos norteamericanos que estaban hartos de la guerra y odiaban a todas las personas que se la recordaran.

No obstante, éste era su país, no el mío, de modo que bajé los ojos, tratando de asumir una actitud humilde junto a mi corpulento marido norteamericano.

Como muchas personas de mi aldea, nunca llegué a odiar a los soldados norteamericanos. Sentíamos rencor hacia ellos por haber invadido nuestro país, pero no lo tomábamos de una forma personal. Por regla general, a diferencia de los marroquíes, los coreanos o los japoneses en la Segunda Guerra Mundial, no nos trataban con crueldad. Las curiosas diferencias raciales de los norteamericanos —su pronunciada nariz, sus ojos redondos y sus rostros alargados— nos divertían y a veces nos inspiraban temor, pero no odio. Así pues, me sorprendió observar la expresión de profundo odio en los ojos del cajero.

Lo que es peor, me lo tomé como una afrenta personal. Supuse que debía ofrecer un aspecto extraño o que había hecho algo que le había ofendido. Traté de sentir remordimientos por haber ayudado al Vietcong a instalar trampas en la selva cuando tenía doce años. Lo que entonces me parecía justo y necesario, ahora me parecía cruel e inútil. ¿Acaso había contribuido a que el hermano de este joven cayera herido o muerto? ¿Había conducido a su padre a una emboscada preparada por el Vietcong? Hoy, los alegres y dicharacheros norteamericanos que me rodeaban me parecían más amenazadores que un grupo de turistas. La guerra y la «vida real» eran tan opuestas como la noche y el día. Los remordimientos de la guerra, según comprobé, se debían en parte a la melancolía que uno siente tras superar una crisis que nos angustia. Uno no enciende una cerilla donde no hay oscuridad, aunque tema a la oscuridad.

Así pues, traté de desempeñar el papel que el joven me había asignado, pero no lo conseguí. Lo que más me alarmaba era el odio racial que sentía bullir en mi interior, como la llama del mechero de un soldado norteamericano. Las personas pueden razonar sobre todo lo que son capaces de modificar, como la actitud o la forma de vestirse, pero cuando se sienten condenadas por pertenecer a una determinada raza reaccionan como ratas acorraladas. En aquellos momentos anhelaba que el espíritu de mi padre me tranquilizara, como había hecho en tantas ocasiones durante los últimos años en Vietnam. *«Con o dau - ong ba theo do»*, solía decirme, asegurándome que donde quiera que estuvieran sus hijos, nuestros antepasados acudirían para consolarlos y protegerlos. Pero ¿cómo iban a encontrarme tan lejos de casa? Más que una forastera en un país extraño, me estaba convirtiendo en una extraña ante mis propios ojos, lo cual me preocupaba.

El cajero nos entregó la factura y Ed pagó sin rechistar. Sin embargo, cuando me enteré del precio, por poco me desmayo. Ed, sin embargo, no se inmutó. En lugar de pagar con dinero, escribió una cantidad en un papel, lo firmó y se lo entregó al cajero.

—¿Qué es eso? —le pregunté.

—Un talón. ¿No has visto nunca un talonario?

—¡Por supuesto! —contesté ofendida. No quería parecer una ignorante campesina frente al antipático cajero.

—Bueno, quizá nuestros talones sean distintos —dijo Ed suavemente, mientras el cajero copiaba los números de unas tarjetas que le había mostrado—. El establecimiento entrega el talón a nuestro banco, y éste les entrega el dinero.

«Aquí no pagan la comida con dinero —pensé asombrada—, utilizan un pedazo de papel. ¡No me extraña que los norteamericanos coman tanto!» Y tampoco era de extrañar que los acaudalados vietnamitas fueran las únicas personas en mi país que utilizaran bancos. Así es como los ricos se hacían más ricos, porque los bancos les pagaban todas las facturas. También explicaba por qué Ed protegía su talonario como yo a mis hijos. Al fin y al cabo, los talones eran más valiosos que el dinero.

En las semanas siguientes conocí a muchos amigos y parientes de Ed. Por lo general, les servía el té al estilo vietnamita, ofreciéndoles la taza con ambas manos e inclinándome levemente ante ellos. En ocasiones, rompían a aplaudir. Todos los visitantes felicitaban a Ed por su guapa esposa —como si fuera un nuevo televisor o una segadora—, y tras preguntarme amablemente si me gustaba Estados Unidos, se ponían a charlar con Ed como si yo no estuviera presente. Es cierto que mi inglés dejaba bastante que desear, pero lo comprendía bien y era una alumna muy aplicada. Por algún motivo, siempre me formulaban las preguntas a través de Ed —aunque él no hablaba vietnamita—, como si fuera incapaz de otra cosa que servirles el té y atender a mis hijos, a los cuales observaban con una mezcla de simpatía y disgusto. «Unos niños muy guapos —les oía comentar entre sí—, aunque muy traviesos, especialmente el que no es hijo de Ed.» ¿Acaso creían que estaba sorda?

Durante esas largas y tediosas conversaciones, me preguntaba qué era lo que esos «inteligentes» norteamericanos sabían realmente de la vida, de la muerte o de la lucha por sobrevivir. ¿Cuántos habían visto su mundo partido en dos y a sus hermanos pelear entre sí con balas, bombas y bayonetas? ¿Cuántos habían visto su hogar invadido por unos extraños gigantes que apestaban? ¿O se habían ocultado en unas ciénagas infestadas de garrapatas, o habían sido torturados con serpientes o con descargas eléctricas para obligarles a confesar algo que ignoraban? ¿Cuántos se habían despedido por la mañana de su mujer, de su marido o de su hermano antes de ir a trabajar, para recibir más tarde sus restos en una cesta? ¿Qué les habían enseñado sus confortables casas, sus modernos frigoríficos, sus veloces automóviles y sus ruidosos televisores sobre el mundo, sobre el trabajo en los campos, sobre la miseria y sobre el hambre? ¿Acaso podían imaginar a sus hijos y maridos, tan satisfechos en su vida de civiles, penetrando en mi aldea y obligando a las mujeres y a los ancianos a suplicarles que les perdonaran la vida? «*Xin ong dung giet toi!*» (se lo ruego, señor, no me mate) era lo que solíamos decir a los jóvenes soldados norteamericanos con los que nos tropezábamos.

Un día vimos a un corresponsal de guerra entrevistando en la televisión a un joven soldado norteamericano frente a una aldea en llamas.

—¿Crees que vuestra operación tendrá éxito? —le preguntó el reportero.

—¡Desde luego! Hemos quemado muchas casas, hemos destruido muchas aldeas y hemos matado a muchos enemigos —contestó el joven sonriendo.

Yo imaginaba a los aldeanos presa de la desesperación, invisibles ante la cámara y los parientes de Ed. ¿Realmente había sido un éxito la operación? ¿Es que nadie comprendía la cantidad de vidas que vivíamos los aldeanos durante nuestros primeros veinte años en la Tierra? *Tre chua qua, gia da den*, antes de que desaparezca la juventud, aparece la vejez. ¿Acaso comprendían los parientes de Ed que la anciana que les contemplaba con los ojos llenos de lágrimas era la «joven y bonita esposa» de Ed?

Cuando rompía a llorar —«sin ningún motivo», según decía Ed cuando se habían marchado las visitas—, me sentía más estúpida que nunca. «La pobre siente añoranza de su tierra —decía Leatha—. Echa de menos a su madre.» Lo cual era cierto. «Se comporta como una niña malcriada», observaba Kathy antes de marcharse a su espléndida casa, donde la aguardaba su joven y apuesto marido. Erma se limitaba a tomar el café y, tras echar una ojeada para asegurarse de que yo no podía oírla, solía decir: «No mueve un dedo para ayudarnos. La casa está llena de cabellos largos y negros, y sus pobres hijos se morirían de hambre si yo no les diera de comer como Dios manda. Sólo sabe preparar fideos y arroz. ¿Cómo van a alimentarse a base de eso? Jamás conversa con nuestros invitados. Tan sólo se inclina ante ellos y luego se refugia en su mundo particular. ¡Dios sabe lo que estará pensando! Probablemente en las cosas que le comprará Ed. Mi hermano está en su segunda juventud, y ha encontrado a la compañera ideal.»

A decir verdad, yo no me consideraba una compañera ideal, ni siquiera una buena esposa y madre. Como Ed les había contado la historia de cómo nos habíamos conocido —en una calle de Danang, a través de una amiga que había sido una prostituta—, su familia había llegado a la conclusión de que yo también era una prostituta. Incluso cuando se esforzaban en mostrarse amables conmigo, yo sabía que estaban convencidos de que me había casado con Ed por dinero y para vivir cómodamente en Estados Unidos. No concebían que lo hubiera hecho para sobrevivir, no por codicia.

Traté de resolver el problema de mi cabello, que se me caía como una cascada hasta la cintura, cortándomelo casi al rape con las tijeras de la cocina. Redoblé mis esfuerzos para impresionar a Leatha y a Erma de la única forma que sabía, trabajando con más ahínco que nadie, pero esa táctica sólo sirvió para ensanchar el abismo que nos separaba. Cuando trataba de lavar la ropa a mano, Erma me regañaba por no utilizar la lavadora. Cuando me ponía de rodillas para limpiar el suelo, Leatha se mofaba de mi estupidez y me ordenaba que usara la fregona.

Cuando preparaba un apetitoso plato de arroz y pescado, se lo comían de mala gana y me preguntaban por qué no daba a mis hijos un buen bistec con patatas. Cuando cogía a mis hijos en brazos, aunque no estuvieran llorando, y les acariciaba para demostrarles mi cariño, Leatha señalaba el «parque» y decía: «Déjalos solos para que aprendan a ser independientes.» En un país donde lo único que contaba era la comodidad y poseer unos aparatos prodigiosos, al parecer no había lugar para una demostración espontánea de cariño, hecha con el corazón y las manos.

Para colmo, cuando la madre y la hermana de Ed me llevaban de compras, las únicas tallas que me sentaban bien estaban en el departamento de niños, de modo que mis hijos y yo nos comprábamos la ropa al mismo tiempo. Me sentía más bien como una hija adoptiva que como una honorable nuera con marido e hijos.

Al cabo de unas semanas empecé a odiarme por ser una inútil adolescente, según decían todos. Odiaba mi cabello por ser negro, en lugar de castaño o rubio como la mayoría de los occidentales. Odiaba mi cuerpo por ser menudo en lugar de grueso como el de las polacas o atlético como el de las alemanas, o por no tener las piernas largas y esbeltas como las chicas norteamericanas, que Ed devoraba con los ojos cuando las veía pasar.

El hecho de estar casada con «mi padre» contribuía a que me sintiera como una niña, y así respondía como esposa. También me odiaba por ello. Incapaz de comunicarme con los demás de la única forma que sabía, me sentía sola, como una piedra en el fondo del mar.

Por más que odiaba la guerra, empecé a sentir una profunda añoranza por Vietnam, no por la peligrosa y deprimente vida que había vivido, sino por mi tierra y mi familia. Cuanto más me esforzaba en construir una familia aquí, más añoraba la familia que había dejado atrás. Todos los días esperaba el correo como un cachorro ansioso, confiando en recibir una carta o una postal de mi familia. Al atardecer, me sentaba en el jardín de Leatha y cantaba una canción en recuerdo de mi madre ausente, pero las palmeras del sur de California no eran el mágico árbol sau dau, y mi alma no florecía en la tierra que pisaba.

El peor momento era cuando nos sentábamos, después de cenar, a ver la televisión, que en aquellos días siempre empezaba con una noticia de la guerra de Vietnam, como la invasión estadounidense de Camboya y la matanza de Kent State que se había producido a continuación.

—Fíjate es esa gente tan espantosa —decía Erma cuando la pantalla mostraba las «atrocidades cometidas por el Vietcong». Para ella y para Larry, el enemigo sólo tenía un rostro. Ed y Leatha, al igual que yo, guardábamos silencio y sólo desplegábamos los labios para regañar a Jimmy por hacer demasiado ruido o cuando el pequeño Tommy se ponía a llorar. Yo comprendía perfectamente lo que decían los locutores, y las imágenes hablaban por sí solas. Pero mientras los Munro sólo veían a unos orientales sin rostro huyendo de las aldeas en llamas o yaciendo como peleles en una trinchera (incluso los inocentes aldeanos eran denominados «VC» o «Charlie»), yo veía a mi hermano Bon Nghe, que había luchado durante veinticinco años en favor del norte; al sobrino de mi madre, que era un teniente en el sur; a mi hermana Lan, que se ganaba la vida como camarera en un bar frecuentado por soldados norteamericanos en Danang, y a mi hermana Hai, que había compartido muchas noches en vela con mi madre en nuestro búnker de Ky La. Entre el humo que se alzaba del campo de batalla veía el alma de mi difunto hermano, Sau Ban, víctima de una mina estadounidense, y el espíritu de mi padre, que se había suicidado ingiriendo ácido para impedir que los terroristas del Vietcong me persiguieran de nuevo. En esas pequeñas líneas electrónicas veía, tal como se me aparecían en sueños, los fantasmas de centenares de parientes, amigos de mi familia y compañeros que habían muerto luchando por uno u otro bando, o simplemente para sobrevivir.

Cuando un día dieron la noticia de que una niña había caído en un pozo, todos se pusieron a gemir y a compadecerse de ella. En el noticiero sobre Vietnam habíamos contemplado imágenes de niños, mujeres y ancianos hechos pedazos, pero los Munro se limitaron a bostezar, porque eran «el enemigo», como si se tratara de una película de policías y ladrones. La niña que se había caído al pozo, sin embargo, hizo que mi suegra rompiera a llorar desconsoladamente, porque era «una de ellos». Yo quería explicarles a esas bondadosas pero ignorantes personas la verdad sobre mi guerra, su guerra —nuestra guerra—, y que mis hermanos y mis hermanas y la pequeña que estaba atrapada en el pozo formaban parte de la misma familia.

Pero no conocía las palabras adecuadas, ni siquiera en vietnamita.

Ed decidió aceptar un contrato con su viejo patrón en un lugar llamado Utah. Antes de incorporarse a su nuevo puesto, me comunicó que visitaríamos el parque de Yellowstone. Erma dijo que era una magnífica oportunidad para que yo contemplara la campiña, pero creo que en el fondo ella y Kathy se alegraban de que yo me marchara. Cuando llegó el momento de planear nuestro viaje, no me sorprendió que ambas se ofrecieron para cuidar de Tommy mientras estábamos ausentes. Aunque no me gustaba la idea de dejarlo, su afecto hacia Tommy parecía auténtico. Al fin y al cabo eran parientes suyas. Así pues, acepté resignada su oferta.

El día previsto, cargamos las maletas en el coche y nos dispusimos a partir. Lo último que vi fue a Kathy sonriendo junto a la acera, sosteniendo a mi hijo en brazos como si fuera un trofeo y agitando su bracito mientras nos alejábamos.

—Deja de llorar —dijo Ed, tratando de animarme—. Tommy lo pasará estupendamente. Las chicas lo tratarán como si fuera su hijo.

Eso me entristeció aún más.

A las pocas horas de abandonar San Diego, me puse a reflexionar sobre otros temas: la inmensa y desolada América nos había engullido. El horizonte se extendía a lo lejos y me sentía más pequeña e insignificante que nunca. Si Vietnam era una delicada taza de té, Estados Unidos —con sus elevados picos y sus infinitas llanuras— era una gigantesca bandeja que invitaba a todos los emigrantes hambrientos del mundo a deleitarse con las exquisiteces que ofrecía. Sin embargo, los emigrantes como yo no llegábamos cargados de sueños, sino que muy poco a poco íbamos ampliando nuestras esperanzas para acomodarnos a los vastos horizontes de este país.

Cuando la radio del coche se estropeó, canté todas las canciones que conocía (en vietnamita, por supuesto, aunque Ed no entendía una palabra), y me di cuenta de que, por primera vez desde hacía cinco años, podía cantar lo que me apetecía, sobre el maldito Vietcong, los codiciosos republicanos y el duro trabajo en los arrozales o mofarme de los soldados norteamericanos sin que ello me causara el menor problema. En Estados Unidos yo era tan grande como mi voz, lo cual me producía una sensación muy agradable.

Al anochecer, sin embargo, empecé a preocuparme. En Vietnam, conducir por un paraje desierto una vez que se ha puesto el sol es muy peligroso. Aunque uno escapara a las minas terrestres y a las patrullas enemigas, podía caer en una emboscada preparada por lo que los vietnamitas llamaban «vaqueros», soldados republicanos renegados o gángsters de la ciudad que robaban o mataban a cualquiera que viajara sin escolta, delitos que normalmente eran imputados al Vietcong. Aunque la razón me aseguraba que la guerra estaba muy lejos, mi corazón me advertía que fuera prudente.

—Conduce por el centro de la carretera —le dije a Ed. Sabía que generalmente instalaban las minas en los arcenes y que los vaqueros colocaban unas piedras en la carretera para obligar a los coches a detenerse. Supuse que era por eso que los inteligentes norteamericanos pintaban unas líneas amarillas en el centro de las autopistas.

—No seas tonta —respondió Ed—. ¿Acaso pretendes que nos matemos?

A medida que iba oscureciendo me sentí más deprimida. Al cabo de un rato, nos pasó un coche.

—¡No lo pierdas de vista! —exclamé, cuando el vehículo nos adelantó por la izquierda—. ¡No dejes que se escape! —El hecho de ver aquellas grandes luces traseras frente a nosotros me tranquilizaba.

—¿Qué? —contestó Ed, echándose a reír—. ¡Estás loca! Debe de ir a ciento cincuenta kilómetros por hora.

Yo apreté los labios y no dije nada. Por fortuna, al cabo de un rato nos detuvimos en un lugar célebre por su iluminación.

Los hijos de Ed, Ron y Ed Jr., acababan de dejar la Marina y vivían en Las Vegas. Supuse que el motivo principal de nuestra visita era reunirnos con ellos, pues de otra forma no comprendía lo que hacíamos en medio de aquel desierto.

No tardé en descubrirlo.

Llegamos hacia la medianoche, pero las calles estaban tan iluminadas como si fuera de día. Yo pensé en Saigón, la cual me había causado el mismo efecto cuando seis años antes había llegado allí. Nos hallábamos dentro de un gigantesco jukebox, mientras las melodías de mil vidas trastocadas giraban a nuestro alrededor: marineros que se encontraban a ochocientos kilómetros del mar; maridos en busca de amigas y esposas en busca de amantes; gentes pobres que soñaban con alcanzar la fortuna y gentes ricas que temían perder lo que poseían.

Ed me contó un chiste sobre un hombre que «había hecho tanta fortuna» en Las Vegas, que había llegado en un Cadillac de diez mil dólares y había partido en un autobús de cuarenta mil dólares. Yo sabía que no formábamos parte de los ricos que acudían a Las Vegas, aunque vivíamos desahogadamente, incluso de forma lujosa, en comparación con los niveles de Vietnam. Cuando Ed me dijo que buscara un motel, le indiqué el primer edificio que vi, un inmenso rascacielos con conserjes de uniforme.

—Un motel, no un hotel —dijo Ed.

—¿Qué diferencia hay entre un hotel y un motel? —le pregunté.

—Unos cincuenta dólares por noche —contestó, soltando una sonora carcajada.

Al fin vio un motel que le gustó y entramos en él. Como era demasiado tarde para llamar a sus hijos sugerí que nos fuéramos a acostar, pero Ed se negó en redondo.

—Uno no viene a Las Vegas para dormir —contestó, asombrado ante mi estúpida idea—. Llamaré a una canguro para que cuide de Jimmy mientras nos vamos al casino.

No me importaba ir a jugar al casino, pero me preocupaba dejar a mi hijo en manos de una «canguro», palabra que no entendía.

—Ya sabes —dijo Ed—, una persona que se ocupe de él mientras estamos ausentes.

—¿Te refieres a Ron y a Kim?

—No, una canguro.

—¿Un amigo que conoces en Las Vegas?

—No. Llamaremos a recepción y ellos nos enviarán a una persona.

Cogió el teléfono y al cabo de unos minutos apareció una jovencita con el pelo crepado, vestida con una minifalda y cargada de pulseras. Yo la miré boquiabierta. No estaba dispuesta a dejar a mi hijo al cuidado de una extraña, y menos de una joven que era casi una niña. Además, había oído decir que solían secuestrar a los niños asiáticos para venderlos en el mercado negro, y mi hermoso Jimmy poseía los mejores rasgos de su raza. ¡Ni hablar! Ed podía ir a jugar al casino si lo deseaba, pero yo me quedaría con mi hijo.

Cinco minutos más tarde, mientras nos dirigíamos al casino, Ed me explicó que no había traído a su bonita esposa a Las Vegas para vagar solo por la ciudad como si estuviera soltero. Cansada y deprimida, entré con él en una gigantesca habitación que parecía un *cho*, un mercado de carne y verduras vietnamita.

—Aquí tienes diez pavos —me dijo Ed—. Procura convertirlos en un millón.

Mientras observaba asombrada el billete que acababa de entregarme, Ed se dirigió a las máquinas tragaperras. Ed no solía darme dinero, pues él mismo compraba lo que hacía falta, o bien me daba un talón o utilizaba una de sus tarjetas de plástico. Lo primero que pensé fue la cantidad de cosas que podría comprar en Danang con diez dólares norteamericanos: comida para una semana para mi madre, para Jimmy y para mí, o artículos de la cantina cinco veces más baratos que en el mercado negro. También pensé en cuántos hombres vietnamitas eran aficionados al juego, pese al disgusto que ello causaba a su esposa y a sus hijas. En la aldea, cuando veíamos a un hombre que tenía ese vicio, cantábamos en voz baja: «*Co bac bac thang ban; cua nha ban het ra than an may*» (el juego es el tío de los pobres y los miserables; si apuestas tu casa, perderás tus bienes y ganarás un nuevo oficio: el de mendigo). No la cantábamos por maldad, sino para demostrar al hombre que nos preocupaba su familia. De todos modos, cambié el billete en monedas y las introduje en las ranuras de las máquinas como una niña dando de comer a las cabras en el zoológico.

Afortunadamente, Ed no era muy aficionado a jugar. Al cabo de un par de horas conseguí ganar unos dólares, lo cual me hizo sentir mejor. Los chinos dicen que «cuando no hay ganancias, las pérdidas son evidentes», y los vietnamitas sabíamos que lo contrario también es cierto.

Al regresar al motel comprobé con alivio que Jimmy se encontraba perfectamente. Al día siguiente fuimos a visitar a los hijos de Ed, con los cuales me llevé muy bien. Como ambos habían luchado en Vietnam, no sólo comprendían lo que yo había sufrido, sino lo que los veteranos norteamericanos y los vietnamitas padecían todavía en Estados Unidos: el desprecio de sus conciudadanos, que los consideraban «asesinos de niños», y el rencor que suscitábamos los «comunistas del Vietcong» como yo. Todos habíamos recuperado la capacidad de contemplarnos como personas en lugar de blancos, y me sentí un poco triste por haber aceptado la guerra como un sistema de vida. Posteriormente comprobé que esa extraña sensación de estar desconectada de la realidad y la vergüenza que me producía el pasado, era lo que muchos veteranos norteamericanos llamaban remordimientos. Lo percibía en las voces de los hijos de Ed y lo veía en sus ojos. A ese respecto, el hecho de encontrarme con un veterano del Vietnam (ya fuera un soldado o un civil), al margen de que éste me odiara, me respetara o simplemente tolerara mi presencia, era como encontrarse con un primo al que hacía tiempo que no veía. Aunque te tenga antipatía, está unido a ti por los lazos de la sangre. Para muchos vietnamitas y norteamericanos, los lazos de sangre de la guerra eran más fuertes que los lazos de sangre familiares. Todos éramos huérfanos del mismo sueño que había sido destruido.

Al llegar a Utah, comprobamos que el puesto que habían prometido a Ed había sido ocupado por otra persona, de modo que, tras pernoctar en un motel, nos dirigimos directamente a Yellowstone. En el fondo, me alegré de no habernos quedado en Utah. El nombre indio de esa población debía significar «rocas y polvo». Me sentí más a gusto en las montañas. Mientras nos dirigíamos hacia ellas, la autopista se fue estrechando y la vista a través de la ventanilla era verde y relajante. Al cabo de un rato atravesamos un tramo de carretera cubierto por un curioso polvo blanco, como China Beach.

—¿Qué es eso? —pregunté a Ed, subiendo la ventanilla. El aire era tan frío como el que salía del frigorífico de Erma.

—¿No sabes lo que es? —respondió Ed, echándose a reír—. Es nieve. Agua congelada.

Supuse que Ed me estaba tomando el pelo, porque sólo había visto agua congelada en los cubitos de hielo. ¿Quién iba a molestarse en congelar agua y esparcirla por el suelo a lo largo de miles de kilómetros en un lugar donde no vivía un alma?

Al observar mi expresión de incredulidad, Ed detuvo el coche en el arcén. Luego cogió a Jimmy como si fuera un saco de patatas y lo depositó sobre un montón de nieve. Jimmy empezó a reírse, a llorar, y luego a reírse de nuevo. Yo me arrodillé y toqué la nieve. Su tacto era como algodón de azúcar y estaba helada.

—¡Ay! —exclamé, retirando la mano apresuradamente—. ¡Quema! ¿De dónde proviene?

—Del cielo —contestó Ed.

Otro prodigio americano, pensé yo. Levanté la vista, esperando que me cayeran encima un montón de cubitos de nieve. Era extraño sentir frío en un frondoso bosque. Otra contradicción americana: una selva donde hace un frío que te hielas.

Aparcamos el coche a unos cuantos metros de distancia y Ed nos condujo hasta el borde de un estanque hirviendo. Al verlo, grité y retrocedí asustada.

Ed, en mangas de camisa pese al frío que hacía, me preguntó:

—¿Qué sucede?

—¡Dios mío! ¡Es el infierno! ¡He visto unas imágenes!

Los budistas, al igual que los cristianos, creemos firmemente en el cielo y el infierno que nos han descrito de niños. Sin embargo, los vietnamitas creemos que casi nadie consigue alcanzar el cielo, mientras que los santos occidentales admiten a prácticamente todas las personas si se arrepienten antes de morir. A diferencia de los cristianos, los budistas debemos pagar por los pecados de nuestras numerosas vidas anteriores, no sólo por los de nuestra actual encarnación, de modo que no basta arrepentirse en el lecho de muerte.

Por ejemplo, si yo me hubiera dedicado a amasar una fortuna y no hubiera ayudado a los pobres, es posible que en mi próxima vida regresase como una mendiga para aprender las normas de la caridad. Hasta las almas piadosas tienen que pasar noventa días en el limbo antes de que les asignen un futuro. No es porque el dios cósmico sea cruel, sino simplemente práctico. Por consiguiente, sus hombres sagrados en la Tierra hablan principalmente del infierno porque es ahí donde probablemente irá a parar su congregación de fieles. Como budista, yo sabía, tal como me habían enseñado, que debía pagar por mi mal karma.

Ese día recordé un libro que me había dado un monje cuando era una niña. En él aparecían unas personas comunes y corrientes que tenían la cabeza de una bestia. Un hombre tenía la cabeza de un búfalo y otro parecía un demonio. El hombre-búfalo, según decían, había sido muy cruel con los animales, y el hombre con la cabeza de un demonio había alimentado pensamientos malvados, de modo que ése era el castigo que sufrían en el infierno. No se me ocurrió que esas láminas fueran en realidad unos símbolos que significaban otras cosas, como que el ser «testarudo» y «malicioso» era muy perjudicial. Sin embargo, la idea de que después de morir tendríamos que pagar por cada mala acción que hubiéramos cometido, era algo que me preocupaba profundamente.

La lámina más siniestra representaba a una hermosa mujer suspendida boca abajo sobre un estanque hirviendo, mientras unos demonios le cortaban distintas partes de su cuerpo y las arrojaban al estanque como castigo por haber traicionado a su marido. La imagen de aquellos pedazos desmembrados retorciéndose como gusanos en el torrente de lava me producía horror. Un anciano de la aldea, por supuesto, habría interpretado esa imagen como un símbolo de que la rotura de los votos matrimoniales podía «destrozar» una familia, pero eso sólo estaba al alcance de los monjes y los sabios, no de una niña como yo. Así pues, avergonzada de los muchos errores que había cometido en Vietnam y preocupada por la estabilidad de mi nuevo matrimonio, me eché a temblar como una mujer atormentada por unos demonios.

—Ten cuidado —dijo Ed, sujetándome—. No vayas a caerte en el estanque.

—No quiero verlo —contesté, confusa y asustada, y eché a correr hacia el coche.

Oí a Ed decirle a Jimmy con tono paternal:

—No te preocupes, mamá está un poco cansada. Vamos a ver algo más divertido.

Proseguimos nuestra excursión a lo largo de la sinuosa carretera bordeada de nieve. Ed encendió la calefacción del coche para que yo entrara en calor. Al cabo de un rato llegamos a otro lago humeante que Ed pensó que me animaría. Pero cuando nos detuvimos junto al lago, envuelto en la neblina y las sombras, como el hogar de la serpiente Mang Xa budista —un monstruo que arrojaba fuego por sus fauces—, me negué a apearme del coche.

—Id vosotros —dije a Ed—. Enséñale a Jimmy el panorama. Tengo demasiado frío para pasearme.

—De acuerdo —respondió Ed—. Iremos a contemplar la vista desde el puente. Regresaremos enseguida.

Mientras les contemplaba alejarse a través de la empañada ventanilla, vi algo que confirmó todo cuanto había sospechado acerca de Estados Unidos.

Del bosque surgió de pronto un ciervo dotado de una poderosa cornamenta que se dirigió hacia el lago. Frente a semejante horror —ante las mismas puertas del infierno—, el ciervo se mostraba orgulloso, sereno y decidido. Yo sabía que Norteamérica era realmente un lugar mágico, que las cosas místicas que me habían contado eran ciertas. Para los budistas, el ciervo es el símbolo de la bondad, la pureza y la paz. Según dicen, cuando sus astas son preparadas para el *nai to* —cortadas y trituradas para preparar con ellas un brebaje—, curan las enfermedades y alargan la vida, como los cuernos del unicornio del mito occidental. Lo más sorprendente es que en una de nuestras historias sobre un inmenso lago humeante, el mismo Buda atravesó un puente y se topó con la serpiente. En lugar de gritar e intentar huir como habría hecho cualquier mortal, el Buda sofocó las llamas con su compasión. Ahora, en medio de este infierno en la Tierra, había contemplado con mis propios ojos el símbolo de la pureza, que había acudido a saciar su sed en el lago de la maldad. Eso no era ninguna coincidencia, sino posiblemente un presagio. En un país donde los lagos hierven y el hielo cae del cielo, mi hijo había atravesado el lago *Mang Xa* y había sido besado por el ciervo que representaba a Buda. La bondad y la maldad yacen juntas y la paz florece como las astas de los ciervos encantados. Ése era el motivo por el que los norteamericanos reverenciaban este sagrado lugar.

Cuando Ed y Jimmy regresaron, jadeando y con las mejillas arreboladas, los abracé con fuerza y pregunté a Ed cuándo íbamos a comer. Estaba famélica y dispuesta a deleitarme con el festín que me ofrecía este extraordinario país.

Regresamos a San Diego. Pasaron cuatro meses hasta que el jefe de Ed lo llamara de nuevo desde Utah. Entretanto, nuestra vida no mejoró, pues Ed tenía una fe ciega en su antigua empresa y no se molestó en buscar otro trabajo que nos permitiera trasladarnos a otro lugar, lejos de mi familia política, y establecernos en nuestra propia casa.

Preocupado y sin saber lo que el futuro le tenía reservado, Ed empezó a fumar demasiado. Por más que le advertí que estaba perjudicando su salud, fue inútil. Cuando discutíamos, le decía que era viejo, lo cual para los vietnamitas no es una ofensa sino un halago. Con mis mejores intenciones, solía decirle: «Los viejos no debéis fumar tanto.» Pero Ed siempre se lo tomaba a mal. Después de una discusión a propósito del tabaco, Leatha me regañó y me dijo que no debía gritarle jamás a mi marido. Yo me comportaba más como una esposa norteamericana que como una nuera vietnamita, arrugando el ceño y quejándome en lugar de guardar silencio. Poco a poco empecé a darme cuenta de por qué tantos norteamericanos —destrozados por sus frenéticas y materialistas vidas— preferían vivir alejados de sus familiares. Al igual que un jarro que se ha roto y ha sido reparado precipitadamente, los corazones rotos no pueden contener mucho amor.

Nuestra vida íntima, al menos para mí, fue de mal en peor. Después de nacer Tommy, Ed se sometió a una vasectomía, lo cual influyó en otros aspectos. «Las aguas de un dique obstruido siempre acaban por rebosar», decía mi padre, y tenía razón. Ansioso de recuperar el tiempo perdido (o quizá porque ya no le angustiaba la idea de que me quedara embarazada), Ed se volvió insaciable. Para colmo, cada vez que hacíamos el amor se quitaba la dentadura postiza (que jamás se había quitado en Vietnam), lo cual no contribuía a que me sintiera atraída por ese viejo gigante que se abatía sobre mí como un vendaval dos veces al día.

Por fortuna, el hecho de que Ed se reincorporara a su trabajo nos liberó en cierta medida de nuestras frustraciones: a mí del sexo, y a Ed de su temor de envejecer. Todos le habían dicho (a veces en broma y otras no) que era demasiado viejo para seguir en el negocio de la construcción. Pero él se reía y pellizcaba a su joven esposa o se ponía a jugar con su hijo para demostrarles que estaban equivocados. Cuando su antiguo jefe le confirmó el mito de su vitalidad, que había tratado de demostrar en la cama, dejó de perseguirme tan implacablemente. Nuestro viaje al norte, esta vez acompañados por nuestros dos hijos, resultó mucho más agradable que el primero.

Llegamos a Orem, Utah, una calurosa noche de agosto y al día siguiente buscamos una vivienda. Ninguno de los dos queríamos afincarnos en Utah, y Ed sabía que su proyecto no duraría eternamente. Dado que por su trabajo estaba acostumbrado a vivir en casas móviles y nunca había vivido en una que tuviera más de dos habitaciones, decidimos comprar una caravana que consistía en tres dormitorios, dos baños, un cuarto de estar y una cocina —como la casa de Leatha—, dotada de agua caliente y fría y un moderno retrete. Lo que más me gustaba era que la alfombra y la tapicería eran rojas, un color que trae suerte en Oriente. Además, era mía y no tenía que compartirla con mi suegra y mi cuñada. Aunque Ed odiaba el rojo, la compró para complacerme.

Yo le demostré mi gratitud de la única forma que sabía, con mi cuerpo, mis manos y no pocos esfuerzos. En la cama, no lograba que alcanzara el orgasmo tan rápidamente como antes, pero le acariciaba suavemente. Aunque nunca nos besábamos ni nos abrazábamos, procuraba demostrarle una gran ternura. En casa le trataba como uno de mis hijos, dándole masajes en la espalda y en el cuello, limpiándole la piel y los poros y recortándole los pelos de las orejas y la nariz. Ahora que poseía mi propio territorio —mi primera casa—, decidí ser la esposa buena y solícita que mi madre me había enseñado a ser.

Mientras Ed se hallaba ocupado instalando las conexiones eléctricas en nuestra caravana, yo visitaba los mercados de la localidad para llenar la despensa con los mejores productos norteamericanos. Al igual que en Ky La, todo cuanto necesitaba estaba cerca de mi casa: comida, un lugar donde mis hijos podían jugar y unos amables, aunque curiosos, vecinos, entre los cuales había una pareja de jubilados a los que acabé llamando papá y mamá. Como cualquier pequeña población, Orem tenía sus festejos y sus festivales, sus chismorreos y sus rencillas, sus buenos espíritus y sus gentes descontentas. Durante un tiempo sentí que me hallaba de nuevo en un mundo que comprendía.

El trasladarnos a Orem me ayudó a recuperar la suficiente serenidad de espíritu para hacer algo que no me había atrevido a hacer desde que había llegado a Estados Unidos: escribir a mi madre, a la que había abandonado en Danang sin explicarle los motivos por los que me había ido a vivir a Norteamérica. No me resultó fácil, especialmente cuando tuve que contarle —honestamente y sin omitir detalle— que tras ser condenada a muerte me habían violado dos soldados del Vietcong. Hasta recibir mi carta, mi madre ignoraba la verdad. Yo deseaba contársela no sólo para aliviar mis remordimientos, sino para preparar un karma mejor para Jimmy. Sabía que si la providencia, la suerte o dios hacían que mi madre y Anh, el padre de Jimmy, se encontraran de nuevo, mi madre debía saber que había sido la guerra, no Anh, la que me había arrebatado la virginidad.

También escribí a mi hermana Lan, quien, hacía mucho tiempo, me había recomendado que buscara un marido norteamericano. Sabía que estaba ansiosa por casarse, y le ofrecí algunos consejos.

«No te apresures a sacrificar tu libertad —le escribí en grandes letras—. La vida en Norteamérica se compone de dos partes ácidas y una dulce, aunque tu hombre sea un príncipe.» Era un tanto exagerado, pues yo vivía en una bonita casa, la comida no me faltaba y no temía que me cayera una bomba encima. Sin embargo, añadí: «No te cases con un soldado norteamericano. Tus propias heridas de guerra tardarán en cicatrizar y no debes entregar tu alma a un médico herido. Tampoco te cases con un anciano. Sólo puedes tener un padre, y no puedes acostarte con él.»

Para celebrar el primer día de trabajo de Ed, decidí preparar tocino con judías, su plato norteamericano favorito. Compré unas judías secas en el supermercado y las dejé en remojo durante la noche, tal como había visto hacer a Leatha en San Diego. Cuando Ed se marchó, puse las judías a hervir, di a los niños de desayunar y luego dejé a Jimmy delante de la televisión y a Tommy en el «parque» con sus juguetes. No quería que nada interrumpiera la preparación de la comida que le debía a mi marido.

Al cabo de un par de horas, retiré las judías del fuego y las colé. Al partir una comprobé que todavía estaba dura y supuse que la piel impedía que se cocieran. Pero eso no era ningún problema. Disponía de todo el día, de modo que puse las judías en un recipiente y comencé a pelarlas mientras contemplaba la televisión, tal como solían hacer las amas de casas norteamericanas.

Tras haber pelado las judías, las eché de nuevo en la sartén, añadí el tocino y un poco de agua, y las coloqué sobre el fuego. Era ya casi la hora de comer cuando vinieron las hijas de unos vecinos, Sara y Mary, para jugar con Jimmy. «Tan jovencito y ya le persiguen las niñas», pensé. Jimmy hablaba muy bien el inglés (que había aprendido de mis novios norteamericanos en Danang) y recordaba el estribillo de todos los anuncios y dibujos animados de televisión. También recordaba el vietnamita, aunque lo hablaba menos que antes, y me emocionaba oírle decir «Chao ma» cada mañana antes de pedirme sus cereales con vitaminas.

Les preparé unos bocadillos y se fueron a jugar. Sara era rubia, aficionada a chuparse el dedo y siempre iba vestida de azul. En realidad, todos los días llevaba el mismo vestido azul, que estaba lleno de manchas. Mary tenía el pelo oscuro y la mirada triste. Vivían también en una caravana, pero no sabía exactamente dónde ni conocía a sus padres.

El resto del día lo pasé limpiando y preparándolo todo para cuando Ed regresara a cenar. Dispuse la mesa con nuestra mejor vajilla y me maquillé un poco para celebrar la ocasión.

Cuando Ed regresó, me llevé un sobresalto. Parecía un pordiosero: estaba cubierto de barro de los pies a la cabeza. Por fortuna, conocía las costumbres vietnamitas y dejó los zapatos a la puerta, pero su aspecto me dejó atónita. En Vietnam, donde había trabajado como supervisor, llevaba corbata y era el jefe. Aquí, sin embargo, trabajaba tan duramente como los demás. Yo sabía que estaba un poco deprimido no sólo por la pérdida de status, sino porque se sentía cansado y comprendía que pese a tener una mujer joven y un hijo pequeño, ya no era un jovencito. Le di un beso y le dije que fuera a lavarse porque le había preparado una gran sorpresa, aunque debió notar el olor de las judías. No obstante, las había preparado yo, su esposa, en lugar de su madre, mi primera victoria en la batalla entre las generaciones. Pero cuando metí la cuchara en el puchero para servirle un plato de judías, ésta se quedó enganchada en el fondo.

Me quedé helada. Las judías que había preparado con tanto esmero se habían convertido en un engrudo incomible. Con los ojos llenos de lágrimas, conté a Ed lo que había sucedido.

Ed se echó a reír, me aseguró que no tenía importancia y se preparó un sándwich.

—No te preocupes, lo que cuenta es la intención —dijo Ed. Luego se duchó y se acostó.

A la mañana siguiente me levanté antes del amanecer, decidida a prepararle unas tortitas mejores que las que preparaba Leatha o morir en el intento. Fue un ataque suicida vietnamita contra una cocina llena de peligrosos utensilios americanos. Aunque apenas comprendía las instrucciones que figuraban en la caja, traté de recordar los ingredientes que solía utilizar Leatha. Sin embargo, comprobé que no era tan fácil preparar las dichosas tortas. Desgraciadamente, entre los pocos huevos que utilicé, la cantidad exagerada de leche y el no haber calentado la sartén debidamente, Ed podía elegir entre beberse aquella especie de batido o arrojar las tortas por la ventana junto con las judías. Aunque esta vez traté de no darle importancia al asunto, en cuanto Ed se marchó rompí a llorar desconsoladamente. En Orem no existía un mercado de productos orientales, por lo que no podía utilizar los ingredientes que ya conocía, y cada plato norteamericano que intentaba preparar era un desastre. Empecé a pensar que mi karma era fracasar como ama de casa norteamericana. ¿Cuánto tiempo iba a subsistir mi marido a base de cereales fríos y tostadas?

Otra cosa que me inquietaba era salir sola. Como Ed no me había enseñado a conducir, me convertí en el equivalente americano de un hombre vietnamita sin piernas. Lo que me preocupaba no era desplazarme de un lugar a otro, sino la opinión que los otros pudieran tener de mí. Las gentes de Orem eran muy amables, y «mamá» y «papá» nos invitaban con frecuencia a tomar café, pero, debido a mi natural timidez y a mi sentido del deber hacia Ed, temía provocar chismorreos; una mujer joven no debía pasearse sola, aunque tuviera dos hijos. Así pues, cuando nuestro vecino me invitaba a tomar café y su esposa se hallaba ausente, siempre rechazaba su invitación, no por temor a los celos de Ed, sino por temor a que la gente murmurara. En Vietnam, mi familia y yo habíamos comprobado que los vecinos pueden ser muy peligrosos.

Dos cosas evitaron que cayera en una depresión.

Una era mi vecina, a la que llamaba «mamá», quien trató de disipar mis preocupaciones aclarándome algunas cosas sobre los matrimonios entre personas que se llevaban una gran diferencia de edad. A medida que fui revelándole los detalles de mi relación con Ed, «mamá» se echó a reír y me explicó la diferencia entre una «esposa norteamericana» y una «esclava vietnamita», una diferencia que ahora empezaba a ver con claridad. Entre otras cosas, me enseñó las numerosas formas que empleaban las esposas norteamericanas para decir no.

Mi segunda salvadora fue la madre de Mary y Sara.

Como las dos niñas se habían hecho muy amigas de Jimmy y comían casi todos los días en casa, su madre sentía curiosidad por conocerme. Por supuesto, yo estaba encantada. Me gustaba que vinieran a casa y distrajeran a Jimmy.

Una tarde vino a casa a preguntar si las niñas estaban allí. Judy tenía unos diez años más que yo, era una mujer bajita y regordeta, con la cara redonda y un pelo rojo y rizado que parecía la peluca de un payaso. Su raído vestido apestaba a tabaco (siempre llevaba un cigarrillo colgando de los labios), lo cual al menos disimulaba el olor de whisky que exhalaba cada vez que soltaba un eructo. No obstante, era la primera vecina norteamericana que conocía y que tenía aproximadamente mi edad. La recibí con todos los honores.

—Me llamo Le Ly —dije, inclinándome educadamente—. ¿No quiere pasar?

—Sólo puedo quedarme un minuto —respondió, sentándose en el sillón favorito de Ed. Cuando fui a apagar el televisor, gritó—: ¡No lo quite! ¡Me encanta el Show de Lucy!

Le ofrecí una taza de té, pero me dijo que prefería una cerveza. Luego me preguntó de dónde procedía y se lo dije.

—En fin —dijo, mirando fijamente la cerveza—, supongo que uno no puede elegir a sus padres.

Charlamos un rato sobre nuestros programas favoritos de televisión y otras cosas intrascendentes, hasta que los niños empezaron a pelearse y Judy dijo que debía regresar a casa. Me dio las gracias por mi hospitalidad y me invitó a comer al día siguiente en su caravana, que estaba situada detrás de la nuestra. Yo acepté encantada.

Cuando Ed regresó por la noche, le serví una suculenta cena consistente en un plato de fideos precocinados que Judy me aseguró que resultaban deliciosos y muy sencillos de preparar. Tenían un sabor muy parecido a los fideos vietnamitas, se cocían en un santiamén y servían de acompañamiento a varios platos que le gustaban a Ed.

Al día siguiente me levanté y me puse mi *ao dai* rojo para ir a almorzar con Judy. Su caravana estaba tan oxidada como una vieja lata y una de las ventanas estaba cubierta por un pedazo de cartón en lugar de vidrio. El espacio bajo el destartalado toldo estaba repleto de desperdicios y el interior era un desastre.

—Quería ordenar un poco la casa antes de que llegaras —dijo Judy, retirando una pila de ropa sucia de la mesa de la cocina y colocando sobre ella ocho rebanadas de pan seco. Llevaba rulos en el pelo y una bata llena de manchas abierta hasta la cintura, mientras el humo de su cigarrillo formaba unas volutas en torno a su cabeza como el fusible de una carga de dinamita—. Pero ya sabes lo que ocurre. Los niños empiezan a alborotar y no tienes tiempo de nada. Siéntate donde puedas. El televisor ha vuelto a estropearse. Tengo un poco de ensalada de atún en la nevera, a menos que prefieras un sándwich de mantequilla de cacahuete.

—Me encantaría un sándwich de mantequilla de cacahuete —contesté, temiendo que el olor a rancio que invadía la estancia procedía del atún que conservaba en la nevera. Todo estaba lleno de juguetes, ropa, tazas sucias y ceniceros llenos de colillas, pero al final conseguí sentarme en una esquina de un desvencijado sofá desprovisto de cojines. Judy me sirvió el sándwich en un plato de cartón y me ofreció una cerveza, que yo rechacé.

—Lo siento, tengo una úlcera —dije, señalando mi vientre liso y firme con mis largas uñas pintadas de rojo. Judy me miró como si fuera un bicho raro y se encogió de hombros.

—Como quieras —dijo, apurando su cerveza de un trago y tomando un sorbo de la mía—. ¿Te apetece un vaso de leche? —me preguntó, soltando un eructo y arrojando la lata de cerveza al fregadero.

Nos comimos los bocadillos mientras Judy se tomaba otra cerveza y mi vaso de leche agria se cuajaba frente a la soleada ventana. Sin embargo, Judy sabía mucho sobre cocina, y me dio unos valiosos consejos sobre qué marca de patatas fritas debía comprar y cómo preparar las salsas. Puesto que procedía de una familia numerosa, yo correspondí a su amabilidad aconsejándole cómo evitar que sus hijas se pelearan. Tenía la impresión de que en el fondo esa extraña mujer tenía un corazón de oro, y que no se hacía ilusiones sobre su aspecto ni su situación.

—Te agradezco que seas tan amable con mis hijas —me repitió por tercera o cuarta vez—. Algunas personas saben cómo tratar a los niños, pero yo no. Algunas noches tengo que pelearme con ellas para obligarlas a acostarse.

Tras soltar una carcajada, guardó silencio y se puso a mirar por la ventana, como solía hacer cuando no se estaba mofando de sí misma. Durante una de esas pausas, observé unas fotografías de Sara y de Mary de pequeñas y de una abuela de pelo canoso que se parecía a Leatha. Junto a ellas había una foto de un individuo de aspecto duro, con orejas de soplillo, vestido de uniforme.

—¿Te apetece una copa? —me preguntó Judy, levantándose de la silla—. Perdona, olvidé que tienes una úlcera.

Se dirigió a la cocina y se sirvió un whisky en una taza de café. Luego se sentó, encendió otro cigarrillo y apagó la cerilla, como una locomotora reuniendo fuerzas para trepar una cuesta.

—Los hombres son unos cerdos —dijo, como quien hace un comentario sobre el tiempo.

—Bueno, supongo que algunos —respondí tímidamente, mirando el sucio suelo de linóleo.

—Quizá te preguntes por qué no vivo con un hombre.

Es cierto que nunca había visto a sus hijas acompañadas de un hombre, pero, tras comprobar cómo vivía, no me asombraba.

—Ese tipo de la fotografía —continuó, dando una calada al cigarrillo—, es mi marido. Es muy guapo, ¿verdad?

—Tiene un aspecto muy agradable —contesté. Sabía que no era el primer whisky que se tomaba aquel día, y mis amigos norteamericanos me habían enseñado que la mejor forma de tratar con un borracho es dejarlo hablar.

—Claro que es una foto muy vieja. Tomada en Vietnam —dijo con tono solemne, aplastando el cigarrillo con rabia.

—Lo lamento —respondí, suponiendo que había muerto en combate.

—No lo lamentes —dijo Judy, soltando una carcajada—. El muy hijo de puta me escribió una carta hace seis meses diciéndome que había conocido a una chica vietnamita. Dice que quiere casarse con ella y que quiere que le conceda el divorcio.

En aquel momento oímos los gritos de uno de los chicos, que estaban jugando fuera.

—Iré a ver qué ha sucedido —dije, agradecida de tener un pretexto para poner fin a aquella absurda conversación.

—No te preocupes, Le Ly, están perfectamente —contestó Judy, encendiendo otro cigarrillo. Puede que sintiera rencor hacia la chica vietnamita que había conocido su marido, pero conmigo era muy amable. Es más, tuve la sensación de que quería que le contara mi historia.

—Por supuesto, todavía me envía dinero para las niñas. Tiene que hacerlo, el Ejército le obliga a ello. Mis padres también me ayudan, pero apenas me alcanza para vivir —dijo, mirando a través de la ventana. Luego se volvió hacia mí y añadió—: En realidad, no culpo a la chica vietnamita. Supongo que lo hace para subsistir. Además, yo también me enamoré de ese cabrón, ¿quién soy yo para censurarla? Reconozco que me he abandonado un poco, pero viviendo en este lugar, ¿para qué voy a arreglarme? La culpa la tiene el Ejército. Es esa maldita guerra, no la chica vietnamita, la que ha destrozado a mi familia.

Yo escuchaba a Judy asombrada. Por lo visto, creía que yo era una buena chica vietnamita, como las norteamericanas. Sin embargo, podía haber sido la chica que le había robado al marido. Había intentado que Red, el técnico sanitario de la Marina, se enamorara de mí, luego Jim, el mecánico civil, y por último Paul, el teniente del aire, para sentirme viva y salvar a mi hijito de la guerra. Cuando abandoné Vietnam, había sufrido mucho y estaba harta de las muertes, las torturas y la crueldad que forman parte de la vida cotidiana en una zona de guerra. Eran nuestros amigos norteamericanos quienes debían preocuparse de sus esposas y novias, no nosotras. Nosotras tratábamos a nuestros hombres como reyes porque así es como nos habían educado. Sólo tratábamos de cumplir decorosamente con nuestro deber y sobrevivir. Con suerte, algunas conseguíamos huir del infierno en el que se había convertido nuestro país.

Al final, sin embargo, nuestro amante norteamericano cogía un avión y regresaba a casa. Aunque hubiéramos tenido un hijo suyo, no nos prometía casarse con nosotras, ni mantenernos, ni siquiera se despedía con un beso. A lo más que podíamos aspirar era a conocer a otro soldado norteamericano y empezar de nuevo, hasta que nos hacíamos viejas, o acabábamos hechas unos despojos a causa del alcohol y la droga, o moríamos. Todas esas cosas, que yo había olvidado en el país de los supermercados, los relucientes automóviles y los televisores, retornaron de nuevo a mi mente mientras Judy seguía exhalando el humo azul de su cigarrillo y arrojándome a la cara los malos recuerdos como un mortero lanzando proyectiles. No podía decirle lo que pensaba, pero sabía que había adivinado mis pensamientos.

—En fin, todos tenemos que cargar con nuestra cruz —dijo Judy ofreciéndome su mejor sonrisa, su único tesoro—. Estoy segura de que habrás vivido unas experiencias increíbles durante la guerra.

—Has sido muy amable conmigo —respondí, enjugándome una lágrima—. Se hace tarde. Soy tan mala cocinera, que tengo que empezar temprano a preparar la cena de Ed para poder arrojarla al cubo de la basura antes de que llegue. Si quieres, vendré un día con él, para que le prepares un buen puré de patatas. ¿Qué te parece? Una norteamericana que le roba el marido a una chica vietnamita. ¿No sería divertido?

Ambas nos echamos a reír y Judy me abrazó como una hermana.

—Vamos, chicos —dije, dando unas palmadas como una campesina llamando a los patos—. Es hora de marcharse. Despedíos de Sara y de Mary. Adiós, Judy.

—Si tu marido es capaz de reparar un televisor, envíamelo —dijo ésta, agitando su taza llena de whisky.

2

LAS FAUCES DEL TIGRE

Ed no llegó a reparar el viejo televisor de Judy, ni los problemas que aquejaban a nuestro matrimonio. Poco antes de cumplir cincuenta y cinco años, cuando el tiempo refrescó en Utah, cayó enfermo. Debido al duro trabajo, a sus muchas frustraciones y al exceso de tabaco, regresó a California diez años más viejo. Por supuesto, su madre y su hermana achacaron su mal aspecto a mi falta de cuidados y yo me inclinaba a darles la razón. Al fin y al cabo, no puede decirse que hubiera triunfado como esposa ni en la cocina ni en la alcoba.

El jefe de Ed lo trasladó a un nuevo puesto en San Diego. Con su sueldo y lo que le quedaba del préstamo de la Administración de Veteranos de la Segunda Guerra Mundial —además de un anticipo de un dólar—, adquirimos una modesta casa de cinco habitaciones que a mí me parecía un hotel. Al principio, me impresionó la generosidad con que Norteamérica trataba a sus veteranos. Me asombraba que los grupos que veíamos todos los días por televisión protestando contra su reclutamiento se lamentaran de servir en un Ejército que les hacía ricos. En Vietnam, los viejos soldados del Vietminh y el Vietcong sólo eran recompensados con palabras de gratitud. Incluso las tropas regulares del norte recibían una mísera pensión mensual. La posibilidad de convertir el viejo historial de guerra de Ed en una respetable fortuna me parecía increíble. Por otra parte, me recordó los tiempos en que vendía artículos del mercado negro en las calles, en los campamentos, en la selva y en las bases aéreas cerca de Danang.

—¿Una casa por un dólar? —pregunté asombrada a Ed—. ¿Por qué no compramos mil casas y las arrendamos?

—No es exactamente así —contestó Ed sonriendo—. Tenemos que abonar unos pagos mensuales y tendré suerte si consigo pagar la que hemos comprado.

Aunque no acababa de entenderlo, no insistí. A los pocos días nos instalamos en nuestra nueva casa —que terminaríamos de pagar al cabo de noventa días—, y la llenamos de muebles que también habíamos comprado a crédito. Pese a ser tan amantes del dinero, daba la impresión de que los norteamericanos apenas lo manejaban. Los que menos lo necesitaban lo pedían prestado; y los que tenían poco siempre pagaban al contado. Como tantas otras instituciones occidentales, el sistema de deudas y crédito se me antojaba muy extraño. ¿Pero quién era yo para quejarme? Una vez instalados en nuestro hogar, me propuse convertirme en una perfecta ama de casa.

Todos los días me arreglaba como las mujeres que aparecían en los anuncios de la televisión y me ponía a limpiar la casa y a preparar la comida, utilizando todos los aparatos y utensilios que poseía. Jimmy disponía de su propia habitación y, como estaba a punto de cumplir cuatro años, me pidió que le dejara ir al colegio con sus amigos. Yo solía observarle mientras jugaba o contemplaba un libro de cuentos, sentado ante su escritorio, y daba las gracias a la providencia o a la suerte o a dios por haberle librado de los horrores de la guerra. Cuando rezaba por las noches ante el altar budista que había construido en nuestra casa, daba las gracias al Dios cristiano (medio en inglés y medio en vietnamita, pues no sabía cuál de los dos idiomas comprendía) por impedir que cayera sobre mi hijos la maldición de su raza. Supongo que a un estricto monje budista mis oraciones le habrían parecido un tanto sacrílegas, pero estaba convencida de que mis antepasados, y sobre todo mi padre, me comprenderían.

Al cabo de unas semanas, sin embargo, empecé a preguntarme si mi incursión en el mundo de los espíritus norteamericanos no había provocado las iras de algunos demonios.

Cuando mamá Munro y Erma venían a visitarnos, siempre traían algún dulce y alababan los platos que yo preparaba, lo cual les daba un pretexto para dejarme sola en la cocina (un invitado que trae comida no tiene por qué ayudar a la cocinera, y una buena cocinera no necesita ayuda), lo cual me parecía perfecto. Una noche de octubre, sin embargo, se presentaron con un cubo lleno de caramelos.

—Pero los niños no pueden comerse todos esos caramelos —protesté—. ¡Se pondrán enfermos!

—No es para los niños —respondió Erma—. Es para Halloween (la víspera de Todos los Santos).

—Ah, sí —dije, resuelta a disimular mi ignorancia sobre las costumbres norteamericanas.

Oculté los caramelos en la despensa y seguí preparando la cena.

Durante el resto de la velada nadie volvió a mencionar Halloween, y supuse que se trataba de otra fiesta, igual al Cuatro de Julio, durante la cual lanzaban fuegos artificiales y tocaban música. No tardé en comprender mi error.

Al día siguiente, cuando Ed y yo regresamos a casa después de haber ido de compras, vimos a unos siniestros demonios observándonos desde los porches de nuestros vecinos, como si los espíritus locales se hubieran aprovechado de nuestra ausencia durante el día para gastarnos una broma por la noche. Asustada, agarré a Ed del brazo y le pregunté qué sucedía.

Ed se echó a reír y luego se puso serio. Tras aparcar el coche, me miró fijamente y dijo:

—Son unos fantasmas, los espíritus de los difuntos.

A la mañana siguiente me desperté sin apenas haber pegado ojo y Ed me ordenó que «me deshiciera cuanto antes de esos caramelos». De pronto oí un extraño ruido en el jardín de nuestros vecinos y al salir vi a Tony, un simpático chico que solía hacer algunos trabajos de reparación en el barrio, clavando unos clavos en un ataúd.

—Hola, Tony —le saludé amablemente—. ¿Qué estás haciendo?

—Hola, señora Munro —respondió, apartando un mechón de cabello de su sudorosa frente—. ¿Le gusta mi ataúd?

De pronto sentí un escalofrío.

—¡Dios mío! —exclamé—. ¿Se ha muerto alguien?

—No, todavía no. Es para mi hermano Joey —contestó Tony, agitando el martillo como si se tratara de una espada y echándose a reír como un loco.

Entré precipitadamente en casa y cerré la puerta, sintiendo que el corazón me latía con fuerza. Permanecí prácticamente todo el día apostada junto a la ventana, mirando a través de las cortinas, sin dejar que los niños salieran a jugar. Hacia el anochecer, al mirar por la ventana para ver si llegaba Ed, vi a Tony sacar el ataúd de su casa. Al apoyarlo contra el porche, vi en su interior un horripilante rostro blanco como la cera, cubierto de sangre, al que le habían arrancado los ojos. Espantada, corrí hacia la cocina y me puse a preparar una sopa de arroz y unas tortitas de arroz con azúcar, las cuales utilizamos en Vietnam para aplacar a los espíritus vengativos en Vu Lan, el día en que el infierno arroja a las almas atormentadas. Ahora sabía para qué servía el cubo de caramelos y por qué Ed y Erma temían hablar de esas cosas abiertamente. Saqué los caramelos de la despensa con manos temblorosas y se los entregué a Jimmy diciendo:

—Toma, si viene alguien dale esos caramelos. Y apaga el televisor.

—Un gigantesco lagarto estaba devorando Tokio y no quería ver más monstruos en mi casa.

Cuando me disponía a colocar las tortitas de arroz sobre el altar familiar, sonó el timbre. Jimmy, con la boca llena de caramelos, abrió la puerta y aparecieron una docena de monstruos semihumanos, personas que habían sido asesinadas en el pasado, fantasmas envueltos en mortajas, piratas con un parche sobre un ojo, pordioseros cubiertos de harapos y extraños seres de cabeza deforme.

—¡Aaaagh! —gritó el coro de espectrales voces.

Yo me interpuse entre mis hijos y los demonios y les arrojé un puñado de caramelos a la cara.

—¡Aquí tenéis! —grité—. ¡Llevaros los que queráis pero dejadnos en paz!

Los demonios recogieron los caramelos del suelo y se alejaron apresuradamente. El último se quitó la máscara que llevaba —de una princesa que había muerto hacía muchos siglos— y dijo:

—Gracias, señora Munro.

Era el espíritu de la niña de seis años que vivía en la casa de enfrente y jugaba con mis hijos a la salida de la escuela. El parecido era asombroso.

¡Dios mío!, pensé, cerrando la puerta de un portazo. Por fortuna, Ed llegó al cabo de unos minutos y trató de tranquilizarme, pero yo me metí en la cama y no me levanté hasta la mañana siguiente.

Al cabo de unas semanas fuimos a casa de mamá Munro para celebrar el día de Acción de Gracias, una fiesta ancestral en la que afortunadamente no participaban fantasmas.

—Das las gracias por tener un pavo y comértelo —me explicó Ed.

Fue una fiesta muy agradable. Nos pusimos nuestras mejores galas y asistieron todos los parientes de Ed (sus hermanos y sobrinos del Estado de Washington y sus primos y sobrinos que vivían en el Medio Oeste), como una familia vietnamita. Pese a que lo común en esas fiestas era recordar las historias de los Peregrinos y los Indios, los Munro se sentían en realidad agradecidos de que Ed hubiera regresado sano y salvo de Vietnam, sentimiento que yo compartía, y ése fue el tema que predominó. Sin embargo, era una festividad muy distinta de las fiestas Ta On, que yo recordaba de niña.

En Vietnam, por ejemplo, empezábamos a celebrar nuestras fiestas de acción de gracias de rodillas, rezando a nuestros antepasados. Dábamos las gracias a *Ong Troi* —el «señor del cielo», el dios supremo— y a *Me dat* (la madre tierra) por los alimentos que comíamos y el agua de nuestros pozos y campos. Les ofrecíamos comida y vino de arroz, además de vestidos de papel en miniatura, dinero e incienso, que quemábamos para ayudar a los espíritus perdidos a hallar la luz. Una vez que los objetos que quemábamos ascendían al cielo —*nhan tan joi lanh*—, nos sentábamos a comer. Los norteamericanos, en cambio, no tenían esos detalles.

—¡La comida está preparada! —gritó Erma desde la cocina.

Desde el momento en que llegamos, los hombres se quedaron charlando en el cuarto de estar o salieron al jardín a jugar con los niños a la pelota y con unos curiosos platos de cartón que volaban como aviones. Sólo un par de mujeres ayudaron a Erma y a Leatha a preparar la comida, lo que me pareció de muy mala educación. En Vietnam, en una fiesta tan importante como ésta, los hombres disponían los objetos sobre el altar mientras las mujeres y los niños se hallaban ocupados en la cocina. Los niños mayores iban a traer leña y realizaban otras tareas para que los adultos pudieran encargarse de la comida y los rituales. La fiesta de Leatha parecía una fiesta de cumpleaños en un restaurante, con una mesa elegantemente dispuesta, sirvientes y un gran número de convidados, pero carecía de *thu tu* —orden y devoción—, aparte del debido respeto hacia nuestros antepasados y los ancianos que pronto se reunirían con ellos.

Después de sentarnos a la mesa —los jóvenes junto a los ancianos y los hombres junto a las mujeres, lo cual vulneraba las normas más elementales del decoro—, Erma nos pidió que inclináramos la cabeza. Para mí, esa postura indicaba vergüenza, no devoción. Yo crucé los brazos, como solemos hacer en Vietnam, y todos me miraron extrañados. Supongo que los invitados de Erma debieron pensar que estaba enfadada o que me mostraba arrogante, pero ¿qué iba a hacer? Tras pronunciar unas palabras en verso, que nadie repitió excepto «amén», su marido Larry comenzó a trinchar el gigantesco pollo.

—Espero que te guste el pavo, Le Ly —me dijo Larry amablemente, sirviéndome una generosa ración—. Estás muy delgada y tienes que comer el doble que los demás.

—Sírvele sólo un ala —dijo Ed suavemente—. Yo me comeré el resto.

Todos se echaron a reír, aunque yo no comprendía el motivo. Ed hablaba en serio. En Vietnam, donde la gente suele perder los dientes pasados los cuarenta años, los jóvenes se comen las partes huesudas del animal y ceden las blandas a lo mayores. En numerosas ocasiones, Ed me había visto roer los huesos de un pollo con mi fuerte dentadura después de haberlos despojado de su carne. Pero aquella noche, el pavo estaba duro y reseco, y dados mis problemas de estómago, incluso el ala acabó *co duyen*, decorando mi plato.

—Anda, Le Ly —dijo Erma, al observar que apenas había probado la comida—, piensa en todos los niños que se mueren de hambre en Vietnam.

—Deja a la chica en paz —terció Leatha—. Ya sabes que come como un pajarito.

Me hubiera gustado contarles lo que sabía sobre los niños que se morían de hambre, que seguramente era más de lo que sabían ellos, pero no hubiera sabido expresarlo en inglés y, de todos modos, una fiesta no era el momento más indicado. Así pues, guardé silencio mientras los otros se ponían a hablar sobre el precio del pavo y lo contentos que estaban de que Larry lo hubiera conseguido más barato en la cantina. Una conversación muy típica de los norteamericanos.

Mientras charlaban, Erma me sirvió otra cucharada de puré de patatas. Su tensa sonrisa en su amplio rostro me recordó las máscaras que me habían aterrorizado en Halloween.

—No insistas —dijo Ed bruscamente—. No puede comer para saciar el apetito de todos sus conciudadanos.

—Sólo quería demostrarle que somos generosos y que debe sentirse agradecida por lo que posee.

—¿Agradecida? —repitió Ed, arrojando la servilleta sobre la mesa—. En Danang vivíamos junto al hospital regional. Todos los días, cuando regresaba a la hora de comer, veía a un grupo de campesinos heridos que apestaban a disentería y otras enfermedades. La mitad de ellos no se sostenía en pie...

—Menos mal que tenían un hospital al que acudir —terció Larry, sonriendo estúpidamente.

—La mitad de ellos había perdido algún miembro —continuó Ed, rojo de ira—. Me refiero a personas que estaban destrozadas y enfermas y muertas de hambre. Pero eso no era lo peor. Lo peor era que, cuando pasaba junto a ellas en mi flamante camión norteamericano, esas gentes me saludaban con la mano como si fuera un turista que se dirigía a la playa. Estaban felices de estar allí, de verme y de seguir vivos. Así que no pretendáis dar lecciones a Le Ly sobre la gratitud. No esperéis que se ponga a dar gritos de entusiasmo por vuestro pavo. Ella sabe perfectamente lo que posee, y lo que dejó atrás.

Tras un embarazoso silencio, uno de los sobrinos de Ed preguntó:

—¿Viste a algún soldado del Vietcong cuando estabas allí, tío Ed?

—He oído decir que la situación se ha agravado —dijo otro—. Muchos de nuestros muchachos han muerto.

Ed se encogió de hombros y contestó:

—Mucha gente muere allí, no sólo nuestros muchachos. Por cada soldado norteamericano que cae muere una multitud de aldeanos, campesinos, niños y ancianos... La mitad de los niños en Quang Nam están heridos, mutilados o han sido torturados... —Hizo una pausa para beber un poco de vino y prosiguió—: No sé qué podemos hacer para impedirlo. Era un país pobre y ahora se ha hundido en la miseria. Confiemos en que las conversaciones de paz de París tengan éxito y consigan poner fin a esa pesadilla.

—¿Acaso pretendes decir que no deberíamos estar allí? —le preguntó su sobrino.

—Yo voy a donde me mandan. Por lo que veo, hacemos lo que creemos que es correcto. Suponiendo que sea correcto. ¿Quién puede asegurarlo?

El sobrino, un joven en edad militar que parecía conocer la guerra tan sólo a través de la televisión, las películas y lo que había leído en la prensa, hizo una mueca de desaprobación. En cuanto a mí, me sentía muy orgullosa de Ed y le di una pequeña patada bajo la mesa.

El invierno en California es la época húmeda del monzón. Los días de lluvia, que se alternan con días secos y luminosos, me recordaban la costa central de Vietnam. Mis huesos asiáticos me decían que se aproximaba el Tet, la fiesta principal de Vietnam.

En Norteamérica, las fiestas se manifiestan en primer lugar en los escaparates de los comerciantes. Como todos los paquetes envueltos en brillantes papeles y cintas me parecían iguales, no me había fijado en las calabazas y los pavos. Ahora, en todas las tiendas aparecía un anciano bonachón vestido de rojo —como un Tío Ho gordo y barbudo—, montado en un trineo tirado por unos ciervos. Su presencia en los escaparates de todas las tiendas y todos los paquetes me hizo suponer que se aproximaba algo importante.

Poco antes del Tet, los aldeanos empezábamos a pensar en los cerdos, pollos y patos que sacrificaríamos. La cantidad de comida que ingeríamos y el número de personas que acudían para compartirla con nosotros constituía una pauta del éxito que habíamos tenido aquel año. Las deudas pequeñas eran perdonadas y las grandes, liquidadas cuanto antes para que todos pudieran iniciar el nuevo año con la conciencia tranquila. Limpiábamos el cementerio y las lápidas de nuestros parientes y quemábamos incienso en honor de nuestros seres queridos. No obstante, las dos grandes festividades, la Navidad y el Tet, tenían poco en común, salvo el solsticio invernal.

—¿Qué es la Navidad? —pregunté un día a nuestra vecina Rose, la madre de Tony y Joey.

—¡La mejor fiesta del año! —respondió entusiasmada.

Daba la impresión de que todas las festividades norteamericanas estaban destinadas a los niños y a gastar mucho dinero en las tiendas. Esa última tradición me parecía perfectamente natural, puesto que nuestra costumbre de quemar dinero en honor de nuestros antepasados era aceptada en Vietnam desde hacía siglos. En Estados Unidos, sin embargo, mucho más que en otros lugares, el dinero es la vida, de modo que ganarlo y gastarlo rápidamente adopta la apariencia de una religión.

Mientras bebíamos una taza de té verde, Rose me explicó que la orgía de comprar regalos constituía la base de esa gloriosa celebración cristiana, que la cantidad de dinero que uno gastaba indicaba que estabas protegido por Dios y era una muestra de amor hacia tu familia.

—Pero Jimmy y Tommy tienen muchos juguetes —protesté—. Y saben que su madre y su padre los adoran. Además, Ed siempre se enfada conmigo cuando gasto demasiado.

—No se enfadará —me aseguró Rose—. Es Navidad. Es más, se enfadará contigo si no gastas dinero. Le complacerá comprobar que te has convertido en una auténtica norteamericana. Anda, vámonos de compras. Soy una experta en la materia.

Mientras Tony se ocupaba de mis hijos, Rose y yo pasamos el resto del día visitando los templos de los juguetes. Puesto que había acordado con Ed que me daría dinero o un cheque para cuanto necesitara, Rose me prestó el dinero para pagar las compras. Sin embargo, las pocas cosas que me atreví a comprar eran una miseria comparadas con la cantidad de goma, plástico y cartón que Rose adquirió para sus dos hijos. Comparada conmigo, debía de ser una madre fabulosa y una mujer muy devota. Cuando regresamos a casa, envolvimos los regalos como dos conspiradoras.

En contra de lo que me temía, Ed no me regañó por haber gastado tanto dinero. Por lo general, el dinero caía de sus manos como gotas de lluvia durante una sequía. Una semana antes del gran día, trajo a casa un arbolito parecido a los que habíamos visto en Yellowstone.

—¡Qué bonito es! —exclamé, pensando que se trataba de una planta para adornar la casa—. Pero no vivirá mucho tiempo sin raíces.

—No importa —contestó Ed, sonriendo como un afable Papá Noel—. Después de Navidades lo tiraremos.

Eso me preocupó. Los árboles eran sagrados. Para el Tet, sólo cortábamos una ramita de la planta *bong mai* confiando en que floreciera. En tal caso, ello significaba que tendríamos buena suerte el año próximo. Por supuesto, la razón de elegir esa planta era porque sus ramas solían echar brotes, un símbolo de que nuestras vidas florecían a partir de las de nuestros antepasados. Posteriormente comprendí que las siempreverdes contenían un mensaje similar para los cristianos, es decir, que la vida persiste después de la muerte.

El «gran día» llegó y se fue como la mayoría de las fiestas en casa de los Munro, aunque la noche anterior permanecí desvelada temiendo que un ladrón vestido de rojo entrara a robar. No me parecía natural montar una festividad en torno a un personaje tan ambiguo, puesto que casi todas las fiestas vietnamitas se basaban en fantasmas ancestrales. Lo que me parecía más extraño, sin embargo, era el hecho de que los adultos confesaran que Santa Claus era una figura ficticia. Me parecía cínico, y un tanto hipócrita, contarles a los niños una fábula en la que uno no creía. Por consiguiente, cuando decía que no tenía ningún problema en creer que el espíritu de san Nicolás visitaba todos los hogares del mundo en Nochebuena, la gente me miraba como si estuviera chiflada. «Pobre Ly —debían pensar—, esa tonta cree realmente en Santa Claus.» ¿Y por qué no? Era lo más espiritual que había visto en Norteamérica.

De todos modos, la familia despachó las «ceremonias» navideñas con toda rapidez. No se esforzaron en prolongar el rito con el fin de saborearlo, como solíamos hacer en Vietnam. Los niños y los adultos se lanzaron sobre los regalos que habíamos envuelto con tanto esmero. Todos estaban enfrascados en su pequeño mundo, olvidándose de compartir con los demás el valioso pedazo de eternidad, que era para lo que nos habíamos reunido. En medio de esa «felicidad» oficial, yo me sentía profundamente triste.

Aquella noche, cuando nos dirigíamos a casa de Leatha para cenar con la familia, temí que sirvieran otro pavo como el del día de Acción de Gracias. Todos comentaron el dineral que se habían gastado y me perdonaron por no saber que era costumbre hacer regalos a los niños y también a los adultos. Rodeada de los numerosos parientes de Ed, eché en falta a mi madre. Ese día en que los norteamericanos se reúnen para celebrar la vida eterna, yo sentí que empezaba a morir. Ni siquiera una planta siempreverde puede sobrevivir cuando ha sido despojada de sus raíces.

Cuando llegamos a casa y los niños, histéricos y agotados, se quedaron dormidos entre montones de gomaespuma, vinilo, papeles de colores y animales de peluche, dije a Ed que debía regresar a Vietnam.

Los días siguientes a las Navidades transcurrieron lentamente. Ed, como de costumbre, parecía haber adivinado mis pensamientos. Durante un mes había estado estudiando unos nuevos contratos en la zona de guerra, en parte porque había agotado sus ahorros más rápidamente de lo que había supuesto (un último trabajo en Vietnam le reportaría mucho dinero), pero principalmente porque había comprendido lo difícil que les resultaba a sus parientes aceptar a su exótica esposa. Por otra parte, en Vietnam gastaría menos dinero y desempeñaría un trabajo más cómodo, mientras que en Estados Unidos tenía que trabajar como un burro de carga y pagar una fortuna por el honor de vivir en el país más rico del mundo.

En Año Nuevo, la idea de regresar a Vietnam pasó de ser un mero deseo a convertirse en un plan concreto. Celebramos las fiestas con un joven oficial de la Marina y su esposa, que estaban a punto de trasladarse a Danang. Era la primera vez desde que había llegado a Estados Unidos que me apetecía celebrar unas fiestas.

Poco antes de las doce, nos encasquetamos unos divertidos gorros y nos pusimos a tirar serpentinas y a tocar unos silbatos. Aunque me sentía muy alegre, esa costumbre de organizar un escándalo cuando el reloj daba las doce me parecía muy extraña. En Vietnam, a la medianoche todos guardábamos el más absoluto silencio para escuchar los presagios del año próximo. Si oíamos ladrar a un perro, por ejemplo, ello significaba que entrarían unos ladrones o unos intrusos en nuestra casa. Si oíamos a una lechuza, sabíamos que las puertas del infierno se abrirían para recibir a nuestros vecinos. Si oíamos cantar a un gallo, lo cual no era habitual a aquellas horas de la noche, sabíamos que tendríamos una buena cosecha. (Por consiguiente, siempre estábamos preparados para lo peor.) Ante el temor de que la mayoría de las cosas se torciera, no es de extrañar que los campesinos nos esforzáramos en oír la voz de la naturaleza.

Aunque no pude oír los presagios del nuevo año, sin duda fueron propicios. Al cabo de dos semanas, a mediados de enero de 1971, Ed consiguió un contrato de dos años para participar en un proyecto de construcción cerca de la ciudad de An Je, un lugar estratégico en la provincia de An Tuc, una fortaleza construida sobre la montaña que dominaba la carretera 19 hasta la frontera laosiana. Yo celebré la buena noticia preparando un poco de arroz dulce en honor de los espíritus Phung, que, tal como me había prometido mi padre, me habían seguido hasta este extraño país y me habían protegido a lo largo de tantas pruebas.

Puesto que aún no habíamos terminado de pagar los plazos de la casa, pudimos liberarnos de nuestro compromiso sin perder demasiado dinero. Trasladamos nuestros bonitos muebles a un guardamuebles, lo cual no me supuso ningún sacrificio aunque la madre y la hermana de Ed se disgustaron mucho. Decidimos que Ed partiría a finales de mes y yo le seguiría con los niños al cabo de una semana, tras haber obtenido los documentos y autorizaciones necesarios. Cuando pensaba en el dinero y los esfuerzos que me había costado abandonar mi país natal —un tedioso proceso lleno de trampas administrativas—, no me sorprendió que el tío Sam me pusiera algunos obstáculos para regresar a Vietnam. Pero ya me parecía oler el aire salado de Danang. Ningún funcionario y ningún trámite burocrático, por complicado que resultara, me impedirían regresar a mi tierra.

La semana que pasé en casa de Leatha mientras ultimaba los detalles del viaje fue la más larga de mi vida. Los parientes de Ed, como es natural, estaban muy disgustados de que hubiera decidido regresar a Vietnam para ganar más dinero para «su codiciosa mujer». Yo procuraba mantenerme ocupada para no tener que oír sus quejas, pero a veces me resultaba imposible rehuirlos.

—Sabes que quiero mucho a mi hermano —me dijo Erma, con los ojos llenos de lágrimas—. Me duele que arriesgue estúpidamente su vida por tu bien.

—Ed está de acuerdo en regresar —contesté—. Quiere ganar más dinero.

—¿Acaso es lo único que te interesa, Le Ly? —me preguntó en tono de reproche—. En la vida hay otras cosas más importantes que el dinero. ¿Quieres que lo mate el Vietcong?

Ése era un tema que yo conocía mejor que ella.

—No le sucederá nada malo. Yo me ocuparé de él. Ed es lo más importante para mí.

—Te ocuparás de él mientras dure el dinero —replicó Erma secamente.

En cuanto a Leatha, sus alegres ojos de abuelita adoptaron un aire vietnamita de la noche a la mañana.

—No viviré eternamente, Le Ly —me dijo, restregándose los ojos debajo de las gafas—. Quiero que mi hijo esté junto a mí. Sé lo mucho que quieres a tu madre, de modo que estoy segura que comprendes mis sentimientos.

Sentí deseos de contestar: «Sí, sé lo que sientes y es por eso que deseo regresar a casa.» Pero no lo hice, sino que me callé y soporté las quejas y lamentos de Erma y Leatha hasta que llegamos al aeropuerto.

Mi corazón despegó mucho antes que el enorme reactor. Las conversaciones de paz de París proseguían favorablemente y estaba convencida de que esa interminable y estúpida guerra —que había destruido mi país, obedeciendo un curso y una voluntad propia que nada tenía que ver con ambos bandos— terminaría finalmente.

Tras ocupar nuestros asientos, escribí una carta a mamá Munro y a Erma «legando» mis hermosos muebles, los juguetes norteamericanos de los niños y todo cuanto habíamos dejado atrás a su familia. Les di las gracias por su amabilidad y sus intentos de comprenderme y les deseé una larga y fructífera vida. Les juré sobre los huesos de mis antepasados que volverían a ver a Ed —sano y salvo— dentro de dos años, pero a partir de entonces buscaríamos nuestro futuro en Vietnam, donde necesitaban constructores como Ed para reconstruir nuestro país. Si él decidía permanecer, les dije, pasaría sus últimos años rodeado de sus hijos, de su fiel y solícita esposa y de mucha gente que le estaría agradecida. ¿Acaso podían ellas ofrecerle algo mejor en El Cajón?

Cerré la carta y la guardé en el bolso para echarla al correo en Honolulú. Después de observar a mis hijos durmiendo pacíficamente, miré el mar a través de la ventanilla e imaginé la maravillosa vida que sabía me aguardaba: lo mejor de ambos mundos, de Oriente y Occidente.

Cuando aterrizamos en Saigón, Jimmy aplastó la nariz contra la ventanilla y contempló asombrado la selva y los arrozales de los que procedía. Yo había visto el río Mekong desde el aire cinco años antes, cuando el DC-3 de Danang nos depositó a mi madre y a mí en la pista de aterrizaje al comienzo de nuestro exilio de Ky La, el cual finalizaría un año más tarde con mi vergonzoso regreso a Danang, el nacimiento de Jimmy y el inicio de mi nueva carrera como contrabandista. Ahora, con las perspectivas de una inminente paz, el verde y aterciopelado panorama parecía un atractivo póster turístico. El sinuoso río era el collar de plata de una novia en lugar de las cadenas de hierro de un esclavo. Mis pies, que se habían ablandado en la ciudad, ansiaban pisar la áspera tierra de China Beach y recorrer los últimos metros de su largo viaje: desde el asfalto de Norteamérica al suelo de tierra de la casa donde había nacido.

Sin embargo, cuando descendimos del avión, la realidad y el sofocante calor tropical no tardaron en imponerse.

Había olvidado, tras un breve año, las elevadas temperaturas de Saigón. Mi espeso maquillaje norteamericano empezó a derretirse. Jimmy, que llevaba mi maleta mientras yo llevaba a Tommy en brazos, se puso a gritar histéricamente en cuanto vio el primer uniforme vietnamita.

—¡Odio este lugar, mamá *Du*! —gritó. Yo me quedé atónita al oírle pronunciar la primera palabra vietnamita que había dicho en muchos meses—. ¡Odio a esa gente! —insistió, ocultándose entre mis piernas hasta que el soldado republicano pasó de largo. Yo me incliné para tranquilizarlo mientras cuatro aviones de combate norteamericanos pasaban como una exhalación sobre nuestras cabezas. Echamos a correr hacia la terminal como ratones atrapados en una tormenta.

Tommy comenzó a sollozar desconsoladamente y yo misma sentí deseos de romper a llorar. Una vez que logré dominarme, nos dirigimos hacia el control de pasaportes. Mientras les limpiaba la cara a mis hijos y sacaba la documentación del bolso, oí unas palabras en vietnamita que me sonaron a música celestial. De golpe comprendí el terrible conflicto que late en el corazón de toda esposa y madre. Como Phung Thi Le Ly, había antepuesto mi derecho a la independencia a mi obligación hacia mi marido. Sabía que si Ed decidía regresar a Estados Unidos y las conversaciones de paz fracasaban, yo permanecería en mi país. Sin embargo, como Le Ly Munro, lo más importante para mí era el bienestar de mis hijos. Al traerlos al único lugar en la Tierra donde creía que podían ser felices, les había puesto en peligro. En aquellos momentos me pareció escuchar, entre el rugido de los reactores, al espíritu de mi padre lamentándose. Sin embargo, cuando nos dirigíamos hacia nuestro exilio en Saigón, mi madre me había dicho: «Las semillas de dios crecen en todas partes.» ¿Por qué iba a ser mi destrozada tierra menos nutritiva para mis hijos que el duro asfalto de Norteamérica? Todo parecía muy claro, y al mismo tiempo tan oscuro como las turbias ciénagas de Ky La.

Tras pasar el control de pasaportes (entrar en Vietnam durante la guerra era más sencillo que salir) cogimos un taxi y nos dirigimos al hotel, desde donde llamaría a Ed para concretar la última etapa de nuestro viaje. El taxista sólo quería hablar de Norteamérica, de lo mucho que admiraba ese país, de sus deseos de visitar «la tierra del oro» y de sus esperanzas de conseguirlo una vez que se firmara el tratado entre el Norte y el Sur. Aunque yo estaba todavía disgustada, dudando sobre lo que debía hacer, sobre el deber y el amor, me alegró oír su acento campesino y observar sus astutos ojos en el retrovisor. Después de un largo año, éstos eran sentimientos que yo comprendía y una situación que podía manejar. De pronto sentí que mi poder aumentaba con cada kilómetro que avanzábamos a lo largo de la polvorienta carretera.

Nuestro hotel era un edificio de siete pisos que, pese a ser relativamente moderno, presentaba un aspecto un tanto destartalado, sobre todo en comparación con los flamantes rascacielos de San Diego. Lo que hacía unos años me había parecido una ciudad sumamente sofisticada, ahora me parecía un pueblo tercermundista. El interior del hotel estaba limpio e impecable (lo cual no era de extrañar, dado que la mano de obra era abundante y barata) y las habitaciones disponían de aire acondicionado.

Después de cambiarme de ropa, contemplé la primera puesta de sol desde mi regreso a mi país: una pelota de fútbol roja que se ocultaba lentamente tras las palmeras, mientras sobre las fachadas de las tiendas parpadeaban los carteles de neón. A través de la ventana observé la calle atestada de coches, autobuses, motos, vehículos militares, *siclos*, bicicletas y peatones que circulaban tan silenciosamente como en un sueño, como una película muda sobre mi pasado.

Tras un profundo sueño reparador —como el que sólo logramos conciliar en nuestra tierra—, nos levantamos y fuimos a comprar el pasaje aéreo a Danang.

—Vamos a ver a Ba Ngoai, a vuestra auténtica abuela —le dije a Jimmy, tratando de hacer que recordara algunas palabras de su idioma nativo.

Tras enviar un telegrama a Ed comunicándole la hora de llegada de nuestro vuelo, fuimos a dar un paseo por la ciudad, absorbiendo las vistas, los sonidos y los olores que tanto había echado de menos en Estados Unidos: el intenso olor del mercado de pescado y de las verduras secándose al sol como soldados vestidos con brillantes uniformes; los niños, cubiertos de harapos, correteaban a nuestro alrededor. Poco a poco nos fuimos aclimatando al sofocante calor. Regresamos al hotel agotados y los niños se echaron a hacer la siesta sin protestar. Yo me cepillé el pelo, me descalcé y me puse mi *ao dai* rojo. Recogí ceremoniosamente mis vestidos norteamericanos y me puse a reflexionar sobre el futuro.

A la mañana siguiente abandonamos Saigón, pero no las dudas que me atormentaban. Debido a mi alterado estado de ánimo, el vuelo a Danang se me antojó más largo que nuestro viaje sobre el océano.

Aunque hacía menos calor que en Saigón, la base aérea de Danang bullía de actividad, tal como yo la recordaba. Debido al constante fragor de los reactores, camiones, tanques y artillería, estaba más ansiosa de ver un búnker que una pagoda o un grupo de campesinos. Tardamos una hora en llegar a nuestro hotel a través de las atestadas calles, un trayecto que antaño solía recorrer en veinte minutos en mi motocicleta. El hotel, de estilo francés, carecía de aire acondicionado, aunque algunas habitaciones disponían de ventiladores. Nuestro vetusto lecho estaba rodeado de una mosquitera que parecía la vela de un barco. Pese al ruido y a la incomodidad, estaba en casa.

Después de refrescarme y cambiar a los niños, cogimos un taxi y nos dirigimos a casa de Lan, que apenas había cambiado desde la última vez que la había visto. La única excepción era su nuevo novio, un norteamericano llamado Peter Bailey que trabajaba para el Ejército y que, afortunadamente, parecía menos violento que sus anteriores novios. Nos presentamos de improviso y, al verme, los ojos de Lan se iluminaron.

—¡Bay Ly! —exclamó, utilizando mi nombre familiar, el título de hija «número seis»—. *Ong cha oi.* ¡Dios mío! ¡No puedo creer que estés aquí!

Parecía muy contenta de verme, lo cual era un buen comienzo. También observé que estaba embarazada, sin duda un regalo de su novio norteamericano. El niño se parecería al otro amerasiático que había tenido de otro soldado norteamericano. En ese aspecto —crear una vida de la semilla de quienes sembraban la muerte—, Lan y yo éramos idénticas.

—¿Dónde está Ed? —me preguntó.

—En An Je. Iremos allí en cuanto haya visitado a todo el mundo.

Entramos en el pequeño apartamento de Lan. Salvo los aparatos sin los cuales los norteamericanos no podían vivir —un ventilador eléctrico, un tocadiscos estereofónico y un pequeño televisor—, éste se parecía a la casa de cualquier camarera de bar de una gran ciudad. Las cortinas eran de confección casera, en el comedor había una destartalada mesa y unas sillas y las paredes estaban adornadas con unos calendarios religiosos, unos desconchones y unas figuras de animales.

—Supongo que querrás ver a mamá —dijo Lan, dirigiéndose hacia la puerta trasera.

—¿Está aquí? —pregunté asombrada, sintiendo que el corazón me latía aceleradamente. Dejé a Tommy junto a Eddy, el hijo de Lan, que iba vestido con una vieja camiseta y nos miraba con recelo.

—Por supuesto. Está haciendo la colada. Viene con frecuencia para ayudarme con las tareas caseras. Al fin y al cabo, trabajo todo el día. Y si crees que vas a repantigarte y...

Empezó a decirme que yo seguía siendo su hermana menor, su subordinada, pero yo me di media vuelta y observé una frágil figurita vestida de gris que se hallaba frente a mí, inclinada sobre un cubo y empapada en agua.

—Mamá *Du* —dijo Lan secamente—, mira quién está aquí.

Mi madre alzó los ojos, protegiéndose con la mano del resplandor del sol. Tenía el rostro arrugado y oscuro como el membrillo, pero a mí me parecía más hermoso que el de Leatha, pese a su maquillaje.

—Soy yo, mamá *Du* —dije—. Bay Ly.

—Ah —contestó fríamente, como si acabara de decirle la hora que era—. ¿Cuándo has llegado?

—Esta mañana —respondí, sintiendo que el corazón me daba un vuelco.

—Tienes buen aspecto —dijo mi madre, enjugándose el sudor de la frente y reanudando su tarea.

Yo miré a Lan. Mi hermana extendió el brazo, con la palma hacia abajo, y agitó los dedos para indicarme que entrara de nuevo en la casa.

—¿Qué le sucede, Chin Lan? —pregunté—. ¡Hace un año que no nos vemos!

—¿Y qué esperabas? —contestó mi hermana—. A fin de cuentas, tú la abandonaste. Te fuiste a vivir a Saigón.

—¡Me fui a Norteamérica!

—Ella no lo creyó. Le mostré los sellos y matasellos de tus cartas, pero no podía leerlos y, aunque hubiera podido, no lo hubiera creído. Jamás lo creerá. ¿Quién iba a irse a Norteamérica y regresar aquí?

Los ojos se me llenaron de lágrimas, pero traté de contenerlas. Cuando era pequeña, a mi hermana mayor le gustaba hacerme llorar delante de nuestra madre, pero ahora no iba a darle esa satisfacción.

—¿Habéis comido? —preguntó Lan.

La respuesta normal y cortés entre campesinos hubiera sido, «sí, ya hemos comido», pero lo cierto es que habíamos salido del hotel sin almorzar. Aunque no me apetecía comer nada, los niños debían de tener hambre.

—No. Estoy segura de que a los niños les encantará comerse un plato de *bun ca* (una sopa de pescado y fideos).

—De acuerdo, iré al mercado —respondió Lan, poniéndose un pañuelo en la cabeza y alzando la mano con la palma hacia arriba.

¡Menuda hospitalidad! Yo la miré fríamente, abrí el bolso y le di unos *piasters*.

Cuando Lan se marchó, mi madre entró con una cesta de ropa seca y doblada. Al ver a los niños la dejó caer, sonriendo y extendiendo los brazos.

—¡Hung Chau! —exclamó. Siempre llamaba a Jimmy y a Tommy por sus nombres vietnamitas—. ¡Dadle un abrazo a Ba Ngoai!

Jimmy corrió a abrazar a su abuela, de la que se acordaba con mucho cariño, seguido de Tommy, que caminaba con paso vacilante. Después de abrazarlos, mi madre los condujo a la parte trasera del apartamento para que jugaran. Cuando salieron, rompí a llorar como si de pronto hubiera estallado una nube estival.

Aquella noche, mientras mi madre se ocupaba de los niños, Lan me contó lo que le había pasado a nuestra familia durante la guerra, y luego en Danang, mientras yo estaba ausente. Las fuerzas estadounidenses habían bloqueado el norte y habían minado Haiphong, cortando el suministro de material de guerra procedente de China y la Unión Soviética. Simultáneamente, las conversaciones de paz se habían iniciado y todo el mundo confiaba en que la guerra terminaría pronto. Al igual que había ocurrido durante la guerra contra los franceses, todos confiaban en que el tratado redefiniría las escasas fronteras, establecería unos nuevos derechos políticos y propiciaría otra oleada de inmigrantes de una provincia a otra. A partir de entonces, todo volvería a la normalidad, al menos, a lo que recordábamos como normal, o sea, durante el breve intervalo entre la guerra francesa y la norteamericana. Los soldados estadounidenses habían empezado a retirarse y las chicas como Lan, que trabajaban de camareras, acusaban el descenso en el negocio, lo mismo que los comerciantes y los contrabandistas. Al igual que la cuenta atrás hasta la firma del tratado, los días que faltaban para que el novio norteamericano de Lan la abandonara estaban contados. No me dio la impresión de que mi hermana estuviera ansiosa por regresar a la vida rural. Pero ése era su problema, no el mío.

Decidimos que los niños y yo nos instalaríamos en el apartamento de una habitación que Lan tenía en Danang y que arrendaba a soldados norteamericanos; al menos, hasta que Ed llegara de An Je. El desvencijado sofá, las destartaladas sillas y el viejo frigorífico tenían cuatro años más que la última vez que los había utilizado y estaban bastante más tronados, al igual que yo. Pero no podía quejarme. Al fin y al cabo, sólo pagaría a Lan una semana de alquiler antes de que acudiera Ed en su polvoriento sedán para recogerme.

Como Ed estaba viviendo en las barracas de la obra y todavía no había hallado un apartamento para vivir, decidimos dejar a los niños con Lan y con mi madre, junto con Thanh, la fiel sirvienta que había trabajado para Ed y para mí antes de que partiéramos y que ahora trabajaba para Lan. Thanh era quien había revelado a mi madre mi partida a Estados Unidos, una tarea difícil que cumplió mejor que cualquiera de mis hermanas. Una lealtad como la suya no tiene precio.

El viaje con Ed a An Je fue para mí como contemplar un álbum de fotos de la infancia. Acostumbrada a los vastos panoramas de Norteamérica, sus abruptas montañas y grandes llanuras, había olvidado lo denso y verde que era nuestro pequeño mundo. Vimos a unas muchachas vestidas con pijamas negros que conducían a unos búfalos con un palo; a unas ancianas transportando unos cubos que pendían de un balancín sobre sus hombros; y unos santuarios junto a la carretera que confirmaban nuestro vínculo espiritual con los árboles y los arrozales y el infinito cielo que nos rodeaba. Mis viejos reflejos, que en Norteamérica me habían causado momentos de profundo bochorno, aquí no sólo parecían naturales sino incluso útiles. Advertí a Ed que condujera por el centro de la carretera para evitar las minas terrestres y que procurara enfilar los nuevos caminos que estaban en obras, puesto que el Vietcong no solía atacar a los grupos de peones camineros formados por campesinos. Nos topamos con varios grupos de soldados del Gobierno que hacían autoestop, pero dije a Ed que pasara de largo, pues podía tratarse de «rancheros». Esta vez me hizo caso.

Llegamos a An Je hacia el anochecer. Tuvimos que alojarnos en un sórdido bar con unas pequeñas habitaciones en la parte trasera, las cuales eran utilizadas por las prostitutas locales. Nuestro «bungalow» estaba equipado con un raído colchón de paja y unas mugrientas sábanas, pero estábamos tan agotados que nos tumbamos vestidos sobre el lecho. En cuanto cerramos los ojos, la cabecera de la cama en la habitación contigua empezó a golpear contra la pared. Ed se incorporó furioso, soltó unas palabrotas y encendió un cigarrillo. Al cabo de unos minutos oímos unos golpes producidos por las cabeceras de los lechos en las otras habitaciones, y no pudimos menos que echarnos a reír. Menos mal que habíamos dejado a los niños en Danang. Al fin me quedé dormida, aunque mi «tercer ojo» permaneció abierto para cuidar de Ed.

Al día siguiente fuimos a ver un tríplex amueblado, situado en pleno campo, que un colega de Ed acababa de desalojar. Era precioso.

Nuestros vecinos eran un conductor de ambulancias norteamericano, un médico y un matrimonio vietnamita de clase media que tenían tres hijos. La casa, rodeada de campos y árboles, estaba ubicada cerca de las instalaciones del CAMV (Comando de Ayuda Militar en Vietnam), un pequeño hospital y una escuela vietnamita. A pocos kilómetros de distancia se hallaba la base militar de Qoc Lo 19, el centro estratégico de An Tuc, que en la actualidad, tras la retirada de los norteamericanos, era defendido principalmente por fuerzas republicanas. La casa disponía de un pozo y un baño comunal, impecablemente limpio, pero lo que más me gustaba era un pequeño estanque, lleno de peces, situado junto a unos cocoteros, que me recordaban la zona posterior de la casa de mi padre en Ky La. Al observar mi entusiasmo, Ed no dudó en arrendarla.

Al cabo de unos días regresamos a Danang para recoger a los niños. La pequeña Thanh, una joven menuda como yo, aunque algo más corpulenta y con un rostro más redondeado, con unos rasgos casi chinos, decidió abandonar a Lan y venir a trabajar para nosotros. Era como en los viejos tiempos, pero gracias a que la guerra parecía llegar a su fin y a que tenía cerca de mí a mi familia, me sentía muy animada. Por otra parte, debido a la larga jornada laboral de Ed y al restaurante situado junto a la obra, mis deberes de esposa eran mínimos. Jimmy asistía a una escuela católica y Tommy pasaba la mayor parte del tiempo con Thanh, lo cual me permitía entregarme a la lectura y deleitarme con las enseñanzas de los monjes budistas que tanto había echado de menos, además de dar largos paseos alrededor del estanque acompañada por el espíritu de mi padre. Era, en todos los aspectos, el paraíso con el que había soñado en Norteamérica y no había conseguido hallar.

Al cabo de unos meses, sin embargo, ese paraíso se convirtió en un infierno y mi vida cambió para siempre.

Poco después de llegar a An Je, una amiga mía organizó una fiesta para su marido en el comedor del CAMV. Ed y yo asistimos junto a muchas otras personas. Esta vez decidí ponerme un vestido norteamericano, no sólo para complacer a Ed, sino por vanidad, para impresionar a las otras chicas vietnamitas que se morían de ganas de ir a Estados Unidos.

Al principio, la fiesta resultó agradable pero un poco sosa. Como conocíamos a la mayoría de los invitados y los veíamos todos los días, no teníamos nada nuevo que decirnos. Al cabo de un rato, sin embargo, llegaron unas personas muy interesantes de la base de An Je. Uno era un comandante del Ejército estadounidense llamado Dante (Dan) DeParma, un asesor militar que hablaba bastante bien el vietnamita.

Era tan alto como Ed (yo le llegaba a la barbilla) y algo mayor que Anh, el padre de Jimmy. Parecía más maduro que los otros soldados y oficiales que había conocido antes que Ed, y era lo suficientemente apuesto como para cautivar a cualquier mujer. Llevaba gafas, al igual que Ed, pero en lugar de darle un aspecto severo, daban a su rostro un aire de persona inteligente y sensible, como un médico. Yo escuchaba embelesada su suave y melódica voz, mientras me hablaba en inglés y en vietnamita. Con su juvenil sonrisa y su chispeante mirada, era sin duda el hombre más seductor que había conocido de uniforme. Casi me parecía oír la voz de mi padre detrás del sentido del humor y la humanidad que reflejaba su voz. Al cabo de diez minutos de conversar con él, el corazón me latía aceleradamente y me sentía tan embriagada que temí que fuera a desmayarme. Al mismo tiempo, comprendí que me hallaba en un serio problema.

Pasé el resto de la velada entre el cielo y el infierno. Mientras Ed y yo charlábamos con otras parejas, no hacía más que buscar a Dan con la mirada. En ocasiones le sorprendí observándome con una inescrutable sonrisa, lo cual aumentó mi turbación. Cuando terminó la fiesta, estaba hecha un manojo de nervios. Más tarde fingí estar indispuesta para frenar los ardores de Ed. No podía hacer el amor con él sin haber descifrado antes los sentimientos que me inspiraba Dan. Ya no era una refugiada desesperada, sino una mujer con dos hijos que «había ido a Norteamérica», un pensamiento que aquella noche me impidió conciliar el sueño.

Al día siguiente, al regresar del mercado, Thanh me dijo que había venido un oficial norteamericano y había preguntado por mí.

—¿No te dijo su nombre? —le pregunté, temerosa y excitada.

—No. Sólo dijo que regresaría.

Al día siguiente me hallaba en la cocina cuando de pronto sonó el timbre de la puerta. Thanh fue a abrir y oí una voz masculina que le preguntaba:

—*Co Ly dau?* (¿está Ly en casa?)

Salí apresuradamente.

—Hola, soy Ly —dije sonriendo al reconocer a Dan—. ¿Qué desea?

Dan guardó silencio durante unos minutos, observándome detenidamente, como para asegurarse de que era la misma mujer que recordaba. Yo confié en que no se sintiera decepcionado y se marchara.

—Soy Dan —dijo al fin—. Nos conocimos hace unos días en una fiesta.

—Sí, lo recuerdo —respondí, extendiendo la mano—. ¿Cómo está usted?

—Muy bien, gracias —contestó Dan, cogiéndome la mano como para ayudarme a cruzar un río y conducirme al lugar que la providencia o la suerte o dios me tenía reservado.

—No dispongo de mucho tiempo —dijo—, pero quisiera pedirle un favor.

—¿Un favor? Por supuesto.

—Hace poco que he llegado y no conozco a nadie excepto a los soldados con los que trabajo. Me gustaría charlar con alguien que pudiera informarme sobre An Je, sobre la población local y sobre lo que la gente piensa de la guerra. La otra noche tuve la impresión de que usted era una de las pocas personas vietnamitas que comprende a los norteamericanos. Me gustaría invitarla una tarde a tomar el té y conversar con usted. Quizá pueda ayudarme a perfeccionar el vietnamita.

Ambos nos echamos a reír como si nos conociéramos de toda la vida. De pronto sentí que la trampa del amor, el honor y el deber se cerraba en torno a mí.

—Habla usted muy bien el vietnamita —dije—, mucho mejor de lo que yo hablo inglés. Pero estaré encantada de ayudarle.

—¡Estupendo! ¿Le parece bien que nos veamos mañana? ¿A esta hora?

—De acuerdo.

Dan me estrechó la mano y la retuvo unos segundos entre las suyas.

Al día siguiente —y todas las tardes a lo largo de una semana— Dan y yo tomamos el té en el porche de mi casa. Mientras Thanh nos atendía frunciendo el ceño, Dan me contó que había emigrado del norte de Italia de niño (lo que explicaba sus exquisitos modales) y me habló sobre su esposa, que no podía darle hijos, y sobre los niños norteamericanos que habían adoptado. Sus palabras no reflejaban la menor amargura por las experiencias vividas durante la guerra ni contra el destino por haberle negado un hijo, sino compasión hacia su esposa y su gran entusiasmo y ganas de vivir. Yo le hablé brevemente sobre mi vida antes de conocer a Ed, y más extensamente sobre lo desgraciada que me había sentido en Norteamérica y lo mucho que anhelaba hallar la paz en la tierra de mis antepasados. Ambos estábamos de acuerdo en que, pese a lo que pudieran decidir los políticos de ambos bandos, era una locura continuar la guerra, una guerra que no sería ganada por nadie si no lograban detenerla de una vez por todas. Al final de la semana, comprendí que le había entregado mi corazón y sabía que él sentía lo mismo que yo, pero decidimos no tomar ninguna decisión por el momento.

Ahora debía enfrentarme a las consecuencias de mis actos. No me sentía avergonzada de mis sentimientos hacia Dan, los cuales daban un sentido a mi vida, pero tampoco me enorgullecía de ellos, pues me obligaban a analizar mi matrimonio, en el cual, al menos por mi parte, jamás había existido el amor. En Estados Unidos me había sentido muy desgraciada y no tenía el menor deseo de regresar. En cierto aspecto, era una zona de guerra tan peligrosa para mi espíritu como los campos de batallas cerca de Ky La.

Dan me quería por lo que yo era, no por la persona que debía ser y en la que no podía convertirme. Nuestra mutua atracción era tan fuerte y sublime, trascendiendo incluso el impulso de la pasión, que el pecado de la infidelidad parecía insignificante comparado con el delito de rechazar a un alma gemela. Teniendo en cuenta que mi país pronto alcanzaría la paz, me pregunté si sería más prudente regresar con mis hijos a mi «guerra» en Norteamérica, o seguir mi destino junto a Dan en la tierra donde estaba enterrado mi padre. Era una pregunta que sólo admitía una respuesta.

A mediados de la segunda semana, todas mis dudas se habían disipado. Para escapar a las miradas de censura de Thanh, Dan y yo dábamos largos paseos por los campos o nos sentábamos junto al estanque, charlando, riendo y compartiendo nuestros silencios. Al final de la semana caminábamos cogidos de la mano y Dan siempre se despedía de mí con un beso.

Al principio de la tercera semana, Dan me dijo un día:

—Esto es una tortura. Dentro de un tiempo regresarás a Estados Unidos y a mí me trasladarán Dios sabe dónde. ¿Qué esperanzas nos caben?

—Quizá te consuele saber que he decidido no regresar a Estados Unidos con Ed. Lo decidí la semana pasada. Si desea permanecer en Vietnam, me quedaré con él, pero no puedo hacerlo feliz en Estados Unidos, porque yo misma no puedo ser feliz allí. ¿Cómo van a ser felices Tommy y Jimmy si su madre se siente desgraciada?

—¿Pedirás a Ed el divorcio? —Era al mismo tiempo una pregunta y un ruego.

—Sinceramente, no lo sé. Ed es muy bueno. Le debo la vida. Pero no creo que desee conservar algo que ya no le pertenece.

Tras esa conversación, ambos continuamos con nuestras vidas pero sin dejar de vernos. Dan se llevaba estupendamente con los niños y solía venir a cenar con frecuencia, a veces acompañado de unos amigos de la base. A Ed también le caía bien y lo consideraba un amigo de la familia. Incluso nuestro casero, al que a veces veíamos trajinando en el jardín mientras dábamos un paseo, nos saludaba sonriendo al vernos pasar cogidos de la mano. Nuestro pequeño secreto sólo lo conocían él y Thanh, y como nuestra relación era absolutamente casta, incluso ésta acabó aceptando la situación. En el fondo, creo que disfrutaba casi tanto como yo cuando el «comandante», como lo llamábamos respetuosamente, acudía por las tardes a tomar el té.

En la primavera de 1972, el clima en Vietnam —sobre todo alrededor de An Je— comenzó a cambiar. Aunque las negociaciones de París habían dado al resto del mundo la sensación de que la paz era inminente, en mi país nadie creía en ello. Cuanto más rápidamente se retiraban los norteamericanos, inundando el país con armas y material de guerra antes de que se cumpliera la fecha en que se suspendería toda ayuda militar, tanto más audaces se mostraban los soldados del norte y las tropas del Vietcong. Pese a los terribles bombardeos de los B-52 sobre Hanoi y Haiphong, los regimientos del norte habían logrado capturar Quang Tri, dentro de la zona desmilitarizada, y parecían dispuestos a invadir otros lugares. Aunque evitaban entablar grandes batallas que hubieran obligado a los norteamericanos a intervenir nuevamente, los comunistas se aprovechaban de su ventaja en las escaramuzas locales y los actos de sabotaje y terrorismo que nos mantenían a todos en vilo.

En marzo, cuando ya llevábamos un año en Vietnam, sus jefes comunicaron a Ed que, debido a la intensa presión del enemigo, iban a trasladarlo a Saigón probablemente o a Danang, el último bastión de la antigua y formidable presencia norteamericana.

—Tienen suerte —respondió nuestro casero vietnamita cuando le conté la noticia junto al pozo—. Hemos oído rumores de que se está cociendo algo importante. Este lugar no es tan seguro como parece.

Alarmada, dejé el cubo en el suelo y pensé en Dan.

—¿A qué se refiere? No creo que los comunistas se atrevan a atacar el fuerte militar.

—No quedan tantos soldados como antes. Sin la ayuda norteamericana, nuestras tropas se muestran más reacias a combatir. La situación podría empeorar rápidamente.

Aquella noche, la preocupada expresión de Ed confirmó mis temores.

—¿Qué sucede? —le pregunté, confiando en que me revelara algo sobre la situación en la base norteamericana e, indirectamente, lo que el futuro le reservaba a Dan—. No me digas que tienes malas noticias.

—Me temo que sí. Van a trasladarme a Saigón. Corren rumores de que van a expatriar a los trabajadores extranjeros. Y aún falta un año para que expire mi contrato...

—Bueno, o te trasladan de lugar o te pagan lo acordado en el contrato, ¿no es así?

—No exactamente. Según la letra menuda, el contrato puede ser cancelado en caso de que la situación se ponga muy grave. Lo que es peor, si regreso a Estados Unidos, no podré beneficiarme de las desgravaciones fiscales sobre el dinero que he percibido. Sea como sea, debo hallar el medio de cumplir el contrato.

Durante la cena comentamos diversas alternativas, tratando de animarnos mutuamente, pero yo estaba preocupada por Dan. Los problemas fiscales de Ed me tenían sin cuidado. Más tarde, cuando el tráfico disminuyó en la calle, escuché el concierto de los grillos y las cigarras en el jardín mientras contemplaba la luna. Era una hermosa noche, húmeda y apacible, y no podía imaginar que sucediera nada malo en el mundo. De pronto, el perro de un vecino comenzó a ladrar y Ed lo maldijo. Luego, de improviso, estalló el caos.

Oímos unas explosiones que procedían de la base, seguidas de un estallido en el mismo edificio del CAMV. Los platos y los objetos sobre las estanterías cayeron al suelo y se hicieron añicos. Un martillo de mil kilos parecía golpear las paredes, derribando los cuadros. Súbitamente, la habitación se llenó de polvo.

Cogí a Tommy, que estaba junto a mí, y me oculté con él debajo de la mesa. Jimmy entró gritando y también se ocultó debajo de la mesa, seguido de Thanh. Las luces se apagaron. Las explosiones continuaron mientras Ed, blanco como la cera, miraba a través de la ventana. Tras una breve y tensa pausa, arreciaron de nuevo, con más fuerza que antes, como si se tratara de unos fuegos artificiales para celebrar algún festejo. Durante una eternidad permanecimos agazapados bajo la mesa, temblando e impotentes, temiendo que la casa se desplomara sobre nosotros. Pero la angustia que yo sentía por Dan, que se hallaba en la base, sofocaba cualquier temor que pudiera sentir por mi marido y por mis hermanos vietnamitas que tenían que soportar todos los días esta pesadilla. Era una de las formas en que la guerra conseguía volverme loca. Al cabo de veinte minutos, las explosiones cesaron. Rápida y sigilosamente cogimos las cosas que podíamos transportar, principalmente comida y agua, cerramos todas las puertas y ventanas y esperamos a que llegara el amanecer.

Una hora después de iniciado el ataque, los grillos reanudaron sus cantos. Nos acostamos y tratamos de dormir, pero incluso el ladrido de un perro o el crujir de la madera nos hacía levantarnos precipitadamente de la cama y ocultarnos de nuevo debajo de la mesa.

Al amanecer, Ed se dirigió al hospital y le informaron que, aunque la base había resistido, todos los civiles, tanto vietnamitas como norteamericanos, serían evacuados inmediatamente. Al cabo de un rato aparecieron unos camiones de la policía militar y nos condujeron a una pequeña pista de aterrizaje, donde abordamos un avión bimotor que nos trasladó, junto con otras dos docenas de personas, confusas, desorientadas y poco menos que con lo puesto, a Saigón.

La «perla de Oriente» —la gran ciudad pecadora de Vietnam— estaba llena de refugiados que habían huido de la repentina ofensiva comunista. Era difícil hallar alojamiento en los hoteles; además, la emergencia había provocado una súbita subida de los precios. Alquilamos un pequeño apartamento. Ed acudía todos los días a la oficina de su jefe, con el fin de averiguar la situación de su contrato. Un día regresó con aires de desaliento.

—Se ha terminado —dijo, tratando de sonreír.

—¿Qué es lo que se ha terminado? ¿La guerra? ¿La lucha? —pregunté. Ahora que nos hallábamos temporalmente a salvo, sólo pensaba en reunirme de nuevo con Dan.

—No —respondió Ed—. Mi trabajo. El contrato ha sido cancelado.

—¿Y qué vas a hacer? —le pregunté. Supuse que desearía regresar a Norteamérica, lo cual provocaría nuestra última discusión sobre nuestro matrimonio. Al fin sería libre para reunirme con Dan.

Ed se encogió de hombros y contestó:

—He estado reflexionando de camino aquí. ¿Te gustaría vivir en Canadá?

—¿En Canadá? Hace mucho frío allí. Es como el parque de Yellowstone.

—Sólo permaneceríamos seis meses. Luego regresaríamos a San Diego y empezaríamos una nueva vida.

No fue necesario que le respondiera, pues mi expresión indicaba claramente que la idea no me entusiasmaba.

—Es preferible que vayas tú primero para buscar una bonita casa; más tarde, los niños y yo nos reuniremos contigo.

Ed arrugó el ceño y contestó:

—No me gusta dejaros aquí. Es peligroso.

—Por eso debo quedarme. Tengo que ver a mi familia antes de partir. Danang es una ciudad muy grande. No temas, no nos sucederá nada malo. Vete a Canadá y haz lo que debas hacer. Nosotros iremos más adelante.

Ed sabía que no lograría convencerme. Su empresa estaba dispuesta a correr con todos los gastos del traslado, pero debía decidirse de inmediato.

Al cabo de unos días me entregó un sobre que contenía el dinero para nuestro viaje a Danang (incluyendo el billete de Thanh), y para los pasajes de regreso a Saigón y el vuelo a Vancouver. Tras besarnos y abrazarnos en la acera frente al apartamento, Ed se montó en el camión junto con otros dos colegas y se dirigió al aeropuerto. Pese a su bondad y a habernos salvado la vida a mis hijos y a mí, y pese al hecho de que me preocupaba su bienestar y confiaba en que fuera feliz, no deseaba volver a verle.

Jimmy, que no obstante su corta edad se daba cuenta de todo, me preguntó cuándo íbamos a ver a Ba Ngoai, su querida abuela.

—Pronto —respondí. En mi mente bullían multitud de planes—. Pero primero debemos ir a visitar a tu amigo, el comandante, en An Je.

En aquellos días sólo existían dos medios de llegar a An Je: en un convoy desde Qui Nhon, o en autobús tras un corto vuelo desde Fleuku. Puesto que la mayoría de los civiles habían partido, la carretera de Qui Nhon estaba cerrada, lo cual indicaba que el Gobierno ya no disputaba a los comunistas el control de aquella zona. Así pues, tras un vuelo de una hora a Fleuku, nos dirigimos a la parada del autobús. Cuando pregunté a un joven a qué hora partía el próximo autobús para An Je, éste se echó a reír y contestó:

—Debe de estar loca, hermanita. Nadie va a An Je. Aquello está lleno de soldados del Vietcong.

—Pero es que debo regresar a casa y reunirme con mi marido.

—Entonces tendrá que ir volando. Sólo los pájaros llegan a An Je.

Agarré la mano de Jimmy y, seguidos de Thanh y Tommy, regresamos apresuradamente al aeropuerto, donde unos pequeños aviones militares de carga, incluyendo unos helicópteros y unos observadores de artillería, entraban y salían como abejas de una colmena.

—Es preciso que vaya a An Je —le dije a un oficial, un capitán vietnamita a cargo de los soldados que defendían la línea de Hueys—. Mi marido está allí. Tengo que reunirme con él.

—Es imposible —contestó a gritos para hacerse oír sobre el ruido de los motores—. Aunque dispusiera de un avión, no podría llevarla. El enemigo está en todas partes. Además, podría ser usted un agente del Vietcong.

Indignada, saqué mi visado y demás documentos para demostrarle que acababa de llegar de Norteamérica y que estaba casada con un ciudadano estadounidense. También le mostré la fotografía de Ed, aunque oculté su nombre con el dedo.

—¿Cuál es el apellido y rango de su marido?

—Es un comandante norteamericano. Se llama... —Durante unos angustiosos segundos no conseguí recordar el apellido de Dan, al que solía referirme como «el comandante» o simplemente por su nombre de pila—. Demara —dije al fin—, el comandante Daniel Demara.

El capitán me condujo a un cobertizo y telefoneó a An Je.

—Nadie ha oído hablar de él —dijo, tapando el auricular con la mano pero sin colgar el teléfono. No me gustó la forma en que me miraba.

Le di las gracias y salí apresuradamente. Más que preocupada, estaba furiosa. Me hallaba a menos de dos horas en coche del lugar donde se encontraba mi amor, pero era como si estuviera en la luna.

Al llegar a la puerta del aeropuerto, vi a un individuo vestido con unos amplios pantalones y una camisa blanca apoyado contra un coche cubierto de polvo, fumando y leyendo un periódico. No parecía un taxista, pero en aquellos días cualquiera que dispusiera de un vehículo era un empresario.

—*Bac Oi!* —grité—. ¡Disculpe! ¿Cuánto me cobraría para llevarme a An Je?

El hombre me miró extrañado, no tanto ante mi pregunta sino al ver a los dos niños, inquietos y gritando sin cesar, que arrastraba de la mano.

—Cien dólares norteamericanos.

—Sólo tengo *piasters* —contesté, rebuscando en el bolso. Por supuesto, tenía muchos dólares norteamericanos, pero no quería que lo supiera. Si él no me mataba y se llevaba el dinero, sin duda lo haría otra persona.

Le entregué el equivalente de cien dólares en *piasters*, una parte de los cuales era para pagar nuestros pasajes a Canadá. Ignoro si el espíritu de mi padre estaba observando en aquellos momentos lo que hacía egoístamente con el dinero de mi marido y a Tommy, el hijo de Ed, cuya vida no tenía ningún derecho de poner en peligro, pero lo cierto es que no dijo nada, probablemente porque se sentía demasiado indignado. Es inútil tratar de razonar con una mujer enamorada.

—Debemos partir inmediatamente —dijo el hombre—. Las tropas del Gobierno acaban de comprobar si el terreno está minado.

—De acuerdo.

—¿No lleva equipaje? —preguntó.

—No —respondí sonriendo tímidamente.

El hombre miró con el mismo recelo que el capitán, pero cien dólares era una cantidad muy persuasiva.

Tras detenernos en la parada del autobús para comprobar si la carretera era transitable, partimos hacia An Je, circulando lentamente y por el centro de la misma. Durante media hora, el conductor apenas desplegó los labios, limitándose a observar fijamente la carretera y los árboles que la circundaban. Al cabo de un rato, se relajó y sacó un cigarrillo del bolsillo.

—El problema no son los comunistas —dijo, encendiendo el cigarrillo y apoyando el brazo en la ventanilla—, sino las malditas patrullas norteamericanas. Disparan contra todo lo que se mueve. Primero disparan y luego averiguan se si trataba del enemigo.

Cada vez que pasábamos junto a un grupo de campesinos que se dirigían a Fleuku, nos deteníamos para preguntarles si se habían topado con problemas. Todos, sin excepción, nos aconsejaban que diéramos media vuelta, pero yo siempre ordenaba al conductor que siguiera adelante. La carretera, que anteriormente solía estar atestada de coches, autobuses, convoyes y motocicletas, estaba desierta, al igual que An Je, a donde llegamos por la tarde. Incluso las grandes mansiones de los pocos residentes acaudalados estaban vacías y cerradas a cal y canto. Por las calles sólo circulaban pollos, perros y unos cuantos soldados vestidos con el uniforme de combate y con expresión preocupada.

Nos dirigimos directamente a nuestra casa, la cual, al menos desde fuera, parecía intacta. Tras apearnos del coche di al conductor una generosa propina, principalmente para agradecer a los espíritus locales su protección durante el viaje. El conductor partió apresuradamente, como si temiera no llegar a su destino. Yo sonreí y saludé con la mano al policía militar vietnamita que custodiaba la entrada del edificio del CAMV, pero no correspondió a mi saludo.

Al entrar en casa comprobé que todo estaba igual, aunque existía una sutil diferencia. Los niños fueron corriendo en busca de sus juguetes y Thanh y yo nos dirigimos a la cocina, donde encontramos un poco de arroz, unas galletas y un jarro de agua fría. Tras comprobar que podíamos subsistir, me puse a pensar en Dan. Una fresca brisa penetraba por la ventana.

«¡Dios mío —se me ocurrió de pronto—, las ventanas están abiertas!»

—¡Niños! —grité—. ¡Venid inmediatamente!

Thanh se apresuró a ocultar el arroz y las galletas dentro de su blusa mientras yo cogía un cuchillo de cocina y lo ocultaba a mi espalda. Los niños obedecieron dócilmente. De pronto, oí una voz familiar que gritaba desde el exterior:

—¿Quién anda ahí?

Era nuestro casero. Llevaba una camisa empapada en sudor y una pistola en la cintura. Al vernos, preguntó aliviado:

—¿Qué hacéis aquí? Todo el mundo se ha marchado.

—Eso mismo iba a preguntarle a usted —contesté con prudencia. Cada vez que los comunistas penetraban en un lugar los primeros en desaparecer eran los caseros. Se ocultaban en celdas subterráneas, en unas prisiones en la selva o se dirigían al bosque, donde no tardaban en morir de un tiro en la cabeza. Como es lógico, todo aquel que tuviera tratos con las gentes adineradas de Saigón procuraba largarse cuanto antes. ¿Era posible que nuestro fiel casero fuera un agente del Vietcong?

—Bueno, soy el dueño de esta casa —respondió—. No creerá que iba a permitir que los ladrones la desvalijaran. En estos momentos, son más peligrosos que el Vietcong. Por supuesto, sólo tengo que disparar un tiro y los policías militares acudirían de inmediato. Pero ¿y ustedes? ¿Por qué han regresado?

—Todo cuanto poseo en el mundo está aquí —respondí sin exagerar.

—Comprendo. ¿Se trata del comandante? —preguntó el casero, alzando una ceja y sonriendo.

—Sí. ¿Lo ha visto?

—Hace unos días vino a preguntar por usted.

El corazón me dio un vuelco.

—...pero no le he vuelto a ver. No dejó ningún mensaje.

—¿Cómo puedo ponerme en contacto con él para comunicarle que he regresado?

El casero se rascó la barbilla y contestó:

—Quizá podamos avisarle a través de la radio del CAMV. Siempre está dispuesto a ayudar a los civiles.

Pedí a Jimmy que se fuera a jugar al jardín, principalmente para sacármelo de encima mientras Thanh y yo poníamos la casa en orden, pero también para que Dan escuchara la voz de Jimmy y supiera que éramos nosotros. Al cabo de unos minutos, un jeep se detuvo frente a la casa.

—¡Mamá, es el comandante! —gritó Jimmy, como si fuera Navidad—. ¡El comandante está aquí!

Yo me arrojé en brazos de Dan y le di un beso frente a la atónita mirada de nuestro casero y de Thanh.

—*Tinh yeu tren tran chien* —dijo Dan suspirando y estrechándome entre sus brazos—. El amor en una zona de guerra.

—No podía abandonarte —contesté sollozando.

Al cabo de unos minutos entramos en casa. Tommy, que echaba de menos la presencia de su padre y estaba preocupado por su madre y confundido y asustado por toda la situación, gritó «¡papá!» y se agarró a la pierna de Dan. Ambos nos echamos a reír a través de nuestras lágrimas y Dan lo cogió en brazos. A partir de aquel momento, Dan se convirtió en «papá comandante».

Inesperadamente, los siete días siguientes fueron los más felices de mi vida. Nuestro viaje a An Je había discurrido sin tropiezos, porque los comunistas habían suspendido todas las operaciones militares. Su plan consistía en alcanzar cierta ventaja y detenerse antes de provocar una reacción por parte de Estados Unidos. Querían expulsar definitivamente a los norteamericanos de Vietnam, y estaban dispuestos a aguardar lo que hiciera falta hasta conseguirlo. Aunque las tropas survietnamitas y las escasas fuerzas norteamericanas que quedaban permanecían en situación de máxima alerta, los días transcurrían tranquilamente, sin que nada hiciera presagiar que la guerra iba a recrudecer. Yo me sentía muy dichosa con mi nueva «familia» en An Je.

Dije a nuestro casero que Ed y yo nos habíamos separado, y Dan se instaló en nuestra casa. Nuestra «noche de bodas» fue tan maravillosa como había soñado de jovencita, cuando me disponía a casarme con Tung, un chico de una aldea vecina que mis padres habían elegido para mí. Pero aquellos sueños se habían desvanecido bruscamente cuando Tung cayó en el campo de batalla. Una de las cosas que aprendí durante aquella terrible época fue que nuestro primer deber es vivir. Y en An Je, pese a haberse convertido en una ciudad fantasma, nuestra nueva «familia» emanaba vida a través de todos sus poros, de sus risas, con cada cuenco de arroz que compartíamos, con cada paseo que dábamos alrededor del estanque y con cada suspiro que exhalábamos en nuestro lecho matrimonial.

Pero, desgraciadamente, la felicidad no dura eternamente.

El día que se trasladó a casa, Dan hizo que instalaran un teléfono de campaña para poder comunicarse directamente con la base en caso de emergencia. En el profundo silencio de la primera noche de nuestra segunda semana, el teléfono comenzó de pronto a sonar.

—Habla DeParma —dijo Dan. Luego exclamó—: ¡El muy hijo de puta! —Y colgó bruscamente el teléfono.

—¿Qué sucede? —pregunté, incorporándome.

—Los regulares. Están avanzando...

En aquel momento sonó una explosión, más distante que el primer ataque, pero no menos espantosa.

Dan saltó de la cama, se puso los pantalones y se dirigió precipitadamente hacia la puerta, donde se encontró con Thanh y los niños.

—No os mováis y apagad todas las luces —dijo, colgándose su M-16 del hombro como un chico que se dispone a cazar conejos—. Regresaré en cuanto pueda.

Durante el resto de la noche permanecimos abrazados, escuchando los estallidos. A diferencia del primer ataque, los aviones survietnamitas pasaban volando sobre nuestras cabezas, lo cual me extrañó. Para calmar a los niños, empecé a cantar una canción que había aprendido durante la guerra contra los franceses, pero que esa noche canté como si se tratara de una canción de cuna:

Papá monta guardia ante la montaña de Ngu Hoanh Son,
para cerrarle el paso al Vietminh.
Nosotros aguardaremos esta noche
bajo las aves de la guerra
y junto a los tanques.
Nos reuniremos en Son Da
aunque el enemigo es muy potente.
Como los peces en el mar,
estamos a salvo en nuestras oscuras cavernas.

Al fin, los niños y Thanh se quedaron dormidos, como unas criaturas bajo una tormenta de verano. Pero yo no lograba conciliar el sueño, no sólo porque estaba preocupada por Dan y temía que la batalla se prolongara, sino porque me remordía la conciencia. Había cometido el pecado de adulterio, si no en mi corazón, al menos a los ojos de dios, de mi padre y de nuestros antepasados. Había arrastrado a mis hijos y a una inocente muchacha hasta las mismas puertas de la muerte para satisfacer mis anhelos de felicidad.

Ahora las fauces del tigre habían empezado a cerrarse, y a través de sus dientes tan sólo distinguía la oscuridad de la noche.

3

ABANDONADOS

La batalla de An Je duró hasta el amanecer, entre los soldados survietnamitas y tropas de ayuda norteamericanas contra un gran contingente de norvietnamitas. Poco después del amanecer, desayunamos. Jimmy se colgó el magnetófono portátil de Ed alrededor del cuello y se entretuvo escuchando unas cintas. Al poco rato, un helicóptero aterrizó en la pista situada detrás de la escuela y todos corrimos hacia la ventana. «Papá comandante» se bajó del aparato y los niños corrieron a darle la bienvenida. Yo cogí el bolso (que todavía contenía el resto del dinero que me había dado Ed)) y salí tras ellos. Afortunadamente, Dan estaba sano y salvo. El hombre con el que nos encontramos, sin embargo, era doce años más viejo que el Dan que había salido anoche apresuradamente de casa. Tenía los ojos enrojecidos, con el rostro sucio y sin afeitar, y su voz sonaba como una sierra eléctrica.

—¡Vamos! —gritó—. ¡Subíos al helicóptero!

—Iré a por nuestras cosas —dije. Aunque estábamos vestidos, no estábamos listos para emprender un viaje.

—No hay tiempo que perder —insistió Dan, agarrándome del hombro y obligándome a cruzar la calle detrás de Thanh y los niños. Antes de ayudarme a subirme al helicóptero, metió una nota en mi bolso.

—¡Toma! —gritó—. No la pierdas.

El suelo metálico estaba caliente y el interior apestaba a cordita y a sudor. Un soldado norteamericano ayudó a los niños a ocupar sus asientos, donde permanecieron con los ojos muy abiertos y en silencio. Al girarme, vi horrorizada que Dan había retrocedido unos pasos y alzaba el índice al piloto, indicándole que ya podía despegar.

—¡Dan! —grité, pero mi grito quedó sofocado por el ruido de los motores. Al despegar miré a través de la ventanilla tratando de ver a Dan, pero nuestra casa no era más que una mota de polvo. El soldado me obligó a sentarme y puso la metralleta en posición de disparar. Eso me aterró, puesto que los helicópteros suelen volar con las metralletas apuntando hacia arriba. (Como los del Vietcong siempre procuraban permanecer ocultos, rara vez disparaban contra un avión, a menos que temieran que éste fuera a disparar contra ellos.) En cualquier caso, yo sabía que los helicópteros eran especialmente vulnerables durante el despegue, de manera que me recliné en el asiento, con las lágrimas rodando por mis mejillas y apretando con fuerza la manos de mis hijos.

—*Tinh chi dep, ji con dang do* —me susurró Thanh al oído—. El amor es más hermoso cuando casi lo has perdido.

Al cabo de un rato dejamos atrás la zona de batalla y el helicóptero adquirió mayor altura y velocidad. Yo me relajé y saqué del bolsillo el papel que me había entregado Dan.

Decía lo siguiente: «Ayuden a esta familia a salir de Vietnam. Se les recompensará. El comandante Dante DeParma, Estados Unidos.»

Al cabo de unos minutos comenzamos a descender sobre un campo abandonado y aterrizamos junto a la carretera de Qui Nhon.

—¡Ya hemos llegado, señora DeParma! —gritó el soldado que estaba sentado junto a la puerta del helicóptero.

Tras liberarse de las correas que lo sujetaban, saltó del aparato y nos ayudó a bajar.

—¡Pero yo quiero ir a Saigón! —protesté—. ¡Llévenos a Saigón!

El soldado sacudió la cabeza, se dio unos golpecitos en el casco para indicarme que no me oía y se montó de nuevo en el helicóptero. Cuando éste comenzó a ascender de nuevo, echamos a correr hacia la carretera.

Yo maldije al piloto por habernos abandonados en medio de aquel paraje desierto. De algún modo, el hecho de desahogarme soltando unas palabrotas me ayudó a hacer acopio de las fuerzas que necesitaríamos para sobrevivir.

La carretera estaba llena de refugiados que se dirigían hacia el sur. Al igual que un hilera de hormigas, iban cargados con maletas, bultos, cestos, potes, restos de muebles y otros objetos inservibles para venderlos a cambio de comida y alojamiento. Agarré a los niños de la mano y, seguidos de Thanh, echamos a andar en dirección opuesta a la muchedumbre de refugiados, confiando en que los autobuses todavía circularan por la carretera.

La parada de autobuses parecía una casa de locos. Cada vez que partía un autobús, los pasajeros que se habían quedado en tierra se encaramaban sobre él y arrojaban las maletas y los bultos del techo. Cuando llegaba otro autobús, la gente se apresuraba a montarse en él, sin importarles su destino. Yo decidí seguir su ejemplo. El mundo se había vuelto *thoi loan*, completamente loco y del revés. Cada cual tenía que arreglárselas como podía. Afortunadamente, conseguimos ocupar dos asientos libres. A nadie le importaba a dónde nos dirigíamos, siempre y cuando nos alejáramos del enemigo. Cada vez que el autobús se detenía debido al tráfico, otras personas trataban de montarse en él, pero eran rechazadas a base de golpes y puntapiés por los pasajeros que iban colgados del techo y los guardabarros.

Al cabo de veinte minutos, el autobús se detuvo frente a un puesto de control republicano, lo cual significaba problemas, independientemente de la ideología política de los pasajeros. En el mejor de los casos, registraban el vehículo en busca de agentes del Vietcong, armas y objetos de contrabando. En el peor... todo el mundo sabía lo que eso significaba.

Yo estaba preocupada por Thanh. A fin de cuentas, yo era una mujer hecha y derecha, curtida, madre de dos hijos. Thanh y las otras jóvenes que viajaban en el autobús estaban en la flor de la juventud y a merced de esos perros. Así pues, saqué un frasco de aspirinas del bolso y ordené a Thanh que ingiriera unas cuantas. Ésta me obedeció sin rechistar. Al cabo de unos minutos se puso pálida como la cera. Yo oculté el magnetófono de Jimmy debajo del asiento, confiando en que nadie reparara en ello. Aunque no disponía de lápiz y papel, siempre podía dictar un mensaje si nos encontrábamos en un apuro.

La puerta se abrió bruscamente y subió un soldado republicano. Era un sargento, muy delgado, pero de aspecto duro. El conductor se quejó de que lo obligaran a detenerse, de los peligros que ello representaba, de la fragilidad mecánica del autobús, pero el sargento no le hizo caso y se dirigió hacia la parte trasera del vehículo, escudriñando las hileras de pasajeros. Al cabo de unos segundos subieron otros dos soldados.

Nosotros tratamos de mostrarnos tranquilos, aunque no indiferentes, ya que ello habría despertado los recelos de los soldados; hasta podrían interpretarlo como una falta de respeto. Por otra parte, si nos mostrábamos demasiado serios, pensarían que teníamos algo que ocultar. En una zona de guerra, el éxito y el fracaso, al igual que la vida y la muerte, estaban tan sólo separados por una tenue línea.

El sargento se detuvo junto a una anciana, la cual le entregó las joyas que llevaba. En medio de un ominoso silencio, el soldado que le seguía puso repentinamente en marcha un transistor, haciendo que todos nos sobresaltáramos. El sargento se giró y le reprendió severamente.

Cuando se detuvo junto a nosotros, el sargento miró a Thanh, pálida y sudorosa, pero pasó de largo y se puso a examinar el contenido de una bolsa de papel que portaba un pasajero que iba sentado detrás de nosotros. El hombre comenzó a protestar, pero el sargento le propinó un puñetazo. Los otros soldados se precipitaron hacia delante. Una mujer, probablemente la compañera del obstinado pasajero, empezó a sollozar.

Yo temía por la suerte de las dos bonitas jóvenes —de unos dieciséis o diecisiete años, la edad de Thanh— que iban sentadas en la parte posterior del autobús. Imprudentemente, me giré hacia atrás. Los soldados se detuvieron frente a ellas y les preguntaron:

—¿Por qué habéis cogido este autobús? ¿Sabe vuestra madre que estáis aquí? ¿Dónde habéis conseguido unos vestidos tan bonitos? ¿No nos hemos visto antes? La semana pasada arrestamos a unas jóvenes parecidas a vosotras. ¿No seréis unas prostitutas? Ya sabéis lo que hacemos con ellas.

Yo creí que sólo pretendían intimidarlas, pero de pronto oí al sargento cargar su rifle y exclamar:

—¡Levantaos y bajad del autobús!

Una de las jóvenes —que estaba casi tan pálida como Thanh—, se apeó del autobús seguida por los soldados, quienes la condujeron al otro lado de la carretera, de modo que no vi lo que sucedía.

Al cabo de una eternidad —quince o veinte minutos—, la muchacha se subió de nuevo al autobús. Tenía las ropas sucias y arrugadas y el pelo lleno de tierra. Al dirigirse hacia su asiento, observé que tenía los ojos hinchados y enrojecidos.

Antes de que se sentara, uno de los soldados le gritó al conductor:

—¡Saca a este montón de basura de aquí!

El autobús arrancó y todos dimos un suspiro de alivio. Thanh seguía pálida como la cera y confié en que no se pusiera a vomitar. Una vez que dejamos atrás el puesto de control, unas mujeres atendieron a la muchacha. Durante las dos horas siguientes, sus suaves sollozos —el himno de mi país— sonaron en nuestros oídos.

El autobús avanzaba lentamente y, al anochecer, nos detuvimos en un campo de refugiados, un recinto al aire libre donde se habían congregado unos vendedores ambulantes para vender sus mercancías. Yo quería pasar la noche a bordo del autobús, pegada a nuestros preciados asientos, pero los soldados nos ordenaron que nos apeáramos. Compré un periódico al doble de su precio habitual y lo extendí sobre el suelo. Los pasajeros de los autobuses anteriores habían acabado con las existencias de comida, de modo que nos acostamos hambrientos, aterrados y extenuados.

A la mañana siguiente regresaron los vendedores y comimos un poco de pan francés y leche condensada. Así continuamos setenta y dos horas más, hasta llegar a Saigón. Durante el día viajábamos en el autobús y, por la noche, dormíamos a cielo raso, arracimados como perros para conservar el calor. Para colmo, uno de los pasajeros me había robado el monedero y sólo me quedaba un poco de dinero que había ocultado entre la ropa. Llegamos a la capital con dinero suficiente para alquilar una habitación, pero no para trasladarnos a Canadá. Para nosotros, éste era el fin del trayecto.

Durante las breves semanas que habíamos permanecido ausentes, el aspecto de Saigón había empeorado notablemente. Dado que la mayoría de los norteamericanos se había marchado, la competencia entre los bares, las prostitutas y los traficantes de drogas se había vuelto feroz. El índice de criminalidad había aumentado y nadie se atrevía a salir de noche. Los enfrentamientos entre la policía metropolitana y los delincuentes —muchos de ellos miembros de bandas paramilitares— estaban a la orden del día. En tales circunstancias, nos preguntábamos qué era lo que impedía que los batallones comunistas, que se hallaban por doquier, llegaran al palacio presidencial.

Saigón persistía (y seguiría persistiendo durante otro par de años) como una vieja achacosa resuelta a no morir. En lugar de rendirse ante sus enemigos, la ciudad continuaba sumida en una profunda y prolongada agonía. Los viejos ciudadanos habían empezado a marcharse o se habían atrincherado detrás de sus verjas de hierro. Los recién llegados —en su mayoría refugiados de otras provincias— se afincaban donde podían y leían los periódicos en busca de anuncios, noticias de la guerra y mensajes personales de amigos y parientes. Pese a que había muchas viviendas desocupadas, los alquileres eran astronómicos, por la desastrosa economía de guerra y, además, porque pocos confiaban en que el Gobierno consiguiera controlar la situación. La cultura tradicional vietnamita había desaparecido para ser sustituida por la espuria sociedad que se había formado durante la guerra.

Por fortuna, hallé un apartamento en un barrio coreano. Cada día leía las listas de víctimas publicadas por los periódicos, comenzando por *thieu tha*, que en vietnamita significa comandante, y daba gracias a la providencia o a la suerte o a dios de que el nombre de Dan no figurara en ellas.

Las otras noticias no eran tan buenas. Los titulares proclamaban: «Los norteamericanos comienzan a retirarse de Vietnam», «Los primeros cuarenta prisioneros de guerra regresarán a casa para Navidades», «Estados Unidos y Vietnam del Sur inician negociaciones secretas para discutir la retirada de las tropas norteamericanas a cambio de más armamento y municiones», «El presidente Thieu se negó a enviar una escolta al aeropuerto de Tan Son Nhut para recibir a Kissinger y a

Haig», y el más alarmante: «Estados Unidos ha exterminado a más de seiscientos mil civiles vietnamitas.»

Al cabo de una semana, la ofensiva comunista cesó. Todos sabíamos, sin embargo, que sin los norteamericanos una victoria del norte no sólo era inevitable, sino que probablemente se produciría muy pronto. Ante semejante situación, renuncié a mis esperanzas de permanecer en Vietnam. Cuando los comunistas asumieran el poder, el hacha caería en primer lugar sobre aquellos que mantenían tratos con los norteamericanos y con el viejo régimen; luego, sobre los que habían traicionado al Vietcong o al Ejército del Norte; y por último, sobre aquellos que se habían beneficiado de la guerra. Así pues, yo tenía todas las de perder. Incluso con unos documentos de identidad falsos, no tardaría en ser reconocida por amigos y vecinos míos. Debía abandonar el país cuanto antes. El único problema era a cuántos miembros de mi familia lograría convencer para que me ayudaran a reunir el dinero suficiente para el viaje.

Than y yo decidimos dividir nuestras fuerzas. Por encima de todo, mi primer deber era ponerme en contacto con mi madre. Ahora que la lucha había cesado dije a Thanh que estaba dispuesta a ir a Danang a cambio de que ella se trasladara a An Je para recoger nuestras cosas y ponerse en contacto con Dan. Al cabo de unos días nos reuniríamos de nuevo en nuestro apartamento en Saigón.

Me hallaba sentada en la cocina de Lan, frente a mi madre, que me miraba impasible. Le dije que Ed era un buen hombre, pero que la diferencia de edad y nuestras costumbres impedían que fuéramos felices. Eso no le sorprendió, pero se mostró muy disgustada de que me hubiera vuelto a enamorar de un soldado norteamericano. Al menos, Ed era un civil. Le dije que no había conseguido ponerme en contacto con Dan, y que temía que hubiera muerto.

—En todo caso, mamá *Du*, debemos pensar en la familia. Esto es el *thoi loan*, el fin del mundo. Dentro de poco, las personas que intentaron matarnos hace unos años asumirán el poder y se vengarán de nosotros.

—Puedes vivir en la ciudad —respondió mi madre, razonando como una campesina, aunque sus lágrimas demostraban que la idea le disgustaba—. Danang o Saigón... Tú sabes cómo desenvolverte en esos lugares.

—Ahora tengo dos hijos, y las ciudades han cambiado mucho. Incluso el campo ha sido destruido. ¿Conoces a algún agricultor que pueda alimentar a su familia con lo que rinde la tierra?

—¿Qué harás en Norteamérica si la situación es tan grave? —preguntó mi madre preocupada. Estoy segura de que creía que su vida había llegado a su fin.

Yo suspiré, pensando en lo que significaría regresar allí.

—Apretar los dientes y soportarlo, mamá *Du*, por el bien de mis hijos, como hiciste tú por nosotros. Creía que ya había pagado mi deuda de *hy singh*, pero estaba equivocada. He enviado un telegrama a mamá Munro, que es la única que me comprende, para pedirle que comunique a Ed que necesito más dinero, porque el que me dio me lo han robado. Sin dinero, estamos atrapados. Estoy segura de que me lo enviará. Sólo tienes que decir que sí, mamá *Du*. Estoy convencida de que seremos muy felices en Norteamérica si estamos todos juntos.

Pero mi madre había pasado buena parte de su vida diciendo no —a los invasores, a los intrusos y a la gente que amenazaba a su familia—, y no estaba dispuesta a decir que sí «al enemigo», ni siquiera para salvar la vida.

—Debo permanecer aquí, junto a los restos de tu padre —contestó—. Pregunta a Hai, a Lan y a Ba si quieren acompañarte, pero a mí déjame tranquila. Lo que tenga que suceder, sucederá.

Cuando pregunté a mis hermanas si querían ir conmigo a Norteamérica, todas ellas, excepto Lan, respondieron que no podían abandonar a mamá *Du*.

—¿Bromeas? —contestó Lan, echándose a reír—. La situación ha mejorado. Todavía luchan en las montañas cerca de Laos, pero las tropas no han recibido órdenes de emprender un ataque. El tratado está a punto de firmarse. La guerra prácticamente ha terminado. No sé de qué te preocupas. Además, tú misma me advertiste de que no todo es de color de rosa en Norteamérica, ¿no es cierto? Olvídalo.

Regresé a Saigón profundamente desmoralizada. Por fortuna, Thanh me dio buenas noticias. Dan estaba vivo y llegaría a Saigón dentro de unos días para pasar dos semanas. Yo no sabía si echarme a reír, a llorar o darle las gracias a la providencia. No estaba segura de querer verlo de nuevo sólo para despedirme de él.

Como es lógico, en el fondo de mi corazón confiaba en que Dan se divorciaría de su mujer, se casaría conmigo y regresaríamos a Norteamérica para vivir en una granja, donde Jimmy y Tommy y los hijos que tuviéramos se criarían fuertes y sanos. Pese a lo que había sufrido —o quizá debido a ello—, deseaba que alguien me rescatara.

Al poco de llegar Dan, sin embargo, mis sueños de colegiala se vinieron abajo. Tras un emotivo y apasionado encuentro, hablamos sobre el futuro.

—No puedo marcharme ahora, Ly —dijo Dan, con un tono parecido al de mi padre—. Mi contrato finaliza dentro de un año. Dada la situación, no puedes quedarte. Debes ocuparte de ti misma y de tus hijos. Regresa con Ed. Procura ser feliz. No te olvidaré. Algún día, cuando ambos seamos libres, iré a buscarte. La guerra no durará eternamente.

La guerra no durará eternamente. Sin embargo, siempre había formado parte de mi vida.

Dan se quedó con nosotros unos días, que a mí se me hicieron muy cortos, y utilizó sus influencias para agilizar los trámites de nuestro viaje. Ed había recibido el mensaje de Leatha y me escribió diciendo que había resuelto sus problemas fiscales y que podíamos regresar a San Diego en lugar de ir a Canadá. Me envió dinero pero, debido al elevado alquiler del apartamento y a nuestra prolongada estancia, no tenía suficiente para comprar los pasajes de avión. Por fortuna, Dan me ayudó, por lo cual le estaré eternamente agradecida.

Dan regresó a An Je y, al cabo de unas semanas, le siguió Thanh. No le apetecía vivir en Estados Unidos, especialmente después de oír las anécdotas que yo solía contar, y el idílico mundo de An Je, donde se había instaurado una tregua, la atraía poderosamente. Cuando Dan le ofreció un empleo como ama de llaves (principalmente para quitarme una preocupación de encima), aceptó sin vacilar. Luego, poco antes de partir, la providencia o la suerte o dios intervino nuevamente.

En el último momento, nuestro visado fue aplazado treinta y seis horas debido a un «tecnicismo», lo cual significaba que había que hacer más «donaciones». Entretanto, sin embargo, tuve tiempo de visitar por última vez An Je. Me apresuré a la oficina de las líneas aéreas de Vietnam, reservé unos pasajes y regresé más tarde para recoger los billetes.

—No sé —dijo el empleado, rebuscando en los cajones de su mesa—. Estaba aquí hace un minuto.

—¿A qué se refiere? —le pregunté recelosa.

—No sé dónde está su billete —respondió sonriendo—. Tendrá que ayudarme a buscarlo.

¡Conque ésas tenemos!, pensé. Todavía me quedaba un poco de dinero, pero no mucho, y le ofrecí cuanto tenía.

—¿Le parecen bien diez dólares? —pregunté al empleado.

—¡Me ofende usted! —replicó éste de malos modos. Luego esbozó una lasciva sonrisa que ya había visto en otras ocasiones—. De todos modos, puede ayudarme de otra forma.

—No. ¡No, no, no, no y no!

—No haga una escena. No hace falta que sea ahora mismo. Salgo del trabajo dentro de una hora...

—¡No! ¡No! —insistí gritando.

Monté tal escándalo que el empleado se apresuró a cerrar la ventana y a colgar en la puerta el cartel que indicaba que había salido a almorzar. Se me ocurrió ir en busca de un policía militar (sabía que la policía metropolitana no haría nada), pero quedaban pocos y temía perder el vuelo a An Je, que representaba mi última oportunidad de ver a Dan.

Regresé al apartamento y me tumbé en la cama, donde permanecí contemplando el techo hasta la hora de recoger nuestros visados y dirigirnos al aeropuerto. La primera vez que abandoné Vietnam estaba asqueada de mi país y agotada. Mi segunda partida no me produjo ninguna emoción, excepto quizás un sentimiento de alivio como el que se experimenta después de vomitar y librarse de algo que te ha hecho daño. Me sentía física y emocionalmente cansada, cansada de la corrupción, de la violencia, de la angustia y del terror. Ante todo, estaba disgustada conmigo misma por haber puesto en peligro la vida de mis hijos; por tentar de nuevo a la suerte y caminar por la cuerda floja entre el cielo y el infierno; por haber deshonrado al espíritu de mi padre anteponiendo mis egoístas deseos a todo cuanto él había defendido en su vida. Había huido para iniciar una vida mejor. Ahora había regresado para comprobar que, fuera adonde fuera, no podía librarme de mis problemas. Había descubierto —quizá temprano, quizá demasiado tarde (¿quién sabe cuántos años viviremos?)— que las victorias importantes se ganan en el corazón, independientemente de donde se encuentre uno. La felicidad no es un lugar llamado Norteamérica o Vietnam. Es un estado de gracia. Aunque alguien nos rescate, sólo uno mismo puede salvarse.

El 17 de julio de 1972, Ed, sonriente y feliz, se reunió con nosotros en Lax. Jimmy corrió hacia él, contento de ver una cara conocida, mientras que Tommy, aunque era hijo natural de Ed, se agarró a mis faldas y rompió a llorar. Las multitudes le recordaban a los grupos de refugiados que había visto en repetidas ocasiones. Yo esbocé una sonrisa forzada, como una máscara, mientras pensaba en Dan. Había llegado el momento de cumplir la penitencia que tenía merecida.

—Nos has salvado dos veces —dije en broma, aunque me sentía estúpida y culpable.

—¿Qué otra cosa podía hacer? —respondió Ed sonriendo—. Sois mi familia y os quiero. —Yo sentí deseos de echarme a llorar.

El trayecto hasta El Cajón se me antojó incluso más largo que el horrible viaje en autobús desde An Je a Saigón. Ed y yo hablamos sobre la situación de la guerra, sobre cómo se estaba deteriorando rápidamente. Él, para animarme, me dijo que su madre y su hermana nos habían preparado una «gran recepción».

—Sí, ya lo imagino —dije secamente, mirando por la ventanilla.

Los primeros días de regreso a California fueron un infierno, aunque por motivos distintos de los que yo suponía. Mamá Munro, cuyas dos habitaciones de invitados ocupamos hasta que Ed encontró otro trabajo, se mostró amable y comprensiva. Incluso Erma, que estaba encantada de que Ed hubiera regresado, se mostraba magnánima en la victoria. Mi purgatorio —tal como aseguraban los monjes— lo había creado yo misma. Los chicos y yo nos habíamos acostumbrado a dormir juntos, y seguimos haciéndolo, en parte porque Tommy, que tenía dieciocho meses, todavía se agarraba a mí como suelen agarrarse los bebés a su madre, pero principalmente porque yo aprovechaba cualquier pretexto para evitar encontrarme a solas con Ed, y no únicamente para eludir mis deberes de esposa. El estar junto a él me hacía sentir culpable. Su tolerancia, al igual que la comprensión de su madre y su hermana, me hacían sentirme peor. Lógicamente, era un hombre, no un santo, y su paciencia no era ilimitada.

—¿Es que esos niños no van a dejarte nunca tranquila? —protestó una noche al cabo de varios días de nuestra llegada—. No es natural. No deberías mimarlos tanto, especialmente a Tommy. —Mi frialdad y distanciamiento sin duda exacerbaban su frustración sexual.

—*Bea bao di ngu mot minh em thoi!* —gritó de pronto Jimmy a su hermano, como un instructor del Vietcong—. ¡Acuéstate solo!

—*Jong! Em ngu voi ma! Bieu ong di-di!* —replicó Tommy con aire desafiante—. ¡No! ¡Quiero dormir con mi madre! ¡Dile a ese hombre que se marche!

—Papá quiere acostarse con mamá —siguió diciendo Jimmy en vietnamita.

—¡Papá está en Vietnam! —respondió Tommy, refiriéndose a papá comandante.

Ed no comprendía una palabra, pero yo me di cuenta de la confusión que había creado en la mente de mis hijos. Recordé la fábula que mi madre me había contado en cierta ocasión, sobre una mujer que obligaba a su joven hijo a inclinarse todas las noches ante su sombra como si se tratara de su marido, que llevaba mucho tiempo ausente, y decir: «Buenas noches, padre.» Cuando su marido regresó y trató de abrazar a su hijo, éste gritó: «¡Tú no eres mi padre! ¡Mi padre visita a mamá por las noches!» Convencido de que su esposa le había sido infiel, el hombre le propinó una soberana paliza y la desdichada se ahogó en el río. Después del funeral, cuando el marido encendió una vela, el niño se acercó, se inclinó ante la sombra de su padre y dijo: «Buenas noches, padre», tal como le habían enseñado. El marido comprendió al instante su error, pero era demasiado tarde. Dicha historia demostraba que, aunque todos tratemos de comportarnos prudentemente, puede producirse una tragedia en el momento más inesperado, y todo ello en aras del amor.

—¿Acaso han olvidado el inglés? —preguntó Ed enojado.

—Sólo cuando se excitan —mentí.

En realidad, Jimmy quería mucho a Ed. Recordaba los gestos de afecto que éste le había prodigado, antes de tener que compartirlos con Tommy.

—Tú duerme con Jimmy y yo dormiré con Tommy. Dentro de poco Tommy no querrá separarse de su hermano, y entonces tú y yo podremos dormir juntos —dije a Ed, besándolo en la mejilla como una hermana.

—Sí —siguió diciendo Jimmy a Tommy en vietnamita, mientras Ed lo montaba sobre sus hombros—. Si eres bueno, papá te comprará juguetes.

Cuando se fueron, abracé a Tommy y le di las gracias por ser «mi pequeño protector», lo cual debió dejarlo perplejo. Siempre que me había acostado con Ed lo había hecho por un sentimiento de obligación, pero ahora, después de mi relación con Dan, el hecho de acostarme con él me parecía, más que una infidelidad, un sacrilegio.

Cuando me quedaba a solas, solía dictar unas cartas dirigidas a Dan utilizando el magnetófono portátil de Ed, algunas en inglés y otras en vietnamita, ya que muchos de mis pensamientos sólo podía expresarlos en mi lengua nativa y sabía que Thanh se los traduciría a Dan. Luego pedía a Ed, a Leatha o a Erma que echaran al correo las cintas, las cuales siempre iban dirigidas a Thanh, mi fiel ama de llaves, mi amiga y mi «pequeña hermana», en quien Ed confiaba plenamente.

Al cabo de un tiempo, la precaria «tregua» entre la madre y la hermana de Ed y yo se rompió, al igual que el Tratado de París que «puso fin» a la guerra. Erma y Leatha continuaron criticando mi matrimonio. Ed, que aún no había encontrado trabajo, comenzó a fumar de nuevo. Finalmente, decidí acompañarlo en sus entrevistas de trabajo (algunas suponían pernoctar en otra ciudad), para salir de casa y alentarlo. En las escasas ocasiones en que dormimos juntos, pasé menos tiempo haciéndole el amor que atendiéndole durante los accesos de tos, fiebre y escalofríos que le aquejaban por las noches.

Mi única felicidad, aparte de mis hijos, consistía en los paquetes semanales que me enviaba Thanh, los cuales contenían periódicos y revistas vietnamitas y cartas de amor de Dan, que ella ocultaba entre sus páginas. Las cartas iban dirigidas a *minh oi*, el apodo con que me llamaba Dan, y en ellas me decía lo mucho me quería y me añoraba y que no alcanzaba a comprender cómo una mujer tan joven y maravillosa como yo había podido enamorarse de un imbécil como él. Recordaba nuestras idílicas aventuras, a veces aterradoras, y concluía sus cartas con fervientes promesas sobre el futuro, asegurándome que se divorciaría de Carmine, su esposa, y que un día estaríamos juntos para siempre. Yo leía con frecuencia sus cartas, sobre las cuales derramaba amargas lágrimas.

Al fin, Leatha se hartó de nuestras malas caras y disputas, y Ed y yo nos trasladamos a la cercana comunidad de Santee, cerca de donde vivían Kathy y su marido. Allí alquilamos una casa de tres habitaciones recientemente construida. En cierta forma, el monótono paisaje del vecindario simbolizaba la vaciedad de mi vida, a la que deseaba llenar de plantas, de vida y de esperanza.

Jimmy había cumplido cinco años e iba a comenzar el primer grado en la escuela. Yo también empecé a asistir a una escuela para adultos, instalada en un cobertizo al estilo militar de Quonst, en las dependencias de un instituto cercano. Por las mañanas acompañaba a Jimmy a la escuela en una bicicleta que Ed me había regalado. Supongo que debía sentirse avergonzado de mí, ataviada con el vestido tradicional vietnamita y un sombrero de campesina, lo cual debía recordarle las malas épocas anteriores. Mientras me hallaba ausente, Ed cuidaba de Tommy y a veces lo llevaba consigo a sus entrevistas de trabajo, que nunca prosperaban. En la escuela empecé a aprender algo acerca del «crisol de razas» norteamericano. Aparte de emigrantes y aburridas amas de casa, conocí a varios veteranos militares estadounidenses que me explicaron que el Gobierno estaba dispuesto a enviarlos a cualquier escuela que ellos desearan simplemente por haber cumplido con su deber patriótico. Yo me sentía impresionada por las atenciones que el Gobierno norteamericano dispensaba a sus antiguos soldados. Por otra parte, los profesores eran amables y pacientes, como solía mostrarse mi padre cuando me enseñaba nuestras costumbres y tradiciones.

Un día, al regresar de la escuela, comprobé que Ed había vuelto de casa de Leatha con uno de los paquetes de Thanh. Al ver que lo había abierto, el corazón me empezó a latir violentamente.

—¡De modo que eso es lo que has estado haciendo durante estos últimos meses! —exclamó Ed, arrojándome las cartas a la cara.

—¿Qué quieres decir? ¿A qué te refieres? —contesté, aunque sabía perfectamente a qué se refería.

—Si tanto lo quieres, ¿por qué no regresas a Vietnam?

Supuse que se había caído una de las cartas de entre las páginas de una revista, o quizás Ed la había descubierto por casualidad. En cualquier caso, el juego había concluido. No podía mirar a Ed a los ojos. Aunque estaba orgullosa de mi amor por Dan, me sentía turbada, y rompí a llorar.

Ed cogió las cartas y salió de la habitación. Al cabo de unos momentos le oí llorar en la cocina. Los niños me miraron atónitos. No era la primera vez que presenciaban una pelea entre sus padres, pero nunca tan violenta como ésta. Para colmo, Ed probablemente había abierto la carta en casa de Leatha, y ésta y Erma la habían visto y habían criticado mi conducta. Al cabo de un rato Ed entró de nuevo y dijo con voz ronca:

—Haz la maleta. Voy a enviaros a Jimmy y a ti de regreso a Vietnam.

En lugar de sentir temor, o rogarle que me perdonara, sentí una inmensa sensación de alivio.

—De acuerdo —respondí con voz firme—, pero me llevo a mis hijos.

—De ningún modo. Tommy es hijo mío. No renunciaré a él. Escribe a tu amante y dile que te envíe dos billetes. Quiero que os marchéis antes de fin de mes.

Cogí las cartas y me dirigí a la habitación de Tommy —la tierra del exilio—, dejando a Ed a solas con su dolor. Me asombraba la cantidad de problemas que podía causar el amor. ¿Es posible que una persona sólo pudiera ser feliz a costa de la desgracia de otra? Era absurdo. Así no era el mundo del cual me había hablado mi padre, donde el amor prevalecía sobre la maldad.

Me senté en la cama de Tommy y me puse a pensar en mi vida y en Dan. Al cabo de un rato entró Ed y apoyó una mano en mi hombro, no con la brusquedad de un policía, sino como un padre dolido. Luego me entregó un papel y un bolígrafo.

—¿Qué quieres que haga? —pregunté.

—Escribe lo siguiente: «Querido Dan, envía dos billetes de ida a Saigón para Jimmy y para mí. Ed ha descubierto tus cartas y quiere que nos marchemos...»

—¿Y Tommy? —pregunté con un nudo en la garganta.

—Se queda aquí. Termina la carta.

Ed siguió dictándome. A veces trataba de mostrarse justo y objetivo («mi marido se da cuenta de que es un anciano comparado conmigo»), mientras que otras se mostraba vengativo («pero yo le he recompensado por su bondad traicionándole»). Al fin, al comprender que aquel ejercicio le hacía más daño a él que a mí, se detuvo. Las palabras contenidas en la carta fueron las últimas que me dirigió durante dos semanas.

Ed echó la carta al correo y yo hice las maletas, esperando que Dan me enviara los pasajes de avión. Entre tanto, seguía recibiendo paquetes, que Ed inspeccionaba minuciosamente. Cuando hallaba una carta de Dan se apresuraba a confiscarla, la leía en silencio, la maldecía y luego la guardaba en el bolsillo. No sé qué era peor, si el dolor que sentía al no poder responder a las cartas de Dan o el que me producía Ed al leerlas en voz alta. Al fin comprendí que se estaba torturando a sí mismo y a mí obligándome a presenciar su dolor. Era como asistir de nuevo a la muerte de mi padre.

Unos diez días después de nuestra pelea, recibí respuesta a la carta que me había dictado Ed. No incluía dos pasajes aéreos. Ed me la entregó y me apresuré a leerla. Entre consejos y palabras de cariño, arrepentimiento y tristeza, decía: «Debes contratar a un abogado y divorciarte de Ed. Es un viejo que se casó contigo para aprovecharse de una joven desesperada. No regreses a Vietnam. Iré a recogerte cuando finalice mi contrato. Espérame.»

No sabía qué pensar. Me sentía como un juguete del que tiraban dos obcecados muchachos que habían olvidado las reglas del juego. Ed no se había aprovechado de mí; era más bien yo quien me había aprovechado de él. Siempre se había mostrado comprensivo y amable conmigo y mi hijo mayor, al que trataba con tanto afecto como si fuera suyo. Yo le había engañado y le había sido infiel. Dan había robado la mujer de otro hombre —traicionando su confianza—, pero cuando esa mujer le había revelado que su matrimonio prácticamente había concluido. Cada uno había hecho lo que debía hacer, en nombre del amor. Sin embargo, nos habíamos perjudicado gravemente. Al luchar por el amor, había caído sobre nosotros el mismo funesto karma que cae sobre los soldados en la guerra. ¡Era increíble!

—Me he portado muy mal contigo, Ed —dije sonándome la nariz con un pañuelo—. Lo siento mucho. Espero que puedas perdonarme.

—He intentado ser bueno contigo —contestó Ed, desconcertado—. He intentado ser un buen padre para los niños.

—Eres un buen hombre —dije, estrechándole la mano—. Pero no te amo de la forma en que amo a Dan. Siempre te querré, pero como a un padre.

—Mi segunda esposa me traicionó —prosiguió Ed como si yo no estuviera presente—. Por eso me marché a Vietnam. Confiaba en hallar a una mujer vietnamita buena y honesta. Las mujeres asiáticas tienen fama de ser muy leales. ¡No puedo creer lo que ha sucedido!

—Todavía soy una niña en lo que respecta al amor —dije, enjugándome las lágrimas—. Si dejas que nos quedemos para que Jimmy siga asistiendo a la escuela y yo cuide de Tommy hasta que Dan venga a recogernos, te estaré muy agradecida. Pero si quieres que Jimmy y yo nos marchemos, nos iremos a casa de una amiga mía que vive en Los Ángeles. No tienes que preocuparte sobre Dan...

—No le guardo rencor —contestó Ed, como si Dan fuera un elemento sin importancia en el asunto, en lugar del motivo principal de nuestra disputa—. Soy demasiado viejo para ti. Nuestro matrimonio fue un error. El amor hace que los ancianos —y también las mujeres jóvenes y bonitas como tú— cometamos muchas estupideces.

Después de esa conversación, las tensiones entre Ed y yo se suavizaron. Al fin habíamos conseguido comprendernos, y, curiosamente, al darnos cuenta de lo alejados que estábamos el uno del otro, nos sentimos más unidos. Escribí a Dan pidiéndole que, por respeto a Ed, no me enviara más cartas de amor. En dos ocasiones, cuando Ed estaba ausente, hablé con él por teléfono. La única alegría de Ed era Tommy, que había empezado a aceptar de nuevo al pobre anciano como su padre. Leatha, Erma y Kathy querían también mucho a Tommy, pese a su impresentable madre, y le colmaban de mimos y atenciones.

Una tarde en que Kathy y su marido Mike habían quedado en venir a jugar al póquer con Ed, nos avisaron a última hora que no acudirían porque Kathy se hallaba indispuesta. Casualmente, Ed también cayó enfermo aquella noche. Yo le obligué a acostarse, pero a diferencia de otras ocasiones, su acceso de tos no cedió.

—Creo que debería verte el médico inmediatamente —dije con firmeza.

—Estoy bien —contestó Ed, sin dejar de toser—. Sólo estoy un poco fatigado.

—Debes ver al médico —insistí.

—No tenemos un seguro médico y los médicos son muy caros. No te preocupes, me pondré bien.

Ed pasó una noche muy agitada. Por la mañana llamé a Erma y le expliqué la situación. Ella y Larry acudieron inmediatamente y trasladaron a Ed al hospital. El médico le dio el alta al cabo de unas horas y Ed regresó a casa con peor aspecto del que tenía cuando se marchó: pálido, demacrado y sin poder apenas sostenerse de pie.

—El médico dice que está resfriado —me comunicó Erma—. Dentro de unos días estará mejor.

Pero los días transcurrían y Ed no mejoraba. De haberme encontrado en Vietnam, hubiera quemado incienso y hubiera consultado a un chamán para averiguar qué le sucedía —con frecuencia los espíritus utilizaban la enfermedad de parientes vivos para transmitir mensajes—, pero en Norteamérica la gente se echaba a reír cuando les explicaba ese procedimiento.

En cierta ocasión, mi padre se puso muy enfermo y no podía tragar nada, ni siquiera su saliva. Puesto que los curanderos no conseguían aliviarle con las hierbas que le suministraban, mi madre decidió ir a ver al chamán de la aldea. Tras examinar los cuatro puntos cardinales, éste dijo a mi madre que el día en que mi padre cayó enfermo el espíritu de un antiguo príncipe vietnamita había ido a cazar cerca del arrozal de mi padre. Una de las flechas del príncipe se había desviado, clavándose en la garganta de mi padre.

—La herida no sanará hasta que el príncipe dé con tu padre y recupere su flecha —dijo el chamán.

Mi madre y unos parientes trasladaron a mi padre a casa del chamán, donde permaneció por espacio de tres días. Al tercer día amaneció completamente curado, excepto una mancha oscura en el cuello que nunca desapareció.

Yo deseaba ayudar a Ed, pero no conocía a ningún chamán ni a ningún médium en Estados Unidos. Preocupada e impotente, observé a Ed. Su piel adquiría un tono azulado y sus ojos parecían salírsele de las órbitas por los esfuerzos que hacía para respirar. Siempre había imaginado que, en la vejez, las personas buenas morían *em dem* —pacíficamente, mientras dormían—, no luchando por aspirar aire como una carpa fuera del agua. Finalmente, decidí trasladar a Ed al hospital en una ambulancia.

Mientras se hallaba en la sala de urgencias, llamé a Erma y le pedí que viniera immediatamente. Cuando llegó empezó a criticarme por haber hecho caso omiso de las recomendaciones del médico, pero en aquel momento apareció una enfermera que nos comunicó que el médico se había visto obligado a practicar una incisión en el cuello de Ed e insertar un tubo en sus pulmones para que pudiera respirar. Erma guardó silencio, y yo también.

Mientras Ed permanecía en el hospital, sujeto a una máquina para respirar, Erma me acompañó a casa en coche para atender a los niños. Durante unos días, Erma o Larry Jr. venían a recogerme para llevarme al hospital. Como no tenía permiso de conducir, dependía totalmente de ellos. Cuando estaba en casa me dedicaba a limpiar, a estudiar o a plantar flores en el jardín, lo cual se había convertido en un ritual depurador en mi nueva vida.

Una tarde recibí una llamada de Kathleen, la hermana de Ed, que era enfermera y vivía en Oregón. Teníamos una buena relación, y ella misma me suministró la información que no conseguía obtener de la familia ni de los médicos del hospital.

—Creo que debes venir, Le Ly —me dijo un día—. Es posible que Ed muera esta noche.

Dejé a los niños con una vecina y avisé a Larry Jr., quien me llevó al hospital. Llegué hacia las cinco de la tarde, cuando las sombras se habían hecho más alargadas. El pobre Ed yacía en la cama del hospital como un desvencijado coche en un taller de reparaciones, con unos tubos en la boca, los brazos y las piernas y los ojos hundidos y la mirada apagada, como unos faros conectados a una batería gastada. Detrás de él, la máquina de respirar emitía un sonido sibilante, como un demonio impaciente por apoderarse de su alma.

Mientras observaba su rostro exánime, le dije que los niños le echaban de menos y le conté todo lo que haríamos cuando saliera del hospital, pero era mentira, pues ambos sabíamos que no saldría de allí. Comprendí que el recuerdo de Dan lo angustiaba más que el líquido que llenaba sus pulmones. Había alcanzado un estadio en su agonía que en Vietnam llamamos *tran troi*, el momento en que el alma se ilumina. En esa fase, al alma todavía le cuesta un gran esfuerzo abandonar el cuerpo. La persona moribunda sufre mucho hasta conseguir hacer las paces con sus viejos enemigos. En ese momento revela muchos secretos y datos importantes para que el espíritu pueda abandonar la vida desnudo como cuando nació.

Yo había aprendido esas cosas en mi país, pues la muerte no representaba una novedad para mí, pero ignoraba el efecto que aquellos extraños artilugios norteamericanos tendrían sobre esos rituales. Una parte de Ed ya estaba muerta, mientras otra seguía viva. Me disponía a colocarle un paño rojo sobre el rostro para atrapar a su espíritu en el momento en que abandonara su cuerpo, cuando entró una enfermera y me dijo que debía marcharme. Regresé a la sala de espera, donde se hallaban Erma, Kathleen y Kathy sentadas en unos sillones, tratando de dormir. Kathleen abrió súbitamente los ojos, se levantó y me abrazó, y en aquel momento comprendí que Ed había fallecido. Al cabo de unos minutos apareció un médico, despertó a las otras mujeres y nos comunicó que Ed había expirado. Todas se pusieron a llorar. Yo también lloré, contagiada de su dolor como si se tratara de un resfriado, aunque mi espíritu, prematuramente envejecido, no estaba triste. Sabía que la esencia de Ed había regresado al pozo de las almas, donde gozaba de la deslumbrante luz de la eternidad y del festín de alegría que la vida le había negado. *Song goi thac ve*: la vida es una visita; la muerte significa regresar a casa. Aunque la vida prosigue y yo debía seguir viviendo —o, mejor dicho, sobreviviendo—, tan pronto como abandonamos el hospital me di el lujo de detenerme un instante para preguntarme si el alma de Ed y la mía volverían a encontrarse de alguna forma, en otro planeta o en otra época, para intentar aprender de nuevo las lecciones del amor.

Los amigos y parientes de Ed se reunieron en casa de Erma para ofrecernos su pésame. Larry Jr. y yo fuimos los últimos en llegar, y cuando aparecimos todos los presentes guardaron silencio.

—Toma, querida —dijo Erma, entregándome dos píldoras—. Tómatelas y acuéstate. Debes de estar agotada.

Es cierto que estaba cansada, pero no tanto como para rehuir mi deber hacia Ed. Quise reservar un poco de comida para aplacar a su espíritu y asegurar a sus familiares que lo honraría y que ocuparía un lugar en mi *tho chong*, nuestro altar familiar. Sin embargo, los parientes «reales» de Ed no parecían apreciar mis intenciones. Cogí las pastillas, pero no me las tomé. Me acosté en la cama del cuarto de invitados y esperé a que todos se hubieran marchado, prometiendo reunirse de nuevo en casa de Leatha sin tener que soportar las tonterías de Ly.

No obstante, me prometí ayudar a que Ed alcanzara el *em dem*. Ello era posible incluso después de la muerte, ya que su inquieto espíritu vagaría por la Tierra hasta *sieu so*, hasta que estuviera lo suficientemente iluminado para abandonarla. Cerré los ojos y procuré despejar mi mente. Imaginé a Ed flotando frente a mí vestido con la camisa del hospital, con los tubos colgando de sus brazos como si fueran algas marinas. Intenté dejar que la voz de su espíritu hablara a través de esa aparición, pero se enojó y guardó silencio, como solía hacer cuando estaba vivo. Ésa no era la forma de alcanzar el *em dem*, pero era una buena forma de empezar a atormentar a su joven e infiel esposa.

Abrí los ojos. Todavía veía su imagen, y sentí que un escalofrío me recorría la espalda. Fui a casa de Leatha para pedir que alguien permaneciera conmigo mientras trataba de conciliar el sueño. Larry Jr. se ofreció llevarme a casa y hacerme compañía. Yo confiaba en que ésta no sería la forma como el espíritu de Ed trataría de vengarse de mí, aunque merecía esto y más.

El funeral de Ed se celebró en el Estado de Washington. Fue enterrado, rodeado de flores, junto a su padre. Según me informaron, la tercera sepultura estaba reservada para Leatha. No existe peor castigo para una madre que ver morir a un hijo, y empecé a ver a mamá Munro a una nueva luz: un alma como la mía, cuyo karma debía incluir mucho sufrimiento debido a los errores cometidos en una vida anterior. Creo que ella era consciente de eso, pues después del funeral empezó a tratarme como si fuera una niña. Rechacé las píldoras que ella y Erma trataron de darme, pues me dejaban un tanto obnubilada, y aunque el espíritu de Ed seguía atemorizándome, quería tener la mente despejada en caso de que intentara transmitirme un mensaje. Decidí hacer venir a un monje budista a casa para que consolara al nuevo espíritu, pero resultó imposible. Entre las preocupaciones, la falta de sueño y los remordimientos, yo ofrecía un aspecto espantoso.

Más tarde, durante el largo viaje de regreso a San Diego, Kathleen me preguntó qué me sucedía.

—Yo maté a Ed —respondí con tristeza—. Nos salvó la vida a los niños y a mí y le pagué haciéndole sufrir durante sus últimos años de vida. Perdió su trabajo, cayó enfermo, le regañaba porque fumaba demasiado y le traicioné con un hombre más joven. He hecho unas cosas terribles...

—Tú no mataste a Ed —dijo Leatha con firmeza—. Era un hombre adulto. Sabía lo que hacía. Tuvo una infancia feliz, una vida feliz. Luchó por su país con dignidad y tuvo dos hermosos hijos con Millar, su primera esposa. Tú le diste un tercer hijo, por lo cual te estaba muy agradecido. Adoptó a Jimmy y os trajo a Norteamérica porque quiso, no porque tú le obligaras. Si te enamoraste de otro hombre —lo cual no te reprocho—, fue porque Ed era más bien un padre que un marido para ti. ¿Qué mujer no sería capaz de entenderlo?

Leatha me apretó la mano y ambas nos enjugamos los ojos. Su amabilidad hacia mí era auténtica y sin duda iluminaba su alma. La acepté con gratitud, confiando en que la deuda de su alma, de la que acababa de desembarazarse, no sería añadida a las mías.

Quizás ése era el plan de Ed para vengarse de mí desde el más allá, conseguir que me sintiera agotada, desconcertada y a punto de volverme loca. Los espíritus angustiados son mezquinos. Era posible que el espíritu de Ed fuera la destilación de su funesto karma. Con semejante entidad en mi casa, debía proceder con extremada cautela.

Las mujeres siguieron hablando sobre mi futuro como si yo no estuviera presente. Kathleen me aconsejó que buscara un empleo y que empezara a salir con otros hombres para dar un nuevo padre a Jimmy y a Tommy. A Leatha le disgustaba la idea de que yo saliera con otros hombres cuando hacía poco que su hijo había muerto. Pero estaba de acuerdo en que tres años, el espacio de tiempo que mediaba entre un matrimonio y otro en Vietnam, eran excesivos.

Esa discusión me recordó una antigua parábola vietnamita sobre una pobre mujer que tenía tantos hijos, que cuando murió su marido se sentó junto a su sepultura y comenzó a abanicar la tierra húmeda para que se secara antes y pareciera que habían pasado los tres años reglamentarios. De pronto apareció un príncipe montado en un caballo y le preguntó qué hacía. La mujer le confesó la verdad, y su sinceridad impresionó al príncipe. Cuando éste regresó a casa, fingió que moría para comprobar la reacción de su esposa. En lugar de comportarse como la pobre campesina, que tenía necesidad de casarse de nuevo rápidamente, la mujer del príncipe se apresuró a cerrar ella misma el ataúd para impedir que el espíritu de su esposo regresara del más allá e intimidara a sus futuros pretendientes. Los servidores del príncipe, que estaban al tanto de la estratagema de su amo, lo liberaron de inmediato y éste exclamó: «*Thuong thay cho ke quat mo, get thay cho ke cam do dong dinh!*» (bendita sea la que abanica la sepultura, y maldita la que cierra el ataúd). El príncipe se divorció de su esposa y contrajo matrimonio con la mujer que no había vacilado en honrar a sus hijos y las costumbres de su país.

Ninguno de los parientes de Ed me preguntó por mi príncipe —Dan— y su promesa de venir a buscarme cuando hubiera finalizado su contrato en Vietnam. Quizá las promesas de los soldados norteamericanos no les merecían mucho crédito. Desde luego, mi propia experiencia con éstos había sido desastrosa. Sólo el tiempo demostraría si mi príncipe era de fiar. Entretanto, lo único que podía hacer era «abanicar la sepultura de Ed» y seguir viviendo.

Ron, el hijo de Ed, y su esposa Kim, a quien habíamos visitado en Las Vegas, vinieron a verme. Les dije que me encontraba perfectamente, lo cual era cierto. Puesto que no podía hacer nada sobre los problemas que me planteaba el espíritu de Ed, no me molesté en mencionarlos. Cuando me preguntaron sobre el testamento y otros documentos de Ed, la situación cambió bruscamente.

—He tratado de conseguir los papeles de mi padre —dijo Ron—, pero Erma no quiere dármelos. Quiero comprobar si nos ha dejado algo, y asegurarme de que tú recibas lo que te corresponde.

—No te preocupes por mí —respondí—. Tengo dos brazos y dos piernas. Los chicos y yo ya nos arreglaremos. Ed hizo mucho por mí mientras vivía. No quiero pedirle nada a su familia.

—No lo comprendes. Si papá quería dejarte algo, es justo que te lo den. Debemos respetar su última voluntad.

Agradecí a Ron que se preocupara por nosotros, pero intuí que lo que realmente le preocupaba era el bienestar de su hermano y el suyo propio. En cualquier caso, no quería verme envuelta en una disputa familiar sobre el testamento de Ed.

—Todo el mundo cree que me casé con él por su dinero —dije—, pero teníamos muy poco dinero cuando nos casamos. Mamá Munro todavía está pagando las letras de nuestra casa. Le he dicho que le devolveré el dinero en cuanto pueda.

—Precisamente por eso deberías contratar a un abogado —insistió Ron—. Como esposa de papá, es tu deber.

—Deja que tu padre descanse en paz —contesté—. Mis hijos y yo no necesitamos un abogado. No es así como resolvemos estos asuntos en Vietnam.

—¿Y de qué vais a vivir? ¿De caridad? ¿De la Seguridad Social? —preguntó Ron, sabiendo que Leatha me había sugerido que reclamara «lo que nos correspondía».

—Quizá. Buscaré un trabajo.

—Estás soñando —dijo Ron, soltando una carcajada—. ¿Qué es lo que sabes hacer? ¿Qué estudios posees? Esto no es Vietnam. No puedes ganarte la vida vendiendo mercancías en una esquina. ¿Sabes cuánto ganan las sirvientas? No tendrías suficiente ni para mantenerte a ti misma y a tus dos hijos.

Ron tenía razón, y me pregunté si mi capacidad de supervivencia, gracias a la cual había llegado hasta aquí, sería suficiente para seguir adelante. Sin embargo, mi capacidad para ganarme la vida en Norteamérica no tenía nada que ver con lo que era justo. Nunca pregunté a Erma acerca de los papeles de Ed, ni intenté averiguar lo que había dejado escrito en su testamento. Aquella noche, mientras los niños dormían junto a mí y el sueño empezaba a vencerme, el espíritu de Ed regresó de nuevo. Todavía iba vestido con la camisa del hospital, pero los tubos habían desaparecido. Cuando extendió los brazos para abrazarme, grité cubriéndome la cabeza con la manta:

—¡No! ¡Aléjate de mí! ¡No te acerques!

El espíritu se señaló el cuello con un largo y pálido dedo, como si se estuviera asfixiando.

—¿Qué sucede? —pregunté—. ¿Te estás ahogando? ¿Se te ha atravesado algo en la garganta? ¿Qué pretendes decirme?

Sus viejos y tristes ojos se iluminaron. Señaló a los niños, y de nuevo su cuello.

—Lo siento —dije—. No sé lo que quieres.

Esta vez el espíritu no se enojó, sino que se evaporó. Al día siguiente se lo conté a mamá Munro, puesto que parecía comprenderme mejor que los otros parientes de Ed y en Vietnam una madre nunca descansa mientras el espíritu de su difunto hijo siga vagando.

—Son imaginaciones tuyas —respondió—. Las personas en nuestra situación solemos sufrir alucinaciones.

—¡Te juro que es cierto! —Me asombraba que esa anciana tan espiritual fuera incapaz de aceptar la verdad.

—De todos modos, no se lo digas a nadie —dijo, dándome unas palmaditas en rodilla—. Si la gente se entera de que ves fantasmas, es capaz de quitarte a los niños. Además, Ed no creía en esas tonterías. Tú misma me dijiste que no quería que te preocuparas por él una vez que hubiera fallecido, ni que le ofrecieras comida y dinero como ofreces al espíritu de tu padre. Te aconsejo que olvides esas cosas.

Curiosamente, la recomendación de mamá Munro me hizo reaccionar. Comprendí que era hora de olvidarme de esas tonterías y hacer lo que debía hacer. En cuanto llegué a casa, coloqué una fotografía de Ed sobre el altar de mi padre, quemé un poco de incienso y le ofrecí un poco de arroz (aunque Ed detestaba el arroz, incluso el arroz dulce que utilizamos para estos rituales) y un poco de dinero para aplacar a su espíritu. Aquella noche, los tres —¿o acaso éramos cuatro?— dormimos plácidamente.

Pese a haber conseguido tranquilizar al espíritu de Ed, los primeros meses después de su muerte fueron muy duros para los niños y para mí. Aunque Jimmy y Tommy, de cinco y dos años respectivamente, habían sufrido unas experiencias terribles, aún no comprendían el significado de la muerte. Añoraban a Ed y me preguntaban constantemente por él. En cierta ocasión respondí en inglés que estaba «en el cielo», palabra que sin duda no pronuncié correctamente, y los niños me miraron perplejos.

El anochecer era el momento más triste, de modo que en lugar de quedarme encerrada en casa salía con los niños a dar un paseo por el barrio. A través de las ventanas iluminadas veíamos a nuestros vecinos sentados a la mesa, cenando. Cuando empezaba a soplar un aire frío, abrazaba a mis hijos y a veces rompía a llorar. Al igual que el sol, que empezaba a desaparecer por el horizonte, sentía la oscuridad pegada a mis talones. Tras caminar un buen rato regresábamos a casa, nos acostábamos y permanecíamos abrazados, para darnos calor, hasta caer dormidos.

Al cabo de un tiempo, decidí llamar a la puerta de nuestros vecinos y darnos a conocer. Les dije que sólo pretendíamos hacerles una visita, pero éstos nos miraban extrañados o bien nos arrojaban de sus casas como si fuéramos unos vendedores ambulantes, miembros de una secta religiosa o unos pordioseros. Incluso en las noches más calurosas sentía un frío que me helaba los huesos.

Un día vimos a un hombre vestido con unos pantalones cortos regando el césped y comenzamos a charlar con él. Me dijo que era un veterano de la guerra de Vietnam y que había sido destinado recientemente a Danang.

El corazón me empezó a latir con violencia y le pedí que me diera noticias del frente. También le pedí que me indicara dónde se hallaba el templo budista más cercano, para rogar a uno de los monjes que me ayudara a calmar al angustiado espíritu de mi difunto esposo. El hombre me miró desconcertado y entró en su casa. Pensé que había ido a ponerse unos pantalones largos para estar más presentable, pero al cabo de un rato, al ver que no salía, me acerqué a la puerta y llamé al timbre. Me abrió una mujer joven que me dijo secamente:

—Mi madre ha salido y mi padre no se encuentra bien.

Supuse que el pobre hombre ya tenía suficientes problemas, de modo que decidí no volver a importunarlo.

Por esa época empecé a buscar trabajo como sirvienta, que era para lo único que estaba cualificada. Sin embargo, al igual que en la mayoría de los suburbios norteamericanos, los transportes públicos en Santee eran casi inexistentes. Así pues, decidí que si quería conseguir un empleo debía sacarme el carné de conducir. Aprobé el examen escrito, pero no logré hallar un vehículo para realizar el examen práctico. Afortunadamente, Erma había venido a visitarme hacía poco y me preguntó si estaba dispuesta a venderles la furgoneta de Ed, la cual resultaba demasiado grande para mí.

—Por supuesto —dije—. Necesito dinero para comprar un coche más pequeño.

—No podemos pagártelo de una vez, y si pedimos un préstamo, lo único que conseguiremos es enriquecer a los banqueros. De modo que, si no tienes inconveniente, te pagaremos una pequeña cantidad todos los meses a lo largo de los próximos años.

—¡Pero entonces no tendré el dinero para comprar un pequeño coche! —protesté.

—De todos modos, piénsalo —respondió Erma—. Más vale esto que nada. Además, así la furgoneta se quedará en la familia.

Erma conocía mis puntos débiles, y sin pensarlo dos veces contesté:

—De acuerdo.

Su marido Larry propuso llevar la furgoneta a una tienda de automóviles para que la valoraran y yo accedí. Cuando le explicó al propietario lo que pretendíamos, éste contestó:

—Si lo que desean es comprar un coche nuevo, les daré cuatro mil dólares por la furgoneta. Pero si quieren dinero, sólo puedo darles dos mil seiscientos.

Hasta que Larry me lo explicó de camino a casa, no alcanzaba a comprender por qué el comerciante nos había dado dos precios. ¿Qué más daba que compráramos otro coche? Al fin y al cabo se trataba de la misma furgoneta. Así pues, cuando Larry dijo a Leatha que yo había aceptado vendérsela por dos mil seiscientos dólares, me disgusté mucho. Si le hubiera vendido la furgoneta al comerciante, habría podido comprar un bonito coche de segunda mano e incluso me habría quedado un poco de dinero. Claro que la furgoneta no se hubiera «quedado en la familia», de modo que eso era imposible. Al parecer, Larry y Erma no sólo pretendían comprar la furgoneta de Ed a un buen precio y en unas condiciones favorables para ellos, sino que desconfiaban de mi capacidad para hacer negocios. Temían que un comerciante desaprensivo se aprovechara de mi ingenuidad y me estafara.

Afortunadamente, nuestra situación financiera también estaba mejorando.

Larry y Erma me pagaban puntualmente las letras del coche y, al mismo tiempo, empecé a cobrar los cheques de la Seguridad Social de Ed, lo cual me permitió ahorrar un poco de dinero. Al cabo de seis meses, no sólo pude pagar a mamá Munro lo que le debía por la hipoteca de la casa, sino que conseguí comprar un chevrolet Vega de segunda mano. Comparado con los otros vehículos de la familia, era un coche de escasas pretensiones, de color verde y un poco oxidado, pero a mí me parecía precioso. Jimmy, Tommy y yo circulábamos por San Diego como unos críos con zapatos nuevos. Íbamos al cine al aire libre, al parque y al zoológico de Escondido, o bien visitábamos los centros comerciales.

Mi primer trabajo consistió en atender a un parapléjico llamado Don, de veintidós años, que había resultado herido en un accidente de carretera. Yo había visto muchos cuerpos heridos y mutilados a lo largo de mi vida, casi todos a consecuencia de la guerra, pero me parecía extremadamente cruel que la providencia o la suerte o dios hubieran robado a ese joven sus piernas. En cualquier caso, mis conocimientos sobre primeros auxilios, que había adquirido con el Vietcong, y mi trabajo en el hospital de la Marina estadounidense en Danang, me resultaron muy útiles. Tras una larga entrevista con sus padres (quienes creían que una bonita joven contribuiría a que su hijo recuperara su salud y su buen humor) conseguí el trabajo.

Me pagaban un buen salario, dos dólares y cincuenta centavos la hora, de modo que abandoné la escuela y trabajé para Don a tiempo completo, tratando de hacer tantas horas extraordinarias como era posible. Don era un joven comprensivo y me permitía llevarme a Tommy a trabajar, y también a Jimmy, en verano, cuando terminó la escuela. Después de bañar a Don y de tomar el desayuno, solíamos pasar el día en el parque o en la playa. Don se hizo buen amigo de los niños y charlábamos durante horas de diversos temas, eludiendo aquellos que pudieran deprimirle, como los deportes y los automóviles, y centrándonos en los temas que le gustaban, como la música y la naturaleza. Al mirar atrás, comprendo que el hecho de ver a Don recuperar la alegría y las ganas de vivir, pese a hallarse sujeto a una silla de ruedas, era en muchos aspectos más gratificante que el sueldo que percibía.

Al cabo de tres meses, Don me dijo en broma que si alguna vez recuperaba el uso de la parte inferior de su cuerpo, me pediría que me casara con él. Yo se lo conté a sus padres, pensando que eso les alegraría, pero me miraron con tristeza. Al parecer, además de paralítico, Don estaba muy enfermo. A diferencia de mí, su futuro se reducía a unos pocos meses.

No podía enfrentarme a otra muerte poco después de perder a Ed, de modo que dejé mi trabajo y me coloqué de sirvienta.

A finales del verano de 1973 recibí carta de Dan, en la que me anunciaba que dentro de unas semanas llegaría a San Diego.

El vuelo de Dan llegó a las tres de la mañana de un día de agosto, pero eso no tenía importancia. Hacía días que no lograba conciliar el sueño. Por fortuna, llegué temprano al aeropuerto. No sabía cómo levantar la barrera del aparcamiento (ignoraba que había que sacar un tíquet), de modo que, suponiendo que el aeropuerto estaba cerrado, comencé a dar vueltas mientras lloraba desconsoladamente. Al cabo de un rato me detuvo un policía, y, tras cerciorarse de que era capaz de caminar en línea recta y tocarme la punta de la nariz con los dedos, me condujo hasta la terminal.

Dan descendió del avión con aspecto cansado y la ropa arrugada, pero a mí me pareció el hombre más guapo de California. Regresamos a casa (los niños habían ido a pasar la noche con unos vecinos, de modo que estábamos solos), nos arrojamos sobre la cama e hicimos lo que hacen todos los amantes cuando hace tiempo que no se ven. Sus besos eran como agua sobre la arena del desierto, y los bebí ávidamente. El recuerdo de su abrazo había sido la única fuerza que me había permitido resistir. Yo le demostré, en la medida de lo posible, lo mucho que lo amaba. Cuando al fin nos dormimos, lo hicimos sin temor a que cayera una bomba sobre la casa o nos alcanzara la metralla.

Por la mañana, enseñé a Dan mis pequeños dominios: nuestra casa, nuestro coche de segunda mano y nuestro jardín lleno de verduras, flores y hierbas (más parecido al jardín de mi madre en Ky La que un típico jardín suburbano). Dan, que se había enterado de la muerte de Ed y de que me había puesto a trabajar para redondear nuestros ingresos, me felicitó por mi coraje. Durante los tres días que permaneció con nosotros, nos hizo sentirnos de nuevo como una familia, como personas con un pasado y un futuro. De pronto, la mañana de su partida, me soltó la bomba.

—No podemos estar juntos hasta que me haya divorciado de mi mujer —me dijo con aire serio, aunque no tan serio como el efecto que me produjeron sus palabras.

—¿No le has escrito? —pregunté—. ¿No le has comunicado lo nuestro?

—No tuve el valor de hacerlo. Hace más de dos años que no nos vemos. Creí que era preferible explicárselo personalmente. Esas cosas requieren tiempo, Ly. No son fáciles. Suelen costar mucho, y no me refiero sólo al dinero, sino a mi reputación. Necesito tiempo para resolver mis problemas. Entretanto, quiero que dejes de trabajar y asistas de nuevo a la escuela. Quiero que perfecciones tu inglés y solicites la ciudadanía norteamericana. Vietnam ha quedado atrás. Los comunistas no tardarán en asumir el poder y no podrás regresar jamás. Éste es tu nuevo hogar, nuestro nuevo hogar. Quiero que te sientas cómoda y feliz en él.

Dan partió de nuevo, prometiendo regresar en cuanto hubiera obtenido el divorcio. Aunque otros hombres me habían hecho unas promesas similares y me habían defraudado, Dan era el amor de mi vida, y yo le creí.

Jimmy había cumplido siete años y quería formar parte del grupo de exploradores, como los otros niños de su clase. A mí me disgustaba ver a esos hombrecitos desfilando con sus uniformes, pero lo que aprendían a hacer en sus «madrigueras» era parecido a lo que aprendían los jóvenes aldeanos en Vietnam —cómo fabricar objetos con sus manos y respetar a la Madre Tierra—, y los amigos que traía a casa eran chicos educados y respetuosos. Así pues, accedí. Aunque casi había olvidado el inglés mientras vivíamos en Vietnam, sacaba buenas notas en la escuela. En esto, y en la forma en que se ocupaba de su hermanito, me recordaba mucho a mi hermano Sau Ban.

Aunque en Vietnam es frecuente que el primogénito cuide de sus hermanos menores, por lo visto en Estados Unidos no. Dado que Jimmy era un niño muy responsable, no me preocupaba dejar a Tommy a su cuidado mientras yo iba a hacer las compras. Un día, al regresar, vi a un policía que se había detenido frente a nuestra casa.

—¿Qué sucede, agente? —pregunté alarmada, aunque vi que mis hijos estaban jugando tranquilamente en el jardín.

—Hemos recibido la llamada de una mujer quejándose de que los niños que viven en esta casa están desatendidos —contestó el policía, colgándose la porra del cinturón.

—No comprendo —dije, procurando expresarme con un buen acento norteamericano.

—La señora que nos ha avisado dice que usted deja a sus hijos solos en casa todo el día. ¿Es eso cierto?

—¡Desde luego que no! Sólo he ido a comprar la leche y un pollo para cenar —contesté, mostrándole la bolsa que llevaba—. ¿Le apetece quedarse a cenar con nosotros?

El policía miró hacia la casa, vio que los niños estaban bien vestidos, limpios y bien alimentados, y sacudió la cabeza.

—No, gracias. Sin duda se trata de un error. —Luego se montó en el coche y se marchó.

Yo le observé mientras se alejaba y maldije a mis vecinos. Sabía que la señora que vivía junto a nosotros tenía una hija adolescente. Quizás estaba enfadada porque no la había contratado como canguro, pero yo no tenía dinero para pagar a alguien que cuidara de mis hijos cuando iba a comprar. Me asombraba que mis vecinos, tan remisos a la hora de brindarnos su amistad, me vigilaran tan estrechamente.

De vez en cuando contrataba a una canguro, principalmente cuando asistía al instituto local de la comunidad, en el cual pasaba mucho tiempo. Allí conocí a los primeros de un numeroso grupo de vietnamitas que habían emigrado a Estados Unidos. Un día, unas amigas me propusieron ir a bailar, para conocer los locales frecuentados por personas solas en San Diego.

—Vamos, Ly —me dijo una de ellas, una guapa muchacha llamada Huong—. ¡Pareces una solterona! Siempre estás metida en casa. Tienes que divertirte mientras eres joven. Sacarle el máximo partido a la vida.

Aunque no estaba muy convencida, lo cierto era que a lo largo de muchos años mi vida había consistido en un largo ciclo durante el cual me había limitado a ocuparme de otras personas: hombres, niños, ancianas, inválidos y acaudalados patronos. Al igual que la mayoría de mis nuevas amigas vietnamitas, Huong tenía un marido que la mantenía y únicamente un hijo al que atender. Debido a sus escasas ocupaciones, podía permitirse el lujo de jugar a las cartas, asistir a clase en el instituto y ocuparse de sí misma. No obstante, la música rock me parecía demasiado estridente y los alocados bailes modernos me recordaban a los bares de Danang, a los cuales deseaba olvidar. Además, añoraba a Dan, con el que me consideraba comprometida.

—¡Eres una idiota! —exclamaba mi amiga cada vez que le hablaba de Dan—. Es absurdo que esperes el regreso de un soldado. Aunque obtenga el divorcio, ¿qué te hace pensar que se casará contigo? ¿Cómo puedes competir con todas las chicas norteamericanas? Cuando un hombre se divorcia, sobre todo si su matrimonio ha sido desgraciado, es como si saliera de la cárcel. ¿Crees que va a dejar que le pongan de nuevo las esposas?

Aunque yo sabía que Dan y yo teníamos algo especial, era preciso enfrentarse a la realidad. Nuestro amor era intenso, pero también lo había sido la guerra que se libraba en mi país cuando nos conocimos. Por otra parte, en una zona de combate la gente suele decir y hacer muchas cosas de las que más tarde se arrepiente. Además, ¿quién era yo en Norteamérica —o siquiera en Vietnam— sino una ignorante campesina viuda con dos hijos? El mismo Dan me había sugerido que regresara a la escuela. ¿Acaso trataba de hacerme comprender que no era lo suficientemente educada y culta para él? Recordé la forma en que Ed miraba a las atractivas muchachas norteamericanas en el supermercado, y comprendí que ningún norteamericano joven y apuesto iba a conformarse con una «imitación extranjera» delgaducha, de piel y cabello oscuro.

Así pues, decidí ir a bailar con mis amigas. Al principio, mis tentativas de hacer amistad «al estilo norteamericano» fracasaron estrepitosamente. En San Diego, los hombres que frecuentaban los clubes que visitamos eran en su mayoría marineros, al igual que en los bares de Vietnam, excepto que aquí tenía que pagar por las bebidas (siempre tomaba Coca-Cola o Seven-Up, pues mi úlcera me impedía beber alcohol) en lugar de venderlas. Algunos hombres se comportaban de forma grosera y otros educadamente. Uno de ellos, llamado Floyd, con el que me encontré varios sábados, incluso llamó a Erma para decirle que quería casarse conmigo. Sabía que las costumbres vietnamitas eran distintas, y se había dirigido a Erma por considerarla mi madre norteamericana. Sin embargo, aunque Floyd me resultaba simpático, no tenía ningún deseo de casarme con él, independientemente de que todavía estaba enamorada de Dan. Erma, sin embargo, acogió con entusiasmo su proposición, pues deseaba que volviera a casarme para librarse cuanto antes de mí.

—Es muy agradable —me dijo mientras tomábamos el café que ella y Leatha habían preparado—. No sé a qué esperas.

—Espero al hombre del que estoy enamorada —contesté, extrañada de que me lo preguntara. Floyd no era abuelo, pero había rebasado los cuarenta y estaba más cercano a la generación de Ed que a la mía.

—¡No seas ingenua! —exclamó Erma—. El comandante es simplemente otro norteamericano que se sentía solo en un país extranjero y decidió tener una aventura con una chica local. Ahora que la guerra ha terminado —al menos para él—, ya no te necesita. Te ha abandonado, Ly. Despierta de una vez. No regresará a buscarte.

Por supuesto, yo también había pensado en ello, pero una cosa era pensarlo y otra muy distinta expresarlo en voz alta.

—Además —añadió Leatha, dándome una palmadita en la rodilla—, sales demasiado. No me gustan tus nuevas amistades. No me parecen recomendables. Búscate un marido. Piensa en el hijo de Ed. Piensa en tus hijos.

Yo no quería discutir, pero no estaba de acuerdo con ellas. Si el hecho de ser una ciudadana norteamericana significaba responsabilizarse de una misma, también significaba defender mi propio criterio.

—Pienso en mis hijos todos los días. Pienso en ellos más que vosotras. Soy su madre. Espero a Dan, pero también salgo con otros hombres. Yo misma elegiré al hombre con el que habré de casarme.

Ambas asintieron y me acompañaron hasta el coche, convencidas de haber alcanzado una victoria. Puede que tuvieran razón. Hacía muchos días que no recibía carta de Dan y aunque me había prometido que regresaría un día, ese día no llegaba nunca.

Aunque trabajaba más horas de sirvienta, decidí que no permitiría que ello afectara a mis estudios ni a mi vida social. Eso significaba que veía menos a mis hijos, y empecé a sentir remordimientos. En diciembre traté de recompensarles celebrando una especie de supernavidad —las Navidades y el Tet juntos—, con numerosos regalos, el tradicional pavo, juegos y oraciones. Tommy era todavía demasiado joven para comprender el significado de todo ello, y Jimmy trató de explicar nuestras extrañas costumbres a sus compañeros de escuela. No obstante, nos queríamos y nos teníamos los unos a los otros, y eso era lo más importante.

Dos semanas antes de la Navidad de 1973, una joven vietnamita llamada Linda invitó a seis amigas suyas, incluyéndome a mí, a un bar donde tocaban música country para celebrar su cumpleaños. A mí siempre me había gustado la música country norteamericana, pues su sonido nasal me recordaba la música oriental, y la gente que frecuentaba los «bares de vaqueros» solía ser muy simpática y amable. Al cabo de un rato entró un hombre de aspecto atractivo y cabello gris, algo más joven y corpulento que Dan.

—Ése es el hombre que te conviene —dijo Linda, dándome un codazo.

—Es muy guapo —contesté, pero había visto a muchos hombres guapos y al final todos acababan pareciéndose a Dan—. Es tu cumpleaños. Ve a bailar con él.

Linda se dirigió al bar y se puso a charlar con el atractivo desconocido. Yo me alegré, pues así dejaría de hacer de casamentera.

Al cabo de unos minutos, ambos se acercaron a donde me encontraba yo con las otras amigas.

—Hola, Ly —dijo el desconocido, sonriendo. (De modo que ya conocía mi nombre)—. Me llamo Dennis, Dennis Hayslip. Tu amiga me ha dicho que llevas toda la noche buscando a un compañero de baile ideal. ¿Te sirvo yo?

Mis amigas se echaron a reír y yo sonreí tímidamente.

—Me alegro de conocerte, Dennis, pero no bailo —dije.

—Pero si es muy fácil —insistió—. Hasta los vaqueros saben bailar.

Dennis era muy persuasivo y simpático, como un oso protector. Me cogió la mano con firmeza y me obligó a levantarme de la silla. Al cabo de unos minutos nos hallábamos bailando al son de una melodía lenta, tratando de hacernos oír por encima de la música.

—¿De dónde eres? —pregunté, sabiendo que nadie nacía en California. Todos eran oriundos de otro lugar.

—Acabo de llegar de Cleveland —contestó Dennis, sonriendo—. En Ohio. ¡Un Estado maravilloso! —Ciertamente no era Dan, ni siquiera se parecía a él, sino que era totalmente distinto.

—¿Vas a establecerte aquí? ¿O estás de visita?

—Éste es mi nuevo hogar. Pero no tengo amigos ni parientes. Como sé que las chicas honradas como tú no soléis dar vuestro número de teléfono a un extraño, te daré el mío. —Dennis pidió a la camarera un bolígrafo y apuntó su número de teléfono en una caja de cerillas—. Llámame cuando puedas. Me gustaría que me enseñaras la ciudad.

—No sé... Tengo dos hijos...

—No importa. Los niños me encantan, de veras. Me gustaría conocerlos.

La música cesó y todos aplaudieron y regresaron a sus mesas. Dennis sostuvo mi mano durante unos instantes y luego me apartó la silla como un auténtico caballero.

—Espero que me llames pronto. Me gustaría volver a verte.

Cuando se marchó, mis amigas se agolparon a mi alrededor mientras me hacían un montón de preguntas. ¿Olía bien o tenía mal aliento? ¿A qué se dedicaba? ¿Iba a verlo de nuevo?

—No, no lo creo. Quiero esperar a Dan —contesté. Todas se echaron a reír y Linda metió la caja de cerillas en mi bolso para que no me la dejara «accidentalmente».

A la mañana siguiente, Huong llamó para comunicarme que el domingo iba a celebrar en su casa una fiesta de cumpleaños para Linda. Añadió que era la oportunidad ideal para conocer mejor a Dennis y presentárselo a los niños.

Yo dudé unos instantes, pero comprendí que no tenía ningún motivo para negarme y accedí.

Aquella tarde llamé a Dennis y él aceptó encantado mi invitación. Nos recogió a los niños y a mí en un supermercado local (después del incidente con Floyd, procuraba no facilitar mis señas a ningún desconocido) y pasamos la tarde como un viejo matrimonio bien avenido, Dennis colmándome de atenciones y yo tratándolo con gran amabilidad. A los chicos les caía simpático y a mí me gustaba la compañía de ese hombre tan apuesto y agradable, el cual me trataba como si fuera alguien muy especial.

Después de la fiesta, mis amigas me aseguraron que Dennis y yo hacíamos una excelente pareja y me preguntaron si habíamos quedado en vernos de nuevo.

—Es el hombre ideal para ti —dijo Linda por enésima vez—. No dejes que se te escape.

—No sé —respondí, tratando de separar al hombre del aura que había aportado a mi vida. Eran dos cosas muy distintas.

—¡Y dale! —exclamó Huong—. *Lam me say* (ya es hora de que te olvides de ese tipo).

—*Duong dai ngua chay beit tam, nguoi thuong co nghia tram nam cung ve* —contesté—. En una carretera larga, incluso los buenos caballos se escapan, pero un amante fiel siempre regresa, aunque sea al cabo de cien años.

El sábado siguiente Dennis y yo habíamos quedado citados en el centro y cogimos mi coche para recorrer San Diego. Regresamos por la noche, y en lugar de atravesar la ciudad para que Dennis recogiera su coche, dado que los niños estaban cansados, le di unas mantas y le propuse que pasara la noche en nuestra habitación de invitados.

—Te lo agradezco —dijo Dennis. No intentó coquetear conmigo ni se puso pesado—. Me he divertido mucho. Tus hijos son estupendos, lo mismo que su madre.

Por la mañana, después de que Jimmy se marchara a la escuela, Dennis y yo charlamos un buen rato mientras tomábamos café. Su familia había emigrado a Estados Unidos desde Inglaterra, al igual que los Munro. Me contó que su padre había muerto en un accidente de circulación cuando él contaba seis años. Pese a tener cinco hijos —Dennis, sus dos hermanos y sus dos hermanas— su madre no había vuelto a casarse, sino que los había mantenido con el sueldo que ganaba como camarera en un restaurante junto a la carretera. También me dijo que procedía de una familia muy religiosa, cosa que, tratándose de un país donde las festividades significaban principalmente comer, beber y divertirse, me sorprendió agradablemente. Había ejercido de sheriff en Ohio, lo cual hacía que me sintiera segura. Cuando le pregunté qué le había traído a San Diego, contestó:

—Acabo de divorciarme. Mi ex mujer y yo nos peleamos por la custodia de nuestro hijo. Tiene diez años, es un chico estupendo. Me recuerda mucho a Jimmy. Al fin mi mujer consiguió la custodia y yo decidí trasladarme a California y emprender una nueva vida. Estudio informática. Dicen que el sur de California es la zona más interesante del país, de modo que aquí estoy. Y aquí estás tú.

Me cogió la mano con timidez, como un campesino de Ky La. Después de nuestra conversación, fregué los platos y le acompañé a recoger el coche.

Al despedirme le dije:

—Mi cuñada nos ha invitado a los niños y a mí a cenar en su casa el día de Navidad. ¿Te gustaría venir?

Dennis me miró sonriendo —el tema de su divorcio, su infructuosa búsqueda de trabajo y las próximas vacaciones le habían deprimido— y aceptó. Los Munro quedaron encantados con él. Trajo unos regalitos para todo el mundo y unos juguetes para los niños, y su atractivo aspecto y excelentes modales impresionaron a Erma y a Leatha.

—¡Es guapísimo! —exclamó Erma sonriendo, aunque no le había preguntado su opinión.

—Es muy cariñoso con los niños —terció Leatha—. No dejes que se te escape.

A partir de entonces Dennis solía venir con frecuencia a casa. No tenía parientes en San Diego y me daba pena que se sintiera solo. Además, desde que nos conocíamos, mis amigas habían dejado de insistir en que olvidara a Dan. Cuidaba de los niños cuando me iba a trabajar, a la escuela o cuando había quedado citada con una amiga. Por otra parte, Tommy y Jimmy necesitaban la figura de un padre, y las atenciones que Dennis les prodigaba les beneficiaban tanto como a él. Incluso les pidió que lo llamaran papá, a lo que accedieron entusiasmados. Era una amistad perfecta, pero no una relación sentimental.

Un día, después de un pícnic con los niños en Balboa Park, Dennis me cogió la mano y dijo:

—Afortunadamente, mi situación ha mejorado. Os quiero mucho a ti y a los niños. Me han ofrecido un buen empleo, que me permitirá manteneros y daros todo lo que merecéis. ¿Quieres casarte conmigo?

Su proposición no me sorprendió, pero no sabía cómo rechazarla sin herir sus sentimientos.

—Me siento halagada. Pero apenas te conozco. Y tú apenas me conoces a mí. Como sabes, estoy enamorada de otro hombre. Me gustas mucho, Dennis, pero no creo que debamos casarnos.

—¿Todavía piensas en aquel soldado?

—Sí —contesté, sintiéndome un poco ridícula. Sabía lo que opinaba sobre los amantes soldados—. Va a divorciarse de su mujer.

—Comprendo. ¿Acaso te llama con frecuencia? ¿Te escribe todos los días? ¿Te envía dinero?

En realidad, mi amor no me había telefoneado desde antes de Navidad y sus cartas eran cada vez menos frecuentes.

—Se acuerda mucho de mí. Me quiere. No tiene mucho dinero. Como te he dicho, va a divorciarse.

—De modo que todavía estás enamorada de ese tipo que no te escribe ni te llama ni te envía dinero y que puede que se divorcie y puede que no.

—Dan me quiere —insistí, con los ojos llenos de lágrimas—. Sé que regresará.

—¡Supongo que también debes de creer en Papá Noel! No puedo creer que confíes en un tipo de su calaña. Al fin y al cabo, ha traicionado a su mujer.

Sus palabras me hirieron profundamente. Dan no era un santo, pero no era más culpable que yo. Puede que Dennis supiera mucho sobre la ira, pero como estudioso del amor era peor que yo. A medida que seguía lanzando acusaciones contra Dan, advertí en su voz, aparte de los celos, un exagerado puritanismo. Había conocido a muchos hombres religiosos en mi vida, tan peligrosos como compasivos, y sus palabras empezaron a ponerme nerviosa.

—No puedes fiarte de los soldados, Ly. Todos son iguales —dijo Dennis—. Te lo aseguro. Yo también he sido soldado.

—¿Estuviste en Vietnam?

—No, en Corea. Pero hacíamos lo mismo con las chicas coreanas.

No significaban nada para nosotros. Las utilizábamos y luego las abandonábamos. No se puede confiar en las promesas que se hacen en una zona de guerra. Sólo los imbéciles creen en Papá Noel. En aquel momento me acordé de Judy y de su desvencijada caravana en Orem, Utah. Quizá pensaba que al negarse a olvidar a su Papá Noel, éste regresaría. Puede que tuviera razón. Le dije a Dennis que necesitaba tiempo para reflexionar. Me levanté y di un paseo por el prado mientras él se calmaba y vigilaba a los niños. Yo no quería discutir con él, con Erma, con Leatha ni con Linda sobre lo que opinaban de los soldados norteamericanos y sus aventuras con mujeres asiáticas. Pero tampoco podía negar lo que sentía en mi corazón. Al cabo de un rato regresé junto a Dennis.

—Ya sé lo que opinas sobre los soldados... —dije, procurando contener mis lágrimas—, pero tengo que dejar que la suerte o la providencia o dios hagan lo que deben hacer. Amo a Dan, pero eres mi mejor amigo. Los niños y yo sentimos un gran afecto por ti. No quiero dejar de verte, aunque no pueda casarme contigo. Si no puedes aceptarlo, lo comprenderé y, en tal caso, será mejor que desaparezcas de mi vida. Mejor para mí, para ti y para los niños.

Ante mi sorpresa, Dennis se limitó a encogerse de hombros. Estaba enojado, pero comprendí que se mostraría tan persistente como yo en conseguir lo que deseaba.

—Bien —dijo—, una de las formas en que puedes ayudarme a que permanezca en tu vida es dejando que ocupe tu habitación de invitados. He pagado el alquiler de mi apartamento hasta mediados de enero, pero luego tendré que mudarme. Por supuesto, estoy dispuesto a ayudarte económicamente. Es decir, si aceptas que me instale en vuestra casa.

—Claro que puedes quedarte —contesté, aliviada de que no siguiera insistiendo en el tema del matrimonio. Le sonreí y me enjugué las lágrimas—. Eres un buen hombre, Dennis. Mereces que todo te salga bien. Haré lo que pueda para ayudarte.

Dennis se mudó el quince y debo reconocer que me alegré de tenerlo de huésped. Por las noches me sentía segura y, puesto que no dormíamos juntos, no temía que regresara el fantasma de Ed.

Una mañana, sin embargo, el cartero me entregó una carta que provocó una crisis.

—Es de Dan —dijo Dennis con aire tenso y sosteniendo el sobre como si fuera una rata muerta.

Yo, como es natural, estaba muy excitada, pero procuré disimularlo. Me giré de espaldas y abrí el sobre apresuradamente. La carta era breve y afectuosa, y la leí rápidamente.

—¿Acaso te anuncia el comandante que viene a verte? —me preguntó Dennis sonriendo, aunque noté que estaba rabioso—. Es fantástico, ¿no?

—Creo que sí —contesté—. Supuse que te alegrarías por mí.

—No soy tu hermano —dijo con amargura. Luego se levantó y empezó a pasearse arriba y abajo—. Ni tampoco soy un mayordomo ni una especie de canguro... —añadió con tal rabia que apenas podía hablar—. No quiero que venga. ¡No quiero que pise esta casa!

«¿Que no quieres que pise esta casa? —pensé yo—. ¿Acaso te crees que es tuya?»

—Lamento que lo tomes así —dije con una sonrisa forzada, tratando de dominarme—. Hace mucho tiempo que espero que Dan venga a verme...

—¡Pues tendrás que seguir esperando! Te lo advierto, Ly, si viene habrá problemas.

—¿A qué te refieres?

—Me refiero a que te quiero, Ly. No quiero que ese tipo se interponga entre nosotros.

—Pero yo amo a Dan. Tú lo sabes. No es ningún secreto. ¿A qué te refieres cuando dices que habrá problemas? ¡No lo comprendo!

—Me refiero a que si viene habrá problemas —contestó Dennis, paseándose arriba y abajo como un tigre enjaulado, estrujándose las manos y con aire enfurecido. Yo había visto esos síntomas en muchas ocasiones en los bares de soldados, poco antes de que se enzarzaran en una pelea—. Llámale y dile que no venga.

Una vez más, la situación se había complicado debido al «amor», esa terrible palabra de cuatro letras. ¡Era inconcebible!

Lo primero que debía hacer era calmar a Dennis, de modo que le dije que lo pensaría. Esa noche llamé a Linda, no sólo porque era la amiga más sensata que tenía, sino porque también había trabajado de camarera en un bar y, por lo tanto, comprendería el dilema en el que hallaba. Además, en parte era responsable de haber introducido a Dennis en mi vida y quería que me ayudara a quitármelo de encima.

—¿Cuál es el problema? —me preguntó Linda tras explicarle la situación—. ¿Que tienes a dos tipos locos por ti? ¡Qué suerte tienes!

—No te rías. Dennis se comporta de un modo muy extraño. Creo que podría causar serios problemas.

—¿Temes que le pegue un puñetazo a Dan? ¿O a ti? ¿O que les haga algo a los niños?

—No lo sé. Quizás esté equivocada. O quizá no. En cualquier caso, no quiero arriesgarme.

—Entonces olvídate de Dan. Sólo regresa para acostarse contigo.

—Eso no es cierto. Quiere que hablemos sobre el futuro.

—¿De veras? ¿Dónde estuvo durante las vacaciones? Con su esposa y sus hijos, ¿no? Al menos, Dennis está aquí. Te quiere y desea ocuparse de ti y de los niños. Y encima está como un tren. ¿Qué más quieres? Lo que quería era estar tranquila. Estaba harta de problemas y no quería oír hablar del amor, de divorcios, de violencia ni de guerra. Al día siguiente llamé a Dan cuando Dennis se hallaba ausente, pues no quería que éste creyera que se había salido con la suya. Casi me derretí cuando oí su voz por teléfono, pero traté de dominarme.

Tras charlar un rato de cosas sin importancia, le dije:

—Tengo un problema, Dan. Un hombre, un amigo mío, se ha enamorado de mí. En estos momentos vive en casa... no, no es lo que imaginas. Tan sólo es un buen amigo. Pero se pone como una furia cuando le hablo de ti. Temo que si vienes es capaz de cualquier cosa.

Dan me preguntó más detalles sobre «ese tipo» y lo que sentía por él. Al cabo de un rato, suspiró y dijo:

—Haz lo que te convenga, Ly. Es tu vida. Pero ese tal Dennis no es tu dueño. Si quieres, iré y hablaré con él, pero creo que es inútil.

—¿Qué quieres decir? ¿Y tu divorcio?

—Ya te dije que no era tan fácil. No es como vender un coche o una casa. Significa acudir a los tribunales, lo cual cuesta dinero y resulta muy enojoso. Debo pensar en mi carrera. Necesito tiempo. Si no puedes aceptarlo, lo comprendo. Tu primer deber es cuidar de ti misma y de los niños. Si no quieres que vaya, no iré.

Ambos guardamos silencio durante un rato y luego dije:

—Creo que es mejor que no vengas. Al menos hasta que consiga que Dennis se marche. Es un buen hombre, pero no quiero que te haga daño. Si te pierdo, todo habrá sido inútil, ¿no es cierto?

Tras una pausa, Dan contestó:

—Tengo que atender otra llamada, Ly. Espero que nos mantengamos en contacto. Escríbeme de vez en cuando para contarme cómo te van las cosas.

—De acuerdo. Te quiero —dije, sintiéndome perdida y abandonada.

—Yo también te quiero —dijo Dan, y colgó.

Al día siguiente, mamá Munro y Erma se presentaron de improviso. Pensé que quizá Linda las había informado de mis problemas, o puede que su visita obedeciera a otros motivos.

Observaron con disgusto las señales de ocupación masculina: unas enormes zapatillas de tenis junto a la puerta, la maquinilla de afeitar en el baño y las botellas de cerveza y whisky en la cocina (ni yo ni Ed éramos bebedores, pero Dennis era muy aficionado a tomar copas). Les ofrecí una taza de té, pero dijeron que no podían detenerse.

Erma miró al pequeño altar budista y dijo con visible disgusto:

—No me parece oportuno que coloques la foto de Ed sobre un altar pagano. Respeto tus creencias, pero Ed era católico, al igual que todos nosotros, y no me parece correcto que quemes incienso ante la fotografía de un católico. De hecho, hemos venido para pedirte que, si no tienes inconveniente, nos devuelvas las fotos de Ed y demás recuerdos familiares.

—¿Queréis que os devuelva las fotos de Ed? —pregunté asombrada. Por tratarse de unas damas tan católicas, demostraban muy poca caridad cristiana.

—Así es. No queremos seguir importunándote. Ahora hay otro hombre en tu vida y ya no nos necesitas.

—¿Tú también quieres que te devuelva las fotos de Ed, mamá Munro? —pregunté, sintiendo que se me formaba un nudo en la garganta.

—Creo que es lo mejor, querida. Al fin y al cabo, ya no estás sola.

—Sí, ahora tienes a Dennis —terció Erma, esbozando una sonrisa forzada—. Por supuesto, todavía sentimos un gran afecto por ti y los niños. Incluso he pensado en depositar el dinero que te pagamos por la furgoneta en una cuenta fiduciaria para Tommy. De ese modo tendremos la seguridad de que el hijo de Ed dispondrá de cuanto necesite, dinero para su educación cuando sea mayor. Pero todavía no hemos decidido nada. Como es natural, Jimmy es responsabilidad tuya.

Aturdida, cogí todas las cosas de Ed —incluyendo su magnetófono— y las metí en una caja. Me parecía increíble que pretendieran arrebatarme esos recuerdos de mi difunto marido.

—Aquí tienes, Erma —dije, tratando de disimular la amargura que sentía—. Espero que estés satisfecha.

Mamá Munro y Erma se dirigieron a la puerta.

—Por supuesto, a partir de ahora, no es necesario que nos llames cuando tengas un problema. Estoy segura de que Dennis y tú sois perfectamente capaces de resolverlos solos. Adiós, Tommy —dijo Erma, lanzándole un beso y agitando la mano—. Hasta pronto. Adiós, Ly. Buena suerte.

Chong chech ra nguoi dung, pensé. En Vietnam, «la nuera se convierte en una extraña cuando muere su marido». Al parecer, era una costumbre universal.

Mamá Munro me abrazó y se enjugó los ojos con un pañuelo antes de seguir a su hija hasta el coche. Erma llamó más tarde para disculparse por haber herido mis sentimientos y me aseguró que seguiría pagándome las letras de la furgoneta. También me dijo que las fotos de Ed habían hecho muy feliz a Leatha. Bien pensado, probablemente había sido un buen negocio.

Aquella noche conté a Dennis lo que había sucedido: que había llamado a Dan, que éste había anulado su viaje y que Erma y Leatha se habían presentado al cabo de un año de la muerte de Ed para reclamar sus cosas. Dennis se sirvió otro whisky y sonrió despectivamente.

—Ya te dije que ese soldado amigo tuyo no era lo bastante hombre para pelearse conmigo. Supongo que te habrás dado cuenta de que es un cabrón.

Dennis no tenía costumbre de decir palabrotas, al menos delante de los niños. Si ésa era la forma en que se comportaba cuando «había vencido», no quería ni imaginar cómo reaccionaría cuando hubiera perdido. No obstante, tenía que hablar con él, y confié en que la buena noticia referente a Dan le ayudaría a encajar más fácilmente la mala noticia que debía darle.

—Supongo que tienes razón —dije, tragando saliva—. ¿Qué tal te van las cosas? ¿Has recibido alguna oferta de trabajo? Debes de estar harto de soportar mis tonterías y hacer de canguro. ¿Crees que podrás mudarte pronto?

Dennis me miró enfurecido.

—No has oído una palabra de lo que te he dicho —respondió—. Te quiero, Ly. Deseo vivir contigo. ¡Maldita sea! —añadió, dando un puñetazo en la mesa. Luego cogió la botella y se marchó a su habitación.

Yo sentí lástima de él y me arrepentí de haber herido sus sentimientos. Al fin y al cabo, Dennis no era culpable de mis problemas con Dan ni con Ed, ni de no haber conseguido todavía un empleo. Su único delito era insistir en casarse conmigo, pero no podía condenarlo por ello.

Me dirigí a su habitación y llamé a la puerta. Le oí hablando consigo mismo mientras abría y cerraba los cajones del armario, como si estuviera preparando la maleta. Quizás había creído que quería echarlo de casa, lo cual no era cierto. Lamentaba haber sido tan cruel con él.

—¿Estás ahí, Dennis? —pregunté, abriendo la puerta.

Su maleta todavía estaba en el armario, y los cajones cerrados. Dennis se hallaba sentado en el borde de la cama, con un vaso de whisky sobre la mesilla, juguetendo con un reluciente revólver.

4

EL DÍA EN QUE SE DESPLOMÓ EL CIELO

¡Hombres y armas!

Cerré la puerta de un portazo, cogí a Jimmy y me dirigí apresuradamente a la habitación de Tommy. Una vez dentro, cerré la puerta con llave y me senté a reflexionar.

No se me ocurrió llamar a la policía porque, en Vietnam, los problemas domésticos sólo atañen a los interesados y los maridos violentos forman parte de casi todos los matrimonios. Además, supuse que la policía no iba a creer en la palabra de una pobre emigrante contra la de un ciudadano norteamericano, sobre todo si éste había sido también policía. Tampoco quise llamar a una amiga porque era muy tarde y temía importunarla. Yo no sabía que Dennis era aficionado a la bebida hasta que se instaló en casa, ni mucho menos que poseía un revólver.

Aunque los niños no sabían nada, debieron intuir que algo malo había sucedido. Los angustiosos segundos se convirtieron en minutos y éstos en horas. Debí quedarme dormida, porque de pronto vi que había amanecido.

Desperté a Jimmy y le dije que se vistiera para ir a la escuela. Luego salí sigilosamente al pasillo. La puerta de la habitación de Dennis estaba abierta. Todo estaba en orden y la cama sin deshacer. Sobre la almohada hallé una nota en la que reiteraba sus acusaciones contra Dan y se lamentaba de que la vida fuera tan injusta, y concluía diciendo que había decidido hacer algo que alegraría a todos, porque ya no tendríamos que seguir soportándolo. Al mirar por la ventana de la cocina vi que su coche había desaparecido.

Llamé inmediatamente a Linda, a Huong y a Erma para preguntarles si sabían algo de Dennis.

—¡Menudo follón has organizado! —me reprochó Linda—. Dennis

siempre se ha portado estupendamente contigo y con los niños y tú se lo pagas así.

—Deberías estarle agradecida —dijo Huong—. Ojalá no le hayas impulsado a hacer algo irreparable.

—Francamente, no sé lo que les das —dijo Erma—. Sugiero que avises a la policía y dejes que ellos se ocupen del asunto.

Las tres parecían más dispuestas a culparme de lo ocurrido que a ayudarme.

Después de llevar a Jimmy a la escuela me puse a dar vueltas en busca de Dennis, mientras Tommy, sentado en el asiento posterior, no dejaba de berrear. Primero fui a los lugares que podía haber elegido para suicidarse, como los puentes locales, los parques y el bar donde nos habíamos conocido, por haberlos frecuentado juntos. Luego me dirigí a la comisaría (me resultaba más fácil comunicarme con los norteamericanos personalmente que por teléfono) y les expliqué la situación. El sargento que me atendió se mostró muy amable, pero dijo que no podían hacer nada a menos que se hubiera cometido un delito. ¿Acaso me había amenazado Dennis con un arma? No. ¿Decía en la nota que iba a suicidarse? No, tan sólo que iba a «hacer algo» que haría que nos arrepintiéramos por haberlo tratado tan mal. El sargento dijo que eso podía significar muchas cosas, como desaparecer durante un tiempo para fastidiarnos.

Tommy y yo seguimos dando vueltas en el coche durante el resto del día. Cuando cerró la escuela, fui a recoger a Jimmy y al cabo de un rato me di por vencida. Agotada, me detuve y pensé en los problemas que mi amor por Dan había causado a muchas personas inocentes. ¿Cómo era posible que un sentimiento tan noble provocara tales conflictos?

Al regresar a casa al anochecer, vi el coche de Dennis aparcado frente a ella y a Dennis tendido boca abajo en el césped, inconsciente. Apestaba a alcohol y decidí dejar que durmiera la mona. Después de acostar a los niños registré la habitación y el coche de Dennis en busca del revólver, pero no hallé ni rastro del mismo. Confié en que no lo llevara encima y disparara contra mí en cuanto me viera.

Más tarde, cuando me hallaba leyendo en el cuarto de estar, apareció Dennis. Me miró con aire compungido, como un cachorro travieso, y decidí no decirle lo que pensaba de él. Le pregunté si se encontraba mejor y él sonrió y contestó afirmativamente. Luego se disculpó por haberse emborrachado y dijo que no soportaba la idea de perderme. Estuve tentada de recordarle que jamás le había prometido nada, que sólo éramos buenos amigos, pero decidí que era preferible callar. Más adelante, cuando se hubiera calmado, hablaría con él y le pediría que se fuera. Por desgracia, nunca llegamos a tener esa conversación.

En octubre de 1974, Dennis recibió una oferta de trabajo del municipio de San Diego, gracias a una recomendación del marido de Huong. Como es natural, la noticia lo llenó de alegría y lo celebramos durante una semana. Dennis nos invitó a los niños y a mí, junto con unos amigos, a cenar en uno de los mejores restaurantes, nos hizo numerosos regalos y se mostró feliz y satisfecho. Aunque todavía tomaba alguna copa de vez en cuando, no volvió a emborracharse. Parecía otro hombre y no tuve el valor de echarlo de casa, circunstancia que mis amigas aprovecharon para intensificar su campaña destinada a emparejarnos.

—¿Te das cuenta de lo que has estado a punto de perder? —me preguntó Linda un día mientras almorzábamos. Al igual que todo el mundo, sentía gran afecto por Dennis y se alegraba de que se hubiera recuperado de su depresión—. Lo único que necesitaba era un poco de cariño hasta conseguir un empleo.

Lo que Linda y Huong no tenían en cuenta era que yo no lo quería. Aunque las circunstancias me habían obligado a renunciar a Dan, no podía forzarme a amar a Dennis. Al igual que con Ed, la mera idea de mantener relaciones sexuales con él me parecía un sacrilegio.

No obstante, la vida proseguía. La televisión y los periódicos estaban llenos de noticias sobre Watergate. Yo estaba tan acostumbrada a los escándalos y la corrupción que presidían la política survietnamita, que apenas me chocó. Casi todas las fuerzas estadounidenses se habían retirado de Vietnam, lo cual puso fin a los disturbios civiles, que disgustaban tanto a los norteamericanos como la misma guerra. El Tratado de París entró en vigor y Washington «proclamó la paz». Al año siguiente, el presidente Nixon dimitió y su sustituto, el presidente Ford, propuso una amnistía para los desertores de la guerra del Vietnam. Aunque Dennis no estaba de acuerdo, a mí me pareció una idea excelente y recé una oración para el nuevo y maravilloso presidente de Estados Unidos. La guerra no terminaría hasta que cesara en los corazones de la gente al igual que en el campo de batalla.

Así, mientras mi viejo y mi nuevo mundo daban otro paso hacia la paz y la tranquilidad, un día decidí aceptar a Dennis en mi lecho. En parte lo hice porque me sentía sola, para tratar de borrar el recuerdo de Dan. Pero sobre todo lo hice para eliminar la tensión sexual que flotaba en el ambiente. Mientras Dennis se consideraba un fracasado, había respetado las normas impuestas por mí. Ahora que por fin había hallado un trabajo se creía «el hombre de la casa», con todos los derechos y privilegios que dicho papel conllevaba.

Aunque me resultó más fácil hacer el amor con Dennis que con Ed, lo hice por obligación, no por amor ni por placer. Aunque sabía que el hecho de acostarme con él —atravesar esa importante línea divisoria— era una imprudencia, me pareció el menor de los males.

Podía haberlo arrojado de casa, pero no quería arriesgarme a otra escena violenta. Al mismo tiempo, no quería privar a los niños de la figura paternal que tanto necesitaban, y era evidente que Dennis sentía un gran cariño por ellos. En cualquier caso, la aportación de Dennis a los gastos de la casa me permitía ahorrar una pequeña cantidad de dinero, que destinaba a un fondo de emergencia para resolver cualquier futura crisis.

Por desgracia, esa crisis no tardaría en producirse y ni siquiera el dinero podría resolverla.

En la primavera de 1975, la televisión empezó a mostrar imágenes de la espantosa destrucción de mi país natal: ciudades en llamas, autobuses llenos de refugiados, entrevistas con sombríos oficiales survietnamitas y norteamericanos que trataban de aportar un rostro positivo al colapso republicano. En parte, deseaba creer que sus mentiras eran ciertas, no porque una continuación de la guerra fuera beneficioso para Vietnam, sino porque al menos era una situación a la que mi familia había aprendido a adaptarse. Pero cuando vi pasar unos tanques norvietnamitas, de fabricación soviética, frente a China Beach, antiguamente ocupado por las fuerzas estadounidenses, y a unos prisioneros vietnamitas desnutridos liberados al cabo de años de confinamiento en el Sur, comprendí que la guerra había terminado. Ahora que uno de los bandos había ganado en una lucha de proporciones inhumanas, no podía creer que los vencedores ofrecerían a los perdedores otra cosa que no fuera el infierno.

—Quizá conozca a algunas de esas personas —observé al contemplar las masas de campesinos, niños y ancianos que se habían congregado en las carreteras al sur de Danang para vitorear (u observar en silencio) al Ejército del Norte que avanzaba—. Es una lástima que la cámara no se detenga.

—Si los comunistas capturan Danang —respondió Dennis como buen norteamericano—, a tus amigos les queda poco tiempo de vida. ¿Recuerdas la matanza de Hue a raíz de la ofensiva del Tet del sesenta y ocho? Aunque los comunistas no los mataran, deberíamos borrar al país entero del mapa. Más vale muertos que rojos.

Noté que Dennis estaba muy exaltado, de modo que me abstuve de recordarle que mi madre y mis hermanas se hallarían entre los cadáveres calcinados. Dennis ignoraba que el Vietcong solía mostrarse benevolente con los aldeanos de la costa central, que eran compatriotas suyos, muchos de los cuales apoyaban secretamente al norte, aunque nadie sabía lo que las tropas regulares de Hanoi harían. *Dinh chien, dinh chien*, canté suavemente, como las madres que aparecían en el documental: «La guerra ha terminado, la guerra ha terminado.» Yo sabía que las gentes que se hallaban junto a la carretera no vitoreaban a las tropas, sino que celebraban el hecho de que la lucha hubiera cesado. Aunque todavía no se había instaurado el terror de un Estado policial, al menos los sufrimientos causados por la guerra habían terminado. Me pregunté qué significaría el fin de la guerra para los miembros de mi familia.

Mi madre y mi hermana mayor, Hai, probablemente eran quienes se hallaban más seguras, al menos de momento. Ky La era una pobre aldea rural, diezmada por la guerra, y nadie las importunaría hasta que no hubieran saldado las cuentas pendientes con las gentes de las ciudades. Al menos mi madre tendría ahora la posibilidad de averiguar lo que les había sucedido a sus parientes, entre ellos mi hermano mayor, Bon Nghe, sobre el que recaía el papel patriarcal que mi padre había dejado vacante. Nadie lo había visto ni sabía nada de él desde 1954, cuando se trasladó a Hanoi.

Mi hermana Ba, cuyo marido también había sido enviado al norte, me preocupaba más. Unos años después de partir su marido, Ba se había visto obligada a casarse con un policía survietnamita llamado Chin, para impedir que éste enviara a mi padre a una cárcel republicana. También me preocupaba mi sobrina Tinh, una muchacha algo más joven que yo, con la que mantenía una excelente amistad. Su marido Bien era oficial de la Marina survietnamita, lo cual les ofrecía al menos la oportunidad de huir, puesto que Danang era un puerto importante y no les resultaría difícil ocultarse en un barco.

La suerte de Anh, el padre de Jimmy, y de su aristocrática esposa, Lien, era otra cuestión. Debido a su condición de acaudalado industrial, sin duda se hallaba a la cabeza de la lista de los enemigos del Estado. Lien me había escrito algunas cartas, en las cuales me agradecía el que no hubiera emprendido ninguna acción legal contra Anh al quedarme embarazada. Me contó que éste tenía un hermano en Minnesota, y deduje que habían pensado en la posibilidad de exiliarse en Estados Unidos.

Pero sobre todo me preocupaba mi hermana Lan, a la cual estaba muy unida por haber vivido una temporada con ella antes de conocer a Ed, y de la que había aprendido los trucos del mercado negro y de las chicas de los bares. *Ban than cho de quoc My*, la llamaban los inquisidores comunistas: «La que se vende al imperio norteamericano.» Para colmo, tenía dos hijos amerasiáticos, *mau ngoai xam*, «portadores de la sangre del agresor extranjero». El Vietcong y los comunistas del norte odiaban a las personas como ella —y como yo—, pues habíamos traicionado a nuestros compatriotas y entregado nuestros cuerpos a los soldados norteamericanos. Los puritanos y rígidos líderes socialistas que asumieron el poder habían olvidado los imperativos de la guerra, la necesidad de sobrevivir, en favor de un moralismo tan estricto que la gente normal no habría podido observar ni siquiera en tiempos de paz. Yo estaba convencida de que el futuro que le aguardaba a mi hermana Lan en Vietnam era breve y doloroso.

El 28 de marzo de 1975 nos mostraron en televisión las imágenes de una bandera roja con una estrella amarilla izándose sobre «el club del Elefante Blanco», junto al río Danang. No dejaba de ser curioso que el Ejército del Norte hubiera elegido ese lugar —bien conocido entre los residentes de Danang— para celebrar esa simbólica ceremonia. Más que un célebre edificio gubernamental, era un lugar donde se reunían en secreto destacados funcionarios y hombres de negocios survietnamitas y norteamericanos. El Vietcong había tratado durante décadas de infiltrarse en él —con el fin de asesinar a importantes personajes o hacer que volara por los aires—, pero jamás lo había conseguido. Ahora, en tanto que símbolo del capitalismo y el «imperialismo estadounidense», así como del Gobierno del Sur, su caída debió producir una enorme satisfacción a los jefes locales del Vietcong.

Esa obsesión del Vietcong no sólo con los objetivos militares, sino también políticos era lo que más me preocupaba. Los rumores y los documentos públicos demostrarían que yo había «desertado» a Estados Unidos, y los líderes locales del Vietcong (que tenían sobrados motivos para detestar a mi familia) podían interpretar mis acciones como la gota que desborda el vaso. Bastaba con que un vecino envidioso acusara a mis parientes de espiar y enviar información sobre Vietnam a Estados Unidos, para que se les echaran encima. No sólo había hecho sufrir lo indecible a mi familia cuando estaba en Vietnam, sino que ahora podía incluso ser responsable de su muerte, aunque me encontrara a ocho mil kilómetros de distancia.

Como es lógico, rezaba para que eso no sucediera, pero mis oraciones no servían de nada. Yo quería y necesitaba hacer algo más, algo valeroso para ayudar a mi familia, pero todos los caminos estaban cerrados.

Excepto uno.

El 19 de abril de 1975 recibí un telegrama de Lan, en vietnamita, que decía lo siguiente: «AYÚDANOS. VAN A MATARNOS A LOS TRES DEBIDO A CONG LAI [mis hijos amerasiáticos].»

Yo me puse a llorar de terror y alivio. Terror por el peligro en el que se hallaba Lan, y alivio porque al fin sabía que estaba viva. Afortunadamente me había enviado el telegrama desde Saigón, que todavía se encontraba a varias semanas, si no meses, de las legiones de Hanoi. Ahora disponía de la información —el pretexto y la documentación— que necesitaba para organizar su rescate.

Cuando le leí el telegrama, Dennis explotó. Aunque no había luchado en Vietnam, odiaba a todos los comunistas y el telegrama de Lan y el éxodo de los vietnamitas venían a confirmar lo que siempre había sostenido, que el Vietcong y el Ejército del Norte no contaban con el apoyo del pueblo. En un momento de debilidad, sin embargo, se ofreció a intentar sacar a mi familia del país.

Le pedí que llamara al Departamento de Estado (Dennis era un empleado del Gobierno, además de un hombre, y seguramente obtendría mayor cooperación que yo) para informarse acerca de cómo podíamos conseguir evacuar a Lan y a sus hijos. Por desgracia, el aparato que había metido a Norteamérica en la guerra —el Departamento de Estado, el Ejército y la CIA—, ahora retrocedía aterrorizado ante el fuego que él mismo había prendido. Le dijeron que teníamos que presentar el caso de Lan al Servicio de Inmigración y Nacionalización, como todos los extranjeros que solicitaban asilo. El hecho de que cada día que pasaba representaba toda una vida para los refugiados les tenía sin cuidado. Teníamos que pasar por los canales habituales.

Pero esos canales estaban bloqueados. Decenas de millares de vietnamitas trataban de abandonar el país por medio de fiadores norteamericanos, y mientras realizábamos las interminables gestiones burocráticas, recibí varios telegramas de Lan, a cual más angustioso y urgente. El INS nos advirtió que, puesto que yo no era ciudadana norteamericana, si abandonaba Estados Unidos para ayudar a Lan no podían garantizarme que pudiera regresar. Dado que después de la aventura de An Je me había jurado no volver a poner en peligro a Jimmy y a Tommy, ni correr ningún riesgo que los dejara huérfanos, envié un telegrama a Lan diciéndole que no podía ir personalmente. Ella me envió otro que decía lo siguiente: PONTE EN CONTACTO CON PETEY BAILEY EN NUEVA JERSEY.

Peter T. Bailey (al que sus amigos llamaban «P.T.» o Petey) había sido uno de los novios de Lan en Vietnam y siempre había tratado a su hijo, Eddie, con mucho afecto. Así pues, aunque no había contestado a las cartas ni a los telegramas de Lan, decidí telefonearle.

—¿El señor Bailey? —pregunté cuando respondió una voz masculina. La telefonista me había facilitado su número.

—Sí. ¿Quién habla?

—¿Es usted el Petey Bailey que trabajó para la Marina en Danang? ¿Que tenía una amiga vietnamita llamada Lan?

Se produjo una pausa. Quizá Petey creía que yo era Lan.

—Estuve en Vietnam, sí. ¿Pero quién habla?

—Soy Le Ly, la hermana de Lan. Es probable que no se acuerde de mí...

—Por supuesto que la recuerdo —contestó Petey, tratando de mostrarse amable—. ¿Cómo está? ¿Dónde está?

—Estoy en el sur de California. Resido aquí desde 1972. Supongo que se preguntará por qué le he telefoneado, ¿no es cierto?

Tras otra pausa, Petey contestó:

—Supongo que se trata de su hermana. Tengo entendido que la situación allí es muy grave.

—Desea venir a Estados Unidos. Teme que el Vietcong la mate a ella y a sus hijos. ¿Ha recibido usted sus cartas y sus telegramas?

—Sí, pero no puedo hacer nada. No puedo regresar. Y aunque pudiera, no tengo dinero.

—Eso no es problema —respondí, tratando de mostrarme optimista—. Mi marido falleció y tengo algún dinero...

—Lo siento, no puedo ir.

—¿Pero qué será de los hijos de Lan? El Vietcong los matará.

—Lo lamento mucho, Ly. Lamento lo que sucede en su país. Pero no puedo hacer nada. Les deseo suerte a usted y a Lan, pero le ruego que no vuelva a llamarme.

Tras esas palabras colgó, dejándome profundamente abatida.

Al cabo de unos días recibí un telegrama desesperado de Lan en el que decía que el tiempo apremiaba y que iba a utilizar el poco dinero que le quedaba para intentar huir.

Estrujé el telegrama entre las manos y rompí a llorar como una niña al recordar las numerosas aventuras y desgracias que había compartido con mi hermana Lan a lo largo de nuestras cortas, terribles y maravillosas vidas. No podía soportar la idea de perderla. No de ese modo. Durante los últimos dos meses había estado pendiente del teléfono, el televisor y los telegramas de Lan. No era capaz de comer ni de conciliar el sueño. Hasta había dejado de venirme la regla. Al parecer, si mi familia no conseguía sobrevivir a la guerra, yo tampoco lo conseguiría.

Dennis me abrazó y dijo:

—No te preocupes, Ly. En último caso, iré yo.

—¿Qué quieres decir? —pregunté incrédula.

—Quiero decir que iré a Vietnam y traeré a tu hermana Lan y a sus hijos a Estados Unidos, si eso es lo que deseas.

—¡Cómo no voy a desearlo! ¡Es como si me salvaras la vida! ¡Salvarás la vida de mi hermana! ¿Cómo puedo agradecértelo?

—¿No se te ocurre nada? A mí, sí —contestó sonriendo.

Me sentía confusa. Había dado a Dennis cuanto podía darle, mi cuerpo, mi casa, el cariño de mis hijos... ¿Qué más quería?

—Quiero que te cases conmigo cuando regrese —dijo—. Ésa es mi única condición.

—Me dejas de piedra —respondí. En efecto, me sentía como si me hubiera dado un puñetazo en el estómago—. Tengo que meditarlo.

—De acuerdo. Pero date prisa. Lleva tiempo conseguir un visado y la situación de tu país es desesperada.

Ta phai hy sinh, más deudas de conciencia y deber. Mi padre solía decir: «*Cuu mot nguoi tren duong gian hon ngan nguoi duoi am phu*» (es mejor salvar una vida en la Tierra que mil almas en el infierno). Ahora comprendía que tenía razón, sobre todo puesto que se trataba de la vida de mi hermana.

—De acuerdo —contesté—. Me parece un precio justo.

—No es un precio, Ly —dijo Dennis, besándome—. Es tu futuro. Dan ya no forma parte de tu vida. Quiero que tú y los niños compartáis oficialmente vuestra vida conmigo.

Dennis se puso manos a la obra inmediatamente. Desde enero trabajaba para los servicios aduaneros estadounidenses. Aunque no percibía un sueldo elevado, su posición facilitó la renovación de su pasaporte y obtención de un visado vietnamita. Por mi parte, saqué todos mis ahorros —casi diez mil dólares, que habían estado destinados a mi vejez y a los estudios de mis hijos— y se los entregué a Dennis. Estaba acostumbrada a confiar en la suerte o la providencia o dios para que me salvaran. A partir de ahora, tendría que añadir a Dennis a esa lista.

Una vez que concedieron a Dennis el visado sobre la base de que era un «misionero» que iba a Vietnam para «salvar una vida», llamé a todas mis amigas vietnamitas para preguntarles si deseaban enviar dinero, o incluso a sus maridos, con Dennis para sacar a sus familias del país. Todos ellas, sin excepción, rechazaron mi oferta.

—Dennis está loco —dijo Huong, aunque ella también tenía parientes en Vietnam que corrían peligro—. Y tú estás aún más loca por arriesgarte a perderlo.

Lógicamente, temía por la suerte de Dennis. Iba a una capital destrozada por la guerra y a punto de sucumbir, a un país extraño donde hablaban una lengua que desconocía, para rescatar a una mujer y a unos niños a los que jamás había visto. El premio era casarse con una mujer que no lo amaba, pero ¿qué le importaba eso? Estaba locamente enamorado. ¿Acaso no había corrido yo unos riesgos parecidos para estar junto a Dan?

Cuando Dennis partió envié un telegrama a Lan diciéndole que un hombre llamado Dennis Hayslip se reuniría con ella en el hotel Embassy, en Saigón, dentro de dos días. No le dije que llevaba dinero, pues temía que mi mensaje fuera interceptado por un funcionario corrupto.

Ese pensamiento reavivó mi antigua paranoia. Desde que había entregado mis ahorros a Dennis, temía que éste se largara con el futuro de mis hijos, o que una bomba le hiciera pedazos, o que unos delincuentes lo asaltaran en la calle. También sabía que podía ser linchado por la multitud por el mero hecho de ser norteamericano. La película que veía mentalmente era mucho peor que los documentales que veía en la televisión.

También me preocupaba la reacción de la familia de Dennis en caso de que éste no regresara. ¿Cómo iba a explicarle a su madre, una sencilla mujer del Medio Oeste, que su hijo había muerto por hacer un favor a una estúpida joven vietnamita que ya había enterrado a un marido? ¿Cómo reaccionaría yo si un día Jimmy se empeñaba en hacer un favor similar a una mujer que no era su esposa y que ni siquiera lo amaba? Era una situación terrible y al mismo tiempo inevitable. Era como la misma guerra.

Como era de esperar, mi estómago eligió precisamente ese momento para demostrarme que compartía mis inquietudes. Me pasaba el día vomitando, y el dolor era tan agudo que apenas podía sostenerme en pie. A medida que transcurrían los días traté de convencerme de que Dennis había tenido éxito en su empresa, aunque las noticias de la televisión eran como una cuenta atrás, como si Saigón estuviera a punto de desaparecer de la faz de la Tierra.

Para colmo, Tommy, que tenía cuatro años, y Jimmy, que había cumplido siete (quienes trataban de ayudarme no peleándose entre sí y realizando algunas tareas domésticas) me preguntaban constantemente: «¿Dónde está papá?» Yo señalaba el televisor y contestaba: «Con Ba Ngoai (la abuela).» Tal vez fuera cierto.

La situación en Vietnam se agravó hasta tal extremo que el Departamento de Estado dio un teléfono por televisión al que podían llamar los parientes de los soldados y los ciudadanos vietnamitas que desearan recibir una información más detallada. Al fin, tras intentar llamar en repetidas ocasiones, sólo conseguí oír una voz grabada que decía que todas las comunicaciones entre Estados Unidos y la República de Vietnam habían sido interrrumpidas, incluyendo los vuelos.

Colgué el teléfono bruscamente y me puse a llorar y a maldecir. Si mi hermana Lan estaba viva, no era gracias a mis míseros esfuerzos, sino a su sangre Phung Thi. Estaba convencida de que Dennis no regresaría jamás. Por primera vez sentí lástima de los oficiales norteamericanos que se veían obligados a enviar a unos novatos a luchar —a unos niños en una misión para hombres—, en aras de un elevado ideal. No existe ideal más elevado que la supervivencia, y en estos momentos ese ideal estaba muy lejos para las personas a las que yo quería.

Coloqué la foto de Dennis, de Lan y de sus dos hijos en mi pequeño altar, quemé un poco de incienso, ofrecí arroz, dinero y ropas de papel y recé fervorosamente por sus almas una vez cada hora durante el tiempo que permanecía despierta.

Un día sentí una punzada en la barriga y caí al suelo. Permanecí tendida, observando las sombras, rezando, maldiciendo y pensando. Mis hijos se tumbaron junto a mí, llorando de hambre, como unos cachorritos junto a su madre agonizante. No recordaba la última vez que les había dado de comer. Al fin, tras no pocos esfuerzos, conseguí arrastrarme hasta el teléfono y llamé a Linda. «Soy Ly. Ven inmediatamente», le dije. Al cabo de unos segundos, o tal vez fueran unas horas o unos días, Linda apareció en mi cuarto de estar, junto al altar envuelto en humo, al televisor que seguía encendido y a mis aterrados hijos. Después de llevar a Jimmy y a Tommy a casa de una vecina, me acompañó al hospital.

En una aséptica habitación verde le conté al médico mis problemas medio en inglés y medio en vietnamita. Era una mezcla de mi historial médico, el historial de mi familia y una confesión en mi lecho de muerte. No sabía si el médico me comprendía, y en realidad no me importaba. Tras examinarme, me administró una inyección para calmarme y me dijo que debía permanecer aquella noche en el hospital. Luego, mientras empezaba a sentir los efectos de la inyección, el buen hombre sonrió y me dijo algo que confiaba en que me alegraría.

—Procure dormir, señora Munro. Tanto usted como su hijito lo necesitan.

¡Sólo me faltaba un hijo que pronto se quedaría huérfano de padre! Mientras me hacían las pruebas para confirmar mi embarazo, los médicos y las enfermeras del hospital se esforzaron en mantenerme calmada para que no sufriera un aborto. Como no me dejaban ver la televisión, tuve tiempo de reflexionar y comunicarme con mi yo superior. Consulté a mi padre, a Ed y a otros espíritus que de vez en cuando me visitaban, durante mis sueños y mis meditaciones. Me habían designado de nuevo la depositaria de un alma en tránsito. En cierto aspecto, era otra pesada carga para alguien que había demostrado ser indigna. Visto desde otro punto de vista, sin embargo, me recordó quién era: Phung Thi Le Ly. Me confirmó mi papel en la vida, al menos tal como yo lo consideraba, y me dio una última oportunidad para demostrar el poder del amor por encima del odio.

Pese a los consejos de mi médico, lo primero que hice al regresar a casa, el 23 de abril, fue encender la televisión. El presidente Ford estaba pronunciando un discurso en Nueva Orleans, declarando que la guerra había «terminado», no que la habían ganado ni perdido, sino que simplemente había cesado. Dos días más tarde, Thieu, el presidente republicano, abandonó Saigón y al cabo de cuatro días, el general «Big» Minh asumió el poder. La mayoría de las estremecedoras imágenes procedía de los barcos estadounidenses atracados frente a la costa.

Se veía a los helicópteros de rescate realizando unos aterrizajes forzosos en el mar, o unos helicópteros vacíos que eran arrojados de las cubiertas de los barcos para que pudieran aterrizar otros. Yo contemplaba las imágenes atentamente, confiando en ver a Lan o a Dennis, pero todos los refugiados tenían el mismo aspecto, sucio y aterrado, como unos *vu lan*, unos espectros.

Las pocas imágenes televisivas que llegaban de tierra mostraban a gente encaramada a la verja de la Embajada estadounidense, situada en la calle Thong Nhat, enfrentándose a la policía militar con palos y rifles, mientras los helicópteros recogían a unas pocas personas que habían conseguido subirse al tejado del edificio.

El 30 de abril, un tanque norvietnamita atravesó la verja del palacio del presidente republicano y aparcó en medio del césped. El comandante agitó los brazos y sonrió como un niño travieso. Si una semana antes la guerra había «terminado» para los políticos, ahora había cesado también para el pueblo. Yo lancé un suspiro, un fría ráfaga de viento de la montaña de cadáveres en que se había convertido mi país.

Luego saqué mi agenda y llamé a todas las personas que conocía, para compartir con ellas mis lágrimas, para obtener información y para celebrar la paz.

Desgraciadamente, las pocas noticias que tenían eran malas. Nadie sabía nada que no hubieran dicho por televisión. Las comunicaciones habían sido interrumpidas y nadie sabía cuándo volverían a reanudarlas. Vietnam parecía una tumba sellada.

La televisión norteamericana prácticamente dejó de ocuparse de Vietnam. Las pocas veces que hablaban del tema, lo hacían los políticos y los analistas. A los norteamericanos no les gustan los perdedores y estaban hartos de la historia de Vietnam. Por fortuna, los reporteros locales no podían ignorar los miles de refugiados que llegaban a diario a los puertos y aeropuertos del sur de California, sobre todo a Camp Pendleton, en la costa, al norte de San Diego. El verlos congregarse junto al mar, con los buques estadounidenses como telón de fondo, era como contemplar de nuevo a los primeros marines que habían aterrizado hacía diez años en China Beach, aunque en esta ocasión los papeles estaban cambiados. Los marines, que no habían conseguido llevar la paz a Vietnam, traían ahora a unos vietnamitas hambrientos de paz a Norteamérica. Yo no era optimista sobre la recepción que les dispensarían ni la vida que hallarían aquí esos refugiados, pero en todo caso sería mejor que la que habían dejado atrás.

Casi tres semanas después de partir Dennis y una semana después de la caída del Sur, me había resignado a enfrentarme sola a la vida. Por consiguiente, cuando una noche sonó el timbre de la puerta supuse que era un telegrama del Departamento de Estado o de la Cruz Roja comunicándome que Dennis había muerto.

—¿Quién es? —pregunté.

En lugar de responderme un mensajero de la Western Union, oí las risas de un niño.

Al abrir la puerta vi a mi hermana Lan, con aire cansado y casi tan envejecida como mi madre, acompañada por sus dos hijos.

—*Troi oi!*, ¡Dios mío, no puedo creer que seas tú! —exclamé, abrazándola mientras las dos reíamos a través de nuestras lágrimas.

—¿Dónde está Dennis? —pregunté inquieta.

Al asomarme vi a Dennis descargando el equipaje del taxi que los había traído del aeropuerto. Salí corriendo —aunque iba en camisón— y me arrojé en sus brazos. A la luz del porche observé que estaba sin afeitar y que parecía extenuado.

Desperté a los niños y les presenté a Eddie, de siete años —su primo vietnamita del que apenas se acordaban— y a Robert, de cuatro. Ambos presentaban un aspecto desnutrido, lo cual era comprensible, pero pronto se recuperarían. Lo que más preocupaba era el temor que observaba en sus ojos y en sus gestos, como si no se fiaran ni de su propia sombra. Se referían a Dennis como *Ong My*, «el señor americano», aunque no estuviera presente.

Mientras los niños se familiarizaban con los juguetes y los baños norteamericanos, yo mostré a Lan nuestra casa. En su rostro advertí una reacción idéntica a la mía cuando contemplé por primera vez el lujo de un hogar norteamericano.

—Todo es maravilloso —dijo Lan en vietnamita, temerosa incluso de tocar los interruptores eléctricos—. Dennis debe de ser muy rico. Te trata como a una reina.

—Te equivocas. Todo esto es mío —contesté—. Dennis trabaja, pero aparte de pagar una parte de la hipoteca y algunos gastos de la casa, todo corre por mi cuenta. De todos modos, para los americanos, esto no tiene nada de especial. Tengo más dinero que algunas personas, pero no soy tan rica como muchos otros.

Comprendí que Lan, aunque no acababa de creerme, no tardaría en acostumbrarse a este extraño país donde todo —incluyendo la relación habitual entre la hermana mayor y la menor— estaba trastocado. Como estaba demasiado excitada para intentar siquiera conciliar el sueño, les pedí que se sentaran alrededor de la mesa y me relataran su fuga. Yo, por mi parte, les conté la impresión que me habían causado las imágenes que había visto en la televisión de la caída de Saigón.

—Eso no es nada —respondió Lan—. Todas las autoridades huyeron a finales de marzo. El presidente Nguyen Van Thieu se largó con seis toneladas de oro y dejó una grabación para las tropas, conminándolas a apoyarlo y luchar a su lado. ¿No es increíble? En más de una ocasión hubiera dado mi salario de un mes por ver a un policía, aunque fuera corrupto, pero todos los que servían a los norteamericanos se marcharon precipitadamente. Durante las últimas semanas, la ciudad estaba gobernada por los taxistas, los conductores de *siclos*, los obreros, los tenderos y los refugiados. Utilizaban la anarquía para vengarse de las personas por culpa de las cuales habíamos perdido: los soldados del Gobierno, los burócratas y los norteamericanos lo bastante estúpidos como para quedarse. Dennis consiguió salvarse por los pelos.

—¿Tuviste algún problema para llegar al hotel y reunirte con Lan? —pregunté a Dennis.

—Oh, no —contestó—. El taxista trató de estafarme y nos peleamos. Era un tipo bajito, pero tenía un cuchillo.

—¿No estás herido?

—Yo era policía, ¿recuerdas? —contestó Dennis, echándose a reír—. El caso es que Lan consiguió que un abogado redactara un certificado de matrimonio falso. Dijo que era la única forma de que un súbdito vietnamita pudiera salir del país. Lo malo fue que incluso ese hijo de puta trató de estafarnos. Después de pagarle sus honorarios, nos pidió más dinero. Yo me opuse rotundamente, pero Lan decidió negociar con él. Al fin, ese cabrón consiguió que tu hermana transfiriera a su nombre todo el dinero que tenía en el banco. No era mucho, pero era cuanto poseía.

—Todavía me queda un poco de oro que logré sacar del país —dijo Lan con orgullo.

Por supuesto, Lan era igual que todos los refugiados vietnamitas. El oro, como los niños, constituía su futuro. Posteriormente me enteré de que unos hombres de negocios chinos se habían forrado aquella primavera comprando el oro que los refugiados habían conseguido sacar del país por la mitad de su valor. Siempre hay alguien dispuesto a aprovecharse de la desgracia ajena.

—¿Cuánto? —pregunté, tratando de disimular mi enojo. Al fin y al cabo, Dennis todavía conservaba más de la mitad de los diez mil dólares que le había dado para la fuga. El que mi hermana se dejara estafar y se viera obligada a regresar por pasar contrabando me parecía el colmo de la avaricia y la estupidez.

—Alrededor de media docena de láminas de veinticuatro quilates. Dennis las llevaba en las botas.

—¿De modo que obtuviste un visado para Estados Unidos?

—Sí, una vez que conseguimos el certificado de matrimonio no tuvimos ningún problema —respondió Dennis—. Los comunistas estaban tan cerca, que el Departamento de Estado supuso que no iba a engañarles. Querían que me largara lo antes posible. Lan y los chicos eran simples maletas.

—¿Cuándo salisteis del país?

—El veintiocho de abril.

—¡Dios mío! ¡Dos días antes de que ocuparan la ciudad! —exclamé.

—Eso creo —dijo Dennis.

Me alegré al saber que no habían corrido peligro alguno durante esas últimas horas, pese a la angustia que yo había experimentado.

—Seguramente sabes más acerca de lo que pasó después que nosotros —dijo Dennis—. Nos enviaron a Guam y luego cogimos un avión hasta Pendleton. Era como estar de nuevo en el Ejército.

—Pero ¿por qué no me telefoneasteis?

Dennis y Lan se miraron perplejos.

—A decir verdad, al principio no se me ocurrió —contestó Dennis—. Luego, cuando pensé en ello, o no encontraba un teléfono o la línea estaba ocupada. En cualquier caso, hemos llegado sanos y salvos y eso es lo que cuenta.

—¿De modo que os habéis casado? —pregunté. Esa táctica no formaba parte del plan. Supuse que Dennis sobornaría a algún funcionario o compraría unos documentos falsos de misionero para salir del país, pero no imaginaba que llegaran a contraer matrimonio.

—Sólo a los ojos del Departamento de Estado —dijo Dennis—. Lo cual significa que tendremos que pedir la anulación. En el peor de los casos, siempre podemos ir a México para conseguir un divorcio rápido.

—Francamente, estoy muy sorprendida —dije, esbozando una sonrisa forzada—. Pero yo también os tengo reservada una sorpresa.

Dennis se alegró mucho cuando le comuniqué que iba a ser padre, no sólo porque le gustaban los niños, sino porque estaba convencido de que un hijo nos uniría más.

Al cabo de un tiempo, Lan recibió su tarjeta verde, pero cuando trató de cambiar su nombre alegando que el matrimonio había sido anulado sin presentar ninguna prueba, el Servicio de Inmigración y Nacionalización le obligó a devolverla. En vista de ello, Dennis le propuso que se divorciaran en México.

Al igual que yo, Lan tuvo que aprender a ser una ciudadana norteamericana. Yo le enseñé cómo utilizar la lavadora, el lavavajillas, el triturador de desperdicios y demás aparatos indispensables en todo hogar norteamericano. Lan disponía de su propio dormitorio, un verdadero lujo en nuestro país. Los niños compartían el segundo dormitorio (aunque Robert solía dormir con su madre), y Dennis y yo ocupábamos el tercero. Aunque Eddie tenía la edad de Jimmy, todavía sufría pesadillas sobre la guerra y se pasaba las noches gritando. Todas las mujeres vietnamitas trataban a sus primogénitos como reyes, y Lan y yo no éramos ninguna excepción, pero Jimmy se había convertido en un chico muy independiente y hubiera resultado absurdo que le mimara y le hiciera carantoñas. En este aspecto, mi hermana y yo éramos muy distintas. Sin embargo, eso no me disgustaba. Al contrario, puesto que observaba todas las fiestas y tradiciones vietnamitas importantes, consideraba que mi americanización me había enriquecido, me había convertido en una mujer con dos culturas en vez de una. Pero no todo el mundo coincidía conmigo.

Al cabo de un mes, Eddy ya había comenzado a asistir a la escuela (donde aprendió a no comportarse como un príncipe). Fuimos a Tijuana en coche para solicitar el divorcio de Dennis y Lan. Como es lógico, el suyo no era el único matrimonio interracial de conveniencia que era anulado aquel día. El lugar estaba lleno de hombres caucásicos y mujeres orientales, muchas de las cuales eran vietnamitas. Yo insistí en que Dennis y Lan hacían una estupenda pareja y pregunté secretamente a mi hermana si no se sentía más cómoda con un marido norteamericano legal. Pero Dennis estaba resuelto a divorciarse y Lan confiaba en volver con Petey Bailey.

Aquel mismo día, el 21 de julio de 1975, Dennis y yo obtuvimos nuestro certificado de matrimonio. Sin embargo, ninguna institución norteamericana respetable aceptó nuestro matrimonio mejicano, de modo que un año más tarde fuimos a Las Vegas y nos casamos de nuevo en una pequeña capilla. Yo recité los votos cristianos en inglés y los testigos contratados para la ocasión aplaudieron, pero las lágrimas que se deslizaban por mis mejillas no eran precisamente de felicidad.

A medida que transcurrían los meses, nuestra numerosa familia iba hundiendo sus raíces más profundamente en tierra norteamericana. Los chicos se llevaban estupendamente y se divertían diciendo a la gente que tenían tres hermanos, dos madres y un padre. Jimmy y Tommy ayudaban a los hijos de Lan a perfeccionar su inglés, mientras que Eddie y Robert les enseñaban a construir instrumentos musicales y juguetes con latas vacías y otros objetos inservibles, tal como habían aprendido a hacer en las calles de Saigón y Danang.

No todo el mundo apreciaba esta mezcla de culturas. Jimmy y Tommy estaban acostumbrados a que otros chicos les llamaran chinos y mestizos, pero en más de una ocasión Eddie y Robert regresaban a casa con un ojo a la funerala y sangrando por la nariz.

Al cabo de un tiempo, los chicos decidieron ocultar sus orígenes, es decir, el hecho de pertenecer a la raza «enemiga» contra la que los padres y hermanos mayores de sus amigos habían luchado. A veces simplemente decían que eran hawaianos o mejicanos. Otras, sin embargo, les resultaba más difícil ocultar la verdad. En cierta ocasión, la maestra de Jimmy pidió a sus alumnos que escribieran una breve autobiografía. Jimmy me rogó que le contara todo cuanto recordaba sobre su infancia, cosa que hice encantada. Al final, cuando me leyó lo que había escrito, me sentí conmovida al oír mis recuerdos expuestos con la inocencia y espontaneidad de un niño.

Al cabo de un tiempo, con motivo de una reunión de padres en la escuela, hablé con la maestra de Jimmy y le hice numerosas preguntas relacionadas con la educación de mi hijo. Ésta me mostró con orgullo una pared cubierta con las autobiografías de sus alumnos, entre las cuales, sin embargo, no figuraba la de Jimmy. Extrañada, pregunté a la maestra qué había pasado, pues mi hijo se tomaba muy en serio los deberes escolares y recordaba la noche en que habíamos evocado juntos sus años infantiles.

La maestra sacudió la cabeza y contestó:

—Ésa fue la única vez que Jimmy no hizo la tarea que le encomendé.

Lan no dejaba de hablar sobre P.T. Bailey. Le dije que lo olvidara, del mismo modo que mis amigas habían tratado de hacerme olvidar a Dan. Al igual que Ed, Petey era un hombre mayor y un civil, no un soldado, pero, a diferencia de Ed, le gustaba gastar dinero. Éste era uno de los motivos por los cuales Lan nunca le había insistido en que se casara con ella, por temor a tener que mantenerlo. Ahora, en su soledad, Lan se había convencido de que en su tierra Petey se comportaría de forma distinta, sobre todo si se casaban. De hecho, cuanto más se aislaba mi hermana de la sociedad norteamericana, más obsesionada estaba con Petey, hasta el punto de que empecé a pensar que no sería mala idea que un hombre se ocupara de ella y de sus dos hijos.

Pero no P.T. Bailey.

En este caso, «mamá Ly» tenía razón. No quería que mi hermana cometiera los mismos errores que había cometido yo, de modo que le dije que dejara de obsesionarse con Petey.

Lan decidió invitarle a pasar unos días con nosotros. Apenas había cambiado, aunque lógicamente estaba más viejo. Era un hombre alto, muy delgado, de pocas palabras y que fumaba incluso más que Ed. Por su forma de vestir y su aspecto en general, no parecía tener mucho dinero. Casi nunca echaba mano de la cartera, ni siquiera para pagar la consumición de Lan en las raras ocasiones en que íbamos a algún sitio, generalmente a una hamburguesería.

Dado que Petey había estado parado desde su regreso de Vietnam, lógicamente no tenía prisa por marcharse. Al cabo de un mes, nuestra casa de tres dormitorios, en la que vivíamos siete personas, parecía un campamento de refugiados. El sueldo y los beneficios que cobraba Dennis ayudaban un poco, pero básicamente vivíamos de lo que yo ganaba como sirvienta, lo cual no era suficiente.

Un día traté de hablar con Lan sobre el asunto, lo cual era un tanto delicado. Aunque sabía que debía hablarle francamente sobre Petey y exigirle que buscara un trabajo y un lugar donde alojarse, temía su reacción. Todavía recordaba con pavor la forma en que me había tratado en Vietnam cuando nuestros padres la habían obligado a acogerme en su casa al quedarme embarazada. Así pues, esperé a que Dennis tuviera un día libre y se quedara en casa para hablar con ella.

—En realidad, Nam Lan —dije en vietnamita, utilizando el nombre con el que solíamos llamarla en casa (la hermana «número cinco») y tratando de mostrarme diplomática—, tienes mucha suerte. Cuando yo llegué aquí, no tenía oro. Ed me trataba como si fuera su hija y sus parientes no me hacían el menor caso. Con tu dinero, tu facilidad para los idiomas y tu experiencia como ayudante de enfermera, puedes conseguir un buen empleo y alquilar un bonito apartamento. Podrías vender el oro y colocar el dinero en el banco, y utilizar una parte para comprarles ropa a tus hijos, de modo que no tengan que ponerse la de Jimmy y Tommy...

—De acuerdo —me interrumpió Lan. Se dirigió a su habitación, regresó con dos láminas de oro que guardaba debajo del colchón y las arrojó sobre la mesa, diciendo—: No sabía que eras tan pobre. Si eres tan pobre, no debiste sacarme de Vietnam, porque ahora eres responsable de mí. Tú y los norteamericanos. Vosotros me convertisteis en una refugiada, y debéis pagar por ello. Pero no soy una avara. Si quieres mi oro, aquí lo tienes. Puedes gastarlo en ropa, hamburguesas o lo que quieras.

—Por favor, no quiero tu oro. Es que Pete...

—Así que ahora vas a quejarte de Pete, ¿eh? ¿Y Dennis? Lo acogiste cuando no tenía trabajo. ¿Por qué no das a Pete la misma oportunidad? Dennis no gana lo suficiente para mantenerte, a pesar de que tiene un trabajo. ¿Cómo puedes quejarte de Petey? De todos modos, Dennis firmó unos papeles en Vietnam comprometiéndose a responsabilizarse de mí en Estados Unidos. Quizá deberías hablar con él y obligarlo a cumplir su promesa.

Nuestra discusión se hizo más violenta, pero al menos no recibí un puñetazo. Dennis se asomó unos segundos, nos saludó con la mano y se largó a su bar favorito. Lan se encerró en su habitación y yo pasé el resto de la mañana llorando hasta la hora de irme a trabajar.

Por supuesto, no siempre discutíamos Lan y yo. Con frecuencia hablábamos sobre nuestra familia, especialmente sobre los años anteriores al comienzo de la guerra con Norteamérica. La gente olvida que la vida es muy dura para los campesinos incluso en tiempos de paz. Los desastres naturales —los tifones y las sequías— se ceban en nosotros al igual que las bombas y los proyectiles. En tiempos de paz, sin embargo, esas tragedias las aceptamos más fácilmente por ser voluntad de dios. Lan y yo recordábamos las noches en que trabajábamos a la luz de la luna, cuando de día hacía demasiado calor en los arrozales; a nuestro búfalo, al que conducíamos con un palo como si fuera un patito en lugar de una bestia de quinientos kilos; las casitas de barro que construíamos después de haber llovido y las partidas de naipes durante el Tet. A medida que charlábamos, nuestros recuerdos y nuestras lágrimas fluían apresuradamente, disolviendo nuestras diferencias.

—¿Recuerdas —dijo Lan— cuando yo trabajaba para aquella familia rica en Saigón y nuestro hermano Sau Ban vino a visitarme? Le di las sobras del almuerzo del patrón y charlamos un buen rato. Luego, Sau Ban me abrazó y me dijo que se marchaba lejos y no sabía cuándo regresaría. Se marchaba al frente, pero yo no lo sabía. Temía pedirle que me diera más detalles, pero al cabo de unas semanas me encontré con Hai y me dijo que nuestro hermano había ido a luchar con las tropas de Tío Ho. De haber sabido que iba a incorporarse al Vietcong, habría tratado de retenerlo. La familia para la que yo trabajaba era muy rica e influyente y habría podido ayudarle a conseguir un trabajo en Saigón, lejos del campo de batalla.

El dolor que advertí en su voz revelaba otro aspecto de Lan, la afectuosa hermana que se ocupaba de todos nosotros excepto de Hai, que era mayor que ella. Había olvidado que Lan había cuidado de Sau Ban, al igual que de mí, durante los primeros años de nuestra infancia, mientras nuestra madre trabajaba en los campos. Bon Nghe estaba muy unido a Lan por ser unos pocos años menor que ella, pero era un chico, y además el hijo mayor, el portador del nombre de nuestra familia. Nuestros padres le habían dedicado todos sus esfuerzos y su amor, mientras Lan tenía que permanecer en casa para ocuparse de nosotros o trabajar en los campos de nuestros vecinos.

En cierta ocasión en que Lan y Bon Nghe estaban dando de comer a nuestros animales, empezaron a caer bombas francesas. Mis hermanos huyeron despavoridos, al igual que los animales. Bon Nghe llegó a casa y nos relató lo ocurrido, pero Lan no apareció hasta al cabo de varios días, cuando nuestros padres ya habían decidido por fin ir en su busca. Mi madre se justificó diciendo que estaban convencidos de que Lan había muerto, pero no creo que Lan lo creyera. Cuando cumplió los quince años, nuestra madre la envió a Danang para que se pusiera a trabajar y ayudara a mantener la familia. Como era una ignorante campesina, sólo le ofrecían trabajos sucios y sus patronos se aprovechaban de ella. Lan solía decir que comprendía los motivos de nuestra madre, pero creo que se sentía como si la hubieran echado de casa, como si su valor de hija se midiera tan sólo por la cantidad de dinero que era capaz de ganar. Nunca hablamos de ello, pero creo que éste era uno de los motivos por los que Lan se convirtió en una joven solitaria, en la oveja negra de la familia, al menos hasta que yo le arrebaté ese título. Por ese motivo, siempre procuraba disculparla.

A mediados de noviembre de 1975, la situación había mejorado relativamente. El tiempo había curado algunos de los problemas que aquejaban a nuestra numerosa familia, si bien había agravado otros.

Pete Bailey obtuvo un contrato de un año para trabajar en Groenlandia y prometió enviar un cheque mensualmente para ayudar a Lan y a los chicos a establecerse en Norteamérica. Yo ayudé a Lan a conseguir un trabajo de ayudante de enfermera en un hospital cercano a nuestra casa. Por el lado negativo, mi embarazo empezaba a ser evidente y dentro de poco tendríamos que transformar el dormitorio de Lan en un cuarto para el bebé. Sabía que ello provocaría otra *cai va voi nhau* —otra discusión entre hermanas—, pero esta vez traté de dominar la situación.

—Mira —le dije un día sonriendo, mientras le mostraba unas llaves—. Son para ti.

—¿Has cambiado la cerradura? —me preguntó Lan—. ¿Acaso has arrojado a Dennis de casa? Me alegro.

—No seas tonta —contesté—. Son las llaves de un nuevo apartamento que he alquilado para ti y para los niños. Está a pocos kilómetros de aquí, de modo que nos veremos con frecuencia, y está tan cerca del hospital donde trabajas que puedes ir andando. Te encantará. He llenado la despensa con comida para un mes.

—Muchas gracias. No puedo creer que estemos discutiendo de nuevo, Bay Ly. ¿Quieres más oro, quieres robar a mis hijos su patrimonio? ¡De acuerdo! ¡Cógelo!

Era inútil tratar de razonar con ella, pues no admitía ningún otro punto de vista. Insistió en que, por ser mi hermana mayor, ella mandaba en los asuntos familiares. Puesto que era dudoso que algún otro miembro de nuestra familia hubiera sobrevivido a la caída del sur, ese hecho solía bastar para poner fin a la discusión.

Excepto ese día.

Lan solía acompañarme a recoger a los niños a la salida de la escuela. Ese día, en lugar de regresar a casa, llevé a Lan y a sus hijos al nuevo apartamento. Era un viejo edificio situado en un viejo barrio, no tan elegante como Santee, pero infinitamente mejor que el apartamento que había ocupado Lan en Vietnam. Pedí a Dennis que se reuniera con nosotras allí, en parte por motivos de seguridad, en caso de que Lan montara una escena, y en parte para demostrar a mi hermana que era una decisión familiar, tomada por mi nueva familia norteamericana, incluyendo a mi marido.

Mientras le enseñaba el pequeño apartamento, consistente en dos dormitorios y una cocinita, Lan no dejaba de mirarme con expresión furibunda. Es cierto que los muebles eran un tanto viejos, pero al cabo de unos meses, con lo que ganaba en el hospital o el dinero que le enviaba Petey, podría comprar otros. Teniendo en cuenta que hacía tan sólo seis meses se hallaba en una situación prácticamente desesperada, ese apartamento era como una suite en el Ritz. Al cabo de un rato, Dennis y yo nos marchamos prometiendo regresar más tarde con sus cosas, lo cual hicimos aquella misma tarde.

El purgatorio de Lan no duró mucho. Al cabo de un año Petey regresó y, fiel a su palabra, se casó con ella. Yo tenía serias dudas acerca del éxito de ese matrimonio, pero no quise entrometerme. Lan era feliz, y eso era lo más importante.

Poco tiempo después fue Dennis quien empezó a mostrarse quisquilloso.

Dennis era profundamente religioso, y yo había cometido el error de hablarle sobre las apariciones de Ed. Al principio no les concedió la menor importancia, atribuyéndolas a mi imaginación, a mi cultura pagana.

—Si arrojaras ese absurdo altar a la basura —dijo—, dejarías de sufrir alucinaciones.

En cierto modo, tenía razón. Si yo destruía la casa de los espíritus de mis antepasados, éstos me abandonarían, pero al mismo tiempo nuestros problemas se agravarían. No obstante, Dennis había notado que sucedían «cosas extrañas» en nuestra casa, las cuales ni siquiera su educación occidental y sus creencias baptistas podían explicar.

Un tarde, mientras recogía los platos en la cocina y Jimmy estaba sentado a la mesa comiéndose un sándwich, abrí el armario y quedé cegada por una intensa luz, que se desplazó hacia la izquierda y la derecha y luego desapareció.

—¡Caray, mamá! —exclamó Jimmy—. ¿Cómo lo has conseguido?

Estaba tan acostumbrado a ver cosas extrañas en este país de prodigios tecnológicos que no se asustó lo más mínimo.

—¿Tú también lo has visto?

—Claro. ¿Cómo lo has hecho?

Más tarde, cuando conté a Dennis lo de nuestro «truco mágico», preguntó a Jimmy qué había visto. Al cabo de unos minutos salió de la habitación del niño perplejo, pero no convencido.

—Jimmy dice que vio algo parecido a un reflejo. No sé, puede que fuera electricidad estática.

Al cabo de unos días, mientras estaba leyendo en la cama, esperando a que Dennis viniera a acostarse, apareció de pronto pálido y sudoroso.

—¡El muy hijo de puta! —exclamó, más asombrado que enojado.

—¿Qué pasa? —pregunté—. ¿Te encuentras mal? ¿Quieres un poco de agua?

—No vas a creerlo —contestó Dennis, enjugándose el rostro con una toalla—, pero acabo de ver a Ed.

—Claro que te creo. Yo lo veo con frecuencia.

—Quiero decir que he visto a Ed, de pie, a tres metros de distancia. Era como una diapositiva, tan pronto apareció como se esfumó. Estoy harto de esta casa —dijo Dennis, cerrando la puerta como para impedir que entraran otros fantasmas—. He decidido que nos mudemos.

El 19 de diciembre de 1975, poco después de que a Dennis se le apareciera Ed, nació Alan, mi tercer hijo. Al igual que todos mis hijos, era un bebé muy hermoso que nos llenó de alegría. Dennis se sentía tan orgulloso de ese hombrecito que llevaba su apellido, que accedió a que mis otros dos hijos lo llevaran también, aunque no los adoptó legalmente. Una familia consiste en algo más que un apellido, pero yo me sentía muy satisfecha.

Cuando Dennis se empeñaba en hacer algo, nada ni nadie podía disuadirlo. Se enamoró de una casa de dos plantas y cinco habitaciones, ubicada en un callejón sin salida en San Diego, y utilizó el dinero de la venta de mi casa en Santee y el préstamo que le había hecho el Ejército para adquirirla en marzo de 1976. Yo no estaba segura de que podríamos pagar los plazos, pero Dennis no sólo deseaba comprar una nueva casa, sino celebrar un exorcismo que restituyera la tranquilidad a su espíritu.

Aunque para Dennis nuestra nueva casa significaba un paso adelante, para nosotros era un paso atrás. Santee era una comunidad formada por veteranos de la Marina en la que vivían numerosas familias de clase obrera. En nuestro nuevo barrio de San Diego residían principalmente trabajadores de cuello blanco, de modo que la gente era más reservada y no sentía el menor interés hacia un ex combatiente y su esposa oriental. En el mundo de Ed, yo constituía un exótico objeto de decoración. En este distinguido barrio elegido por Dennis, sin embargo, me consideraban poco menos que una sirvienta asiática.

No obstante, contraté a un geomántico vietnamita para que valorara la casa. En Oriente, las parejas prudentes no suelen instalarse en una casa hasta que un astrólogo ha estudiado todos sus aspectos, como la instalación de la puerta principal, la orientación del lecho, etcétera.

El astrólogo que había contratado vino a vernos a nuestra vieja casa de Santee. Nada más entrar, olfateó el ambiente y preguntó:

—¿Cuánto tiempo hace que viven en esta casa?

—Unos cuatro años —respondí.

—¿Y cuál es su signo? Espere, no me lo diga. *Ky suu con trau* —dijo, rascándose la barbilla—, otro búfalo. Me asombra que usted y su marido no se hayan separado. Su puerta está orientada hacia el oeste. ¿Nunca le ha causado problemas?

Recordé la tarde en que me hallaba sentada en el jardín, contemplando la puesta de sol y confiando en que se produjera un milagro que me transportara a casa, o que al menos me hiciera sentir cómoda en este extraño país.

—No, no lo creo —mentí.

—Qué extraño —observó el astrólogo.

Después de ofrecerle una taza de té, me preguntó cuál era el signo de Ed y respondí que creía que había sido un gato o un conejo.

—Debió asegurarse, querida. Tengo la impresión de que su ex marido era un *man thap hon*, un hombre con un destino inferior. Quizá su misión en la Tierra consistía en sacarla a usted de Vietnam y traerla aquí. Una vez cumplida esa misión, como ya no tenía otras funciones, murió. El universo es muy económico, señora Hayslip. La gente cree que puede hacer lo que guste con su tiempo en la Tierra, pero está muy equivocada.

Yo le dije que puesto que nuestro tiempo era tan valioso no debíamos malgastarlo hablando sobre esta casa, sino emplearlo en analizar nuestro nuevo hogar. El astrólogo se mostró de acuerdo, pero no se movió hasta haberse terminado el té y las pastas que le ofrecí.

Al llegar a nuestra nueva casa, el astrólogo la examinó como si se tratara de un inspector de viviendas urbanas, tomando medidas y mirando su brújula.

—La cocina está bien orientada —dijo, observando las paredes—, pero la puerta principal les causará serios problemas. Les aconsejo que la instalen cuanto antes de cara al este.

—Me temo que es imposible —dijo Dennis, tratando de contener la risa—. Esta casa nos ha costado mucho dinero y no podemos meternos en más gastos.

—Como quiera. Se trata de su felicidad, no de la mía.

El astrólogo nos dio otros consejos y, por último, me dijo que, si deseaba rezar unas oraciones conciliadoras, me indicaría un templo budista situado no lejos de allí.

Yo accedí entusiasmada. Hacía tiempo que buscaba un lugar adecuado para rezar y comentar con sacerdotes y monjes los problemas que me preocupaban, y este curioso personaje acababa de brindarme la solución. Mi generosa propina, aparte de sus honorarios, le dejó asombrado, pero en todo caso resultaba más barata que cambiar la puerta.

El pequeño templo budista se había establecido gracias a los fondos donados por unos vietnamitas exiliados, quienes deseaban disponer de un lugar donde sanar su espíritu en este extraño país. Aunque buena parte del dinero procedía de ricos emigrantes el templo era más bien austero, no tanto debido a la avaricia de sus fundadores, sino al ascetismo budista. En un extremo del vestíbulo había una peana con un Buda de piedra contemplativo, rodeado de incienso y platos con frutas y pasteles. Al igual que la mayoría de los templos, incluso las paredes olían a incienso, como recordatorio de la omnipresente divinidad. Lo que más me gustaba, sin embargo, era el constante murmullo de los cánticos de los guardianes del templo y el sonido del *mo* y el *chuong*, un mazo de madera y un cuenco de metal que eran golpeados como tambores y timbales para llamar a determinados espíritus y alejar a otros. Los monjes parecían salidos de una calle de Saigón: iban descalzos, con la cabeza rapada y ataviados con una túnica de color azafrán, y siempre te saludaban con una sonrisa y una reverencia. Dado que no hablaban inglés, dependían de sus fieles para que les transmitieran las noticias del mundo exterior y les proporcionaran dinero y comida, que depositaban respetuosamente en sus *binh bat*, unos pequeños cuencos. Con el tiempo me convertí en una visitante asidua.

Mudarnos a nuestra nueva casa representó, entre otras cosas, matricular a los niños en una nueva escuela; plantar flores en el jardín y un huerto en la parte posterior con plátanos, guayabas, bambú, hierbabuena y toda clase de verduras; y trabar amistad con nuestros vecinos, Pat (una rubia aficionada al *surfing*) y su marido, Mike, un simpático veterano de la guerra de Vietnam.

Cuando terminaba de trabajar en casa, iba al templo. Los monjes (a los que llamaba *su*, o «maestro») apreciaban mis conocimientos de las viejas tradiciones y mis deseos de aprender. Al cabo de poco tiempo, incluso el *Hoa Thuong* —el sacerdote principal— empezó a llamarme *phat tu*, «hija mía», para demostrarme su afecto y destacar mi categoría especial como alumna suya. Incluso me permití el lujo de instalar una especie de «templo» en una de las habitaciones de la casa, en la que coloqué mi altar ancestral y una estantería repleta de libros sobre religión y filosofía orientales y occidentales. La tensión entre mis deseos —de observar las tradiciones de mi familia y al mismo tiempo tratar de asimilar nuevos conceptos— y la escasa tolerancia por parte de Dennis hacia todo cuanto se apartara del evangelio cristiano no tardó en provocar unos problemas que ni el mismo geomántico había previsto. Al principio tratamos de resolver nuestras diferencias amigablemente. Dennis acudió al templo en un par de ocasiones para ver cómo era. Yo no intenté obligarle a aceptar mis creencias, como tampoco había obligado a Jimmy ni a Tommy. Al igual que mi padre, tan sólo pretendía darle un buen ejemplo. Cuando alguien sentía curiosidad y me hacía preguntas, yo le respondía encantada. Así es como se desarrolla en Oriente la educación espiritual: los novicios formulan preguntas al maestro, sin que éste exija respuestas. En materia de alimento espiritual, el *su* había aprendido hacía tiempo que no sólo era absurdo, sino peligroso, tratar de alimentar por la fuerza a alguien que no tenía hambre.

La actitud de Dennis —y de su iglesia— era muy distinta. Puesto que la mitad de la congregación era oriental, los servicios eran oficiados en inglés y en mandarín. Además, la iglesia disponía de un patio que permanecía abierto durante toda la semana para que jugaran en él los niños que asistían a la escuela dominical, lo cual era uno de los motivos por los cuales a Jimmy y a Tommy les gustaba más la iglesia que el templo. Incluso en materia de religión, los norteamericanos eran expertos en comercializar su producto. Pero en lugar del mensaje de trascendencia y reencarnación de Buda, había una exigencia no negociable de que los pecadores renunciáramos a Satanás y siguiéramos las enseñanzas de Jesucristo. Una joven universitaria llamada Janet, de origen chino, me preguntó un día si me gustaría reunirme con ella el jueves siguiente para estudiar la Biblia. Yo accedí encantada, pues siempre estaba dispuesta a aprender, y la invité a venir a casa a la hora del almuerzo.

Lo cierto es que no sabía qué ofrecer a una buena baptista. Dennis y yo invitábamos alguna vez a orientales y occidentales de su iglesia a comer en casa y siempre discutíamos acerca del menú. Dennis se quejaba de que mis platos occidentales tenían cierto sabor a «soja y jengibre» y que los vietnamitas eran incomibles.

—Además —dijo un día Dennis, señalando con repugnancia su plato de *banh tac* (arroz envuelto en hojas de plátano)—, a nuestros amigos de la iglesia no les hace gracia comer el mismo tipo de comida que ofreces al diablo.

—¿De qué estás hablando? ¡Buda no es el diablo!

—Bueno, es un ídolo, un becerro de oro. Lee la Biblia y lo verás. En cualquier caso, no les parece correcto aceptar la hospitalidad de alguien que no cree en Dios.

—Claro que creo en *Dios*.

—Pero no en su Dios, en nuestro Dios que está en los cielos.

Eso sonaba a *Ong Troi*, el Señor Cielo. Él y la Madre Tierra son los padres de todo. Pero no me pareció prudente sacarlo a colación en aquellos momentos.

—Buda no era más que un hombre —prosiguió Dennis—. No puedes adorar a un hombre.

—No le adoro, sólo le ofrezco mis oraciones y mi respeto. Además, existen muchos Budas, no uno...

—¿Y los objetos y el incienso que le ofreces? ¿Acaso no es idolatría, adorar a los muertos?

—¿Y las flores que utilizáis en los funerales? ¿Acaso no adoráis con ellas a vuestros muertos?

—Es distinto. No lo comprendes. Te recomiendo que estudies la Biblia.

Yo no me atreví a contradecirle, pues ignoraba hasta qué punto eran distintas nuestras costumbres. Deseaba aprender de Janet, no discutir con ella. Así pues, preparé un abundante almuerzo en base a platos preparados norteamericanos y unas pocas especialidades vietnamitas. Janet llegó puntualmente, a las once y media, armada con una enorme Biblia encuadernada en piel. Al verme, sus sonrosados labios se separaron como el mar Rojo de Moisés.

—Hola, Janet —dije—. Me alegro de verla.

Al entrar en casa, Janet se quitó los zapatos, demostrándome que conocía nuestras costumbres.

—¡Qué cantidad de comida! —exclamó al entrar en la cocina.

—No se preocupe, los niños se comerán lo que sobre.

—Más bien me preocupa el tiempo —contestó mirando el reloj—. ¿Le importa que empecemos la lección mientras comemos?

Yo supuse que íbamos a sostener una charla sobre la base de preguntas y respuestas, como las que mantenía con los monjes. Las «lecciones» norteamericanas, según había comprobado en el instituto, solían consistir en unos monólogos pronunciados por el maestro ante los estúpidos alumnos. Puesto que no creía que el universo estuviera construido de esa forma, no me parecía el modo correcto de hablar sobre el dios cósmico. Pero tampoco quería ser descortés, así que sonreí y contesté:

—Claro que no.

Mientras yo mojaba un rollo de huevo en *nuoc mam* (salsa de pescado), Janet dijo:

—En primer lugar, deseo hablarle sobre Dios. Él es el Padre de todos nosotros, a quienes creó para que nos amáramos los unos a los otros, y a Él por encima de todas las cosas. Es tan perfecto, que no tolera el pecado.

—Pero el reverendo Chun dice que todos somos pecadores —le interrumpí—. ¿Acaso significa eso que los baptistas no van al cielo?

—No —respondió Janet echándose a reír—. Por eso Dios envió a su único Hijo, Jesucristo, a la Tierra para enseñarnos a vivir sin pecar. Luego permitió que Jesús fuera crucificado, para que pudiéramos salvarnos. ¿Comprende lo que le digo?

Yo arrugué la nariz y sacudí la cabeza. Janet me explicó luego que Dios no podía perdonarme directamente, sino sólo si yo afirmaba creer en su Hijo. Me parecía todo muy complicado, más parecido a los trámites para conseguir un pasaporte que alcanzar el cielo. Al cabo de un rato, Janet renunció a la clase de teología y me habló sobre su familia budista, que vivía en la China rural. También me contó por qué se había convertido al cristianismo.

—Al igual que usted, mis padres y muchos otros aldeanos eran budistas y solían depositar comida ante el altar familiar, situado junto a sus casas, como una ofrenda a sus antepasados. Un día, siendo yo niña, padecimos una terrible sequía en las colinas. Aparecieron unos tigres en la aldea y atacaron a varias personas, pero sólo a aquéllas que habían dejado comida ante los altares junto a sus casas. Todas las familias cristianas se salvaron. Los misioneros dijeron que era una señal divina, y yo les creí. A partir de aquel día, todos los habitantes de la aldea nos convertimos al cristianismo.

Aunque la sinceridad de Janet resultaba conmovedora, no sabía si echarme a reír o llorar. Me parecía increíble que el dios cósmico hubiera enviado a unos tigres para desmentir su propia existencia. Janet, sin embargo, no parecía haber reparado en esa incoherencia.

Luego hablamos sobre otras extrañas (aunque seculares) diferencias entre Asia y Norteamérica. Cuando terminamos de comer, Janet dijo que debía marcharse.

—¿Quiere que nos reunamos de nuevo la semana que viene? —me preguntó.

Yo no estaba segura de la utilidad de esas sesiones, pero deseaba contentar a Dennis.

—Desde luego —contesté.

Por esa época conocí en el templo a una mujer vietnamita llamada Huyen. Al igual que yo, estaba casada con un norteamericano pero disponía de tiempo suficiente para dedicarlo a obras de caridad. La primera vez que fui a su casa me sorprendió comprobar que estaba situada en un barrio de aspecto pobre, con jardines abandonados, coches desprovistos de ruedas aparcados frente a los edificios y neumáticos colgando de las ramas de los árboles a guisa de columpios. Llamé a la puerta, temiendo haberme vestido demasiado elegantemente, pero la mujer me recibió como a una reina.

—*Joe Jong Chi Ly?* (¿cómo estás, hermana Ly?) —me preguntó, inclinándose ante mí—. Supongo que te extrañará que te haya invitado a venir a mi modesta casa.

—En absoluto —contesté, quitándome las gafas de sol. Era verano y como la casa no disponía de aire acondicionado, Huyen había cerrado todas las persianas—. Te agradezco que me hayas invitado.

—Esta visita es muy especial —dijo mi amiga. En aquel momento aparecieron tres chicos, de once, trece y quince años, que se colocaron en fila para saludarme. Yo sabía que no eran hijos suyos, porque me había dicho que sólo tenía una hija, Rose, una muchacha tan bonita como su nombre, a la que ya conocía—. Te presento a Anh, a An y a Hiep, el jefe de la familia. Son hijos de mi difunta hermana. Mi cuñado no puede cuidar de ellos, de modo que viven conmigo.

Eran unos jóvenes muy guapos, aunque, al igual que muchos refugiados, todavía no habían aprendido a sonreír. Al comentárselo a Huyen, mi amiga contestó:

—Son muy desgraciados. Esta casa es demasiado pequeña. Es como vivir en el espantoso barco en el que se escaparon de Vietnam. Además, no tienen compañeros con quienes jugar. Me gustaría que vivieran en una casa más grande y más bonita.

Yo adiviné enseguida a dónde quería ir a parar Huyen, pero no me molestó. Nuestra nueva casa era enorme, y Dennis siempre decía que le gustaban las familias numerosas. Dije a Huyen que los chicos podían quedarse con nosotros algunos días a la semana, siempre y cuando se llevaran bien con mis hijos. Jimmy y Tommy tenían amigos caucásicos en la escuela, pero se sentían más a gusto con los chicos orientales que asistían a la iglesia de Dennis. El tener a los sobrinos de Huyen en casa era como trasladar el patio de la iglesia a nuestro jardín.

Al principio apenas despegaban los labios, ni siquiera cuando les hablaba en vietnamita, pero siempre estaban dispuestos a echarme una mano, lo que demostraba que provenían de una familia disciplinada. Eran sumamente educados, y cuando se dirigían a mí solían decir *da thua di*, «sí, tía», que es el equivalente vietnamita de «sí, señora». Preferían la comida vietnamita, que resultaba mucho más barata que la norteamericana. Dennis también se llevaba muy bien con ellos.

—Los chicos os han tomado mucho afecto —me dijo un día Huyen—. No puedo solicitar una pensión de la Seguridad Social porque son hijos de mi hermana, de modo que si se quedan conmigo serán siempre pobres. La única forma de ofrecerles un futuro es conseguir que un matrimonio los adopte. El Estado pagará sus gastos, pero vosotros deberéis proporcionarles el cariño que necesitan. ¿Qué te parece la idea?

Lo del cariño no representaba ningún problema, pero me preocupaba el complicado papeleo. Tendríamos que hacernos unos análisis de sangre (para demostrar que no padecíamos ninguna enfermedad crónica ni éramos drogadictos) y dejar que la policía tomara nuestras huellas. Dos asistentes sociales, uno de los cuales debía pertenecer a la misma raza que los niños, vendrían a inspeccionar nuestra casa para comprobar si éramos capaces de albergarlos y alimentarlos adecuadamente. En Vietnam —al menos antes de marcharme— salvar esos obstáculos habría supuesto untar la mano de numerosos funcionarios corruptos, y yo temía vernos obligados a desembolsar grandes cantidades de dinero antes de que nos concedieran el título de padres adoptivos. Pero mis temores eran infundados. Las autoridades se mostraron más que dispuestas a dejar que nos hiciéramos cargo de unos niños vietnamitas sin hogar. Al cabo de una semana, Anh, An y Hiep se instalaron en casa para iniciar una nueva vida como norteamericanos.

Durante el primer año, todo salió a pedir de boca. El Estado de California pagaba las facturas médicas de los sobrinos de Huyen, además de unos doscientos dólares por cada chico (el pequeño Anh percibía algo menos). Dennis consiguió un ascenso, lo cual significó también un aumento de sueldo. Trabajaba desde las dos de la tarde hasta la medianoche. Se levantaba tarde, después de que los chicos se hubieran marchado a la escuela, de modo que apenas los veía excepto los fines de semana. Cultivaba numerosos *hobbys*, lo cual me parecía perfecto, excepto su afición a coleccionar armas de fuego. Y sus motos se me antojaban más peligrosas que los aviones de combate norteamericanos que atacaban mi aldea. También fue por esa época que empezó a beber, aunque no mucho, cada vez que discutía conmigo o después de un día duro en la oficina.

Las primeras Navidades que los chicos pasaron con nosotros Dennis se gastó una fortuna en regalos. Puesto que yo era quien pagaba las facturas todos los meses, me quedé asombrada al comprobar los gastos que hacía Dennis con las tarjetas de crédito, especialmente dado que yo nunca utilizaba las mías y Dennis, al igual que Ed, nunca salía de casa sin ellas. El gas, la electricidad y la gasolina habían aumentado debido a la crisis energética que se había producido a mediados de los setenta, y nuestras facturas eran astronómicas. Un día le dije que no podíamos seguir soportando aquel tren de vida.

—Los sobrinos de Huyen comen demasiado —respondió Dennis—. Compra menos carne y menos mantequilla de cacahuete. Y olvídate de McDonald's y de comprar ropa nueva para la escuela, al menos para Anh, An y Hiep.

—No puedo hacer eso —protesté—. Según las normas del Estado, los niños adoptivos deben ser tratados como los otros chicos.

—Los vietnamitas siempre os apoyáis los unos a los otros —se quejó Dennis—. No hacéis más que aprovecharos de nosotros. ¿De qué lado estás tú?

Su actitud había cambiado. Se mostraba receloso de todos los refugiados, a quienes detestaba por ocupar los puestos de trabajo que les correspondían a los norteamericanos. Abominaba los «campos de muerte» del Jemer Rojo y consideraba la invasión vietnamita de Camboya como «la caída de otra pieza de dominó». El asunto Watergate le causó un profundo disgusto y el Gobierno no le inspiraba la menor confianza.

Ni siquiera la religión constituía ya un consuelo para él. Los baptistas y católicos que habían avalado a los refugiados vietnamitas insistían en que éstos abrazaran su fe, incluyendo a los budistas. Ello hizo que los budistas locales reaccionaran enérgicamente, de tal modo que las viejas guerras religiosas que habían padecido los vietnamitas durante décadas comenzaron de nuevo en Estados Unidos. Todos esos problemas nos afectaban también a nosotros. Según reza un refrán vietnamita: *Gop gio thanh bao* «los pequeños vientos se acumulan y constituyen una tormenta».

Yo pasaba mucho tiempo con los sobrinos de Huyen. Los chicos preferían hablar vietnamita que inglés, y el escucharlos me recordaba a mi casa. Por otra parte, necesitaban el cariño y los consejos de una madre. Debido a esto, Dennis empezó a sentirse relegado.

—Estoy del lado de la familia —contesté—. Pero esos pobres chicos han sufrido mucho. Debemos observar las normas. Yo me ocupo de las facturas mensuales y tú gastas el dinero en armas, motos y...

—¡No te metas conmigo! —me espetó Dennis—. Esas armas son una inversión. Su valor aumenta constantemente, y el día de mañana servirán para pagar la educación de Alan. En cuanto a mi moto, me proporciona una sensación de libertad y me relaja.

Tras esas palabras se sirvió una copa de whisky, que era lo que solía hacer cuando discutíamos.

Pero nuestros problemas económicos persistían. Al fin me vi obligada a buscar trabajo y me coloqué como ayudante de enfermera. Uno de mis clientes era un viejo paciente llamado Charlie, que había quedado paralítico tras sufrir un ataque de apoplejía. Me contó que en su juventud había sido también muy aficionado a las armas de fuego. En ocasiones salía de caza para comer, pero generalmente lo hacía por el placer de matar a los animales y exhibirlos en su casa como trofeos, al igual que solían hacer los franceses, los coreanos y los norteamericanos con los campesinos de mi país. Yo no alcanzaba a comprender la fascinación que sentían algunos hombres hacia ese deporte tan brutal. Aunque no se dedicaran a la caza, el mero hecho de coleccionar armas me parecía una atrocidad. Después de padecer lo que yo había padecido, las armas de fuego me inspiraban una profunda repugnancia.

Entretanto, mi educación en materia de la Biblia no avanzaba mucho. Al cabo de unas cuantas sesiones empecé a buscar pretextos para aplazar nuestras reuniones. Cuando Dennis y yo nos convertimos en padres adoptivos, dije a Janet que no dispondría de tiempo para continuar con las «lecciones», pero le prometí seguir leyendo la Biblia y consultar con Dennis cualquier duda que tuviera. En realidad, en lugar de leer la Biblia prefería conversar con los monjes del templo, quienes parecían ser los únicos que me entendían.

—Posee usted una espléndida familia y una bonita casa —me dijo un día mi maestro favorito, después de contarle mis problemas—. Su marido le es fiel y nunca le pega. ¿Cuántas mujeres ricas pueden presumir de eso?

—Sé que debería estar satisfecha de mi vida, maestro, pero me siento abatida.

—Todavía está pagando una *nang nghiep*, una deuda del alma, y un *phat tu*, un oneroso karma. Recuerde que el camino que conduce al nirvana no es nunca ancho y seguro, sino largo y tortuoso. El mejor cuenco de arroz es el que nos cuesta más esfuerzos y sudores, ¿no es cierto?

Yo asentí.

—Tiene usted una habilidad especial para entenderse con los niños —continuó—. Quizá sean su salvación. *O hien thi lai gap lanh, nhung nguoi nhan-duc troi danh phuc cho* (sólo los puros de corazón se benefician de la bendición divina y de la suerte).

Reflexioné durante largo rato sobre sus palabras. Pasarían muchos años antes de que Jimmy y Tommy tuvieran edad suficiente para mantener a sus familias. De pronto se me ocurrió que la energía psíquica y las facultades que utilizaba con clientes como Charlie debería aplicarlas a los niños que más necesitaban mi ayuda. A través de mi compromiso con el programa de adopción de niños vietnamitas alcanzaría mi salvación.

Afortunadamente, los informes de los asistentes sociales eran muy favorables y al poco tiempo Dennis y yo adoptamos a otros dos refugiados vietnamitas, convirtiéndonos en padres de ocho niños.

Tal como me había prometido mi maestro, la felicidad que esos niños trajeron a nuestra casa nos ayudó a resolver nuestros problemas espirituales y emocionales. Dennis estaba satisfecho porque mi caridad cristiana suplía mi falta de conocimientos cristianos, lo cual le valió la felicitación de su congregación. Lo que no sabían era que yo necesitaba a esos niños tanto como ellos a mí. Una mujer que trabajaba para la National Semi-Conductor, admirada de mi seguridad en mí misma, me ofreció un trabajo en su empresa. Puesto que el sueldo era muy superior al de una enfermera, acepté al instante. Con un poco de suerte, ese dinero contribuiría a resolver nuestra situación económica del mismo modo que nuestros hijos adoptivos habían restaurado mi atormentado espíritu.

De golpe, cuando parecía que mi pequeño mundo empezaba a iluminarse, el dios cósmico arrojó su sombra sobre la luz.

5

DEMASIADAS COSAS SIN DECIR

Al igual que los síntomas de una terrible enfermedad, las señales del desastre que se cernía sobre nosotros se fueron acumulando lentamente. En la National Semi-Conductor trabajaba en la cadena de montaje de placas de circuito impreso. Con el dinero que ganaba pude dejar a Alan en una guardería y ayudar a Hiep, que acaba de obtener el permiso de conducir, a comprar un coche de segunda mano. Por primera vez desde hacía mucho tiempo, mis problemas parecían resueltos y me dediqué a explorar mi nuevo mundo en la NSC.

En la cadena de montaje trabajaban dos tipos de mujeres, todas ellas vietnamitas. Las primeras eran *nha ngoi* (mujeres nacidas bajo tejados de teja), unas mujeres que provenían de familias acomodadas en Vietnam y se habían marchado al asumir los comunistas el poder. Formaban un clan, jugaban al *tu set* (un juego de naipes parecido al póquer) y se jactaban de la cantidad de sirvientes, coches y trajes de alta costura que habían poseído. Algunas incluso estafaban a la Seguridad Social para no desprenderse del oro y las joyas que habían sacado del país. Aunque lo habían perdido casi todo después de la guerra, eran más ricas que yo.

El resto éramos *gai nha la* (mujeres nacidas bajo tejados de paja), unas jóvenes campesinas pobres e incultas que no conocían la ciudad, o la conocían como sirvientas, chicas de bar o prostitutas.

La tarea de colocar unas resistencias de colores en las placas de circuito impreso era tan tediosa y aburrida, que ambos grupos nos entreteníamos charlando y cotilleando. Aunque me sentía más a gusto con las campesinas, su conversación me resultaba un tanto deprimente. Todas añorábamos el cariño familiar, los ritos religiosos y las festividades que formaban parte de nuestras vidas.

Al igual que otros emigrantes asiáticos, sobre todo chinos y coreanos, las chicas vietnamitas solían ayudarse mutuamente para no sentirse desamparadas en un país extraño. Recelosas e ignorantes del sistema bancario occidental, se ayudaban entre sí a financiar nuevas empresas mediante un sistema denominado el «juego del dinero», o *choi hui*. Cada «jugadora» depositaba la misma cantidad en un «pote» común, y cuando a una de ellas se le ocurría un proyecto para ganar dinero, ofrecía a sus compañeras una determinada cantidad para utilizar los fondos comunes. Lógicamente, la que ofrecía más dinero se quedaba con el «pote»; luego todas volvían a depositar dinero (incluyendo a la ganadora, aunque no podía llevarse de nuevo el «pote» hasta que todas sus compañeras lo hubieran utilizado), y el proceso se repetía de nuevo, generalmente una vez al mes. La persona que solía ofrecer siempre una cantidad menor que sus compañeras, por tener menos necesidad de utilizar los fondos comunes, acababa llevándose el «pote» gratuitamente, como recompensa por no haber abandonado la partida y por ayudar a sus compañeras. En consecuencia, el *cho hui* era considerado un juego en el que todas ganaban, siempre y cuando el nuevo proyecto fuera rentable.

Algunas de mis compañeras me ofrecieron participar en el *choi hui*, pero todas tenían marido y unos ingresos más elevados que yo, de modo que rechacé su oferta, aunque reconocía que era un sistema muy útil.

Mi sueldo, sumado a los beneficios de la Seguridad Social de Ed y al dinero que nos daba el Estado para la manutención de nuestros hijos adoptivos, nos permitía salir adelante. Desgraciadamente, al cabo de seis meses me comunicaron que iban a despedir a la mayor parte del personal que habían contratado recientemente. Esa decisión me pareció injusta, pues yo era una buena trabajadora, no estafaba a la empresa ni al Gobierno ni sustraía los productos que fabricaba la empresa para revenderlos.

Así pues, me coloqué de nuevo como sirvienta y en mis ratos libres cuidaba de un inválido. La colección de armas y de motos de Dennis seguía aumentando y un buen día me enteré de que había adquirido una parcela en Idaho. Yo no sabía nada sobre ese Estado, excepto que era tan árido como Utah, y me pareció una locura comprar un terreno cuando apenas podíamos mantener nuestra casa en San Diego.

—¡No haces más que quejarte del dinero! —me gritó un día Dennis cuando le mostré las facturas—. Ya te he dicho que mis inversiones son muy importantes. He comprado ese terreno para cuando nos jubilemos. Voy a llevarme a los niños allí y enseñarles a cazar. Quiero que aprendan a protegerse y a sobrevivir.

—¿Cómo? —repliqué furiosa—. ¡Me opongo rotundamente a que enseñes a mis hijos a cazar! ¡Estoy harta de tantas armas! ¡Si quieres ir allí, coge tus escopetas y tus pistolas y no vuelvas nunca más!

Dennis se encogió de hombros y dijo:

—Lo siento, pero no voy a desprenderme de mi colección de armas. Si no te gustan, puedes marcharte. Éste es un país libre. Pero no vuelvas a decirme que me vaya de mi casa.

Dennis no era el tipo de los que estallan de repente, pero era muy rencoroso. Se dirigió a la cómoda y sacó un revólver.

—Míralo bien, Ly. Un día puedes verte en un grave apuro.

—¿Acaso me estás amenazando? ¡Tú eres la única persona que maneja armas en esta casa! ¡Eres el único que se dedica a beber y a disparar! —Era una frase estúpida, aunque cierta, y me arrepentí al instante de haberla pronunciado.

—No te estoy amenazando —contestó Dennis acaloradamente—. Me refiero a que un día puede que tengas que defenderte contra unos ladrones, o contra ese maldito comandante, si es tan imbécil como para venir aquí.

Dennis se metió el revólver en el cinturón de los pantalones y se fue a beberse un whisky. Yo cerré la puerta de un portazo y me senté en la cama, llorando desconsoladamente.

El reverendo Bob, el cual oficiaba en la iglesia de Dennis, era un hombre alto y corpulento que llevaba peluquín. Aunque no acababa de fiarme de un hombre que se avergonzaba de mostrar su calva —nuestros monjes budistas no temían afeitarse la cabeza—, un día decidí confiarle mis problemas. Le hablé sobre nuestras dificultades económicas, sobre la manía de Dennis de coleccionar armas de fuego, su actitud hacia nuestros hijos adoptivos y nuestros inútiles intentos de salvar la brecha que se había abierto entre ambos.

Tras escucharme respetuosamente, el reverendo dijo:

—Ya he hablado de esas cosas con Dennis. Le dije que rezaría por vuestra familia y le rogué que tratara de ser mejor cristiano. Dennis me prometió intentarlo. ¿Has pensado alguna vez en abrazar nuestra fe? No me refiero sólo a que estudies la Biblia y asistas a los oficios dominicales, sino a ser bautizada. Eso te libraría de tus pecados y te sentirías más feliz.

Me quedé de piedra. Había acudido al reverendo Bob para que me ayudara —personal y espiritualmente—, pero lo único que le interesaba era hacer propaganda sobre el cristianismo.

Le dije que Dennis y yo no podíamos permitirnos el lujo de esperar a que dios resolviera nuestros problemas a través de sus inescrutables métodos, y el reverendo me dio el nombre de una consejera matrimonial que residía en Mission Valley, al norte de San Diego.

—A veces nos resulta más sencillo hablar de nuestros problemas con alguien de nuestro mismo sexo —dijo.

Al salir del ascensor que me condujo a la oficina de Mary Ann, situada en un tercer piso, vi un cartel en la puerta que decía CONSEJE-RA FAMILIAR CRISTIANA, lo cual hizo que me sintiera un tanto intimi-dada. En Vietnam, los consejeros espirituales y familiares trataban de parecerse a nosotros, no a unos médicos. En Norteamérica, la gente solía pensar que las personas normales y corrientes no estaban capaci-tadas para resolver los problemas personales de la gente. Quizá fuera ése el motivo de que el índice de divorcios en Estados Unidos fue-ra tan elevado. Los consejeros pedían a la gente que hicieran cosas que, según ellos, sólo los sacerdotes y los médicos comprendían.

Mary Ann era una mujer de unos cincuenta años, delgada, rubia, con ojos azules y vestida como una vendedora de Macy's en lugar de una doctora con bata blanca, lo cual me hizo sentirme mejor. Entra-mos en su despacho y nos sentamos a charlar, como dos amigas, ante una mesa de café.

Mary Ann me preguntó acerca de mi infancia y mi familia y le ofrecí una versión estandarizada y aséptica de mi historia. La experiencia me había demostrado que los norteamericanos, especialmente las mujeres, se sentían desconcertados cuando les refería las terribles experiencias que había vivido durante la guerra. Trataban de mostrarse comprensi-vos, pero en el fondo no lo comprendían. Los hombres estaban condicio-nados por la rabia que les inspiraba la guerra de Vietnam, y las mujeres sólo sentían lástima, lo cual impedía que trabáramos amistad o resolvié-ramos nuestras diferencias. Así pues, con Mary Ann me centré en mis experiencias en Estados Unidos, confiando en que me ayudara a solven-tar mis problemas. Mary Ann me preguntó si tenía un amante.

—No, pero hay alguien en quien pienso cuando me siento triste o feliz —contesté, sin levantar la vista de la alfombra. Aunque no ha-bía cometido ninguna infidelidad, todavía estaba enamorada de Dan.

—¿Tiene su marido alguna amante?

Curiosamente, nunca se me había ocurrido pensar en ello, aunque era lo primero que sospechaba una mujer cuando tenía problemas con su marido. Supongo que en cierto aspecto casi deseaba que Dennis tu-viera una amante sobre la que descargar su mal humor cuando estuvie-ra enojado.

—No, no lo creo.

—Hábleme sobre su vida sexual —dijo Mary Ann. El sexo era el principal motivo de insatisfacción de la mayoría de los matrimonios norteamericanos—. ¿Se siente su marido satisfecho con usted? ¿Se queja de su comportamiento en la cama?

—No. Siempre trato de satisfacerlo en la cama. Nuestros proble-mas se deben a su manía de coleccionar armas de fuego, al dinero, a la forma en que me trata y a lo que piensa sobre los vietnamitas. Fran-camente, no sé qué hacer.

—Según me ha contado, Dennis era policía, lo que significa que las armas de fuego siempre han formado parte de su vida. Usted es vietnamita. Es natural que le inspiren terror. Pero ahora reside en Norteamérica, la situación es distinta.

Sí, pensé, en Vietnam ningún miembro de mi familia me había amenazado jamás con una pistola. Pero había acudido a Mary Ann para que me aconsejara, de modo que decidí callar.

—¿A qué iglesia suelen asistir? —me preguntó Mary Ann.

—A veces llevo a los niños a la iglesia baptista de Dennis, pero generalmente acudo a un templo budista.

—Quizá sea ése el problema —respondió Mary Ann con aire preocupado—. ¿Por qué no deja de visitar el templo budista y acude con más frecuencia a la iglesia de su marido? Cuando la gente acepta a Jesucristo en su vida, suelen ocurrir cosas maravillosas.

Yo la miré en silencio mientras ella me hablaba en el mismo tono que el reverendo Bob, aconsejándome que fuera de caza con Dennis para vencer mi temor a las escopetas y le pidiera que me llevara de paseo en la moto para compartir sus aficiones. Cuando terminó la entrevista, me acompañó hasta la puerta y dijo:

—Medite sobre lo que le he dicho, Le Ly, y no renuncie al sexo.

¡Sexo, armas y Jesucristo! ¿Acaso era lo único en lo que pensaban los norteamericanos? Al salir me dirigí directamente al templo, donde no necesitaba solicitar hora de consulta.

—Debe advertir a su marido que todos los seres vivos son sagrados para usted —me dijo el *su*—. Dígale que opina que nadie debería matar, ni siquiera a un animal. Eso crea un mal karma. No puedo decirle lo que sucederá, *phat tu*, sólo que todo cuanto sucede es por algún motivo. Descubra la causa, actúe correctamente y será feliz. Si desea alcanzar un plano más elevado, debe fiarse de sus sentimientos y obrar en consecuencia.

A diferencia de las recomendaciones de Mary Ann, las palabras del monje me parecían totalmente coherentes. Dejé de pelearme con Dennis, pero también dejé de pensar que debía actuar conforme a sus deseos. Cuando él sacaba una de sus armas para limpiarla o enseñársela a un amigo, yo me levantaba y salía de la habitación. Por otra parte, dejé que las facturas de las escopetas y las motos que compraba Dennis se fueran acumulando. No era una solución, pero era un recurso que decidí utilizar hasta que nuestro matrimonio saliera a flote o se hundiera definitivamente.

Dejé de visitar a Mary Ann y, tras no pocos esfuerzos, logré persuadir a Dennis de que fuera a ver a Joseph, un psicólogo que había vivido en Vietnam. Era un hombre amable, menudo y con dos curiosos bultos en su calva que parecían los cuernos del demonio. Pero tenía unos criterios muy sensatos y se convirtió, al menos para mí, en un valioso consejero.

Lo que más le preocupaba era la afición de Dennis por las armas de fuego y al alcohol, que tomaba para tranquilizarse pero que, según Joseph, sólo servía para deprimirlo más. También le alarmó saber que Dennis poseía ocho escopetas, y que cada mes adquiría una nueva arma para su colección. Le sugirió que, si las consideraba una inversión, podía conservarlas en un almacén o en un club de tiro al blanco para que yo dejara de preocuparme. Ése no era el consejo que deseaba oír Dennis. Furioso, guardó silencio hasta que terminó la entrevista, la primera y última que sostuvo con Joseph.

A finales de 1979, durante una época en que Dennis bebía más de la cuenta, Joseph me aconsejó que depositara todas sus armas en la comisaría, y Dennis tuvo que ir más tarde a retirarlas personalmente. Eso le convenció de que Joseph y yo nos habíamos unido contra él. Lo cierto es que me sentía más segura con el apoyo y los consejos de un hombre tan inteligente como Joseph.

Al poco tiempo recibí una noticia que confiaba en que me ayudaría a resolver mis problemas. Me llamaron de la NSC para que trabajara de nuevo con ellos.

El primer día que mis compañeras y yo nos reunimos para almorzar, después de regresar al trabajo, fue como un pícnic. Nos abrazamos y lloramos como si se tratara de una reunión familiar. Como no tenía ninguna historia interesante que contarles, me limité a escuchar las aventuras que habían vivido las demás a lo largo de los últimos meses.

—No estaríamos aquí de no ser por ese nuevo contrato con la Marina —dijo una de mis compañeras—. Tenemos trabajo para al menos seis meses.

Yo no había pensado en los productos que fabricaba la NSC. Imaginaba que utilizaban nuestros componentes para televisores y radios.

—¿Qué es lo que fabricamos para la Marina? —pregunté.

—Creo que sistemas de bombarderos —respondió mi compañera—. ¿Quién sabe? ¿Y a quién le importa?

—¿Quieres decir que fabricamos piezas para bombarderos que matan a personas? —inquirí indignada.

—Supongo que sí. Pero como en estos momentos no participamos en ninguna guerra el negocio ha decaído. Por suerte, otros países, como Alemania Occidental y Corea, nos compran los productos.

Yo me estremecí. La dura y desalmada República de Corea, las tropas que se presentaban en nuestra aldea durante la guerra. El hecho de fabricar piezas para su maquinaria de guerra no me ayudaría a reducir mis deudas espirituales en esta vida. Me asombraba pensar que, por el mero hecho de aceptar un trabajo que me ayudaba a mantener a mi familia, estaba cometiendo una terrible falta.

Ese pensamiento me quitó el apetito. Me levanté, fui a sentarme debajo de un árbol y saqué mi ejemplar del *Tu-Ke Tinh Tam*, la «biblia» de los budistas, la cual era distribuida por mi templo. Una de mis compañeras me vio y gritó en broma:

—¡Mirad a Le Ly! ¡Parece una solterona!

A partir de aquel día dejé de charlar y bromear con mis compañeras; las consideraba tan culpables como yo. Al igual que las almas heridas que llegaban a bordo de los barcos de refugiados, era incapaz de sonreír.

Un día, a la hora del almuerzo, mientras estaba leyendo debajo de un árbol, se acercó una compañera llamada Thoa y me dijo:

—Ya que te tomas todo eso tan en serio, Le Ly, deberías consultar con un adivino para averiguar cuándo te vas a convertir en un buda.

Aunque sabía que estaba bromeando, contesté irritada:

—No pretendo convertirme en un buda. Sólo quiero aprender a comportarme como un ser humano. Además, no conozco a ningún adivino. Si lo conociera, le preguntaría cómo está mi familia en Vietnam.

—Ve a ver a Ba Thay Boi —me aconsejó Thoa—. Muchas chicas le consultan sobre sus hijos, su matrimonio y cuánto dinero van a ganar. Yo no creo en esas tonterías, pero me han dicho que es muy buena.

Thoa era una joven muy lista y un poco golfa, pero muy bondadosa y una buena amiga. Aquella noche llamé al número de teléfono que me había facilitado y quedé en ir a ver a la adivina al día siguiente por la tarde.

Ba Thay Boi tenía aproximadamente la edad de Lan, pero parecía mucho más vieja, probablemente por haber tenido que capear numerosos temporales a lo largo de su vida. Su casa parecía un museo de lo oculto. Algunos objetos, como las bolas de cristal, estaban destinados únicamente a impresionar a los incautos de ojos redondos, pero los libros que adornaban sus estanterías —el *I Ching* y los horóscopos chinos— demostraban que se tomaba su vocación muy en serio.

Le pedí que me dijera lo que el futuro me tenía reservado, sin revelarle nada sobre mí misma ni mis problemas. Ba Thay Boi me examinó la palma de la mano, leyó unas hojas de té y me pidió que barajara unas cartas que tenían un orificio en el centro y que dispuso luego sobre la mesa. Por último consultó unos gráficos y dijo:

—Tu mayor problema desaparecerá pronto. Tu suerte cambiará cuando lleguen las lluvias y haga frío. Veo un juego, pero éste irá demasiado lejos y la persona implicada no regresará jamás. Tu deber es ser paciente y no hacer nada de lo que puedas arrepentirte. Una vez que hayan desaparecido los nubarrones, te verás bañada en una luz dorada y todo aparecerá con claridad.

La seguridad con que se expresaba me impresionó, pero sus previsiones me parecieron positivas. Aunque un tanto crípticas, deduje que aquel invierno Dennis y yo dejaríamos de jugar a nuestro absurdo juego y el hombre en el que se había convertido —amargado, brusco, intolerante y posesivo— desaparecería para dar paso al hombre que tanto cariño nos había demostrado a mí y a mis hijos y que había rescatado a Lan. Mi deber, por tanto, consistía simplemente en comportarme correctamente y dejar que dios gobernara el universo.

Lo primero que hice fue abandonar mi trabajo en la NSC. Decidí montar mi propia empresa, al igual que había hecho en Danang cuando me hallé en una situación desesperada. De ese modo, sería independiente y podría mirar a los ojos al espíritu de mi padre, sin tener que avergonzarme.

Mi plan consistía en montar un pequeño establecimiento de platos preparados. No me costaría mucho y podía financiarlo con los fondos del «juego del dinero». Puesto que había trabajado como camarera en diversos clubes y *snack-bars* en Vietnam, conocía todo lo relativo al negocio: cómo tratar con los proveedores, satisfacer a los clientes, llevar la contabilidad, etcétera. Mis hijos adoptivos eran lo bastante mayores para cuidar de Alan y de sí mismos, de modo que seguí adelante con el proyecto.

Deposité doscientos dólares y conseguí llevarme un «pote» de cinco mil dólares, con los que adquirí un comercio situado en un barrio de clase media baja en el que residían personas como yo, emigrantes de Asia —mayormente de Laos y Camboya— y de México. En la entrada del establecimiento instalé un mostrador con platos orientales, muy populares por ser abundantes y económicos, y en la parte trasera una pequeña cocina para prepararlos.

Al cabo de un par de semanas inauguré la tienda. Hacía el mismo horario que cuando trabajaba en la NSC, en parte para evitar que Dennis supiera que había abandonado mi trabajo, lo cual hubiera provocado una pelea entre nosotros; pero sobre todo para poder demostrarle que era perfectamente capaz de desenvolverme por mí misma. Dennis siempre insistía en que debía «pensar como una norteamericana», y estaba convencida de que se sentiría orgulloso de mi pequeño negocio.

—¡Me opongo rotundamente! —exclamó Dennis cuando le conté, le mostré, lo que había hecho—. ¡Te lo prohíbo!

—¿Por qué? —pregunté asombrada—. ¿Qué podemos perder?

—¿Qué podemos perder? ¡Nuestra casa, el dinero para los estudios de los chicos, todo! ¿Y si la ensaladilla de patatas se estropea y los clientes se ponen enfermos? ¿Y si alguien resbala y se hace daño? Nos reclamarán daños y perjuicios y nos arruinaremos. No conoces a los norteamericanos como yo. Además, eres una emigrante inculta. Los abogados te desollarán viva.

—Podemos suscribir una póliza de seguro.

—No. Eso nos costaría más dinero. Tienes que cerrar el local. Hoy mismo.

—¡Pero perderemos todo el dinero que me han prestado!

—Más vale perder un poco ahora que todo más tarde.

—¡Otros vietnamitas han montado negocios!

—Sí, porque son refugiados y el Gobierno estadounidense les apoya. Tú no eres una refugiada. Tienes un marido blanco que te respalda y nadie me protegerá si te metes en un lío.

No podía creer lo que oía. Más que prudencia, lo de Dennis era paranoia. Siempre hablaba sobre la «libre empresa», pero ahora, al parecer, ese concepto le aterraba. Le prometí reflexionar sobre lo que me había dicho, pero no podía cerrar el local hasta no haber devuelto a mis amigas el dinero que les debía.

A la mañana siguiente comprobé que mi pequeño Vega había desaparecido. Lo había cogido Dennis y me había dejado su Ford Pinto, que yo no sabía conducir, puesto que no tenía el cambio de marchas automático. Afortunadamente, Hiep me acompañó a la tienda en su coche. Por la noche, Dennis me pegó una bronca por haber ido sin su permiso.

—El mejor seguro —dijo— es mantener el local cerrado.

A la mañana siguiente comprobé que habían desaparecido ambos coches. Como Hiep había llevado a los niños a la escuela, tuve que ir a la tienda en autobús y recorrer el último kilómetro a pie. Cuando regresé (los niños ya habían empezado a cenar), Jimmy me preguntó:

—¿Por qué has aparcado el coche a tres manzanas de distancia?

—¿Acaso lo has visto?

—Sí, está en el callejón detrás de la escuela. ¿Por qué lo has dejado allí?

Fui a buscar el coche y, cuando regresé, vi que Dennis acababa de llegar. Al verme, se apeó del coche y cerró la portezuela de un portazo.

—¡Maldita sea! —gritó—. ¿Quién te ha dicho dónde estaba el coche?

—Los chicos lo encontraron por casualidad —contesté, sin atreverme a salir del coche—. ¿Por qué lo has ocultado?

—Lo sabes perfectamente.

Tras esas palabras entró apresuradamente en casa y se tomó un par de whiskys.

Al día siguiente encontré el Vega aparcado frente a casa, pero no conseguí ponerlo en marcha y tuve que coger el autobús de nuevo. Por la noche pedí a Hiep que mirara debajo del capó y me dijo que la terminal de la batería había sido desconectada.

Pedí a Hiep que llevara a los niños al cine y aguardé a que regresara Dennis. Estaba cansada de ese jueguecito con los coches y decidí hablar con él.

—¿Por qué me tratas de ese modo? —le pregunté, tratando de contener mi furia, lo cual no me resultaba sencillo—. Sé que no estás de acuerdo en que siga con el negocio, pero ¿y si uno de los niños se pone enfermo y tengo que regresar a casa apresuradamente para llevarlo al hospital?

—Hiep tiene coche —respondió Dennis, sirviéndose un whisky.

—Pero Hiep va a otra escuela y trabaja. No es el padre de los niños, ni siquiera es su tutor. Además, no creo que Hiep tenga nada que ver en esto. Quiero saber por qué te has empeñado en este estúpido juego conmigo.

Dennis se bebió el whisky y se sirvió otro.

—Porque estoy cansado de los juegos a los que juegas tú, Ly. Sí, tú y tus amigas vietnamitas. Te pasas el día con ellas, criticándome a mí y al sistema norteamericano. Te preocupas más de los chicos vietnamitas que de mí. ¿No crees que Alan y yo merecemos también tu atención? En lugar de ir tanto al templo, deberías quedarte en casa y ocuparte de tu familia. Por eso entré en ese juego de los coches. Es la única forma de que captes el mensaje.

Tras decir eso, Dennis cogió un lápiz e hizo un dibujo en una servilleta de papel. Cuando terminó, la arrojó a mis pies. El dibujo representaba la caricatura de Buda, sentado en el retrete y rodeado de monjes que se inclinaban respetuosamente ante él.

—Eso es lo que pienso sobre tu templo. ¡Buda es una mierda! —gritó, y salió de la habitación dando un portazo.

Su carácter se volvió cada vez más agrio e insoportable. Cuando me quejaba de algo, aunque fuera una insignificancia que no tenía nada que ver con él, solía responder: «¿Por qué no vuelves a Vietnam?» En cierta ocasión, mientras hablaba por teléfono con un amigo, le oí decir: «No te cases nunca con una vietnamita. Te robará el dinero y te matará a disgustos.» Cuando veíamos un documental en la televisión sobre Vietnam y yo hacía algún comentario sobre el hermoso paisaje, me espetaba: «Debiste haberte quedado allí.» Incluso envió dinero a Oral Roberts, un mago cristiano que aparecía en televisión, pidiéndole que rezara por su esposa pagana, la cual estaba poseída por el demonio. Roberts le envió una pequeña cruz y una estampa de Jesús, que siempre llevaba consigo; por las noches las colocaba debajo de la almohada, junto a la pistola.

Una vez cometí el error de contarle que pensaba escribir un libro sobre mi vida en Vietnam, para explicar a los norteamericanos lo que significaba vivir en una aldea y lo que la guerra había representado para los campesinos.

—¿Tú? —contestó con una carcajada—. ¿Tú quieres escribir un libro? ¡Si ni siquiera has leído la Biblia!

—Pero sé escribir, y las palabras que no conozca en inglés las escribiré en vietnamita y luego haré que alguien las traduzca. Quiero que la gente sepa realmente cómo era el Vietcong.

—Como empieces a hablar sobre el Vietcong y los comunistas te quitarán a los niños. No quiero oír ni una palabra más sobre el tema, ¿de acuerdo? Olvídate de tu estúpido libro y ve a preparar la cena.

Confiaba en que Dennis cambiara de actitud, al menos hasta que hubiera devuelto el dinero que me habían prestado para abrir la tienda. Pero estaba equivocada. Al cabo de un tiempo, no contento con llevarse mi coche, empezó a quitarme también las llaves y el dinero para impedirme que fuera a la tienda. Al fin, entregué las llaves de ésta a mi casero y le dije que no podía seguir ocupándome del negocio. En total, entre las penalizaciones por no pagar la totalidad del alquiler y los préstamos que había solicitado, calculo que perdí unos diez mil dólares. Dennis, sin embargo, se quedó tan fresco.

—Al fin y al cabo, debes ese dinero a unas vietnamitas —comentó despectivamente.

—Así es —contesté—. Son amigas mías.

—¡Menudas amigas! Lo único que han conseguido es destrozar tu familia. De no ser por ellas, no te habrías metido en este lío. Deberíamos reclamarles daños y perjuicios.

Sus palabras me hicieron estallar.

—¿De qué estás hablando? No es culpa de ellas, sino nuestra. He tratado de construir algo para nosotros y nuestros hijos, pero tú me lo has impedido. No puedo más, Dennis. Me has arrebatado el coche, me has arrebatado el dinero. Has conseguido que los cheques que nos envían para los niños te los remitan directamente a ti, de modo que sólo dispongo de lo que tú me das. ¿Qué quieres que haga? ¿Qué, demonios, quieres que haga?

De pronto la habitación empezó a girar y el nudo que sentía en el estómago estalló y oí el sonido de una campana —la campana de un templo budista o de una iglesia baptista—, y perdí el conocimiento.

Me desperté en el lecho de un hospital. Me di cuenta de que me habían drogado, porque mis brazos y mis piernas no respondían como debían hacerlo y sentía un inmenso peso sobre mi alma. Al cabo de unos instantes oí unas voces confusas y a alguien que decía:

—Descuide, señor Hayslip... Una crisis nerviosa... Tiene una úlcera... Váyase a casa, le llamaremos por la mañana.

Luego alguien me cogió la mano y traté de retirarla, pues supuse que era Dennis. Pero era el médico, y me agarré a él con fuerza.

—Muy bien, señora Hayslip —dijo el joven doctor, sonriendo amablemente—. ¿Por qué no me cuenta lo que ha sucedido?

Y se lo conté.

Al día siguiente, Dennis no vino a verme, probablemente por orden del médico, pero vino a recogerme al tercer día.

De camino a casa, Dennis me preguntó cómo me encontraba y le dije que muy bien, pero que me dolía la garganta y no me apetecía hablar. Cuando llegamos comprobé que la casa estaba vacía.

—¿Dónde están los chicos? —pregunté.

—Mi madre se llevó a Alan a pasar unos días con ella en Ohio. Jimmy y Tommy están en casa de Pat y Mike. Los asistentes sociales se llevaron a los chicos vietnamitas. Así podrás reposar.

Subí a mi habitación como un zombi. Sentía como si una bomba hubiera caído sobre mi casa, hiriéndome y haciendo que todo el mundo saltara en pedazos. Sólo Dennis —el hombre de las escopetas y el gigantesco bombardero negro— había resultado indemne. De hecho, se comportaba como si hubiera ganado la batalla.

Como no lograba conciliar el sueño, bajé para ayudar a Dennis a preparar la cena. Mientras bajaba la escalera le oí hablar por teléfono y me detuve.

—No, mamá. No quiero que regrese Alan. Prefiero que se quede en tu casa. No te preocupes, ya he puesto la casa en venta. No, no está bien. Está trastornada. Supongo que debe de ser el trauma de la guerra. Sí, tenías razón. Sí, ya lo sé. De acuerdo. Te llamaré pronto...

Regresé sigilosamente a mi habitación y me tumbé en la cama. No sabía qué hacer. No podía fiarme de Dennis, ni siquiera podía hablar con él. Él mismo se había encargado de tomar todas las decisiones, incluso las que me afectaban a mí, a mis hijos y a mis bienes. Quizás el tribunal o el hospital le había concedido el derecho de hacerlo... Estaba aturdida, sólo sabía que debía hallar el medio de recuperar a mis hijos y solucionar mi situación.

Al día siguiente, Jimmy y Tommy regresaron a casa, lo cual hizo que me sintiera más animada, aunque todavía no sabía qué hacer con Alan. Unas horas después de que Dennis se fuera a trabajar, llamó su sobrina desde Ohio. Era algo mayor que yo y, aunque sólo la había visto en una ocasión, en 1978, cuando Dennis y yo habíamos ido a

Ohio para conocer a sus parientes, me pareció una joven muy agradable, seria y responsable.

Después de preguntarme cómo estaba, dijo:

—No dispongo de mucho tiempo. Te llamo desde un teléfono público. Debes venir a buscar a Alan. Te echa mucho de menos y llora continuamente. Lo que ha hecho Dennis es una infamia. No es la primera vez que intenta algo semejante. Hace años hizo lo mismo con su ex mujer y con Víctor, su hijo. No creo que nadie te cause problemas aquí, pero te aconsejo que vengas inmediatamente.

Le di las gracias y llamé al «doctor Joe», al que no había visto desde hacía varios meses. Le conté lo del negocio, lo de mi crisis nerviosa y que Dennis me había arrebatado a Alan. Después de escucharme, Joseph me indicó lo que debía hacer.

En primer lugar, llamé a una compañía aérea y reservé un billete de ida y vuelta a Cleveland y otro de ida, para un niño, para el vuelo que aterrizaba en Los Ángeles, no en San Diego. No tenía suficiente dinero para pagar los pasajes, pero el hecho de hacer algo positivo para resolver mi problema hizo que me sintiera mucho mejor. Luego reuní todos los documentos —certificado de nacimiento, fotografías, mi pasaporte y mi certificado de matrimonio—, que demostraban que Alan era hijo mío y los metí en un sobre. A continuación llamé a unas amigas vietnamitas para pedirles que me prestaran el dinero para los pasajes.

—¿Aceptas mi anillo de matrimonio como garantía a cambio de seiscientos dólares? —pregunté a Luan—. Ya lo has visto. Es muy bonito.

—En estos momentos no dispongo de esa cantidad —contestó, recomendándome que llamara a otra amiga nuestra.

Ninguna de mis amigas podía prestarme el dinero. Al fin conseguí que una vecina me prestara cuatrocientos dólares a cambio de mi anillo, y decidí recurrir a Lan para que me diera la cantidad que me faltaba. Ella todavía me debía un favor.

—Hola, Lan, soy Ly —dije por teléfono, tratando de expresarme como una mujer madura y responsable en lugar de una adolescente desesperada—. Dennis ha enviado a Alan a casa de su madre en Ohio. Va a dejarme y quiere quedarse con nuestro hijo. Tengo que recuperar a Alan. He conseguido que me presten algo de dinero, pero necesito doscientos dólares y que alguien cuide de los niños. ¿Puedes ayudarme?

—Puedo ocuparme de los niños, pero no puedo prestarte el dinero. Petey y yo estamos todavía pagando las letras de la casa. De todos modos, no creo que le gustase. ¿Recuerdas la última vez que hablamos sobre dinero? Me asombra que vuelvas a sacar ese tema.

Mi hermana Lan era tan previsible como las estaciones, las mareas y las estrellas en el cielo. Mientras me echaba en cara lo mal que me había portado con ella, me pregunté si recordaba cómo había llegado a Estados Unidos. *Cuu vat, vat tra on, cuu nhon, nhon tra oan*, como solía decir mi madre: «Si quieres gratitud, no salves a un amigo, salva a un animal.» Tenía razón, pero Lan también tenía razón. No debí llamarla.

Hablé con mi vecina de nuevo y ésta aceptó que le entregara unas piezas de bisutería y unos electrodomésticos como garantía por los doscientos dólares que necesitaba para pagar los pasajes.

Dejé a los niños en casa de Lan y cogí el avión para Ohio antes de que Dennis llegara a casa.

El viaje me dio la oportunidad de relajarme un poco. Me entretuve observando el vasto paisaje verde y marrón que se divisaba por la ventanilla, casi tan inmenso como el océano blanco y azul que había contemplado durante mis vuelos a través del Pacífico.

Al llegar, cogí un taxi y me dirigí directamente a la jefatura de policía, donde presenté mis credenciales y mi queja. Por su parte, Joseph se había puesto en contacto con las autoridades de California para afirmar que, en calidad de psicólogo titulado, estaba convencido de que Dennis padecía trastornos mentales y era peligroso. Por fortuna, los antecedentes de Dennis hablaban por sí solos. Había intentado secuestrar a su hijo y había sido acusado de agredir a un amigo de su ex mujer, que había tenido que ser hospitalizado como consecuencia de las heridas recibidas.

Tres coches patrulla, en cada uno de los cuales viajaban dos policías, me acompañaron a casa de la abuela Hayslip, donde llegamos hacia el mediodía. Los policías se apearon de los coches, empuñando sus pistolas, y me dijeron que llamara a la puerta y pidiera a la madre de Dennis que me entregara el niño.

Yo obedecí, pero en lugar de llamar a la puerta entré directamente. Mamá Hayslip estaba en la cocina preparando unos bocadillos. Pasé junto a ella sin decir una palabra y me dirigí al cuarto de estar.

Mi hijo estaba sentado en un cojín, con aire cansado y deprimido, contemplando la televisión. Al verme, creí que iba a estallar de alegría.

—¡Mamá! —exclamó, levantándose de un salto.

Lo cogí en brazos y salí corriendo de la habitación. Pasé de nuevo junto a mamá Hayslip, que se quedó tan sorprendida que no pudo articular palabra, pero estoy segura de que me reconoció. Me siguió hasta el porche y al alcanzar los escalones, me giré y grité:

—¡Sólo quiero llevarme a mi hijo!

Los policías aguardaron unos minutos por si la madre de Dennis deseaba hacerles algunas preguntas, pero ésta entró de nuevo en casa y vi que cogía el teléfono, sin duda para avisar a Dennis de lo sucedido.

Los policías nos acompañaron al aeropuerto y esperaron a que subiéramos al avión. Joseph me había dicho que cuando regresáramos Dennis ya estaría enterado de lo que yo había hecho, de modo que era preferible que fuéramos en avión a Los Ángeles y cogiéramos el tren hasta San Diego. Al llegar, me dirigí a la comisaría del distrito y les conté lo sucedido, destacando la afición de Dennis por las armas de fuego y su propensión a beber.

A diferencia de la policía de Ohio, la policía local se negó a acompañarnos a casa. Me dijeron que pedirían a Dennis que fuera a recogernos y aprovecharían para hacerle unas preguntas. Yo no estaba de acuerdo, pero no podía negarme.

Alan y yo permanecimos casi media hora en la sala de espera, observando a Dennis a través de la puerta de cristal mientras charlaba con los policías. Al principio, se mostró furioso y agresivo pero al cabo de un rato se calmó y acabó riendo y bromeando con los policías. Al salir, me ofreció la mano para ayudarme a levantarme.

—Vámonos a casa, cariño —dijo amablemente—. Estoy seguro de que hallaremos una solución.

—Si tiene problemas, señora Hayslip, avísenos —me dijo un policía—. No trate de aplicar la justicia por su cuenta.

Yo no contesté y salí de la comisaría. Una vez en el coche, Dennis cambió de talante y no despegó los labios durante todo el trayecto.

Cuando llegamos a casa, Dennis se llevó a Alan al cuarto de los niños y cerró la puerta. Yo no estaba preocupada, pues sabía lo mucho que Dennis quería a Alan. Lo que me sorprendió fue el recibimiento que me dispensaron Jimmy y Tommy.

—Hola, mamá. ¿Qué tal ha ido todo?

—¿Qué estáis haciendo aquí? ¿Por qué no os habéis quedado en casa de la tía Lan?

—Papá vino a recogernos —contestó Jimmy—. Le pregunté si iba a mantenernos como rehenes hasta que regresara Alan, pero se echó a reír. Dijo que nos quería mucho y que deseaba tenernos junto a él hasta que regresaras a casa.

Sentí deseos de matar a Lan por haber entregado los niños a Dennis sin mi permiso. ¿Cómo se le había ocurrido hacer semejante cosa?

A la mañana siguiente, mientras Dennis y Alan dormían, llamé al doctor Joseph para referirle lo sucedido.

—Creo que todavía corre usted peligro —dijo con tono preocupado—. Su marido está muy enfermo. Ha secuestrado a Alan y puede que lo intente de nuevo. Normalmente, no suelo recomendar a mis pacientes que se separen, pero en este caso creo que debería mudarse a otro lugar, al menos hasta que la situación se haya aclarado.

Eso me planteaba un serio problema. En Vietnam, los campesinos no solían divorciarse. En ocasiones, el marido abandonaba a su esposa para irse a vivir con otra mujer, pero ambos seguían ocupándose de la educación de sus hijos y el marido contribuía a su manutención. No era necesario contratar a un abogado; la opinión de la aldea bastaba para regular la situación. Por consiguiente, no sabía a quién culpar por el fracaso de mi matrimonio excepto a mí misma, ni a quién acudir en busca de consejos excepto a los monjes del templo.

—*Den nha ai nay sang con nhi* —dijo el *su* cuando le comenté lo que me había sugerido Joseph—. «La luz resplandece con más intensidad en otros hogares.» No puedes referir tus problemas familiares a un médico o a un abogado confiando en que te den una solución. A ellos sólo les interesan los métodos rápidos de curación, que no siempre son los mejores, sobre todo cuando se trata de cuestiones que afectan a las deudas del alma. ¿Crees acaso que te consolarán y cuidarán de ti cuando tu marido te abandone? Conozco bien el corazón humano, *phat tu*. Esas personas no son malas, como tampoco lo es tu marido. Tratan de ayudarte, pero no lo conseguirán. Dices que tu marido se porta mal contigo, pero te equivocas. Que yo sepa no te pega, no tiene amantes ni descuida a vuestros hijos.

»Vete a casa —dijo el monje—. No empeores tu karma tratando de modificar el de tu marido. Ayúdale a aprender lo que debe. Eres un búfalo, ¿no es cierto? Pues bien, al igual que el búfalo debes trabajar duro sin quejarte. Ése es tu carácter y tu destino.

Salí del templo sintiéndome más confusa que antes. No quise contradecir al monje, tenía razón en lo referente a la eternidad. Pero no estaba de acuerdo con él en que los médicos y los abogados no supieran resolver los problemas de la gente. Quizás, al igual que los norteamericanos, necesitaba una «gratificación instantánea». Quizá no había dado a Dennis la oportunidad que había dado a Ed: la de dejar que nuestras vidas hallaran su propio equilibrio. Todo lo referente a nuestro matrimonio había sido una negociación: rescatar a Lan, proporcionar a Dennis la sensación de poseer una familia y un hogar, tener un techo, reconciliar nuestras diferencias religiosas, alimentar mi alma en este país extraño. El problema era que nuestros pactos nunca habían funcionado.

No obstante, llamé a una abogada que me había recomendado una amiga y quedé en ir a verla.

La señorita King era una mujer bajita, poco agraciada y dura como el acero. A diferencia de mis vecinos norteamericanos y otros consejeros caucásicos que trataban de disimular su actitud condescendiente para conmigo, la abogada no pretendió ocultar lo que pensaba; yo era una ignorante campesina que debería hacer exactamente lo que le decían.

—Mire usted, señora Hayslip —dijo la señorita King cuando le expliqué la situación—, existen tres sistemas para hacer las cosas: el sistema fácil, el difícil y el correcto. El sistema fácil no la hará sentirse incómoda, yo ganaré mucho dinero pero usted no habrá resuelto sus problemas. El sistema difícil la hará sentirse incómoda, lo mismo que a mí, pero ganaré igualmente mucho dinero. Si adoptamos el sistema correcto, usted se sentirá fatal y yo ganaré mucho dinero, pero al menos habrá conseguido resolver sus problemas. ¿Cuál prefiere?

—Deseo resolver mis problemas...

—Buena chica —dijo la abogada, entregándome unos papeles—. Rellene estos formularios y remítamelos. Si necesita ayuda acuda a una vecina, yo no soy profesora de inglés. Luego solicitaremos un mandato judicial para impedir que su marido vuelva a poner los pies en su casa.

—¿No podríamos pedirle amablemente que se fuera?

—Querida, cuando alguien desea pedir algo amablemente envía flores, no una orden judicial. Ese hijo de puta posee ocho escopetas y ha convertido su casa en el fuerte Apache. ¿No me ha dicho que quiere hacer las cosas como es debido?

Yo asentí y guardé los formularios en el bolso.

El día que entregaron a Dennis el mandato judicial, me llevé a los niños a casa de Pat y Mike, desde la cual vimos como cargaba sus cosas en una vieja furgoneta que había comprado recientemente. Hiep, que era chico muy sensato y se llevaba muy bien con Dennis, lo ayudó. Al cabo de un rato, observamos que Dennis no sólo estaba cargando sus escopetas, sus botellas de whisky y su ropa en la furgoneta, sino también los muebles, los cuales me pertenecían. Mike quería avisar a la policía para que se lo impidiera, pero yo me opuse.

—Que haga lo que quiera, no me importa que se lleve los muebles —dije.

Mike me miró como si estuviera loca, como si no comprendiera lo que significaba un divorcio norteamericano. Tenía razón. Todos mis actos —realizados al estilo norteamericano— traicionaban todo cuanto mi padre me había enseñado. Mi única esperanza era que al hacer las cosas «al estilo norteamericano», conservando al mismo tiempo mi mentalidad vietnamita, acabaría haciendo lo que era correcto.

A la mañana siguiente la furgoneta de Dennis había desaparecido y los chicos y yo regresamos a casa. Al abrir la puerta, los niños entraron corriendo y de pronto oí a Alan exclamar:

—¡Papá!

Me quedé helada. Al cabo de unos segundos entró en la cocina Dennis sosteniendo a Alan en brazos.

—¿Qué haces aquí? —pregunté asombrada. Miré el teléfono, pensando en llamar a Mike, a mi abogada o incluso a la policía.

—Es domingo —respondió Dennis sonriendo. Observé que tenía ojeras y que iba sin afeitar—. He venido para llevar a Alan a la iglesia.

—No creo...

Pero Dennis salió apresuradamente.

—Vamos, Jimmy, Tommy... —dije, colocándome un pañuelo en la cabeza y saliendo tras él.

—¿A dónde vas? —me preguntó Dennis.

—Te acompaño a la iglesia.

—Ni hablar. Quédate en casa y prepara la comida. Regresaremos en cuanto termine la misa.

De no haber estado tan asustada y confundida, me hubiera echado a reír en sus narices. No tenía ningunas ganas de ir con Dennis a la iglesia, pero me había jurado no dejar a Alan ni un instante a solas con él hasta que todo hubiera terminado.

Nos montamos en mi coche mientras Dennis instalaba a Alan en el asiento delantero. Luego, se quedó de pie junto al coche, como si no supiera qué hacer. Mike, que había salido a comprar el periódico, me preguntó:

—¿Estás bien, Ly?

Dennis le hizo un gesto obsceno y acto seguido pegó un puñetazo en el parabrisas, partiéndolo como si fuera hielo.

—¡Puta! —gritó, mirándome furioso.

Luego se montó en el coche y nos dirigimos a la iglesia sin pronunciar una palabra. Al llegar, Dennis nos condujo hasta el reverendo Bob, el cual se llevó a los tres niños al patio. Cuando hubo terminado el sermón y los fieles empezaban a abandonar la iglesia, Janet se detuvo para charlar conmigo. Yo traté de mostrarme amable, por respeto al lugar donde me encontraba, tratando al mismo tiempo de no perder de vista a Dennis mientras se dirigía hacia el patio.

—Lo lamento, no quiero ser descortés pero debo marcharme —dije.

Al llegar al patio vi a Tommy y a Jimmy jugando con otros niños, pero Dennis y Alan habían desaparecido.

Pedí a unos amigos que me acompañaran a casa y llamé a la señorita King. Cuando le conté lo sucedido, dijo:

—De modo que las cosas se han puesto feas, ¿eh? ¿Por qué no cambió usted la cerradura? ¿Por qué dejó que se quedara con las llaves de su coche? ¿Por qué no avisó a la policía cuando se lo encontró en casa? Dennis no tenía ningún derecho a entrar en su casa. Ha violado la ley.

—De acuerdo —contesté irritada—. Reconozco que me he comportado como una estúpida. ¿Qué debo hacer?

—Nada. Cuando suene el teléfono, conteste y haga lo que le digan.

Al cabo de una hora sonó el teléfono. Era un inspector de policía, el cual me dijo que mi abogada había denunciado el secuestro de Alan. Me preguntó si había tenido noticias de él y respondí negativamente.

Después de hacerme otras preguntas, me ordenó que permaneciera junto al teléfono. Dos días más tarde, desesperada, llamé a Lan. Sabía que no me sería de gran ayuda, pero al menos quería desahogarme. En vez de consolarme, me dijo que lo tenía bien merecido por arrojarla de mi casa en lugar de echar a Dennis, y que no le extrañaba que éste se comportara de ese modo.

Colgué el teléfono y, al girarme, vi que Jimmy me estaba observando fijamente. Había cumplido trece años y tenía la tez y los ojos oscuros de su padre, así como su delicada mandíbula. Parecía que había transcurrido un millón de años desde su nacimiento. En su triste semblante vi a Hiep, a An, a Anh y a todos los pequeños refugiados vietnamitas quienes, debido a mi imprudencia y a mi nefasto karma, se quedarían sin hogar. La agencia no me devolvería a mis hijos adoptivos hasta que hubiera resuelto mis problemas. ¿Qué derecho tenía yo de crear una familia vietnamita, una especie de «aldea», si ni siquiera era capaz de mantener unida a mi familia natural? De nuevo, en aras del amor, había tratado de obrar correctamente pero sólo había conseguido empeorar las cosas.

En aquel momento sonó el teléfono. Supuse que Lan volvería a llamarme para disculparse. Al fin y al cabo, también era una Phung Thi.

—¿Ly? —dijo una voz masculina—. Soy Dennis.

—¿Cómo está Alan?

—Está muy bien. ¿Quieres volver a verlo?

—¡Por supuesto! He estado muy preocupada. La policía os está buscando.

—¡Me importa un carajo la policía! Si quieres volver a ver a tu hijo, haz exactamente lo que yo te ordene.

¡No podía creer lo que oía!

—¿Qué pretendes? —pregunté suavemente, suponiendo que si conservaba la calma Dennis se calmaría también.

—Escribe una carta a tu abogada. Dile que estás dispuesta a retirar todos los cargos contra Dennis Hayslip. Dile que vas a poner la casa y todos nuestros bienes a mi nombre. Dile que no quieres divorciarte. ¿Me escuchas, Ly?

—Sí, te escucho.

—Haz que un notario certifique la carta y luego llévasela al reverendo Bob. Dile que le llamaré mañana por la mañana para que me la lea por teléfono. Si no haces lo que te digo, Ly, lo lamentarás.

En cuanto Dennis colgó el teléfono llamé a la señorita King y al reverendo Bob, los cuales me recomendaron que no hiciera nada y que dejara actuar a la policía.

Al día siguiente, Dennis me telefoneó de nuevo y me insultó por no haber escrito la carta.

Al cabo de dos días, Lan me llamó para comunicarme que Dennis la había telefoneado y le había dicho que Alan estaba perfectamente. Luego dijo que no podía seguir hablando y colgó. Al día siguiente hizo lo mismo, lo cual me pareció muy extraño. Era como si hubiera alguien junto a ella que la estuviera vigilando. Al tercer día me llamó de nuevo y dijo:

—Escucha atentamente. Es la primera oportunidad que tengo de hablar tranquilamente contigo. Dennis y Alan están aquí, en casa. Dennis quiere llevarse a Alan a Canadá. El niño está muy disgustado y no quiere quedarse con su padre...

De pronto Lan cambió de tono, fingiendo estar hablando con una amiga, y colgó. Supuse que Dennis había entrado en la habitación y la había sorprendido hablando por teléfono. Llamé a la señorita King, la cual volvió a recomendarme que no hiciera nada y me aseguró que ella misma llamaría a la policía. Al cabo de un par de horas me telefoneó y dijo:

—Tengo buenas noticias, Ly. Alan está a salvo. La policía ha arrestado a Dennis.

—¡Gracias a dios! —exclamé.

—La policía quiere saber si va a presentar cargos contra su marido. ¿Quiere que metan a Dennis en la cárcel?

—No, no. Me basta saber que mi hijo está a salvo. No quiero perjudicar a Dennis, ya tiene suficientes problemas. ¿Cuándo me traerán a mi hijo a casa?

La señorita King guardó silencio durante unos instantes y luego contestó:

—Me temo que no es tan sencillo. Lo han llevado al hogar para niños de Hillcrest. Suele ser el primer paso antes de dar al niño en adopción.

—¡No! ¡Quiero que me devuelvan a mi hijo! —grité.

—Su marido ha formulado unas acusaciones muy graves contra usted. Ha declarado que abusaba sexualmente de sus hijos, sobre todo de Alan, y también de los niños adoptivos. En estos casos, las autoridades suelen colocar al niño bajo la tutela de una institución o de un matrimonio hasta que el asunto se haya aclarado.

Rompí a llorar desconsoladamente. ¿Cómo era posible que Dennis hiciera sufrir a su hijo de ese modo? Más que injusto, me parecía una atrocidad.

Al día siguiente fui a ver a Alan y le llevé ropa y unos juguetes. Al observar su rostro triste y asustado, sentí deseos de romper a llorar de nuevo. No le habían lavado ni había probado bocado desde que estaba en Hillcrest. Mientras lo bañaba con la ayuda de una empleada de la institución, observé que tenía unos rasguños en todo el cuerpo.

—¿Cómo se ha hecho eso? —me preguntó la empleada.

—¿Cómo quiere que lo sepa? —contesté enojada—. Hace dos semanas que no lo he visto.

Mientras terminaba de vestir a Alan, tratando de reprimir las lágrimas, recordé cuando lo transportaba en mi vientre —*mang nang*—, los dolores del parto —*de dau*— y cuando dejó de mamar y yo masticaba la comida antes de dársela, *nhai com suon nuoc*. Me sentía furiosa y ofendida ante la insolencia de los hombres. Todos los norteamericanos que había conocido —tanto en Vietnam como en Estados Unidos— se comportaban de forma mezquina y cruel cuando estaban contrariados. No sabían nada sobre las mujeres y no las respetaban. Me parecía inconcebible que esos hombres hubieran conocido el amor maternal, el amor de la mujer que los había parido. Esas atrocidades que había presenciado en ambos países sólo podían ser perpetradas por unos individuos que ignoraran los sagrados orígenes de la vida. Para ellos, los niños eran como las hierbas que crecen en el jardín. En Vietnam los llamaban *vo nghi* —hombres sin conciencia—, y ahora comprendía el significado de ese término. No sabían de dónde procedían ni a dónde se dirigían. Amaban a sus perros de caza y a sus escopetas más que a sus antepasados. En realidad, ellos mismos no eran sino unos perros.

Todos los días iba a Hillcrest a ver a Alan, a veces acompañada de sus hermanos. El día en que Alan debía testificar, me presenté con la señorita King. El funcionario que le tomó declaración revisó los informes de la policía, los documentos del tribunal de relaciones domésticas, nuestro expediente como padres adoptivos y las transcripciones de las entrevistas con varias personas, incluyendo a nuestros hijos adoptivos, a mis hijos naturales y a nuestros vecinos.

Al cabo de un rato, alzó la vista y dijo:

—Señora Hayslip, su expediente demuestra que ha sido usted una madre adoptiva ejemplar durante cinco años, pero que su marido padece trastornos mentales y posiblemente sea peligroso. Si le entrego a su hijo, ¿qué piensa hacer en el futuro?

—Haré lo que usted me ordene, señoría.

El funcionario se echó a reír y dijo:

—No soy juez, pero puedo darle algunos consejos. Váyase de aquí. Quizá no esté enterada, pero en los informes policiales consta que hallaron varias armas de fuego en el coche de su marido cuando lo arrestaron, junto con unas notas dirigidas y unos dibujos de usted bastante siniestros, seguramente realizados por su marido. Puesto que se ha negado a presentar cargos contra él, la policía lo ha dejado en libertad; pero eso no significa que sus problemas hayan terminado. Le recomiendo que desaparezca durante un tiempo, hasta que las cosas vuelvan a la normalidad.

Le dije que iría a pasar una temporada a casa de una amiga —una vieja amiga de la NSC que me había invitado varias veces a visitarla—, en Los Ángeles, pero lo cierto es que ni él ni yo sabíamos si «una temporada» sería suficiente.

Cuando la señorita King me acompañó a casa y aguardó a que recogiera nuestras cosas, sentí como si mis brazos y mis piernas fueran de plomo. Cuando era una adolescente, había tenido que huir de las bombas, los proyectiles, los republicanos, los norteamericanos y el Vietcong. Me había exiliado para salvar la vida y había perdido mi antigua vida para siempre. Ahora me disponía a ocultarme de nuevo, y me sentía aterrada y desolada: primero, por lo que ignoraba; y segundo, por lo que sabía.

Cuando estaba a punto de marcharme, sonó el teléfono. Era Lan. Me dijo que Dennis había llamado varias veces para informarse sobre lo que sucedía, sobre mí, los niños y la audiencia en Hillcrest. Dijo que iba a contratar al mejor abogado de San Diego para arrebatarme los niños, la casa, los coches y todos nuestros bienes. Lan temía haberme alarmado, pero le aseguré que estaba perfectamente.

Al menos, esta vez Dennis había decidido recurrir a un abogado en lugar de a sus pistolas y sus whiskys.

Durante la primera vista oral de nuestro caso, los maridos de dos de mis amigas vietnamitas y Petey Bailey testificaron contra mí. Aunque sé que en muchos corazones humanos anida la traición, esa maniobra me sorprendió y la achaqué al astuto abogado de Dennis, al que la señorita King respetaba como un tigre respeta a otro mayor que él en la selva. Dennis pretendía convencer al juez de que yo era una mala madre, y los maridos de mis amigas estaban más que dispuestos a afirmar que éstas y yo nos dedicábamos a criticar el sistema norteamericano. Por supuesto, Petey no era un amigo de la familia, pese a haberlo acogido en mi casa cuando estaba sin trabajo, y no vaciló en apoyar la declaración de Dennis de que Lan y yo estábamos compinchadas contra él.

No obstante, Dennis no logró convencer al juez. Éste le ordenó que me devolviera el coche y que me cediera la casa y la mitad de los muebles. Lo que es más importante, me concedió la custodia de los niños,·permitiendo a Dennis que los visitara con frecuencia.

Durante un tiempo todo fue bien. Dennis y yo cumplimos escrupulosamente las órdenes del juez y Lan telefoneaba con frecuencia. Al principio supuse que era porque lamentaba que Petey hubiera testificado contra mí, pero más tarde descubrí que todavía seguía en contacto con Dennis. Lan le debía un inmenso favor y no estaba dispuesto a dejar que lo olvidara, máxime en estos momentos en que ella le servía de enlace.

Lan me dijo que Dennis estaba delicado del corazón y que utilizaba un bastón, aunque ello no le impedía ir de caza y montar en moto. También me dijo que había acudido al templo para conversar con los monjes budistas, lo cual me dejó de una pieza.

—Deberías ser más amable con él —me dijo Lan.

Pensé que quizá tenía razón. Al menos, últimamente Dennis se mostraba menos agresivo.

Un día en que trajo a Alan a casa después de habérselo llevado de paseo, le invité a pasar y tomarse un café. Estuvimos charlando un buen rato en tono distendido. Dennis dijo que deberíamos ayudarnos mutuamente a salir de aquel círculo de odio y yo me mostré de acuerdo, aunque no estaba de acuerdo en los métodos que solía emplear para conseguirlo. Al cabo de un año recibí una carta del tribunal de reconciliación. Dennis quería que nos reuniéramos ante un juez para comprobar si existía alguna posibilidad de salvar nuestro matrimonio.

Por aquella época yo trabajaba en una empresa de ordenadores. Me habían contratado como supervisora debido a mi experiencia profesional, mi seriedad y porque le había caído bien a la propietaria de la empresa, Kathy Greenwood. Mis compañeros eran en su mayoría mejicanos o americanos hispánicos, laosianos, filipinos y vietnamitas. Por primera vez tuve ocasión de trabajar con negros norteamericanos, con los cuales llegué a trabar una relación amistosa. Sus historias eran similares a la mía, pues habían experimentado la angustia de sentirse marginados, la depresión y la desesperación, así como la alegría de pertenecer a una familia numerosa y la eterna fe en la fortuna y en la existencia de algo más grande que ellos.

También me convertí, en cierto modo, en madre de otros dos niños adoptivos.

Anh, el padre de Jimmy, había conseguido que sus otros dos hijos adolescentes, Chanh y Tran, huyeran de Vietnam en barco. Tras sortear a los buques piratas y a los patrulleros en el mar del sur de China, fueron internados en un campo de refugiados chinos. Llegaron a Minnesota en febrero de 1981, avalados por el hermano de Anh. Sin embargo, el gélido clima de Minnesota les horrorizó y se pusieron en contacto conmigo. Me dijeron que su padre siempre me había considerado su segunda esposa y que tenían unos recuerdos muy cariñosos de mí. El caso es que se alojaron en nuestra casa el tiempo suficiente para que Jimmy llegara a conocer mejor a sus hermanastros. Posteriormente consiguieron un empleo y se mudaron. Es curioso las vueltas que da la vida. Cuando los conocí, yo era una adolescente, algo más joven que ellos, destrozada por la guerra. Su padre era un acaudalado industrial de Saigón quien después de acostarse conmigo, y al quedarme en estado, nos había arrojado a mi madre y a mí de su casa. Ahora, sus hijos habían venido a Norteamérica sin un centavo y se habían refugiado en mi hermosa casa. El pensar en ello me producía una increíble sensación de vértigo, como si flotara sobre una gigantesca ola. Nadie sabe a dónde nos conducirá la corriente, pero todos formamos parte de un inmenso ciclón cósmico, del torbellino de la vida.

Acudí a la reunión de reconciliación armada con tantos consejos que me sentía confundida, como una persona que tiene tantos relojes que nunca sabe qué hora es. Mi abogada me recomendó que fuera prudente. Huong me dijo que «un niño sin un padre es como una casa sin un tejado», más o menos lo que me había dicho el monje. Mis compañeras en Digidyne, la empresa de Kathy, sostenían diversos puntos de vista. Las personas que provenían de familias felices y numerosas opinaban que Dennis y yo debíamos reconciliarnos; las que estaban divorciadas me aconsejaron que no intentara resucitar el pasado.

Me sentía dividida entre el *tinh* y el *nghia*. *Tinh* significa el amor en todos sus matices, incluyendo la pasión. *Nghia* es el vínculo espiritual que une a una pareja. Al concebir un hijo, Dennis y yo estábamos unidos por el *nghia*, al igual que yo estaba unida al espíritu de Ed y de Anh a través de mis otros hijos. Los occidentales creen que uno puede desembarazarse de su cónyuge como si se tratara de un zapato viejo —*vo chong nhu ao coi ra jo gi*—, pero yo no estaba segura. Según había comprobado, las deudas del alma representaban una onerosa carga de la que uno no se libraba tan fácilmente.

La reunión finalizó sin que hubiéramos llegado a una conclusión definitiva. Dennis estaba tan empeñado en convencerme que prometió cederme todos nuestros bienes y la custodia legal de Alan. Incluso llegó a sacar la escritura de nuestra casa, como un vendedor de electrodomésticos agitando un contrato, y dijo que la pondría a mi nombre en cuanto nos reconciliáramos. Yo pedí al juez que me concediera unos días para reflexionar, pues deseaba consultar a mi *su*.

—Maestro —dije—, mi único deseo es romper el *nghia* que me une a Dennis tan pronto y tan limpiamente como sea posible. Estoy dispuesta a aceptarlo como amigo, pero no como marido. Deseo saber si, en caso de rechazar su oferta, continuará nuestro nefasto karma.

Mi *su* sonrió y me ofreció una taza de té. Por lo general, eso era una recompensa, pero ahora parecía más bien una preparación.

—*Phat tu* —dijo—, existe un yin y un yang en todo: el mal y el bien, la causa y el efecto. Durante la guerra viste morir a muchas personas, algunas de las cuales eran niños de corta edad. ¿Crees acaso que eran inocentes de toda culpa?

—Lo ignoro, maestro —respondí. Sabía que no era la respuesta adecuada, pues los budistas están convencidos de que todo efecto tiene su causa. Pero yo no podía concebir un universo en que un niño recién nacido fuera culpable de algo.

—Pero reconoces que el niño había sido parido por una mujer...

—Desde luego.

—Así pues, no rechazas ese hecho natural. De igual modo, debes aceptar el hecho natural, el karma, que causó tanto el nacimiento como la muerte del niño. Puedes llorar su muerte y compadecerte de él por haber sufrido, al igual que puedes llorar por el soldado que agrava su karma al matar a otros seres humanos; pero no puedes rechazar las leyes del universo —la rueda de la encarnación— que causó el acto. El nacimiento y la muerte, sean cuales sean sus circunstancias, son tan naturales como el movimiento del sol y la luna, lo cual aceptamos sin vacilar.

—¿Cuál es entonces mi deber hacia Dennis?

—¿Dices que te ha golpeado en una mejilla, que te ha causado un grave perjuicio?

—Así es.

—Entonces ofrécele la otra mejilla. Concédele la oportunidad de redimirse. Si vuelve a fallarte, al menos habrás cumplido con tu deber mientras que él habrá aumentado las deudas de su alma.

Después del Tet, en febrero de 1981, Dennis se mudó de nuevo a nuestra casa para un «periodo de prueba», según había decretado el juez. Lo que no sabíamos era cuánto duraría ese periodo de prueba.

Las cosas no empezaron bajo buenos auspicios. La «dolencia coronaria» de Dennis desapareció milagrosamente (él lo atribuía a las donaciones que había hecho a Oral Roberts), aunque todavía era incapaz de ayudarme en las tareas caseras. Chanh y Tran vivían de nuevo con nosotros, así como los hijos de Thoa, la cual había sufrido un serio descalabro financiero. Era evidente que Dennis no se sentía a gusto. No se llevaba bien con los hijos de Anh, y empezó a quejarse de nuevo de que me ocupaba más de los niños vietnamitas que de él. Para consolarse, se compró otras escopetas y una flamante moto, sin importarle el perjuicio que pudiera causar a nuestro presupuesto. Era como si no se hubiera marchado nunca. A principios de año el periodo de prueba había concluido, al menos por lo que a mí respectaba.

—No podemos seguir así, Dennis —le dije un día—. Creo que sería mejor para todos que te marcharas. No malgastemos el dinero con abogados. Confío en que seamos amigos, por el bien de Alan y por el nuestro.

—De acuerdo —contestó Dennis con un tono que me hizo estremecer—. Al fin y al cabo, ¿qué te importa que esté enfermo y no pueda valerme por mí mismo?

—Iré a verte de vez en cuando y cuidaré de ti si te pones enfermo. Incluso estoy dispuesta a pagar tus facturas de teléfono, gas y electricidad durante unos meses, hasta que consigas un trabajo.

—¡Muchas gracias! —rugió, y se encerró en su habitación.

Al ver que Dennis no hacía el menor caso de mi decisión, me puse en contacto con un abogado —el cual había venido a sustituir a la señorita King— y éste solicitó un mandato judicial para echar a Dennis de casa.

—Dennis es un hombre muy peligroso, Ly —me dijo el abogado—. Cometió un grave error al permitirle regresar. Esta vez opondrá una mayor resistencia. Prepárase para una pelea sin cuartel.

El sheriff del condado de San Diego entregó a Dennis el mandato judicial ordenándole abandonar nuestra casa mientras los niños y yo estábamos en el cine. Cuando regresamos, Dennis se había marchado y la casa estaba intacta. Esa noche se puso a llover. Yo me senté junto a la ventana, para vigilar a mis hijos y mi casa, y me pasé toda la noche llorando amargamente.

Durante los próximos días traté de comportarme como si nada hubiera sucedido. Llamé a Lan para averiguar si sabía algo de Dennis y me dijo que no, lo cual probablemente era cierto. Ninguna de mis amigas había tenido tampoco noticias de Dennis.

El tiempo empeoró. Llovía todos los días, lo cual hizo que aumentaran mis remordimientos.

Una noche llamé a Kathy y le dije:

—No debí echarlo de casa. Estoy segura de que le ha sucedido algo.

—Cálmate —respondió Kathy—. Es un hombre adulto. Puede cuidar de sí mismo.

El 3 de marzo de 1982, los niños salieron temprano de la escuela y Jimmy me llamó al despacho.

—Mamá, un hombre dejó su tarjeta de visita debajo de la puerta. En el dorso hay una nota que dice que le llames en cuanto puedas.

—¿Cómo se llama?

—Ummm... Es el detective Scott.

—¿Un policía?

—Sí. Del departamento de homicidios. ¿Significa eso que alguien ha sido asesinado?

—Dame el número y no te preocupes, cariño.

Mis manos temblaban de tal forma que apenas podía sostener el lápiz. Empecé a pensar en todas las personas a las que Dennis podía hacer daño. Jimmy y Tommy... no, gracias a dios estaban en casa. El pequeño Alan..., ¿pero por qué iba Dennis a hacerle daño? En cuanto terminara de hablar con Jimmy, llamaría a la guardería para cerciorarme de que estaba bien. En caso de que le hubiera sucedido algo, lo lógico es que me hubieran avisado. Seguí repasando la lista de posibles víctimas: ¿Lan? ¿Petey? No, ellos habían ayudado a Dennis. No se me ocurría ninguna persona, excepto yo misma, a quien odiara tanto como para matarla. Quizás el detective Scott quería advertirme que Dennis había amenazado con matarme. Sí, seguramente sería eso.

—Deseo hablar con el detective Scott —dije a la persona que contestó el teléfono.

—Yo mismo.

—Soy la señora Hayslip, la señora de Dennis Hayslip. Esta mañana dejó usted su tarjeta debajo de mi puerta.

—En efecto. ¿Hay alguien en estos momentos con usted, señora Hayslip?

—Pues sí, las personas con las que trabajo.

—Verá, tengo malas noticias, señora Hayslip. Lamento comunicarle que esta mañana hallamos a su marido muerto. Estaba sentado en una furgoneta... ¿Sigue ahí, señora Hayslip?

—Sí.

—Estaba sentado en una furgoneta en un callejón situado detrás de la iglesia baptista de la calle Luna, en Clairemont.

¡Dios mío, pensé, está junto al patio de la iglesia! ¡Debo de haber pasado frente a ese callejón una docena de veces!

—¿Cómo murió?

—Estaba sentado en el asiento delantero, leyendo un periódico y bebiendo un whisky. Por lo visto, había encendido un poco de carbón en la parte trasera para calentarse y como las ventanillas estaban cerradas suponemos que murió asfixiado. Lo lamento, señora Hayslip.

Abrí la boca para decir algo, pero tenía la garganta seca y no pude articular palabra.

—Quisiera hablar con usted personalmente. ¿Podríamos vernos en su casa?

—Por supuesto. Llegaré dentro de media hora.

Después de colgar me dirigí al despacho de Kathy. Supongo que debía de estar pálida como la cera, porque en cuanto me vio se levantó y me preguntó:

—¿Te ocurre algo, Ly?

—Está muerto —respondí—. Lo han encontrado muerto.

Kathy me abrazó. Yo sentía deseos de llorar, pero no podía. Las lágrimas que brillaban en mis ojos eran de rabia y de dolor. Dennis no tenía por qué hacer eso. Pensé en Alan, en la forma en que la muerte de su padre le afectaría, y también en las consecuencias espirituales que tendría sobre él. ¿Acaso tienen los niños que pagar por los errores de sus padres? ¿Había sido la muerte de Dennis un accidente o un suicidio? Quizás era eso lo que el detective Scott deseaba averiguar.

Mi abogado llegó a casa unos minutos antes que el detective. Alan estaba todavía en la guardería y no quería explicarle lo sucedido hasta conocer todos los detalles. El detective Scott me entregó los efectos personales de Dennis, entre los cuales estaban su cartera y su reloj. En la guantera, junto con los documentos de la furgoneta, habían hallado el mandato judicial.

La radio y la televisión local comentaron la noticia durante unos días y luego se olvidaron de ella. Los periodistas identificaron a la víctima como «un hombre que había sido arrojado de su casa» por su mujer. El *San Diego Union* publicó un artículo sobre la muerte de Dennis bajo los siguientes titulares: «Un hombre es hallado muerto junto al patio de una escuela.» El periodista entrevistó a la maestra que lo había encontrado.

—Lo vi durmiendo en la furgoneta. Todos lo conocíamos, pues acudía a la iglesia con frecuencia. Al día siguiente, al ver que seguía allí, di unos golpecitos en la ventanilla. Como no me contestó, fui en busca del reverendo. Al ver que no conseguíamos despertarlo, avisamos a la policía.

Deduje que Dennis había aparcado precisamente en aquel lugar para ver a Alan cuando entrara y saliera del patio. Atrincherado en su furgoneta, Dennis se había convertido en un alma en tránsito, observando el mundo de los vivos desde fuera, como un extraño, como me había sentido yo. En aquel momento, mientras leía el artículo del periódico, me sentí más unida a él que cuando vivíamos juntos. Oculté la cara entre las manos y rompí a llorar como no lo había hecho desde hacía días, meses, años..., como no lo había hecho desde que llegué a Norteamérica.

Alan era un muchacho muy sensible y la muerte de Dennis le afectó profundamente. Pese a la mala suerte que había tenido hasta entonces, no había vivido la guerra como lo habían hecho Jimmy y Tommy, lo cual les había dado la fortaleza para afrontar ese tipo de tragedias. No obstante, yo sabía que con el tiempo conseguiría aceptar la muerte de su padre. Al fin y al cabo, era nieto de un Phung Trong.

Después de que embalsamaran y vistieran el cadáver de Dennis en la funeraria, fui a verlo sola. Arrodillada sobre el gélido suelo, me apoyé en el ataúd y sollocé desconsoladamente. Le pedí que me perdonara, aunque en aquellos momentos no sabía —y sigo sin saber— qué otra cosa pude haber hecho para resolver la situación. Su espíritu no me respondió. Entre Dennis y yo habían quedado demasiadas cosas sin decir, y sólo ahora, una vez que habíamos dejado de pelearnos, podíamos iniciar un diálogo.

Los funerales son el mejor epitafio de un hombre. La iglesia se encargó de todos los detalles y la única persona caucásica que asistió a la misa fue el reverendo Bob. El resto eran feligreses chinos y mis amigas vietnamitas. Lan asistió sola; supongo que Petey, al igual que los otros amigos de Dennis, me consideraba culpable de la tragedia. También asistieron todos nuestros hijos adoptivos. Era curioso y al mismo tiempo reconfortante ver reunidas en la pequeña iglesia a las personas que, según Dennis, se habían propuesto destruirlo. De algún modo, ello constituía un panegírico más conmovedor que el sermón del reverendo.

La familia de Dennis no asistió a los funerales celebrados en San Diego. Me pidieron que enviara sus restos a Raymond, en Ohio, para ser enterrados junto a su padre, a lo cual accedí. La hermana de Dennis me telefoneó poco antes de su muerte para decirme que lamentaría haberlo echado de casa. Tenía razón, pero su llamada me hizo pensar que quizás el hecho de que Dennis aparcara la furgoneta junto al patio de la escuela tuviera unas connotaciones más siniestras. Quizá se había propuesto raptar de nuevo a nuestro hijo. En cualquier caso, esos pensamientos sólo servían para perpetuar el círculo de odio, de modo que decidí desecharlos.

Alan y yo acompañamos a Dennis a su última morada. Tuvimos que cambiar tres veces de avión, lo cual hizo que el triste y agitado viaje resultara aún más agotador. En el aeropuerto nos esperaba un coche fúnebre, que nos condujo a la funeraria donde se habían reunido la madre, los hermanos y las hermanas de Dennis. Su primera esposa y su hijo Víctor no asistieron, aunque habían sido invitados. Todos iban vestidos con trajes oscuros y hablaban en voz baja. Sin embargo, nadie prestaba la menor atención al ataúd, lo cual me pareció muy extraño, pues en Vietnam el cadáver constituye el centro de atención de todos los presentes. Tampoco observé una expresión de dolor en sus rostros, excepto en la madre de Dennis, su hermana y Alan. Los funerales siempre reflejan la verdad, al margen de las palabras que puedan pronunciarse.

También me chocó el silencio del cortejo fúnebre. En Vietnam, batimos tambores y cantamos y quemamos incienso hasta llegar al cementerio. En Norteamérica, los cadáveres penetran en sus sepulturas como ladrones deslizándose sigilosamente entre las sombras de la noche.

Cuando introdujeron el ataúd de Dennis en la fosa, sentí dos emociones muy intensas. En primer lugar, tristeza, como había experimentado durante el funeral de Ed, y remordimientos por no haber satisfecho una deuda espiritual.

La otra era una sensación de euforia que fue aumentando lentamente. Más que alivio por haberme desprendido de una carga, sentí la misma alegría que experimenté tras la muerte de mi padre, cuando éste empezó a aparecerse en mis sueños. Entonces comprendí que nunca me sentiría sola, que sólo si era capaz de renunciar a ciertas cosas podría alcanzar otras. Ahora, después de haberme unido a dos hombres y haberlos perdido, estaba preparada para iniciar la siguiente fase de mi crecimiento. Al igual que la manita que aferraba la mía junto a la tumba de Dennis en aquella fría mañana de Ohio, sabía que esa transformación conduciría a algo fuerte, grande y maravilloso.

SEGUNDA PARTE

EN BUSCA DEL SUEÑO AMERICANO
(1983-1986)

6

REMOVER EL CRISOL

De regreso en San Diego me sentí como un barco varado en el puerto y con el motor en marcha. Mis problemas con Dennis me habían impedido hallarme a mí misma en Norteamérica, y aún no había conseguido librarme del exceso de equipaje. Era como un explorador sin brújula, como un misionero sin misión. Tan pronto me sentía eufórica y pletórica de energía, como me sumía en la más negra desesperación. No obstante, comparado con mi situación cuando murió Ed, había avanzado mucho. En aquella época yo era una joven e ingenua emigrante cuyos únicos elementos positivos eran su voluntad de sobrevivir y el amor que sentía por sus hijos. Jimmy y Tommy se recuperaron del digusto que les había causado la muerte de Dennis con relativa rapidez, pues habían sufrido mucho y anhelaban hallar un poco de paz. Pero a Alan, que había sido la causa principal de los conflictos entre su padre y yo, le afectó más profundamente. Siempre había sido un chico alegre y dicharachero, pero ahora se mostraba melancólico, pensativo, y pasaba la mayor parte del tiempo en su habitación, escuchando los cuentos infantiles que Dennis había grabado para él. En esos momentos yo deseaba abrazarlo con fuerza, pero él se apartaba de mí y me miraba con una frialdad que me partía el corazón.

Algunos feligreses chinos de la iglesia baptista permanecieron con nosotros, según la costumbre oriental, durante los primeros días de luto. Su apoyo me ayudó a sobreponerme y regresé al trabajo una semana después del funeral de Dennis. Mis compañeras se portaron muy bien conmigo y procuraban ayudarme en todo. Lamentablemente, una de ellas, la que me había aconsejado que arrojara a Dennis de casa, hizo un comentario que me dejó muy preocupada.

—Espero que Dennis te haya dejado algo para salir a flote —dijo distraídamente, sin levantar la vista de la placa de circuito impreso.

—¿A qué te refieres? —pregunté.

—A dinero o un seguro de vida.

—No sé si Dennis se había hecho un seguro de vida. Apenas tenía dinero para comer. De todos modos, no quiero su dinero. Lo único que deseo es olvidarme de todo.

—No obstante, más vale que tu abogado compruebe si te ha dejado algo. No querrás que el Estado de California o sus parientes se queden con lo que te corresponde, ¿verdad?

Sentí deseos de decirle que se ocupara de sus propios asuntos, pero en el fondo comprendí que tenía razón.

Aquella noche Jimmy y yo sacamos todo lo que había en la furgoneta de Dennis, que había sido sellada por la policía. En su interior, entre un montón de papeles, hallamos una póliza de seguro sobre mi vida de un millón de dólares que garantizaba el doble de la indemnización que constaba en el contrato, junto con unos recortes de prensa sobre asesinatos en masa e individuos que habían asesinado a sus mujeres e hijos. Estaba tan horrorizada que no pude articular palabra, y aunque pensé en echarlos a la basura para que los chicos no los vieran, decidí enseñárselos a mi abogado.

Tras examinar todos los papeles detenidamente, dijo:

—Esos recortes son bastante siniestros, pero me satisface comunicarle que es usted dueña de su casa. —Luego me explicó lo del seguro de la hipoteca y lo de «la muerte del cabeza de familia», aunque en este caso el cabeza de familia era yo—. Además —añadió—, según el informe de la policía se trata de una muerte causada por un accidente en el interior de un vehículo, de modo que la compañía de seguros tendrá que indemnizarla. Un momento, ¿qué es eso?

El abogado sacó un documento con tapas azules y dijo:

—Según parece, Dennis suscribió una póliza de vida de cien mil dólares, designando a su hermana Janet fiduciaria de la misma. Los beneficiarios son Alan y Víctor. Al pie del documento figura la firma de usted. ¿No recuerda haberlo firmado?

—No —contesté. Había firmado muchos documentos que me había entregado Dennis sin saber lo que firmaba. En su mayoría resultaban tan confusos, que no los entendía y no me atrevía a preguntar a Dennis qué significaban.

—No importa —dijo el abogado—. Dadas las circunstancias, creo que conseguiré que le entreguen el dinero de la póliza. ¿Desea que lo intente?

—No, no quiero ese dinero. Está manchado, es un mal karma. Supongo que le parecerá absurdo, pero yo creo en esas cosas. Prefiero que la hermana de Dennis se quede con el dinero antes que tener que pelear por él.

El abogado se reclinó en su sillón y me miró sorprendido.

—En tal caso, Janet podría ceder la mayor parte del dinero a Víctor. ¿No cree que sería preferible que controlara la parte que le corresponde a Alan?

Aunque no quería saber nada del dinero ni de los bienes de Dennis, comprendí que debía pensar en el futuro de Alan. Así pues, accedí. Al cabo de unas semanas, Janet me llamó. Después de preguntar cómo estaban los chicos, fue directamente al grano.

—He recibido una carta muy desagradable de tu abogado, informándome de que pretendes ser designada fiduciaria de la póliza que Dennis suscribió en favor de sus hijos. Eso no es justo, Ly. Si Dennis hubiera querido que administraras los fondos, lo hubiera especificado en la póliza. De hecho, tú firmaste el documento renunciando a todo derecho legal. Creo que deberías respetar los últimos deseos de Dennis y dejar las cosas como están.

—Lo hago por mi hijo —contesté—. No me fío de ti ni de la compañía aseguradora ni de los bancos. Ni siquiera podía fiarme de Dennis cuando vivía. He pasado los últimos dos años de mi vida tratando de proteger a Alan de su padre. Pero no te inquietes. No pretendo controlar todo el dinero, sólo la parte que le corresponde a Alan. Estoy de acuerdo en que Víctor reciba la suya. Sólo quiero defender los intereses de mi hijo.

—No quiero pelearme contigo, Ly. Estoy de acuerdo en que administres la parte correspondiente de Alan si tu abogado accede a sustituirme y actuar como cofiduciario de la póliza. En cuanto tenga preparados los documentos, los firmaré.

Janet colgó y aunque no me arrepentía de lo que le había dicho, me sentía triste y nerviosa. No quería que mi relación con los Hayslip se deteriorara como me había sucedido con los Munro. Es importante que los niños crezcan rodeados de su familia. Lamentaba que Tommy se hubiera visto bruscamente separado de la parte norteamericana de su árbol genealógico como si fuera una rama podrida. Puede que de mayor consiguiera recuperar sus raíces norteamericanas, pero jamás podría recuperar los años perdidos. Yo no quería que eso le sucediera a Alan, ni que en el futuro tuviera que enfrentarse a su hermanastro norteamericano. Al parecer, hasta un jardín con sólo unas pocas cañas de «bambú vietnamita» estaba condenado a marchitarse en esta tierra.

La justicia siempre resultaba cara, aunque no se pagaban sobornos. Debido a mi divorcio y otras facturas legales, por no mencionar el coste de los dos funerales, prácticamente todo mi sueldo estaba destinado a pagar a mis acreedores. Los hijos de Thoa vinieron a vivir con nosotros, así como Anh, el menor de mis hijos adoptivos, y Chanh, el hermanastro de Jimmy. Eso hizo que aumentaran los gastos mensuales, pero la felicidad que me proporcionaba mi numerosa familia me compensaba con creces.

Mi abogado escribió una carta a todas las personas a las que debía dinero, pidiéndoles que me concedieran un poco más de tiempo hasta que hubiera arreglado mis asuntos. Casi todas expresaron sus condolencias por medio de cartas y llamadas amenazadoras. Cuando muere un marido en Vietnam, la gente deja en paz a la viuda hasta que ésta se ha recuperado de su dolor. En caso contrario, la familia podría desmoronarse, y si la familia se desmorona, los acreedores se quedan sin cobrar. Yo, en cambio, no sólo tenía que pagar mis deudas sino también las de Dennis.

Los peores eran los de las tarjetas de crédito. Cuando Dennis las solicitó, todo eran facilidades. «¿Necesita más dinero? No se preocupe, ampliaremos su límite de crédito.» Cuando uno de ellos llamó para quejarse del dinero que les debía Dennis, me eché a reír y contesté:

—¡Eso no es nada comparado con las deudas del alma en las que ha incurrido mi difunto marido!

Aunque traté de explicarle los principios budistas del karma, el hombre colgó y no volvió a llamar.

Cuando la situación llegó a unos extremos alarmantes, traté de consolarme recordando la historia que me había contado mi padre cuando yo tenía nueve años, a propósito del dinero y de su auténtico valor.

—Había una vez un campesino muy trabajador que vivía en una aldea parecida a la nuestra.

—¿Era tan trabajador como tú y como Bon Nghe? —pregunté, convencida de que nadie era tan trabajador como mi padre y mi hermano mayor.

Mi padre soltó una carcajada y contestó:

—¡Mucho más! No levantaba un dedo a menos que le reportara algún beneficio y siempre estaba ocupado. Poseía numerosos arrozales y empleaba a muchos aldeanos, a quienes obligaba a trabajar tan duro como él a cambio de un mísero sueldo. Por consiguiente, la gente lo consideraba un hombre cruel y avaro, cosa que él no comprendía, puesto que trabajaba más que nadie y alimentaba a muchas familias.

»Su fortuna aumentó a lo largo de los años y se construyó una enorme mansión que llenó con oro y joyas, las cosas que uno adquiere cuando le sobra el dinero. Sin embargo, regateaba con todos los vendedores y seguía pagando una miseria a sus empleados. Para él, las personas no valían más que un saco de judías.

»Un día cayó gravemente enfermo y sus hijos se reunieron junto a su cabecera.

»—Avisaré al mejor médico del país para que venga a curarte —dijo el hijo mayor.

»—No —contestó el campesino—. He trabajado muy duro toda mi vida y ha llegado el momento de que descanse.

»—Pero nuestras tierras se echarán a perder —protestó su segundo hijo—. Enséñanos a cultivarlas.

»—Lo único que tenéis que hacer es seguir mi ejemplo.

»—Al menos deja que contratemos al mejor tallista de piedra del país para que construya un gigantesco sarcófago donde puedas reposar junto a tus tesoros —dijo su tercer hijo.

»—No —replicó el campesino, a punto de lanzar su último suspiro—. Utilizad un tronco hueco como ataúd y practicad unos agujeros en él para que mis brazos cuelgen a través de los mismos. Después de pasearme tres veces por la aldea para que la gente compruebe que no me llevo nada a la tumba, enterradme en nuestro cementerio ancestral. Luego entregad mis tesoros a mis leales servidores y a las personas más necesitadas de la aldea.

»—Pero padre —protestaron sus hijos—, ¿por qué quieres que te enterremos como si fueras un mendigo?

»—Para que todo el mundo vea que no puedes llevarte tus tesoros a la tumba. *Vac tien ra ma mac ca cai chet*, ¿acaso puedo utilizar mi dinero para hacer un trato con la muerte? Todo cuanto nos queda al morir es nuestra alma, la cual no puede alcanzar la próxima vida a menos que se desprenda de su pesada carga. Quiero demostrar a la gente que el único beneficio que obtenemos de nuestro trabajo no es el dinero, ni las joyas, ni las mansiones, sino la salud y la felicidad de nuestros amigos y parientes.

»Tras esas palabras el campesino expiró y sus hijos cumplieron lo que les había ordenado, pero construyeron un templo en honor suyo para que sus descendientes rogaran por su alma.

»—¿Quieres que Bon y Sau Ban construyan un templo para ti cuando mueras? —pregunté.

»—No, mi pequeña florecita —contestó mi padre, entregándome el azadón y dándome una palmadita en el trasero—. El templo de un pobre campesino es su arrozal, y, al igual que el campesino rico, debemos ocuparnos de nuestros asuntos.

Al igual que el arroz, plantado en hileras, mis recursos fueron creciendo lentamente. Alan y Víctor se repartieron el dinero del seguro de vida de Dennis, que fue destinado a su educación. El seguro de la hipoteca me ofrecía la posibilidad de terminar de pagar la casa, o bien percibir una cantidad de dinero. Preferí el dinero, pues los pagos mensuales de trescientos setenta y cinco dólares eran una ganga teniendo en cuenta los precios actuales de los terrenos en California.

La «furgoneta de la muerte», como la llamaba yo, fue pagada con el dinero del seguro del automóvil de Dennis, pero me desprendí de ella inmediatamente. Puse un anuncio en el periódico y la vendí al primero que llamó. La compañía de seguros me pagó cuarenta mil dólares por la «muerte accidental», que utilicé para liquidar el resto de mis deudas.

Tras haber satisfecho todas mis deudas materiales, pude concentrarme en los asuntos relativos al ámbito espiritual. No había vuelto al templo budista desde la muerte de Dennis, porque me arrepentía de no haber seguido los consejos del monje. Aunque había accedido a que Dennis regresara a casa, mi paciencia se había agotado al cabo de un año, una gota en el océano de cara al dios cósmico. No obstante, deseaba enmendar mis errores.

Mi *su* me recibió afectuosamente, como de costumbre. En lugar de echarme en cara la muerte de Dennis, me preguntó si deseaba hacer algo por el templo, como penitencia por las faltas cometidas. Yo contesté afirmativamente y el monje me dio una lista de tareas: desde las más humildes —como barrer—, hasta las más significativas, como contribuir al mantenimiento del templo. Puesto que disponía de una cierta cantidad de dinero, decidí hacer un sustancioso donativo, confiando en que una parte del mismo fuera destinado a restaurar el altar, el cual constituía el elemento más importante de todos los templos y demostraba a los visitantes el grado de salud y generosidad de la comunidad budista local.

Entre la comunidad vietnamita empezó a circular el rumor de que las autoridades de Hanoi permitían el envío de paquetes a las familias más necesitadas. En vista de ello, envié unos paquetes de ropa, comida y medicinas a Tinh, una sobrina que vivía en Danang, pues supuse que, dada su juventud, habría sobrevivido a las purgas comunistas y se encargaría de distribuir los objetos entre mis otros parientes. Aunque nunca supe si los paquetes habían alcanzado su destino, envié algunos más. *Co cong mai sat, co ngay nen kim*, con perseverancia se consigue afilar un pedazo de hierro hasta convertirlo en una aguja.

Al pensar en Tinh y en mi familia se me ocurrió revisar las notas que había escrito hacía unos años sobre mi infancia. Como no sabía cuánto tiempo podría permanecer sin trabajar, viviendo del dinero que había cobrado, decidí emplear esas «vacaciones» en concluir la tarea que había iniciado.

Resultó ser una tarea mucho más ardua de lo que había imaginado.

Debido a mis escasos estudios, mi caligrafía dejaba bastante que desear y me costaba dar con las palabras adecuadas. El reducido vocabulario de los campesinos, que se reduce a nuestras charlas y nuestras oraciones cotidianas, no es apto para expresar grandes conceptos, y dedicaba más tiempo a consultar el diccionario vietnamita-inglés que a escribir. Por fortuna, contaba con un magnífico aliado.

Jimmy había cumplido los quince años y era un apuesto muchacho. Al igual que muchas personas de nuestra raza, parecía más joven de lo que era, excepto sus ojos, que ya habían visto demasiadas cosas. Era inteligente y estudioso. Y era mi hijo, lo que significa que tenía el corazón de mi padre. Así pues, se convirtió en mi colaborador y mi maestro.

Cuando solicité la ciudadanía norteamericana, Dan me animó a que perfeccionara mis estudios. A Ed no le había importado mi escasa educación, pero en su momento no puso ningún reparo a que asistiera al instituto. Dennis había sido de la opinión de que lo único que debía estudiar era la Biblia, y que lo demás era una solemne pérdida de tiempo. Yo era una mala estudiante en materias que requerían memorizar y observar ciertas normas, como la gramática inglesa. Sin embargo, con las materias prácticas —como los derechos de los ciudadanos— y los episodios de la historia norteamericana me entendía muy bien.

Lo que más me gustaban eran las anécdotas de Abraham Lincoln. Me fascinaba el hecho de que Estados Unidos hubiera padecido también una guerra civil. Aunque nunca me atreví a mencionarlo en clase, Lincoln me recordaba a Ho Chi Minh. El principal objetivo de ambos hombres había sido mantener la unión de su país, aunque una parte deseara separarse. Tanto Tío Ho como el honesto Abe sabían que, a la larga, una casa dividida acaba por desmoronarse. Norteamérica tuvo la suerte de que su guerra civil durase sólo cuatro años (la de Vietnam duró cinco veces más), y ya nadie se acordaba de ella. Estoy convencida de que muchos de los que sufrieron durante la misma se hallan de nuevo entre nosotros, reencarnados y con otras vidas. Algunos todavía se esfuerzan en aprender viejas lecciones; es algo que se percibe incluso en la tierra. Todos los antiguos campos de batalla están sembrados de desesperación y odio.

Mi profesora favorita era una anciana que me parecía la viva imagen de una *Nico* o *Su mau*, un chamán femenino o una sabia madrina. (El sexo carece de importancia en las almas casi perfectas que habitan dichos cuerpos. En la medida en que se disponen a alcanzar un plano más elevado de la existencia, las preocupaciones terrenales, como el sexo y la ambición, les son completamente ajenas.) Yo solía visitar con frecuencia a mi maestra después de clase para que me relatara historias de su juventud y las tribulaciones sufridas por Norteamérica en otras épocas, cuando todo el mundo era pobre, la economía se había hundido y Estados Unidos no se había convertido todavía en el gendarme del mundo. Yo le hablaba sobre mi familia y la historia de Vietnam. Con el tiempo, se convirtió en una de mis mejores amigas. Una tarde, cuando me disponía a marcharme, me cogió la mano y me dio las gracias por haberle enseñado tantas cosas. Me quedé atónita, pues era la primera vez que alguien, salvo uno de mis hijos, me daba las gracias por haberle relatado algo interesante. Para mí, al igual que para mi profesora, enseñar me resultaba tan natural como aprender.

Con el tiempo, Jimmy se convirtió en un aventajado estudiante, aunque para allanar el camino tuve que comprarle un ordenador.

—Veo que ya has aprendido a manejar ese aparato —observé un día, sonriendo con orgullo.

—Sí, escribo muy rápido. Gracias por comprármelo.

—Espero que dispongas de tiempo para ayudarme con mis notas y mis historias —dije, sosteniendo una caja llena de papeles.

Al verla, Jimmy se apresuró a contestar:

—No sé, mamá. No he aprendido mecanografía en la escuela, sino por mi cuenta... —Era evidente que tenía prisa por ir a reunirse con sus amigos—. Quizá pueda ayudarte esta noche.

—De acuerdo, puedes hacerlo esta noche en lugar de mirar la televisión —respondí.

Jimmy dejó la chaqueta y cogió la primera hoja del manuscrito.

—¿Por qué quieres hacerlo? —me preguntó. Le parecía inconcebible que yo misma me hubiera impuesto una tarea tan laboriosa.

—Se trata de un libro, ¡de mi libro! *Tran nam bia da thi mon, ngan, nam bia mieng hay con tro tro*, las piedras se deterioran al cabo del tiempo, pero las palabras duran mil años. Es la historia de mi infancia en Ky La, de lo que sucedió durante la guerra y de tu nacimiento en Danang. Sí, tú también apareces en el libro.

Jimmy sacó otras hojas de la caja y preguntó:

—¿Dónde?

—Tienes que leer todo el libro.

Al fin accedió a ayudarme, probablemente porque pensaba que, si no lo hacía, yo nunca lograría terminar mi libro. A fin de cuentas, las campesinas incultas no se dedican a escribir libros. Lo que Jimmy ignoraba era que éste constituía mi —o más bien nuestra— «casa de los tesoros». Tal como había dicho mi padre, debíamos ocuparnos de los asuntos de nuestra familia.

Puesto que ahora poseía algunos bienes —una casa y un poco de dinero—, y nunca había tenido que pensar en esas cosas, me apunté a un curso de gestión empresarial. Lo que me faltaba en experiencia profesional lo suplía con mi experiencia práctica, en el mercado de Danang, en el fallido pero útil intento de montar un negocio de platos preparados y como supervisora de una cadena de montaje. A la hora de clasificar a la gente y de ganar un poco de dinero, era la primera de la clase. En ocasiones, mis compañeros de instituto, los cuales estudiaban con ahínco y comentaban los temas con los profesores para que les pusieran buenas notas, acudían a mí para que les aconsejara cómo montar un negocio. No por eso me parecían inútiles los estudios empresariales.

Lo que menos me gustaba era el hecho de que mi profesor pretendiera hacernos creer que el mundo de los negocios era una cueva de bandidos. Según mi experiencia (incluso en el mercado negro) no tenía por qué ser necesariamente así. Todos mis conocidos que habían triunfado en la vida se habían esforzado en ganarse la confianza de aquellos de quienes dependía su éxito. No tardé en aprender que era preferible obtener escasas ganancias de muchos clientes —y conservarlos—, que estafar a los incautos y pasarse la vida temiendo acabar en la cárcel. Según decía mi madre, *an it no lau, an nhieu tuc bung* (si comes un poco te sentirás mejor; si comes mucho te dolerá la barriga). Ello no significa que uno no deba utilizar cierta dosis de agresividad para conseguir lo que desea, sino que para tener éxito es preciso tener en cuenta a todo el mundo: a los clientes, a los socios y a los empleados. Yo llamaba a los consejos de mi profesor «la clase de cómo ser egoísta». Por supuesto, Norteamérica era el coloso económico número uno del mundo y mi país natal muy pobre, de modo que quién era yo para darle consejos a nadie.

Todo lo que aprendí lo apliqué a mi trabajo voluntario en el templo, que era donde pasaba la mayor parte del tiempo. Los monjes, puesto que siempre estaban pensando en el más allá, necesitaban gente que les ayudara en los asuntos prácticos. Yo lo consideraba una inversión en mi alma, cuyos intereses percibiría en mi siguiente existencia.

Jimmy y Tommy acudían con frecuencia a la iglesia de Dennis, cosa que yo comprendía perfectamente, pues en ésta hallaban el tipo de familia norteamericana que yo no podía darles. Asistían periódicamente a los oficios y estudiaban la Biblia. Pese al fanatismo de algunas personas como Dennis y Janet, y, a mi entender, el espiritualismo equivocado de sus clérigos, no sentía la menor antipatía hacia los baptistas. Aunque su teología me parecía un tanto extraña (su manía de «convertir a los paganos» sin atender sus razones era como celebrar un juicio en el que sólo podía hablar el fiscal), la gente que creía en ella era fundamentalmente buena. Tal como me aseguraron los monjes, dios conoce bien su rostro aunque los otros no sean capaces de reconocerlo.

Un día, sin embargo, mis hijos decidieron que debía convertirme al cristianismo para escapar de las llamas del infierno.

—¿Acaso no sabes que la única forma de salvarse es a través de Jesucristo? —me preguntó Tommy, que a la sazón contaba diez años.

—¿Por qué os empeñáis en cambiar a los demás?

—Si supieras que el fin del mundo está a punto de producirse, ¿no querrías salvar a tantas almas como fuera posible? —replicó Jimmy.

—Bueno, el mundo se acabará un día u otro para todo el mundo. ¿Qué importa si se acaba de golpe? Sólo significa más trabajo para dios.

—No entiendes nada —dijo Jimmy.

—Te equivocas —contesté.

En aquellos momentos lamenté no haberme esforzado más en enseñarles nuestras creencias familiares tradicionales, como había hecho mi padre conmigo. Puede que el ejemplo de una mujer un tanto excéntrica entonando unos cánticos frente a un altar envuelto en humo no fuera la mejor forma de instruir a unos niños norteamericanos.

—Supongamos que los tres viajamos en un automóvil y éste se sale de la carretera —dije.

—¡Eso es porque conduce Tom! —bromeó Jimmy.

Después de imponer silencio, proseguí:

—Supongamos que los tres nos caemos por un precipicio y dios debe decidir a quién salvar. ¿A quién creéis que elegiría?

—Salvaría a las personas que creen en él —afirmó Jim—. A Tommy y a mí.

—Así pues, ¿no crees que me salvaría a mí? —pregunté con tono dolido.

—¿Acaso crees en Jesucristo? ¿Lo aceptas como tu Salvador?

—No, pero también soy hija de dios. Lo adoro tal como me enseñaron a hacerlo y procuro obrar bien. ¿Por qué iba dios a ser tan cruel conmigo simplemente porque no tengo los papeles en regla?

—¡Mamá! —exclamaron los dos al unísono.

—Yo creo que la ley natural contiene las semillas de todas las religiones: la vuestra, la mía, la de Dennis, la de la familia católica de Ed, la de todo el mundo. Los hombres han hallado cientos de formas de tergiversar los hechos, pero sólo existe una forma de entender a dios.

—No comprendo —dijo Tom.

—Cuando me preguntas si creo en Jesús, yo te pregunto: «¿Cómo sabes que Jesús es tu Señor?» A lo que tú respondes: «Porque lo dice Dios.» Y yo te pregunto: «¿Cómo sabes que lo dice Dios?» Y tú contestas: «Porque lo dice el reverendo Bob.» Entonces te pregunto: «¿Y cómo lo sabe el reverendo Bob?» Y tú respondes: «Porque ha estudiado la Biblia» «¿Y quién ha escrito la Biblia?» «Unos hombres sabios que han oído la palabra de Dios y han presenciado sus milagros.» Así pues, deduzco que me pides que crea en Jesús porque lo dicen otros hombres. ¿No preferirías escuchar a dios directamente y contemplar tú mismo sus milagros?

—¿Te refieres a cuando Jesús caminó sobre las aguas y esas cosas? —me preguntó Tommy—. Claro, pero eso sucedió hace mucho.

—No, me refiero a los milagros que ocurren todos los días, como cuando nace un niño, o vemos a los pájaros volando en el cielo o cuando soñamos por las noches. Así es como dios habla con nosotros. Para mí, esos son los milagros auténticos dignos de un dios cósmico, de los cuales formamos parte. ¿Estáis de acuerdo en que es fácil creer en dios cuando contemplamos con nuestros propios ojos sus milagros? Pues bien, yo los contemplo todos los días, por lo que me resulta muy fácil creer en mi dios, al margen de lo que digan los demás. Sin embargo, los baptistas creen que dios sólo se aparece a unos pocos y el resto de nosotros debemos aceptarlo como dogma de fe. Pero eso significa tener fe en los hombres, no en dios.

—Entonces, ¿a quien salvaría dios si nos la pegamos con el coche? —preguntó Jimmy.

—No soy dios ni baptista —contesté, pellizcándole la barbilla—. ¿Acaso lo sabes tú?

Mis intereses económicos y religiosos entraron en conflicto el día en que conocí a Tuy, una chica que apareció un día en el templo y pidió a los monjes que le raparan la cabeza ante todo el mundo, en señal de penitencia. Al afeitarse la cabeza, según nuestras creencias budistas, pretendía parecerse a un bebé recién nacido, el cual viene al mundo sólo con el karma de su vida anterior, no con las deudas del alma creadas por los recientes errores. Es una manera de indicar al dios cósmico que estás dispuesto a empezar de nuevo sin repetir los mismos errores, un gesto que hace que todo el mundo se sienta mejor, aunque el pecador caiga de nuevo en el pecado. Yo me alegré de haberlo presenciado y fui a darle las gracias.

Me contó que estaba casada con un norteamericano mayor que ella, al que también había conocido en Vietnam. Al igual que yo, tenía problemas matrimoniales y estaba muy preocupada. Aunque no me reveló lo que le había impulsado a afeitarse la cabeza (ni yo se lo pregunté, pues habría sido una grosería), tuve la impresión de que tenía algo que ver con un hombre. Me contó que se había propuesto abrir una joyería y yo le dije que estaba estudiando empresariales y deseaba invertir una pequeña cantidad de dinero que había cobrado a raíz de la muerte de mi marido.

Ni a ella ni a mí nos apetecía hacer negocios con la comunidad vietnamita, pues era gente muy astuta y de poco fiar. Tuy me preguntó si quería que me enseñara unas muestras de las joyas que se proponía vender y yo accedí.

Nos encontramos al día siguiente y Tuy (se había puesto una peluca, de modo que su pecado había quedado entre ella y dios) me enseñó una bolsa llena de brillantes, jade y perlas. Me confesó que los había comprado a unos refugiados vietnamitas, pero me aseguró que había pagado un precio justo por cada pieza.

—Necesito capital para abrir la tienda —dijo—. He hallado un local ideal. ¿Te interesa participar en el negocio?

—Las joyas son muy bonitas, pero en estos momentos no puedo arriesgarme.

—Te cederé las joyas como garantía. Deben valer al menos setenta mil dólares. Eres mi última esperanza, Le Ly. Mi marido no quiere ayudarme y ha hecho que todos nuestros amigos se vuelvan contra mí. No quiere que tenga éxito ni que me independice.

Eso me sonaba familiar.

—De acuerdo —respondí—, puedo darte cuarenta mil dólares. Guardaré las joyas en mi caja fuerte. Sé que eres una buena persona y que estás decidida a cambiar de vida. Creo que será bueno para mí, para mi alma, ayudarte.

Tuy me dio las gracias y al cabo de una semana inauguró la tienda. Al igual que una madre orgullosa de su retoño, vi en su esfuerzo a la «hija» de mis sueños —el establecimiento de platos preparados— que Dennis había matado a poco de nacer.

Por desgracia, las cosas no salieron bien, no por culpa de Tuy, sino por la mala suerte. Poco después de abrir la tienda, me llamó y me dijo:

—Necesito las joyas, Ly.

—¡Pero si me las has cedido como garantía!

—Lo sé, pero como no puedo pagar al mayorista, éste ha dejado de venderme género. A menos que consiga vender las joyas, no podré pagar el alquiler.

Tras reflexionar unos instantes, preguntándome qué habría hecho mi profesor, comprendí que yo tenía la culpa por no haber sido más prudente a la hora de invertir el dinero. En realidad, lo que pretendía era adquirir el favor de Dios dando a una pecadora la oportunidad de redimirse, cosa que había conseguido. El que encima intentara quedarme con las joyas, habría sido imperdonable.

—Está bien —contesté—. Te daré las joyas.

Como es lógico, no volví a ver el dinero ni las joyas. Su marido tenía razón: Tuy era una pésima mujer de negocios. Sin embargo, esa aventura me enseñó una importante lección: no debemos juzgar la experiencia de otra persona basándonos en la nuestra. Aunque la pobre Tuy intentó devolverme el dinero, al fin renuncié a recuperar mis cuarenta mil dólares. Las últimas noticias que tuve de ella es que se había colocado de masajista y la habían arrestado, aunque ignoro el motivo. Dado que no quería impulsarla a cometer ningún delito por mi culpa, le envié una nota diciéndole que no se preocupara, que ya me las arreglaría hasta que se hubiera rehecho económicamente.

Ignoro si volvió a raparse la cabeza tras el nuevo desastre.

Decidí adoptar una estrategia distinta para proteger y multiplicar el dinero que me quedaba. Tras haberme quemado en dos ocasiones temía emprender otro negocio. Asistí a unos seminarios sobre inversiones confiando en hallar la respuesta. En uno de los seminarios, aprendí que adquirir «acciones ordinarias» significaba poseer una participación en una compañía y que uno podía comprarlas sin tener que gestionar la empresa ni sufrir los contratiempos. Puesto que las grandes empresas eran las que emitían la mayor parte de las acciones del mercado, era posible invertir en las compañías más conocidas e importantes.

Me convertí en una adicta a la Bolsa.

Compré acciones de productoras cinematográficas y empresas de alta tecnología, como la compañía para la que solía trabajar. Me convertí en cierto modo en «propietaria» de gigantescas corporaciones que fabricaban todo tipo de productos. Cuando aparecía uno de sus anuncios en la televisión, llamaba a los niños y les decía:

—¡Mirad! Vuestra madre posee una parte de esa empresa. ¿No es maravilloso?

Un día, uno de mis hijos me preguntó por qué no nos regalaban los productos, puesto que yo poseía una parte de la empresa. Le dije que era demasiado joven para comprender el mundo, pero era una buena pregunta.

La recesión de la era Reagan había desaparecido y la economía empezaba a recuperarse, de modo que mis acciones habían aumentado de valor. En menos de un año obtuve cinco mil dólares de beneficios y decidí dejar atrás mi antigua vida.

Después de la muerte de Dennis decidí que debíamos mudarnos. Los chicos pasaban mucho tiempo en la iglesia baptista y, a esa edad, temía que se dejaran influir por la intolerancia y la fe ciega de esa gente. Tampoco me sentía cómoda trabajando en el jardín, donde sentía sobre mí la mirada de mis vecinos. Casi podía oír a las madres advirtiendo a sus hijas:

—¿Ves lo que ocurre cuando adoras falsos ídolos y echas a tu marido de casa? Te conviertes en una viuda solitaria.

En cierto modo, tenían razón. En ocasiones llamaba a Lan, quien había abierto una tienda de ropa de segunda mano en El Cajón, pero cada vez me sentía menos unida a ella. Mi hermana, que siempre había sido un tanto arrogante, nunca se esforzó en convertirse en una norteamericana, y sospecho que temía que mis ojos «se estaban volviendo demasiado redondos». De vez en cuando salía con Kathy y con mis compañeras de Digidyne, pero en el fondo deseaba dar un nuevo giro a mi vida.

Encontré una casa, más pequeña que la que teníamos, que me gustó mucho. Deduje que si liquidaba mis acciones (cuyo valor ascendía a los 40.000 dólares que había perdido) y pedía prestados 20.000, dispondría de los 60.000 dólares que necesitaba para la entrada de la casa. Al mismo tiempo, podía alquilar nuestra vieja casa para pagar mensualmente las hipotecas de ambas.

—Es un buen plan —dijo mi banquero observando las cifras que yo había apuntado—, pero ¿qué pasará si no consigue alquilar su vieja casa? Si desea que le concedamos un préstamo, tiene que demostrarnos que posee otra fuente de ingresos.

Por aquel entonces estaba totalmente inmersa en mi libro y no tenía ganas de ponerme a buscar un trabajo para satisfacer a mi banquero. Empecé en quién podría ayudarme y decidí llamar a mi hermana Lan.

—Esa casa es un buen negocio —le dije—. Los precios de las casas han aumentado mucho en California y, si no me decido ahora, no podré comprarla. Si me das una carta diciendo que trabajo en tu tienda, te cederé una parte de los beneficios. No tienes nada que perder.

—¿Y qué me dices de la ley? —respondió Lan—. Tú no trabajas para mí. Tendría que decir que te pago un sueldo, y no puedo arriesgarme a que dentro de un tiempo te presentes exigiéndome dinero.

—No te preocupes, porque de hecho no trabajaría...

—¡No pretenderás que te pague sin trabajar!

—No, no. —Yo sabía que Lan estaba jugando conmigo, pero traté de ocultar mi irritación—. Es sólo de cara al banco. Mi banquero me ha dicho que está de acuerdo en prestarme el dinero. Se trata de una simple formalidad.

—Pero no deja de ser una mentira. No quiero mentir para hacerte un favor, Bay Ly. No está bien. Es como si estuviéramos de nuevo en Danang...

—¡Exactamente! —exploté—. ¡Pero en Danang hicimos cosas mucho peores!

—Pero esto es América —insistió Lan—. Creí que los viejos métodos te repugnaban, Bay Ly. Siempre te quejabas de la corrupción en el Sur, y ahora pretendes hacer lo mismo aquí. Si no te andas con cuidado acabarás en la cárcel, o te deportarán. ¿Es eso lo que quieres?

Furiosa, colgué el teléfono. Pero cuando me serené comprendí que Lan tenía razón. Era muy fácil, con un poco de astucia, tratar de sortear los obstáculos, tomar el camino fácil, añadir una nueva deuda a tu alma mientras te llenas los bolsillos. ¡Sobre todo si te llenas los bolsillos! Llamé a mi banquero y le dije que había decidido abandonar el asunto. Debí llamar a Lan para darle las gracias, pero no me sentí con fuerzas para hacerlo.

Mi deseo de comprar una casa me llevó a conocer a muchas personas: corredores de fincas, asesores financieros y hombres de negocios. Conocí al agente de una inmobiliaria, un hombre muy amable aparte de buen profesional, que me habló sobre el proyecto de unas viviendas en Escondido, a unos treinta minutos al norte de San Diego. Me dijo que puesto que el valor del suelo en las zonas residenciales aumentaba más rápidamente que la población en el condado de San Diego, los precios de las viviendas en las zonas periféricas no tardarían también en aumentar. Si compraba una casa en ese nuevo barrio residencial alcanzaría mis dos objetivos: invertir en una nueva zona y empezar una nueva vida.

Cuando vi el proyecto, comprobé que la realidad era aún mejor de lo que había soñado. Me enamoré de una casa de dos pisos con cinco dormitorios, un salón distribuido en dos niveles, un pequeño cuarto de estar y una espaciosa cocina. Después de hacer algunos cálculos, llegamos a la conclusión de que, como que los alquileres eran tan elevados y la demanda tan fuerte, podría hacer frente a la vieja y a la nueva hipoteca y aún me sobraría un poco de dinero. Solicité el préstamo y esperé, temiendo que me lo denegaran. Pero no hubo ningún problema y a los pocos días me lo concedieron. *Than yai go cua*, la fortuna había llamado al fin a mi puerta.

Por supuesto, el sentirse rico y ser rico —espiritualmente— son dos cosas muy distintas. Fui a Los Ángeles para visitar al único *Ong Thay Dai Ly* que existía, un astrólogo que interpreta los signos de la tierra, y consultarle sobre la casa que acababa de adquirir. Durante el largo trayecto de regreso a Escondido, el chamán, un hombre de baja estatura y corpulento, me explicó los fundamentos de su profesión.

—El zodíaco chino se remonta a muchos miles de años, pequeña hermana —me dijo—. Cuando Buda se disponía a abandonar la Tierra, convocó a los animales para despedirse de ellos. Uno de esos animales era un ratón, el cual se encontró al elefante comiendo junto al camino. «Apresúrese, señor elefante —dijo el ratón—, debemos ir a despedirnos de Buda.» Pero el elefante siguió engullendo heno y contestó: «Ve tú, ratoncito. Yo soy demasiado grande e importante para apresurarme. Buda me esperará.» Pero Buda no lo esperó, y recompensó a los primeros doce animales que llegaron imponiendo su nombre a un año, formando los doce signos del zodíaco. Primero el ratón, seguido por el buey, el tigre, el conejo, el dragón, la serpiente, el caballo, la oveja, el mono, el gallo, el perro y el jabalí. Todas las personas que nacen en un determinado año asumen ciertos rasgos del «animal» que anida en el corazón humano. Naciste el año del Buey, que en Vietnam es el búfalo, también llamado «búfalo asiático». Ello significa que eres leal y paciente, una trabajadora infatigable, pero algo testaruda. Respetas las tradiciones, lo cual a veces te perjudica. Eres romántica, pero el amor suele traicionarte, ¿me equivoco, pequeña hermana?

Yo me sonrojé, pues era como si el astrólogo contemplara mi alma. Confié en que su espíritu tuviera la clarividencia para distinguir las trampas y los obstáculos que poseía la casa que en el futuro iba a convertirse en mi fortaleza.

Llegamos hacia las tres de la tarde. La casa estaba casi terminada y el astrólogo, al igual que el primer geomántico, dio unas vueltas a su alrededor con la brújula en la mano, observando la orientación de las puertas. Luego cogió un puñado de tierra, la probó y dejó que se deslizara por entre sus dedos. Al entrar en la casa, consultó sus gráficos y sus tablas celestiales. Cuando terminó me condujo a la cocina y dijo:

—Tu único problema está aquí. Observa que la puerta principal está alineada con la puerta trasera en la cocina. Todo lo que entre en tu vida por delante saldrá por detrás: los hombres, el dinero, la felicidad, etcétera. Te recomiendo que construyas un tabique o que bloquees la puerta trasera. Coloca una librería contra ella y manténla siempre cerrada. Aparte de eso —añadió el astrólogo, recogiendo sus gráficos—, sugiero que te mudes el ocho de julio, entre las diez y las doce de la mañana. Trae fruta, flores, un cubo de agua, un pollo muerto, dinero de papel e incienso. Son los objetos que necesitarás para aplacar a los espíritus de la tierra y el agua y a tus antepasados. También te aconsejo que invites a algunos espíritus errantes, puesto que eres hija de la guerra. No olvides colocar un poco de comida en el suelo para los espíritus tullidos. Si lo deseas, vendré para ayudarte a pronunciar las bendiciones formales.

—Te lo agradezco —respondí.

Cuando la casa estuvo terminada, nos mudamos a ella como una colonia de hormigas, transportando poco a poco todos nuestros muebles y nuestras pertenencias. Al cabo de una semana, aunque todavía no nos habíamos instalado, pasé la noche a solas en nuestra nueva casa para disfrutar de su quietud y de la sensación de paz que me infundía. Esa noche no soñé con Ed, ni con Dennis, ni con sus quisquillosos parientes, ni con los fantasmas de la guerra, sino con una entidad llamada Phung Thi Le Ly. Fue maravilloso.

Los hijos de Thoa se fueron de nuevo a vivir con su madre (Escondido quedaba demasiado lejos de su casa) y Anh y Chanh decidieron quedarse en San Diego, junto a sus amigos. Viviendo entre nuestros nuevos vecinos (los cuales eran también unos recién llegados, puesto que se trataba de una nueva zona residencial), en una nueva comunidad, nos sentíamos como pioneros. Las únicas cosas de que dispondríamos serían las que construyéramos nosotros mismos, pero estábamos convencidos de que haríamos un buen trabajo.

Durante las próximas semanas, los chicos y yo nos dedicamos a plantar flores en el jardín y a instalar las cortinas y las persianas, sin regatear gastos en esta importante inversión *(son phai co cai nha, gia co phai cai mo)*. Compré una alfombra tan elegante como la de Leatha. Mi amigo, el agente de la inmobiliaria, nuestro primer invitado, calculaba que el valor había aumentado en veinticinco mil dólares desde hacía un año, cuando les hice mi primera oferta. Ésta era la Norteamérica que había imaginado en Vietnam, la Norteamérica que había soñado cuando llegué con Ed: una hermosa casa propia, con un buen karma, acogedora para la carne y el espíritu, que me ofreciera seguridad y una absoluta independencia.

Al fin llegó el día del *Ong Thay Dai Ly*, en que íbamos a bendecir formalmente nuestra casa. Yo había realizado todos los ritos preliminares y había adquirido los objetos que me había dicho el chamán que necesitaríamos para la ceremonia y para convocar a los espíritus de la casa. Llegó de Los Ángeles con dos acompañantes.

—¿Son tus colaboradores, hermano? —inquirí respetuosamente—. ¿Tus acólitos? ¿Tus alumnos?

—No —respondió distraídamente—. Son mi cuñado y su vecino. Desean visitar el parque de animales salvajes de San Diego. Nunca han estado aquí.

Los cuatro nos colocamos junto a un vestidor, donde había instalado mi altar budista. Jimmy y Tommy no aceptaban plenamente mis creencias, aunque las respetaban. Por mi parte, yo trataba de mantener oculta mi parafernalia religiosa para que sus amigos de la escuela no creyeran que su madre estaba chiflada. Era una buena idea, pero no siempre funcionaba.

Coloqué unas frutas sobre el altar, junto con un poco de incienso y una grabación de unos monjes cantando —en estéreo—, una de las mejores aplicaciones de la tecnología americana que conocía. Después de correr las cortinas para que la habitación quedara en penumbra, encendí varias velas, cuyo perfume no tardó en mezclarse con el incienso, otorgando a la escena una atmósfera irreal. Nuestras almas se relajaron y prepararon para nuestro encuentro con el mundo incorpóreo. En su papel de médium, o *xoc dong*, el geomántico colocó una tabla mística, como una tabla Ouija, frente a nosotros y empezó a cantar mientras todos cerrábamos los ojos.

Al cabo de un rato, dijo:

—Los espíritus están aquí. —Tras una pausa, se puso a reír como un colegial y prosiguió—: ¡Hay muchísimos! ¡No puedo creerlo! Algunos son unos espíritus superiores, unos antepasados muy ancianos. Fuera hay otros, más jóvenes, que desean entrar y no pueden. ¡Es maravilloso!

De pronto, el *xoc dong* rompió el círculo. Asumiendo de nuevo su voz normal, me dijo:

—¿Por qué no construimos un pequeño altar para los espíritus inferiores en el comedor? Debemos ser corteses con ellos, Le Ly, y sólo llevará un minuto. Han acudido muchos, entre los cuales se cuentan Ed y Dennis.

Yo me apresuré a colocar unas frutas en la mesa del comedor, junto a un hermoso Buda de porcelana.

Reanudamos la sesión y al cabo de un rato los espíritus superiores hablaron. Por desgracia, lo hicieron en un lenguaje que no alcanzamos a comprender, pero después de pasarse media hora murmurando, cantando y agitándose en su silla, el *xoc dong* salió del trance —muy sediento— y declaró que mis antepasados estaban extremadamente satisfechos con su nueva casa y la labor que yo realizaba en Norteamérica.

—¿Mi labor? —pregunté extrañada—. ¿A qué se refieren? —No podía creer que mis espíritus ancestrales se sintieran orgullosos de mi infausta tienda de platos preparados ni de mi desastrosa inversión en el negocio de Tuy—. ¿Qué es lo que les complace? —insistí.

Pero el *xoc dong* no respondió.

—Tengo un mensaje para ti de Dennis —continuó—. Se ha retirado un poco, es muy tímido. No se atreve a entrar en tu nueva casa. No está acostumbrado a ese nuevo mundo. No, ése no es el motivo. Está amargado, pero te perdona. Estudia a los otros espíritus y ha aprendido mucho de ellos. Desea que lleves su alma al templo budista. Ha dicho textualmente: «Deposítame en el templo.» También desea que mantengas siempre cerrada la puerta.

—¿Qué puerta? ¿La de la cocina? La puerta de la cocina está sellada.

El médium parecía irritado, como si quisiera romper el contacto con el espíritu de Dennis, que empezaba a ponerse pesado.

—Dice que vigilará tu casa. Dice que vigilará tu casa hasta que lleves su alma al templo... —El médium abrió los ojos y se enjugó la frente con un pañuelo—. Eso es todo.

—¿Estás seguro de que era Dennis? —pregunté—. Era un cristiano convencido. Juró que cuando muriera no vendría a visitarme como hacía Ed. Me sorprende que hablara contigo.

—Dennis también está muy sorprendido —dijo el *xoc dong*, tras beber un vaso de agua—. Nosotros, los humanos, no vemos más allá de nuestras narices. Pero los espíritus lo ven todo. En la vida vemos las cosas en tres dimensiones. Después de la muerte, todo adquiere una docena de dimensiones. Es cuestión de acostumbrarse.

—Temo que se enoje si le llevo al templo budista. Lo detestaba.

—Confía en mí, se siente muy incómodo en el lugar donde se encuentra ahora. Anhela el calor del templo. Desea hallar la paz. Es como un marinero que está solo en un barquito en medio del mar. Está perdido y el templo constituye su guía. En el templo, su alma recibirá las instrucciones que precisa. Una vez que haya hallado la paz, también la hallará tu familia y suya.

Aquella noche no logré conciliar el sueño. Aunque me alegraba de que mis espíritus ancestrales me hubieran seguido hasta mi nueva casa, me preocupaba el asunto de Dennis. Sabía que los espíritus enojados suelen ser muy temperamentales y hay que tratarlos con mucha delicadeza. Deseaba que Dennis hallara la paz, pero no quería inflingir a los monjes y a la congregación del templo una *hau qua*, la maldición de un fantasma irritado.

Al día siguiente fui al templo y dije a mi *su* que deseaba realizar una *Qui y*, una ceremonia para aportar paz a un alma perdida. Le advertí sobre los peligros, aunque el monje los conocía de sobra. Curiosamente, se mostró de acuerdo con el *xoc dong* y añadió que, si ayudaba a un espíritu errante a hallar el sendero de la luz, me libraría de buena parte de mis deudas del alma.

Aquella tarde preparé un festín en base a platos vegetarianos y arroz, para el espíritu de Dennis. Llevé la comida y las fotos de varios parientes difuntos y los coloqué ante el altar del templo. Luego me arrodillé y elevé los brazos sobre mi cabeza. Invoqué a todos los espíritus inferiores que habían muerto lejos de casa y a los cuales deseaba consolar: a mi hermano, Sau Ban; a mi padre, Phung Trong; a mi primer marido, Edward; y a mi segundo marido, Dennis. A continuación el monje rogó a las tres «joyas espirituales» —Buda, el Iluminado; Dharma, el Maestro, y Sangha, el Sumo Sacerdote, el Guardián de los Misterios— que aceptaran a esas almas perdidas en sus infinitas facetas.

Por último, colocó las fotografías en el altar, entre las almas residentes.

La ceremonia había concluido.

Di las gracias al *su* y le entregué un generoso donativo para el templo, aunque no era necesario. El monje se despidió de mí, de una forma un tanto curiosa —alegre y triste al mismo tiempo— y pronunció una bendición que yo no conocía: «*Le trao hoc vi.*»

Durante el viaje de regreso a Escondido, medité sobre lo que acaba de hacer. Me sentía alegre, como si me hubiera quitado un gran peso de encima. Cuando aparqué en el garaje y entré en casa, me sentía exultante y ligera como uno de los espíritus, casi como si flotara.

Consulté en el diccionario vietnamita-inglés la bendición que había pronunciado el monje al despedirse. Era una frase que suele emplearse para felicitar a los alumnos cuando se gradúan en la escuela de segunda enseñanza o del instituto. La palabra era «commencement»*. Significa el fin de una etapa maravillosa y el comienzo de otra aún más maravillosa.

* En este contexto, significa ceremonia de graduación. *(N. de la T.)*

7

EN POS DE LA FELICIDAD

Después de haber llevado el alma de Dennis al templo, me sentí en paz.

Los chicos eran muy aficionados a los temas religiosos y decidieron estudiar las enseñanzas de Buda, el karma y el orden natural de las cosas. Jimmy halló en esta filosofía al dios de Einstein y al dios cristiano de Abraham. Nuestros debates se convirtieron en discusiones y los cuatro aprendimos mucho más sobre *dao lam nguoi*, cómo convertirnos en seres humanos.

Yo seguía escribiendo la historia de mi familia, aunque, al abordar mis años adolescentes, los recuerdos de esa época me provocaban lágrimas, sudores fríos y dolores, como un parto. Dado que era mucho más fácil dejar de lado el manuscrito durante un día que continuar con él, pensé en abandonar la empresa. Sin embargo, no lo hice. ¿Cómo iba a hacerlo? Tenía un millón de almas detrás de mí que me empujaban y cantaban de gozo cuando completaba una página.

Un día, mientras cargaba en el coche las bolsas del supermercado, pensando en diversas peripecias que me habían sucedido de joven, me fijé en una pequeña tienda al otro lado de la calle en cuya fachada había un rótulo que decía: Librería Filosófica. Aunque nunca había estudiado filosofía tal como la clasificaban las universidades americanas, mis profesores y condiscípulos solían decirme que era una filósofa nata.

En lugar de *best-sellers* y libros sobre aviones de combate o chicas de almanaque, las paredes estaban decoradas con calendarios espirituales: ciudades fantásticas envueltas en nubes, selvas impenetrables, eclipses de luna, hechiceros e imágenes del zodíaco occidental y el oriental. Junto a unas estatuas de Buda había unos paquetes de hierbas, incienso, cristales curativos y cintas de música para tranquilizar el espíritu. En lugar de viejos libros escritos por autores europeos que habían muerto, las estanterías estaban repletas de volúmenes sobre taoísmo, confucianismo, budismo, hinduismo y guías de astrología, en su mayoría escritos por autores con apellidos orientales. Como dijo Jimmy cuando vio la tienda: «¡Caray, mamá! ¡Es como si uno se hubiera muerto y se encontrara en el cielo!» No le faltaba razón. Cuando al fin salí de la tienda, los productos congelados se habían derretido y la fruta estaba pasada.

La pequeña librería pasó a ser mi segundo hogar. Asistí a las conferencias y seminarios que solían organizar, compré todas las cintas que tenían en venta y pedí prestadas o alquilé las que no lo estaban. Trabé amistad con los dueños, los empleados y los clientes. Para algunos de ellos, la librería constituía una introducción a una «nueva era» respecto al pensamiento occidental sobre asuntos espirituales y religiosos. Para mí, era como encontrarme con viejos amigos y parientes. La descubrí en el momento en que más lo necesitaba, cuando mi espíritu se había resecado tras mis repetidas y duras confrontaciones con mis recuerdos de la guerra. Yo solía creer que a los norteamericanos les tenía sin cuidado la vida espiritual de mi pueblo. Pero ahora, tras comprobar personalmente que estaba equivocada, comprendí que relatar la historia de una familia vietnamita desprovista de su alma sería como dar a luz un niño muerto, una mera imitación de lo que Dios y la naturaleza pretendían que estuviera viva y completa. Al mismo tiempo que estudiaba, reemprendí mi labor con renovada energía y entusiasmo.

Algunos de mis amigos de la librería vivían en Rancho Bernardo, un elegante suburbio lleno de gente rica, muchos de ellos jubilados. Durante una de mis visitas, mis amigos y yo comimos en un nuevo restaurante oriental llamado El Águila Real. La comida era buena pero los empleados eran muy jóvenes e inexpertos. Casualmente, una de las camareras había trabajado conmigo en la NSC, en San Diego. A los pocos días regresé para hablar con ella.

—*Thuan em!* (hermana Thuan). ¿Cómo estás?

—¡Chi Ly! —contestó—. Hace mucho que no nos vemos.

Charlamos tan sólo un par de minutos. Eran casi las seis y empezaban a llegar los clientes al restaurante.

—Dime, ¿quién es el propietario de este lugar? —le pregunté—. ¿Tenéis un gerente?

—No. El local acaba de inaugurarse. Kenneth, el propietario, quiere ahorrar dinero. ¿Quieres que te lo presente?

—¡Estupendo!

Thuan se metió en la cocina. Quizá pensó que buscaba trabajo como camarera en el restaurante, pero mis intenciones eran muy distintas.

Al cabo de unos instantes apareció un joven chino-vietnamita. Llevaba el cabello largo hasta los hombros y recogido en una redecilla, un delantal manchado de soja y el rostro empapado en sudor.

—Hola —dijo, estrechándome la mano—. ¿Es usted la señorita Hayslip? Me llamo Kenneth. ¿En qué puedo ayudarla?

—*Ong chu*, por favor, llámeme Ly. Su restaurante es muy bueno —dije, señalando las paredes empapeladas de rojo con un ribete dorado—, realmente precioso.

—Muchas gracias. Hacemos lo que podemos. Espero que no pretenda que le dé trabajo. No puedo contratar a nadie hasta dentro de unos meses...

—Me gustaría trabajar para usted, pero no de camarera. Mire a su alrededor. Es la hora punta y la gente se marcha porque no quiere hacer cola. Los jubilados que cenan temprano tratan de pagar la cuenta, mientras que las personas que acaban de salir de trabajar tienen que esperar a que quede libre una mesa. Sus camareros y camareras tropiezan los unos con los otros mientras tratan de tomar nota de los pedidos, servir la comida y cobrar al mismo tiempo. Falta una buena coordinación. Apuesto a que la mitad de ellos no sabe el suficiente inglés para entender la carta. Usted no necesita más camareros ni cocineros, Kenneth, necesita un gerente, una persona que consiga que sus empleados trabajen en equipo y ofrezcan a los clientes un servicio excelente.

Kenneth sacudió la cabeza y contestó:

—Trato de controlarlo todo desde la cocina, pero... no sé. Los gerentes cuestan dinero y esto es un negocio familiar. No obstante, déjeme su tarjeta y dentro de un tiempo podemos hablar de nuevo...

—No —contesté sonriendo—. No quiero dejarle mi tarjeta.

Llevaba un bonito *ao dai* y no tenía nada que perder, de modo que decidí hacer la prueba. Me dirigí a las personas que aguardaban junto a la puerta, me presenté a la primera pareja, les di las gracias por haber venido, cogí un par de cartas y les conduje a una mesa para dos. Regresé junto a la caja registradora para cobrarle a un anciano cliente y a su esposa («gracias por ser tan pacientes, acabamos de abrir, confío en que vuelvan pronto»), senté a otra pareja e indiqué a un camarero que limpiara una mesa para cuatro. Al cabo de un par de minutos, la cola que se había formado junto a la caja registradora había menguado y regresé junto a Kenneth.

—¿Lo ve? —pregunté sonriendo—. Sólo se necesita un poco de coordinación, hacer las cosas bien y un poco de simpatía.

Kenneth miró a su alrededor. Los clientes sonreían satisfechos; los camareros entraban y salían de la cocina sin chocar entre sí.

—Entre en mi despacho —dijo Kenneth, quitándose el delantal—. Hablemos de negocios.

Antes de que Kenneth pudiera soltarme un discurso (sin duda sincero) acerca de lo poco que podía pagarme, dije:

—No quiero que me pagues un sueldo, Kenneth. Deja que trabaje aquí durante dos semanas, gratis, para demostrarte lo que puedo hacer, y luego volveremos a hablar sobre mi remuneración.

Dado que los costes a corto plazo eran cero y los beneficios que le prometía inmediatos, Kenneth aceptó mi propuesta sin vacilar. Durante dos semanas, llegaba pronto y me marchaba tarde. Aprendí los nombres de los platos favoritos de muchos clientes. Me hice amiga de los camareros, les ayudaba a limpiar las mesas y cambié algunas de sitio para facilitar el tránsito. Entraba con frecuencia en la cocina para transmitir a los cocineros las felicitaciones de los clientes, o para charlar y bromear sobre diversos temas, desde el singular gusto de los norteamericanos en materia gastronómica («el tipo de la mesa doce echa ketchup a los rollos de huevo») hasta los misterios de los sofisticados robots de cocina, que nuestro joven pinche manipulaba con la pericia de un piloto de un reactor. El absentismo disminuyó y el negocio prosperó. Muchos clientes me preguntaban mi nombre, convencidos de que era la dueña del restaurante.

Cuando llegó el momento de hablar sobre mi remuneración, dije a Kenneth:

—Te ofrezco tres posibilidades. Puedes pagarme un sueldo si lo deseas, pero te advierto que será elevado. Prefiero trabajar a cambio de un porcentaje de las facturas, o mejor aún, de una parte de los beneficios, como copropietaria. De ese modo, mi paga se basará no sólo en cuánto dinero te ayude a ganar, sino en cuánto te ayude a ahorrar. ¿Qué te parece mi proposición?

Aunque le parecía sensata, se resistía a tomar un socio y acordamos que me pagaría un modesto salario y una comisión. Le dije que sólo podía trabajar de once a dos y de cinco a nueve, y Kenneth aceptó.

Entretanto, seguía dictando mis memorias a Jimmy, quien las escribía con su ordenador. Las sesiones eran muy emotivas, sobre todo cuando le relataba una anécdota en la que él había participado, aunque era demasiado joven para recordarla. Yo solía romper a llorar cuando hablaba de mi padre y de mi hermano Sau Ban, por los cuales rezaba a diario, y de mi madre, a la que no había visto desde hacía más de trece años y echaba mucho de menos. Cuando todo iba bien y trabajábamos de un tirón, Tommy se encargaba de preparar la comida y nos traía una taza de té o un bocado. Cuando llegábamos a un pasaje duro y nos echábamos a llorar, el pequeño Alan nos traía pañuelos de papel. No pasaba un día sin que abrazara a mis hijos y llorara de alivio de que la guerra hubiera terminado. Con frecuencia lamentaba el que no llegaran a conocer la vida familiar vietnamita que había conocido yo.

A finales del verano de 1985, Jimmy y yo habíamos llenado tres-
cientas páginas, lo cual me parecía casi una enciclopedia, como si un
ratón hubiera parido un elefante. Aunque constituía sólo una parte de
lo que deseaba relatar, era suficiente para mostrársela a un editor.

En la librería local conseguí un listado de todos los editores norteamericanos, y envié cien ejemplares de mi borrador. Al cabo de unas
semanas empezaron a llegar las respuestas. Algunas eran secas y breves, y hacían que lamentara haber hecho perder el tiempo al editor
con mis estúpidas ideas. Otros decían que les atraía la idea de que una
campesina vietnamita relatara su historia a los norteamericanos, otorgando una identidad a los asiáticos «sin rostro» que solían aparecer
en la pantalla del televisor, pero añadían que Vietnam «en realidad no
es un tema que interese», o «en estos momentos no es noticia». Otros
opinaban que era prematuro («necesitamos la perspectiva histórica de
otra generación»). Pero yo no podía esperar a que apareciera otra generación. La historia me había enseñado que cada generación debe aprender por sí misma lo que significa el amor, la guerra, los hijos y las leyes
universales. A menos que la gente compartiera con otros lo que había
aprendido, los países nunca llegarían a ser otra cosa que una mancha
en un mapa. Una de las respuestas —«a nuestros lectores les resultaría
difícil aceptar su historia, pues se basa en el punto de vista del enemigo»— me hizo comprender que debía publicar mi versión de los hechos.

Al cabo de seis meses, durante los cuales me esforcé en aprender
el oficio de restauradora, Kenneth me dijo que no le interesaba tener
un socio. Así pues, debía buscar otro medio de satisfacer mi deseo de
poseer un negocio y regir mi destino, *lam chu tu minh*.

—He decidido abrir un restaurante —le dije a Kenneth un día—.
Te doy un par de semanas para que busques a alguien que me sustituya. He solicitado una segunda hipoteca y he retirado veinte mil dólares
del banco. Con eso y un poco de suerte, espero poder montar mi propio negocio.

Kenneth parecía un tanto sorprendido.

—Imagino que no estarás buscando un inversor... —dijo.

—¿Conoces a alguien que pueda interesarle? —pregunté.

—Yo mismo. Estoy convencido de que tendrás éxito. En estos momentos no puedo ceder una parte de mi negocio, pero si quieres, estoy
dispuesto a asociarme contigo.

Hablamos por espacio de una hora. Kenneth me confesó que no
disponía de mucho dinero, pero conocía gente que podía aportar el capital. Lo que sí tenía era multitud de ideas, experiencia y contactos.
¿Y los menús y la preparación de la comida? Eso no era ningún proble-

ma. Kenneth conocía a un excelente *chef* que se moría de ganas de dirigir su propia cocina. ¿Y los gastos de renovación? Kenneth tenía amigos en el negocio de la construcción que nos harían un precio especial.

Junto con el señor Ho, nuestro tercer socio, Kenneth y yo firmamos el contrato de arriendo de un local de cuatrocientos cincuenta metros cuadrados, en Temecula, en el distrito de Riverside.

Yo aporté cincuenta mil dólares y tres meses de trabajo duro para poner en marcha el restaurante Hollylinh (el señor «Ho», Le «Ly» y Kenneth «Linh»). Lo inauguramos en la fecha prevista, con un capital inicial de más de ciento cincuenta mil dólares. La decoración consistía en una mezcla del estilo tradicional chino y el estilo californiano, a base de peces tropicales y mesas con la superficie de cristal en lugar de las típicas columnas rojas y dragones de porcelana. A la hora de contratar a los empleados, tuvimos más de un problema. Casi todos los chinos y vietnamitas que estaban dispuestos a aceptar un sueldo modesto acababan de llegar a Estados Unidos, apenas hablaban inglés y desconocían las costumbres americanas. Al fin contratamos a ocho y, para acelerar su aprendizaje decidí probar un plan, basado en una antigua costumbre vietnamita.

En Vietnam, los dueños de restaurantes solían adoptar una actitud paternalista con sus empleados, tratándolos casi como si fueran de la familia. «Los buenos padres» merecían tener «hijos buenos», de modo que un jefe generoso y comprensivo se veía recompensado con la lealtad y dedicación de sus trabajadores. Los patronos avaros o crueles, por el contrario, tenían empleados gandules o incluso ladrones. Según reza un refrán: *Giet nguoi bang muoi*, un mal cocinero mata a los clientes. Nuestro problema era que los ocho empleados que habíamos contratado compartían un apartamento de dos habitaciones en Los Ángeles y el restaurante se hallaba en Temecula, donde residían pocos orientales. Kenneth propuso alquilar un apartamento similar en Temecula, pero yo no imaginaba a ocho «trabajadores felices» compartiendo dos habitaciones, especialmente en «la tierra de Eldorado». Yo les ofrecí alojarse en mi casa y llevarlos al restaurante en mi coche, lo cual les pareció una excelente idea (sobre todo cuando vieron mi maravillosa casa). En casa hablábamos siempre en inglés y contemplábamos la televisión, de la que nuestros empleados aprendieron todo lo relativo al estilo de vida americana. En el restaurante, todos cooperaban y ponían en práctica lo que habían aprendido en casa.

Por supuesto, yo sabía que esa situación no duraría eternamente. Lo lógico era que nuestros empleados, si eran ambiciosos, consiguieran un trabajo mejor remunerado. De todos modos, no me apetecía convertir mi casa en una pensión para emigrantes.

La solución era que los socios adquirieran una casa ubicada a pocos minutos del restaurante, en la que vivirían gratis nuestros empleados. Puesto que yo disponía del dinero, pagué la entrada de la casa y la puse a mi nombre, aunque el restaurante pagaba las letras mensuales y tenía derecho a una parte de la misma.

El día que cerramos, me senté en la mesa de la cocina y me puse a reflexionar. Era dueña de tres casas en una de las mejores zonas de Estados Unidos y de un tercio de un próspero negocio, lo cual no estaba nada mal teniendo en cuenta que al nacer había sido una criatura tan enclenque que la comadrona quiso estrangularme y arrojarme a la basura. Mis hijos eran sanos y felices, unos muchachos de los que sus abuelos se habrían sentido orgullosos. Y mi libro (aunque todavía no había hallado editor) seguía prosperando en la misma medida que mi cuenta bancaria.

¿Qué más podía desear?

Un día, en la Librería Filosófica vi un anuncio de un retiro espiritual en la población de Harmony Grove, un lugar tranquilo, rodeado de bosques y montañas, situado entre Escondido y el mar. Dado que la ubicación de dichos lugares tiene una influencia decisiva, decidí visitarlo tan pronto como me fuera posible. Para el turista, Harmony Grove era simplemente una bonita población. Para mí, en cambio, constituía un nirvana, un supermercado de chamanes, médiums y adivinos.

El primer chamán al que consulté se llamaba Paul, un joven apuesto y educado de aproximadamente mi edad. Si Jesús hubiera sido aficionado al *surfing*, se habría parecido a este adonis rubio. Al igual que los baptistas de Jesús, Paul nunca sonreía.

La mañana de nuestra cita, me encontré con él en una rústica cabaña amueblada únicamente con una silla de madera, que él ocupaba, y un sofá junto a la ventana destinado a mí, como un psiquiatra y su paciente. A diferencia de los psicólogos occidentales, sin embargo, Paul era quien hablaba y yo le formulaba preguntas. Al igual que un monje que medita antes de emprender una actividad espiritual, Paul quería que ambos cerráramos los ojos y nos relajáramos.

—Quiero que sientas los rayos del sol sobre tu piel —me dijo con voz suave e hipnótica—. Su resplandor amarillo te calienta la piel. A medida que tu cuerpo se relaja, tu mente se vuelve más clara. A medida que tu mente se vuelve más clara, tu alma se eleva desde las turbias profundidades hasta la superficie de un estanque de aguas cristalinas. Éste desprende una intensa energía y difunde los rayos de luz por toda la habitación. Yo me abro a la energía de tu espíritu, a tu conocimiento del pasado y el futuro...

Tras permanecer en silencio durante varios minutos, Paul dijo:

—Te veo al pie de una montaña, Le Ly. Estás cansada, aunque tu viaje no ha hecho sino comenzar. Te veo escalar lentamente pero sin desfallecer. La montaña es muy elevada y está sembrada de piedras. A medida que trepas por la ladera, ésta se hace menos escarpada y las piedras son más pequeñas. Cada piedra que tocas se convierte en una flor. Al llegar a la cima te veo rodeada de flores. Al pie de la montaña hay una muchedumbre que te aplaude y vitorea. La montaña no está en Estados Unidos. El sol resplandece sobre la cima, no hay una sola nube...

Abrí los ojos y miré al chamán, quien se pellizcó la nariz y arrugó el ceño, como si de pronto se le hubiera nublado la vista. Cerré de nuevo los ojos y dejé que los cálidos rayos del sol me envolvieran.

—Estoy escribiendo un libro —dije—. ¿Llegará a publicarse?

—Sí —respondió Paul—. Pero todavía no. Es un hito en tu camino, pero no tu destino. Se halla a una distancia equivalente a la mitad del trayecto que has recorrido.

Hice unos rápidos cálculos mentales, procurando no distraerlo de nuevo. Estábamos en 1985 y hacía trece años que había llegado a Norteamérica. Habían pasado diez años desde la caída de Vietnam del sur y desde que me había separado de mi familia. Realmente me sentí como si me hallara «al pie de una montaña». ¿Acaso se refería a que el libro se publicaría en 1990?

—¿Me acompaña alguien en este viaje? —pregunté. Había tenido hasta la fecha tres compañeros, dos de los cuales, Ed y Dennis, habían fallecido y el tercero, Anh, se hallaba encerrado en un purgatorio comunista. Como mujer, deseaba saber si estaba condenada a pasar los últimos años de mi vida sola, en compañía de unos espíritus o en los brazos de un hombre de carne y hueso.

—Veo a un anciano...

¿Ed? ¿El espíritu prematuramente envejecido de Dennis? ¿La imagen de otro hombre mayor que yo con el que me casaría e iniciaría otra interminable ronda de *hy sinh*? Me resistía a creerlo.

—¿Se trata de mi padre? —pregunté.

—No, es mucho más viejo —contestó Paul—. Vivió en la Tierra hace cientos de años, hacia el siglo XVI... Huele a hierbas. Dice que fue médico.

—¿Y me acompañará en ese viaje? ¿Cuándo? —Las palabras de Paul me dejaron muy intrigada. Traté de recordar lo que había aprendido en mis libros sobre la transmigración de las almas.

Por primera vez, percibí una ligera sonrisa en la voz de Paul.

—Hace mucho que te acompaña. En realidad, siempre ha estado contigo.

¡Dios mío! ¿Quién era esa persona, ese espíritu guardián?

—¿Qué quiere de mí?

—Sanarás a la gente, lo mismo que hacía él cuando vivía.

—¿Quieres decir que me convertiré en un médico? —pregunté incrédula.

—Tus poderes curativos no se refieren al cuerpo.

—¿Quién es ese espíritu? ¿Quién era el hombre?

Paul guardó silencio durante unos diez o quince minutos, que a mí me parecieron una eternidad. Oí crujir su silla varias veces, como si sostuviera una enérgica discusión con el desconocido. Aunque ardía en deseos de abrir los ojos, no me atreví a hacerlo.

Al fin, Paul dijo con tono irritado:

—Se niega a revelármelo. Dice que ya lo sabrás en el momento oportuno.

—¿Por qué ha venido ahora a comunicarse conmigo? ¿Por qué no lo ha hecho antes? ¿Por qué no me habló mi padre de él?

—Tu padre se encuentra en un plano espiritual muy inferior a él. Dice que su vínculo contigo se remonta a muchos años antes de que nacieran tus padres. Y que no es la primera vez que se comunica contigo. Se te ha aparecido en otras vidas. Dice que descubrirás su identidad sólo después de haber cumplido tu misión en la vida.

Las preguntas se agolpaban en mi mente. ¿Cuál era mi misión? Sabía que tenía que aprender muchas lecciones kármicas, pero ¿cuáles estaban relacionadas con mi destino, con el propósito de la presente encarnación? ¿Y qué había querido decir al precisar que mis poderes curativos no se referían al cuerpo? ¿Acaso iba a convertirme en una *nico*, una monja budista, y renunciar al mundo para ocuparme tan sólo de los asuntos espirituales? No lo creía probable. Mi energía consciente era ahora tan elevada que sabía que había cerrado, quizá por completo, la puerta de mi canal psíquico. Miré a Paul, que estaba reclinado en la silla. En lugar de mostrar un aspecto fatigado tras la experiencia, parecía sereno y relajado.

Comentamos los posibles significados de su trance y visité a otros chamanes en Harmony Grove, pero el mensaje era siempre el mismo: debía conducir a una multitud a la cima de una montaña. Debía ejercer mis dotes curativas, pero no como un doctor, un médico o una monja. Debía hallar el medio de permanecer en el mundo sin formar parte de él. Al igual que las piedras que Paul había visto convertirse en flores, debía hallar vida y color donde antes sólo existían rocas y tinieblas.

Regresé de Harmony Grove sin tener la menor idea de lo que debía hacer.

Jimmy, que había cumplido dieciocho años, estudiaba en la Universidad de California, en San Diego. Sólo lo veía cuando se cansaba de las hamburguesas y venía a casa para que le preparara una buena comida casera y, de paso, trabajar un poco en mi manuscrito. No solía hablar mucho sobre sus estudios (¿qué sabía yo de ordenadores?), pero sacaba buenas notas.

Tommy había cumplido quince y tenía una pandilla de amigos poco aficionados a los estudios. Un día me dijo:

—Hoy han venido unos militares a la escuela. El discurso del reclutador fue estupendo. ¿Te gustaría que me alistara?

—Si vas a la cárcel, te llevaré arroz todos los días. Si te alistas en el Ejército, ni siquiera te enterraré cuando te maten.

Afortunadamente, decidió inscribirse en el equipo de lucha libre de la escuela, que ganó algunos campeonatos. Tuvo que ponerse a régimen para no engordar, lo cual me disgustó. ¿De qué sirve vivir en Norteamérica si no puedes comer lo que te prepara tu madre?

La vida de Alan era mucho más sosegada. Sus mejores amigos procedían de familias filipinas tan amantes de las tradiciones como la nuestra. Nunca se metía en líos y había conseguido superar la depresión que le causó la muerte de su padre. A medida que sus hermanos mayores se iban independizando, nuestra relación se hizo más estrecha.

Cuando no estaba con mis hijos o en el restaurante Hollylinh, me dedicaba a arreglar el jardín. En los días soleados plantaba flores y hortalizas, arrancaba los hierbajos y regaba la seca tierra de San Diego. Cantaba viejas canciones de mi juventud, mientras por mi mente desfilaban imágenes de la casa que había construido mi padre, con los muros de cemento y el tejado de paja, mi lecho de bambú y la pulcra cocina de mi madre. Mientras regaba el jardín recordaba las duchas que me daba en la explanada junto al pozo, tras arrojar unos cubos de agua sobre nuestro búfalo para liberarlo del barro y las moscas. Aunque tenía el armario lleno de bonitos zapatos norteamericanos, prefería ir descalza, imaginando que pisaba la arena de China Beach, y en lugar de un vestido llevaba un viejo pijama negro. Al cabo de un rato, los árboles se convertían en mi padre, Phung Trong, y mi hermano, Sau Ban, los cuales me parecía que trabajaban junto a mí en los arrozales. Al final de la jornada, cuando se ponía el sol, sentía deseos de regresar a casa, pero no a mi mansión norteamericana, sino a mi casa de Vietnam, donde oía las voces de mi anciana madre, mis hermanas, mis primos y los huesos de mis antepasados llamándome insistentemente.

Habían transcurrido trece años desde que me fugué de Vietnam. Mi madre tenía casi ochenta años. Incluso en el mejor de los casos, viviría unos pocos más (los rumores y las cartas procedentes de mi país describían una situación muy poco alentadora). Pocas personas excepto diplomáticos, abogados y militares se habían aventurado en las zonas rurales desde 1975, generalmente en misiones oficiales para averiguar la suerte de los soldados desaparecidos o resolver demandas planteadas a raíz de la guerra.

Las lágrimas y los deseos me habían sostenido a lo largo de estos últimos años, pero no me habían acercado a mi madre. Si quería remediar la situación, tenía que hacer caso omiso de quienes me aconsejaban que no lo intentara y ponerme manos a la obra.

Decidí empezar desde arriba, y pedí a Jimmy que escribiera una carta al presidente Ronald Reagan.

—¡Pero, mamá! —protestó Jimmy—. No puedes empezar una carta dirigida al presidente diciendo: «¿Cómo está usted? Yo estoy muy bien.»

—¿Por qué? Así es como lo hacemos en la clase de inglés.

—No importa. Dime lo que quieres decirle y yo la escribiré como crea más oportuno.

Quería decirle que deseaba regresar a Vietnam. Quería que el presidente Reagan comprendiera que los vietnamitas —prácticamente todos los asiáticos— nos sentíamos muy ligados a nuestras familias. Deseaba, necesitaba ir a mi aldea para despedirme de mamá *Du*, mi «madre del alma», antes de que ésta muriera. La política me importaba un comino. No entendía nada sobre el comunismo ni la democracia. Sentía lástima de todas las personas, de ambos bandos, que habían sufrido a consecuencia de la guerra. Pero yo no era más que una persona. Deseaba consolar a mi madre en su vejez, ayudar a mi familia y rezar ante la tumba de mi padre. ¿No podía el gran presidente norteamericano ayudar a que una desdichada vietnamita visitara a su familia?

Hice que Jimmy escribiera una carta parecida al gobernador de California, a varios senadores y representantes y a los alcaldes de Escondido y de San Diego. Fui a ver a los políticos locales para entregarles personalmente mis cartas. Llevaba siempre en el bolso una copia de la carta dirigida al presidente Reagan, por si gracias a la suerte o a la providencia o a dios conocía a alguien que pudiera ayudarme. Dicha carta era una especie de talismán, un recordatorio de mi propósito.

Pensé que Dan quizá podría ayudarme. Lo había visto por última vez en 1973, y no había tenido noticias suyas desde 1976. Las cartas que Ed no había quemado las había destruido Dennis, de modo que ignoraba sus señas actuales. Escribí al Ministerio de Defensa diciendo que era la esposa vietnamita del coronel Dante DeParma, lo cual, en cierto sentido, era cierto. Conocía su número de la Seguridad Social y tenía unas fotos en las que aparecíamos los dos con Tommy y con Jimmy, así como la nota que me había entregado cuando huimos de An Je en helicóptero, de manera que mis credenciales eran mejores que las de la típica chica de bar en busca de un rico amante norteamericano. No dejaba de ser curioso que la nota que me había ayudado a abandonar Vietnam me sirviera ahora de pasaporte para regresar a mi país.

Me quedé asombrada cuando el ministerio me remitió las señas de Dan, quien al parecer se hallaba en Corea. Era poco antes de Navidad, de modo que escribí un breve mensaje en una felicitación y se la envié. Casi me desmayo cuando recibí su respuesta.

Con una letra vacilante que delataba su edad, Dan me dijo que se alegraba de recibir noticias mías al cabo de tantos años. Se había divorciado de su primera esposa, tal como me había prometido, pero se había vuelto a casar poco después de haber roto nuestras relaciones, por la misma época en que Dennis y yo nos casamos en México. Me dijo que todavía nos consideraba su «familia vietnamita», y que deseaba mantener contacto con nosotros. Tuve que recordarme a mí misma que mi misión era ir a Vietnam, no reunirme con Dan en Corea. Afortunadamente, su apoyo me facilitó las cosas. Aunque estaba convencida de que seguíamos unidos por un vínculo espiritual, creo que papá comandante se habría alegrado al comprobar que la joven ingenua y sedienta de amor que había conocido en An Je se había convertido en una mujer madura e independiente.

Una noche, tres meses después de haber iniciado mi campaña para conseguir ir a Vietnam, fui con Kathy Greenwood a un piano bar. Al fin y al cabo, mis amigas tenían razón, debía salir y procurar divertirme. Me ausenté unos instantes para ir al lavabo y cuando regresé vi que Kathy estaba charlando con un hombre de pelo canoso y aspecto distinguido que se hallaba sentado en una mesa junto a la nuestra.

—Tengo entendido que desea regresar a Vietnam —dijo éste sonriendo con aire paternalista, al igual que los numerosos funcionarios con los que había hablado durante los últimos tres meses.

—Así es —contesté, tratando de disimular mi irritación—. Quiero ver a mi pobre madre antes de que muera y tratar de hacer las paces con la familia que dejé allí cuando vine a Estados Unidos. Pero no sé si lo conseguiré.

—¿Por qué? ¿Ha hablado con alguien de este asunto?

—Prácticamente con todo el mundo —contesté, sacando del bolso la carta dirigida al presidente Reagan.

Al verla, el desconocido me miró asombrado.

—Al parecer está usted dispuesta a todo con tal de conseguirlo. —Tras anotar un nombre y un título vietnamita en el dorso de una tarjeta mía de visita, me dijo—: Póngase en contacto con ese hombre.

—¿Quién es? —pregunté.

—El consejero de la misión vietnamita en las Naciones Unidas, en Nueva York.

Miré el nombre, imaginando que debía tratarse de un republicano expatriado, uno de los altos funcionarios que mantenían contacto con el Gobierno norteamericano confiando en que algún día asumirían de nuevo el poder en nuestro país.

—¿Lo conoce usted? —pregunté.

El hombre sonrió.

—Tengo tratos con la ONU. Mi madre solía vivir en Nueva York. Pero yo estaba siempre de viaje y apenas la veía. Un día fui a visitarla y me dijeron que había muerto. No quisiera que le sucediera lo mismo que a mí.

El lunes llamé al consejero de la misión vietnamita en la ONU, el cual hablaba inglés con un marcado acento vietnamita.

—¿Habla usted vietnamita? —le pregunté.

—*Van a, Chi muon hoi gi a* (sí, por supuesto, ¿en qué puedo ayudarla?).

—Yo también soy vietnamita —continué en nuestra lengua nativa—. Deseo regresar a mi país para ver a mi madre antes de que muera. Tiene setenta y ocho años.

—Lo comprendo. ¿Y por qué no va?

—¿Cómo dice? —contesté. Durante unos instantes creí que estaba bromeando.

—¿Quién le impide ir a Vietnam?

Por tratarse de un consejero ante la ONU, me pareció bastante estúpido. ¿Acaso no sabía que oficialmente Estados Unidos no mantenía contactos con el Gobierno comunista vietnamita?

—¿Que quién me lo impide? Para empezar, soy una ciudadana norteamericana y el régimen de Hanoi controla el sur. Si voy, el Gobierno podría meterme en la cárcel o enviarme a un campamento de reeducación. Y aunque me dejaran salir, es posible que las autoridades estadounidenses no me permitieran regresar. Y todo gracias al Gobierno comunista de Vietnam.

—¿Acaso no sabe con quién está hablando, hermana?

—Francamente, no.

—Está hablando con un comunista. Soy un representante de la República Socialista de Vietnam. Hemos establecido una pequeña misión en Nueva York destinada a coordinar las relaciones con las Naciones Unidas y Estados Unidos. Confiamos en que un día se nos otorgue el reconocimiento diplomático, pero...

Yo colgué apresuradamente.

Mis manos temblaban de tal forma que el lápiz que sostenía cayó al suelo. La última vez que hablé con un comunista —*Cong San*— fue junto a mi sepultura tras haber sido juzgada por el Vietcong. Mi guardián, Loi, un joven aldeano que se había unido al Vietcong a raíz de la llegada de los norteamericanos, decidió inflingirme un castigo infinitamente peor que liquidarme de un balazo. Él y su camarada, Mau, me violaron y me prohibieron regresar a la aldea, lo que dio comienzo a una larga odisea que culminó con mi huida a Estados Unidos. Ahora, como una espantosa enfermedad crónica, los temblores y la angustia de aquellos años volvían a hacer presa en mí.

Aterrada, quemé un poco de incienso y recé unas oraciones ante mi altar familiar. No sabía qué hacer. Si la policía controlaba las líneas telefónicas de los comunistas, sabrían que había llamado al consejero y quizá se presentaran de noche, como los republicanos y los cazadores norteamericanos de soldados del Vietcong, para saltarme la tapa de los sesos. Llamé a mis amigas y les pregunté si sabían algo acerca de la misión de Hanoi ante la ONU, pero sabían menos que yo. Tanto si me gustaba como si no, mi decisión de regresar a Vietnam me estaba convirtiendo en una experta en asuntos que me resultaban muy desagradables. Pero ¿qué iba a hacer? ¿Renunciar a regresar a mi tierra?

Al cabo de una semana, durante la cual no recibí ninguna llamada del FBI, de la CIA ni del departamento de Inteligencia del Ejército, decidí volver a intentarlo. Hablé de nuevo con Sy Liem, el consejero ante la ONU, y me disculpé por haberle colgado el teléfono. Liem me aseguró que no era la primera persona expatriada que se asustaba cuando él le revelaba su identidad. Lo cierto es que me sentía como si perteneciera a un club muy exclusivo: la primera oleada de *Vietkieu* —expatriados vietnamitas que se sentían solos y perdidos en un país extraño—, que deseaban contactar de nuevo con sus familias.

Hablamos durante media hora. Liem aclaró mis dudas acerca del propósito de la misión en la ONU y comprendí que no era un agente doble que trataba de embaucar a gente que había mantenido vínculos con el Vietcong. Por mi parte, dejé bien claro que no pertenecía a la extrema derecha ni pretendía acusarlo falsamente de intento de secuestro o asesinato. Liem me expuso la situación de nuestro país, omitiendo la habitual propaganda de Hanoi. Me habló sobre la miseria, las enfermedades y las terribles secuelas de la guerra. Por lo que me contó, tuve la impresión de que el Gobierno comunista constituía una amenaza mucho más grave contra sí mismo que los exiliados derechistas o los «halcones» norteamericanos. Al fin, le pregunté:

—¿Qué debo hacer para ir a Vietnam?

—En primer lugar —respondió—, envíenos una carta precisando en qué fecha desea ir, cuánto tiempo desea permanecer y qué lugares desea visitar. Luego le remitiremos un impreso para que solicite el visado. No necesita autorización del Gobierno norteamericano para salir y entrar de nuevo. Sólo tiene que reservar un billete de avión para Bangkok, y desde allí para Ciudad Ho Chi Minh o Hanoi. Es muy sencillo. Le enviaremos una lista de los objetos que puede llevar a Vietnam. Es natural que desee llevar regalos a sus familiares, pero no podemos permitir que ello perjudique el mercado de nuestros productos y servicios.

Parecía realmente tan sencillo como irse de vacaciones a Acapulco. No obstante, tenía mis dudas y decidí no facilitar a Liem demasiados detalles sobre mí misma; no fuese que los teléfonos estuvieran «pinchados». Lo mejor era ceñirme a la verdad: era una refugiada vietnamita que había tenido la suerte de afincarme en Estados Unidos y deseaba visitar mi tierra para compartir mi buena suerte con mis parientes. Ésos eran los hechos escuetos. ¿Qué más podía añadir?

Escribí la carta, quemé un poco de incienso y recé.

Un día me enteré de que la Universidad de California, en San Diego, iba a celebrar una conferencia de escritores en La Jolla. Yo escribí una carta a los organizadores, expresándoles mi deseo de participar, junto con un capítulo de mi libro, y aguardé su respuesta, del mismo modo que aguardaba a que la misión vietnamita en la ONU me concediera el visado. Puesto que Tommy y Alan estaban cada vez más ocupados con estudios y sus amigos, yo pasaba buena parte del tiempo en el restaurante para distraerme y no pensar en el manuscrito ni en el viaje.

El negocio iba viento en popa. Aunque no iba todos los días al Hollylinh, tenía unos clientes fijos que preguntaban siempre por mí y a quienes solía contar anécdotas de mi infancia y mis aventuras durante la guerra.

Con algunos clientes a quienes les interesaba el tema conversaba sobre materias espirituales. A veces, les leía la palma de la mano o les echaba las cartas. Al principio lo hacía como mera diversión, respondiendo a preguntas tales como «¿me haré rico?, ¿me quiere mi novio?, ¿me casaré pronto?», de forma que quedaran satisfechos pero sin engañarles. La pregunta que las mujeres me hacían con mayor frecuencia era: «¿Cuándo conoceré a mi media naranja?», a lo que respondía que no podía ayudarles, porque ni yo misma la había encontrado aún.

A veces, sin embargo, al observar la palma de una mano o la disposición de las cartas percibía unas sensaciones muy fuertes. En esos casos decía a mis clientes que no estaba cualificada para adivinar el futuro. Pero éstos insistían y yo hacía lo que había visto hacer a otros médiums durante los numerosos seminarios, consultas y sesiones a las que había asistido: abrirme a los sentimientos que experimentaba, esos que yo percibía con asombrosa intensidad y claridad. Más tarde supe que así es como muchos médiums suelen iniciar su carrera, no acudiendo a una escuela o siendo instruidos por un maestro, sino apoyándose en su intuición y meditando acerca del significado de determinados sentimientos e imágenes.

Al cabo de un tiempo empezó a correr la voz de que la «señorita Ly» era una excelente médium. Si las estrellas no engañaban, yo era el canal a través del cual todos podían averiguar su futuro. Aunque nunca cobraba por mis servicios, me halagaba que la gente acudiera a mí. Siempre observaba las normas éticas de los médiums profesionales: en primer lugar, no divulgar jamás una mala noticia, sobre todo si se trataba de una muerte inminente o una enfermedad grave, porque podía equivocarme; y segundo, aclarar que mis pronósticos no eran en modo alguno inevitables. Si la gente no comprendía que era responsable de sus propios actos —incluyendo un buen o un mal karma—, no debía acudir a un médium, porque éste podía interpretar sus mensajes erróneamente.

Un día se presentó en el restaurante un grupo de cinco individuos y preguntaron por la señorita Ly. Todos eran caucásicos, iban bien vestidos y eran cultos e inteligentes. Después de charlar un rato sobre Vietnam, me pidieron que les leyera la palma de la mano, a lo cual accedí. Al cabo de una semana apareció publicado en el periódico local un artículo sobre Hollylinh y su propietaria, la «fascinante señorita Ly Hayslip». Al parecer, los cinco comensales eran periodistas, entre los cuales se incluía un crítico gastronómico. El artículo era tan favorable, que empezaron a acudir personas de localidades vecinas. Todas deseaban que les adivinara el porvenir.

Un par de semanas después de aparecer el artículo se presentó otro grupo de hombres. Esta vez, no iban bien vestidos ni eran periodistas. Tenían aproximadamente mi edad e iban vestidos como obreros. Algunos lucían barba, otros cojeaban, y todos mostraban la mirada esquiva de los soldados que había visto en Vietnam. Me senté a su mesa sintiéndome un tanto fuera de lugar debido a mi maquillaje y mi elegante *ao dai*, pero enseguida se rompió el hielo entre nosotros. Uno de ellos me dijo que eran veteranos de la guerra de Vietnam y deseaban conocer las opiniones y la mentalidad de una persona «del bando contrario». Pese a los diez o doce años que habían pasado en Vietnam, no conocían nada sobre la gente, la tierra y la cultura que habían pretendido destruir. Sabían que yo había vivido la guerra, cosa que ni sus esposas ni sus novias podían llegar a comprender. Según me confesaron, no sólo habían venido para saciar su apetito, sino en busca de paz espiritual.

Conversamos sobre sus experiencias en Vietnam y yo les conté mis

impresiones sobre Estados Unidos. Algunos trataron de hablar en vietnamita con marcado acento americano, lo cual sonaba a mis oídos como
las palabras de una canción a la que le faltase la música. Dos de ellos
me pidieron que les leyera la palma de la mano y yo me apresuré a
complacerles, aunque sus manos emanaban una electricidad capaz de
abrasarme los dedos.

A partir de aquel día empezaron a acudir numerosos veteranos en
busca de información, consuelo y comprensión. Por supuesto, no todos
estaban dispuestos a olvidarse de la guerra.

—No debimos marcharnos hasta haber averiguado el paradero de
nuestros compañeros desaparecidos —dijo uno de ellos. No era el por-
tavoz del grupo, pero era evidente que sus amigos opinaban igual que
él—. Y no debimos ofrecer asilo a esos malditos refugiados.

Podía haber sido Dennis, con una voz y un rostro distintos. Di
gracias a dios de que el espíritu de mi marido reposara en el templo
budista, donde podría recuperarse y aprender en lugar de flotar sobre
nubes de odio. Otros veteranos estaban furiosos por el trato que habían recibido a su regreso a casa, por el Gobierno, la Administración
de Veteranos, el público e incluso sus parientes, quienes les rehuían
como si hubieran contraído una enfermedad tropical contagiosa.

Mientras escuchaba sus amargas historias, comprendí que, al igual
que los otros veteranos, conocían muy poco sobre el enemigo al que
todavía odiaban. Tenían pocas preguntas y muchas respuestas, pero su
odio y amargura no me afectaban.

Tan sólo podía ofrecerles el consejo de mi padre: *Lay thu lam ban,
an oan xoa ngay* (convierte a tus enemigos en amigos y tu odio se convertirá en alegría). Perdónate a ti mismo, olvida los pecados de los
demás y vive. Era fácil decirlo, pero muy difícil de poner en práctica,
pues mis deseos de regresar a Vietnam habían despertado de nuevo
en mí los recuerdos de la guerra. Debajo de la serenidad espiritual que
procuraba transmitir yacía un animal acorralado dispuesto a defenderse como fuera.

Un día apareció un veterano llamado Gary. Había leído un artículo
sobre mí y había hablado con unos compañeros que habían estado en
el restaurante. Me dijo que era el editor de *Rancho News* y quería escribir un artículo sobre lo que yo opinaba de la guerra, los veteranos
del Vietnam y la vida en Estados Unidos. Me preguntó si prefería que
enviara a una periodista femenina para hacerme la entrevista, pero le
dije que no estaba segura. Las mujeres, al oír mi historia, o se compa-
decían de mí y deseaban protegerme o bien mis experiencias les inspiraban horror y no querían tener nada que ver conmigo.

—En cualquier caso —dije—, no conseguirá un buen artículo.

Tras reflexionar unos momentos, Gary decidió escribirlo él mismo.

Al día siguiente permanecimos toda la tarde en mi despacho mientras yo evocaba los peores años de mi vida: la partida de mi hermano a Hanoi; la formación de las «brigadas juveniles» republicanas y del Vietcong en nuestra aldea (en las que los niños estábamos obligados a participar); mi captura y tortura a manos del Ejército republicano; mi proceso y violación por dos soldados del Vietcong; mi exilio, junto a mi madre, en Saigón; el nacimiento de Jimmy cuando era poco más que una adolescente; los años durante los cuales me gané la vida trabajando en el mercado negro de Danang, y mis diversos trabajos y novios norteamericanos hasta que conocí a Ed y me casé con él. Era la primera vez que refería a un norteamericano todo cuanto me había sucedido sin omitir detalle, incluyendo mis maridos.

Por desgracia, a Gary no le interesaban mis recuerdos más alegres, de la vida en la aldea durante los años de entreguerras, de mi familia y de nuestra pasión por la vida pese a la guerra y al odio, de todas las cosas que me habían permitido seguir adelante y habían dado un sentido a mi vida durante aquellos terribles años. Al contar sólo la mitad de mi historia, Gary explicó la causa de mis creencias pero no lo que había aprendido. Yo temía que el artículo pudiera herir a las personas que no habían alcanzado siquiera un modesto nivel de entendimiento.

Mis temores no fueron infundados. El artículo causó un gran impacto en la comunidad local. Muchas personas me llamaron o vinieron al restaurante para expresarme sus simpatías e incluso disculparse en nombre de su país, lo cual era totalmente innecesario. Las reacciones negativas fueron aún más intensas.

—¡No queremos comer nada preparado por una asquerosa partidaria del Vietcong! —gritó un veterano frente al restaurante. Había montado una escena en el interior y dos camareros le habían pedido que se fuera—. ¡Deberíamos regresar y liquidar a todos los cerdos comunistas! ¡Deberíamos expulsar a la gentuza como tú!

Al cabo de un rato se marchó. Algunos empleados temían que regresara con una escopeta, pero yo les tranquilicé. Ese tipo exhibía su odio como si fuera una armadura, un elemento defensivo que protege a los débiles pero no amenaza a los fuertes. Yo aguanté sus furibundas diatribas sin protestar. Le miré a los ojos y le di a entender que lo comprendía, aunque no compartía su opinión. Al fin y al cabo, no estaba tratando de convencerme, sino de enfurecerme. La mejor defensa no era mostrarse dura como el acero, sino flexible como una esponja que absorbiera toda la bilis que él iba vomitando. Si las ollas a presión no dispusieran de una válvula de escape acabarían estallando. El tipo que pretende que vivas aterrado amenaza con matarte. El que desea tu muerte te mata. Ambos habíamos sufrido mucho durante la guerra y eso constituía una especie de vínculo entre nosotros.

No obstante, mis socios y los empleados estaban muy preocupados.

—Aunque ese tipo no vuelva por aquí... —dijo un camarero—, ¿y si alguien decide colocar una bomba en el restaurante o nos pegan un tiro?

Lo cierto es que a mucha gente no le gustaba la idea de que alguien que había tenido tratos con el enemigo viviera y prosperara en Norteamérica. Kenneth se lamentó de que ponía en peligro el negocio al hablar de mi pasado, y tenía razón. Mis socios decidieron hacer hincapié en que era un restaurante chino, no vietnamita, lo cual era cierto. Pero yo no podía prometerles que no volvería a hablar de la guerra ni de mis sentimientos sobre Vietnam y Estados Unidos. Es más, estaba ansiosa por hablar con los veteranos de guerra y conocer su opinión. Su visión del mundo era demasiado importante como para ignorarla simplemente porque uno no estaba de acuerdo con ella. Deseaba saber más cosas sobre esos hombres devorados por la tristeza, la rabia y el miedo, a fin de aprender más sobre mí misma y mi propósito en la vida. Por otra parte, estaba escribiendo un libro. Ahora, más que nunca, la gente necesitaba un vehículo, una razón para olvidar la guerra y la tristeza y alcanzar el perdón.

Mi trabajo como gerente, *maître* y adivina resultaba agotador. Solía salir de casa a las diez de la mañana y no regresaba hasta la medianoche. Jimmy estaba todavía en la universidad y Tommy y Alan ya se habían acostado cuando yo llegaba. Tenía una vida plena y satisfactoria —una seguridad económica, unos hijos maravillosos y muchos amigos—, pero me faltaba algo. Era como si mi preciosa casa, cuya fachada era realmente imponente, no estuviera amueblada del todo. Me preocupaba descubrir la misteriosa «misión» de la que Paul me había hablado, y presentía que tenía que ver con los veteranos de la guerra de Vietnam. Algunos me habían confesado que, después de haber charlado conmigo una hora, se sentían mejor que al cabo de diez años de acudir a un psiquiatra. Pero eso no me parecía lógico. Los conocimientos que yo poseía provenían de mi corazón y mi intuición, no de mi sabiduría. ¿Qué «misión» aguardaba a una persona tan común y corriente como yo?

Lo cierto es que me sentía muy sola. Mis hijos tenía su propia vida y mis recuerdos de Ed y Dennis habían empezado a desvanecerse. Deseaba hallar a alguien con quien compartir mi vida. Por otra parte, estaba preocupada por mi familia en Vietnam, sobre todo mi madre. A medida que las probabilidades de que regresara a Vietnam se iban concretando, temí que hubiera comenzado una especie de «cuenta atrás» cósmica, un carrera entre mi capacidad de iniciativa, y mi inteligencia y las fuerzas (la enfermedad, la pobreza, la vejez y la opresión) que amenazaban a mis seres queridos.

En febrero de 1986 recibí una llamada de Sy Liem desde Nueva York. Me dijo que me habían concedido un visado para permanecer dos semanas en Vietnam durante el Tet, las grandes celebraciones de Año Nuevo.

Durante unos instantes, la emoción no me permitió articular palabra.

—Su visado tiene una vigencia de tres meses —prosiguió Liem—, de modo que no es necesario que se apresure. Medítelo bien antes de partir. Entretanto, le enviaremos una lista de las normas que debe observar durante su visita. Cuando esté decidida y haya comprado el billete de avión, remítanos una fotocopia del mismo.

Le di las gracias y colgué. De pronto recordé un refrán que dice: «Ten cuidado con lo que deseas, pues tus deseos podrían hacerse realidad.» En efecto, mi mayor deseo estaba a punto de hacerse realidad. Como habría dicho Ed, había llegado el momento de soltar el pez del anzuelo o de comérselo.

Estaba dispuesta a arrostrar ciertos riesgos con tal de regresar a Vietnam, pero ignoraba a lo que me exponía. ¿Estaba dispuesta a arriesgarme a no volver a ver a mis hijos o a poner en peligro la vida de mi familia? Pese a la amabilidad de su representante en la ONU, sabía que las autoridades locales podían mostrarse muy desagradables con una oveja negra, una contrabandista y una traidora, así como con las personas que la acogieran en su casa y la apoyaran. ¿Dónde terminaban mis riesgos y empezaban los de las personas a las que quería?

Tras meditar durante un buen rato, comprendí que estaba atrapada entre las fuerzas de la prudencia y las fuerzas del crecimiento y el cambio. Al igual que una pupa en un capullo de seda, me sentía atrapada entre mi jaula dorada y mis deseos de liberarme y echar a volar.

Un día dije a Kenneth sonriendo:

—Tengo buenas noticias. Me han concedido el visado para ir a Vietnam a visitar a mi madre.

Kenneth suspiró y sacudió la cabeza.

—¿Estás segura de que debes ir? ¿Estás segura de que te dejarán regresar?

—Por supuesto que no —contesté irritada—. Pero tampoco estoy segura de que no voy a morir atropellada por un coche. La única forma de estar segura es permanecer en casa. Mi madre morirá sin que la haya visto de nuevo y sin poderle decir que la quiero, que la echo de menos, que haré sacrificios cuando haya desaparecido y...

—De acuerdo —dijo Kenneth, abrazándome en un gesto fraternal—. Sólo quiero que seas feliz y que estés segura de tu decisión. Todos queremos que regreses sana y salva.

Otro empleado, un camarero vietnamita que había llegado hacía poco y aún no había olvidado su azarosa huida, dijo:

—Deben creer que es usted comunista, de otro modo ¿por qué iban a concederle el visado? ¿Para que espíe? ¿Para que vaya a hacer propaganda americana? Probablemente la arrestarán y la enviarán a un campo de reeducación. Me parece una estupidez que regrese a Vietnam.

Me dio el número de teléfono de un destacado funcionario del viejo régimen, el cual había pasado muchos años en un campo de reeducación antes de fugarse, y me dijo:

—Llámele. Él la pondrá al corriente de la situación.

Lo llamé en cuanto llegué a casa. El hombre respondió a mi petición de información con un prolongado silencio y luego dijo:

—En cuanto pise tierra vietnamita, la arrestarán. La encerrarán en una pequeña celda y la dejarán ahí para que medite y se pudra. No le darán de comer ni de beber, ni dispondrá de un retrete. El aire es tan irrespirable que sentirá que se asfixia. Luego, si aún sigue con vida, la torturarán. La obligarán a confesar sus delitos y a relatarles la historia de su vida desde una óptica comunista. Cuando haya confesado que ama a su familia, que respeta a dios y las viejas costumbres y tradiciones, le enseñarán lo que significa el nuevo orden social. Si hace cuanto le ordenan y tiene suerte, es posible que la trasladen a un campamento, donde, si no se muere de hambre o a causa de una enfermedad, al menos dormirá sobre un jergón y podrá utilizar un retrete. O quizá le peguen un tiro. Ese comunismo no tiene nada que ver con la política, sino con el afán de apropiarse de las almas de la gente.

Sus palabras me causaron el mismo impacto que cuando sentí el cañón del rifle de Loi apoyado en mi nuca junto a mi sepultura. Yo no entendía nada sobre comunismo, y ese hombre lo describía como una religión evangélica más grave y peligrosa para los no creyentes que las Cruzadas o la Inquisición.

Uno de los cocineros, que tenía problemas con las autoridades norteamericanos, dijo:

—Los vietnamitas no son nada comparados con los federales. El Gobierno estadounidense lleva años luchando contra el comunismo. Odian a los comunistas vietnamitas por haber ganado la guerra. Si no le retiran la ciudadanía norteamericana y la deportan, le harán la vida imposible. El FBI creerá que es una espía y la CIA tratará de obligarla a espiar para ellos la próxima vez que viaje al extranjero. Si se niega a cooperar, contarán todo tipo de calumnias a sus amigos y clientes para forzarla a obedecer. Créame, conozco sus métodos.

Una joven camarera terció:

—Aunque los comunistas la dejen salir y el Gobierno estadounidense le permita entrar de nuevo, tendrá muchos problemas con la Pequeña Saigón. Muchas personas han perdido sus casas y sus negocios por haber comentado que deseaban regresar a Vietnam. Si lo hace, la gente creerá que pertenece al Vietcong y no dejará de atosigarla. ¿Es eso lo que quiere?

Era como si estuviéramos de nuevo en guerra, luchando contra nuestros propios compatriotas, temiendo hacer algo que pudiera disgustar a alguien. Hasta mis amigos se habían convertido en unos *chup mu*, unos cotillas. El temor les había vuelto agresivos o fatalistas, preocupados de que una simple sonrisa o un apretón de manos pudieran ser interpretados como una complicidad con «el enemigo», quienquiera que fuera. Mis primeros veinte años en la Tierra me habían enseñado que las guerras no se libraban únicamente con rifles, tanques y bombas, sino con el corazón humano.

Al fin decidí acudir al monje para que me aconsejara. Después de referirle las advertencias que había recibido, le pregunté:

—¿Qué cree que debo hacer? ¿Debo ir o no?

El monje sonrió.

—Contestaré a tu pregunta con otra pregunta. Si tu casa estuviera ardiendo y sólo pudieras salvar a una persona, ¿a quién salvarías, a tu hijo, a tu marido o a tu madre?

—A mi hijo.

—Tu respuesta es la respuesta de una madre. ¿Crees que Buda hubiera hecho lo mismo?

—¿A qué se refiere?

—Me refiero a que piensas como una occidental, no como la hija del dios cósmico, el dios de nuestra tierra. Recuerda que nuestro principal deber es *nang tinh*, ser leales a nuestros antepasados. Puedes casarte con otro hombre y tener otro hijo, pero no puedes sustituir a tu creadora. Elegir a un descendiente es como tratar de ser dios. Elegir a la persona que te creó es honrar a dios, a nuestro hacedor, por encima de todas las cosas, incluyendo a tu marido y a tus hijos. El mundo puede ser un lugar doloroso, pero el dolor sólo es cruel cuando es injusto. Nadie puede acusarte de ser cruel o injusta si obras conforme a nuestra ley natural más importante.

—Así pues, ¿me aconseja que cumpla con mi obligación como hija? ¿Que vaya a Vietnam aunque con ello ponga en peligro a mis parientes?

—Te aconsejo que reflexiones y hagas lo que debes hacer. *Trong cay nhan, hoi qua tat*, una buena semilla sólo da buenos frutos.

Salí del templo habiendo recuperado la serenidad y resuelta a hacer lo que debía. Aunque el espíritu de mi padre no había vuelto a ponerse en contacto conmigo desde mi sesión con Paul, me pareció oír su voz en las palabras del monje.

Me dirigí directamente a la agencia de viajes y reservé un billete para el vuelo a Bangkok que partía dentro de un mes.

La conferencia de escritores de la UCSD pasó rápidamente. Creo que no era muy buena estudiante. Conocí mucha gente, incluyendo editores, agentes y autores, quienes me dieron varios consejos sobre mi manuscrito. Pero esos consejos no me servían para nada, al menos de momento. Estaba atrapada entre el Cielo y la Tierra, entre mis responsabilidades espirituales y humanas. Sin embargo, había elegido un camino. A mediados de abril me habría hundido en el lodo —*troi trong*— como una pecadora devorada por la tierra, o habría escalado las refinadas alturas de la «montaña de Paul».

Consulté a mi abogado, Milton Low, el cual se había convertido en un amigo de la familia, y me recomendó que pusiera mis asuntos en orden. Eso significaba redactar un testamento y dejar instrucciones referentes a mis bienes, deudas e hijos. También me puse en contacto con el Departamento de Estado en Washington para que me dieran unos consejos e información. Lo primero era fácil; lo último, más difícil de lo que parecía.

El funcionario con el que hablé por teléfono me dijo amablemente:

—Como seguramente sabe, no mantenemos relaciones diplomáticas con Vietnam. No tenemos una Embajada en su país ni ellos en el nuestro. Los ciudadanos norteamericanos no pueden viajar a Vietnam directamente desde territorio estadounidense, y las empresas norteamericanos no pueden tener tratos ni hacer negocios con el Gobierno comunista. Si le sucediera algo, no podríamos ayudarla. Como mucho, podríamos presentar una queja a través de las Naciones Unidas, pero la ONU no tiene un poder formal para intervenir en estos asuntos. Dos ciudadanos norteamericanos se hallan actualmente detenidos por el Gobierno vietnamita. Hace varios meses que intentamos conseguir su liberación o, al menos, que la Cruz Roja los visite para comprobar si se encuentran en buen estado, pero hasta la fecha no hemos tenido éxito. Sólo puedo darle el mismo consejo que les dimos a ellos: tenga mucho cuidado con lo que haga, con lo que diga y con las personas que frecuente.

Mientras reflexionaba sobre sus consejos empecé a preparar el equipaje. Ante todo decidí no precipitarme, sino plantearme el viaje por etapas, como un escalador que pretende alcanzar una elevada y peligrosa cima, atendiendo a mis poderes racionales e intuitivos. En Bangkok, por ejemplo, tendría oportunidad de visitar la Embajada vietnamita para que me sellaran el visado. La idea de abordar mi objetivo de forma decidida, pero no impulsiva, me dio renovadas fuerzas y una tranquilidad de espíritu que asombraba a mis amigos.

Imaginaba que decían: «¡Qué valiente eres!»; aunque lo que realmente querían decir era: «¡Qué estúpida eres!»

La misión de la ONU me remitió una lista de los objetos que podía llevar a Vietnam. Los más prohibidos eran artículos prácticos, como bicicletas y máquinas de coser, puesto que se fabricaban en Vietnam y no querían competir con los productos extranjeros. Mis amigas más jóvenes (muchas de las cuales no recordaban la guerra) opinaban que debía llevar a mis parientes artículos de lujo, como sofisticados electrodomésticos, cosas que no podían ser adquiridas en la primitiva economía de Vietnam. Les di las gracias por su sugerencia, pero decidí llevarles cosas prácticas: por ejemplo, medicinas, té, ropa de niños, telas y dulces. Confiaba en que harían más soportable su vida. Compré la mayoría de las cosas en la Pequeña Saigón, en el distrito de Orange, en parte para ayudar a los comerciantes inmigrantes locales, pero también por un sentido de simetría: unos productos norteamericanos que pasaban de manos vietnamitas a manos vietnamitas en Vietnam. A medida que adquiría los regalos para mi familia y planificaba mi viaje, me sentía cada vez más feliz y satisfecha.

Antes de partir decidí consultar por última vez a un médium, principalmente para averiguar la situación de mi familia, pero también para comprobar si algo había cambiado dentro de mí misma. Fui a ver a un tal señor Vu Tai Loc, al que todo el mundo en la Pequeña Saigón consideraba el mejor de la profesión. También había oído mencionar su nombre en la «gran» Saigón, donde sus extraordinarios poderes y rigurosas predicciones eran legendarios.

Vivía en un bonito barrio de clase media. Al abrir la puerta, me saludó sonriente e inclinándose como un monje, aunque iba vestido deportivamente y calzaba unas sandalias. Debía tener unos cincuenta y cinco años, pero parecía mucho más viejo y sabio, principalmente debido a un pelo largo que le brotaba de una verruga en la barbilla. A los occidentales les extraña esa venerable costumbre oriental de no recortarse los pelos de las verrugas, una tradición que se remonta a muchos miles de años y constituye un símbolo de sabiduría, al igual que el loto que brota del ombligo de Buda representa un símbolo de sabiduría universal adquirida a lo largo de muchos ciclos kármicos. El chamán se acarició lentamente el pelo de la verruga mientras conversábamos sentados ante la mesa del comedor. Las persianas estaban bajadas y la casa olía a incienso y jengibre.

—Quítate el pelo de la cara, niña, para que pueda ver tu rostro —me dijo el señor Loc en cuanto nos sentamos. Después de examinarme detenidamente, como un tallador de piedras preciosas examina una gema, entró directamente en materia, prescindiendo de los preliminares—. Se marcha *di xa* (muy lejos), eso es evidente.

—Así es —respondí, asombrada—. Me voy a Vietnam a visitar a mi madre. ¿Cómo lo ha adivinado?

El señor Loc sonrió y se acarició el pelo de la verruga.

—¿Acaso no se sentiría decepcionada si no lo hubiera adivinado? En cualquier caso, le aconsejo que no vaya. No es el momento propicio.

Sus palabras me dejaron helada. No era eso lo que esperaba oír.

—¡Pero si ya tengo el billete y el visado! He comprado regalos para mi familia y lo tengo todo preparado. ¿Cuánto tiempo debo esperar?

El señor Loc cerró los ojos y contestó:

—Veo el número cuarenta y dos.

—¿Significa eso cuarenta y dos horas o cuarenta y dos días?

El chamán se encogió de hombros.

—Puede que signifique cuarenta y dos meses, o que espere a cumplir cuarenta y dos años...

—No creo que mi madre viva otros cinco años, hasta que yo cumpla cuarenta y dos años.

—No se preocupe, su madre la esperará. Su energía psíquica fluye con fuerza. Sus brillantes colores ocultan las sombras. Pero donde usted ve la alegría de una reunión y reconciliación familiar, yo veo un templo en ruinas

—¿Qué clase de templo? —pregunté, impresionada por la imagen.

—Veo un templo en ruinas —repitió el señor Loc—. La imagen es clarísima. Puede interpretarla como quiera. En Norteamérica, algunas personas consideran su fortuna un templo; otras, su cuerpo. Adoran unos templos sin darse cuenta de ello hasta que mueren.

Quizá la visión del chamán se refería a mi mansión en Escondido, a ese «templo de consumo» en el que se había convertido mi casa debido a mi afán de hacer de ella una perfecta vivienda norteamericana. ¿Acaso era necesario llenar una casa de costosos muebles y alfombras y elegantes cortinas? ¿No era la casa de mi padre en Ky La, con sus muros de cemento y su techado de paja, la casa más hermosa que había visto?

—Puede que se refiera a mis negocios. Poseo un restaurante, y dos viviendas de alquiler. —Quizá representaba la casa de la moneda, al templo del dinero que figuraba en los billetes de banco y en los títulos de acciones—. O quizás a mis inversiones...

—En otros tiempos era un templo magnífico, desde luego. No debe descuidar sus negocios si desea conservarlos. ¿Tiene socios?

—Sí, dos.

El chamán se inclinó hacia delante y cogió mi rostro entre sus manos. Luego apartó un mechón de pelo de mi frente y me miró a los ojos, diciendo:

—Eso no le conviene. Usted debe destacar. Tiene un *cao so* —un elevado destino— y no debe ocuparse con los intereses de un plano inferior. Puede que suene cruel, pero es cierto. Eso se aplica tanto a sus maridos como a sus socios. Es usted una líder nata; debe estar siempre por encima de los otros. Para usted, un compromiso significa capitular, y puesto que tiene la suerte de otros en sus manos, sus victorias serán compartidas por muchos. Es usted una *nguoi gieo nhan*, una diseminadora de semillas. Su tarea consiste en diseminar y plantar las semillas. La de los otros consiste en cultivarlas. Si se marcha ahora, las semillas que ha plantado recientemente morirán. Le repito que debe aplazar el viaje. Compre la parte de sus socios o véndales la suya, y espere hasta los cuarenta y dos años.

Durante el largo trayecto hasta Escondido medité sobre las palabras del chamán. El señor Loc tenía una impecable reputación. Todos los que le consultaban y seguían sus consejos habían prosperado. Los que los habían ignorado, en cambio, lo habían lamentado amargamente. De pronto, mi viaje había asumido una identidad propia dotada de una gran energía, como una piedra que rueda por la ladera. Para detenerla debía realizar un gran esfuerzo, ¿y qué ganaría con ello? Según el señor Loc, no más de lo que ya poseía. ¿Debía cumplir con mi deber hacia mi madre, tal como me había dicho el monje, aunque ello significara sacrificar el patrimonio de mis hijos? Según la ley universal y mis sentimientos, sí. Sin mi madre no existiría, ni tampoco mi dinero. Si mi templo estaba destinado a arder, al menos salvaría de entre sus cenizas a la persona que me había creado. Durante la guerra, había abandonado mi aldea cuando mi padre más me necesitaba, y éste había muerto mientras me hallaba ausente. Si el señor Loc había cometido un error, y mi madre fallecía antes de que yo cumpliera los cuarenta y dos años o transcurrieran cuarenta y dos meses, jamás me lo perdonaría. Habría salvado mi fortuna, pero habría perdido mi alma, y decidí no cometer dos veces el mismo pecado.

Unos días antes de partir, reuní a mis tres hijos, a los hijos de Anh (Chanh y Tran), a mi hermana Lan y a Milton, mi abogado, para comunicarles que había tomado la decisión firme e irrevocable de ir, y que existía la posibilidad de que no regresara. Les dije que no es que no me importara mi vida ni mi obligación hacia mis hijos, pero que mi obligación hacia mi madre era más importante que todo lo demás. Les aseguré que, aunque no pudieran comprenderlo ahora, más adelante lo comprenderían.

También les dije que no quería sobrevalorar mi vida. Reconocí que había contribuido a la muerte de mis dos maridos. Si esos desgraciados no se hubieran casado conmigo, todavía estarían vivos. Sus legados —la pensión de la Seguridad Social, los seguros y las propiedades— habían constituido los fundamentos sobre los que había construido la fortuna que ahora poseíamos. Había cometido tantas equivocaciones en mi vida que el hecho de sacrificar lo que en realidad no era mío me parecía un precio muy pequeño. No obstante, di a Milton plenos poderes para administrar mis bienes hasta que Jimmy fuera lo suficiente mayor para hacerlo él.

—Si no he regresado el quince de abril —dije a Milton—, quiero que vendas mi participación en el restaurante e inviertas el dinero. Me gustaría que Lan se hiciera cargo de la custodia de los niños, pero si no quiere o no puede hacerlo, deseo que ayudes a las autoridades a buscarles un buen hogar.

Lan dijo que estaría encantada de ocuparse de los niños, pero yo sabía por experiencia en esas materias que era mejor no correr riesgos.

—Perfecto —dije, pero añadí con firmeza—: Lan se ocupará de los niños, pero Milton se ocupará del dinero.

—¿Y qué hay de Tran y Chanh? —preguntó Jimmy—. Son mayores de edad. ¿Por qué no pueden ser nuestros tutores?

Los hijos de Anh eran unos muchachos muy trabajadores y sensatos, y aunque quería a mi hermana y deseaba que mis hijos se criaran con su familia natural, no podía menos que pensar que, con todo lo que había sucedido entre Lan y yo, quizá fuera preferible que vivieran con el hermanastro de Jimmy.

—¿Qué te parece, Milton? —pregunté al abogado—. ¿Habría algún problema legal?

—No, si dejas escrito que deseas que Chanh y Tran se hagan cargo de la custodia de tus hijos y los chicos están de acuerdo.

Lan se disgustó, pero los niños y yo nos sentíamos satisfechos de esa decisión. Milton pasó el resto de la tarde revisando mis bienes.

Al día siguiente, llamé al *San Diego Tribune* para tratar de informarme sobre la situación en Vietnam. Había conocido a un periodista del *Tribune* en la conferencia de escritores y sabía que su editor procuraba estar siempre al tanto de los últimos acontecimientos que se producían en el sureste asiático.

Resultó que apenas podía facilitarme ningún dato que yo no conociera ya.

—A decir verdad —dijo el editor—, no conozco a nadie que haya estado allí recientemente. Si lo desea, me gustaría entrevistarla antes de su partida y cuando regrese.

Pese a mis recelos debido al escándalo que había provocado el artículo anterior, me sentí halagada de que un importante periódico se interesara por mi aventura y accedí.

El periodista que enviaron tenía unos treinta años, demasiado joven para acordarse de la guerra. Le ofrecí una taza de té y charlamos toda la tarde sobre mis experiencias de niña, las cosas que me habían sucedido durante la guerra, el motivo de que regresara a Vietnam y lo que esperaba encontrar allí. Le dije que existía la posibilidad, por remota que fuera, de que no consiguiera volver. El periodista me felicitó por mi valor, sin comprender que mi viaje no constituía ningún sacrificio, sino el deber de una hija que había vivido muchos años, quizá demasiados, sola y perdida en un país extraño. Cuando la entrevista terminó, le prometí escribir un diario del viaje para utilizarlo en nuestra segunda entrevista. El periodista me dio las gracias por el té, me prometió que el artículo aparecería a los pocos días y, cuando se disponía a montarse en el coche, me sugirió que anulara el viaje.

Los próximos días los dediqué a hacer el equipaje y a despedirme de mis amistades. Llevaba dos cajas grandes de regalos y una pequeña maleta. Mis amigas lloraron y yo también, aunque sabía que algunas me llamaban *noi doc* (astuta embustera). La gente no podía creer que una persona que había conseguido huir del infierno de Vietnam deseara regresar. Quizá creían que iba a pasar dos semanas en Bangkok y que volvería luciendo un hermoso bronceado.

El día antes de mi partida, el *Tribune* publicó la entrevista que me habían hecho. Era un buen artículo y, a diferencia del anterior, no hacía hincapié en el sensacionalismo de mis aventuras, sino que destacaba los recuerdos de mi vida familiar y mi deseo de hallar el amor y el perdón. Sin embargo, el teléfono no dejó de sonar en todo el día. Por aquella época mi número figuraba en la guía y todo el mundo deseaba expresarme personalmente su opinión sobre mi vida, ya fuera favorable o negativa. Por la tarde, cansada de atender tantas llamadas, desenchufé el teléfono. No tenía ganas de oír reproches ni de que a estas alturas me plantearan dudas. Había tomado una decisión y nada ni nadie me haría desistir de ella.

Aquella noche Jimmy, Tommy, Alan y yo cenamos juntos. Todos sabíamos que ésta podía ser la última vez que nos reuniéramos para cenar, de modo que procuramos saborear la comida y charlar animadamente. Jimmy había decidido no ir a la escuela al día siguiente para acompañarme al aeropuerto. Alan también quería ir, y Tommy se pasó la noche tratando de reprimir las lágrimas. Se retiró temprano «para estudiar» y luego se acostó. Dijo que no me acompañaría al aeropuerto porque no podía saltarse las clases. Creo que le costaba aceptar mi decisión. Había sufrido mucho en su corta vida —había perdido a su padre y luego a su padrastro—, y no quería perder también a su madre.

Prefería mostrarse rabioso que triste, y todos respetamos sus sentimientos.

Aquella noche soñé que regresaba, a través de la niebla, a nuestra casa de Ky La. Mi padre estaba sentado en el porche, fumándose un cigarro. Curiosamente, algo me impedía acercarme a él, pero oía su voz y sentía su presencia.

—Has tomado la decisión justa, mi pequeña florecita —dijo, exhalando una bocanada de humo—. Has trabajado con ahínco para alcanzar una posición desahogada. Ahora ha llegado el momento de hacer otras cosas.

TERCERA PARTE

EL LARGO CAMINO DE REGRESO
(1987-1992)

8

UN VIAJE DE MIL LEGUAS

El reactor que me condujo a Vietnam a través del Pacífico no sólo cambió la fecha al cruzar la línea horaria internacional, sino que me sumergió en otra época, cuando mi patria y mi alma eran más jóvenes. Tras redescubrir mi pasado al enfrentarme al presente de mi país después de que el cielo y la Tierra cambiaran de lugar —*troi dat doi thay*—, regresaba al futuro.

No tenía la menor idea de lo que ese futuro me depararía. Sólo sabía que sería muy distinto de los años que había vivido anteriormente en Vietnam y Estados Unidos.

En primer lugar, había cumplido mi deber hacia mi madre, aunque no todo había resultado como yo esperaba. El Vietnam comunista no era como sus defensores o detractores lo describían. Esperaba encontrar un país dominado por la policía y los tanques. No esperaba comprobar, como mi frágil pero enérgica madre y mi vieja hermana Hai me habían dicho, que la guerra continuaba todavía en los corazones y las mentes de la gente. La paranoia había hecho presa de todo el mundo, incluyendo a los miembros de mi familia y a mí misma. Esperaba encontrar un país muy pobre, como México. No esperaba ver a la gente mendigando todavía por las calles; a viejos y jóvenes deformados por los explosivos y las sustancias químicas utilizadas durante la guerra; a niños amerasiáticos (algunos de los cuales ya eran adultos) vagando como leprosos en un país que los odiaba única y exclusivamente por su origen; y a un pueblo trabajador, de gran fuerza moral e inteligencia —como Anh, el padre de Jimmy, y mi hermano Bon Nghe—, reducido a la miseria, incapaz de salir a flote debido a la torpeza del Gobierno central.

Por otra parte, no esperaba oír a unos funcionarios gubernamentales reconocer abiertamente los problemas que les aquejaban, como hicieron durante una cena que organizó Anh para presentármelos. Estaban tan acostumbrados a decir no tras cuarenta años de sacrificios, que el régimen del norte era incapaz de decir sí a nuevas ideas, a propuestas interesantes, aunque arriesgadas, para resolver la situación. Reconocían que Vietnam no podía sobrevivir como una nación marginada. Para alimentar al pueblo, para curar sus heridas y restaurar la tierra, debía extender la mano amistosamente a su odiado adversario, Occidente, y en particular a Estados Unidos. Tras resistir más que Norteamérica en una espantosa guerra, el Gobierno de Hanoi comprobó que no podía derrotar a Norteamérica en la paz.

¿Y cuál era el papel que me tocaba desempeñar a mí, a Phung Thi Le Ly Munro-Hayslip?

Cuando llegué a Vietnam, estaba convencida de que debía regresar a mi «madre del alma» y a la tierra que me había visto nacer a fin de comenzar una nueva vida, «desde la marea baja hasta la marea alta», como solía decir mi madre. Curiosamente, la persona que me preparó para afrontar el nuevo ciclo de mi vida —en el que «escalaría montañas y transformaría piedras en flores» y «enseñaría a la gente lo que había aprendido»— fue Anh, el padre de Jimmy. Se convirtió en un espíritu guía que me ayudó a realizar la transición de mi vieja a mi nueva vida. Conversamos durante horas en casa de su hermana en Saigón. Su mandato era muy sencillo:

—Debes ayudar a otras personas a superar el dolor de la guerra, Ly, a confiar en lugar de sospechar; a aceptar el pasado pero a tratar de olvidarlo; a aprender esas cosas para que ellos, a su vez, puedan enseñar a otros. Sólo así conseguiremos alterar el círculo de venganza que nos asfixia y convertirlo en una esfera de comprensión y sabiduría.

Le dije a Anh que aunque viviera en un lujoso «castillo» en Occidente, como el lejendario Siddhartha Gautama, y comprendía la dureza de la vida en el Vietnam de la posguerra, no me había convertido en un «buda». No era sino una sencilla campesina que se sentía incómoda en presencia de políticos y ambiciosos hombres de negocios. ¿Cómo podía yo curar los males de Vietnam cuando apenas era capaz de proteger a mi pequeña familia?

Anh me formuló entonces una curiosa pregunta:

—Aunque el amor sólo te ha procurado disgustos, ¿acaso te ha impedido eso amar de nuevo?

—No —contesté.

—Pues bien —dijo sonriendo—; no dejes que la escasa longitud de tu brazo te impida extender la mano. Tal como te oí decir a tu hermano Bon, «nada sucede que no haya sido imaginado previamente». Si deseas ayudar a nuestro pueblo, empieza por sus corazones y sus mentes, y sus almas y sus cuerpos sanarán automáticamente.

Reflexioné sobre los consejos de Anh durante el vuelo de regreso a Los Ángeles, donde me recibieron mis tres hijos, sonrientes y felices de verme. Después de relatarles algunas anécdotas de mi estancia en Vietnam y mi tristeza por no haber podido visitar mi aldea, dije:

—Jimmy, tu padre quiere ayudarnos al tío Bon y a mí a construir una clínica para los ancianos de Ky La, ¿no es fabuloso? Quizá puedas ir un día a Vietnam y ayudarles a levantar de nuevo el país. Es una tierra muy hermosa, pero la gente vive en la más absoluta miseria. Quizá consigas construir muchas clínicas y...

Seguí charlando sin parar, pero los chicos estaban encantados de oír de nuevo mi voz. Al cabo de un rato les pregunté:

—¿Ha sucedido algo importante durante mi ausencia?

Los tres se miraron entre sí y Jimmy, que era quien conducía, contestó:

—Han llamado del FBI. Quieren hablar contigo.

—¿El FBI? ¿De qué quieren hablar conmigo?

—No lo sé. Me preguntaron cuándo regresarías. —Jimmy sonrió pícaramente y añadió—: Al parecer, has vuelto a meterte en un lío.

Yo me eché a reír, pero en el fondo estaba preocupada. Después de no haber movido un dedo para ayudarme a ver a mi familia, de pronto el Gobierno deseaba saber dónde había estado y qué había hecho. Era como Vietnam, pero peor, porque no esperaba que me ocurriera eso en Norteamérica. O quizás había vuelto a caer presa de la paranoia, un reflejo condicionado después de permanecer unos días en el «paraíso del pueblo». En cualquier caso, decidí no dejarme dominar por la inquietud ni precipitarme.

A pesar del desorden, mi casa parecía un palacio comparada incluso con las mejores mansiones de Danang. Me sentía al mismo tiempo feliz y culpable de ser tan afortunada.

Una hora después de mi regreso, el cuarto de estar empezó a llenarse de vecinos curiosos y amigos como Milton, mi abogado, que se alegraba de no haber tenido que ejecutar el plan de emergencia que habíamos dispuesto, o Lan, que estaba convencida de que había ido de vacaciones a Tailandia. Tuve que relatar mi viaje una docena de veces, incluyendo los aspectos menos halagüeños del mismo, como la increíble epidemia de paranoia que afecta a la gente y la impresionante deuda de la guerra y del alma que los vietnamitas deben pagar todos los días, lo cual ni siquiera la justicia cósmica puede explicar. No traté de convencer a mis amigos americanos de lo afortunados que éramos, porque ni yo misma lo hubiera creído hasta haber visto el moderno Vietnam.

Al día siguiente llamó el agente James Treacy, del FBI, y me dijo que deseaba entrevistarse conmigo.

Era un hombre alto, con el cabello tan oscuro como su sombrío traje. Se mostró muy amable y sonriente, como un banquero que se dispone a denegar un préstamo. Su tarjeta de visita decía FEDERAL BUREAU OF INVESTIGATION, en grandes letras, como si se tratara de los títulos de crédito de una película protagonizada por JAMES H. TREACY, AGENTE ESPECIAL. Yo apenas sabía nada sobre el FBI, sólo lo que había visto en la televisión y los formularios que había rellenado Dennis para solicitar un puesto en el Departamento de Aduanas. Sin embargo, sabía mucho sobre la *Cong An Chim*, la policía secreta survietnamita. Durante la guerra, cuando la *Cong An* llamaba a la puerta, lo mejor era largarse por la ventana.

—Es la primera vez que hablo con un agente del FBI —le dije, ofreciéndole una taza de té—. Disculpe si estoy algo nerviosa.

—No se preocupe —respondió—. ¿Qué tal su viaje a Vietnam?

—¡Estupendo! Aunque me impresionó la pobreza del país. ¿Conoce Tijuana? Pues es infinitamente peor. A propósito, ¿cómo sabe que he estado en Vietnam?

—Lo leímos en el *Tribune* —contestó sonriendo—. Nos enteramos de muchas cosas a través de los periódicos, como todo el mundo. No quisiera importunarla, pero tenemos costumbre de entrevistar a todas las personas que regresan de un país comunista. —El agente Treacy sacó un bloc y un bolígrafo del bolsillo, como un periodista, y me preguntó—: ¿Cuánto tiempo permaneció allí?

—Unas dos semanas. Pasé unos días en Bangkok a la ida y a la vuelta.

—¿Visitó a su familia?

—Por puesto. Vi a mi madre, a mi hermano, a mis dos hermanas mayores y a mi sobrina.

—¿Están bien? —me preguntó, como si le preocupara la salud de mis parientes. Quizá tenía algún hermano que vivía en el extranjero.

—Sí, perfectamente.

El agente prosiguió:

—Vietnam está muy lejos. Como sabe, el Departamento de Estado prohíbe a los ciudadanos norteamericanos viajar directamente a ese país. ¿Quién le ayudó a ir a Vietnam?

—Nadie en particular —contesté, enseñándole unas copias de las cartas que había enviado a funcionarios gubernamentales y al mismo presidente Reagan—. Escribí a mucha gente, pero la mayoría no me contestó y los otros trataron de disuadirme de mi empeño. Un día conocí casualmente a un señor en un bar que me recomendó que llamara a la misión vietnamita en la ONU, y ellos me concedieron el visado.

—¿Recuerda el nombre de ese hombre?

—No. Ya le he dicho que nos conocimos casualmente.

—¿Cree que le reconocería si volviera a verlo?

Suspiré y alcé la vista al techo.

—Veamos, era alto y de aspecto distinguido. Tenía el pelo gris y llevaba un traje oscuro como el suyo, pero con chaleco, como un hombre de negocios. Tenía unos modales exquisitos y me dijo que era de Nueva York. Es lo único que recuerdo.

El agente Treacy siguió tomando notas y me preguntó bruscamente:

—¿No le dijo a qué se dedicaba en Nueva York? ¿O qué hacía en San Diego?

—Pues sí, pero lo he olvidado.

—¿Iba solo o acompañado?

—Creo que estaba con un par de amigos, pero no estoy segura. Kathy y yo...

—¿Kathy? ¿Quién es esa Kathy?

—Kathy Greenwood, una amiga mía. Era mi jefa.

—¿Puede darme sus señas y su número de teléfono?

Aquella conversación empezaba a ponerme nerviosa. El agente Treacy me recordaba a los instructores del Vietcong y a los informadores de la aldea, cuya especialidad era formular las mismas preguntas a diversas personas para comprobar si existía alguna discrepancia.

—Señor Treacy...

—James —respondió sonriendo—. Llámeme James.

—Estoy dispuesta a colaborar con usted, James. Sé que les preocupan los terroristas y los espías y los narcotraficantes. Pero no quiero darle información sobre personas que no tienen nada que ver con mi viaje a Vietnam. Son tan sólo amigos y conocidos. Prefiero no mezclarlos en esto.

—¿A qué se refiere, señora Hayslip?

Yo guardé silencio.

James dejó el bloc y el bolígrafo sobre la mesa y dijo:

—Mire, señora Hayslip... Le Ly, creo que debemos averiguar más cosas sobre ese hombre que la ayudó. Puede que sea una bellísima persona, tal como usted dice, pero también puede ser un espía comunista. ¿No le parece curioso que se encontrara casualmente en el bar aquella noche y que le facilitara justamente la información que usted necesitaba? Créame, así es como trabaja esa gente.

—De acuerdo —contesté. Le di el teléfono de Kathy pero me negué a darle más detalles y a revelarle dónde trabajaba—. Si desea saber más cosas, pregúnteselo usted mismo.

El agente Treacy guardó el bloc en el bolsillo.

—De acuerdo. Creo que tengo suficientes datos —dijo, levantándose—. ¿Puedo volver a llamarla si necesito más información?

—Por supuesto —contesté, acompañándolo a la puerta—, pero no sé qué más puedo decirle. Me parece usted un joven muy agradable, que se toma el trabajo en serio. Quiero que sepa que no soy una espía, ni para los vietnamitas ni para los norteamericanos ni para nadie. He decidido hacer una labor humanitaria para mi pueblo, no para el Gobierno comunista, sino para el pueblo, como la Cruz Roja. Eso significa que algún día deberé regresar a mi país. No quiero que ustedes ni el Gobierno vietnamita sospechen de mí. Deseo mantener una actitud imparcial.

—Es una magnífica idea, señora Hayslip —dijo el agente Treacy—. Pero debe comprender que hay mucha gente que no piensa como usted. Mi deber es impedir que esa gente perjudique a nuestro país.

Cuando se hubo ido, sufrí un nuevo ataque de paranoia. Pensé en los formularios que había rellenado en Vietnam antes y después de casarme con Ed, exponiendo mis antecedentes y demás detalles sobre mi persona para poder entrar en Estados Unidos. Sabía que la policía comprobaba esos datos para descubrir a las personas que tenían algo que ocultar.

Sobre todo me preocupaba lo que había puesto sobre mi hermano Bon Nghe. Estaba segura de que en los formularios lo había identificado como un KIA o MIA (es posible que lo fuera, ya que nadie lo había visto desde 1954), dando a entender, aunque sin decirlo explícitamente, que era un soldado del Sur. Al agente Treacy no le había dicho que Bon tenía un notable historial de guerra como soldado del norte, y que actualmente era un alto funcionario comunista en Danang. Sin duda, el agente Treacy comprobaría mis respuestas en los archivos del Departamento de Estado y de Inmigración. Quizá me haría seguir para ver si acudía a alguna cita clandestina con el misterioso hombre de Nueva York. Quizás incluso me «pincharían» el teléfono. En Vietnam, durante la guerra, el Gobierno leía y censuraba toda la correspondencia, de modo que era posible que mi correspondencia personal fuera a parar al Departamento Federal antes de llegar a mi buzón. Por otra parte, mi manuscrito yacía desperdigado por toda la casa y cualquiera podía leerlo, desde unos agentes del FBI disfrazados de operarios «en busca de una fuga de gas» hasta unos «ladrones» que irrumpieran de noche. ¿Qué pensaría alguien que lo leyera sobre mis aventuras como joven partidaria del Vietcong? ¿Cómo podía estar segura de que cualquiera que conociera en el futuro no sería un agente del FBI o alguien que figuraba en la lista de «enemigos» del país? ¡Era increíble! Durante las dos semanas que pasé en Vietnam me di cuenta de que estaba siendo «vigilada», a veces por alguien sentado a mi lado en el coche, en el autobús o en una mesa junto a la mía en un restaurante; otras, por alguien que me observaba a cierta distancia a través de unos prismáticos. Pero no me importaba; no esperaba menos de un Gobierno paranoico y totalitario. Ahora, de regreso en «el país de la libertad», sospechaban que era culpable de un delito que no había cometido y del que ni siquiera me habían acusado.

Al cabo de un par de días me incorporé de nuevo a mi trabajo en el restaurante. Mis socios, empleados y clientes habituales me recibieron como si fuera un astronauta recién llegado de la luna, con besos, abrazos y flores. Me sentí conmovida no sólo por sus muestras de afecto, sino porque comprendían el significado de mi viaje: conseguir abrir siquiera unos centímetros la puerta que había permanecido cerrada durante tanto tiempo entre los norteamericanos y los vietnamitas. Confiaba en que el pequeño paso que había dado en mi país natal fuera considerado un gigantesco salto por muchas personas que habían sufrido las consecuencias de la guerra. Les dije que me proponía recaudar dinero —aunque todavía no tenía un plan— para construir una clínica en Quang Nam, a ser posible cerca de Ky La, para ayudar a los campesinos que habían resultado heridos en la guerra.

No todos, sin embargo, estaban de acuerdo con ese propósito.

—Tenga mucho cuidado —me dijo más tarde una camarera—. Todos sonríen y la felicitan, pero algunos empleados están convencidos de que usted es comunista. Les extraña que el Gobierno vietnamita la dejara salir del país.

—Qué tontería —contesté, pensando ingenuamente que todo el mundo debía de ver la verdad con la misma claridad que yo—. Me han dejado salir porque no tenían motivos para retenerme. Quieren que todos los *Vietkieu* regresen a casa y ayuden a que el país salga adelante.

Kenneth también estaba preocupado, aunque por otros motivos.

—Mira —dijo, mostrándome los libros de contabilidad—. El restaurante ha perdido tres mil dólares durante tu ausencia. Muchos clientes preguntaban por ti, y al decirles que no estabas daban media vuelta y se largaban. Olvídate de construir clínicas en Vietnam y piensa en el negocio.

El problema era que, por primera vez en mi vida, pensaba seriamente en lo que debía hacer. Dije a la camarera que asegurara a los escépticos que era la misma Ly de siempre. Prometí a Kenneth que intentaría dedicar más tiempo al restaurante, pero no podía prometerle que mi primer viaje a Vietnam después de la guerra sería el último.

Lo cierto es que me sentía insatisfecha con mi vida, lo cual se manifestaba en mi expresión y en mis palabras. Mis sueños, como la ventanilla del coche en el que había hecho una excursión en Vietnam, estaban llenos de niños amerasiáticos muertos de hambre, tullidos y mendigos. Las facturas que se habían acumulado durante mi ausencia se multiplicaban como conejos. Los inquilinos de mi casa en San Diego se marcharon y tuve que reemplazarlos rápidamente a fin de hacer frente a los pagos de mi insaciable hipoteca y mi póliza de seguro. Mis inversiones me exigían mucho tiempo. Kenneth insistía en que debía dedicar más tiempo al negocio para compensar las pérdidas causadas por mi ausencia, y los simpáticos y acaudalados jubilados a los que solía divertir con canciones y leyéndoles la palma de la mano me parecían ahora unos grotescos parásitos que malgastaban un dinero con el que se hubiera podido comprar medicinas y comida para miles de vietnamitas. Estaba perdiendo el norte y mi capacidad para sonreír.

Por otra parte, cada vez resultaba más difícil sostener nuestro próspero y materialista estilo de vida. Envidiaba a mi sobrina Tinh, cuyos hijos se ayudaban mutuamente a vestirse y a comer, muchas veces un simple cuenco de arroz. Cuando llegaban a casa, se inclinaban ante sus padres (Bien era barbero y había instalado una barbería en la parte delantera de su casa) y decían: «*Thua ba ma con di hoc moi ve*» (buenas tardes, papá y mamá, hemos regresado de la escuela).

Mi hijo Jimmy —un chico aplicado, independiente y trabajador como su abuelo Phung— estudiaba informática y trabajaba a tiempo parcial. Casi nunca llamaba a casa, ni siquiera para pedir dinero. Los profesores de Tommy, en cambio, llamaban con frecuencia para quejarse de que llegaba tarde a la escuela o hacía novillos. Incluso el pequeño Alan, que había tardado mucho en superar la trágica muerte de su padre, había vuelto a replegarse en sí mismo, mostrando escaso interés hacia sus amigos, sus estudios y el mundo que le rodeaba. Eso no era lógico en un joven espíritu, sino más bien típico de los viejos espíritus que estaban a punto de morir. No sólo me había convertido en una «capitalista», sino que había empezado a descuidar mis deberes de madre.

A medida que aumentaban las exigencias del mundo material, mi voluntad de cumplir con éstas disminuía. Cuando regresaba del restaurante me sentaba ante el escritorio para tratar de poner en orden la montaña de facturas y papeles. Tardaba una hora en realizar una tarea que antes resolvía en diez minutos. A veces me quedaba dormida y me despertaba con un espantoso dolor de cabeza y de riñones. En otras ocasiones, estaba tan cansada que prefería acostarme en el sofá antes que subir a mi dormitorio.

Me había convertido en una *danh loi*, una esclava de mi fortuna. Había alcanzado el oasis de un deslumbrante tesoro que todos los campesinos pobres anhelan alcanzar. Pero después de experimentar la seguridad, el confort y todo tipo de excesos y lujos, su dulce sabor se había vuelto amargo.

Un día llamó de nuevo el agente Treacy para pedirme otra entrevista.

El día que habíamos quedado en vernos, repasé unos párrafos sobre espiritualismo y filosofía y escuché un poco de música para calmarme. El agente del FBI no quiso decirme el motivo de su segunda visita, por lo que deduje que había comprobado mis antecedentes y había advertido ciertas discrepancias. Si éstas eran muy gordas, es posible que cuando Tommy y Alan llegaran de la escuela no me encontraran en casa. Por lo visto, incluso en Norteamérica existía la posibilidad de que te pidieran que «acudieras a una reunión».

James se mostró tan amable como de costumbre mientras le servía una taza de té. Esta vez se presentó armado con un grueso sobre, que depositó cuidadosamente en la mesa de café como si se tratara de una pistola cargada.

—He leído los formularios que rellenó al solicitar el visado y su certificado de matrimonio en 1969 —dijo—. Como no entiendo algunas cosas, quisiera que me las aclarara.

A continuación sacó el bloc y el bolígrafo y comprendí que iba a someterme a un interrogatorio. Aunque casi todo mi expediente estaba escrito en vietnamita, sin duda el FBI podía haberlo mandado traducir. Era evidente que el agente Treacy me había tendido una trampa para comprobar si los recuerdos de una próspera vietnamita con nacionalidad norteamericana concordaban con las declaraciones que una atribulada joven había efectuado dieciséis años antes.

—En primer lugar quisiera saber exactamente cuántos hermanos y hermanas tiene.

Le expliqué a grandes rasgos la historia de mi familia, incluyendo a Bon Nghe, mi «hermano de Hanoi». Cuando uno se halla en una zona de guerra intenta cualquier cosa, pero resistí la tentación de contarle las historias que supuse deseaba oír. Recordé haber oído que los guardias de los campos de reeducación comunista te obligaban a escribir y reescribir la historia de tu vida —tus «errores políticos»— hasta que se producía un fallo de la memoria o una discrepancia que confirmaba sus sospechas. Dejé de preocuparme sobre lo que había dicho hacía dieciséis años y le conté la verdad. Curiosamente, funcionó.

Cuando terminé de contarle mi pasado, el agente Treacy me preguntó sobre mi futuro.

—¿Ha vuelto a ponerse en contacto con la misión vietnamita?

—Sí, un par de veces —contesté, sorprendida de que no hubiera escuchado las cintas de mis conversaciones telefónicas, a menos, claro está, que mi línea no estuviera «pinchada»—. La primera vez les llamé para darles las gracias por haberme ayudado a ir a ver a mi madre. La segunda, para pedir información sobre lo que podía hacer para ayudar a Vietnam a recuperarse de las heridas de la guerra.

—¿Y qué le dijeron?

—Me dijeron que puesto que Estados Unidos no reconoce oficialmente al Gobierno vietnamita, debo hacer mis aportaciones por medio de unos conductos privados. Me enviaron una lista de organizaciones benéficas que actualmente llevan a cabo unos programas humanitarios en Vietnam, así como una lista de las medicinas y los productos industriales que necesitan más urgentemente. Me dijeron que, si decido hacer algo —habíamos hablado sobre construir una pequeña clínica en mi aldea—, debo solicitar la oportuna autorización al Gobierno. Les dije que deseaba conocer a algunos funcionarios de la ONU para saber con quién trataba antes de involucrar a otros norteamericanos en mi proyecto. Tengo una bonita casa, pero no soy rica, de modo que no puedo financiar yo sola la construcción de la clínica. Por otra parte, todavía existe mucha corrupción en Vietnam. Quiero asegurarme de que el dinero no va a parar a los bolsillos de funcionarios corruptos ni es destinado a otros fines.

—¿Cuándo volverá a reunirse con los representantes de la ONU?

—No lo sé. Aún tengo muchos problemas que resolver.

—¿Le pidieron algún favor, como llevar unos documentos a Vietnam o algo por el estilo?

—No me pidieron que les hiciera de correo ni de espía, pero me pidieron otra cosa —contesté, tapándome la boca para reprimir la risa.

—¿Qué le pidieron?

—Que les cantara unas canciones por teléfono. Les conté que mi padre nos había enseñado unas canciones muy divertidas sobre el Vietminh, el Vietcong, los republicanos y los norteamericanos durante la guerra. Creo que esas personas en Nueva York echaban de menos su tierra. Les oí reír y aconsejar a sus compañeros que escucharan las canciones que cantaba yo. Me sentía como Bob Hope actuando ante las tropas.

—¿De modo que ha decidido poner en marcha el proyecto de la clínica?

—He decidido estudiarlo. Sé que necesito la autorización del Gobierno para construirla. El Departamento de Estado deberá concederme una autorización para no infringir una ley que prohíbe «negociar con el enemigo», aunque la guerra haya terminado.

—Tenga mucho cuidado, Ly —dijo James, cerrando el bloc—. Los comunistas son muy astutos. Le harán creer que son amigos suyos e, inesperadamente, se verá metida en un lío. Una vez que tengan las pruebas necesarias para incriminarla, estará en su poder. Lo sé. He visto muchos casos parecidos.

Tras esas palabras cogió el sobre y lo acompañé a la puerta.

—No se preocupe —contesté, un tanto molesta—. Soy una ciudadana norteamericana y eso significa mucho para mí. Este país se ha portado muy bien conmigo y no voy a traicionarlo. Pero también soy hija de Vietnam y sus gentes son mis hermanos y mis hermanas. Necesitan mi ayuda y confío en que ninguno de los dos Gobiernos me impida ofrecérsela. Los vietnamitas tenemos un refrán que dice así: «An *trai nho ke trong cay*», cuando cojas una fruta del árbol, recuerda quién lo ha plantado. Debo mi vida a ambos países. Deseo que prosperen y que olviden la guerra.

—Es muy noble por su parte —dijo James, sonriendo y estrechándome la mano—. Volveremos a vernos.

Yo sabía que sería así.

En cuanto se marchó, cogí el teléfono y llamé a la misión vietnamita en la ONU. Era un poco tarde, pero el señor Tan, con el que había hablado la última vez que llamé, todavía estaba en su despacho.

—*Chao anh Tan* —dije, tratando de mostrarme optimista—. Hola, hermano Tan. Soy la hermana Ly, le llamo desde California.

—¡Hola, Chi Ly! ¿Cómo está?

—Muy bien. Le llamo para comunicarle que he vuelto a ver al agente del FBI. Están muy interesados en los vietnamitas con los que me trato en Estados Unidos. Temen que ustedes me pidan que les haga de espía o algo parecido. Quiero que sepa que el motivo de sus visitas ha sido únicamente el de interrogarme. Hasta ahora no me han pedido que me convierta en espía, y aunque lo hicieran les diría que no, lo mismo que a ustedes. En lo que a mí respecta, la guerra ha terminado.

El señor Tan soltó una carcajada y respondió:

—Para nosotros también ha terminado, Chi Ly. Puede contarles lo que desee, sobre nosotros o sobre lo que vio en Vietnam. Deseamos establecer unas buenas relaciones con el Gobierno estadounidense. Entendemos su preocupación y tienen derecho a investigar estos asuntos. Sin embargo, confiamos en que su actitud no haga que usted y otras personas decidan no regresar a Vietnam para ayudarnos. Dígales la verdad. Cuando comprendan que no tienen nada que temer, la dejarán en paz.

Las palabras del señor Tan hicieron que me sintiera más animada.

—Me alegro de que piense así —dije—, porque me gustaría reunirme con ustedes en Nueva York para explicarles mis planes respecto a la clínica que deseo construir en mi aldea. ¿Podríamos vernos dentro de unas semanas?

—Por supuesto —respondió entusiasmado el señor Tan—. Comuníquenos cuándo va a venir y concertaremos una cita.

Con el fin de dar las gracias a los espíritus guardianes —los *am binh*, o «soldados de la muerte»— que me habían escoltado durante mi viaje, decidí ofrecerles un cerdo asado (un sacrificio muy piadoso y generoso entre los aldeanos) ante el altar familiar. Era la segunda vez que hacía ese gesto. La primera fue en Danang, siendo yo una adolescente, cuando mis posibilidades de salir del país eran prácticamente nulas. Una semana más tarde conocí a Ed y la maquinaria cósmica que me conduciría a Norteamérica se puso en marcha. Esta vez hice el sacrificio para que mi proyecto se materializara.

Como no pude conseguir un cerdo entero en el supermercado, pedí a mi amiga Hong que lo comprara en una tienda de ultramarinos vietnamita. Mientras esperaba que me lo trajera, decoré el altar con flores y frutas y quemé incienso, dinero y ropas de papel.

Pasó el rato y Hong no aparecía. Al cabo de dos horas llamé a su casa y me dijeron que ya había salido.

Al cabo de otras dos horas estaba tan preocupada que no sabía qué hacer.

Al fin decidí llamar a la policía, temiendo que Hong hubiera sufrido un accidente o hubiera sido atacada por un vecino de la Pequeña Saigón que sabía que era amiga de una «asquerosa partidaria del Vietcong». En aquel momento sonó el teléfono. Era una mujer que llamaba para informarme que Hong había sufrido una avería en la autopista y que tardaría un poco en llegar.

Aliviada, me acerqué al altar y pedí a los espíritus que regresaran mañana para celebrar su «festín». Luego salí a dar un paseo, enojada por haber imaginado que Hong había sufrido un accidente o algo peor. El nuevo camino que había emprendido estaría sin duda erizado de obstáculos que me intimidarían y me harían dudar. Si dejaba que ello me agobiara, no sólo fracasaría en mi nueva misión, sino que me volvería loca. Costara lo que costara, debía conservar la lucidez y perseverar en mi empeño.

Poco después de que Hong y yo celebráramos nuestra pequeña fiesta de acción de gracias, tuve una conversación con Kenneth en su despacho. El negocio volvía a marchar viento en popa y Kenneth no acertaba a comprender el motivo de insatisfacción.

—No puedo seguir trabajando aquí —le confesé—. No dejo de pensar en Vietnam y en lo que debo y puedo hacer para ayudar a mi pueblo. Con las sobras que tiramos cada día podrían alimentarse durante una semana los mendigos de Saigón y Danang. No es justo. Un día, antes de regresar, Anh y yo fuimos a un pequeño restaurante y le dije al gerente que diera de comer a los mendigos y tullidos que pedían limosna a la puerta del local. Dio de comer a una docena de personas y sólo me costó cinco dólares. ¡Cinco dólares! Aquí trabajo como una loca y lo único que consigo a cambio son problemas y quebraderos de cabeza. ¿De qué me sirve tener dos casas en lugar de una, o tres en lugar de dos? ¿Cuándo acabará todo esto? ¿Cuando esté en el hospital? ¿Cuando haya muerto?

Le conté la historia que me había relatado mi padre sobre el próspero campesino que pidió a sus hijos que le enterraran en un tronco hueco.

—Así es como me siento yo, Kenneth, como ese campesino. Ha llegado la hora de que destruya el templo del tesoro y ayude a las personas que me han ayudado a mí.

—Mira, Ly —dijo Kenneth—, sabes que no creo en esas tonterías espirituales. A los clientes les gusta que les leas la palma de la mano y puede que esté equivocado, pero soy un hombre de negocios. De todos modos, sé que obras de buena fe. Eres mi socia y me has ayudado a ganar dinero. Si estás cansada del restaurante no tienes más que decírmelo y buscaré un inversor que compre tu parte. Para serte franco, algunos empleados se alegrarán de que te marches. Temen que la publicidad que ha levantado tu viaje a Vietnam nos ponga en peligro. Mira esto.

Kenneth sacó del cajón un artículo del *Los Angeles Times*. Se refería a un vietnamita que vivía en la Pequeña Saigón llamado Tran Jan Van, que había resultado gravemente herido a consecuencia de un disparo por confesar públicamente sus deseos de ayudar al pueblo de Vietnam. No leí los pormenores, pero al parecer se trataba de un comerciante que deseaba instalar unos ordenadores en las escuelas vietnamitas. Estoy segura de que Kenneth había imaginado ver mi nombre, o quizás el suyo, en los titulares.

—¿Sabes quién hizo eso? —me preguntó Kenneth—. Los Chong Cong, los vietnamitas de extrema derecha. Los miembros de las organizaciones Jan Chien y Phuc Quoc se pasean vestidos con pijamas negros y sandalias y practican sus tácticas militares en Camp Pendleton. La CIA les facilita el material y les instruye. Su propósito es impedir que la gente olvide la guerra. Quieren que el Gobierno comunista tenga más problemas de los que tiene. Pretenden organizar una insurrección o una invasión. Si un vietnamita no los apoya, dan por sentado que se trata de un comunista y queman su casa o su negocio. Sus hijos forman también pequeñas bandas, el sur enfrentado contra el norte. ¡Es increíble! Es como *ma cu an hiep ma moi*, como si hubieran vuelto los viejos fantasmas para perseguirnos. Por eso atacaron a ese desgraciado, y quizá traten de atacarte a ti. No te conviene tener tratos con el FBI. Muchos de los refugiados llegaron aquí con documentos falsos y oro y joyas escondidas y no quieren tener nada que ver con la policía. Creo que eres una mujer maravillosa, Ly, y aplaudo lo que intentas hacer, pero no quiero tener problemas por tu culpa. Al fin y al cabo, sólo pretendemos salir adelante.

Sólo pretendemos salir adelante. ¿Cuántas veces había oído esas palabras durante los últimos años que pasé en Vietnam? Todo el mundo anhelaba la paz, pero muchos de los que habían venido a Estados Unidos habían olvidado el motivo de su viaje. Se habían construido numerosos templos budistas, pero seguíamos sin oír la campana del templo. Parecía como si ninguno de nosotros hubiera abandonado su país. ¿Acaso no habíamos aprendido nada de la guerra?

—De acuerdo, hermano Kenneth —dije, apoyando la mano en su

brazo—. Una de las cosas que he aprendido durante mi viaje es que no tengo derecho a poner en peligro las vidas de las personas a las que quiero. Te autorizo a que busques a alguien que desee comprar mi parte del negocio. Estoy segura de que me pagarás un precio justo. Dentro de unas semanas iré a Nueva York para hablar sobre el proyecto de construir una clínica en mi aldea. Si resulta factible, quiero empezar a moverme rápidamente.

—Haces bien —contestó Kenneth, sonriendo y guiñándome el ojo—. Es muy difícil alcanzar un blanco móvil.

Poco antes de que me marchara a Nueva York, mi buen amigo el agente Treacy me llamó para preguntarme si estaba dispuesta a hablar con un colega suyo del Departamento de Estado, un tal Christopher Mayhew. Naturalmente, accedí, principalmente porque si me negaba creerían que tenía algo que ocultar y seguirían insistiendo. Además, era preferible estar a buenas con ellos, pues dentro de un tiempo tendría que pedir al Departamento de Estado una autorización para enviar medicamentos y equipo médico a Vietnam.

Cuando llegaron el agente Treacy y su colega, ya tenía preparada la bandeja con el té y las pastas junto al sofá.

—No sabía que mi reunión familiar era tan importante como para hacerle venir a usted desde Washington —dije sonriendo al señor Mayhew.

—Todo contacto con la República Socialista de Vietnam es importante, señora Hayslip —respondió el agente del Departamento de Estado—. Aunque no lo crea, su Gobierno no desea mejorar sus relaciones con Estados Unidos. Dependemos de personas como usted —que toman la iniciativa y son más eficaces que los diplomáticos— para que nos informen sobre la situación y nos digan en qué podemos ayudarles.

—¡Qué sorpresa más agradable! —exclamé, mirando a James de reojo. Quizás había sido demasiado dura con este joven policía, cuyo gran pecado, como mi hermano Bon Nghe, era el de ser demasiado concienzudo en su trabajo.

Enseñé al señor Mayhew las mismas fotos del viaje —de mi familia, de los niños amerasiáticos y de varios hospitales— que había mostrado al agente Treacy durante su última visita. Tras examinarlas brevemente, me hizo unas preguntas. Por tratarse de una persona que deseaba ayudar al pueblo vietnamita, no parecía muy interesado en sus problemas.

—Dígame, señora Hayslip —dijo el señor Mayhew quitándose las gafas—, ¿vio algunas instalaciones militares? ¿Tanques, aviones o algo parecido?

—No, sólo unos viejos aviones norteamericanos en Tan Son Nhut.

—¿No vio tropas por las calles? ¿Piezas de artillería? ¿Jeeps? —insistió Mayhew, sacando también un bloc y un bolígrafo.

—No, sólo vi policías y unos cuantos jeeps.

—¿Unos jeeps? ¿Rusos o norteamericanos?

—No sé qué aspecto tiene un jeep ruso. Parecían bastante nuevos, no como los viejos jeeps que recordaba haber visto durante la guerra.

—Podrían ser soviéticos —observó el señor Mayhew mirando a James. Luego me preguntó—: ¿Vio a soldados rusos? ¿Los jeeps iban ocupados por soldados vietnamitas o europeos?

—En realidad no me fijé...

—¿Cuándo tiene previsto regresar?

—La semana que viene iré a Nueva York para entrevistarme con los funcionarios de la misión en la ONU. Ellos me comunicarán cuándo puedo regresar con el material médico para mi aldea. Quiero llevar medicinas, vendas, una incubadora...

—Si decide ir, no deje de llamarme. —El señor Mayhew me entregó su tarjeta y añadió—: Desearía que nos hiciera un par de favores, los cuales redundarían naturalmente en beneficio de ambos países.

Miré su tarjeta, la cual me intimidaba más que la del agente Treacy.

—¿Qué clase de favores? —pregunté.

—Nada especial. Son cosas que pedimos a todos los ciudadanos que viajan a un país con el que no mantenemos relaciones diplomáticas. Nuestros satélites nos revelan muchas cosas, pero no tanto como un buen par de ojos. Queremos que nos informe si ve armas o tropas soviéticas en Vietnam, o bien instalaciones para sus soldados y marineros o aviones de combate rusos en los aeropuertos.

Para ser un diplomático, el señor Mayhew sonaba como un espía.

—Lo lamento, pero creo que no lo entienden. Si regreso, será para ver de nuevo a mi familia y llevar las provisiones que pueda para ayudar a mi aldea. No tendré tiempo para informarme de esas cosas, y aunque pudiera no lo haría.

—Por supuesto, lo comprendo —respondió el señor Mayhew—. No se preocupe. Quizá conozca a alguien en Vietnam que esté dispuesto hacernos ese favor. Un pariente o un amigo. Alguien que confíe en usted. La confianza no abunda entre los vietnamitas y los norteamericanos. Estoy seguro de que conoce allí a alguien que comparte nuestro deseo de mejorar las relaciones entre ambos países y a quien le gustaría vivir un poco mejor.

¡No podía dar crédito a lo que oía! Me negaba tajantemente a pedirle a alguien que espiara para el Departamento de Estado o la CIA o el Ejército o quienquiera que había enviado a ese tipo.

—Es imposible —contesté, levantándome bruscamente para darles a entender que la entrevista había concluido—. En mi familia nadie sabe leer ni escribir. Son unos sencillos campesinos.

De mala gana, mis «convidados» se levantaron también. James dijo:

—Tengo entendido que viajó con un noruego, un representante de la misión de formación tecnológica de la ONU, ¿no es cierto?

Dios mío, se refería a Per, al amable caballero que había conocido en Bangkok cuando estaba tan asustada que dudaba en seguir adelante con el viaje. ¿Qué demonios querían de él?

—Sí, conocí a un funcionario de la ONU —respondí con cautela—. ¿Por qué me lo pregunta?

—No tiene importancia —contestó el señor Mayhew—. ¿Le ofreció dinero para que trabajara para él?

—No, simplemente me brindó su ayuda y su amistad. Pero ¿a qué viene todo eso?

El señor Mayhew sonrió.

—No se preocupe, no tiene la menor importancia. —Al llegar a la puerta me extendió la mano, que me apresuré a estrechar—. Muchas gracias por su colaboración, señora Hayslip. Confío en que nos mantenga informados acerca de su proyecto. A propósito, conozco a una persona que estaría dispuesta a correr con los gastos de su viaje...

—¿Se refiere a alguien que me regalaría el billete de avión?

—Sí. Quizás estuviera también dispuesto a contribuir a los gastos del equipo médico. Esas cosas son muy caras. Naturalmente, tendría que facilitarnos la información de la que hemos hablado.

—¡Basta! —grité—. No soy una espía. No voy a espiar ni para los norteamericanos ni para los vietnamitas ¿Por quién me toman? Esas cosas son muy peligrosas. No quiero saber nada de ellas. Para ustedes se trata simplemente de un juego, pero es un juego mortal. Les ruego que no vuelvan por aquí, no me conviene que me vean hablando con ustedes. Cuando quise ir a ver a mi madre, ninguno de ustedes me ayudó. Ahora que he decidido regresar, pretenden darme dinero para que haga de espía. Pues se equivocan, no voy a hacerlo, de modo que no insistan.

El señor Mayhew se había quedado mudo. El agente Treacy, sin embargo, no parecía sorprendido.

—Lo lamento, señora Hayslip —dijo Mayhew al cabo de unos segundos—. No pretendía disgustarla. Pero los hechos son los hechos. Vietnam es un país comunista. No dudo de que la hayan tratado amablemente, pero lo cierto es que están matando a gente en Camboya. Han invitado a lo rusos a entrar en su país y ocupar las instalaciones que construimos nosotros. Nuestros satélites muestran a unos submarinos de misiles balísticos rusos que entran y salen del puerto de Cam Ranh Bay. Puede que no crea que sea importante, pero su Gobierno sí lo cree. Nuestro deber es hacer que esta nación sea un lugar seguro, señora Hayslip, y proteger incluso a las personas que no están de acuerdo con nosotros.

—*Cong san, Tu ban...* —dije en vietnamita. Luego me detuve y empecé de nuevo en inglés—: Me recuerda a mi hermano Bon Nghe. Siempre sospechando de todo el mundo, sin fiarse de nadie... Ambos dicen las mismas cosas, aunque en una lengua distinta.

No volví a ver al señor Mayhew. Cuanto más pensaba en él y en mi hermano, más me enfurecía. ¿Por qué no podían los hombres inteligentes como Mayhew reconocer, además del frío acero de los tanques y los misiles, el calor que emanaba el pueblo vietnamita? ¿Por qué no podía mi hermano Bon reconocer que, en su mayoría, los norteamericanos eran tan buenas personas como la mayoría de los vietnamitas, que no todo el mundo estaba empeñado en atentar contra su país?

Aquella noche hablé con mi padre en un sueño.

—Decididamente, Bay Ly, no tienes solución —dijo mi padre.

Me gustaba encontrarme con él en mis sueños, porque yo era siempre muy joven, nunca mayor que la edad que tenía cuando murió, pero recordaba todo cuanto había sucedido desde entonces.

—¿A qué te refieres? —pregunté.

—A que has vuelto a meterte en un lío. Los norteamericanos creen que trabajas para los vietnamitas y los vietnamitas creen que trabajas para los norteamericanos. ¿Qué vas a hacer?

—Son unos estúpidos. Sólo piensan en la guerra.

—Tienes razón, pero al niño que tiene más hambre hay que darle más comida que a los otros, ¿no es cierto? *Mot mieng ji doi, hon mot goi ji no*: un cuenco de arroz significa más cuando estás hambriento que cuando estás satisfecho. No debes negar tu ayuda a quien la necesita. Los corazones amargados necesitan sanar del mismo modo que un mísero pordiosero de Danang. El pordiosero sana cuando tiene la tripa llena, pero las heridas del alma son más difíciles de curar.

—Pero ¿cómo puede atender al mismo tiempo a los pobres y a los amargados? Unos desean la paz y los otros la guerra.

—Construye un centro, Bay Ly, un lugar donde todos puedan reunirse, donde las gentes sin hogar y los tullidos puedan reconstruir sus cuerpos y sus vidas y los amargados hallen al fin la paz de espíritu. Un lugar donde todo el mundo sea recibido con los brazos abiertos, aunque sus heridas sean invisibles. ¿Qué estarías dispuesta a pagar por un lugar semejante?

—¡Todo lo que poseo, padre! —exclamé con fervor.

—Entonces fija tú misma el precio. Te enviaré dos *am binh* para que te protejan: el que se situé junto a tu brazo izquierdo es un soldado; el que se sitúe a tu derecha, un monje. Pero sólo tú puedes hallar la senda adecuada. Disponte a recorrer un largo y azaroso camino.

Poco antes de mi partida hacia Nueva York, recibí dos mensajes que alterarían el curso de mi vida.

El primero era una carta de Per, el asesor en tecnología noruego que había conocido durante mi viaje a Vietnam. Me escribía en respuesta a una carta que le había remitido a su despacho, pidiéndole consejo sobre mi proyecto en Vietnam: qué materiales necesitaban más urgentemente, con qué funcionarios debía ponerme en contacto y qué organismos debía tratar de evitar. Per me facilitó una lista de personas en las que podía confiar y los nombres de organismos y asociaciones internacionales que podían ayudarme a recaudar dinero. De paso, me comunicó que estaría en Nueva York por las mismas fechas en que iba yo. Le escribí a vuelta de correo indicándole mi itinerario y diciéndole que me gustaría reunirme con él. A través de Per veía abrirse un nuevo mundo de recursos humanitarios más allá de mi pequeño círculo de amigos en San Diego.

También recibí una llamada de Dan.

Su voz sonaba tan envejecida y distante que le hice algunas preguntas personales para cerciorarme de que efectivamente era él. Asimismo, parecía muy preocupado. Dijo que se hallaba en Washington, donde permanecería durante unas semanas para asistir a un seminario militar, y me pidió que fuera a verlo para compartir con él los días que tuviera de permiso cuando concluyera el seminario. Le dije que Dios seguía cuidando de nosotros, que tenía previsto ir a Nueva York y que me encantaría ir a visitarlo a Washington cuando hubiera terminado mis asuntos en Nueva York.

En cuanto colgué mi mente empezó a hacer mil conjeturas. En primer lugar me extrañaba que Dan me hubiera llamado precisamente ahora, al cabo de tantos años. Nos habíamos comunicado esporádicamente desde que le había enviado la felicitación navideña a Corea. Sabía que lo habían ascendido a teniente coronel y que su carrera en el Ejército marchaba viento en popa. Había luchado en catorce países asiáticos, por lo que había recibido varias medallas y condecoraciones, y actualmente residía en Hawai. No sólo hablaba el vietnamita, sino el mandarín y el coreano, lo que indicaba que conocía a fondo la cultura asiática. Había tenido dos hijos con Tuyet, una mujer vietnamita con la que llevaba once años casado (además de los dos que él y su primera esposa habían adoptado). El lenguaje del amor en nuestras cartas se había enfriado considerablemente. En lugar de hablar sobre hallar la paz en nuestros encuentros amorosos, hablábamos sobre hallar la paz en el mundo real. Ya no éramos dos almas perdidas y hambrientas de amor en una zona de guerra, sino dos personas maduras, de mediana edad, cada cual con su vida, sus esperanzas y sus aspiraciones. Aunque me apetecía reunirme con Dan, no alcanzaba a comprender la preocupación que había detectado en su voz ni por qué me había pedido que fuera a verlo a Washington, ya que hubiera sido más sencillo que él pasara un par de días en San Diego de camino a Hawai. No obstante, como solía decir mi madre, *Tinh cu jong ru cung toi*, el amor siempre halla el camino de regreso.

Mi encuentro con el señor Tan en el imponente edificio de la ONU parecía más bien una visita a un amable médico de familia que a un destacado diplomático. Era un hombre maduro pero no anciano, cuya extremada delgadez, como la de la mayoría de sus compatriotas, indicaba que había padecido hambre durante la guerra. Su forma de hablar revelaba una exquisita educación y sus modales indicaban que procedía de una familia de alcurnia. Le entregué una breve carta en la que exponía mis modestos planes para construir una clínica cerca de mi aldea. Había decidido que era preferible enviar desde Estados Unidos el material —medicinas, rayos X, vendas, jeringuillas, etcétera— y aportar los fondos para los materiales de construcción, a cambio de que las autoridades vietnamitas nos proporcionaran los obreros. Asimismo, confiaba en conseguir que unos médicos y enfermeras participaran voluntariamente en el proyecto. Mi carta no hablaba de cifras ni de fechas ni de posibles donantes. Tan sólo pretendía demostrar a los representantes de la ONU que era sincera, eficiente y que la política no me interesaba en absoluto.

El señor Tan leyó detenidamente mi carta y, cuando terminó, dijo:

—Me complace su deseo de ayudar, Le Ly. Remitiré su carta a mis superiores en Hanoi. Entretanto, le aconsejo que se ponga en contacto con el Departamento de Estado. No podrá enviar los materiales hasta que haya obtenido una autorización. Le prevengo que no será sencillo. Pero aunque fracase, su gesto no pasará inadvertido para los políticos. Confío en que, con el tiempo, cuando otros norteamericanos sigan su ejemplo y se consiga que caigan esas absurdas barreras, su aldea dispondrá de una clínica y de cuanto necesite.

Las palabras del señor Tan hicieron que me sintiera un tanto desmoralizada. Estoy segura de que para él yo sólo era un ama de casa de buena fe, a la que le sobraba un poco de dinero y tiempo, cuyos planes se vendrían abajo en cuanto se topara con el primer obstáculo.

Afortunadamente, mi encuentro con Per resultó más alentador. Me aconsejó, al igual que mis amigos en San Diego, que trabajara a través de las grandes organizaciones que ya habían obtenido la autorización para llevar a cabo una obra humanitaria en Vietnam. Eso parecía lógico, sobre todo teniendo en cuenta que yo no era nadie y que las grandes organizaciones como la ONU y la Cruz Roja disponían de dinero, recursos humanos y contactos al más elevado nivel. Sin embargo, no había olvidado lo que el señor Thay Vu Tai Loc —el famoso médium— había predicho. Mi destino era convertirme en un líder, diseminar las semillas de forma que los otros me siguieran y cultivaran lo que yo había plantado. Por consiguiente, ceder mis planes y el dinero a otras organizaciones para que hicieran la labor que la suerte me había asignado no me parecía justo. No obstante, agradecí a Per su apoyo y sus valiosos consejos.

Tras mis entrevistas con los representantes de la misión vietnamita y con Per, cogí el avión para Washington. Hacía catorce años que no veía a Dan y, de golpe, me sentí una tímida adolescente. Sus cartas y su voz a través del teléfono confirmaban que había cambiado, al igual que yo. Es absurdo hacerse falsas ilusiones, pues representaba pérdida de tiempo y dolor. Decidí que era preferible borrar mi pasado con Dan y no abrumarlo con emotivos recuerdos de otra época —una guerra y un ciclo vital— que hacía mucho tiempo que había desaparecido.

Cuando el autobús me depositó en la terminal, vi a Dan, vestido de uniforme, tan alto y apuesto como lo recordaba.

Dejé mi bolso en el suelo y nos abrazamos como viejos amigos más que como amantes. Aunque sentía una gran curiosidad traté de no mirarle directamente a los ojos, pero mientras nos dirigíamos a recoger mi equipaje le miré de reojo y observé sus arrugas, sus canas, sus gruesas gafas y su papada.

—¿Qué tal el vuelo? —me preguntó Dan.

—Triste —respondí—. Iba sentada junto a una mujer oriental y nos pasamos todo el rato hablando de nuestras familias. Esa señora me envidiaba por haber tenido la fortuna de ver a mi madre por última vez. Pero hablemos de ti. ¿Cómo te van las cosas? ¡Estás tan guapo como la última vez que te vi!

—Es el uniforme. Sigo siendo el mismo imbécil de siempre. ¿Cómo están los chicos?

—Jimmy estudia en la universidad. En sus ratos libres, me ayuda a escribir el manuscrito. Tommy asiste a la escuela de segunda enseñanza, pero le gustan más las chicas y el béisbol que los estudios. Alan es un chico aplicado pero un poco solitario. Merece un hogar mejor que el que yo puedo ofrecerle.

—Creo que tienen la mejor madre del mundo —dijo Dan—. Y una de las más guapas. No has envejecido, estás igual que antes.

Nos montamos en el coche que Dan había alquilado y nos dirijimos a su hotel, charlando sobre los viejos tiempos y evitando pensar en cómo habrían sido nuestras vidas si hubiéramos permanecido juntos. Después de cenar le conté el inmenso consuelo que había hallado en mis estudios del mundo espiritual, pero era evidente que a Dan no le interesaba el tema. Eso me sorprendió, pues con sus grandes conocimientos de Oriente y estando casado con una vietnamita, supuse que entendería y apreciaría esa importante faceta de nuestra naturaleza. En algunos aspectos, me sentía de nuevo como la ignorante campesina que había conocido en An Je. En otros, sin embargo, me sentía como un monje, como la solterona Ly, la cual había finalmente trascendido sus obligaciones terrenales, al menos las más insignificantes. Sabía que, en su mayoría, los norteamericanos, incluso los muy religiosos, se burlaban del espiritualismo y la filosofía oriental; sólo se arrodillaban ante el altar de la ciencia. Eran incapaces de admitir la existencia de un mundo más allá de lo racional, el reverso del universo, tan oculto a los cinco sentidos como el interior de un átomo. A mí, en cambio, me parecía perfectamente lógico, y las personas como Dan no sabían cómo reaccionar ante el entusiasmo que despertaban en mí esos temas. Para ellos sería siempre una ingenua e ignorante campesina.

Dan me propuso compartir su habitación para ahorrarme el dinero del hotel. Le di las gracias y dije que dormiría en el sofá. Parecía un tanto decepcionado de que no quisiera acostarme con él, pero era un caballero e insistió en que el sofá era más adecuado para un viejo soldado que una guapa mujer. Era una curiosa forma de que dos antiguos amantes pasaran la noche, pero era la correcta.

Al día siguiente Dan se dirigió al Pentágono para asistir al seminario y yo aproveché para visitar la capital de mi país de adopción. Los grandes monumentos y rascacielos contrastaban con los míseros monumentos (muchas veces construidos con restos de metralla) y diminutos despachos utilizados por los funcionarios de Vietnam. Me quedé muy impresionada por las enormes estatuas de Thomas Jefferson y el tío Abe Lincoln, mi presidente favorito, el cual me contemplaba como un Buda, aunque con expresión un poco triste, como si supiera demasiado. Esos hombres eran unos héroes, sin duda, y era lógico que les erigieran monumentos; pero también eran políticos, lo que significaba hacer concesiones y perjudicar a algunas personas para ayudar a otras. Visto desde ese punto de vista, las estatuas religiosas me parecían mejores, pues su tamaño monumental reflejaba la inmensidad del espíritu de quien las contempla. Me pregunté qué sentían las personas como Dan cuando se detenían ante estatuas de conquistadores y generales, símbolos del poder terrenal. Quizás el respeto y la admiración que despertaban en ellos constituía el único sentimiento espiritual que eran capaces de experimentar. En tal caso, era una pobre imitación de una de las mejores cosas que ofrece la vida.

Cuando Dan terminó de trabajar fuimos dando un paseo hasta el monumento *a la Guerra* de Vietnam, que vibraba con energía psíquica. No me sorprendió saber que una joven arquitecta asiática lo había diseñado. A mi entender, el monumento encarnaba el oscuro vínculo espiritual entre el cielo y la tierra, que, a fin de cuentas, es lo que significa la guerra. Nos acercamos lentamente a la inmensa lápida familiar: soldados y mujeres norteamericanos que habían caído durante la guerra. De pronto me estremecí al oír la voz de un espíritu que decía: «*Lanh leo co don qua*» (tengo frío y me siento solo, ¿por qué estoy aquí?). Yo respondí en silencio: «Porque era tu karma.» Miré los arreglos florales dispuestos alrededor del muro y añadí: «Al menos tu familia te recuerda.» Más tarde me pregunté si los norteamericanos habían reparado en el enorme parecido que ese monumento guardaba con un templo budista.

Me detuve y toqué uno de los nombres, preguntándome si habría visto o habría hablado con ese hombre durante su trágica visita a mi país. ¿Cuántos habrían hecho el amor con una muchacha vietnamita de tez y cabello oscuro, dejando su semilla en su vientre, una semilla que había crecido hasta convertirse en uno de los numerosos niños amerasiáticos que había visto durante mi visita? ¿Qué dirían esos niños si pudieran ser transportados por arte de magia a Washington para encontrarse con sus padres ante este monumento? Creo que tanto los unos como los otros hallarían por fin un poco de paz.

También me pregunté si ese espléndido monumento sería mucho más largo y más alto y más triste si se añadiesen los nombres de todas las personas que habían muerto en la guerra, incluyendo las decenas de miles de mujeres y niños vietnamitas. Serviría para recordarnos que la guerra sólo constituye una fábrica para generar mal karma y reforzar el sentimiento de venganza, no un campo de atletismo donde demostrar las proezas patrióticas. Por supuesto, los espíritus que se hallan dentro de las gigantescas estatuas de los políticos jamás permitirían que dicho monumento fuera construido, pues ningún hombre nacido de mujer, al contemplar tan amarga verdad, enviaría de nuevo a sus hijos a la guerra.

Después de visitar el monumento, Dan y yo fuimos a cenar. Cuanto más hablaba sobre mis sentimientos, más distante me parecía Dan. Para él, las cuestiones del espíritu eran cosa de los curas. El impartir y cumplir órdenes formaba parte de la vida militar, y aceptaba la muerte como algo inevitable. Pese a su cariño hacia los niños, incluyendo los suyos y los míos, no vacilaría en enviarlos al campo de batalla aunque supiera que acabarían siendo simples nombres escritos en un muro. «Así es la vida militar —me había dicho en más de una ocasión—. Nos instruyen para matar o morir.»

Al cabo de un rato no se me ocurría nada que decir y decidí guardar silencio. Dan sonrió torpemente y me preguntó:

—¿Qué vas hacer ahora que has dejado el negocio del restaurante?

—Quiero montar una organización para ayudar a mi gente en Vietnam —respondí, tratando de expresarme en términos simples, sin espiritualismos, para que Dan lo entendiera.

—Me parece una idea genial. Los vietnamitas necesitan mucha ayuda. Mi esposa fue a visitar a su familia poco antes de que fueras tú. Su tío es médico y se formó en el norte. De haber sabido que ibas, te hubiéramos dado unos consejos.

—¿De modo que Tuyet regresó a Vietnam? ¿Pese a que eres un oficial de alta graduación?

—Claro, mi posición no tuvo nada que ver. Solicitó un visado y se marchó.

—¿No recibió ninguna llamada del Departamento de Estado o del FBI?

—No.

Me quedé perpleja. Mi primer impulso fue acusar al Gobierno de racismo, de atosigarme porque era vietnamita; pero Tuyet también era vietnamita. No tenía sentido.

—En cualquier caso —proseguí—, estoy tratando de terminar un libro sobre mi vida y mi familia. Si consigo explicarles a los norteamericanos cómo vivíamos en las aldeas, comprenderán mejor la guerra y quizás algunos se decidan a participar en nuestro proyecto.

—Eso es admirable, Ly. Pero ¿de qué vais a vivir tus hijos y tú mientras te dedicas a eso?

—Tommy y Alan todavía reciben algo de dinero de la Seguridad Social de Ed y de Dennis. Yo también cobraré un dinero cuando venda mi parte en el restaurante. Además, todavía poseo tres casas en el sur de California, aunque el alquiler sólo da para pagar las hipotecas. También tengo algo de dinero invertido en acciones, y me corresponde una parte de ese terreno que Dennis compró en Idaho. Quizá cuando sea una viejecita me trasladaré allí y cultivaré arroz y batatas.

—¿A cuánto crees que ascienden tus bienes? —me preguntó de golpe Dan, sacando un bolígrafo del bolsillo.

Sabía lo que valía mi casa de Escondido, pero no tenía idea del valor del terreno que había comprado Dennis ni de nuestra vieja casa en San Diego. Hacía poco que habíamos adquirido la casa de Temcula (la que utilizábamos como apartamento para los empleados de Hollylinh), por lo que su valor apenas habría aumentado. No había verificado el valor de mis acciones, aunque sabía que el dinero estaba bien invertido. Así pues, di a Dan unas cifras aproximadas y él sumó el total.

—¡Dios mío, Ly! —exclamó, soltando un silbido—. ¡Pero si eres millonaria!

Dan había anotado en una servilleta la cantidad de 1.300.000 dólares.

Me quedé muda. Todo el mundo contaba chistes sobre los millonarios norteamericanos, pero jamás hubiera adivinado que era una de ellos. El dinero que tenía en la cuenta corriente apenas me llegaba para pagar las facturas del mes. Las casas constituían un seguro para mi vejez, cuando ya no pudiera trabajar, como unos arrozales llenos de hijos e hijas mayores.

—Brindo por la joven campesina de Ky La —dijo Dan, alzando la copa—. Has conseguido hacerte rica.

Yo sonreí, pero en mi mente bullían mil ideas, pensando en la forma en que la «nueva millonaria» de Escondido podía utilizar su fortuna para ayudar a su pueblo. Al cabo de unos minutos, me di cuenta de que Dan me estaba hablando.

—Lo siento, ¿qué has dicho?

—He dicho que ahora que eres una mujer rica, deberías tener a tu lado a un hombre que se ocupe de tus bienes.

Yo me encogí de hombros. Lo último que deseaba hacer era proponer a un hombre que compartiera mi vida.

—No sé. Me las arreglo muy bien sola.

—De momento, sí —respondió Dan, más animado que antes—. Pero ¿qué pasará cuando estés ocupada con tu organización? ¿Qué pasará cuándo viajes a Vietnam, o cuando tengas que desplazarte para recaudar fondos, o acudas a la radio para hablar de tu libro? ¿Qué será de Tommy y Alan si no tienen una madre o un padre que les ayude a resolver los problemas?

Eran unas buenas preguntas y, para ser sincera, no había pensado en ellas. De alguna forma había imaginado que podría recaudar dinero, conseguir el material, coordinar el envío de las provisiones y escribir mi libro sin tener que moverme de casa. ¿Qué otra cosa necesitaba además de mi altar, mi cocina y un teléfono? Pero Dan era un hombre de mundo, con los pies bien plantados en el suelo, no en la estratosfera espiritual, y debía hacer caso de sus consejos.

Más tarde, Dan y yo estuvimos charlando en su habitación, en bata y zapatillas, como un viejo matrimonio. Dan reconoció que su vida con Tuyet no había sido tan perfecta como me había dado a entender.

—A decir verdad, por esto te propuse que vinieras a Washington. Quería verte de nuevo, para tomar una decisión respecto a Tuyet. Si me quedo con ella será únicamente por los niños, y creo que sería un gran error.

Dan apoyó la cabeza en mi regazo y yo le acaricié su cabello negro salpicado de canas. Sentía lástima de él, pero también de mí misma.

—Sabes —dije—, durante estos años he envidiado a Tuyet por haberse casado con el único hombre al que he amado, mientras yo desperdiciaba mi vida con Dennis. No debí casarme con él. De haber sido más fuerte, hubiera conseguido que te casaras conmigo, no con Tuyet, y ahora no tendrías esos problemas. *Toan thien toan my*, nuestras vidas serían perfectas.

Dormimos abrazados, como hace catorce años en An Je, antes de que las bombas del Vietcong destrozaran para siempre nuestro paraíso.

Al día siguiente era el último día de mi estancia en Washington y Dan decidió sacarle el máximo provecho. Después de visitar otros lugares de interés, me llevó a un maravilloso paraje junto al Potomac y sacó una botella fría de champán y dos vasos de plástico del maletín del coche. Yo me sentía triste por tener que abandonarlo, pero no quise amargarle el día.

—¿Qué es lo que celebramos? —pregunté.

—Dentro de cinco años me jubilaré con el rango de coronel. Entretanto, me han ofrecido la posibilidad de trasladarme a Indonesia o a Malasia. El Ejército me proporcionará una hermosa casa y sirvientes. Daré grandes fiestas e invitaré a diplomáticos y hombres de negocios de todo el mundo. Cuando me jubile aceptaré un trabajo que me han ofrecido por un sueldo de más de ciento veinte mil dólares al año. Tú quieres ayudar al pueblo de Vietnam y yo quiero ayudarte a ti. Si vives en Asia, te resultará más fácil viajar a Vietnam para controlar el proyecto. Si tienes un hombre que cuide de ti y de los niños, podrás concentrarte en tu misión sin preocuparte de otras cosas. Eso es lo que te ofrezco, Ly. Quiero reanudar nuestra relación. Entre Tuyet y yo no existe nada. *Anh yeu me nhieu lam minh*, todavía te quiero. Eres la única mujer con la que deseo compartir mi vida, es decir, si estás dispuesta a aceptar a un imbécil como yo.

Yo me arrojé en sus brazos, derramando el champán sobre su chaqueta.

—¡Yo también te quiero! No he dejado de quererte en todos estos años. Quizá Dios nos ha obligado a esperar para que aprendamos de nuestros errores y nuestra unión sea perfecta.

Dan me abrazó con fuerza y nos besamos como dos adolescentes enamorados.

—Como es lógico —dije—, tengo que hablarlo con mis hijos. Su vida está en Norteamérica. Es posible que no quieran abandonar California.

—No te preocupes —respondió Dan—. Vivo en Honolulú. Es como San Diego, pero tiene unas playas más bonitas, unas chicas más atractivas y está lleno de McDonald's. A los chicos les encantará.

Todo ocurría tan deprisa que experimenté una sensación de vértigo. Había pasado de ser una solitaria viuda que trataba de impedir que el mundo la pisoteara, a una *duyen den*, una novia, rebosante de ilusiones y proyectos.

—¿Qué vamos a hacer? —pregunté a Dan.

—En primer lugar, quiero que os trasladéis a Hawai enseguida, antes del verano. De ese modo, los chicos pueden empezar a asistir a la escuela en otoño, mientras nosotros organizamos nuestra boda y nuestra nueva vida.

—Pero no puedo mudarme inmediatamente. Antes tengo que hacer un sinfín de cosas.

—He servido en el Ejército durante veinticinco años —respondió Dan sonriendo—. Lo único que necesito, lo único imprescindible, cabe en una bolsa, o aquí... —añadió, colocando la mano sobre el corazón.

Yo le besé de nuevo.

—Naturalmente, correré con todos los gastos del traslado —dijo—. Alquila tus casas. Lleva lo que no necesites a un guardamuebles. Tuyet y yo vendimos recientemente unas propiedades, de modo que te enviaré treinta mil dólares en cuanto regrese. ¿Tendrás suficiente?

No se me ocurría ninguna razón —ni de carácter práctico ni de otro carácter— para decirle que no. Regresamos al hotel y celebramos nuestra luna de miel anticipada. Fue como la dorada semana que habíamos pasado en An Je. Me sentía segura y protegida. Tras haber ido a Vietnam y haber regresado, había completado el primer gran ciclo de mi vida. Había descubierto la misión de mi vida y me disponía a cumplirla. Mis hijos estaban sanos y eran unos muchachos excelentes, lo cual debían en gran parte a sus antepasados Phung. Iba a casarme con el amor de mi vida y, al igual que el célebre viajero de Lao Tzu, iba a dar el primer paso en mi «viaje de mil leguas» para estar junto a él. Al fin había saldado mi deuda de *hi sinh* y era libre. Mi próximo círculo vital se iniciaba bajo el poder del amor y la sonrisa de Buda.

Todo era perfecto.

CÍRCULO DE VENGANZA

Mudarse al otro extremo de la ciudad implica mil detalles. Mudarse al otro lado del océano, un millón. Aunque mis amigos me advirtieron que no podría resolverlo todo de golpe, lo intenté.

El primer problema era económico. Dan tenía dinero pero no quería depender de él, ni de ningún hombre. Llamé a mi amiga Annie, una mujer inteligente y sensible que trabajaba en una agencia inmobiliaria, y concerté una cita con el administrador de fincas de la empresa. Tenía tres casas para alquilar y no podía encargarme de los inquilinos ni de las reparaciones desde Honolulú.

Thomas, el socio de Annie, era un hombre apuesto y extremadamente amable, tanto es así que dudé en confiarle mis propiedades. Como buena oriental, imaginaba que todos los caseros tenían el aspecto de unos agresivos mandarines.

Les enseñé mi «imperio», desde Temcula hasta San Diego pasando por Escondido, y dije a Thomas la cantidad que pretendía obtener de cada vivienda.

—La casa de Escondido debería reportarme una renta de dos mil dólares al mes —dije—. La de San Diego la alquilo actualmente por mil doscientos, pero creo que podríamos obtener más. La casa de Temcula la alquilo por novecientos dólares y no podemos hacer nada al respecto, pues he acordado con los dueños del Hollylinh alojar a sus empleados por una cantidad fija. Lo importante es que necesito cada centavo para pagar todas las hipotecas, de modo que, en cuanto se marche un inquilino, debe reemplazarlo inmediatamente. ¿Lo ha comprendido?

—Está hablando con el Rey de los Cobros. Así es como me gano la vida. Tranquila.

—¿Cuánto me va a costar estar tranquila? —pregunté.

—¿Por tres casas? El seis por ciento de las facturas brutas.

—¿Annie le ayudará? —No quería dejarlo todo en manos de Thomas.

—Desde luego. No puedo vivir sin ella.

Seis semanas más tarde todo estaba empaquetado o en el guardamuebles, y la casa había quedado vacía. Al principio, a los chicos no les gustó la idea de dejar a sus amigos, ni siquiera ante la perspectiva de ver a unas atractivas jóvenes en bikini tostándose en unas playas tropicales, pero Dan era un excelente vendedor. Aunque no había recibido el cheque que me había prometido para sufragar los gastos de la mudanza, había enviado numerosos recortes y folletos sobre todo tipo de cosas, desde los precios de la comida hasta las previsiones del tiempo, pasando por el cine y los deportes, para que los chicos no pensaran que iban a vivir en la selva del Amazonas. Incluso envió a Jimmy un formulario para matricularse en la Universidad de Hawai, pero éste decidió terminar el curso en la de San Diego. Aunque iba a echarlo de menos, era mayor de edad y no podía oponerme a su decisión. A veces sólo podemos conservar las cosas a las que estamos dispuestos a renunciar.

También recibí una carta muy amable de Tuyet, la esposa de Dan, lo cual me sorprendió. Ésta me confirmó que Dan y ella habían decidido separarse de mutuo acuerdo. Decía que no sentía ningún rencor hacia él y que comprendía que había estado enamorado de mí desde hacía mucho tiempo. Añadió que, puesto que éramos «hermanas» vietnamitas, debíamos colaborar para que todo se hiciera de la forma más civilizada posible, teniendo en cuenta los «problemas» de Dan. Yo no sabía a qué se refería, pero tuve la impresión de que quería darme a entender que Dan no era de fiar y que no se había portado bien con ella en el aspecto económico. Supuse que ello se debía a que se sentía despechada y no le di mayor importancia. Al cabo de unos días estábamos listos para partir.

Thomas venía a menudo para enseñar la casa a personas interesadas en alquilarla, pero todas se echaban atrás debido al precio. Cuando casi había decidido dejarlo en diecisiete mil dólares, Thomas se presentó un día con los Parry, un simpático matrimonio recién llegado de Oklahoma. El marido, Cliff, era alto y corpulento, parecido a un vaquero, y su esposa, Nancy, era una mujer discreta y elegante. Tenían cuatro hijos. Después de examinar la casa detenidamente, me confesaron que estaban interesados en comprarla.

—Hemos puesto en venta nuestra casa en Tulsa —dijo Cliff Parry—. ¿Estaría dispuesta a vendernos la casa?

—En estos momentos, no —contesté, extrañada de que Thomas no me hubiera informado que estaban interesados en comprarla.

—Lo comprendo —dijo el señor Parry—. Los precios de las viviendas en California han aumentado mucho. Ha hecho usted una sabia inversión.

Me dijeron que la casa les gustaba mucho y que dentro de poco me comunicarían su decisión. Mientras se dirigían a su lujoso automóvil, dije a Thomas que procurara convencerlos, pues me parecían unas personas amables y educadas que sin duda cuidarían de la casa.

No me equivocaba. Tres horas más tarde, Thomas me llamó para decirme que los Parry habían decidido alquilar la casa con la condición de que los chicos y yo nos mudáramos antes de primeros de mes para que pudieran instalar inmediatamente sus cosas, las cuales llegarían dentro de unos días de Tulsa. El señor Parry, a quien al parecer le gustaba hacer las cosas a lo grande, como los magnates del petróleo, nos propuso que nos alojáramos en un hotel hasta nuestra partida a Hawai. Él correría con los gastos. Por si fuera poco, nos invitó a asistir a un importante torneo deportivo, lo cual entusiasmó a los chicos. Yo estaba cansada de vivir en una casa vacía y me apetecía pasar una semana en un buen hotel con servicio de habitación y piscina, de modo que no dudé en aceptar la oferta del señor Parry.

Durante el vuelo a Honolulú recordé los anteriores viajes que había realizado entre Hawai y el continente, en condiciones muy distintas de ésta. En primer lugar, no huía de nada ni de nadie, sino que me aguardaba algo positivo. Mi motivo no era simplemente sobrevivir, sino crecer y mejorar. Pensé de nuevo en el horóscopo que había encargado a un astrólogo a mi regreso de Washington. Éste decía *loc den, tai duyen, dung nghiep*, lo cual significaba que en el año del Perro (este año) obtendría un «sueldo más elevado», adquiriría riquezas y vería cumplidos mis sueños, incluyendo el de un matrimonio feliz. Aparecerían unas nubes en el horizonte, pero pronto se disiparían para dar paso a un nuevo amanecer. Hasta ahora, las predicciones eran exactas. No podía imaginar que me sucediera nada tan terrible que no pudiera resolverlo con el apoyo de Dan y de mis hijos.

«Papá comandante» nos recibió en el aeropuerto con flores y una amplia sonrisa. Después de abrazarme y estrechar la mano de los chicos, les habló de hombre a hombre, no como un padre sino como un amigo. Dijo que comprendía que ambos habían renunciado a muchas cosas para venir a vivir con él y prometió recompensarles por su sacrificio ofreciéndoles todo su cariño y apoyo. Yo miré orgullosa a mi «caballero» mientras aleccionaba a «sus tropas».

Luego nos ayudó a transportar el equipaje hasta el coche, el cual ofrecía un lamentable aspecto. No sé si esperaba que se presentara con un flamante automóvil del Gobierno, pues siempre le había visto conducir un jeep. Pero el caso es que aquel viejo y desvencijado coche me pareció un mal augürio, como el aullido de un perro por la noche o un pájaro que se aleja de la bandada.

—Tengo que devolver el coche a mi hijo esta tarde —me dijo Dan una vez que consiguió ponerlo en marcha—. No podía pedirle a Tuyet que me prestara su Toyota, de modo que he alquilado un coche para ti. Iremos a recogerlo ahora mismo. Quería daros una sorpresa.

Aparcó en la zona de carga y descarga y me dijo que entrara en la oficina a recoger los papeles del coche.

El empleado de la agencia no tenía ningún coche reservado a nombre de DeParma, sino al mío. Firmé el papel y cuando me disponía a marcharme, el empleado dijo:

—Lo siento, señora Hayslip, tengo que hacer una fotocopia de su tarjeta de crédito. Son las normas.

Mientras esperaba a que el empleado me trajera el coche, me pregunté qué otras sorpresas me había reservado Dan.

—¡Estupendo! —exclamó Dan al ver el flamante coche—. Tú y los chicos podéis seguirme hasta el hotel.

—¿El hotel? —pregunté—. Creí que iríamos a tu casa.

—Ése era el plan —contestó Dan sonrojándose—. Pero Tuyet todavía no se ha mudado. Pero no te preocupes, el hotel está cerca de aquí. Te encontrarás muy a gusto en él.

Cuando vi el barrio en el que Dan creía que me sentiría a gusto me quedé de piedra. Se trataba de un motel cerca de la base militar, rodeado de cines porno, «sex shops» y bares de marineros. No sólo me sentía irritada ante esas inesperadas sorpresas, sino decepcionada. Quería dormir con mi hombre, iniciar nuestra nueva vida juntos en lugar de pasar la noche en un hotelucho de mala muerte mientras él seguía viviendo con su esposa.

—Ve a recoger la llave de la habitación —dijo Dan mientras descargaba las maletas del coche.

El recepcionista me informó sobre el precio de la habitación, que me pareció exorbitante, y me exigió que pagara la primera noche por adelantado, en metálico o con tarjeta de crédito. Mientras firmaba el registro, pensé que las cosas no estaban saliendo como había previsto. No me importaba tener que correr con mis gastos, sino el hecho de que Dan no me hubiera advertido sobre el problema del coche, la falta de cooperación por parte de Tuyet y que tendría que alojarme en un hotel. De todos modo, éramos unas almas en tránsito, así que ¿qué importaban unas noches en un hotelucho de mala muerte comparado con lo que habíamos sufrido y el esplendoroso futuro que se abría ante nosotros?

Fuimos a visitar la ciudad y regresamos temprano porque estábamos cansados y Dan tenía que devolver el coche a su hijo. En vez de llevarnos a cenar, nos dio unas latas y unos fiambres para que nos lo comiéramos en la habitación del hotel.

Tommy y Alan estaban tan perplejos como yo, de modo que celebramos una breve reunión familiar para hablar sobre la situación. Acordamos no tomar ninguna decisión precipitada, pues estábamos convencidos de que el «pote al final del arco iris» merecía algunos sacrificios.

A la mañana siguiente, Dan dio a los chicos dinero para el autobús y el almuerzo y les recomendó que fueran a explorar la isla. Luego me condujo al fuerte Shafter, donde trabajaba.

—Anoche tuve una larga conversación con Tuyet —me dijo Dan—. Todavía tardará un tiempo en mudarse, de modo que creo que es mejor que alquiles un apartamento. He visto uno muy bonito cerca de la base. No es muy caro y creo que te sentirás a gusto en él hasta que las cosas se hayan resuelto.

El apartamento estaba situado junto a la «puerta trasera» de la base militar, donde depositaban la basura. El casero me pidió 875 dólares por aquel cuchitril ubicado en un barrio que me recordaba a Danang, con sus inmundos mercados, pordioseros, prostitutas y «camellos». Le pagué una cantidad por adelantado pero decidí no mudarme hasta no haber aclarado varias cuestiones con Dan.

Después de recoger a los chicos y de camino al club de oficiales, donde íbamos a cenar, nos detuvimos unos instantes frente a la casa de Dan. No nos invitó a entrar, para no incomodar a Tuyet. La casa tenía peor aspecto que el apartamento, llena de desconchones, con los escalones medio partidos y el césped cubierto de hierbajos.

—¿Es posible que aquí viva un coronel? —preguntó Tommy cuando Dan entró en la casa para comunicar a Tuyet dónde íbamos a cenar.

—Supongo que sí. Las viviendas son muy caras en Hawai —contesté. No sabía qué decir ni cómo explicar a los chicos que, si teníamos suerte, viviríamos en esta casa durante los próximos años.

—Supongo que los coroneles no ganan mucho dinero —dijo Alan.

—El dinero no tiene importancia —mentí, echando de menos nuestra maravillosa casa en California—. Lo importante es que estemos juntos. *Tinh thuong quan cung nhu nha, nha tranh co nghia hon toa ngoi xay* (si hay amor, un cobertizo resulta tan cómodo como la mejor de las mansiones).

No obstante, ya no era una joven campesina enamorada y dispuesta a soportar lo que fuera con tal de permanecer junto a su hombre. La madurez, al menos, te hace comprender el valor de un techo y unas sábanas limpias.

Después de cenar acompañamos a los chicos a un cine y Dan y yo nos dirigimos a las colinas, un romántico paraje desde el que contemplamos la ciudad.

Después de charlar un rato sobre cosas intrascendentes, dije:

—Tengo la impresión de que las cosas no te van muy bien, Dan. Si me contaras lo que sucede, quizá podría ayudarte.

Dan aferró el volante con rabia y contestó:

—El problema es Tuyet. Ha estado muy enferma y se ha quedado con todo el dinero. Todavía estoy devolviendo a mis padres el préstamo que me hicieron en 1976, cuando me casé con ella. Estoy endeudado hasta las cejas. Mis dos hijos adoptivos se han puesto a trabajar, pero estoy prácticamente arruinado. Tuyet me ha dejado sin un centavo y, después del divorcio, tratará de exprimirme todavía más.

A medida que Dan me refería sus problemas, me sentí cada vez más angustiada. No por el hecho de que no tuviera dinero, sino por que me recordaba a Dennis.

—¿Qué puedo hacer para ayudarte? —le pregunté.

—Necesito que nos mantengas hasta que me jubile y acepte ese trabajo del que te hablé. Si permanezco en el Ejército, Tuyet se quedará con todo el dinero y nunca lograré recuperarme. No podré daros a ti y a los chicos las cosas que merecéis ni ayudarte en tu labor humanitaria.

—Nunca me has dicho en qué consiste ese trabajo tan importante que te han ofrecido. ¿De qué se trata? ¿Para quién vas a trabajar? ¿Qué es lo que quieren que hagas a cambio de ese dinero?

Dan miró por la ventanilla y se mordió el labio. Era evidente que no deseaba decírmelo.

—Es confidencial, debe quedar entre tú y yo, ¿de acuerdo? El Gobierno tiene unas normas sobre el tipo de trabajo que uno puede aceptar después de haber servido en el Ejército, y éste es bastante delicado. Pero confía en mí. Ese trabajo te permitirá hacer todo cuanto deseas, escribir tu libro, ayudar a tu aldea, etcétera.

—¿De qué se trata? —insistí.

—Armas.

—¿Cómo?

—Se trata de vender armas.

—¿Estás bromeando?

—No. ¿Qué crees que he hecho durante los últimos veinticinco años? ¿Qué crees que hace un consejero militar? Voy a los países que Estados Unidos apoya y les enseño a manejar las armas norteamericanas que les venden nuestras corporaciones.

—¡No puedo creerlo! ¿Y hace veinticinco años que te dedicas a eso?

—Más o menos. Pero, como civil, ganaré mucho más dinero que el mísero sueldo de un soldado. Es por ese motivo que al Gobierno no le gusta que los oficiales jubilados acepten trabajos en grandes empresas. Temen que utilicen sus influencias o la información de que disponen para ayudar a una empresa en detrimento de otras.

Me quedé atónita.

—Quiero saber si vendes armas a gobiernos para que puedan asesinar a mujeres y niños.

—No es tan sencillo, Ly —contestó Dan—. Por eso no quería decírtelo. Sabía que no lo comprenderías.

—Comprendo la guerra mejor que nadie. Recuerda que estás hablando conmigo, Dan.

—En ese caso debes saber que si no vendiéramos armas a esa gente lo harían otros, probablemente los comunistas. ¿Preferirías que se las vendieran ellos?

¡Armas y comunistas! Parecía que en Norteamérica no supieran hablar de otra cosa.

—Pero Dan, ¿cómo puedes vender armas sabiendo que las utilizarán para matar a víctimas inocentes?

Dan volvió a encogerse de hombros, como un soldado rindiéndose ante lo inevitable, como suelen responder los veteranos cuando les preguntas si temen que les maten.

—Es mi vida, Ly. Es lo único que sé hacer. Percibiré casi doscientos mil dólares al año, además de mi pensión. ¿No estás satisfecha?

—¿Satisfecha? ¿Es que no escuchas nunca nada de lo que te digo?

—¿Te refieres a esas tonterías espirituales?

—No sólo a eso, sino a lo que te he contado sobre mi familia, sobre mi vida... Somos unos extraños, Dan. No sabemos nada el uno del otro. —Tras unos minutos de silencio, añadí—: Además, en Washington me mentiste.

—Era la única forma de conseguir que vinieras. Fue una mentira sin importancia. Sabía que, cuando estuvieras aquí, te sentirías feliz.

—Llévame a casa —dije furiosa, aunque sabía que mi casa nunca estaría en esa isla.

A la mañana siguiente, mientras los chicos seguían durmiendo, me tomé el café en la terraza, bajo el sol tropical, tratando de hallar una solución. En mi mente bullían mil ideas, a cual más angustiosa.

Lo que más me molestaba era que Dan me hubiera mentido; no sólo sobre sus problemas personales y económicos, sino sobre su vida en general; y no sólo en Washington, sino desde el primer día en que nos conocimos. Sabía que era un soldado profesional, con todo lo que ello implica. Nunca había tenido ningún problema moral con los soldados. Existen buenos y malos soldados, al igual que existen buenos y malos monjes o maestros o prostitutas o políticos. En el mejor de los casos, los soldados son hombres fuertes y disciplinados que defienden las causas que consideran justas. En el peor, son unos asesinos desalmados que se mofan de los auténticos patriotas sirviéndose del uniforme para encubrir sus crímenes. Yo creía que Dan se ganaba la vida instruyendo a los soldados aliados, para enseñarles a sobrevivir y servir a su país con honor. No podía imaginar que formaba parte de esa cadena mortal que convierte la miseria humana en dinero para los traficantes de armas, los que las fabrican y los políticos ambiciosos. No quería tener nada que ver con ese terrible ciclo de muerte.

Pero tenía otros motivos para desconfiar y temer a Dan. Aunque hubiera podido perdonarlo por haberme engañado, jamás podría acostumbrarme a oír la voz de Dennis cada vez que Dan abriera la boca. Por lo visto, su «esposa vietnamita» siempre estaba maquinando para destrozarle la vida. Yo sabía que un divorcio es una cosa terrible que trastorna a la gente, pero ¿cuánto tiempo pasaría antes de que mis diferencias con Dan se convirtieran en un «complot subversivo» para destruirlo? Su rechazo de todo espiritualismo le impedía comprender que su mal karma contribuía a sus desgracias. Incluso Dennis había llegado a comprenderlo, aunque no pudo hacer nada para remediarlo. Más que el dolor de perder a un amante, sentí el sufrimiento que experimenta una madre al ver que su joven hijo muere sin saber lo que es la vida.

Después del trabajo, Dan fue a recogerme al motel. Mientras paseábamos por la playa, le hablé sinceramente.

—No puedo casarme contigo. No podría vivir de un dinero ensangrentado que procede de vender armas para matar a la gente. Pero aunque llegara a aceptar tu nuevo trabajo, ¿qué crees que pensaría la gente que participe en mi proyecto? ¿Cómo puedo pedirles que den dinero, instrumentos y su sudor y su sangre para curar las heridas de la guerra mientras tú contribuyes a que estallen otras?

—Así es como funciona el mundo, Ly —respondió Dan—. No puedo hacer nada para cambiarlo, y aunque pudiera no lo haría. Pero olvida eso durante unos instantes y piensa en todo lo que hemos padecido. ¿Acaso no significa nada para ti?

—Por supuesto. Significa mucho. Eres el único hombre al que he amado. Eres uno de mis mejores amigos. Pero somos demasiado distintos. Hace años quizá no me hubiera importado, pero ahora sí, y no quiero cometer los mismos errores.

—¿Pretendes decirme que has atravesado la mitad del Pacífico para venir hasta aquí sólo para que seamos amigos? ¿Para ser vecina mía? Francamente, no te comprendo.

—No. Vine a Hawai confiando en la promesa que me hiciste y llena de ilusiones. Ahora que la promesa y mis ilusiones se han desvanecido, no existe ningún motivo para que me quede.

—Ya entiendo. Estás cabreada porque no te envié el dinero del viaje, porque tuviste que pagar el alquiler del coche y el hotel. No es necesario que disimules. Sé sincera.

—No, no lo entiendes. Es cierto que no dispongo de mucho dinero, que todo cuanto poseo está invertido. He tenido que utilizar mis ahorros para venir aquí, pero no me importa. O hubiéramos sido felices juntos, o tarde o temprano hubiera descubierto la verdad. En cualquier caso, no quiero cometer más errores y aumentar las deudas del alma. Deberías estarme agradecido. Si no nos casamos, no tendrás que sufrir lo que sufrieron Ed y Dennis. He comprobado que un matrimonio no puede funcionar si uno de los cónyuges se siente desgraciado. Si uno sufre, ambos sufren. Así es la vida. Pero tenemos mucho por lo que estar agradecidos. Hace tiempo fuiste mi amante. Ayudaste a salvar a mi familia y nos enviaste de regreso a Norteamérica, por lo cual te estaré eternamente agradecida. Es una deuda que jamás podré pagarte. ¿Cómo podría traicionarte casándome contigo a sabiendas de que iba a hacerte desgraciado?

Nos detuvimos y echamos a andar hacia la base militar.

—¿Significa eso que regresas al continente? —me preguntó Dennis.

—Probablemente. O quizá trate de emprender una nueva vida aquí. He matriculado a los chicos en la escuela y no tengo a dónde ir. Poseo tres casas, pero están ocupadas por otras personas. No te preocupes por nosotros. Ya nos arreglaremos. Trata de resolver tu vida. Si puedo ayudarte sin tener que casarme contigo, lo haré encantada. En estos momentos, no quiero renunciar a mi independencia ni a mi libertad.

Dan me miró con tristeza y dijo:

—Eres una *dien cai dau*, una chiflada.

Lo dijo como un cumplido, pero yo no estaba segura. El ser independiente y llevar las riendas de tu vida era una cosa, pero estar sola en el mundo era otra muy distinta.

A medida que transcurrían los días, Dan y yo comprendimos que habíamos hecho bien en suspender la boda. Quizá Dan se sentía culpable por haberme engañado, pero el caso es que se comportó como un caballero y no me echó en cara haberlo plantado. El parecido con mi relación con Dennis era asombroso: cuanto más unida estaba a ellos, más complicadas eran nuestras vidas. En cuanto decidimos separarnos, las situación mejoró. ¡Era increíble!

Renuncié al depósito que había pagado por adelantado por el cuchitril que Dan quería que alquiláramos y hallé otro apartamento en un bonito barrio (Hawai Kai) a un precio razonable. Estaba situado en el séptimo piso de un rascacielos, con una hermosa vista del mar a la izquierda y de las montañas a la derecha. Era la primera vez que vivía en un apartamento desde cuyas ventanas veía la naturaleza en lugar de coches y vecinos. Cuando al cabo de unos días llegó mi viejo Toyota del continente, mi vida pareció adquirir unos visos de normalidad.

Cuando los niños regresaron a la escuela, empecé a planificar el proyecto de ayuda a las gentes de Vietnam. Comprendí que era muy poco lo que podía hacer yo sola, y que únicamente a través de una organización sin fines lucrativos conseguiría las influencias y los recursos necesarios para abrir las puertas, los corazones y los talonarios de la gente.

Al principio pensé en poner a la fundación el nombre de mi padre, Phung Trong, pero no me pareció correcto hacerlo sin su autorización. No era un hombre vanidoso, y supuse que le molestaría que una obra que él no había creado ostentara su nombre. Un día, mientras me hallaba frente a la ventana de mi apartamento, contemplando el mar hacia el este y las verdes colinas al oeste, se me ocurrió otra idea. Aunque en un principio mi propósito era ayudar a las víctimas de la guerra, lo cierto es que éstas se encontraban a ambos lados del océano, y decidí unir a mi país natal con mi país de adopción, promover una reconciliación a través del tiempo y el espacio. Así fue como nació la fundación East Meets West (encuentro entre Oriente y Occidente), *Dong Tay Hoi Ngo*, la hija de mi alma.

Al cabo de un mes, los chicos contrajeron la «fiebre de la isla». Empezaron a añorar sus amigos y su casa en California. Yo también me sentía un poco desplazada. Añoraba mis amistades y el dinero empezaba a escasear. Comprendí que tendría que buscar un trabajo en Hawai, donde no conocía a nadie, o regresar a San Diego. En cualquier caso, tendría que vender una de mis casas para conseguir dinero. Por fortuna, sabía que los Parry estaban dispuestos a comprar mi casa.

Después de telefonear a Cliff Parry y a Thomas, cogí el avión a California para poner en venta mi casa de Escondido.

Cliff me recogió en el aeropuerto y me llevó al hotel, donde me había reservado una habitación para el fin de semana.

—Te agradezco tu amabilidad, Cliff —dije—. Me queda poco dinero y tengo que ahorrar. De todos modos, te vendo la casa a un buen precio.

—No te preocupes por eso —respondió Cliff sonriendo—. Siento que hayas roto con el coronel DeParma. Annie dice que hace mucho que os conocéis.

—Sí, nos conocimos en Vietnam poco antes de que terminara la guerra. Pero es mejor así. Mi propósito es ayudar a los campesinos a recuperarse de los efectos de la guerra, y el trabajo de Dan hubiera representado un obstáculo.

—Yo también estuve destinado en Vietnam —dijo Cliff.

—¿De veras? ¿Dónde? —pregunté.

—En el Sur. Pertenecía a las fuerzas especiales.

—¡Eras uno de los Boinas Verdes! Yo soy de Danang. Allí es donde quiero empezar mi labor humanitaria, en Ky La, mi aldea natal.

—¿Por dónde vas a empezar?

—En primer lugar espero publicar mi libro, en el que narro la historia de mi vida y lo que padecimos los campesinos durante la guerra. Todos los libros sobre Vietnam han sido escritos por generales, soldados, políticos o historiadores, pero nadie ha contado a los norteamericanos lo que la guerra representó para las personas normales y corrientes, para los aldeanos y los campesinos. Eso es lo que pretendo hacer. Estoy convencida de que cuando comprendan lo que padecimos, se compadecerán de mi pueblo.

Tras unos instantes, Cliff dijo:

—Me gustaría ser tu primer donante, Ly. Yo también sufrí lo mío cuando estuve allí y quisiera ayudar. Hablaremos de ello antes de que te marches.

Había conocido a varios veteranos que querían regresar a Vietnam o hacer algo para ayudar a las gentes a las que habían perjudicado, pero la mayoría de ellos disponía de escasos recursos económicos. Cliff era uno de los pocos veteranos que había conocido que poseía al mismo tiempo la voluntad y los medios para poner en práctica sus buenas intenciones.

Al día siguiente firmamos todos los papeles, incluyendo una carta que preparó Cliff para que yo lo autorizara a ocuparse de todas las cuestiones y problemas relativos a la casa mientras ésta no estuviera definitivamente escriturada a su nombre.

—Es un mero formulismo —dijo Cliff—. Puesto que soy mi propio inquilino, por decirlo así, no hay razón para que Thomas se ocupe de ello. Como estarás en Honolulú, prefiero acelerar las cosas para que cobres el dinero y yo sea el propietario de mi casa lo antes posible. ¿Te parece bien?

—Desde luego —contesté.

Después de firmar los documentos, Cliff me llevó a almorzar.

—¿Qué opinan los vietnamitas norteamericanos sobre tu propósito de regresar a Vietnam? —me preguntó.

—Depende. Los más viejos y los más jóvenes creen que es una buena idea. Los ancianos respetan nuestras costumbres y los jóvenes sienten curiosidad sobre un país que nunca han visto ni recuerdan. Las personas que recuerdan la guerra y los sufrimientos causados por ésta no están de acuerdo. Son como niños que han perdido a sus padres. Como no pueden tener a mamá y papá, no quieren que los otros niños tengan padres. Por consiguiente, están dispuestos a dejar que sus parientes sufran y mueran si con ello se acelera la caída del Gobierno de Hanoi. No comprenden que son unas muertes inútiles. Es por ese motivo que quiero comenzar inmediatamente mi labor. Si puedes darme algún consejo sobre cómo organizar una pequeña fundación, te lo agradeceré.

—De acuerdo —respondió Cliff sonriendo.

A mi regreso a Hawai reanudé mi trabajo con el libro, pero no adelantaba nada. Decidí buscar un colaborador, un escritor profesional, que expresara a los lectores lo que yo deseaba decir. Aunque me entrevisté con varias personas, no encontré a la adecuada.

Dan y yo nos veíamos rara vez y los chicos estaban siempre tristes y malhumorados. No se lo reprochaba, pues yo también añoraba California. No obstante, todos mis efectos se hallaban en Hawai, y en estos momentos no tenía dinero para mudarnos de nuevo a California.

Por fortuna, el bueno de Thomas me ofreció la solución.

—Tengo malas noticias, Ly —me dijo un día—. Tu inquilino de San Diego me ha comunicado que se marcha y no encuentro a otro que lo sustituya. Lo lamento.

—¡Fantástico! —exclamé.

—¿Cómo?

—No te molestes en buscar un inquilino. La ocuparemos nosotros.

¡Era la oportunidad que estaba buscando!

—Bueno, si el perder dinero te hace feliz, duplicaré mis honorarios y echaré a los otros inquilinos.

Llamé a los chicos y les di la buena noticia: «¡Regresamos a casa!» Pese a los problemas que habíamos tenido, Tommy y Alan tenían buenos recuerdos de nuestra casa en San Diego y la mayoría de sus amigos de la escuela seguía viviendo en nuestro barrio. En cuanto a mí, habían pasado cinco años desde que había notado la mirada fría y despectiva de mis vecinos. Ya era otra persona, había madurado y tenía una misión en la vida. No tenía por qué sentirme inferior a nadie.

Llamé a Cliff para comunicarle que había decidido regresar, y éste acogió la noticia con entusiasmo.

—Ahora tendremos la oportunidad de trabajar juntos para poner en marcha tu fundación.

Los chicos y yo llegamos al aeropuerto de Lindbergh Field un martes, al atardecer. Después de recoger nuestro equipaje, salimos de la terminal. Cuando nos disponíamos a montarnos en un taxi, se acercó un hombre vestido con un uniforme y sosteniendo una pancarta que decía: FAMILIA HAYSLIP.

—Disculpe —dijo el joven chófer—, ¿es usted Le Ly Hayslip?

—Sí, pero creo que se confunde. No he reservado un coche.

—Lo ha reservado el señor Parry —contestó el chófer sonriendo.

Nos condujo hasta una enorme limusina blanca, abrió la puerta trasera y sacó una docena de rosas rojas.

—De parte del señor Parry —dijo el chófer, entregándome el ramo.

Le di las gracias, nos montamos en el coche y enfilamos la autopista.

—Disculpe —dije al cabo de unos minutos, dando unos golpecitos en el cristal que separaba el asiento del conductor—. ¿A dónde nos lleva?

—El señor Parry ha reservado una suite para ustedes en el hotel Radisson, en Mission Valley, hasta que su casa esté lista —contestó el chófer bajando la ventanilla interior—. Confía en que se sientan a gusto en el hotel.

Me quedé estupefacta. Los chicos estaban entusiasmados ante la perspectiva de alojarse en un hotel de lujo, pero yo tenía mis dudas. ¿A qué venía todo esto? Aunque comprendía que Cliff quisiera tenerme contenta hasta que hubiéramos cerrado definitivamente el trato de compraventa de la casa, sus atenciones me parecían excesivas. En cualquier caso, decidí llamarlo en cuanto llegáramos al hotel.

No fue necesario. Tan pronto como entramos en la habitación —una espléndida suite situada frente a una de las nuevas urbanizaciones de lujo de San Diego— sonó el teléfono.

—¿Eres tú, Cliff? —pregunté al reconocer su inconfundible risa.

—Espero que te sientas cómoda y a gusto.

—Desde luego, pero no tenías que molestarte.

—Relájate y procura divertirte. Te lo has ganado. Pasaré por la mañana para hablar contigo.

Tras esas palabras colgó bruscamente, pero no lo tomé como una ofensa. Cliff era así, un hombre enérgico y decidido. Aunque esas cualidades me atraían, sobre todo después de mi desastrosa experiencia con Dan, comprendí que pisaba un terreno peligroso. Puesto que tenía suficiente dinero para pagar el hotel en caso necesario, y los chicos ya habían empezado a deshacer el equipaje, decidí esperar veinticuatro horas hasta comprobar qué se proponía este «príncipe encantado».

Al día siguiente Cliff se presentó con un flamante coche y me entregó las llaves para que lo utilizara hasta que llegara mi Toyota de Hawai. Mientras almorzábamos en un restaurante junto a la playa, le pregunté:

—¿Por qué haces todo esto, Cliff? Te agradecería que fueras sincero.

—Te dije que quería ayudarte —respondió jugueteando con el tenedor como un niño—. Anda, termina de comer. Quiero enseñaros a ti y a los chicos una cosa.

Nos dirigimos a Mount Helix, en el elegante suburbio de La Mesa, el «Beverly Hills» de San Diego, y nos detuvimos ante una increíble mansión que parecía una mezcla entre un hotel y un castillo.

—¿Qué te parece? —me preguntó Cliff.

Luego nos condujo hasta la puerta principal y nos presentó al ocupante de la casa, un hombre muy amable llamado Al, y a su novia, quien nos enseñó la magnífica propiedad. Sus seis mil quinientos metros cuadrados comprendían cinco dormitorios (todos ellos dotados de una chimenea), un gimnasio, una sauna y un ático en el tercer piso acondicionado como despacho, con varios teléfonos, ordenadores y archivos. El segundo piso estaba rodeado de una terraza desde la cual se divisaba un panorama impresionante, desde las colinas de El Cajón hasta el puerto de San Diego. Era una mansión tan gigantesca, que todas mis casas habrían cabido bajo su techo y aún habría sobrado espacio.

—¿Te gusta? —me preguntó Cliff, mientras contemplaba asombrada la imponente vista desde la terraza.

—¡Es fantástica! ¿Quién vive aquí?

—¡Tú! —contestó Cliff sonriendo.

—No comprendo...

Cliff se apoyó en la barandilla y dijo:

—Debo confesarte algo, Ly. Desde que te conocí siento algo muy especial por ti. Claro que tú eres una mujer muy particular. Eres independiente e inteligente y has sabido abrirte camino. Pero al mismo tiempo eres una persona muy generosa y caritativa. Forma parte de tu personalidad, como el modo en que caminas y hablas y cantas esas viejas canciones vietnamitas. El caso es que en estos momentos puedo hacer algo que muy poca gente tiene oportunidad de hacer. Puedo contribuir a crear algo positivo y, de paso, ayudar a una persona que ha sufrido mucho en la vida. Quiero que tú y los chicos os instaléis aquí. Puedes escribir tu libro, organizar fiestas para recaudar dinero para la fundación o lo que sea necesario para convertir tus sueños en realidad. Yo correré con todos los gastos.

—¡Pero si es una casa enorme! ¡Es como vivir en el Radisson!

—Si pretendes recaudar dinero de la gente rica, tienes que comportarte como ellos. Si das la impresión de ser pobre —como la madre Teresa de Calcuta—, desconfiarán de ti. Creerán que intentas estafarlos. Aquí se sentirán a gusto, como en su propia casa. Te tomarán por una de ellos. Créeme, Ly, los conozco bien.

Estaba convencida de que era así, sin embargo...

—De todo modos —prosiguió Cliff—, cuando hayas terminado el libro, la fundación esté en marcha y te hayas enamorado de mí, me mudaré aquí y nos casaremos. ¿Qué más podemos pedir?

—¿Estás loco? ¡Eres un hombre casado!

—No, Nancy no es mi mujer. Es viuda, como tú. Su marido era policía y murió en acto de servicio. Nos conocimos en Tulsa y me hice cargo de ella y de sus hijos porque me daban lástima. Ella quería trasladarse a California y la traje aquí.

—¡Pero vivís juntos como marido y mujer!

—Es cierto —respondió Cliff—. Reconozco que temo la soledad, como todo el mundo.

—Te comprendo —dije—. No obstante, todo esto me parece increíble.

Pero Cliff estaba preparado para cualquier contingencia. Me entregó una tarjeta y dijo:

—Es mi contable, una persona de toda confianza. Llámalo. Te lo contará todo.

—No sé qué decir, Cliff... —Por una parte, sentía deseos de salir huyendo. Por otra, *dan-ba nhu hat mua sa, hat roi gac tia, hat ra ngoi dong* (las mujeres son como las gotas de lluvia; algunas caen sobre palacios y otras sobre arrozales). ¿Por qué no había de completar mi agitado círculo vital en una maravillosa mansión como ésta?

—Dame unos días para pensarlo —dije.

—Por supuesto. Tenemos muchas cosas de qué hablar y ahora no es el momento oportuno. Al y yo hemos quedado citados en el banco para firmar el contrato de compraventa. ¿Por qué no regresas al hotel y hablas con tus hijos? Tómate el tiempo que necesites.

Lo primero que hice cuando llegué al hotel fue llamar a Thomas.

—Quiero que me hagas un favor —le dije—. Léeme los nombres que figuran en el alquiler de la casa de Escondido.

—Por supuesto —respondió Thomas. Al cabo de unos minutos dijo—: Clifford Parry y Nancy Mills.

—¿Qué sabes sobre su situación financiera?

Tras otra breve pausa, Thomas contestó:

—Parry tiene muchos negocios en San Bernardino. Me ha remitido varios documentos que lo atestiguan, ¿por qué me lo preguntas? ¿Qué pasa?

—Nada. Gracias, Thomas. Te llamaré dentro de unos días.

Aquella tarde, marqué el número de la mansión que habíamos visitado. Cuando contestó una voz masculina, pregunté:

—¿Es usted Al?

—Sí.

—Me llamo Le Ly. Fui hoy con el señor Parry, ¿me recuerda?

—Desde luego, ¿cómo está usted?

—Muy bien. Quisiera hacerle un par de preguntas, si no tiene inconveniente. ¿Desde cuándo conoce al señor Parry?

—Desde hace unos tres meses, cuando vino a ver la casa. Me dijo que vivía en Oklahoma, pero que pensaba trasladarse a California. La casa le gustó, pero no volví a saber de él hasta la semana pasada. Me llamó para preguntarme si la casa seguía en venta y le dije que sí. No todo el mundo puede permitirse el lujo de adquirir una casa como ésta. El señor Parry me dijo que estaba dispuesto a comprarla y me pidió que preparara los documentos.

—¿Y qué hizo usted?

—Preparé el contrato, tal como me indicó el señor Parry, a nombre de usted. En él se estipula el pago de medio millón de dólares al contado y un préstamo de setecientos mil. El señor Parry me pidió que incluyera también todos los muebles. Me dijo que era un regalo de bodas. Menudo tipo, ¿eh?

—Sí. Gracias, Al. Hasta la vista.

Colgué el teléfono y traté de serenarme. Comprendí que debía obrar con cautela, pues aún no me había recuperado de mi ruptura con Dan. Sin embargo, como suelen decir los cristianos, los caminos del Señor son inescrutables...

En noviembre de 1986 me instalé en La Mesa, la mansión que me había regalado Cliff, sin imaginar lo que se me venía encima.

Para empezar, Cliff viajaba constantemente y apenas lo veía, por lo que todos los asuntos relacionados con la casa de Escondido o La Mesa debía consultarlos con Nancy o con Al. Tommy solía comentarme las obras de remodelación que habían emprendido en mi antigua casa: un nuevo patio, un porche y hasta una cascada en lugar del jardín tropical que había plantado en la parte posterior.

La casa no estaba todavía escriturada a nombre de Cliff, de modo que técnicamente seguía siendo mía, pero no podía quejarme, puesto que vivía como una reina gracias a la generosidad del comprador.

En las raras ocasiones en que Cliff estaba en la ciudad, pasaba a recogernos por la mansión para llevarnos al cine o a un partido de béisbol.

Poco antes de Navidad, Cliff se presentó un día en casa para hablar conmigo.

—¿Qué tal va el libro y la fundación? —me preguntó.

—Perfectamente —contesté.

Al fin había hallado a un agente y nos habíamos puesto en contacto con varios escritores a fin de preparar una propuesta de primera mano para varios editores importantes. Por otra parte, me había informado sobre la forma de crear y administrar una fundación sin fines lucrativos en California.

Cliff sonrió satisfecho y dijo:

—Me alegro. —Luego se puso serio y añadió—: Tenemos que hablar sobre un par de cosas, Ly, las cuales son muy importantes para mí. En primer lugar, debo decirte que voy a seguir con Nancy durante un tiempo. No puedo dejarla en estos momentos. Pero no te preocupes, muy pronto estaremos juntos. Si tú y tu adivino estáis de acuerdo, quisiera fijar la fecha de nuestra boda para el siete de marzo. Celebraremos una gran fiesta para celebrar el Año Nuevo y nuestro compromiso. Puedes invitar a todos tus amigos. Luego iniciaremos nuestra historia de amor, el primer día del resto de nuestras vidas. ¿Qué te parece?

—No te preocupes por mí, Cliff —contesté, aliviada de que no pensara mudarse inmediatamente. Prefería dejar las cosas tal como estaban, pues temía que nuestra vida en común fuera una repetición de mi relación con Ed y con Dennis—. Me las arreglo muy bien, aunque la casa es tan grande que es como vivir en un hotel. ¿Te preocupa algo?

Tras unos instantes de silencio, Cliff contestó:

—Quiero relatarte mis experiencias en Vietnam. Hace tiempo que deseo hablarte de ello, pero, francamente, no me atrevía.

—Yo también he vivido la guerra —dije, apoyando la mano en su brazo—. Muchos soldados me han contado sus experiencias. No te preocupes, no me voy a impresionar.

A medida que hablaba, los ojos se le humedecieron.

—Me alisté en el Ejército en 1965, cuando tenía veintiún años. Después de un periodo de instrucción fui a Vietnam, donde me asignaron la Operación Fénix. ¿Sabes qué fue eso?

—Creo que era un programa norteamericano en el que los consejeros estadounidenses, los agentes republicanos y la policía de las aldeas asesinaba a los miembros locales del Vietcong y a los partidarios de esa organización.

—Exactamente. Después de que los agentes gubernamentales hubieran redactado una lista de nombres pertenecientes a una determinada zona, yo tenía que matar a los líderes.

Cliff se detuvo unos instantes, como si dudara en proseguir.

—Sigue, no te detengas —dije, cogiéndole la mano.

—Como puedes suponer, maté a muchas personas. A muchísimas. A veces liquidaba a tres o cuatro en una noche, y en ocasiones hasta veinte. Solíamos utilizar un cuchillo, para no hacer ruido. Les cortábamos el cuello como si fueran pollos y los dejábamos abandonados en la selva. Pero eso no era lo peor. A veces los torturábamos antes de matarlos, no para obtener información, sino porque los odiábamos. Les cortábamos las orejas o les sacábamos los ojos y nos los llevábamos como prueba de que los habíamos liquidado. A veces les cortábamos el pene y se lo metíamos en la boca antes de matarlos. Nuestros agentes locales siempre achacaban esas matanzas al Vietcong, pero no creo que los aldeanos les creyeran. De todos modos, no nos importaba.

De pronto, Cliff se interrumpió y rompió a sollozar.

—Yo odiaba a esos hijos de puta, no sólo por ser comunistas y haber matado a mis compañeros, sino por obligarme a hacerles eso. Ellos tenían la culpa. Tenía que creer que era culpa suya o me hubiera vuelto loco. Puede que me volviera loco.

Mientras le estrechaba entre mis brazos, unas gruesas lágrimas se deslizaban por las mejillas de ese hombre enérgico y seguro de sí mismo, cargado de millones, que deseaba ayudar a todo el mundo y que en estos momentos lloraba como un niño.

Cliff sacó un pañuelo y se sonó. Cuando se hubo serenado, prosiguió:

—Me había convertido en un consumado asesino y me asignaron a la CIA, donde los blancos eran más selectivos, peces gordos como Cho Lon, un acaudalado chino que sospechaban que financiaba a una unidad local de soldados del Vietcong. Algunos de los blancos que eliminé lo hice tan sólo porque no estaban de acuerdo con el programa. Por aquellos días, la CIA estaba metida hasta el cuello en asuntos de drogas, tráfico de armas, trata de blancas, etcétera. En cierta ocasión, un agente se cargó a la chica vietnamita con la que yo vivía. Teníamos prohibido mantener tratos con ciudadanos vietnamitas fuera de los conductos habituales, de modo que la eliminaron, le rebanaron el cuello. Eso me enfureció y me vengué en mis víctimas. Cuando alcanzaba un blanco no sólo lo liquidaba a él, sino a su mujer, a sus hijos, a la sirvienta y al jardinero. Vivía en un infierno, Ly, en un auténtico infierno. Pero no sabía cómo escapar de él. Lo único que sabía era seguir matando. No imaginas qué significa estar metido en eso. Es como si te devoraran las entrañas.

Cliff siguió llorando durante unos minutos mientras yo trataba de consolarlo. No sabía qué decirle. ¿Qué podía decir para tranquilizarlo? Cliff encarnaba, en un persona, todo lo que significa la guerra, toda la experiencia: asesino y víctima.

—¿Qué va a ser de mí, Ly? —me preguntó, sollozando—. ¡Estoy aterrado!

Yo le acaricié como una madre y contesté:

—No lo sé, Cliff. Eres cristiano. Tú y Nancy asistís a la iglesia todos los domingos. Quizá puedas confesarte para que tu Dios te perdone. Como budista, sólo conozco las leyes de la causa y efecto: *Soi giay oan cuu, nghiep chuong nang me.* Tienes un mal karma y tendrás que pagar las deudas de tu alma, si no en esta vida, en la siguiente.

—Ahora ya lo sabes todo —dijo, enjugándose las lágrimas—. La mansión, el coche, el ayudaros a Nancy y a ti... todo forma parte de lo mismo. Es la única forma que sé de enmendar mis errores.

Le abracé con ternura y dije:

—Lo comprendo, Cliff, pero te equivocas. Si deseas ayudarme —si quieres ayudarme a que termine mi libro y establezca una fundación benéfica— me parece perfecto. Pero mi misión no necesita alojarse en una mansión y circular en un lujoso automóvil. Su casa es el mundo, sus vehículos son los corazones y la mente de la gente. ¿Comprendes lo que te estoy diciendo?

—Lo intento, Ly, de veras.

Mientras Cliff se lavaba la cara y se arreglaba un poco, sonó el teléfono. Era para él, lo cual me extrañó puesto que no solía recibir llamadas en La Mesa. Cuando regresó dijo:

—Tengo que marcharme. Ha sucedido un imprevisto y tardaré en regresar. Me alegro de haber tenido esa conversación contigo, Ly. Gracias.

Yo había aprendido a no hacer preguntas cuando Cliff se marchaba precipitadamente.

El 30 de diciembre de 1986 ofrecimos una fiesta para celebrar la Navidad y nuestro compromiso, a la que asistieron un centenar de personas. Acudieron todas mis amigas y reímos y lloramos como criaturas. Yo me sentía como la Cenicienta en el baile, pero había olvidado lo que sucede cuando suenan las campanadas de medianoche.

Al cabo de unos días, me llamó Cliff.

—Lo siento —dijo con voz entrecortada, como si le faltara el aliento—, las cosas se han torcido.

—¿A qué te refieres? ¿Dónde estás? —pregunté alarmada.

—No puedo decírtelo. Sólo puedo decirte que estoy en un hospital. Un par de tíos me dieron una paliza.

—¿Cómo? ¿Qué ha pasado? ¿Te han asaltado? ¿Lo sabe Nancy?

—¡No! Y no debe saberlo nunca, ni tampoco lo de Vietnam. No es tan fuerte como tú, Ly.

—Pero ¿qué ha pasado?

—No puedo contártelo ahora. Quizá más tarde. Sólo quería oír de nuevo tu voz y que sepas que estoy bien. Te quiero.

Tras esas palabras colgó bruscamente.

En aquellos momentos se me ocurrieron todas las posibilidades que había intentado descartar previamente. ¿Estaba Cliff todavía ligado a la CIA? ¿O tenía tratos con antiguos colegas que trabajaban de forma independiente y se dedicaban al tráfico de drogas y de armas y a matar gente por dinero? Eso explicaría su fortuna y sus largas ausencias de casa. También explicaría el motivo de que unos tipos le hubieran propinado una paliza. Por más que lo intentaba, no podía imaginar una razón lógica y simple que justificara la conducta de ese hombre tan extraño y complicado.

Lo más grave era que, al depender de Cliff, mi futuro y el de la fundación se hallaban en sus manos y esa dependencia me impedía ver la situación con lucidez y claridad. Necesitaba urgentemente que alguien me aconsejara. No podía acudir a la policía ni al FBI, puesto que carecía de pruebas. Sólo podía recurrir a los monjes.

Llamé al templo y rogué al *su* que viniera a verme. Temía que éste no creyera mi increíble historia, y supuse que la inmensa y siniestra mansión sería un elocuente testimonio del extraño episodio que iba a revelarle.

Después de enseñarle todas las habitaciones, a cual más elegante y aséptica, subimos al ático, donde no sólo había instalado mi despacho, sino donde comía y dormía con frecuencia. Ambos rezamos y meditamos un rato, y luego le conté todo lo que sabía sobre Cliff.

—¿Qué le sucederá a su alma, maestro? —le pregunté al concluir mi relato—. Estoy muy preocupada. Temo que nuestra relación nos perjudique a los dos.

—En primer lugar, *phat tu*, debes tratar de serenarte. Ya hemos hablado de ello con anterioridad, pero quizá no lo habías entendido. El odio y la violencia —como las violaciones y los asesinatos— forman parte del universo natural, como el nacimiento de un niño y la caridad. Cada cosa constituye un lección en sí misma. Un hombre que mata sufrirá el asesinato en sus propia carne hasta que aprenda la lección de la no violencia. Por consiguiente, no debemos odiar a los ladrones ni a los asesinos, sino ofrecerles nuestra compasión y la oportunidad de aprender a crecer y a dar.

Los consejos del monje eran acertados, pero no me ofrecían una solución práctica. Así pues, decidí llamar a Annie, que conocía a Cliff.

Después de relatarle mi historia, dijo:

—Estoy segura de que está metido en algo ilegal. Habla con mi novio. Es un detective privado y te aconsejará lo que debes hacer.

Por desgracia, Jack, el novio de Annie, sólo sirvió para aumentar mis temores. Después de comprobar minuciosamente si había micrófonos ocultos en la casa (no los había), avisó a un guardaespaldas, un hombre inmensamente alto y corpulento armado con dos rifles automáticos.

Eso era demasiado.

—¡Basta! —grité—. ¡Salgan de mi casa!

Curiosamente, en cuanto Jack y el gorila se marcharon, Cliff me llamó «para comprobar si todo iba bien», pero no me dijo dónde estaba ni lo que estaba haciendo. Le dije que no podía seguir viviendo así y que no quería volver a verlo hasta que estuviera dispuesto a contarme lo que sucedía. Luego llamé a Al y le dije que pensaba mudarme. Aunque se disgustó, tuvo que reconocer que Cliff era un tipo bastante complicado. Sin embargo, como no quería perder la venta de la casa, me recordó lo bien que se había comportado Cliff conmigo y con mis hijos.

—Creo que debería darle una oportunidad antes de tomar una decisión —dijo Al.

A las dos de la mañana sonó el teléfono. Era Cliff.

—Te llamo para despedirme, Ly. —Hablaba con voz débil, como si se sintiera derrotado—. Es la última vez que recibirás noticias mías. Espero que tú y los chicos seáis felices. Espero que tus sueños se hagan realidad. Yo no he tenido esa suerte. Adiós.

Tras esa despedida, colgó. Yo no sabía de dónde llamaba ni si su fatalista «adiós» significa que iban a asesinarlo o que se iba del país. Pero conocía a una persona que quizá supiera dónde estaba y qué sucedía. No obstante, debía obrar con cautela.

Llamé a un viejo amigo en Escondido, en cuya casa se alojaba Tommy. Le dije que temía que hubiera sucedido algo en nuestra vieja casa y le rogué que llamara a Nancy para comprobarlo.

Al cabo de una hora me telefoneó.

—Tenías razón —dijo—. Ha sucedido algo terrible. Acabo de hablar con el reverendo Sam, que se halla con la familia. Por lo visto, el señor Parry está en el hospital. Ha intentado suicidarse.

Le di las gracias y colgué. Aunque la crisis había pasado, el misterio seguía sin resolverse. No quería molestar a Nancy, pero necesitaba respuestas, de modo que decidí llamarla al día siguiente.

No fue necesario, pues a la mañana siguiente se presentó de improviso Al.

—¿Dónde demonios está Cliff?

—En el hospital, ¿por qué?

—El asunto no le concierne a usted, al menos de momento —contestó secamente. Nunca había visto a Al tan disgustado—. ¿Qué hace en el hospital?

—Parece ser que trató de suicidarse. ¿Por qué no me explica lo que sucede? Entre a tomar un café. Creo que deberíamos serenarnos y aclarar las cosas.

—La venta de esta casa se ha suspendido —me comunicó Al—. Todo vuelve a estar a mi nombre, incluyendo el título de propiedad de su casa en Escondido.

—¿Qué? ¡Pero si Cliff y yo no hemos cerrado aún el trato sobre la venta de esa casa! ¡Todavía me pertenece! Aunque haya tenido usted problemas con Cliff, la casa de Escondido no tiene nada que ver con ello.

—Me temo que se equivoca. Cliff me dio un cheque sin fondos. He tenido muchas pérdidas y gastos a los que debo hacer frente. He solicitado que se embarguen los bienes de Cliff, incluyendo su casa de Escondido.

En cuanto Al se marchó, llamé a la compañía financiera que había gestionado la venta de la casa de Escondido.

—Sí —dijo el empleado de la financiera—. El señor Parry se presentó aquí con una copia firmada por un notario de la paga y señal que le entregó, la cual asciende a veinticinco mil dólares. Cerramos el trato el diecinueve de diciembre. Usted misma le autorizó a actuar en su nombre, ¿no lo recuerda?

Desesperada, llamé al pastor Sam, el cual había tratado de ponerse en contacto conmigo desde que Cliff intentó suicidarse. Aparte de sacerdote, Sam era un veterano de la guerra de Vietnam y consejero matrimonial. Quedamos en vernos en su casa de Escondido.

—Tenemos mucho de que hablar, Ly —dijo Sam, conduciéndome a su modesto cuarto de estar—. Sobre Cliff, sobre lo que le ha hecho a usted y a su familia y sobre los motivos.

—¡Sé lo que ha hecho! —exclamé, sin disimular mi rabia—. ¡Ha mentido a todo el mundo y me ha robado mi casa!

—Sí, y lo lamenta profundamente. Más de lo que usted supone. Es la segunda vez que intenta suicidarse. La primera fue hace unas semanas.

Eso explicaba su extraña llamada desde el hospital.

—Se siente tan avergonzado de lo que ha hecho que no se atreve a disculparse personalmente ante usted —prosiguió Sam—. De modo que me ha pedido que lo haga en su nombre.

—Cuénteme toda la historia, Sam.

Según parece, Cliff Parry era un estafador profesional, un embustero patológico que utilizaba diversos nombres falsos. Se habían querellado contra él varios médicos, una empresa constructora, tres bancos, una compañía de seguros y el dueño de la mansión de La Mesa, y eso sólo en California. Mantenía su tren de vida a base de negocios turbios y, cuando no pudo seguir sosteniéndolo más, trató de suicidarse. Era una vieja historia, tan vieja como la guerra, el dinero y la corrupción, y yo había caído en la trampa que me había tendido. Sam respondió a todas mis preguntas excepto una, que para mí era la más importante.

—¿Estuvo Cliff en Vietnam?

El sacerdote se encogió de hombros y contestó:

—¿Quién sabe? Es un consumado embustero.

Puede que Cliff, o comoquiera que se llamara, tuviera muchas cosas de las que arrepentirse en la vida, pero confiaba en que sus historias de guerra no fueran ciertas y la sangre de mis conciudadanos no manchase su conciencia.

Cuando salí de casa de Sam me dirigí al templo y le conté al monje lo que había sucedido desde nuestra última entrevista.

—¿Cómo te sientes, *phat tu*? —me preguntó.

—Me alegra pensar que quizá Cliff no sea un asesino. Pero me siento una estúpida. Me dejé embaucar por él. Cliff conocía mis puntos débiles y supo aprovecharse de ellos. ¿Qué ignorante campesina no iba a dejarse convencer por un hombre que le regala una mansión y le promete convertir sus sueños en realidad? Me he portado como una imbécil, maestro. Lo único que me pregunto es, ¿por qué? ¿Por qué tuvo que sucederme a mí?

El monje no me regañó como un maestro, sino que me habló con delicadeza para consolarme.

—Quizá tenías una deuda del alma que saldar en ese terreno, hija mía. Quizás habías sido una estafadora en otra vida. Lo importante, sin embargo, es que has aprendido una lección. Reflexiona. ¿Acaso ha existido algún hombre en tu vida que no te haya enseñado una lección? ¿Los soldados que conociste en tu juventud? ¿Tus maridos? ¿Dan? ¿Han sido esas lecciones tan amargas, que no has agradecido a esos hombres el haberte liberado de tu *soi day oan nghiep*, tu deuda kármica del alma?

Cuando abandoné el templo me dirigí a la playa, en Del Mar. Había empezado a oscurecer y la playa estaba casi desierta. Soplaba una fresca brisa que levantaba remolinos de arena y espuma de mar.

Tal como había sugerido el monje, pensé en todos los hombres que había conocido y las lecciones que me habían enseñado. El yin y el yang, el amor y el odio, la mujer y el hombre... Lo uno necesita de lo otro para tener un significado, para ser completo. Toda mi vida había buscado ese equilibrio, esa sensación de ser completa.

De niña me habían enseñado a venerar a mis mayores y a doblegarme ante mi marido. Debía cuidar de su familia; entonces él cuidaría de mí. Sin embargo, las cosas se habían torcido. Después de haber sido violada a los catorce años, había renunciado a tener un marido y una familia. La necesidad me había obligado a aprender cómo se comportan los hombres, a fin de sobrevivir y mantener a mis hijos. Pero también había aprendido que el hecho de ser independiente no excluía el amor. Hasta los lobos solitarios tienen una compañera, y yo no había renunciado a hallar un compañero.

Por otra parte, tenía que afrontar mi nefasto karma. Aunque no hubiera sido un soldado ni un torturador ni un violador ni un estafador en otras vidas anteriores, todos los hombres que había conocido con esas características habían impedido, de algún modo, que me sucediera algo peor. Los soldados republicanos y del Vietcong habían abusado de mí, pero me habían alejado de la guerra. Anh se había aprovechado de mí, pero me había hecho emprender un camino que me había conducido a Ed y a Norteamérica. Dado que de niña había conocido el amor de mi familia, el dolor que me producía su ausencia en este país extraño me había hecho olvidar las lecciones que había aprendido. Dan me rescató de mi error con Ed y me enseñó a amar como una mujer, pero, si hubiera permanecido junto a él, su karma me habría conducido de nuevo hacia la guerra. Dennis, a pesar de nuestros problemas, me había impedido unirme a Dan, por lo cual le estaré siempre agradecida. ¿Por qué iba a ser Cliff, quien me había enseñado una valiosa lección sobre confianza y caridad, menos digno de mi gratitud?

Todo el mundo busca algo que haga que su vida sea completa. Yo creí que necesitaba un hombre que colmara el vacío producido por la pérdida de mi país nativo, mi familia y mi inocencia. Sin embargo, descubrí la naturaleza de mi ser superior, mi karma, para amar a la humanidad más que a un determinado hombre. Esa revelación no convertía a los hombres de mi vida en santos, pero me hacía comprender que tampoco eran demonios. ¿Quién era yo para ignorar la voz de mi padre y su ejemplo? ¿Quién era yo para traicionar a mis maestros?

Me fui a casa y convoqué una reunión familiar.

—Según me ha informado la policía, no somos los únicos a quienes ha estafado Cliff —dije a mis hijos—. Me han preguntado si voy a presentar cargos contra él. Ya no sois unos niños. Quiero saber vuestra opinión.

Jimmy, que había cumplido veinte años, contestó:

—Creo que no vale la pena. Cliff no tiene dinero y, aunque ganaras el pleito, ¿qué ganarías con ello? Tenemos más de lo que tiene su familia. Tenemos dos casas y un coche y el suficiente dinero para comer. ¿Recuerdas cómo te sentiste cuando regresaste de Vietnam?

La opinión de Jimmy concordaba con la mía, pero quería conocer también las de mis otros hijos.

—¿Tú qué opinas, Tommy?

—Creo que deberíamos rajarle las ruedas del coche y romperle las ventanillas —dijo con rabia—. ¡Odio a los Parry! Deberíamos obligarlos a pagar por lo que nos han hecho.

Yo le escuché atentamente, sin interrumpirle. Tenía el temperamento apasionado y violento de los guerreros Phung. Cuando terminó pregunté su opinión a Alan, que había cumplido los doce años.

Me miró con tristeza, como un pequeño anciano, y dijo:

—No sé, mamá. Creo que ya tenemos suficientes problemas.

Sentí que los ojos se me llenaban de lágrimas, lágrimas que eran de esperanza y gratitud. ¿Cuántos siglos de inútiles sufrimientos kármicos le habían ahorrado Cliff y Dennis a Alan? Empezaba a sospechar que el cuerpo de mi hijo menor albergaba un espíritu viejísimo.

—Entonces ya está decidido —dije, enjugándome las lágrimas—. Si demandamos a Cliff, avivaremos nuestros sentimientos de odio y venganza. Es mejor enterrar nuestro dolor y empezar de nuevo. Cada vez que lo hemos hecho, nos ha salido bien, ¿no es cierto?

Todos los chicos, incluso Tommy, se mostraron de acuerdo.

Al nos arrojó de la mansión al igual que había echado a Nancy y a sus hijos de mi vieja casa en Escondido. Yo le cedí la casa para evitar verme envuelta en embargos y deudas, incluyendo la mayor de todas, *soi day oan nghiep*, la deuda del alma de Cliff. Los Parry se instalaron en casa del reverendo Sam y vivieron de la caridad de sus vecinos. Cliff fue procesado por los delitos que había cometido. Todas sus víctimas y acreedores, con una excepción, le reclamaron daños y perjuicios, le arrebataron lo poco que tenía y lo enviaron a la cárcel por una larga temporada.

La excepción fui yo.

Vendí mi casa de San Diego y compré una más pequeña en las colinas de Escondido. No quedaba lejos de nuestro antiguo barrio, pero gozaba de una vista que ensanchaba mis horizontes. Además, estaba cerca de un viejo cementerio indio, y su gran energía espiritual dio a mi fatigado espíritu renovadas fuerzas e inspiración.

La Cenicienta se había convertido de nuevo en una calabaza. Pero hay que reconocer que, para tratarse de una pobre campesina vietnamita, las cosas no le habían ido tan mal.

10

LOS FANTASMAS DEL PASADO

Los episodios con Dan y con Cliff me convencieron de que, si quería convertir a la humanidad en el objeto de mi amor, en el compañero de mi vida, tenía que aprender el significado de la relación «causa y efecto», ver las cosas como realmente eran.

Entretanto, había adquirido un concepto más claro acerca del arte de escribir un libro. Al dictar el borrador de mi historia a Jimmy reviví, a medida que las palabras brotaban de mis labios, cada momento de terror y sufrimiento que había experimentado. Aunque el mero hecho de decir «estaba aterrada» o «estaba triste» bastaba para despertar en mí esos sentimientos, no siempre provocaban el mismo efecto en los demás. Según pude comprobar por las reacciones de los editores a quienes enviaba mi manuscrito, no es lo mismo vivir una traumática historia que transmitirla a los lectores.

Había trabajado con diversos escritores para expresar mi historia tal como la sentía, pero los resultados no habían sido satisfactorios. Al fin tuve la suerte de conocer a Jay Wurts, un hombre aproximadamente de mi edad con un espíritu «muy viejo», una persona que, al menos en mi opinión, había presenciado suficientes ciclos kármicos para captar mi historia, sentir lo que yo había sentido y plasmar esos sentimientos sobre el papel.

Mientras los editores examinaban nuestra propuesta, me dediqué de lleno a la fundación, a aprender cómo funcionaban las instituciones benéficas, los métodos que empleaban para recaudar dinero, coordinar sus esfuerzos y buscar gente dispuesta a prestar ayuda. Asistí a numerosas conferencias patrocinadas por diversas organizaciones humanitarias, y procuraba colaborar en la tarea de recaudar fondos —mediante almuerzos, seminarios y cenas— para aprender cómo funcionaban dichas organizaciones.

En cierta ocasión asistí a una conferencia pronunciada por un anciano, que insistía en que las madres debían protestar contra las armas nucleares. Dijo las mismas cosas que yo venía pensando desde hacía veinte años: que en este planeta las madres eran los guardianes de la vida y que no debían permitir que sus hijos fueran utilizados como peones en las luchas mortales de los hombres ambiciosos. Me quedé asombrada al enterarme de que ese bondadoso anciano, que hablaba con tal fervor, había sido encarcelado en cinco ocasiones durante la guerra de Vietnam por expresar sus opiniones. Ante todo, el doctor Benjamin Spock me enseñó que hay que hacer ruido para atraer la atención de la gente, para evitar que permanezcamos cruzados de brazos mientras prolifera la maldad.

También me sentí atraída por la labor de un grupo denominado Youth Ambassadors of America (YAA) especializado en «diplomacia ciudadana», es decir, en mejorar las relaciones entre Estados Unidos y la Unión Soviética mediante el contacto directo con las gentes. Era imposible vivir en Estados Unidos y no saber que el «malvado imperio» soviético era considerado por muchos como la fuente de todos los males que aquejaban al mundo moderno. Aunque todavía no tenía una idea muy precisa de lo que era en realidad el «comunismo», sabía que se oponía al sistema que me había permitido mejorar mi situación en Estados Unidos y a la libertad de expresión de la que gozábamos. Dado que las circunstancias me obligaban a llevar a cabo mi tarea humanitaria en colaboración con (o al menos sin el impedimento de) un Gobierno comunista, decidí que debía aprender más cosas sobre dicho sistema. ¿Y qué mejor forma de profundizar en él que a través del contacto directo con la gente que lo había inventado?

Los tres mil dólares que pagué para participar en una delegación de maestros que iba a visitar la Unión Soviética representaban más de la mitad de mis ahorros, pero comprendí que los conocimientos y los contactos que adquiriría me serían de gran utilidad.

La ruta que los de la YAA iban a emprender hacia esa vasta y antiquísima tierra era indirecta, a través de Finlandia, un país que, al igual que Tailandia, se aprovechaba del hecho de hallarse en medio. Aunque me aconsejaron llevar ropa de abrigo, el concepto de frío entre nuestros anfitriones moscovitas y una turista californiana era tan distinto como los sistemas que los gobernaban. Me llevé un abrigo ligero, más que adecuado para el templado invierno de San Diego, pero que apenas me protegía contra el gélido viento de Asia central. Por consiguiente, casi todo lo que vi en Rusia fue a través de las ventanillas de los trenes y los autobuses o las ventanas de los hoteles.

Al igual que todas las naciones, el corazón y el alma de la Unión Soviética estaban definidos por sus guerras, sobre todo la Segunda Guerra Mundial. Mientras mis conciudadanos y los franceses se resistían (o sometían) a los japoneses, los soviéticos habían sacrificado a una generación entera para detener el aparato de guerra hitleriano. Pocos países habrían sido capaces de soportar las terribles pérdidas y sufrimientos causados por la Gran Guerra Patriótica (según llamaban los soviéticos a la Segunda Guerra Mundial), no distintos de los sacrificios y atrocidades padecidos por los vietnamitas durante los conflictos con Francia y Estados Unidos. Al igual que los árboles en los grandes bosques, las luchas que los rusos libraron en su juventud les dieron fuerzas en su madurez. Según las leyes del karma, ambas naciones alcanzarían finalmente la paz y la prosperidad.

Tanto en Leningrado como en Moscú, el cuadro era idéntico: unas calles limpias, unas gentes trabajadoras, unos edificios imponentes pero grises, unas colas interminables y unos comercios vacíos. En todas partes conocimos a familias humildes que nos invitaron a comer y a beber. El verdadero regalo que nos hacían, sin embargo, era su amistad. Nuestra bonita guía rusa, que acababa de regresar de una visita a Estados Unidos, me dijo un día:

—Las mujeres norteamericanas son muy amables, pero están mal acostumbradas. Son como los niños, que no se dan cuenta de lo que poseen hasta que lo pierden. En cuanto a los hombres, son libres de decir y hacer lo que deseen, pero se quedan en casa y se quejan del Gobierno. Créame, la libertad que no se utiliza no es libertad. No comprendo por qué permanecen cruzados de brazos.

Para mí, lo más interesante del viaje fue la visita que hicimos a unas escuelas soviéticas y la entrevista que mantuvimos con un par de destacados funcionarios. Ante mi sorpresa, los escolares, vestidos con unos uniformes azul marino, representaron de forma impecable unas escenas de *Pinocho* y *El mago de Oz*. Nos hicieron numerosas preguntas, y tratamos de explicarles que las imágenes que veían en televisión sobre manifestaciones, desempleo, drogas y asesinatos en masa no describían la realidad cotidiana, sino que constituían una excepción, aunque los norteamericanos no tenían reparos en enfrentarse a sus problemas para tratar de resolverlos.

Los maestros se quejaron de que la televisión soviética silenciaba los problemas del país para dar la impresión de que formaban una «gran familia feliz». Lo cierto es que en Vietnam ocurría lo mismo, y no sólo por culpa de los comunistas, sino debido a la vieja tradición oriental de mantener los problemas «dentro de la familia» —*tot joe xau che*—, mostrando sólo lo bueno y ocultando lo malo. Por primera vez comprendí el significado de las dolorosas imágenes que solía contemplar con los Munro durante la guerra de Vietnam. «Ojos que no ven corazón que no siente», lo cual, en estos casos, sólo favorecía a los canallas que se aprovechaban de las circunstancias.

Durante nuestra entrevista con los funcionarios del Gobierno, les formulamos algunas preguntas y hablamos sobre diversos temas, tales como la reforma económica, el intercambio cultural, la guerra y la paz.

—Soy una vietnamita norteamericana y me crié en una zona de guerra —dije a nuestros anfitriones—. Hace poco visité mi país y me impresionó la miseria que vi allí. Durante la guerra, Estados Unidos entregó al sur varios billones de dólares en armas y asistencia, y ustedes entregaron al norte varios billones de rublos en armas y provisiones. Actualmente, Estados Unidos y la Unión Soviética han estrechado sus relaciones. Mi pregunta es la siguiente: ¿qué pasa con Vietnam? Ninguno de los dos países parece acordarse de los vietnamitas ni demuestra el menor interés en ayudarlos ahora que la guerra ha terminado.

Uno de los funcionarios se apresuró a contestar:

—Hacemos lo que podemos. Seguimos enviándoles ayuda y asesores técnicos, pero nosotros también tenemos problemas. Su país de adopción, por el contrario, no sólo se niega a ayudar, sino que impide que otras naciones ayuden a Vietnam. Ha impedido que el Banco Mundial conceda unos préstamos a los vietnamitas y que las naciones aliadas tengan tratos comerciales con su antiguo enemigo. Quizás usted, como ciudadana norteamericana, pueda hacer algo para conseguir que su Gobierno modifique su política. Nada nos complacería más que el que nuestros viejos amigos en Vietnam y nuestros nuevos amigos en Norteamérica se dieran la mano y olvidaran sus divergencias, tal como han hecho con los alemanes y los japoneses.

En cualquier caso, comprendí que un par de funcionarios no constituyen un Gobierno y que unos cuantos escolares y unas «familias anfitrionas» no representan una nación. Pero todos tuvimos la impresión de que la Guerra Fría era algo que habían inventado los generales y los políticos, no los campesinos, los obreros ni los empresarios. El comunismo y el capitalismo no son mejores ni peores que los individuos que gobiernan o que toleran esos sistemas. La gente común y corriente sabe perfectamente lo que debe hacer para mejorar su situación. Jamás he oído decir a un ruso o a un norteamericano que la guerra y el odio constituyan los ingredientes básicos para conseguirlo.

De regreso en San Diego, propuse a los de la YAA avalar a dos niños soviéticos para que visitaran Estados Unidos. Dado que no podía sufragar yo sola los trescientos dólares que costaba el viaje, puse a prueba mi capacidad para recaudar fondos y comprobé con satisfacción que había mucha gente dispuesta a colaborar en ese tipo de proyectos.

Iván y Niklaus eran unos adolescentes que no dominaban el inglés, por lo que supuse que su encuentro con la cultura norteamericana estaría relativamente libre de prejuicios. Vivieron dos semanas con nosotros, durante las cuales se hicieron muy amigos de Tommy y Alan. Pero, a diferencia de nuestros hijos adoptivos vietnamitas, sus cabellos rubios, sus ojos azules y sus ropas americanas les permitían mezclarse fácilmente con los niños californianos en las cálidas playas de San Diego, las cuales, junto con nuestros gigantescos supermercados, constituían su atracción favorita. Jimmy organizó para ellos una fiesta de despedida en casa de un amigo que vivía en Del Mar, y los niños se llevaron una muestra tangible de un pequeño «deshielo» en las relaciones entre ambos países: un par de gorras de béisbol de los San Diego Padres, junto con una pelota y un bate, para jugar al «deporte nacional norteamericano» en los helados parques de Moscú.

Poco antes de Año Nuevo, en 1987, mi agente me llamó para comunicarme que un editor había aceptado nuestra propuesta.

¡Había vendido mi libro!

Estaba tan emocionada, que rompí a llorar. Los silenciosos ecos de la gente que había padecido atroces sufrimientos —no sólo mi familia y yo, sino todos los campesinos vietnamitas— serían por fin escuchados. El hecho de que mi historia fuera leída por alguien importante, que ésta cambiara las vidas de algunas personas, o incluso que yo llegara a verla publicada, carecía de importancia. Lo importante era que mis «hermanos y hermanas» norteamericanos —personas como mamá Munro y Erma, la hermana de Dennis, la cajera del supermercado y cualquiera que supiera leer— descubrirían la faceta oculta de su experiencia nacional. La página impresa se había convertido en mi arrozal. Había sembrado reflexiones y sentimientos como si fuera arroz y había recogido palabras para alimentar el espíritu de mis lectores.

Había seguido los consejos de mi padre y sabía que se sentiría satisfecho.

Ahora estaba segura de poder llevar a cabo mi misión. Mi abogado, Milton Low, registró la fundación bajo el nombre de East Meets West y empecé a organizar mi regreso a Vietnam. Tenía tres objetivos.

En primer lugar, quería averiguar qué clase de medicinas y material médico necesitaban en Quang Nam, mi provincia natal. Según había comprobado, la gente que se negaba a dar dinero para una obra anónima no vacilaba en extender un cheque para un proyecto concreto.

En segundo lugar, quería averiguar con qué funcionarios debía tratar para obtener las debidas autorizaciones. Durante mi última visita, mi hermano Bon Nghe se había ofrecido para ayudarme, pero existía tal laberinto de ministerios, despachos oficiales y funcionarios que ni siquiera él sabía por dónde empezar.

Por último, deseaba regresar a mi aldea natal de Ky La para quemar incienso ante la tumba de mi padre y dormir en la casa que él había construido con sus propias manos. Aunque, al igual que la vez anterior, no viajaría acompañada, sabía que no me sentiría sola. Esta vez presentía que no sólo el espíritu de mi padre, sino la energía espiritual de un millón de almas confiaban en que relatara su historia.

En la agencia de viajes conocí a una mujer vietnamita, algo mayor que yo, que se disponía a regresar a Vietnam por primera vez desde que se había exiliado. Estaba muy asustada, pero resuelta a seguir adelante. Cuando le dije que había visitado Vietnam hacía un año y que pensaba regresar pronto, se echó a llorar y me rogó que la acompañara.

Al principio intenté tranquilizarla, explicándole que no tenía nada que temer. Pero, por más que traté de convencerla de que sus temores eran infundados, fue inútil. Me había sucedido exactamente lo mismo con los veteranos que había conocido durante los últimos años, así como con los primeros borradores de mi libro. Las palabras carecen de valor; lo que cuentan son los hechos.

Le dije que estaba dispuesta a aplazar mi viaje un par de días para acompañarla. Comprendía el terror que sentía y no me importaba hacer ese pequeño sacrificio para tranquilizarla. Lo cierto es que ese aplazamiento alteró por completo el curso de mi misión e incluso mi vida.

Unos días antes de partir traté de ponerme en contacto con la oficina en Ohio de la VVA, los Vietnam Veterans of America, pues había leído que iban a visitar Vietnam por la mismas fechas que yo. Había comprobado que las empresas «cooperativas» entre pequeños grupos de ayuda humanitaria obtenían mejores resultados que las iniciativas individuales. Por otra parte, dado que mi libro iba a publicarse al cabo de unos meses, supuse que era el momento idóneo para dar a conocer la fundación East Meets West a otras organizaciones similares. Lamentablemente, no conseguí hablar con los organizadores del VVA, pues ya habían partido para California. Sin embargo, el azar quiso que nos conociéramos a bordo del reactor que nos llevó a Bangkok.

Don Mills, el líder de los quince soldados que regresaban a Vietnam, distaba mucho de ser el típico activista político. Barbudo pero bien vestido, alto, educado, con una mirada que resultaba al mismo tiempo hermética y conmovedora, tenía el aspecto de un soñador enérgico y decidido. Nos pusimos a charlar y me presentó a su grupo.

Para la mayoría de ellos, era la primera vez que volvían a «cruzar el charco» desde la guerra. Al igual que mi amiga vietnamita, se sentían preocupados, no por motivos legales o políticos, sino porque no sabían cómo reaccionarían al enfrentarse al pasado.

Una de las tres mujeres que viajaba con el grupo se llamaba Barbara Cohen, una mujer alta, fuerte y esbelta, de cabello castaño salpicado de canas, que había sido psiquiatra militar. Debido a su profesión, su inteligencia y sus conocimientos sobre la guerra —aparte de ser mujer como yo—, hicimos muy buenas migas. El hecho de haber alcanzado un puesto importante en una institución dominada por los hombres le había enseñado a disimular sus sentimientos. Además, estaba escribiendo dos libros, una novela sobre la guerra desde la perspectiva de los vietnamitas, y una guía de Vietnam para los norteamericanos que decidieran seguir sus pasos.

Uno de los veteranos del grupo capitaneado por Don había regresado varias veces a Vietnam. Se llamaba Bill Ferro, un hombre bondadoso, risueño, con unos poderosos brazos, pero a quien le faltaban las piernas. Hacía mucho tiempo que había conseguido superar el infierno de la guerra y su desgracia, y actualmente se dedicaba a ayudar a los veteranos y a las familias de los veteranos de ambos bandos. Su fórmula era muy sencilla: «Les digo que les perdono y les pido que me perdonen a mí. A veces resulta muy duro, pero merece la pena intentarlo. Vietnam me ha costado mucho, pero me ha dado mucho a cambio.»

Bill había perdido las piernas a causa de una mina del Vietcong, en un lugar al sur de Danang, cerca de mi aldea. Recuerdo que, de niña, ayudaba al Vietcong a instalar trampas para los soldados norteamericanos y republicanos, consistentes en unos afilados palos de bambú o unos clavos envenenados que se les clavaban en las piernas. En ocasiones, los clavos eran descubiertos por los detectores de minas, y puesto que yo no solía manejar explosivos, no creí ser culpable de su desgracia. Sin embargo, en aquellos momentos me sentía responsable.

—¿Cómo tratan los vietnamitas a un soldado que ha perdido las piernas por su culpa? —le pregunté.

Bill se echó a reír y contestó:

—Me dispensaron una acogida increíble. Supuse que todo el mundo me odiaría por lo que representaba. La última vez que había visto Vietnam fue desde un helicóptero, mientras yacía en un charco de sangre. Mis piernas se habían quedado en la selva. Odiaba a todos los vietnamitas, del norte y el sur, porque estaba convencido de que iba a morir. Cuando los médicos me aseguraron que no moriría, lo que suponía vivir atado a una silla de ruedas, los odié aún más. Cuando abandoné el hospital odiaba a todo el mundo que tuviera algo que ver con la guerra, incluyendo a la mayoría de los norteamericanos. La primera vez que regresé a Vietnam fue para vengarme, para demostrarles que les había vencido, al menos psicológicamente. Pero estaba equivocado. Me trataron como a un rey, como si fuera un miembro de su familia. —Aunque sonreía, por sus mejillas se deslizaron unas gruesas lágrimas. Tras enjugárselas con su tosca mano de granjero, prosiguió—: Supuse que me bastaría un viaje para liquidar a los fantasmas del pasado. Éste es mi tercer viaje. ¡Quién iba a decírmelo!

Más tarde, Bill me confesó cómo se había producido la transformación.

—Cuando dejé el Ejército, regresé a la granja de mi familia en Wisconsin. Al principio fue muy duro, pues no es frecuente ver a un granjero sentado en una silla de ruedas. Estaba amargado. En 1975, después de la caída del sur, empezaron a llegar los refugiados. Yo avalé a algunos, para que trabajaran en mi granja, pero no por los motivos que imaginas. Quería tener a esos cabrones a mi merced para vengarme por lo que habían hecho. Les obligaba a trabajar de sol a sol por un sueldo de miseria. Los trataba a patadas y les amenacé con entregarlos de nuevo a los comunistas si no me obedecían. ¿Y sabes qué pasó? Pues que cuanto peor los trataba más se esforzaban en complacerme. Para ellos, era su salvador. No sé, quizás era una especie de penitencia. El caso es que empecé a comprender que esos desgraciados eran unas víctimas como yo. La diferencia estribaba en que, mientras ellos trataban de salir adelante, yo todavía estaba librando mi guerra particular. Fue entonces cuando se me ocurrió regresar a Vietnam, para ponerme a prueba. Cuando volví a Estados Unidos, sabía que los vietnamitas eran mis hermanos y mis hermanas. Te juro que los quiero como si fueran mi familia.

—Así que éste es tu tercer viaje —dije, conmovida por su historia—. ¿Qué piensas hacer?

—No sé, lo que pueda. Cada vez que voy llevo medicinas y ropas a un orfelinato que hay en Saigón, pero eso no es nada. Mientras el Gobierno estadounidense no suprima el embargo y los obstáculos para viajar a Vietnam, es como si me limitara a poner tiritas.

Los trámites en la aduana vietnamita resultaron más complicados y desagradables de lo previsto. Cuando empezó a circular la noticia entre la comunidad vietnamita de que me disponía a regresar a Vietnam, muchos *vietkieu* me pidieron que llevara unas cartas a sus parientes. Contenían mensajes, fotos y reflexiones que no deseaban que fueran a parar a manos de los funcionarios de correos. Algunos pretendían enviar también a sus familiares billetes de banco o láminas de oro para *li xi nam moi* —para celebrar el Tet—, lo cual significaba que tendría que ocultar las cartas entre mi ropa y en el forro de mi maleta. Aunque mucha gente lo hacía, me negué en redondo.

No quería enemistarme con las autoridades y arriesgarme a que me impidieran seguir adelante con mi fundación. Por otra parte, algunos lo hacían más por interés que por caridad. Era frecuente que los intermediarios cobraran un tanto por ciento o una comisión por cada cien dólares que transportaban, o bien cambiaban los dólares por *dong* en el mercado negro, donde su cotización era más elevada, y luego remitía el dinero al beneficiario al cambio oficial. En ocasiones, el intermediario se quedaba con el dinero o sustituía una valiosa alhaja por otra de menor valor, de modo que los familiares pudieran informar al remitente que «los dulces han llegado en perfecto estado».

En cualquier caso, los funcionarios de las aduanas vietnamitas eran muy estrictos sobre esas cuestiones, de modo que no intenté ocultar los mil dólares que mis amigos me habían entregado para sus familiares (algunos *vietkieu* transportaban hasta treinta mil dólares) ni las veintiocho cartas que me habían confiado. Invité a los funcionarios a que registraran mi equipaje para que comprobaran que no transportaba dinero ni contrabando, lo cual no dudaron en hacer. Lo lógico habría sido que permitieran a los *vietkieu* enviar a sus familiares tanto dinero como quisieran, para aumentar la afluencia de divisas, pero en una sociedad donde la medida del éxito no era la salud mental, física ni espiritual, sino una obediencia absoluta, nada resultaba lógico.

—¿Por qué no nos dice la verdad, señorita Ly? —me preguntó un inspector—. No queremos tener problemas con los ciudadanos que regresan a nuestro país. Lleva usted muchas cartas, pero poco dinero. No tiene sentido.

—Ya se lo he dicho, hermano, he venido para celebrar el Tet, no para hacer negocios en el mercado negro. Pueden volver a registrar mi equipaje si lo desean, pero no tengo nada más que declarar.

Mientras los aduaneros examinaban de nuevo mis pertenencias, apareció un tercer inspector. Por lo visto, no podían creer que yo fuera tan pobre (o avara) como pretendía aparentar.

—¿Por qué lleva todas esas cartas si no transporta dinero? —preguntó el tercer inspector.

—La semana que viene es el Tet. Si mis amigos hubieran enviado las cartas por correo, éstas llegarían demasiado tarde. Era lo menos que podía hacer por ellos.

—¿Entonces no sabe qué contienen las cartas? ¿Cómo sabe que no se trata de propaganda subversiva?

—No, mis amigos no harían eso.

—¿Cómo lo sabe? Lo lamento, tenemos que confiscar las cartas y examinarlas detenidamente —dijo el inspector. Luego me condujo a un despacho y añadió—: *Moi chi di hop* (entre aquí para que podamos hablar).

¡No podía creer que eso me sucediera a mí! Los otros inspectores nos siguieron con mi equipaje.

Al entrar en el pequeño despacho, un cuarto funcionario, que debía de ser un supervisor, redactó una citación en un papel de color pardo y me la entregó.

—Aquí tiene, señorita Ly —dijo—. Me temo que debo denunciarla por *lam trai luat chinh phu* (por haber cometido un delito contra el Gobierno). Deberá comparecer ante el tribunal, en Ciudad Ho Chi Minh, en la fecha indicada. Por supuesto, si me dice dónde oculta el dinero, romperé la citación.

Yo le miré estupefacta y contesté:

—Ojalá pudiera hacerlo, hermano. Pero no oculto nada.

—¿Qué cree usted que ocurrirá si hallamos más dinero o contrabando en su equipaje? —me preguntó el inspector.

—Que tendré que pagar por haber cometido un delito —respondí—. Pero no he cometido ningún delito.

Deseaba preguntarles por qué no me creían, pero ya conocía la respuesta. La sospecha —la paranoia— estaba a la orden del día. Entre tanto, los otros funcionarios habían empezado a registrar de nuevo mi equipaje, desmontando el pequeño magnetófono que llevaba para Tinh y estrujando el tubo de pasta dentífrica para comprobar si había ocultado algo en su interior.

—¿Qué es esto? —inquirió uno de los agentes, indicando un bote metálico.

—Si me trae un poco de agua caliente —contesté irritada—, le prepararé una taza de café, *ngon lam*, un delicioso café francés, a menos que lo considere demasiado subversivo.

Al cabo de tres horas, cuando los funcionarios terminaron de registrar mi equipaje, examinando incluso el interior de los tacones de los zapatos, el supervisor dijo:

—Está bien, lleváosla.

Los agentes me condujeron a una habitación austeramente amueblada, sin ventanas, lo cual siempre es una mala señal. En ella me recibió un amable funcionario, de unos cincuenta años, quien me invitó a sentarme y dijo con un tono muy distinto del de sus agresivos camaradas:

—Lamento este infortunado episodio, señorita Ly. No es la clase de recibimiento que solemos dispensar a nuestras *con em vietkieu* (hijas que residen en el extranjero). Pero debemos luchar contra el mercado negro. Existía durante la guerra y sigue existiendo ahora. Ése es el motivo de que nos mostremos tan duros. Ahora bien, si me confiesa la verdad, si me muestra dónde ha ocultado el dinero, firmaré este papel y podrá marcharse. Sin citaciones ni multas. Como si nada hubiera sucedido.

Era como los interrogatorios a los que me habían sometido cuando era niña en la cárcel del distrito. Para obligarme a cooperar, me azotaban primero y luego trataban de convencerme con suaves palabras. El hecho de que fuera inocente —como ahora— era totalmente irrelevante.

—*Bac, con noi roi*, ya se lo he dicho, no llevo más dinero que el que he declarado.

El hombre me miró enojado, se levantó y salió de la habitación. Al cabo de unos segundos aparecieron dos mujeres y me ordenaron que me desnudara. Afortunadamente, no llevaban porras de goma ni instrumentos eléctricos, de modo que no opuse resistencia. No obstante, el hecho de desnudarse delante de unos extraños constituye una de las experiencias más humillantes que podemos sufrir en nuestra presente cultura, en la que con frecuencia lo único que poseemos es nuestra dignidad y la ropa que llevamos puesta. Las dos policías me observaron impasibles mientras me quitaba la ropa. Tras examinar la blusa, los pantalones, el sujetador y las bragas, me ordenaron que me apoyara en la pared, con las piernas separadas, y exploraron detenidamente cada rincón y orificio de mi cuerpo.

Cuando terminaron, una de ellas me devolvió la ropa y me dijo que me vistiera. Salió y dijo:

—*Jong co gi het anh a* (no hemos hallado nada, hermano).

Luego me condujeron de nuevo al despacho del supervisor, donde un funcionario señaló mis maletas, las cuales presentaban un aspecto que parecía como si hubiera estallado una bomba en su interior, y me dijo que podía marcharme. Yo le miré indignada y me apresuré a recoger mis cosas. Cuando salí del despacho oí que anunciaban la llegada del segundo vuelo procedente de Bangkok, en el cual viajaba el resto de los VVA.

—¿Qué ha sucedido, Ly? —me preguntó Don al pasar por la aduana empujando la silla de ruedas de Bill—. ¿Estás bien? ¿Has tenido problemas? ¿Acaso pretendían sacarte dinero?

Noté que se me llenaban los ojos de lágrimas. Quería maldecir a esos mezquinos burócratas, pero sólo hubiera conseguido poner más nerviosos a los soldados.

—No tiene importancia —contesté—. Estoy bien. Me han pasado cosas mucho peores.

Era cierto, pero en aquellos momentos me sentía como si las dos policías me hubieran violado. Me habría gustado que, después de pasarme tres horas tratando de convencerles de que decía la verdad, me hubieran oído mentir descaradamente en favor suyo. Lo más indignante era que los *vietkieu*, que transportaban grandes cantidades de dinero, conseguían pasar sobornando a los funcionarios; en cambio, a las personas inocentes como yo nos acosaban implacablemente. Durante la guerra solíamos decir: «Los ladrones roban por la noche; los que roban a la luz del día son funcionarios.»

Esos agentes eran hombres y mujeres jóvenes, aproximadamente de la edad de Jimmy y de Tommy, que no habían recibido una educación decente y para quienes el Estado lo representaba todo. Les gustaba darse aires, sobre todo delante de los acaudalados norteamericanos, aunque era una actitud estúpida e innecesaria.

Al salir de la terminal, vi unos rostros familiares a través de las cristaleras. Se trataba de Anh, el padre de Jimmy; de Yen, su segunda esposa, quien me había recibido con gran amabilidad durante mi primera visita, y de sus hijos.

Nos saludamos como viejos amigos y Anh me preguntó por qué, diantres, me habían retenido durante tres horas en la aduana. Yo les conté una versión abreviada de lo sucedido mientras nos dirigíamos al autobús, el cual era muy distinto de la limusina que había utilizado Anh para ir y volver del aeropuerto durante la ocupación norteamericana.

Después de ayudar a Yen a preparar la cena y acostar a los niños, les rogué que me disculparan y me fui a la cama, aunque me costó mucho conciliar el sueño. Me indignaba que los funcionarios de la aduana hubieran confiscado las cartas que me habían confiado mis amigos. Por culpa de la absurda burocracia, veintiocho familias locales tendrían que pagar una «tarifa oficial» para escuchar la voz de sus seres queridos, suponiendo que les entregaran las cartas. Temía que mis amigos me criticaran por haberles fallado.

Pero lo que más me preocupaba era la citación judicial. Aunque el caso fuera sobreseído, éste constituiría una mancha negra en mi historial. Si había algo que los burócratas vietnamitas hacían a la perfección era conservar meticulosamente todos los documentos y expedientes. Si las autoridades iban a dispensarme ese tipo de recibimiento cada vez que fuera a Vietnam, confiscando el material médico y tratándome como a una delincuente, jamás conseguiría poner en marcha mi labor humanitaria.

Cuando al fin me quedé dormida, soñé que estaba junto al río Vinh Dien, cuyas turbulentas aguas fluían hacia el puerto de Danang y el mar. Yo tenía unos nueve años y estaba tan furiosa, que cogía piedras y las lanzaba con todas mis fuerzas al río. Cada piedra era más grande y pesada que la anterior, y tuve que acercarme a la orilla para arrojarlas. De pronto, cuando el agua me alcanzaba los tobillos y me disponía a arrojar una piedra enorme, sentí que alguien me agarraba por la cintura y me obligaba a retroceder.

Luego, mi padre me cogió la cara entre las manos y preguntó:

—¿Qué estás haciendo, Bay Ly? *Dung gian nguoi dam bung minh*, no te hagas daño para castigar a otra persona. Si tiras al tigre de los bigotes, ¿acaso no es lógico que te dé un zarpazo?

—Sí, padre —contesté, probablemente en voz alta, mientras me hallaba acostada en el cuarto de estar de Anh.

—Además —prosiguió mi padre—, tú sabes mejor que nadie cómo se comportan los hombres y las mujeres cuando les dan un uniforme. Anda, vete a casa.

Yo solté la piedra y abracé a mi padre.

A la mañana siguiente me reuní con los del VVA, a las ocho en punto, en el vestíbulo de su hotel. Mi amiga, que había quedado en acompañarnos, no se presentó, y supuse que había preferido quedarse con su familia. Después de pasar la aduana pareció tranquilizarse. Yo sabía lo que significaban las reuniones familiares. Si había olvidado nuestra cita, no sería yo quien se lo reprochara.

El primer lugar que visitamos fue el tristemente célebre Orfelinato N.º 6, donde acogían a los niños vietnamitas que habían resultado gravemente heridos física y mentalmente, después del cual nos trasladamos al Orfelinato N.º 1, Nha Tre Mam Non, una institución más grande situada en las afueras de Saigón. Era un lugar deprimente, cuyos escasos recursos apenas si bastaban para pagar los sueldos de los empleados y la comida de los niños, quienes ni siquiera disponían de un patio decente donde jugar. Al entrar, Bill señaló una vaca que pastaba en compañía de otras dos junto a la oxidada verja.

—¿Ves esa vaca? —me preguntó con orgullo—. Mis compañeros y yo se la regalamos a los niños durante mi último viaje. Resultó que estaba preñada, de modo que los críos se entretienen cuidando del ternero. Le dan su cariño y reciben leche a cambio. No está mal, ¿eh?

Los muros azul pálido del edificio presentaban numerosos desconchones y el techo estaba cubierto de parches. Los niños, bien peinados y aseados, nos saludaron educadamente. Llevaban ropas de segunda mano y el obligado pañuelo rojo.

Cuando terminaron de cantar una alegre canción de bienvenida, la directora, una mujer de unos cincuenta años llamada Nhu y nuestro traductor (un hombre delgado que parecía demasiado joven para haber luchado en la guerra, pero lo suficiente mayor para haberla vivido) nos condujeron a la zona de recepción, donde nos ofrecieron una taza de té.

—Este lugar se lo debemos a los norteamericanos —dijo Nhu en vietnamita, que el joven tradujo al inglés—. Los maestros, el material y la comida fueron donados a través de la Iglesia católica. Durante la guerra, muchos vietnamitas acaudalados enviaban a sus hijos a la escuela parroquial porque los maestros eran norteamericanos.

Don le preguntó qué había hecho para merecer un puesto de tal responsabilidad.

—Yo era maestra, además de un agente del Vietcong. Tomaba nota de lo que decían los niños ricos sobre las actividades de sus padres y pasaba la información a mis camaradas. Le sorprendería lo mucho que aprendimos sobre el esfuerzo de guerra del Gobierno a través de esos ojos y oídos inocentes, aunque, como es lógico, muchos de los datos no eran correctos. Después de la guerra, el Gobierno de Hanoi me recompensó nombrándome directora.

Yo recordaba mis experiencias como escolar durante la guerra, no todas ellas agradables. Ambos bandos trataban de explotar a los niños y les obligaban a participar en juegos de guerra «patrióticos» y mítines políticos. De día jugábamos a los «soldados del Gobierno», fingiendo que matábamos a soldados del Vietcong y paseándonos con pancartas que ensalzaban al presidente Diem. De noche cantábamos canciones revolucionarias y los del Vietcong anotaban nuestras hazañas (realizábamos pequeños trabajos de sabotaje o espiábamos al enemigo) en la «pizarra de honor». En lugar de conseguir que nos pasáramos a un bando o a otro, como pretendían los organizadores, esas tácticas hacían que la guerra nos pareciera un juego, hasta que vimos morir a nuestros seres queridos. Al menos, los niños de esta escuela, pese a ser unos pobres huérfanos, no se despertaban con el ruido de la artillería ni pasaban las noches en vela observando a los insectos deslizarse a través del muro de tierra del búnker familiar.

Después de tomar el té visitamos el orfelinato. Era como un campamento de verano abandonado. Las mesas y los bancos de madera estaban desportillados, y los dormitorios estaban amueblados con unas literas y cunas desvencijadas. Pero no había juegos, ni material deportivo, ni el eco de recuerdos felices atrapado entre los muros del edificio. En la parte posterior estaba la «fábrica», donde los niños mayores (y la mayoría de los huérfanos que habían quedado inválidos o deformes debido al Agente Naranja) fabricaban papel de arroz para venderlo al Gobierno y a compradores privados. Cuando llegó el momento de subir la escalera para visitar las instalaciones superiores, lo cual presentaba un problema para Bill, un grupo de niños cogieron su silla de ruedas y la subieron hasta el descansillo. Todos nos quedamos mudos de la emoción.

La visita concluyó en el lugar donde la habíamos iniciado, en la sala donde tomamos el té, junto a la vaca que les había regalado Don y una nueva bomba de agua donada por otros benefactores norteamericanos. Allí, bajo el resplandor de las luces de la videocámara de un veterano, Don les entregó el regalo que él y su grupo hacían al orfelinato, unas cajas de medicinas, vitaminas y caramelos. Yo deposité cien dólares sobre una de las cajas y añadí unas palabras a las que había pronunciado Don, pero los regalos eran más elocuentes que nuestras palabras.

La señorita Nhu nos dio las gracias y dijo que confiaba en que las relaciones entre Estados Unidos y Vietnam mejoraran. Todos nos quedamos un poco sorprendidos por los sentimientos de afecto y cordialidad que vibraban en la habitación, como si la guerra —y la tragedia que nos rodeaba— nunca se hubiera producido. Cuando la señorita Nhu terminó su alocución, sucedió una cosa muy curiosa. El traductor, que hasta entonces había traducido sus palabras con calma y fríamente, de pronto se tapó la cara con las manos y rompió a llorar. Don, que estaba junto a él, lo miró perplejo mientras las lágrimas se deslizaban también por sus mejillas, y estrechó al joven vietnamita entre sus brazos. Todos sentimos un nudo en la garganta y rompimos a aplaudir cuando el joven, compuesto y sonriendo, se enjugó los ojos con un pañuelo y terminó su traducción.

El día de mi «citación judicial», cogí un *siclo* para dirigirme a la oficina central de aduanas, situada en un viejo edificio de cemento junto al río Saigón. El juez dijo que no tenía suficientes pruebas para tomar una decisión, y me ordenó que me fuera a casa y preparara un *tuong trinh*, un informe escrito refiriendo el incidente desde mi punto de vista. No era así como había previsto pasar el poco tiempo de que disponía en Saigón, pero no tenía alternativa. Al igual que con varias otras comodidades occidentales, el nuevo régimen no cree en los abogados.

Redacté apresuradamente un informe de cuatro páginas en el que, aunque exponía claramente los hechos, procuraba disimular el desprecio que me inspiraba todo el asunto. Se lo llevé al juez aquella misma tarde, confiando en que el caso se resolviera rápidamente. Pero el juez se limitó a examinar brevemente el informe y me dijo que regresara a la mañana siguiente para conocer su veredicto.

Al día siguiente, el juez entró en la sala con gran ceremonia y sacó mi voluminoso expediente.

—¿Por qué transportaba estas cartas? —me preguntó, agitándolas ante mis narices.

—Para hacerles un favor a mis amigos. Si las hubieran echado al correo, no hubieran llegado antes del Tet.

El juez arrugó el ceño y respondió:

—Según dice, no las ha leído. En tal caso, ¿cómo sabe que no se trata de *phan dong*, propaganda reaccionaria?

—Mis amigos no harían eso.

—Si lo hubieran hecho, usted tendría que pagar una fuerte multa e ir a la cárcel. ¿No ha pensado en ello?

—Desde luego, por eso elijo con cuidado a mis amigos.

El juez leyó algunas de las cartas, las cuales, como ambos sabíamos, ya habían sido examinadas por otras personas. Era evidente que no contenían mensajes subversivos. Sin embargo, el juez no estaba dispuesto a dejar que me marchara tranquilamente.

—De todos modos, ha infringido usted la ley.

—¿Cómo? —pregunté alarmada.

—Al transportar estas cartas personalmente, no ha pagado el porte de correos. Le impongo una multa equivalente a los sellos que deberían llevar. El caso está cerrado.

Después del proceso del siglo en Saigón, el grupo de veteranos y yo nos trasladamos a Danang, donde nos separamos temporalmente. Yo no podía permitirme el lujo de ir a un hotel y Tinh se había ofrecido alojarme en su casa, pese a los cotilleos de los vecinos. Temía que me sintiera incómoda en su casa, pero se equivocaba. ¿Qué millonaria no prefería el calor de una familia a una fría y vacía mansión?

Mi sobrina me recibió en la puerta, acompañada de dos de sus hijos. Era un cuadro delicioso, aunque todavía me costaba aceptar que la delgaducha niña con la que me había criado se había convertido en madre de seis hijos.

Tinh me dijo que al comunicar a la «abuela Phung» que yo iría a Vietnam para celebrar con ellos el Tet, mi madre había venido de la aldea. En aquellos momentos había salido a visitar a unas amigas, de modo que Tinh y yo fuimos al mercado.

El viejo mercado de Danang estaba tan concurrido como de costumbre, aunque había pocas mercancías que comprar y menos dinero que gastar. Pero lo importante era el espíritu del Tet. Un par de vecinas de Tinh nos saludaron fríamente, pero Tinh les aseguró que mi visita les traería buena suerte para el Tet, aunque creo que el aroma de *banh tac canh chung* (arroz envuelto en hojas de plátano), *mi quang* (fideos de la costa central con cerdo y langostinos) y *xa* (*chow mein* de verduras) que flotaba en el ambiente contribuyó más a ponerles de buen humor que mi amplia sonrisa. Aspiré el festivo aroma de las fragantes flores y el humo dulzón de los objetos que la gente quemaba ante el altar familiar y que brotaba de las casas. También bebí un zumo de frutas del país, que me sentó mal.

Cuando regresamos a casa nos encontramos con mi madre, la cual me saludó como si no me hubiera movido de Danang.

—Límpiate los pies, Bay Ly —me dijo, encorvada como un gnomo sobre la escoba—. Acabo de limpiar la entrada.

—¿Cómo estás, mamá *Du*? —le pregunté, dejando las bolsas en el suelo y dándole un beso y un abrazo. A diferencia de nuestra primera reunión, no se apartó de mí. Sabía que mis hermanas Hai y Ba (y la familia de Bai) vendrían más tarde, pero Tinh no me había dicho nada de mi hermano—. ¿Dónde está Bon Nghe?

Mi madre esquivó mi mirada.

—Se trasladó al sur hace un mes. No creo que venga este año.

Dada la absurda burocracia vietnamita, sospeché que a mi hermano le resultaba más complicado desplazarse unos kilómetros para celebrar el Tet con su familia que a mí atravesar el océano.

Después de cenar y charlar con mis hermanas, empecé a sentirme indispuesta. Había sentido molestias en el vientre todo el día y por la noche explotó como los fuegos artificiales del Tet. Pasé toda la noche en el baño, con diarrea y vomitando, y cuando llegó la hora de coger el autocar de los VVA para Hue, una ciudad que no conocía y deseaba visitar, no tuve fuerzas para levantarme de la cama.

Lamentablemente, Hue despertaba todavía en muchos veteranos amargos recuerdos y un profundo rencor. Esa hermosa ciudad, situada a orillas del legendario río Perfume, había sido el escenario de una encarnizada batalla que había durado un mes durante la tristemente célebre ofensiva del Tet, en 1968. Uno de los amigos de mis hijos adoptivos había perdido a sus padres durante esa matanza, y mi padre se había suicidado poco después. Para él y para muchos vietnamitas, la ofensiva del Tet representaba lo mismo que Gettysburg para la Confederación durante la guerra civil norteamericana: el principio del fin. El Vietcong consideraba la batalla del Tet su peor derrota. Al mismo tiempo, sin embargo, dio al traste con las esperanzas de muchos norteamericanos de ganar la guerra. Fue una de las numerosas paradojas de una contienda que lo trastocó todo. Yo había prometido a Don y a Bill que, costara lo que costara, les acompañaría para hacer de traductora y ayudarles en lo que hiciera falta.

Unas horas después de haber partido el autocar me sentí mejor, de modo que me levanté, hice la maleta y me despedí de mi madre. Lamentaba marcharme a mitad de las fiestas, y prometí regresar en cuanto pudiera. Alquilé un coche para que me llevara a Hue —me costó ciento veinte dólares, que habría preferido gastar con mi familia—, pero no quería incumplir la promesa que había hecho a Don y a Bill.

Llegué a Hue a media tarde, después de recorrer uno de los más bellos paisajes que he visto en mi vida. El paso de Hai Van, por ejemplo, años atrás presidido por los fuertes sobre las colinas, las trincheras junto a la carretera y la desolación provocada por las bombas, había recobrado su verde esplendor. Cuando nos detuvimos frente al hotel Song Huong, sin embargo, volví a sentirme indispuesta.

El Diet Binh, o desfile de la victoria del Ejército del norte, había concluido hacía pocos minutos. Los del VVA estaban serios y tristes, sin ganas de hablar, y se dirigieron a sus habitaciones para arreglarse antes de cenar. En medio de una pacífica ciudad engalanada para las fiestas, los VVA parecían unos extraños, perdidos y completamente fuera de lugar.

La última vez que había celebrado un pacífico Tet en Vietnam fue veintiséis años antes. No hacía mucho que había cumplido los doce años. Nuestros vecinos nos habían ayudado a construir una habitación para mi hermano, Sau Ban, y su esposa, junto a la cual suponíamos que envejecería. Mis hermanas, Lan y Hai, habían ido desde Saigón para celebrar las fiestas con nosotros, y la única que faltaba era Ba, cuyo marido, Chinh, que era policía, estaba todavía enemistado con mi familia. Ahora lamentaba haber renunciado a celebrar el Tet con mi familia para permanecer junto a un grupo de melancólicos ex combatientes quienes, en estos momentos, habrían preferido hallarse en cualquier otro lugar.

Rodeados de flores, banderas y fuegos artificiales, nos reunimos en el salón de banquetes del hotel para brindar por el año del Dragón. Cuando los músicos empezaron a tocar las *ty ba* —unas guitarras orientales con forma de pera—, decidí cantar una canción para animar a los veteranos, lo cual atrajo la atención de otros dos grupos de vietnamitas que estaban celebrando también el nuevo año. Dado que nuestro grupo estaba formado por «honorables invitados» extranjeros, el gerente del hotel abrió su mejor botella de vino de arroz, unas botellas de cerveza de importación, champán chino y hasta unas viejas botellas de whisky americano, lo cual también llamó la atención de los otros vietnamitas. Al notar que nos observaban con envidia, les invité a sentarse con nosotros, cosa que no se hicieron repetir.

El primero en acercarse fue un anciano vestido con una vieja guerrera cubierta de oxidadas medallas. Se sentó en un extremo de la mesa, entre Bill y yo y frente a Don, de forma que yo pudiera traducir lo que decía. Al principio creí que aquel tipo tan excéntrico era un mendigo, un veterano del Ejército del norte que se había unido a nosotros en busca de un poco de calor y diversión. Casi nos desmayamos cuando nos dijo que era Phung-Van, el líder del Vietcong que había organizado la insurrección comunista en Hue durante la ofensiva del Tet. Era un héroe al que reverenciaban en todo Vietnam, una especie de John Wayne vietnamita.

Al principio, Don y Bill no sabían cómo reaccionar. Tras una pausa un tanto tensa, Don rogó al señor Van que les relatara cómo había obtenido las medallas, a lo que la mayoría de los soldados accede encantada. El señor Van no era una excepción. Al cabo de unos momentos, Don sacó también sus condecoraciones, al igual que los otros veteranos norteamericanos. Uno por uno, todos los que se hallaban sentados alrededor de la mesa, vietnamitas y norteamericanos, empezaron a sonreír y a intercambiar exclamaciones de admiración y enhorabuena.

Inesperadamente, Don prendió una de sus medallas en la camisa del señor Van. Los ojos del viejo soldado se humedecieron mientras se ponía en pie, alzando su copa en un brindis. Los demás guardaron silencio y yo traduje las palabras del señor Van:

—Nuestra sucia guerra mató e hirió a mucha gente de bien. Todos hemos visto a muchachos pronuciar el nombre de sus seres queridos y amigos antes de morir. Dejemos que nuestros camaradas descansen en sus sepulturas. A nosotros, los supervivientes, lo que nos interesa es el futuro. Mi Vietnam es pobre pero orgulloso, demasiado orgulloso para pedir humildemente a Norteamérica que nos ayude. Marchemos juntos en nombre de la paz.

Todos los presentes alzaron sus copas, conmovidos, a la salud del admirable anciano.

—Te deseo que celebres muchos otros Tets —dijo Don, y todos le corearon.

A medianoche, tras unos instantes de silencio, estallaron un millón de fuegos artificiales y a través de los altavoces empezaron a sonar los himnos de bienvenida al Dragón del nuevo año. Numerosos grupos de jóvenes bajaron corriendo hacia el río Perfume, para cantar y bailar a la luz de la luna. La campana del templo Thien Mu, la pagoda más famosa de Hue, comenzó a tañer, iniciando la vigilia de oración de los monjes, para pedir comida, paz, salud y amor entre los hermanos y las hermanas de Vietnam y de todo el mundo.

Los veteranos se abrazaron y brindaron y entonaron las palabras de la canción de un país mientras sonaban las melodías del otro. No era necesario traducir nada.

Al día siguiente, después de visitar las suntuosas tumbas de los trece grandes reyes de Vietnam, partimos para Danang. A medio camino, pedimos al conductor que se detuviera en el cementerio militar en An Hoa. Los soldados se apearon del autocar con sus cámaras, ansiosos de obtener unas fotografías del «cementerio vietnamita de Arlington». Cuando se disponía a sacar unas fotos, Don vio a un anciano vestido de negro que caminaba lentamente por entre las lápidas.

—Ly, ve a ver lo que hace ese tipo —me dijo, confiando quizás en conseguir una foto de algún ritual.

—*Thua Bac, bac tim ai a?* (tío, ¿qué es lo que busca?) —pregunté al anciano educadamente.

Éste alzó la cabeza, sorprendido, y miró el grupo de veteranos. Cuando respondió, su voz era tan débil como la brisa que soplaba en el cementerio.

—Dice que busca a su hijo que luchó contra los norteamericanos.

Don bajó la cámara y preguntó:

—¿Quieres decir que va a rezar ante la tumba de su hijo?

—No exactamente. No sabe dónde está enterrado su hijo, ni siquiera si sus restos se hallan en este cementerio. —Pensé en mi hermano Sau Ban, un «MIA» del Vietcong, y sentí que se me formaba un nudo en la garganta. Habían desaparecido más de 300.000 soldados vietnamitas.

—Vamos a ayudarle —dijo Don.

Seguidos por el anciano, caminamos por entre las numerosas hileras de «ataúdes» de cemento que hacían de lápidas. En la mayoría figuraba un nombre, pero otras simplemente decían MAT TICH (desaparecido) o CHIEN SI VO DANH (héroe desconocido). El anciano señaló el grupo de veteranos con el pulgar y preguntó:

—¿Son rusos, señorita?

—No, tío, son norteamericanos.

El hombre se detuvo, dio media vuelta y salió del cementerio.

Echaba de menos a mi familia y deseaba compartir con ella las últimas horas del Tet. El conductor me llevó a casa de Tinh. Antes de apearme pedí al guía, que era también nuestro control de seguridad, que me informara sobre el itinerario del grupo.

—Mañana iremos a la Montaña de Mármol, un lugar muy hermoso. ¿Lo conoce?

—Por supuesto —respondí—. Soy de Ky La, quiero decir de Xa Hoa Qui, una aldea al sur de la población. Quizás a usted y al grupo les gustaría visitar mi aldea después de haber visto los budas y las cuevas Vietcong...

Durante mi último viaje, había llegado a un par de kilómetros de mi aldea natal, pero no había logrado convencer a las autoridades ni a mi familia de que me dejaran visitarla. Quizás en este viaje tendría más suerte.

El guía se rascó la mejilla y contestó:

—¿Una aldea campesina? No sé... Veremos si al grupo le apetece ir, y, por supuesto, tengo que pedir autorización al *du lich* local, al director del comité turístico. Se lo confirmaré mañana.

—Lo comprendo. Yo también debo preguntar a mi madre si no le importa que aparezcan los norteamericanos por la aldea.

El guía observó la humilde casa de Tinh y preguntó extrañado:

—¿Es ahí donde vive su familia?

Al igual que mucha gente, no sabía si yo era una espía de la CIA o de la *cong an*, la policía secreta gubernamental, y que utilizaba la casa de mis parientes como tapadera. En su mayoría, los vietnamitas creían que cualquiera que tuviera parientes norteamericanos debía vivir como un rajá. Quizá la modesta casa de mi sobrina había convencido al guía de que yo trabajaba para Hanoi y era tan pobre como el resto de los vietnamitas. En cualquier caso, mi petición le había puesto en un compromiso.

Al entrar en casa de Tinh vi que casi habían terminado de cenar. Todos me recibieron con besos y abrazos y yo aplaudí al ver las hermosas decoraciones. Habían juntado todas las mesas que había en la casa, las cuales estaban repletas de bandejas de comida y *hoa mai*, flores de azahar e incienso, que simbolizaban el espíritu de las fiestas. Tinh me colocó en el lugar de honor, junto a mi madre, y me dio un plato rebosante de comida, que apenas pude probar debido a los retortijones que sentía en el vientre y a mi encuentro con el anciano en el cementerio.

Después de cenar, los hombres se dirigieron a una habitación contigua para charlar entre ellos, y los niños se fueron a acostar.

—Si no tienes inconveniente, desearía regresar a la aldea, mamá *Du* —dije a mi madre—. Quiero *dot nhang cho cha* (quemar incienso ante el altar de mi padre). Me gustaría llevar a un grupo de norteamericanos para que vean cómo viven los campesinos después de la guerra.

Temí que se negara al igual que el año pasado. Recuerdo que reaccionó violentamente y me rogó que no pusiera los pies en Ky La, por temor a posibles represalias. Esta vez, sin embargo, se encogió de hombros y respondió:

—Me parece bien.

—¡No puedo creerlo, mamá *Du*! El año pasado casi te desmayaste cuando te lo pedí. ¿Qué te ha hecho cambiar de opinión?

—No he cambiado de opinión. Es el Gobierno el que ha cambiado. Las cosas son distintas. Nos han pedido que animemos a todos los *vietkieu* a que regresen a su país. Las autoridades quieren que los norteamericanos vean que deseamos ser amables con ellos. Hoy en día, el ser visto con un norteamericano te da prestigio. Puede que gracias a ti me convierta en un personaje célebre entre los miembros del comité. ¿Cómo iba a negarme?

Yo la abracé y dije:

—De todos modo, aún no he recibido la autorización del comité en Danang.

—No te preocupes, pediré al comité de la aldea que interceda para que te autoricen a ir. Los norteamericanos son ricos y nos traerán a todos buena suerte.

Estaba tan nerviosa, que al día siguiente apenas reparé en nada de lo que vimos durante la excursión con los de la VVA. La Montaña de Mármol es un macizo de trescientos metros de altura, rodeado de una selva, conocido por el fuerte que hay en su cima, utilizado por los marines, y los santuarios budistas en el interior de la montaña. Paradójicamente, también albergaba en sus entrañas un gigantesco hospital del Vietcong. Los ruidosos grupos de peregrinos y de niños amerasiáticos que no dejaban de asediarnos me recordaron el último Tet que había pasado allí.

En 1962, nos reunimos toda la familia para celebrar el Año Nuevo y el matrimonio de Sau Ban. Yo acababa de recibir mi primer *ao dai* de mujercita, que Lan y Hai me habían traído de Saigón. Aunque me quedaba inmenso, pues mis hermanas habían olvidado lo flacucha que era, estaba convencida de ser la mujer más guapa de la fiesta.

Al son de los timbales y las liras, subimos la escalinata hasta los *su tu*, los leones guardianes que ostentan las palabras *Ong Thien* (señor Bondad) a la derecha y *Ong Ac* (señor Maldad) a la izquierda. Ambos espíritus nos siguen a lo largo de nuestra vida y anotan todos nuestros actos. Al morir, comparecemos ante *Ong Troi* (señor Cielo), el dios principal, y *Thien* y *Ac* le entregan sus notas. De haberse tratado del Dios occidental de Dennis, éste nos habría juzgado severamente y nos habría enviado al infierno. Pero en Oriente, *Ong Troi* se limita a señalar las pruebas de nuestros actos y nos pide que nos juzguemos a nosotros mismos: «¿Estáis satisfechos de la vida que habéis vivido?» Puesto que los espíritus son extremadamente lúcidos y no pueden engañarse, siempre nos mostramos justos y misericordiosos con nosotros mismos. Al fin y al cabo, el señor Cielo —el dios cósmico— desea comprensión, evolución y armonía, no venganza y castigo.

Al igual que hace veintiséis años, durante aquel maravilloso Tet con mi familia, los soldados y yo quemamos incienso y pedimos permiso a los espíritus para penetrar en la enorme caverna. A la luz de los tres orificios de ventilación que había en el techo, descendimos a la cueva principal, donde se conservan numerosas reliquias religiosas, budas, altares y un museo dedicado al Vietcong. Don estaba asombrado de que el «enemigo» hubiera sido capaz de dirigir una operación de tal envergadura sin ser descubierto por las tropas norteamericanas.

—En realidad, no es ningún misterio —dije, indicando una bifurcación. Uno de los caminos conducía a la cima; el otro al laberinto de túneles utilizados por el Vietcong—. Todo el mundo conocía la existencia de la caverna, de los santuarios religiosos y del «sendero hacia el cielo» que había en la cima, pero los monjes afirmaban que el segundo sendero conducía directamente al infierno. Si hubieras estado al mando de un escuadrón de soldados, ¿acaso habrías elegido el segundo camino?

Así, ambos bandos habían coexistido durante la guerra. La base de los marines protegía a la montaña de un ataque aéreo; las instalaciones del Vietcong, a su vez, protegían a los marines de los saboteadores. Un modelo de colaboración, aunque involuntaria, entre ambos países. Barbara Cohen, la psiquiatra militar, estaba profundamente conmovida.

—He venido aquí en muchas ocasiones —dijo, sonriendo y al mismo tiempo tratando de reprimir las lágrimas—. Es un lugar que produce una gran sensación de serenidad. Si esas paredes hablaran, nos pondrían los pelos de punta. A propósito de fantasmas, quiero visitar nuestro viejo hospital, ¿me acompañas, Ly?

El guía todavía no me había dicho nada sobre mi petición de ir a Ky a La, y temía que los malditos burócratas se decidieran demasiado tarde.

—En realidad —contesté—, quería ir a mi aldea esta tarde, para quemar incienso ante el altar de mi padre. Está muy cerca de aquí, podríamos ir a pie. ¿Te gustaría acompañarme? Luego podemos coger el autocar para visitar el hospital.

Ante mi sorpresa, Barbara accedió. Le dije al guía que íbamos a dar un paseo por la zona antes de regresar a Danang. Si éste imaginaba que me refería a la Montaña de Mármol y a China Beach —las principales atracciones turísticas—, mejor que mejor. A fin de cuentas no le había dicho una mentira, sólo una verdad a medias, cosa muy frecuente en el nuevo Vietnam.

Cuando el grupo partió, Barbara y yo echamos un vistazo a nuestro alrededor, sin saber qué camino tomar. Al cabo de unos segundos aparecieron unos niños, quienes contemplaron asombrados a la alta mujer norteamericana (¿o sería rusa?) y a su amiga vietnamita, bajita y con el pelo rizado al estilo occidental. Al fin echamos a andar por el camino, seguidas por el enjambre de niños.

—Esos niños son un encanto —dijo Barbara, sacando unos chicles y unos caramelos del bolso para dárselos. Pero yo la detuve rápidamente.

—No lo hagas —dije—. Si se enteran de que llevas golosinas, se lo dirán a sus amigos y no nos dejarán en paz.

Lo que temía ya se había producido. Los niños habían atraído a sus hermanos mayores y al cabo de unos minutos nos vimos rodeadas de un nutrido grupo de jóvenes adolescentes, de aspecto un tanto alarmante. En aquel momento recordé la época en que todos los días aparecía el cuerpo de una mujer —no sólo una prostituta, sino cualquier mujer— en un cubo de basura o entre los matorrales, torturado, violado y desmembrado.

—Creo que debemos largarnos de aquí —dije, apretando el paso.

En esto vi un *xa lam*, un *siclo* motorizado, que se acercaba por la carretera. Al verme agitar los brazos, el conductor se detuvo. Quizá comprendió que nos hallábamos en un apuro, o puede que simplemente quisiera recoger a unas pasajeras, pero el caso es que sonrió y nos dijo que nos montáramos. Algunos de los chicos echaron a correr detrás del vehículo, pero al cabo de un rato se cansaron. En aquellos momentos pensé que quizá los burócratas tenían razón al desaconsejarnos que visitáramos las zonas rurales. En cualquier caso, debía atenerme a la decisión del comité o bien urdir otro plan.

Al cabo de un rato, Barbara pidió al conductor que se detuviera frente a una pequeña clínica —un cuchitril de tres habitaciones— construida por los norteamericanos durante la guerra. Nos abrieron la puerta dos comadronas, los únicos miembros del «personal facultativo» que estaban de servicio. Les dije que Barbara era una psiquiatra militar y yo una *vietkieu* que deseaba construir una clínica para los campesinos. De haber sabido lo que íbamos a presenciar, habría añadido «...y demoler las viejas instalaciones como ésta».

No sé cuál de las dos se sintió más escandalizada: yo, como consumidora americana acostumbrada a la mejor sanidad del mundo, o Barbara, una profesional, ante las precarias condiciones y falta de higiene de aquel lugar.

En la sala de partos había una desvencijada mesa cubierta con unas sábanas llenas de manchas. Los suelos ni siquiera estaban desinfectados. Las mugrientas paredes estaban llenas de telarañas. Los armarios de medicinas sólo contenían viejos trapos. Los cordones umbilicales eran cortados con unas tijeras oxidadas.

En la sala de recuperación, vimos a una joven madre que yacía sobre una estera con su pequeño bebé entre los brazos. Barbara les hizo una foto con su Polaroid y se la regaló. La joven la contempló con los ojos llenos de lágrimas y nos despedimos de ella deseándole mucha suerte. Sin embargo, las comadronas hablaban con orgullo de la clínica. Era sostenida por el Gobierno como «recompensa» a los héroes locales, que habían luchado contra los norteamericanos en China Beach.

Todavía no había resuelto el problema de cómo ir a Ky La cuando Don me preguntó si me gustaría acompañarles a Hanoi. ¿Cómo iba a negarme?

Dicha ciudad no sólo era famosa en las leyendas antiguas y modernas, sino que era donde vivía mi hermano Bon Nghe y muchos otros jóvenes del sur que se habían trasladado allí en 1954, cuando se produjo la partición del país. Asimismo, por aquellos años, decenas de millares de personas, en su mayoría católicos, habían emigrado de Hanoi al sur porque temían que el régimen comunista no les permitiera practicar su religión. El acusar a alguien de «ser comunista» porque procede de Hanoi sólo demuestra una profunda ignorancia de la historia de Vietnam.

La relación de Hanoi con el comunismo es relativamente reciente. Los vietnamitas siempre han soñado con visitar esta antiquísima y noble ciudad, al igual que los norteamericanos sueñan con visitar Nueva York o Washington, para conocer su patrimonio cultural. Por supuesto, algunas de las leyendas modernas sobre Hanoi no son nada halagadoras. Los *vietkieu* norteamericanos afirmaban que Hanoi estaba llena de tesoros robados al sur, y yo quería comprobarlo personalmente. Por otra parte, pensé que si regalaba el paquete de medicinas que había traído a un hospital de Hanoi me congraciaría con las autoridades sanitarias, de las cuales dependía el éxito de mi misión.

Por otras leyendas que había oído sobre Hanoi, imaginé que estaría llena de jardines, monumentos, viejos templos y palacios, tal como merece una capital nacional, de la que los soldados del Vietcong hablaban siempre con gran admiración. La realidad, sin embargo, resultó ser muy distinta.

Cuando el avión descendió para tomar tierra, contemplamos una campiña llena de cráteres provocados por los masivos ataques de los B-52 durante la guerra. Manzanas enteras de comercios y viviendas habían quedado en ruinas. Era como si en 1960 se hubiera ofrecido ante los asombrados ojos de los turistas europeos la mitad de los daños causados a la Alemania nazi durante la Segunda Guerra Mundial. Otros países enemigos de los norteamericanos han experimentado «milagros» en la posguerra, pero no los vietnamitas. Incluso los edificios que no habían resultado dañados ofrecían un aspecto destartalado y oxidado. Los parques estaban abandonados y cubiertos de rastrojos. Incluso el clima era frío y húmedo, más parecido a Corea que a Vietnam. Por las calles, en su mayoría sin asfaltar, circulaban escasos vehículos. Comparada con el riguroso norte, Saigón era como una soleada isla caribeña.

Lo primero que hacen los turistas que van a Hanoi es visitar la «casa» de su anfitrión: la tumba de Ho Chi Minh. Al igual que la tumba de Lenin en la Unión Soviética, el mausoleo de «Tío Ho» es medio iglesia y medio monumento, lo más parecido a un santuario religioso que ha visto un Gobierno secular. La gente hace cola durante horas para contemplar al legendario líder, fundador de este nuevo Vietnam reunificado. Las floristerías, a diferencia de otros comercios, constituyen allí un negocio redondo. Aunque el resto de la ciudad se pudra, no se escatiman gastos a la hora de honrar y preservar al «Buda» de los comunistas.

A medida que nos acercábamos a su tumba, mi curiosidad iba en aumento. Durante los primeros veinte años de mi vida no había pasado un día sin que oyera pronunciar el nombre de Ho Chi Minh, bien para ensalzarlo o vilipendiarlo. Aunque no se sabía bien si era un santo o un pecador, todos coincidían en que fueron sus ideales y su personalidad los que prendieron la mecha de la guerra e hicieron que siguiera ardiendo. Muchas madres como la mía sacrificaron a sus hijos en aras del Vietnam independiente que él propugnaba. No importaba que esa «independencia» hubiera engendrado un sistema totalitario incapaz de alimentar a su pueblo. Tanto si los visitantes acudían a ver a un filósofo, a un rey, al alma de su nación o a un monstruo, nadie permanecía impasible ante el diminuto cuerpo, vestido con un traje marrón, que dormía el sueño eterno detrás del cristal del relicario. En aquellos momentos pensé en que la influencia de ese hombre había conseguido alterar radicalmente mi vida y el curso de la historia de mi país natal y mi país de adopción. Los centinelas que montaban guardia ante su tumba debieron de pensar que yo era una de sus más leales seguidoras. ¿Cómo iban a imaginar que no lloraba por él, sino por las víctimas de ambos bandos que no podían estar donde me hallaba yo ni regresar a sus aldeas natales?

Barbara y yo temíamos que la visita al monumento afectara negativamente a algunos veteranos, pero nuestros temores fueron infundados. De hecho, algunos incluso se pusieron sus chaquetas de veteranos del Vietnam. A fin de cuentas, si los vietnamitas del norte tenían escasos motivos para sentirse orgullosos de Hanoi, los veteranos norteamericanos tampoco tenían por qué sentirse avergonzados ante el monumento.

Lo peor fue la visita al Bao Tan Quan Doi, el museo de guerra nacional, que alberga buena parte de los cinco billones de dólares en armamento estadounidense que había sido capturado en el Sur o arrojado sobre el Norte.

El museo del Ejército de Vietnam del Norte parece un depósito de chatarra, aunque no por dejadez, sino porque el país carece de los recursos suficientes para exhibir sus victorias como hacen en Occidente o como solían hacer los antiguos reyes vietnamitas. Mientras contemplaba la colección de rifles, de motores de reacción y pedazos de aluminio (algunos de las cuales todavía ostentaban la insignia del ejército del aire estadounidense), creí hallarme en un desván lleno de trastos viejos.

El guía nos recitó las estadísticas: más de 58.000 norteamericanos caídos en comparación con 1,9 millones de vietnamitas —casi 33 víctimas vietnamitas por cada norteamericano muerto en combate—, lo que equivale a una de las más costosas victorias de la historia. Mientras los políticos norteamericanos y algunas familias remueven viejas heridas por un puñado de soldados norteamericanos desaparecidos, Vietnam desconoce todavía el paradero de casi un tercio de un millón de sus hermanos, hermanas, hijos e hijas, tanto del norte como del sur. Y un número equivalente han quedado permanentemente inválidos debido a la guerra. ¿Cuándo dejarán en paz a la gente?

Los que más me preocupaban eran los veteranos que habían sufrido un severo trauma provocado por la guerra. Me recordaban a la gente que había visto en mi aldea y en Danang después de tantos años de bombardeos, torturas y terror. Eran retraídos y no se confiaban fácilmente. Hablaban con voz trémula y mantenían la vista clavada en el suelo. Sus temas de conversación giraban invariablemente en torno al odio que les inspiraba el Gobierno norteamericano, la gente que los había embaucado y lo injusto que era todo.

Después de la visita a Hanoi, apenas despegaron los labios.

Cuando pregunté a Don qué opinaba al respecto, contestó:

—No sé. Tendría que hurgar en mis propios sentimientos para entenderlo. Algunos me han dicho que este viaje les ha ayudado mucho. Otros no dicen una palabra. Sin embargo, creo que éstos han demostrado más valor que nosotros al venir aquí. Durante mi último viaje, había un tipo en nuestro grupo que se ponía histérico cada vez que veía un uniforme del Ejército del Norte. En cierta ocasión, echó a correr pidiendo un rifle. Al final, entre cuatro compañeros y yo conseguimos calmarlo. Los vietnamitas que pasaban por la calle nos miraban pasmados. No recuerdo qué decían...

—*Dien cai dau?* ¿Que estaba mal de la cabeza?

—Sí, eso es. Supongo que es lógico que reaccionaran así. Si alguna vez se te ocurre traer a un grupo de veteranos a Vietnam, ten mucho cuidado. Todo el mundo merece la oportunidad de poder resolver sus traumas, pero no todos están preparados para afrontar esto. Si no estás segura de poder controlarlos, envíalos al VVA. Al menos, nosotros ya hemos pasado por esto.

Sus consejos fueron proféticos.

Durante un viaje que realicé posteriormente con un grupo de veteranos, médicos y maestros, comprendí que esos veteranos tenían otros problemas aparte de sus traumas y pesadillas. En ocasiones se ven presionados por sus esposas y familiares, quienes les obligan a correr unos riesgos para los que no están preparados. Tratan de convencerse de que la «señorita Ly» es una especie de curandera mágica (olvidando que son ellos quienes deben ayudarse a sí mismos) y llegan a Vietnam no sólo cargados de remordimientos y problemas psíquicos, sino empeñados en «curarse» en diez días. Con frecuencia, la pobreza y el dolor que hallan aquí les hace sentirse más deprimidos. Aunque todos los que participan en nuestros viajes deben firmar un documento comprometiéndose a observar ciertas normas, en ocasiones olvidan su promesa. Se vuelven paranoicos, creen que todo el mundo les espía, se quejan de la comida y de los hoteles. En resumidas cuentas, se comportan como lo que son, unas personas que sufren graves trastornos psíquicos. Al final, se sienten decepcionados porque comprenden que el viaje no les ha servido de nada.

Una de las cosas que descubrí fue que muchos veteranos arrastraban problemas anteriores que la experiencia de la guerra había agravado. Algunos eran drogadictos, alcohólicos o tenían una personalidad violenta y agresiva, pero otros simplemente tenían los problemas económicos y matrimoniales que tiene mucha gente. Creo sinceramente que su mayor problema era su karma, no el Ejército. El Tío Sam no les había hecho ningún favor obligándoles a participar en una guerra que incluso las personas sanas de mente y espíritu no habían conseguido superar con facilidad.

A esas personas sólo puedo decirles lo siguiente: perseverad en vuestro intento de mejorar. No esperéis que yo, vuestra esposa, vuestros hijos o los pobres vietnamitas os ayudemos. El dios que os creó lo hizo con un propósito. No rechacéis el don de la vida, por mucho que hayáis sufrido.

A la mañana siguiente, di las gracias a Don, a Bill, a Barbara y al resto del grupo por lo que habían hecho por mí, y me despedí de ellos antes de que partieran hacia el aeropuerto.

Durante los últimos diez días, había convivido con un pequeño grupo de personas que habían logrado superar su dolor. De algún modo, habían conseguido transformar los recuerdos de sufrimiento y terror en sentimientos de aceptación, perdón y esperanza. A partir de ahora, cada vez que pensaran en Vietnam verían un lugar con un rostro humano: su propio rostro, el rostro de dios. Si los monjes tenían razón, y nada sucede sin que exista una causa, el resultado de mi largo peregrinar —desde Ky La hasta el momento presente, pasando por las calles de Saigón y Danang y mi vida con Ed y Dennis— había llegado a un punto culminante.

Toda mi vida me había visto atrapada, como suele decirse, «entre dos aguas», entre el sur y el norte, los norteamericanos y los vietnamitas, el egoísmo y la compasión, el capitalismo y el comunismo. Ahora, en lugar de oponerme al destino, comprendí que ése era el lugar que me correspondía. Sólo cuando dejas de resistirte a las fuerzas que configuran tu vida (tratando de «sostener el cielo con un palito», *be nan chong troi*, como diría mi madre), y las utilizas para perfeccionar tu alma, puedes hallar la felicidad, independientemente de la tierra que pises o el hombre que camine junto a ti. Desde luego, no puedo hablar en nombre de todos los vietnamitas, pero yo soy hermana de cada vietnamita y, me guste o no, todos nuestros cordones umbilicales yacen enterrados en Vietnam. Tampoco puedo pronunciarme en nombre de todos los norteamericanos, pero, como ciudadana estadounidense de origen asiático, tengo tanto derecho a ocupar un lugar en el crisol norteamericano como cualquier mujer caucásica, hispánica, negra o de otra raza. Debajo de nuestras pieles de distinto color, todos somos hijos de este planeta. Nuestras creencias —libertad e independencia, responsabilidad y compasión— constituyen la esencia de nuestra humanidad. No podemos rechazarlo, como tampoco podemos rechazar la chispa de la vida que la suerte o la providencia o dios nos ha dado. Es posible que muchas personas, en virtud de su educación o inteligencia, estén más capacitadas que yo para transmitir este mensaje a Oriente y Occidente, pero una parte de esa tarea ha recaído en mí. No puedo defraudar a mi padre.

Después de despedirme del grupo de VVA, me dirigí a las oficinas de la comisión central de los *Ban Vietkieu*, el organismo que se ocupa de las relaciones con los vietnamitas expatriados. Me proponía mostrarles una copia de la propuesta que había presentado a la misión de la ONU y solicitar su autorización para fundar una organización benéfica. Deseaba impresionarles con mi sinceridad y capacidad, pero al mismo tiempo quería que me garantizaran que la desagradable experiencia que había sufrido en la aduana no volvería a repetirse. Ante mi asombro, fueron ellos quienes trataron de «conquistarme» a mí.

Los dos funcionarios se disculparon por el mal rato que había pasado y me indicaron las personas con las que debía hablar y el tipo de documentos que debía rellenar. Además, me invitaron a que me instalara en las habitaciones de invitados que había en el edificio durante el resto de mi estancia en Hanoi. Ni siquiera mis parientes se habrían mostrado más generosos y hospitalarios.

Durante los días siguientes, hablé con funcionarios de prácticamente todos los ministerios gubernamentales y con varios *Vietkieu* procedentes de Europa. De esas conversaciones aprendí muchas cosas, empezando porque la gente siempre sospecha de las labores «humanitarias». Curiosamente, el occidente capitalista es el único lugar donde las obras caritativas son aceptadas sin recelos. En un país donde el Gobierno debe atender las necesidades de los ciudadanos, la gente es reacia a financiar obras benéficas.

Al cabo de una semana de entrevistas, estaba mareada de tantas estadísticas y pormenores y empezaba a sentirme triste. Añoraba a mis hijos en Norteamérica y lamentaba no poder pasar más tiempo con mi familia. Llevaba más de tres semanas en Vietnam y todavía no había visto a Bon Nghe, mi único hermano que aún estaba vivo.

Regresé a Danang y me dirigí directamente a la casa de Tinh. Aparte de mi sobrina y un par de hijos suyos, la casa estaba vacía.

—¿Dónde está todo el mundo? —pregunté—. Supuse que mi hermano Bon iba a venir del norte para verme.

—La abuela Phung está con Hai en el pueblo —respondió Tinh—. El tío Bon estuvo aquí, pero al cabo de un día regresó a Saigón.

—¡Qué lástima! ¿No le comunicasteis que yo estaba en Vietnam? Tinh no contestó, y deduje que algo había sucedido.

—Sé sincera conmigo, Tinh. ¿Por qué no se quedó Bon Nghe? Otra cosa que no comprendo es por qué se fue a vivir a Saigón. El año pasado, él y su familia parecían muy satisfechos. Tenía un cargo importante, y parecía dispuesto a ayudarme con la fundación. ¿Qué sucedió cuando me fui?

—Ya sabes cómo es la gente —respondió Tinh, tratando de restar importancia al asunto—. El año pasado, después de que vinieras a vernos, los vecinos empezaron a murmurar. Algunos fueron a hablar con el jefe de Bon. Según decían, tú habías traído un montón de dinero de Norteamérica y todos éramos ricos, sobre todo el tío Bon. Pese a la nueva política destinada a promover el contacto con los *vietkieu* norteamericanos, el jefe de Bon y sus colegas empezaron a espiarlo, tratando de averiguar en qué empleaba el dinero. Quizá sospechaban que se había vendido como espía a los americanos, ¿quién sabe? De todos modos, Bon estaba dolido y furioso. Dijo que no merecía que le trataran de esa forma y solicitó el traslado, a lo cual accedieron inmediatamente.

¡Era increíble! Veinte años atrás me había visto obligada a exiliarme en Saigón, víctima de los maliciosos, peligrosos y mezquinos cotilleos de la aldea. Ahora le había tocado a mi hermano. ¿Acaso la guerra no había enseñado nada a esa gente?

—¿Cómo está su familia? —pregunté, sabiendo que esas cosas afectan también profundamente a los parientes de la víctima.

—Su mujer, Nhi, está bien. Es una mujer fuerte del norte, ¿recuerdas? Su hijo Nam, en cambio, siempre está enfermo. Padece asma, y el aire del sur le perjudica. Por supuesto, no disponen de medicinas, de modo que tienen que andarse con mucho cuidado. —Tinh empezó a pelar unas batatas y yo cogí un cuchillo para ayudarla.

»La tía Ba y la abuela Phung también tuvieron problemas, pero de todo tipo —continuó Tinh—. El comité popular las invitó a una reunión y temí que sufrieran un ataque cardíaco. Era una reunión para todas las personas que tienen parientes en Estados Unidos. Les pidieron que escribieran a sus familiares *vietkieu* invitándoles a venir a celebrar el Tet en casa. Era un importante programa del Gobierno. Ya sabes, las autoridades no hacen gran cosa para fomentar nuestras viejas costumbres familiares, pero cuando se deciden a hacer algo se apresuran a recurrir a los abuelos y a los tíos.

Yo no salía de mi asombro. Con la mano derecha, el Gobierno trataba de llegar a un acuerdo conmigo para que enviara ayuda médica a los campesinos, presionando incluso a mi familia para que me convencieran, mientras que con la izquierda perseguía a mi hermano por «haber sido visto» con la misma persona a la que el Gobierno trataba de conquistar. Lo peor era que, en este nuevo Vietnam, todo tenía sentido. Era preciso que hiciera algo. Lo lógico era empezar por mi madre, el punto focal de la familia.

—¿Te ha llamado alguien de la oficina local *Ban Vietkieu* sobre mi petición de visitar Ky La? —pregunté a Tinh, arrojando una batata pelada en el cubo. Al oír las risas de los niños y aspirar el dulce aroma de verduras frescas y té caliente tuve la sensación, durante un instante, de que estaba en mi casa.

—Hace unos días vinieron dos hombres y le dijeron a Bien que, si lo deseabas, podías alojarte en casa en lugar de un hotel. En cuanto a lo de ir a Ky La... Ah, ya ha llegado Bien. Él mismo te lo contará.

Los niños empezaron a gritar «¡papá, papá!», mientras Bien, después de aparcar su bicicleta, atravesaba la barbería que tenía instalada en la parte delantera de la casa. Se asomó a la cocina y, al verme, dijo sonriendo:

—Me alegro de verte, Di Bay. Te hemos echado de menos. Tu hermano Bon te envía afectuosos saludos.

—Eso no es lo que me han dicho —contesté, dejando el cuchillo y desenrollando las perneras de los pantalones, que me había arremangado para trabajar más cómodamente—. Tengo que aclarar las cosas con mi familia antes de irme. Quiero quemar un poco de incienso ante el altar de mi padre. Sé que, si consigo ir a Ky La, él infundirá compasión en los corazones de la gente. Es la única herida que tengo en el alma que aún no ha cicatrizado.

—¿Quieres ir a Ky La? —preguntó Bien, rascándose la barbilla—. Los del comité dijeron que podías alojarte aquí, pero no dijeron nada sobre la aldea, salvo que tendrían muchos problemas si sufrías algún percance. Creo que prefieren lavarse las manos y que lo decida el comité de la aldea.

—¿Lo ves? Eso significa que es preciso que vaya a Ky La —contesté con vehemencia, pero no quería causarles ningún problema—. Ya que has hablado con los del comité en Danang, quizá puedas acompañarme.

Tinh asintió y dijo:

—Tiene razón, Bien. Siempre puedes decir que has solicitado la autorización al consejo de la aldea en nombre del comité de Danang. Lo peor que podría hacer Bay Ly es tratar de ir sola. Todo el mundo sospecharía.

Pero Bien no estaba convencido.

—Si nos cogen y no se tragan mi historia, podrían enviarte a la cárcel, Di Bay. Arruinarías tus posibilidades de hacer algo por tu país.

Yo reflexioné, tratando de sopesar el riesgo. Me sentía como la mujer vietnamita que había conocido en la agencia de viajes de San Diego unos días antes de partir. Estaba aterrada de viajar a Vietnam, pero más aterrada de lo que le sucedería a su alma si no regresaba. «El camino que conduce al nirvana es largo y tortuoso», había dicho el monje. Yo sentía un vacío en mi interior que sólo las vistas y los sonidos de mi aldea natal y el altar de mi padre podían colmar.

—No me importa —respondí—. Es un riesgo que debo correr.

—De acuerdo —dijo Bien—. Iremos mañana, a media tarde, cuando los niños de la aldea hayan regresado a la escuela y las personas adultas estén trabajando en los campos. Partiremos después de comer. Y después de haber rezado.

Antes de partir, Bien me examinó detenidamente. Tinh me había prestado un pijama negro, unas sandalias de goma y un sombrero cónico. Iba sin maquillar, y, a excepción de mi pelo rizado al estilo norteamericano, parecía una vietnamita que se dirigía a la Montaña de Mármol.

—Perfecto —dijo Bien, ajustándome el sombrero—. Tienes un aspecto horrible. Igual que nosotros.

Fuimos en la bicicleta de Bien hasta que detuvimos a un destartalado autobús lleno de obreros y materiales de construcción. Bien se encaramó en el techo con la bicicleta y yo me senté junto al conductor. Supuse que los campesinos se habían dado cuenta de que era extranjera, pues en cuanto me monté en el autobús enmudecieron. Desde la guerra, los vietnamitas habían aprendido a guardar silencio en presencia de extraños a fin de protegerse. Yo me sentí decepcionada de que mi disfraz no les hubiera engañado.

Cuando nos apeamos en un angosto camino junto a un dique (solíamos llamarlo «el sendero de la emboscada») que conducía a mi aldea, Bien dijo:

—Tu peinado te delata. Debemos tener más cuidado.

De haber tenido en aquellos momentos unas tijeras, no habría dudado en cortarme el pelo. Estábamos tan cerca de la aldea, que hasta podía oler el aroma de la comida.

—Andando —dijo Bien con tono de sargento—. Cuando lleguemos a Ky La, no te entretengas. Haz lo que debas hacer y larguémonos cuanto antes.

Desgraciadamente, la bicicleta se atascó en la tierra arenosa y tuvimos que recorrer los últimos metros a pie, lo cual no me importó, ya que me permitió gozar plenamente del aire salado, las vistas y los sonidos de mi juventud. De hecho, sabía por experiencia que la bicicleta de Bien no podía transportar a dos personas por este camino. Yo solía aguardar en este lugar a que mi hermano Sau Ban regresara del trabajo, y luego echábamos a andar hacia casa charlando y comentando los últimos chismorreos que circulaban por la aldea. Ahora, si no tenía cuidado, yo misma me convertiría en tema de chismorreo, lo cual no me apetecía nada.

Al cabo de unos minutos, pasamos frente a unos árboles y unas casitas. A nuestra izquierda, serpenteando entre los arbustos, se extendía un camino que conducía a Jai Tay y Man Quang, donde habían nacido mi padre y mi madre. El camino de la derecha conducía a Ky La, a Phe Binh y a la ciénaga donde unos soldados me habían violado y casi asesinado. Me quedé asombrada al comprobar que todo estaba muy cerca. De niña, correteaba todo el día por aquella zona y regresaba a casa pensando que había recorrido la mitad del país. Un poco más allá llegamos a un cementerio que yo no recordaba.

—¿Qué es esto? —pregunté a Bien.

—Después de la guerra, exhumaron todos los cadáveres que habían sido enterrados apresuradamente y los trasladaron aquí. Mucha gente de las aldeas vecinas está enterrada en este lugar. No lejos de aquí hay un cementerio militar para los soldados del Vietcong.

Pensé en todos los soldados del Vietcong, parientes y aldeanos que mi familia había enterrado durante la guerra. Los envolvían precipitadamente en unas esteras de bambú y los sepultaban en unas fosas para que no los hallaran las tropas republicanas y norteamericanas. Me pregunté cuántos cadáveres habrían sido desenterrados durante la exhumación masiva, y si mi hermano Sau Ban yacía en un cementerio del Sur, otro «soldado desconocido» vietnamita.

Llegamos a Ky La al atardecer. Bien tomó por un atajo que conducía al pozo que había junto a nuestra casa, del que de niña había sacado innumerables cubos de agua. El agua limpia era un bien muy apreciado en Vietnam. El pozo estaba ahora seco y lleno de lagartos, sabandijas y almas de soldados. Recordé que los arbustos que rodeaban nuestra casa eran enormes, pero ahora parecían apenas lo suficientemente altos para ocultar a un adulto, y menos aún a una persona bajita como yo.

—Quédate aquí y no te muevas —me ordenó Bien, como si se propusiera organizar una emboscada—. Iré a ver si hay moros en la costa. Si me encuentro a tu hermana Hai, le diré que te ocultas aquí.

Yo me agazapé tras los arbustos. Lo había hecho en incontables ocasiones durante la guerra, pero tras veinte años de vivir en Norteamérica, rodeada de supermercados y autopistas, el jugar a los guerrilleros me parecía un tanto absurdo, aunque comprendía que era necesario.

Cuando Bien se marchó, me asomé para contemplar mi casa. Los árboles que la rodeaban eran mucho más altos y numerosos. Cuando partí para Saigón y Danang, los combates en Ky La se habían intensificado. La aldea había quedado medio destruida en una de las batallas, y buena parte del resto había sido demolido para convertirlo en una «zona mortífera» para las tropas apostadas en la base norteamericana. Más tarde, entre la metralla, las bombas y las sustancias químicas, todo había perecido. La aldea, rodeada de una espesa selva, se había transformado en un desierto. Ahora, gracias a los designios de la naturaleza o del hombre, la Madre Tierra había empezado a reclamar lo que le pertenecía.

Los recuerdos que yo guardaba de mi casa, sin embargo, eran muy distintos de la realidad. Era más pequeña, estaba cubierta de musgo y presentaba un aspecto tan destartalado como todas las demás. La nuestra había sido una de las primeras casas de cemento que se habían construido en Ky La, y una de las más hermosas. Ahora, la calle principal estaba llena de casas construidas conforme a las ordenanzas gubernamentales, que hacían que la labor de mi padre pareciera insignificante. No obstante, tenía dos altares que éste había construido en el jardín, uno para nuestros antepasados, para que no se sintieran agobiados dentro de casa, y otro para los espíritus errantes que buscaban un lugar donde refugiarse. Sobre la puerta había una fecha, 1962, en grandes números de cemento, añadida por el orgulloso constructor. La casa yacía a la sombra de un vetusto *sau dau*, o pimentero, el cual existía mucho antes de que nuestra primera casa, quemada por los franceses, fuera construida. Sin duda, el tiempo, la historia, la Madre Tierra y mi memoria habían alterado su imagen, pero siempre sería mi casa.

Estaba en casa.

Traté de reprimir las lágrimas, pero no dejaba de pensar en lo mucho que añoraba a mi padre y a Sau Ban. La casa era como una madre afectuosa que albergaba a seres que iban y venían, pero tan indiferente ante nuestra mortalidad como los árboles. «¡Qué larga ha sido mi vida!», pensé. Desde 1949 hasta el presente, había presenciado dos guerras y había atravesado el océano para instalarme en otro mundo. Me sentía tan vieja y gastada como las piedras.

Cuando Bien se dirigía a la aldea desde el lado opuesto a donde me encontraba yo, empujando la bicicleta, se topó con Hai, que había ido al lago a buscar agua. Al verlo, dejó los cubos en el suelo y lo saludó. Bien le dijo algo al oído, y Hai miró hacia el pozo. Me disgustaba ponerla de nuevo en un aprieto como durante mi primera visita, en 1986, cuando la «sorprendí» vendiendo caracoles en el mercado de Danang, pero ¿qué podía hacer? Cuando Bien se alejó montado en la bicicleta, Hai entró apresuradamente en casa. Al cabo de unos instantes salió con una bolsa de semillas y empezó a arrojarlas a los patos y a las gallinas, que la seguían como mendigos. Tras echar un vistazo a su alrededor para cerciorarse de que nadie la observaba, me hizo unas señas con la mano. Salí de entre los arbustos y corrí hacia la casa.

El interior estaba oscuro como una tumba.

—¿Qué demonios te propones? —me preguntó Hai, cerrando la puerta.

No era la bienvenida que esperaba, aunque probablemente era la que merecía. Deseaba mirar respetuosamente a mi hermana mayor (quien, a los sesenta años, parecía mi madre) o bajar la vista, con aire contrito, mientras me regañaba, pero no fui capaz. Miré impaciente a mi alrededor y vi el mismo lecho de bambú y el suelo de tierra sobre el que había dormido con mi madre. Vi el techo de paja a través de cuyos orificios se filtraba la luz, la lluvia, los mosquitos y las *ran*, unas culebras rojas que devoraban a los ratones en invierno. Vi también el altar de mi padre, con una foto color sepia de Phung Trong tomada durante la boda de Sau Ban, vestido con el elegante traje de «mandarín» que sus hijas le habían comprado en Saigón.

—¿Me escuchas, Bay Ly? —me preguntó mi hermana—. ¡Siéntate!

—Sí, Hai Ngai —contesté, sentándome en el lecho de mi madre. De pronto, rompí a llorar. No había imaginado que ver de nuevo mi casa me conmovería tan profundamente. Después de seis generaciones de familias Phung, yo era la única que había abandonado la espina dorsal del dragón de Vietnam, me había afincado en Norteamérica y había regresado.

—¿Por qué has vuelto? ¿Qué te propones?

—Sólo quiero quemar un poco de incienso...

—Bien te ha pedido que te apresures —me interrumpió Hai bruscamente—. Siempre nos has causado problemas. ¡Es increíble! El año pasado, poco después de marcharte, una mujer que vivía en una aldea vecina fue a visitar a una pariente, una *vietkieu* norteamericana, en Danang. Regresó cargada de dinero, joyas y elegantes vestidos. ¿Sabes dónde se encuentra ahora?

—No.

—Ella y su familia tuvieron que mudarse. Sus vecinos no la dejaban en paz, de modo que tuvo que vender su granja ancestral. ¿Acaso quieres que nos suceda eso a nosotros? ¡Haz lo que debas hacer y déjanos tranquilos!

Hai encendió la lámpara del altar y luego salió a dar de comer a los animales.

Me acerqué al altar y acaricié el retrato de mi padre. Sus ojos me miraron impasibles, inmortales. Imaginé a su fuerte y valerosa mujer, mi madre, y a todos sus hijos sentados a su alrededor jugando a las cartas: el rey, la reina, los príncipes y las princesas de sus pequeños dominios. Recordé 1962, el año en que fue tomada esa fotografía, el último año en que estuvimos todos juntos. El pequeño de Sau Ban reposaba sobre un altar más pequeño. Puesto que había muerto muy joven, no podía permanecer junto a los espíritus mayores que él.

Encendí una caja de *nhang*, un incienso especial. Luego me arrodillé, junté las palmas de las manos y me incliné profundamente. Cuando me disponía a aplicar una cerilla al *bat nhang*, el bol del incienso, entró Hai apresuradamente, apagó la lámpara y ocultó el incienso debajo del lecho de nuestra madre. Sin decir palabra, me agarró del brazo y me metió en el «armario secreto» de nuestra familia, al cual recordaba de los tiempos de la guerra. Estaba negro como boca de lobo, pero poco a poco mis ojos se fueron acostumbrando a la oscuridad. De pronto vi una vieja *bin dong*, una caja de municiones norteamericana (vacía, pero que servía para conservar otros objetos) y unos picos y unas palas para cavar trincheras. El resto del armario estaba ocupado por unos artículos que mi madre y Hai reservaban para cambiar por comida o medicinas en caso de emergencia. Al cabo de unos instantes oí una vocecita:

—Vi a alguien entrar corriendo en tu casa. ¿Quién era, Di Hai?

—No sé de qué me hablas —respondió Hai.

—De la mujer que entró en tu casa. ¿Acaso no la viste?

—No seas tonta. Estaba dando de comer a los animales. ¿Estás segura haber visto entrar a una mujer en mi casa?

—Sí. Iba vestida de negro, pero no era de la aldea.

—Pues vamos a ver si la encontramos —contestó Hai. Después de recorrer todas las habitaciones, dijo—: ¿Lo ves? No hay nadie.

—Estoy segura de haberla visto.

—Quizá tengas razón —respondió Hai—. Eres demasiado joven para acordarte, pero durante la guerra se libraron unas terribles batallas junto al viejo pozo...

—¡La vi salir de allí! —exclamó la niña.

—Lo suponía. Seguramente se trata de un fantasma de la guerra. Están por todas partes. Aunque intento arrojarlos a escobazos, siempre vuelven. ¿Quieres que echemos otra ojeada para ver si damos con el fantasma?

—No, tengo que volver a casa. Lamento haberte molestado. Adiós, Di Hai.

Cuando la niña se hubo marchado, Hai abrió la puerta del armario y dijo:

—Es posible que regrese con sus amigos para ver a los fantasmas, de modo que apresúrate.

Me puse rápidamente manos a la obra. Pedí a nuestros espíritus ancestrales que me perdonaran por no tener ropa y dinero de papel según la costumbre. Pedí unas bendiciones especiales para mi padre, para Sau Ban y para cualquier espíritu que necesitara consuelo. Recordé lo que me había dicho On Thay Dong en San Diego sobre el viejo espíritu que me seguía desde que nací —el que sólo me revelaría su identidad cuando hubiera cumplido mi misión—, pero no tenía tiempo para esperar a que éste me transmitiera un mensaje.

Bien se asomó y dijo:

—¡Apresúrate, Dy Ly! ¿Qué esperas?

Terminé mis oraciones y eché un último vistazo alrededor de la habitación, procurando que todo lo que había en ella quedara grabado en mi memoria. Cuando salimos a la calle el sol se había ocultado detrás de las montañas al oeste y el aire era más fresco. Ni siquiera me volví para despedirme de Hai. Bien caminaba a veinte metros delante de mí. Supuse que no quería que nos vieran juntos y que dejaría que me montara en el manillar de su bicicleta una vez que hubiéramos alcanzado la carretera.

—*Ba-dien!* —gritó una vocecita a mis espaldas—. *Ba-dien bo ba vao tu!* ¡Esa mujer está loca, encerradla!

Yo apreté el paso sin girarme, mientras seguía rezando. Al parecer, unos niños nos habían visto salir de casa de Hai. Percibí unos pasos detrás mío y unas voces infantiles. Pasé frente al cementerio, pero mantuve la vista clavada en la espalda de Bien.

Cuando enfilamos el camino del dique había oscurecido. Los niños ya no nos seguían, pero oí a unos espíritus entre los árboles. Tropecé dos veces y me metí en un arrozal lleno de agua, pero al fin alcanzamos la carretera.

Bien parecía preocupado y enojado. Me subí en la bicicleta, me agarré al manillar y cerré los ojos mientras Bien pedaleaba con furia. Cuando llegamos a casa de Tinh, hacia las nueve de la noche, mi madre me estaba esperando.

—¿Dónde te habías metido? —me preguntó.

—Estaba con Bien —contesté, quitándome el sombrero y el pañuelo que llevaba alrededor del cuello—. ¿Es que no te lo ha dicho Tinh?

—Ya sé dónde estabas —me espetó mi madre—. Fuiste a la aldea. ¡Estúpida! Ahora tendré que ir a casa para salvar a Hai de la ira de nuestros vecinos.

—No, mamá *Du* —dije abrazándola—. Ha oscurecido y hace frío. Ya la salvarás mañana.

—Esto es muy serio, Bay Ly. ¿Por qué haces eso a tu pobre madre?

—Escúchame —dije, adoptando el tono que solía emplear Hai—. Tú misma has dicho que el Gobierno quiere que los *vietkieu* regresen a casa. He pasado una semana en Hanoi, hablando con las autoridades. Todo el mundo desea que ayude a las gentes de la aldea. Estoy segura de que no se hubieran opuesto a que fuera a Ky La para visitar la casa de mi padre. Sé razonable.

—*Lenh vua thua le lang*, la razón no tiene nada que ver en esto —replicó mi madre—. ¿Acaso lo has olvidado todo, Bay Ly? El Gobierno es una cosa y el pueblo otra muy distinta. Siempre estás rodeada de norteamericanos. No sabemos a dónde vas ni lo que haces. Ni siquiera me has dado la oportunidad de resolver el asunto con el comité. Bon Nghe sólo accedió a venir a celebrar el Tet con nosotros cuando supo que estarías ausente. No quiere que le vean con extraños. Es muy peligroso para él, para todos nosotros...

—No trabajo para ningún Gobierno, ni vietnamita ni norteamericano, mamá *Du*. ¿Cómo quieres que te lo demuestre?

—No puedes. El tiempo se encargará de demostrar si has dicho la verdad. Entretanto, procura no meterte en ningún lío. Deja que las autoridades resuelvan las cosas a su modo. ¿Cómo podemos confiar en ti cuando no sabemos dónde te metes ni qué haces?

—Yo vengo de Norteamérica, mamá Du. Allí la gente es libre de hacer lo que quiera.

—Sí, te comportas como una norteamericana mimada y consentida. Pero has olvidado cómo eran las cosas durante la guerra. ¿Acaso no recuerdas que había que pedir permiso al Vietcong, a los republicanos, a los norteamericanos, a la policía civil y a las autoridades locales de la aldea para ir a cualquier sitio? No hagas que perdamos la poca libertad que hemos conseguido.

—¡La guerra ha terminado! —Me disgustaba discutir con mi madre, pero estaba convencida de tener razón—. He dicho a todo el mundo que deseo ayudar a los campesinos de Quang Nam. Se lo he dicho a las autoridades en Saigón, en Danang, en Hanoi y en Nueva York. ¿Qué más quieres que haga?

—*Tram nghe jong bang mat thay!* (vale más hacer una cosa una vez que decir cien veces que la vas a hacer). Demuestra a los campesinos tu buena voluntad con hechos y tendrás toda la libertad que desees. Así podremos volver a dormir tranquilos por las noches.

—Bien, mamá *Du* —contesté resignada—. Haré lo que tú quieras.

Mi madre sacudió la cabeza y dijo:

—¡Qué chica tan ignorante!

11

DOS MITADES FORMAN UN TODO

Después de pasar la última semana en casa de Tinh, comprendí que mi madre tenía razón. Los hechos son más elocuentes que las palabras. Había llegado el momento de demostrar mis buenas intenciones. En cuanto regresé a Estados Unidos, Jimmy y yo escribimos a toda la gente que había conocido durante el viaje y di una conferencia sobre la guerra y sus efectos sobre el pueblo vietnamita, acompañada de unas diapositivas. Algunas imágenes resultaban extremadamente duras, como las fotografías que tomé en la «sala de especímenes» del hospital Tu Du, cuyas estanterías estaban repletas de monstruosos fetos con tres cabezas y el vientre abierto, producto del Agente Naranja y otras sustancias químicas utilizadas durante la guerra. Asimismo, me ofrecí para colaborar con numerosas organizaciones humanitarias. Cuando nos aventuramos en un paraje tan oscuro, es preciso portar muchas antorchas.

Una de las primeras personas que me contestó fue Fredy Champagne, fundador del Veterans-Vietnam Restoration Project. La VVRP era una organización sin fines lucrativos establecida en Garberville, California, que se ocupa de llevar a veteranos norteamericanos a Vietnam para que colaboraran en la construcción de hospitales y clínicas. Fredy y yo acordamos reunirnos al cabo de unos días en San Diego.

En persona, Fredy resultaba muy distinto de los severos ejecutivos que había conocido en las grandes fundaciones. Como muchos de los veteranos que reclutaba, estaba tratando al mismo tiempo de afrontar el hecho de ser un hombre entrado en años y superar el trauma de la guerra. En lugar de la obligada corbata y traje oscuro, llevaba vaqueros, unas viejas zapatillas deportivas, una camiseta y una gorra de béisbol. También lucía un tupido bigote y una permanente sonrisa. Al verme me saludó en vietnamita:

—*Han hanh duoc gap co* (me alegro de conocerte).

Fredy me explicó cómo organizar una fundación y yo le expliqué cómo establecer contacto y tratar con los burócratas vietnamitas. Posteriormente fue a ver a los de la misión de la ONU en Nueva York, quienes le autorizaron que construyera una pequeña clínica en la aldea de Vung Tau.

—¿Por qué en Vung Tau? —le pregunté cuando vino a verme para darme la buena noticia. Me sentía un tanto decepcionada, pues me hubiera gustado que colaboráramos juntos en la construcción de la primera clínica cerca de Danang, cuya población era mayor y tenían más problemas.

—Porque durante nuestro último viaje pasamos por Vung Tau y el concejo de la aldea nos pidió que construyéramos allí una clínica. No se me ocurrió otro lugar y, puesto que contábamos con el permiso de las autoridades locales, los del Ministerio de Sanidad estuvieron de acuerdo. De todos modos, es el primer paso. La próxima la construiremos en Danang, te lo prometo.

Pese a mi decepción, era un buen comienzo, que beneficiaba a nuestras dos organizaciones. Nuestra colaboración pronto se convirtió en una amistosa rivalidad para ver quién de nosotros conseguía recaudar más dinero y contribuir de forma más decisiva a nuestro común objetivo. La VVRP tenía la ventaja de disponer de numerosos donantes y trabajadores voluntarios. Yo me desenvolvía prácticamente sola, y a medida que los costes de la East Meets West empezaron a dispararse —debido a las conferencias telefónicas y gastos de viajes— me vi en apuros para pagar las facturas. Para colmo, mucha gente me consideraba su «enemiga», no un veterano norteamericano, sino una persona que estaba en el campo enemigo. No obstante, intenté suplir como pude mi falta de recursos personales.

En mayo de 1989 se publicó mi libro. Prácticamente de la noche a la mañana, centenares de norteamericanos, no sólo compradores, sino gente que había oído hablar de mí o había leído mis entrevistas y las reseñas del libro, se enteraron de los pormenores de mi vida durante la guerra y mi regreso en 1986 para visitar a mi familia.

Había cumplido la primera fase de mi misión. El ascenso hacia la cumbre, hacia el objetivo que me había marcado mi padre, empezó a hacerse más llevadero. Los obstáculos que me rodeaban —los prejuicios, el rencor y el odio— empezaron a desaparecer, transformándose como por arte de magia en empatía y compasión.

Después de la publicación, de *Cuando el cielo y la tierra cambiaron de lugar*, mi vida también se trastocó. Las peticiones de entrevistas e invitaciones para que pronunciara conferencias se multiplicaron. Los principales periódicos y revistas del país recomendaron el texto a sus lectores, ensalzándolo como una extraordinaria descripción del rostro del enemigo y el tenebroso corazón de la guerra.

Yo me sentía muy halagada, pero no estaba preparada para ese éxito. Quería llegar al gran público, pero temía que mi acento, mis viejas ropas y mis modales de campesina no estarían a la altura de las circunstancias. Lo que me dio coraje para perseverar —de aceptar esas oportunidades— fue el hecho de seguir mis propios consejos. La gente alababa mi obra por su mensaje de perdón, lo que significaba que debía perdonarme a mí misma por mis defectos. Por otra parte, debía felicitarme por haber cumplido el propósito de escribir mi historia. Aunque me muriera mañana y no llegara a construir la clínica, mi trabajo, el mensaje de esperanza de mi padre persistiría, como una luz que alumbraría el camino para que otros siguieran mis pasos.

Y así es prácticamente como sucedió.

El 5 de febrero de 1989, en su revista dominical, *Los Angeles Times* publicó un extracto del texto acompañado de varias fotografías familiares. Por aquellas fechas yo me hallaba en Nueva York. Cuando regresé, mi contestador automático (éste y la mesa de cocina constituían el único mobiliario de la fundación, pues no conseguimos un despacho hasta que un benefactor de San Diego nos concedió uno en 1990), estaba repleto de mensajes, no todos de felicitación.

«¡Voy a matarte, maldita puta comunista!» Bip. «Hermana Ly, soy Tran, el representante de la misión en la ONU. Le ruego que nos llame inmediatamente. Tenemos que hablar sobre el artículo.» Bip. «Ly, soy tu hermana Lan. ¿Has visto los periódicos vietnamitas en la Pequeña Saigón? ¡Quieren deshollarte viva! ¿Qué demonios has hecho?»

Aunque muchas de las llamadas eran favorables y solidarias, lógicamente me preocupaban las quejas y amenazas. Me preguntaba qué había fallado, por qué no había conseguido conmover a esas personas. Lo cierto es que buena parte de la gente que criticaba mi trabajo ni siquiera se había molestado en leerlo.

—En cuanto vi la palabra «Vietcong» cogí el teléfono —me confesó una persona después de leer el libro—. Lo hice impulsado por los prejuicios y el rencor, no por un motivo personal ni por algo que dijera el reportero. A decir verdad, ni siquiera había leído el artículo.

El editor de la revista me confirmó que el artículo había provocado la mayor respuesta negativa que habían recibido en muchos años. Uno de los mensajes (todas las llamadas al editor fueron grabadas) contenía una amenaza tan seria, que el editor decidió transmitirla al FBI. Aunque no hablé con mi viejo amigo, el agente Treacy, sé que el caso fue puesto en manos de la policía local, que consiguió localizar e interrogar al hombre que me había amenazado. Éste no era vietnamita —no pertenecía al Chong Cong, la organización de extrema derecha (lo cual me tranquilizó)—, sino que era un veterano norteamericano que había visto el artículo mientras se encontraba en un bar, tomándose unas copas con unos amigos, y quiso impresionarlos. Al igual que muchas de las personas que habían llamado para quejarse del artículo, no se había molestado en leerlo. Le informé a través de las autoridades que no lo denunciaría a condición de que leyera mi trabajo, aunque tuviera que tomarlo prestado de la biblioteca. No volví a saber de él.

Comprendí que la verdad y la claridad por sí solas no bastaban para lograr que algunas personas superaran su profundo odio y temor. Si los libros fueran capaces de mejorar el mundo, no necesitaríamos más que la Biblia, el Corán, el *Tu-Je Tinh Tam* y otros grandes testamentos espirituales. El camino hacia el nirvana siempre es largo y azaroso.

El mismo mes, Fredy Champagne y catorce veteranos de Garberville completaron la primera estructura construida en Vietnam por manos norteamericanas desde la guerra: una clínica de doscientos veinticinco metros cuadrados, con catorce habitaciones, en la población costera de Vung Tau. En una entrevista por televisión, Fredy dijo:

—Queremos devolver a la gente lo que les arrebatamos durante la guerra: la vida. La primera vez que llegamos a Vietnam, íbamos armados con rifles y bombas. Ahora hemos venido con martillos y palas.

De una forma pequeña pero tangible, Oriente y Occidente se habían encontrado para ayudarse. Era una colaboración que no podía sino dar excelentes frutos.

Las siguientes clínicas se construirían en Danang y en mi aldea natal.

Después de obtener autorización del Ministerio de Asuntos Exteriores en Hanoi para poner en marcha la fundación en Vietnam, me trasladé a Danang con Fredy, donde nos entrevistamos con funcionarios del departamento de relaciones económicas extranjeras, la Cruz Roja Internacional y el Ministerio de Sanidad en Danang. Durante una pausa en esas sesiones, fui a visitar a Tinh. Las noticias que me dio no eran buenas.

—Tu madre está muy enferma —me dijo Tinh, que de pronto parecía mucho mayor que los treinta y cinco años que tenía—. No puede levantarse de la cama. Hai cuida de ella, pero su situación es muy delicada.

—¿Lo sabe Bon Nghe? ¿Se lo habéis comunicado? ¿Ha traído a un médico para que la vea? ¡Tiene que hacer algo! —Habría sido una cruel ironía que mi primera clínica en Ky La no estuviera terminada a tiempo para salvar a la persona a quien más quería.

—Ha ido a visitarla, pero no quiere quedarse. Sabe que estás aquí y todavía teme que le vean contigo en la aldea.

—¡Pero eso es absurdo! —exclamé—. ¡Nuestra madre se está muriendo y todavía teme al comité de la aldea! ¡No puedo consentir que continúe esta situación!

Salí de casa de Tinh decidida a acudir al consejo superior de Danang para resolver esta interminable guerra fría.

En esta ocasión me presenté arropada por un grupo de veteranos norteamericanos que eran algo más que simples turistas. Todo el mundo los consideraba unos héroes por su caritativa labor en Vung Tau. Los del comité no tenían más remedio que autorizarme a ir a Ky La, y así lo hicieron. Mis amigos fueron los primeros norteamericanos caucásicos que ponían pie en mi aldea desde que se retiraron los últimos marines en 1973.

Fredy, tres veteranos y yo llegamos al viejo camino del dique poco antes del anochecer. Nos topamos de nuevo con una legión de niños curiosos, pero esta vez se mantuvieron alejados, aunque los *My Bo Doi*, los «soldados» norteamericanos, llevaban unas cámaras y unas bolsas de golosinas en lugar de rifles y granadas.

Nuestra entrada en la aldea parecía un desfile circense. Mi casa era la primera a la derecha, y me dirigí directamente a ella. Hai, que acaba de abrir la puerta, nos miró primero atónita y luego aterrada.

—No te alarmes —le dije sonriendo. No quería infringir el protocolo de la aldea mostrándome demasiado efusiva o autoritaria con mi hermana mayor, sobre todo delante de unos norteamericanos—. El consejo superior de Danang nos ha dado permiso para venir. He venido a ver a mamá.

Al entrar en casa la vi tendida en un destartalado lecho de madera, de cara a la pared.

—Mamá *Du* —dije suavemente.

Afuera, Hai, los hombres de Fredy y la mitad de la aldea contemplaban la escena a través de la puerta y las ventanas. Mi madre giró su viejo y arrugado rostro hacia mí. Abrió los ojos, surcados por profundas ojeras, y agitó débilmente una mano áspera y encallecida.

—Bay Ly —murmuró, moviendo apenas sus resecos labios—, pequeña mía. No creí que volvería a verte.

Rompí a llorar y abracé su frágil cuerpo. A mis espaldas oí el *clic* de una cámara y sentí deseos de gritar: «¡Marchaos! ¡Fuera de aquí!» Pero eran amigos míos y me contuve.

Saqué del bolso un ejemplar de mi libro. La tapa tenía un color tostado como la arena de China Beach; las letras del título eran rojas como la sangre de un guerrero. Una foto mía, azul pálido, decoraba la solapa.

—«Cuando el cielo y la tierra cambiaron de lugar», mamá *Du* —dije, enseñándole el libro—. ¿Recuerdas que pronunciaste esas palabras durante mi primera visita? ¿Cuando me contaste lo que había sucedido después de la guerra? Mira, están aquí, sobre mi fotografía. La gente las verá en todo el mundo. ¿Qué te parece?

Mi madre esbozó una pequeña sonrisa, mostrando su negra dentadura, y respondió:

—¡Ojalá supiera leer!

—Es la historia de nuestra familia, la historia de mi vida y de lo que padecimos durante la guerra. Es la historia de la visita que os hice hace años. Tú también figuras en el libro, mamá *Du*.

—A nadie le importa que aparezca yo —contestó convencida.

—Te equivocas, mamá *Du*.

Mi madre dirigió la vista hacia la puerta y preguntó:

—*Ho la ai?* (¿quién es esa gente?)

—Son amigos míos, mamá *Du*. Me dijiste que trajera a *Ong Ba My*, el señor y la señora americanos, a la aldea.

—Está bien, pueden quedarse. Pero diles a los niños que se vayan. Alborotan demasiado.

Hai ordenó a los niños que se fueran, pero éstos regresaron al cabo de unos instantes. Fredy y los veteranos presenciaban la escena con lágrimas en los ojos.

—¿Dónde está nuestro hermano Bon? —pregunté a Hai.

—Ha ido a comprar provisiones —contestó apartándose un poco de los veteranos, como si temiera que le hicieran daño—. Algunos vecinos se han metido con él y con mamá *Du*. Creen que has traído un montón de dinero a nuestra madre y no comprenden por qué no lo comparte con ellos. Bon está enfadado por el escándalo que se ha organizado con tu visita.

Yo miré a mi madre y pregunté:

—No vas a morirte, ¿verdad, mamá *Du*?

—¡No tendré esa suerte! No, no voy a morirme. Soy vieja y estoy enferma, pero he pasado cosas peores. Quiero dormir un poco.

—De acuerdo. Descansa, mamá *Du*.

La besé en la frente y me dirigí al altar familiar para quemar incienso en recuerdo de mi padre y rezar para que mi madre se recuperara pronto.

Pese a la preocupación que me causaba la enfermedad de mi madre, las sesiones de trabajo en Danang fueron muy productivas. El Ministerio de Sanidad había planificado construir una pequeña clínica cerca de Ky La, pero el proyecto se había aplazado debido a la falta de fondos. Fredy les mostró los bocetos de la clínica que su grupo había construido en Vung Tau y todos reconocieron que eran mejores que los planos que ellos habían preparado, sobre todo si el proyecto iba a ser financiado por los norteamericanos. Dado el talante cordial que presidía la reunión, decidí abordar el asunto de mi hermano.

—Algunos de ustedes saben que no he visto a mi hermano durante mis dos últimas visitas —dije, mirando a los funcionarios que estaban sentados frente a mí—. La mayoría de ustedes, sin embargo, desconoce el motivo. Soy una ciudadana norteamericana —una *vietkieu*— que pretende utilizar los recursos que me ofrece mi país de adopción para ayudar a mi país natal. Cuando esté ausente, tendré que dejar mis asuntos en manos de alguien en quien pueda confiar. Sé que puedo confiar en mi hermano, pero él se muestra receloso. Teme que si ustedes le ven conmigo le perderán el respeto y desconfiarán de él. Los vecinos de mi madre, con sus envidiosas críticas, han empeorado la situación. Deseo plantear respetuosamente esta cuestión ante el comité a fin de hallar una solución.

Ante mi sorpresa, Nguyen Dinh An, vicesecretario del comité popular de Nam Quang, contestó:

—Ya hemos comentado este problema con su hermano. Hemos acordado que si decide participar en su fundación, por ejemplo para recibir el material en su nombre y asegurarse de que no cae en manos de los contrabandistas, deberá abandonar su cargo para evitar cualquier conflicto de intereses. Estoy dispuesto a solicitar su traslado al Ministerio de Sanidad, a la Cruz Roja o a cualquier organismo que él desee. En cuanto al problema de sus vecinos, propongo que organicemos un foro abierto en Ky La para explicarles a todos la situación.

Al día siguiente, el comité popular de la provincia de Quang Nam convocó una reunión entre nuestro grupo, los representantes de la Cruz Roja, del Ministerio de Sanidad, del comité de asuntos extranjeros y prácticamente todos los residentes de Ky La. Cuando los aldeanos se colocaron alrededor de la larga mesa, me llevé la agradable sorpresa, aunque al mismo tiempo me sentí un poco triste, de ver a mi hermano Bon Nghe, vestido con una camisa blanca y unos pantalones negros, oculto detrás de la multitud. Aunque el motivo de la reunión era su futuro, no se atrevía a ocupar un lugar en la mesa por temor a la «justicia del pueblo». A fin de cuentas, nuestro grupo regresaría a Norteamérica y los funcionarios a sus despachos, pero los residentes de Ky La permanecerían allí para espiarse y controlarse mutuamente, como llevaban haciendo desde hacía mil años.

El presidente del comité leyó una declaración autorizando la construcción de una clínica con participación de mano de obra y materiales extranjeros. Tras unas breves alocuciones por parte de algunos funcionarios, el presidente cedió la palabra a los asistentes al acto.

Ante mi sorpresa, la primera persona que se levantó fue mi hermana Hai.

—Hermana Ly —gritó girándose hacia mí, aunque no me miró—, has causado mucho dolor a nuestra familia. Te presentas en la aldea hablando sobre lo que vas a hacer y la clínica que vas a construir, como si te sobrara el dinero. Pues quiero que sepas, hermana Ly, que la gente murmura. Dicen que si eres tan rica podrías dar dinero a tu familia, aunque hasta ahora sólo hemos recibido ropas, medicinas y golosinas. La gente no cesa de murmurar. Tu presencia nos ha causado muchos problemas. Nuestra pobre madre sufre. Yo también sufro. Cuando trato de vender mis caracoles en el mercado, la gente me pregunta: «¿Por qué no utilizas tus dólares norteamericanos para comprar lo que deseas?» Cuando ven a nuestra madre comiéndose un miserable cuenco de arroz, le preguntan: «¿Por qué no utilizas tus dólares norteamericanos para ir a un buen restaurante?» Siempre es lo mismo, dinero, dinero, dinero... ¡Ojalá no hubieras venido!

Hai se sentó y se cubrió el rostro con las manos. Como es lógico, tenía que fingir ante sus vecinos que me repudiaba y rechazaba lo que yo representaba. Nadie podía concebir que una acaudalada norteamericana emprendiera una obra benéfica en su aldea sin haber dado antes dinero a su familia.

Me levanté y dije:

—De acuerdo, ha llegado el momento de que sepáis la verdad. Reconozco, avergonzada, que he sido una hija y una hermana desagradecida. Cuando regresé en 1986, podía haber dado a mi madre, a mi hermano y a mis hermanas mucho dinero, pero no lo hice. Temía acabar en la cárcel. Cuando regresé por segunda vez, mis circunstancias personales habían cambiado y ya no poseía mucho dinero, sólo el suficiente para venir a celebrar el Tet con mi familia. He decidido dedicar mi vida en Norteamérica a ayudar a la gente de mi país. Prometo a mis parientes que se hallan presentes y a vosotros lo siguiente: todo el dinero que recaude en el futuro será destinado a ayudar a nuestro pueblo, a construir la clínica. Sólo os pido que permitáis a mi hermano Bon Nghe trabajar en beneficio vuestro, que reciba el material y administre el dinero que yo envíe. De lo contrario, no seguiré adelante con el proyecto. En cuanto a mi hermana Hai y a mi madre, os pido que os compadezcáis de ellas por tener una hermana y una hija tan desagradecida como yo. No hagáis que su carga sea más pesada. Esto es todo.

La reunión concluyó y Hai se marchó a casa en compañía de unos vecinos que deseaban consolarla. Bon Nghe desapareció. Fredy y su grupo regresaron a Danang, pues al día siguiente partían de Vietnam. La multitud se dispersó y yo regresé a casa.

Mi madre estaba mejor y se levantó de la cama para ir al baño.

Hai trajo unas verduras para cenar y nos abrazamos cariñosamente. Al fin, todo había quedado aclarado. Después de cenar acudieron unos vecinos, pero más bien movidos por la curiosidad que para espiar nuestros movimientos.

—Bay Ly —dijo mi madre después de cenar—, el futuro de la familia está en tus manos. *Mot nguoi lam nen ca ho duoc cay; mot nguoi lam bay ca ho mang nho* (si uno de nosotros triunfa, todos dependemos de él; si nos deshonra, todos compartimos su vergüenza). Si no construyes la clínica, la gente pensará que la utilizaste como pretexto para enviarnos dinero y son capaces de matarnos.

—Te prometo que construiré la clínica, mamá *Du*. Podrás llevar la cabeza bien alta y reírte de la gente que te ha hecho daño. Bon Nghe será un hombre respetado y apreciado por toda la aldea, del mismo modo que respetaban y apreciaban a papá antes de la guerra.

Tuve que solicitar a través del Departamento de Estado una autorización para exportar ayuda a Vietnam, así como unos permisos especiales de los departamentos del Tesoro y Comercio para evitar ser procesada por negociar con el enemigo, una ley que se remontaba a la Segunda Guerra Mundial. Asimismo, necesité unos certificados de varios senadores y congresistas, algunos de los cuales estaban a favor y otros en contra de normalizar las relaciones con Vietnam. ¡Ni que me fuera a presentar como candidata a presidente de Estados Unidos!

Para financiar mi campaña, redacté unos folletos y trabajé como voluntaria para algunas organizaciones benéficas a cambio de que me proporcionaran una lista de posibles donantes. Cuando me cansaba de hacer llamadas telefónicas y de escribir cartas, rezaba ante mi altar para que la providencia mantuviera viva a mi madre. Deseaba fervientemente que viera que había cumplido mi promesa y restituido el buen nombre de la familia en la aldea.

También organicé, sola y con otros grupos, unos banquetes orientales (preparando yo misma buena parte de los platos) y subasté algunas piezas de artesanía que había traído hacía años de Vietnam. Pero los fondos que obtuve por ello, además de las cuotas de los miembros de la fundación, no eran suficientes para completar el proyecto, aunque enviamos media tonelada de material médico y se iniciaron las obras de la clínica. Necesitábamos un golpe de suerte.

Al cabo de unos meses, mis perspectivas financieras y las perspectivas de la fundación mejoraron considerablemente cuando un editor de libros de bolsillo, varios clubes de libros y la prensa extranjera descubrieron *Cuando el cielo y la tierra cambiaron de lugar*. Los que no estábamos familiarizados con la industria editorial, como yo, supusimos que ello se traduciría en cuantiosas ganancias, pero lo que significaba era la posibilidad de ganar mucho dinero en el futuro. No obstante, las ventas del libro me permitieron pagar las letras de la hipoteca y alimentar y vestir a Tommy y Alan hasta que terminaran la escuela. También me permitió llevar a mis tres hijos a Vietnam para que conocieran a sus parientes vietnamitas y, en el caso de Jimmy, el padre que jamás había visto.

Mis hijos imaginaban un Vietnam parecido a las poblaciones mejicanas que solían visitar los turistas norteamericanos, y se quedaron asombrados al contemplar lo que realmente significaba la miseria en el resto del mundo.

Debido a las cajas de medicinas que llevábamos, los trámites en la aduana resultaron bastante tediosos, aunque menos complicados que hace un tiempo. Mis hijos fueron recibidos como si fueran estrellas del rock. Incluso Jimmy, que es vietnamita por los cuatro costados, destacaba por su atuendo de universitario norteamericano. La gran diferencia, por supuesto, residía en la estatura y el aspecto fuerte y saludable de mis hijos. Aunque tenían una estatura mediana en comparación con la gran mayoría de chicos norteamericanos, parecían gigantes al lado de los jóvenes vietnamitas de su edad. Cuando llegué a Estados Unidos por primera vez, supuse que los inmensos frigoríficos, repletos de comida, eran el motivo de que los norteamericanos fueran tan altos. Puede que la suposición de aquella ingenua campesina no estuviera muy desencaminada.

El primer gran acontecimiento se produjo en el hotel de Saigón, donde Jimmy iba a reunirse por primera vez con su padre. Nos acompañaba un equipo de televisión norteamericano, y en aquellos momentos lamenté tener que pagar un precio emocional tan elevado a cambio de publicidad, por más que mi fundación la necesitara. Los tres nos sentíamos bastante tensos, y los técnicos y los focos no contribuían a calmar nuestros nervios. Jimmy permaneció encerrado en su habitación para evitar tropezarse con su padre antes de tiempo, estropeando el «gran momento» que deseaba captar el productor. Yo no alcanzaba a comprender el afán de hurgar en los momentos más íntimos de nuestro viaje. Tenía la sensación de haber traicionado mis principios, de haberme «vendido», pero había accedido a ello y no tuve más remedio que resignarme.

Poco antes de que llegara Anh, fui a ver a Jimmy a su habitación.

—¿Qué tal te encuentras? ¿Tienes ganas de vomitar?

—No —respondió sonriendo—. Pero no tengo muy claro lo que debo hacer.

—El productor te ha dicho que te comportes con naturalidad. Haz lo que creas más oportuno.

—Pero ¿qué le digo? Ni siquiera sé decir «hola, papá» en vietnamita.

—*Chao Ba.* Es muy fácil.

—*Chao Ba. Chao Ba.* ¿Debo estrecharle la mano o darle un abrazo?

—Lo mejor será que te inclines ante él —respondí—. Eso es lo que hacen los vietnamitas. Compórtate de forma educada y espontánea. No te preocupes, pediré a los de la televisión que sean discretos.

—Es la mejor idea que has tenido —contestó Jimmy.

Al cabo de unos momentos, el productor asomó la cabeza y dijo:

—Ya está aquí.

Jimmy entró en la habitación por una puerta y Anh, su padre, por la otra. El cámara empezó a filmar la escena mientras un miembro del equipo disparaba un flash. Jimmy se detuvo ante su padre, cruzó los brazos y se inclinó torpemente, como Charlie Chan.

—*Chow Ba* —dijo muy serio.

Anh sonrió divertido y respondió en vietnamita. Yo me quedé tan impresionada al ver a mi hijo mayor frente a su padre —ambos bañados en una luz blanca como ángeles—, que me olvidé de traducir sus palabras.

Jimmy no comprendió lo que decía Anh y le contestó en inglés:

—Me alegro de conocerte.

Tras esas breves frases de saludo, nos sentamos a tomar una taza de té.

A medida que iba traduciendo la conversación entre padre e hijo, me di cuenta de que su encuentro había resultado muy distinto de lo que había imaginado. Esas dos mitades tenían para mí una importancia tan inmensa, que el momento en que al fin se juntaron no podía compararse con mis románticas fantasías. Ante mí tenía a dos hombres, extraños pero unidos por lazos de sangre, que sólo se conocían a través de fotografías y por lo que habían oído decir el uno del otro. Los dos tenían motivos para sentir rencor. El nacimiento de Jimmy había causado a Anh muchos problemas con su esposa; el abandono de Anh había causado a su hijo muchos contratiempos. Sin embargo, ambos habían sobrevivido a cosas peores y al fin estaban juntos. Comprendí que a partir de ahora sería Jimmy quien controlaría las riendas de su vida, su destino y su futuro. A ninguna madre le agrada esa sensación, aunque todas rezamos para que nuestros hijos se conviertan en unos adultos fuertes e independientes. En realidad, no tenía importancia que Anh no hubiera visto nunca a Jimmy y que éste no hubiera vivido con su padre. Jimmy había iniciado su propio círculo vital. Tal como exigían las leyes universales, yo me hallaba más cerca de mis antepasados y Jimmy acaba de emprender la aventura de su vida. El resplandeciente aura que nos rodeaba y ligaba constituía una imagen que ninguna cámara podía captar.

—*Tiep tuc hoc, lam nhieu. Dung hoc huot can sa bich phien* —dijo Anh—. Continúa tus estudios, trabaja duro y manténte alejado de las drogas.

Jimmy se echó a reír y respondió:

—¡Hablas como mamá!

Un hijo vietnamita jamás se habría permitido esas confianzas en semejantes circunstancias, sino que se habría mostrado más dócil y humilde. Pero mis hijos habían recibido una educación occidental.

Anh sabía que Jimmy estaba a punto de graduarse del instituto.

—*Ba rat tiet la ba jong lo cho con duoc.*

Yo me incliné hacia Jimmy y traduje:

—Dice que se arrepiente de no haberse ocupado de ti cuando eras pequeño.

Jimmy se encogió de hombros, sonriendo, y contestó:

—Lo comprendo. Pero dile que si lo hubiera hecho, yo no habría ido a Estados Unidos. Estoy satisfecho de mi vida. Dile que no tiene nada de que arrepentirse.

Cuando le traduje lo que había dicho Jimmy, Anh se inclinó hacia mí y habló apresuradamente. Un vez que hubo terminado, me giré y rogué a los de la televisión que apagaran los focos y dejaran de filmar.

Anh me había confesado que se sentía violento delante de esos extraños. Esto no era un acontecimiento público.

Anh se levantó y se despidió de los reporteros que nos acompañaban. Acto seguido estrechó la mano de Jimmy, se detuvo unos segundos y luego lo abrazó con fuerza, algo que jamás hubiera hecho si la cámara hubiera seguido filmando la escena. Jimmy lo abrazó también afectuosamente. Pese a ser mucho más alto que Anh, parecía un niño en brazos de su padre.

A la mañana siguiente partimos hacia Danang, donde distribuimos el material médico entre varios orfelinatos y el hospital local. Éste estaba lleno de heridos causados por un tifón que había asolado Quang Nam, matando a 78 personas y dejando a otras 150.000 sin hogar. Tras darnos las gracias y posar para un par de fotografías, los médicos se apresuraron a abrir los paquetes de medicinas. Yo me sentía satisfecha de haberles ayudado, pero estaba impaciente por llegar a Ky La.

Cuando abandonamos la carretera y enfilamos el camino del dique, pese a habérselo advertido al conductor, nos quedamos atascados en el lodo y tuvimos que recorrer los últimos dos kilómetros a pie, cargados como hormigas con el equipo de vídeo.

Al pasar junto al cementerio nos topamos, como de costumbre, con los niños de la aldea, quienes empezaron a gritar: «*Ong Ba My!*» (¡el señor y la señora americanos han regresado!). Llegamos a mi casa seguidos por una multitud de curiosos. Cargados con las cámaras y demás equipos. Debíamos de parecer unos marines que acababan de desembarcar en China Beach.

Puesto que estaban enterados de nuestra llegada y ya habían hecho las paces con los chismosos vecinos, mi hermano Bon Nghe y mi hermana Ba Xuan habían acudido a recibirnos, junto a mi madre y a Hai. Yo me sentí muy conmovida cuando mi hermano, el comunista, me mostró una bolsa con comida e incienso para ofrecerlo ante el altar de nuestro padre, una costumbre que el régimen actual censuraba enérgicamente. En un Estado comunista, hasta un pequeño paso hacia atrás puede representar un gigantesco salto hacia delante para el pueblo.

—*Thang Hung dau?* —preguntó mi madre al vernos (¿dónde está Jimmy?).

—*Ba Ngoai!* —respondió Jimmy, abrazando a su abuela.

—*Oi chu cha troi, oi lon qua!* —exclamó ésta.

—¿Qué ha dicho? —me preguntó Jimmy.

—Dice que no puede creer que hayas crecido tanto —contesté—. Dice que eres un gigante.

Mi madre preguntó a Jimmy si se acordaba de ella.

—Por supuesto —contestó mi hijo sonriendo—. Eres la mujer que solía rascarse la espalda restragándose contra la barandilla de la escalera de nuestra casa.

Yo traduje a mi madre lo que había dicho y todos se echaron a reír. De acuerdo con el protocolo familiar, mi madre se dirigió luego a Tommy, diciendo:

—*Con thang Chau dau?* (¿y dónde está Chau?).

—Hola, Ba Ngoai —dijo Tommy, abrazando también a la frágil anciana.

Mi madre lo miró fijamente durante unos instantes, quizá preguntándose si sus esfuerzos para conseguir que su piel se oscureciera y su nariz quedara más aplastada (a fin de que tuviera un aire más vietnamita) habían dado resultado. En cualquier caso, parecía muy satisfecha.

—Y éste es Alan —dije en vietnamita—. El nieto que no conocías. Su padre salvó a Nam Lan y a sus hijos en 1975.

Mi madre observó al hijo de Dennis, el cual, aunque todavía asistía a la escuela primaria, era mucho más alto que ella. Después de acariciar sus fuertes brazos, sonrió complacida, mostrando sus desdentadas encías.

A continuación formuló a los chicos las preguntas que hacen todas las abuelas: «¿Qué estudiáis en la escuela? ¿Tenéis muchos amigos? ¿Os portáis bien y hacéis los deberes? ¿Ayudáis a vuestra madre?» A Jimmy, a quien contemplaba embelesada como si se tratara de un joven y apuesto dios, le preguntó:

—¿Tienes novia? ¿Cuándo vas a dar a tu madre unos nietos? ¿Recuerdas las cosas que solíamos hacer en Danang? ¿Me has echado de menos?

Yo quemé incienso y otros objetos ante el altar familiar mientras mi madre gozaba representando el papel de anfitriona y matriarca. Al cabo de un rato, nos pidió que nos sentáramos a su alrededor y nos cantó una canción con voz dulce y clara:

> *¿Quién de vosotros vendrá a Ky La,*
> *cuyas arenas son suaves como el algodón?*
> *Procurad no acercaros al río,*
> *ni a los caminos cubiertos de lodo.*
>
> *¿Por qué queréis ir a Bai Gian, o a visitar*
> *las ricas plantaciones de Thi An?*
> *Kai Thay está rodeado de tumbas,*
> *llenas de víctimas de Hai An.*
>
> *En Hue Dong, la tierra es pobre*
> *y las gentes cultivan arroz.*
> *Trabajan todo el año en los campos,*
> *y no tienen tiempo de gozar de la vida.*
>
> *Pero en Ky La cantamos con orgullo:*
> *«¿Por qué os esforzáis tanto,*
> *cuando trabajando sólo un poco más*
> *podéis ser mucho más felices?»*
>
> *Otras aldeas tienen dos estaciones.*
> *En Ky La tenemos cuatro,*
> *como las cuatro esquinas de la Tierra.*
> *En Ky La luchamos denodadamente,*
> *y no nos doblegamos ante nadie*
> *excepto el señor Cielo.*

Cuando terminó, mi madre se tapó la boca tímidamente, mientras todos aplaudíamos. A medida que cantaba, yo fui traduciendo sus palabras, modificando tan sólo la última estrofa, que decía así: «Después de destruir nuestra aldea, muchos norteamericanos murieron a manos de nuestros líderes.» Al cabo de dos décadas de lucha, no existía una vieja canción vietnamita cuya letra original no hubiera sido alterada.

Poco antes del anochecer, los de la televisión me pidieron que les llevara a la ciénaga y les mostrara el lugar dónde los soldados del Vietcong me habían violado. Estaba a escasa distancia, y recordaba haber visto las luces de mi casa desde la pequeña isla. Pero la distancia espiritual era enorme y no estaba segura de ser capaz de relatar mi historia en el mismo lugar de los hechos. No obstante, comprendí que constituiría un documento humano de gran interés y quizá (como solía aconsejar a los veteranos) el hecho de revisitar el lugar donde había padecido tal atrocidad me ayudaría a superarlo.

Al atravesar los arrozales, sintiendo el sol del atardecer acariciándome el rostro, creí retroceder en el tiempo. Mientras nos dirigíamos hacia la pequeña isla donde había ocurrido todo, noté que mis piernas parecían más jóvenes y ágiles. De pronto recordé una canción que mi madre y mi hermana Hai cantaban durante la guerra contra los franceses, sobre un soldado del Vietminh que regresa a casa tras haber permanecido mucho tiempo en el frente, y empecé a cantar en voz baja:

Hace mucho abandoné este lugar
de comidas caseras,
y berenjenas moradas,
donde los aldeanos trabajan en los campos,
bajo el sol abrasador del mediodía
o la nublada mañana,
portando cubos de agua y plantando arroz.
Anhelo regresar a este sagrado lugar,
a esta tierra que me vio nacer.

He regresado a mi casa,
donde cultivaré los campos
y comeré por la mañana y por la noche
lo que produzca la tierra.
En Vietnam, la lluvia limpia el hedor a muerte
y hace que las plantas crezcan,
y del vacío que siento en mi corazón
hará que fluyan unos ríos de felicidad.

Al cabo de unos minutos alcanzamos un pequeño claro, apenas lo bastante grande para que un par de niños jugaran en él a la pelota.

Junto a unos arbustos, a pocos metros de distancia, había un hoyo casi imperceptible y un montoncito de tierra erosionado por el viento y la lluvia, el yin y el yang de este espantoso lugar y los veinte años que habían transcurrido desde que había vivido aquella pesadilla. Creo que los técnicos de la televisión se sintieron un tanto decepcionados ante ese diminuto «campo mortífero». No era un cementerio ni un lugar de ejecución, sino una zona utilizada por el Vietcong para aterrorizar a sus víctimas. Siempre me había sentido turbada al recordar este lugar, y ahora comprendía el motivo. Lo que me atormentaba no era el recuerdo del juicio, ni el temor a morir, ni siquiera mi violación, sino el hecho de que, durante un tiempo, mientras permanecía en la Tierra, unos seres humanos me habían arrebatado mi espíritu, mi voluntad de amar. Yo había hablado y escrito mucho durante estos últimos años sobre la capacidad de perdonar. Había conseguido perdonar a los dos soldados del Vietcong, Loi y Trau, por lo que me habían hecho, pero eso era fácil comparado con lo que el dios cósmico me exigía que hiciera ahora: perdonarme a mí misma por el mayor pecado que había cometido durante esos años, por volverle la espalda a la vida. En aquellos momentos comprendí por qué era tan importante para mí regresar a este lugar y construir una clínica. Puede que otros lo llamaran caridad, pero en realidad lo hacía para salvar mi vida.

De regreso hacia el hotel, pregunté a mis hijos qué les había parecido el lugar donde había nacido su madre.

—¿Siempre hace tanto calor? —inquirió Jimmy.

—Hoy hace un buen día —contesté sonriendo—. ¡Espera a que empiece el monzón estival!

—No me imagino a los soldados patrullando los arrozales vestidos de uniforme y cargados con mochilas —añadió Tommy—. Debían de hundirse en el fango hasta las rodillas. ¡Es increíble! A pesar de llevar pantalones cortos y una camiseta, estaba empapado en sudor.

—Al menos, me monté en un búfalo —dijo Jimmy.

—¿Te refieres a la vaquilla sobre la que te vi montado? —pregunté.

—Era mucho más grande vista de cerca.

—¡Pero si era una vaquilla!

—Quiero contarles a mis amigos que me monté en un búfalo.

Al día siguiente, después de despedirnos del equipo de televisión, Tommy conoció a unas chicas que le invitaron a asistir a un concierto en Danang. Cuando regresó al hotel, sus hermanos se divirtieron tomándole el pelo.

—¿Quieres que mamá avise a la casamentera del pueblo? —le preguntó Jimmy.

—Estás celoso porque mis amigas son más monas que esa vaca que te ligaste en Ky La.

Los chicos empezaron a perseguirse por la habitación, zurrándose con las toallas del baño, hasta que grité:

—¡Basta! La abuela Phung tiene razón, Jimmy. Ya eres un hombre. Pronto dejarás el instituto y estarás listo para casarte y fundar una familia. Pediré a Ba Ngoai que te busque una novia vietnamita.

—¡Tiempo! —gritó Jimmy, formando una T con las manos—. Las chicas vietnamitas son demasiado tímidas. Tom dice que ni siquiera dejan que les cojas las manos cuando bailas con ellas. Lo único que les interesa es practicar el inglés y hablar de los estudios.

—Es lógico. Son unas muchachas serias y formales. Debéis tener paciencia. En Norteamérica, hallar el amor es como comerse una hamburguesa. Aquí, en cambio, es como plantar arroz. No puedes sembrarlo y recogerlo el mismo día.

—¿Y si le echo un poco de abono? —preguntó Tommy.

Yo le golpeé con la almohada y sus hermanos se arrojaron sobre él.

—Si hablas de ese modo, nunca encontrarás novia en Vietnam —le dije—. Esas chicas son demasiado buenas para ti.

Noté que me expresaba como mi madre. En el fondo, sin embargo, nada me habría complacido más que mis hijos se casaran con una campesina vietnamita buena y trabajadora que les hiciera felices. Por supuesto, la vida para una joven campesina en Estados Unidos no sería fácil, como no lo había sido para mí, aunque intentaría aconsejarla. De todos modos, tanto en Oriente como en Occidente, cada generación debe aprender de sus propios errores.

Partimos de Vietnam sintiéndonos distintos. En muchos aspectos, el viaje nos había unido más. Los chicos habían visitado el país natal de su madre y ya no tenían que imaginarlo a través de libros, viejas fotografías o las historias que yo les contaba. Sin embargo, la pequeña diferencia en edad y cultura que siempre había existido entre mis hijos y yo se convirtió en un abismo que inevitablemente separa a las generaciones, sobre todo en Occidente. No podía seguir fingiendo que mis hijos eran unos vietnamitas desplazados, unos campesinos que dios me había dado para decorar mi vida con cosas que me resultaran familiares. Mis hijos habían comprendido, con mayor lucidez que yo, que el sufrimiento de Vietnam formaba parte del sufrimiento de toda la humanidad. Su punto de vista era el de unos norteamericanos bien educados —médicos, empresarios, abogados, artistas o lo que quisieran ser—, no el de una campesina con escasos estudios que trataba de curar en un día las heridas de todo un pueblo. Del mismo modo que cada viaje me había enseñado más cosas sobre mi misión, este último me hizo comprender que mis hijos norteamericanos tenían también una misión en la vida. Sin duda, nuestras respectivas vidas y misiones se cruzarían de vez en cuando, pero mis hijos tenían su propio karma. Tal era el descubrimiento que hacen todas las madres y la lección que todos los hijos deben aprender. En cuanto a nosotros, no podíamos haber tenido mejores maestros.

De regreso en Estados Unidos, Oliver Stone, un director de cine ganador de un Oscar y veterano de la guerra de Vietnam, adquirió los derechos de mi libro para filmar la tercera película de su trilogía sobre Vietnam, que había comenzado con *Platoon* y *Nacido el cuatro de julio*. Cuando nos reunimos para hablar del proyecto, me pareció un hombre honesto y creativo que se esforzaba en ocultar su gran corazón y generoso espíritu. Al igual que muchos veteranos con los que había trabajado, todavía sentía rencor. Pero, al mismo tiempo, poseía el alma de un artista, lo cual le permitía comprender sus sentimientos y plasmarlos en unas hermosas y fascinantes imágenes. Vi en Oliver un espíritu afín que contribuiría a que mi historia llegara a varios millones de personas en todo el mundo.

También era un hombre al que le gustaba hacer que los sueños se convirtieran en realidad.

Tres días después de haberle enseñado los planos de la clínica, llamada Mother's Love, y de hablarle sobre la fundación, me entregó un cheque por la cantidad que necesitábamos para completar nuestra obra. Al mismo tiempo, casi milagrosamente, recibimos la primera autorización del Departamento de Estado para construir la clínica. Ladrillo a ladrillo, el muro que había separado a mi antiguo país de mi país de adopción empezaba a desmoronarse.

En setiembre de 1989, regresé a Vietnam. Varios tíos míos habían llegado a Danang e iban a trasladarse a Ky La para asistir a la inauguración de la clínica, que se celebraría dentro de dos días. Yo viajé con ellos y me presenté en casa de mi madre poco después del anochecer.

—Voy a pasar la noche en mi aldea —anuncié a mi madre y a Hai.

Una vez que la clínica estuviera abierta, la aldea y sus espíritus comenzarían un nuevo ciclo vital. Éstas serían las últimas dos noches en las que podría recuperar el mundo de mi juventud.

Hai miró por la ventana para cerciorarse de que no había ningún vecino chismoso rondando por los alrededores de la casa y mi madre apagó las luces. Luego, junto con mis tíos, no sentamos en el suelo como unos niños que se disponen a relatar historias de fantasmas.

—Esto me recuerda 1975 —dijo Hai—, cuando el Norte conquistó

Danang. Todo el mundo corrió a la cantina de los norteamericanos en China Beach porque estaban regalando comida. Yo cogí un par de sacos vacíos y me dirigí allí. Al llegar comprobé que los republicanos cobraban la entrada, lo cual me molestó, pero lo importante era llenar los sacos de comida. Cuando salí, un soldado del sur me arrebató mi botín. Al parecer, utilizaban a los campesinos para hacer el trabajo sucio. Yo me puse a gritar y a golpear al soldado, cuando de pronto oí unos disparos. Alguien gritó: «*Gia phong, gia phong!*» (¡liberad al pueblo!). Rápidamente, los republicanos se quitaron el uniforme y ocultaron sus rifles. El individuo que me había robado la comida quería devolvérmela a cambio de mi ropa. Los soldados del norte arrestaron a los republicanos y les ataron los sacos a los tobillos, para impedir que huyeran. Luego dejaron que los campesinos nos fuéramos a casa. Me disgustó que me quitaran la comida, pero por otro lado me alegré de que aquellos sinvergüenzas obtuvieran su merecido.

Todos nos echamos a reír excepto mi madre, que dijo:

—Recuerdo la noche en que el chamán de la aldea me habló sobre Sau Ban...

—¿El chamán te reveló lo que le había ocurrido a mi hermano? —pregunté asombrada.

Mi madre cambió de postura y alzó la vista, como si a través del tejado de paja pudiera ver las estrellas.

—No hace mucho, Bon Nghe contrató a un *ong thay xac* dong del sur para que localizara los restos de Sau Ban. Éste habló con varios aldeanos y nos contó lo sucedido. Sau Ban prestaba servicio con un escuadrón de artillería en el distrito de Dai Loc poco antes de la ofensiva del Tet, en 1968, unos meses antes de que muriera tu padre. Un día, cuando se hallaba vigilando desde el fuerte de una colina, vio que se acercaba una columna de tanques norteamericanos. Ordenó a sus compañeros que dispararan, pero no consiguieron alcanzar al tanque que iba en cabeza y al cabo de unos instantes los cañones abrieron fuego contra ellos. La primera salva acabó con la vida de sus compañeros, pero Sau Ban, aunque estaba gravemente herido, consiguió alejarse antes de que llegaran los soldados norteamericanos. Permaneció tendido todo el día bajo el ardiente sol, hasta que un equipo médico del Vietcong lo trasladó a un hospital subterráneo. Llegaron hacia medianoche, pero era demasiado tarde. Tu hermano murió y enterraron su cadáver en Dai Hong. Varios aldeanos han corroborado esta historia. Algún día iremos a buscarlo.

Un mosquito zumbaba junto a mi oreja y lo aparté de un manotazo. Mi madre tenía razón. La casa —todas las viviendas de la aldea— disponía de un espíritu ajeno a las generaciones de gente que la habitan. La chispa de la vida, concedida por la Madre Tierra, es lo que anima al mundo y liga a las personas a un determinado lugar. Yo me disponía a introducir una nueva entidad en esta vieja y vibrante tela de araña —un lugar donde la gente sanaría—, como un curandero que sana a los enfermos y consuela a los moribundos. Pasado mañana, mi viejo mundo habría desaparecido para siempre. Tan sólo confiaba en que el nuevo fuera mejor.

Después de hablar un poco más sobre Sau Ban, pregunté a mi madre:

—¿Estás satisfecha de tu vida, mamá *Du*?

—¿Qué clase de pregunta es ésa? A mi edad comprendes que el mero hecho de estar viva constituye un milagro. Desde la hormiga hasta la ballena, todos los seres se alegran de estar vivos. Bien pensado, eso es lo único que cuenta. Hai Ngai y los otros hablan sobre la independencia de los espíritus invasores y supongo que hacen bien. Da a la gente algo en que pensar desde el momento en que nacen, cuando tienen que aprenderlo todo, hasta el momento en que mueren, cuando lo han olvidado todo. A decir verdad, siento deseos de trasladarme al mundo de los espíritus. Han aparecido muchos fantasmas nuevos en el campo.

—¿A qué te refieres, mamá *Du*?

—Me refiero a que algunas personas que murieron durante la guerra han regresado como niños recién nacidos, y muchos de ellos se han convertido en jóvenes hombres y mujeres. No están satisfechos con esta supuesta paz. Quieren mejorar las cosas y, de un modo u otro, lo conseguirán. ¿Cómo crees que se construyó la clínica? Si los viejos espíritus no hubieran querido que se construyera, no estaría aquí. Esto es lo que cuenta en este país, Bay Ly, la vida, no la muerte. La clínica constituye uno de sus nuevos retoños.

A la mañana siguiente, a las ocho en punto, llegaron todos los convidados de honor: las autoridades del Ministerio de Sanidad y la Cruz Roja; los médicos y las enfermeras, que trabajarían en turnos de día y noche; funcionarios de varios organismos provinciales; y, por supuesto, todas las gentes de la aldea.

Los obreros contratados por Bon Nghe habían instalado una plataforma, unos altavoces y unas cuantas sillas para los dignatarios. En el tejado de la clínica habían colgado dos pancartas: una que decía GRAN INAUGURACIÓN, con los logotipos de la Cruz Roja y de la fundación East Meets West, como si se tratara de un *drugstore* que acababa de inaugurarse en un centro comercial de California; y otra que decía BIENVENIDOS A LA CLÍNICA MOTHER'S LOVE. Junto a la puerta principal había una placa de mármol que ostentaba el nombre de clínica y el de muchos de nuestros benefactores, incluyendo a Oliver Stone.

Tras numerosos discursos y apretones de manos, los niños de la aldea empezaron a aburrirse. Yo fui la última que pronunció unas palabras. Mientras me dirigía hacia el podio, tuve la sensación de que habían transcurrido mil años desde que era una niña como ellos, aunque en realidad sólo habían pasado cuarenta y dos. ¡Cuarenta y dos! El número mágico de Ong Thay. Me acerqué al micrófono, asombrada y agradecida.

Mi madre, que no se había atrevido a ocupar un asiento en la primera fila, se hallaba de pie, al fondo, contemplándome con orgullo y vestida con un vaporoso *ao dai*, que sólo se había puesto dos veces en su vida: para asistir a la boda de Sau Ban y al funeral de mi padre. Junto a ella, vestido con una camisa blanca, estaba mi hermano mayor, Bon Nghe, jefe de la familia Phung Trong.

Después de dar las gracias a todo el mundo, incluyendo a la suerte o a la providencia o a dios, por concederme la posibilidad de curar mis heridas mediante este proyecto, dije:

—Deseo disculparme humildemente ante la gente de Hoa Qui, o Ky La, como se llamaba esta aldea cuando yo vivía aquí. Todos querían que mis hermanas y yo nos casáramos con jóvenes campesinos y fundáramos una familia vietnamita tradicional. Yo no lo hice. Mi karma me llevó a otro lugar, a Norteamérica. Sin embargo, puedo deciros por experiencia que Norteamérica no es vuestro enemigo ni lo ha sido nunca, ni siquiera durante la guerra. Norteamérica me acogió cuando era una joven aterrada y herida por la guerra, cuidó de mí, me educó y me ayudó a criar a mis tres maravillosos hijos. Me ha permitido hacerme ciudadana norteamericana y regresar aquí con estos regalos, que os entrega sin reservas. Lo que Norteamérica desea es perdonaros y que la perdonéis. Cuando a lo largo de los próximos años os envíe a hombres de negocios, turistas y asistentes sociales, os ruego que les deis la bienvenida con brazos abiertos. Todos somos hermanos y hermanas. Todos debemos devolver a nuestra madre el amor que nos ha entregado.

Luego, con unas grandes tijeras, corté la cinta roja mientras estallaban los fuegos artificiales. Los niños empezaron a batir los tambores y los espíritus malignos que habían permanecido agazapados en la ciénaga huyeron apresuradamente.

EPÍLOGO

LA CANCIÓN DE *TU* Y *DAO*

El primer paciente que acudió a la clínica fue un antiguo soldado que durante veinte años había llevado la mano llena de fragmentos de granada. Los médicos gubernamentales que le habían examinado consideraban que no merecía la pena operarlo, y le habían aconsejado paciencia y resignación.

Hoy, el hombre había venido para preguntar a los médicos locales si podían hacer algo. Le hicieron unas radiografías de la mano y comprobaron que tenía tres fragmentos de metal junto a un hueso. Mientras el paciente yacía cómodamente en una mesa blanca, los médicos le administraron una inyección de anestesia local, que acababa de llegar de Norteamérica.

A continuación, después de desinfectar la mano, empezaron a trabajar, utilizando los rayos X para guiarse. Media hora más tarde ofrecieron al soldado los tres fragmentos de granada para que los conservara como recuerdo de la guerra.

El nombre del primer paciente fue anotado en el registro de la clínica: «Louis Block, veterano norteamericano de la guerra de Vietnam, natural de Plummer, ID, EE.UU.; en misión de servicio con la fundación East Meets West, a 22 de octubre de 1989; Da Nang, provincia de Quang Nam, Vietnam.»

Desde su inauguración, la clínica ha atendido a más de 16.500 pacientes y han nacido en ella 300 niños. La fundación East Meets West está construyendo actualmente un centro de rehabilitación de ocho hectáreas para gentes sin hogar y personas incapacitadas, entre las arenas blancas y altos pinos de China Beach. Dicho centro, que se llamará Aldea de la Paz, ocupa un terreno donde, hace exactamente veinticinco años, desembarcaron más de 3.500 marines para emprender la escalada norteamericana. La primera fase del proyecto —un centro médico dotado de modernas instalaciones que atiende a más de setecientos pacientes al día, y una escuela para otros tantos niños pobres— ha sido completada.

Entretanto, en Irak se ha librado una cruenta y trágica guerra —aunque afortunadamente breve—, dirigida por los norteamericanos, la cual sirvió para saldar una deuda y generar otras deudas del alma. El Gobierno vietnamita ha concluido su ocupación militar en Camboya, abriendo la puerta a la primera paz verdadera en Indochina desde antes de la Segunda Guerra Mundial. El gran aliado de Vietnam del norte, la Unión Soviética, ha desaparecido, sin dejar siquiera su nombre. Alemania Oriental se ha unido a Alemania Occidental, y la nación ya no está dividida. Salvo China, Corea del norte y Cuba, la República Socialista de Vietnam se halla sola y aislada, contemplando a lo lejos un mundo que ha redescubierto la libertad. Internamente, ha iniciado una importante política de *doi moi*, o renovación económica, destinada a mejorar el nivel de vida de todos los ciudadanos. El leopardo no ha mudado de piel, pero ha cambiado de dieta. No sabemos si ello bastará para salvar al país, pero al menos constituye un primer paso.

Por lo que se refiere a la guerra norteamericana más larga, el círculo de venganza parece que ha empezado a romperse. El Departamento de Estado ha ideado un plan de cuatro fases para la normalización de las relaciones políticas y económicas con Vietnam, empezando por la revocación en marzo de 1992 de la prohibición de viajar a Vietnam y la concesión de un crédito de 4 millones de dólares destinados a asistencia humanitaria. Otros pasos dependen de la cooperación de los vietnamitas en la búsqueda de los soldados norteamericanos desaparecidos, y la celebración de elecciones libres en Camboya. *Hat tieu no be no cay; dong tien no be no hay cua guyen* (la guindilla es pequeña pero picante; el billete de banco es pequeño pero poderoso).

Sin embargo, no todo el mundo está de acuerdo en que el círculo debería romperse definitivamente.

Un veterano de los Boinas Verdes respondió a mi invitación de regresar a Vietnam diciendo:

—¡Jamás iré a Vietnam mientras los comunistas ocupen el poder!

Después de pronunciar una conferencia en el campus de una universidad del centro oeste, un vietnamita que se hallaba entre el público me preguntó:

—¿Quién le paga por hacer ese trabajo?

—Nadie —contesté—. Todo lo que hago en Vietnam procede de donaciones o de mi propio bolsillo. He refinanciado mi casa dos veces y he solicitado un crédito empeñando mi coche como garantía. Debo diez mil dólares a mis amigos. Ojalá me pagara alguien, pero no es así. Esta labor me ha costado mucho dinero.

Otro me espetó:

—Usted afirma que el Gobierno del sur y los norteamericanos cometieron todo tipo de salvajadas. ¿Qué me dice de la gente que en estos momentos se encuentra en los campos de reeducación comunistas? ¿Y los soldados desaparecidos? ¿Por qué no habla de ellos?

—No tengo ningún inconveniente en hablar de ellos —respondí—, pero no dispongo de datos. Sólo sé que el Gobierno ha agotado todos los medios de localizar los restos de los soldados desaparecidos. Si ofrecen una recompensa, la gente se inventa pruebas falsas para enriquecerse. Si imponen castigos, se quejan de la brutalidad de las autoridades. El Gobierno tiene tanto interés como los norteamericanos en zanjar la cuestión de los soldados desaparecidos. El problema es que algunos vietnamitas, al igual que algunos norteamericanos, se niegan a aceptar que la guerra ha terminado. Han sufrido mucho y quieren seguir haciendo sufrir al «enemigo».

Una mujer vietnamita se puso en pie y preguntó:

—¿Por qué no habla de los refugiados del sur, los «boat people», y las penalidades que tuvimos que soportar? Nosotros también hemos sufrido mucho. ¿Por qué no escribe sobre nosotros?

—No suelo referirme a ellos porque yo no huí en un barco. Personalmente, opino que es preciso exponer todas las facetas de la cuestión.

Otra joven se levantó y gritó:

—Si Buda ignora mis oraciones y deja que sigas viviendo, haz el favor de transmitir este mensaje a tus jefes comunistas en Vietnam: ¡Que se vayan al infierno! ¡Diles que liberen a todas las personas que están encerradas en los campos de torturas! Cuando regresemos, lo haremos armados con rifles ¡y confiamos en no encontrar muertos a nuestros parientes!

—¿Crees realmente que cuarenta años de guerras, contra los japoneses, los franceses, los norteamericanos, los jemeres y nosotros mismos, no han sido suficientes para los vietnamitas? ¿Crees que deseamos seguir luchando? ¿Crees que hemos venido aquí para eso?

Después de ese tipo de sesiones suelen acercarse a saludarme personas de mediana edad y algunos alumnos vietnamitas, quienes me dicen cosas como:

—Es terrible que algunos vietnamitas se comporten de ese modo ante los norteamericanos. Hacen que me sienta un bárbaro. Me avergüenzo de ser vietnamita.

—Al contrario, debes sentirte orgulloso de ti y de tu pueblo —respondo yo—. ¿Acaso regañarías a tu hijo por estar enfermo? Después de todo lo que hemos padecido, nuestro futuro tiene que ser forzosamente maravilloso. *Ai oi hay o cho lanh kiep nay chang gap de danh kiep sau* (vive la vida; si no hallas la felicidad en esta existencia, sin duda la hallarás en la próxima).

En numerosas ocasiones, aparecen imágenes de curaciones en mis conferencias, en lo que escribo, en mis conversaciones con amigos y en mis sueños. Por supuesto, buena parte de ello tiene que ver con mi trabajo, pero no había olvidado las palabras de Ong Thay Vu Tai Loc ni de Paul, el médium que me habló sobre el viejo espíritu guardián, el médico que ha seguido mis pasos desde que nací —una entidad superior, un alma más vieja incluso que la de mi padre—, cuya identidad me sería al fin revelada.

En 1990, fui a Ky La para visitar a mi madre, que actualmente tiene ochenta y cuatro años y está cada vez más frágil. Sabía que las ocasiones en que volveríamos a vernos eran contadas, aunque sólo dios sabe cuántas serán.

—Mamá *Du*, si pudieras formular un deseo, ¿qué pedirías? —le pregunté, confiando en que me dijera algo que yo pudiera regalarle para hacer que los años que le quedaban de vida le resultaran más llevaderos.

—¿Un deseo? Es muy sencillo —respondió—. Después de tantos años de guerra, tenemos parientes enterrados en todo Vietnam. Sus almas se sienten solas y perdidas. A veces, cuando sopla el viento procedente de China Beach, casi me parece oírles gemir. Mi deseo sería reunir los restos de todos mis parientes y enterrarlos en el nuevo cementerio, cerca de tu padre. Creo que eso le haría muy feliz, a mí también.

—¿Crees que sería posible hallar todos sus cadáveres? —pregunté.

—Por supuesto —contestó mi madre—. Sólo tienes que contratar a un *ong thay xac dong*.

—¿A un guía de los espíritus? ¿Como el hombre que fue en busca de Sau Ban? ¿Pero cómo lo consigue?

—Pues poniéndose en contacto con los espíritus errantes. Ellos le conducirán a sus sepulturas. Luego, sólo tiene que desenterrarlos y traerlos a Ky La.

—¿De cuántos parientes difuntos estamos hablando? —pregunté.

—De unos cincuenta o sesenta —contestó mi madre como si tal cosa—. Ésos son los que recuerdo, seis generaciones de parientes. Tu padre conocía muchos más.

Mi madre parecía muy animada por ese proyecto y yo deseaba complacerla, pero esta vez disponía de poco tiempo. Por otra parte, sólo el jefe de la familia, Bon Nghe, podía autorizarlo.

—¿Estás de broma? —me contestó cuando se lo propuse.

—No. Mamá tiene un gran empeño en encontrarlos. He oído decir que algunas autoridades gubernamentales han utilizado los servicios de un médium para localizar a los soldados norteamericanos desaparecidos. Tú mismo contrataste a uno para que diera con el paradero de Sau Ban. ¿Por qué no podemos intentar localizar a nuestros antepasados?

Bon Nghe sacudió la cabeza, pero yo sabía que acabaría cediendo. Al fin y al cabo, habíamos conseguido milagros más grandes que éste.

Durante mi siguiente viaje a Vietnam, en marzo de 1991, el viejo *ong thay xac dong* que había contratado Bon Nghe me dijo:

—Los restos de tus antepasados por el lado paterno te aguardan en el cementerio. La energía que emanan los espíritus en Quang Nam ha bajado mucho desde que tus parientes han hallado un lugar donde descansar en paz. Hasta yo mismo duermo mejor.

Después de recoger a mi madre y a Hai, fuimos con el *ong thay* al cementerio que estaba situado junto al viejo camino del dique, donde encontramos una serie de tarros, fragmentos de huesos envueltos en unos trapos, féretros y lápidas colocadas en fila.

Yo no sabía si esos restos —especialmente los que no llevaban ninguna inscripción— pertenecían a mis antepasados Phung; pero mi madre estaba muy contenta. Encendí unos palitos de incienso y examiné los restos de mis parientes, rogando a cada uno de los espíritus que se identificara a través de su lápida o de la voz del *ong thay*.

Al final de la hilera se hallaba el antepasado más viejo. La hermosa lápida de mármol indicaba que había sido un hombre muy rico o muy estimado por sus coetáneos. Cuando me disponía a colocar un palito de incienso junto a la lápida sentí que un escalofrío me recorría la espalda. La inscripción decía:

ONG TIEN HIEN THAY THUOC - Curandero ancestral

El palito de incienso se me cayó de las manos, pero me apresuré a recogerlo y lo deposité junto a la lápida. El viento agitó las hojas de los árboles y oí la voz de un espíritu que decía: «*Tu* y *Dao*, la unión del camino espiritual y el camino terrenal.» ¿Acaso es una lección tan difícil de aprender?

El sol se ocultó tras las colinas situadas al oeste. Unos obreros depositaron los restos en una fosa y colocaron las nuevas lápidas. Mi madre y mi hermana Hai empezaron a cantar como unas adolescentes, rejuvenecidas al ver reunidas a tantas generaciones de antepasados. A pocos metros de distancia había un grupo de norteamericanos charlando amistosamente con el guía y unos aldeanos. Oriente y Occidente se habían encontrado de forma tan sencilla y espontánea como cuando el mar besa la arena de China Beach.

A lo lejos, la sombra del viejo pimentero que crecía junto a nuestra casa parecía extenderse hacia la clínica. Ya no importaba si la tierra que pisaba era norteamericana o vietnamita. La Madre Tierra era mi hogar y todos sus hijos, mis hermanos y hermanas.

El curandero, sin duda, dormía profundamente en su nuevo lecho. Un sueño había concluido. Y otro acababa de empezar.

ÍNDICE

LIBRO PRIMERO

CUANDO EL CIELO Y LA TIERRA CAMBIARON DE LUGAR